ELIZABETH CHADWICK

Das Herz der Königin

Buch

England 1154. Alienor von Aquitanien wird in der Londoner Westminster Abbey an der Seite ihres Mannes Henry zur Königin gekrönt. Nachdem ihre Ehe mit König Louis VII. wegen zu naher Blutsverwandtschaft annulliert wurde, steht ihr einem Leben an der Seite ihres zehn Jahre jüngeren Ehemanns nichts mehr im Wege. Eigentlich sollte sie glücklich sein, doch die Rolle, die sie nun einnehmen soll, entspricht nicht ihren Vorstellungen. Sie hat bereits einen kleinen Sohn, William, und ist wieder schwanger. Sie will jedoch nicht nur ein Kind nach dem anderen zur Welt bringen. Sie will regieren, herrschen! Während Henrys häufiger Abwesenheiten kann sie das auch, denn sie vertritt ihn in der Normandie und trifft dort ihre eigenen Entscheidungen. Als sich Henry aber einer jüngeren Frau zuwendet und ihr all seine Aufmerksamkeit schenkt, beschließt Alienor, ihr Schicksal selbst in die Hand zu nehmen. Und als ihre Söhne schließlich zu jungen Männern heranreifen, findet sie sich im Mittelpunkt einer Rebellion wieder – die verheerende Folgen für sie haben wird …

Autorin

Elizabeth Chadwick lebt mit ihrem Mann und ihren beiden Söhnen in Nottingham. Sie hat zahlreiche historische Romane geschrieben, die allesamt im Mittelalter spielen. Vieles von ihrem Wissen über diese Epoche resultiert aus ihren Recherchen als Mitglied von Regia Anglorum, einem Verein, der das Leben und Wirken der Menschen im frühen Mittelalter nachspielt und so Geschichte lebendig werden lässt.

Von Elizabeth Chadwick bei Blanvalet lieferbar:

Der scharlachrote Löwe (36904) · Das Banner der Königin (37235) · Die englische Rebellin (37708) · Die Hüterin der Krone (38085) · Das Lied der Königin (38353)

ELIZABETH CHADWICK

Das Herz der Königin

Roman

Aus dem Englischen
von Nina Bader

blanvalet

Die Originalausgabe erschien 2014
unter dem Titel »The Winter Crown« bei Sphere,
an imprint of Little, Brown Book Group,
an Hachette UK Company, London

FSC
www.fsc.org
MIX
Papier aus verantwortungsvollen Quellen
FSC® C014496

Verlagsgruppe Random House FSC® N001967
Das FSC®-zertifizierte Papier *Holmen Book Cream* für dieses Buch
liefert Holmen Paper, Hallstavik, Schweden.

1. Auflage
Deutsche Erstausgabe März 2016 bei Blanvalet Verlag,
einem Unternehmen der
Verlagsgruppe Random House GmbH, München

Umschlaggestaltung: © Johannes Wiebel | punchdesign,
unter Verwendung von Motiven von Richard Jenkins Photography
und Shutterstock.com
Redaktion: Bettina Hengesbach
LH · Herstellung: sam
Satz: Uhl + Massopust, Aalen
Druck und Bindung: GGP Media GmbH, Pößneck
Printed in Germany
ISBN: 978-3-7341-0151-9

www.blanvalet.de

1

Abtei Westminster, London, Dezember 1154

Just in dem Moment, in dem Theobald, der Erzbischof von Canterbury, das goldene Gewicht einer Krone auf Alienors Haupt setzte, gab ihr das Kind in ihrem Schoß einen Tritt, der durch ihren ganzen Körper hallte. Klares Winterlicht fiel durch die romanischen Fenster der Abtei, beleuchtete das Grab des Bekenners im Chorraum und warf einen fahlen Schein über das Podest, auf dem Alienor neben ihrem Mann saß, dem gerade gesalbten König Henry II von England.

Henry umfasste den juwelenbesetzten Reichsapfel und das Herrscherschwert mit besitzergreifendem Selbstbewusstsein. Sein Mund bildete eine gerade, feste Linie, seine grauen Augen blickten entschlossen. In dem Gemisch aus Halbdunkel und Licht schimmerte sein Bart kupferrot, und er verströmte all den Glanz und die Tatkraft seiner einundzwanzig Jahre. Er war bereits Herzog der Normandie, Graf von Anjou und Herzogsgemahl von Aquitanien, und man hatte mit ihm rechnen müssen, seit er mit vierzehn seinen ersten Kriegsfeldzug angeführt hatte.

Der Erzbischof trat zur Seite, und Alienor spürte, wie sich die volle Aufmerksamkeit der versammelten Gemeinde mit der Intensität eines gebündelten Lichtstrahls auf sie richtete. Jeder Bischof, Magnat und englische Baron hatte sich hier eingefunden, um Zeuge der Zeremonie zu sein, Henry zu huldigen und eine neue Ära des Friedens und des Wohlstands einzuläuten, während der die in Jahrzehnten des Bürgerkriegs davongetragenen Wunden vielleicht durch den jungen König und seine fruchtbare Gemahlin geheilt werden würden. Ein Hauch von vorsichtigem Optimismus lag in der Luft. Jeder brannte darauf, die Gunst des neuen Herrschers zu erlangen und sich Vorteile zu verschaffen. In den kommenden Monaten würden sie und Henry die Spreu vom Weizen trennen und sich des wertlosen Unrats entledigen müssen.

Dies war bereits das zweite Mal, dass Alienor eine Krone trug. Mehr als fünfzehn Jahre lang war sie Königin von Frankreich gewesen, bis ihre Ehe mit Louis aufgrund der zu engen Blutsverwandtschaft annulliert worden war. Diese Erklärung war allerdings nur vorgeschoben und sollte die wahren Gründe für die Trennung verschleiern, zu denen auch gehörte, dass sie Louis lediglich zwei Töchter statt der dringend ersehnten und benötigten Söhne geboren hatte. Dass sie mit Henry noch enger verwandt war als mit Louis, löste in Alienor sardonische Belustigung aus. Geld, Einfluss und menschlicher Ehrgeiz sprachen stets mit lauterer Stimme als das Gewissen und Gott. In den zwei Jahren ihrer Ehe mit Henry hatte sie einen gesunden Sohn zur Welt gebracht und erwartete noch vor Ende des Winters ein weiteres Kind.

Henry erhob sich von König Edwards geschnitztem Thron, woraufhin alle vor ihm niederknieten und die Köpfe senkten. Er hielt Alienor eine Hand hin. Sie versank in einen tiefen Knicks; ihre seidenen Röcke wogten wie eine Flut aus Gold um ihre Füße. Henry zog sie an ihren ineinander verschlungenen Fingern in die Höhe, und sie tauschten Blicke, in denen ein inneres Frohlocken und gegenseitiges Bewusstsein der Bedeutung dieses Moments leuchtete.

In Hermelinfell gehüllt, schritten sie Hand in Hand das große Kirchenschiff der Abtei hinunter, gefolgt von dem juwelengeschmückten Prozessionskreuz des Erzbischofs. Duftende Weihrauchschwaden und der Dampf ihres eisigen Atems kräuselten sich gen Himmel. Alienor hielt den Kopf hoch erhoben, bewegte sich mit angemessener Würde und hielt sich sehr gerade, um die schwere Krone und ihren angeschwollenen Bauch auszubalancieren. Ihr Gewand schimmerte und blitzte bei jedem Schritt auf, während der Chor eine triumphierende Lobeshymne intonierte. Die klaren Stimmen stiegen in die Höhe, vermischten sich mit dem Rauch und wurden zu Gott emporgetragen. Das Kind in ihrem Leib tummelte sich fröhlich, krümmte und streckte seine Gliedmaßen. Es würde wieder ein Junge werden, alle Zeichen standen günstig. Ihr sechzehn Monate alter erstgeborener Sohn wurde im Tower von seiner Kinderfrau betreut, aber eines Tages würde auch er, so Gott wollte, in dieser Kathedrale zum König gesalbt werden.

Vor der Abtei hatte sich trotz der beißenden Dezemberkälte eine Menschenmenge versammelt, um das Schauspiel zu verfolgen. Beamte und Marschälle hielten die Zuschauer auf Abstand, aber es herrschte eine freudige, gelöste Stimmung, die sich noch steigerte, als die Diener des königlichen Haushalts die Menge mit Silberstücken und kleinen Brotlaiben überschütteten. Alienor beobachtete, wie sich die Leute darum balgten, hörte die Segenswünsche und Dankesbekundungen, und obwohl sie kaum ein Wort Englisch verstand, war ihr klar, was zum Ausdruck gebracht wurde, und es entlockte ihr ein Lächeln.

»Wir haben einen vielversprechenden Anfang gemacht«, flüsterte sie Henry zu.

»Angesichts der vorangegangenen Ereignisse wäre alles andere auch nicht zur Debatte gestanden.« Auch er lächelte breit, aber Alienor entging nicht, dass sich seine Züge einen

Moment lang verhärteten, als sein Blick von der Abtei zum Palast von Westminster wanderte. Die einst prunkvolle Residenz war während der späteren Jahre von Stephens Herrschaft zusehends verfallen und benötigte dringende Reparaturen, um sie bewohnbar zu machen. Vorerst hatte Henry seinen Verwaltungssitz im Tower eingerichtet und seine Wohngemächer auf die andere Seite des Flusses in das Herrenhaus von Bermondsey verlegt.

»Aber du hast recht«, fuhr er fort, »unsere Krönung war durchaus vorteilhaft. Möge es lange so bleiben.« Er legte eine Hand auf ihren runden Bauch, der für ihre Untertanen mittels ihres vorne aufklaffenden Umhangs absichtlich zur Schau gestellt wurde. Fruchtbarkeit war ein essentieller Bestandteil ihres Daseins als Königin und nie wichtiger als jetzt, am Anfang ihrer Herrschaft. Henry kicherte erfreut, als das Baby fest gegen seine Handfläche trat. »Dies ist unsere Zeit. Wir sollten das Bestmögliche aus jedem Augenblick herausholen.« Er nahm einem Bediensteten eine Handvoll Münzen ab und warf sie in die Menge. Eine junge Frau, die mit einem kleinen Kind ganz vorne stand, fing eine davon geschickt auf und bedachte ihn mit einem strahlenden Lächeln.

Alienor war erschöpft, aber noch immer von freudiger Erregung erfüllt, als die Barke gegen die Anlegestelle des Flusszugangs zum Tower stieß. Ein Besatzungsmitglied warf ein Seil über einen Pfahl und zog das Boot näher zu den Stufen hin. Dienstboten kamen mit Laternen herbeigeeilt, um die Winternacht zu erleuchten und die königliche Gesellschaft von der Landetreppe zu den Räumlichkeiten zu geleiten. Zersplitterte goldene Reflexionen ergossen sich über das dunkle, vom Salzgeruch der Mündung erfüllte Wasser der Themse. Trotz ihres pelzgefütterten Umhangs klapperte Alienor mit den Zähnen. Sie musste auf den frostüberzogenen Pfaden darauf achten, wo sie hintrat, um mit ihren dünnen Ziegenlederschuhen nicht auszurutschen.

Henry, der sich angeregt mit einer Gruppe von Höflingen unterhielt, zu der auch sein Halbbruder Hamelin, der Vicomte de Touraine, gehörte, schritt vorneweg; seine Stimme hallte durch die klare Nacht. Er war lange vor Tagesanbruch aufgestanden, und Alienor wusste, dass er sich vor den frühen Morgenstunden nicht in seine Kammer zurückziehen würde. Im Winter stiegen die Ausgaben für ihren häuslichen Verbrauch an Kerzen und Lampenöl stets drastisch an. Niemand konnte mit Henry mithalten, der mit seinen Ausgaben alle übertraf.

Sie betrat den Tower, stieg langsam die Stufen zu ihren Gemächern nach oben und blieb einen Moment lang stehen, um eine Hand auf ihren Bauch zu legen. Ein rascher Blick in eine abgetrennte Nische verriet ihr, dass der Erbe des neuen Throns unter weichen Vliesen und Decken in seinem Bettchen tief und fest schlief. Sein Haar schimmerte im Licht einer einzelnen Lampe golden. Die Kinderfrau signalisierte ihr mit einem Lächeln, dass alles in Ordnung war, und so wandte Alienor sich zu der Hauptkammer, in der sie und Henry die Nacht verbringen würden, bevor sie am nächsten Tag nach Bermondsey auf der anderen Flussseite übersetzen würden.

Die Fensterläden waren fest geschlossen, um die bitterkalte Winternacht fernzuhalten, und ein helles Feuer prasselte im Kamin. Alienor trat in den Hitzekreis und ließ sich von der tröstlichen Wärme einhüllen, die die Kälte der eisigen Windböen vom Fluss vertrieb. Der Widerschein der Flammen tanzte fast hypnotisch über ihr Gewand und schrieb Geschichten in die Seide.

Ihre oberste Zofe Marchisa kam sofort, um ihr beim Auskleiden behilflich zu sein, doch Alienor schüttelte den Kopf. »Nein«, wehrte sie lächelnd ab. »Ich möchte diesen Tag noch etwas länger auskosten. Einen vergleichbaren werde ich nie mehr erleben.«

Henrys Halbschwester Emma reichte Alienor einen Becher Wein. Ihre haselnussbraunen Augen leuchteten. »Ich werde mich mein ganzes Leben lang daran erinnern.«

Bis zu Alienors Hochzeit mit Henry vor zwei Jahren hatte Emma im weltlichen Gästehaus für Frauen der Abtei Fontevrault gelebt. Sie und ihr Bruder Hamelin waren Henrys illegitime Halbgeschwister und hatten nun dennoch beide einen festen Platz in ihrem Haushalt.

»Das werden wir alle.« Alienor küsste sie. Sie mochte Emma und wusste sowohl ihre sanfte, unaufdringliche Gesellschaft als auch ihr Geschick im Sticken zu schätzen.

Henry, der noch immer vor Energie brodelte wie ein Kessel über heißem Feuer, gesellte sich zu ihnen. Er hatte sein Krönungsgewand durch eine Alltagstunika aus schlichter Wolle ersetzt und ein Paar seiner Lieblingsstiefel angezogen, die sich der Form seiner Füße angepasst hatten.

»Du siehst aus, als wärst du bereit, in die Hände zu spucken und mit der Arbeit zu beginnen.« Alienor maß ihn mit einem wissenden Blick, ließ sich behutsam auf einen Stuhl vor dem Kamin sinken und arrangierte ihr Gewand in üppigen Falten um ihre Füße.

»Das bin ich auch.« Henry nestelte an einem Schachbrett herum, das spielbereit auf einer kleinen Bank in Fensternähe aufgebaut war. »Leider werde ich von den Schlafgewohnheiten anderer behindert. Wenn ich ihnen allerdings keine Ruhe gönne, werden sie so nutzlos wie stumpfe Messer.« Er schob die Figuren auf dem Brett herum, bis er eine Mattstellung geschaffen hatte.

»Vielleicht solltest du die Gelegenheit nutzen, auch ein paar Stunden zu schlafen.«

»Wem nutzt es etwas, tot für die Welt zu sein?« Er ließ von dem Brett ab, setzte sich auf die Bank ihr gegenüber und bemächtigte sich ihres Bechers, um einen Schluck Wein zu trinken. »Der Erzbischof von Canterbury wird mich beim ersten Tageslicht aufsuchen. Er hat einen Kandidaten, dem er gern den Posten des Lordkanzlers zuschanzen würde.«

Alienor hob die Brauen. Das Geschacher um Gunstbezeugungen und Posten setzte rasch ein. Sie hatte aus ihren kurzen Gesprächen vor der Krönung bereits gefolgert, dass Theobald von Canterbury mit allen Wassern gewaschen war. Seine gütige, kurzsichtige Erscheinung verschleierte den Umstand, dass dieser Mann so hart wie Schwertstahl war. Er hatte König Stephen die Stirn geboten und verhindert, dass Stephens ältester Sohn Eustace als Thronerbe Englands anerkannt wurde, wofür er für einige Zeit verbannt worden war. Theobald war dafür bekannt, sich mit Männern von selten scharfer Intelligenz zu umgeben. Seine Haltung war Henrys Zielen zugutegekommen, daher war er ihm nun einige Gefallen schuldig.

»Es handelt sich dabei um Thomas Becket, seinen Erzdiakon und Günstling«, erklärte Henry. »Er ist in London geboren, aber in Paris ausgebildet worden und nun erpicht darauf, seine Fähigkeiten als Finanzgenie unter Beweis zu stellen.«

»Wie alt ist er?«

»In den Dreißigern, also nicht so senil wie die Hälfte der anderen Erzdiakone. Ich habe flüchtig mit ihm gesprochen, mir aber noch keinen konkreten Eindruck verschaffen können.«

»Theobald muss einen Grund haben, ihn zu empfehlen.« Sie nahm ihm ihren Wein wieder ab.

»Natürlich hat er den. Er möchte einen seiner Männer in meinen Haushalt einschleusen, weil er glaubt, so meine Art zu herrschen beeinflussen und die Interessen der Kirche fördern zu können. Und dieser Mann dürfte einen scharfen Verstand haben, daran hege ich keinen Zweifel.« Er lächelte angespannt. »Aber wenn ich mich für diesen Thomas Becket entscheide, wird er die Seiten wechseln müssen. Ich habe nichts dagegen, wenn die Männer in meinen Diensten Karriere machen wollen, aber nicht auf meine Kosten.«

Sie hörte den schneidenden Unterton in seiner Stimme und sah ihn forschend an.

Ruhelos wie ein Hund an einem fremden Ort sprang er auf. »Die Tugend der Loyalität findet man seltener als Zähne bei Hennen. Meine Mutter hat mir immer geraten, niemandem zu vertrauen, und sie hatte recht.«

»Ah, aber ihr vertraust du, oder nicht?«

Er musterte sie abschätzend. »Ich würde ihr mein Leben anvertrauen, und ich bin sicher, dass sie stets mein Bestes im Sinn hat, aber auf ihr Urteilsvermögen verlasse ich mich nicht immer.«

Daraufhin entstand eine kurze, betretene Stille. Alienor fragte nicht, ob er dem Urteilsvermögen seiner Frau vertraute, weil sie befürchtete, seine Antwort könnte eine Enttäuschung für sie sein.

Das Kind trat erneut, und sie streichelte sanft über ihren Bauch. »Ruhig, Kleines«, murmelte sie und schenkte Henry ein reumütiges Lächeln. »Er ist wie du – schläft kaum und ist immer unruhig, vor allem in der Kirche. Während der Krönung konnte er sich kaum beruhigen.«

Henry kicherte. »Wahrscheinlich hat ihn die Aussicht darauf, als Sohn eines Königs geboren zu werden, in Aufregung versetzt. Was für Nachkommen wir beide hervorbringen werden!« Er kam zu ihr, kauerte sich neben ihr nieder, nahm ihre glatten Hände in seine schwieligen und überbrückte so die Kluft, die kurzzeitig zwischen ihnen entstanden war. Dann verstärkte er seine Wiedergutmachungsbemühungen, indem er sich wie ein Knappe zu ihren Füßen auf den Boden setzte, sich den Wein mit ihr teilte und sie bezüglich der Angelegenheiten, die die Ernennung weiterer Hofbeamten betrafen, nach ihrer Meinung befragte. Zumeist redete er, während sie zuhörte, weil es um englische Belange und Männer ging, die sie kaum kannte, aber es freute sie, mit einbezogen zu werden, und sie vertrat auch hier und da eigene Ansichten. Sie kamen überein, dass Nigel, der Bischof von Ely, ein ehemaliger königlicher Schatzmeister, aus dem Ruhestand zurückgeholt und seine Erfahrung genutzt werden sollte, um die Staatskasse zu sanieren und Steuern und Abgaben wieder fließen zu lassen. Richard de Lucy, ein früherer Beamter von König Stephen, würde zusammen mit Robert de Beaumont, Earl of Leicester, eine wichtige Rolle in der Verwaltung spielen.

»Es ist für mich nicht von Belang, auf wessen Seite Männer sich in der Vergangenheit geschlagen haben«, meinte Henry. »Ich lege auf ihre Fähigkeiten Wert und darauf, dass sie jetzt mir treu zu Diensten stehen. Ich sagte ja, dass ich niemandem vertraue, aber ich bin gewillt, Männern, die über Rückgrat und Intelligenz verfügen, die Chance zu geben, ihre Loyalität unter Beweis zu stellen. Sowohl de Lucy als auch de Beaumont wissen, wo sie ihren Vorteil zu suchen haben.«

Alienor zerzauste mit den Fingerspitzen liebevoll sein Haar. Sie liebte die Art, wie der Feuerschein über die rotgoldenen Wellen fiel. Sie musste sich ebenfalls bemühen, gute Beziehungen zu diesen Männern zu unterhalten. Wenn sich Henry nicht in England aufhielt, würde sie mit ihnen zusammenarbeiten müssen, und sie zog Verbündete Feinden vor.

»Stephens Sohn werde ich dort behalten, wo ich ein Auge auf ihn haben kann«, fuhr Henry fort. »Obwohl er seinen Anspruch auf die Krone aufgegeben hat, könnte er möglicherweise zum Auslöser für Unruhen werden.«

Alienor rief sich die Höflinge ins Gedächtnis, die sie in den letzten Wochen kennengelernt hatte. König Stephens überlebender Sohn William de Boulogne war ein angenehmer, nicht weiter bemerkenswerter junger Mann, einige Jahre jünger als Henry. Er hinkte, seit er sich einmal das Bein gebrochen hatte und war schwerlich aus dem Holz geschnitzt, aus dem große Führer bestanden. Wie Henry richtig festgestellt hatte, ging die einzige Bedrohung von denen aus, die ihn als den Speer benutzen mochten, an den sie ihre Banner nagelten. »Das erscheint mir vernünftig«, erwiderte sie. Ihre Worte verhallten mit einem unterdrückten Gähnen. Die Strapazen des langen Tages machten sich bemerkbar, das Feuer verbreitete eine wohlige Wärme, und der Wein war ihr ein wenig zu Kopf gestiegen.

Henry erhob sich. »Zeit, dir eine gute Nacht zu wünschen, Liebes.«

»Kommst du noch nicht ins Bett?«, fragte sie mit einem bittenden Unterton in der Stimme. Sie wollte diesen herrlichen Tag in seinen Armen ausklingen lassen.

»Später. Ich habe noch einiges zu erledigen.« Er küsste sie sacht auf den Mund und legte ihr kurz eine Hand auf den Bauch. »Du verkörperst all das, was eine Königin ausmachen sollte. Ich habe noch nie eine Frau gesehen, die so schön und majestätisch aussah wie du heute.«

Seine Worte linderten ihre Enttäuschung ein wenig und wärmten sie innerlich. Sie sah zu, wie er zur Tür ging; seine Schritte waren noch immer so beschwingt wie an diesem Morgen. Auf der Schwelle drehte er sich noch einmal um und schenkte ihr ein Lächeln, das sie dahinschmelzen ließ. Dann war er verschwunden und hinterließ nur einen kalten Luftzug.

Nach einem Moment rief Alienor ihre Kammerfrauen und machte sich für die Nacht fertig. Sie bedauerte es, allein zu sein, empfand aber dennoch eine tiefe innere Zufriedenheit.

Henrys Knappe klopfte leise an die Tür des gemieteten Hauses in Eastcheap, das nur einen kurzen Fußweg vom Tower entfernt lag. Der Riegel wurde zurückgeschoben, und eine Dienstmagd ließ den jungen Mann und seinen Herrn stumm eintreten, bevor sie die Tür schloss und niederkniete.

Henry befahl seinem Knappen und der Magd mit einer gleichgültigen Handbewegung, den Raum zu verlassen, ohne sie weiter zu beachten. Er heftete den Blick stattdessen auf die junge Frau, die in einen Knicks versunken war, als er den Raum betreten hatte. Sie hielt den Kopf gesenkt, so dass er nur die schweren Wellen ihres aschblonden Haares auf dem hellen Leinen ihres Hemdes sehen konnte. Er trat zu ihr und hob mit dem Zeigefinger ihr Kinn an, um in ihr Gesicht blicken zu können.

»Mein König«, sagte sie, dann öffneten sich ihre vollen Lippen zu einem Lächeln, das sein Herz betörte. »Henry.«

Er zog sie auf die Füße, drückte sie an sich und küsste sie leidenschaftlich. Sie schlang die Arme um seinen Hals und gab ein leises Schnurren von sich. Als er all die warmen Stellen ihres Körpers an seinem spürte, vergrub er das Gesicht in ihrem üppigen Haar und sog den Duft von frischem Gras und Salbei ein. »Ah, Aelburgh.« Seine Stimme klang rau. »Du riechst so süß wie eine Wiese.«

Sie liebkoste seinen Hals. »Ich habe nicht damit gerechnet, dass du heute Nacht zu mir kommst. Ich dachte, du wärst nach den Ereignissen des Tages viel zu beschäftigt.«

»Ha, das bin ich auch, aber hierfür nehme ich mir gerne die Zeit.«

»Hast du Hunger? Ich habe Brot und Wein da.«

Er schüttelte den Kopf und umfasste ihre Brust. »Ich habe heute schon reichlich gegessen. Nur einen Appetit muss ich noch stillen.«

Aelburgh lachte leise, löste sich aus seiner Umarmung, nahm eine Lampe vom Tisch und führte Henry die steile Treppe zur Schlafkammer hoch.

Die Lampe flackerte schwach, als Henry nach seinen Kleidern griff und sich anschickte, das Haus zu verlassen.

»Du könntest hierbleiben.« Aelburgh streichelte träge seinen nackten Rücken.

Er seufzte bedauernd. »Ich habe zu viel zu tun, Liebes. Der Erzbischof von Canterbury besucht mich in ein paar Stunden, und es wäre nicht schicklich, ihn zu begrüßen, wenn mir noch die Wärme des Bettes meiner Mätresse anhaftet – so verlockend dieses Bett auch sein mag.« Er zog ihre Hand an die Lippen. »Ich komme bald wieder, das verspreche ich dir.«

»Die Königin hat heute wunderschön ausgesehen«, sagte sie ruhig.

»Das hat sie in der Tat – aber sie ist nicht so bezaubernd wie du.«

Aelburgh setzte sich etwas aufrechter hin und lächelte selbstgefällig.

»Liebes, du gehörst zu einem anderen Teil meines Lebens.« Er schob eine Haarflechte hinter ihr Ohr. »Es gibt Pflichten… und es gibt Vergnügen, und du bist eindeutig Letzteres.« Vor allem, während Alienor hochschwanger war und eheliche Intimitäten mit ihr nicht möglich waren.

Von der kleinen, durch einen Vorhang abgetrennten Nische hinter dem Bett her ertönte das leise Greinen eines aus dem Schlaf erwachenden Kindes. Aelburgh streifte ihr Hemd über, verschwand hinter dem Vorhang und kam einen Moment später mit einem rothaarigen kleinen Jungen in den Armen wieder. »Schsch, kleiner Mann, sei ruhig«, gurrte sie. »Schau einmal, dein Herr Papa ist hier.«

Das Kind starrte Henry unsicher an. Sein Kinn zitterte, aber als Henry eine Grimasse schnitt, kicherte es entzückt und barg das Gesicht am weichen weißen Hals seiner Mutter, bevor es sich umdrehte und Henry wieder mit runden blauen Augen betrachtete. Henry war erheitert und erfreut. Es gab nichts Schlimmeres als ein schreiendes Kind, das sich nicht beruhigen ließ.

»Ich werde für ihn sorgen«, versprach er. »Er ist der Sohn eines Königs, und er wird alles haben, was er braucht, um seinen Weg in dieser Welt zu machen.«

Furcht flackerte in Aelburghs Augen auf. »Du wirst ihn mir doch nicht wegnehmen? Das könnte ich nicht ertragen!«

»Sei doch nicht so dumm.« Henry schob sich um ihren Sohn herum, um sie erneut zu küssen. »In den ersten Jahren gehört ein Kind zu seiner Mutter.« Sobald Intellekt, Vernunft und körperliche Kraft seines Sohnes so weit ausgeprägt waren, dass er unterrichtet und ausgebildet werden konnte, würde das Band an die Mutter natürlich zertrennt werden, aber das würde er ihr jetzt noch nicht sagen. Noch sollte sie sich in sanfter Sicherheit wiegen. Er brauchte sie noch. »Ich muss gehen.« Er zupfte an einer ihrer Haarsträhnen, küsste seinen Sohn und deponierte auf dem Weg zur Tür einen mit Silberpennys prall gefüllten Beutel auf dem Tisch im Hauptraum, um das Silberstück zu ergänzen, das sie früher am Tag vor der Kathedrale aufgefangen hatte.

Die dunkle Winternacht wies noch keine Anzeichen der

Morgendämmerung auf, und er erwog, ein paar Stunden in einem Stuhl zu dösen und sich dann für den Besuch des Erzbischofs fertig zu machen. Als er den Rückweg zum Tower antrat, kreisten all seine Gedanken schon wieder um die Regierungsgeschäfte, und Aelburgh war in den hintersten Winkel seines Geistes zurückgedrängt worden.

2

Landgut Bermondsey, in der Nähe von London,
Dezember 1154

Alienor musterte den Mann, den Henry gerade zum Lordkanzler von England ernannt hatte, abschätzend. Thomas Becket war hochgewachsen und dünn, hatte eingefallene Wangen, eine ausgeprägte Nase und scharfe graue Augen, denen auch dann, wenn er sich auf etwas Bestimmtes konzentrierte, nichts von dem, was sich in seinem näheren Umkreis abspielte, entging.

»Man muss Euch gratulieren, Master Thomas«, sagte sie.

Er verbeugte sich schwungvoll. »Ich bin sehr dankbar für die Chance, die mir der König gegeben hat, M-Madam. Ich werde alles tun, was in meiner Macht steht, um Euch beiden b-bestmöglich zu dienen.« Er sprach langsam, wog die Worte allerdings sorgfältig ab. Als sie ihn zum ersten Mal gehört hatte, hatte Alienor dies für eine List gehalten, um seiner Würde Nachdruck zu verleihen, aber jetzt erkannte sie, dass es seine Art war, eine Sprachbeeinträchtigung zu kontrollieren. Er musste über ein beträchtliches diplomatisches Geschick verfügen, denn der Erzbischof rechnete es ihm hoch an, dass er zum großen Teil dazu beigetragen hatte, Rom dazu zu bringen, König Stephens Sohn Eustace nicht als Erben von England anzuerkennen.

»Dann dürfen wir hoffentlich Großes von Euch erwarten, Master Thomas.«

»Sagt mir, was Ihr verlangt, und ich werde tun, was ich kann, um es möglich zu machen.« Er schob die Hände in seine pelzgefütterten Ärmel, die ausladender waren als üblich, um den Platz zu vergrößern, den er einnahm. Ihr waren auch die kunstvoll gearbeitete Brosche an seinem Umhang und die goldenen Ringe aufgefallen, die seine manikürten Finger schmückten. Master Becket hatte ein Auge und eine Vorliebe für Luxus, doch das galt auch für viele andere am Hof. Ein Mann von Rang musste seine Bedeutung durch seine äußere Erscheinung unterstreichen – es sei denn, er war so allmächtig wie Henry und konnte tun, was ihm beliebte. Dennoch war es eine Neigung, die man auch weiterhin beobachten sollte.

»Ich bin sicher, dass wir gut zusammenarbeiten werden. Es wird sich als vorteilhaft erweisen, jemanden im Gefolge zu haben, der mit den diplomatischen Angelegenheiten des Reiches vertraut ist.«

Becket neigte den Kopf. »In der Tat, M-Madam. Aber es gibt immer noch neue Fähigkeiten zu erlernen, und ich freue mich schon darauf.« Während er sprach, sank seine Stimme um eine Oktave. Er hungerte danach, ihr zu gefallen, war eifrig darauf bedacht, ihnen zu dienen, brannte aber zugleich darauf, seine neue Macht einzusetzen.

Henry traf mit leuchtenden Augen und vor Energie übersprudelnd ein. »Seid Ihr bereit für die Jagd, Mylord Kanzler?« Er klopfte Becket freundschaftlich auf die Schulter. »Meine Stallburschen haben ein schnelles Pferd für Euch ausgesucht, und Ihr könnt Euch einen meiner Falken ausborgen, bis Ihr Gelegenheit habt, Eure eigenen Käfige zu füllen.«

Becket verneigte sich. »Zu Euren Diensten, Sire.«

»Ha, dann kommt! Es ist Zeit zu gehen!« So begeistert wie ein Kind von seinem neuen Spielzeug zog Henry seinen Kanzler mit sich. Die anderen Männer leerten ihre Becher, schluckten die letzten Brotkrümel hinunter und stürmten ebenfalls davon, voller Vorfreude auf die Jagd und begierig darauf, ihren neuen König zu beeindrucken. Alienor sah ihnen nach. Sie beneidete sie um ihre männlichen Freiheiten. Da ihre Schwangerschaft schon fortgeschritten war, musste sie sich von nun an darauf beschränken, sich in ihren Gemächern zu beschäftigen. Die Männer dagegen würden zwischen hitzigen Diskussionen über den Jagdsport über die Hofpolitik sprechen. Sie würden Bündnisse festigen, prahlen und protzen und ihre überschüssige Energie durch exzessive Bewegung abbauen. Henry würde mehr über Becket und die anderen Lords in Erfahrung bringen, von denen seine Herrschaft abhing, und sie würden mehr über ihn herausfinden – oder vielmehr so viel, wie er preisgeben wollte.

Während die Männer auf die Jagd gingen, bestand Alienors Pflicht darin, sich mit ihren Frauen, Töchtern und Mündeln zu unterhalten und sich ihr eigenes Netzwerk aufzubauen. Weibliche Ränke waren oftmals effektiver als männliches Geprahle, und es gab subtilere Wege, seinen Willen durchzusetzen, als aufschneiderische Wettbewerbe und das Zuschandereiten von Pferden.

Von den versammelten Frauen hatte Alienor Isabel, die Gräfin de Warenne und Frau von Stephens Sohn William de Boulogne, sofort ins Herz geschlossen. Sie war eine attraktive junge Frau mit schimmerndem brünettem Haar, das sie zu zwei dicken, unter dem Saum ihres Schleiers hervorlugenden Zöpfen geflochten trug. Ihre warmen braunen, goldgefleckten Augen funkelten vor Humor und Intelligenz. Sie nahm Alienors kleinen Sohn unter ihre Fittiche und erzählte ihm eine einfache Geschichte von einem Kaninchen, zu der Fingerfiguren und sanftes Kitzeln gehörten. William quiekte vor Lachen. »Mehr!«, verlangte er, während er auf- und abhüpfte. »Mehr … jetzt!«

Alienor entging der wehmütige Ausdruck auf Isabel de Warennes Gesicht nicht. Sie war seit sechs Jahren mit König Stephens jüngstem Sohn verheiratet, aber das Paar war bisher leider kinderlos geblieben, was Alienor in politischer Hinsicht allerdings für vorteilhaft hielt. William de Boulogne hatte auf sein Anrecht auf die Krone verzichtet, aber in einer neuen Generation mochte immer noch die Saat der Rebellion gesät werden, und Henry ließ den jungen Mann vernünftigerweise genau beobachten.

Während sie die zwischen ihrem Sohn und Isabel herrschende Harmonie zur Kenntnis nahm, beschloss Alienor, die Gräfin in ihren eigenen Haushalt aufzunehmen und sich mit ihr anzufreunden. Sie würde über wertvolles Wissen über die englischen Barone verfügen, vor allem über jene, die Stephen unterstützt hatten. Je enger sie Isabel daher an sich binden konnte, desto besser.

»Ihr beweist auf diesem Gebiet beträchtliches Geschick, Mylady«, bemerkte sie mit einem warmherzigen Lächeln.

Isabel schmunzelte. »Das ist nicht weiter schwer, Madam. Alle Kinder lieben diese Spiele.« Sie legte einen Arm um Will und formte aus dem Taschentuch in ihrer Hand die Umrisse eines Kaninchens. »Und Männer auch«, fügte sie spitzbübisch hinzu.

Alienor bestätigte mit einem Kichern die Wahrheit dieser Bemerkung und dachte bei sich, dass sich Isabel de Warenne in der Tat als sehr nützlich erweisen würde.

»Die Königin hat mich gebeten, in ihren Haushalt einzutreten«, erzählte Isabel ihrem Mann an diesem Abend, als sie sich in ihrem Gästehaus anschickten, zu Bett zu gehen.

Sie hatte den Tag sehr genossen. Viele Jahre lang war ihr die Möglichkeit, sich bei Hof unter Frauen ihres Ranges zu mischen, verwehrt geblieben, aber nun, wo Frieden herrschte, würde endlich alles anders werden. Nach langer Zeit war sogar ein Hauch von Optimismus in ihr aufgekeimt. Mit dem reizenden kleinen Jungen der neuen Königin zu spielen und Alienors fortgeschrittene Schwangerschaft zu registrieren, hatte sie zwar einen Moment lang traurig gestimmt, aber sie hatte das Beste aus der Gunst des Augenblicks gemacht und sich nicht gestattet, sich düstere Gedanken über ihre eigene Situation zu machen.

Ihr Mann William lag von Polstern und Kissen gestützt auf dem Bett, während sie den unteren Teil seines rechten Beins mit einer wärmenden Salbe einrieb. Er hatte sich ein Jahr zuvor bei einem ›Unfall‹ am Hof, über den er nicht sprechen wollte, das Schienbein gebrochen. Die genauen Umstände blieben daher bisher im Dunkeln; Isabel hatte sie nie zu ihrer Zufriedenheit aufklären können. Sie vermutete, dass es sich entweder um eine Warnung an William, keinen Anspruch auf die Krone seines Vaters zu erheben, oder um einen fehlgeschlagenen Mordversuch gehandelt hatte. Da William überhaupt nicht den Wunsch hegte, König zu werden, hatte er bereitwillig auf seine Rechte verzichtet, und die Gefahr schien daher gebannt zu sein, obwohl Isabel wusste, dass er noch immer unter scharfer Beobachtung stand.

»Das überrascht mich nicht«, erwiderte er. »Der König beabsichtigt, mich am Hof zu behalten, und es ist nur logisch, dass du der Königin aufwartest.« Er lächelte sarkastisch. »Eine Seite der Medaille besteht aus Gunstbezeugungen und Freundschaft, die andere aus höflich verdecktem Hausarrest. Henry traut uns nicht, er will uns nicht aus den Augen lassen.«

»Aber dieses Misstrauen wird doch im Lauf der Zeit nachlassen?« In Isabels Stimme schwang das tiefe Bedürfnis mit, in diesem Punkt recht zu behalten.

»Hoffentlich.« William blies die Wangen auf. »Ich habe noch nie einen Menschen mit so viel Energie gesehen. Er ist heute unermüdlich über die Hügel und durch die Täler gejagt, und wenn sein Pferd nicht völlig erschöpft gewesen wäre, hätte er bis Einbruch der Dunkelheit so weitergemacht, zur Hölle mit uns anderen. Nur sein Halbbruder, dieser Hamelin, und der neue Kanzler konnten mit ihm mithalten, und das auch nur durch schiere Willenskraft und weil sie die besten Pferde hatten. Ich hege keinen Zweifel daran, dass er morgen bei Tagesanbruch schon wieder losreitet.« Er verzog das Gesicht, als er seine Position verlagerte. »Er plant, nächste Woche nach Oxford aufzubrechen und dann nach Northampton weiterzureisen. Ich frage mich, woher er diese Ausdauer nimmt.«

Sie maß ihn mit einem scharfen Blick. »Wird ihn nur das Gefolge des Königs oder der ganze Hof begleiten?«

»Nur das Gefolge des Königs, vom Haushalt der Königin war nicht die Rede – sei dankbar dafür.«

Isabel rieb und massierte sein Bein weiterhin. »Ich werde dich vermissen.«

»Keine Angst, ich werde nicht lange weg sein.«

Sie versuchte, sich auf ihre Arbeit zu konzentrieren und ihre düsteren Gedanken zu vertreiben. Die Salbe war einmassiert. An der Bruchstelle hatte sich eine dicke Narbe gebildet, die an einen Knoten in einem Ast erinnerte.

»Isabel.«

Er sprach ihren Namen auf diese sanfte, melancholische Art aus, bei der sie immer den Wunsch verspürte zu weinen.

»Komm«, sagte er. »Lös dein Haar für mich. Es ist so schön, wenn du es offen trägst.«

Sie griff zögernd nach ihren schimmernden Zöpfen. Ihre vom Rest der Salbe feuchten Finger blieben an den schweren, geschmeidigen Flechten kleben. Sie liebte William innig, aber auf diese beschützende Weise, mit der eine ältere Schwester einen kleinen Stiefbruder liebte, und intime Momente brachten sie in Verlegenheit. Sie hatten auf Geheiß seines Vaters, des Königs, geheiratet, als sie sechzehn und er erst elf war, und als er langsam erwachsen wurde, hatte sich ihre physische Beziehung nie zu voller Blüte entfaltet. Sie teilten zwar das Bett, weil es ihre Pflicht war, Erben für die Boulogne- und Warenne-Ländereien zu zeugen, aber bislang hatte sie noch kein Kind empfangen. Sie redete sich ein, dass sie noch Zeit hatten und es irgendwann sicher so weit sein würde, aber mit jedem erfolglosen Versuch wuchsen ihre Zweifel und ihre Schuldgefühle ob ihres Versagens.

Er vergrub die Hände in ihrem Haar und zog sie an sich, aber ihre Umarmung beschränkte sich auf Liebkosungen und sanfte Küsse, die nicht intensiver wurden, sondern erstarben, als er einschlief. Isabel lag neben ihm, von seiner Hand in ihrem Haar an ihn gefesselt, das er umklammerte wie ein Kind seine warme Decke. Sie lauschte seinen tiefen, regelmäßigen Atemzügen, und ihr Herz blutete.

Ende Februar setzte später Schneefall ein und überzog das Land über Nacht mit einer dicken weißen Schicht. In Bermondsey wurde der Kamin in der Geburtskammer stetig mit Holz gefüttert. Alienor befand sich bereits in einer fortgeschrittenen Phase der Wehen; ihr Unterleib war entblößt, während um ihre Schultern schützende Pelzdecken lagen.

»Stellt Euch nur vor«, sagte Emma, als sie Alienor mit Honig versetzten Wein reichte, »dieses Kind wird auf mehr als eine Weise in Hermelinpelze hineingeboren werden!«

Alienor befand sich in einer Pause zwischen den Wehen und brachte daher ein schwaches Lächeln zustande. Ihr ältester Sohn war als Kind eines Herzogs und einer Herzogin geboren worden, wohingegen dieses neue Baby der Spross des Königs und der Königin von England sein würde. »In der Tat, und diesmal wird sein Vater hier sein, um ihn zu sehen.« Henry war vor Kurzem von seinen Blitzreisen durch England zurückgekehrt. Der tiefe Schnee hatte ihn daran gehindert, auf die Jagd zu gehen, und so hatte er sich vermutlich mit Becket und de Lucy in seiner Kammer verschanzt, um Staatsangelegenheiten zu besprechen. Sie nippte an dem Getränk und kostete die Süße des Honigs aus. »Als Will geboren wurde, war Henry gerade auf einem Feldzug, und als er ihn zum ersten Mal zu Gesicht bekam, war sein Sohn bereits sieben Monate alt!«

Die nächste Wehe setzte ein, sie war noch stärker als die vorherige. Alienor schnappte nach Luft und gab Emma schnell den Becher zurück, bevor sie ihn fallen lassen würde.

Die oberste Hebamme nahm eine rasche Untersuchung vor. »Jetzt ist es bald so weit, Madam«, versuchte sie Alienor fröhlich zu ermuntern.

Alienors Gesicht verzerrte sich. »Nicht bald genug!«, keuchte sie. »Ich sage dir, die Männer haben bei diesem Handel alle Vorteile auf ihrer Seite!«

Es dauerte fast bis zum Mittag, bevor endlich erlösendes Babygeschrei die Geburtskammer erfüllte, und Alienor sank nach Atem ringend und erschöpft gegen die Polster.

»Madam, Ihr habt einen schönen, kräftigen Jungen zur Welt gebracht!« Die Hebamme legte das zappelnde Kind seiner Mutter auf den Bauch.

Trotz ihrer Mattigkeit lachte Alienor triumphierend auf. Mit zwei Söhnen, die die Thronfolge sicherten, hatte sie ihre Pflicht mehr als erfüllt.

Die Hebamme durchtrennte die Nabelschnur, kümmerte sich um die Nachgeburt und versorgte Alienor, während ihre Gehilfin das Baby neben dem Feuer in einer Messingschüssel badete. Als er abgetrocknet und in warme Leinentücher und Pelze gehüllt worden war, wurde er seiner Mutter zurückgegeben. Alienor wiegte ihn in den Armen, streichelte sein von der Geburt zerknittertes Gesicht und zählte und küsste seine Finger. Ein Blick in Richtung des fahlen Lichts, das durch die Fensterscheiben fiel, verriet ihr, dass hinter dem Glas leise, grünlich angehauchte Schneeflocken vom Himmel fielen, und sie wusste, dass sie diesen Moment nie vergessen würde. Die Ruhe nach dem blutigen Kampf; die Wärme des Feuers und der Pelze, die sie und ihren neugeborenen Sohn vor der Kälte schützten; und das Gefühl stillen, ungestörten Friedens, der fast heilig war.

Alienor wurde vom Klang von Londons Kirchenglocken und dem näheren Läuten von Saint Saviour, das die freudige Neuigkeit von der Geburt eines Prinzen verkündete, aus einem leichten Schlummer geweckt. Hinter dem Fenster ging das gedämpfte Licht des Nachmittags in die Abenddämmerung über, und es hatte aufgehört zu schneien. Henry stand neben dem Bett und blickte mit einem seligen Lächeln auf seinem vor Kälte geröteten Gesicht in die Wiege hinunter.

Alienor setzte sich auf und lehnte sich gegen die Kissen. Sie wünschte, ihre Frauen hätten sie vor seiner Ankunft geweckt und ihr einen Moment Zeit gegeben, sich zurechtzumachen.

Bei ihrer Bewegung drehte er sich um, und sie sah Tränen in seinen Augen glänzen. »Er ist wunderschön.« Sein Adamsapfel zuckte.

Alienor bekam diese verletzliche Seite ihres Mannes selten zu sehen. Sein Gesichtsausdruck und die Art, wie er sprach, erfüllten sie mit schmerzhafter Zärtlichkeit, als würden sich ihre Mutterinstinkte auch auf ihn erstrecken. Er hob das gewickelte Baby aus der Wiege und setzte sich mit ihm auf die Bettkante. »Du hast mir alles gegeben«, sagte er. »Du hast jeden Teil der Abmachung erfüllt. Ich verschenke mein Vertrauen nicht leichtfertig, aber du hast es voll und ganz. Mein Herz gehört dir.«

In seinem Blick lag absolute Aufrichtigkeit, und Alienors Augen füllten sich mit Tränen, denn sie wusste, wie viel Mut es ihn kostete, seinen Schutzschild zu senken und ihr so viel zu offenbaren. Trotzdem war sie auf der Hut, weil sie aus böser Erfahrung wusste, dass sich etwas, das Henry jetzt ernst meinte, im nächsten Moment ändern konnte. Aber sie sagte nichts und trug eine sittsame Miene zur Schau, während die Glocken läuteten und läuteten.

Schließlich erhob er sich und reichte das Baby widerstrebend einer ihrer Frauen. »Ich werde seine Taufe in die Wege leiten – Henry, wie wir es besprochen haben. Der Bischof von London wird die Zeremonie morgen früh vollziehen. Du brauchst jetzt Ruhe, du musst dich erholen und für das Nächste wieder zu Kräften kommen.«

Er küsste sie und verließ in seiner üblichen Hast den Raum. Alienor lächelte, war aber zugleich aufgebracht. Noch vor einem Moment war alles für ihn genug und ›perfekt‹ gewesen, wobei er jetzt bereits wieder das nächste Kind im Hinterkopf hatte, und das war nichts, was eine Frau wenige Stunden nach einer schmerzhaften Geburt hören wollte. Die Anspielung, sie solle nur deshalb wieder zu Kräften kommen, um ihm ein weiteres Baby zu schenken, ließ sie die Augen zusammenkneifen. Sie hatte ihn gleich zu Anfang ihrer Ehe gewarnt, dass sie mehr war als eine bloße Zuchtstute und sie sich nicht wie eine behandeln lassen würde.

3

Winchester, September 1155

»Der Erzbischof drängt mich, einen Feldzug nach Irland vorzubereiten.« Henry schritt energiegeladen und wütend im Raum auf und ab. »Der alte Fuchs will die irische Kirche unter den Einfluss von Canterbury bringen. Er schlägt vor, dass ich meinen Bruder dort zum König mache, aber wenn er sich einbildet, er könnte mich und Geoffrey benutzen, um seinen Willen durchzusetzen, irrt er sich.«

Alienor saß am Fenster, schaukelte den sieben Monate alten Henry auf dem Schoß und sah zu, wie sein älterer Bruder auf einem hölzernen Steckenpferd um den Tisch herumgaloppierte und die roten Lederzügel schüttelte. »Was sagt Geoffrey dazu?«

Henry schloss die Hände um seinen Gürtel. »Ihm gefällt die Idee, ein eigenes Königreich zu regieren, aber keines, das so entlegen ist wie Irland. Und ich will ihn ganz sicher nicht an meiner zur See gelegenen Flanke nach Belieben schalten und walten lassen.«

»Du bist im Recht, wenn du standhaft bleibst.« Alienor konnte sich für keinen von Henrys Brüdern erwärmen. Geoffrey, der Zweitgeborene, warf ständig mit schmollenden Drohungen um sich und neidete Henry seinen höheren Rang. Alienor traute ihm nicht, wollte ihn nicht in ihrer und der Nähe ihrer Söhne haben und mied ihn, wann immer es ging. Sie empfand eine ähnliche, aber weniger starke Abneigung gegen Henrys jüngsten Bruder William. Er pochte nicht so sehr auf seine Privilegien, versuchte aber, andere einzuschüchtern, um seine eigene Position zu festigen. Henrys einziger annehmbarer Bruder war Hamelin, ein illegitimer Sohn, der sich seinen Platz am Hof durch loyale Dienste sichern musste.

»Ich denke ja gar nicht daran, mir von der Kirche Vorschriften machen zu lassen«, grollte Henry. »Theobald mag an Rom appellieren, soviel er will, und darauf hinweisen, wie wichtig er in der Vergangenheit als Vermittler war. Er kann sich darauf berufen, wie viele Gefallen ich ihm schulde, aber das nützt ihm nichts. Ich werde mich mit Irland befassen, wenn ich es für richtig halte und nicht er.«

»Hast du ihm das schon gesagt?«

»Nicht direkt.« Ein verschlagener Ausdruck huschte über sein Gesicht. »Ich sagte, weil es meinen Bruder betreffe, sei es eine Familienangelegenheit, und ich müsse mit meiner Mutter sprechen. Ich weiß mit Bestimmtheit, dass sie nicht einverstanden sein wird. Genau wie ich wird sie es als Zeitverschwendung betrachten – und als gefährlich. Theobald wird die Sache noch eine Weile weiterverfolgen, aber ich habe den längeren Atem.«

»Klug ausgedacht«, lobte Alienor. Henrys Mutter war seine Stellvertreterin und führte ihr Regiment von der Abtei Bec aus. Sie kannte den Erzbischof gut, würde eine einfühlsame Vermittlerin sein und gleichzeitig dafür sorgen, dass Henrys Wünsche berücksichtigt wurden.

»Das finde ich auch«, versetzte er grinsend.

»Schau, Papa, mein Pferd kann ganz schnell galoppieren!«, piepste Will, der gerade begonnen hatte, in ganzen Sätzen zu sprechen.

Henrys Züge wurden weicher. »Ein Mann braucht immer

ein schnelles Pferd, um an der Spitze seiner Truppe zu reiten und seine Gegner hinter sich zu lassen.« Er fing seinen Sohn ein und umarmte ihn. Ihre Köpfe drückten sich aneinander, Henrys fuchsroter verschmolz mit Williams hellerem rötlichen Gold, wie die zwei Seiten einer Münze.

»Was sagt denn der Kanzler dazu? Immerhin war er einmal Theobalds Mann«, wollte Alienor wissen. »Hat er versucht, dich zu überreden?«

»Thomas tut das, was ich ihm befehle.« Henry warf ihr einen durchdringenden Blick aus seinen grauen Augen zu. »Er bekommt seine Anweisungen jetzt von mir, und es ist seine Aufgabe, die Staatseinkünfte zu erhöhen, was ihm bemerkenswert gut gelingt. Das muss an seinem Kaufmannsblut liegen.« Er stellte seinen Sohn wieder auf den Boden. »Meine Mutter wird sich mit Theobald befassen; diese Aufgabe wird die beiden ausreichend beschäftigen und mir genügend Zeit geben, um mich anderen Problemen zu widmen.«

Alienor übergab das Baby der Kinderfrau. »Du meinst uns. Es sind genauso meine Angelegenheiten wie deine.«

Ein wachsamer Ausdruck trat in seine Augen. »Das versteht sich von selbst.«

»Und trotzdem habe ich ständig das Gefühl, dass ich es betonen muss.«

Ärger glomm in seinen Augen auf. »Wenn ich das Meer überquere, um mich um die Normandie und Anjou zu kümmern, bleibst du als meine Regentin hier; du bist meine Bevollmächtigte, und ich bin der deine. Du kannst dich darauf verlassen, dass ich dich immer mit einbeziehen werde.«

Alienor hatte nicht die Absicht, sich ›darauf zu verlassen‹, denn sie glaubte ihm nicht. Wenn er sie mit einbezog, dann nur, weil es seinen eigenen Interessen diente. »Aber was in Aquitanien vor sich geht, ist zuallererst meine Sache«, beharrte sie. »Und es ist meine Entscheidung, dich mit einzubeziehen und nicht umgekehrt.«

Henry gab einen ungeduldigen Laut von sich. »Warum streitest du über Worte? Du brauchst die Stärke meines Schwertes, um deine Barone in Schach zu halten, und meine Anstrengungen gewährleisten, dass Aquitanien geschützt und verteidigt wird. Unser Sohn wird eines Tages das Herzogtum erben, und wir beide müssen unser Bestes für ihn geben. Ich weiß nicht, warum du dich darüber so aufregst.«

»Weil es mir wichtig ist. Nimm mich nicht als selbstverständlich hin, Henry.«

Er knurrte gereizt, bevor er sie an sich zog und sie heftig küsste. Sie packte ihn bei den Armen. Ihre Umarmung glich einem Schlachtfeld, das vor Anspannung und aufgestauter sexueller Energie knisterte, die Entladung verlangte. »Als ob ich das tun würde.«

»Das ist mir mehr wert als dein Leben, glaub mir.« Sie sprach aus so großer Nähe, dass ihre Worte Teil seines nächsten Atemzuges wurden.

Er lachte. »Und als deines, meine Liebe. Da es so aussieht, als wären wir einander ebenbürtig, sollten wir einen Waffenstillstand beschließen.« Er küsste sie erneut, führte sie zum Bett, zog die Vorhänge zu und sperrte die Welt aus. Während sie einander atemlos vor Lust entkleideten, kam ihr der Gedanke, dass nur Gegner einen Waffenstillstand schlossen, keine Verbündeten.

Alienor stand neben Henry in der großen Halle des Palastes von Westminster und betrachtete die Veränderungen wohlgefällig. Der Geruch von frischem Verputz und Holz hatte den von Kälte, feuchtem Stein und Vernachlässigung verdrängt. Noch immer waren Handwerker eifrig bei der Arbeit, aber sie nahmen keine Umbauarbeiten, sondern nur noch letzte Verschönerungen vor. Die in Canterbury bestellten Wandbehänge waren vor Kurzem eingetroffen und hingen jetzt an Stangen unter Friesen, die rote und grüne Akanthusranken zeigten und ihnen Detail und Farbe verliehen. Englische Stickerei war die kunstvollste in der christlichen Welt.

»Alles wird rechtzeitig zur Ratssitzung in drei Tagen fertig, Sire«, sagte Thomas Becket mit einem Schwenken seines pelzgefütterten Ärmels. »Die Möbel werden vor Einbruch der Abenddämmerung geliefert, und die Tischwäsche kommt morgen.« Eine seiner Aufgaben hatte darin bestanden, für die Renovierung des Palastes von Westminster zu sorgen, bevor zu Weihnachten die große Ratssitzung und die Versammlung des Hofes stattfanden. Danach würde Henry in die Normandie aufbrechen.

Henry nickte anerkennend. »Ausgezeichnet«, erwiderte er. »Vor einem Jahr war das hier ein unbewohnbares Loch, wo das Wasser an den Wänden hinunterlief und die Hälfte des Bleis vom Dach gestohlen worden war. Jetzt entspricht alles dem Zweck, dem es dienen soll.«

Becket senkte den Kopf und warf Alienor einen dankbaren Blick zu. »Mit Hilfe des guten Rates der Königin habe ich mein Bestes getan, Sire.«

»Es freut mich, dass mein Kanzler und meine Frau offensichtlich harmonisch zusammenarbeiten«, stellte Henry zufrieden fest. »Ein besseres Ergebnis hätte ich mir gar nicht wünschen können.«

Becket verneigte sich erneut, und Alienor erwiderte die Geste. Sie hatte sich, was Becket betraf, noch immer keine klare Meinung gebildet. Der Mann war ihr ein Rätsel. Er verhielt sich ihr gegenüber stets höflich, aber niemals vertraulich. Sie vermochten sich ungezwungen über viele Themen zu unterhalten und verstanden sich – er war kultiviert, aufmerksam und scharfsinnig –, doch in ihren Gesprächen kam keine große Wärme auf; sie konnte nie mit Sicherheit sagen, was er dachte, und das machte sie nervös. Sein Ziel schien allein darin zu bestehen, alles herbeizuschaffen, was sie und Henry von ihm verlangten – vor allem, wenn es sich um neue Abgaben handelte, was wiederum seinen eigenen Glanz erhöhte.

Alienor hatte es genossen, mit Becket in Westminster zusammenzuarbeiten, ihn zu beraten, Entwürfe anzufertigen und Auswahlen zu treffen, aber während ihre Beteiligung ihr mehr routinemäßiges Vergnügen bereitet hatte, hatte er einem Verhungernden geglichen, dem man unverhofft gestattet hatte, sich auf ein Festmahl zu stürzen, und sie hatte seinen Überschwang manchmal sogar zügeln müssen. Die fein gewebten Wandbehänge aus den Werkstätten von Canterbury hatte sie ausgesucht, aber die hohe Tafel aus rosafarbenem Marmor mit gebogenen Säulenbeinen waren Beckets Beitrag, ebenso wie die passenden Bänke und der kunstvoll gearbeitete Springbrunnen. Sie war bislang noch nicht im Haus des Kanzlers gewesen, aber sie hatte gehört, dass es selbst für den griechischen Kaiser prächtig genug sein sollte. Es lag eine gewisse Ironie darin, dass Henry auf einem Strohsack genauso gut schlief wie in einem Federbett, wohingegen sein Kanzler den Geschmack und die Neigungen eines Potentaten hatte – oder eines Mannes, der verzweifelt danach strebte, seine gewöhnliche Herkunft durch übermäßigen Prunk in Vergessenheit geraten zu lassen.

Von der großen Halle aus führte Becket sie einen überdachten Fußweg entlang. Vom Fluss her, der kleine weiße Schaumkrönchen trug, weil die einsetzende Flut die Flussmündung aufwühlte, wehte ein eisiger Wind herüber. Alienor schlang ihren Umhang fest um ihren Körper, um ihren Bauch zu schützen, in dem das im September gezeugte Kind ihre Figur allmählich fülliger werden ließ. Sie gelangten zu einer kleineren Halle, die im letzten Jahr noch völlig verfallen gewesen war und jetzt im Glanz frischer Tünche und einem wie matte Seide schimmernden Dach aus Eichenholzschindeln erstrahlte.

Die Wärme in dem kleineren Gebäude glich einer Umarmung, und Alienor trat zu dem zentralen Kamin, um die Hitze auszukosten, die das prasselnde Feuer verströmte. Auch hier waren die Wände neu verputzt und getüncht worden. Eine dämmende Schicht aus würzig riechendem Stroh bedeckte den Boden, auf dem Binsenmatten lagen. Keramiklampen hingen an Messingketten von der Decke herab, und das exotische Aroma von mit Duftstoffen versetztem Öl erfüllte die Luft. Auf einer massiven Truhe unter dem Fenster stand ein erlesenes kleines Elfenbeinkästchen mit kunstvollen Scharnieren. Henry klopfte darauf. »Daran erinnere ich mich!«, entfuhr es ihm. »Meine Mutter brachte es mit, als sie hierherkam, um sich ihre Krone zu erkämpfen. Ich habe es zuletzt gesehen, als ich ein Kind war. Sie hat ihre Ringe darin aufbewahrt.« Sein Gesicht belebte sich, als er den Deckel aufklappte. Zahlreiche kleine unregelmäßige Klumpen aus trübgrauem und goldenem Harz, die an Strandkies erinnerten, kamen zum Vorschein.

»Weihrauch!« Alienor spähte über seine Schulter und lächelte.

»Der Bischof von Winchester hat es bei seiner Flucht zurückgelassen«, erläuterte Becket. »Es tut mir leid, dass keine Juwelen darin waren, aber der Weihrauch ist sein Gewicht in Gold wert.«

»Es wundert mich, dass es nicht dreißig Silberlinge enthält«, murmelte Henry. Er legte drei Klümpchen in einen kleinen Schmelztiegel neben dem Kamin und hielt ihn über das Feuer, bis fahler, duftender Rauch von dem Harz aufzusteigen begann.

Henry, der Bischof von Winchester, war König Stephens Bruder. Da er die Burgen, die er während der Anarchie erbaut hatte, nicht hatte zerstören wollen, hatte er Bestechungsgelder angeboten und auf jede nur erdenkliche Weise versucht, seine Haut zu retten; als er erkannt hatte, dass er trotz all seiner Bemühungen gestürzt werden würde, hatte er rasch und heimlich dafür gesorgt, dass seine zusammengeraubten angehäuften Schätze nach Frankreich in die Abtei Cluny geschafft wurden. Er selbst hatte sich in einer dunklen Novembernacht bei Ebbe aus dem Land gestohlen, um seinen Reichtümern zu folgen.

Henry wedelte mit der Hand durch den Rauch. Alienor schloss die Augen und sog den Duft königlicher und göttlicher Macht ein. In ihr kamen Erinnerungen auf, viele davon glorreich und machtdurchdrungen, wenn auch nicht unbedingt glücklich.

Als sie die Augen wieder aufschlug, hatte sich Henrys Halbbruder Hamelin zu ihnen gesellt. Sein grimmiger Gesichtsausdruck und seine steife Haltung verhießen nichts Gutes.

»Aelburgh«, sagte er zu Henry. »Es hat einen Unfall gegeben.«

Henry erhob sich und zog Hamelin rasch zur Seite. Alienor beobachtete, wie Letzterer sich vorbeugte, um Henry etwas ins Ohr zu flüstern, woraufhin Henry erstarrte. Der genannte englische Name hatte keine Bedeutung für sie, sie wusste noch nicht einmal, ob er einem Mann oder einer Frau gehörte, aber Henry bedeutete er ganz eindeutig sehr viel. Ohne ein weiteres Wort an sie oder Becket zu richten, stürmte er aus dem Raum und zog Hamelin mit sich.

Alienor starrte ihnen verwundert und beunruhigt hinterher. Sie war Henrys unverhoffte Temperamentsausbrüche gewöhnt, aber so hatte sie ihn noch nie erlebt. »Wer ist Aelburgh?« Sie blickte sich zu ihren Frauen um, die die Köpfe schüttelten, und dann zu Becket, der das Weihrauchkästchen neben dem Kamin zur Hand nahm. »Mylord Kanzler?«

Er räusperte sich. »Mit einer persönlichen Bekanntschaft kann ich nicht dienen, Madam.«

»Aber Ihr wisst, wer die Person ist?«

»Ich denke, es ist das Beste, wenn der König es Euch selbst sagt, wenn er zurückkehrt, Madam.«

Zorn wallte in ihr auf. Sie fühlte sich ins Abseits gedrängt – ausgegrenzt. »Ihr könnt denken, was Ihr wollt, Mylord Kanzler, aber Ihr müsst mir sagen, was Ihr wisst.«

Er blickte auf das Kästchen hinab und schloss sorgfältig den Deckel. »Ich glaube, der König kennt die Lady seit vielen Jahren«, entgegnete er. »Mehr kann ich dazu auch nicht sagen.«

Es handelte sich also um eine Frau, eine langjährige Bekannte. Henrys sexuelle Gelüste waren so intensiv und ausgeprägt wie alle seine Charaktereigenschaften, und Alienor hatte sich damit abgefunden, dass er seine Lust bei anderen stillte, wenn sie hochschwanger oder nicht bei ihm war. Es gab Nächte, in denen er nicht in ihre Kammer kam. Viel von dieser Zeit verbrachte er mit dem Abwickeln von Regierungsgeschäften, aber sie war nicht naiv. Jede Hofhure würde die Gelegenheit beim Schopf packen, ihm zu Willen zu sein, und aufgrund seiner Machtposition musste er nie mit einer Zurückweisung rechnen. Aber eine Frau, die er seit vielen Jahren kannte, stellte mehr dar als eine bedeutungslose Affäre, und sein Verhalten gerade eben zeugte von tiefer Besorgnis.

Alle wichen ihrem Blick aus. Sie straffte die Schultern und

bemühte sich, Haltung zu bewahren. »Danke, Kanzler«, sagte sie gebieterisch. »Der König hat andere Dinge zu erledigen, aber Ihr könnt mir zeigen, was hier sonst noch vollbracht wurde.«

Becket verbeugte sich und gab eine angemessene Antwort. »Madam, ich denke, Euch wird die Umgestaltung der kleineren Halle gefallen.« Er beschrieb eine Geste mit der geöffneten Hand.

Alienor folgte dem Kanzler, und als er ihr mit entsprechenden Bemerkungen und Ausschmückungen die durchgeführten Renovierungsarbeiten zeigte, heuchelte sie Interesse, doch als der Rundgang beendet war, konnte sie sich an kein Wort von dem erinnern, was er gesagt hatte.

Henry starrte den Leichnam seiner Mätresse an. Mit dem bis zu ihrem Kinn hochgezogenen Laken und den geschlossenen Augen hätte sie einfach nur tief schlafen können, wenn ihre kalt und farblos wirkende Haut nicht so wächsern ausgesehen hätte. Ihr prächtiges Haar kräuselte sich noch immer mit all der vibrierenden Lebenskraft, die aus seiner Besitzerin gewichen war.

»Ein mit Fässern beladener Karren ist auf der Straße umgekippt und hat sie zermalmt«, sagte Hamelin. »Als man sie darunter hervorzog, war sie schon tot. Es tut mir leid.« Worte waren hier fehl am Platz; er kam sich lächerlich vor, weil er sie überhaupt aussprach, aber mit irgendetwas musste er die Leere ausfüllen.

Henry griff nach einer Strähne von Aelburghs weichem Haar und rieb sie zwischen Daumen und Zeigefinger, dann beugte er sich vor und küsste ihre kalte Stirn. »Ich war ein Junge von vierzehn, als wir uns kennenlernten.« Seine Stimme versagte, und er musste sich hüstelnd räuspern. »Sie war ein Mädchen frisch vom Land und lieblich wie eine Apfelblüte. Für mich wird es nie wieder jemanden wie sie geben.«

»Es tut mir leid«, murmelte Hamelin erneut. »Ich weiß, was sie dir bedeutet hat.« Er drückte mitfühlend Henrys Schulter und stand einen Moment schweigend da. Dann fragte er: »Was passiert jetzt mit dem Jungen?«

Henry holte zittrig Atem. »Ich werde ihn nach Westminster bringen, er wird in der Kinderstube leben. Das hatte ich sowieso irgendwann vor.« Er wandte sich von Aelburghs entstelltem Leichnam ab, damit er für die Kirche hergerichtet werden konnte.

In dem unteren Raum saß sein kleiner Sohn Jeoffrey auf dem Schoß der Kinderfrau und streichelte einen Deckenfetzen. Seine blauen Augen waren vor Verwunderung und Angst geweitet. »Schläft Mama immer noch?«, fragte er.

Henry nahm ihn der Frau aus den Armen. »Deine Mutter kann nicht mehr für dich sorgen und möchte, dass du von nun an bei mir lebst«, sagte er. »In deinem neuen Zuhause hast du Brüder, mit denen du spielen kannst, und Menschen, die sich um dich kümmern. Komm, möchtest du auf meinem großen Pferd mitreiten?«

Das Kind saugte an seiner Unterlippe, nickte aber schwach. Henry warf Hamelin über seine Schulter hinweg einen Blick zu, in dem sich Kummer und Zorn vermischten.

Hamelin erkannte gefährliches Terrain. Henry konnte nie gut damit umgehen, wenn ihm die Kontrolle über irgendetwas entrissen wurde und er dahintrieb wie ein Strohhalm in den Fluten. Und er hasste es, anderen seine Verletztlichkeit zu zeigen. »Ich habe meine Mutter nie gekannt«, sagte Hamelin. »Sie starb bei meiner Geburt – aber ich erinnere mich an die Fürsorge unseres Vaters und daran, wie er mich zu seinem

Sohn gemacht hat, obwohl ich kein Erbrecht hatte. Dafür habe ich ihn geliebt und jeden Tag meines Lebens in Ehren gehalten, wie du weißt.«

Henry schluckte. »Ja, das weiß ich«, bestätigte er und blickte dann den kleinen Jungen in seinen Armen an. »Er ist alles, was mir von seiner Mutter bleibt.« Er drängte sich abrupt nach draußen. Es hatte zu schneien begonnen, und er barg seinen Sohn in den üppigen Falten seines Umhangs. Hamelin folgte ihm ins Freie, schloss die Tür und wies die sie begleitenden Leibwächter an, die Menge auseinanderzutreiben, die sich inzwischen versammelt hatte.

Als die Dämmerung hereinbrach, legte Alienor ihre Näharbeit beiseite, um ihre Augen zu schonen. Das Winterlicht war feiner Arbeit nicht zuträglich, aber der sich ständig wiederholende Akt, die Nadel in den Stoff zu stechen, sie wieder herauszuziehen und ein Muster zu erschaffen, half ihr immer beim Nachdenken.

»Madam, kann ich irgendetwas für Euch tun?«, erkundigte sich Isabel de Warenne, die ihr den Nachmittag über Gesellschaft geleistet hatte. Der kleine Will kuschelte sich mit schweren Lidern in eine Falte ihres Umhangs. Er war vorher mit seiner Spielzeugwaffe durch den Raum gerast, hatte dann aber eine Pause eingelegt, um sich auszuruhen und sich hätscheln zu lassen. Sein kleiner Bruder schlief unter der Aufsicht der Kinderfrau in seiner Wiege.

»Nein«, erwiderte Alienor. »Bitte nur den Haushofmeister, für die Rückkehr des Königs Brot und Käse unter einem Tuch bereitzuhalten. Er wird Hunger haben. Und ruf Madoc. Wenn ich schon nicht nähen kann, möchte ich wenigstens Musik hören.«

»Madam.« Isabel legte ihre Näharbeit mit anmutigen, sachten Bewegungen weg, die Alienor als beruhigend empfand und die sie mit warmer Dankbarkeit erfüllten.

»Danke.« Sie berührte sacht Isabels Ärmel.

»Wofür, Madam?«

»Für Gesellschaft ohne viele Worte.«

Isabels Gesicht färbte sich rosig. »Ich konnte sehen, dass Euch etwas bedrückt, aber auch, dass Ihr es für Euch behalten wolltet. Nichts, was ich hätte sagen können, wäre weise gewesen.«

»Und genau das macht dich weise. Hättest du hirnlos geschnattert, hätte ich dich fortgeschickt.«

»Ich habe die Kunst der Diskretion gelernt, als ich früher bei Hof war.« Isabel verzog leicht das Gesicht. »Manchmal ist Schweigen gehaltvoller als Worte.« Sie machte Anstalten, sich zu erheben, und weckte den kleinen Jungen sanft. »Komm, mein Prinz. Sollen wir schauen, ob wir Brot und Honig für dich finden?«

Will rieb sich die Augen und begann zu quengeln, aber Isabel redete ihm gut zu, bis er wieder strahlte, eine Hand in die ihre legte und mit der anderen sein Spielzeugschwert umklammerte.

Ein plötzlicher Tumult an den Hallentüren und ein eisiger Windstoß kündigten Henrys Rückkehr an. Mit einer Mischung aus Erleichterung und Verdruss erspähte Alienor sein rötliches Haar und seinen sich bauschenden kurzen grünen Umhang.

»Papa!«, brüllte Will, stürmte sein Schwert schwingend von Isabel weg auf ihn zu und blieb schlitternd vor ihm stehen. Beim Anblick des anderen kleinen Jungen, der neben Henry stand, zeichneten sich Überraschung und Verwirrung auf seinem Gesicht ab. Er war älter und größer als Will, aber die Ähnlichkeit zwischen den beiden Kindern war nicht zu übersehen.

»Das ist Jeoffrey«, erklärte Henry Will, dabei kniete er sich mit einem um den Neuankömmling gelegten Arm vor ihm hin. »Er ist zu uns gekommen, um bei uns zu leben und dein Gefährte und Spielkamerad zu werden.«

Alienor verspürte einen üblen Geschmack in der Kehle, als sie sah, wie sich das Kuckuckskind in Henrys Arme schmiegte, während ihr eigener Sohn außen vor blieb.

Die Kinder musterten einander misstrauisch. Isabel sprang ein. »Sire, ich wollte Lord William gerade Brot und Honig geben. Vielleicht möchte Jeoffrey auch etwas davon.« Sie streckte lächelnd eine Hand aus. Die Bewegung wirkte fließend und natürlich.

Henry bedachte sie mit einem ebenso erleichterten wie dankbaren Blick. »Das ist sehr freundlich von Euch, Madam, vielen Dank.«

Isabel knickste und ging mit einem Kind an jeder Seite davon.

Henry richtete sich auf, und sein Blick folgte Isabel und den Jungen einen Moment lang, bevor er zum Feuer trat, um sich dort aufzuwärmen.

Alienor fühlte sich verletzt, und ihr Schmerz verschlimmerte sich noch, weil sie Worte und Gefühle zurückhielt, denen sie vor all den Leuten, die ihn mit dem Jungen hatten hereinkommen sehen, auf keinen Fall freien Lauf lassen wollte.

Ein Diener stellte einen Glaskrug sowie Platten mit Brot und Käse auf einem Tisch in der Nähe des Kamins ab. Henry schickte den Mann weg und zitierte alle anderen in Hörweite aus dem Raum, bevor er Alienor bedeutete, sich zu ihm zu setzen.

Alienor nahm den Becher Wein entgegen, den er ihr eingoss, nippte daran und hätte beinahe gewürgt, denn das Getränk war sauer, und ihr war leicht übel. »Warum hast du mir nicht erzählt, dass du einen Sohn hast?«

Henry zuckte die Achseln. »Er war bisher nicht deine Sache, aber jetzt muss ich ihn in den Haushalt eingliedern.« Er spülte sich den Mund mit Wein und schluckte.

Alienor rang um Fassung. »Du sagst, er wäre nicht meine Sache, aber um der Absicherung unserer Blutlinie willen muss ich derartige Dinge wissen.« Sie kam sich vor wie eine Löwin, die ihr Junges verteidigt. »Seinem Anblick nach zu urteilen hast du die Geschichte eine ganze Weile lang vor mir geheim gehalten.«

»Er ist im März drei Jahre alt geworden«, entgegnete Henry.

»Und seine Mutter?«

»Sie ist tot.« Seine Stimme klang tonlos. »Ich habe gerade Vorkehrungen für ihre Beerdigung getroffen.«

Alienor wandte den Blick ab. Sie würde sich von ihm nicht ins Unrecht setzen lassen oder dulden, dass seine Worte sie trafen und sie sich klein und bösartig vorkam. »Ich weiß, dass du noch woanders deine Lust stillst«, sagte sie. »Mir ist bewusst, dass du nicht keusch lebst, wenn wir getrennt sind oder ich schwanger bin. Ich wäre eine Närrin, wenn ich mir einbilden würde, dass du nicht auch andere Frauen in dein Bett nimmst, aber du hast dennoch meine Ehre beschmutzt, indem du direkt unter meiner Nase eine Mätresse und ein Kind ausgehalten hast, ohne mir etwas davon zu sagen.«

»Es war ein Teil meines Lebens, der nichts mit dir zu tun hatte.« Sein Gesicht rötete sich vor Zorn. »Ich habe sie nicht am Hof gehalten. Du und unsere Nachkommen sind nie gekränkt oder bedroht worden. Mein Großvater hatte zwanzig Bastardkinder von verschiedenen Müttern, die in seinem Haushalt gelebt haben, und seine Königinnen haben jedes einzelne akzeptiert.« Er deutete in die Halle hinaus zu seinem Halbbruder. »Mein Vater hat Hamelin an seinem Hof großgezogen, und Jeoffrey wird an meinem aufwachsen. Ich erkenne ihn an, ich habe für sein Wohlergehen zu sorgen, und es ist Eure Pflicht, Madam, ihn willkommen zu heißen.«

Alienor warf den Kopf in den Nacken. »Das hätte ich auch ohne deinen Befehl getan, weil ein Kind unschuldig ist, selbst wenn seine Eltern gesündigt haben – aber ich will nicht in Unkenntnis gelassen werden. Darüber beklage ich mich.«

Er hob gereizt die Schultern. »Ich hätte es dir ja auch gesagt, aber ich habe in dieser Phase noch keinen Grund dafür gesehen.«

Alienor war versucht, ihm ihren Wein ins Gesicht zu schütten. Sie konnte es nicht fassen, dass er die Angelegenheit als belanglos abtat.

»Du musst doch zugeben, dass er ein prächtiger kleiner Kerl ist«, versuchte er sie zu beschwichtigen.

»Ich habe nichts an ihm auszusetzen«, erwiderte sie steif und erhob sich. »Entschuldige mich, ich fühle mich nicht wohl. Ich muss mich zurückziehen.«

Henry musterte sie eindringlich. »Du hast doch hoffentlich nicht die Absicht zu schmollen?«

»Nein, Sire, das liegt nicht in meiner Absicht. Aber ich werde lange und gründlich nachdenken … und das solltet Ihr auch tun.«

Ohne auf seine Erlaubnis zu warten, verließ sie die Halle mit all den schönen neuen Möbeln und dem Zierrat und begab sich in ihre eigene angrenzende Kammer, wo sie ihre Frauen wegschickte, sich auf das Bett setzte, die Vorhänge zuzog und sich von der Außenwelt abschottete. Sobald sie allein war, hieb sie mit den Fäusten auf die Bettdecke ein und ließ den Tränen der Wut freien Lauf. Es war Betrug der übelsten Art. Sogar während sie den kleinen William ausgetragen und geboren hatte und sich in dem Glauben gewiegt hatte, er sei Henrys erstgeborener Sohn, hatte er schon ein männliches Kind von dieser Frau gehabt, und nun war der Glanz ihrer Erinnerungen für immer getrübt. Sie machte dem Kind keine Vorwürfe, und doch konnte sie ein Gefühl furchtbarer Eifersucht nicht abschütteln. Sie würde ihn jeden Tag in der Kinderstube sehen und mitverfolgen, wie seine Züge denen von Henry und dieser unbekannten Frau immer ähnlicher wurden. Jeoffrey war altersmäßig im Vorteil und somit jetzt schon größer und stärker als ihre legitimen Söhne, wodurch er ihnen leicht die Stirn bieten konnte.

Endlich nahm sie sich zusammen und wischte ihre Tränen ab. Was geschehen war, war geschehen und konnte nicht mehr rückgängig gemacht werden, aber die Zukunft war eine andere Sache.

Als Henry kam, hatte Alienor ihre Fassung zurückgewonnen und saß, in ein frisches weißes Hemd gekleidet, in ihrem Bett. Ihr Haar fiel in goldenen Wellen über ihre Schultern. Sie balancierte eine Wachstafel auf ihren angezogenen Knien und tippte sich mit dem Stiel ihres Schreibgeräts nachdenklich gegen die Lippen.

»Wem schreibst du da?«, wollte Henry argwöhnisch wissen.

»Deiner Mutter«, erwiderte sie. »Um ihr mitzuteilen, dass sie einen weiteren Enkelsohn hat – wenn sie es nicht schon weiß, versteht sich.«

Henry schüttelte den Kopf. »Es ging sie ebenfalls nichts an.« Er schlenderte in der Kammer umher, griff nach einer Schatulle, um die Schnitzerei darauf zu inspizieren, stellte sie weg und nahm sie erneut zur Hand. Schließlich rieb er sich den Nacken und drehte sich zu ihr um. »Ich hatte den Eindruck, du wolltest es nicht wissen, weil du sonst gefragt hättest.«

Sie registrierte mit müder Unvermeidlichkeit, dass er die Schuldzuweisung umgekehrt hatte. »Nun, dann frage ich jetzt: Gibt es noch andere, von denen ich wissen müsste?«

»Keine, deren Mütter mich davon in Kenntnis gesetzt haben. Das Kind wird eine Bereicherung für den Haushalt und ein guter Gefährte unserer Jungen werden, du wirst schon sehen.«

Alienors Herz zog sich zusammen. »Ich habe kein Interesse an den anderen Frauen, die du in dein Bett nimmst. Offen gestanden, will ich gar nichts über sie wissen, aber wenn aus deinen Affären Kinder hervorgehen, ist das etwas anderes, weil sie unsere Familie betreffen. Ich muss über sie Bescheid wissen.«

Er zuckte die Achseln. »Wie du wünschst.« In seinen Augen lag jenes schwache Glitzern, welches ihr verriet, dass er abschätzte, wie viel er für sich behalten und wie wenig er ihr enthüllen konnte.

»Ich wünsche es. Ich habe dir schon einmal gesagt, dass ich nicht nur deine Zuchtstute bin.«

»Das betonst du immer wieder, und ich weiß es nur zu gut, aber ich lasse mich nicht vom Schoß einer Frau lenken oder beeinflussen. In zwei Wochen bin ich in der Normandie, und du bist hier die Regentin – da kannst du mir schwerlich vorwerfen, dass ich dich wie eine Zuchtstute behandele.« Er schritt wieder durch den Raum, machte scharf auf dem Absatz kehrt, ließ sich dann auf das Bett fallen und seufzte schwer. »Wir sollten das alles ruhen lassen. Ich brauche deine Hilfe, und wenn man es gegen das Regieren unseres Landes abwägt, ist der Umstand, dass ich einen Sohn von einer anderen Frau habe, der noch dazu vor unserer Hochzeit geboren wurde, eher bedeutungslos.«

Alienor presste die Lippen zusammen. Sie grollte ihm immer noch und war verunsichert, konnte aber die Logik in seinen Worten nicht leugnen. Er würde seine Lebensweise nicht ändern; es würde immer andere Frauen geben, und Regierungsgeschäfte waren wichtiger als eine Auseinandersetzung wegen einer Mätresse. Es war der Vertrauensbruch, der schmerzte. »Schön«, sagte sie knapp. »Sprechen wir nicht mehr davon.«

Henry beugte sich über sie und gab ihr einen Kuss, den sie halbherzig erwiderte, bevor sie ihr Gesicht leicht abwandte. »Was für Pläne hast du mit dem Kind?«

Er sah sie fragend an.

»Du sagst, er soll in unserem Haushalt aufwachsen, aber was hast du später mit ihm vor?«

Er öffnete die Hände. »Das wird sich alles finden. Ich werde ihn beobachten und später entscheiden, wofür er am besten geeignet ist, für die Schreibfeder oder für das Schwert.«

Alienor erwiderte nichts darauf. Wenn es nach ihr ginge, wäre es das Priesteramt. Auf diese Weise würde er den Zielen der Familie dienen, ohne eine Gefahr für ihre eigenen Söhne darzustellen.

Henry begann sich zu entkleiden. »Es ist nicht nötig, meiner Mutter deswegen zu schreiben. Ich werde es ihr sagen, wenn ich in der Normandie bin.«

Alienor legte ihre Schreibarbeit fort und rückte zur Seite, damit er zu ihr in das Bett steigen konnte. Normalerweise hätte er sich am Vorabend einer großen Ratsversammlung bis spätabends mit Becket, Robert of Leicester und Richard de Lucy besprochen und dann, so wie sie ihn kannte, eine andere Frau aufgesucht, um seine sexuelle Energie abzubauen. Aber heute Nacht galt es, sich versöhnlich zu zeigen und zerstörte Brücken zu flicken, so dass sie, obwohl sie beschädigt waren, dennoch überquert werden konnten.

4

Windsor Castle, Mai 1156

Alienor hielt mit dem Lesen von Henrys Brief inne, um eine Hand auf ihren Bauch zu legen, weil sie spürte, dass er sich um das Kind herum zusammenzog. Ihrer Berechnung nach würde es erst in ein paar Wochen so weit sein, aber ihr Körper traf bereits Vorbereitungen. Als der Frühling ins Land zog, war sie von Westminster in das Bollwerk Windsor umgezogen, um dort auf die Niederkunft zu warten. Hier war es friedlich, und sie war nur fünfundzwanzig Meilen von London entfernt, so dass Boten sie von den Häfen der Südküste zu Pferd leicht erreichen konnten.

Eine angenehme Brise ließ die frischen grünen Blätter der Apfelbäume rascheln, und die Sonne malte warme blassgoldene Kreise in den Garten. Will und sein Halbbruder Jeoffrey spielten im Obstgarten, galoppierten auf ihren hölzernen Steckenpferden umher, schwenkten ihre Spielzeugschwerter und stießen ohrenbetäubende Schreie aus.

»Geht es Euch gut, Madam?« Isabel berührte sie sacht am Arm.

»Es zieht nur ein bisschen«, beruhigte Alienor sie. »Kein Grund, jetzt schon die Hebamme zu rufen, obwohl ich heilfroh sein werde, wenn ich endlich von dieser Last befreit bin.« Sie seufzte schwer. »Henry wird nicht rechtzeitig zur Geburt hier sein, wenn sich die Umstände nicht noch ändern, was ich allerdings bezweifle.« Sie sah den Brief wieder an.

Henry und seine Männer belagerten immer noch Mirebeau, und es war unwahrscheinlich, dass sie noch diesen Sommer zurückkehren würden. »Ich wusste, dass Henrys Bruder eine Rebellion anzetteln würde, sobald sie den Kanal überquert haben. Er hat auf Zeit gespielt und seine Loyalität nur vorgetäuscht, während er in England war.« Sie hatte sich für Geoffrey FitzEmpress nie erwärmen können. Dass er nur wenige Tage nach der Annullierung ihrer ersten Ehe versucht hatte, sie zu entführen, hatte ihre schlechte Meinung von ihm nur bestätigt; aber ganz abgesehen davon, war er ein ungehobelter Klotz – nicht unbedingt dumm, aber ihm gingen die geistreiche Art und das Charisma ab, die Henry auszeichneten. Er pochte darauf, dass ihr Vater ihm Anjou als Erbteil hinterlassen hatte und hatte einen Aufstand ins Leben gerufen, um Henrys Herrschaft dort zu brechen. Dies war sein zweiter Versuch, und Henry war fest entschlossen, seinem Bruder ein für alle Mal das Handwerk zu legen.

Sie ließ den Brief in ihren Schoß sinken. »Sobald ich mich von der Geburt erholt habe, werde ich zu Henry reisen. In England herrscht Frieden, und meine Schwiegermutter hat Enkel, die sie noch nie gesehen hat.« Ihr Blick folgte dem kleinen Jeoffrey FitzRoy. Im Lauf der letzten Monate hatte sie sich mit seiner Anwesenheit in ihrem Haushalt abgefunden und ihm gegenüber eine gewisse Gleichgültigkeit entwickelt. Sie war immer noch entschlossen, dass sein Lebensweg ihn in den Schoß der Kirche führen sollte, aber im Moment war er nichts als ein kleiner Junge. Sie hatte bewusst nicht versucht, mehr über seine Mutter und das, was sie Henry bedeutet hatte, herauszufinden. Auf diese Weise war alles leichter. »Ich muss auch mein eigenes Herzogtum besuchen.« Sie lächelte Isabel an. »Du warst noch nie in Aquitanien, oder?«

»Nein, Madam«, erwiderte Isabel. »Aber ich würde gern dorthin reisen.«

Alienor blickte sich im Garten um. »Heute ist es hier ähnlich wie dort, aber das Licht in Aquitanien ist anders – heller. Hier schmecken die Früchte bitterer und der Wein saurer, weil die Trauben nicht genug Sonne bekommen. In Aquitanien ist beides so süß wie Honig – oder vielleicht war ich einfach zu lange nicht mehr da.« Sie vollführte eine wehmütige Geste. »Es ist Zeit, dass ich meine Untertanen wieder einmal besuche und ihnen ihren Thronerben präsentiere.« Sie warf Will einen zärtlichen Blick zu; sein Gesicht war vom Herumtoben gerötet, und er hatte sich gerade im Schatten eines Baumes zu Boden fallen gelassen, um sich auszuruhen. Alienors Herz quoll über vor Liebe.

An diesem Abend war Will stiller als sonst. Schläfrig stocherte er in seinem Essen herum, das aus Brotstücken in Milch bestand. Jeoffrey verschlang seine Portion, bat noch um einen Nachschlag und stürmte dann davon, um wieder mit den anderen Kindern aus der Burg zu spielen.

Alienor brachte Will dazu, sich zu ihr zu setzen und ließ ihren Harfner eine beruhigende Melodie spielen, während Isabel ihm eine Fabel von Äsop erzählte, die von einem Fuchs und einer Krähe handelte. Er lehnte sich gegen Alienor, lauschte stumm und lutschte an seinem Daumen, während sie sein Haar streichelte.

Als die Geschichte zu Ende war, rief Alienor nach seiner Kinderfrau Pavia. »Es ist Zeit, schlafen zu gehen, mein Kleiner«, sagte sie liebevoll.

Nachdem er sich Gesicht und Hände gewaschen und seine Gebete gesprochen hatte, kletterte Will in sein kleines Bett, das neben dem Bettchen seines kleinen Bruders aufgestellt war. Alienor kam zu ihm, um nach dem schlafenden Baby zu sehen und ihren Kindern einen Gutenachtkuss zu geben. Wills frisches Hemd, das sie gestern fertig genäht hatte, schimmerte im Dämmerlicht so weiß wie eine Zaunwinde. Sie strich noch einmal über sein glänzendes Haar. »Gute Nacht, und Gott schütze dich«, murmelte sie.

»Mama.« Er gähnte, drehte sich auf die Seite und war im nächsten Moment fest eingeschlafen.

Alienor und Isabel setzten sich zu einer Partie Schach nieder, und der Harfner fuhr fort, eine leise Melodie zu spielen. Die Töne hallten so sanft wie milder Regen durch den Raum. Jeoffreys Kinderfrau holte ihn von seinen Spielkameraden weg und brachte ihn zu Bett, ohne auf seine Proteste, überhaupt nicht müde zu sein, zu achten.

Alienor tätigte einen Zug mit ihrem Springer und unterdrückte ein Gähnen. »Ich sollte auch zu Bett gehen«, meinte sie. »Ich habe neuerdings kein Durchhaltevermögen mehr.«

»Trotzdem hat die Schärfe Eures Verstandes nicht gelitten«, erwiderte Isabel, dabei verzog sie das Gesicht. »Ich weiß nicht, wie ich aus dieser Falle herauskommen soll, die Ihr mir gestellt habt.«

Alienor lächelte. »Ich übe, damit ich für Henry in Form bin. Er ist immer so felsenfest entschlossen zu gewinnen, und ich mache ihm gerne einen Strich durch die Rechnung und weise ihn in seine Schranken.«

Die Frauen setzten ihr Spiel fort, tranken Wein und lauschten der Musik, während die Kerze herunterbrannte. Alienor schnitt eine Grimasse, weil ihr Rücken schmerzte. Selbst wenn sie sich gegen ein Kissen lehnte, verspürte sie keine Linderung.

»Soll ich Euch den Rücken massie…« Isabels Frage wurde von Wills gellendem Schrei unterbrochen.

»Mama! Mama!«

Alienor und Isabel sprangen gleichzeitig auf und stürzten zu ihm. Wills Kinderfrau Pavia beugte sich bereits über ihn. »Ich fürchte, er hat Fieber, Madam.«

Alienor legte Will eine Hand auf die Stirn. Er hatte sich schon zuvor etwas warm angefühlt, aber nicht allzu sehr, so dass sie es auf die Sonne zurückgeführt hatte; jetzt glühte er, und seine zum Schutz vor dem Laternenlicht halb geschlossenen Augen glänzten. »Mein Kopf tut so weh«, jammerte er.

»Schsch, alles ist gut, Mama ist hier«, tröstete Alienor ihn. Ihre Stimme klang ruhig, obwohl ihr vor Angst übel war. »Hol Marchisa«, befahl sie der Kinderfrau und hob Will aus dem Bett. Er schlang die Arme um sie, und sie spürte, wie sein Erschauern durch ihren eigenen Körper vibrierte. Plötzlich bildete sich ein heißer Fleck auf der Vorderseite ihres Gewandes, als sich seine Blase entleerte, und sein Jammern wurde schrill vor Schmerzen. Der Lärm weckte den kleinen Henry, der seinerseits zu weinen begann, und Isabel eilte zu ihm, um ihn zu beruhigen.

Pavia, die ihren Auftrag ausgeführt hatte, kehrte zurück. »Madam, lasst mich meinen kleinen Lord säubern und umziehen. Ich habe frische Wäsche mitgebracht.« Sie hielt einen Stapel zusammengefalteter Tücher in die Höhe.

Alienor reichte ihn seiner Kinderfrau. Wills Urin hatte einen glänzenden dunklen Fleck auf ihrem Gewand hinterlassen und ihr Hemd bis auf die Haut durchweicht. Die Feuchtigkeit fühlte sich unterhalb ihres Herzens und auf ihrem angeschwollenen Leib klamm an, und sie empfand das furchtbare Gefühl drohenden Unheils.

Pavia zog Will das Hemd aus, trat dann zurück und schlug eine Hand vor den Mund, um einen Schrei zu unterdrücken.

Alienor starrte ihn an. Ihr stockte der Atem, als sie die dunkelroten nadelstichähnlichen Male sah, die den Oberkörper und die Arme ihres Sohnes bedeckten. »Nein!« Sie schüttelte den Kopf. »Nein!«

Marchisa schob den Kopf durch den Vorhang hindurch. »Madam?« Dann sah sie Will, und ihr Ausdruck fragender Besorgnis schlug in Entsetzen um. »Ich hole den Arzt«, sagte sie und verschwand.

Alienor nahm Will aus Pavias Armen und trug ihn in den Hauptraum, um ihn in dem besseren Licht zu untersuchen. Die Flecken hatten keine Ähnlichkeit mit denen der Pocken oder *la rougeole*, die beide tödlich verlaufen konnten, aber das war kein Trost. Die Krankheit loderte in dem zarten Körper ihres Sohnes wie ein verheerendes Feuer.

Marchisa kehrte mit Master Radulf an ihrer Seite zurück. Sie hatte ihn aus dem Bett geholt, sein Haar war zerzaust und lugte in unordentlichen Büscheln unter seiner schief sitzenden Kappe hervor. Er hatte sich den Ranzen mit seinen Arzneien über die Schulter geworfen.

Alienor tadelte ihn wegen seiner Langsamkeit, während sie zugleich vor Erleichterung schluchzte. »Tut etwas!«, rief sie. »In Gottes Namen, helft ihm!«

Der Arzt nahm Will in die Arme und verlangte mehr Licht, um ihn untersuchen zu können. Will weinte und versuchte, seine Augen vor der aufflackernden Kerzenflamme zu schützen. Master Radulf presste die Lippen zusammen, als er den Ausschlag sah.

Alienor krallte die Hände ineinander. »Ihr könnt doch sicher etwas tun, nicht wahr?«

Er warf ihr einen unbeteiligten Blick zu. »Mein Bestes«, versetzte er. »Mehr steht nicht in meiner Macht. Ich will Euch keine falschen Hoffnungen machen – sein Zustand ist ernst. Wir befinden uns in Gottes Händen, und wir müssen um Seine Gnade beten.«

Die ganze Nacht über saß Alienor von hilfloser Ohnmacht erfüllt an Wills Bett, während sich sein Zustand trotz allem, was Master Radulf versuchte, stetig verschlechterte. Er erbrach die schmerzlindernden Tränke, die ihm eingeflößt wurden; er wurde zur Ader gelassen, um sein kochendes Blut zu kühlen, aber nichts schien zu helfen. Zuerst stieß er unaufhörlich schrille Jammerlaute aus, die klangen, als würde der Gitarrenbogen einer Laute über eine zu hart gespannte Saite geführt. Doch als die Morgendämmerung näher rückte, ebbte sein Wehklagen ab, und er hing so schlaff wie eine überhitzte Stoffpuppe in ihren Armen. Die Flecken verliefen ineinander und bildeten ein leuchtend violettes Flickwerk, das seine Arme und seinen Oberkörper bedeckte.

Alienor betete verzweifelt, flehte Gott um Gnade an und wusste doch, während es ihrem Sohn mit jedem Atemzug schlechter ging, dass Gott nicht zuhörte. Aus irgendeinem Grund war Er entschlossen, sie und Henry zu strafen, indem Er ihnen ihr Kind nahm.

Jedes einzelne Mitglied des Haushalts, vom Ritter bis hin zum Küchenjungen, war zum Gebet auf die Knie gesunken, und der Sohn des Haushofmeisters stieß die Fensterläden weit auf, um das Licht eines hellen Maimorgens hereinzulassen, dessen frische Luft vom Duft wachsenden Lebens erfüllt war.

Alienors Kaplan Vater Peter versah das kaum noch atmende Bündel in Alienors Armen mit den Sterbesakramenten. Sie drückte Will an sich und verfolgte das unregelmäßige Heben und Senken seiner Brust. Einen Tag zuvor war er noch mit seinem Spielzeugschwert in der Hand aus dem Bett gesprungen; bereit, mit beiden Händen nach dem Leben zu greifen.

Als sie Schniefen und Schluchzen hörte, fuhr sie zu ihren Frauen herum. »Seid still!«, zischte sie. »Wenn er uns hören kann, soll er nicht solchen Geräuschen ausgesetzt sein!«

Emma löste sich aus der Gruppe von Alienors Zofen und floh hustend aus dem Raum, während sie eine Hand vor ihren Mund presste.

Alienor strich Will das verfilzte Haar aus der Stirn. »Komm, mein kleiner tapferer Mann«, murmelte sie. »Mama ist hier. Keine Angst – alles ist gut, alles ist gut.«

Die Brust des Jungen hob und senkte sich, hob sich erneut, erzitterte und regte sich dann nicht mehr. Alienor starrte ihn an, versuchte ihn durch schiere Willenskraft dazu zu bewegen weiterzuatmen, aber der Moment zog sich dahin und schien sich in die Ewigkeit zu erstrecken. Seine Augen waren halb geschlossen und schimmerten schwach unter den gesenkten Lidern. Die furchtbaren Fieberflecken hatten sein Gesicht nicht befallen, es war rein und klar geblieben, doch der Rest seines Körpers sah aus, als wäre ein Dämon darüber hergefallen.

»Madam.« Ihr Kaplan berührte sacht ihre Schulter. »Er ist jetzt bei seinem Vater im Himmel. Gott in seiner Gnade wird ihn beschützen.«

Alienor fühlte sich wie betäubt. Irgendwo tief in ihrem Inneren ballte sich der Schmerz zusammen und lauerte darauf, sie zu zerreißen; aber dieser kurze Moment war ruhig, wie die Sekunde zwischen dem Stoß des Messers und der Erkenntnis, eine tödliche Wunde davongetragen zu haben. »Warum konnte er nicht bei seiner Mutter auf dieser Welt bleiben? Warum musste er mir genommen werden?« Wut brannte sich durch die Betäubung. Warum hatte es nicht das andere Kind treffen können, die Frucht von Unzucht? Es war ein schwarzer, schrecklicher Gedanke, eine Sünde, aber sie kam nicht dagegen an.

»Es steht uns nicht zu, Gottes Willen in Frage zu stellen«, mahnte der Kaplan sanft. »Wir kennen Seine Pläne nicht.«

Alienor presste die Lippen zusammen, bevor ihr eine Blasphemie entschlüpfen würde. Die Seele ihres Kindes hatte ihre letzte Reise angetreten, und sie wagte nicht, ihr den Weg zu versperren, indem sie mit Gott haderte. Sie weigerte sich, Will loszulassen; presste ihn gegen ihren Körper. Obwohl sie wusste, dass es vorbei war, wartete sie darauf, dass er noch einmal Atem holte. Sie hätte sich um ihn kümmern und ihn beschützen müssen, und es war allein ihre Schuld, dass dieses hell strahlende kleine Leben ausgelöscht worden war. Aber was hätte sie denn sonst noch tun können? Was würde Henry sagen? Er hatte die Kinder in ihrer Obhut zurückgelassen, und sie war ihrer Verantwortung nicht gerecht geworden. Sie stöhnte leise und hätte sich gekrümmt, wenn das Kind in ihrem Leib dies nicht unmöglich gemacht hätte. Das neue Leben regte sich in ihr, noch während sie in das Gesicht des Todes blickte.

»Madam …« Sie spürte den behutsamen Druck von Vater Peters Hand auf ihrer Schulter. »Kommt, ich werde nach jemandem schicken, der ihn wäscht und herrichtet.«

»Nein!« Alienor stieß ihn weg. »Das ist meine Pflicht und mein Recht. Niemand sonst wird diese Aufgabe übernehmen. Ich fühle mich wohl genug dafür.«

Die nächsten Stunden kamen Alienor vor wie eine Ewigkeit, und zugleich schien die Zeitspanne zwischen Licht und Dunkelheit so schnell zu vergehen wie ein Lidschlag. Es gab so viel zu tun; die Begräbnisriten mussten arrangiert und eine Entscheidung bezüglich der Art der Bestattung getroffen werden. Dann galt es, Briefe zu diktieren, so dass Botschaften an alle, die von der Tragödie erfahren mussten, geschickt werden konnten – all die zweckmäßigen Erfordernisse, die die grausame Tatsache von Wills Tod besiegelten. Der Brief an Henry fiel ihr am schwersten. Sie war zu erschüttert, um die richtigen Worte zu finden, und der Brief, den sie schließlich abschickte, klang wie der einer Königin an den König, nicht wie der einer trauernden Mutter an ihren Ehemann.

Während sie den leblosen, mit Flecken übersäten Leichnam ihres Sohnes mit Rosenwasser wusch, erinnerte sie sich an den Triumph seiner Geburt an einem Augustmorgen in Poitiers. An all die Freude, all die Hoffnung und die Erwartungen. Daran, wie sie ihn in den Armen gewiegt und Henry später als wundervolles Geschenk präsentiert hatte, als er von seinem Feldzug zurückgekehrt war. Ein goldenes Kind, das vor Leben strahlend auf ihrem Knie gesessen und die Arme fest um ihren Hals geschlungen hatte. All das war jetzt dahin, zu Staub zerfallen. Während sie arbeitete, flüsterte sie ihm zu, dass sie hier und alles in Ordnung war, obwohl das absolut nicht zutraf.

Isabel und Emma brachten das Baby und Jeoffrey fort, damit mögliche giftige Ausdünstungen, die Wills Körper vielleicht verströmte, ihnen nicht schadeten. Vater Peter und Alienors Berater versuchten sie zu überreden, den Raum zu verlassen, aber sie weigerte sich und wurde ärgerlich, als sie darauf beharrten. Dann ließ sie die Kammer mit Weihrauch ausräuchern und die Fensterläden offen stehen, damit das Licht des Frühlingstages hereinfluten konnte, denn sie wollte sich an ihren Sohn als an ein Lichtgeschöpf erinnern; weit entfernt von den erstickenden Nachtstunden und dem fürchterlichen Fieber, das ihn vor ihren Augen verzehrt hatte. Alienors Betäubung nahm zu, während die Stunden verstrichen, bis sie einem schweren Eisendeckel auf einem Kessel glich, in dem Schmerz und Schuld und Furcht brodelten. Sie wagte nicht, den Deckel anzuheben, denn sie wusste, dass sie die Gefühle, die dann aufwallen würden, nicht ertragen konnte.

Als der nächste Abend anbrach, war Will in ein doppelt gefaltetes Tuch aus feinstem Leinen eingenäht und darüber in rote Seide gehüllt worden, die sein Gesicht freiließ. Man hatte rasch einen kleinen Sarg angefertigt und ihn zusammen mit Rosenblüten und seinem Lieblingsspielzeugschwert hineingebettet, mit dem er noch einen Tag zuvor im Garten unsichtbare Gegner niedergestreckt hatte, während der Tod im Schatten lauerte.

Will lag in der Kapelle von Windsor aufgebahrt und war von Kerzen und Lampen umgeben, die Licht spenden sollten, wenn die Sonne unterging. Alienor bestand darauf, die ganze Nacht in dem heißen Schein zu knien, um an seiner Seite zu wachen. Isabel und Emma blieben bei ihr. Keine der Frauen versuchte sie von ihrem Vorhaben abzubringen, weil sie sie liebten und ihre Willensstärke kannten.

Bei Tagesanbruch wurde Wills Sarg nach einer Totenmesse aus der Kapelle getragen und in einen mit königlichen Schilden und kostbaren Stoffen geschmückten Karren gelegt, um die siebzehn Meilen zur Abtei Reading gebracht zu werden, wo er zu den Füßen seines Urgroßvaters, des allgemein verehrten Königs Henry I, begraben werden sollte.

Vater Peter versuchte, Alienor davon abzubringen, den Leichenzug zu begleiten. Er pochte darauf, dass sie bereits genug durchgemacht hatte und um ihres ungeborenen Kindes willen in Windsor bleiben und andere an der Beerdigung teilnehmen lassen sollte. Doch Alienor ließ sich nicht umstimmen. »Ich werde bei ihm sein, wenn er bestattet wird«, sagte sie. »Ich bin seine Mutter und für ihn verantwortlich, auch wenn er nicht mehr atmet. Ihr werdet mich nicht daran hindern, also versucht es erst gar nicht.«

Da sie hochschwanger war und nicht reiten konnte, reiste sie in einer Sänfte. Die Straße zwischen Windsor und Reading war befestigt, und sie kamen gut vorwärts. Alienor versuchte sich bei geschlossenen Sänftenvorhängen auszuruhen und auf das vorzubereiten, was getan werden musste. Ihr Bauch zog sich in regelmäßigen Abständen zusammen und entkrampfte sich wieder, aber es setzten noch keine Schmerzen ein. Die Reise stellte ein Risiko dar, aber sie hätte ihren kleinen Jungen niemals alleine in die Dunkelheit gehen lassen können. Es wäre etwas anderes gewesen, wenn Henry da gewesen wäre, aber das war er nicht, und die Verantwortung lag bei ihr – die ganze Verantwortung. Sie musste diese Prüfung an diesem hellen Frühlingsmorgen bis zum bitteren Ende erdulden.

Vor der Rückkehr nach Windsor am nächsten Tag schlug das Wetter um. Von Horizont zu Horizont bedeckten Wolken den Himmel, und starker Regen verwandelte die Straße in ein Flickwerk aus schlammigen Pfützen. Es ging nur langsam voran. Hinter den Vorhängen der Sänfte ließ Alienor die Perlen ihres Rosenkranzes zwischen den Fingern hindurchgleiten, sah Bilder der Kerzen rund um das Grab von König Henry I und des dunklen Lochs vor sich, in den sie ihren Sohn hinabgesenkt hatten. Keine drei Jahre auf dieser Welt, und schon hatte er sie wieder verlassen müssen. Sie hörte den Gesang der Mönche, das Kratzen einer Spatenspitze auf Schiefer und Erde; das Schluchzen ihrer Frauen. Alienor selbst hatte keine Träne vergossen. Diese Reaktion war unter einem Block aus stumpfer Ungläubigkeit begraben.

Vor zwei Tagen hatten die Leute sich entlang der Straße aufgestellt, um den Leichenzug bei strahlendem Sonnenschein vorüberziehen zu sehen; neugierig, aber respektvoll, und auf Almosen hoffend. Auf dem Rückweg harrten nur ein paar in Umhänge mit Kapuzen gehüllte besonders zähe oder verzweifelte Seelen am Straßenrand aus. Alienor schob die Vorhänge nicht zurück, um einen Blick auf sie zu werfen, aber sie hörte die flehenden Stimmen. Der Regen trommelte auf das Dach ihrer Sänfte, und ein paar kalte Tropfen fielen in ihren Schoß – fast wie Ersatztränen für die, die sie selbst nicht weinen konnte.

Als sie Windsor erreichten, hatten sich die sporadischen Kontraktionen ihres Leibes zu regelmäßigen Krämpfen gesteigert, und sie wusste, dass sie sich in der frühen Phase der Wehen befand. Marchisa warf einen Blick auf sie, als sie aus der Sänfte stieg, und rief die Hebammen.

Die Qual einer heftigen Wehe schlug über Alienor zusammen, und sie ballte die Fäuste; fest davon überzeugt, zerrissen zu werden. Die Hebamme betupfte ihre Stirn mit kühlem Kräuterwasser. »Madam, alles verläuft so, wie es soll«, sagte sie in einem aufmunternden Ton. »Bald werdet Ihr Euer neues Baby in den Armen halten, und es wird den Schmerz des Verlustes lindern, den Ihr erlitten habt.«

Mit einem Mal ließ in Alienor das Gefühl der Betäubung, das bisher den Schmerz unterdrückt hatte, nach, und alle Wut brach aus ihr heraus. »Wie kannst du es wagen, so etwas zu sagen?«, keuchte sie. »Kein Kind wird je den Platz meines Sohnes einnehmen! Er war alles für mich!«

Die Frau knickste und senkte den Blick. »Ich wollte Euch nur Trost spenden, Madam, verzeiht mir.«

Alienor war nicht imstande, etwas zu erwidern, weil die nächste Schmerzwelle sie durchflutete und Weinkrämpfe sie schüttelten. Das Baby glitt in einem Schwall von Blut und

Flüssigkeit aus ihrem Körper und begann zu greinen, als es seine ersten Atemzüge tat. Alienor zuckte zusammen und ließ ihrem eigenen Kummer freien Lauf. Sie wollte dieses Kind nicht, sie wollte Will.

»Es ist ein Mädchen, Madam, Ihr habt eine Tochter.« Die Stimme der Hebamme klang gedämpft, als sie das zappelnde, mit Alienor immer noch durch die Nabelschnur verbundene Kind in die Höhe hielt. »Eine entzückende kleine Tochter.«

Alienors Körper verkrampfte sich erneut vor Schmerz. Die Hebamme reichte das Baby rasch an eine Gehilfin weiter und durchtrennte mit besorgter Miene die Schnur. »Die Gebärmutter der Königin ist verrutscht; sie schwebt in ernster Gefahr«, sagte sie. »Wir müssen sie sofort an die richtige Stelle zurückschieben, sonst besteht keine Hoffnung.« Sie wühlte in ihren Arzneimitteln herum, förderte eine Adlerfeder zutage und hielt sie an die Flamme der nächstbesten Kerze, bis sie zu schwelen begann. Dann drehte sie sich um und fächelte Alienor den beißenden Rauch zu.

Der starke, bittere Gestank ließ Alienor nach Luft ringen. Die furchtbaren Krämpfe schlugen in einen von Würgen unterbrochenen Hustenanfall um, und als sie endlich wieder normal atmen konnte, lag sie keuchend da wie ein übel zugerichteter, an Land gespülter Überlebender eines Schiffsuntergangs. Ihre Tränen ebbten zu einem leisen Jammern ab, und Isabel de Warenne schloss sie in eine feste, mitfühlende Umarmung und wiegte sie wie ein Kind.

Die Wehen setzten erneut ein, und die Nachgeburt glitt in die bereitgehaltene Schale der Hebamme. Alienor fühlte sich nicht länger betäubt, sondern wie ausgelaugt vor Kummer. Obwohl sie wusste, dass ihre Blutungen von der Geburt herrührten, schien es ihr, als würde sie das Blut auch für ihren verlorenen Sohn vergießen.

Das frisch gebadete und in ein sauberes Handtuch gewickelte Baby wurde ihr präsentiert. Eine Tochter. In gewisser Hinsicht war dies ein Segen, weil niemand sie jemals als Ersatz für Will betrachten würde. Obgleich sie noch Spuren der Geburt trug, war sie ein schönes Kind mit einem herzförmigen Gesicht und einem Büschel weichen dunklen Haares, das Alienor an ihre Schwester Petronilla erinnerte, für die aufgrund ihres bedenklichen Gesundheitszustandes im Kloster Saintes in Poitou gesorgt wurde.

»Wie soll sie heißen?«, fragte Emma.

»Matilda, nach ihrer Großmutter, der Kaiserin«, gab Alienor mit gepresster Stimme zurück. »Das war der Wunsch des Königs, wenn es ein Mädchen wird.« Bei einem Jungen könne sie den Namen auswählen, hatte er ihr gesagt, aber dies hatte sich jetzt erledigt. Die Boten würden ihm die Nachricht von der Geburt seiner Tochter überbringen – direkt nach der von Wills Tod.

Ein Gefühl des Versagens keimte in ihr auf. Für dieses Kind würden keine Freudenglocken läuten, denn sie waren alle damit beschäftigt, das Dahinscheiden des Thronerben zu verkünden – und das war allein ihre Schuld.

5

Chinon, Juni 1156

Henry, der sich in Chinon an der Loire befand, war guter Dinge. Er hatte endlich seinen Bruder Geoffrey gefügig gemacht und die Burgen Mirebeau, Chinon und Loudon eingenommen, die sich gegen ihn aufgelehnt hatten. Chinon hatte an diesem Morgen bei Anbruch der Dämmerung kapituliert, und Geoffrey hatte den Kopf gesenkt und sich, wenn auch nicht mit Anstand, sondern mit missmutiger Resignation den unvermeidlichen Tatsachen gestellt. Es war das zweite Mal gewesen, dass er gegen Henry rebelliert hatte. Die drei Burgen waren Streitpunkte zwischen den Brüdern und würden es auch immer bleiben. Geoffrey beharrte darauf, dass ihr Vater sie ihm hinterlassen hatte, aber da er sie als Stützpunkte seiner Rebellion benutzte, hatte er es Henry unmöglich gemacht, sie ihm zu überlassen.

»Sire, dürfte ich einen Vorschlag machen?«

Henry wandte sich von der Laibung ab und musterte seinen Kanzler. Thomas hatte sich während des wochenlangen Feldzuges als unersetzlicher Begleiter erwiesen, hatte Routineangelegenheiten erledigt und dafür gesorgt, dass die Schatztruhen voll blieben. Außerdem war er ein angenehmer, unterhaltsamer Gefährte mit einem scharfen Auge für mögliche Vorteile. »Natürlich.«

»Für mich sieht es so aus, als würde Euer B-Bruder auch in Zukunft ein Stachel in Eurem Fleisch bleiben. Sobald Ihr ihm den Rücken zukehrt, wird er den nächsten Aufstand anzetteln.«

»Ich habe nicht vor, ihm den Rücken zuzukehren«, versetzte Henry, »aber fahrt fort.«

»Vielleicht liefe alles besser, wenn er eigenes Land besitzen würde – man könnte etwas von einem anderen Teil Eures Besitzes abzweigen und eine Lösung finden, die sich auch für Euch als vorteilhaft erweisen würde.«

Henry rieb sich mit dem Zeigefinger über den Bart. »Was schwebt Euch vor?«

»Die Bretagne, Sire. Die Bewohner haben sich erst kürzlich gegen ihren Grafen aufgelehnt und könnten mit etwas Überzeugungskraft vielleicht überredet werden, Euren B-Bruder als Ersatz in Betracht zu ziehen. Er wäre dann vollauf damit beschäftigt, die Bretonen in Schach zu halten, und würde zugleich die B-Bretagne Eurem Einflussbereich einverleiben. Außerdem wäre so sein Wunsch nach einem Titel erfüllt und er selbst im Rang erhöht.«

Henrys Augen glänzten. »Ein interessanter Vorschlag. Er würde Land am Rande des Reiches besitzen, aber nicht Irland.«

Becket vollführte eine elegante zustimmende Geste, die den Blick auf seine Ärmelaufschläge mit den funkelnden Halbedelsteinen und Perlen lenkte.

»Ich muss noch eingehender darüber nachdenken, aber ich sehe durchaus den Sinn deines Vorschlages.« Henry klopfte ihm auf die Schulter. »Ich muss Euch loben, Thomas.«

»Ich gebe mein Bestes, um meinen Pflichten gerecht zu werden, Sire.«

»O nein, dies geht über Eure Pflichten hinaus, Ihr genießt es«, erwiderte Henry mit einem wissenden Lächeln. Er blickte zur Tür, durch die gerade ein Bote eingelassen worden war. Nach der kürzlich erfolgten Einnahme von Chinon kamen und gingen Abgesandte in einem stetigen Strom, doch er erkannte den Mann als einen Angehörigen von Alienors Gefolge. Sein erster Gedanke lautete, dass das Kind geboren worden war, und er winkte den Boten zu sich. Als dieser jedoch näher kam, erkannte Henry, dass etwas nicht stimmte. Auf seinem Gesicht lag kein Lächeln, keine Vorfreude auf eine Belohnung für eine freudige Nachricht.

»Sire.« Der Mann kniete nieder und zog ein einzelnes dünnes Päckchen, an dem Alienors Siegel befestigt war, aus seinem Ranzen. Und dann senkte er den Kopf und starrte zu Boden. Henry nahm den Brief und brach das Siegel. Er wollte die Nachricht nicht öffnen, wusste aber, dass er es tun musste, und zwar sofort – für den Fall, dass er handeln musste.

Die Worte stammten von Alienor, waren aber in dem formellen Ton gehalten, dessen sie sich als Königin bediente, und was sie schrieb, war so unfassbar, ein so vernichtender Schlag, dass er sich weigerte, es zu glauben. Es war, als würde man ihn zwingen, einen Felsbrocken zu verschlucken. Alles in ihm schien zum Stillstand zu kommen. Er hob den Kopf und blickte sich im Raum um; starrte die Steine in der Mauer an, die Wandbehänge, das Gewebe der schmuckbesetzten Ärmelaufschläge seines Kanzlers, die glitzernden Bergkristallsplitter. Alles war real, weil er es sehen und die Hand ausstrecken konnte, um es zu berühren, aber dieser Brief beschrieb etwas, das er nicht greifen konnte; etwas so Furchtbares, dass es nicht der Wahrheit entsprechen konnte, doch die Tatsache, dass allein die Möglichkeit bestand, verschlug ihm die Sprache.

Becket musterte ihn verwirrt. »Sire?«

Henry reichte ihm den Brief. Er würde ihn nicht noch einmal lesen, weil sich die Worte unauslöschlich in sein Gedächtnis eingebrannt hatten. Er verließ die Halle und rannte förmlich in seine Kammer, wo er alle Dienstboten hinausscheuchte, bevor er die Tür zuschlug und verriegelte. Dann drehte er sich um, lehnte sich mit geschlossenen Augen gegen das Holz und blendete alles andere aus, damit es sich nicht länger real anfühlte. Die Kinder anderer Männer starben, nicht seine: Seine waren gesund und kräftig und vom Schicksal begünstigt. Dieser Sohn würde ihm auf den Thron folgen. Er konnte ihn vor sich sehen, wie er voller Energie herumtobte, sein kleines Spielzeugschwert durch die Luft schwang und lautstarke Schreie ausstieß; konnte sich an den feuchten Babykuss auf seiner Wange und die vertrauensvolle weiche Hand erinnern, die in der seinen gelegen hatte, als sie den eisigen Hof von Westminster überquert und alle Kerzen zu Ehren der Geburt des Christuskindes gebrannt hatten.

Henry barg das Gesicht in seiner gespreizten rechten Hand, während ihm Tränen in die Augen traten, was nur selten geschah. Er war als kleines Kind selbst oft krank gewesen, manchmal sogar ernstlich, aber er hatte überlebt. Warum war William nicht am Leben geblieben? Warum hatte er nicht die Konstitution gehabt, die Krankheit zu überwinden? Er wischte sich das Gesicht mit dem Ärmel ab, fluchte und begann erneut zu weinen, während der Zorn in seinem Magen brodelte.

Es hätte doch sicher etwas unternommen werden können, um ihn zu retten, wenn seine Betreuer besser aufgepasst hätten? Warum hatte Alienor das zugelassen? Sie hätte ihn irgendwo unterbringen sollen, wo die Luft sauberer war. Jetzt enthielten die Lungen seines Sohnes keine Luft mehr, sondern nur noch Staub. Bei der Vorstellung, dass Will, ein munteres kleines Kind, nun von Leichen und Verwesung umgeben war, wurde ihm übel. Er hatte Alienor die Aufgabe übertragen, auf ihren Sohn Acht zu geben und für ihn zu sorgen, und sie hatte ihre Pflicht vernachlässigt. Wahrscheinlich war sie zu sehr damit beschäftigt gewesen, sich wie gewohnt in Politik und andere Dinge einzumischen, die besser Männern überlassen blieben. Wenn er daran dachte, dass er nicht da gewesen war, um seinen Sohn zu retten, wurden die düsteren Gefühle unerträglich, und er verdrängte sie, weil er wusste, dass er an ihnen zerbrechen würde, wenn er sie nicht zügelte. Er drückte die Fäuste auf seine geschlossenen Augen und schluckte die Tränen hinunter, weil aller Gram der Welt seinen Sohn nicht wieder zum Leben erwecken würde. Will war fort, war tot. Henry sollte dafür beten, dass Wills Seele rasch in den Himmel gelangt war, aber er war sich nicht sicher, ob er es jetzt über sich bringen würde, eine Kirche zu betreten.

Jemand klopfte an die Tür. »Henry, lass mich herein.«

Er wischte sich die Tränen ab und ging zur Tür, um den Riegel zurückzuschieben. Hamelin stand mit kummervoll gerunzelter Stirn auf der Schwelle. Er räusperte sich. »Die tragischen Nachrichten aus England stimmen mich sehr traurig – Becket hat mir davon berichtet. Ich bin gekommen, um zu sehen, ob ich etwas tun kann, falls du irgendetwas brauchst.«

»Niemand kann mir das geben, was ich will oder brauche«, erwiderte Henry heiser, bewegte sich aber zur Seite, um Hamelin in den Raum treten zu lassen. »Nichts kann ihn zurückbringen.« Er schloss die Tür und lehnte sich wieder dagegen. Seine Brust hob und senkte sich krampfartig.

»Möchtest du, dass ich den Hof informiere?«

»Nein. Das kann ich selbst übernehmen.« Henry schluckte. »Ich will nicht, dass das tägliche Hofleben von den Ereignissen beeinträchtigt wird. Für meinen Sohn sollen Messen gelesen werden, und wir werden alle für seine Seele beten, und dann befassen wir uns wieder mit den Angelegenheiten, die

die Lebenden betreffen. Ich will meinen Schmerz nicht übermäßig aufbauschen, und ich lasse nicht zu, dass andere es für mich tun, verstehst du mich?«

Hamelin zog die Brauen zusammen. »Nicht ganz, aber wenn das dein Wunsch ist, soll es so geschehen. Es tut mir aufrichtig leid um ihn, er war ein prachtvoller kleiner Mann.«

»Ja«, bestätigte Henry grimmig, »und nun gibt es ihn nicht mehr, also muss ich weitere Söhne zeugen, um die Thronfolge zu sichern.« Das war der richtige Weg, mit der Sache umzugehen – hart und pragmatisch zu sein, bis sich die Schale so weit verhärtet hatte, dass nichts sie mehr durchdringen konnte.

»Wirst du Alienor schreiben? Sie muss außer sich vor Kummer sein.«

Henrys Lippen wurden schmal. »Wir bekommen früh genug Gelegenheit, miteinander zu sprechen. Im Moment habe ich ihr nichts zu sagen, was ich einem Schreiber mitteilen oder auf Pergament kritzeln möchte.«

6

Bec-Hellouin, Rouen, Sommer 1156

Henrys Mutter, Kaiserin Matilda, hielt ihre frisch gewickelte Namensschwester in der Armbeuge. Ein leises Lächeln vertiefte die Falten um ihren Mund herum. Sie hatte ihren sechzehn Monate alten Enkel bereits begrüßt, bevor sie ihn rasch seiner Kinderfrau übergeben hatte, damit diese seine nasse Windel wechselte. »Ich habe nie Töchter geboren«, sagte sie zu Alienor. »Vielleicht war das gar nicht das Schlechteste, denn wir können kämpfen, soviel wir wollen – es sind die Männer, die die Welt beherrschen, obwohl sie nicht so viel Schweres durchmachen müssen wie wir.«

»Nein«, stimmte Alienor zu, »allerdings nicht.« Sie war vor zwei Tagen ausgesegnet worden, fast sieben Wochen nach Wills Tod. Der Schmerz blieb heftig und allgegenwärtig, aber sie kämpfte Moment für Moment, Stunde für Stunde, Tag für Tag dagegen an. Jeder Augenblick, der verstrich, entfernte sie weiter von seinem Tod, distanzierte sie aber auch von der Zeit, als er am Leben gewesen war, und sie klammerte sich an die Erinnerung an ihn, stellte sich jeden Tag sein Gesicht vor und wusste doch, dass es allmählich verblassen würde – bis seine strahlende Gegenwart zu einem Schatten auf ihrer Seele zusammengeschrumpft war.

Die Kaiserin hatte sie mit einer liebevollen Umarmung und Tränen in den Augen begrüßt – und das von einer Frau, die sonst niemals weinte. Alienor hatte befürchtet, Henrys Mutter könne ihr die Schuld an Wills Tod geben, aber Matilda hatte sich mitfühlend gezeigt und schien um ihr Wohlergehen besorgt.

»Du siehst erschöpft aus«, stellte sie fest. »So kurz nach der Geburt und deinem schrecklichen Verlust hättest du nicht auf Reisen gehen sollen.«

Alienor schüttelte den Kopf. »Wäre ich in England geblieben, hätte ich nur jeden Tag getrauert und über Dinge nachgegrübelt, die ich nicht ändern kann.« Sie biss sich auf die Lippe. »Ich muss mit Henry reden, und er muss seine Tochter kennenlernen.« Ihr graute vor diesem Moment. Nicht nur musste der Tod ihres Sohnes aufgearbeitet werden, sondern sie fürchtete auch seine Reaktion auf das neue Baby; schließlich war es eine Tochter und nicht etwa ein Sohn, der den Platz desjenigen einnehmen konnte, den sie verloren hatten. Sie vermutete, dass sie nun, wo sie ausgesegnet war, rasch wieder ein Kind empfangen würde, wenn sie zu ihm ging; und wenn sie einen weiteren Sohn gebar, würde Henry ihr vielleicht vergeben, obwohl sie sich nicht sicher war, ob sie sich selbst je verzeihen konnte.

»Aber du bleibst doch wenigstens für den Rest der Woche.« Die Kaiserin tätschelte mit ihrer freien Hand Alienors Knie.

»Ja, Madam, natürlich.«

»Gut.« Sie stupste das Baby an. »Es ist angemessen, dass du die Abtei von Reading als letzte Ruhestätte ausgewählt und ihn zu Füßen meines Vaters bestattet hast. Er war ein großer König, so wie mein Enkel einer geworden wäre, wenn er am Leben geblieben wäre.«

»Ich habe alles getan, was ich konnte.« Tränen brannten in Alienors Augen. »Aber es war nicht genug.«

Die Kaiserin maß sie mit einem durchdringenden, aber nicht

unfreundlichen Blick. »Das habe ich mir an dem Tag, an dem ich aus England fortsegelte, auch vorgeworfen. Ich habe neun Jahre darum gekämpft, den Thron an mich zu bringen, der mir rechtmäßig gehörte. Es gab Zeiten, da dachte ich, ich würde bei dem Versuch sterben oder für immer innerlich zerbrochen sein. Egal wie groß der Schmerz ist, du musst den Rückschlag überwinden und weitermachen, wie es deine Pflicht ist.«

»Ja, Mutter, ich weiß.« Alienor bemühte sich, sich ihren Verdruss nicht anmerken zu lassen. Matilda meinte es gut und bot ihr aufrichtig ihren Rat an, aber sie verstand das volle Ausmaß ihrer Situation nicht. Sie war die gönnerhafte Matriarchin, die einer jüngeren Untergebenen aufzeigte, wie viel sie noch zu lernen hatte, ohne zu bedenken, dass Alienor ebenso viel durchgemacht hatte wie sie.

»Ich werde Henry schreiben und ihm sagen, er soll behutsam mit dir umgehen.«

»Danke, Mutter, aber du musst nicht eingreifen.« Alienor hatte zunächst ›dich nicht einmischen‹ sagen wollen, ihre Wortwahl aber gerade noch rechtzeitig geändert. »Ich kann für mich selbst sprechen.«

Die Kaiserin schürzte die Lippen, als fühle sie sich gekränkt, aber dann zögerte sie ebenfalls und wählte ihre Worte behutsam. »Ich weiß, dass du das kannst, Tochter«, erwiderte sie. »Doch du solltest dir gut überlegen, was du sagst. Mein Sohn ist wie mein Vater; er erwartet, dass die Welt sich widerspruchslos seinen Befehlen beugt. Aber er hat auch viel von meinem Mann in sich, und das heißt, dass er nicht immer sofort handelt, wenn er mit den Bedürfnissen anderer konfrontiert wird. Du darfst dich von ihm nicht zu sehr bedrängen lassen, schon gar nicht, wenn du noch nicht wieder ganz gesund bist.«

Alienor neigte den Kopf. »Ich bin gerührt von Eurer Sorge,

Mutter.« Sie wusste, dass Matilda Henry wahrscheinlich trotzdem schreiben würde. »Ich möchte Euch aber noch in einer anderen Angelegenheit um Rat fragen.«

Ihre Schwiegermutter setzte sich augenblicklich aufrechter hin. »Tatsächlich?« Ihre Augen leuchteten auf.

»Es geht um Henrys unehelichen Sohn.« Alienor deutete auf den kleinen Jeoffrey, der mit seiner Kinderfrau an einer Seite des Raumes saß. Sie musste sich zwingen, ihn anzusehen, da er Will so ähnelte und sie ständig an das erinnerte, was sie verloren hatte.

Die Kaiserin nickte. »Mir sind schon Gerüchte zu Ohren gekommen, dass mein Sohn ein Kind von einer gewöhnlichen Hure hat. Ich hielt die Geschichte für unglaubwürdig – wer weiß unter diesen Umständen schon, wer der Vater ist? Aber jetzt sehe ich mit eigenen Augen, dass der Junge von meinem Sohn gezeugt worden sein muss, ganz unabhängig von der Tätigkeit seiner Mutter.«

Alienor verzog das Gesicht. »Ich weiß nicht viel über die Mutter, und ich will auch nichts wissen, aber ich habe gehört, dass er mit ihr zusammen war, bevor er mich geheiratet hat, und dass sie Engländerin war.« »Eine Knabenliebschaft also.« Die Kaiserin winkte geringschätzig ab. »Was kann ich denn nun für dich tun?«

Alienor spielte mit dem schönen Perlenring, den die Kaiserin ihr geschenkt hatte; drehte ihn an ihrem Finger nach rechts und links. »Henry hat die Verantwortung für das Kind übernommen. Ich werde weder irgendetwas unternehmen, um ihm zu schaden, noch werde ich mich einem unschuldigen Wesen gegenüber feindselig verhalten, egal unter welchen Umständen es geboren wurde – aber ich werde nicht zulassen, dass der Junge in irgendeiner Weise die Zukunft meiner eigenen Kinder untergräbt.«

Die Kaiserin reichte der Amme das Baby. »Henrys Vater hat mit seiner Mätresse Emma und Hamelin gezeugt. Sie starb im Kindbett, und Geoffrey ließ die beiden in seinem Haushalt aufwachsen. Sie waren für mich nie von Belang; ich kämpfte um eine Krone und hatte wenig Zeit, mir über derartige Dinge Gedanken zu machen. Außerdem haben mich meine eigenen illegitimen Halbbrüder stets mit aller Kraft unterstützt. Ohne sie säße Henry nicht auf seinem Thron. Ich habe von Anfang an erwartet, dass Hamelin Henry unterstützt, und er ist ihm in der Tat eine größere Hilfe, als es Geoffrey oder William je sein werden. Hamelins Position hängt von Henry ab. Du brauchst nicht zu befürchten, dass dieses Kind deine Söhne stürzt. Zieh ihn im Gefühl seiner Pflichten auf, und er wird sich als Gewinn erweisen.«

»Es ist die Art, wie Henry ihn ansieht.« Alienor konnte nicht verhindern, dass ihre Lippe sich kräuselte. »Und jetzt ist Will tot und unser Henry noch ein Kleinkind…« Sie ballte die Fäuste. »Ich möchte, dass meine Kinder den ersten Platz im Herzen ihres Vaters einnehmen.« Sie fühlte sich elend, als sie das sagte, denn sie konnte nicht durch schiere Willenskraft bewirken, dass dieser Wunsch in Erfüllung ging.

»Und wie kann ich dir helfen?«

Alienor beugte sich vor. »Ich bitte Euch, ihn in Eurem Haushalt aufzunehmen und dort zu erziehen. Ich weiß, dass die Entscheidung letztendlich bei Henry liegt, aber der Junge ist Euer Enkel.« Auf diese Weise würde er nicht unter ihrem Dach leben und sie ständig an den verstorbenen Sohn erinnern, aber dennoch angemessen in der Familie aufwachsen. »Würdet Ihr diese Lösung in Erwägung ziehen?«

Die Kaiserin wirkte nachdenklich, dann nickte sie. »Ja, ich wäre bereit, darüber nachzudenken.«

Mehr als bereit, dachte Alienor, da ihr der aufblitzende Funke in den Augen der älteren Frau nicht entging.

Die Kaiserin drehte sich auf ihrem Stuhl um und bedeutete der Kinderfrau, den kleinen Jeoffrey zu ihnen hinüberzubringen.

Auf Geheiß seiner Großmutter kniete der Junge respektvoll nieder, erhob sich dann und stand Alienor und seiner Großmutter breitbeinig gegenüber – eine Pose, die der von Henry haargenau glich. In seinen blauen Augen lag keine Furcht, aber er war auf der Hut.

»Kannst du das Vaterunser aufsagen, Kind?«, fragte die Kaiserin.

Jeoffrey nickte und gehorchte, fast ohne ins Stocken zu geraten. Sein Latein war fließend.

»Gut.« Matilda ließ den Jungen noch einmal niederknien, während sie ihm den Kopf tätschelte und ihm von dem Tablett neben ihr einen kleinen Honigkuchen gab; dann entließ sie ihn.

»Er ist begabt«, sagte sie zu Alienor, als er gegangen war. »Wenn sein Vater einwilligt, nehme ich ihn bei mir auf.«

»Danke, Madam.« Alienor gelang es nicht, ihre Erleichterung zu verbergen.

Die Kaiserin schenkte ihr ein frostiges Lächeln. »Wenn ich dir etwas von deiner Bürde abnehmen kann, werde ich es tun. Du hast eine schwere Last zu tragen, und sie wird im Lauf der Zeit nicht leichter werden. Ich sage das nicht, um dir den Mut zu nehmen, aber es ist immer das Beste, sich der Wahrheit zu stellen.«

Alienor rang sich ein Lächeln ab. Ihre Schwiegermutter war zumindest ehrlich. Die Kaiserin verstellte sich nie. Und nun, nachdem das Problem mit dem jungen Jeoffrey FitzRoy gelöst war, konnte sie sich auf das Wiedersehen mit Henry konzentrieren.

Alienor war zwei Meilen von Saumur entfernt, als sie auf eine Gruppe traf, die in die entgegengesetzte Richtung reiste. Die Sonne brannte von einem wolkenlosen blauen Himmel herab, und die erste sengende Sommerhitze traf das angevinische Herzland wie der Schlag eines Hammers auf einen neuen Amboss. Alienor zügelte ihr Pferd und wartete darauf, dass der sich nähernde Trupp zur Seite wich und ihr in Anerkennung ihres Ranges den Weg freigab. Doch die andere Gruppe machte ebenfalls auf der Straße Halt und weigerte sich, ihr auszuweichen. Heller Staub wehte um die Hufe ihrer Pferde und Packtiere.

Ein junger Edelmann ritt auf einem muskulösen Grauen nach vorn und musterte Alienors Truppe finster. Dann blieb sein Blick an ihr hängen, und er befahl seinen Männern mit einem gereizten Schulterzucken, den Weg freizumachen. »Madam, meine Schwester«, grüßte er kurz.

Alienor betrachtete ihren Schwager voller Widerwillen. Geoffrey war der Hauptgrund dafür, dass sich Henry immer noch in Anjou aufhielt, obwohl er schon längst wieder in England hätte sein können; stattdessen hätte er bei ihr sein können, als ihr Sohn krank geworden war. Wenn Geoffrey frei und im Land unterwegs war, bedeutete das, dass er und Henry zu einer Übereinkunft gelangt waren.

»Bruder.« Es gelang ihr, höflich zu bleiben. »Ich danke dir dafür, dass du die Straße freigegeben hast.«

»Was bleibt mir anderes übrig, als dem der Frau meines Bruders zustehenden Privileg Rechnung zu tragen?« In seiner Stimme schwang ein Hauch von Geringschätzung mit. Alienor hob eine Braue. »Ich nehme an, dass du und mein Mann eure Differenzen beigelegt habt?«

Geoffrey bürstete einen Staubfleck von seinem Umhang. »Sagen wir lieber, dass wir im Moment gemeinsame Interessen verfolgen. Die Bewohner von Nantes haben mich gebeten, ihr Graf zu werden. Ich werde mit Henrys Erlaubnis über die Bretagne herrschen – und das ist etwas, was ich mir nie erträumt hätte.« Sein Tonfall drückte eher Zynismus als Dankbarkeit aus.

»Das sind ausgezeichnete Neuigkeiten«, sagte Alienor und meinte es auch so. Sie lächelte sogar. Eine solche Aufgabe würde Geoffrey beschäftigen, ihn davon abhalten, in Anjou Unfrieden zu stiften, und es bedeutete außerdem, dass sie seine Nähe nur zu seltenen besonderen Anlässen ertragen musste.

»Das wird sich herausstellen, aber vorerst stimme ich Euch zu.« Er packte die Zügel fester, als sein nervöses Pferd zu tänzeln begann. »Es hat mich sehr bekümmert, vom Tod meines Neffen zu erfahren.« Die Bemerkung kam mechanisch heraus, eine unaufrichtige Floskel.

»Daran hege ich keinen Zweifel«, erwiderte Alienor eisig. »Ich wünsche Euch eine sichere Reise, Mylord.« *Und hoffe, dich nie wiederzusehen.*

»Ich wünsche Euch viel Glück mit meinem Bruder.« Er lächelte säuerlich. »Wenn Ihr einen anderen Weg gewählt hättet, könntet Ihr heute mit mir verheiratet sein.«

»In der Tat«, versetzte sie schnell. »Ich danke Gott, dass er meine Schritte an diesem Tag in eine andere Richtung gelenkt hat.«

Geoffrey salutierte ironisch. »Seid Ihr sicher, dass es Gott war? Es heißt, die Linie derer von Anjou würde vom Teufel abstammen.« Er gesellte sich wieder zu seinen am Straßenrand wartenden Männern und ließ Alienor nach Saumur weiterreiten.

Obwohl die Hitze des Tages die Burgmauern wärmte, fröstelte Alienor, als hätte sie Fieber. Sie schritt in der Kammer, die Henrys Haushofmeister ihr zugewiesen hatte, auf und ab. Henry selbst war nicht anwesend, er befand sich auf der Jagd, obwohl er wusste, dass sie erwartet wurde. Sie fühlte sich zu beklommen, um darüber ärgerlich zu sein; sie war sogar froh über den Aufschub.

Sie hatte ihre staubige Reisekleidung durch ein Hofgewand aus goldener, mit Perlen bestickter Seide ersetzt und die Schnüre fest zugezogen, um den Umstand zu betonen, dass sich zwischen ihren Brüsten und Hüften nun wieder eine Taille abzeichnete. Ihre Frauen hatten Alienors Handgelenke und Hals mit kostbarem Duftöl betupft und ihr Haar in ein juwelenbesetztes Netz gebunden, aber selbst alle Edelsteine und Parfüms der Welt konnten ihr diesen Moment nicht leichter machen.

Isabel, die ihr aufwartete, wandte sich vom Fenster ab, von dem aus sie den Hof beobachtet hatte. »Madam, der König ist eingetroffen.« Sie stand ebenfalls unter starker Anspannung, weil sich ihr eigener Mann in dem Gefolge befand.

Alienor trat zu ihr an die Laibung und blickte in den Hof hinaus, der sich mit erschöpften Pferden, hechelnden Hunden und überschwänglichen, sich gegenseitig anstoßenden Männern füllte. Thomas Becket und Henry lachten zusammen über irgendetwas und hatten die Arme über ihre Pferde hinweg kameradschaftlich verschränkt. Henry schwitzte fast ebenso stark wie sein Pferd.

Isabel gab einen leisen, besorgten Laut von sich, als sie ihren Mann in dem Gedränge entdeckte. »Er wirkt dünner«, sagte sie, »und er hinkt.«

»Ich werde dich nicht brauchen, wenn ich mit dem König spreche.« Alienor berührte sie am Arm. »Geh hinunter zu ihm, du hast meine Erlaubnis.«

Isabel knickste mit geröteten Wangen, erhob sich und huschte leichtfüßig aus dem Raum. Alienor wandte sich an ihre anderen Frauen. »Beschäftigt euch anderweitig«, befahl sie. »Wenn ich euch brauche, rufe ich euch.«

Die Frauen zogen sich zurück, und Alienor ging wieder zum Fenster. Henry war verschwunden. Die Hundeheger trieben die letzten Hunde zusammen und brachten sie in die Zwinger zurück. Sie überlegte, ob sie sich auf die Suche nach Henry machen sollte, aber er wurde mit Sicherheit noch von seiner ausgelassenen Jagdtruppe umringt, und sie würde ihre Verwundbarkeit öffentlich bloßlegen.

Der Schatten der Sonne fiel in einem anderen Winkel auf die Burg; tauchte die eine Seite in Gold und verdunkelte die andere aschgrau, als Henry endlich auf seine übliche brüske Weise in die Kammer trat. Er musste sich soeben gewaschen haben, denn sein Haar schimmerte in einem dunklen Bernsteinton und war zurückgestrichen; außerdem trug er eine saubere, nach Rosmarin und Lavendel duftende Tunika.

Zwischen zwei Schritten zögerte er, dann kam er mit ausgebreiteten Armen auf sie zu. Sie machte Anstalten zu knicksen, doch er packte sie um die Taille und zog sie in eine feste Umarmung. »Ich habe dich vermisst.« Er küsste sie grob. »Du siehst zum Anbeißen aus!«

Die stürmische Begrüßung verschlug ihr den Atem. Sein Ton war so ungezwungen und jovial, als spreche er immer noch mit seinen Jagdgefährten – als sei nichts passiert und alles in bester Ordnung. Sein Lächeln war breit und offen. Womit auch immer sie gerechnet hatte, seine Reaktion überraschte maßlos und machte sie sprachlos.

»Henry …«

»Wo ist meine Tochter?« Er fiel ihr ins Wort, bevor sie weitersprechen konnte. Ein hartes Glitzern lag in seinen grauen Augen, und sein Kiefer war angespannt. »Ich will sie sehen – und meinen Sohn.«

Voller Unbehagen ging Alienor zur Tür und wies die Kinderfrauen an, die Kinder zu bringen, damit er sie begutachten konnte.

Henrys durchdringender Blick heftete sich auf das kleine Mädchen in den Armen seiner Amme. Ein rundes kleines Gesicht war zu sehen, der Rest war von Windeltüchern bedeckt. »Wir werden eine vorteilhafte Ehe für dich arrangieren«, sagte er und kitzelte sie am Kinn. »Die erstgeborene Tochter des Königs von England, hmm?« Er schenkte Alienor ein starres Lächeln. »Ich bin sicher, dass sie zu einer Schönheit heranwachsen wird.« Dann hockte er sich hin, um sich mit seinem Namensvetter auf Augenhöhe zu begeben, der jetzt sechzehn Monate alt war und einen langen Leinenkittel trug. Das Haar des kleinen Henry war eher dunkelblond als rotgold, und in seinen Augen vermischte sich Blau mit Grau.

»Er läuft schon«, stellte Henry grinsend fest. »Ein prächtiger kleiner Mann.« Er hob ihn hoch und schaukelte ihn in den Armen, bis er quiekte. Nachdem er ihn der Kinderfrau zurückgegeben hatte, konzentrierte er sich auf das dritte Kind, das von dem Sonnenlicht, welches durch das Fenster fiel, angestrahlt wurde. Sein kupferfarbenes Haar schimmerte. Einen Moment lang weiteten sich Henrys Augen vor Überraschung.

»Ich habe mein Versprechen dir gegenüber gehalten«, sagte Alienor. »Und ich habe ihn mitgebracht. Deine Mutter hat Interesse daran bekundet, ihn bei sich aufzunehmen.«

»Ja, sie erwähnte es in ihrem Brief.«

Demnach hatte Matilda ihm geschrieben. Alienor fragte sich, was sie ihrem Sohn sonst noch berichtet hatte.

Henry winkte die Kinderfrau und ihren Schützling zu sich. »Ich halte das für eine gute Idee, aber noch nicht jetzt.« Er zerzauste Jeoffreys Locken. »Du bist groß geworden, seit ich dich zuletzt gesehen habe – schon fast ein Mann.«

Jeoffrey richtete sich stolz auf, was Henry ein Kichern entlockte. »Während du hier bist, können wir etwas Zeit miteinander verbringen. Vielleicht mit Reitstunden, hm? Hast du ein eigenes Pony?«

»Nein … Sire.«

»Hättest du gern eines?«

Alienors Kehle schnürte sich zu. Dieses Gespräch hätte er mit Will führen sollen, nicht mit dem kleinen Kuckuck.

Jeoffreys Augen leuchteten. »Ja, Sire.«

»Gut. Dann werden wir eines für dich finden, und ich bringe dir das Reiten bei; wenn du dann älter bist, kannst du mit mir auf die Jagd gehen, einverstanden?«

»Ja, Sire«, erwiderte Jeoffrey. Seine Miene verriet ungläubiges Staunen.

Henry lächelte und entließ die Kinderfrauen und ihre Schutzbefohlenen. Sein Blick verweilte auf Jeoffrey, bevor er sich an Alienor wandte, in die Hände klatschte und sie gegeneinanderrieb. »Wir werden ein Fest veranstalten, um deine Ankunft zu feiern, und morgen können wir entlang des Flusses mit den Falken jagen gehen. Wir haben auch eine Schaustellertruppe aus Quercy da, die dir gefallen wird, und Thomas möchte dir ein paar Stoffballen zeigen.«

Alienor lauschte in ungläubigem Schweigen. Er füllte seinen Kopf mit betäubenden, oberflächlichen Dingen aus, damit tiefer gehende Probleme keine Möglichkeit bekamen, sich auf ihn zu stürzen und ihn dorthin zu schleifen, wohin er nicht gehen wollte.

Bevor sie etwas sagen konnte, war er schon an der Tür und rief nach Becket, den Musikanten und den Höflingen. »Komm«, forderte er sie auf, dabei sah er sie zwar an, aber durch sie hindurch. »Wir müssen deine Ankunft feiern, und ich bin nicht der Einzige, den du begrüßen musst.«

Die Stunden, bis sie sich zurückziehen konnte, stellten Alienors Belastbarkeit auf eine harte Probe. Sie unterhielt sich und lächelte und mischte sich unter die Höflinge. Sie nahm höfliche Beileidsbekundungen entgegen, die außerhalb von Henrys Hörweite gemurmelt wurden, und sie sah die verstohlenen Seitenblicke, die die Leute ihm zuwarfen. Thomas Becket gab sich ernst und besorgt, war aber auch erpicht darauf, mit dem prachtvollen Seidendamast zu prahlen, den er zu einem Sonderpreis von einem venezianischen Kaufmann erstanden hatte. Während Alienor höflich den Stoff begutachtete, gab er sich alle Mühe, ihr zu verstehen zu geben, dass es seine Idee gewesen war, Henrys Bruder zum Grafen von Nantes zu ernennen.

»Ein kluger Gedanke«, meinte sie, denn hier war Lob angebracht.

»Besser als Irland«, stimmte er zu. »Jetzt müssen wir einen ähnlichen Posten für den jüngsten Bruder meines Herrn finden.«

Alienor hob die Brauen. Sie fragte sich, wie viel Verantwortung Henry Becket übertragen hatte. Man hielt sich zwar keinen Hund und bellte dann selbst, aber man durfte auch nicht zulassen, dass das Tier den Besitzer beherrschte.

Alienor blickte zu dem jungen Mann hinüber, den Becket erwähnt hatte. William FitzEmpress stand mit einer Gruppe junger Ritter zusammen, lauschte nach außen hin interessiert ihrer Unterhaltung, nahm sich dabei aber die Zeit, sich abwägend und abschätzend in der Kammer umzublicken, und kam nie zur Ruhe. Alienor mochte Henrys rotblonden jüngsten Bruder nicht sonderlich, aber er stellte eine geringere Bedrohung dar als Geoffrey, und da er erst zwanzig Jahre alt war, blieb noch Zeit, um Entscheidungen bezüglich seiner Zukunft zu treffen. Er bemerkte, dass sie ihn beobachtete, und hob grüßend seinen Becher. Sie erwiderte die Geste, und er wandte den Blick ab.

Hamelin kam auf sie zu, um mit ihr zu sprechen, küsste sie auf beide Wangen, hielt ihre Hände und sah sie an, ohne ihrem Blick auszuweichen. »Mein Beileid zu Wills Tod«, sagte er. »Ich kann mir nicht vorstellen, wie es ist, ein Kind zu verlieren, schon gar nicht eines, an dem ihr beide so gehangen habt.«

Alienor schluckte. Es rührte sie plötzlich zu Tränen, dass Henrys Halbbruder Will erwähnen konnte, während Henry dies nicht über sich brachte. »Nein, dass könnt Ihr Euch sicher nicht vorstellen, aber ich danke Euch trotzdem«, erwiderte sie, holte tief Atem und richtete sich auf. »Wie ist Henry Euch vorgekommen? Er weigert sich sogar, Wills Namen auszusprechen.«

Hamelin spähte durch den Raum zu der Stelle, wo Henry stand und sich mit seinem Haushofmeister Warin FitzGerold unterhielt. »Er spricht auch mit uns nicht über ihn«, gab er kopfschüttelnd zurück. »Wir haben gelernt, das Thema nicht anzuschneiden, weil er entweder wütend ausweicht oder sich, wie Ihr jetzt seht, mit anderen Dingen ablenkt. Er will nicht darüber nachdenken, denn wenn er es täte, würde der Kummer ihm all seine Kraft rauben.«

»Und er gibt mir die Schuld, das weiß ich.«

Hamelin schien sich vor Unbehagen zu winden. »Niemand weiß, was mein Bruder denkt und empfindet; selbst diejenigen von uns, die ihm nahstehen, können nicht ausloten, was in ihm vorgeht.« Er berührte ihren Arm. »Aber ich weiß, dass er sich freut, Euch und die anderen Kinder zu sehen, und ich denke, das ist alles, was zählt.«

»Ihr seid sehr freundlich«, sagte sie mit einem schwachen Lächeln.

»Nein, ich bin nur aufrichtig. Er hat Euch vermisst. Eure Gegenwart wird ihm helfen, mit dem Schmerz fertigzuwerden, den er insgeheim empfindet.«

Sie fragte sich, ob dem wirklich so war. Nach kurzem Zögern bemerkte sie: »Ich bin mit dem Sohn hierher gereist, den er von seiner Konkubine hat. Könnt Ihr mir dazu etwas sagen?«

Seine Miene wurde wachsam. »Ich wuchs unter dem Dach meines Vaters auf, und Emma wurde nach Fontevrault geschickt. Die Kaiserin verhielt sich Emma und mir gegenüber gleichgültig, aber sie war immer gerecht, und dafür respektierte ich sie. Das tue ich immer noch.«

»Und wie habt Ihr Euch dabei gefühlt?«

Er zuckte die Achseln. »Ich beneidete Henry, weil ich der Erstgeborene war, er aber alle Privilegien genoss, und das wurde noch schlimmer, als seine Brüder zur Welt kamen. Ich stand immer ganz unten in der Rangordnung, weil ich der uneheliche Sohn war. Ich lag nachts im Bett und wünschte, alles wäre ganz anders gekommen, aber das änderte sich, als ich zum Mann heranwuchs. Ich lernte zu akzeptieren, dass ich nie ein König oder ein Graf werden würde. Heute weiß ich nicht einmal, ob ich das überhaupt wollen würde. In der Position, die ich bekleide, kann ich viel für die Familie tun und werde dafür belohnt. Ich bin ein enger Vertrauter von Henry, aber ich muss mich um keine politischen Machenschaften kümmern und anderen Honig um das Maul schmieren.«

Alienor lachte und küsste ihn auf die Wange. »Ihr habt mir Stoff zum Nachdenken gegeben«, sagte sie. »Dafür danke ich Euch.« Aber sie hatte für Jeoffrey immer noch eine kirchliche Laufbahn im Sinn.

Alienor sah zu, wie Henry den Fuß auf das Bett stellte und seine Beinbinden löste. Sie waren alleine – endlich. Sie hatte befürchtet, er könnte irgendwo anders schlafen, um ihr aus dem Weg zu gehen, aber er war bereitwillig in ihre Kammer gekommen.

Sie nahm ihre Ringe ab, ließ sie in ihre emaillierte Schmuckschatulle fallen und sagte: »Du hast so viele Pläne, und du sitzt keinen Moment still, aber du hast mir noch nicht gesagt, wie es dir eigentlich geht.«

Er konzentrierte sich auf seine Tätigkeit. »Ich weiß nicht, was du meinst. Du siehst doch selbst, dass mir nichts fehlt. Du brauchst also nicht zu fragen.«

»Doch, Henry, das muss ich. Du weigerst dich, über Will zu sprechen, als hätte er nie existiert, und je länger du nicht über ihn sprichst, desto tiefer wird die Wunde. Sie wird nie heilen, und wenn du sie mit noch so vielen Verbänden bedeckst.« Sie trat zu ihm, blieb vor ihm stehen und zwang ihn, zu ihr aufzublicken.

Er legte die Beinbinden seufzend beiseite. »Es ist zwecklos, darüber zu sprechen, das bringt ihn auch nicht zurück«, erwiderte er mit rauer Stimme und zog sie in die Arme. »Denk lieber an die Zukunft und das neue Leben, das wir erschaffen.«

»Henry …«

»Genug jetzt.« Er legte ihr einen Zeigefinger auf die Lippen. »Es ist vorbei, das habe ich dir doch gesagt.« Er küsste sie; brachte sie mit seinem Mund und seiner Zunge zum Schweigen.

Dann führte er sie zum Bett und liebte sie langsam und ausgiebig. Alienor keuchte und schluchzte unter ihm, als die wonnevollen Empfindungen in eine exquisite Folter umschlugen. Sie krallte die Nägel in seine Oberarme und öffnete sich für ihn. Er drückte sie auf die Matratze und stieß die letzten Male in sie hinein, um ihr seinen Samen zu geben. Sie hieß seine Wildheit und das Pochen in ihrem Körper willkommen, weil sie einen weiteren Sohn empfangen wollte, und damit das geschah, musste der Samen des Mannes stärker sein als die Eizellen der Frau.

Henry liebte sie in dieser Nacht noch zwei weitere Male und schlief dann erschöpft an sie geschmiegt ein, einen Arm über ihren Körper gelegt. Das Letzte, was er murmelte, war: »Ich meine es ernst. Es ist vorbei. Wir werden nicht mehr darüber sprechen – nie wieder.«

Sie rollte sich auf die Seite. Ihr war elend zumute. Henry mochte sich einbilden, er würde es ihnen beiden leichter machen, wenn er sich weigerte, über den Tod ihres Sohnes zu sprechen, aber er begrub nur Steine unter der Oberfläche. Wenn er ihr nicht gestattete, mit ihm darüber zu reden, wie sollte sie dann die Bürde ihrer Trauer und ihrer Reue abwerfen, und wie sollte er seine Gefühle ertragen? Sie würden nur mit ihrer Last auf den Schultern diesen steinigen Pfad entlangstolpern, bis sie schließlich darunter zusammenbrachen.

7

Bordeaux, Weihnachten 1156

Es hatte geschneit; eine dünne weiße Schicht bedeckte Dächer und Türme wie feiner Zucker. Dunkle Fußspuren verliefen über den Hof des Ombrière-Palastes und hinterließen einen vergänglichen Beweis dafür, dass sich Menschen auf dem offenen Gelände zwischen den Gebäuden bewegten.

»Als ich ein Kind war, verbrachte ich hier immer den Sommer«, erzählte Alienor Isabel, als sie in dicke, pelzgefütterte Umhänge gehüllt nebeneinander durch die einsetzende Abenddämmerung spazierten. »Wir haben die gesamte Zeit im Garten verbracht, und manchmal erhielten wir unsere Unterrichtsstunden dort drüben im Schatten der Bäume.«

»Meine Stunden fanden immer in unserer Burg in Acre bei Norfolk statt«, erwiderte Isabel. »Damals hätte ich mir nie träumen lassen, was das Schicksal für mich bereithielt.«

»Ich mir auch nicht«, meinte Alienor wehmütig. »Hätte ich es damals schon gewusst, hätte ich schreckliche Angst gehabt. Vielleicht lässt uns Gott deshalb im Ungewissen.« Sie musterte Isabel voller Zuneigung. Wäre ihr Mann robuster und entschlossen, um den Thron zu kämpfen, wären sie Rivalinnen im Wettkampf um eine Krone. Stattdessen waren sie Gefährtinnen, und auch wenn sie aus unterschiedlichem Holz geschnitzt waren, so hatten sie dennoch Gemeinsamkeiten. »Aber du musst doch Geschichten von Aquitanien gehört haben.«

Isabel lächelte. »Oh ja, wir haben oft Geschichten und Lieder über Troubadoure und hübsche junge Ritter gehört, welche versuchten, die Frauen anderer Männer zu verführen – und wir haben sie uns gegenseitig erzählt. Unsere Kinderfrau warnte uns, vor den Schmeicheleien junger Männer auf der Hut zu sein, während wir heimlich darum beteten, dass sie uns den Hof machen würden. Wie unschuldig wir waren.«

»Ich war nie unschuldig«, versetzte Alienor und verzog das Gesicht, »abgesehen davon, dass ich geglaubt habe, das bekommen zu können, was ich wollte – dieser Glaube wurde an dem Tag zerstört, an dem mir mitgeteilt wurde, dass ich Louis von Frankreich heiraten musste. Ich war dreizehn Jahre alt, mein Vater war kurz zuvor gestorben und hatte die Heirat in seinem Testament verfügt, ohne mir etwas zu sagen.«

»Ich war sechzehn, als mein Vater starb«, sagte Isabel. »Ich war sein einziges Kind, und König Stephen arrangierte eine Heirat mit seinem Sohn. Am Tag unserer Hochzeit war William elf.« Sie blickte in die Ferne. »Während ich ihn heiratete, nahm meine Mutter Patrick of Salisbury zu ihrem zweiten Mann, so dass wir in gegnerische Parteien einheirateten und nichts dagegen unternehmen konnten.«

»Das muss schwierig gewesen sein.«

»Allerdings, aber wir fanden einen Weg, so wie Frauen es immer tun müssen.« Kleine weiße Flocken begannen aus dem dunstigen Blau zu rieseln. Isabel sah Alienor an. »Ihr und der König scheint in der letzten Zeit gut miteinander auszukommen. Das freut mich.«

»Im Moment ja, aber wer weiß, wie lange es anhält«, erwiderte Alienor mit einem spröden Lächeln und ging nicht weiter darauf ein. Sie und Isabel kannten sich inzwischen ziemlich gut, aber sie wollte nicht über ihre problematische Beziehung mit Henry sprechen. Ihr Verhältnis hatte sich tatsächlich gebessert, als sie im Sommer und Herbst gemeinsam durch ihre Länder gereist waren. Die Verlegenheit jener ersten Nacht in Saumur war verheilt wie eine tiefe Wunde, die sich geschlossen, aber eine dicke Narbe hinterlassen hatte. Das Fleisch war zusammengewachsen, aber nicht glatt und würde nie wieder so sein wie früher. Sie und Henry hatten von diesem Moment an so weitergemacht, als sei die Vergangenheit leer und Will nie geboren worden.

Ihre Tochter Matilda war fast sieben Monate alt. Vor zwei Wochen hatten Alienors Blutungen eingesetzt – ein Zeichen, dass der Samen in ihrem Körper keine Früchte hervorbringen würde, und sie hatte Angst, dass sich Gott tatsächlich von ihnen abgewandt hatte.

Der Schnee begann stärker zu fallen, und die Frauen beendeten ihren Spaziergang und kehrten in den Palast zurück. Die Bewohner versammelten sich vor dem Kamin, um Kastanien zu rösten und kleine, schmackhafte Leckerbissen zu verzehren, die in den Küchen zubereitet worden waren, als das Licht noch ausgereicht hatte: würzige Pasteten, Früchte und Köstlichkeiten aus Marzipan. Eine Musikergruppe trug Lieder in der *Lengua Romana* der Bordeaux-Region vor, und die Anwesenden beschäftigten sich mit Spielen und Tanz, wobei sie lachten, sich unterhielten und alle ernsten Angelegenheiten für eine Weile vergaßen.

Alienor, versiert in ihrer Rolle als Königin und Herzogin, machte sich daran, die Gäste zu bezaubern und ihr Netz zu spinnen. Sie spürte, wie Henrys düsterer Blick auf ihr ruhte, während sie sprach, lachte und mit ihren Höflingen kokettierte. Als sie in seine Richtung schielte, las sie sowohl Argwohn als auch Begierde in seiner Miene – er erinnerte sie an einen Löwen, der eine gefährliche Beute belauerte.

Sie tanzten miteinander, Herzog und Herzogin, und wenn

sie sich berührten, ließ die erotische Spannung zwischen ihnen Alienor an ihre Hochzeitsnacht denken. Die Pupillen in Henrys Augen waren groß und dunkel, sie tranken das Licht in sich ein, als sie die Hände ineinanderlegten und Kreise beschrieben. Der Tanz war neumodisch, und sie wurden zeitweise getrennt, doch wenn sie wieder zusammenkamen, glich dies dem Auflodern eines Feuers. Alienor atmete abgehackt. Henrys Hand umfasste die Rundung ihrer Hüfte und grub sich in ihr Fleisch. Sie warf ihm einen sinnlichen Blick zu und fuhr sich mit der Zunge über die Lippen. Wenn auch sonst nirgendwo, so passten sie doch zumindest auf der Tanzfläche ausgezeichnet zueinander.

An dem Morgen, an dem Alienor im Kloster Notre-Dame de Saintes eintraf, um ihre Tante Agnes, die Äbtissin, zu besuchen und ihre Schwester Petronilla zu sehen, herrschte helles, aber bitterkaltes Januarwetter. Petronillas körperlicher und geistiger Zustand war sehr fragil; sie wurde hier bereits seit über fünf Jahren von den Nonnen betreut.

Die Kastanienbäume waren mit frostigem Raureif überzogen, und das Kloster funkelte im grellen Wintersonnenlicht, als sei es mit gemahlenem Bergkristall bestäubt worden. Alienor stieg vor dem Torhaus ab. Ihr Atem bildete weiße Wölkchen in der Luft, und trotz ihrer pelzgefütterten Fäustlinge waren ihre Hände vom Halten der Zügel taub geworden. Ein Stallbursche kümmerte sich um die Pferde, und eine Nonne führte Alienor zu der Kammer der Äbtissin, während ihre Begleiter im Gästehaus warteten.

Ihre Tante verließ das Pult, an dem sie gelesen hatte, und eilte zu Alienor, um sie liebevoll zu umarmen. »Wie ich mich freue, dich zu sehen, Nichte!« Ihre Falten vertieften sich, als sie lächelte. »Es ist lange her.«

»Vier Jahre«, erwiderte Alienor mit einem zittrigen Lächeln ihrerseits. »So viel ist geschehen, und eine Menge hat sich geändert.«

»Allerdings.« Die klugen dunklen Augen ihrer Tante füllten sich mit Mitleid. »Komm, setz dich ans Feuer, wärm dich auf, und erzähle mir alles.« Sie deutete auf eine gepolsterte Bank neben dem Kamin. Vor dem Feuer putzte sich ein schöner rötlicher Kater, der Alienor an Henry denken ließ. Sie sah ihre Tante mit hochgezogenen Brauen an, woraufhin diese eine verlegene Geste vollführte. »Tib verdient sich seinen Platz hier, indem er Mäuse fängt. Es mag eine weltliche Sünde sein, mir eine Katze zu halten, aber auch er ist ein Geschöpf Gottes, und es freut mich, dass er sich hier wohlfühlt.«

»Aber warum sollte sich Gott nicht über deine Güte freuen?«, versetzte Alienor. Sie gesellte sich zu der Katze ans Feuer, denn sie war ebenso wie das Tier an diesem eisigen Tag froh über die Hitze der Flammen. Eine junge Novizin brachte ihr heißen, mit Ingwer und Nelken gewürzten Wein. Ihre Tante lehnte den Wein ab und begnügte sich mit einem Becher Wasser, während Alienor ihr von den Jahren berichtete, in denen die beiden Frauen sich nicht gesehen hatten, und alle losen Fäden in den Bildteppich aus Neuigkeiten einstickte, bis er komplett war. Dabei war ihr nicht viel leichter zumute, aber wenn sie die Ereignisse nacheinander in ihrem Kopf Revue passieren ließ, ergaben sich für sie neue Perspektiven, die sie in Erwägung ziehen musste.

Ihre Tante maß sie mit einem nachdenklichen Blick. »Und was passiert nach deinem Besuch hier? Bleibst du in Poitou?«

Alienor schüttelte den Kopf. »Wir haben in der Normandie zu tun, und dann muss ich nach England zurückkehren, um dort als Henrys Regentin zu herrschen.«

»Zu schade, dass du nicht länger bleiben kannst.«

»Das finde ich auch«, entgegnete Alienor bedauernd.

Die Katze streckte sich ausgiebig und gähnte, wobei sie eine gezackte Landschaft weißer Zähne entblößte, bevor sie zur Tür schlenderte und gebieterisch miaute. Ihre Tante erhob sich, um die Tür zu öffnen. Ein kalter Luftzug wehte herein, als der Kater aus dem Raum stolzierte, wobei sein rötlicher Schwanz wie ein pelziges Banner wogte. Alienor erhob sich ebenfalls fröstelnd. »Ich möchte meine Schwester sehen.«

»Ich hätte sie hierherbringen lassen«, sagte Agnes, »aber es geht ihr nicht gut; daher behalten wir sie in der Krankenstube, wo es warm ist und sie richtig gepflegt werden kann. Komm, ich bringe dich zu ihr.«

Die Krankenstube des Klosters war ein gut ausgestatteter Raum mit zwölf Betten, von denen vier von älteren Nonnen belegt waren, die von der Siechenmeisterin und ihrer Gehilfin behandelt wurden. Das Feuer brannte hell, und der Kamin bot genug Platz, um nahrhafte Mahlzeiten zuzubereiten. Ein Kessel brodelte über den Holzscheiten; der davon aufsteigende Dampf duftete appetitlich nach Fleischbrühe.

Eine gebrechliche alte Frau saß zusammengekauert am Feuer. Hohläugig und mit eingefallenen Wangen zupfte sie an dem Eichhörnchenpelz herum, mit dem ihr Umhang gesäumt war. Alienor starrte sie in stummem Entsetzen an, als die Frau rasselnd hustete. Die Hand, die sie sich vor den Mund hielt, war skelettähnlich.

»Petra, großer Gott!« Alienor eilte zu ihr und sah hilflos zu, wie ihre Schwester von Krämpfen geschüttelt wurde. Endlich spie Petronilla blutigen Schleim in ein Tuch und holte mühsam Atem. Alienor umfasste ihre schmalen Schultern und küsste sie auf die Stirn. »Es tut mir leid, dass es dir nicht gut geht.«

»Alienor«, krächzte Petronilla. »Ich habe mich gefragt, ob du kommen würdest. In der letzten Zeit habe ich oft an dich gedacht.« Sie hustete erneut, aber nicht so heftig, und griff mit einer zitternden Hand nach dem Becher neben der Bank. »Weißer Andorn«, sagte sie und trank einen Schluck. »Sie behaupten, er würde mir guttun, aber ich weiß es besser. Sie glauben, ich wüsste nichts, aber ich bin nur verrückt, nicht dumm.«

Alienor sah ihre Tante an. »Wie lange ist sie schon so krank?«

Agnes schüttelte den Kopf. »Der Husten begann vor über einem Monat und will nicht weichen, egal was wir tun. Wir halten sie warm und versorgen sie. Sie hat spirituellen Trost und unsere Gebete. Vielleicht wird es besser, wenn der Frühling kommt.«

Es war nur eine Floskel. Alienor konnte sehen, in welchem Zustand ihre Schwester war und wusste, dass ein Wunder geschehen musste, damit sie die Zeit bis zum warmen Frühling überstehen würde. Sie war einunddreißig Jahre alt, sah aber aus wie eine Greisin. Alienor versuchte ihren Zustand auszublenden, um vor ihrem geistigen Auge das Kind Petronilla und dann die junge Frau mit dem schimmernden braunen Haar und den funkelnden Augen zu sehen. Das Band zwischen ihrer Schwester und der Realität war stets brüchig gewesen, aber es zerriss Alienor das Herz, sie ihre Tage so beschließen zu sehen. So viele Versprechen, die nicht erfüllt worden waren – eine Rose, die begonnen hatte, sich zu öffnen, und dann auf dem Stiel verwelkt war.

Petronilla legte den Kopf schief, als würde sie auf etwas lauschen. »Ist Papa aus Compostela zurück?«, fragte sie. »Er ist schon so lange weg.«

Alienor sah Agnes an. »Nein, Liebes«, sagte sie. »Er ist noch nicht zurück.« Und er würde auch nie zurückkommen, weil er dort vor zwanzig Jahren gestorben und zu den Füßen des heiligen Jakob begraben worden war.

»Sie verbringt viel Zeit in der Vergangenheit«, erklärte ihre Tante. »Was sich vor ihren Augen abspielt, sehen wir mit unseren nicht. Sie spricht nie von ihrer Ehe oder ihren Kindern.«

»Das ist wahrscheinlich das Beste«, erwiderte Alienor dumpf. Petronillas Ehe war eine unbeständige, von Leidenschaft erfüllte Katastrophe gewesen, die mehr Ärger bereitet hatte, als sie wert gewesen war, und für alle Betroffenen verheerend geendet hatte. Jetzt war ihr Mann tot, und ihre Kinder lebten als Mündel in Frankreich. Wenn sie das alles aus ihrem gestörten Geist verdrängt hatte, umso besser.

»Papa kommt zu mir«, sagte Petronilla. »Ich werde ihn bald sehen.« Sie umklammerte Alienors Hand. »Wir sollten auf die Brustwehr hochsteigen und nach ihm Ausschau halten.«

»Nein, bleib hier beim Feuer.« Tränen stiegen Alienor in die Kehle. »Er würde nicht wollen, dass wir uns erkälten. Später ist immer noch Zeit. Hier, trink deine Arznei.« Sie setzte sich neben Petronilla, schlang ihren Umhang um sie beide und zog ihre Schwester an sich.

Das Feuer erfasste einen Holzknoten, und ein roter Funkenregen stob auf. »Erinnerst du dich, wie wir im Garten von Poitiers die Glühwürmchen beobachtet haben?«, flüsterte Petronilla. »Und uns jedes Mal etwas gewünscht haben, wenn wir ein neues glühen sahen?«

»Natürlich erinnere ich mich. Es war unsere Lieblingsbeschäftigung.« All die Möglichkeiten, all die Hoffnungen und Träume. Alienors Augen wurden feucht, und der Feuerschein verschwamm zu einem goldenen Fleck.

»Jetzt sind sie fort«, sagte Petronilla traurig. »Alle bis zum letzten.«

8

Rouen, Normandie, Februar 1157

Alienor kehrte von der Latrine, in die sie sich zum dritten Mal an diesem Morgen übergeben hatte, in ihre Kammer zurück. Ihr Magen rebellierte, als sei sie bereits auf See, statt das raue Wetter abzuwarten, bevor sie nach England übersetzen würde.

Henry musterte sie neugierig. »Bist du krank, oder gibt es einen anderen Grund?«

Sie spülte sich den Mund mit dem Ingwerabsud, den Marchisa zubereitet hatte, um die Übelkeit zu lindern. »Ich halte es für möglich, dass ich wieder schwanger bin.« Allein das laute Aussprechen der Worte bewirkte, dass ihr vor Hoffnung und Furcht flau wurde. Sie wagte nicht zu lächeln, denn dies war eine ernste Angelegenheit, und sie würde nicht zulassen, dass Gott sie für frivol hielt.

»Das sind wirklich gute Neuigkeiten!« Henry zog sie in die Arme. »Du musst dich ausruhen und auf dich achten.« Er klang besorgt, als er mit der Fingerspitze über ihre Braue strich. »Überlass das Arbeiten anderen.« Er blickte zu den Kammerfrauen hinüber, die die Reisetruhen für die Rückkehr nach England packten.

»Mach dir deswegen keine Sorgen.« Alienor schluckte ihren Ärger hinunter. Wenn es nach Henry ginge, würde er sie in ihrer Kammer einsperren, wo sie sich nur mit Sticken, dem Überwachen der Kinderstube und dem gelegentlichen Verfassen harmloser Briefe beschäftigen durfte, um diplomatische Beziehungen zu hochrangigen Geistlichen zu pflegen.

Der kleine Henry watschelte zu seinem Vater hinüber und schlang die Arme um seine Beine. Henry hob ihn hoch und ließ ihn dabei einen Purzelbaum schlagen, woraufhin der Junge entzückt quiekte. »Was für ein prächtiger tapferer kleiner Ritter du bist«, sagte er. »Sei ein guter Junge, und hör auf deine Mama, während ich in der Normandie bei dem französischen König bin, hm?« Sein Blick erfüllte Alienor mit Schuldbewusstsein und Unbehagen, denn sie las darin, dass er ihr Wills Tod nicht vergeben hatte. Henry hatte klargestellt, dass sie nie davon sprechen würden, aber wozu bedurfte es Worte, wenn Blicke alles sagten?

»Papa!« Sein unehelicher Sohn Jeoffrey stürmte in den Raum; er hielt ein Spielzeugschwert in der einen Hand und in der anderen ein Miniaturschild, das zwei goldene Löwen auf rotem Untergrund zeigte.

Alienor bemühte sich, eine unbeteiligte Miene zu wahren, als Henry dem Jungen lachend durch das Haar fuhr. Jedes Mal, wenn sie ihn sah, wurde sie an Will erinnert, und sie wusste, dass Henry ähnlich empfand. Aber während Alienor Trauer verspürte, fand Henry in der Ähnlichkeit Freude und Trost – als ob der Junge der wieder zum Leben erweckte Will sei. Vielleicht hing die Zuneigung auch mit der Mutter des Jungen zusammen, aber auch darüber wollte Alienor nicht weiter nachdenken.

»Da ist ja noch ein mutiger kleiner Ritter, der den Haushalt mit seinem allmächtigen Schwert verteidigt«, verkündete Henry. »Sehr erfreut, Sir Jeoffrey FitzRoy, der Drachentöter!«

Alienor presste die Lippen zusammen. Wenn es nach ihr ginge, würde der Junge keine weltliche Karriere als Ritter und Baron einschlagen, da ein solcher Weg zu Macht und

Einfluss führte; und wer wusste schon, wie weit er zur Befriedigung seines Ehrgeizes gehen würde? Er blieb bei der Kaiserin in der Normandie, aber das hieß, dass er im Moment noch Kontakt zu seinem Vater haben würde. Es war ja nur für ein paar Wochen und ließ sich nicht ändern, sagte sie sich, aber trotzdem hatte sie Bedenken.

Alienor legte eine Hand auf ihren Bauch, als sie eine Reihe von Bewegungen und Tritten spürte. Sie hatte schon ihre anderen Sprösslinge für unruhige kleine Geister gehalten, aber dieser hier übertraf sie alle. Er – an dem Geschlecht hegte sie keinen Zweifel – kam nie zur Ruhe und hatte früh begonnen, in ihr zu strampeln. Sie freute sich über diesen Beweis für Kraft und versuchte nie, ihn dazu zu bringen, still zu sein. Sie brauchte ein starkes Kind, um über Aquitanien zu herrschen, und sie betete regelmäßig zur heiligen Radegund und zum heiligen Martial, dass sich ihre Wünsche erfüllen würden.

Trotz der Schwangerschaft und Henrys Warnungen hatte sie sich an diesem späten Aprilmorgen die ganze Zeit über ihren Pflichten gewidmet. Sie hatte Geleitbriefe und Erlaubnisse, das Land unter ihrem Siegel zu verlassen, für Kaufleute und zwei Dekane, die in Kirchengeschäften unterwegs waren, ausgestellt; sie hatte einen Sheriff beauftragt, dafür zu sorgen, dass in dem zur Abtei Reading gehörenden Wald keine Bäume geschlagen wurden, und sie hatte ihren Haushofmeister angewiesen, mehr Öl für die Lampen in ihrer Kammer zu bestellen. Dies waren Routineaufgaben, aber sie freute sich darauf, beim Abendessen mit zwei Abgesandten aus Navarra zu sprechen.

»Ich denke, ich werde das Kind Richard nennen, wenn es ein Junge werden sollte – und ich bin sicher, dass ich einen Sohn gebären werde«, sagte sie zu Isabel, als ihre Frauen sie herrichteten, um die charmante Gastgeberin zu spielen.

Isabel sah sie fragend an. »Warum Richard?«

Ihre Frauen streiften ihr ein Gewand aus rot und golden gemustertem Damast über den Kopf. »Es bedeutet ›starker Herrscher‹«, erwiderte sie, »und wenn er ein erwachsener Mann ist, wird er das auch sein müssen, um meine Barone in Schach halten zu können.« Sie strich über ihren Bauch. »Es ist ein Name, der schon lange auf keiner Seite der Familie mehr üblich ist. Dieser Junge wird in seinem eigenen Licht erstrahlen.«

»Wird der König ihn nicht nach seinem eigenen Vater oder vielleicht nach seinem Großvater König Fulke von Jerusalem benennen wollen?«

»Henry hat in diesem Punkt nichts zu sagen«, versetzte Alienor knapp. »Es ist meine Sache, den Namen auszuwählen, weil dieses Kind mein Erbe ist.«

»Und wenn es ein Mädchen wird?«, fragte Isabel mit einem leisen Lächeln.

»Dann wird sie Alienor heißen und immer noch nur mir gehören.« Alienor hob das Kinn. Ein eigensinniger Ausdruck trat in ihre Augen. »Aber ich weiß, dass es ein Junge wird.«

Henry traf nach einem einwöchigen anstrengenden Ritt von seiner Anlegestelle in Southampton aus in London ein. »Du siehst gut aus«, stellte er fest, als er Alienor in der der Öffentlichkeit zugänglichen Kammer in Westminster begrüßte. Er küsste sie auf beide Wangen und dann auf die Lippen. Er gab sich entspannter als in der Normandie, und sein Lächeln war sonnig und strahlend. »Und regelrecht aufgeblüht.«

Alienor erwiderte sein Lächeln und genoss seine Bewunderung. »Ich fühle mich auch sehr gut, Sire.« Sie war zwar auf der Hut, aber gleichfalls weniger angespannt als sonst. Die zweimonatige Trennung hatte die Wogen zwischen ihnen geglättet, die Reibereien zwischen ihnen waren so gut wie vergessen, und die Übelkeit der ersten Schwangerschaftsmonate hatte ebenfalls nachgelassen. Alienor war weniger reizbar, und da sie schon im Voraus von seiner Ankunft erfahren hatte, hatte sie Zeit gehabt, sich vorzubereiten.

Nach ihrer Begrüßung wurden Henry die Kinder präsentiert. Der kleine Henry hatte leuchtende Augen und war voller Energie. Matilda machte eine ernstere Miene, als sie ihren Vater aus den sicheren Armen ihrer Kinderfrau heraus beobachtete, aber sie wirkte rosig und gesund. Henry küsste sie beide und nickte Alienor knapp zu und gab ihr so zu verstehen, dass er zufrieden war, weil sie gut für die beiden gesorgt hatte. Sie wusste nicht, ob sie Erleichterung oder Groll empfinden sollte, und verschanzte sich hinter einer Fassade königlicher Würde.

»Du hast deine Sache gut gemacht«, sagte Henry später in ihrer Kammer zu ihr, als die formellen Rituale vorüber, die Diener entlassen und sie alleine waren. Aus der Karaffe auf der Truhe schenkte er ihnen beiden einen Becher gewürzten Wein ein.

»Ich bin durchaus in der Lage, während deiner Abwesenheit die Herrschaft über England zu übernehmen, selbst wenn ich schwanger bin«, erwiderte sie scharf.

»Das leugne ich ja gar nicht, meine Liebe, aber du musst auf deine Gesundheit achten. Du willst doch nicht, dass deine Gebärmutter in deinem Körper umherwandert. So etwas passiert Frauen, die sich überschätzen – oft mit fatalen Folgen, und du mutest dir ohnehin zu viel zu, wie ich hörte.«

»Du überlässt es doch auch deiner Mutter, die Normandie zu regieren – warum sollte es für mich anders sein?«

»Meine Mutter ist nicht mehr in einem gebärfähigen Alter.

Warum beschwerst du dich überhaupt, obwohl du die letzten sechs Wochen hier als Regentin fungiert hast?«

»Aber ich stand immer unter der scharfen Beobachtung deiner Ratgeber.«

»Jeder Herrscher hat Berater. Setze sie zu deinem Nutzen ein, und sei dankbar für ihre Hilfe.«

Alienor beherrschte sich, denn ihr war bewusst, dass sie ihm in die Hände spielte. »Manchmal fühlt sich ›Hilfe‹ eher wie ›Einmischung‹ an.«

»Das ist nicht beabsichtigt.«

»Nicht?« Alienor hob die Brauen.

»Für die englischen Gesetze braucht man kompetente Berater, und es zeugt nur von gesundem Menschenverstand, ihre Unterstützung in Anspruch zu nehmen.« Er gab einen entnervten Laut von sich. »Du siehst Probleme, wo in Wirklichkeit keine sind.«

Der Blick seiner Augen besagte, dass er sich für vernünftig hielt und sie nicht.

»Also«, wechselte sie das Thema. »Sind die Gespräche mit Louis gut verlaufen?«

Er zuckte die Achseln. »So wie erwartet. Er hat in der Abtei des heiligen Julian meine Rechte als Graf von Anjou anerkannt, und er akzeptiert meinen Bruder als Grafen von Nantes. Im Moment herrscht zwischen uns Waffenstillstand, daher kann ich mich in aller Ruhe mit englischen Angelegenheiten befassen.« Nachdenklich betrachtete er seinen Becher. »Louis war sogar ungewöhnlich guter Laune, da seine Frau, die Königin, endlich ein Kind erwartet – es soll im Spätherbst zur Welt kommen, wenn ich ihn richtig verstanden habe. Aber seine Königin ist sehr zart und schmal in den Hüften, wie ich hörte, deswegen könnte die Geburt schwer werden.«

Alienors Blick wurde scharf. »Aber wenn sie überlebt und einen Sohn zur Welt bringt, ändert sich die Sachlage über Nacht.«

»Richtig, aber wir können nichts dagegen unternehmen.« Er deutete auf Alienors gewölbten Bauch. »Lass uns hoffen, dass Louis' Königin ein Mädchen bekommt und wir einen weiteren Sohn.«

Jemand klopfte leise an die Tür. Henry öffnete sie einem der diensthabenden Knappen, hinter dem Alienors Kaplan Vater Peter stand. Sein Mund bildete eine ernste Linie. »Sire«, sagte er mit einer tiefen Verbeugung. »Madam, es tut mir leid, Euch zu stören, obwohl Ihr Euch schon zurückgezogen habt, aber es gibt Neuigkeiten aus Aquitanien.«

Henry winkte den Priester in den Raum, und der hochgewachsene Mann trat mit ernster Miene ein. Das Kreuz um seinen Hals glänzte im Licht. Alienor erschauerte. Es konnte nicht um einen Aufstand oder Krieg gehen, weil es nicht die Aufgabe ihres Kaplans war, ihnen eine solche Neuigkeit zu überbringen. Priester waren schon immer die Verkünder von Todesfällen in der Familie.

»Madam.« Er reichte ihr einen Brief mit dem Siegel der Abtei von Saintes. »Der Bote wartet in der Halle, aber wenn Ihr es wünscht, werde ich ihn rufen lassen.«

Alienor brach das Siegel und öffnete den Brief. Das Pergament wies dort, wo sich die Rippen des Tieres einst gegen seine Haut gepresst hatten, schwache Abdrücke auf und war mit brauner Tinte in einer eleganten Handschrift beschrieben. »Es geht um Petra.« Sie schlug eine Hand vor den Mund. »Meine arme Schwester, meine arme, liebe Schwester.« Vor Entsetzen gelähmt, starrte sie die Worte an. »Ich wusste, dass sie krank war und auch, dass ich sie wahrscheinlich nie wiedersehen würde, aber dennoch …«

»Madam, es tut mir sehr leid. Ich fühle mit Euch«, sagte Vater Peter. »Sie war so eine … zerbrechliche Lady.«

Henry nahm sie in die Arme, und sie krallte die Finger fest, fast wütend in seine Ärmel. Ihre Augen waren trocken und brannten.

»Das war sie«, flüsterte Alienor. Ein Gefühl von Leere breitete sich in ihrem Inneren aus und schien sie zu überwältigen. Petronilla – in ihrer Kindheit war ihrer beider Leben eng miteinander verbunden gewesen. Sie hatten im selben Bett geschlafen, dieselben Spiele gespielt, sich in dieselben Schwierigkeiten gebracht – hatten alles zusammen gemacht. Nach dem Tod ihrer Mutter war sie für Petronilla zur beschützenden großen Schwester und Ersatzmutter geworden und hatte dann zugesehen, wie ihr Leben aufgund der Regeln und Tücken der Männer ihr immer weiter entglitt. Jetzt war niemand mehr da, der diese Erinnerung bewahrte; sie war die alleinige Hüterin.

»Eurer Schwester ging es schon lange nicht mehr gut«, sagte Vater Pierre. »Jetzt hat ihr Leiden ein Ende, und sie ist bei Gott.«

Alienor biss sich auf die Lippe. »Ich habe sie bereits vor Jahren verloren, aber es war ein Trost zu wissen, dass sie noch auf dieser Welt weilte.« Sie löste sich von Henry und faltete die Hände unter dem Herzen. »Ich werde immer an sie als kleines Mädchen denken. Aber um ihr Gerechtigkeit widerfahren zu lassen, muss ich sagen, dass sie nie erwachsen geworden ist, und wenn ihr die Handlungen einer Erwachsenen abverlangt wurden, war sie nicht imstande, dementsprechend zu reagieren.« Sie wandte sich an den Kaplan. »Bitte sorgt dafür, dass Messen für ihre Seele gelesen werden und eine Totenwache gehalten wird. Ich werde später mit Euch sprechen.«

»Ich werde mich sofort darum kümmern, Madam.« Er verließ mit gesenktem Kopf den Raum.

Ihre Kehle war zugeschnürt und schmerzte. »Ich sollte meiner Tante schreiben.«

»Das kannst du morgen tun«, sagte Henry. »Du musst an das Kind denken und dich ausruhen.«

Sie schüttelte den Kopf. »Ich werde ohnehin nicht schlafen können.«

»Das macht nichts.« Er brachte sie dazu, sich auf das Bett zu legen, und klopfte die Kissen und Polster auf. »Soll ich nach deinen Frauen schicken?«

Sie wusste, dass er mit seiner Fürsorge ihr ungeborenes Kind schützen wollte und dass er keinen Anteil an diesem Schmerz hatte – diesen musste sie allein durchleiden –, aber sie streckte dennoch die Hand nach ihm aus. »Henry, bleib bei mir ... bitte.«

Er hatte sich zurückziehen wollen, aber nun zögerte er, und dann kletterte er seufzend auf das Bett, legte sich hinter sie, schloss sie in die Arme und stützte das Kinn auf ihre Schulter. Sie spürte das Kratzen seines Bartes an ihrem Hals und die Wärme seines Atems, was ihr zumindest einen schwachen Trost bot.

In seine Umarmung geschmiegt, erinnerte sie sich daran, wie sie und Petronilla sich in ihrer Kindheit im Bett aneinandergekuschelt hatten. Der Duft von frisch gewaschenen Leinen und Hemden, warmer Haut und zerzaustem Haar. Gekicher unter der Bettdecke, die mit Brotkrumen und klebrigem Honig übersät war, den sie – einmal sogar zusammen mit einem Krug Wein – von der hohen Tafel stibitzt hatten. So lange schien dies her zu sein, weit entfernt auf der anderen Seite der Unschuld. Gegen Henrys harten männlichen Körper gepresst wagte sie nicht zu weinen, weil sie wusste, dass sie nie wieder würde aufhören können.

9

Palast von Beaumont, Oxford, Juli 1157

»Madam, ich habe eine Amme für Euer Kind gefunden.« Isabel winkte die hochschwangere junge Frau zu sich, die mit bescheiden gesenktem Blick und vor ihrem geschwollenen Bauch gefalteten Händen auf der Schwelle von Alienors Kammer wartete. »Dies ist Mistress Hodierna von St. Albans. Sie genießt einen untadeligen Ruf und kann noch andere Referenzen als meine vorweisen.« Sie deutete auf die Hebamme, die mit ihnen eingetreten war.

Die junge Frau versank mühsam in einen tiefen Knicks. Ihr Haar war sittsam mit einem Schleier aus gebleichtem Leinen bedeckt. Sie hatte eine reine, glatte Haut und weiße Hände mit kurz geschnittenen, sauberen Nägeln. An ihrem Ringfinger schimmerte ein schlichter goldener Ehering, aber ansonsten trug sie keinen Schmuck.

»Du bist mir wärmstens empfohlen worden«, sagte Alienor, dabei blickte sie lächelnd zu Isabel, die es sich zusammen mit Dame Alice zur Aufgabe gemacht hatte, aus den zahllosen Bewerberinnen eine geeignete Amme auszuwählen. Bislang hatten nur wenige ihren hohen Anforderungen entsprochen. »Was ist mit deinem Mann?«

»Ich bin Witwe«, erwiderte sie. »Mein Mann war Unteroffizier in den Diensten des Bischofs von St. Albans, aber er starb an einer Krankheit, bevor ich überhaupt wusste, dass ich schwanger war. Jetzt lebe ich bei meiner Mutter.«

Das war gut, es gab also keinen Mann, der Anspruch auf die Zeit und Loyalität der Frau erheben konnte. »Lass mich deinen Körper sehen.«

Hodierna öffnete gelassen ihr Kleid und streifte es samt ihrem Hemd nach unten, um ihre Brüste zu entblößen. Sie waren groß und weiß, mit ausgeprägten blauen Adern, blassbraunen Brustwarzen und großen Warzenhöfen. Sie war gut genährt, aber nicht fettleibig, und ihr Bauch wölbte sich kräftig vor.

»Bedeck dich wieder«, befahl Alienor mit einer entsprechenden Geste. »Ich finde nichts an dir auszusetzen und nehme dich gern als Amme in meinen Haushalt auf, sobald ich dich benötige. Mein Kanzler wird für deine Entlohnung sorgen.«

Sobald sich Hodierna angezogen hatte, knickste sie erneut und wurde von der Hebamme aus dem Raum geführt. Alienor wandte sich an Isabel. »Du hast eine gute Wahl getroffen«, lobte sie.

»Es freut mich, dass Ihr mit ihr einverstanden seid.« Isabel verzog das Gesicht. »Wir konnten die Bewerberinnen kaum noch zählen. Ich habe noch nie so viele schwangere Frauen gesehen, und keine von ihnen war geeignet. Hodierna war die Einzige, die uns direkt gefiel.«

Alienor lächelte schief. »Wenn der Herbst naht, werden viele Babys geboren. Das Weihnachtsfest und die dunklen Wintertage tragen zur Erntezeit immer Früchte.«

Isabel erwiderte nichts darauf. Für andere Frauen mochte das zutreffen, für sie jedoch nicht.

Sie und Alienor nahmen ihre Näharbeiten mit in den Garten hinaus, um das helle Sommerlicht auszunutzen. »Glaubt Ihr, dass der König rechtzeitig zur Geburt daheim sein wird?«, fragte Isabel, als sie sich setzten.

Alienor nahm einen Strang Seidengarn aus ihrem Nähkasten. »So hat er es zumindest versprochen, aber ich habe gelernt, dass Henry sich nicht immer an seine Versprechen hält.«

Nachdem sich König David von Schottland unterworfen hatte, hatte sich Henry auf einen Feldzug begeben, um Owain Gwynedd, den Prinzen von Wales, gefügig zu machen, und eine Armee nach Rhuddlan geführt, um die Angelegenheit zu regeln. Bislang hatte sie kaum Nachrichten von seinen Fortschritten erhalten, aber Alienor nahm an, dass alles gut verlief. Sie hatten sich freundschaftlich voneinander verabschiedet, nachdem sie sich gemeinsam auf eine Rundreise begeben und die Messe in der großen Augustinerabtei St. Edmund mit der Altarfront aus gehämmertem, mit Edelsteinen besetztem Silber besucht hatten. Nach ihrer Reise hatte Henry seine Aufmerksamkeit auf Wales gerichtet, und Alienor war nach Oxford gekommen, um sich auf die Geburt ihres Kindes vorzubereiten. Der Anflug von Besorgnis in Isabels Stimme war ihr nicht entgangen, und sie reagierte mit leichter Gereiztheit. »Du machst dir viel zu viele Gedanken um deinen Mann«, sagte sie. »Er ist für sich selbst verantwortlich, und du bist nicht seine Mutter.«

Isabel sah sie verdutzt an und blickte dann auf ihre Stickarbeit hinab. »Eine Weile lang war ich das«, erwiderte sie leise.

Alienor hob die Brauen, schwieg aber, weil sie wusste, dass es oft mehr brachte, einen Moment verklingen zu lassen, als die Lücke mit unüberlegten Worten auszufüllen.

Isabel seufzte und breitete das Altartuch aus, an dem sie arbeitete. »Mein Vater ist in den Krieg gezogen und nie zurückgekehrt.«

»Er tat, was Männer zu tun haben; es ist ein Risiko, das

wir eingehen und akzeptieren müssen«, versetzte Alienor knapp.

»Dies versuche ich mir auch immer wieder vor Augen zu führen, aber dennoch sorge ich mich um ihn. Er war noch ein Junge, als er mit mir vor dem Altar stand. Auch ich war damals sehr jung, aber dennoch beinahe eine Frau, während er noch weit davon entfernt war, erwachsen zu werden. Sogar als ich schon seine Gemahlin war, habe ich ihn die Tränen eines Kindes vergießen sehen, daher fällt es mir schwer, nicht überfürsorglich zu sein.«

Alienor wusste nicht, ob sie Mitleid mit ihrer Freundin empfinden oder sie ermahnen sollte, ihren Gemahl endlich als erwachsenen Mann zu betrachten. Am Ende entschied sie sich für Heiterkeit und berührte Isabels Ärmel. »Ich kann dir nicht sagen, wann er zurückkommt, denn das hängt vom König ab, aber er wird am Leben bleiben, um dir einen Sack schmutziger Wäsche zu bringen und dir mitten in der Nacht die Decke zu entziehen, und du wirst dich fragen, warum du je Angst um ihn hattest!«

Isabel rang sich ein tapferes Lächeln ab. »Ich werde an Eure Worte denken, wenn ich mich wieder wie eine Närrin aufführe und anfange zu grübeln – vor allem an die schmutzige Wäsche«, sagte sie, aber der gequälte Ausdruck in ihren Augen blieb.

Hamelins Schultern prickelten, als sei sein Kettenhemd von innen mit kleinen Dornen gespickt, die in seine Haut stachen. In der erdrückenden Augusthitze kochte er förmlich in seiner Rüstung, aber sein Unbehagen rührte auch von einem starken Gefühl innerer Unruhe her. Henry hatte eine berittene Truppe über eine Abkürzung durch den Wald von Cennadlog geführt und dem Hauptteil der Armee sowie dem Gepäcktross befohlen, der Küstenstraße zu folgen. Er beabsichtigte, sich bei Basingwerk von hinten an Owain Gwynedds walisische Truppen heranzuschleichen, sie zu umzingeln und eine rasche Kapitulation zu erzwingen.

Ihre walisischen Führer, Feinde von Owain, führten sie über wenig genutzte schmale und gewundene Waldpfade. Die erdrückende Augusthitze lastete wie eine zusätzliche Bürde auf ihnen. Das dunkelgrüne Licht wurde dort, wo umgestürzte Bäume ein Stück Himmel und frischere Luft freigaben, von goldenen Lichtstrahlen durchsetzt. Die Atmosphäre war fast unwirklich, und obgleich Hamelin daran gewöhnt war, dichte Wälder zu durchstreifen, fühlte sich dies hier fremd und gefährlich an.

Vor Hamelin schlug Henrys großes braunes Schlachtross mit seinem schwarzen Schweif, um die unzähligen lästigen blutsaugenden Fliegen zu vertreiben. Schweiß tropfte von seinem Fell und bildete entlang der Zügel schaumige Flocken. Henrys Konnetabel Henry of Essex ritt links von Henry und hielt seinen nervösen schwarzen Hengst an kurzen Zügeln. Eustace FitzJohn drehte sich immer wieder im Sattel um. Sein Blickfeld war eingeschränkt, da er nur auf einem Auge sehen konnte. Vor ihm ritt Roger de Clare, der die königliche Fahne trug.

Dicht neben Hamelin beugte sich William de Boulogne vor, um sein schmerzendes Bein zu reiben. »Die Waliser haben eine Vorliebe für Wälder«, stellte er mit einer gequälten Grimasse fest. »Sie fühlen sich in ihnen mit Sicherheit heimischer als ich.«

»Hast du schon einmal gegen sie gekämpft?« Hamelin betupfte sich mit dem Aufschlag seines Wamses das Gesicht.

»Nein, aber die Leute sprechen am Feuer von ihnen, und die an der Grenze ansässigen Barone nehmen walisische Bogenschützen und Söldner in ihr Gefolge auf. Sie besitzen keine großen Städte; sie leben von ihren Herden – von Milch und Fleisch. Sie kämpfen nie in Schlachten, weil sie keine so mächtige Armee haben wie wir. Sie sind wie Geister mit Pfeilen und gleichen Messern in der Dunkelheit.«

Hamelin zog die Brauen hoch, als er Williams poetische Formulierung hörte. »Und wir gleichen Schwertern im Sonnenlicht«, erwiderte er mit einem grimmigen Lächeln. »Wir sind eine Streitmacht mit schweren Schlachtrössern und Burgen aus Stein.«

»Allerdings – und ich werde froh sein, wenn wir uns wieder im Schutz unserer Steinmauern befinden, denn das hier ist ihr Herrschaftsgebiet.«

Ein plötzliches lautes Rascheln inmitten der Bäume bewirkte, dass alle nach ihren Waffen griffen, aber dann brach Henry in schallendes Gelächter aus und deutete auf zwei sich paarende Tauben, die in den Blättern einer Esche herumflatterten. Die Männer entspannten sich, stießen vernehmlich den Atem aus und wechselten erleichterte, verlegene Blicke. Das Lachen lag noch immer auf ihren Gesichtern, als ein Pfeil leise sirrend durch die Luft schwirrte, Eustace FitzJohn im Gesicht traf, seinen Wangenknochen zertrümmerte und Blut aufspritzen ließ. Der Kundschafter, der sie geführt hatte, schrie auf und brach zusammen. Ein Pfeil zitterte in seiner Brust. Ein weiterer schlug in einen Baum ein, wobei er de Boulogne nur knapp verfehlte und bewirkte, dass sein Hengst sich vor Schreck aufbäumte.

Hamelin tastete nach seinem Schild und zog ihn auf die linke Schulter, während er sein Schwert zückte, und spürte, wie sich zwei Geschosse in das mit Leinen überzogene Holz bohrten. Überall ringsum summten Pfeile wie wütende Wespen und schufen Zerstörung und Chaos. Nach diesem Angriff drangen die Waliser zu Fuß und mit Speeren sowie langen Messern bewaffnet auf sie ein und versuchten, die Sehnen der Pferde zu durchtrennen, um sie zu lähmen und die Ritter niederzustrecken. Kämpfer sprangen unter Kriegsgeheul von den Bäumen, landeten auf Sätteln und schwärmten aus wie Ameisen.

Als Hamelin versuchte, Henry zu erreichen, versperrte ihm ein Waliser den Weg; er war mit einem runden Schild und einer mit Nägeln besetzten Keule bewaffnet. Hamelin riss seinen Hengst herum und holte mit seinem Schwert aus. Sein Schild fing den Keulenhieb ab, und der Gegner wich mit einem Schmerzensschrei zurück. Einer mehr war außer Gefecht gesetzt, dachte er grimmig, trieb sein Pferd vorwärts und hackte auf einen weiteren zähnefletschenden Krieger mit nackten Beinen ein. Da er merkte, dass ihn ein anderer Waliser von links angreifen wollte, drehte er sich um, um mit seinem Schwert zuzuschlagen, aber William de Boulogne hatte den Mann bereits mit einem wohlgezielten Rückhandhieb niedergemetzelt.

Vor sich sahen sie, wie Eustace FitzJohn von seinem Pferd gezerrt wurde und drei Feinde ihm mit ihren Speeren Brust und Hals durchbohrten. Von dem Konnetabel war nichts zu sehen, und ein Waliser hatte sich der Standarte bemächtigt und schwenkte sie triumphierend. Henrys großer Brauner blutete stark, und als Hamelin sich zu Henry durchgekämpft hatte, gaben die Beine des Pferdes unter ihm nach. Henry befreite sich aus dem Sattel und vermied um Haaresbreite, zermalmt zu werden. Bis auf einen Blutspritzer auf seiner Wange war sein Gesicht schneeweiß, und seine Augen glitzerten vor Furcht und Wut, als er seinen Schild und sein Schwert hob. Die Waliser, die FitzJohn getötet hatten, gingen nach weiterem Blut lechzend mit gezückten Speeren auf ihn los. Hamelin trieb seinen Hengst mitten in die Gruppe hinein und hieb um sich. Der beißende Gestank von Blut und herausquellenden Eingeweiden verpestete die feuchte Luft. William de Boulogne hatte den zweiten Krieger gestellt, Henry wehrte den dritten ab und trieb dem Waliser sein Schwert zwischen die Rippen. Hamelin packte die Zügel von FitzJohns großem Rappen und reichte sie Henry, der sie ergriff und sich in den Sattel schwang. Roger de Clare hatte die Fahne zurückerobert und brüllte seinen Rittern zu, standhaft zu bleiben und sich um den König zu scharen.

Eine Zeit lang wurde heftig und erbittert gekämpft, aber Henrys verbleibende Truppe, die jetzt eine geschlossene Front bildete, nutzte ihren Vorteil und drang auf die Angreifer ein, bis diese begannen, sich in den Wald zurückzuziehen.

»Halt!«, donnerte Henry, als einige der Ritter die Verfolgung aufnahmen. William de Boulogne griff nach dem Jagdhorn an seinem Sattel und forderte mit drei scharfen Tönen zum Rückzug auf. Sie konnten dem Feind nicht nachsetzen, sondern mussten sehen, dass sie so schnell wie möglich den Hauptteil der Armee erreichten und sich in Sicherheit brachten. Ihr Plan war fehlgeschlagen.

Die Toten wurden hastig über die reiterlosen Pferde geworfen, und die Truppe trat den Rückweg durch den Wald an. Hamelin ritt so dicht neben Henry, wie der Weg es zuließ, und versuchte, ihn mit Schild und Körper vor möglichen Gefahren abzuschirmen. Es bestand weiterhin die Möglichkeit, dass sich die Waliser wieder zusammenschlossen und ihnen folgten, weil sie hofften, noch ein paar Männer auf dem Rückzug niederzustrecken; und es bedurfte nur eines einzigen Pfeils, der sein Ziel traf.

Endlich verlangsamten sie ihr Tempo, um die Pferde zu schonen. Ihre Kundschafter hatten die erste Angriffswelle schon nicht überlebt, aber der Rückweg war mit abgebrochenen Ästen und den Spuren beschlagener Hufe im weichen Untergrund markiert. Nachdem sie eine Stunde geritten waren, gelangten sie in ein weniger dicht bewaldetes Gelände, und der schwere, feuchte Geruch von Laub vermischte sich mit dem des Meeres. Eine plötzliche Bewegung zwischen den Bäumen ließ wieder alle nach ihren Waffen greifen, da sie befürchteten, Owain Gwynedd könne sie seinerseits eingekesselt haben; aber dann erklang eine ihnen bekannte Jagdhornfanfare, und die Ritter sackten vor Erleichterung im Sattel zusammen. William de Boulogne nahm sein Horn zur Hand und hob es an die Lippen, um mit drei Tönen zu antworten, die weit in die Ferne schallten.

Einen Moment später tauchten Soldaten der Nachhut der Armee auf, zusammen mit dem Konnetabel Henry of Essex, auf dessen Gesicht sich eine Mischung aus Entsetzen, Scham und Erleichterung widerspiegelte. »Christus sei Dank, Ihr lebt, Sire!«, krächzte er heiser. »Ich hatte befürchtet, Ihr wärt getötet worden. Ich bin fortgeritten, um Hilfe zu holen.«

»Und ob ich am Leben bin, aber das habe ich nicht denjenigen zu verdanken, die nicht geblieben sind«, erwiderte Henry mit eisigem Zorn. »FitzJohn und de Courci sind tot, genau wie viele andere gute Männer!«

»Verräter!«, spie Roger de Clare. »Ihr wart nur darauf bedacht, Eure eigene Haut zu retten, und habt uns unserem Schicksal überlassen!«

Rote Flecken loderten auf den Wangenknochen des Konnetabels. »Das habe ich nicht! Ich bin fortgeritten, um Alarm zu geben. Ich bin kein Verräter, und Ihr werdet mich nicht als einen solchen beschimpfen!«

»Ich werde Euch nennen, wie es mir beliebt!« De Clare griff nach seinem Schwert.

»Behaltet Ruhe!«, bellte Henry. »Dies ist nicht der geeignete Ort, um einen Streit auszufechten. Wir sind noch nicht in Sicherheit und werden es auch erst sein, wenn wir wieder zum Hauptteil der Truppe gestoßen sind. Lasst die Dinge bis dahin ruhen.«

Als sie sich aus dem Wald lösten und auf die feste offene Straße gelangten, stieß Hamelin den Atem aus und versuchte, seine Anspannung abzubauen. Neben ihm beugte sich William de Boulogne über seinen Sattel und übergab sich.

»Es tut mir leid«, entschuldigte er sich schamerfüllt, als er sich den Mund abwischte. »Mir wird danach immer schlecht.«

Hamelin maß ihn mit einem abschätzenden Blick und bemerkte, dass auch andere in ihre Richtung starrten. »Aber du bist nicht weggelaufen, sondern geblieben und hast gekämpft.«

William nahm seinen Weinschlauch vom Sattel, um sich den Mund auszuspülen. »Ich wollte weglaufen, glaub es mir, aber ein Mann, der seine Kameraden im Stich lässt, ist kein Mann.«

Hamelin nickte knapp. »Das stimmt.« Er würde nie ein enger Freund von König Stephens jüngstem Sohn werden, aber er respektierte seine Aufrichtigkeit und seine Fähigkeit, standfest zu bleiben, wenn es nötig war – auch wenn er hinterher spuckte und zitterte wie ein unerfahrener Knappe.

Die Truppe ritt rasch weiter, um sich der Hauptarmee anzuschließen. Links von ihnen lag der Wald, rechts das Meer. Die grüne Dunkelheit der Bäume konservierte die Hitze des späten Nachmittags, und Hamelin konnte noch immer das Blut der Getöteten überall um sich herum riechen.

10

Palast von Beaumont, Oxford, September 1157

Honigfarbenes Septemberlicht fiel durch die offenen Fensterläden auf das Bett, in dem Alienor in den Wehen lag. Die sengende Augusthitze war kühlerer, frischerer Luft gewichen, aber es war immer noch angenehm warm, und der Himmel leuchtete so blau wie der Umhang der Heiligen Jungfrau. Alienor ertrug die schmerzhaften Wehen voller Optimismus. Alles war bisher gut verlaufen, und sie hatte sich immer wieder eingeredet, dass die Schwierigkeiten nun hinter ihr lagen und die Geburt dieses Kindes einen neuen Anfang darstellte.

Endlich erschien der Kopf des Babys zwischen ihren Schenkeln, und nach einer weiteren Presswehe löste sich das Kind aus ihrem Körper. Als die Hebamme es ihr auf den Bauch legte, sah Alienor, dass sein Haar eine feuchte rotgoldene Farbe aufwies. Es begann sofort zu schreien, und seine Haut färbte sich rosig.

»Ein Junge«, verkündete die Hebamme, »ein schöner, gesunder Junge.« Sie hob ihn hoch, wischte ihn mit einem Tuch sauber und durchtrennte die Nabelschnur, dann reichte sie ihn Alienor. Als sie in sein kleines zerknittertes Gesicht blickte, wurden alte Erinnerungen in ihr wach. Dieses neugeborene Baby war Gottes Zeichen dafür, dass Er sich doch nicht von ihr abgewandt hatte. Dies war der Erbe von Aquitanien, und nun konnte ihre Arbeit beginnen.

»Richard«, sagte sie weich; sie fühlte sich bestätigt und von neuer Kraft erfüllt. »Mein kleiner Richard.«

Das Baby sah sie an, als wüsste es seinen Namen bereits; seine winzigen Fäustchen öffneten und schlossen sich und griffen schon nach der Welt, die der Junge soeben erst betreten hatte.

Während Richard vor dem Feuer in einer Messingschüssel gebadet wurde, kümmerten sich die Hebammen um Alienor, und als sie gesäubert und bequem gebettet worden war, hatte man ihn in weiche Leinen gewickelt und in eine blaue Decke gehüllt. Nun konnte sie ihn in die Arme nehmen. Trotz ihrer Erschöpfung weigerte sich Alienor zu schlafen. Sie wollte ihren neugeborenen Sohn nicht nur deshalb halten, weil er eine Hoffnung für die Zukunft darstellte, sondern auch, weil er ein Segen war, der die Wunden der Vergangenheit heilen lassen würde.

Henry kehrte gerade von einem ausgedehnten Jagdausflug zurück, um zu erfahren, dass bei Alienor die Wehen eingesetzt hatten, während er entlang des Themseufers mit seinem weißen Gerfalken Reiher und Kraniche erlegt hatte.

Er war vor über einer Woche aus Wales zurückgekehrt. Der Feldzug hatte länger gedauert und mehr Leben und Geld gekostet, als er erwartet hatte. Aber er hatte aus der Lektion, die ihm erteilt worden war, gelernt und war schließlich so oft in walisisches Gebiet eingefallen, dass Owain Gwynedd aufgegeben und ihm den Lehnseid geleistet hatte. Vorerst herrschte Frieden, auch wenn dieser nicht gesichert war.

»Wie geht es deinem Pferd?«, fragte Henry Hamelin, als sein Halbbruder den Raum betrat und dabei Kletten von seinem Umhang zupfte.

»So weit gut«, entgegnete Hamelin. »Das Bein ist überlastet, weiter nichts. Gibt es schon etwas Neues?«

Henry schüttelte den Kopf. »Nein.« Er lächelte säuerlich. »Es ist ein Naturgesetz, dass Männer immer auf eine Frau warten müssen, wusstest du das nicht?«

Hamelin schenkte sich einen Becher Wein ein, setzte sich auf eine Bank und streckte die Beine aus. »Ich habe gedacht, das wäre eine Frage der Höflichkeit, aber kein Gesetz«, sagte er.

»Warte, bis du selbst eine Frau hast, dann weißt du, wovon ich rede.« Henry blickte sich im Raum um. »Wo ist Thomas denn hin?«

»Macht immer noch viel Aufhebens um seinen Falken«, gab Hamelin zurück. »Er ist nicht gerade glücklich darüber, dass er in einen Baum geflogen ist und er ihn beinahe verloren hätte. Angeblich kommt er aber gleich.«

Henry schnaubte. »Ich habe ihm geraten, länger mit ihm zu trainieren, aber er wollte nicht hören. Er musste ihn unbedingt heute fliegen lassen.«

Die Tür wurde geöffnet, und Emma betrat den Raum. Sie strahlte vor Aufregung und Freude. »Sire.« Sie knickste vor Henry. »Ihr habt einen weiteren Sohn, gesund und rothaarig.«

»Ha!« Henry zog seine Halbschwester auf die Füße und gab ihr einen schallenden Kuss auf die Lippen. »Das sind großartige Neuigkeiten.« Er spürte, wie sich Stolz, Erleichterung und überschwängliche Freude in ihm ausbreiteten. Die Geburt eines weiteren männlichen Kindes bedeutete, dass sich die Wunde, die Williams Tod hinterlassen hatte, weiter schließen würde und er so tun konnte, als sei dies alles nie geschehen. »Und die Königin?«, fragte er. »Wie geht es ihr?«

»Gut«, erwiderte Emma. »Sie ist natürlich erschöpft, aber überglücklich über die Geburt eines weiteren Sohnes; sie lässt Euch grüßen.«

Henry drehte sich mit einem breiten Grinsen zu den am Kamin versammelten Männern um. »Bereitet für meine Rückkehr einen Umtrunk vor, und dann feiern wir.« Er blickte auf, als sein Kanzler verspätet in den Raum trat. »Thomas, ich habe wieder einen Sohn! Was sagt Ihr dazu?«

Die Furchen in Beckets Gesicht vertieften sich, als er lächelte. »Glückwunsch, Sire, das ist die beste Neuigkeit, die man sich wünschen kann. Ich werde ihm zu seiner Taufe einen silbernen Taufbecher schenken. Wie soll er denn heißen?«

»Das sage ich Euch, wenn ich zurückkomme.« Henry klopfte seinem Kanzler auf die Schulter. »Wie geht es dem Falken?«

Becket verzog das Gesicht. »Er braucht noch Training, Sire.«

»Ha, ich habe Euch doch gesagt, Ihr sollt ihn noch nicht fliegen lassen.«

»Nächstes Mal werde ich Euren Rat beherzigen, Sire.«

»Ein Mann sollte sich immer überlegenerem Wissen beugen – und seinem König.« Henry maß ihn mit einem selbstgefälligen Blick. »Ihr habt immer noch viel zu lernen, Thomas.« Er klopfte seinem Kanzler noch einmal auf die Schulter und machte sich auf den Weg zu der Wochenbettkammer.

Alienor saß aufrecht im Bett, ihr Haar fiel ihr wie ein schimmernder goldener Strang über die Schulter. Wie Emma gesagt hatte, wirkte sie müde; in dem klaren Septemberlicht waren feine Fältchen um ihre Augen zu erkennen, aber trotzdem war sie schön. Sie blickte auf das gewickelte Baby hinab, das in eine weiche blaue Decke gehüllt war. Auf ihrem Gesicht lag ein Ausdruck so inniger Liebe und Zärtlichkeit, dass sich in Henrys Brust ein Gefühl ausbreitete, das er nicht zu benennen vermochte. Er wusste nur, dass es ihn fast zu Tränen rührte. Er bückte sich, um Alienors Lippen zu küssen, und gab das Baby dann der Hebamme mit der Anweisung, ihm die Windeln abzunehmen, damit er seinen Sohn bewundern konnte.

Das Haar des Kleinen schimmerte in demselben rötlichen Bronzeton wie sein eigenes, und die Brauen waren wie feine goldene Bögen gezeichnet. Die winzigen Fäustchen glichen geschlossenen Knospen. Er war langgliedrig und kräftig, weder füllig noch mager.

»Was für ein prächtiger kleiner Mann«, lobte er, dabei nahm er ihn in die Arme, damit jeder in der Kammer seine Freude und seine Anerkennung sehen konnte.

»Ich werde ihn Richard nennen«, verkündete Alienor mit der Bestimmtheit einer bereits getroffenen Entscheidung.

Henry zog ob dieser Kühnheit die Brauen zusammen. »Aus welchem Grund?«

»Weil er der Erbe von Aquitanien und es somit meine Sache ist, einen Namen für ihn zu wählen. Er wird ihm Ehre machen und seinen eigenen Weg gehen.«

Henry nahm sich einen Moment Zeit, um zu überlegen, ob er ihr die Namenswahl gestatten sollte, und entschied dann, dass es sich nicht lohnte, deswegen zu streiten. »Wie du willst, dann also Richard«, nickte er. »Aber der Nächste wird Geoffrey heißen – nach meinem Vater.«

»Der Nächste?« Ein Hauch von Empörung glomm in ihren Augen auf. »Warum kann es mit diesem nicht genug sein?«

Henry lachte leise. »Weil du deine Pflicht so gut erfüllst, meine Liebe. Du hast es mir zu verdanken, dass du keine unfruchtbare Königin, sondern die Matriarchin einer Dynastie bist. Das habe ich dir bei unserer Hochzeit versprochen.«

Er reichte Richard der Hebamme, damit sie ihn wieder wickeln konnte. »Ich komme später wieder, jetzt muss ich gehen und auf unseren Sohn anstoßen.« Er küsste sie erneut und rauschte aus der Kammer, als gehöre ihm die Welt – und das glaubte er in diesem Moment auch, wie Alienor vermutete. Sie war etwas verärgert, aber sie lächelte dabei. Henrys Samen und ihr Schoß hatten zusammen dieses wundervolle kleine Wesen geschaffen, das eines Tages zu einem starken, mächtigen Krieger heranwachsen würde: einem Prinzen von Aquitanien.

Hodierna saß mit Kissen unter den Armen auf einer Bank vor dem Feuer und stillte zwei Babys – eines mit flaumigem kupfergoldenem Haar, das andere mit weichem braunem. Richard lag an ihrer rechten Brust, ihr eigener Sohn Alexander an der linken. Das Geräusch ihres Saugens erfüllte den Raum, und es erheiterte Alienor ungemein, ihnen zuzuhören. »Gnade Gott den Kellern, wenn sie erst einmal alt genug sind, um Wein zu trinken«, sagte sie.

»Zumindest habe ich einen Vorwand, um bei Tisch reichlich zuzugreifen, Madam.«

Alienor lachte. Richard war bereits wesentlich größer als sein Milchbruder, obwohl beide Babys gut gediehen. Er würde ein hochgewachsener, kräftiger Mann werden: ein Krieger wie ihr Vater und ihr Onkel Raymond, der einstige Prinz von Antiochia.

Alienor drehte sich wieder zu den Schneiderinnen um. Sie ließ sich für das Weihnachtsfest, das sie dieses Jahr in Lincoln verbringen würden, einige neue Gewänder anfertigen. Angetan mit ihren Kronen würden sie und Henry über eine große Versammlung von Baronen und Geistlichen präsidieren. Alienor plante, in Seide und Pelz, geschmückt mit Gold und Juwelen, einen prunkvollen Auftritt zu inszenieren. Schließlich war sie die Königin eines Reiches, das sich von der schottischen Grenze bis zu den unteren Hängen der schneebedeckten Pyrenäen erstreckte.

Richards Geburt hatte viel dazu beigetragen, ihre Beziehung zu Henry zu verbessern. Sie war vor einem Monat ausgesegnet worden, und ihre Wiedervereinigung im Bett war für beide Seiten äußerst befriedigend verlaufen. Sie wurde nicht so leicht böse auf Henry, wenn sie beide in England waren, denn hier galt sein Geburtsrecht, und sie verspürte nicht denselben Schmerz in ihrer Seele, wenn er es ausübte. Sie füllte am Königshof immer noch ihre Rolle als Diplomatin und Friedensstifterin aus, und sie hatte einen geschäftigen Familienhaushalt zu beaufsichtigen. Die Kinder hatten Kinderfrauen und Ammen, die sich um ihre Bedürfnisse kümmerten, aber sie musste ein Auge auf diese Frauen haben. Auch wenn Alienors Pflichten sie in regelmäßigen Abständen von ihren Sprösslingen fernhielten, sorgte sie dennoch dafür, sich so oft wie möglich im selben Raum aufzuhalten wie sie und die Fortschritte bei ihrer Entwicklung zu beobachten.

Der kleine Henry hatte kürzlich begonnen, auf seine Brust zu deuten und sich selbst als ›Harry‹ zu bezeichnen – den Spitznamen, den die englischen Diener am Hof oft für den Namen ›Henry‹ benutzten. Er war ein gutmütiges, charmantes Kind mit dichtem goldbraunem Haar und auffallend schönen blaugrauen Augen. Er hatte eine rasche Auffassungsgabe, war ungemein neugierig und brachte während seines pausenlosen Geschnatters unzählige Fragen hervor. Wo ging die Sonne nachts hin? Warum wedelten Hunde mit dem Schwanz? Warum hatten Babys bei ihrer Geburt keine Zähne? Er hegte eine besondere Vorliebe für Isabel, die mit unermüdlicher Geduld auf seine Forderungen einging, Spiele mit ihm spielte und ihm Geschichten erzählte, wenn er müde war.

Er liebte auch seine Geschwister und wollte sie ständig küssen. Alienor vermutete, dass sich dies mit der Zeit ändern würde, aber zumindest für den Moment war alles friedlich – außer wenn er den schlafenden Richard piekste und ihn weckte. Sie war erleichtert, dass Henrys illegitimer Sohn bei seiner Großmutter in der Normandie geblieben war. Bis jetzt hatte sie von keinen weiteren unehelichen Kindern erfahren, obwohl sie ständig damit rechnete. Henrys sexueller Appetit war unstillbar, und er nahm andere Frauen mit ebensolcher Selbstverständlichkeit in sein Bett, wie er Nahrung zu sich nahm.

Sie begutachtete gerade einen Ballen rubinroter Seide, als Henry in den Raum stürmte. Er hob seinen Sohn hoch und schwang ihn durch die Luft. »Nun, junger Mann, was haben wir denn hier?«

Harry kicherte, wobei er zwei Reihen perfekter Milchzähne entblößte, und reckte sich. »Ich will deinen Hut!«

Henry nahm seine blaue Wollkappe ab und stülpte sie dem Jungen über den Kopf. »So, jetzt siehst du wirklich vornehm aus, mein Kleiner. Die Kleider eines Königs stehen dir gut.« Er wandte sich zu Alienor und beäugte die schimmernde rote Seide, die sie auf dem Tisch ausgebreitet hatte. »Prächtig genug für die Königin von England selbst!« Mit einem strahlenden Grinsen fasste er Alienor um die Taille und tanzte mit ihr und Harry durch den Raum. Letzterer trug immer noch die blaue Kappe, die sein Gesicht bis zur Nase verdeckte. Alienor begann zu lachen.

»Weshalb hast du so gute Laune?«

Henry stellte seinen Sohn wieder auf die Füße und hob stattdessen die kleine Matilda hoch. Er schwang sie im Kreis, küsste sie auf die Wange und reichte sie ihrer Kinderfrau zurück. »Ich habe gerade erfahren, dass Louis' Frau eine Tochter geboren hat«, sagte er grinsend. »Wie es aussieht, hat die Mutter überlebt, und das Baby ist gesund, aber es bestätigt, dass Louis keine Söhne zeugen kann. Sogar bei einer schwachen und fügsamen Frau kann er in ihrem Bett nicht die Aufgabe eines Mannes erfüllen.«

Alienor gestattete sich einen Moment des Mitleids mit Louis. Er musste außer sich sein. Die Neuigkeit ließ sie an die zwei Töchter denken, die sie hatte zurücklassen müssen, als ihre erste Ehe annulliert worden war. Kinder, die sie kaum gekannt, aber nichtsdestotrotz neun Monate lang als Teil von sich in ihrem Leib getragen hatte. Marie und Alix wurden in einem Kloster erzogen, bis sie alt genug waren, um die Männer zu heiraten, mit denen sie verlobt waren – Theobald und Henri, Brüder aus dem mächtigen Haus Blois-Champagne. Alienor hatte sich schon vor langer Zeit angewöhnt, nicht an die Töchter zu denken, die sie Louis geboren hatte, aber gelegentlich drängten sich die Erinnerungen an die Oberfläche und überfielen sie unvermittelt.

»Hat das Baby auch einen Namen?«

»Marguerite.« Henry winkte ab, als sei dies nicht von Bedeutung.

»Die heilige Margaret wird oft von Frauen angebetet, die Probleme haben, Kinder zur Welt zu bringen«, meinte Alienor nachdenklich. »Ein nach ihr benanntes Kind könnte ein Ausdruck von Dankbarkeit dafür sein, eine schwierige Geburt überlebt zu haben.«

»Wenn dem so ist, steckt Louis in der Klemme. Er muss sich entscheiden, ob er in dem Moment, wo sie ausgesegnet ist, wieder ihr Bett teilt und noch einmal versucht, einen Sohn zu zeugen, oder ob er ihr etwas länger Ruhe gönnt, damit sie wieder zu Kräften kommt. Aber vorerst muss uns nur interessieren, dass Louis immer noch keinen Sohn hat und wir bereits zwei.« Er sah sie mit einem Aufleuchten in den Augen an. »Und nach der letzten Nacht vielleicht sogar drei.«

Alienor wandte sich mit einem leichten, schamhaften Lächeln auf den Lippen wieder der Seide zu. Sie wäre jedenfalls nicht überrascht gewesen. Er hatte ihr nach ihrer eigenen Aussegnung ganz sicher keine Ruhe gelassen, um sich zu erholen. In der Zeit, nachdem sie ihr Wochenbett verlassen und ihre ehelichen Pflichten wieder aufgenommen hatte, war er immer ein besonders eifriger Liebhaber.

Henry nahm dem Jungen seinen Hut wieder ab, schob ihn in den Gürtel und verließ die Kammer, um sich wieder seinen Geschäften zu widmen. Alienor presste eine Hand auf die weiche Wölbung ihres Bauches. Er würde nie wieder so flach sein wie der eines Mädchens, und manchmal beneidete sie die gerade erst heiratsfähig gewordenen jungen Frauen um ihre schmalen Taillen und hohen, festen Brüste; aber Fruchtbarkeit hatte auch ihre Vorteile, und es war besser, ein erfahrenes Reh im Wald zu sein als ein Jungtier, das leicht von Männern in eine Falle getrieben und zur Strecke gebracht werden konnte.

11

Worcester, Ostern 1158

Henry hatte einmal einen Moment Abstand davon genommen, sich in das volle Leben zu stürzen, um mit Alienor entspannt in ihrem Privatgemach zu sitzen. Morgen war Ostersonntag, und sie mussten eine Messe in der Kathedrale von Worcester besuchen, auf die ein Bankett folgen würde. Da es sich um einen formellen Anlass handelte, waren sie beide verpflichtet, ihre Kronen zu tragen.

Henrys Bemerkung vom November über ein mögliches weiteres Kind hatte sich als falsch erwiesen, aber nur einen Monat lang. Einmal mehr hatten die Weihnachtsfeiern zu einer Schwangerschaft geführt, und gestern hatte Alienor zum ersten Mal gespürt, wie sich das Kind bewegte. Richard würde erst ein Jahr alt sein und noch von Hodierna gestillt werden, wenn das neue Baby kam.

»Ich habe über das Kronetragen nachgedacht«, sagte Henry. »Darüber, dass dies viermal im Jahr erforderlich ist. All die Ausgaben und Zeremonien – ganz zu schweigen von dem Gewicht auf unseren Köpfen. Jeder weiß doch inzwischen, dass ich der König bin.«

Alienor selbst fand durchaus Vergnügen an der Kronenzeremonie, aber Henry war dabei immer ungeduldig, gelangweilt und unruhig; er scharrte mit den Füßen und trommelte mit den Fingern auf irgendetwas herum. »Was schlägst du also vor?«

»Dass wir unsere Kronen dauerhaft auf dem Kathedralenaltar liegen lassen und sie nur zu außergewöhnlichen Gelegenheiten tragen. Ich bin diesen ganzen Aufwand, der jedes Mal veranstaltet werden muss, leid. Der Mann sollte die Krone tragen, nicht die Krone den Mann.«

Sie entnahm seinen Ausführungen, dass er seine Idee durchsetzen würde – ganz egal, was andere davon halten mochten. Vermutlich zeigte dies lediglich, dass er sich seiner Autorität sicher genug war, um auf die äußerlichen Zeichen der Königswürde verzichten zu können; andere jedoch erwarteten solche bei einem König. »Was wird deine Mutter dazu sagen? Du weißt, wie festgefahren sie in ihren Ansichten ist. Sie wird nicht übermäßig erfreut sein, wenn sie erfährt, dass du das zeremonielle Tragen der Krone abschaffen willst, vor allem, weil sie so hart gekämpft hat, um dir diese Krone überhaupt erst zu verschaffen.«

»Meine Mutter ist nicht in England«, winkte Henry ab, »und ich weiß ihren Rat auch zu schätzen. Das heißt aber noch lange nicht, dass ich ihn immer befolgen muss. Sie herrscht auf ihre Art und ich auf meine. Ich brauche solchen Prunk nicht. Sollen doch andere an meiner Stelle Seide und Pelze zur Schau stellen. Mein Kanzler beweist in diesem Punkt außerordentliche Fähigkeiten, er liebt derartige Spektakel. Warum einen Hund halten und dann selber bellen?«

Alienor erwiderte nichts darauf. Es hatte keinen Sinn, Argumente vorzubringen, wenn Henry einmal eine Entscheidung getroffen hatte. Während sich viele über die Summen beunruhigt zeigten, die der Kanzler für kostbare Gewänder, Unterhaltung, Falken und Jagdhunde ausgab, war Henry belustigt und nachsichtig wie ein reicher Gönner, der zusah, wie sich ein halb verhungertes Kind an seiner Tafel den Bauch vollschlug. Er zog Becket manchmal wegen seiner Vorliebe für Materielles auf – einmal war er noch verschwitzt von der Jagd in dessen Speisehalle geritten und hatte ihm einen ausgeweideten Hasen auf seine Platte geworfen; ein anderes Mal hatte er ihn gezwungen, einem Bettler auf der Straße seinen neuen Umhang zu schenken. Aber hauptsächlich betrachtete Henry eine gewisse Großzügigkeit als gerechte Belohnung für das, was Thomas auf dem Gebiet des Erhebens von Steuern und des Vorbringens guter Ideen für ihn tun konnte. Er fragte sich ständig, warum er sich mit umständlichen Zeremonien abgeben sollte, wenn er kein Vergnügen daran fand, sein Kanzler dagegen aber schon? Ein Mann, der es sich leisten konnte, einen seiner Diener derart zu verwöhnen, war auch ohne äußeren Prunk ein großer Mann.

Bei der Messe am Ostersonntag platzierten Henry und Alienor ihre Krönungskronen auf dem Hochaltar der Kathedrale von Worcester. Die Diademe schimmerten im Licht der Kerzen und Lampen so golden und rot, als würden sie die gesamte königliche Macht reflektieren. Ein König und eine Königin, Seite an Seite. Der dreijährige Harry griff mit zitternder Unterlippe und großen, tränenfeuchten Augen nach dem versilberten Reif auf seinem eigenen Kopf.

»Was hast du denn, mein kleiner Mann?« Alienor beugte sich zu ihm. Er hatte bislang stolz an der Seite seiner Eltern gestanden, ein Symbol ihrer Fruchtbarkeit und der gesicherten Thronfolge, und sich vorbildlich benommen, aber Alienor kannte das unbeständige Wesen kleiner Kinder und wusste, wie schnell sich ihr Verhalten von einem Moment zum anderen ändern konnte. Sie blickte sich um und hielt nach Hodierna Ausschau.

»Ich will meine Krone nicht auf den Altar legen«, sagte er deutlich und bestimmt. »Sie gehört mir.«

Alienors Lippen zuckten angesichts dieser Besitzansprüche. »Dann ist es ja gut, dass du das nicht tun musst. Das ist nur Königen und Königinnen erlaubt, und du bist immer noch ein Prinz.« Sie wechselte einen Blick mit Henry, und beide mussten ein Lachen unterdrücken.

»Ein starker Sinn für Besitz hat noch niemandem geschadet«, meinte Henry. »Aber denk an meine Worte: Du wirst noch lange warten müssen, bis du diese Krone trägst, mein Junge, und dann wirst du feststellen, wie schwer sie ist.«

Henry saß mit seinem Kanzler vor dem Kamin, trank Wein und kraulte die Ohren eines schlafenden Hundes. Zuvor hatten er und Thomas Schach gespielt, und beide waren zufrieden, da jeder eine Partie gewonnen und somit auch jeder eine verloren hatte. Jetzt, am Ende eines überaus angenehm verlaufenen Tages, diskutierten sie über Regierungsgeschäfte und leerten die Karaffe.

Thomas sagte nachdenklich: »Als ich heute Euren Erben mit dieser kleinen Krone auf dem Kopf gesehen habe, ist mir ein Gedanke gekommen.«

»Ach ja?« Henry musterte ihn forschend. Thomas hatte die Ärmel zurückgeschoben, als bereite er sich auf etwas Geschäftliches vor. Sie waren mit einem dünnen Streifen tiefschwarzen Zobelfells gesäumt, und hinter dem Pelz waren Perlen und Edelsteine aufgestickt. Henry wusste, dass Becket seine Krone niemals auf den Altar gelegt hätte, wenn er König gewesen wäre. Er hätte sie mit in sein Bett genommen, mit ihr unter dem Kopfkissen geschlafen und sie bei jeder Gelegenheit zur Schau gestellt. »Was führt Ihr jetzt wieder im Schilde?«

»Ich dachte an die Prinzessin von Frankreich, die kleine Marguerite, und habe mich gefragt, ob es wohl zu früh ist, um über ein Ehebündnis nachzudenken.«

Henrys Blick wurde scharf, und er richtete sich auf. Er genoss diese spätabendlichen Gespräche mit Thomas. Man konnte nie wissen, was er als Nächstes vorschlagen würde. Als Verkünder von Ideen und als ein Mann, der auch fähig war, sie umzusetzen, konnten ihm nur wenige das Wasser reichen. »Ihr meint ein Ehebündnis mit meinem Sohn?«

Thomas trank einen Schluck Wein aus seinem silbernen Becher. »Ihr k-könntet das Problem des Vexin durch ein Ehebündnis lösen, und es würde zu friedlichen Beziehungen zwischen Euch und Frankreich führen. Wenn Louis weiterhin nur Töchter zeugt oder gar keine weiteren Kinder mehr, könnte Marguerites Mann einmal eine sehr große Bedeutung erlangen. Ihr habt nichts zu verlieren, Sire, und könntet dafür eine Menge g-gewinnen.«

Henry nagte an seinem Daumenknöchel und erhob sich, um im Raum auf und ab zu gehen, während er überlegte. Er stellte sich vor, wie sein ältester Sohn als ruhmreicher junger Mann in das Land hinausritt und sein Fahnenträger sowohl das Banner von England als auch das von Frankreich an seinem Speer trug. Plötzlich erschien ihm dieser Moment in der Kirche, wo das Kind den Wunsch geäußert hatte, seine Krone zu behalten, wie ein Vorzeichen. »Die Idee hat Potenzial«, stimmte er zu, »aber wird Louis bereit sein, eine solche Verbindung in Erwägung zu ziehen, oder wird er den Vorschlag glattweg ablehnen?«

»Sire, ich hätte das Thema nicht zur Sprache gebracht, wenn ich den Plan nicht für durchführbar halten würde. Wenn wir ihm den Vorschlag auf die richtige Art und Weise unterbreiten, wird der König von Frankreich die Vorteile eines solchen Bündnisses ebenso erkennen wie wir. Seine Tochter wird Königin von England, und sein Enkelsohn könnte auf dem englischen Thron sitzen – so wie der Eure auf dem französischen.«

Als Henry die möglichen Folgen des Plans klar wurden, hob er zweifelnd eine Braue. Da er die französischen Gesetze kannte, lächelte er aber trotzdem. »Wir müssten sie in unsere Obhut nehmen und sie gemäß unseren Traditionen erziehen, damit sie sich unsere Sitten aneignet.«

»Das versteht sich von selbst, Sire. Ein solches Unterfangen würde den König von Frankreich auch daran hindern, sie mit jemandem zu verheiraten, der vielleicht unseren Interessen im Weg steht.«

»Ich bin nicht schwer von Begriff, Thomas.« Henry warf seinem Kanzler einen finsteren Blick zu. »Es ist ein guter Plan. Ich lege die einleitenden Verhandlungen in Eure fähigen Hände, aber haltet mich auf dem Laufenden.«

Thomas verbeugte sich. »Das werde ich tun, Sire.«

Henry schritt durch den Raum und drehte sich dann um. »Wenn wir die Sache in Angriff nehmen, wünsche ich Diskretion. Es besteht kein Anlass, mit der Königin darüber zu sprechen oder ihre Meinung einzuholen, bis wir wissen, ob die Gespräche einen positiven Ausgang genommen haben.«

Ein wissender Ausdruck huschte über Beckets Gesicht. »Ich verstehe vollkommen, Sire«, erwiderte er mit einer Verneigung.

»Das tut Ihr immer, Thomas.« Henry klopfte ihm auf die Schulter und begleitete ihn aus dem Raum. Dann rieb er sich die Hände und schickte einen der Türhüter los, um das neue Mädchen zu holen, das ihm kürzlich unter den Hofhuren aufgefallen war. Ihr Haar wogte wie reifer Weizen, wenn sie durch die Gänge ging, und er hatte sie sich als Belohnung für sich selbst aufgespart. Heute Nacht würde es endlich so weit sein.

Alienor stand am Fenster ihrer Kammer und sog die frische Luft des Aprilmorgens ein. Obwohl sie erst im vierten Monat ihrer Schwangerschaft war, fühlte sie sich aufgedunsen und unbeholfen. Ihr Körper hatte keine Zeit gehabt, sich von der Schwangerschaft mit Richard zu erholen, bevor sie erneut ein Kind erwartete, und sie kam sich vor wie ein angestrengtes Lasttier.

Ihr Haushofmeister Warin betrat den Raum, verbeugte sich und verkündete, dass der Kanzler hier war und um eine Audienz bat. Alienor blickte noch immer zum Fenster. Schließlich schloss sie die Augen und seufzte. »Führ ihn herein«, sagte sie, und nach einem Moment nahm sie sich zusammen, drehte sich um und sah Thomas Becket in den Raum treten.

Wie üblich war er makellos gekleidet – in ein kostbares Gewand mit den üppigen Ärmeln der Roben eines Geistlichen, so dass er doppelt so viel Raum einnahm, wie sein schmaler Körper benötigte. Ein weißes Leinenhemd schimmerte an Hals und Ärmelaufschlägen, und ein Ring mit einem großen grünen Beryll funkelte am Mittelfinger seiner rechten Hand.

»Madam.« Er verneigte sich vor ihr. »Es tut mir leid, Euch so früh zu stören.«

»Ich bin sicher, Ihr kommt nicht nur, weil Ihr irgendwelchen Klatsch loswerden wollt, Mylord Kanzler. Was kann ich für Euch tun, wobei mein Mann Euch nicht helfen kann?« Henry glänzte durch Abwesenheit. Es war von einer Jagd die Rede gewesen, aber sie vermutete, dass ihm als Beute eine Frau vorschwebte. Sie hatte Thomas gebeten, mehr Lampen für ihre Kammer zu besorgen, aber das war ein Routineauftrag für einen seiner Untergebenen und würde keinen persönlichen Besuch erforderlich machen.

»Madam, es geht um eine heikle Angelegenheit des Reichs und um Auslandspolitik.« Er reichte ihr einen Brief, der in seinem Ärmel gesteckt hatte. Er war bereits geöffnet, aber das Siegel von Frankreich baumelte noch an einer dünnen Kordel daran.

»Was ist das?«

Er faltete seine dünnen, schmalen Hände. »Madam, wir dachten, es wäre jetzt an der Zeit, Euch einzuweihen. Wir haben bislang nichts gesagt, weil sich die ganze Sache hätte zerschlagen können.«

Alienor las den Inhalt und las ihn dann direkt noch einmal, weil sie ihn nicht zu erfassen vermochte, so grotesk war er. In dem Brief schien es um den Vorschlag einer Heirat ihres ältesten Sohnes und Louis' kleiner Tochter Marguerite zu gehen. Louis wünschte eine eingehendere Diskussion über die Situation und lud Henry nach Paris ein, um darüber und über andere diplomatische Fragen zu sprechen.

Zitternd schlug sie mit der Hand auf das Pergament. »Wessen Idee war das?« Sie war entsetzt, dass es möglich gewesen war, eine solche Verbindung hinter ihrem Rücken in die Wege zu leiten und die Pläne so weit gedeihen zu lassen. »Ihr und der König habt dies ausgeheckt und es unterlassen, mich hinzuzuziehen, obwohl die Sache meinen Sohn betrifft und weitreichende Konsequenzen hat?«

»Madam, es ging Euch in den ersten Monaten Eurer Schwangerschaft nicht gut, und Ihr hättet Euch umsonst aufgeregt, wenn der Vorschlag rundweg abgelehnt worden wäre«, erwiderte Becket in einem vernünftigen Ton.

»Und Ihr glaubt, hierüber rege ich mich nicht auf?« Sie schlug wieder auf das Pergament. »Darüber, dass Ihr hinter meinem Rücken gehandelt und mir davon erst erzählt habt, als es sich nicht mehr vermeiden ließ?«

Er öffnete in einer beschwichtigenden Geste die Hände. »Madam, wir hielten es wirklich für das Beste. Es bestand keine Absicht, Euch zu hintergehen.«

Alienor funkelte Becket finster an; sie hasste seine glatte, kriecherische Art. Sie wusste, dass es sich um seine Idee gehandelt haben musste, weil er Henry immer Pläne präsentierte wie Juwelen an einer Halskette und Henry entzückt danach griff und sie noch weiter ausschmückte. »Sehe ich aus wie eine Närrin, Mylord Kanzler? Natürlich habt Ihr beabsichtigt, mich zu hintergehen.«

»Madam, ich versichere Euch, dass dies nicht der Fall war.«

Sie brauchte Zeit zum Nachdenken, um sich zu sammeln und Gegenmaßnahmen zu treffen. Sie faltete das Pergament so, dass die leeren Seiten nach außen zeigten. »Ich werde Euch meine Antwort wissen lassen, nachdem ich mich gründlich mit der Angelegenheit befasst habe«, versetzte sie mit majestätischer Würde. »Ihr könnt gehen.«

Er räusperte sich und beschrieb mit dem Zeh einen Kreis auf dem Boden. »Madam, das Antwortschreiben ist bereits abgeschickt worden. Ich soll nach Paris reisen, um die Verhandlungen zu eröffnen.« Sein Gesicht bildete eine höfliche Maske. »Der König wird Euch mehr mitteilen, wenn er zurückkommt.«

Alienor fühlte sich elend. Sie wurde ausgeschlossen; sie hatten es nicht für ratsam gehalten, sie einzuweihen, weil sie gewusst hatten, dass sie Einwände erheben würde. »Geht«, sagte sie mit gepresster Stimme, kehrte ihm den Rücken zu, setzte sich in die Fensterlaibung und fächelte sich mit dem Pergament Luft zu. Becket hatte es nicht zurückgefordert, aber er hatte sicherlich Kopien anfertigen lassen.

Die Enthüllung dessen, was ohne ihr Wissen getan worden war, hatte ihr Gehirn ausgeschaltet. Sie konnte nicht denken, nichts begreifen. Es gab niemanden, an den sie sich hilfesuchend wenden konnte. Sie bemerkte, dass sich Becket hinter ihr mit dem Verlassen des Raums Zeit ließ. Er sprach mit einem Schreiber und suchte ein paar Pergamentbögen zusammen, mit denen er sich befassen musste, als würde er darauf warten, dass sie einlenkte und ihn zurückrief, aber sie hatte nicht die Absicht, ihm diesen Gefallen zu tun, denn seine Worte würden so klebrig süß wie Sirup sein und Übelkeit bei ihr hervorrufen. Endlich zog er sich zurück, wobei er murmelte, dass er später wiederkommen würde, und sie schloss vor Erleichterung die Augen.

Nach diesem Schock fühlte sie sich schlaff und ausgelaugt. Sie rief ihre Frauen und befahl ihnen, ihr Haar zu kämmen und ihr eine Schüssel mit lauwarmem Wasser zu bringen, damit sie ihr Gewand wechseln und den Schmutz dieser Neuigkeiten abwaschen konnte. Dann starrte sie das zerknüllte Pergament in ihrer Hand an. Am liebsten hätte sie es in die Kerzenflamme gehalten und zu Asche verbrannt, aber sie brauchte diesen greifbaren Beweis für Verrat und fehlenden Respekt.

»Schließ das in meiner Juwelenschatulle ein.« Sie reichte Isabel den Brief und unterdrückte ein Seufzen.

»Kann ich irgendetwas für Euch tun, Madam?«, fragte Isabel mit besorgter Miene.

Es wäre einfach gewesen, jetzt zu weinen, aber diese Sache war die leichten Tränen nicht wert. »Nein«, erwiderte Alienor. »Damit muss ich alleine fertigwerden.« Sie beobachtete, wie Isabel den Brief zusammenfaltete und in die Schatulle legte, ohne ihn anzusehen. Isabel war so treu wie Gold. Sie hatte noch nicht einmal ansatzweise versucht, einen Blick auf den Inhalt zu erhaschen, und dennoch konnte Alienor sie nicht ins Vertrauen ziehen. »Aber danke, dass du gefragt hast.«

Das duftende Wasser und der Kleiderwechsel kühlten Alienors erhitzten Körper und bewirkten, dass sie wieder zu ihrem üblichen Selbst zurückfand, doch sie war immer noch verstört und aufgewühlt. Sie schritt durch den Raum, nippte dabei an einem Becher Wein und grübelte über Strategien nach. Dabei versuchte sie, das immer wieder aufwallende Gefühl, verraten worden zu sein, niederzukämpfen.

Sie wurde aus ihren Gedanken gerissen, als die Tür aufflog und Henry in den Raum stapfte. Seine Tunika war staubbedeckt, und er trug immer noch seine Sporen. Das trotzige Funkeln in seinen Augen verriet Alienor, dass er von ihrem Wortwechsel mit Becket wusste.

Alienor schickte ihre Frauen fort und wartete, bis die letzte den Raum verlassen hatte und der Riegel gefallen war. Henry schenkte sich einen Becher Wein ein. Er gab sich bewusst lässig und unbekümmert, was ihren Zorn nur noch mehr entfachte.

»Was hat es mit diesem lächerlichen Ehebündnis auf sich, wegen dem du mit Frankreich verhandelt hast?«, erkundigte sie sich ohne Einleitung. »Du konntest es mir noch nicht einmal selbst sagen, sondern hast dies deinem Kanzler überlassen. Das ist pure Feigheit.« Sie schleuderte ihm die Worte förmlich entgegen. »Du hast mich verraten; du hast mein Vertrauen missbraucht. Wie konntest du das tun, Henry? Wie?«

Er hob warnend einen Zeigefinger. »Du solltest dich nicht aufregen, das könnte dem Kind schaden. Ich habe mit dir nicht darüber gesprochen, weil ich Angst um deine Gesundheit hatte, außerdem bestand auch die Möglichkeit, dass sich die Idee nicht hätte umsetzen lassen. Die Ärzte sagen, es ist nicht gut für eine schwangere Frau, sich mit politischen Angelegenheiten zu befassen, weil sich ihre Gebärmutter verschieben und es zu einer Fehlgeburt kommen könnte.«

Alienor erstickte fast an ihrer Wut. »Du hast gesagt, du würdest mich nicht als Selbstverständlichkeit betrachten, aber du tust es ständig. Ich komme mir vor wie ein Meilenstein in einer Blutlinie, sonst nichts. Eine Zuchtstute für deine Kinder.«

»Genau das ist der Grund, warum ich dich nicht mit einbezogen habe«, versetzte er selbstgerecht. »Du verlierst jeglichen Sinn für Vernunft, wenn du ein Kind erwartest.«

»Du erwartest von mir, dass ich es gutheiße, dass unser Sohn in diese Blutlinie einheiratet? Dass er die Tochter meines früheren Mannes heiratet? Lieber Himmel, Henry, nicht ich habe den Verstand verloren, sondern du!«

Seine Augen leuchteten zornig auf. »Diese Verbindung ist ein ausgezeichneter Weg, um ein Abkommen zu besiegeln. Es wird unsere Macht stärken, wenn wir unsere Blutlinie mit der von Frankreich vermischen; es wird uns Frieden und Wohlstand bescheren. Du musst die Vergangenheit begraben und in die Zukunft blicken. Louis hat gegen die Verbindung prinzipiell nichts einzuwenden. Die Blutlinie scheint für ihn kein Hinderungsgrund zu sein.«

»Woher willst du wissen, wie sich das Mädchen entwickelt? Sie ist ja noch ein Baby in der Wiege.«

Henry warf ihr einen scharfen Blick zu. »Woher sollen wir wissen, wie sich unsere Nachkommen entwickeln? Es besteht immer ein Risiko.«

»Sie ist die Halbschwester der Töchter, die ich Louis geboren habe. Lieber Gott, das ist fast Inzest!« Ihr drehte sich der Magen um. Sie wandte sich von ihm ab, rannte in ihre Schlafkammer und übergab sich heftig.

»Ich werde deine Frauen rufen«, sagte Henry unnachgiebig. »Ich habe dir ja gesagt, das Thema würde dich krank machen, und ich hatte recht. Hör auf mich – diese Lösung ist für alle die beste und wird weiter vorangetrieben werden. Findet Euch damit ab, Madam, denn Ihr habt keine andere Wahl.«

Das war es, was sie krank machte: das Wissen, dass sie hilflos in der Falle saß. Vor sechs Jahren hatte sie Henry FitzEmpress aus freien Stücken geheiratet und gehofft, mit ihm eine goldene Zukunft zu erschaffen; aber alles, was sie von ihm erhalten hatte, war ein Scherbenhaufen aus scharfkantigen billigen und gebrochenen Versprechen.

Ihre Frauen scharten sich besorgt um sie. Alienor scheuchte sie fort, ging zu Bett und befahl ihnen, die Vorhänge zuzuziehen, damit sie ungestört nachdenken konnte.

Wie es aussah, konnte sie nichts tun, um Henry zu beeinflussen, denn er hielt seinen Plan für exzellent und würde sich nicht davon abbringen lassen. Er und Becket waren in diesem Punkt einer Meinung, und der Rest des Hofes würde sich eher ihnen anschließen als ihr.

Und dennoch war sie diejenige, die seine Erben zur Welt brachte und über die Kinderstube herrschte. Die Kinder waren zur Hälfte ein Teil von ihr und befanden sich allein in ihrer Obhut. Eine Frau konnte durch ihre Söhne und Töchter Macht ausüben, wenn sie klug zu Werke ging. Selbst wenn der kleine Harry einer französischen Prinzessin versprochen wurde, stand er dennoch unter Alienors Einfluss. Sie musste wie ein geduldiger General den richtigen Zeitpunkt abwarten.

12

Westminster, Frühjahr 1158

»Schau, Mama, schau!«

Alienor hob den Kopf, als Harry in den Raum stürmte. Sein kleines Gesicht strahlte. Sein Vater und Thomas Becket folgten ihm etwas gemessener. Auf Henrys Schulter kauerte ein kleines braunes Äffchen mit einer Kette um den Hals. Es hielt eine Dattel in seinen geschickten ledrigen Händen, knabberte eifrig an der Frucht und blickte sich mit intelligenten dunklen Augen unter buschigen Brauen um.

Alienor starrte das Tier an. Sie wusste nicht, ob sie lachen oder sich ärgern sollte. Ein Affe in der Kammer war das Letzte, was sie gebrauchen konnte. Ihre Frauen zeigten sich alle entzückt und gaben mit gespitzten Lippen dümmliche Kussgeräusche von sich.

»Nun, wie findest du ihn als Geschenk für Louis?«, fragte Henry kichernd. »Ich dachte, er könnte auf seiner Schulter sitzen und ihm Ratschläge erteilen, denn Affen sind ja für ihre Weisheit bekannt.«

»Er heißt Robert«, verkündete Harry ernst. »Ich will ihn behalten.«

»Ah, nein, mein Junge.« Henry drohte ihm mit dem Finger. »Er ist ein Geschenk für den König von Frankreich. Vielleicht, wenn du älter bist.«

Alienor hob die Brauen. »Wirklich eine gute Idee«, meinte sie. »Du könntest deine eigenen Berater durch Affen ersetzen, und es würde dich nur ein paar Säcke Datteln und Mandeln kosten. Denk nur daran, was du sparen würdest.«

Henry grinste. »Was sagt Ihr dazu, Thomas? Was, wenn ich Euch durch einen Affen ersetzen würde?«

Becket lächelte, als habe er Essig getrunken. »Ich bin sicher, Ihr würdet es sehr lehrreich finden, Sire.«

Der Affe reckte sich auf Henrys Schulter höher, schlang den Schwanz um dessen Hals und begann sein Haar gründlich nach Läusen abzusuchen.

Alienor brach in schallendes Gelächter aus. »Er würde sicher mehr Aufgaben erfüllen als Ihr, Master Kanzler, und das wäre ein wahres Wunder!«

Henry hob das Tier von seinem Kopf, woraufhin es zu kreischen begann, und reichte es Becket zurück.

»Master Thomas hat ganz viele Affen!« Harrys Stimme klang schrill vor Aufregung. Er runzelte die Stirn, während er rechnete. »Zwölf! Komm und schau, Mama, komm und schau!« Er ergriff ihre Hand und zog daran.

»Warum zwölf?« Alienor maß Thomas mit einem zynischen Blick. »Hat einer nicht gereicht?«

Thomas wechselte einen Blick mit Henry und lächelte. »Einer soll auf jedem Packpferd mit Geschenken reiten, wenn ich in Paris einziehe, Madam«, sagte er. »Und später werden sie ausgesuchten Mitgliedern des französischen Hofes übergeben.«

»Dies dient dem Zweck, Louis vor Augen zu führen, über wie viel Reichtum und Macht ich verfüge«, erklärte Henry. »Und dem französischen Volk ein Schauspiel zu bieten.« Er klopfte seinem Kanzler so auf die Schulter, wie er einem Pferd den Hals klopfen würde, wenn er mit ihm zufrieden war. »Thomas hat sich ausgesprochen erfinderisch gezeigt. Es wird nicht nur Affen für die Weisheit geben, sondern auch einen Papagei, der das Vaterunser aufsagen kann, und zwei goldene Adler.« Seine Augen funkelten vor Heiterkeit und Stolz. »Ganz zu schweigen von Jagdhunden und Wachhunden sowie genug Pelzen, Stoffen und Möbeln, um einen Palast damit auszustatten.«

»Ist in der Schatzkammer noch etwas übrig, oder wirfst du alles den Franzosen in den Rachen?«, fragte sie beißend. Das alles klang wie vulgärer Protz, den sie in diesem Maße noch nicht erlebt hatte. Was Louis mit seinem Sinn für Ästhetik dazu sagen würde, daran wagte sie gar nicht zu denken, aber vielleicht würde die restliche Bevölkerung von Paris beeindruckt sein. Es wurmte sie, dass all das Geld und die Mühe darauf verwandt wurden, eine Ehe zu stiften, die sie nicht billigte.

Thomas verbeugte sich geschmeidig. »Seid versichert, Madam, dass ich die Mittel des Königs nicht überstrapaziert habe.«

»Wie beruhigend, das zu hören«, erwiderte Alienor verächtlich, aber Harry zuliebe und um ihre eigene Neugier zu befriedigen, legte sie ihren Umhang an und ließ sich mitziehen, um sich anzuschauen, was Thomas alles herbeigeschafft hatte.

Der Lärm und der Gestank der Menagerie, die Becket zusammengestellt hatte, waren überwältigend. Alienor musste die Nase mit ihrem Schleier bedecken. Sie erblickte Hundemeuten, wie Harry angekündigt hatte – schwarze und rotbraune Jagdhunde mit kummervollen Zügen und hängenden Ohren, die leise bellten; Otterhunde mit lockigem Fell von den walisischen Grenzen; kläffende lebhafte Terrier und riesige goldene Mastiffs, so groß und muskulös wie Löwen, um die zahlreichen Wagen zu beladen, die die Unmengen an Geschenken und Gepäck befördern sollten. Harrys Augen wurden immer größer, als er von Wagen zu Wagen und Käfig zu

Käfig lief, wobei er mit lauten Worten alles bestaunte, was er sah.

Henry nahm Alienor am Arm. »Der Aufwand wird sich lohnen, das verspreche ich dir.«

»Man sagt, je mehr man bezahlt, desto mehr ist etwas wert.«

Er musterte sie mit einem harten Blick. »Du musst über die persönlichen Dinge hinaus langfristig planen. Dieses Bündnis mit Frankreich wird uns die Ländereien des Vexin einbringen, wenn Harry und Marguerite heiraten. Wenn wir mit Louis Frieden schließen, können wir eine Armee nach Toulouse hinunterführen und die Stadt wieder dem Herzogtum Aquitanien einbringen. Durch diese Eheschließung können wir unser Ziel erreichen.«

Alienor presste die Lippen zusammen. Sie war immer noch der Ansicht, dass es bei diesem ganzen Schauspiel eher um Thomas Beckets Vorliebe für prunkvolle Gesten und Henrys Entschlossenheit ging, Louis in den Schatten zu stellen, indem er alles zur Schau stellte, was er besaß und Louis nicht. Es war nichts weiter als ein typisch männliches Kräftemessen zwischen zwei Rivalen. Aber vielleicht war der ganze Zirkus den Aufwand wert, wenn es ihr am Ende die Stadt Toulouse einbrachte, die sie sich schon lange für Aquitanien gewünscht hatte.

»Vertrau mir.« Henry bedachte sie mit seinem breiten, offenen Grinsen, das sie nur allzu gut kannte und welches ihr verriet, dass sie ihm nicht trauen durfte. Er nahm Harry auf den Arm, um mit ihm die Pferde anzuschauen, die Becket für die Parade zusammengetragen hatte.

Henrys Brüder Hamelin und William waren schon da und bewerteten die Tiere zusammen mit John FitzGilbert, einem von Henrys Marschällen. FitzGilbert war ein erfahrener

Stallmeister, den Becket dazu bemächtigt hatte, ihm bei der Auswahl von Tieren behilflich zu sein, die farblich und qualitativ geeignet waren. Zwei von FitzGilberts Söhnen hatten ihren Vater begleitet. Der Ältere war ein junger Mann – ein gut aussehender grauäugiger Bursche, der oft ernst wirkte. Der andere, ein paar Jahre jüngere saß selbstsicher auf einem kastanienbraun schimmernden Pferd, während Hamelin dem Tier in das Maul schaute, um sein Alter zu bestimmen.

»Ein schönes Tier.« Alienor gesellte sich zu der kleinen Versammlung. Die Männer begrüßten sie, und der braunhaarige Junge im Sattel verbeugte sich tief aus der Taille heraus.

»Es soll einen Wagen ziehen«, erklärte Hamelin ihr. »Der Kanzler braucht fünf Zweiergespanne, alle zusammenpassend und alle von edlem Blut.«

»Er verlangt nichts Unmögliches, nur Wunder«, bemerkte John FitzGilbert hämisch.

»Ihr kennt die Händler, an die man sich wenden, und die Orte, an denen man suchen muss, Mylord Marschall«, sagte Henry. »Ich setze Vertrauen in Euch. Ihr habt meine Mutter mit guten Pferden versorgt, als sie hier für ihre Sache kämpfte, und das unter weit schwierigeren Umständen.«

FitzGilbert verneigte sich. »Ich erfülle immer noch meinen Zweck, Sire«, erwiderte er mit einem sarkastischen Lächeln.

Alienor kannte John FitzGilbert nur flüchtig. In früheren Zeiten hatte es zu seinen Pflichten gehört, Pferde für Kriegsfeldzüge zu beschaffen, aber jetzt befasste er sich mit Finanzen, und zwar hauptsächlich im Schatzamt Westminster. Manchmal war er bei Hof anzutreffen, aber eher im Hintergrund als an vorderster Front. Die linke Hälfte seines Gesichts wies erhabene Brandnarben und eine leere Augenhöhle auf. Er hatte sich die Verletzungen in einer furchtbaren Zeit während des Krieges um die Krone zwischen Kaiserin Matilda und König Stephen zugezogen, als er in einer brennenden Abtei gefangen war. Die rechte Hälfte verriet, dass er vor dem Brand ein attraktiver Mann mit klaren, gut geschnittenen Zügen gewesen war. Jetzt stand er am Ende seiner mittleren Jahre, sein helles Haar war mit silbernen Strähnen durchzogen, aber er war immer noch groß gewachsen, hielt sich gerade und strahlte etwas aus, das Respekt abnötigte und Frauen dazu bewog, ihn trotz seiner Narben voller Interesse zu mustern. Henry betrachtete ihn als altes Schlachtross, das an einem kurzen Zügel gehalten werden musste, schätzte ihn aber trotzdem.

Harry deutete auf den großen Braunen. »Ich will reiten!«

»Hopp!« Der Junge auf dem Pferd beugte sich zu ihm hinunter und streckte die Hand aus. »Ihr könnt bei mir mitreiten, Sire.«

Hamelin hob Harry hoch, woraufhin FitzGilberts Sohn ihn mit fröhlichem Selbstvertrauen ergriff und ihn sicher vor sich auf den Sattel setzte.

»William hat zwei jüngere Brüder zu Hause«, erklärte der Marschall. Er wirkte belustigt und gleichzeitig ein wenig beunruhigt.

Der Sohn des Marschalls ritt mit Harry im Schritttempo einmal rund um den Hof, während die Erwachsenen sich unterhielten, dann brachte er ihn zurück und reichte ihn seiner Kinderfrau, bevor er geschmeidig von dem Rücken des Braunen sprang. Er hielt dem Pferd auf der flachen Hand ein Stück trockenes Brot hin und tätschelte seinen Hals. Alienor entschied, dass sie den Jungen mochte. Er war mutwillig und lebhaft, überschritt aber seine Grenzen nicht.

Der Affe, den Harry kurz zuvor gehalten hatte, kletterte plötzlich an William hoch, riss ihm ein zweites Brotstück aus der Hand und wollte mit seiner Beute flüchten; der Junge war jedoch schneller, packte die Kette und hielt den Dieb fest, noch während sich dieser das Brot in den Mund stopfte.

»Nein!« Sein Vater schüttelte nachdrücklich den Kopf. »Bevor du fragst – so ein Tier kommt uns nicht ins Haus. Der Himmel weiß, dass du und deine Geschwister schon schlimm genug seid. Deine Mutter würde einen Herzanfall bekommen, und in meiner Kammer würde nie wieder Frieden herrschen.«

Ein wenig zerknirscht übergab William den Affen einem der Diener des Kanzlers.

Alienor und ihre Frauen riefen die Kinder zu sich, zogen sich in das Frauengemach zurück und überließen die Männer ihren Tätigkeiten. Beckets Zirkus, dachte sie abfällig. Dann blickte sie Harry an, der an ihrer Seite dahinhüpfte. Es fiel ihr schwer, sich vorzustellen, dass er verlobt werden sollte, obwohl er noch so klein und seine Braut kaum ihrer Wiege entwachsen war. Zwischen dem heutigen Tag und dem Erwachsenendasein lagen noch etliche Jahre, aber sie würde sich an den Gedanken einer französischen Schwiegertochter gewöhnen müssen: das Kind ihres früheren Ehemannes und die Halbschwester der Töchter, die sie ihm geboren hatte. Die Zeit würde diesen Gedanken nicht erträglicher machen.

Am vereinbarten Tag brach Thomas Becket mit seinem riesigen Gefolge vom Tower von London zum Hafen von Southampton auf, wo sechsundsechzig Schiffe darauf warteten, sie alle über den Kanal zu befördern.

Die Parade war doppelt so groß wie jene, die anlässlich Alienors und Henrys Krönung stattgefunden hatte. Letztere hatte mitten im Winter stattgefunden. Jetzt neigte sich der Frühling dem Ende zu, alles war in frisches Grün getaucht, und eine warme Brise ließ Umhänge und Wimpel flattern.

Zwei Karren, die von zwei Kastanienbraunen gezogen wurden und mit allen Reichtümern des angevinischen Reiches beladen waren, rumpelten und ratterten über die Straße.

Alienor beobachtete, wie der Reiterumzug passierte und war geradezu überwältigt von diesem Übermaß an brillanten visuellen Eindrücken. Die Unmenge von Bediensteten war in die kostbaren Stoffe und Pelze gekleidet, die für gewöhnlich dem Adel vorbehalten waren. Überall glänzten und schimmerten Edelmetalle, Juwelen und Seide. Irgendwie hatte Becket die Affen dazu dressiert, wie kleine Jockeys auf dem Pferdemarkt von Smithfield auf den Rücken der Packpferde zu sitzen.

»Großer Gott, er saugt England aus«, sagte Alienor zu Henry. »Wenn er fort ist, wird im ganzen Land kein Farbtupfer mehr zu finden sein.«

Henry kicherte. »Aber es wird sich auszahlen«, erwiderte er. »Und du würdest doch nicht einmal die Hälfte all dieser Dinge behalten wollen.«

Alienor schürzte die Lippen. Sie hätte wirklich gerne einige der Stoffballen und Schmuckstücke für sich beansprucht, ganz zu schweigen von ein paar der hochgezüchteten Pferde.

»Ich möchte Louis beweisen, dass ich es ernst meine. Wenn mir diese Verbindung nicht am Herzen läge, würde ich mir nicht all diese Mühe machen. Sobald Thomas genügend Eindruck geschunden hat, werde ich ihm folgen.«

»Du kannst schwerlich darauf hoffen, es ihm gleichtun zu können«, bemerkte Alienor knapp.

»Das habe ich auch gar nicht vor… das ist so, als würde man bei einem Festmahl einen Pfau verzehren. Erst stellt man all die bunten Federn zur Schau, um jedermanns Aufmerksamkeit und Bewunderung zu erregen, doch dann legt man sie ab und kommt zu dem Fleisch. Sowohl Thomas als auch ich sind Meister in diesem Spiel.«

Alienor stimmte innerlich zu. *Ja, das seid ihr. Und vielleicht gerissener, als es für euch und alle anderen gut ist.*

Einige Wochen später saß Alienor nähend in ihrer Kammer. Ihre Schwangerschaft war ein Stück weiter fortgeschritten, und sie hatte Mühe, eine halbwegs bequeme Sitzposition zu finden; sie hatte die Kissen in ihrem Rücken schon ein halbes Dutzend Mal zurechtgerückt.

Die Nachrichten aus Frankreich waren ein Triumph für Henry. Becket war mit großer Begeisterung empfangen worden. Unzählige Menschen hatten die Straßenränder gesäumt, das Schauspiel bejubelt und den König von England lautstark gepriesen, als ihnen mit verschwenderischer Großzügigkeit Münzen und Leckerbissen zugeworfen worden waren.

»König Louis' Bruder war von seinem Namensvetter, dem Affen, scheinbar sehr angetan«, erzählte Henry ihr grinsend, während Harry wie eine Klette an seinen Beinen hing. Henry tat so, als versuche er, ihn abzuschütteln, ohne dabei seine Hände einzusetzen. Sein Sohn aber umklammerte ihn mit einem festen Griff.

Alienor musste wider Willen lachen, als sie sich Robert, den Grafen von Dreux, mit einem Affen auf der Schulter vorstellte. »Ich schätze, er wird Wege finden, ihn so zu dressieren, dass er sich mit seiner Hilfe Vorteile verschaffen kann.«

»Thomas sagt, er hätte einen Höfling bemerken hören, wie reich und mächtig der König von England sein muss, wenn er seinen Kanzler mit einem so prunkvollen Gefolge zu ihnen schickt.«

»Wenn sie dich jetzt nur sehen könnten«, meinte sie mit hochgezogenen Brauen.

Henry kicherte. »Ha, von meinem eigenen Sohn gepiesackt! Ich ergebe mich, du gewinnst!« Er packte Harrys

Hände, ließ den vor Wonne quiekenden Jungen einen Moment lang auf seinem Bein reiten und hob ihn dann auf seine Schultern. »Der Sieger!«, rief er, dabei trabte er mit ihm quer durch die Kammer. »Thomas sagte, Louis wäre sehr erpicht auf die Verbindung, und der Weg für ernsthafte Verhandlungen wäre frei. Jetzt müssen wir unsere Ansprüche durchsetzen, und das heißt für mich, dass uns die Gebiete des Vexin als Mitgift der Braut übertragen werden, wenn die Hochzeit stattfindet.« Er beförderte Harry mit einem Purzelbaum an seinem Körper hinunter auf den Boden. Richard entwischte seiner Kinderfrau und krabbelte zu seinem Vater hinüber – entschlossen, sich seinen Anteil an der Aufmerksamkeit einzufordern. Henry hob ihn hoch; Richard war offenbar fasziniert von dem Gold und den Edelsteinen, die sein Vater trug und griff nach dem Kreuz und der Kette um dessen Hals. Henry schüttelte ihn behutsam ab. »Ich liebe diesen Jungen hier heiß und innig«, sagte er, »aber ich werde ihn noch mehr lieben, wenn er älter ist.« Da er einmal dabei war, seine Sprösslinge in Augenschein zu nehmen, betrachtete er die zweijährige Matilda, die still und ernsthaft mit ihrer Strohpuppe spielte.

»Ich hoffe, dieser Blick bedeutet nicht, dass du daran denkst, unsere Tochter jetzt schon zu verloben«, bemerkte Alienor spitz.

»Nicht, bevor mir ein gutes Angebot unterbreitet wird«, erwiderte Henry, ohne das Funkeln in seinen Augen unterdrücken zu können. »Ich …« Er drehte sich um, als Alienors Kaplan gemeinsam mit einem weiteren Gesitlichen den Raum betrat. Beide waren mit Schmutz bespritzt, und man sah ihnen die Erschöpfung einer langen Reise an. Ein Anflug von Furcht durchzuckte Alienor, als sie Robert, den Kaplan ihres Schwagers, erkannte.

»Sire, es gibt schlechte Neuigkeiten aus der Bretagne.« Robert kniete vor Henry nieder. »Es bekümmert mich, Euch mitteilen zu müssen, dass der Graf von Nantes an einem Quartanfieber gestorben ist.« Er hielt einen versiegelten Brief in die Höhe. »Wir konnten nichts tun; ich saß an seinem Bett, als seine Seele diese Welt verließ. Ich möchte Euch mein tief empfundenes Beileid ausdrücken.«

Alienor befahl den Kinderfrauen, die Kinder fortzubringen. Sie war schockiert, auch wenn sie keine Trauer empfand. Sie hatte Geoffrey immer gemieden, wenn es irgendwie möglich war; tatsächlich war sie erleichtert gewesen, als er den Hof verlassen hatte, um Graf von Nantes zu werden, aber mit so etwas hatte sie nicht gerechnet, seine Gesundheit war immer robust gewesen. »Es tut mir so leid«, sagte sie.

Henrys Lippen zuckten. »Im Grunde war nichts anderes von ihm zu erwarten. Ich habe ihm eine Position verschafft, in der er allen nützlich war und zum Wohl unserer Familie beitragen sollte, und er muss hingehen und sterben. Er hat mir bis zuletzt nichts als Verdruss bereitet. Gott sei seiner Seele gnädig.« Er wandte sich an den zu seinen Füßen knienden Kaplan. »Ihr seid direkt zu mir gekommen?«

»Ja, Sire.« Im Gesicht des Mannes spiegelten sich Verblüffung und Schreck über Henrys brüske Reaktion wider. Er ächzte laut, als er sich mit steifen Knien hochwuchtete.

»Was geschieht jetzt gerade in Nantes?«

»Das weiß ich nicht, Sire, ich bin sofort aufgebrochen und habe mich auf den Weg zu Euch gemacht.«

»Ihr könnt gehen.« Henry winkte mit der Hand. »Aber haltet Euch zur Verfügung, falls ich Euch später noch eingehender befragen muss.«

Als die beiden Kaplane den Raum verließen, begann Henry wie ein Löwe in einem Käfig auf und ab zu gehen. »Du weißt, was passieren wird«, sagte er zu Alienor. »Herzog Conan wird diese Gelegenheit nutzen, um Nantes einzunehmen, und das kann ich nicht zulassen. Ich werde die Situation erörtern, wenn ich Louis besuche, und sehen, was sich machen lässt.« Er gab einen ungeduldigen Laut von sich. »Warum in Gottes Namen musste dieser Narr das Zeitliche segnen, obwohl alles so gut lief? Fast bin ich geneigt zu glauben, dass er es getan hat, um mir Ärger zu bereiten.«

Alienor sah ihn an. Die Lautstärke seines Protests war ein Schild, so hart und schimmernd und dicht wie eine Narbe. »Ich nehme an, er wäre lieber am Leben geblieben«, gab sie zurück. »Du bist wütend, weil er nicht da ist, damit du ihn herumschubsen kannst, und weil sich die Umstände geändert haben.«

Er warf ihr einen gereizten Blick zu, der sie warnte, dass sie sich auf gefährliches Terrain begab. »Ich brauche noch mehr Informationen. Was mir Sorgen macht, ist die Gefahr von dem, was in der Lücke geschieht, die sein Tod hinterlässt. Trauer bringt ihn nicht zurück.«

»Nein, aber sie könnte dir helfen, deinen Weg weiterzugehen.«

»Du schwatzt Frauenunsinn«, fauchte er. »Mein Kummer besteht darin, dass er die Zügel in der Bretagne nicht länger in den Händen hält. Wir wollen hoffen, dass Boten mit mehr als Beileid im Gepäck unterwegs sind.«

Alienor unterdrückte ihren Ärger und unternahm einen neuerlichen Versuch. »Deine Mutter muss es erfahren.«

Henry straffte die Schultern, als bürde er sich eine Last auf. »Ich werde sie auf dem Weg nach Frankreich besuchen.«

»Es ist schwer für eine Mutter, ein Kind zu verlieren, egal wie alt es ist und selbst nachdem sie jahrelang keinen Kontakt hatten«, erwiderte Alienor weich. »Es bleibt immer ein

Teil von dir, denn du hast es neun Monate lang im Leib getragen.« Sie hielt inne, um sich zu fassen, weil sie an Will dachte, der nur eine so kurze Zeit auf der Welt geweilt hatte. Henry würde nicht zulassen, dass sie diesen speziellen Verlust erwähnte. Sie trat zu ihm und legte ihm eine Hand auf den Arm. »Selbst wenn du keine große Trauer empfindest, tut es mir trotzdem leid.«

Er sagte nichts, blickte aber nach einem Moment auf ihre Hand hinab und bedeckte sie mit seiner eigenen. Dann räusperte er sich, murmelte, dass er sich nach dieser Nachricht um einige Dinge zu kümmern hätte, und zog sich zurück.

Alienor rief nach ihrem Schreiber und begann einen Kondolenzbrief an ihre Schwiegermutter zu verfassen.

13

Sarum, Wiltshire, November 1158

Der starke Regen der letzten zwei Tage hatte die Straßen in zähflüssigen Schlamm verwandelt. Obwohl das Wetter nicht kalt genug war, um den Regen in Schnee umschlagen zu lassen, war die Luft eisig und Alienor trotz ihres pelzgefütterten Umhangs bis auf die Knochen durchgefroren. Sie und ihr Gefolge kämpften sich durch das feuchte Wetter zu dem königlichen Palast von Sarum durch, der auf einem luftigen Hügel über den windgepeitschten Wiltshire Downs lag. Die Aussicht war grau und trostlos; der Regen fühlte sich wie Nadeln auf ihren Gesichtern an und zwang sie, aus halb geschlossenen Augen auf den unebenen Weg zu blinzeln.

Alienors jüngstes Kind, der zwei Monate alte Geoffrey, reiste in einem bequemen Packpferdtragekorb, der mit Vliesen und Decken ausgefüllt war. Seine Wangen waren so rosig wie Äpfel, und er blickte sich voller Interesse um, wobei sein kleines Gesicht von einem überhängenden Planenstück aus gewachstem Segeltuch geschützt wurde. Dieser dritte Sohn, der die Thronfolge sicherte, war nach seinem Großvater väterlicherseits, Geoffrey le Bel, Graf von Anjou, benannt worden. Er war ein ruhiges Baby, und obwohl er erst seit September auf der Welt war, hatte Alienor bereits entschieden, dass er ein aufmerksames Kind werden würde, ein Denker und Abwäger.

Boten aus der Normandie waren mit der Nachricht bei ihr eingetroffen, dass sich Henrys Geschäfte in Frankreich zufriedenstellend entwickelten. Er und Louis hatten einer formellen Verlobung Harrys mit der kleinen Prinzessin Marguerite zugestimmt. An dem Tag, an dem das junge Paar heiratete, würde Louis das Gebiet des Vexin zusammen mit drei strategisch wichtigen Festungen abtreten, und in der Zwischenzeit wurden diese Burgen von den Templern treuhänderisch verwaltet.

Während sie beim Reiten über die Angelegenheit nachdachte, rümpfte Alienor nicht nur wegen des Regens die Nase. Louis hatte als Teil der Abmachung darauf bestanden, dass sie mit Marguerites Erziehung nichts zu tun hatte, und hatte verfügt, dass das Kind an einem anderen Ort aufgezogen werden musste. Alienor fragte sich, welchen schädlichen Einfluss sie Louis' Ansicht nach auf das Mädchen ausüben würde, sollte es in ihrer Obhut verbleiben. Dass sie es lehrte, welch perfide Lügner die Männer waren, die Frauen ohne mit der Wimper zu zucken hintergingen und betrogen? Henry war ohne Proteste auf diese Bedingungen eingegangen, was Alienor nicht wunderte. Aber das zählte nicht. Sie hatte Harry, Richard und jetzt Geoffrey, die sie im Moment noch in ihrem Sinne beeinflussen konnte. Wenn sie ihre Sache gut machte, würden die Bande stark bleiben. Und wenn Harry und Marguerite heirateten, würde Louis sie nicht mehr von dem Mädchen fernhalten können, und sie konnte es mit schwiegermütterlichem Rat lenken.

Die Boten brachten auch die Nachricht, dass Henry die Situation in der Bretagne geklärt hatte. Herzog Conan hatte Nantes nach Geoffreys Tod für sich beansprucht, aber später kapituliert, als Henrys Armee, die mit der Billigung Frankreichs handelte, eingezogen war. Es wurde eine Übereinkunft der Art getroffen, dass Conan Henry den Treueeid schwor und vorerst in dessen Namen in Nantes regierte.

Aus den Briefen, die Alienor erhielt, schloss sie, dass sich zwischen Henry und Louis ein geradezu herzliches Verhältnis entwickelt hatte, das sogar so weit ging, dass sie gemeinsam die Abtei Mont Saint-Michel besuchten und dort die Nacht im Gebet verbrachten. Diplomatische Beziehungen waren schön und gut und Frieden zwischen England und Frankreich für längerfristige Politik unerlässlich, aber Alienor misstraute dieser Freundlichkeit zwischen Henry und ihrem früheren Mann zutiefst. Es konnte sich um eine bloße List Henrys handeln, aber sie wurde das Gefühl nicht los, dass sie ausgeschlossen wurde und dass bei beiden Männern eine Absicht dahintersteckte.

Die weißen Mauern und Türme von Salisbury kamen in dem trüben Nebel näher, und Rauchgeruch von Kaminfeuern wehte zu der königlichen Reisegruppe hinüber. Alienor dankte Gott dafür, dass sie bald im Trockenen und Warmen sitzen würden. Meilenlang hatte die Landschaft aus feuchtem Gras, Schafen und Regen bestanden, und es war ihr allmählich so vorgekommen, als würden sie auf den Rand der Welt zusteuern.

Der Wind blies ihnen ins Gesicht, als sie den Hang zu dem befestigten Palast bewältigten. Auf dem höheren Gelände mischte sich Schnee in den Regen. Das Baby, das sich bislang musterhaft brav verhalten hatte, begann in seinem Korb zu greinen. Alienor konnte hören, dass Richard ebenfalls quengelte und Hodierna versuchte, ihn zu beruhigen. Sie erschauerte. Von irgendwoher meinte sie die Worte ›*Das ist ein gottverlassener Ort*‹ zu vernehmen. Aber wie konnte das sein, wenn er weiß in dem grauen Novembertag schimmerte und sie die Glocken der Kathedrale zur Gebetsstunde läuten hören konnte?

Sie ritten durch das Tor und in den Hof, wo Dienstboten bereitstanden, um ihre Pferde zu nehmen und sie in die königlichen Gemächer zu geleiten. Ein helles Feuer prasselte im Kamin und verbreitete Wärme im Raum. Auf einem mit einem weißen Tuch bedeckten Tisch standen Krüge mit heißem gewürztem Wein und Schalen voll von dampfender Fleischbrühe mit Brotstückchen bereit, um die Reisenden zu stärken. Geoffreys Amme Edith setzte sich auf eine Bank, um ihn zu stillen, und Hodierna tat dasselbe mit Richard, der diese Nahrung kaum noch benötigte, aber Trost aus dem Ritual zog.

In Pelze gehüllt, trank Alienor einen Becher von dem gewürzten Wein, hielt die Hände an das Feuer und sog die Wärme in sich auf. Auf einem Seitentisch warteten verschiedene Dokumente darauf, dass sie sich mit ihnen befasste, aber sie würde sie später durchsehen, wenn sie sich etwas erholt hatte. Die Tuchballen, die sie von Winchester hierhergeschickt hatte, waren eingetroffen, also konnten Wintergewänder für das Weihnachtsfest in Cherbourg geschneidert werden. Es gab dicke, schwere rote Wolle, gewebten Damast aus Italien und weißes Leinen aus Cambrai für Hemden. Alienor strich mit den Fingern über den Stoff, erfreute sich an den satten Farben und der Beschaffenheit. Wenn ihr auch sonst vieles verwehrt blieb, diese Dinge konnte sie haben, es kostete sie nur ein Fingerschnippen und ein paar Worte. Sie verfügte über Reichtum und hatte Menschen um sich, die ihre Befehle ausführten und in jeder Hinsicht für ihr Wohlergehen sorgten.

Auf ihre Anweisung hin betraten ihre Musikanten die Kammer, um für sie zu spielen und zu singen. Von kleinen Kohlebecken stiegen silbrige, duftende Weihrauchschwaden auf, und die Hitze des Feuers ließ ihre Finger prickeln. Ihr Leben war wie diese Festung hoch oben auf ihrem abgelegenen, windigen Hügel. Eine Realität spielte sich im Inneren ab, die andere draußen. Das Heulen des Windes vor den Fensterläden klang trostlos, und sie befand sich am Ende der Welt, weit weg von Aquitanien.

An einem anderen Feuer in Rouen streckte Henry seine Beine zur Glut hin aus und musterte den König von Frankreich. Louis faszinierte ihn. Oberflächlich betrachtet wirkte er sanftmütig und leicht beherrschbar, aber er hatte noch eine andere Seite, die Henry nicht ganz zu erfassen vermochte: einen tief in seinem Inneren verborgenen dünnen, rasiermesserscharfen Splitter aus Stahl. Sie hatten sich beim Schachspiel eine Karaffe Wein geteilt, und jeder hatte eine Partie gewonnen. In gegenseitiger diplomatischer Übereinkunft hatten sie auf eine dritte verzichtet. Dann hatten sie sich über Frauen unterhalten, und schließlich ließ es sich nicht mehr vermeiden, auch über Alienor zu sprechen, die fünfzehn Jahre mit Louis verheiratet gewesen war, bis ihre Ehe annulliert worden war. In all diesen Jahren hatte sie Louis nur zwei Töchter geboren, wohingegen sie Henry in sechs Jahren bereits vier Jungen und ein Mädchen geschenkt hatte. Keiner der beiden Männer erwähnte diesen Umstand, aber das Wissen darum belastete die Stimmung zwischen ihnen.

»Alienor hat immer gern gewisse Dinge geheim gehalten.« Louis faltete seine langen, blassen Hände unter dem Kinn. »Sie ist Verbindungen mit anderen am Hof eingegangen, und es gab oft Kleinigkeiten, die sie für sich behalten hat – so wie es Frauen tun, die heimlich miteinander tuscheln. Dinge, in die sie mich nicht eingeweiht hat, obwohl sie es hätte tun müssen.« Louis tippte gegen die Seite seines Kelches. »Es liegt in ihrer Natur, sich widerspenstig zu zeigen, und deswegen konnte ich ihr nie vertrauen.«

Henry erwiderte nichts darauf. Ihm waren die Dinge, die Louis erwähnt hatte, selbst aufgefallen, aber er würde nicht so weit gehen, ihm zuzustimmen. Damit würde er schließlich einem Mann, der trotz aller Kameradschaft sein Rivale war, Wissen und Macht in die Hand geben. Außerdem übertrieb Louis wahrscheinlich, um Unfrieden zu stiften. Verhielte es sich andersherum, hätte Henry dasselbe getan. Er wusste, wie er mit Alienor fertigwurde; auf diesem Gebiet war er kein Narr wie Louis. »Ich denke, wir verstehen uns«, sagte er.

Louis nickte. »Dann wollen wir das Thema ruhen lassen«, meinte er mit einem zufriedenen Glitzern in den Augen. »Ich wollte Euch nur einen guten Rat geben.«

Ende Dezember versammelte sich der angevinische Hof für das Weihnachtsfest in Cherbourg. Am Abend der Wintersonnenwende hatte es geschneit, und die Landschaft wirkte wie Hermelinpelz, der silbern schimmerte. Der Himmel erstrahlte in einem reinen, winterlichen Blau, aber es war bitterkalt, und allem haftete ein scharfes kristallenes Glitzern an. Das Wasser war in den Fässern gefroren; Eiszapfen hingen von den Dachtraufen und Regenrinnen herab, und die Straßen und Wege waren mit Stroh und Asche bestreut worden, um sie rutschfest zu machen. Rotwangige Kinder bastelten Schlitten und lieferten sich Schneeballschlachten, während sich die Älteren die Schienbeine von Ochsen unter die Füße schnallten und auf dem zugefrorenen Fischteich Schlittschuh liefen. Die alten Leute tasteten sich mit Gehstöcken in beiden Händen vorsichtig vorwärts und beteten um Tauwetter.

Henry freute sich, als Alienor zwei Tage vor Weihnachten aus England eintraf, und war entzückt von seinem neuen Sohn. »Was für ein prachtvoller kleiner Mann.« Er kitzelte ihn unter dem Kinn und lächelte Alienor an. »Ihr habt Eure

Sache gut gemacht, Madam. Noch ein Junge für unsere Dynastie.«

Sie neigte den Kopf und nahm das Kompliment in der Öffentlichkeit anmutig entgegen. Nach der langen Reise war sie durchgefroren und sehnte sich nur noch nach einem warmen Raum und einer Mahlzeit, aber die Gebote der Höflichkeit und die Rituale mussten beachtet werden.

Als Nächstes wandte sich Henry an Harry, der gleichfalls in Pelze gehüllt war und von der Kälte gerötete Lippen hatte. »Und da ist ja unser junger Bräutigam!« Er tätschelte Harrys Kopf. »Lass mich sehen, wie viel du gewachsen bist. Ha! Du reichst mir schon bis zum Oberschenkel!«

Harry blähte die Brust. Alienor kniff angesichts der Erwähnung der Hochzeit von Harry und Louis' Tochter die Lippen zusammen.

Henry hob Matilda hoch, um sie zu küssen und tat dann dasselbe mit Richard, der in Hodiernas Armen zappelte. Dann wandte er sich wieder an Alienor. »Ich weiß, dass du frierst und erschöpft bist«, sagte er. »Ich bin nicht blind für deine Bedürfnisse, auch wenn du das denkst. Ich habe eine Mahlzeit in deine Kammer bringen und den Raum herrichten lassen.«

Alienor musterte ihn überrascht und hätte ihn fast gefragt, was er von ihr wollte, entschied sich dann aber, nichts zu sagen. Sie hatte ihn fast ein Jahr lang nicht gesehen, und wenn er versuchte, sich Mühe zu geben, sollte sie das auch tun. »Danke.« Sie schenkte ihm ein aufrichtiges Lächeln, das er erwiderte.

Die Kammer wirkte tatsächlich einladend. Die Fensterläden waren geschlossen, ein dicker Vorhang davor war zugezogen, und der Raum erstrahlte in dem warmen goldenen Licht des Feuers und der Kerzen. Der sinnliche Duft ihres

Lieblingslampenöls erfüllte die Luft. Sie bemerkte, dass zwei neue Bücher auf einer Truhe lagen, und warf Henry einen Blick zu, bevor sie die Werke inspizierte. Eines hatte einen Einband aus Elfenbeintafeln, die mit kleinen Edelsteinen besetzt waren.

»Ich dachte, du hättest vielleicht gern etwas zu lesen«, sagte er. »Mir hat das Werk von Geoffrey of Monmouth gut gefallen, und das andere Buch enthält geistliche Lieder in der *Lengua Romana*. Du musst mir sagen, was du von ihnen hältst.«

Sie schwankte zwischen Misstrauen und Freude. Vielleicht war dies seine Art, sie versöhnlich zu stimmen, nachdem sie lange gegen das Ehebündnis mit Frankreich protestiert hatte. Falls das zutraf, ging sein Plan nicht auf, aber seine Bemühungen konnte sie dennoch genießen. So, wie sie Henry kannte, führte er wahrscheinlich etwas im Schilde.

Vor dem Feuer standen Speisen und Getränke bereit. Es gab Brot, eine Auswahl an Käse, kleine, mit Zucker bestäubte Dattel- und Nusspasteten, Quarktörtchen und Brühe mit Brot für die Kinder.

Henry setzte sich, um mit ihr zu essen, und obwohl es Alienor gefiel, einen Moment nicht an politische Belange zu denken, empfand sie die Situation dennoch als beunruhigend, da Henrys momentanes Verhalten eher untypisch für ihn war. Ihn dazu zu bringen, sich hinzusetzen, war normalerweise fast unmöglich.

Endlich entspannte sie sich gesättigt und aufgewärmt vor dem Kamin und trank gesüßten Gewürzwein, während Henry den Kindern eine Geschichte von einem König namens Wenzeslaus und von der Macht und Frömmigkeit antiker Herrscher erzählte. Matilda kletterte auf seinen Schoß und rollte sich wie ein kleiner Hund zusammen, indem sie die

Fäuste unter ihr Kinn schob. Henry streichelte ihr lächelnd den Rücken und blickte über das Feuer hinweg zu Alienor hinüber.

Endlich brachten die Kinderfrauen ihre Schützlinge zu Bett und ließen ihre Eltern alleine. Alienor war müde von der Reise, aber blieb trotz aller Schläfrigkeit wachsam, als Henry sich zu ihr auf die Bank setzte und sie in die Arme schloss. »Hast du mir verziehen?« Er liebkoste ihren Hals.

Sie drehte sich zu ihm, spürte seine festen Muskeln und seine Kraft. »Warum sollte ich dir je verzeihen, dass du mich hintergangen und hinter meinem Rücken unseren Sohn mit der Tochter meines früheren Mannes verlobt hast?«, wollte sie wissen.

Henry knabberte an ihren Ohrläppchen und schloss eine Hand über ihre Hüfte. »Und wenn ich dir sagen würde, dass ich dir zum nächsten Weihnachtsfest Toulouse schenke? Würdest du mir dann verzeihen?«

Das Wort ›Toulouse‹ fühlte sich an, als wäre sie von einem umherfliegenden Funken getroffen worden. Plötzlich hellwach richtete sie sich in seinen Armen auf.

»Ja«, bestätigte er mit einem breiten Grinsen. »Da ich eine Friedensübereinkunft mit Louis getroffen habe, kann ich mich damit befassen, Toulouse zurückzuerobern und als Juwel unserem Herrschaftsgebiet einzuverleiben. Am Tag der Sommersonnenwende ziehe ich ein Heer zusammen. Thomas kümmert sich um die Einzelheiten. Es wird die größte Armee seit der sein, die Louis nach Antiochia geführt hat, als ich noch ein Junge war.«

Alienor erschauerte bei seinen Worten. Sie war ein Teil dieses Unterfangens mit all seiner grimmigen Entschlossenheit, seines Pomps und schließlich seines kläglichen Scheiterns gewesen. Auf dieser Reise hatte sie gelernt, ihren ersten Mann zu hassen. »Dann wollen wir hoffen, dass du mehr Erfolg hast als er.«

»Ah, verdirb doch nicht alles«, protestierte Henry. »Einem geschenkten Gaul schaut man bekanntlich nicht ins Maul. Und du hast meine Frage immer noch nicht beantwortet.«

Alienor schlang die Arme um seinen Hals und öffnete leicht die Lippen. »Ich würde dir fast alles verzeihen, wenn du Toulouse erobern würdest«, flüsterte sie.

»Fast alles?« Er hob sie hoch und trug sie zum Bett.

»Ich habe es dir gesagt«, erwiderte sie. »Betrachte mich nicht als etwas Selbstverständliches, Henry, und versprich mir nicht Toulouse, wenn du dein Versprechen nicht hältst.«

»Vertrau mir.« Er streifte seine Tunika und sein Hemd ab und entblößte einen muskulösen Oberkörper mit einem Kreuz rotbraunen Haares, das hinunter zu einem dichten Büschel in seiner Leistengegend verlief. »Ich werde dich nicht enttäuschen.«

Alienor war begierig darauf, wieder das Bett mit ihm zu teilen und sein leidenschaftliches Liebesspiel zu genießen; es war lange her, und ihr eigenes Verlangen war stark; aber trotz aller Lust, die sie verspürte, traute sie ihm nicht über den Weg.

14

Poitiers, Hochsommer 1159

Frühes Morgenlicht strömte durch die offenen Fensterläden, erreichte das Fußende des Bettes und ließ einen Teil der bestickten Leinendecke strahlend weiß aufleuchten. Henry drehte sich um, küsste Alienors Hals und fuhr mit der Hand über ihre entblößte Hüfte. Sie sah ihn schläfrig an. Durch die Sommersonne war Henrys sommersprossige blasse Haut im Gesicht und an den Händen leicht gebräunt und zeigte, wie viel Zeit er im Sattel verbracht hatte. Die anderen Stellen seines Körpers, die während des Reitens von Kleidung bedeckt waren, wiesen die Farbe frischer Milch auf. Alienors Haar lag gelbbraun schimmernd auf seinem Arm. Vor einiger Zeit hatte sie ein paar silberne Strähnen in dem Gold entdeckt und sie rücksichtslos ausgerissen, um die Perfektion des wogenden Goldes zu erhalten.

Henry umschloss ihre Brust, küsste ihren Mund und umspielte ihre Lippen mit der Zunge, aber es war kein Vorspiel, sondern ein letztes Auskosten, bevor er sich zurückzog und sich seufzend aufsetzte. »So gerne ich auch bei dir bleiben würde – ich muss in deinem Namen eine Stadt erobern, und eine Armee wartet auf meine Befehle. Mein Kanzler schreitet inzwischen wahrscheinlich unaufhörlich durch sämtliche Räume, um das Leder seiner Schuhe abzuwetzen.« Er grunzte belustigt. »Die Vorstellung, Soldat zu spielen, scheint Thomas' Fantasie beflügelt zu haben.«

Alienor gähnte und räkelte sich. »Er ist wie du – in mancher Hinsicht.«

»Ha! Wie kommst du denn darauf?«

»Er liebt die Macht, und er liebt es, die Zügel in der Hand zu halten und Kontrolle über andere auszuüben.«

»Mir kann er keine Befehle erteilen«, gab Henry scharf zurück. »Er ist mein Kanzler und tut, was ich ihm sage. Ich übertrage ihm Verantwortung, aber ich bin der König, und mein Wort ist Gesetz.«

Sie begriff, dass sie einen wunden Punkt getroffen hatte. »Thomas hält sich für den Stellvertreter des Königs«, erwiderte sie. »Er steigert seine Wichtigkeit durch extravagante Ausgaben und stellt seinen Wohlstand gerne zur Schau. Er veranstaltet üppige Feste, und sogar seine Alltagstuniken sind mit Seide gesäumt. Alles Dinge, von denen er offenbar findet, dass du als König sie tun solltest. Er möchte seine bescheidene Herkunft verbergen. Doch die Menschen durchschauen natürlich trotzdem, wie unvermögend er einmal war, weil er gerade durch dieses Verhalten die allgemeine Aufmerksamkeit darauf lenkt.«

»Aber ich bin ganz und gar nicht so«, gab Henry zu bedenken. Er stieg aus dem Bett, schlüpfte in seine Hose und schloss den Gürtel. »Ich mache mir nichts aus Prunk und Pomp. Ich habe meine Krone auf den Altar der Kathedrale von Worcester gelegt, weil ich es leid war, viermal im Jahr das Gewicht von dem Ding zu ertragen. Von mir aus soll sich Thomas Seide und Luxus gönnen und alles in meinem Namen zur Schau stellen, weil das bedeutet, dass ich mich nicht mehr damit abgeben muss. Soll er doch so seine Bedeutung unterstreichen – was macht das schon?« Er stemmte die Hände in die Hüften. »Ich bin immer noch der König, ob ich nun in meinen Hosen oder in Gewändern aus Hermelinpelz und Seide hier stehe. Und er ist und bleibt mein Diener.«

Alienor hob ihr Haar mit beiden Händen an und warf es sich über die Schulter. »Ja, aber oftmals sind Beckets Ideen die Münze, die du mit deinem Hammer prägst.«

»Aber ich entscheide, wann dieser Hammer zum Einsatz kommt und wann nicht.« Henry küsste sie noch einmal, bevor er den Raum verließ, aber sein Blick war nachdenklich geworden.

Die Armee, die sich versammelte, um nach Toulouse vorzurücken, brachte es fast auf die Stärke einer Kreuzfahrertruppe. Thomas Becket, der das Kommando über siebenhundert Ritter führte, hatte seine geistlichen Gewänder durch ein Kettenhemd ersetzt. Eine kunstvoll gearbeitete Scheide, aus der der rote Ledergriff eines kostbaren Schwertes herausragte, hing an seiner linken Hüfte. Von derselben Energie angetrieben, die er bei der Organisation der Verlobungsparade in Paris im letzten Jahr an den Tag gelegt hatte, hatte er in England und der Normandie Steuern erhoben, um den Krieg mit einer Summe in Höhe von neuntausend Pfund zu finanzieren.

Trotz ihrer warnenden Worte war Alienor über die Leistung des Kanzlers hocherfreut. Der Anblick dieser enormen Anhäufung von Menschen und Mitteln erfüllte ihr Herz mit wildem Stolz und Vorfreude. Ein solches Unterfangen musste zum Fall von Toulouse führen, und wenn sie schließlich wie einst ihre Vorfahren in ihrem Staatsgewand in der großen Halle des Château Narbonnais saß und als Herrin von Toulouse Recht sprach, würde sie vielleicht zu dem Schluss gelangen, dass dies alles den gezahlten Preis wert gewesen und die Welt wieder in Ordnung gebracht worden war.

In einer anderen Kammer des Palastkomplexes nahm Isabel de Warenne Abschied von ihrem Mann, der sich auf seinen Aufbruch vorbereitete. Die Armee, die Toulouse einnehmen sollte, verließ Poitiers um der Stadtbewohner und ihrer Herzogin willen in voller Kriegstracht. Isabel hatte William selten in voller Rüstung gesehen; für gewöhnlich trug er diese nur fernab der Heimat im Kriegslager. Sein Anblick im Kettenhemd, dem Überwurf aus blau und gelb gewürfelter Seide und dem um die Taille geschlungenen Schwertgurt jagte Isabel einen Schauer aus Furcht und Stolz über den Rücken. Er hatte vor Kurzem bei ihr gelegen, und sie betete, dass diesmal daraus ein Kind entstanden war.

»Du siehst prächtig aus.« Sie berührte seinen Arm, dessen warme Haut jetzt von harten Stahlnieten bedeckt war.

Er schenkte ihr ein abgespanntes, sorgenvolles Lächeln. »Ich werde in dieser Rüstung vor Hitze umkommen. Ich hoffe nur, wir müssen nicht allzu weit reiten, bevor wir Halt machen, um sie abzulegen. Wir sind noch nicht einmal aufgebrochen, und ich kann nur daran denken, dass ich froh sein werde, wenn dieser Feldzug vorbei ist.«

Sie fröstelte leicht. »Ich auch.«

»Ja.« Er sah unter seinen dichten dunklen Wimpern hervor auf sie hinunter. Ihr Herz zog sich zusammen. Sie wollte die Sorgenfalten auf seiner Stirn wegwischen und dafür sorgen, dass alles wieder gut war.

»Ich werde dich vermissen«, sagte sie. »Pass auf dich auf, bis ich nach Toulouse komme.«

Er rückte das Halsband seiner Kettenhaube mit einem Zeigefinger zurecht. »Letzte Nacht habe ich von dir geträumt. Ich wusste, dass du da warst; ich konnte dich spüren und den Duft deiner Haut riechen, aber ich konnte dich nicht sehen oder finden. Und dann erwachte ich und merkte, wie du dich über mich beugtest und dein Haar meine Wange kitzelte.«

»Ich bin hier«, beschwichtigte sie ihn. »Ich werde immer hier sein.«

Er nahm sie in die Arme und küsste sie erneut – grob und fast verzweifelt. Als er sie aus seiner Umarmung freigab, taumelte sie zurück. Sein Ungestüm bewegte und beunruhigte sie. Während sie noch immer darum rang, nicht das Gleichgewicht zu verlieren, verließ er den Raum und blieb nur an der Tür kurz stehen, um ein letztes Mal über seine Schulter zu blicken, bevor er die Stufen zum Hof hinunterlief.

Isabel trat zum Fensterbogen. Sie spürte den Druck seines Kusses noch immer feucht auf den Lippen, und in ihrem Magen hatte sich ein flaues Gefühl ausgebreitet. Sie hasste es, Abschied zu nehmen. Nur zu gut erinnerte sie sich daran, wie ihr Vater aufgebrochen war, um sich König Louis auf der Straße in das Heilige Land anzuschließen, und er war nicht zurückgekehrt. Er hatte noch nicht einmal ein Grab. Seine Knochen lagen irgendwo auf den hohen Hängen eines Berges in Anatolien, wo die Türken ihn abgeschlachtet und zum Verrotten liegen gelassen hatten. Auch er hatte seine Rüstung getragen, als er sich von ihr verabschiedet hatte und war mit diesem letzten Blick über die Schulter aus dem Raum geeilt. Männer und ihre Kriege. Wie sie sie hasste.

Henry brach in schimmernder Rüstung an der Spitze einer langen Kolonne von Rittern nach Toulouse auf. An Speeren befestigte Banner wehten im Sommermorgenlicht. Die Stadtbewohner hatten sich entlang der Straße aufgestellt, um das Spektakel zu verfolgen und Blumen zu werfen, oder sie beugten sich von Balkonen und Galerien hinunter, um den Soldaten zuzujubeln. Andere rannten mit Geschenken in Form von

Brot, Käselaiben und geräucherten Würsten aus ihren Häusern. Alienors Herz schwoll vor Stolz, als sie Henry auf seinem tänzelnden weißen Hengst beobachtete; noch bevor sie die Mauern von Poitiers hinter sich gelassen hatten, wirkte er wie der heldenhafte Eroberer.

Harry stand mit einer Krone auf dem Kopf neben ihr. Sein Gesicht erstrahlte angesichts dieses kriegerischen Umzugs. Hodierna hielt den kleinen Richard in die Höhe, damit er seinen Vater davonreiten sehen konnte, und der Junge fuchtelte mit den Armen und schrie aus Leibeskräften.

»Wenn du deinen Papa wiedersiehst, gehört Toulouse uns«, erklärte Alienor ihrem Sohn.

»Wann wird das sein?«, wollte Harry wissen.

»Bald, mein Liebling.« Alienor holte tief Atem. Sie empfand Furcht und Freude zugleich. »Sehr bald.«

Am späten Nachmittag war der Sommertag stickig und heiß. Trockene Blitze verliehen den Wolken einen gespenstischen milchig violetten Schein. Seit Mittag war Donner zu hören, und trotzdem hatte noch kein erlösender Regen eingesetzt. Henrys Armee war eifrig damit beschäftigt, in Sichtweite der Mauern von Toulouse ihr Lager aufzuschlagen. Auch die Stadt selbst hob sich dunkel von den unheimlichen Lichtblitzen ab.

Hamelin spürte den Druck des Unwetters als quälenden Kopfschmerz, der in seinem Schädel hämmerte. Es war ein langer, heißer Tag im Sattel gewesen, und sein Hemd und seine Tunika waren schweißgetränkt. Mücken umschwirrten seine feuchte Haut, und er schlug mit dem Handrücken nach ihnen.

Henry stand mit gespreizten Beinen und in seinen Gürtel gehakten Händen da und betrachtete die Stadt. Auf seinem sonnenverbrannten Gesicht lag ein starrer, entschlossener Ausdruck. Becket, der neben ihnen stand, musterte die Mauern mit dem scharfen Blick eines auf seine Beute fixierten Falken.

Obwohl sie auf ihrem Weg Erfolge verbucht hatten, war bislang nichts vollständig nach Plan verlaufen. Die Hoffnung, Raymond von Toulouse würde sich von der Größe und Stärke der gegen ihn ins Feld ziehenden Armee einschüchtern lassen und aufgeben, hatte sich nicht erfüllt. Stattdessen hatte er sich in der Stadt verschanzt und alle Drohungen, Forderungen und diplomatischen Gesten ignoriert. Henry hatte nicht aufgehört, ihn unter Druck zu setzen; Cahors war als Warnung geplündert und niedergebrannt worden, aber Raymond hatte gerade erst seine Mauern verstärkt und seine Vorräte aufgestockt.

Louis hatte sich als Vermittler angeboten, was Henry abgelehnt hatte, da er wusste, dass dieser lediglich den Angriff auf Toulouse verhindern wollte. Louis' Schwester Constance war Raymonds Frau, und Louis verfolgte hier persönliche Interessen. Doch vor zwanzig Jahren, als er noch mit Alienor verheiratet gewesen war, hatte er selbst einmal versucht, Toulouse einzunehmen und steckte daher in einer moralischen Klemme.

»So, meine Herren«, sagte Henry. »Dies ist die Nuss, die es zu knacken gilt.«

Hamelin verzog das Gesicht und rieb sich mit einem wassergetränkten Tuch über den Nacken. Die Stadt versorgte sich über den Fluss, und die Spannweite ihrer Mauern machte eine Umzingelung zu einer enormen Herausforderung. Sie verfügten zwar über eine große Anzahl von Männern, doch ihre Zeit war begrenzt. Trotz der großen Menge zusammengetragener Vorräte und der sorgfältigen Vorbereitung dieses Feldzuges reichten Henrys Mittel nur aus, um seine Söldner dreizehn Wochen lang zu bezahlen. Wenn das Geld aufgebraucht war, war der Feldzug beendet.

»Wir können es sch-schaffen.« Beckets Gesicht war vor Entschlossenheit grimmig verzerrt. »Wir kamen zwar in der Hoffnung hierher, dass Graf Raymond zu Verhandlungen bereit sein würde, aber uns w-war auch bewusst, dass es zu Kämpfen kommen könnte.«

Hamelin musterte ihn. Die Vorbereitungen und die Organisation hatten allein in Beckets Händen gelegen, und sein Ruf hing vom Erfolg des Unternehmens ab. Henry verlangte Wunder, und bislang hatte Becket sie vollbracht. Aber Hamelin zweifelte an Beckets Fähigkeit, auch dieses ganz spezielle Wunder herbeiführen zu können. Sein Stottern war heute besonders ausgeprägt, und das war kein gutes Zeichen.

»Ich werde Raymond von Toulouse morgen ein Ultimatum stellen«, verkündete Henry. »Und wenn er mir nicht bis Mittag seine Antwort ausrichten lässt, wird er mit den Konsequenzen leben müssen.« Er wandte sich ab, um einem seiner Baumeister Anweisungen bezüglich der Belagerungsgeräte zu erteilen, die bereits aus den in den Gepäckkarren mitgeführten Einzelteilen zusammengesetzt wurden. »Ich will, dass sie morgen früh fertig und schussbereit sind, damit Raymond sie sofort sieht, wenn er aufsteht.«

Der Himmel hatte jetzt die Farbe von schwarzer Kohle angenommen, und die trockenen Blitze wirkten wie von einem Hammer erzeugt, der auf einen Amboss trifft. Ein heißer Wind wehte durch das Lager und blähte die Zeltwände wie Segel auf. Henrys Adjutanten war es unter großer Kraftanstrengung und mit Hilfe zusätzlicher Zelthaken gelungen, den königlichen Pavillon aufzustellen, ein großes Rundzelt aus roter und goldener Leinwand, das genug Platz für Henrys Bett und seine sonstigen Besitztümer bot.

»Kommt«, befahl Henry brüsk. »Wir müssen einen Feldzug planen.« Er schickte Knappen und Herolde los, um die anderen Lords seines Beraterkreises herbeizurufen, und betrat das Zelt. Aus einer der Truhen, die kürzlich hereingebracht worden waren, nahm er eine zusammengerollte Karte von Toulouse, breitete sie auf dem Tisch aus und beschwerte sie mit einem Becher, einem Messer und einem großen Brotlaib. Da es so dunkel war, waren Lampen entzündet worden, deren Flammen bei jedem Luftzug, der durch die Zeltklappen wehte, gespenstisch über die Wände tanzten. Hamelin schenkte sich aus einem Krug Wein ein, der auf der Truhe stand. Er kam frisch vom Weingut und war dementsprechend sauer, doch er stürzte ihn trotzdem hinunter.

Einer von Henrys Kundschaftern stieg draußen vor dem Zelt von seinem schwitzenden Pferd und verkündete lautstark, dass es Neuigkeiten gab.

»Sire.« Vor Anstrengung keuchend, kniete der Mann nieder und senkte den Kopf.

»Was gibt es?«, fragte Henry. »Schnell, sag es mir.«

»Es geht um Toulouse, Sire«, stieß der Kundschafter hervor. »Der König von Frankreich ist eingetroffen und bereitet sich darauf vor, die Stadt gegen Euch zu verteidigen.«

»Was sagst du da?« Ein Ausdruck äußerster Verblüffung huschte über Henrys Gesicht. »Wie kann das sein?«

»Es ist wahr, Sire, ich schwöre es. Einem unserer Spione in der Stadt gelang es, mir eine Nachricht zu schicken. Gerade jetzt werden Louis' Banner auf der Brustwehr des Château Narbonnais gehisst.«

»Bei dem Blut an den Händen Christi, ich glaube es einfach nicht!« Henry stapfte aus dem Zelt, um durch die violette Dunkelheit zu den Stadtmauern hinüberzublicken und sah über den Zinnen Blitze tanzen.

»Dieser Hurensohn«, schimpfte er, als sich Hamelin zu ihm gesellte. »Dieser Gift verspritzende, Kröten fressende Hurensohn. Während der ganzen Zeit, in der er so getan hat, als wolle er vermitteln, hat er diesen … diesen Verrat geplant!«

Hamelin war nicht sonderlich überrascht. Louis wurde oft für einen frommen, sanftmütigen Schwächling gehalten, der in einer Krise eher einen Rückzieher machen als durchhalten würde, aber das entsprach nicht der Wahrheit. Er war ein Mann, der zurückweichen würde, bis sein Absatz den Rand des Schlachtfeldes berührte, würde es aber niemals verlassen, sondern auf den richtigen Moment zum Angriff warten. Ein Mann, der kleine Kämpfe verlor, aber den Krieg gewann; einer von der gefährlichsten Sorte.

Auch Becket trat zu Henry. »Wir sollten dennoch die Stadt belagern, Sire«, sagte er.

Henry starrte ihn an. »Habt Ihr den Verstand verloren?«

Becket wirkte verwirrt. »Nein, Sire. Wir haben diese große Armee zur Verfügung und somit die volle Macht, um Toulouse einzunehmen. Wenn wir jetzt nachgeben, war das ganze Unternehmen umsonst.«

»Was heißt ›wir‹, Thomas?«, schnaubte Henry. »Nach meinem letzten Kenntnisstand bin ich der König von England und Ihr mein Kanzler – mein Diener. Mir war nicht bewusst, dass sich an diesen Umständen etwas geändert hat.«

Becket errötete, ließ aber nicht locker. »Sire, ich bitte um Verzeihung, falls ich Euch gekränkt habe. Aber ich dachte, jeder hier würde dasselbe Ziel verfolgen.« Sein Blick umfasste jetzt auch Hamelin. »Es ist doch sicherlich eine unnütze Verschwendung von Mühen und Geldern, jetzt den Rückzug anzutreten, nur weil sich der König von Frankreich in der Stadt einquartiert hat.«

Hamelin erwiderte nichts, sondern verbarg das Gesicht in

seinem Becher. Selbst wenn Becket das Unheil nicht zu erkennen vermochte, er selbst konnte es und hatte nicht vor, sich in der Höhle des Löwen zerreißen zu lassen.

Henry warf Becket einen zornigen Blick zu. »Ich dachte, Ihr würdet die Gesetze kennen, oder stellt Ihr Euch absichtlich dumm, Thomas? Es ist Verrat, wenn ein Vasall seinen Oberherrn angreift, und genau das würde ich tun, wenn ich diese Mauern attackieren würde. Ich würde einen gefährlichen Präzedenzfall schaffen. Jeder Edelmann, der einen Groll gegen mich hegt, würde es als Vorwand nutzen, die Waffen gegen mich zu erheben, und behaupten, er würde nur meinem Beispiel folgen.«

»Aber Ihr habt schon oft g-gegen Louis von Frankreich gekämpft«, protestierte Becket verdutzt.

»Ich habe nie als Erster das Schwert gezogen, sondern mich nur erbittert gegen Louis zur Wehr gesetzt, und das werde ich auch weiterhin tun. Was ich nicht tun werde, ist, meinen Lehnsherrn anzugreifen und die langfristigen Konsequenzen in Kauf zu nehmen … und Louis weiß das sehr gut.« Henry wandte seinen finsteren Blick von Becket ab und richtete ihn auf die Mauern von Toulouse, über denen noch immer Blitze zuckten.

»Aber wenn Ihr angreifen würdet, würde sich Louis nicht von Euch gefangen nehmen lassen wollen«, gab Becket zu bedenken. »Das wäre eine furchtbare Demütigung für ihn. Er würde eher aus Toulouse fliehen, als dieses Risiko einzugehen, und wir könnten immer noch ein Auge zudrücken und ihn laufen lassen, wenn es so aussieht, als würde er gefasst.«

»Und warum sollte er das tun, wenn er den größten Schaden anrichtet, indem er bleibt, wo er ist?« Henry kräuselte die Lippe. »Er weiß, was er tut; er weiß es ganz genau.«

»Und wenn wir versuchen würden, ihn aus Toulouse herauszulocken?«, schlug Hamelin vor.

Henry schüttelte den Kopf. »Er würde nicht nach dem Köder schnappen. Ich an seiner Stelle täte das auch nicht. Bei Gott, ich hätte es kommen sehen müssen – oder sonst jemand von uns!« Er durchbohrte Becket mit einem wütenden Blick.

Hamelin spürte die Hitze von Henrys Wut und Frustration, die sein Körper verströmte. Er wurde so selten überlistet, dass er kein anderes Mittel kannte, mit Versagen umzugehen, als aggressiv zu werden. Dass es ausgerechnet Louis war, der ihn ins Aus manövriert hatte, machte das Ganze nur noch demütigender.

»Brecht die Belagerungsstätte vorerst nicht ab«, befahl Henry barsch. »Wir werden das Umland verwüsten und so viele Burgen wie möglich einnehmen. Selbst wenn wir Louis nicht vertreiben können, werden wir ihn und seinen Schwager dafür büßen lassen.«

Die ganze Nacht lang zuckten Blitze über den Himmel, aber immer noch fiel kein Regen. Eine Stunde vor Morgengrauen flammten grellweiße Lichtadern auf, von denen eine auf die Erde traf, den Boden vor den Zelten versengte und drei Wachposten erschlug. Die Männer, die dort lagerten, betrachteten dies als ein Zeichen von Gottes Zorn und ein Vorbote dessen, was noch kommen würde.

15

Poitiers, September 1159

In Poitiers erfreute sich Alienor an dem milden, goldenen Wetter des frühen Herbstes. Der Himmel war so blau wie der Überzug eines Schildes, und alle Farben wirkten voneinander abgegrenzt und leuchteten wie Kirchenmalerei. Poitiers war zu allen Jahreszeiten schön, aber die Zeit, in der die letzten Zeichen des Sommers in die leise Melancholie des Herbstes übergingen, liebte Alienor besonders.

Längere Zeit waren keine Nachrichten von dem Kriegsfeldzug eingetroffen, und sie wurde zunehmend ungeduldiger. Sie hatte Berichte von der Reise und der erfolgreichen Einnahme von Cahors erhalten, aber Informationen bezüglich des Hauptziels waren ausgeblieben.

An diesem Morgen war sie ausgeritten, um ihrem Pferd Bewegung zu verschaffen, und hatte sich dabei vorgestellt, wie es wohl sein würde, triumphierend durch die Straßen zu ziehen, wenn Toulouse erst erobert war und ihr gehörte. Sie sehnte sich so sehr danach, dass es schmerzte wie nagender Hunger, aber sie konnte nichts tun, um den Ausgang des Unternehmens zu beeinflussen, außer zu beten.

Ihre Söhne erhielten im Hof vor den Ställen ihre Reitstunden; Alienor wohnte dem Unterricht bei, um den Jungen zuzuschauen, sie zu ermutigen und ihnen Ratschläge zu geben. Harrys braunes Pony war kräftig und lammfromm. Richards zottiger Schecke hatte kurze Beine, und ein Dienstbote gab auf das Kleinkind Acht, bereit, es sofort zu packen, falls es herunterzufallen drohte. Richard strahlte über das ganze Gesicht und saß kerzengerade im Sattel, obwohl er erst zwei war. »Schau mal, Mama, schau mal«, rief er.

Der Anblick des Jungen, der wie ein kleiner Hahn krähte, während sein rötlich goldenes Haar im Wind wehte, wärmte ihr Herz und brachte sie zum Lachen. »Ah«, sagte sie. »Jeder wird dich anschauen, Liebling, weil du eines Tages Graf von Toulouse und Herzog von Aquitanien sein wirst.«

»Und ich werde König!«, schrie Harry, nicht gewillt, sich ausstechen zu lassen.

»Ja, mein Herz«, stimmte sie zu. »Das wirst du in der Tat.«

Der Stallknecht hielt Harrys braunes Pony an einem Halfterseil, aber Harry hatte die Zügel selbst in den Händen. Alienor kümmerte sich um Richard, führte sein Pony in einem sachten Schritttempo und streckte einen Arm aus, um ihn notfalls aufzufangen. Richard saß wie ein Krieger auf dem Pferd. Obwohl er so jung war, besaß er einen natürlichen Gleichgewichtssinn, der sie mit Stolz erfüllte. Sie liebte Harry innig, aber Richard stand ihr noch näher. Er war ihr Erbe, und sie erkannte ihre männlichen Vorfahren in ihm wieder; Männer, deren Vermächtnis in diesem aufgeweckten, lebenssprühenden Kind weiterlebte.

Ein Bote traf auf einem schnaufenden Pferd ein, als die Kinder gerade in den Hof zurückgeführt wurden. Richard protestierte lautstark, weil er draußen bleiben und weiterreiten wollte. »Ein andermal, mein wilder kleiner Falke«, tröstete Alienor und übergab ihn Hodierna, die dann mit dem darauf folgenden Wutanfall fertigwerden musste.

Alienor rief den Mann zu sich. Normalerweise hätte sie gewartet, bis der Aufseher ihrer Schreibstube oder ihr Haushofmeister ihr die Briefe überreichte, aber so ging es schneller, und sie war ungeduldig. Das Päckchen trug Henrys militärisches Siegel: einen Ritter auf einem Pferd, der sein Schwert schwenkte. Vor Erwartung benommen, brach sie das Siegel und faltete den Brief auseinander. Während sie las, schlug sie eine Hand vor den Mund.

Isabel war augenblicklich an ihrer Seite. »Stimmt etwas nicht, Madam?«

Alienor sah Isabel durch einen Tränenschleier hindurch an. »Henry hat sich aus Toulouse zurückgezogen, weil sich Louis dort eingefunden hat, um die Stadt zu verteidigen, und er weigert sich, seinen Obersouverän anzugreifen.« Ihr Gesicht verzerrte sich vor Wut und Frustration. »Mit anderen Worten, sein großes Unternehmen ist fehlgeschlagen, und er hat sich von Louis überlisten lassen. Der Wurm hat sich in eine Schlange verwandelt, und Henry will ihr nicht den Kopf abschlagen.« Sie hob den Kopf zum Himmel. »Mein ganzes Leben lang habe ich Toulouse in mein Herrschaftsgebiet eingliedern wollen. Mein ganzes Leben lang wollte ich meinen Vorfahren, meinem Vater und meiner Großmutter beweisen, dass ich für sie zurückholen kann, was uns gestohlen wurde. Louis konnte die Stadt nicht einnehmen, als ich mit ihm verheiratet war. Er kam mit stolzgeschwellter Brust von seinem Feldzug zurück und verkündete seinen Sieg, obwohl er nichts hatte als eine Handvoll Staub und das Versprechen eines Lehnseides, das nichts bedeutete. Jetzt hat Henry noch weniger erreicht, und ausgerechnet Louis hat seine Pläne durchkreuzt. Lieber Himmel, ich würde lachen, wenn ich mir nicht so verraten vorkäme.«

»Steht es mit Sicherheit fest, dass Toulouse verloren ist?«, fragte Isabel zaghaft.

Alienor zerknüllte den Brief in der Faust und spürte, wie die scharfen Ränder des Pergaments sich in ihre Handfläche bohrten. »Henry hätte das nicht geschrieben, wenn er nicht absolut sicher gewesen wäre.« Sie bleckte die Zähne. »Er weiß, wie viel mir sein Sieg bedeutet hätte; er weiß, dass er mich enttäuscht hat. Alles, was ihm bleibt, sind belanglose Plünderungen und Brandschatzungen, während das große Ziel nicht erreicht wurde und er wie ein prahlerischer Narr dasteht.« Sie wischte sich mit dem Ärmelaufschlag über die Augen. »Es macht keinen Sinn mehr, hier auf eine Siegesparade zu warten, nicht wahr?«

»Aber wird der König denn nicht nach Poitiers zurückkommen?«

»Nein.« Alienor schüttelte den Kopf. »Das wäre zu demütigend. Er wird seine Niederlage tief begraben wollen – aber für mich wird sie immer an der Oberfläche treiben.«

Das Wetter schlug endlich um, und es regnete in Strömen, bis das Land unter Wasser stand. Henry hatte das Lager abgebrochen, ritt eilig Richtung Norden und plünderte und brannte dabei nieder, was er nur konnte. Louis war hinter den Mauern von Toulouse geblieben, doch seine Boten waren nicht untätig gewesen, und noch während Henry das Land um Toulouse verwüstete, hatten Louis' Brüder französische Truppen auf die Normandie losgelassen, um dort größtmöglichen Schaden anzurichten. In einem Dilemma gefangen, hatte Henry Toulouse aufgeben und sich zurückziehen müssen, um die Situation zu klären. Er hatte Becket das Kommando über die Stadt Cahors übertragen, ihm aber in seinem Groll Männer und das nötige Geld für ihre Entlohnung vorenthalten, weil er ihn für das Scheitern des Feldzugs verantwortlich machte.

Am dritten Abend ihrer Reise brachte Hamelin, als die Armee Halt machte, um bei Montmorillon ihr Lager aufzuschlagen, sein Pferd zufällig neben William de Boulogne zum

Stehen. Der junge Mann klammerte sich am Sattel fest und zitterte am ganzen Leib. Hamelin konnte nicht erkennen, ob sein Gesicht von Schweiß oder Regen nass war, aber seine Zähne klapperten so heftig, dass sein ganzer Kiefer wackelte.

»Du solltest einen Arzt aufsuchen«, riet Hamelin. Unter den Männern grassierten Ruhr und Quartanfieber, ein weiterer Grund, weshalb Henry sich für den Rückzug entschieden hatte. Wenn sie noch länger in der giftigen Luft des Lagers geblieben wären, wäre eine Epidemie ausgebrochen.

William de Boulogne starrte ihn aus fieberglänzenden Augen an. »Das habe ich auch vor«, krächzte er. »Gott, mein Kopf fühlt sich an, als würden tausend Dämonen darin ihre Trommeln schlagen.«

Hamelin sorgte dafür, dass die Männer des jungen Grafen eine anständige Unterkunft in der Stadt fanden, und schickte ihm Henrys eigenen Arzt, um ihn zu behandeln.

Als Hamelin ihn am Morgen besuchte, um zu sehen, wie es ihm ging, hatte sich Williams Zustand verschlechtert. Er glühte vor Fieber und rang mühsam nach Atem. Sein Kaplan hatte ihm die Beichte abgenommen, und der Arzt gab sich mürrisch und wortkarg. »Ich kann nicht mehr für ihn tun«, schnarrte er. »Er ist in Gottes Händen. Wenn das Fieber sinkt, wird er am Leben bleiben.« Er ließ die Alternative unerwähnt, aber sie war klar und deutlich in seinen Augen zu lesen.

Hamelin trat an das Bett. Williams dunkle Wimpern flatterten. Er drehte den Kopf zu Hamelin und zeigte ihm ein Totengesicht mit wachsbleicher Haut und blauen Schatten in den Augenhöhlen.

»Ich werde für dich beten«, versprach Hamelin. Er empfand in gleichem Maß Mitleid und Entsetzen. Wie rasch die Krankheit ihn befallen hatte, und wie vergänglich das Leben doch war!

»Wenn ich tot bin … sorg dafür … dass die Gräfin … das hier bekommt …« William hob eine zitternde Hand und deutete auf einen an seinem Mittelfinger schimmernden Saphirring.

»Ich schwöre es.« Hamelin bekreuzigte sich. »Aber vielleicht überlebst du und kannst ihn ihr selbst geben.«

Williams Gesicht verzerrte sich. »Ja …« Tränen rannen aus seinen Augenwinkeln. »Vielleicht.«

Hamelin traf Henry an, als dieser gerade in den Sattel steigen wollte. Sein Umhang war zurückgeschlagen, ein Fuß in den Steigbügel geschoben. Ihr jüngster Bruder Will war bei ihm und hielt den Hengst am Zügel.

»Ich komme gerade von William de Boulogne«, sagte Hamelin.

»Wie geht es ihm? Gut genug, um weiterzureiten?«, erkundigte sich Henry.

Hamelin schüttelte den Kopf. »Er ist todkrank; das Fieber will nicht sinken.«

»Tatsächlich?«, bemerkte Will eher interessiert als besorgt.

»Es sei denn, Gott hat Gnade mit ihm«, erwiderte Hamelin ein wenig schroff. Er hatte für seinen jüngsten Halbbruder wenig übrig, was auf Gegenseitigkeit beruhte.

»Das ist äußerst bedauerlich.« Henry bekreuzigte sich; legte zumindest ein Lippenbekenntnis ab. »Ich werde für ihn beten.«

Hamelin wusste, dass es für Henry keine Tragödie wäre, wenn William de Boulogne starb, weil das bedeuten würde, dass Stephens direkte Blutlinie abgebrochen wäre, und sein Dahinscheiden würde eine Reihe interessanter Möglichkeiten bezüglich der Weitervererbung seiner Ländereien eröffnen.

Alienor war ebenfalls unterwegs; sie reiste von Poitiers aus Richtung Norden und hatte auf dem Weg in die Normandie in Tours Halt gemacht, um dort zu übernachten. Sie spielte mit Isabel Schach und trank einen letzten Becher Wein, als ihr Haushofmeister Bernard verkündete, dass ein Mönch mit Neuigkeiten von Henrys Armee eingetroffen war.

»Führ ihn herein.« Alienors Nerven waren augenblicklich angespannt, weil Mönche oft die Überbringer tragischer Nachrichten waren. Obwohl sie aus so vielen Gründen auf Henry wütend war, vermochte sie sich eine Welt ohne ihn nicht vorzustellen.

Der Mönch, den Bernard zu ihr geleitete, war ein Benediktiner. Seine Kutte und sein Umhang waren mit Schmutz und Staub von der Reise verklebt. Er hatte buschige silberne Augenbrauen und tief in den Höhlen liegende dunkle Augen.

»Ihr bringt Neuigkeiten?«, kam Alienor ihm zuvor, als er sich anschickte niederzuknien.

Er verneigte sich und entnahm dem Ranzen, den er bei sich trug, ein versiegeltes Pergament. »Madam, der König bat mich, Euch auszurichten, dass er Euch zu Weihnachten in Falaise treffen wird – dies ist ein Brief von ihm.« Dann zog er ein zweites Päckchen sowie einen Saphirring an einem blauen Band hervor. »Ich bedauere außerdem, der Gräfin de Warenne eine traurige Nachricht überbringen zu müssen.«

Alienor wandte sich an Isabel, die sich bereitgehalten hatte, um ihr beizustehen, jetzt aber den Boten und die beiden Gegenstände in seiner Hand anstarrte wie ein Reh, das soeben vom Pfeil eines Jägers getroffen worden war. »Nein.« Sie schüttelte den Kopf. »Nein.«

Alienor drehte sich um und fasste sie rasch am Arm. »Du solltest dich besser setzen.«

Isabel schüttelte sie ab. »Ich will es nicht wissen«, krächzte sie mit vor Panik spröder Stimme. »Was auch immer Ihr sagen wollt, es ist nicht wahr.«

»Isabel …«

»Nein!«, schrie sie auf, stieß die Hände weg, die sich ihr besorgt entgegenstreckten, und stolperte aus dem Raum.

»Was ist geschehen? Sagt es mir«, befahl Alienor gebieterisch.

Der Priester senkte den Kopf. »Ich muss Euch leider mitteilen, dass Graf William de Warenne im Pilgerhospital von Montmarillon an einem ansteckenden Fieber gestorben ist«, erwiderte er. »Der König hat ihn von seinem eigenen Arzt behandeln lassen, aber ohne Erfolg. Der Ring wurde als Beweis mitgeschickt.«

Alienor nahm ihn ihm ab – ein so leichter Gegenstand mit so großer Bedeutung. Der Saphircabochon schimmerte wie ein ovales Stück Mitternachtshimmel. »Bleibt hier«, sagte sie. »Wärmt Euch am Feuer auf und trinkt einen Becher Wein. Ich werde später mit Euch sprechen müssen, und die Gräfin wünscht dies vielleicht auch, wenn sie sich von ihrem Schock erholt hat.«

Alienor machte sich auf die Suche nach Isabel und fand sie der Länge nach ausgestreckt vor dem Altar in der Burgkapelle. Sie hatte sich ihren Schleier heruntergerissen, und ihr schönes brünettes Haar lag wie ein dichter, unordentlicher Fächer um sie herum ausgebreitet.

»Bitte, Gott, bitte lass es nicht wahr sein, ich flehe dich an, lass ihn nicht tot sein!«, jammerte sie. Ihr Körper wurde von Schauern geschüttelt, und ihr Atem kam in kurzen, abgehackten Zügen.

Alienor kniete sich neben sie und versuchte sie in die Arme zu schließen. »Isabel«, sagte sie. »Komm jetzt mit.«

»Ich will es nicht hören, ich will es nicht hören!« Sie wand sich in Alienors Griff. »Es ist nicht wahr. Ich lasse nicht zu, dass es wahr ist!«

Alienor umfasste sie fester. »Schsch«, beschwichtigte sie. »Beruhige dich.« Sie erinnerte sich an den Tag, an dem man ihr mitgeteilt hatte, dass ihr Vater auf einer Pilgerfahrt zum Schrein des heiligen Jakob in Compostela gestorben war; an die abgrundtiefe Verzweiflung, die sie ausgehöhlt hatte, als würde jemand mit einem scharfen Löffel ihr Innerstes herauskratzen. Sie hatte Haltung bewahren müssen, weil sie seine Erbin und die neue Herzogin von Aquitanien war und weil sie eine kleine Schwester hatte, die sie beschützen musste. In diesem Moment erinnerte Isabel sie an Petronilla, was einen sengenden Schmerz in ihrem Herzen auslöste. »Es gibt keine Tür, die du davor verschließen kannst, und du kannst auch nirgendwohin flüchten«, sagte sie. »Isabel, du musst dich deinem Kummer jetzt stellen, denn wenn du das nicht tust, wird er in dir gären und dich zerfressen.«

»Er kann nicht tot sein, das ist nicht möglich«, schluchzte Isabel.

»Ich weiß, dass du es nicht glauben willst«, erwiderte Alienor. »Ich kenne deinen Schmerz nicht, aber ich erinnere mich an den, den ich empfunden habe, wenn Menschen, die mir alles bedeutet haben, diese Welt verließen.« Sie nahm Isabels Hand und drückte den Ring hinein.

Isabel starrte ihn an, rang dann nach Luft, krümmte sich, umfasste ihren Bauch und brach in lautes Klagegeheul aus. Alienor wiegte und tröstete sie, während Isabels Weinen zu der gewölbten Decke aufstieg und von Qualen statt von Lob kündete. Ein Priester kam, um nachzusehen, was geschehen war, und Alienor trug ihm auf, so schnell wie möglich ihren Kaplan und ihre Zofen zu holen.

Gemeinsam brachten sie Isabel in ihre Kammer zurück. Sie

zitterte und schluchzte so stark, dass sie kaum laufen konnte, und sie blutete. Der Schock hatte ihre monatliche Blutung ausgelöst, die seit einigen Wochen überfällig gewesen war. Es war viel zu früh, um mit Sicherheit sagen zu können, ob es sich um eine Fehlgeburt handelte, aber das Blut floss stark, und das Wissen darum, dass sie vielleicht gerade das Kind ihres Mannes verlor, stürzte Isabel in neuerliche Weinkrämpfe.

Die Frauen säuberten sie und schoben ihr weiche Tücher zwischen die Schenkel. Marchisa bereitete ihr einen heißen Trank zu, hielt Isabel den Becher an die Lippen und überredete sie, ein paar Schlucke zu nehmen. Isabel weigerte sich, sich auf das Bett zu legen, und kauerte sich zitternd auf eine Bank vor dem Feuer. »Ich kann jetzt nicht schlafen«, krächzte sie heiser. »Seine Seele braucht mich noch, auch wenn sein Körper fort ist. Ich will wissen, wie er gestorben ist, und dann muss ich eine Nachtwache für ihn abhalten und für ihn beten. Das ist meine Pflicht als seine Frau und Witwe.«

Alienor versuchte nicht, sie von ihrem Vorhaben abzubringen, aber sie machte sich Sorgen. Isabel war ihr eine sehr liebe Freundin geworden. Und abgesehen von ihrer persönlichen Besorgnis, war da noch der politische Umstand, dass Isabel plötzlich zu einem sehr begehrenswerten Heiratsgut geworden war. Sie war jung, wohlhabend und verfügte über erstklassige Beziehungen. Zwar hatte sie noch kein Kind geboren, und es bestand die Möglichkeit, dass sie unfruchtbar war, aber sie war noch immer in einem Alter, das es wert war, dieses Risiko einzugehen. Henry würde für sie eine Heirat arrangieren wollen, die von Vorteil für ihn war, aber da Isabel Alienors Gefährtin und gute Freundin war, konnte sie die Entscheidung beeinflussen; und vielleicht war das ein Sonnenstrahl, der hinter einer sehr dunklen Wolke aufblitzte.

16

Falaise, Weihnachten 1159

Alienor stand auf der Brustwehr des großen Bergfrieds von Falaise, dem Sitz der Herzöge der Normandie und Geburtsort von William dem Bastard, und verfolgte die Ankunft seines Urenkels.

»Mama, schau, da ist Papa!« Harry deutete aufgeregt auf den Reiterzug, der sich durch die schneebedeckte Landschaft auf sie zubewegte.

»Ja«, bestätigte Alienor, »da ist er. Es ist ein Wunder, dass wir beide ihn überhaupt erkennen.« Von ihrem Aussichtspunkt aus wirkten die Männer wie Spielzeugritter. Henry trug einen mit Hermelin gefütterten blauen Umhang und ritt ein hellbraunes Pferd. Seit er ausgezogen war, um in Toulouse zu scheitern, hatten sich ihre Wege nicht mehr gekreuzt. Er hatte es nicht für nötig befunden, sie oder die Kinder zu besuchen, und hatte auch nur selten geschrieben. Dies machte ihr zu schaffen, aber sie fühlte eher Zorn und Verachtung als enttäuschte Zuneigung.

Sie hob Harry hoch, damit er die Parade besser sehen konnte: die im Wind wehenden Banner, die glitzernden Rüstungen der Ritter, die dicken bunten Wolltuniken und Umhänge der Barone. Dann brachte sie ihn von der Brustwehr in die Halle hinunter und sammelte auf dem Weg seine Geschwister ein.

Als Alienor eintraf, stand Henry schon in der großen Halle

und hatte seine Mutter, die in ihrem Stuhl am Kamin saß, bereits formell begrüßt. Die Winterkälte hatte ihren Gelenken zugesetzt, und obwohl sie sich weigerte, einen Stock zu benutzen, war der Umstand, dass sie sich damit zufriedengab, am Feuer zu sitzen, bezeichnend. Henrys unehelicher Sohn Jeoffrey stand neben ihr. Er war jetzt ein stämmiger Siebenjähriger mit sommersprossigem Gesicht. Seine moosgrüne Tunika betonte den kupferfarbenen Schimmer in seinem Haar. Alienor ärgerte sich, dass er seinen Vater als Erster begrüßt hatte, obwohl er zuletzt an der Reihe gewesen wäre, aber sie ließ es durchgehen. Das Kind konnte nichts dafür.

Sie ging auf Henry zu und verbeugte sich vor ihm. Harry kniete nieder, die kleine Matilda knickste, wie man es sie gelehrt hatte, und Richard vollführte eine richtige kleine Verbeugung, bevor er das Gleichgewicht verlor und auf seiner Kehrseite landete. Geoffrey gluckste in den Armen seiner Kinderfrau.

»Nun«, sagte Henry herzlich. »Was für wohlgeratene Kinder. Und Ihr seht auch gut aus, Madam.«

Alienor neigte den Kopf. Sie spielte ihre Rolle mit Gelassenheit; in der Öffentlichkeit gelang es ihr stets, den Schein zu wahren. »An den Kindern ist in der Tat nichts auszusetzen, und mir geht es gut. Und Euch, Sire?«

»Noch besser, da jetzt meine ganze Familie um mich versammelt ist«, erwiderte er mit einem aufgesetzten Lächeln.

Alienor hob eine Braue. In diesem Fall hätte es ihm schon sehr viel früher besser gehen können. »Wollt Ihr mitkommen und Euch erfrischen, Sire? Eure Kammer ist bereit.«

Sie sah, wie seine Augen flackerten und fragte sich, ob er versuchen würde, sich herauszureden, aber er richtete sich auf und straffte die Schultern. »Das wäre mir sehr willkommen«, entgegnete er und bewies ihr so, dass auch er diplomatische Spiele beherrschte.

Sie führte ihn die Treppe hoch zu der Kammer, die sie hatte vorbereiten lassen. Seine Knappen trugen noch immer Gepäck herein, aber der Raum war warm und das Bett frisch gemacht. Eine Schüssel mit duftendem Wasser stand bereit, und Alienor zog Henry die Stiefel aus und begann mit dem üblichen Ritual des Füßewaschens. Die kleine Matilda holte ein Paar vorgewärmte Wollsocken und weiche Schuhe und kniete dann nieder, um ihrer Mutter zu helfen.

»Du schulst sie gut«, bemerkte Henry.

»Allerdings«, versetzte Alienor. »Sie kann auch schon auf einem Schachbrett bis hundert zählen und ihre Gebete in lateinischer Sprache aufsagen, obwohl sie die Bedeutung nicht ganz versteht, aber das kommt früher, als du denkst.«

Henry warf ihr einen nachdenklichen Blick zu, sagte aber nichts. Er spielte eine Weile mit seinen Sprösslingen, und nachdem er sich vergewissert hatte, dass es ihnen an nichts fehlte, übergab er sie ihren Kinderfrauen. Sein Blick schweifte über Alienors Kammerfrauen hinweg und blieb an Isabel de Warenne hängen. »Ich bedauere Euren tragischen Verlust, Madam«, sagte er. »Euer Gemahl war ein guter Mann, der stets sein Bestes gegeben hat.«

»Danke, Sire, das war er in der Tat«, erwiderte Isabel mit niedergeschlagenen Augen und wie zum Gebet gefalteten Händen. »Er fehlt mir jeden Tag.« Ihre Augen füllten sich mit Tränen. »Als ich von ihm Abschied genommen habe, war mir nicht bewusst, dass es in diesem Leben ein Abschied für immer sein würde.«

»Isabel, bitte reg dich nicht auf.« Alienor gab den Frauen ein Zeichen, woraufhin Emma vortrat, Isabel in die Arme schloss und sie leise murmelnd davonführte.

»Großer Gott!«, entfuhr es Henry, der ihnen hinterherstarrte. »Die Frau ist ja nur noch Haut und Knochen!«

»Sie trauert um ihren Mann«, erwiderte Alienor knapp. »Ich weiß nicht, ob du das verstehst, aber ich hoffe es zumindest.«

»Natürlich verstehe ich das, aber es ist unziemlich und töricht, dermaßen zu trauern. Besser die Dämme hoch bauen als zulassen, dass sie überflutet werden.«

Zum Teil stimmte Alienor ihm in diesem Punkt zu, weil sie wusste, wie sich eine solche Trauer anfühlte und sie selbst ihren Schutzwall immer höher gezogen hatte. Aber wenn die Dämme zu hoch wurden, wurden sie zu einem Gefängnis, und am Ende ertrank man, ohne dass jemand einen schreien hörte. »Sie fühlt sich schuldig, weil sie ihn nicht beschützen konnte.«

Henry schnaubte. »Wie sollte sie ihn denn auf einem Feldzug beschützen? Was für ein lächerlicher Gedanke.«

»Mag sein, aber ich fühle mich jeden Tag schuldig, weil ich nichts tun konnte, um unseren Sohn zu retten. Vielleicht habe ich nicht inbrünstig genug gebetet. Vielleicht war es mein Fehler.«

Henry presste die Lippen zusammen; er weigerte sich weiterhin, über ihr totes Kind zu sprechen. »Sie muss aufhören, mit einer so traurigen Miene herumzulaufen und wieder heiraten«, sagte er. »Sie ist eine junge, wohlhabende Frau von Stand, und es herrscht kein Mangel an Bewerbern. Gib gut auf sie Acht, denn die Konkurrenz wird groß sein. Ich will die Auswahl ihres nächsten Mannes überwachen.«

»Sie braucht mehr Zeit.« Alienor bemühte sich, einen ruhigen Ton anzuschlagen. »Sie ist noch nicht so weit.«

»Sie wird heiraten, wenn ich es für richtig halte.«

Sie lehnte sich zurück und sah zu ihm hoch. »Bist du wirklich so hart und mitleidlos geworden? In ihrem Zustand ist sie für keinen Mann als Ehefrau und Gefährtin von Nutzen. Egal wen du aussuchst, du würdest keinem von beiden einen Gefallen tun. Lass ihre Wunden heilen – wenn du es auch nicht selbst für richtig hältst, dann tu es wenigstens mir zuliebe. Und nach Toulouse schuldest du mir einen Gefallen.«

Er erwiderte ihren eindringlichen Blick, wobei er sein Kinn kämpferisch vorschob, doch schließlich winkte er ab. »Also gut, lassen wir das Thema ruhen und sprechen im Frühjahr wieder darüber.« Er strich mit der Hand über die Lehne der Bank und schlug die Beine übereinander. »In Toulouse konnte ich nichts ausrichten, nicht mit Louis hinter den Mauern.«

»Das weiß ich, und Louis wusste es ebenso – deswegen hat er ja so gehandelt.«

»Er hat nicht nach dem Köder geschnappt, als ich ihn herauslocken wollte. Er hat nur dagesessen und sich über mich lustig gemacht, während sein Bruder die Normandie verwüstet hat. Mir blieb nichts anderes übrig, als die Belagerung abzubrechen.«

Sie erhob sich und schickte Matilda mit ihrer Kinderfrau weg. »Dann sieht es so aus, als hätte er dich überlistet.«

Henrys Zorn flammte auf. »Es ist nur ein einziger Zug in einem Schachspiel. Ja, er hat mich hereingelegt, aber das heißt nicht, dass er mich besiegt hat.«

»Was heißt es denn dann?«, wollte sie wissen. »Toulouse bleibt uneingenommen, und einen weiteren Feldzug wird es nicht so bald geben, da das Geld und der nötige Antrieb fehlen.«

»Ich hätte dich für zu vernünftig gehalten, um zu schmollen und mir Vorhaltungen zu machen. Habe ich mich da geirrt?«

Alienor wäre am liebsten wütend über ihn hergefallen.

Sie fühlte sich im Stich gelassen und betrogen, aber ein Tobsuchtsanfall würde nur seine Behauptung untermauern, dass sie eine hysterische Frau war. »Was würde das schon nützen?«, gab sie müde zurück. »Louis hat versucht, Toulouse einzunehmen, als wir verheiratet waren, und ist gescheitert. Jetzt verteidigt er die Stadt und setzt sich gegen uns beide durch. Ich bin nicht zufrieden, aber ich muss es akzeptieren.« Sie warf ihm einen herausfordernden Blick zu. »Als wir heirateten, haben wir uns beide auf ein Spiel eingelassen. Ich möchte auch jetzt noch glauben, dass ich mit diesem Schachzug gewinne. Enttäusche mich nicht, Henry ...«

Er stellte die Beine wieder nebeneinander, stand auf und kam zu ihr, um sie in die Arme zu schließen. »Ach, Alienor«, sagte er. »Es kommt selten vor, dass ich im Spiel nicht gewinne. Ich werde dafür sorgen, dass du dich nicht geirrt hast.«

Der Bemerkung haftete etwas beunruhigend Doppeldeutiges an, aber er bedeckte ihre Lippen mit einem glühenden Kuss und ließ seine Hand mit deutlicher Absicht an ihrem Körper hinuntergleiten. Sie schob ihre Bedenken zur Seite und beschloss, ein anderes Mal darüber nachzugrübeln. Lust wärmte ihre Adern. Sie begehrte ihn immer noch, und im Bett waren sie einander ebenbürtig.

Henry saß in seiner Kammer vor dem Feuer und trank mit seinen Brüdern und seinem Kanzler Wein. Mit Ausnahme der Wachposten und einiger Diener waren alle anderen schon zu Bett gegangen, aber Henry genoss es, bis in die späte Nacht aufzubleiben. Sein Geist war dann am klarsten; es gab für seine Gedanken mehr Raum, sich auszubreiten und sich zu entwickeln.

Hamelin, der die Beine zum Feuer ausstreckte, kraulte müßig die Ohren eines silbergrauen Jagdhundes. In der anderen Hand hielt er einen Becher. Becket protzte mit seinem prächtigen neuen Umhang, der mit russischem Eichhörnchenfell in Blau- und Cremetönen gefüttert war. Er trank nur gekochtes, mit Honig gesüßtes Gerstenwasser, da er an Magenbeschwerden litt, zu denen er in regelmäßigen Abständen neigte.

Das Gesicht von Henrys jüngstem Bruder William war vom Wein gerötet. Sein rötlich blondes Haar stand ihm dort, wo er es zerrauft hatte, wirr vom Kopf ab. »Der Tod des Grafen von Boulogne ist wirklich bedauerlich«, meinte er. »Was wird denn jetzt aus seiner Witwe?«

Henry warf ihm einen belustigten Blick zu. »Wieso, findest du Gefallen an ihr? Soll ich eure Heirat veranlassen?«

»Du könntest Schlimmeres tun. All das Land und der Einfluss ihrer Verwandtschaft, und sie ist noch jung genug, um ein halbes Dutzend Kinder zu bekommen.«

»Ich nehme an, du hast die Lady seit unserer Rückkehr nicht gesehen?«

William schüttelte den Kopf. »Noch nicht. Warum?«

Henry schnitt eine Grimasse. »Sie ist tief in Trauer und so mager wie eine verhungerte Kuh. Im Moment hättest du keine Freude an ihr und dürftest auch nicht auf Erben hoffen.«

»Aber ich habe deine Erlaubnis, ihr den Hof zu machen, wenn sie nicht mehr trauert?«, drängte William. »Verhungerte Kuh oder nicht, ich würde trotzdem gern ihr Land melken.«

Henry hob die Brauen. »Du legst dich ja mächtig ins Zeug, Bürschchen. Wie viel Wein hast du getrunken?«

»Ich bin nicht betrunken«, widersprach William. »Und ich bin kein Bürschchen.«

Thomas Becket hatte schweigend zugehört, aber jetzt

räusperte er sich. »Die Verbindung würde gegen die Kirchenrechte verstoßen. Die Gräfin und Ihr seid im verbotenen Maße blutsverwandt.«

»Und wenn?« Henry winkte ungeduldig ab. »Das ist bei mir und meiner Frau auch der Fall, aber es hat die Kirche nicht davon abgehalten, uns in den Stand der Ehe treten zu lassen.« Er durchbohrte Becket mit einem verärgerten Blick. »Ihr seht Probleme, wo es keine gibt.«

»Ich wollte Euch nur darauf aufmerksam machen, Sire.«

»Ich brauche keine Belehrungen über Blutlinien. Glaubt Ihr, ich hätte die notwendigen Informationen nicht im Kopf?« Er tippte gegen seinen Schädel. »Ihr macht die Gesetze nicht, Thomas, auch wenn Ihr Euch das einbildet.«

Becket presste die Lippen zusammen.

Henry wandte sich wieder an seinen Bruder. »Du hast meine volle Erlaubnis, der Gräfin de Warenne den Hof zu machen und sie zur Frau zu nehmen, aber warte damit, bis ihre Trauerzeit vorüber ist, sonst liegt mir die Königin deswegen ständig in den Ohren, und sie ist schon wegen der Hochzeit von Harry und dem französischen Mädchen aufgebracht. Frauen können Herz und Verstand nicht trennen.«

»Ich werde die Diskretion in Person sein.« William presste eine Hand auf sein Herz und vollführte eine schwungvolle Verbeugung. »Kein Wort, bevor der richtige Zeitpunkt gekommen ist. Mit mir wird sie entdecken, wie es ist, einen richtigen Mann im Bett zu haben.«

»Dann sorg dafür, dass du einer bist«, mahnte Henry halb verärgert und halb belustigt.

William lief angesichts dieses Tadels rot an, schüttelte ihn dann aber achselzuckend ab und verlangte nach mehr Wein. Becket entschuldigte sich, um noch ein paar das Kanzleramt betreffende Angelegenheiten zu regeln, bevor er zu Bett ging.

Sobald er gegangen war, löste sich die Anspannung, die sich im Raum ausgebreitet hatte, und zwar nicht zuletzt deshalb, weil Henrys Gereiztheit nachließ. »Gott weiß, dass ich Thomas wirklich liebe, aber ich liebe ihn noch mehr, wenn er sich nicht wie ein selbstgerechter Tugendbold aufführt.« Er schenkte sich ebenfalls mehr Wein ein. »Mach dir wegen des Dispenses keine Gedanken, Will, du wirst ihn bekommen.«

»Danke.« Der junge Mann torkelte auf Henry zu, um ihn zu umarmen. Letzterer stand auf und wich ihm geschickt aus.

»Setz dich, bevor du hinfällst«, sagte er mit nachsichtigem Spott, und als sein Bruder sich auf die Bank plumpsen ließ, so dass sie erzitterte, begann Henry im Raum auf und ab zu gehen. »Außer einer Witwe hinterlässt unser Vetter ja auch eine trauernde Schwester.«

William blinzelte eulenhaft. »Aber sie ist eine Nonne – die Äbtissin von Romsey.«

»Seit zehn Jahren, ja.« Henry rieb sich mit dem Zeigefinger sacht über den Bart. »Aber ich denke, dass sie das jetzt, wo sie den Landsitz ihres Bruders geerbt hat, vielleicht gerne ändern würde.«

»Großer Gott, Henry, du kannst sie doch nicht aus dem Kloster holen wollen!« Hamelin war so schockiert, dass er seine übliche höfische Gelassenheit verlor. »Im Vergleich dazu erscheint eine zu enge Blutsverwandtschaft ja harmlos.«

Henry hob die Schultern. »Sowas ist schon vorgekommen, und der Papst wird ein Auge zudrücken, weil er auf meine Unterstützung angewiesen ist. Ich dachte an unseren Vetter Matthew, Tante Sybillas Sohn.«

Hamelin hätte sich fast verschluckt. »Aber sie aus einem Kloster zu holen, in dem sie die letzten zehn Jahre verbracht hat… lieber Gott, sie ist die Äbtissin!«

»Sie wird mir dafür dankbar sein«, beharrte Henry. »Als Letzte ihrer Linie ist es ihre Pflicht, Erben zu produzieren.«

Das erschien Hamelin wie ein vorgeschobenes Argument. Aber dennoch war Henry sein Bruder, und er schuldete ihm Loyalität und Untertanengehorsam. »Was willst du Alienor sagen?«

»Nichts«, erwiderte Henry. »Sie wird es früh genug herausfinden.« Er schnitt eine schiefe Grimasse. »Man soll erst in ein Wespennest stechen, wenn es unbedingt sein muss.«

»Wie konntest du nur?« Alienor war so wütend auf Henry, dass sie zitterte. »Du wertlose Schlange! Unter allen Frauen des Christentums, die du mit Matthew of Alsace hättest verheiraten können, fällt deine Wahl ausgerechnet auf eine Braut Christi, die du aus einem Kloster zerren musst, um deine machtgierigen Pläne zu verwirklichen? Ein Mitglied deiner Familie!«

Er straffte sich und blähte die Brust auf die für ihn typische Weise, die sie so hasste. Es schien, dass er diese Haltung vor allem deswegen einnahm, damit ihre Worte wirkungslos an ihm abprallten, und sein Gesichtsausdruck besagte, dass ihre Meinung in dieser Angelegenheit nicht von Belang war. »Es geschieht, um unser Land und die Ländereien unserer Erben zu sichern«, gab er zurück. »Ich würde es nicht tun, wenn es nicht notwendig wäre.«

Sie fühlte sich abgestoßen. »Und das rechtfertigt alles und macht es legal?«

Er hob die Schultern und ließ sie wieder sinken. »Wütet, so viel Ihr wollt, Madam, das ändert nichts an meiner Entscheidung. Ihr könnt Euch glücklich schätzen, dass ich nicht darauf bestehe, dass sich die Gräfin de Warenne sofort wieder verheiratet. Ich habe mich in dieser Frage Euren Wünschen gefügt, aber ich kann meine Meinung jederzeit ändern.« Er verließ ohne ein weiteres Wort den Raum und ließ sie vor Zorn kochend zurück.

Es war immer dasselbe, dachte sie. Wenn sie ihn zur Rede stellte, ging er entweder achselzuckend davon oder schüchterte sie durch Drohungen ein und ließ nur seine eigene Meinung gelten. Es gab wirklich nichts, was sie für Mary de Boulogne tun konnte, aber wenigstens war Isabel vorerst sicher.

17

Herbst 1160

Alienor betrachtete die Stickarbeit, die sie aus England mitgebracht hatte. Sie hatte mit dem Sticken noch nicht begonnen, aber die Umrisse einer Jagdszene waren bereits auf das Leinen gezeichnet und warteten darauf, zum Leben erweckt zu werden.

Während der letzten drei Tage war sie in der Abtei Bec zu Besuch bei Henrys Mutter gewesen. Henry wurde gleichfalls erwartet; sie hatte ihn seit dem Weihnachtsfest in Falaise weder gesehen, noch hatte sie ihn sonderlich vermisst, und sie vermutete, dass dieses Gefühl auf Gegenseitigkeit beruhte.

Ihre beiden jüngsten Kinder hatte sie nicht mit nach Rouen gebracht. Mit seinen drei Jahren interessierte sich Richard praktisch für alles, und selbst wenn Hodierna ihn beaufsichtigte, gab es keinen Moment Ruhe. Hinzu kamen die Wutanfälle des zweijährigen Geoffrey. Das daraus resultierende Chaos wäre für die alternde Kaiserin zu anstrengend gewesen, denn sie fand, dass man Kinder sehen, aber nicht hören sollte. Der fünfeinhalbjährige Harry und die vierjährige Matilda hatten ein Alter erreicht, in dem sie sich schon etwas zivilisierter benahmen.

Harry hielt sich im Freien auf, wo er zusammen mit seinem illegitimen Halbbruder eine Reitstunde bekam. Alienor akzeptierte Jeoffrey, weil ihr nichts anderes übrig blieb, aber seine Existenz bereitete ihr nach wie vor Sorgen. Jedes Mal, wenn sie ihn sah, war er größer, kräftiger und lebhafter geworden. Obwohl er angeblich für ein Leben im Dienst der Kirche vorbereitet wurde, haftete ihm nichts Mönchsgleiches an. Er war kein lernbegieriger kleiner Junge mit niedergeschlagenen Augen, sondern eher ein kraftvoller und lebenssprühender kleiner Krieger. Die Kaiserin erzog ihn streng, betrachtete ihn aber gleichzeitig mit liebevollen Augen. Sie förderte seine militärischen und reiterischen Fähigkeiten, und Alienor begann sich allmählich zu fragen, ob es ein Fehler gewesen war, ihn am Hof seiner Großmutter aufwachsen zu lassen. Während ihres Kampfes um die Krone von England hatte die Kaiserin viel von Henrys Kindheit versäumt. Vielleicht betrachtete sie Jeoffrey als Ersatz für ihren eigenen Sohn und behandelte ihn deshalb wie einen Prinzen anstatt wie ein illegitimes Kind.

Die kleine Matilda wühlte eifrig in einem mit Stickwollsträngen gefüllten Korb herum. Sie wählte einen grünen aus, in dem eine Nadel steckte. »Ist das der, den du wolltest, Mama?« Ihr Haar schimmerte im Feuerschein so dicht und dunkelgolden wie Alienors, aber es war ein kupferner Schimmer darin zu erkennen.

»Ja, Liebling, das Grün passt sehr gut.« Ermutigt suchte Matilda weiter und hielt einen rosafarbenen Strang hoch. »Und der hier?«

»Ja, der auch.«

Matilda gab ihr das Garn, kramte weiter und förderte diesmal blaue Wolle zutage.

»Ich denke, das reicht erst einmal.« Alienor hob Matilda lachend auf ihren Schoß. Dann wollte ihre Tochter unbedingt das blanke Leinen besticken. Alienor gab nach und ließ sie mit einer Nadel nebst eingefädeltem Garn auf einem Stück, das keine kunstvolle Arbeit erforderte, ein paar mühsame

Stiche ausführen. Wie sie es vorhergesehen hatte, begann sich Matilda bald zu langweilen und lief davon, um mit ihrer Puppe zu spielen.

»Ich kann sie später wieder auftrennen, wenn es nötig ist«, sagte Alienor zu ihrer Schwiegermutter, die die Szene kommentarlos beobachtet hatte, »aber für ein Kind ihres Alters hat sie sehr sorgfältig gearbeitet, daher würde ich es gerne so lassen.«

»Sie ist sehr geschickt«, bestätigte die Kaiserin.

»Das ist sie wirklich, Madam.« Alienor seufzte nachdenklich. »Ich bete zu Gott, dass die Männer sie nicht zu sehr ausnutzen, da das nun einmal der Lauf der Welt ist. Ich weiß, dass ich sie auf die Härten des Lebens vorbereiten muss. Gelungene Näharbeiten sind nur eine Verschönerung des Alltagslebens.«

»Habt ihr beide, du und Henry, schon über einen möglichen Ehemann für sie nachgedacht?«, fragte die Kaiserin. Ihre klugen Augen funkelten.

»Das hat Zeit, mir bleiben noch ein paar Jahre mit ihr.« Ein bitterer Unterton schlich sich in Alienors Stimme. »Es sei denn, Henry trifft plötzlich eine andere Entscheidung.«

Die Kaiserin verlagerte ihre Sitzposition, um ihre Gelenke zu entlasten. »Ich weiß, wie schwer es für dich ist, dich mit der Verbindung zwischen deinem Sohn und der Tochter deines früheren Mannes abzufinden, aber du musst einsehen, dass es ein kluger, strategischer Schachzug für unsere Herrschaftsgebiete ist.«

»Das weiß ich, Madam«, erwiderte Alienor. »Mein Verstand akzeptiert es, mein Herz nicht, und das wird auch so bleiben. Es beunruhigt mich, dass Henry keine derartigen Bedenken hat.« Eigentlich überhaupt kein Gewissen, dachte sie manchmal angesichts dessen, was er der armen Mary de Boulogne angetan hatte.

»Die kann er sich nicht leisten«, meinte die Kaiserin. »Er ist der König und muss oft unangenehme Entscheidungen treffen, die zum Besten aller sind. Ich stimme dir zu, dass es schwierig ist, wenn der Kopf und das Herz sich nicht im Einklang miteinander befinden, aber als meines Sohnes Königin darfst du dich in Staatsangelegenheiten nicht von persönlichen Gefühlen leiten lassen.«

»Das weiß ich, Madam.« Alienor begann das Garn einzufädeln, um dem durchdringenden Blick der Kaiserin auszuweichen und versuchte, ihre Wut zu unterdrücken.

Die Kaiserin faltete die Hände im Schoß. »Hat Henry mit dir über eine neuerliche Heirat der Gräfin de Warenne gesprochen?«

Alienor überlief es eiskalt. Großer Gott, was hatte Henry jetzt hinter ihrem Rücken getan? Und das, nachdem er gesagt hatte, er würde Isabel in Ruhe trauern lassen. Sie würde ihn eigenhändig erwürgen. »Nein, das hat er nicht«, sagte sie. »Verzeiht mir, Madam, aber warum sollte er mit Euch über die Angelegenheit sprechen und nicht mit mir, da die Gräfin de Warenne meine Gefährtin und treue Freundin ist?«

Die Kaiserin tätschelte Alienors Knie. »Es ist bedauerlich, dass er das nicht getan hat, da gebe ich dir recht, aber beruhige dich. Mein jüngster Sohn hat Interesse an der Gräfin bekundet, und deswegen hat Henry das Thema angeschnitten.«

Alienor blickte ihre Schwiegermutter voller Entsetzen an. »Hat er das?« Sie mochte William FitzEmpress nicht. Genau wie Henry neigte er dazu, rücksichtslos über andere hinwegzutrampeln, um seinen Willen durchzusetzen.

»Natürlich ist die Gräfin in Trauer und muss die Möglichkeit bekommen, diese Zeit in Würde zu Ende zu bringen«, fuhr die Kaiserin mit majestätischem Hochmut fort.

»So wie Mary de Boulogne in der Abtei Romsey um ihren Bruder trauern durfte?«

Die Kaiserin schürzte die Lippen. »Ich bin ganz deiner Meinung, das war keine gute Entscheidung, aber ich habe mit Henry darüber gesprochen.«

»Und wahrscheinlich dieselbe Antwort erhalten wie ich – dass es nötig war und ich zimperlich und ohne Sinn für Realität reagiert habe, weil ich eine Frau bin.«

Die Kaiserin seufzte. »Es gab einmal eine Zeit, da dachte ich, ich könnte alles ändern. Ich habe am eigenen Leib erfahren müssen, dass wir nur über begrenzte Macht verfügen. Besser, wir nutzen sie für Kämpfe, bei denen wir eine Chance haben zu gewinnen.«

»Habt Ihr auch so gedacht, als Euch Stephen Eure Krone nahm?«

Die Kaiserin musterte sie scharf. »Aber ich habe sie letztendlich für meine Dynastie gewonnen. Ich rate dir, bei der Wahl deiner Kämpfe mit meinem Sohn sehr vorsichtig zu sein.« Sie rieb mit dem Daumen über einen Goldring an ihrem Zeigefinger. »Henry sagte mir, er würde der Gräfin de Warenne Zeit zum Trauern geben, aber es könnte nützlich sein, wenn du den Boden vorbereitest.«

Alienor biss die Zähne zusammen. Sie hatte nicht die Absicht, den Weg für Williams Pläne zu ebnen. Henry hatte seinem jüngsten Bruder bereits wertvolle englische Landsitze und Geldsummen übertragen, aber Isabels Ländereien würden ihn zu einem mächtigen Magnaten machen. Zwar würde sie Isabel als Schwägerin willkommen heißen, aber die Vorstellung, Henrys jüngsten Bruder häufig in ihrer Kammer dulden zu müssen, war unerträglich. Außerdem spielte sie mit dem Gedanken, Isabel mit einem ihrer poitevanischen Barone zu verheiraten und so ihren eigenen Einfluss am Hof zu steigern.

Die Augen der Kaiserin wurden schmal. »Du sagst nichts, Tochter?«

Alienor nahm sich zusammen. »Es kommt sehr überraschend, das ist alles.«

»Nun, wenn du dich von deiner Überraschung erholt hast, dann denk gut darüber nach. Ein kluges Wort von dir könnte in dieser Angelegenheit viel ausmachen.«

»In der Tat, Mutter.« Alienor beschloss, im Moment gar nichts zu unternehmen. Henry hatte das Thema ihr gegenüber nicht zur Sprache gebracht, also konnte sie sich mit Unwissenheit entschuldigen. Wenn er hoffte, seine Sache durch ›Frauengeschwätz‹ vorantreiben zu können, irrte er sich gewaltig.

Die Frauen nähten in nachdenklichem und etwas angespanntem Schweigen weiter, bis ein Schreiber aus der Schreibstube der Kaiserin mit einer Botschaft von Henry eintraf. Die Kaiserin legte ihre Näharbeit zur Seite und hielt den Brief von sich weg, um ihn besser lesen zu können.

»Es gibt Neuigkeiten aus Frankreich«, sagte sie. »Louis' Königin ist bei der Geburt einer Tochter gestorben.« Sie reichte Alienor den Brief.

Alienor las ihn. Es stimmte sie traurig, dass Louis seine junge Frau bei dem alltäglichen Los der Kindergeburt verloren hatte. Jedes Mal, wenn eine Frau für einen Mann die Beine spreizte, setzte sie ihr Leben aufs Spiel. In politischer Hinsicht war sie erleichtert, dass das Kind ein Mädchen war, denn so behielten sie und Henry die Oberhand. Als sie den Blick zu der Kaiserin hob, sah sie, dass auch die ältere Frau nachdenklich geworden war.

»Gott schenke ihrer armen Seele Frieden«, sagte Matilda. »Ich kenne die Gefahren, die einer Frau im Kindbett drohen, nur zu gut. Bei der Geburt meines Geoffreys wäre ich beinahe gestorben.«

Alienor legte eine Hand auf ihren eigenen Bauch. Sie war zu Weihnachten nicht schwanger geworden, wusste aber, dass sie diese Arena erneut betreten musste, und zwar immer wieder, bis ihre Muskeln erschlafften, ihre Brüste herabhingen und ihr Körper nicht mehr fruchtbar war. Es war die oberste Pflicht einer Königin, Kinder zu gebären, vorzugsweise Söhne, um die Thronfolge zu sichern – und dann eine Fülle von Töchtern, um Bündnisse zu schließen. »Allerdings«, bestätigte sie. »Gott schenke ihrer Seele Frieden.« *Und Gott stehe allen Frauen bei.*

Ein frischer Herbstwind blähte Alienors Umhang auf und zerrte an ihrem Schleier. Der Hof unternahm einen Tagesjagdausflug, Männer und Frauen gemeinsam, und daher schlugen sie zwar ein scharfes Tempo an, doch die Stimmung war fröhlich statt von verbissenem Ehrgeiz beherrscht.

Über den strahlend blauen Himmel jagten ein paar vom Wind getriebene Wolken dahin. Rötliche Eschen- und Buchenblätter rieselten auf die Reiter hinab, als sie durch die Wälder trabten und über gelbbraune Felder jagten, die nach der Ernte brachlagen.

Alienor erfreute sich an der klaren Luft, dem weißen Gerfalken auf ihrem Handgelenk und dem unter ihr tänzelnden lebhaften rotbraunen Pferd. Isabel ritt neben ihr auf dem Braunen, der das bevorzugte Reittier ihres Mannes gewesen war. Sie war immer noch in Trauer, obwohl Alienor argwöhnte, dass ihr Kummer für sie zu einem Mantel geworden war, der sie vor Vorschlägen bezüglich einer neuen Ehe schützte. William FitzEmpress versuchte sie ständig in ein Gespräch zu verstricken und lenkte sein Pferd nah an das ihre heran, aber Isabel antwortete lediglich mit gleichgültiger Höflichkeit. Alienor bemühte sich, Isabel so nah bei sich zu behalten wie möglich und William auszuschließen. Henry hatte bislang nicht von Verlobungsplänen gesprochen. Alienor hatte darauf gewartet, dass er das Thema anschnitt, und zweifelte nicht daran, dass er auf den richtigen Zeitpunkt lauerte.

Der Jagdtrupp machte am Waldrand bei einer natürlichen Senke Halt, die Schutz vor dem Wind bot, um dort Rast zu machen. Diener waren vorausgeritten, um das Essen vorzubereiten, das sie über glühenden Kohlen in flachen Feuergruben kochten. Es gab gebackenen Fisch mit pikanter Sauce sowie Kaninchen, die in Wein und Honig geschmort worden waren, bis das Fleisch zart und mit einem klebrigen süßsauren Überzug bedeckt war und Spieße mit Schweinefleisch und gerösteten Äpfeln. Es gab reichlich weiches weißes Brot, und der Wein war ausnahmsweise süß und süffig.

Kanzler Becket stieg von seinem weißen andalusischen Hengst und reichte seinem Stallburschen die Zügel. Das Pferd war aufgeputzt wie ein Tier aus einem Troubadourlied; Goldfäden glitzerten in der Satteldecke, die mit tyrischem Purpur gefärbt worden war. Beckets Gewänder waren in kostbaren, satten Waldfarben gehalten, und sein Gürtel war mit silbernen Kreuzen beschlagen. Im Gegensatz dazu trug Henry strapazierfähige Jagdkleidung aus schlichter, mit Krapp gefärbter Wolle, und sein Pferd war ein kräftiger Rotbrauner mit Zaumzeug ohne jegliche Verzierungen. Sowohl vom Äußeren als auch vom Benehmen her hätte Becket leicht als König und Henry als sein Diener durchgehen können – während der Kanzler anmaßend und affektiert wirkte, hockte der König auf einem Baumstumpf und leckte Sauce von seinen Fingern.

Alienor saß bei Isabel und biss in einen der Spieße mit Schweinefleisch und Äpfeln. Becket wählte den Fisch und versetzte seinen Wein wie üblich mit reichlich Quellwasser, um seinen empfindlichen Magen zu schonen. Alienor war ein Gerücht zu Ohren gekommen, dem zufolge sich Becket geißeln ließ, bevor er zur Beichte ging, und sie überlegte, ob sie es glauben sollte oder nicht. Er bewegte sich ungezwungen in der Gruppe und hatte beim Reiten nicht so gewirkt, als hätte er an den Folgen des Auspeitschens zu leiden.

Henrys jüngerer Bruder William gesellte sich zu ihr und Isabel. Er aß ein Stück von dem klebrigen Kaninchen. Ein roter Saucenfleck prangte auf seiner Oberlippe, und das Tuch, in dem er das Fleisch hielt, war gleichfalls bekleckert und verschmiert.

»Habt Ihr das Kaninchen versucht?«, fragte er Isabel. »Es ist ausgezeichnet. Möchtet Ihr etwas?« Er deutete auf ein weiteres Stück in dem Tuch.

Isabel warf ihm einen kurzen Blick zu und schüttelte den Kopf. »Das ist sehr freundlich von Euch, aber ich habe genug gegessen.«

Er biss in sein eigenes Stück, kaute geräuschvoll und schluckte. »Euer Brauner«, sagte er, »er ist zu groß und kräftig für eine Frau. Ihr solltet ihn gegen ein sanfteres Pferd eintauschen. Ich werde eines für Euch aussuchen.«

»Ich bin mit ihm zufrieden, Sir«, erwiderte sie mit versteinerter Miene. »Er gehörte meinem verstorbenen Mann, und er ist mir lieb und teuer.«

»Aber ich finde trotzdem, Ihr solltet …« Er brach ab, als ein Bote auf die Reihe angebundener Pferde zugaloppierte, aus dem Sattel sprang und zu Henry eilte, der sich sein Kaninchen mit seinem Lieblingsjagdhund teilte.

Henry wischte sich die Hände ab, nahm den Brief, der ihm gereicht wurde, entgegen, brach das Siegel und las das Geschriebene. »Ha!«, entfuhr es ihm. »Dieses verschlagene

Wiesel!« Er sprang auf und hielt Becket das Pergament hin. »Louis«, sagte er. »Er hat schon eine neue Ehe für sich arrangiert, der hagere alte Bock.«

Becket studierte das Dokument mit schmalen Augen.

»Mit wem?« Alienor ärgerte sich, dass Henry seinem Kanzler das Dokument vor ihr gezeigt hatte.

»Mit Adela von Blois-Champagne, Madam«, erwiderte Becket. »Es ist klar, wessen Einfluss jetzt am französischen Hof herrscht.«

Alienor schrak zusammen. Die Brüder von Blois-Champagne, Theobald und Henry, waren mit Marie und Alix verlobt, ihren Töchtern aus der Ehe mit Louis; dies war bereits Einfluss genug, aber dass Louis ihre Schwester Adela heiratete, hieß, dass sie sich wirklich das königliche Banner Frankreichs an ihren Mast genagelt hatten. Es war wie ein schadenfroher Schlag gegen Henrys Politik. Dazu kam, dass die Blois-Blutlinie zugleich die von Englands früherem König Stephen war, was Louis' Gemahlinnenwahl noch unerwünschter und gefährlicher machte.

»Er hat vor, alles sofort in die Wege zu leiten«, sagte Henry. »Er wartet noch nicht einmal ab, bis sich die Erde auf den kalten Leichnam seiner Frau gesenkt hat, bevor er eine weitere Ehe eingeht, die zu eng blutsverwandt ist. Ha, so viel zu seiner viel gerühmten Frömmigkeit und Gottesfurcht!«

Alienor erschauerte unfreiwillig. Louis stellte sich selbst als goldenen König und Streiter für das Christentum hin, aber sie war mit ihm verheiratet gewesen: Sie wusste, wie er war. Möge Gott seiner neuen Frau beistehen, egal welcher Blutlinie sie entstammte.

Henry schritt wie ein gefangener Löwe in der Kammer auf und ab. Es stieg ein würziger Duft von den Kräutern auf, die über die Binsen auf den Boden gestreut worden waren und die er unter seinen Stiefeln zerquetschte. Die Kerzen flackerten in dem Luftzug, den er durch seine Bewegungen verursachte. Es war schon sehr spät, aber er war immer noch wach und unruhig. Er zerbrach sich den Kopf über das Problem der neuen französischen Königin und darüber, was es für ihn und seine Erben bedeuten würde, dass Louis eine Blois zur Frau genommen hatte.

Die Kaiserin war schon längst zu Bett gegangen, und Alienors Augen brannten vor Müdigkeit, aber Henry zeigte keine Anzeichen von Erschöpfung. Becket trug eine beherrschte, stoische Miene zur Schau.

»Solange es noch Zwistigkeiten bezüglich des Papstamtes gibt, ist Papst Alexander auf Unterstützung angewiesen«, sagte Alienor. »Als Gegenleistung für deine Kulanz könnte er vielleicht die Ehe aufgrund von zu enger Blutsverwandtschaft untersagen. Zumindest könnte er Louis zwingen, eine Weile zu warten und eine angemessene Trauerzeit einzuhalten.«

»Glaubst du, daran hätte ich nicht schon selbst gedacht?«, grollte Henry. »Das wäre so, als würde man mit einem Kissen auf einen Feind einschlagen – es hätte keinerlei Wirkung, weil der Papst sich auch Unterstützung von Frankreich erhoffen und uns gegeneinander ausspielen wird. Ein Dispens ist ebenso leicht zu erlangen wie ein Bann.«

»Aber besser als nichts. Ich kenne Louis; sein Leben als weltlicher Mann ist gefährlich eng mit seiner Beziehung zur Kirche verbunden. Päpstliche Verdammnis würde ihn aus seinem seelischen Gleichgewicht bringen.«

Henry warf ihr einen abwägenden, mit Argwohn gepaarten Blick zu. »Das kann man nicht als gegeben voraussetzen.«

Becket warf ein: »Sire, was, wenn Euer Sohn und Prinzessin Marguerite sofort heiraten, statt zehn Jahre zu warten? Das würde Euch die vertraglich zugesicherten Burgen und die Ländereien im Vexin einbringen.«

Henry blieb stehen und drehte sich um.

»Nein!« Alienor war entsetzt. Sie blickte von Henry zu Becket und sah das geheime Einverständnis zwischen ihnen. Das Lächeln, das um Henrys Lippen zuckte und das Leuchten in den Augen des Kanzlers. »Ihr solltet die Frist einhalten, sonst kommt nichts Gutes dabei heraus.«

Henry musterte sie kurz. »Warum dem Wind den Hof machen, wenn man die herabfallenden Blätter jetzt schon haben kann?«

»Es ist weder achtbar noch ehrenhaft, einen fünfjährigen Jungen mit einem Kleinkind zu verheiraten, das kaum der Wiege entwachsen ist. Die Leute werden schlecht über dich reden.«

Sie sah, wie Henry einen Blick mit Becket wechselte, als wolle er sagen: »Seht Ihr, womit ich mich in meiner Kammer herumplagen muss?«, und sie ballte die Fäuste.

»Einige vielleicht, da stimme ich dir zu«, nickte Henry, »aber andere werden erkennen, dass es ein kluger Schachzug ist. Der Papst wird aufgrund des jungen Alters einen Dispens erteilen müssen, aber da er auf meine Unterstützung angewiesen ist und Rom immer gern die Bitten von Sankt Gold und Sankt Silber erhört, bin ich sicher, dass sich das ohne Schwierigkeiten bewerkstelligen lassen wird. Louis kann sich nicht beschweren, da er sich mit seiner eigenen Heirat nicht gerade auf den Pfaden der Frömmigkeit bewegt. Er braucht selbst einen Dispens, deshalb kann er den Papst nicht vor den Kopf stoßen, egal wie verärgert er ist.«

»Die Templer verwalten die Burgen, die zur Mitgift gehören, als Treuhänder«, bemerkte Becket. »Werden sie nachgeben?«

»Sie sind lediglich die Verwalter besagter Burgen und haben mit dieser Abmachung nichts zu tun. Wenn die Hochzeit erfolgt ist, haben sie ihre Aufgabe erfüllt.« Henry klatschte in die Hände und rieb sie aneinander. »Wir können den Stein gleich morgen früh ins Rollen bringen.«

»Ich werde dementsprechende Briefe aufsetzen, Sire.« Becket verbeugte sich und verließ den Raum.

Henry wandte sich an Alienor. »Komm schon«, sagte er. »Schluck deinen Ärger hinunter. Es ist ein guter Plan, und er bietet uns einen Ausweg aus dem Dilemma.«

»Du und Thomas Becket, ihr seid gerissener, als es gut für euch ist«, gab Alienor zurück. »Ich stehe zu dem, was ich gesagt habe. Ihr solltet es nicht tun.«

»Und ich verstehe deine Einwände, aber Thomas hat recht. Eine Verlobung kann gelöst werden, aber es ist entschieden schwieriger, eine Ehe aufzuheben. Das Vexin wird uns gehören.« Er zog sie an sich. »Komm schon«, schmeichelte er erneut und küsste sie erst auf die Schläfe, dann auf die Lippen. »Lass es gut sein und komm ins Bett. Es hat keinen Sinn, heute Abend noch darüber zu reden.«

Es hätte auch zu keiner anderen Zeit Sinn, dachte Alienor, weil er nicht auf sie hören würde. Das tat er nie, sie hätte genauso gut stumm sein können.

An einem kalten, regnerischen Tag Anfang November blickte Alienor auf das kleine Mädchen hinab, das in die Frauengemächer gebracht worden war, um ihr vorgestellt zu werden. Marguerite, die Prinzessin von Frankreich, war drei Jahre alt und hatte ein pausbäckiges Gesicht mit glänzenden braunen Augen. Ihre Wangen waren von der Kälte gerötet, und ihre

Nase lief. Sie war ein stämmiges, plumpes Kind, das keinerlei Ähnlichkeit mit den zarten, blonden, blauäugigen Töchtern aufwies, die sie Louis geboren hatte, und es war unmöglich, sich vorzustellen, dass die zukünftige Königin von England und Mutter von Harrys Erben vor ihr stehen sollte.

»Was für ein entzückendes Kind.« Isabel wischte dem Mädchen mit einem weichen Leinentuch die Nase ab.

Alienor schüttelte den Kopf. Isabel fand alle Kinder entzückend. »Sie muss ihrer Mutter ähneln. Ich kann nichts von Louis bei ihr entdecken. Wollen wir hoffen, dass sie auch keinen seiner Charakterzüge aufweist.«

Eine Kinderfrau brachte Harry herein, damit er seine zukünftige Frau kennenlernte. Man hatte ihm die Einzelheiten oberflächlich erklärt. Er verbeugte sich pflichtbewusst vor Marguerite und hielt eine kleine Willkommensrede, auf die seine Braut reagierte, indem sie sich einmal um die eigene Achse drehte. Harry betrachtete sie wie einen Welpen, der gerade das Bett beschmutzt hatte; sobald er seine Aufgabe erfüllt hatte, rannte er mit seinem Spielzeugschwert davon, das er wild durch die Luft schwang. Seine Schwester, die mit ihren vier Jahren ihre Pflichten bereits kannte, zeigte Marguerite das Bett aus Stroh, das sie für ihre Stoffpuppe gemacht hatte, und gab ihr eine Puppe, an der ihr weniger lag, zum Spielen.

»Alles wird gut werden«, versicherte Isabel tröstend.

»Hoffentlich«, erwiderte Alienor zweifelnd. »Aber ich komme mir vor wie auf einer langen Reise, die kein Ende nehmen will.«

Harrys und Marguerites Hochzeit fand am nächsten Tag in der Kathedrale von Rouen statt. Es regnete nicht mehr, aber der Tag war wolkenverhangen und bitterkalt. Alle trugen dicke, pelzgefütterte Umhänge über ihrem Festtagsstaat.

Alienor trug ein eng anliegendes dunkelrotes Gewand mit feiner Goldstickerei am Saum und den Ärmelaufschlägen. Die Farbe ließ sie langgliedrig und elegant aussehen, hatte aber auch eine leicht strenge Wirkung.

Zu beobachten, wie Harry tat, was der Erzbischof ihm aufgetragen hatte, und seine Sätze sprach, ohne ins Stocken zu geraten, machte Alienor trotz ihrer Missbilligung stolz. Sie liebte Harry von ganzem Herzen, weil er sich so vorbildlich benahm, während er im Mittelpunkt der Aufmerksamkeit stand. In seiner mit Violett gesäumten Tunika aus roter Seide wirkte er ganz wie ein Prinz. Sein goldbraunes Haar lockte sich um eine juwelenbesetzte kleine Krone, die in dem Licht schimmerte, das durch die Kathedralenfenster fiel.

Sie hatte ihm alles über die Hochzeit und das Land erklärt und ihm gesagt, er müsse ein großer Junge sein und seine Pflicht gegenüber seiner Familie erfüllen. Das Zusammenleben mit Marguerite würde später kommen; dies sei nur eine formelle Zeremonie, um alles zu besiegeln. Danach würde es ein Festmahl mit auserlesenen Speisen und Unterhaltung geben, und wenn er ein guter Junge wäre, dürfe er an der hohen Tafel unter einem Seidenbaldachin sitzen. Mit seiner Braut brauche er sich nicht abzugeben, er müsse in der Öffentlichkeit nur höflich zu ihr sein, weil sie kleiner und jünger war als er und nicht verstehen würde, was passierte. Er solle ein kleiner Mann sein und sie beschützen. All das hatte sie ihm eingeschärft, sich aber elend dabei gefühlt, weil sie wusste, dass sie die Geschehnisse nicht verhindern konnte. Vielleicht hatte Henry in politischer Hinsicht richtig gehandelt und es war das Beste für alle, aber sie hätte aus eigenem Antrieb nie so entschieden. Sie glaubte nicht, dass Harry viel von alldem verstand. Wie sollte er auch? Er war erst fünf Jahre alt.

Als die Trauung vollzogen war, wurde Marguerite in die

Kinderstube zurückgebracht, weil sie für das Hochzeitsfest zu jung war. Ihr Part war vorüber. Harry jedoch nahm den Ehrenplatz an der hohen Tafel ein, wo für seinen Stuhl eigens ein Holzblock angefertigt worden war, damit er auf Tischhöhe saß. Mittlerweile waren seine Wangen vor Erschöpfung hektisch gerötet, und seine Augen blickten glasig. Henry gab ihm einen Schluck gezuckerten Wein, um ihn zu beleben. Harry stand die Reden und den ersten Gang des Festmahls, der den Appetit der Gäste anregen sollte, mannhaft durch. Alienor behielt ihn scharf im Auge, und als er erneut in sich zusammensackte, winkte sie seine Kinderfrau herbei. Henry kam der Frau zuvor und nahm Harry auf die Arme. »Ich bringe ihn zu Bett«, sagte er. »Er hat seine Sache gut gemacht, und es ist nur angemessen, dass ich ihm diese Ehre erweise, denn er hat mich heute stolz gemacht.«

Alienor gab ein Zeichen, dass das Fest fortgesetzt werden sollte, und kurz darauf kehrte Henry zufrieden lächelnd zurück. »Eingeschlafen, bevor sein Kopf das Kissen berührt hat«, sagte er, nahm Alienors Hand und küsste ihre Knöchel. »Du wirst schon sehen, dass das der beste Weg war.«

»Versuch nicht, mir etwas vorzumachen«, erwiderte Alienor frostig. »Du hast diese Ehe durchgesetzt. Lass es dabei bewenden.«

»Wie Ihr wünscht, Madam«, versetzte Henry gleichmütig. Er lehnte sich in seinem Stuhl zurück – erfüllt von nachsichtiger Jovialität, denn er wusste, dass ihm jetzt ganz legal das Vexin und seine mächtigsten Burgen gehörten, ohne dass Louis etwas dagegen tun konnte.

Als sie sich zurückzogen, kam Henry in Alienors Kammer und liebte sie mit glühender Wildheit. Sie war entschlossen gewesen, passiv unter ihm zu liegen und ihm nicht den Triumph einer Reaktion zu gönnen, doch stattdessen erwiderte sie seine Leidenschaft. Denn was immer er ihr gab, konnte sie annehmen, doppelt zurückgeben und sogar gewinnen. Männer mochten sich schnell verausgaben, aber eine Frau war diesen Einschränkungen des Fleisches nicht unterworfen.

18

Le Mans, Weihnachten 1160

Hamelin ging das Kirchenschiff der Kathedrale Saint-Julien hinunter. Sein Weg zum nördlichen Kreuzgang wurde von Strahlen trüben Winterlichts erhellt. Neben ihm schritt langsam und mit großen Augen sein illegitimer Neffe Jeoffrey; ein stämmiger rothaariger Junge, dessen Sommersprossen sich von seiner hellen Haut abhoben. Die leisen Geräusche ihrer Füße vermischten sich auf den Steinfliesen.

Immer wenn Hamelin in der Nähe von Le Mans war, machte er es sich zur Pflicht, die Kathedrale zu besuchen, um zu beten, Almosen zu geben und seinem Vater Geoffrey le Bel, Graf von Anjou, zu huldigen. Eine Messinglampe über dem Grab warf ihren weichen Schein auf die Emailleplatte, die das Bild seines Vaters zeigte. Der Junge an Hamelins Seite fröstelte. Hamelin benutzte seinen Umhang, um seine Knie vor den eisigen Fliesen zu schützen, kniete neben dem Grab nieder und löste den Rosenkranz von seinem Gürtel. Jeoffrey tat es ihm nach, faltete die Hände und schloss die Augen.

Ringsum hörten sie die in einer Kirche typischen Geräusche: die Schritte der Geistlichen, das Gemurmel der Betenden, das Rasseln eines Weihrauchfasses an seiner Kette. Jeoffreys Lippen bewegten sich, als er fehlerfrei auf Lateinisch rezitierte: »Requiem aeternam dona eis, Domine, et lux perpetua luceat eis. Requiescant in pace.«

Nachdem sie ihre Gebete gesprochen hatten, berührte

Jeoffrey zaghaft die kleine Emailleplatte und bewunderte die kunstvolle Arbeit und die leuchtenden Farben. Das Haar schimmerte in demselben Kupfergold wie sein eigenes, und die Augen strahlten aquamarinblau.

»Er war mein Vater, und ich habe ihn sehr geliebt«, sagte Hamelin ehrerbietig. »Nachdem er mich gezeugt hatte, hat er mich nicht vergessen. Er hat mich in seinen Haushalt aufgenommen, mich ernährt und gekleidet und mich unter seinem Schutz zum Mann erzogen.«

Das Interesse des Jungen war geweckt. Er betrachtete Hamelins kostbare Kleidung, den vergoldeten Gürtel, die Ringe an seinen Fingern und den Umhang aus rauchgrauen und silbernen Eichhörnchenfellen. »Kann ich ein Ritter in deinem Haushalt werden?«, fragte er.

»Das hängt davon ab, was dein Vater mit dir vorhat«, entgegnete Hamelin. »Ich weiß, dass er dir eine Rolle zugedacht hat, die dir Ehre und Ansehen verschaffen wird. Der Bastard eines Mannes von hohem Rang zu sein ist ein Privileg, keine Schande.« Er blickte das Bild seines Vaters an und ballte die Fäuste. Zu Lebzeiten seines Erzeugers hatte er sich nicht immer privilegiert gefühlt. Manchmal hätte er Henry umbringen können, weil dieser der legitime Erbe war, obwohl er, Hamelin, der erstgeborene Sohn war. Und dann hatte es Zeiten gegeben, in denen er sich wie der Allerschwächste vorgekommen war, wenig besser als ein geprügelter Hund. Selbst jetzt noch gab es diese Kluft, wenn er mit seinen Brüdern zusammen war. Und dieser Junge musste lernen, mit dieser Art von Kluft zu leben. Ein uneheliches Kind war nicht aus der sachlichen Notwendigkeit heraus entstanden, die königliche Pflichten betraf, sondern aus der Sünde der Unzucht, selbst wenn einige es Liebe nannten.

»Hast du selber Bastardkinder?«

Hamelin verzog die Lippen und schüttelte den Kopf. »Nein, mein Junge, die habe ich nicht.« Es hatte Frauen in seinem Leben gegeben – er hatte kein Keuschheitsgelübde abgelegt –, aber er ließ immer Vorsicht walten, und bislang hatte sich diese Vorsicht ausgezahlt. »Aber wenn ich eines hätte, würde ich ihn oder sie als mein Kind anerkennen und die Verantwortung übernehmen, so wie es mein Vater bei mir getan hat.«

Als er plötzlich ein Geräusch hinter sich hörte, drehte Hamelin sich um und sah die Gräfin de Warenne in Begleitung ihrer Zofe vor sich. Sie hatte eindeutig auch in der Kirche gebetet und war stehen geblieben, um ihn zu begrüßen. Ihr Gesicht hob sich blass von der dunklen Wolle ihres Umhangs mit dem weißen Schleier ab; sie wirkte fast wie eine Nonne. »Madam.« Hamelin verbeugte sich.

Ihr Lächeln war reserviert, aber aufrichtig. »Mylord Vicomte«, begrüßte sie ihn und wandte sich dann an Jeoffrey. »Und Messire FitzRoy. Wie es aussieht, sind wir aus demselben Grund hier – um für die Seelen unserer lieben Verstorbenen zu beten.«

»So ist es, Madam«, erwiderte Hamelin höflich. »Dürfen wir Euch zur Burg zurückbegleiten?«

Sie neigte den Kopf. »Ich würde mich über Eure Gesellschaft freuen.«

Die Abenddämmerung setzte ein, als sie in die beißende, eisige Kälte hinaustraten, um von der Kathedrale zum Bergfried zu gehen. »Ich habe gehört, was Ihr zu Eurem Neffen gesagt habt«, bemerkte sie. »Das war nett von Euch – und sehr weise.«

Hamelin zuckte die Achseln. »Ich weiß, wie er sich fühlt, denn ich war in derselben Lage. Das Leben eines königlichen Bastards ist privilegiert und grausam zugleich. Jeoffrey stehen schwere Zeiten bevor, aber er ist ein heller Kopf. Wenn ich ihm helfen kann, indem ich ihn an meinen Erfahrungen teilhaben lasse, werde ich das gerne tun.«

Sie gingen eine Weile schweigend nebeneinander her, bevor sich Hamelin taktvoll nach ihrem Befinden erkundigte.

»Mir geht es gut, Sire«, erwiderte sie ruhig und würdevoll. »Es ist die Zeit der Geburt unseres Herrn, und ich bin bereit, mich daran zu erfreuen.«

Hamelin schenkte ihr ein rasches Lächeln. »Mein Vater hat oft die Geschichte erzählt, wie er an einem Weihnachtstag die Messe besucht hat. Vor der Tür sah er einen Geistlichen, rief ihn zu sich und fragte ihn, ob er Neuigkeiten für ihn hätte. Der Mann antwortete: ›Sire, es gibt tatsächlich große Neuigkeiten!‹ Mein Vater bat ihn aufgeregt: ›Rasch, berichte sie mir!‹ Also antwortete der Geistliche: ›Heute wurde Jesus Christus der Erlöser geboren!‹« Hamelin kicherte. »Diese Worte beschämten meinen Vater, und er belohnte den Mann für seine rechtzeitige Mahnung, indem er ihn als einen seiner Kaplane in seinen Haushalt aufnahm.«

»Eine schöne Geschichte«, stimmte Isabel zu. »Sie erinnert uns an die wahre Bedeutung des Weihnachtsfestes.«

Als sie die Burg erreichten, verabschiedete sie sich mit einem Knicks und ein paar Dankesworten für seine Begleitung. Hamelin sah ihr nach. Er bemerkte, dass sie sich einen kleinen Stechpalmenzweig mit roten Beeren in das Band ihres Schleiers gesteckt hatte, und er musste lächeln. Sie war eine hübsche, anmutige Frau – still, aber keinesfalls eine graue Maus. Die Vorstellung, sie könne mit seinem Bruder verheiratet werden, stieß ihn ab; es war, als müsse er zusehen, wie ein kostbares Schwert dazu benutzt wurde, Lehm von den Schuhen zu kratzen. Aber da dies der Lauf der Welt und Henrys Wille war, wusste er, dass er die Sache pragmatischer und objektiver betrachten musste.

Drei Monate später, an einem kühlen Märzmorgen, begrüßte Henry Alienor mit einem innigen Kuss auf die Lippen. Sie war nach Le Mans zurückgekehrt, nachdem sie im Januar England besucht hatte, um an Henrys Stelle Staatsangelegenheiten zu regeln. Die Zeit der Trennung hatte die zwischen ihnen herrschende Schroffheit gemildert, war aber nicht lange genug gewesen, um die Verlegenheit zweier Fremder entstehen zu lassen. Henry musterte ihre Taille. »Entweder hast du in England ausgezeichnet gespeist, oder du hast gute Nachrichten für mich, meine Liebe.«

»Du hast mir zu Weihnachten noch ein Geschenk gemacht«, erwiderte sie trocken. »Und im Herbst werde ich dich beschenken.«

Henry straffte sich mit männlichem Stolz und setzte eine selbstgefällige Miene auf. »Ha, es gibt keinerlei Anzeichen dafür, dass Louis' Königin ähnlich gesegnet ist. Dazu bedarf es schließlich eines richtigen Mannes.« Er küsste Alienor auf die Wange. »Ich muss gehen, aber ich komme später zurück und esse mit dir.« Er stürmte auf seine übliche Weise aus dem Raum, und Alienor schüttelte entnervt den Kopf, musste aber wider Willen lächeln.

Einige Stunden später saßen sie und Henry an einem langen Tisch in ihrer Kammer. Bienenwachskerzen verströmten ein warmes goldenes Licht, und ein anheimelndes Feuer prasselte im Kamin. Alienor trug ein Gewand aus Seidendamast, dessen rote und goldene Farbtöne wie die Flammen ineinanderflossen. In der Abgeschiedenheit ihrer Kammer hatte sie ihr Haar zu einem schlichten, lockeren, mit Goldbändern durchsetzten Zopf geflochten. Sie wusste, dass sie in dem gedämpften Licht überaus reizvoll aussah, und mit dem in ihr wachsenden neuen Leben fühlte sie sich sehr stark.

Henry betrachtete die leichte Wölbung ihres Bauches. »Darf ich hoffen, dass Gott uns eine weitere Tochter schenkt?«, sagte er.

»Männer wünschen sich für gewöhnlich Söhne«, erwiderte sie lächelnd.

Er wirkte belustigt. »Nur die, die sie nicht zeugen können. Louis würde der Schlag treffen, wenn er hören würde, dass ich mir ein Mädchen wünsche. Eine Reihe von Töchtern ist nichts, worüber man abfällig die Nase rümpfen sollte. Ein Vater kann so ein paar sehr nützliche Ehebündnisse schließen.« Er lehnte sich lächelnd zurück. »Ich denke, wenn dieses Kind ein Mädchen wird, sollten wir sie nach ihrer unvergleichlichen Mutter Alienor nennen.«

»Ja, das sollten wir.« Ihr leichter Tonfall entsprach dem seinen. Sie glichen Partnern in einem Tanz – oder Gegnern, die sich anschickten, einen Schwertkampf auszufechten.

Henry hob plötzlich das Tischtuch an und spähte darunter. »Mein Kind, was machst du denn da?«, fragte er die kleine Matilda, die sich eifrig an seinen Füßen zu schaffen machte.

Matilda blinzelte zu ihrem Vater hoch. »Ich bin eine Schuhmacherin, Papa«, sagte sie ernsthaft. »Hättest du gern ein neues Paar?«

Henry ließ sich ablenken, er kicherte. »Mein Kanzler ist derjenige, der auf derartige Dinge Wert legt, aber ja, warum nicht?«

Matilda zog ihm die Schuhe aus und setzte sich wie eine kleine Schneiderin mit überschlagenen Beinen hin, um sie zu begutachten. Sie nestelte daran herum, bog die Oberklappe vor und zurück und plapperte ernsthaft auf ihn ein, während sie vorgab, seine Schuhe anzufertigen. Henry hob die Brauen. »Ihre Zukunft ist also die einer Lederhandwerkerin«, meinte er zu Alienor.

»Das liegt in der Familie, nicht wahr?«, gab Alienor zurück, und Henry brach in schallendes Gelächter aus, weil sein Urgroßvater William der Bastard der Enkel eines gewöhnlichen Gerbers aus Falaise gewesen war. Er war selbstbewusst genug, um diesen Umstand als Quelle der Erheiterung zu betrachten.

Matilda erklärte, sie müsse in ihrer Werkstatt arbeiten und trottete mit den Schuhen in eine Ecke des Raumes.

Während Henry seinen Wein trank, sahen er und Alienor sich belustigt an. Kinder konnten ein Paar nicht nur trennen, sondern auch wieder zusammenbringen.

»Ho, Mistress, sind meine Schuhe fertig?«, rief Henry.

»Fast, Papa. Du musst warten.«

»Du weißt ja nicht, dass das deinem Vater nahezu unmöglich ist«, meinte Alienor. »Ich glaube nicht, dass es schon einmal jemand gewagt hat, ihm das ins Gesicht zu sagen.«

Henry hob seinen Becher zu einem sarkastischen Toast. »Ich kann meine Zeit abwarten, wenn es sein muss.«

Matilda kam mit gerötetem Gesicht zu ihm zurück. Auf dem Oberleder jeden Schuhs prangte jetzt ein großes gesticktes Kreuz aus grüner Wolle. »Da, Papa«, sagte sie. »Jetzt sehen sie wieder ganz neu aus.«

Henrys Brust hob sich vor unterdrücktem Lachen. »Das sehe ich. Niemand wird etwas Vergleichbares tragen.«

»Nein, Papa. Sie kosten fünf Mark.«

Henry verschluckte sich fast. »Bei wem bist du denn in die Lehre gegangen, Mistress? Du solltest sie meinem Kanzler zum Kauf anbieten, wenn du solche Summen verlangst.«

»Aber sie sind etwas ganz Besonderes, Papa«, erklärte Matilda. »Du kannst sie auf zwei unterschiedliche Arten tragen.« Sie knickte die Klappe um, um die Vorzüge der Schuhe zu unterstreichen. »Von einem hing ein langer grüner Faden herab. Sie kniete nieder und streifte sie ihm mit komischem Ernst wieder über.

»Ihre Klugheit und Überzeugungskraft hat sie von mir.« Alienors Schultern bebten vor Lachen.

»Oh, also schön.« Henry kapitulierte. »Aber du musst trotzdem meinen Kanzler um das Geld bitten, weil er die Schlüssel zu meinen Schatztruhen hat. Nimm das hier als Pfand.« Er zog einen schmalen Goldring von seinem kleinen Finger und hielt ihn ihr hin.

Matilda nahm ihn mit einem Knicks entgegen und zog sich mit einem geschäftstüchtigen Lächeln zurück, das Henry ein Schnauben entlockte. Er winkte ihrer Kinderfrau, die sich daraufhin von ihrem Platz bei der Tür erhob, um Matilda ins Bett zu bringen.

Henry rückte seine Schuhe zurecht, machte aber keine Anstalten, die ungelenken großen grünen Stiche zu entfernen. Dass er Matildas Verzierungen auf seinen Schuhen behielt und sich überhaupt die Zeit nahm, mit seiner Tochter zu spielen, wärmte Alienors Herz.

»Wenn du nur immer so wärst«, sagte sie leise.

Er hob eine Braue. »Das gilt auch für dich, meine Liebe.«

Die Tür wurde geöffnet, und ein Kammerherr führte einen Kaplan aus dem Haushalt von Theobald von Canterbury in den Raum. Alienor beobachtete, wie sie näher kamen. Die Miene des Kaplans war grimmig, sein Gesicht grau vor Erschöpfung. Sie bemerkte auch den schlammbespritzten Saum seines Umhangs.

Mühsam kniete er vor Henry und Alienor nieder. »Sire, Madam, ich bringe Euch ernste und traurige Nachrichten. Ich muss Euch leider mitteilen, dass die Seele des Erzbischofs von Canterbury bei Sonnenaufgang am Fest des heiligen Apollonius in die Ewigkeit eingegangen ist.«

Die Neuigkeit stimmte Alienor traurig, überraschte sie aber nicht. Als sie ihn vor ihrer Rückkehr nach Anjou das letzte Mal in England besucht hatte, hatte der ältliche Erzbischof schon gekränkelt. Jetzt bestand die Schwierigkeit darin, unter den Kandidaten, die sich Hoffnungen darauf machten, gewählt zu werden, einen zu finden, der weise genug war, ihn zu ersetzen. Es gab den Bischof von Hereford und außerdem Robert of London. Sie mochte beide Männer nicht besonders, aber der Posten des Erzbischofs konnte ja ein Jahr lang unbesetzt bleiben, während mögliche Kandidaten in Erwägung gezogen wurden. Was sie brauchten, war ein Primas, der sowohl der Kirche als auch dem Staat mit taktvoller, gleichmäßiger Hand diente, und das würde nicht leicht werden.

Isabel saß in einer Fensternische und hielt ihre Näharbeit ins Licht, als William FitzEmpress herbeischlenderte und sich neben sie setzte. Sie rückte zur Seite, um Platz zwischen ihnen zu schaffen, wobei sich ihr Magen zusammenkrampfte. Ihr war aufgefallen, dass er sie in der letzten Zeit beobachtete wie eine Katze, die vor einem Mauseloch lauerte.

»Ihr verbringt viel Zeit mit derartigen Tätigkeiten«, bemerkte er.

»Es macht mir Spaß, und es dient praktischen Zwecken«, erwiderte sie.

»Aber es ist doch sicherlich nicht Euer ganzer Lebensinhalt.«

»Allerdings nicht.« Isabel wurde nervös. »Mein Leben ist ausgefüllt. Ich diene der Königin, und ich habe meine eigenen Pflichten als Gräfin.«

»Aber so ausgefüllt kann es doch gar nicht sein – ohne einen Mann, der Euch beschützt und berät und Euch Erben für Eure Grafschaft schenkt.«

Isabel blickte auf ihre Näharbeit hinab. Die Wendung, die das Gespräch nahm, beunruhigte sie. »Ich trauere auch jetzt noch sehr um meinen Mann«, sagte sie. »Und da ich unter dem Schutz der Königin stehe und loyale Bedienstete habe, habe ich über diese Angelegenheit bisher nicht nachgedacht.«

Er zuckte die Achseln. »Aber Ihr müsst Euch in der nahen Zukunft damit befassen. Ihr seid seit eineinhalb Jahren Witwe.«

Isabel presste die Lippen zusammen. Seine Worte hinterließen in ihrem Magen einen Klumpen der Angst, weil sie sich daran erinnerte, was ihrer Schwägerin widerfahren war. Die ehemalige Äbtissin von Romsey war jetzt mit Matthew of Alsace verheiratet und mit seinem Kind schwanger. Der König konnte alles tun, was ihm beliebte, und niemand vermochte ihn aufzuhalten.

Am Ende der Halle brach zwischen dem dreieinhalbjährigen Richard und dem sechsjährigen Harry ein erbitterter Geschwisterkampf aus. Die kleinen Jungen rollten über den Boden und schlugen und traten lauthals brüllend aufeinander ein. Ihre Schwester Matilda versuchte sie zu trennen und wurde durch einen schlecht gezielten Hieb nach hinten geschleudert.

Hamelin FitzCount, der auf dem Weg durch die Halle war, schwenkte ab, um seine Neffen voneinander loszureißen und beide kräftig durchzuschütteln. »Schluss jetzt!«, donnerte er. »Schickt sich so ein Benehmen für königliche Erben?« Ihre Schwester saß weinend auf dem Boden und rieb sich den Arm.

»Ich muss mich um Lady Matilda kümmern.« Isabel war erleichtert, einen Grund zu haben, ihren Platz zu verlassen. »Entschuldigt mich, Sire.«

William erhob sich gemächlich. »Wir reden ein andermal weiter, Mylady.«

Isabel murmelte eine Floskel, drängte sich an ihm vorbei, weil er ihr kaum Raum ließ, und konzentrierte sich statt auf sein gieriges Lächeln auf das schluchzende kleine Mädchen.

»Komm schon«, tröstete sie und beugte sich zu Matilda hinunter. »Brüder sind es nicht wert, dass man ihretwegen Tränen vergießt, und das ist nur ein Kratzer.« Sie küsste den leuchtend roten Streifen auf Matildas Unterarm.

Hamelin hatte das Spielzeugschwert konfisziert, um das sich seine Neffen gestritten hatten, und schob es in seinen eigenen Gürtel.

»Du würdest ein gutes Kindermädchen abgeben«, höhnte William, der mit verschränkten Armen zu ihnen herüberkam.

»Ich habe aus den Fehlern meiner Kindheit gelernt.« Hamelin wandte sich wieder an Richard und Harry, die ihn jetzt als gemeinsamen Feind betrachteten und finster anfunkelten. »Das könnt ihr zurückhaben, wenn ich es für richtig halte. Jetzt geht, und wenn ihr euch unbedingt prügeln müsst, tut es dort, wo ihr niemanden stört.«

Isabel legte Matilda tröstend einen Arm um die Schultern und brachte sie nach oben in Alienors Kammer, um eine Salbe für den Kratzer zu finden. Auf halber Strecke merkte sie, dass sie ihre Näharbeit vergessen hatte, aber sie würde auf keinen Fall in die Halle zurückkehren, um sie zu holen, solange sich William FitzEmpress dort aufhielt.

Alienor diktierte ihrem Schreiber gerade einen Brief, als Isabel und die verletzte Matilda eintraten.

»Richard und Harry haben sich um ein Schwert gestritten«, erklärte Isabel ihr, »und Matilda hat zu schlichten versucht.«

Alienor seufzte. »Harry und Richard streiten wegen jeder Kleinigkeit, und es wird nicht mehr lange dauern, bis Geoffrey mitmischt. Manchmal glaube ich, die Geschichten, denen zufolge die Angeviner vom Teufel abstammen, sind wirklich wahr. Die Männer dieser Linie haben ganz offensichtlich den Teufel im Leib.« Sie strich ihrer Tochter über das Haar, während Isabel in einer Truhe nach einem Tiegel Salbe suchte. »Es ist die Aufgabe einer Frau, als Friedensstifterin zu fungieren«, sagte sie zu Matilda, »und eine sehr wichtige Aufgabe noch dazu. Dank der diplomatischen Arbeit von Frauen sind Königreiche erobert worden, aber sie sollten auch wissen, wann sie ihre Zeit besser nicht an einen hoffnungslosen Fall verschwenden.«

»Richard und Harry sind hoffnungslose Fälle.« Matilda streckte die Nase in die Luft.

»Das kann man wohl sagen.«

Isabel war gerade damit fertig, Matildas aufgeschürften Arm mit Salbe zu behandeln, als Hamelin eintrat. Er wollte Emma abholen, um das Grab ihres Vaters zu besuchen, solange der Hof noch in Le Mans weilte. Isabel betrachtete das umkämpfte Spielzeugschwert, das noch immer in seinem Gürtel steckte. Hamelin folgte ihrem Blick und lächelte trocken. »Ich werde es erst einmal sicher verwahren«, sagte er. »Wenn sich meine Neffen mir gegenüber ordentlich benehmen, überlege ich, ob ich es ihnen zurückgebe. Aber vorher möchte ich Euch noch etwas geben, Mylady.« Er zog ihre Näharbeit unter seinem Umhang hervor. »Ich habe nichts dagegen, mit einem Holzschwert im Gürtel bei Hof herumzulaufen, aber das Nähzeug einer Frau birgt ganz andere Gefahren. Ihr habt es vergessen, und ich dachte, ich erspare Euch oder Eurer Zofe die Mühe, es zu holen.«

Isabel spürte, wie ihr das Blut ins Gesicht stieg. »Danke, das war sehr freundlich von Euch.«

»Ich konnte sehen, dass Ihr von Eurer Gesellschaft genug hattet«, erwiderte Hamelin mit einem leichten Heben der

Brauen. Er verbeugte sich vor ihr und ging mit Emma davon. Isabel kümmerte sich um Matilda und zog sich dann mit ihrer Näherei in eine ruhige Ecke zurück. Sie fühlte sich von innerer Unruhe erfüllt und ein wenig betrübt. All die Empfindungen, die Wills Verlust in ihr ausgelöst hatte, schlugen wieder über ihr zusammen. Die Schuld, da sie ihm nicht hatte helfen können; weil sie als Frau versagt hatte. Sie wollte noch nicht einmal daran denken, eine neue Ehe einzugehen, aber sie wusste, dass ihr die Zeit davonlief.

Alienor setzte sich zu ihr auf die Bank. »Warum versteckst du dich hier?«, fragte sie. »Diese Ecke ist zum Nähen viel zu dunkel. Was hast du denn?«

Isabel schüttelte den Kopf. »Ich habe an meinen Mann gedacht«, flüsterte sie. »Der Bruder des Königs kam zu mir in die Halle und sagte, es wäre Zeit, dass ich eine neue Ehe in Betracht ziehe.« Eine Träne fiel auf den Stoff. »Aber ich kann mir nicht vorstellen, die Frau eines anderen Mannes zu sein.«

Alienor legte ihr sanft einen Arm um die Schulter. »Irgendwann wirst du wieder heiraten müssen. Es ist unvermeidlich, das weißt du. Du hast deinen Ländereien gegenüber die Verpflichtung, für einen Erben zu sorgen.«

»Aber jetzt noch nicht!« Isabels Stimme klang schrill vor Panik. »Lasst mich noch etwas länger in Eurem Haushalt bleiben.«

»Oh, jetzt bist du töricht«, erwiderte Alienor aufgebracht. »Ich werde dafür sorgen, dass du nicht belästigt wirst, aber das kann nicht ewig so weitergehen.« Sie sah sie eindringlich an.

Isabel schluckte. »Das verstehe ich, Madam«, sagte sie, aber ihr Herz krampfte sich bei dem Gedanken, an William FitzEmpress gefesselt zu sein, zusammen. »Ich brauche nur ein bisschen mehr Zeit.«

Alienor hielt eine Schüssel mit rohen Kaninchenfleischstücken in der Hand und fütterte das weiße Gerfalkenweibchen auf der Sitzstange in ihrer Kammer. La Reina war alt und beherrschte nicht mehr wie in ihrer Blütezeit den Himmel. Alienor bildete einen neuen jungen Gerfalken aus, aber sie behielt La Reina als Haustier und ließ sie an Tagen, wenn die Sonne warm auf ihr glänzendes weißes Gefieder schien, im Übungshof fliegen. Der Falke riss ihr ein Stück Fleisch aus den Fingern und verschlang es. Trotz ihrer Jahre hatte sie immer noch einen gesunden Appetit.

Alienor blickte sich um, als Henry zu ihr trat. »Dein Bruder macht Isabel de Warenne den Hof«, sagte sie. »Ich gehe davon aus, dass er deine Erlaubnis dazu hat. Wann gedachtest du, es mir zu sagen?«

»Ich dachte, du wüsstest Bescheid«, gab er gleichmütig zurück.

»Deine Mutter ließ ein paar Andeutungen fallen, als ich sie zuletzt sah. Ich nehme an, du hast sie vorgeschickt, um diese Angelegenheit nicht persönlich mit mir besprechen zu müssen.« Sie schürzte die Lippen und machte ein schnalzendes Geräusch in Richtung des Vogels. »Vielleicht schwebt mir ja jemand anderes für sie vor. Ich könnte mir gut vorstellen, sie mit einem meiner Barone zu verheiraten.«

»Aber es ist nicht deine Sache, einen Mann für sie zu wählen«, widersprach Henry. »Die Entscheidung liegt bei mir.« Er nahm seinen Umhang ab und warf ihn über eine Eichenholztruhe. »Mein Bruder ist der Sohn einer Kaiserin und der Enkel eines Königs, und das entspricht ungefähr ihrem verstorbenen Mann. Warum sollte mir daran gelegen sein, einem deiner Barone Einfluss in England zu verschaffen? Mein Bruder besitzt bereits englische Landsitze, und diese Verbindung wird sich als vorteilhaft für ihn erweisen.« Er griff nach dem

Spielzeugschwert, das auf der Kaminbank lag. Hamelin hatte Harry und Richard die Waffe kurz zuvor nach einem strengen Vortrag über Handlungsweisen und Konsequenzen zurückgegeben.

»Aber du besetzt Autoritätspositionen in meinem Haushalt mit deinen Männern«, hielt sie dagegen. »Sowohl mein Kanzler als auch mein Haushofmeister sind Leute deiner Wahl. Warum sollte ich nicht einen meiner eigenen Männer belohnen? Ich glaube nicht, dass dir daraus ein Schaden erwächst. Es gibt noch viele andere Frauen, die dein Bruder heiraten könnte.«

Henrys Miene verfinsterte sich. »Darum geht es nicht. William wird Isabel de Warenne heiraten! Ich habe es ihm versprochen; du wirst dich nicht einmischen.« Er ließ das Schwert seines Sohnes links und rechts von ihm durch die Luft sausen.

Alienor fütterte den Gerfalken mit einem weiteren Fleischbrocken und streichelte die schneeweiße Brust. »Isabel ist noch nicht so weit, an eine neue Heirat zu denken. Da ihr Besitz und ihre Einkünfte daraus in deinen Händen verbleiben, solange sie Witwe ist, sehe ich keinen Grund zur Eile. Niemand wird sie aus meinem Haushalt entführen. Sie ist bei mir sicher, und wenn du ihr ein Jahr Aufschub gewährst, ist sie immer noch im gebärfähigen Alter. Lass deinen Bruder noch eine Weile warten, und ich werde Isabel ermutigen, aktiver am Hofleben teilzunehmen.«

Henry bedachte sie mit einem düsteren Blick. »Ich werde in dieser Sache nicht ewig warten«, grollte er. »Wenn ich es befehle, findet die Hochzeit statt.«

»Wie du meinst.« Alienor zeigte sich jetzt etwas versöhnlicher, da sie ihm zumindest ein kleines Zugeständnis entlockt hatte.

Henry nickte knapp, legte das Schwert weg und ging zum Tisch, um sich einen Becher Wein einzuschenken.

»Deine Söhne haben sich um dieses Spielzeug gestritten, und Hamelin musste schlichten«, sagte sie zu ihm. »Bruderliebe erstreckt sich nicht auf das Teilen von Besitztümern.«

»Bruderliebe ist seltener als Tageslicht im Dezember«, erwiderte er mit zynischer Belustigung. »Wenn es um eine Waffe ging, schätze ich, dass Richard den Streit angefangen hat.«

Alienor wischte ihre blutigen Finger an einem Tuch ab. »Er ist sehr weit für sein Alter; er lernt schnell und ist äußerst geschickt. Er hält sich für genauso groß wie Harry.« Leiser Stolz glomm in ihr auf. Sie liebte ihre beiden Söhne, doch Richard stand ihrem Herzen am nächsten.

»Aber er muss trotzdem lernen, wo sein Platz innerhalb der Familie ist, und das heißt, dass er Harry als dem Erben untergeordnet ist.«

Alienor schwieg dazu. Richard würde sich niemandem gegenüber als untergeordnet empfinden, und sie hatte nicht die Absicht, ihn dazu zu zwingen und seine Lebensfreude zu dämpfen.

Henry trank einen Schluck Wein. Nach einem langen Moment meinte er: »Was würdest du sagen, wenn ich erwägen würde, Thomas Becket zum Erzbischof von Canterbury zu machen?«

Alienor drehte sich zu ihm um und starrte ihn erst überrascht und dann ungläubig an. »Ich würde sagen, dass du vollkommen den Verstand verloren hast. Er ist bereits Kanzler. Warum solltest du ihm noch mehr Macht verleihen?«

»Weil er sich als Kanzler ausgezeichnet bewährt hat. Wenn ich ihn zum Erzbischof ernenne, dann werden Kirche und Staat an einem Strang ziehen.«

Alienor schüttelte nachdrücklich den Kopf. »Du würdest

die Macht der Kirche und des Staates in die Hände eines einzigen Mannes legen. Es wird kein Gegengewicht geben … niemand kann mehr überprüfen, was er tut.«

Henrys Nasenflügel bebten vor Ungeduld. »Natürlich wird es das. Thomas wird tun, was ich ihm befehle. Er ist seit sechs Jahren mein Kanzler, und ich kenne ihn gut.«

»So?« Alienor schüttelte erneut den Kopf. »Ich glaube, niemand außer ihm selbst kennt Thomas wirklich. Was er dir zeigt, ist eine charmante Fassade. Er ist ein großartiger Politiker, und er wird auf dich einreden, bis du nicht mehr weißt, wo vorne und hinten ist. Und selbst wenn ich mich irre und du ihn kennst, Henry – er kennt dich besser. Außerdem ist er noch nicht einmal Priester. Wie wird die Geistlichkeit auf seine Ernennung reagieren?«

Henry funkelte sie böse an. »Du bist immer gegen alles. Warum widersprichst du mir ständig?«

Alienor hielt seinem Blick stand. »Du hast mich nach meiner Meinung gefragt, und ich habe sie dir gesagt. Hast du Becket gegenüber etwas von deiner Absicht erwähnt?«

»Noch nicht.« Henry knabberte nervös an seinem Daumennagel.

»Gibt es andere Kandidaten?«

»Ja, Gilbert Foliot und Roger de Pont L'Èvêque; aber keiner würde das Amt so gut ausfüllen wie Thomas, auch wenn sie sich das einbilden. Sie werden ein Auge auf Thomas haben, falls sich das als nötig erweisen sollte.«

»Ich denke immer noch, du bewegst dich auf dünnem Eis. Ich rate dir, nicht in Eile zu handeln, damit du deine Entscheidung später nicht bereuen musst.«

Henry zuckte die Achseln und trank seinen Wein. »Ich werde meine Meinung nicht ändern. Die Vorteile überwiegen ganz klar.«

Alienor war davon nicht so überzeugt, kannte diesen störrischen Gesichtsausdruck aber inzwischen.

»Ich gedenke auch, Harry in Thomas' Haushalt erziehen zu lassen.«

Ein weiterer Schock durchzuckte sie. »Dazu ist er noch zu jung.« Sie kam sich vor, als wäre sie in einen Kampf verstrickt und würde von allen Seiten von Hieben getroffen. »Er hat doch schon einen Lehrer.«

»Ja, einen guten, aber das wird nicht immer ausreichen. Er braucht mehr Anleitung. Thomas beschäftigt gelehrte Männer in seinem Gefolge, die ihn über das jetzige Maß hinaus fördern würden. Er ist ein zukünftiger König; er muss auf seine Rolle vorbereitet werden, und das Haus des Kanzlers ist der beste Ort dafür.« Er schnalzte gereizt mit der Zunge. »Himmel, hör auf, mich so anzuschauen. Ich meine ja nicht, dass es jetzt gleich passieren soll; derartige Dinge müssen sorgfältig vorausgeplant werden.«

O ja, dachte sie. Henry musste immer alles planen, allen anderen immer einen Schritt voraus sein. Aber einen Schritt voraus zu sein bedeutete manchmal, dass man der Erste war, der über den Klippenrand stürzte.

19

Fécamp, Februar 1162

Alienor betrat ihre Kammer und ging direkt zu der Wiege, um nach ihrer kleinen Tochter zu sehen. »Wie geht es ihr?«

Obwohl es erst kurz nach Mittag war, wurde das Licht schon schwächer, und Kerzen waren entzündet worden. Alienor war in der Kathedrale gewesen und hatte an einer aufwändigen Wiederbestattung der Gebeine der Herzöge der Normandie teilgenommen, war aber, sobald sie entwischen konnte, zu ihrem kranken Kind zurückgeeilt.

»Unverändert«, sagte Hela, die Amme. »Sie fühlt sich immer noch sehr heiß an. Ich habe sie in lauwarmem Rosenwasser gebadet, und sie hat ein bisschen getrunken, aber nicht lange. Ihr kleiner Mund an meiner Brust hat geglüht.«

Als Alienor die Wange des Babys behutsam mit dem Zeigefinger berührte, durchzuckte sie nackte Angst. Ihre zweite Tochter war an einem goldenen Oktoberabend geboren und Alienor getauft worden, aber sie wurde Alie genannt, um sie von ihrer Mutter zu unterscheiden. Verglichen mit ihren Geschwistern war sie bei ihrer Geburt klein gewesen – ein zartes und wunderschönes Kind, das allerdings nicht so tüchtig trank wie die anderen. Ihre Brüder und ihre Schwester erholten sich zur Zeit von den Windpocken; jetzt war die kleine Alie erkrankt, und es ging ihr sehr schlecht.

Alienor hatte sich während der ganzen Zeremonie um das Baby gesorgt, und obwohl sie ihre Aufgabe anmutig und pflichtgetreu bewältigt hatte, waren ihre Gedanken um ihre kranke Tochter gekreist. Sie konnte sich nicht mit Henrys toten Vorfahren beschäftigen, wenn ihr lebendes Kind in Lebensgefahr schwebte. Es brachte all die furchtbaren Erinnerungen an Wills Tod zurück, und die Wiederbestattungszeremonie erschien ihr wie ein böses Vorzeichen.

Henry erschien. In seinem scharlachroten, mit Hermelinpelz besetzten Festtagsgewand wirkte er breitschultrig und untersetzt. »Wie geht es ihr?« Sein Blick wanderte kurz zu der Wiege, bevor er ihn schnell wieder abwandte.

»Sie ist in Gottes Händen«, erwiderte Alienor. »Wir können nichts tun außer beten.«

Ein Muskel zuckte an Henrys Wange. »Du wirst bei unseren Gästen gebraucht«, sagte er knapp. »Bleib nicht zu lange.« Er machte auf dem Absatz kehrt und rannte regelrecht davon.

»Ich werde hier auch gebraucht«, sagte sie zu der leeren Stelle, an der er gestanden hatte, aber offenbar nicht ausharren konnte. Sie fühlte sich hilflos und schuldig – wütend auf Henry sowie auf Gott. Was, wenn Er ihr Alie nehmen würde, so wie Er ihr Will genommen hatte?

Schließlich gesellte sie sich zu Henry und der in der Halle versammelten Menge. Harry begleitete sie, weil er den Ausschlag und den Juckreiz überwunden hatte; aber Richard, Matilda und Geoffrey waren noch mit Schorf bedeckt und mussten in der Kinderstube bleiben. Es wäre nicht angemessen, wenn die Erben der Herzöge der Normandie am Tisch gesessen und an ihren verkrusteten Pusteln gekratzt hätten.

Alienor spielte ihre Rolle als Gastgeberin bis zur Vollendung. Sie lächelte und unterhielt sich charmant mit den Menschen in der Halle. Sie machte geistreiche Bemerkungen; sie hörte zu und nickte und mischte sich unter die Menge. Sie ließ sich in ernsthafte Gespräche verstricken, obwohl sie später nicht mehr wusste, was sie gesagt hatte. Aber sobald sie entkommen konnte, ohne unhöflich zu wirken, nahm sie die Wache an der Wiege ihrer kleinen Tochter wieder auf.

Harry blieb bei Henry, so dass alle sehen konnten, wie die Blutlinie vom Vater zum Sohn weitergeführt wurde. Jeder äußerte sich anerkennend über das gute Aussehen des Jungen, seine Gewandtheit und seinen außergewöhnlichen Charme, den nicht viele in seinem Alter besaßen.

»Es heißt, der Apfel fällt nicht weit vom Stamm.« Henry tätschelte den Kopf seines Sohnes. »Er ist der Beweis dafür.«

In den frühen Morgenstunden erreichte das Fieber des Babys einen kritischen Punkt, und der kleine Körper erstarrte und verkrampfte sich. Alienor war neben dem Bett eingenickt, doch der Schrei der Amme riss sie mit einem Schlag aus ihrem Schlummer.

»Dämonen haben von ihr Besitz ergriffen – schickt nach einem Priester!«, kreischte Hela. »Heilige Mutter Maria, errette uns!«

»Halt den Mund!« Alienor schlug dem Mädchen ins Gesicht, es klang wie ein Peitschenknall. »Ich will solchen Unsinn nicht hören. Und jetzt hinaus mit dir! Ich will dich hier nie wiedersehen!«

Die junge Frau flüchtete schluchzend, und Alienor drehte sich zu dem Baby um. Ihr Herz hämmerte vor Entsetzen. Der Krampf ebbte ab, und Alie wurde schlaff wie eine Stoffpuppe. Sie lebte noch, aber ihre kleine Brust hob und senkte sich wie ein überstrapazierter Blasebalg. Marchisa kam mit einer Schüssel frischem, kühlem Rosenwasser. »Wir müssen sie ständig abwaschen, Madam«, sagte sie. »Ich habe so etwas schon bei Babys gesehen.«

»Sind sie am Leben geblieben? Sieh mich an und sag mir die Wahrheit.«

Marchisa hielt ihrem Blick unverwandt stand. »Ja, Madam.«

»Alle?«

Marchisa zögerte den Bruchteil einer Sekunde lang. »Die meisten.«

Den Rest der Nacht lang wusch Alienor den Körper ihrer Tochter mit einem feuchten, kühlen Tuch ab, das sie immer wieder mit Rosenwasser tränkte. Dabei flehte sie die Muttergottes an, das Kind zu verschonen. Ihre Augen brannten vor Trockenheit, da sie sie nicht zu schließen wagte, falls Alie just in diesem Moment sterben sollte. Sie wollte sie noch nicht einmal Marchisa überlassen, nur sie selbst durfte die Kleine pflegen. Eine neue Amme wurde gesucht und in einer der Hütten außerhalb der Burg gefunden. Als Alie nicht trinken wollte, tröpfelte ihr Alienor von der Spitze eines eingerollten Tuches Honig und Wasser in den Mund.

Als im Osten die Morgendämmerung anbrach und kleine Schneeflocken in einem graugoldenen Sonnenaufgang tanzten, sank das Fieber des Kindes endlich, und es atmete leichter. Alienor beobachtete, wie sich die kleine Brust jetzt ruhiger hob und senkte, und fühlte sich so kraftlos wie das ausgewrungene Tuch, mit dessen Hilfe sie Alie gefüttert hatte. Um Euphorie zu empfinden, fehlte ihr die Energie. Sie gab einen Laut von sich, der irgendwo zwischen einem Schluchzen und einem Seufzen lag, und barg das Gesicht in den Händen. Am liebsten hätte sie geweint, aber die Tränen wollten nicht fließen. Sie hatte gehofft, dass Henry kommen und sich nach dem Befinden ihrer Tochter erkundigen würde; zwar war sie enttäuscht, aber nicht überrascht gewesen, als er nicht erschienen war.

»Kommt, Madam, Ihr müsst jetzt eine Weile schlafen«, sagte Isabel. »Ich werde mich um alles kümmern.« Sie legte einen Arm um Alienor. »Wenn eine Veränderung eintritt, wecke ich Euch sofort.«

Alienor trank einen Becher Quellwasser, während Marchisa ihr Haar kämmte und ihr half, ihr Gewand auszuziehen. Sie war todmüde, und ihr war übel. Sie fiel förmlich in ihr Bett; dabei merkte sie kaum, dass Isabel die Vorhänge zuzog und Marchisa leise auf das kranke Kind einsprach. Innerhalb weniger Minuten war sie eingeschlafen, und es war ein tiefer, traumloser, vor Erschöpfung schwerer Schlaf.

Sie erwachte am späten Morgen davon, dass Henry mit ihren Frauen sprach. Seine Stimme klang kraftvoll und gut gelaunt. Mit trüben Augen setzte sie sich schwerfällig auf. Sie hatte einen schlechten Geschmack im Mund, und die Übelkeit von letzter Nacht war noch nicht verflogen. Sie warf ein loses Gewand über ihr Hemd, zog die Bettvorhänge auf und sah Henry an, der so robust und energiegeladen wirkte wie immer.

»Du bist also endlich gekommen, um zu sehen, wie es unserer Tochter geht«, stellte sie mit hochgezogenen Brauen fest.

»Ich wusste, dass du nach mir schicken würdest, wenn es nötig wäre«, gab er achselzuckend zurück. »Was für eine Hilfe bin ich bei einem kranken Kind? Das ist Frauensache.«

»Du hättest dich zumindest nach ihr erkundigen können.«

Er warf ihr einen Blick zu, der besagte, dass sie sich lächerlich verhielt. Wut kochte in ihr hoch – heiße, nackte und Übelkeit erregende Wut. Sie musste zum Abtritt laufen, wo sie sich würgend über das Loch kniete. Henry lauschte dem Geräusch mit einem nachdenklichen Ausdruck auf dem Gesicht.

Gebückt und mit schmerzendem Magen kam sie zurück. »Ich erwarte wieder ein Kind.« Beim bloßen Aussprechen der Worte fühlte sie sich schon ausgelaugt, denn Alie war erst wenig mehr als vier Monate alt. Er hatte sie tatsächlich zu einer Zuchtstute gemacht.

»Ich dachte es mir«, entgegnete er mit einem mühsamen Lächeln und küsste ihre Wange. »Das sind gute Nachrichten, zumal es immer noch keine Anzeichen für einen Erben für Frankreich gibt.«

Alienor zwang sich, sich aufzurichten. »Wirst du jetzt einen Blick auf deine Tochter werfen, wenn du schon einmal hier bist?«

Er tat ihr den Gefallen und ging zu der Wiege. Rote Flecken hatten sich auf der Haut der kleinen Alie gebildet, aber sie schlief ruhig. Die neue Amme versicherte Alienor, dass das Mädchen gut getrunken hatte.

»Siehst du«, sagte Henry. »Es gab keinen Grund für die ganze Aufregung.«

Alienor erwiderte nichts darauf, weil ihr Zorn und Verachtung die Sprache verschlagen hatten.

»Geh wieder zu Bett«, riet er in einem beschwichtigenden Ton. »Du brauchst Ruhe, wenn du uns ein weiteres gesundes Kind schenken willst, und du siehst offen gestanden nicht gut aus.«

»Was erwartest du denn, nachdem ich die ganze Nacht bei unserer kranken Tochter gesessen habe – die zu besuchen du nicht für nötig erachtet hast, bis die Krise vorbei war? Und jetzt behauptest du, ich hätte mich grundlos aufgeregt.«

»Weil es stimmt«, beharrte er. »Du hast den Beweis dafür vor Augen.« Henry behandelte sie so gönnerhaft und besorgt, als hätte sie den Verstand verloren. Er nahm sie am Arm und führte sie zum Bett, wo er sie dazu brachte, sich hinzulegen und sie dann zudeckte. Dann scheuchte er ihre Frauen weg und setzte sich auf die Bettdecke. »So ist es besser.«

Sie gab keine Antwort. Henry zupfte an einem Stück Stickerei auf der Decke herum, wo sich ein Faden gelöst hatte. Sie sah zu, wie er ihn heraustrennte, und widerstand dem Drang, ihm einen Schlag auf die Hand zu geben.

Er blickte sie unter den Augenbrauen hervor an. »Die Gräfin de Warenne hatte lange genug Zeit, ihren Mann zu betrauern«, begann er. »Ich möchte, dass du noch vor Ostern mit ihr über eine Verbindung mit meinem Bruder sprichst.«

Alienor seufzte; sie wollte nur noch von seiner Gegenwart befreit sein. »Ich werde tun, was du wünschst«, sagte sie, »aber sie wird mir Gesellschaft leisten, bis das Kind auf der Welt ist. Schieb die Hochzeit bis dahin auf. In der Zwischenzeit haben sie und dein Bruder Zeit, sich kennenzulernen.«

Seine Augen wurden schmal, und sie dachte schon, er würde ihr die Bitte abschlagen, doch dann bekundete er mit einem knappen Nicken seine Zustimmung. »Nun gut, aber sie werden getraut, sobald du ausgesegnet bist. Danach dulde ich keine Verzögerung mehr.«

»Wie du willst.« Alienor schloss die Augen.

Die Tür schloss sich hinter dem Knappen, und Henry griff nach seinem Wein, wobei er seinen Kanzler nachdenklich musterte. Sie hatten Schach gespielt, und obwohl aufgrund eines Patts keiner der beiden Männer gewonnen hatte, war der Ehre Genüge getan worden.

»Ich will mit Euch reden, Thomas«, sagte Henry. »Es geht um den freien Bischofssitz in Canterbury, aber ich glaube, Ihr wisst bereits, was ich sagen will. Ihr wisst, dass ich Euch nicht nur herbestellt habe, damit Ihr meinen Sohn in Eure Obhut nehmt und ihn in Eurem Haushalt erzieht.«

Becket neigte den Kopf. »Sire, ich hatte mich schon gewundert.« Sein Gesicht verriet nicht, was in ihm vorging.

»Nun, dann will ich dem Rätselraten ein Ende setzen. Ich wünsche, dass Ihr das Amt des Erzbischofs übernehmt. Es scheint mir die praktischste Lösung zu sein.«

Thomas holte Atem, und Henry hob eine Hand, um ihm Einhalt zu gebieten. »Keine Gegenargumente. Ihr würdet lügen, wenn Ihr behaupten würdet, dass Ihr diesen Posten nicht wollt oder ihr nicht geeignet seid. Ihr müsst ihn annehmen, um Kirche und Staat harmonisch zu vereinen. Ich habe das Ganze gründlich durchdacht, und Ihr seid der einzige Mann, dem ich zutraue, diese Aufgabe erfolgreich zu bewältigen.«

»Sire, es gibt andere, denen Ihr dieses Amt übertragen könnt und bei denen es sich bereits um erfahrene Bischöfe der Kirche handelt.«

Henry schnaubte. »Ihr meint Foliot oder Pont L'Èvêque? Ich will Männer, die in die Zukunft blicken, nicht in die Vergangenheit.«

Thomas' Gesicht hatte sich gerötet, und Henry sah, wie er in seinen Ärmeln die Fäuste ballte und öffnete wie eine Katze, die ihre Pfoten spreizt. »Ganz offen gestanden, Sire, ich bin nicht sicher, ob ich Euer Angebot annehmen soll«, sagte er. »Es wird schwierig werden, das Weltliche und das Geistliche zu vereinen, weil das Eine immer im Konflikt mit dem Anderen steht.«

Henry wischte den Einwand weg. »Nun, dann ist es nur vernünftig, dass zwischen beiden Seiten Harmonie statt Widerspruch herrscht. Euch wird es gelingen, sie zusammenzubringen. Ihr könnt jederzeit anderen mehr Aufgaben übertragen und Euch von ihnen Bericht erstatten lassen.«

»Sire, Ihr erweist mir eine große Ehre.«

»Allerdings.« Henrys Augen leuchteten auf, und er beugte

sich auf seinem Stuhl vor, um die volle Kraft seines Willens einzusetzen. »Ich erwarte von Euch, dass Ihr das Amt übernehmt, Thomas. Wenn Ihr es nicht tut, muss ich tatsächlich Kandidaten wie Gilbert Foliot in Betracht ziehen. Würdet Ihr als Kanzler lieber mit einem Kirchenoberhaupt wie ihm zu tun haben, oder würdet Ihr es vorziehen, beide Ämter selbst zu übernehmen und Foliot Befehle erteilen zu können?«

»Ich glaube, Ihr kennt die Antwort darauf, Sire«, erwiderte Becket. »Doch es ist ein g-gewaltiger Schritt.«

»Aber einer, den Ihr trotz Eurer Proteste tun wollt. Ich kenne Euch, Thomas, ich kenne Euren Ehrgeiz und Euren Hunger. Was für ein Erfolg wäre es wohl für Eure Familie? Ein gewöhnlicher Londoner Bürger steigt an die Spitze von Kirche und Staat auf.« Henry registrierte, wie sich die Röte im Gesicht des Kanzlers vertiefte. Er wusste, wie sehr Thomas Anspielungen auf seine Kaufmannswurzeln hasste und wie sehr er sich nach Macht und Privilegien sehnte. »Ich brauche Euch in dieser Position«, wiederholte er. »Es ist Zeit für eine Reform.«

Thomas faltete die Hände wie zum Gebet und presste die Fingerspitzen unter sein Kinn. »Ihr habt mich zum Kanzler erhoben, und nun bittet Ihr mich, der Erzbischof von Canterbury zu werden. Ich werde mein Bestes tun, um beide Rollen auszufüllen, aber ich muss mit Eurer Erlaubnis um Erleuchtung beten.«

»Wie Ihr wollt.« Henry wusste, dass er Becket geködert hatte, begnügte sich aber damit, noch ein wenig länger auf dessen endgültige Entscheidung warten zu müssen.

Harry trug eine neue blaue Tunika, die seine Augen betonte und wie wilde Glockenblumen leuchten ließ. Sein Umhang bestand aus hellroter, mit Gold verzierter Wolle, und seine

Gürtelschnalle war aus einem Stück Walrosselfenbein geschnitzt. Heute wurde er aus der Obhut seiner Kinderfrau, seiner Mutter und ihrer Zofen entlassen und in den Haushalt des Kanzlers aufgenommen, um dort eine strengere Erziehung zu durchlaufen.

Alienors Kehle schnürte sich zu, als sie ihn ansah – er war so groß geworden und wirkte doch immer noch wie ein Kind. »Ich möchte, dass du hart arbeitest und deinem Unterricht aufmerksam folgst«, mahnte sie, dabei strich sie über sein dunkelgoldenes Haar. »Eines Tages wirst du ein König und ein Herzog sein, und was du jetzt lernst, wird dir dann von großem Nutzen sein. Ich möchte vom Kanzler nur lobende Worte über dich hören.«

»Ja, Mama.« Harry nickte mannhaft. Auf seinem Gesicht spiegelte sich eine Mischung aus Beklommenheit und Tapferkeit wider. Er kannte Kanzler Thomas gut, weil er oft im Haus war und mit seinen Eltern über Finanzen und Regierungsgeschäfte sprach. Er hatte wundervolle Kleider – viel kostbarere als sein Vater – und zwei kräftige weiße Jagdhunde mit roten Halsbändern, die mit silbernen Glöckchen besetzt waren. Aus Gesprächen, die er mit angehört hatte, wusste er, dass Thomas der neue Erzbischof von Canterbury werden würde, und das würde ihn zu einem sehr wichtigen Mann machen. Als Harry seinen Vater gefragt hatte, ob Thomas wichtiger sein würde als der König, hatten sich Henrys Züge zunächst verhärtet; doch dann hatte er gelacht und erklärt, dass der Erzbischof von Canterbury immer noch der Diener des Königs sei und Thomas tun müsse, was er ihm sagte.

Becket erschien in einem prachtvollen, mit Eichhörnchenpelz gefütterten Umhang, der von einer runden goldenen Brosche zusammengehalten wurde.

Alienor rief sich in Erinnerung, dass sie höflich zu ihm sein musste. »Darf ich Euch zu Eurem neuen Amt beglückwünschen, Mylord Kanzler?«

Beckets Miene war gefasst, aber seine Augen blickten wachsam, als er sich vor ihr verbeugte. »Madam, ich unterschätze die Bedeutung und Schwierigkeit der Aufgabe nicht, die mir übertragen wurde, und ich werde sie so pflichtgetreu erfüllen, wie ich kann.«

»Davon bin ich überzeugt«, erwiderte sie mit diplomatischem Geschick. Das würde sich im Lauf der Zeit zeigen, dachte sie im Stillen. Becket hatte viele Feinde unter den Baronen und Prälaten, darunter auch die Bischöfe von Hereford und London, die bei der Ernennung übergangen worden waren, aber er hatte auch Freunde, einige davon am päpstlichen Hof, und das war viel wert. Sie hielt es immer noch für Irrsinn von Henry, einem einzigen Mann so viel Macht zu verleihen, aber vorerst würde sie sich nicht weiter dazu äußern.

»Ich verlasse mich darauf, dass Ihr meinen Sohn mit Anstand erzieht«, fuhr sie fort. »Lehrt ihn, was er wissen muss, um gut und weise zu herrschen.«

»Madam, ich werde mein Bestes tun.«

Alienor verabschiedete sich formell von Harry. Sie hatte ihm bereits von Herzen alles Gute gewünscht, und dies war nicht der Zeitpunkt für mehr als den offiziellen Friedenskuss. Aber als sie den schmalen Körper des Kindes spürte und seinen Duft einatmete, brach es ihr fast das Herz, dass er nie wieder ein kleiner Junge sein würde, der in ihrer Kammer zu ihren Füßen spielte. Dies war sein Moment der Loslösung aus der Welt der Frauen; nun würde er sich von ihr ab- und der Männerwelt zuwenden, in der er anderen, härteren Einflüssen ausgesetzt sein würde. Ihre Brust zog sich zusammen, aber sie hielt den Kopf hoch erhoben, als er den Raum verließ. Beckets Arm schützte ihn dabei wie ein großer Flügel.

20

Falaise, Normandie, April 1162

Alienor hatte sich schon den ganzen Morgen lang erschöpft und elend gefühlt. Von Anfang an war es ihr während dieser Schwangerschaft nicht gut gegangen, und die Übelkeit hatte über die ersten Wochen hinaus angehalten. Das übliche Gegenmittel, das aus dem Trinken von Gerstenwasser mit etwas Ingwer und mehr Ruhe bestand, hatte die Symptome nicht gelindert. Dies war das siebte Mal in neun Jahren, dass Henrys Samen in ihrem Leib Früchte trug. Sie war achtunddreißig Jahre alt, und die häufigen Schwangerschaften forderten ihren Tribut.

Sie trug ihre Stickerei zum Fenster und setzte sich zu Isabel, die an einem Hemd arbeitete. Eine Weile stichelte sie an ihrer Arbeit herum, aber der Umstand, dass sie ständig nach unten blicken musste, verstärkte ihre Übelkeit noch. Sie hob den Kopf, sah in das Licht, das durch die Glasrauten in ihrer Bleifassung fiel, und versuchte sich von ihren Beschwerden abzulenken.

»Du weißt, dass der König plant, dich mit seinem Bruder zu verheiraten«, sagte sie zu Isabel. »Als ich zuletzt versucht habe, das Thema anzuschneiden, sagtest du, du wärst noch nicht bereit.«

Isabels Nadel glitt silbern schimmernd durch den Stoff. Sie blieb stumm, und Alienor gewann den Eindruck, dass sie in ihre Arbeit hineinkriechen würde, wenn sie könnte.

»Du musst jetzt darüber nachdenken. Mein Gemahl möchte diese Verbindung noch vor Jahresende besiegelt sehen.«

Ohne aufzublicken, schob Isabel ihre Nadel in den Stoff. »Ihr wart sehr geduldig, ebenso wie der König, und dafür bin ich dankbar.«

»Aber diese Geduld ist erschöpft. Der König hat eingewilligt, dass du bis zur Geburt des Kindes bei mir bleiben kannst. Das gibt dir und dem Bruder meines Mannes Zeit, euch besser kennenzulernen, bevor ihr getraut werdet.«

Isabels Gesicht zeigte keine Regung. »Ja, Madam.«

»Denk darüber nach«, sagte Alienor. »Mehr kann ich für dich nicht tun, obwohl du immer noch unter meinem Schutz stehst. Du hast deine Pflicht zu tun, so wie wir alle.«

Sie griff wieder nach ihrer Näharbeit, aber noch bevor sie den ersten Stich ausführen konnte, verspürte sie einen sengenden, reißenden Schmerz im Kreuz; sie rang nach Luft und krümmte sich.

Isabel legte ihre eigene Arbeit beiseite, legte einen Arm um Alienor und rief um Hilfe. Alienors Frauen eilten herbei und führten sie zum Bett, obwohl Alienor kaum laufen konnte. Ihr Bauch krampfte sich zusammen, und sie spürte den ersten heißen Blutschwall zwischen ihren Schenkeln, als die viel zu frühen Wehen einsetzten.

Jemand rannte los, um eine Hebamme zu holen, ein anderer machte sich auf die Suche nach einem Arzt, und plötzlich herrschte überall hektische Betriebsamkeit. Es konnte nichts getan werden, um die Wehen aufzuhalten und das Baby zu retten. Alienor sah, wie sich ihre eigene Angst in den Augen ihrer Frauen widerspiegelte. Dies war keine Fehlgeburt im Frühstadium, und sie verlor viel Blut. Auch nach ihrem Kaplan war geschickt worden, sie konnte seine Stimme in der Vorkammer hören.

Die Hebamme kam, krempelte ihre Ärmel hoch und machte sich ans Werk. Sie massierte Alienors Bauch und flehte die heilige Margaret, die Schutzpatronin gebärender Frauen, um Beistand an. Isabel hielt Alienors Hand und murmelte zwischen ihren eigenen Gebeten tröstende Worte.

Das Kind war ein weiterer Junge, kaum größer als Alienors Handfläche. Er war, rasch gefolgt von der Nachgeburt, tot zur Welt gekommen. Die Hebamme deckte die blutverschmierte Schüssel rasch mit einem Tuch ab. »Er starb im Mutterleib«, erklärte sie. »Das passiert manchmal. Es spricht nichts dagegen, dass Ihr ein weiteres Kind bekommen könnt, sobald Ihr Euch erholt habt.«

Alienor gab keine Antwort, sondern starrte nur dumpf die Wand an. Die sachliche Bemerkung der Hebamme, das beschwichtigende Murmeln ihrer Frauen und die Blicke, die über ihren Kopf hinweg gewechselt wurden, schienen einer anderen Person zu gelten, und sie war ein unbeteiligter Zuschauer. Auf der Reise durch das Heilige Land hatte sie auf der Straße zwischen Antiochia und Jerusalem durch eine Fehlgeburt einen kleinen Jungen verloren, und die jetzige Erfahrung hatte all die furchtbaren Erinnerungen wieder zum Leben erweckt. Egal wie tief sie sie begrub, sie kamen immer wieder an die Oberfläche und forderten lautstark Beachtung. Es sprach nichts dagegen, dass sie ein weiteres Kind bekam, hatte die Hebamme gesagt. Das musste ein Fluch sein, kein Segen. Es würde keine geweihte Erde für diesen kleinen Leichnam geben; keine Taufe und keine Auferstehung, nur die lange Leere der Vorhölle.

Die nächsten Tage verbrachte Alienor mit Schmerzen und Fieber im Bett. Ihr Kopf glühte so heiß, dass sich ihr Geist umnebelte und sie sich in Albträumen wand. Isabel, Marchisa und Emma kümmerten sich ständig um sie, kühlten sie mit Rosenwasser und beruhigten sie, wenn sie aufschrie. Ärzte kamen und gingen. Einmal sah Alienor Henry neben ihrem Bett stehen, aber sie wusste nicht, ob er real oder nur ihren Fieberträumen entsprungen war. Sie meinte, seine vor Angst heisere Stimme zu hören: »Sie bleibt doch am Leben, oder?«

»Sire, sie ist in Gottes Händen«, erwiderte der Arzt ernst.

»Ich frage Euch noch einmal – sie bleibt doch am Leben?«

»Wozu?«, hörte sich Alienor schwach krächzen.

Henry beugte sich über das Bett. Sie konnte den Duft von frischer Luft an seinen Kleidern riechen, vermischt mit dem beißenden Geruch von Pferd und Schweiß. »Weil du immer widerspenstig bist, meine Liebe; du gibst den Kampf nicht auf, und sei es nur, um mir eins auszuwischen.«

»Ich könnte dir eins auswischen, indem ich sterbe«, murmelte sie. In dem Dunkel hinter ihren Lidern schwebte ein weißer Gerfalke in ihr Blickfeld. Seine Schwingen waren ausgebreitet wie die eines wilden Engels.

Als sie das nächste Mal erwachte, saß Henry noch immer an ihrem Bett. Morgenlicht erfüllte den Raum, ließ sein Haar rot wie Feuer schimmern und das Grün seiner Tunika leuchten wie frisches Gras. Sein grauäugiger Blick kreuzte sich mit dem ihren. »Ich habe es dir ja gesagt«, meinte er.

»Aller Wahrscheinlichkeit nach bin ich nicht im Himmel«, krächzte sie. »Ob ich in der Hölle bin, wird sich noch herausstellen.«

Er hob mit einem bitteren Blick die Brauen. »Das liegt an dir, mein Herz; aber ich bin froh, dass du dich dafür entschieden hast hierzubleiben.« Er beugte sich über sie, griff nach ihrer Hand und presste die Lippen auf ihren Ehering.

Eine Erinnerung an Blut und Schmerzen flammte in ihr auf. »Das Kind«, flüsterte sie. »Ich habe das Kind verloren.«

»Still, das ist nicht so schlimm.«

»Doch.«

»Du bist immer noch sehr schwach. Ruh dich jetzt aus, und komm wieder zu Kräften. Ich will dich nicht verlieren.« Er küsste sie auf die Stirn und verließ den Raum. Dieses eine Mal bemühte er sich, leise Schritte zu machen.

»Er war jeden Tag hier, Madam«, sagte Emma, als sie die Bettdecke glatt strich und Alienor einen Becher Gerstenwasser einschenkte. »Ihr bedeutet ihm wirklich viel.«

Alienor nippte an dem kalten, trüben Getränk. Sie fühlte sich hohl und jeglicher Kraft beraubt, aber sie hatte Hunger und konnte klar denken. »Ja«, bestätigte sie mit müdem Zynismus. »Ihm liegt etwas daran, dass ich am Leben bleibe, denn wenn ich sterbe, muss er mit Unruhen und Aufständen in Aquitanien rechnen. Mein Ansehen und die Verwandtschaftsbeziehungen, die ich in unsere Ehe einbringe, sind ihm wichtig – aber an mir liegt ihm nur insofern etwas, als dass er in mir einen vertrauten Gegner sieht, den er immer wieder besiegen muss. Sollte dieser Gegner plötzlich verschwunden sein, wird ihn das aus dem Gleichgewicht bringen, zumindest eine Weile lang.« Sie schüttelte den Kopf, als Emma protestieren wollte. »Es ist die Wahrheit. Ich weiß, woran ich mit ihm bin, und das ist besser, als mit Illusionen zu leben.«

Septembersonnenschein flutete über die Mauern von Chinon Castle hinweg und verwandelte den Stein in dasselbe sanfte Gold wie die umliegenden abgeernteten Felder. Die Bäume in den Obstgärten hingen voll reifender silbergrüner Birnen und roten Äpfeln. Auf den Weiden und Wiesen mästete sich das Vieh an dem letzten Rest der Fülle, bevor es im Herbst geschlachtet wurde.

Alienor hatte sich nur langsam erholt und begann erst

jetzt, sich wieder kräftig und gesund zu fühlen. Während ihrer Genesung hatte sie es genossen, ihrer Näherei nachzugehen und sich mit ihren Kindern zu beschäftigen – mit ihnen spielen, lesen und Musik hören zu können. Sie hatte inneren Frieden darin gefunden, sich Zeit zum Nachdenken und Beten zu nehmen. Sollten sich doch andere mit Politik, Regierungsgeschäften und Diplomatie befassen. Was interessierte sie das?

Während dieser Zeit hatte sie sich Henry gegenüber still und gleichgültig verhalten. Es war, als wäre sie von einer schützenden Blase umschlossen, und was er auch tat, es berührte sie nicht. Eine seiner bevorzugten Ansichten lautete, dass Frauen den Verstand verloren, wenn sie ein Kind erwarteten, und geistig so träge wurden wie Kühe. Genau so hatte sich Alienor während der langen Wochen der Genesung gefühlt, und erst jetzt, in den milden Herbsttagen, wurde ihr leichter zumute, und sie nahm wieder mehr um sich herum wahr als nur die Wände der Frauengemächer. Die Welt erhielt wieder Farbe und Konturen, und ihre Lebenslust wurde stärker.

Sie stand am offenen Fenster und beobachtete, wie Henrys Bruder William mit Isabel an seiner Seite zu den Ställen hinüberschlenderte. Hinter ihm ging ein Falkner mit Williams Wanderfalken auf dem behandschuhten Handgelenk. William gestikulierte heftig und sprach dabei auf Isabel ein. Sie hielt den Kopf gesenkt und leicht von ihm abgewandt. Er hatte sie gebeten, mit ihm auszureiten, und obwohl Isabel eingewilligt hatte, hatte sie das Frauengemach mit einem verzweifelten Gesichtsausdruck verlassen.

Draußen auf der Grasnarbe übte Hamelin mit Richard und Geoffrey Schwertkampf und brachte ihnen Angriffs- und Abwehrhiebe bei. Richard drosch auf seinen Onkel ein, als befände er sich auf einem Schlachtfeld und meinte jeden Streich ernst, wohingegen Geoffreys Bewegungen zurückhaltender waren und ihnen das kriegerische Feuer fehlte.

Alienor blickte sich überrascht um, als Henry in die Kammer stürmte und die friedliche Atmosphäre störte. Als sie ihn an diesem Morgen in der großen Halle gesehen hatte, war er in guter Stimmung gewesen, aber jetzt bildeten seine Lippen einen harten, dünnen Strich, und seine Augen waren schmal vor Wut. »Was ist denn passiert?«

»Becket.« Er spie den Namen förmlich aus und beförderte einen Stuhl mit einem Tritt aus dem Weg. »Ich kann nicht fassen, dass er mir das angetan hat. Wie konnte er nur, nach all den Privilegien, die ich ihm verliehen habe! Dieser undankbare Hund von niedriger Geburt!«

»Wieso, was hat er denn getan?«

Henrys Kiefermuskeln zuckten, als würde er auf Knorpeln herumkauen. »Er hat die Kanzlerschaft niedergelegt. Sagt, er kann sich nicht mit gutem Gewissen um Kirche und Staat zugleich kümmern. Bei Gott, als er das Amt übernahm, wusste er, dass er sich mit beidem würde befassen müssen.«

Alienor hob die Brauen. »Du bist dieses Risiko eingegangen, als du ihn ernannt hast«, sagte sie und verkniff sich die Bemerkung, dass sie ihn vor der Wahl Beckets gewarnt hatte.

Henrys Gesicht verfinsterte sich noch mehr. »Warum kann er nicht anderen mehr Pflichten übertragen? Damit war er einverstanden, als ich ihn zum Erzbischof ernannt habe.«

»Vielleicht ist die Verantwortung als Kirchenoberhaupt zu groß, und es gibt mehr zu lernen und zu tun, als er angenommen hatte?«

Henry stieß vernehmlich den Atem aus. »Ha, Thomas bewältigt alle Aufgaben mühelos!«

»Dann zieht er es vielleicht vor, der höheren Berufung

seine ungeteilte Aufmerksamkeit zu widmen«, meinte sie. »Als Oberhaupt der Kirche von England ist er dir ebenbürtig, nicht untertan, und er muss dir nicht in gleichem Maß Rede und Antwort stehen wie als Kanzler.« Für Henry musste es sich anfühlen, als wäre sein Lieblingsfalke auf einen hohen Baum geflogen, und er konnte ihn weder herunterholen noch weiterhin Macht über ihn ausüben. Seiner Meinung nach war Beckets Verhalten beinahe Verrat, und obwohl er selbst oftmals und ohne Gewissen sein Wort brach, konnte er es nicht hinnehmen, dass andere ihn ebenso behandelten. »Was wirst du deswegen unternehmen?«

»Ich werde mich weigern, seinen Rücktritt zu akzeptieren und ihm anraten, seine Entscheidung zu überdenken.«

»Ich fürchte, du hast eine Saat gesät, die dir eine bittere Ernte einbringen wird.«

»Es wird keine Ernte geben«, blaffte Henry. »Wenn das Korn vergiftet ist, werde ich es an der Wurzel ausreißen.«

Alienor musterte ihn voller böser Vorahnungen. Sie wusste, wie er war, wenn jemand seine Pläne vereitelt hatte; sie sah dasselbe Verhalten bei ihren Söhnen, wenn sie Wutanfälle hatten. Wenn die Schwierigkeiten leicht zu beseitigen waren und Becket in der Tat einfach nur überfordert war, dann würde sich alles vielleicht von selbst lösen; aber sie vermutete, dass das Problem komplexer und tiefgründiger war. Mit simplem Herausreißen würde es nicht getan sein. Jeder, der dies mit Nesseln versuchte, verbrannte sich. »Du wirst in der Zwischenzeit einen neuen Kanzler brauchen.«

»Geoffrey Ridel kann das übernehmen. Er ist Erzdiakon von Canterbury und weiß, was er im Kanzleramt zu tun hat. Er ist kompetent – aber nicht das, was mir vorschwebt.« Sein Tonfall wurde schroff, fast schmollend. »Thomas wusste das; genau das ist es, was mir im Magen liegt.«

Alienor mochte Ridel noch weniger als Becket – er war ein kriecherischer, träger Mann mit verschlagenem Blick und schmutzigen Fingernägeln. Kompetent mochte er sein, aber schwerlich ein Gewinn für sie.

Die Kinder kamen von ihrem Spiel im Freien hereingestürmt. Einige lebhafte Hunde sprangen um sie herum, und Hamelin folgte ihnen, wobei er seine Tunika herunterzog, die er in seinen Gürtel gestopft hatte. Richard war immer noch so aufgedreht, dass er Geoffrey unter lautem Geschrei um ihren Vater herumscheuchte und Henry dabei versehentlich dort traf, wo ihn vor Kurzem ein Pferd getreten hatte. Henry ächzte vor Schmerzen und Wut und schlug Richard mit dem Handrücken so hart ins Gesicht, dass dieser zu Boden geschleudert wurde. Augenblicklich trat Stille ein, alle waren im Nachhall des Schlages gefangen. Geoffrey rührte sich als Erster; er rannte zu seiner Kinderfrau und vergrub das Gesicht in ihren Röcken. Richard erhob sich vom Boden. Ein leuchtend roter Abdruck loderte auf seiner Wange. Er warf seinem Vater einen wilden, hasserfüllten Blick zu. Henry entriss ihm das Spielzeugschwert und zerbrach es über seinem Schenkel.

»Bringt ihm Manieren bei, Madam, sonst prügele ich sie ihm selbst ein«, herrschte er Alienor an, dann fuhr er zu Hamelin herum. »Und du, du Narr, solltest es besser wissen, als solche Dummheiten noch zu unterstützen. Du bist schlimmer als sie!« Er warf das zerbrochene Schwert auf den Boden und stürmte aus dem Raum.

Richard starrte ihm hinterher. Er zitterte wie ein Hund, aber nicht vor Furcht. Alienor hätte ihn am liebsten in die Arme genommen, bezwang sich aber. Richard hatte es schon sehr früh vermieden, Tränen zu vergießen, und wenn er, was selten vorkam, doch einmal weinte, tat er es im Verborgenen oder an Hodiernas weicher Brust. Alienor gegenüber verhielt er sich stets männlich und stolz. »Komm«, sagte sie. »Dein Vater ärgert sich über irgendetwas anderes, und du bist zur falschen Zeit hier hereingeplatzt, ohne dass du etwas davon wissen konntest. Du musst lernen, dich zu beherrschen, wenn du ein großer Herrscher und Kommandant anderer Männer werden willst.«

Richard schob die Unterlippe vor. »Papa tut das auch nicht.«

»Das stimmt nicht. Du hättest nicht wie ein wildes Tier in meine Kammer stürzen sollen.«

»Er hat mein Schwert zerbrochen!«

»Weil du ihn provoziert hast.« Jetzt strich Alienor ihm doch über das Haar. »Ich werde einem der Knappen sagen, dass er dir ein neues schnitzen soll. Geh jetzt mit Hodierna, sie wird dein Gesicht mit Salbe behandeln. Wir werden später über die Verantwortung von Prinzen sprechen.«

Als Richard und Geoffrey mit ihren Kinderfrauen den Raum verlassen hatten, fragte Hamelin, der zuvor geschwiegen hatte: »Warum ist Henry so schlecht gelaunt?«

Alienor erzählte ihm von Beckets Rücktritt. »Was hältst du davon?«

Hamelin schnitt eine Grimasse. »Ein Mann kann weder in zwei Richtungen zugleich blicken noch zwei Herren mit entgegengesetzten Wünschen dienen. Ich fürchte, dass wir uns auf dünnem Eis bewegen, aber ich bete, dass ich mich täusche.«

»Ja, wir können nur noch beten«, erwiderte Alienor zynisch.

Hamelin rieb sich den Nacken. »Ich mache mich besser auf die Suche nach Henry und erkundige mich, was in der Übergangszeit geschehen soll.«

Nachdem er fort war, setzte sich Alienor in die Fensternische. Ihr Gesichtsausdruck war nachdenklich und besorgt.

Im Stallhof stand William FitzEmpress so nah bei Isabel, dass sich ihre Umhänge fast berührten. »Ich habe mich darauf gefreut, mit Euch auszureiten«, sagte er.

Isabel blickte zu Boden und täuschte Bescheidenheit vor. Sie erwiderte dieses Gefühl nicht, aber er schien nichts davon zu bemerken; dazu war er zu überzeugt von sich. »Wenn ich Euer Gemahl bin, werden wir oft mit den Falken auf die Jagd gehen.«

Sie murmelte etwas Belangloses.

Sein Blick wurde gierig. »Ich werde Euch eine Welt eröffnen, die Ihr von Eurem ersten Mann nicht kennt. Ich werde Euch den Unterschied zwischen einem Jungen und einem Mann zeigen.«

Isabels Züge versteinerten sich. Ein richtiger Mann hatte es nicht nötig, auf Kosten anderer zu prahlen. Er hatte sich schon über die Bedingungen informiert, zu denen sie ihr Land verwaltete. Mit ihren Rittern und Gefolgsleuten hatte er schon Kontakt aufgenommen und mit ihnen gesprochen, als wäre sie lediglich sein Anhängsel, das er mit großen Worten und Bestechungen kaufen konnte. Sie hatte auch gehört, wie er seinen eigenen Gefolgsleuten großzügige Geschenke in Aussicht gestellt hatte. Jedes Mal, wenn sie sich vorstellte, mit ihm verheiratet zu sein, mit ihm das Bett zu teilen und mit ihm in der Kirche und am Esstisch zu sitzen, wurde ihr übel.

Auf ein Zeichen Williams brachten die Stallburschen die gesattelten Pferde heraus – einen zierlichen schwarzen Wallach für Isabel und Carbonel, den bevorzugten Goldbraunen ihres verstorbenen Mannes. Der Anblick des Pferdes entsetzte sie, denn sie empfand es als Frevel, dass William FitzEmpress es reiten sollte. Der Umstand, dass er befohlen hatte, ihn aufzuzäumen, ohne das Recht dazu zu haben, brachte sie in Rage.

»Sire«, sagte sie, »das Pferd gehörte meinem ersten Mann.

Es wäre mir lieber, wenn Ihr Euch ein anderes Tier aussuchen würdet.«

Er hob arrogant die Schultern. »Ich weiß sehr wohl, dass es das Pferd Eures Mannes war; ich dachte, Ihr wärt froh, wenn ich ihn reite, denn er ist mit Sicherheit kein geeignetes Pferd für eine Frau.«

Isabel hasste Auseinandersetzungen, aber sie konnte einem Gegner die Stirn bieten, wenn es sein musste. »Wir sind noch nicht verheiratet, Sire. Ich möchte, dass Ihr wartet, bis Ihr das Recht dazu habt, bevor Ihr über meinen Besitz bestimmt. Und ich habe keine Probleme, mit Carbonel fertigzuwerden.«

Williams Lippe kräuselte sich. »Wir wären schon seit Jahren verheiratet, wenn Ihr nicht immer neue Ausflüchte gefunden hättet, Mylady. Da wir bald getraut werden, sehe ich keinen Grund, noch länger auf das zu warten, was mir gehört.« Er hob sie auf den Schwarzen und schob ihren Fuß in den Steigbügel, wobei seine Hand besitzergreifend auf ihrem Knöchel ruhte. Isabel zog den Fuß weg. Er lächelte gezwungen, wandte sich ab, um auf den Goldbraunen zu steigen und riss den Kopf des Pferdes absichtlich mit einem bösartigen Ruck am Gebiss herum.

Isabel schluckte. Sie wollte nicht mit ihm ausreiten, aber sich weigern hieße zu schnell aufgeben. Vielleicht würde er sich beruhigen, wenn er genug geprahlt hatte. Sie bemühte sich, sich zusammenzunehmen, konnte aber nicht verhindern, dass ihr ein bestürzter Laut entfuhr, als sie das Blut an Carbonels Gebiss und die rollenden Augen des Pferdes sah.

»Man muss einem Pferd zeigen, wer der Herr ist«, bemerkte er selbstgefällig.

»Mein Mann hatte nie Probleme mit Carbonels Gehorsam«, gab sie zurück. »Er musste weder Sporen noch Peitsche einsetzen.«

Williams Brauen schossen in die Höhe. »Dann hatte er Glück, Mylady. Und er ist nicht mehr Euer Mann; Ihr seid seine Witwe.«

Die Bemerkung traf Isabel bis ins Mark und verschlug ihr die Sprache. Er schien zu glauben, dass er sie in ihre Schranken gewiesen hatte, und während sie weiterritten, erläuterte er ausführlich seine Pläne bezüglich der Grafschaft. Je länger Isabel zuhörte, desto größer wurde ihr Entsetzen – nicht weil die Pläne ungeheuerlich oder töricht waren, sondern weil er es offenbar als selbstverständlich empfand, dass er mit ihrem Besitz tun und lassen konnte, was er wollte.

Sie folgten einem Pfad durch eine Heuwiese, auf der Gänseblümchen, Löwenzahn und Ehrenpreis blühten, als ein junger Hase direkt an Carbonels Hufen vorbeihuschte. Der ohnehin schon schwitzende und gepeinigte Braune trat mit den Hufen aus, sprang zur Seite und bäumte sich einige Male heftig auf. Das Tier schleuderte William aus dem Sattel und galoppierte dann davon. William prallte so hart auf dem Boden auf, dass es ihm den Atem verschlug und er wie eine an Land geworfene Forelle nach Luft schnappte. Der immer noch an seinem Handgelenk festgebundene Falke schlug wild mit den Flügeln. Isabel presste eine Hand vor den Mund und starrte ihn erschrocken an, verspürte aber gleichzeitig den unbezwingbaren Drang zu lachen.

Williams Knappe setzte der Staubwolke nach, die Carbonel hinterließ.

»Das hat er bei meinem ersten Mann nie gemacht«, sagte sie. »Seid Ihr verletzt?«

Mit Hilfe eines anderen Knappen gelangte William wieder auf die Füße. Er reichte seinen hektisch flatternden Falken an den jungen Mann weiter und klopfte dann seine schlammbespritzten Kleider ab. »Nein, Gott sei Dank nicht«, knurrte er.

Er nahm das Pferd des Knappen für sich selbst, musste sich aber in den Sattel hieven lassen, weil er immer noch kaum atmen konnte.

Sie brachen die Jagd ab und ritten nach Chinon zurück. William kochte vor Wut und wechselte kaum ein Wort mit Isabel. Auch sie versuchte nicht, ihn zu beschwichtigen, sondern blieb stumm. Ihre Befriedigung über seinen Sturz und die Belustigung waren verflogen. Wenn er sich jetzt schon so benahm, wie würde er sich dann verhalten, wenn sie erst verheiratet waren?

Sie stiegen im Hof von ihren Pferden, als der Knappe sie in einem raschen Trab einholte. Er führte Carbonel an einem Leitzügel. Schweiß tropfte vom Fell des zitternden Braunen, und er lahmte auf einem Hinterbein. Isabel war entsetzt.

William stieg vorsichtig ab, presste eine Hand auf seine Rippen und betrachtete das geschundene Pferd. »Der Gaul ist nur noch als Hundefutter zu gebrauchen«, giftete er und wandte sich an einen Pferdeknecht, der mit steinerner Miene dabeistand. »Lass ihn schlachten und an die Hunde verfüttern.«

»Nein!« Isabel vermochte nicht länger still zu bleiben. »Das Pferd gehört mir, und ich bestimme, was mit ihm geschieht.« Sie drehte sich zu dem Pferdeknecht um. »Sattel ihn ab und versorge seine Verletzungen. Tu, was ich dir sage, und zwar jetzt!«

Der Mann zögerte; er war zwischen die Fronten geraten.

William funkelte sie finster an. »Er eignet sich nicht als Reitpferd, er ist wertlos.«

»Dann wird ihn niemand reiten. Ich habe Euch nicht die Erlaubnis dazu gegeben, und für Euch mag er wertlos sein, aber für mich hat er einen größeren Wert als Gold.« Sie winkte dem Pferdeknecht erneut, und diesmal gehorchte er mit gesenktem Blick.

William bleckte die Zähne. »Bei Gott, wenn wir verheiratet sind, wird das anders werden. Ihr braucht jemanden, der mit Euch umzugehen weiß und Euch lehrt, eine fügsame Ehefrau zu sein. Ihr habt Euch zu lange in der Gesellschaft meiner Schwester befunden.« Mit einer gegen seine Seite gepressten Hand humpelte er vom Hof.

Isabel holte tief Atem und rang um Beherrschung. Sie folgte dem Pferdeknecht in den Stall. Carbonel tänzelte und schwang gequält seine Kruppe. Der Pferdeknecht sprach beruhigend auf ihn ein. »Wird er sich wieder erholen?«, fragte sie.

Der Mann verzog sein breites, sommersprossiges Gesicht. »Soweit ich das beurteilen kann, ja, Madam. Er hat ein wundes Maul und ein verstauchtes Bein, und er ist von einem harten Reiter strapaziert worden, aber ich schätze, nach ein paar Tagen Ruhe wird es ihm besser gehen.«

Ein ›harter Reiter‹ war eine taktvolle Umschreibung des Umstandes, dass das Tier von einem Narren misshandelt worden war. »Ich habe vor, ihn nach Norfolk zu schicken«, sagte sie, »aber bis ich die nötigen Vorkehrungen treffen kann, wünsche ich nicht, dass ihn jemand ohne meine Erlaubnis reitet. Haben wir uns verstanden?«

»Ja, Madam.«

Isabel nickte gebieterisch, fühlte sich aber innerlich zittrig und durcheinander. Sie kehrte zum Bergfried zurück, ging geradewegs zur Burgkapelle und kniete vor dem Altar nieder, um zu beten, dass Gott ihr Kraft geben möge. Es fiel ihr schwer, die Worte zu formulieren und sich zu konzentrieren, weil ihre Gedanken ständig um William und sein grausames Verhalten kreisten. Egal was der König verfügte, sie konnte diesen Mann nicht heiraten. Sein Umgang mit Carbonel hatte den endgültigen Wendepunkt dargestellt. Aber wie sie sich aus der Situation herauswinden sollte, wusste sie auch nicht.

Alienor blickte zu Isabel hinüber, die an ihrem üblichen Platz in der Fensternische saß und nähte, als hinge ihr Leben davon ab. Seit sie von ihrem Ausritt mit Henrys Bruder zurückgekommen war, war sie sehr in sich gekehrt gewesen, hatte keine Unterhaltung begonnen und nur einsilbig geantwortet, wenn sie angesprochen worden war.

Alienor befahl ihren anderen Frauen, mit ihren Tätigkeiten fortzufahren, und setzte sich zu Isabel. »So, und jetzt erzähl mir bitte, was nicht stimmt. Du kannst nicht alles für dich behalten.«

Isabel presste die Lippen zusammen, aber ihr Kinn zitterte, und plötzlich brach sie in Tränen aus, griff nach einem Stück Leinen und presste es gegen ihr Gesicht. »Es tut mir so leid.«

»Was denn?«, fragte Alienor leicht verdutzt und ratlos. »Was um alles in der Welt sollte dir denn leidtun?«

Isabel schluckte und wischte sich über die Augen. »Ich kann mich nicht damit abfinden, dass ich William FitzEmpress heiraten soll«, schniefte sie. »Und doch ist es meine Pflicht zu tun, was der König von mir verlangt. Ich habe es versucht und versucht, aber ich kann es nicht ertragen, für den Rest meines Lebens seine Gegenwart erdulden zu müssen.«

»Warum, was hat er denn getan?« Alienor musterte Isabel scharf. »Ist bei eurem Ausritt etwas passiert?«

Isabel erzählte ihr alles und hielt nur ab und an inne, um sich die Augen zu betupfen und die Nase zu schnäuzen. »Ich würde mich ihm mit dem Schwert in der Hand in den Weg stellen, bevor ich ihn noch einmal in Carbonels Nähe lassen würde.« Trotz ihres Kummers wirkte sie entschlossen. »Ich möchte Euch nicht enttäuschen, weil ich weiß, dass diese Verbindung den politischen Zwecken des Königs dienen soll, aber ich kann sie nicht eingehen.« Sie zerknüllte den feuchten Stofffetzen in der Hand.

Alienor machte sich große Sorgen um Isabel, aber sie war auch erschrocken, da sie genau wusste, wie Henry reagieren würde. Ihr war bewusst, was es bedeutete, an den falschen Ehemann gefesselt zu sein, und Isabel hatte, obwohl sie nach außen hin so weich und sanft wirkte, einen stählernen Kern. Daher musste man das, was sie sagte, ernst nehmen; sie sprach nicht aus einer Laune heraus.

»Hab keine Angst«, sagte sie. »Ich bin sicher, dass wir die Sache irgendwie in Ordnung bringen können. Ich werde sehen, was ich tun kann.«

Isabel schüttelte den Kopf. »Aber das wird die Lage für Euch schwierig machen, und was könnt Ihr schon ausrichten? Ich kann Euch diese Last nicht aufladen.«

»Komm schon, lass uns nicht so reden. Ich wäre keine Freundin, wenn ich nicht versuchen würde, dir zu helfen.« Sie tätschelte Isabels Hand. »Ich bin froh, dass du mir alles erzählt hast.«

»Aber wirklich, Madam, ich wüsste nicht, wie Ihr helfen könntet.«

Alienor küsste sie. »Du brauchst die Einzelheiten nicht zu wissen, es reicht, dass ich tun werde, was ich kann. Einer Königin stehen gewisse Wege offen und Mittel zur Verfügung, mit denen sich derartige Dinge regeln lassen.« Sie verließ die Fensternische und rief nach ihrem Schreiber. Noch allzu deutlich erinnerte sie sich daran, wie Henry vor ein paar Stunden Richard ins Gesicht geschlagen hatte, ebenso wie an die Gespräche, die sie mit Henry bezüglich Isabels Verlobung geführt hatte; und dann dachte sie an William, der Carbonel misshandelt und gedroht hatte, ihn schlachten zu lassen. Es gab eine Straße, die vielleicht zum Ziel führte, und sie war aufgebracht genug, um sie zu beschreiten.

Der Schreiber erschien. Er hatte sich mehrere Pergamentbögen unter den Arm sowie Schreibgeräte hinter das Ohr geklemmt, und an seinem Gürtel hing ein Tintenhorn. »Madam?«

»Ich möchte, dass du einen Brief an den Erzbischof von Canterbury schreibst«, sagte sie.

21

Barfleur, Frühjahr 1163

Der Sturm war abgeflaut, aber der Wind blieb frisch, so dass die Überfahrt nach England dem Zureiten eines wilden Pferdes gleichen würde. Alienor mochte das raue Meer zwar nicht, aber seekrank wurde sie nie. Ihr Haushofmeister Bernard verbrachte die Reise immer über einem Eimer kniend.

Sie und Henry hatten Weihnachten in England verbringen wollen, aber aufgrund des schlechten Wetters konnten sie die Reise dorthin nicht antreten. Es war anstrengend gewesen, mit Henry zu leben, während er nicht mit seinem Königreich in Kontakt stehen konnte. Sein letzter Besuch in England lag mehrere Jahre zurück, und er musste sich um die Probleme dort kümmern.

Im Moment lief er wie ein angeleinter Löwe an der Anlegestelle hin und her. Hätte er einen Schweif gehabt, hätte er diesen von einer Seite zur anderen gepeitscht. Mit fast dreißig waren die weichen Konturen der Jugend ausgeprägteren maskulinen Zügen gewichen, und die ersten feinen Fältchen zogen sich um seine Augen herum. Er war nicht mehr der geschmeidige junge König, der unerfahren und noch nicht lange im Amt war. Mittlerweile war er ein Mann von Macht und Einfluss, dessen Schritte mit Argwohn beobachtet wurden. Es war oftmals eine Bürde, über ein so riesiges Reich zu herrschen, das sich von den schottischen Grenzen bis zu den Hängen der Pyrenäen erstreckte.

Alienor zuckte zusammen, als sie Alie in den Armen ihrer Kinderfrau brüllen hörte. Ihre Tochter befand sich in der widerspenstigen Kleinkindphase; sie war zu jung, um auf vernünftige Worte zu hören und war voller Trotz und Wut. Inzwischen war es Zeit für ihren Mittagsschlaf, aber das war erst möglich, wenn sie an Bord des Schiffes gingen.

Ihre ältere Schwester, die kurz vor ihrem siebten Geburtstag stand, war still und ernst. Gerade jetzt schüttelte sie den Kopf über Geoffrey und Richard, die auf dem Dock herumtobten und nur Unfug im Sinn hatten.

»Lass sie sich austoben«, sagte Alienor zu ihr. »Wir werden ein paar Stunden an Bord des Schiffes gefangen sein.«

Matilda rümpfte hochnäsig die Nase. »Jungen sind nicht so vernünftig wie Mädchen.«

»Das ist allerdings wahr.« Alienor schenkte ihr ein Lächeln von Frau zu Frau und umarmte sie.

Es begann zu schneien; kleine, zarte Flöckchen, wenig größer als Schuppen im Haar eines Bettlers. Alienor sah zu Isabel de Warenne hinüber, die fröstelnd inmitten ihrer Frauen stand. Ihr grauer Umhang mit dem Zobelkragen unterstrich ihre Blässe und die dunklen Ringe unter ihren Augen noch. Alienor hatte von dem neuen Erzbischof wegen des schlechten Wetters noch keine Antwort auf ihren Brief bezüglich Isabels Heirat erhalten, aber sie würde bald genug alles Nötige herausfinden.

Endlich stand das Wasser hoch genug, und sie konnten an Bord gehen, um die Reise anzutreten. Da sie die Katastrophe des *Weißen Schiffes*, das vor vielen Jahren mit dem englischen Thronerben an Bord gesunken war, noch vor Augen hatten, wurden die Königskinder getrennt. Richard, Matilda und das Baby segelten mit Alienor; Geoffrey dagegen begleitete seinen Vater auf dem schlanken, prachtvollen Königsschiff mit seinem doppelten Löwenbanner, das ihn mit Stolz erfüllte und Richard zum Schmollen veranlasste.

Die Flotte segelte aus dem ruhigen Wasser des Hafens in die raue, salzige Gischt des offenen Meeres hinaus. Alienor blickte über die grüne Wasserfläche hinweg. Es schien eine Ewigkeit her zu sein, seit sie erstmals voller Hoffnung nach England gereist war, um eine Krone für sich zu beanspruchen. Heute verspürte sie zähe Entschlossenheit. Die Nächte wurden kürzer, und der Frühling schimmerte am Horizont, aber das alte Gefühl der Vorfreude war ihr wie Wasser zwischen den Fingern entglitten.

Ein Empfangskomittee hielt sich in Southampton bereit, um die königliche Flotte zu begrüßen. Die Ritter des Erzbischofs von Canterbury und seine Leibgarde waren in voller Rüstung in geschlossenen Reihen aufmarschiert. Beckets Gewänder erstrahlten in den Tönen eines eisigen goldenen Wintermorgens. In der rechten Hand hielt er einen Bischofsstab aus Silber und Bergkristall, während die linke voller Güte auf Harrys Schulter ruhte. Der Junge trug eine dunkelrote Tunika, einen pelzgefütterten Umhang und einen Goldreif auf dem Kopf.

Auf ein Zeichen des Erzbischofs kniete sein Gefolge zeitgleich nieder. Das Geräusch glich gedämpftem Flattern des Großsegels eines Schiffes. »Sire«, sagte er, dann sank er ebenfalls auf ein Knie und zog Harry mit sich.

Henry betrachtete die Szene mit kalten, harten Augen, und in Alienor keimte tiefes Unbehagen auf – Beckets Haltung war eher die eines Herrschers, der an seiner Tür Gäste begrüßt, als die eines königlichen Dieners, der die Ankunft des Landesherrn und seiner Gemahlin würdigt. Sie verbarg ihre Beklemmung jedoch hinter einer Fassade königlicher Würde und begrüßte Becket höflich. Im Moment war sie auf seine Unterstützung angewiesen. Ihre wissenden Blicke kreuzten sich kurz und bestätigten die Angelegenheit, die ihnen beiden am Herzen lag. Dann wandte er sich ab.

Alienor küsste Harrys kühle Wangen zur Begrüßung und merkte bewundernd an, wie sehr er gewachsen war. »Du bist ja fast größer als ich!«

Er schenkte ihr sein schönes, strahlendes Lächeln. »Und auch größer als mein Vater.«

Henry hatte die Bemerkung gehört und kicherte nachsichtig. »Solange du nicht größenwahnsinnig wirst«, bemerkte er und warf seinem Erzbischof einen durchdringenden Blick zu, der überhaupt nicht zu dem Lächeln auf seinem Gesicht passte.

Später an diesem Tag saßen Henry und Becket bei einem Becher Wein zusammen, wie sie es in der Vergangenheit getan hatten, aber jetzt war alles anders. Wo einst Vertrauen und Herzlichkeit geherrscht hatten, überwogen nun Distanz und Argwohn. »Ich weigere mich, Euren Rücktritt zu akzeptieren«, sagte Henry kalt. »Das lag nicht in meiner Absicht, als ich Euch zum Erzbischof von Canterbury ernannt habe.«

Thomas wirkte bedauernd, aber entschlossen. »Meine Bischöfe werfen mir vor, dass ich mich zu viel mit weltlichen Angelegenheiten befasse. Ständig kommt es zu Interessenkonflikten, und es bleibt nie genug Zeit, um mich um alle Belange des Kanzleramtes und des Erzbistums zu kümmern. Ich kann nicht beide Ämter zu jedermanns Zufriedenheit ausfüllen.«

»Das ist eine fadenscheinige Ausrede, und das wisst Ihr. Ihr könntet Euren Leuten mehr Aufgaben übertragen und alles im Auge behalten. Ich tue das auch, warum versucht Ihr es nicht?«

»Gott verdient ungeteilte Aufmerksamkeit, Sire.«

»Das hat Euch nicht gestört, als Ihr das Amt übernommen habt. Ich habe Euch ernannt, und es ist an mir, Euch als Kanzler abzusetzen, wenn ich es für richtig halten sollte; Ihr habt kein Recht, eigenmächtig zurückzutreten.« Das war es, was Henry am meisten ärgerte – dass Becket eine solche Entscheidung aus eigenem Antrieb getroffen hatte.

»Sire, ich gestehe, dass ich in meinem Stolz geglaubt habe, beiden Ämtern gerecht werden zu können, aber es ist zu viel Arbeit für einen Mann, selbst wenn er einen Teil davon an andere delegiert. Ich habe diesen Entschluss nicht leichtfertig gefasst, sondern eingehend darüber nachgedacht; am Ende bin ich zu der Einsicht gelangt, dass der Dienst an Gott der wichtigste Dienst überhaupt ist – für jeden Menschen.«

Henrys Brust blähte sich vor Wut. »Es war nicht Gott, der Euch aus der Gosse geholt hat, sondern ich. Bildet Euch nicht ein, Ihr könntet Eure Macht auf meine Kosten steigern, denn wenn Ihr das tut, werde ich Euch auf Eure natürliche Größe zurückstutzen.« Er winkte ärgerlich ab. »Dann folgt Eurem Gewissen, aber tut es auf eigene Verantwortung. Ich werde Geoffrey Ridel an Eurer Stelle zum Kanzler ernennen, weil er sich mit Finanzen auskennt und mein Vertrauen nicht so enttäuschen wird wie Ihr.«

»Sire, ich bin sicher, dass er Euch gut dienen wird«, erwiderte Becket ruhig, obwohl ein Muskel unter seinem Auge zuckte.

»Besser als mancher andere.«

Eine betretene Stille breitete sich aus, als die Männer ihren Wein tranken. Henry stellte seinen Becher unsanft ab. »Da Ihr von Euren Pflichten als Kanzler zurücktreten und Euch nur noch den kirchlichen Angelegenheiten widmen wollt, könnt Ihr Euch gleich nützlich machen und meinem Bruder den Dispens erteilen, die Gräfin de Warenne zu heiraten. Die Frau macht Schwierigkeiten und besteht darauf. Ich möchte, dass Ihr das Dokument aufsetzt, damit die Hochzeit noch vor der Fastenzeit stattfinden kann.«

Becket nestelte am Rand eines voluminösen Ärmels herum. »Leider kann ich das nicht tun, Sire.«

»Was soll das heißen, Ihr könnt es nicht tun? Macht Euch nicht lächerlich!«

»Sire, ich habe es Euch gegenüber schon einmal erwähnt. Es besteht das Problem der zu engen Blutsverwandtschaft. Das Paar ist im dritten Grad miteinander verwandt. Es gibt zu viele enge Familienbande, die gegen diese Heirat sprechen.«

»Ja, natürlich gibt es Familienbande!«, stieß Henry hervor. »Deswegen brauchen sie ja einen Dispens, aber sie sind ja wohl kaum Bruder und Schwester, oder?«

Becket ließ sich nicht erweichen. »Leider sind die Gräfin de Warenne und Euer Bruder dennoch zu eng miteinander verwandt. Ich kann keinen Dispens erteilen, wenn er gegen Gottes Gesetz verstößt.«

Henry sprang auf und beugte sich über Becket. »Bei Christus, warum widersetzt Ihr Euch mir? Ihr werdet diesen Dispens erteilen. Diese Heirat ist seit Jahren geplant, wie Ihr sehr wohl wisst. Ihr weigert Euch, um Eure eigene Macht zur Schau zu stellen. Glaubt nur nicht, dass ich Euch nicht durchschaue.«

Becket erhob sich ebenfalls, groß und grau wie ein Granitfels neben dem Vulkan Henry. »Sire, ich tue das nicht, um Euch Verdruss zu bereiten oder um Eure Pläne zu durchkreuzen, s-sondern weil Euer Vorhaben gegen das Gesetz verstößt. Nach dem, was der Schwägerin der Gräfin de Warenne angetan wurde, hätte ich erwartet, dass Ihr mit dieser Lady behutsamer umgeht. Seit Ihr diese spezielle Ehe arrangiert habt, hat mich Mary de Boulogne immer wieder um eine Annullierung gebeten – mit der Begründung, dass sie eine illegal aus dem Kloster verschleppte Nonne wäre. Es ist doch sicher besser, jetzt Taktgefühl zu beweisen und sich den Geboten der zu engen Blutsverwandtschaft zu beugen. Mir wurde zu verstehen gegeben, dass die Gräfin de Warenne aus just diesen Gründen gegen die Verbindung ist – es gibt Bedenken bei Hof.«

Henrys ohnehin schon gerötetes Gesicht loderte jetzt vor Wut. »Euch ›wurde zu verstehen gegeben‹, Thomas? Wer hat Euch etwas zu verstehen gegeben? Hat die Gräfin de Warenne Euch gebeten, den Dispens zu verweigern?«

Becket schüttelte den Kopf. »Nein, Sire, das hat sie nicht.«

»Dann hat es jemand anders getan, was darauf hindeutet, dass ich Spione und Unruhestifter in meinem Gefolge habe.« Das Gefühl, hintergangen worden zu sein, stieg in ihm auf und betäubte ihn. Nichts fürchtete er mehr als Verrat und Treulosigkeit, vor allem direkt unter seiner Nase, und er hatte schon einen Verdacht.

»Der springende Punkt ist und bleibt, dass die Blutsverwandtschaft zu eng ist und ich diese Ehe nicht gutheißen kann.« Becket verschanzte sich hinter einem Schild aus rechtschaffener Würde.

»Seid vorsichtig, Thomas.« Henrys Stimme bebte vor Wut. »Seid sehr vorsichtig. Ihr habt das Band zwischen uns beschädigt. Überschreitet Eure Grenzen noch einen Schritt weiter, und es wird sich nicht mehr flicken lassen. Sagt mir nicht den Kampf an, denn ich werde Euch nicht gewinnen lassen.«

Marchisa fuhr mit dem Kamm durch Alienors Haar und folgte ihm mit der Handfläche sacht nach unten. Wenn sie ein graues Haar inmitten des Goldes fand, riss sie es vorsichtig aus.

»Schon wieder eins?«, bemerkte Alienor trübselig. »In der letzten Zeit häufen sie sich. Es heißt, Weisheit und Erfahrung wären die Entschädigung für das Altern des Körpers, aber ich bin nicht davon überzeugt. Ich fände es praktischer, wenn man zur gleichen Zeit weise und jung sein könnte.« Sie rieb ihre Hände mit Rosenwassersalbe ein. Zumindest sie waren noch glatt und makellos, gehörten aber nichtsdestotrotz einer Frau von neununddreißig, keinem jungen Mädchen mehr. Hände, die einen Reichsapfel und ein Zepter gehalten, die in Konstantinopel die Dornenkrone Christi berührt und Siegel unter schicksalshafte Briefe gesetzt hatten. Hände, die sich vor Wonne in Henrys Flanken gekrallt hatten, wenn sie ein Kind zeugten und die dieses Kind später gehalten hatten, als es vor Fieber glühend starb.

Marchisa war mit ihrer Arbeit gerade fertig, als Henry unangekündigt und wutschnaubend in die Kammer stürmte. Alienor schickte ihre Frauen rasch fort und streifte ein loses Seidengewand über ihr Hemd.

»Habt Ihr irgendetwas hiermit zu tun, Madam? Ich weiß, dass Ihr dahintersteckt!« Er warf das Pergament, das er umklammerte, durch den Raum, so dass es als zusammengeknüllter Ball vor ihren Füßen landete.

»Womit soll ich etwas zu tun haben?« Sie täuschte Gleichgültigkeit vor, obwohl ihr Herz zu hämmern begonnen hatte.

»Das weißt du sehr gut! Thomas Becket hat den Dispens für die Hochzeit von Isabel de Warenne und meinem Bruder mit der Begründung zu enger Blutsverwandtschaft verweigert. Es hätte ihn nur ein Fingerschnippen gekostet, die Erlaubnis zu erteilen, und trotzdem hat er sich dagegen entschieden. Warum sollte er das tun, wenn es ihm nicht jemand eingeflüstert hätte?«

Alienor machte keine Anstalten, das Pergament aufzuheben. »Vielleicht ist er seinem Gewissen gefolgt«, versetzte sie ruhig, aber bestimmt. »Manchmal denke ich, du hättest deines verloren.«

»Christus am Kreuz, Madam, ich dulde nicht, dass Ihr Euch in Staatsangelegenheiten einmischt. Es wäre eine vorteilhafte Verbindung gewesen, und Ihr habt sie mit Eurem törichten Eingreifen zunichtegemacht!«

»So vorteilhaft wie die Ehe, die du Mary de Boulogne aufgezwungen hast?« Sie sah ihn herausfordernd an.

»Ja, das war sie! Ich lasse nicht zu, dass du mich mit diesen Dingen bedrängst. Du hast meinen Bruder nie gemocht. Jedes Mal, wenn ich davon spreche, seine Position zu verbessern, schaust du entweder weg oder machst ein missbilligendes Gesicht. Glaubst du, ich habe nicht bemerkt, dass du Isabel de Warenne in den Frauengemächern versteckst und schützend deine Flügel über sie breitest?«

Alienor hielt den Kopf hoch erhoben und seinem lodernden Blick gefasst stand, obwohl sie große Angst hatte. Sie bereute nicht, was sie getan hatte, und sie würde nicht klein beigeben oder sich entschuldigen.

Sein Gesicht verzerrte sich. »Du bist die Frau, mit der ich meine Schlafkammer teile, die Mutter meiner Erben. Du solltest mich bei allem, was ich tue, unterstützen und mein sicherer Hafen sein. Und trotzdem hetzt du bei jeder Gelegenheit gegen mich und durchkreuzt meine Pläne, und dann wunderst du dich, wenn ich wütend bin.«

»Und du hörst nie auf das, was ich zu sagen habe«, gab sie zurück. Ihre Brust zog sich vor Zorn und Kummer zusammen. »Du setzt dich rücksichtslos über die Wünsche und Bedürfnisse aller anderen hinweg und wunderst dich dann, wenn alles um dich herum zusammenbricht. Ich habe nichts getan, wofür ich mich schämen müsste. Du hast Thomas Becket zum Erzbischof von Canterbury gemacht, und die endgültige Entscheidung bezüglich eines Dispenses lag bei ihm. Hätte er seine Zustimmung zu dieser Heirat gegeben, hätte ich nichts tun können, um sie zu verhindern. Als Königin ist es meine Pflicht einzugreifen, wenn ich darum gebeten werde, so wie es die deine ist zu herrschen.«

Henry ballte die Fäuste. »Spar dir deine spitzfindigen Argumente. Ich werde nicht dulden, dass du dich einmischst und hinter meinem Rücken handelst, hörst du mich?«

»Ich höre dich.« Es war die Bestätigung einer Tatsache, bei der sie sich nichts vergab. Er konnte toben, soviel er wollte, das änderte nichts daran, dass Becket den Dispens verweigerte – und sie gewonnen hatte.

»Du wirst mir gehorchen …«

Sie senkte schweigend den Kopf und bemühte sich, Reue vorzutäuschen, auch wenn sie in Wahrheit nicht so empfand.

Henry zog sie an sich und umschloss mit den Händen ihren Hinterkopf. »… oder ich werde dich zerstören«, fügte er hinzu. Sein Atem vermischte sich mit dem ihren.

Nicht, wenn ich dich zuerst zerstöre, dachte sie, lehnte sich jedoch widerstandslos an ihn. »Wie Ihr meint, Sire.« Sie schob die Hand zwischen ihren Körpern nach unten, um ihn zu streicheln, und stellte fest, dass er so hart wie Eisen war. Henry gab einen kehligen Laut von sich, nahm ihren Arm und schob sie unsanft auf das Bett zu. Sie hieß ihn willkommen, führte ihn, drängte ihn und schlang die Beine um ihn, als er in sie hineinstieß. Egal wie viele Mätressen er nahm – nur mit ihr konnte er seine Erben zeugen. Ganz egal wie stark er war, wenn er in sie eindrang – sie würde ihn dieser Stärke berauben und ihn schlaff und leer zurücklassen. Dass er sie vielleicht schwängerte, war sowohl eine Herausforderung als auch eine Gefahr, und in diesem Moment war sie bereit, beides zu akzeptieren, auch wenn sie es später bereuen mochte.

Als sie fertig waren, rollte sich Henry zur Seite und legte den Kopf auf seine Arme. Kupferne Haarbüschel schimmerten in seinen Achselhöhlen, und ein dunkelroter Streifen verlief zu seiner Leistengegend hinunter. »Dieser Dispens«, keuchte er atemlos, »die Sache ist noch nicht abgehakt. Die Gräfin de Warenne wird den Mann heiraten, den ich für sie bestimme. Wenn du daran gedacht hast, sie einem deiner Poitevaner zur Frau zu geben, kannst du dich von deinen Plänen verabschieden, denn das wird nicht passieren.«

»Wie es Euch beliebt, Sire«, erwiderte sie mit einem Anflug von Verachtung.

»Nein, es beliebt mir nicht«, schnarrte er. »Aber ich werde das Beste daraus machen.« Er stieg aus dem Bett und kleidete sich an. Sie betrachtete die Kratzer auf seinen Schultern, bevor er sie mit seinem Hemd bedeckte, und wünschte, sie hätte ihm die Nägel tiefer ins Fleisch gegraben.

Am Morgen bat Alienor Isabel nach der Messe zu sich und schickte ihre anderen Frauen außer Hörweite. Isabel war blass und ernst, sie hielt die Hände vor sich gefaltet und den Blick gesenkt.

»Du weißt, warum ich mit dir sprechen möchte.«

»Ja, Madam.« Isabel biss sich auf die Lippe. »Ich bin auf alles vorbereitet, was Ihr mir gleich sagen müsst.«

»Da bin ich mir nicht so sicher.«

Isabel starrte sie mit weit aufgerissenen, angsterfüllten braunen Augen an, und Alienor schüttelte den Kopf. »Du benimmst dich wie jemand, der mit fürchterlichen Nachrichten rechnet, aber eigentlich solltest du lächeln und dieses rote Kleid tragen, das dir so gut steht.«

Isabel wirkte verwirrt. »Madam?«

»Der Erzbischof hat verfügt, dass die für dich und William FitzEmpress geplante Ehe wegen zu enger Blutsverwandtschaft gegen das Gesetz verstößt, und er ist nicht bereit, einen Dispens zu erteilen.«

Isabel rang nach Luft.

Alienor kräuselte die Lippe. »Natürlich haben die Gründe des Erzbischofs nur sehr wenig damit zu tun, dass er meiner Bitte entsprechen will, aber er hat es dennoch für richtig gehalten, seine Zustimmung zu verweigern.« Sie freute sich, als sie sah, dass Isabel zu begreifen begann und ihr Gesicht wieder Farbe annahm.

»Danke, Madam!« Isabels Augen schwammen in Tränen. »Danke! Ich habe noch nicht einmal auf einen Aufschub zu hoffen gewagt.«

»Ich habe doch gesagt, ich würde tun, was ich kann.« Alienor nahm Isabels Hand. »Der König hat diese Niederlage nicht gut aufgenommen; du musst dich vor ihm in Acht nehmen. Ich glaube auch nicht, dass sein Bruder sonderlich glücklich darüber sein wird, also bleibst du besser in den Frauengemächern, bis der Sturm abflaut.«

Isabel nickte und wischte sich mit dem Ärmel über die Augen. »Ich stehe so tief in Eurer Schuld, dass ich es Euch nie vergelten kann.«

»Wir wollen nicht von Schulden sprechen. Ich habe nichts getan, außer einen Brief zu schreiben.«

»Trotzdem bin ich Euch sehr dankbar, Madam – auch wenn Ihr meint, ich stünde nicht in Eurer Schuld, hoffe ich, mich eines Tages erkenntlich zeigen zu können«, beharrte Isabel.

»Das kannst du tun, indem du die Chance, die du bekommen hast, nutzt.« Ein freudloser Ausdruck trat in Alienors

Augen. »Mit all deiner Kraft und ohne zurückzublicken. So wenigen wird diese Gnade zuteil.«

»Das kann er nicht tun!«, brüllte William FitzEmpress voll ungläubiger Wut. »Er kann meine Hochzeit mit Isabel de Warenne nicht aus Gründen zu enger Blutsverwandtschaft verbieten!«

»Er kann, und er hat«, erwiderte Henry mit zusammengekniffenen Lippen.

»Warum?«, wollte William wissen. »Und warum hast du ihm keinen Einhalt geboten?« Er schlug mit der Faust so fest auf den Tisch, dass die Becher darauf wackelten und Wein auf die Platte schwappte. »Du hast gesagt, alles wäre ganz einfach, wenn Becket erst Erzbischof von Canterbury wäre. Warum ist es dann jetzt alles andere als einfach?«

Henrys Gesicht lief rot an. »Ich konnte ja nicht wissen, dass das Amt des Erzbischofs ihm dermaßen zu Kopf steigen würde.« Er winkte ungeduldig ab. »Du wirst eine andere Braut heiraten müssen. Ich werde eine für dich finden.«

»Wo denn?«, spie William. »Willst du eine herbeizaubern? Es gibt keine anderen Frauen, deren Ländereien und Beziehungen sich mit ihren vergleichen lassen. Du hast sie mir versprochen. Willst du einem Emporkömmling wie Becket das durchgehen lassen? Wende dich an den Papst; erwirke einen Dispens von ihm!«

»Ich habe größere Probleme als die mit dem Erzbischof«, gab Henry zurück. »Es wird das Beste sein, wenn du anderweitig heiratest. Ich habe meine Entscheidung getroffen, finde dich damit ab – das ist mein letztes Wort.«

»Ich werde mich nie damit abfinden!«, schrie William. »Becket ist der Sohn eines gewöhnlichen Hausierers, der uns alle um seinen kostbaren Bischofsstab wickelt – einen Stab, den du ihm verliehen hast! Er hat dich überlistet, Bruder. Erwarte nicht von mir, dass ich deinem Beispiel folge!«

»Ich habe genug gehört«, knurrte Henry. »Hinaus mit dir!«

»Du magst genug gehört haben, aber damit ist das Thema nicht beendet.« William stolzierte zur Tür. »Wir werden ja sehen!« Nach seinem Knappen brüllend, rauschte er aus dem Raum.

Alienor, die an der langen Tafel auf dem hohen Podium saß, ließ den Blick über die versammelten Geistlichen und Edelleute schweifen. Erzbischof Becket hatte das Brot gesegnet, und die Diener trugen den ersten Gang auf: geröstetes Wildbret, gebratener Kapaun und gewürzten Weizenbrei. Der leere Platz auf halber Höhe entlang der Tafel war für Henrys Bruder bestimmt, aber er war nicht mehr gesehen worden, seit er einige Stunden zuvor davongestürmt war und seinem Knappen befohlen hatte, das Pferd zu satteln.

Auf eine schroffe Geste Henrys hin räumte ein Tafelmeister das Gedeck unauffällig ab, und alle rückten auf der Bank weiter, so dass nichts mehr an der hohen Tafel auf den abwesenden Bruder des Königs hinwies. Harry war die besondere Ehre zuteilgeworden, zwischen seinen Eltern unter dem vergoldeten Baldachin sitzen zu dürfen. Mit Hilfe einiger untergelegter Seidenkissen brachte er es auf dieselbe Höhe wie die Erwachsenen, und seine Augen leuchteten vor Stolz und einer gewissen Selbstgefälligkeit. Seine Geschwister hatten alle mit ihren Kinderfrauen an einem anderen Tisch Platz nehmen müssen; so unterstrich ihre Gegenwart die Zeugungskraft des Königs, aber sie waren dennoch von den anderen Gästen getrennt. Sie konnten Erfahrungen sammeln und Manieren lernen, ohne dabei zu stören. Richard starrte Harry die ganze

Zeit finster an; die Eifersucht konnte man seinem Gesicht ansehen, und Harry reagierte darauf mit einem hämischen Grinsen und der Zurschaustellung seiner neuen kostbaren Kleider.

Henry war ganz offensichtlich schlechter Laune. Er wechselte kaum ein Wort mit dem Erzbischof, trommelte mit den Fingern auf der Tischplatte herum und rutschte unruhig hin und her. Dabei verzehrte er seine Mahlzeit so bedächtig wie ein Soldat auf einem Feldzug und kaute geräuschvoll, ohne Vergnügen am Essen zu finden.

Alienor entging nicht, dass sich zwischen den Männern neue Probleme anbahnten. Henry beabsichtigte, Steuern zu erheben, und Becket hatte im Namen der Sheriffs Einspruch eingelegt. Der Erzbischof hatte außerdem darauf bestanden, dass die Barone, die immer noch Kirchenländereien verwalteten, die sie in dem jetzt mehr als zehn Jahre zurückliegenden Bürgerkrieg an sich gebracht hatten, ihre Gewinne wieder herausgaben. Bezüglich dieser Frage hatte es zahlreiche erbitterte Dispute gegeben, und bei den Gerichten häuften sich angemeldete Ansprüche und Gegenansprüche. Becket bestand darauf, den gesetzlichen Ablauf bis ins kleinste Detail einzuhalten, und Henry war der Meinung, dass es für Becket keinen anderen Grund für diese Behinderungen und Verzögerungen gab als selbstherrliche Machtspiele.

Dazu kam noch das Problem krimineller Kirchenbeamter, von denen Henry gehofft hatte, ihnen mit Hilfe von Becket in der Doppelrolle als Kanzler und Erzbischof das Handwerk legen zu können, aber diese Strategie war jetzt so blockiert wie eine Mühle, in deren Mahlwerk ein Felsbrocken geraten war.

Nach Henrys Ansicht, die von vielen geteilt wurde, sollte jedes Verbrechen im Land vor ein weltliches Gericht gebracht werden. Becket beharrte jedoch darauf, dass Geistlichen im kircheneigenen Gericht der Prozess gemacht werden musste, so wie es momentan gängig war. Henry wollte das Gesetz aus der Zeit seines Großvaters wieder einführen, als jeder vor einem weltlichen Gericht stehen musste, ungeachtet der von ihm ausgeübten Tätigkeit. In Zeiten des Zwanges war der Kirche zu sehr entgegengekommen worden; es wurde Zeit, die alten Zustände wiederherzustellen. Henry und Becket glichen Hunden, die einander mit aufgestellten Nackenhaaren, aber immer noch schwanzwedelnd umkreisten; trotzdem argwöhnte Alienor, dass über kurz oder lang ein handfester Kampf ausbrechen würde.

Das formelle Mahl endete damit, dass kandierte Ingwerstücke, gewürzter Wein und Süßigkeiten serviert wurden. Henry zog sich in seine Kammer zurück, um dort mit einer ausgewählten Gruppe von Höflingen Hippokras zu trinken und gesellschaftlichen Umgang zu pflegen. Sein Erzbischof gehörte nicht dazu – bislang das stärkste Anzeichen dafür, dass zwischen ihnen etwas im Argen war.

Die Elitegruppe unterhielt sich, vertrieb sich die Zeit mit Glücksspielen und Schach und lauschte Henrys walisischem Harfner, der seinem Instrument wunderschöne klare Töne entlockte. Alienor ging zwischen den Gästen umher und kokettierte durch anmutige Handbewegungen mit den Männern. Sie lächelte, beteiligte sich an Gesprächen und sammelte unauffällig Eindrücke und Informationen. Sie versprach, irgendjemandes Neffen als Pagen in ihr Gefolge aufzunehmen, und unterhielt sich mit einem Ritter, der kürzlich von einer Pilgerreise nach Jerusalem zurückgekehrt war. Doch ihr gefror das diplomatische Lächeln auf den Lippen, als Henrys jüngster Bruder betrunken in die Kammer stolperte. Mit einer Hand umklammerte er das Handgelenk einer der berüchtigteren

Hofhuren. Auch sie war betrunken, jedoch nicht so sehr wie er; sie ließ sich zurückfallen, konnte sich aber nicht aus seinem eisernen Griff befreien.

William taumelte auf Henry zu. »Dann heirate ich eben die hier«, nuschelte er torkelnd und schwankend. »Keine Bluts… Bluts… Blutsverwandtschaft. Thomas kann keine Einwände gegen sie erheben. Sie hat im Bordell des Bisch… Bischofs von Winchester angefangen. Was meinst du? Wird sie eine gute Ehefrau abgeben?«

»Du kannst sie nicht heiraten, Will, alter Junge!«, dröhnte ein Höfling, der dem Wein an diesem Abend auch schon zu reichlich zugesprochen hatte. »Sie hatte schon den König zwischen ihren Schenkeln, das wäre Inzest!«

Entsetzte Stille trat ein. Dann unterdrückte jemand ein schnaubendes Lachen. William ließ die Hure los und stürzte sich mit einem Wutschrei und fliegenden Fäusten auf den Höfling. Der Mann, einer von Richard de Lucys Rittern, taumelte zurück. Blut schoss aus seiner aufgeplatzten Lippe. William stürzte erneut auf ihn zu; sie prallten gegen das Büfett und stießen dabei Karaffen und Becher um. Die Hure nutzte die Gelegenheit, um aus dem Raum zu fliehen, während zwei von Henrys Rittern eingriffen und William von seinem Opfer wegzerrten.

William stand schwankend da und konnte sich kaum auf den Beinen halten. »Alle Frauen sind Schlampen und Huren!«, keuchte er. »Ob Königin oder Gräfin oder gewöhnliche Bademädchen aus Southwark. Alles treulose Freudenmädchen, die Männer mit ihren Mösen locken!« Er funkelte Alienor und Isabel an.

Henry vollführte eine scharfe Geste, und die Ritter schleiften den schimpfenden und fluchenden William aus dem Raum.

»Nun«, wandte sich Henry an die schockierte Menge,

»das war doch eine interessante Unterhaltungseinlage. Ich bin sicher, im Vergleich dazu herrscht in den Gemächern des guten Erzbischofs gähnende Langeweile.« Er sah den Höfling mit der blutenden Lippe an. »Lass dir das eine Lehre sein, Saer. Das erntet man, wenn man dumme Bemerkungen macht – Blut für unbedachte Worte.«

Henrys Erklärung wurde mit verunsichertem Kichern quittiert, und die Menge nahm ihre Unterhaltungen wieder auf – erst noch schleppend, aber allmählich kehrte die frühere Lebhaftigkeit zurück. Isabel zog sich, begleitet von Marchisa, still zurück, doch Alienor blieb diese Möglichkeit verwehrt, da Henry zu ihr trat und auf ein freies Schachbrett in der Nische deutete. »Madam, habt Ihr Lust auf eine Partie?«

Ihr war bewusst, dass alle sie beobachteten, um zu sehen, wie sie auf Williams Ausbruch reagierte. Um die Klatschmäuler zum Schweigen zu bringen und ihnen die Befriedigung zu verweigern, König und Königin öffentlich streiten zu sehen, lächelte sie Henry an und stimmte freundlich zu, obwohl sie ihm am liebsten die Augen ausgekratzt hätte.

Mit eleganten Bewegungen, die die Schönheit ihrer Hände unterstrichen, stellte sie die Figuren auf. »Das war ja sehr interessant.« Sie sprach leise, aber mit vernichtendem Spott. »Ich wusste gar nicht, dass sie zu der Sammlung deiner Bettgefährtinnen gehört.«

»Das liegt daran, dass ich nicht dumm genug war, sie dir direkt vor die Nase zu setzen. Sie ist ein Nichts, eine Schlampe aus dem Bordellviertel, die jederzeit dorthin zurückgejagt werden kann. Was gerade eben passiert ist, ist bedauerlich, hat aber keine Konsequenzen.«

»Selbstverständlich nicht – obwohl dein Bruder mich und Isabel gedemütigt und uns auf eine Stufe mit den Huren von Southwark gestellt hat.«

Henry verschränkte die Arme und beugte sich über das Brett. »Die Gräfin de Warenne ist überhaupt erst der Grund für die ganze Aufregung, Madam. Hätte sie meinen Bruder akzeptiert, wie es ihre Pflicht war, wäre es nie so weit gekommen, nicht wahr? Ihr wurde nachgegeben und erlaubt, in ihrer Trauer zu versinken. Sie hätte schon längst wieder heiraten sollen.«

»Und was für einen wunderbaren Mann dein Bruder für sie abgegeben hätte«, gab Alienor zurück. »Verletzungen der eigenen Würde zu ertragen ist für Frauen immer schwer; sie genieren sich dafür, obwohl es die Männer sind, die sich schämen müssten.« Sie entnahm ihrem Geldbeutel eine Münze mit Henrys Kopf auf der einen und einem eingeritzten Kreuz auf der anderen Seite. »Welche Seite, Mylord? König oder Kreuz?«

Henry winkte ab. »Ich verzichte auf meinen möglichen Vorteil, Madam. Macht Ihr den ersten Zug, und ich werde Euch beobachten. Ich ziehe es vor, selbst festzustellen, woher der Wind weht, statt es dem Zufall, widerspenstigen Ehefrauen und Erzbischöfen zu überlassen.«

Alienor bedachte ihn mit einem sarkastischen Blick. »Nun, dann beschwert Euch nicht, wenn Ihr verliert.« Sie machte den ersten Zug.

»Füchsin«, bemerkte er säuerlich. »William kommt schon wieder zur Besinnung, wenn er nüchtern ist und Zeit zum Nachdenken gehabt hat. Ich schicke ihn zu meiner Mutter zurück, und sie kann ihn in Rouen zur Vernunft bringen.«

Alienor hob die Brauen. »Oder er könnte sie zu überreden versuchen, mit dem Erzbischof zu verhandeln, damit er seine Meinung ändert. Sehr gerissen, Mylord.«

Henry zuckte die Achseln, stritt aber nichts ab. »Meine Mutter weiß, wie man aufmüpfige Geistliche behandelt.«

Alienor dachte über ihren nächsten Zug nach. »Sie wird auf Granit beißen. Der Erzbischof wird lieber zerbrechen, als sich verbiegen zu lassen.«

»Dann werde ich ihn zerbrechen, wenn es notwendig sein sollte.« Henrys Mund bildete eine schmale, verkniffene Linie.

Die Partie endete mit einem Remis, wie Alienor es vorhergesehen hatte. Er war entschlossen, sie zu besiegen, und sie war gleichermaßen entschlossen, ihn nicht gewinnen zu lassen. Sie gingen zu Bett, um dort den Kampf fortzuführen. Als es vorüber war, ohne dass einer gesiegt hatte und sie nur beide keuchend nach Atem rangen, kleidete Henry sich an und ließ sie allein. Alienor wusste nicht, ob sie dankbar oder enttäuscht sein sollte.

Sie stieg aus dem Bett und ging zum Abtritt, um sich mit einem feuchten Tuch zu erfrischen, und während sie sich wusch, entdeckte sie rote Flecken auf dem Tuch. Ihre Monatsblutung hatte eingesetzt; aus dieser Saat würde kein Kind entstehen, und sie empfand nur Erleichterung darüber, dass sie zumindest einen weiteren Monat lang von diesem speziellen Schlachtfeld verschont bleiben sollte.

Sie befahl einer ihrer Frauen, ihr weiche Lumpen zu bringen, und zog unter ihrem Hemd eine alte Hose an. Dann machte sie sich auf die Suche nach Isabel.

Diese war noch nicht zu Bett gegangen, sondern säumte im Kerzenschein ein Hemd. Es war eigentlich eine Arbeit für Dienerinnen, aber sie ließ sich auch im Halbdunkel ausführen, und Alienor wusste, wie beruhigend die sich ständig wiederholenden Bewegungen sein konnten – sie halfen, die Gedanken zu ordnen oder sie gänzlich zu verbannen.

»Ist alles in Ordnung?«

Isabel nickte. »Danke, Madam. Es tut mir leid, dass der Bruder des Königs die Neuigkeit so schlecht aufgenommen hat, aber es bestätigt mir nur, dass ich nie seine Frau sein könnte. Ohne die Intervention des Erzbischofs hätte ich vielleicht heiraten müssen, ich hätte dann meine Pflicht getan, dabei aber jeden Moment um Erlösung gebetet.« Ihr Gesichtsausdruck wurde betrübt. »Ich bedauere, was vor den Augen des gesamten Hofes vorgefallen ist. Es war äußerst unschicklich.«

»Und nicht dein Fehler.« Alienors Augen blitzten vor Zorn. »Nimm nicht die Schuld dafür auf dich. Was William getan hat, beschwert sein Gewissen, nicht deines. Es wird vergehen wie ein Gewittersturm.« Sie rutschte unbehaglich auf der Bank zur Seite, als ihr Unterleib sich zusammenkrampfte. »Nun gilt es, neue Wege zu beschreiten, auf denen du die Spuren hinterlassen kannst, die du zu hinterlassen wünschst.«

22

Westminster, Oktober 1163

Als die Tür zu ihrer Kammer geöffnet wurde und Harry mit seinem Vater eintrat, blickte Alienor von dem Brief auf, den sie gerade las. »Was hat das denn zu bedeuten?«, fragte sie überrascht, denn Harry hätte eigentlich zusammen mit den Pagen und Knappen im Dienst des Erzbischofs sein sollen.

»Ich entziehe unseren Sohn Beckets Obhut.« Ein ärgerlicher Funke glitzerte in Henrys Augen. »Dieser Haushalt hat sich als ungeeigneter Ort für die Erziehung eines künftigen Königs erwiesen. Gott weiß, was für aufrührerisches Gedankengut dieser Mann meinem Sohn in den Kopf setzt.«

Alienor erhob sich, als Harry vor ihr niederkniete, zog ihren Sohn dann auf die Füße und umarmte ihn. »Es ist dir vorher nicht in den Sinn gekommen, dass er etwas Derartiges beabsichtigen könnte?«

»Warum sollte es?«, fauchte Henry. »Er hat mir treu gedient, bis ich ihn zum Erzbischof ernannt habe. Jetzt hat er beschlossen, seinen Posten zur Steigerung seiner Macht, statt als Basis einer Partnerschaft zu betrachten.« Er stapfte durch den Raum, nahm willkürlich Gegenstände in die Hand und stellte sie unsanft wieder ab. »Wenn ich ihn absetzen könnte, würde ich es tun und Gilbert Foliot das Amt übertragen, aber da ich nichts ausrichten kann, solange Becket nicht von sich aus als Erzbischof zurücktritt, muss ich ihn mit anderen Mitteln gefügig machen. Es gibt viel bessere Lehrer, die unseren Sohn ausbilden können.«

»Mir hat es im Haus des Erzbischofs gefallen«, meldete sich Harry zu Wort und zuckte dann die Achseln. »Aber manchmal war es langweilig.«

»Hat der Erzbischof irgendetwas über mich zu dir gesagt?«, erkundigte sich Henry misstrauisch.

»Nein, Papa. Er hat nur gesagt, es tut ihm leid, dass er nicht mehr mein Lehrer ist und dass er hofft, ich würde später zu ihm zurückkommen, wenn die Angelegenheiten geklärt sind.«

»Nun, das ist eine weitere vergebliche Hoffnung für ihn.«

Harry begrüßte nun seine anderen Geschwister. Matilda zog ihn in eine herzliche Umarmung, die er erwiderte, da er sehr an seiner ältesten Schwester hing. Der fünfjährige Geoffrey, der mit einem Ball und einer Fangkelle gespielt hatte, wollte ihm zeigen, wie geschickt er darin geworden war, den Ball sicher aufzufangen. Also musste Harry es selbst versuchen, wobei er kleine Kunststücke vollführte – er fing den Ball unter seinem angehobenen Oberschenkel und während er sich drehte. Seine Bewegungen waren flink und geschmeidig. Richard sagte kein Wort. Nun, wo Harry zurück war, wenn auch nur für kurze Zeit, wurde er in der Hierarchie augenblicklich zurückgestuft. Er beobachtete seinen großen Bruder mit verschränkten Armen und voller Verachtung, bis Harry zu ihm kam und ihm einen freundschaftlichen Stoß versetzte. Daraus entspann sich eine Balgerei, und Henry brüllte sie an, zu verschwinden und im Garten weiterzuraufen.

»Kleine Kröten«, murmelte er verhalten.

»Sie kommen ganz nach Euch, Mylord«, bemerkte Alienor süß.

Henry grunzte. »Mag sein, aber sie brauchen Anleitung. Jeder Baum muss beschnitten werden.«

Alienor erwiderte nichts darauf. Henrys Anleitung würde sie in Abbilder von ihm selbst verwandeln, und das lag nicht in ihrer Absicht.

»Ich habe beschlossen, Weihnachten in Berkhamstead zu verbringen«, verkündete er.

Alienor musterte ihn überrascht. Als Becket zum Kanzler ernannt worden war, war ihm als besonderes Zugeständnis die Nutzung von Berkhamstead Castle gestattet worden. Er hielt sich oft in der Burg auf und hatte sie um seiner Bequemlichkeit willen renoviert und mit prächtigen Möbeln ausgestattet.

»Ich habe Thomas das Privileg, dort zu residieren, entzogen«, erklärte Henry. »Warum sollte ihm eine solche Ehre gebühren, wenn er sich mir widersetzt und vernünftigen Argumenten nicht zugänglich ist? Wir werden uns alle dort versammeln und klarstellen, wer der Herr ist. Ich möchte, dass du deine Staatsgewänder anlegst, denn wir werden dort groß Hof halten.«

»Wie Ihr wünscht, Mylord.« Alienor freute sich darüber, weil die Nutzung von Berkhamstead ihr Vorrecht als Königin gewesen war, und sie hatte zwar nicht widersprochen, war aber auch nicht sonderlich erfreut gewesen, als Henry es Becket übertragen hatte. Sie bezweifelte jedoch, dass Maßnahmen, wie Harry aus Beckets Haushalt zu entfernen und seine Privilegien als Erzbischof zu beschneiden, Thomas unter Kontrolle bringen würden. Henry schlug nur zurück, er löste das Problem nicht. Und sie hatte keine Veranlassung, sich für Becket einzusetzen. Er hatte ihr zwar in Bezug auf Isabels Heirat einen Gefallen erwiesen, aber dabei hatte es sich um eine Angelegenheit von beiderseitigem Interesse gehandelt. Sie hatte kein Verlangen danach, in Henrys Streit mit dem Erzbischof hineingezogen zu werden; diesen hatten die beiden Männer selbst angezettelt.

»Deine Mutter hat wegen William geschrieben«, wechselte sie das Thema. Sie gab ihm das Pergament, das sie gelesen hatte, als er hereingekommen war.

Henry maß sie mit einem scharfen Blick. »Was ist mit ihm?«

»Sie schreibt, er hat keinen Appetit und kein Interesse mehr an der Jagd. Er will nur noch am Feuer sitzen und sein Pech im Leben bejammern. Er klagt über Magenkoliken, aber keine ärztliche Behandlung schlägt an.«

Henry grunzte und las den Brief selbst. »Sie berichtet auch, dass sie Becket geschrieben hat und nicht verstehen kann, warum er sich plötzlich derartige Sorgen um zu enge Blutsverwandtschaft macht.« Er sah sie finster an. »Wenn sie wüsste, dass du dich eingemischt hast, wäre sie sicherlich nicht sehr erfreut.«

»Natürlich wäre sie das nicht«, gab Alienor ruhig zurück. »Du kannst es ihr sagen, wenn du willst, aber ich wüsste nicht, wozu das gut sein sollte. Becket hätte ebenso gut einen Dispens erteilen können, wie du weißt. Ich werde dafür beten, dass dein Bruder sich von seiner Krankheit erholt, und ich werde beten, dass Gott deiner Mutter beisteht und ihr Kraft gibt.«

»Wie christlich von dir«, spottete Henry.

»Nein, wie pflichtbewusst«, erwiderte sie mit einer spöttischen Verbeugung.

Nach einem üppigen, prunkvollen Weihnachtsfest in Berkhamstead siedelte der Hof in den königlichen Palast von Clarendon über, wo Magnate, Barone und Geistliche zu einer großen Konferenz befohlen wurden, bei der über die Gesetze des Reichs diskutiert werden sollte. Wieder einmal gerieten Henry und sein ehemaliger Kanzler und jetziger Erzbischof aneinander und stritten sich über die Rechte von Kirche und Staat. Jeder hielt verbissen an seinem Standpunkt fest, bevor die Verhandlungen zum Stillstand kamen. Becket hatte schließlich eingewilligt, die alten Sitten des Landes mündlich anzuerkennen, sich aber geweigert, sein Siegel unter ein Dokument zu setzen, das ihn stärker binden würde als Worte. Henry hatte ihm schließlich eine Vertragsurkunde überreicht, die den Verlauf der Konferenz und die diskutierten Regeln auflistete. Roger de Pont Èvêque, der Erzbischof von York, besaß ebenfalls eine Kopie, und Henry hatte eine für sich selbst behalten. Becket hatte beschlossen, es lediglich als schriftliche Erinnerung zu betrachten; ein solches Dokument war jedoch auch ohne Siegel verbindlich.

An dem klirrend kalten Wintermorgen ging Alienor in Begleitung von ausgelassenen Kindern und Hunden auf dem Palastgelände spazieren. Einen Tag zuvor hatte es stark geschneit, aber der Himmel war über Nacht aufgeklart, und der Wind hatte sich gelegt, um eine kristallweiße, blau angehauchte eisige Welt zu hinterlassen. Die klare Luft und die lockeren Schneewehen hoben die Stimmung, und ihre Begleiter tobten schreiend und bellend darin herum, bis Alienor ihr eigenes Wort kaum noch verstehen konnte.

»Wie wird es jetzt weitergehen, Madam?«, fragte Isabel, als sie zusahen, wie eine weitere Kolonne beladener Packpferde den verschneiten Weg hinunter zur Straße trottete. Die Männer trugen die Amtstracht von Gilbert Foliot, dem Bischof von Hereford. Letzterer ritt hinter seinem Bannerträger. Sein korpulenter Körper war in einen mit Zobel gefütterten Umhang gehüllt. Glöckchen klirrten am Zaumzeug seines Schecken, dessen violette Satteldecke mit Kreuzen aus goldener Seide bestickt war. Vier schlanke Jagdhunde, deren Halsbänder gleichfalls mit Glöckchen besetzt waren, liefen neben dem Pferd her. Foliot war Beckets Erzfeind, weil er der Ansicht war, Canterbury hätte ihm zugestanden. Da Henry ihm das Amt des Erzbischofs verwehrt hatte, war seine Beziehung zur Krone ebenfalls angespannt. Er war ein einflussreicher und gefährlicher Mann.

»Ich weiß es nicht«, erwiderte Alienor. »Henry mag sich einbilden, dass er den Erzbischof durch das Ausstellen der Vertragsurkunde bezwungen hat, doch das wird noch nicht das Ende sein. Ich vermute, Becket wird sich an den Papst wenden.«

»Aber der Papst ist auch auf das Wohlwollen und die Unterstützung des Königs angewiesen.«

»In der Tat«, versetzte Alienor trocken. »Jeder behauptet und glaubt, alles wäre ganz einfach, wenn nur der andere Vernunft annehmen würde.«

Wüstes Geschrei ertönte, als Richard und Harry einen ernsthaften Kampf begonnen und so hart es ging aufeinander eintraten und einschlugen. Alienor befahl einem ihrer Ritter, sie zu trennen. Richard keuchte, seine aufgeplatzte Lippe blutete. Harry krümmte sich auf dem Boden und presste die Hände zwischen seine Beine, dann rollte er sich zur Seite und würgte. Geoffrey, der das Geschehen mit leuchtenden Augen verfolgte, rieb sich mit dem Handrücken über die Nase.

»Und was nun?«, wollte Alienor ärgerlich wissen. »Ihr seid die Söhne eines Königs und habt eine Zukunft als Herrscher vor euch. Wie wollt ihr denn über euer Land herrschen, wenn ihr euch noch nicht einmal selbst beherrschen könnt?«

Kleine Blutstropfen fielen von Richards Lippe und landeten wie scharlachrote Beeren im Schnee. »Er hat behauptet, ich müsste vor ihm niederknien, weil ich sein Vasall und jünger als er wäre, aber ich werde mich nie vor ihm verbeugen – niemals!«

»Es lohnt sich nicht, euch in eurem Alter deswegen schon auf Leben und Tod zu bekriegen«, schalt sie matt, dabei bedeutete sie einem ihrer Begleiter, Harry auf die Füße zu stellen. »Und wenn es so weit ist, habt ihr hoffentlich eure Differenzen beigelegt, bevor ihr mich ins frühe Grab gebracht habt. Es ist viel besser, gemeinsame Feinde zu finden, als euch gegenseitig in Stücke zu reißen.« Sie schickte Richard mit einem Knappen fort, um seine Lippe behandeln zu lassen und ließ Harry von einem ihrer Ritter in die Burg zurückbringen.

»Manchmal verzweifle ich an ihnen«, sagte sie zu Isabel. Ihr Atem bildete kleine Wölkchen in der Luft. »Es ist gut, dass meine Söhne miteinander konkurrieren und Ehrgeiz beweisen, aber dass sie sich ständig an die Gurgel gehen, beschert mir graue Haare.«

»Ich prügele mich nicht, Mama«, meldete sich Geoffrey zu Wort.

»Nein«, stimmte sie mit ironischem Tonfall zu, »das tust du nicht. Aber du sagst oft Dinge, um sie zu reizen, also spiel nicht das Unschuldslamm.«

Geoffrey schenkte ihr einen Blick aus großen dunkelblauen Augen, doch Alienor ließ sich von seiner unschuldsvollen Miene nicht täuschen. Als jüngster der drei Jungen, nur ein Jahr jünger als Richard, versuchte er dauernd, sich eine eigene Nische zu schaffen und die beiden anderen von ihrem Platz zu verdrängen.

»Ich schätze, das ist der Preis dafür, wenn man junge Adler großzieht«, sagte sie mit einem gequälten Lächeln, in dem trotzdem Stolz mitschwang, zu Isabel. »Sie wollen alle der König der Vögel sein.«

Henry blickte von dem Pergament auf, das er gerade las, als ihm bewusst wurde, dass sein fünfjähriger Sohn mit einem großen ledergebundenen Buch mit kunstvoll gearbeitetem Verschluss vor ihm stand. Es war zu groß und schwer für ihn und er hatte Mühe, es zu halten.

Henry legte seine Arbeit zur Seite. »Wo hast du das denn her, mein Junge?«, fragte er belustigt. Bei all den Schwierigkeiten mit Becket und seinem heimtückischen, lächerlichen Verhalten war Geoffreys Gegenwart eine erfrischende Ablenkung.

»Es war in Harrys Kammer, aber er will es nicht, weil er es einfach auf der Bank am Fenster liegen gelassen hat, und ich dachte, eine Maus könnte darin ihr Nest bauen, wie sie es mit Mamas Briefen gemacht hat.«

Henrys Lippen zuckten vor hämischer Erheiterung. Das Buch musste aus Beckets Bibliothek stammen und in Harrys Gepäck gewesen sein, als er das Haus des Kanzlers verlassen hatte, weil er es hier mit Sicherheit noch nie zuvor gesehen hatte. Außerdem machte es einen kostbaren Eindruck. »Und was hast du damit vor, mein Sohn?«

»Ich werde dir etwas daraus vorlesen, Papa«, sagte Geoffrey, als wäre dies die natürlichste Sache der Welt.

»Wirklich?« Henry hob Geoffrey auf seinen Schoß. »Dann zeig mir, wie gut du bist.« Er löste die Klammer und schlug die dicken, cremefarbenen Pergamentseiten auf. »Was steht denn hier?« Er deutete auf einen großen roten, mit dem Bild eines auf die Sonne zufliegenden Adlers verzierten Buchstaben. Der Vogel war in leuchtendem Blattgold, von dem Strahlen ausgingen, dargestellt.

Geoffrey verzog das Gesicht und begann seinem Vater mühsam vorzulesen: »Der Adler kann direkt in die Sonne blicken… als Test der Würdigkeit seiner Jungen hält der

Adler sie zur Sonne empor. Die Vögel, die nicht in die Sonne schauen können und den Blick abwenden, werden aus dem Nest geworfen.«

Henry musterte den Jungen eindringlich, während dieser sich verbissen durch den Text kämpfte. Im Vergleich zu Harry und Richard war Geoffrey ein stilles Kind, das wenig Ärger machte und oft übersehen wurde. Er ließ sich nie in die Raufereien seiner Brüder verstricken, obwohl er sich nicht zu schade dazu war, die beiden Älteren gegeneinander aufzuhetzen. Er war offenbar intelligent, da er in einem so jungen Alter schon so gut las. Henry kam zu dem Schluss, dass er ihm vielleicht etwas mehr Beachtung schenken sollte.

Als er den Absatz über die Adler zu Ende gelesen hatte, lobte Henry ihn und gab ihm den Bernsteinklumpen aus seinem Beutel, den er eigentlich als Geschenk für seine momentane Konkubine vorgesehen hatte. »Glaubst du, du könntest in die Sonne blicken, wenn ich dich hochhalten würde?«, fragte er.

Geoffrey überlegte. »Dann müsste ich niesen und würde Punkte vor den Augen sehen, aber es wäre besser, als aus dem Nest geworfen zu werden.« Er hielt das Stück Bernstein ins Licht.

»Vermutlich.« Henry grinste über die Logik seines Sohnes. »Ich werde das Buch jetzt aufbewahren. Du kannst ein andermal kommen und mir weiter vorlesen.«

»Ja, Papa.« Geoffrey wollte davonlaufen, wandte sich aber auf halber Strecke um und kam zurück, um sich vor Henry zu verbeugen. »Danke, Papa«, sagte er und stürmte erneut los.

In sich hineinkichernd, schloss Henry das Buch und gab es einem Diener. Er war erfreut und stolz zugleich. Nicht viele Kinder dieses Alters konnten so gut lesen und taten es auch noch aus freien Stücken. Er durfte nicht vergessen, Alienor davon zu erzählen, obwohl sie, so wie er sie kannte, lächerlicherweise behaupten würde, es ihm beigebracht zu haben.

»Ein richtiger Gelehrter, Sire«, bemerkte sein Justiziar Richard de Lucy. »Vielleicht hat er eine große Kirchenlaufbahn vor sich?«

»Ha, ich könnte ihn zum nächsten Erzbischof von Canterbury machen.« Henry grinste säuerlich. »Ich habe ihn aber nicht für die Kirche bestimmt. Er kann sich an anderen Orten viel nützlicher machen.« Er blickte sich in der Kammer um und sah Hamelin mit einem gerade eingetroffenen Geistlichen sprechen, dessen Kleider von der Reise verschmutzt waren. Henrys Hochstimmung verflog. Sein erster Gedanke war, dass Becket wieder irgendetwas Unerhörtes getan hatte oder gegen alles arbeitete, was er, Henry, zu erreichen versuchte. Er hatte von seinen Spionen bereits erfahren, dass Thomas sich geweigert hatte, die Messe zu lesen und ein Büßerhemd angelegt hatte, um sich zu kasteien, weil er gegen seinen Willen den alten Regeln zugestimmt hatte. Auch an Rom hatte er sich gewandt. Wenn dies weitere schlechte Neuigkeiten in Bezug auf Becket waren, wollte Henry sie nicht hören. Doch als Hamelin mit dem Geistlichen im Schlepptau zu ihm kam, erkannte Henry, dass es sich bei dem Mann um einen der Kaplane seiner Mutter aus Bec handelte, und sein Herz beschrieb einen Satz, weil dies nur Nachrichten persönlicher und noch schwierigerer Natur bedeuten konnte.

Der Kaplan kniete vor Henry nieder. »Sire, ich muss Euch leider mitteilen, dass Euer Bruder William FitzEmpress in Rouen an einer auszehrenden Krankheit gestorben ist und in der Kathedrale bestattet wurde. Gott schenke seiner Seele Frieden. Ich habe einen Brief von der Kaiserin für Euch.« Er hielt ihm ein zusammengefaltetes Pergament hin.

Henrys erste Reaktion bestand in Erleichterung darüber, dass es nicht um seine Mutter ging, aber diese verflog rasch und machte einem Gefühl Platz, als würde sich in seinem Magen ein Eisklumpen bilden. Seine beiden legitimen Brüder waren tot. An Geschwistern waren ihm nur Hamelin und Emma geblieben, die Kinder seines Vaters und dessen Konkubine. War dies Gottes Plan, und wenn ja, was bezweckte Er damit? Wollte Er vielleicht Seine Macht demonstrieren und Henry vor Augen führen, dass Er jeden jederzeit zu sich holen konnte? Bei diesem Gedanken fühlte er sich nackt und verletzlich … und wütend. Er konnte sich auf niemanden verlassen, auf Gott schon gar nicht.

»Wie geht es meiner Mutter?« Er brach das Siegel und las den Inhalt der Botschaft. Die Worte klangen formell und zurückhaltend, so wie er es erwartet hatte. Seine Mutter würde ihr Herz nicht in einem Brief oder in der Öffentlichkeit ausschütten. Sie würde in der Abgeschiedenheit trauern und der Welt ein strenges, stolzes Gesicht zeigen.

»Ihr Schmerz ist groß, Sire, aber sie findet beim Allmächtigen Trost.«

Der ihr überhaupt erst den Sohn genommen hat, dachte Henry.

Der Kaplan räusperte sich. »Die Leute in der Normandie sagen, dass sich Lord William vor Kummer verzehrt hat, weil er die Gräfin de Warenne nicht zur Frau nehmen konnte.«

Henry schnaubte. »Mein Bruder würde sich wegen einer Frau nicht vor Kummer verzehren, noch nicht einmal wegen des Verlustes ihrer Ländereien. Eher würde ihn die Verbitterung zerfressen.« Seine Augen wurden schmal. »Welche Leute behaupten das?«

»Seine Ritter«, erwiderte der Kaplan. »Die, die ihn am besten kannten, vor allem Robert Brito.«

Henry zuckte die Achseln. »Es kann nicht schaden, diese Geschichte zu verbreiten und dem Erzbischof Gewissensbisse einzuflößen – obwohl ich vermute, dass sich Brito in Wirklichkeit nur ärgert, dass er sich auf dem Warenne-Besitz nun doch kein warmes Plätzchen sichern kann. Er wird sein Glück an einem anderen Ort versuchen müssen, wie der Rest seiner Kameraden auch.« Er entließ den Mann mit einer Handbewegung. »Lasst mich allein. Ich werde später mit Euch sprechen, wenn ich Zeit zum Nachdenken hatte und einen Brief an meine Mutter aufgesetzt habe.«

Hamelin brachte den Kaplan hinaus und kam zu Henry zurück. »Es tut mir sehr leid«, sagte er.

»Du hast ihn nie gemocht.«

»Aber wir hatten denselben Vater, und er war mein – unser Bruder. Uns verknüpften Familienbande, und deswegen bedauere ich seinen Tod.«

Ein Muskel an Henrys Kiefer zuckte. Wie schnell der Tod zuschlug, wie rasch ein Leben ausgelöscht wurde. Er konnte bei niemandem darauf bauen, dass er ihn nicht verließ, und das bereitete ihm Übelkeit. Er sah Hamelin an, der seinen Blick erwiderte, dann auf ihn zukam, ihn umarmte und die Hände hinter seinen Schultern faltete.

Henry erstarrte vor Überraschung und wurde von seiner Unfähigkeit, mit Schmerz umzugehen, erschüttert. Doch eine plötzliche Gefühlsaufwallung durchbrach seinen Schutzpanzer, und einen Moment lang wagte er es, sich zu öffnen und Hamelins Umarmung zu erwidern. Dann machte er sich abrupt los, bevor sein Panzer noch mehr nachgeben konnte. Er schniefte einmal und holte tief Atem. »Vielleicht habe ich später noch weitere Neuigkeiten für dich«, versetzte er barsch, »aber ich muss erst darüber nachdenken, und ich möchte eine Weile allein sein.«

Hamelin sah Henry lange an, stellte ihm aber keine Fragen. Er schluckte seinen eigenen inneren Gefühlsaufruhr hinunter, verbeugte sich, zupfte dann seinen Umhang zurecht, um seine Fassung zurückzugewinnen, und ging zur Tür.

Henry sah ihm nach, als er den Raum verließ. Einen Moment noch auf dieser Seite des Türbogens, vollständig sichtbar, im nächsten verschwunden. So einfach war das.

Alienor musterte Henry, der in ihrer Kammer am Feuer saß. Er hatte keine Anstalten gemacht, wieder zu gehen, und sie hatte Vorbereitungen dafür getroffen, dass er hier übernachtete. Alles war still und ruhig, um ihn nicht zu stören. Die Kinder waren angewiesen worden, ihr bestes Benehmen an den Tag zu legen, und selbst Richard hatte sich diesmal widerspruchslos gefügt. Die Kinderfrauen hatten sie nun zu Bett gebracht, und Alienor und Henry waren bis auf zwei schlafende Hunde allein. Sie trat zu ihm und legte ihm leicht eine Hand auf die Schulter. Zwar glaubte sie nicht mehr, dass ihre Ehe einen schützenden Hafen vor der Welt darstellte, aber sie wollte ihm zumindest Trost anbieten.

»Mir sind Gerüchte zu Ohren gekommen, dass er sich vor Gram verzehrt hat, weil ihm die Warenne-Ländereien verwehrt wurden, aber ich glaube nicht daran«, berichtete sie.

»Ich auch nicht.« Henry schnitt eine Grimasse. »Mein Bruder war aus härterem Holz geschnitzt.«

»Ich bin erleichtert, das zu hören.«

»Warum? Weil du dich dann weniger schuldig fühlst?«

»Weil es ein törichtes Argument ist. In mancher Hinsicht ist es eine glückliche Fügung, dass die Hochzeit nicht stattgefunden hat – Isabel wäre kurz nach der Eheschließung schon wieder Witwe gewesen.«

Henry hob die Brauen. »Ich wage nicht darüber nachzudenken, was du für eine unglückliche Fügung halten würdest«, sagte er. »Außerhalb dieser Kammer möchte ich, dass man verbreitet, mein Bruder wäre an einem gebrochenen Herzen gestorben.«

Sie sah ihn überrascht an. »Warum?«

»Weil Thomas Becket ihm die Heirat untersagt hat und die Leute ihm die Schuld geben werden. Selbst wenn sie jetzt noch nicht so weit denken, werden sie irgendwann zu diesem Schluss kommen, und das dient meinen Zwecken.«

Es war eine kluge List; er würde alles tun, was er musste, um zu gewinnen.

»Wenigstens erweist sich mein Bruder einmal als nützlich«, fuhr er fort.

Sie zuckte ob der Respektlosigkeit dieser Bemerkung zusammen, doch dann registrierte sie Henrys angespannte Kiefermuskeln und die zusammengekniffenen Augen. Offenbar kämpfte er mit sich. Sie vermutete, dass er rasende Kopfschmerzen hatte; ihr war jedoch bewusst, dass er den Vorschlag, einen Arzt zu rufen, ablehnen würde. Wahrscheinlich würde er sie anherrschen, sie solle sich um ihre eigenen Angelegenheiten kümmern.

»Ich weiß immer noch nicht, was ich wegen einer neuerlichen Heirat von Isabel de Warenne unternehmen soll.« Er stand auf und ging in der Kammer auf und ab, um seine Emotionen zu bewältigen.

Ihre Alarmglocken schrillten augenblicklich, aber ihr Gesicht blieb unbewegt. »Wer schwebt dir jetzt vor?«

Er durchbohrte sie mit einem glühenden Blick. »Nach der Fastenzeit wird sie Hamelin heiraten. Ich werde mich auf keine Diskussion einlassen.«

Alienor war etwas enttäuscht, weil sie einen ihrer eigenen Untertanen vorgezogen hätte, aber sie musste zugeben, dass es eine passende Wahl war, und eine gerechte noch dazu. Ihr entging nicht, dass Henry Becket einmal mehr vor den Kopf gestoßen hatte. Seine Entscheidung hatte zur Folge, dass die de Warenne-Ländereien immer noch unter königlichen Einfluss gelangten. »Ich werde dir in diesem Punkt nicht widersprechen; ich halte es für eine gute Idee.«

»Nun, schon dafür muss ich in der Kirche eine Kerze anzünden.« Henrys Lippen verzogen sich zu einem ironischen Lächeln.

»Vernünftigen Vorschlägen bin ich immer zugänglich«, gab Alienor zurück. »Vielleicht machst du nur zu selten welche. Ich werde es ihr morgen mitteilen.«

»Und sie wird tun, was ihr befohlen wird. Diesmal lasse ich nicht zu, dass sie sich hinter deinen Röcken verkriecht.«

»Ich denke, sie wird sich recht gefügig zeigen«, meinte Alienor. »Es ist spät, Sire, kommt Ihr ins Bett?«

Er durchquerte den Raum und legte die Hände um ihre Taille. »Darum hast du mich schon lange nicht mehr gebeten.«

»Du warst ja auch schon lange nicht mehr nachts in meiner Kammer.« Sie griff nach seiner Gürtelschnalle. »Vielleicht sollten wir beide das Beste aus einer so seltenen Gelegenheit machen.«

Am nächsten Morgen zog Alienor Isabel nach der Messe in ihrer Kammer zur Fensternische, um unter vier Augen mit ihr zu sprechen.

»Es tut mir leid um den Bruder des Königs«, sagte Isabel. »Ich habe für ihn gebetet, und ich hoffe, er ist jetzt bei Gott im Himmel. Ich wollte nicht seine Frau werden, und ich war häufig nicht seiner Meinung, aber dieses Ende habe ich ihm nicht gewünscht.« Sie biss sich auf die Lippe. »Ich weiß, was die Leute sich über seinen Tod erzählen – ich habe die Gerüchte gehört.«

»Alles dummes Geschwätz«, wehrte Alienor knapp ab. »Ich kann mir nichts Unwahrscheinlicheres vorstellen, als dass jemand wie er vor Gram vergeht. Das lag nicht in seinem Naturell.« Sie nahm Isabels Hand. »Hör mir zu. Der König hat einen anderen Mann für dich ausgewählt, und diesmal glaube ich, du wirst gegen seine Wahl nichts einzuwenden haben.«

Als sich Isabels Augen mit Furcht füllten, schüttelte Alienor lächelnd den Kopf. »Keine Angst. Henry schwebt sein anderer Bruder Hamelin als Mann für dich vor.«

Isabel schlug eine Hand vor den Mund.

»Ich weiß, es kommt plötzlich, aber es ist eine gute Verbindung. Du kennst Hamelin seit vielen Jahren, und ich habe den Eindruck, dass du gut mit ihm auskommst. Er steht in Henrys Gunst, er ist zuverlässig – und sieht darüber hinaus noch gut aus«, fügte Alienor mit einem breiten Lächeln hinzu.

Isabel holte tief Atem. »Es kommt alles so unerwartet. Noch einen Moment zuvor habe ich für das Seelenheil von William FitzEmpress gebetet, und jetzt verkündet Ihr mir, dass der König mich mit seinem anderen Bruder verheiraten möchte.«

»Das tut er, und er wird keinen Widerspruch dulden«, warnte Alienor mit einem stählernen Unterton in der Stimme. »Es ist ein gutes Angebot, und ich rate dir, es anzunehmen.«

Isabel biss sich auf die Lippe. »Ich habe mir nie gestattet, den Vicomte de Touraine von diesem Standpunkt aus zu betrachten; ich werde mich an den Gedanken gewöhnen müssen, aber ich glaube, dass es mir nicht schwerfallen wird.« Ihr Mund verzog sich zu einem zittrigen Lächeln. »Wenn es der Wille des Königs ist, werde ich frohen Herzens gehorchen.«

Alienor küsste sie. »Du wärst töricht, wenn du etwas anderes sagen würdest«, erwiderte sie mit einem erleichterten Lachen. »Hamelin mag kein Prinz von Geburt sein, aber er ist ganz sicher ein Prinz unter den Männern. Und einer, dem eine große Ehre zuteilwird, wenn er dich zur Frau bekommt.«

Isabel errötete. »Ich hoffe, er denkt genauso. Aber es tut mir leid, Euch verlassen zu müssen, Mylady.«

»Ich werde dich auch vermissen«, gab Alienor zurück. »Aber du wirst mich oft besuchen, und uns bleibt noch etwas gemeinsame Zeit, denn die Hochzeit wird nicht vor Ostern stattfinden. Wir haben Zeit, die Feierlichkeiten zu planen, und du und Hamelin könnt euch besser kennenlernen, bevor ihr ein Bett teilt.« Ihre Augen funkelten schelmisch, und Isabels Röte vertiefte sich; breitete sich von ihrem Hals bis zu ihrer Stirn aus.

»Du bist schon seit langem wie eine Schwester für mich«, fügte Alienor hinzu, »und jetzt werden wir Schwägerinnen – das freut mich am meisten.«

Hamelin half Isabel von ihrem schwarzen Reitpferd, und sie gingen gemeinsam ein kleines Stück zu Fuß, bis sie zu einer hölzernen Brücke kamen, die über den Fluss Wandle führte und hinter der eine Wassermühle lag. Die Frühlingssonne war schon fast warm, aber es hatte kürzlich geregnet, und das Wasser schoss silbern gurgelnd unter dem Bogen hindurch. Weißdornblätter hatten begonnen, die Spitzen ihrer hellgrünen Knospen zu zeigen, und gelbe Schöllkrautblüten sprenkelten den oberen Rand des Ufers.

Hamelin stützte sich auf das Brückengeländer, um das rasch dahinfließende Wasser zu beobachten, und sie spürte seine Gegenwart ganz bewusst; so, als befänden sie sich gemeinsam in einer anderen Welt, die sie von allem außer ihrer unmittelbaren Umgebung trennte.

Gestern war offiziell verkündet worden, dass sie heiraten würden, aber da Fastenzeit war und der Hof um William FitzEmpress trauerte, war die Feier bescheiden gehalten worden und die Trinksprüche waren formell und ernst ausgefallen. Trotzdem hatten sie und Hamelin im Mittelpunkt der Aufmerksamkeit gestanden und keine Zeit gefunden, allein miteinander zu sprechen, bis er vorgeschlagen hatte, auszureiten und London einige Meilen hinter sich zu lassen. Isabel hätte fast abgelehnt, weil ihr letzter Ausritt mit einem Verehrer mit einer Katastrophe geendet hatte und ihr damaliger Begleiter nun zu früh aus dem Leben geschieden war. Obwohl sie Hamelins Vorschlag dann doch akzeptiert hatte, war sie unruhig und auf der Hut.

Hamelin legte die Hände gegeneinander. »Ich habe Euch hierhergebracht, damit wir miteinander reden können, ohne Gefahr zu laufen, belauscht zu werden.«

»Das war eine ausgezeichnete Idee«, erwiderte sie mit einem verkrampften Lächeln. Es war auch ein Beweis dafür, dass er vorausgedacht hatte.

Er fixierte sie mit einem ruhigen Blick. Seine Augen schimmerten im Sonnenlicht haselnussbraun: eine Mischung aus hellem Bernstein und feinem Schiefergrau. »Wir werden heiraten, und ich möchte, dass wir imstande sind, offen und ehrlich miteinander zu sprechen. Das scheint nämlich kaum jemandem bei Hof möglich zu sein. Die Wahrheit ist so schwer zu finden wie ein Goldstück in sechs Fuß tiefem Schlamm, und ich möchte nicht, dass es uns genauso ergeht.«

Isabels Gefühle sprudelten ebenso schnell über sie hinweg wie das Wasser über die Steine. Sie erwiderte seinen Blick freimütig, weil er die Worte ›offen‹ und ›ehrlich‹ gebraucht hatte. Dennoch fiel es ihr schwer, sich ihm gegenüber zu öffnen, denn sie kannte ihn nicht gut und wollte kein unschickliches Benehmen an den Tag legen. »Das möchte ich auch nicht, Mylord.«

»Ich möchte ferner, dass Ihr wisst, dass ich diese Verbindung bereitwillig und von ganzem Herzen eingehe, obwohl sie auf Geheiß des Königs aus politischen Gründen arrangiert wurde. Ich werde niemanden über Euch stellen, und Ihr werdet für den Rest meines Lebens in Liebe und Ehre meine Frau sein.«

Es war, als hätte er den Saiten ihres Herzens einen weithin hallenden Ton entlockt, und einen Moment lang fühlte sich Isabel ein wenig schwindelig. Dies war der Stoff, aus dem romantische Träume gewoben wurden. Es waren die Worte, die sich junge Mädchen aus dem Mund junger Ritter erhofften, die sie umwarben, aber sie gehörten nicht zum Alltagsleben. Sollte sie sie als pure Freundlichkeit, Falschheit oder ... Wahrheit werten? Sie war zweiunddreißig Jahre alt, und Hamelin stand ungefähr im selben Alter. Sie hatten beide den Stürmen des Lebens getrotzt und waren nicht mehr naiv.

Sein Blick war ebenso intensiv und konzentriert wie der seines königlichen Bruders, aber eher geduldig als hitzig. »Was sagt Ihr dazu?«

Isabel schüttelte den Kopf. »Ich weiß nicht, was ich sagen soll. Egal welche Worte ich wählen würde, sie wären nicht angemessen.«

Er legte eine Hand über die ihre und lächelte. »Ich bin der Einzige, der sie hört. Und was ich über Offenheit und Ehrlichkeit gesagt habe, habe ich ernst gemeint; zweifelt nie daran.«

Sie holte tief Atem. »Dann, in aller Aufrichtigkeit, werde ich mich bemühen, Euch zufriedenzustellen und Euch in guten wie in schlechten Zeiten zur Seite zu stehen – und freudigen Herzens zu Euch kommen.« Ihr Gesicht brannte, und sie musste den Blick senken.

»Dann haben wir eine Abmachung, und alles ist gut.« Er legte seinen Arm und seinen Umhang um sie und zog sie an sich, und die symbolische Kraft seines Schutzes erfüllte Isabel mit einem zaghaften, aber wachsenden Glücksgefühl, das einer Lichtblase in ihren Händen glich.

23

Palast von Westminster, Ostern 1164

»Du bist wunderschön«, versicherte Alienor Isabel, als sie sich anschickten, das Gemach der Königin in Westminster zu verlassen und sich zu der Abtei zu begeben, in der Isabel und Hamelin getraut werden würden.

Isabel bedankte sich für das Kompliment mit einem schüchternen Lächeln und rückte ihren bestickten goldenen Gürtel zurecht. Das Hochzeitsgewand aus blauer golddurchwirkter Seide schmiegte sich eng an ihren Oberkörper, bevor es sich an den Hüften bauschte. Ihr zu zwei dicken Zöpfen geflochtenes brünettes Haar war in ein Goldnetz geschlungen; daran war ein Seidenschleier befestigt, auf dem eine mit Saphiren besetzte kleine Krone saß. »Meint Ihr, ich werde Hamelin gefallen?«

»Ich denke, dein Anblick wird ihm den Atem verschlagen«, entgegnete Alienor. »Er ist kein Narr, er weiß, was für ein Glück er hat.«

»Dies ist ein neuer Anfang«, sagte Isabel. »Und das habe ich Euch zu verdanken.«

»Das kannst du mir am besten vergelten, indem du das Leben mit Hamelin in vollen Zügen auskostest«, meinte Alienor. »Verschwende keinen einzigen Moment davon.«

»Das habe ich auch nicht vor.« Isabel bückte sich, um von der kleinen Matilda ein Sträußchen Frühlingsblumen entgegenzunehmen, die diese kurz zuvor gepflückt hatte. »Danke, mein Herz.« Sie küsste das Kind auf die Wange.

Alienors andere Kinder hatten sich in der Kammer versammelt und warteten darauf, zu der Trauung zu gehen. Dieses eine Mal benahmen Harry, Richard und Geoffrey sich vorbildlich; hübsche königliche Prinzen von neun, fast sieben und knapp sechs Jahren. Sie waren langgliedrig und kräftig für ihr Alter. Alienor war sehr stolz auf ihre Söhne. Ihre zweieinhalbjährige Schwester Alie hatte gerade begonnen, richtige kleine Kleider zu tragen. Ihr Haar bildete eine Masse rauchbrauner Wellen, und sie hatte die auffallenden grünblauen Augen ihres Großvaters Geoffrey le Bel, Graf von Anjou, geerbt. Sie war ein zierliches, feingliedriges Kind, das sich anmutig bewegte, aber sie hatte einen eisernen Willen und war trotz ihres zerbrechlichen Äußeren robust und unverwüstlich.

»Bist du bereit?« Alienor rückte die Spange an Isabels weichem rotem Umhang zurecht.

»Fast.« Isabel presste die Lippen zusammen, zog mit einiger Mühe ihren ersten Ehering ab und reichte ihn ihrer Zofe, damit sie ihn in ihrer Schmuckschatulle verstaute. »Ja.« Sie hob das Kinn. »Jetzt bin ich bereit.«

Isabel blickte sich in der bequemen Kammer im Palast von Westminster um, in der Hamelin und sie ihre Hochzeitsnacht verbringen würden, bevor sie am nächsten Tag nach Acre in Norfolk aufbrachen.

Die Frauen hatten ihr aus ihrem schönen blauen Hochzeitsgewand und dem Unterkleid geholfen, und jetzt trug sie nur noch ein Hemd aus dünnem weißem Leinen. Alienor, die die Rolle der Ehrenbrautjungfer übernommen hatte und ihr beim Auskleiden behilflich gewesen war, begann ihren Kopfschmuck zu lösen, doch Isabel hinderte sie daran.

»Das ist das Privileg meines neuen Mannes.« Ihre Wangen hatten sich rosig verfärbt. »Er hat mein Haar noch nie offen herabfallend gesehen. Ich komme nicht als Jungfrau in unser Ehebett – aber es wird das erste Mal sein, dass er mein Haar offen sieht und das erste Mal, dass wir gemeinsam in einem Bett schlafen. Dies ist genauso heilig wie die Jungfernschaft.«

Ihre Worte beschämten Alienor und rührten sie fast zu Tränen, denn sie erinnerte sich an ihre Hochzeitsnacht mit Henry, in der sie diese Art von Gefühlen für ihren Gefährten empfunden und in dem Schutz und der Kraft eines neben ihr liegenden maskulinen Mannes gebadet hatte. Manchmal verspürte sie noch einen Abglanz davon, doch er glich einem winzigen Staubkörnchen, das in einem Sonnenstrahl tanzte.

»Ja, du hast recht«, bestätigte sie leise.

Die Männer trafen ein und zerrten den Bräutigam in ihrer Mitte mit sich. Hamelin lachte und nahm die Scherze gutmütig hin, während Isabel nach außen hin die sittsame, verlegene Braut spielte, obwohl ihre Augen funkelten.

Gilbert Foliot, der neue Bischof von London, versuchte Ernst in die Abläufe zu bringen; aber die Gäste gingen nicht darauf ein, denn sie waren auf fröhliche Unterhaltung erpicht und strotzten vor zotigen Ratschlägen für das Paar. Thomas Becket drängte sich nach vorne. Da er wegen seines empfindlichen Magens nüchterner war als die meisten, übernahm er die Kontrolle über die Zeremonie, was ihm finstere Blicke seitens Foliots und belustigte Verachtung von Henry eintrug.

»Gibt es irgendeinen Kessel, in dem Ihr nicht mit Eurem Löffel herumrührt, Mylord Erzbischof?«, fragte er.

»Ich würde es vorziehen, nicht mit dem Teufel zu speisen«, erwiderte Becket, »aber es scheint, dass es mir in dieser Welt oft nicht erspart bleibt.«

Henry hob die Brauen.

Becket fuhr ruhig fort: »Vorerst ist es mir ein Anliegen, Braut und Bräutigam alles Gute zu wünschen und sie in Frieden zu lassen, womit ich sicherlich für uns alle spreche.« Bei den letzten Worten hob er die Stimme.

»Und wir sind alle durchaus in der Lage, dies auch ohne Eure Anweisungen zu tun, Erzbischof«, versetzte Henry giftig.

»Sire.« Becket verbeugte sich und trat zurück, wobei sich sein goldener Chorrock bauschte und aufblitzte.

Nachdem die Gäste endlich zur Räson gebracht worden waren, wurden Hamelin und Isabel nebeneinander zwischen die Decken gebettet und von Gilbert Foliot, der seine Rolle wieder übernommen hatte, großzügig mit Weihwasser besprengt. Als sie gesegnet worden waren und man Fruchtbarkeit auf sie herabbeschworen hatte, ließ man sie schließlich allein.

»Was Hochzeiten betrifft, sind wir, glaube ich, noch ziemlich glimpflich davongekommen«, meinte Hamelin. »Ich habe weit ausgelasseneren Bettzeremonien beigewohnt.« Er ging zur Tür, um sie zu verriegeln, und kniete dann nieder, um unter das Bett zu spähen und sich zu vergewissern, dass dort keine unliebsamen Überraschungen lauerten. »Ich kannte Leute, die Glöckchen an den Bettrahmen gebunden haben, die bei jeder Bewegung klirrten, oder Pulver in den Nachttopf gestreut haben, damit er überschäumt.« Er kletterte wieder in das Bett und drehte sich zu ihr. »Mein Bruder kann skrupellos sein und sich rücksichtslos über alle anderen hinwegsetzen, um seine Wünsche zu befriedigen, aber für dieses Geschenk werde ich ihn immer lieben. Er hat mir vor vielen Jahren, als er noch nicht König war, eine reiche, einflussreiche Erbin versprochen, aber ich hätte nie gedacht, dass es jetzt so kommen würde.«

»Ich bin auch froh«, sagte Isabel. »Ich stehe tief in der Schuld der Königin, aber es wird mir nicht leidtun, den Hof zu verlassen und eine Weile auf meinen … unseren Landsitzen zu leben.«

»Ich habe ebenfalls nichts dagegen. Ich freue mich auf die Zeit, in der ich all das erforschen kann, von dem ich mir nie hätte träumen lassen, dass ich es je besitzen würde.« Er berührte das goldene Haarnetz. »Wirst du … würdest du dein Haar für mich lösen?«

Isabel warf ihm einen Blick zu. »Nein, Mylord, das werde ich nicht.«

Er starrte sie verblüfft an, bis sie lächelte. »Es ist jetzt dein Privileg, es zu lösen – das Vorrecht eines Ehemannes. Seit ich meinen ersten Mann geheiratet habe, hat kein anderer Mann mein Haar offen gesehen. Auch dein Bruder William und der König nicht.«

Hamelin schluckte. Ihre Worte überwältigten ihn. Mit zitternden Händen entfernte er das feine Metallgeflecht und zog dann nacheinander die goldenen Nadeln heraus, die ihr Haar hielten. Langsam entwirrte er die schweren, dunklen Zöpfe, von denen jeder so dick war wie sein Handgelenk, und sog den wundervollen Duft von Muskat und Gewürzen ein. Dann fuhr er mit den Händen durch die Flechten, um sie zu lockern, bis er eine schimmernde brünette Flut erblickte, die sich wie ein zweiter Umhang über ihren Körper ergoss und ihm vor ehrfürchtigem Staunen die Sprache verschlug. All dies gehörte ihm: diese Frau, ihre Schönheit, ihr Status und ihre Tugend. Was er empfunden hatte, als er erfahren hatte, dass er sie heiraten sollte; was er auf der Brücke gefühlt hatte, als sie über ihre zukünftige Ehe gesprochen hatten, war nichts im Vergleich zu diesem Moment. Es war, als hätte er ein schön gearbeitetes Kästchen erhalten, das er öffnete, um ein seltenes und kostbares Juwel darin zu finden.

Er löste die Schnüre ihres Hemdes und streichelte die glatte

Schulter, die zwischen den üppigen Flechten schimmerte. Mit ihren großen braunen Augen und den leicht geöffneten rosigen Lippen glich sie Eva im Paradies. Sie hatte nie ein Kind geboren, und obwohl sie erfahren war, war sie zugleich jungfräulich. Er streifte sein Hemd ab und drückte sie auf das Bett, so dass ihr Haar wie eine Zobeldecke zwischen ihnen lag.

»Dies ist etwas Heiliges«, sagte er. »Es hält für den Rest unseres Lebens an.«

Isabel schlang die Arme um seinen Nacken und zog ihn an sich. »Es ist für immer.« Ihre Stimme klang entschlossen. »Du gehörst zu mir, und von nun an kommst du für mich an erster Stelle.«

24

Palast von Woodstock, Oxfordshire, Sommer 1164

Das acht Meilen von Oxford entfernte königliche Jagdschloss bei Woodstock war der bevorzugte Aufenthalts- und Zufluchtsort von Henrys Großvater gewesen. Er hatte seine Barone hier bewirtet und unterhalten, im Park gejagt und sich mit seinen Mätressen vergnügt. Der Komplex hatte auch eine Menagerie exotischer Tiere beherbergt, die zu sammeln seine Leidenschaft gewesen war. Alienor kam nicht oft hierher, aber sie genoss den Komfort und die idyllische Umgebung.

Die Kinder liebten Woodstock. Es gab viel Platz, um zu spielen und auf dem weitläufigen Gelände zu reiten. Die Menagerie stellte noch immer eine große Attraktion dar, obwohl sie nur noch ein Schatten ihres Glanzes zu Zeiten des alten Königs war. Richard hatten es besonders die Löwen angetan; er liebte es, ihrem donnernden Gebrüll zuzuhören und sich über die Mauer des Geheges zu lehnen, um zuzuschauen, wie der Wächter sie mit blutigen Stücken Rindfleisch oder Wildbret fütterte. Der Gestank war erstickend, aber die Kinder nahmen ihn kaum wahr. Alienor ermahnte Richard, sich nicht zu weit über den Rand zu lehnen, aber seine Vorliebe für diese mächtigen Tiere, das Emblem seiner Blutlinie, entlockte ihr ein Lächeln.

»Wenn ich König bin, werde ich eine noch größere Sammlung als mein Großvater haben.« Harry lehnte sich neben

Richard über die Mauer. »Er hatte Kamele und ein Stachelschwein.«

»Du könntest Papa fragen.« Matilda schob sich eine goldbraune Haarsträhne hinter das Ohr. »Vielleicht kann er welche besorgen. Was ist ein Stachelschwein?«

»So etwas Ähnliches wie ein Igel, aber viel größer, und die Stacheln kommen heraus und stechen dich in die Hand«, erklärte ihr Geoffrey, der wieder gelesen hatte.

Harry schüttelte den Kopf. »Papa würde Nein sagen. Er hat kein Interesse an Dingen, die nicht nützlich sind.«

Alienor hörte ihren Kindern belustigt zu. Harry schätzte seinen Vater erstaunlich treffend ein.

»Du musst ihn zur richtigen Zeit auf die richtige Weise fragen«, belehrte Matilda ihn in einem leicht überheblichen Ton. »Tiere sind nützlich, um vor unseren Gästen damit zu prahlen oder um sie zu verschenken – wie die Affen, die Papa König Louis geschenkt hat. Und die Leute schenken Papa immer Falken und Hunde für die Jagd.«

Alienor stimmte innerlich der Argumentation ihrer Tochter zu. Das Kind verstand es wie sonst niemand, sie selbst mit eingeschlossen, Henry um den Finger zu wickeln.

Richard wischte die Bemerkung mit einem Abwinken beiseite. »Du solltest dich auf dich selbst verlassen, um zu bekommen, was du willst«, meinte er. »Wenn du auf andere wartest, gibst du ihnen Macht über dich.«

»Ich verlasse mich ja auf mich selbst«, gab Matilda zurück. »Aber fragen schadet nicht.« Sie schnitt ihm eine Grimasse. »Du musst nicht für alles und jedes schwere Geschütze auffahren.«

»Mama.« Geoffrey berührte Alienor am Arm und deutete auf ihren Burgvogt Saldebreuil de Sanzay, der raschen Schrittes auf sie zukam.

Alienor wappnete sich. Wenn Saldebreuil selbst kam, statt einen Knappen zu schicken, ging die Botschaft über Routineangelegenheiten hinaus.

Als er sie erreicht hatte, verbeugte er sich. »Madam, der Erzbischof von Canterbury ist hier und wünscht den König zu sprechen, aber er ist auf der Jagd und hat keine Anweisungen hinterlassen. Was soll ich ihm sagen?« Seine dunklen intelligenten Augen spiegelten eine Vielzahl von Vermutungen wider.

Alienor nagte an ihrer Lippe. Die Zwistigkeiten zwischen Henry und Becket hatten nach Clarendon einen raschen Fortgang genommen. Nach ihrem letzten Streit war Becket nach Woodstock gekommen, um mit Henry zu sprechen; doch dieser hatte ihn fortschicken lassen – mit der Begründung, er wolle ihn nicht sehen. Becket hatte dann versucht, das Land zu verlassen, war aber zur Umkehr gezwungen worden, als die Besatzung seines Schiffes es nicht gewagt hatte, den Zorn des Königs auf sich zu ziehen.

Da es zu den wichtigsten Pflichten einer Königin gehörte, Brücken zu schlagen und als Friedensstifterin zu fungieren, war es an ihr zu handeln. »Lass ihn ein, und führe ihn in meine Kammer.«

»Seid Ihr sicher, Madam?« Saldebreuil stand lange genug in ihren Diensten, um sich diese Frage erlauben zu dürfen.

»Nein, das bin ich nicht, aber bring ihn trotzdem zu mir.«

»Madam«, erwiderte der Burgvogt gleichmütig und ging davon, um den Befehl auszuführen.

»Papa wird ihn an die Löwen verfüttern«, verkündete Richard genüsslich.

»Dein Papa wird nichts dergleichen tun«, wies Alienor ihn streng zurecht. Jedenfalls hoffte sie das. Sie übergab alle Kinder außer Harry der Obhut ihrer Kinderfrauen. Da er zu

Henrys Erben erzogen wurde, musste er lernen, wie man sich in der Kunst der Diplomatie übte und Regierungsgeschäfte abwickelte.

Als sie ihre Kammer betrat und ihr Blick auf Thomas Becket fiel, registrierte Alienor erschrocken, wie sehr er sich seit Clarendon verändert hatte. Die früher feinen Linien in seinem Gesicht hatten sich jetzt tief eingegraben, und seine Augen blickten hart und argwöhnisch, ohne das vertraute humorvolle Funkeln. Seine Haut war grau und seine Knochenstruktur so scharf, als würde er sich jeden Moment in Stein verwandeln. Er erinnerte sie an den fanatischen Bernard de Clairvaux, dessen Art ihr immer Angst gemacht hatte. Hier war nicht auf Frieden zu hoffen. Als Henrys Kanzler hatte Becket einem polierten, in Gold gefassten Edelstein geglichen, schimmernd und zufrieden. Jetzt, wo er stattdessen Gott gefunden hatte, ähnelte er einem harten schwarzen Feuerstein mit rasiermesserscharfen Kanten, die sich bis auf die Knochen durch das Fleisch fressen konnten.

Er verbeugte sich, und sie küsste seinen Bischofsring mit dem großen blauen Saphir. Harry folgte ihrem Beispiel, und Becket lächelte einen Moment lang. »Ich habe oft an Euch gedacht, Sire«, sagte er. »Geht es Euch gut, und folgt Ihr dem Unterricht Eures neuen Lehrers?«

»Ja, Mylord Erzbischof«, erwiderte Harry höflich, aber auf der Hut.

»Das freut mich zu hören. Um ein so großer König wie Euer Vater zu werden, müsst Ihr fleißig lernen.«

Harry hob das Kinn. »Ich werde ein noch größerer König.«

»Dann werdet Ihr in der Tat sehr mächtig sein, Sire.«

Alienor warf Harry einen warnenden Blick zu. »Wein, Mylord Erzbischof?«

Becket schüttelte den Kopf und berührte seine Magengegend. »Nur Gerstenwasser, wenn Ihr das habt.«

Alienor schickte eine Zofe los, um das verlangte Getränk zu holen, und bedeutete Becket, auf einer Bank in der Nähe des Kamins Platz zu nehmen. »Das Einzige, was ich für Euch tun kann, ist, Euch hier Zutritt zu verschaffen«, warnte sie. »Darüber hinaus kann ich nicht zwischen Euch und dem König vermitteln.«

Becket neigte den Kopf. »Ich verstehe, Madam, und ich danke Euch. Ich bedaure den Zwist zwischen uns zutiefst, aber wenn ich Kompromisse eingehe, lasse ich Gott im Stich, und Er ist die oberste Autorität von allen.«

»Erspart mir Eure Rechtfertigungen, Mylord Erzbischof. Hier geht es nicht um Gott, sondern um die Wünsche von Männern und die störrische Entschlossenheit, das letzte Wort zu behalten.«

Becket wirkte gekränkt. »Alles geht um Gott, Madam.«

Alienor blieb es erspart, eine diplomatische Antwort finden zu müssen, weil Marchisa mit einer kleinen Kristallkaraffe mit Gerstenwasser zurückkam.

Alienor nahm sie ihr ab und bediente Becket selbst; reichte ihm den Becher zusammen mit einem kleinen frischen weißen Leinentuch. »Das Wasser kommt aus der Quelle in Everswell. Ich denke, Ihr werdet es sehr bekömmlich finden.«

»Danke, ich habe dieses Quellwasser schon gekostet. Es ist immer sehr erfrischend.«

Die Tür wurde geöffnet, und Henry trat von der morgendlichen Jagd schlammbespritzt und erhitzt in den Raum. Er hatte offenbar von Beckets Ankunft erfahren, denn in seinen Augen lag ein Glitzern, welches andeutete, dass wohl kein freundschaftliches Gespräch geführt werden würde. Sein rascher, harter Blick wanderte zu Alienor und dann wieder zu Becket.

»Mylord Erzbischof«, begann Henry. »Was für eine Überraschung, Euch hier zu sehen. Ich dachte ja, Ihr wolltet mein Königreich verlassen, weil Ihr es für zu klein hieltet, um uns beiden Platz zu bieten.«

Becket erhob sich und verneigte sich, und Henry küsste seinen Ring. Beide Gesten waren nicht versöhnlich gemeint. »Sire, mein einziger Wunsch ist, dass zwischen uns Frieden und Übereinkunft herrscht.«

»Wenn Wünsche Pferde wären, könnten Bettler reiten«, schnappte Henry. »Ich würde Kirche und Staat ebenfalls gerne harmonisch zusammenarbeiten sehen, und ich dachte, so würde es mit der Übertragung des Amtes an Euch auch kommen – aber ich habe mich offenbar geirrt.« Er trank einen Schluck aus dem Becher, den Alienor ihm reichte. »Ihr seht nicht gut aus, Erzbischof. Vielleicht fordert Eure neu gefundene Frömmigkeit ihren Tribut von Euch.«

»Mir geht es tatsächlich nicht gut, Sire«, erwiderte Becket. »Mein Gewissen macht mir ebenso zu schaffen wie dieser Disput zwischen uns. Ich habe meinem Amt und Gott gegenüber eine Pflicht und eine Verwantwortung, und ich muss tun, was in meiner Macht steht, um dem gerecht zu werden – ohne Rücksicht auf die Konsequenzen.«

»Wenn Ihr nur gekommen seid, um mir das zu sagen, könnt Ihr gleich wieder gehen«, entgegnete Henry kalt. »Ihr habt auch Eurem König gegenüber Pflichten und Verantwortungen.«

»Allerdings, Sire«, bestätigte Becket. »Genau darüber möchte ich sprechen.«

Alienor saß in ihrer Kammer, während die lange Sommerabenddämmerung in eine milde Nacht überging. Vor das Fenster war geöltes Leinen gespannt, um Mücken und Nachtinsekten fernzuhalten, obwohl es einigen Motten gelungen war, den Weg in den Raum zu finden und um die Lampen herumzuflattern. Ein junger poitevanischer Troubadour sang ein getragenes *Lai* über unerwiderte Liebe in der Blütezeit des Sommers, während er ihr schöne Augen machte. Sie war belustigt und für den Moment von ihren Sorgen abgelenkt. Er war ein gut aussehender junger Mann mit hellen Locken und blauen Augen, den sie eingestellt hatte, um ihre Kinder in der Kunst der Musik zu unterweisen. Es machte ihr Spaß, ein wenig mit ihm zu kokettieren, aber er war weder eine Herausforderung noch von sonderlicher Bedeutung, sie behielt ihn nur wegen seiner Musik und wegen seines ansprechenden Äußeren.

Die Klänge der Laute hallten süß durch die Abendluft, und als sie die Augen schloss, fühlte sie sich in ihre Kammer in Poitiers an einem milden Frühlingsabend versetzt. Sie musste unbedingt dorthin zurückkehren. Es war, als würde man sich nach Wein sehnen und dabei wissen, dass keiner mehr im Fass war. Nördlich von Bordeaux spielten so wenige Menschen die Laute. Sie war ein Instrument des Südens, das wie kostbarer Bergkristall aus den Ländern hinter dem Christentum importiert wurde.

Der letzte Ton verklang in der einsetzenden Dunkelheit, und der junge Mann sah sie unter seinen blonden Locken hervor an, wobei er ihr ein strahlendes Lächeln schenkte.

»Wunderschön«, sagte sie sowohl über den Jungen als auch über seine Musik und entließ ihn mit einem Lächeln und einem kleinen Beutel voll Silber, als Henry erschien, um sie aus ihren Träumen zu reißen. Zuvor waren er und Becket in eine Auseinandersetzung verstrickt gewesen, von der es so ausgesehen hatte, als würde sie die ganze Nacht andauern.

Henry kommentierte den Abgang des jungen Mannes mit

einem leisen Schnauben und brummte etwas über ›hübsche Jungen‹. Nachdem er seinen Gürtel abgeschnallt hatte, warf er ihn über eine Truhe.

»Nun?«, bemerkte Alienor. »Ich nehme doch an, du bist hier, um mit mir zu sprechen und nicht nur, um mit deinen Sachen um dich zu werfen und meinen Lautenspieler zu beleidigen.«

Henrys Miene verfinsterte sich noch mehr. »Er rückt keinen Zoll von seinem Standpunkt ab«, erwiderte er frustriert und voller Abscheu. »Er weigert sich, verbrecherischen Geistlichen den Prozess vor meinen eigenen Gerichten zu machen; damit widersetzt er sich meinem Recht. Er zeigt sich auch bezüglich der Landansprüche meiner Barone an die Kirche unkooperativ; dabei hat er sich in Clarendon damit einverstanden erklärt, dass sie an meinen Gerichten verhandelt werden.« Seine Tunika folgte dem Gürtel auf die Truhe. Ein reißendes Geräusch erklang, als ein Saum platzte. »Und jetzt teilt mir mein neuer Kanzler mit, er hätte Beweise dafür gefunden, dass Becket einige für den Toulousefeldzug gedachte Mittel abgezweigt hat, um seine eigenen Truhen zu füllen. Der Mann ist für das Amt des Erzbischofs nicht geeignet! Kein Wunder, dass er aus dem Land fliehen will.«

»Um welche Summen geht es?«

»Dreitausend Silbermark!« Ein beißender Schweißgeruch entstieg seinem Hemd. »Dafür wird er sich vor einem weltlichen Gericht verantworten.«

»Der Papst könnte sich auf seine Seite schlagen.«

»Ha! Es interessiert mich nicht, was der Papst tut, er ist nicht der König von England. Becket wird die alten Regeln dieses Landes anerkennen, sich ihnen unterwerfen und mir vor Gericht für das, was er mir schuldet, Rede und Antwort stehen.«

»Und wenn er das nicht tut?«

»Dann werde ich ihn vernichten.«

Alienor, die die Schroffheit in seiner Stimme hörte, sagte nichts. Er hatte ihren Rat in den Wind geschlagen, als er Becket zum Erzbischof gemacht hatte, und er würde auch jetzt nicht an ihrer Meinung interessiert sein. Wie er selbst sagte, wollte er mit jedweder Opposition nichts anderes tun, als sie unter seinen Willen zu zwingen oder zu zermalmen.

Er zog sie zum Bett und entkleidete sie energisch. Es war kein Liebesspiel, sondern der Abbau von Wut und Frustration sowie der Versuch, ihr ebenfalls seinen Willen aufzuzwingen. Bei Gelegenheiten dieser Art hatte sie sich zur Wehr gesetzt, gebissen und gekratzt, aber diesmal ergab sie sich und tat nichts, denn ihre Passivität war eine andere Form des Widerstandes. Sie flüchtete an einen anderen Ort und dachte an andere Dinge – an einen warmen Sommerabend in Aquitanien mit Rosenduft in der Luft. So konnte er sie zwar äußerlich berühren, aber näher kam er nicht an sie heran.

25

Lewes, Sussex, November 1164

Im verblassenden Licht eines feuchten Novemberabends beendete Isabel ihre Vorbereitungen für die Reise zum Hof. Seit ihrer Hochzeit vor sieben Monaten hatte sie ihre prächtigen Gewänder kaum noch getragen, weil sie und Hamelin von Landsitz zu Landsitz und von Burg zu Burg geritten waren, um ihre Ländereien zu besuchen – und dazu bedurfte es praktischer Kleidung, außer für formelle Feste und das Ablegen von Eiden.

Hamelin war bei einer Ratsversammlung in Northampton gewesen, aber seine Vorboten waren eingetroffen und hatten angekündigt, dass er bei Einbruch der Nacht zurück sein würde. Isabel faltete vorsichtig zwei Hemden aus feinem Leinen, ein Geschenk für Alienor, und platzierte sie in einer mit süßen Kräutern ausgelegten Truhe. Sie hatte die Kleidungsstücke selbst genäht, samt der rüschigen Falten, die ihre Spezialität waren. Es gab auch kleine Geschenke für die Kinder, die jetzt ihre angeheirateten Nichten und Neffen waren. Einen schönen Dolch mit einem Hirschhorngriff für Harry, schwarze Ledergürtel mit silbernen Anhängern für Richard und Geoffrey – jeder mit einer anderen Schnalle –, ein ledergebundenes Psalmenbuch für Matilda und eine weiche Puppe mit gelben Zöpfen für die kleine Alie.

Als sie mit dem Packen fertig war, vergewisserte sie sich, dass das Feuer in der Hauptkammer gut geschürt war, um

Hitze zu verbreiten, denn Hamelin würde nach seinem langen Ritt durchgefroren sein. Sie legte ihr Arbeitsgewand ab und zog stattdessen eines aus dunkelroter Wolle an, das ihr besonders gut stand. Ihr Haar steckte sie so auf, dass es beim Abnehmen des Schleiers über ihren Rücken fluten würde.

Momente später erklangen Schritte auf der Treppe, und Hamelin betrat mit einer Handvoll Rittern und Gefolgsleuten die Kammer.

Ihr Herzschlag beschleunigte sich, als sie formell knickste. »Mein Gemahl.«

»Meine Gemahlin«, erwiderte er ebenso feierlich.

Sie bedeutete den Dienern, ihm den Umhang abzunehmen, und er reichte ihn ihnen, bevor er sich über alle Etikette hinwegsetzte, sie an sich zog und innig küsste. Seine Lippen und Hände waren kalt, aber sie störte sich nicht daran. »Ich habe den ganzen Tag an dich gedacht«, sagte er. »An dich und an den Empfang, der mir in dieser Kammer zuteilwird.«

Sie streichelte sein Gesicht. »Das ist ein seltsamer Zufall, denn ich habe auch an dich gedacht. Willst du dich waschen und etwas essen?«

Hamelin nickte und ließ sich auf die Bank am Fuß des Bettes sinken, wobei er so tief seufzte, als sei eine Last von ihm abgefallen. Er löste seinen Gürtel mit dem daran befestigten Schwert und Dolch, gab ihn seinem Knappen und schickte ihn davon.

Isabel brachte ihm einen Becher mit heißem Wein und kniete dann nieder, um ihm die Stiefel auszuziehen.

Hamelin kicherte. »Bevor ich verheiratet war, hat mein Knappe diese Aufgabe gut genug erfüllt, aber du bist ein entschieden verlockenderer Anblick«, neckte er sie.

Sie schielte zu ihm hoch. »Das hoffe ich doch sehr.« Er hatte schöne Füße, gut geformt mit hohem, glattem Spann.

Sie begann sie zu waschen; die formelle Pflicht einer Frau bei der Rückkehr ihres Mannes. Es war überdies eine gute Gelegenheit zum Reden. »Wie ist die Ratsversammlung verlaufen? Ist eine Lösung gefunden worden?«

»Nein«, erwiderte er. »Mein Bruder und der Erzbischof beharren noch immer beide auf ihrem Recht und gießen weiter Öl ins Feuer.« Er trank seinen Wein. »Ich habe die Beherrschung verloren. Stolz bin ich nicht darauf, aber es ist nun einmal passiert.«

Sein verstohlener Blick verriet Isabel, dass ihn irgendetwas aus der Fassung gebracht hatte. Seine haselnussbraunen Augen waren umwölkt, und er lächelte nicht mehr. In den Monaten seit ihrer Hochzeit lernte sie allmählich den Mann hinter der Maske des Höflings kennen. Wenn er an einer empfindlichen Stelle getroffen wurde oder ihm ein Thema am Herzen lag, konnte er einen guten Teil angevinischen Feuers an den Tag legen, aber sein Zorn verrauchte immer rasch. Richtig war richtig, falsch war falsch, und gerecht war gerecht. Bei Hof bewies er stets eine ungeheure Selbstbeherrschung. »Wem gegenüber hast du die Beherrschung verloren?«

»Gegenüber dem Erzbischof. Es ist eine lange Geschichte.«

»Ich bin bereit zuzuhören, wenn du sie mir erzählen willst.«

Er überlegte und nickte dann. »Es ist das Beste, wenn du alles erfährst, bevor wir zum Hof reisen. Was ich an jenem Tag auf der Brücke gesagt habe, gilt immer noch. Wir sollten in der Lage sein, offen und ehrlich miteinander zu reden.«

Isabel errötete vor Freude. Hamelin hatte feste Rollenvorstellungen von Männern und Frauen in einer Ehe, aber er hielt nicht engstirnig an ihnen fest.

Er tauschte seine Reisekleidung gegen ein weiches Leinenhemd und eine lose Tunika aus und schlüpfte in bequeme, mit Schaffell gefütterte Schuhe. Isabel schenkte ihm mehr Wein ein, und sie setzten sich an einen Tisch in der Nähe des Feuers, um zu essen. Es gab frisches weißes Brot, Weizenbrei und ein wärmendes Gericht aus Rindfleisch in einer mit Ingwer und Kreuzkümmel gewürzten Soße.

Hamelin brach ein Stück von einem kleinen Brotlaib ab und tunkte es in den würzigen Eintopf. »Der Erzbischof ist nach London gekommen, um einer Vorladung von Marschall John zu folgen; dabei ging es um einen Streit über Landbesitz. Er hat natürlich erwartet, wie immer in der Burg untergebracht zu werden, aber Henry hat dafür gesorgt, dass alle Kammern schon belegt waren, und Becket musste sich stattdessen in der Priorei St. Andrew vor den Stadtmauern einquartieren.«

»Oh je.« Isabel füllte seinen Becher erneut. »Das dürfte ihm nicht gefallen haben.«

»Allerdings nicht«, stimmte Hamelin zu. »Henry hat seinen Standpunkt genau wie in Berkhamstead klargemacht. Becket hat etwas als selbstverständlich vorausgesetzt, was es nicht war, und wurde in seine Schranken gewiesen.« Er aß einen Löffel Eintopf. »Am nächsten Tag wurde Becket erneut wegen Missachtung des Gerichts vorgeladen, weil er Marschall John in einem Disput über Ländereien Gerechtigkeit verwehrt hatte. Der Marschall erschien nicht, um seine Sache zu vertreten. Henry erklärte, seine Schatzmeisterpflichten hätten ihn zu sehr in Anspruch genommen, aber in Wirklichkeit hatte sein Pferd ein Hufeisen verloren; er wäre daher nicht in der Lage gewesen, Northampton rechtzeitig zu erreichen und hatte kehrtgemacht.« Hamelin schüttelte den Kopf. »Es war ein fadenscheiniger Vorwand, aber ich mache ihm keine Vorwürfe. Zwischen meinem Bruder und dem Erzbischof wäre er zu Staub zermahlen worden.«

Er hielt inne, um mehr Fleisch zu essen, und wischte sich dann die Lippen ab. »Becket sagte Henry, er hätte ohnehin kein Recht, den Fall zu verhandeln, weil es eine Angelegenheit für das kirchliche Gericht wäre. Er stand kerzengerade und regungslos da und stieß seinen Bischofsstab auf den Boden. Dabei verkündete er, er wäre der Erzbischof von Canterbury, und niemand solle sich anmaßen, über ihn zu urteilen, weil nur Gott das Recht dazu hätte. Ha!«

»Das erscheint mir sehr selbstherrlich.« Ihr war immer noch nicht klar, weshalb Hamelin die Beherrschung verloren hatte. Was er ihr bislang erzählt hatte, war nur eine Liste von Ereignissen.

»Und das war noch nicht das Schlimmste.« Hamelin hob seinen Becher. »Henry wies die Bischöfe an, Becket wegen Missachtung des Gerichts zu verurteilen, und verlangte, dass er das Geld zurückzahlt, das er von dem Toulouse-Feldzug abgezweigt hat. Becket beharrte darauf, dass die Summen abgeschrieben worden wären, als er Erzbischof wurde. Henry leugnete dies und meinte, wenn Becket nicht über jeden Penny, den er als Kanzler ausgegeben hat, Rechenschaft ablegen könne, würde er als Entschädigung seine Ländereien beschlagnahmen.«

»Das klingt für mich, als wäre der König entschlossen, Becket zu stürzen.« Isabel machte sich Gedanken darüber, welche weiteren Auswirkungen dies haben könnte. Was auch immer Becket getan hatte, sie schuldete ihm Dank, weil er sich geweigert hatte, für ihre Hochzeit mit William FitzEmpress einen Dispens zu erteilen. Auch Hamelin war ihm zu Dank verpflichtet, aber er wollte das ganz offensichtlich nicht so sehen.

»Nicht mehr, als Becket entschlossen ist, sich als Erzbischof zu behaupten. Die Bischöfe haben ihn aufgefordert zurückzutreten, aber er weigerte sich und legte sich mit Magenkrämpfen ins Bett. Manche meinen, seine Magenprobleme würden von Angst ausgelöst, und andere denken, er lässt Henry zappeln wie einen Fisch an der Angel. Henry entschloss sich, es ihm als Falschheit auszulegen, und bereitete eine Anklage wegen Verrat vor.«

Isabel hörte mit wachsender Bestürzung zu. Als Kanzler war Becket ein fähiger Politiker gewesen – weltgewandt, charmant, mächtig und hatte stets die richtigen Worte gefunden. Aber wenn er sich verändert hatte, traf das für Henry gleichfalls zu. In den frühen Jahren seiner Herrschaft war er flexibler gewesen und hatte nicht so hart durchgegriffen. Die Art, wie er mit Becket umging, war die eines Tyrannen, und Isabel hatte gesehen, dass sich seine Tyrannei auch auf Alienor und die arme Mary de Boulogne erstreckte.

»Du sagtest, du hättest die Beherrschung verloren?«, fragte sie Hamelin. »Was ist passiert?«

Er rieb sich die Stirn. »Am letzten Tag hatte sich Becket so weit erholt, dass er die Messe lesen und eine lange Predigt über Despotismus von Königen halten konnte. Henry bezichtigte ihn ganz offen des Verrats und befahl dem Earl of Leicester, das Urteil zu verkünden. Becket verkündete, er würde nicht Männer wie Henrys Hurenböcke, gewöhnliche Diener und niedriggeborene Bastarde über sich richten lassen.«

Isabel schnappte nach Luft und schlug eine Hand vor den Mund.

Hamelins Gesicht verzerrte sich. »Er sagte, wenn er ein Ritter wäre, würde er uns alle niederstrecken, aber da er ein Mann Gottes sei, würde er gehen. Er glich einer fauchenden Katze, die von Hunden in die Enge getrieben wurde, aber trotzdem noch kratzt und beißt. Ich bin nicht stolz darauf, aber ich habe ihn angeschrien und ihm gedroht, ihn zum

Schweigen zu bringen, indem ich ihm seinen eigenen Bischofsstab um den Hals lege.«

Isabel war empört. Beckets Verleumdungen sollten Henry treffen, aber die Hamelin zugefügte Beleidigung war nicht zu entschuldigen, auch wenn Hamelin sich von seinem Zorn hatte hinreißen lassen und sich einem Mann Gottes gegenüber unschicklich verhalten hatte. »Also hat er sich nach Canterbury zurückgezogen?«

Hamelin schnaubte. »Der Erzbischof hätte es nicht als Rückzug betrachtet, aber nein, dort ist er nicht hingegangen. Er hat die Priorei spät in der Nacht heimlich durch ein unverschlossenes Tor verlassen, das einer seiner Anhänger offen gelassen hatte. Niemand weiß, wo er sich aufhält. Henry lässt alle Häfen überwachen. Wenn er ins Ausland entkommt, wird er beim Papst Hilfe suchen. Er ist tatsächlich ein Verräter an seinem König und seinem Land – aber natürlich nicht an seinem Gott. Es ist nicht zu fassen. Henry hat nach Frankreich geschrieben und Louis gebeten, dem Erzbischof seine Unterstützung zu verweigern, aber ich kann mir nicht vorstellen, dass Louis sich eine Gelegenheit entgehen lässt, in Henrys Reich Unfrieden zu stiften.«

Isabel biss sich auf die Lippe. »Wie wird es jetzt weitergehen?«

»Wer weiß?« Hamelin hob die Schultern. »Das hängt davon ab, wie der Papst entscheidet. Wenn das Glück Becket hold ist, könnte England unter ein Interdikt gestellt werden. Wenn das Glück aufseiten meines Bruders ist, wird Becket zurücktreten und Gilbert Foliot an seiner Stelle Erzbischof werden.« Er lachte humorlos auf. »Es sagt schon viel aus, wenn alle auf Gilbert Foliot als Retter blicken. Aber ich bin jetzt zu Hause, und ich habe mich noch nie mehr über etwas gefreut.«

»Ich mich auch nicht.« Isabel tat, was in ihrer Macht stand, um ihn zu unterstützen. »Vergiss diesen unerfreulichen Vorfall. Für mich bist du ein guter Mann und Gemahl – absolut würdig, den Rang des Grafen von Surrey und Warenne zu bekleiden und Vater der zukünftigen Erben zu sein.«

Seine Augen weiteten sich.

»Ich erwarte ein Kind«, bestätigte sie.

Hamelin starrte seine Hand auf ihrem Körper an, und langsam trat ein Lächeln auf sein Gesicht und erhellte es. »Das ist die beste Neuigkeit überhaupt! Wann?«

»Im Sommer, denke ich. Ende Mai oder Anfang Juni.«

»Nun, das bringt sofort Sommer in mein Leben, und zur Hölle mit Becket und seinen Intrigen. Du hast alles wieder in die richtige Perspektive und an seinen Platz zurückgerückt, meine kluge, schöne Frau.«

Isabel strich ihm über das Gesicht. »Dann habe ich meine Pflicht erfüllt«, erwiderte sie und wünschte, Henry und Becket würden sich den ihren widmen und Frieden schließen.

Alienor blickte von ihrer Näharbeit auf, als ein Diener die Ankunft der Gräfin de Warenne meldete. Einen Moment später betrat Isabel den Raum. Ihre Wangen waren vor Kälte gerötet, und ihre Augen strahlten vor Freude.

Alienor erhob sich und begrüßte ihre Freundin und Schwägerin mit einer warmen Umarmung. »Du blühst richtig auf!« Sie hielt sie auf Armeslänge von sich ab, um sie anzuschauen. »Die Ehe bekommt dir ganz offensichtlich ausgezeichnet.«

»Ich schätze, der eisige Graupelschauer hat meinem Gesicht Farbe verliehen«, lachte Isabel. »Aber ich blühe in der Tat auf. Hamelin und ich bekommen im Sommer ein Kind.«

»Das sind gute Neuigkeiten!« Alienor zog sie zum Feuer und sorgte dafür, dass sie es sich mit einem Becher Hippokras auf einer gepolsterten Bank bequem machte. Draußen bombardierte der Wind die Fensterläden mit Graupel und Regen. Marlborough Castle stand auf einem großen Erdhügel, der der Legende zufolge in den heidnischen Zeiten aufgeschüttet worden war und in dasselbe Zeitalter gehörte wie die großen Ringe und steinernen Prachtstraßen, mit denen die Landschaft Wiltshires überzogen war. Während des Krieges zwischen Henrys Mutter und Stephen von Blois hatte John der Marschall die Burg verwaltet, aber Henry hatte sie vor sechs Jahren im Rahmen der Rückforderung königlicher Burgen und Landgüter wieder an sich gebracht.

»Es freut mich, dass du so gut aussiehst«, sagte Alienor. »Ich habe deine Gesellschaft schmerzlich vermisst, aber du die meine wohl weniger, vermute ich.« Sie registrierte erheitert, dass Isabel errötete.

»Ich habe deine Gesellschaft tatsächlich vermisst«, erwiderte Isabel taktvoll, »aber nach den Neuigkeiten vom Hof bin ich froh, nicht hier gewesen zu sein.«

Alienor winkte gereizt ab. »Henry ist zurzeit unerträglich. Er hat Louis gebeten, Becket nicht zu helfen, und ist gekränkt, weil Louis es trotzdem tut. Was hat er denn erwartet? Louis mag arrangierten Ehen zustimmen und lächeln und die Gebote der Höflichkeit beachten, aber wenn er Henry in Stücke reißen kann, wird er es tun.« Sie seufzte. »Wenn es um Recht und Gesetz geht, ist Henrys Verstand so scharf wie ein geschliffenes Messer; er versteht alles, was mit Hilfe von Manipulation und Kriegslisten funktioniert. Aber er weiß nicht, wie er mit Menschen umgehen soll, wenn sie aus dem Bauch oder dem Herzen oder verborgenen Ecken in ihrem Inneren heraus handeln und nicht von List und Logik beherrscht werden. Das rührt daher, dass er diese Dinge in sich nur kontrollieren kann, wenn er sie wegschließt.« Sie lachte kurz auf.

»Du siehst, dass ich dich wirklich vermisst habe. Du bist von allen meinen Frauen die beste Zuhörerin.«

Isabel griff nach ihrem Wein. »Ich höre gern zu, und ich freue mich, dir dienen zu können«, entgegnete sie. »Ich denke, du schätzt den König richtig ein.«

»Das schon«, bestätigte Alienor trocken. »Aber jemanden richtig einzuschätzen heißt nicht immer, dass man auch etwas dagegen tun kann.«

»Gibt es aus Rom etwas Neues bezüglich des Erzbischofs?«

»Nein, aber wir rechnen täglich mit Boten.«

»Hamelin hat mir von Northampton erzählt.«

Alienor war überrascht und ein wenig neugierig. »Er redet mit dir über diese Dinge?«

»Es hilft ihm, seine eigenen Gedanken zu ordnen und Probleme zu lösen.« Sie lächelte. »Ich bin auch bei ihm eine gute Zuhörerin.«

Alienor durchzuckte ein Stich, der fast an Neid grenzte. »Dann hoffe ich, dass er genug Verstand hat, um dein Talent zu deinem und seinem Vorteil einzusetzen«, sagte sie. »Was in Northampton geschehen ist, zerfrisst Henry förmlich. Von früh bis spät bekomme ich nur Klagen über die Treulosigkeit von Thomas Becket und seinen Verrat zu hören. Henry kann nicht damit umgehen, wenn man sich ihm widersetzt. Ich bete, dass Becket doch noch zur Besinnung kommt und zurücktritt.«

»Glaubst du, dass er das tun wird?«

Alienor schüttelte den Kopf. Ein nachdenklicher Ausdruck trat auf ihr Gesicht. »Ich weiß es nicht«, gab sie zurück. »Wohl eher nicht.«

Am späten Nachmittag des Weihnachtsfestes kamen Henrys Abgesandte von ihrem Bittgesuch in Rom zurück und wurden in Henrys Privatgemach geführt, um ihm Bericht zu erstatten. Alienor hielt sich mit ihrem Gefolge in der Halle auf und sah einigen Akrobaten zu, verfolgte aber gleichzeitig, was sich im Hintergrund abspielte. Alle waren nervös, taten aber so, als amüsierten sie sich, und die künstlerische Unterhaltung war zwar unpassend, wurde jedoch geschickt vorgeführt.

Ein Mann lief auf Stelzen, ein zweiter kauerte auf seinen Schultern. Ein voluminöses Gewand bedeckte beide Darsteller vom Hals bis zum Boden, so dass sie wie ein einziger Riese wirkten. Der ›Riese‹ hielt einen kleinen Affen, der in ein Miniaturbischofsgewand und eine Mitra gekleidet war. Das Tier war darauf dressiert, sich für Belohnungen in Form von Mandeln zu bekreuzigen. Harry liebte es ganz besonders und krümmte sich bei dessen Anblick vor Lachen. Ein anderer Schausteller jonglierte mit Schwertern, deren Klingen dort blausilbern schimmerten, wo sich das Licht in den rasiermesserscharfen Kanten fing. Richard war fasziniert, und Alienor machte sich eine geistige Notiz, ein Auge auf ihn zu haben; er brannte ganz offensichtlich darauf, das Kunststück selbst zu versuchen, und würde dabei vermutlich sich oder sonst jemanden verletzen.

Als sie zur Seite blickte, bemerkte Alienor einen von Henrys Schreibern mit zwei Schreibtafeln unter dem Arm, der einem Boten durch die Kammer folgte. Ranulf de Broc, der Türhüter, begleitete sie nach draußen. Seine Schritte waren genauso schwer und unzivilisiert wie der Mann selbst. Nachdem der nächste Schausteller seine flauschigen weißen Hunde durch eine Reihe von Reifen hatte springen lassen, war de Broc zurück und für eine Reise in Umhang und Stiefel gekleidet – mit

Sporen an den Absätzen und einem versiegelten Paket in seiner fleischigen Hand. Mit ein paar barschen Befehlen rief er Unteroffiziere und Knappen von ihren Posten zu sich.

Mit einem Mal interessierten Alienor die Akrobaten nicht mehr. Sie begab sich in Henrys Kammer, wo dieser mit geballten Fäusten durch den Raum stapfte. Ein geöffneter Brief lag auf dem Tisch, und der Schreiber kritzelte eifrig etwas auf einen frischen Pergamentbogen.

»Was ist passiert?«, erkundigte sie sich.

Henry fuhr zu ihr herum. »Becket hat seinen Rücktritt angeboten, aber mit allen Listen und dramatischen Gesten, die von ihm zu erwarten waren.« Er deutete auf den Brief auf dem Tisch. »Er traf auf einem tänzelnden weißen Hengst beim Papst ein, um sein Gesuch einzureichen – mit einer Eskorte von Louis' Rittern, ich bitte dich!« Henry versetzte den Binsen auf dem Boden einen angewiderten Tritt. »Rief sich zum Verteidiger der Rechte der Kirche aus, und erzählte dem Papst, ich würde versuchen, diese Rechte zu entkräften. Oh ja, er hat alles bis ins letzte Detail geplant. Ich hätte es kommen sehen müssen. Er hatte schon immer eine Schwäche für große Auftritte.«

»Was hat der Papst gesagt?«

Henry kräuselte die Oberlippe. »Der Papst ist ein hinterhältiger Fuchs«, grollte er. »Thomas sank auf die Knie, überreichte ihm seinen Erzbischofsring und bat darum, sein Amt aufgeben zu dürfen. Aber der Papst steckte ihm den Ring wieder an den Finger und weigerte sich, den Rücktritt zu akzeptieren. Wenn das kein abgekartetes Spiel war, dann ist Gott ein Affe!«

Angesichts der Konsequenzen wurde Alienors Herz schwer. »Also kehrt Becket nach England zurück?«

»Nein, der Papst hat ihn in die Abtei von Pontigny geschickt, wo er über seine Position nachdenken und Gottes Wege besser verstehen lernen soll.« Henry schnaubte vernehmlich. »Mit anderen Worten, er hat ihn meinem Gerichtsbezirk entzogen und in dem von Louis untergebracht – wo er fortfahren kann, meine Autorität zu untergraben, und ich kann nichts dagegen unternehmen.« Ein Stuhl erhielt einen so heftigen Tritt, dass er umfiel.

Alienor biss sich auf die Lippe. Das waren alles andere als gute Nachrichten. Alle hatten gehofft, dass Becket zurücktreten und Gilbert Foliot seine Nachfolge antreten würde, aber Papst Alexander war, wie Henry bereits gesagt hatte, ein Fuchs. Indem er Becket nach Pontigny geschickt hatte, hatte er ihn aus Henrys Reichweite geschafft. Dadurch, dass er jedoch behauptete, Becket brauche geistliche Führung, entkräftete er die Beschuldigung, sich auf dessen Seite zu schlagen.

Henry versetzte dem Stuhl einen neuerlichen Tritt. »Wenn sich der Papst einbildet, dass all das verfliegen wird wie ein Kopfschmerz einen Tag nach einem Fest, dann irrt er sich gewaltig. Jeder, der sich mit mir anlegt, stellt rasch fest, dass ich es ihm vierfach vergelte. Ab jetzt erhält das Papsttum keine Zahlungen mehr, und da Becket sich nach Pontigny zurückzieht, können seine Verwandten ihm dorthin folgen und ihn für sich sorgen lassen. In England, auf meinem Boden, dulde ich sie nicht mehr.«

Alienor starrte ihn an. »Du willst seine Familie verbannen?«

»Becket hat sich durch sein Verhalten jenseits aller Grenzen gestellt. Ich habe diesen Streit nicht begonnen. Er ist derjenige, der diplomatische Schritte gegen mich eingeleitet hat. Ich werde nicht zulassen, dass auch nur ein einziger seiner Angehörigen in meinem Land bleibt. Soll er sie aufnehmen, Unterkünfte für sie finden und sie durchfüttern. Es bringt nichts, nur eine Ratte aus einem Nest unschädlich zu machen, man muss die ganze Brut ausrotten.«

»Aber sie sollen doch sicher nicht alle nach Pontigny? Dort gibt es nicht genug Platz!«

»Das ist Beckets Problem, nicht meines. Das Christuskind wurde in einem Stall geboren – soll Beckets Verwandtschaft doch in einem schlafen. Ranulf de Broc ist losgeritten, um sie an die Luft zu setzen.« Er hob den Zeigefinger. »Wenn einer von ihnen bei dir angekrochen kommt, Hilfe sucht und dich bittet einzugreifen, misch dich ja nicht ein und hilf ihnen. Ich kenne deine Gewohnheit, hinter meinem Rücken zu handeln, und ich werde dich im Auge behalten.«

Alienor richtete sich kerzengerade auf. »Ist es schon so weit gekommen?«, fragte sie kühl. »Ist das alles, was geblieben ist? Misstrauen, Nachspionieren und eine solche Besessenheit zu gewinnen, dass nichts anderes mehr zählt?«

»Ich wünsche weder einen Rat noch einen Vortrag von Euch, Madam, sondern nur, dass Ihr Euch meinen Wünschen fügt. Habt Ihr das verstanden?«

In diesem Moment war Alienor nahe daran, ihn zu verabscheuen. In der letzten Zeit fühlte sie sich oft an ihre erste Ehe mit Louis und die Kämpfe erinnert, die sie mit ihm ausgefochten hatte. Der Auseinandersetzung haftete ein vertrauter Klang an. Einem Mann stand das Recht zu, seinen eigenen Weg zu gehen, und eine Frau hatte zu tun, was ihr befohlen wurde, wenn ihr Gemahl sie nicht ausdrücklich um Rat fragte oder ihr zu sprechen gestattete. Dieses Spiel hatte sie bis obenhin satt. »Ja, Sire«, erwiderte sie eisig. »Vollkommen. Habe ich Eure Erlaubnis, mich zurückzuziehen?«

Er warf ihr einen seiner glühenden Blicke zu, scharf genug, um sie zu zerschneiden, und sie erwiderte ihn, ohne mit der Wimper zu zucken.

»Ja, Ihr habt meine Erlaubnis, aber erwartet mich später in Eurer Kammer, Madam.«

Also hatte er vor, ihr Bett zu benutzen, um sie weiter unter seinen Willen zu zwingen. Alienor wandte sich ab. Wenn sie in diesem Moment einen Dolch in der Hand gehabt hätte, hätte sie ihn benutzt.

Alienor hatte die medizinischen Abhandlungen von Salerno gelesen, die besagten, eine Frau solle ihren Körper samt Intimbereich waschen und parfümieren, wenn sie beabsichtigte, sich zu einem Mann zu legen. Sie verspürte wenig Lust, sich zurechtzumachen, während sie auf Henry wartete; aber der politische, logisch denkende Teil ihres Verstandes sagte ihr, dass vieles leichter werden würde, wenn sie Gefügigkeit vortäuschte. Sie überwand ihren Widerwillen, badete und ließ sich von ihren Zofen das Haar kämmen, bis es ihr wie ein schwerer glänzender Schleier bis zur Taille fiel, dann tupfte sie sich Rosenöl auf Handgelenke, Hals und zwischen die Schenkel. Ihr Hemd bestand aus weichem Leinen mit zierlicher Stickerei, und die Laken waren frisch und sauber.

Als Henry eintraf, begrüßte sie ihn mit pflichtgetreuer Höflichkeit. Er maß sie mit einem argwöhnischen Blick, den sie ausdruckslos zurückgab und sich insgeheim fragte, wie weit Ranulf de Broc auf seinem Weg nach London schon gekommen war, um Beckets Verwandte aus ihren Häusern zu vertreiben.

»Ich habe noch einmal über das nachgedacht, was du gesagt hast«, bemerkte Henry, als er sich seiner Kleider entledigte. »Darüber, Beckets Angehörige zu verbannen. Es ist keine praktische Lösung, dass sie sich alle auf die Reise begeben, daher habe ich beschlossen, dass einige von ihnen bleiben können.«

Alienor starrte ihn überrascht an. Henry machte seine Entscheidungen selten rückgängig und war noch weniger geneigt, ihren Rat zu befolgen.

Er zog sie auf das Bett hinunter und rieb den Kopf an ihrem Hals. Sein Atem war warm, sein Bart kratzte und fühlte sich auf ihrer empfindlichen Haut zugleich weich an. Obwohl sie sich darauf vorbereitet hatte, lediglich ihre Pflicht zu erfüllen, wurde sie vor Lust feucht und keuchte vor Wonne, als er in sie eindrang. Als er sich in sie ergoss, erreichte sie gemeinsam mit ihm den Höhepunkt und klammerte sich an ihm fest.

Er küsste sie auf den Mund und tätschelte ihre Hüften, als er sich zurückzog. »Siehst du, das war gut, nicht wahr? Ich weiß nicht, warum du immer gegen mich ankämpfst.« Er drehte sich um, um sich anzukleiden und machte so deutlich, dass er nach vollbrachter Tat nicht bleiben würde.

»Hast du de Broc eine Botschaft geschickt, um ihn von deinen Absichten in Kenntnis zu setzen?«

»Ja, mit einem schnellen Pferd.« Sein Ton klang fröhlich. »Er hat Anweisungen, jeden bleiben zu lassen, der willens ist, eine Geldstrafe von zweihundert Mark zu bezahlen.«

Alienors Herz verhärtete sich erneut gegen ihn. »Kaum einer von ihnen wird es sich leisten können, eine solche Summe zu zahlen!« Was er sehr wohl wusste. Die Kranken und die, die am wenigsten hatten, würden immer noch ihre Bleibe verlieren.

»Das ist ihr Problem, nicht meines«, erwiderte er achselzuckend. »Sollen doch Becket und die Kirche ihnen unter die Arme greifen. Sie sind eine Kaufmannsgemeinschaft und haben höchstwahrscheinlich Geld unter der Kaminplatte versteckt. Becket hat während seiner Zeit als Kanzler Tausende Pfund unterschlagen. Ich gleiche nur meine Verluste wieder aus.« Er zwickte sie fest in die Wange, küsste sie auf den Mund und verließ die Kammer.

»Bastard«, murmelte Alienor leise. Sie legte ihren Umhang an, stieg aus dem Bett, schenkte sich einen Becher Wein ein und setzte sich an das Feuer. Sie verstand, dass sich von Henrys Standpunkt aus alles glänzend fügte. Becket war gestraft, egal was passierte, und Henry verdiente noch daran. Sie konnte Beckets Verhalten nicht gutheißen, aber Henrys war ebenso schlimm.

Während sie in die glühenden Kohlen blickte, gestand sie sich ein, dass sie und Henry lange Zeit parallel verlaufende Straßen entlanggeritten waren, aber ihre Wege trennten sich allmählich, und bald würden sie einander aus den Augen verlieren.

26

Rouen, April 1165

»Nun, mein Liebes«, sagte die Kaiserin mit einem leichten Zittern in der Stimme, »deine Nachkommenschaft wächst also noch einmal an. Du hast mich wirklich überrascht, weil ich nicht gedacht hätte, dass du und mein Sohn noch weitere Kinder bekommen würdet.« Sie saß in einen pelzgefütterten Mantel gehüllt am Feuer. Ein Gehstock mit einem Griff aus Ebenholz lehnte an ihrem Stuhl. Sie hatte an einem Fieber und einer Lungenentzündung gelitten und gewann nur langsam ihre körperliche Kraft zurück. Dennoch arbeitete ihr Verstand so scharf wie eh und je, und von ihrem Platz am Kamin aus regierte sie mit ihrem üblichen unbeugsamen Willen.

»Ja, Mutter, damit hätte ich auch nicht gerechnet.« Alienor legte eine Hand auf ihren gewölbten Bauch, in dem das in Marlborough gezeugte Kind heranwuchs. Sie war über ihre neuerliche Schwangerschaft nicht allzu glücklich gewesen, aber zumindest bewies sie jedem, dass Henry noch immer ihr Bett teilte und sie fruchtbar und fähig war, ihre Pflichten als Königin zu erfüllen.

Nicht dass Henry seither ihre Kammer sehr oft besucht hätte. Sie war in England geblieben, während er in die Normandie übersetzte, und ihre Ankunft in Rouen lag noch nicht lange zurück. Sie hatte auch Ehearrangements für ihre älteste Tochter getroffen. Früher im Jahr waren deutsche Abgesandte mit verschiedenen Vorschlägen nach England gekommen. Noch immer wurden vorsichtige Verhandlungen geführt, und Alienor hatte mit ihrer Tochter noch nicht über die Verbindung gesprochen, aber sie wusste, dass Matilda etwas ahnte; sie war ein intelligentes Kind mit einem Gespür für Schwingungen.

»Vielleicht wird es eine weitere Tochter, die dir eine Gefährtin und ein Trost ist, wenn diese hier fortgeht.« Die Kaiserin nickte ihrer Namensschwester zu, die auf einem kleinen Webstuhl eine blaue und rote Borte webte und ihrer kleinen Schwester eine Geschichte erzählte.

»Ich weiß nicht, ob man sich das wünschen sollte oder nicht«, erwiderte Alienor. »Ein anderes Mädchen großziehen und zuschauen, wie sie mit den Flügeln gegen ein geschlossenes Fenster schlägt …«

Die Kaiserin nickte, aber ihre Augen, die vor Alter und schlechter Gesundheit tief in den Höhlen lagen, blickten wachsam und warnten Alienor davor, Henry zu kritisieren. Seine Mutter durfte Henry widersprechen, seine Frau dagegen nicht. Die Kaiserin teilte jedoch Alienors Meinung über das gesellschaftliche Schicksal der Frauen. »Aber«, fügte Alienor hinzu, »nur eine Frau kann Söhne gebären. Ein Mann sät den Samen, aber es ist die Frau, die ihn zu Fleisch werden lässt und bei der Geburt ihr Leben aufs Spiel setzt. Es ist die Frau, die das Kind aufzieht, bis es alt genug ist, um die Kinderstube zu verlassen. Sie ist stärker belastbar, weil sie es sein muss.«

»Das stimmt.« Ihre Schwiegermutter nickte erneut, diesmal zustimmend. Sie fuhr fort, ihre Enkelinnen zu beobachten. »Ich war acht Jahre alt, als ich England verließ, um nach Deutschland zu gehen; die zukünftige Frau eines erwachsenen Mannes, den ich noch nie gesehen hatte. Mit zwölf wurde ich mit ihm verheiratet und wurde seine Gefährtin. Zu dieser Zeit sprach ich fließend Deutsch, war in den Sitten seines Hofes unterwiesen worden und hatte meinen Bräutigam besser kennengelernt. Sie wird einen ähnlichen Weg einschlagen.«

Ein Gefühl des Verlustes, beinahe Trauer, durchzuckte Alienor. »Ich werde sie darauf vorbereiten, so gut ich kann. Sie wird anfangen, Deutsch zu lernen – ein paar Worte kann sie bereits –, und sie wird eine prächtige Brautausstattung und ein Gefolge von Leuten bekommen, die sie kennt und mag.« Sie biss sich auf die Lippe. All dies waren praktische Belange, doch sie würde ihre älteste Tochter schmerzlich vermissen. Es bereitete ihr auch Sorgen, dass der Bräutigam fast dreißig Jahre älter war als Matilda. Es war ein enormer Altersunterschied, der überwunden werden musste. Alienor war zuversichtlich, dass sich Matilda der Herausforderung stellen würde; sie hegte keine Befürchtungen, dass sie sich vor ihrer Pflicht drücken könnte, aber ihr Herz schmerzte trotzdem bei dem Gedanken an die Last, die auf so junge Schultern gelegt wurde.

»Ich war zutiefst unglücklich darüber, alles zurücklassen zu müssen, was ich gekannt hatte«, sagte die Kaiserin, als würde sie ihre Gedanken lesen. »Aber ich kannte meine Pflicht. Ich weinte nicht, als ich mich von meinen Eltern verabschiedete, weil ich mir und ihnen keine Schande bereiten wollte, und sie weinten ebenfalls nicht. Ich sah meine Mutter nie wieder. Mein Ehemann war gütig und freundlich, und ich begann ihn zu mögen. Allmählich wurde ich in meinem Leben dort glücklich.« Ihre Augen verhärteten sich ob des Schmerzes der Erinnerung. »Hätte ich eine Wahl gehabt, wäre ich nicht zurückgekehrt, um Geoffrey von Anjou zu heiraten, auch wenn wir Henry bekamen – und zwei weitere Söhne, mögen sie in Frieden ruhen.« Sie bekreuzigte sich und umklammerte das Rubinkruzifix um ihren Hals. »Sie haben wenig aus ihrem

Leben gemacht, und ich bedaure, dass sie diese Welt vor ihrer Zeit verlassen haben, aber Henry hat sogar mehr erreicht, als ich mir erhofft hatte, und er hat eine Generation begründet, die auf ihn folgen und seinen Ruhm steigern wird. Wir müssen in die Zukunft blicken.«

Alienor bekundete murmelnd ihre Zustimmung. Trotz all der Streitpunkte zwischen ihnen war Henry ein durchsetzungsfähiger und bemerkenswerter Mann, und ihre Abkömmlinge würden der Welt ihren Stempel aufdrücken. Die Kaiserin hatte nie zuvor von ihrer Kindheit gesprochen. Aus der Art, wie sie ihre älteste Enkelin ansah, schloss Alienor, dass sie sich selbst in dem kleinen Mädchen wiedererkannte und dass alte Erinnerungen in ihr geweckt wurden. Tatsächlich ähnelte Matilda ihrer Großmutter in vieler Hinsicht – sie war willensstark, intelligent und hatte ein starkes Gefühl für das, was richtig war und was nicht. Aber sie war auch lebhaft und beweglich, und ihr Mann würde viele Jahre älter sein, als der Gemahl der Kaiserin es damals gewesen war.

Die ältere Dame betrachtete ihr Rubinkreuz. »Die Jahre sind dahingeflossen, und mir bleiben nun nicht mehr viele. Es gibt einige Dinge in meinem Leben, die ich anders gemacht hätte und die ich bereue, aber sie schenkten mir meinen Sohn und meine Enkel. Wäre ich nach Heinrichs Tod in England geblieben, hätte ich nie Henry zur Welt gebracht und mit angesehen, wie ein großer König aus ihm wird.«

»Allerdings nicht, Madam«, erwiderte Alienor und senkte den Blick, als die Kaiserin sie scharf ansah.

»Ich hoffe, mein Sohn kann auf deine Unterstützung und Loyalität zählen?«

»Immer, Madam«, versetzte Alienor. »So wie ich auf die seine zählen kann.«

»Ich gebe zu, dass er schwierig ist. Als seine Mutter kenne

ich Henrys Fehler, aber ihr müsst beide an das höhere Wohl denken und eure Probleme überwinden.«

Alienor blieb eine Antwort erspart, da ein Kammerherr der Kaiserin mit der Botschaft eines Verbindungsmannes am französischen Hof eintraf. Die Kaiserin öffnete den Brief und musterte die Zeilen blinzelnd. »Meine Augen«, murrte sie ungeduldig. »Früher konnte ich sogar von der anderen Seite des Raumes aus eine Fliege auf einem Wandbehang erkennen, und jetzt kann ich kaum eine klar und deutlich sehen, wenn sie auf meinem Rock landet.« Sie reichte Alienor den Brief. »Lies ihn mir vor.«

Alienors eigene Augen waren auch nicht mehr so scharf wie einst, und sie musste den Brief ein Stück von sich weghalten. »Die Königin von Frankreich erwartet ein Kind. Es soll im Spätsommer zur Welt kommen.« Sie las den Rest des Schreibens laut vor und gab der Kaiserin den Brief dann zurück.

»Sie haben es ja lange genug geheim gehalten.« Die Kaiserin schnalzte verächtlich mit der Zunge und schlug mit der Hand auf den Brief. »Und von Becket wird behauptet, dass er Wunder gewirkt hat, weil sie nach seiner Ankunft in Pontigny schwanger wurde – so ein Unsinn.«

»Ich schätze, er hat Becket dazu gebracht, das Ehebett zu segnen«, meinte Alienor tonlos.

Die Kaiserin sah sie verwirrt an.

Alienor verzog das Gesicht. »Als ich mit Louis verheiratet war, hatte er Probleme, wenn es um das Zeugen von Erben ging.«

Matilda hob die Brauen.

»Nicht am Anfang, als wir sehr jung waren, da zeigte er sich äußerst eifrig, aber nachdem ich einen Sohn verloren hatte, hatte er Mühe, seine eheliche Pflicht zu erfüllen.

Es kam schließlich so weit, dass er nur Erregung verspürte, wenn die Kirche mit im Spiel war. Marie habe ich nach der Weihung von Saint-Denis empfangen, nachdem Abt Suger und Bernard de Clairvaux sich für uns eingesetzt hatten. Alix wurde in Tusculum in einem Bett gezeugt, das der Papst zuvor gesegnet hatte. Dazwischen gab es lange Zeitspannen, während derer er überhaupt nicht in meine Kammer kam oder impotent war, wenn er es tat.« Alienor beugte sich vor, um ihren Worten Nachdruck zu verleihen. »Louis kann den Akt mit seiner Frau nur vollziehen, wenn die Kirche ihm ihre Billigung erteilt. Es würde mich nicht wundern, wenn Beckets Ankunft in Frankreich ihn gewissermaßen beflügelt hat.«

Die Kaiserin blickte einen Moment lang streng drein, als wäre das Thema zu unappetitlich, um es zu erörtern, doch dann trat ein Anflug freudlosen Humors in ihre Augen. »Nun, wenn dieses Debakel zu einem Erben für Frankreich führt, dann ist das ein unseliges Ergebnis des Streites zwischen meinem Sohn und dem Erzbischof, doch leider können wir nichts dagegen tun.«

Die Frauen blickten auf, als Henry von einem Tagesjagdausflug mit seinen Vasallen und Gefolgsleuten zurückkehrte. Sein unehelicher Sohn Jeoffrey hielt sich dicht an seiner Seite; seine Stiefel und seine Tunika waren ebenso mit Schlamm bespritzt wie die von Henry. Er war dabei, sich von einem Kind in einen Mann zu verwandeln und schoss wie Weizen im Mai in die Höhe. Sein Gesicht strahlte vor Freude über die soeben genossene Kameradschaft unter Männern. Ein leuchtend roter blutiger Strich prangte auf seiner Wange – zum Zeichen dafür, dass er zum ersten Mal an einer Jagd teilgenommen hatte. Henry zerzauste seine Locken, wies ihn dann an, bei der Tür zu warten, und ging quer durch den Raum auf die Frauen zu. Der Geruch der Jagd umgab ihn wie ein beißender Gifthauch, eine Mischung aus scharf gerittenem Pferd, verschwitztem Mann und der schwachen Note des Marktstands eines Fleischers. Unter den Fingernägeln seiner rechten Hand klebte dunkles Blut. Alienor musste nicht lange raten, wer dem Jungen das Gesicht gezeichnet hatte.

»War die Jagd erfolgreich?«, erkundigte sich die Kaiserin.

»Ja, Mutter, das war sie allerdings«, erwiderte Henry mit leuchtenden Augen. »Wir haben einen großen Keiler in seiner Blütezeit in die Enge getrieben und können uns auf ein üppiges Festmahl freuen. Ich hoffe, deine Köche finden einen Apfel, der groß genug für sein Maul ist.«

Die Kaiserin schnalzte mit der Zunge. »Hättest du den Jungen wirklich schon auf eine Keilerjagd mitnehmen sollen? Ist er denn schon so weit?«

Henry wirkte sichtlich gekränkt. »Er ist mein Sohn. Ich war kaum älter als er jetzt ist, als ich mit einer Armee den Kanal überquert habe, um den König von England herauszufordern.«

»Ja, ich erinnere mich.« Matilda verdrehte die Augen gen Himmel. »Und es war keine Armee, sondern eine Horde von Abenteurern, die du nicht bezahlen konntest.«

»Aber jeder hat es zur Kenntnis genommen, nicht wahr? Und es hat in unseren Anhängern neuen Kampfgeist geweckt. Ich werde den Jungen nicht verhätscheln, Mutter. Er hat bei dieser Jagd dieselbe Rolle übernommen wie der Rest der Knappen, und auf dem Pferderücken ist er ein Naturtalent. Er beherrscht auch den Umgang mit einem Speer sehr gut«, fügte er mit einem schelmischen Grinsen hinzu.

»Ist es klug, ihn zu solchen Unternehmungen zu ermutigen, obwohl er für die Kirche bestimmt ist, Sire?«, warf Alienor ein.

Henry warf ihr einen wachsamen Blick zu. »Es ist noch

genug Zeit, um ihn für sein späteres Leben auszubilden, wie immer dieses auch geartet sein mag. Außerdem gehen auch Priester auf die Jagd. Vorerst schadet es niemandem, wenn er mich begleitet. Unsere eigenen Söhne sind entweder zu jung oder nicht hier. Ich nehme sie mit auf die Jagd, wenn sie alt genug sind.« Er wandte sich mit der Begründung, sich den Schmutz und das Blut abwaschen zu müssen, zum Gehen.

»Bevor du gehst, solltest du wissen, dass es Neuigkeiten aus Frankreich gibt«, sagte Alienor. »Louis' Königin erwartet ein Kind.«

»Bei Gott, tatsächlich?« Henry verzog das Gesicht und hob dann die Schultern. »Nun, die letzten vier waren Töchter. Mit Gottes Hilfe wird sowohl unser Glück als auch das seine anhalten und sie ein weiteres Mädchen zur Welt bringen. Wenn nicht, sind unsere Söhne seinen gegenüber im Vorteil, da sie schon fast flügge sind.« Er ging weiter, dabei legte er den Arm in einer Geste von Mann zu Mann um Jeoffreys Schultern.

»Du wirst dich mit dem Jungen abfinden müssen«, sagte die Kaiserin ruhig. »Ich habe mein Bestes getan, um ihn für ein Leben im Dienst der Kirche vorzubereiten, aber am Ende entscheidet Henry, was mit ihm geschieht. Er liebt ihn und wird ihm gegenüber seine Vaterpflicht erfüllen. Das heißt aber nicht, dass er seine Erben weniger liebt oder sich weniger um sie kümmert.«

»Vielleicht nicht«, gab Alienor zurück, »aber ich weiß, dass er in ihm unseren erstgeborenen Sohn und seine tote ehemalige Mätresse sieht, und deswegen liegt ihm der Junge so am Herzen. Wenn er ihn vor unseren legitimen Söhnen mit auf die Jagd nimmt, dann trifft mich das hier und hier.« Sie presste eine Hand erst auf ihr Herz und dann auf ihren Bauch.

»Dann musst du den Schmerz ertragen«, versetzte die Kaiserin kurz. »Dieses Kind hat Potenzial, deinen Söhnen ein treuer Verbündeter zu werden, kein Feind. Ohne die Hilfe meiner eigenen Brüder, den Söhnen der Mätresse meines Vaters, wäre Henry heute nicht König von England und Herzog der Normandie. Ich rate dir, in dieser Angelegenheit deinen Verstand und nicht dein Herz sprechen zu lassen.«

»Das werde ich auch, Mutter«, entgegnete Alienor, »aber es verhindert trotzdem nicht, dass mein Herz Wunden davonträgt. Ich habe Schutzschilde gegen viele Dinge, aber nicht dagegen. Ich bin mir sicher, dass Ihr tief in Eurem Inneren auch derartige Gefühle habt, egal wie sehr Ihr sie vor der Welt verbergt.«

Die Kaiserin erwiderte nichts darauf, sondern hielt nur ihre knorrigen, altersfleckigen Hände an das Feuer.

An diesem Abend schickte Alienor ihre Frauen fort und setzte sich hin, um das Haar ihrer ältesten Tochter selbst zu kämmen. Es war wunderschön und so lang, dass Matilda auf den schimmernden goldbraunen Zöpfen fast sitzen konnte. »Ich habe Neuigkeiten für dich, Liebling«, begann Alienor nach einem Moment. »Ich weiß, wie groß du schon bist, und ich möchte, dass du mir gut zuhörst.« Sie spürte die seidige Kühle des Haares unter ihrer Handfläche. Es würde schwer werden, diesen Nestling in die Welt hinauszuschicken – in dem Wissen, dass es Momente wie diesen nie wieder geben würde.

Matilda drehte sich um. Ihre klaren grauen Augen blickten sie fragend an.

Alienor holte tief Atem. »Wir haben von einer sehr bedeutenden Familie in Deutschland einen Heiratsantrag für dich erhalten. Von keinem Geringeren als einem Vetter von Kaiser

Friedrich. Heinrich, der Herzog von Sachsen, möchte dich gerne zur Frau nehmen.«

Matildas Augen blieben groß, aber sie blickten eher abschätzend als ängstlich. »War deswegen der Bischof zuvor in England, Mama?«

»Ja, mein Liebes. Die Abgesandten aus Deutschland sind gekommen, um mit mir über eine mögliche Verbindung zu sprechen. Dein Vater hält es für eine sehr vorteilhafte Partie.«

Matilda nagte an ihrer Lippe. »Ich weiß, dass ich eine gute Partie machen muss, Mama«, sagte sie ruhig. »Ich weiß, dass ich meiner Familie helfen muss und dass du eine gute Wahl für mich treffen wirst.«

Es waren die Worte einer Erwachsenen, doch sie wurden mit der Stimme eines kleinen Mädchens gesprochen, und Alienors Herz krampfte sich vor Schmerz zusammen. »Dein zukünftiger Mann ist ein großer Ritter«, sagte sie. »Ein Mann, auf den du zu Recht stolz sein kannst und der mächtig genug ist, um für dich zu sorgen. Du wirst deinen eigenen Haushalt haben und alles mit auf den Weg bekommen, was du brauchst, zusammen mit Dienern, die du kennst.«

Matilda schlang die Arme schützend um ihren Körper. »Wann muss ich denn gehen? Habe ich noch Zeit, um mich zu verabschieden? Kann ich das neue Baby noch sehen?«

»Natürlich kannst du das alles.« Alienor legte den Kamm beiseite und zog Matilda an ihre Brust; unfähig, noch mehr zu ertragen. *Lieber Gott, lieber Gott.* »Im Moment ist es nur eine Übereinkunft für die Zukunft. Du wirst noch eine Weile hierbleiben – vielleicht zwei Jahre. Wir müssen dein Gefolge und deine Aussteuer zusammenstellen. Du wirst Deutschunterricht bekommen und die Sitten des dortigen Hofes erlernen. Wenn du dann gehst, wirst du größer und stärker und für deine Pflichten bereit sein.«

Matilda entspannte sich, als sie begriff, dass sie nicht beim nächsten Morgengrauen aufbrechen musste, aber die Furche auf ihrer Stirn blieb. »Wenn ich fort bin, werde ich dich dann je wiedersehen, Mama? Es ist doch nicht für immer, nicht wahr?«

»Natürlich siehst du mich wieder!« Die Worte hinterließen einen bitteren Geschmack in Alienors Mund, denn in Wahrheit würde dies wahrscheinlich nie der Fall sein. Ihr Herz blutete. Sie öffnete ihre Schmuckschatulle und suchte darin herum, bis sie einen kleinen Goldring mit einer eingravierten Taube auf der flachen Oberseite fand. »Ich möchte, dass du ihn bekommst«, sagte sie. »Du bist jetzt alt genug, um darauf aufzupassen. Er gehörte mir, als ich so alt war wie du; mein Vater gab ihn mir und sagte, er hätte meiner Mutter gehört, als sie ein Mädchen war.« Sie schob ihn auf Matildas Mittelfinger. Er passte wie angegossen. »So. Jetzt sind wir einander immer nah.«

»Danke, Mama.« Matilda rieb über die Oberfläche des Rings und zwinkerte heftig, um ihre Tränen zu unterdrücken.

»Komm«, sagte Alienor knapp und küsste sie auf die Wange. »Das reicht jetzt. Höchste Zeit für dich, schlafen zu gehen.« Sie führte Matilda zu ihrem kleinen Kastenbett und deckte sie zu, nachdem sie ihre Gebete gesprochen hatte.

»Kann ich den Ring heute Nacht tragen?«, fragte Matilda.

»Natürlich, aber du musst ihn gleich ab morgen früh an einem sicheren Platz verwahren.« Alienor küsste Matilda erneut und sah zu, wie sie sich unter die Decken kuschelte, bis nur noch ihr Scheitel zu sehen war. Dann schlich sie auf Zehenspitzen vom Bett weg. Tränen stiegen schmerzend in ihrer Kehle auf. Es schien erst einen Moment her zu sein, dass sie ihre Tochter als glucksendes neugeborenes Baby in den Armen gehalten hatte – und jetzt wurde ihre Heirat arrangiert, und sie musste sich darauf vorbereiten, sich vielleicht für immer von ihr zu verabschieden. Die kleine Alie war noch keine vier Jahre alt, aber würde sie ihre jüngste Tochter schon in wenigen Jahren ebenfalls an ein fernes Land verlieren?

Und dann das neue Kind, das in ihr heranwuchs. Sohn oder Tochter, ihr Fleisch und Blut – kaum empfangen und schon schien auch seine Zukunft von Trauer überschattet zu sein.

27

Burg Acre, Norfolk, Juni 1165

Hamelin überprüfte die Gepäcktruhe, die darauf wartete, von seiner Kammer zu dem Karren im Burghof geschafft zu werden, und vergewisserte sich, dass er seinen besten Jagddolch eingepackt hatte. Er wusste sehr gut, dass er in der Truhe lag, aber sich ganz sicher zu sein half ihm, die stärkste innere Anspannung abzubauen.

Draußen lockte der Morgen eines perfekten Sommertages, und er hätte unterwegs sein müssen, um sich einem Feldzug seines Bruders anzuschließen. Entlang der walisischen Grenzen war Krieg ausgebrochen, und Henry hatte einen Sommerfeldzug geplant, der dazu bestimmt war, den aufrührerischen Prinzen von Gwynedd ein für alle Mal zu unterwerfen.

Hamelin hatte vorgehabt, bei Tagesanbruch aufzubrechen, aber in den frühen Morgenstunden hatten bei Isabel die Wehen eingesetzt, und da er sich nicht auf den Tag genau bei Henry einfinden musste, hatte er sich entschlossen zu warten. Jetzt verstrich die Zeit so langsam wie Tropfen aus einem leckenden Fasshahn fielen. Der Zutritt zur Wochenbettkammer blieb ihm verwehrt, und obwohl Isabels Frauen ihn ständig auf dem Laufenden hielten und ihm versicherten, dass alles gut verlief, legte sich seine Aufregung nicht. Seine eigene Mutter war bei seiner Geburt gestorben; er wagte nicht daran zu denken, dass er Isabel auf dieselbe Weise verlieren könnte. Sie war ihm so lieb geworden wie sein eigenes Leben.

Er blies die Wangen auf und begab sich zu den Ställen. Carbonel drehte den Kopf zu ihm und wieherte leise. Hamelin streichelte das weiche graubraune Maul des Pferdes. »Nun, mein Schöner, lange wird es sicher nicht mehr dauern.«

Carbonel stupste ihn an und knabberte an seiner Hand. Als Kind hatte Hamelin einmal verletzt und eifersüchtig auf Henry ein Pferd lahm gemacht, das an ihn weitergereicht worden war, als Henry es nicht mehr wollte. Er hatte keine weiteren abgelegten Besitztümer seines goldenen Bruders mehr gewollt. Ihr Vater war nie dahintergekommen, was Hamelin getan hatte, und hatte ihm ein Ersatzpferd gegeben – ein gut genährtes flauschiges Tier, das für eine gesetzte Matrone geeignet gewesen wäre und schlimmer war als das erste Pferd, weil es Hamelin dem allgemeinen Spott ausgesetzt hatte. Damals hatte er über die Ungerechtigkeit von alldem getobt, doch als er älter und reifer geworden war, hatte er sich für die von einem törichten, grollenden Jungen begangene Tat zutiefst geschämt. Die Schuld lastete immer noch auf ihm, obwohl er die Sünde vor langer Zeit gebeichtet und die Absolution erteilt bekommen hatte. Außer dem Priester würde er nie jemandem davon erzählen, schon gar nicht Isabel, die ihm vertraute. Seine eigene Jugend war einer der Gründe, warum er keine unehelichen Kinder hatte, auch wenn er der Bruder eines Königs war. Seine neue Familie gab ihm Kraft und Halt, und er würde sich halbtot dafür rackern, dass sie zu Ruhm und Ehre gelangte und kein Makel auf sie fiel.

»Sire.« Thomas, einer der Burschen, die in der Halle arbeiteten, kam auf ihn zugeeilt und sank auf ein Knie. »Sire, die Hebamme sucht Euch.«

Hamelins Magen hob sich. Er machte Anstalten, eine Frage zu stellen, und schüttelte dann den Kopf. »Schon gut, Junge, sag ihr, ich komme sofort.« Er klopfte dem Pferd ein letztes

Mal auf den Hals und kehrte zur Halle zurück, wobei er an sich halten musste, um nicht in einen raschen Laufschritt zu verfallen. Auf seine Würde bedacht, setzte er gemessen einen Fuß vor den anderen und gab vor, sich keinerlei Sorgen zu machen.

Die Hebamme erwartete ihn mit einem quengelnden, schniefenden Bündel in den Armen. Sie wirkte ängstlich, und Hamelin befürchtete augenblicklich das Schlimmste. Irgendetwas konnte mit dem Kind oder mit Isabel nicht stimmen. Er maß die Frau mit einem harten Blick; verbarg seine Furcht hinter Ärger, woraufhin sie kurz zurückzuckte, bevor sie all ihren Mut zusammennahm. »Sire, das Kind ist geboren, aber es ist ein Mädchen.«

Hamelin verspürte einen solchen Anflug von Erleichterung, dass ihn einen Moment lang jegliche Kraft verließ. Ein Sohn war das große Ziel, das alle Männer anstrebten, aber das war ihm in diesem Moment völlig egal. »Das ist unerheblich«, sagte er. »Ist sie gesund?«

»Kerngesund, Sire«, versicherte die Hebamme ihm rasch. »Sie hat alle Finger und Zehen und schrie sofort, als sie auf die Welt kam.« Immer noch sichtlich angespannt, legte sie ihm das Baby in die Arme.

Das Kind war lose in Tücher gehüllt, so dass er sich selbst überzeugen konnte, dass sie körperlich vollkommen gesund war. Ihr Haar war von der Geburt oder einem kürzlich erfolgten Bad dunkel und feucht. Als er den kleinen Kopf in seiner Ellbogenbeuge spürte, empfand er ein solches Übermaß an Freude und Dankbarkeit, dass Tränen in seinen Augen brannten. »Ich heiße sie in meinem Haus willkommen«, sagte er. »Sie soll nach ihrer Mutter Isabel heißen.« Er sah die Hebamme an, die jetzt zaghaft lächelte. »Wie geht es der Gräfin?«

»Gut, Sire. Es gab bei der Geburt keinerlei Komplikationen.«

»Ausgezeichnet.« Er schluckte in dem Versuch, den Kloß in seiner Kehle hinunterzuwürgen. »Sag ihr, ich besuche sie, wenn sie so weit ist.« Er gab der Frau seine Tochter behutsam zurück und wandte sich ab, um die Glückwünsche der Mitglieder seines Haushalts entgegenzunehmen. Nachdem er nach zwei Fässern des besten Weins verlangt hatte, um auf die Gesundheit des Kindes zu trinken, beschloss er, seine Reise nach Shrewsbury bis zum nächsten Tag zu verschieben. Heute würde er feiern.

Als alles geregelt war, flüchtete er sich in die Abgeschiedenheit seiner Kammer, um dort in Ruhe zu weinen und die schwere Last der Emotionen abzuwerfen, die er zurückgehalten hatte. Später besuchte er Isabel und fand sie aufrecht im Bett sitzend vor. Sie hielt ihre gewickelte Tochter in den Armen und strahlte vor Glück. Er ging zu ihr und küsste sie liebevoll.

»Es macht dir nichts aus, dass es ein Mädchen ist?«, fragte sie beklommen.

Hamelin schüttelte den Kopf. »Mir liegt nur etwas daran, dass ihr beide gesund und munter seid. Sie wird eine Schönheit wie ihre Mutter werden; Männer werden um ihre Hand wetteifern, und ihr vernarrter Vater wird keinen für gut genug befinden.«

Isabel lachte zittrig auf. »Ich hätte nie gedacht, dass ich noch ein Kind bekommen könnte. Sie ist ein kostbarer Schatz für mich, und ich liebe sie, weil sie das größte Geschenk ist, das Gott uns geben konnte.« Ihre haselnussbraunen Augen schimmerten fast golden. »Ich bin so froh, dass du geblieben bist, um sie dir anzuschauen.«

»Die Waliser laufen uns nicht weg«, meinte Hamelin achselzuckend. Im Moment dachte er kaum an sie. »Ich werde morgen ihrer Taufe beiwohnen, bevor ich abreise. Ich würde ja viel lieber bleiben, aber ich habe Pflichten, und ich hoffe, bald wieder daheim zu sein. Wenn ich zurückkomme, veranstalten wir anlässlich deiner Aussegnung ein großes Fest.«

»Komm nur heil und gesund zu uns zurück.« Sie streichelte sein Gesicht. »Wir werden auf dich warten.«

Am Morgen ließ Hamelin seine Tochter im Taufbecken der Burgkapelle von Acre taufen. Isabel, Tochter von Hamelin, dem Bruder des Königs, und auf ewig eine Prinzessin für ihren Vater. Als er Acre verließ, floss sein Herz über.

Das Wetter war anfangs noch gut, doch als Hamelin vier Tage später Shrewsbury erreichte, hingen schwere graue Wolken am Himmel, und er musste seine Kapuze hochschlagen und den Kopf senken, um sich vor dem strömenden Regen zu schützen.

Als sich das Tageslicht zu einer nassen Dämmerung verdunkelte, ritt er endlich in den schlammigen Stallhof von Shrewsbury Castle und stieg mit einem von Herzen kommenden erleichterten Stöhnen von Carbonels Rücken. Das Pferd ließ vor Erschöpfung den Kopf hängen, und Hamelin fühlte sich auch nicht besser. »Sorg dafür, dass er ordentlich trockengeführt wird und viel frische Streu bekommt«, befahl er dem Stallburschen.

»Sire.«

Hamelin, der sich ebenfalls nach Ruhe sehnte, verzog das Gesicht. Er wusste nicht, ob er sich zuerst seinen schmerzenden Rücken oder die Knie reiben sollte. Seine Männer würden sich irgendwo in der Stadt eine Unterkunft oder Plätze suchen müssen, wo sie ihre Zelte aufstellen konnten, aber dafür war sein Quartiermacher verantwortlich. Für ihn selbst würde sich ein Schlafplatz in der Burg finden, selbst wenn er zusammen mit einer Gruppe anderer Männer in der Halle übernachten musste.

Der Knappe geleitete ihn von den Ställen zur Burg. Sie stapften über halb im Schlamm versunkene, mit Stroh bedeckte Pfade, bevor sie den Bergfried betraten. Henry hatte sich in einer großen Kammer im oberen Stockwerk häuslich eingerichtet, in dem geschäftiges Treiben herrschte. Im Schein von Lampen und Kerzen arbeiteten Schreiber eifrig unter der Anleitung von Robert of Leicester und dem neuen Kanzler Geoffrey Ridel. Neben ihnen türmten sich Stapel von Pergamenten.

Henry saß an einem Tisch, sah ein Bündel von Dokumenten durch und sprach mit einem seiner Kapitäne. Auf einem Schemel zu seinen Füßen kauerte eine entzückende junge Frau, eigentlich kaum mehr als ein Mädchen, mit rosig angehauchten Wangen und einer makellosen cremefarbenen Haut. Ein leichter Schleier trug wenig dazu bei, ihre taillenlangen honigbraunen Zöpfe zu verdecken. Während Henry arbeitete, hob er ihre Hand an seine Lippen und küsste ihre Knöchel. Seine neueste Mätresse, dachte Hamelin, aber Henrys schamloses Benehmen sowie die Jugend des Mädchens schockierten ihn.

Henry sah auf, und sein Blick fiel auf seinen Halbbruder. Einen Augenblick lang verweilten seine Lippen auf der Hand des Mädchens, bevor er den Kopf hob. »Da bist du ja endlich. Ich habe dich schon gestern erwartet. Das Eheleben lässt dich träger werden.«

Hamelin verneigte sich. Wasser tropfte dort, wo die Kapuze ihn nicht hatte schützen können, aus seinem nassen Haar und rann an seinem Gesicht hinunter. Seine Füße fühlten sich in den Stiefeln kalt und klamm an. »Ich bitte um Entschuldigung, Sire. Die Gräfin lag in den Wehen, und ich habe abgewartet, bis meine Tochter sicher auf der Welt und getauft war. Ich dachte, Ihr würdet mir eine Verzögerung von einem Tag nicht übel nehmen.«

»Du machst viel Gewese um ein Mädchen«, gab Henry zurück, doch in seinen Augen funkelte kühle Belustigung. »Es wäre besser gewesen, wenn deine Frau dir einen Sohn geschenkt hätte.«

»Mir ist es egal«, erwiderte Hamelin. »Ich bin nur froh, dass es Mutter und Kind gut geht. Wir haben sie Isabel genannt, und sie ist bereits eine Schönheit.«

Henry schnaubte mit liebevollem Spott. »Ich hätte nie gedacht, dich so vernarrt zu erleben.«

»Ich dich auch nicht, Bruder«, konterte Hamelin spitz.

Henry maß ihn mit einem harten, herausfordernden Blick. »Du hast nicht gefragt, aber ich sage es dir trotzdem. Diese entzückende junge Lady ist Rosamund, die Tochter von Walter de Clifford von Bronnlys und Clifford Castle.«

Hamelin kannte Walter de Clifford, allerdings nicht gut: ein praktisch denkender Baron von Format und mit Rückgrat, der im Grenzland ansässig war. Diesen Pragmatismus würde de Clifford jetzt brauchen. Vielleicht erhoffte er sich von Henrys Verbindung mit seiner Tochter Vorteile für seine Familie.

»Sire.« Henry hielt noch immer ihre Hand, aber sie begrüßte Hamelin mit einem Nicken.

»Eine Rose der Welt«, sagte Henry, »aber nur für mich bestimmt.«

Die rosigen Wangen des Mädchens färbten sich dunkler. Sie warf ihm einen schüchternen, aber koketten Blick zu, den Henry mit einem anbetenden Lächeln beantwortete. »An ihr sind nirgendwo Dornen – oder ich habe jedenfalls bislang keine gefunden.«

Hamelins Gesicht brannte vor Verlegenheit. Er war an Henrys Untreue schon lange gewöhnt, aber hiermit ging er einen Schritt weiter. »Ich bin sofort nach meiner Ankunft hergekommen, um Euch Bericht zu erstatten«, sagte er steif, »aber ich sehe, dass Ihr anderweitig beschäftigt seid. Habe ich Eure Erlaubnis, mich zurückzuziehen und zuzusehen, dass ich wieder trocken werde?«

»Wie du willst.« Henry winkte lässig ab. »Wir können später beim Essen weitersprechen.«

Als Hamelin zurückkam, um mit Henry zu speisen, fütterte dieser gerade das Mädchen von seiner eigenen Platte; hielt ihr Hühnerfleischstückchen hin, die sie anmutig aus seinen Fingern nahm. Als er Hamelin sah, schickte er sie mit einem Klaps auf die Kehrseite fort und wies sie an, in seiner Kammer zu warten, und als sie mit einer Zofe den Raum verließ, starrte er ihr voller Lust und Verlangen hinterher.

»Bist du verrückt?«, entfuhr es Hamelin. »Ich weiß, dass du dir gelegentlich Mätressen nimmst, aber wie alt ist sie, Henry? Großer Gott!«

»Tu nicht so scheinheilig«, fuhr Henry ihn an. »Sie bringt Unschuld und Frische in mein Leben, sie ist noch nicht von den Intrigen des Hofes verdorben. Ich weiß, dass ich von ihr die Wahrheit höre, ohne dass hinter meinem Rücken Ränke geschmiedet werden. Sie bringt mir das Leben auf eine Weise zurück, die du noch nicht einmal ansatzweise verstehen kannst.«

»Ich verstehe durchaus.« Hamelin gab nicht nach. »Isabel tut das auch für mich, aber sie ist meine Frau und volljährig und erfahren. Du kannst es dir nicht leisten, dieses … Kind als deinen Bettschatz vorzuführen.«

Henrys Züge verhärteten sich störrisch. »Sie ist wahrscheinlich der einzige Mensch in meinem Leben, der mich nicht auf irgendeine Art angebettelt oder betrogen hat. Sie gehört mir, und ich sorge für das, was mir gehört.«

»Habe ich dich je angebettelt oder betrogen?« Hamelin gelang es nicht, den Zorn und die Verletztheit in seiner Stimme zu unterdrücken.

»Du weißt, dass ich es nicht so meine.«

»Manchmal machst du es einem sehr schwer, das zu wissen.«

»Du gehörst mir auch«, sagte Henry. »Hör auf zu schmollen.«

»Was ist mit Alienor?«

»Was soll mit ihr sein?« Henry zuckte ungeduldig die Achseln. »Sie ist in Angers, und sie weiß, dass ich mein Vergnügen in anderen Betten suche, wenn sie ein Kind erwartet. Unsere Leben vermischen sich nur in Staatsgeschäften und Angelegenheiten, die uns beide betreffen.« Er beugte sich vor, um seinen Worten Nachdruck zu verleihen. »Wenn dir etwas in deinem Leben fehlt, dann machst du dich auf die Suche danach. Rosamund ist mein Fundstück, und ich will kein böses Wort über sie hören.«

Unter Henrys eindringlichem Blick durchzuckte Hamelin eine Erkenntnis. In dem Gesichtsausdruck seines Bruders lag ein Gefühl, das er nie zuvor an ihm gesehen hatte, und dieses Gefühl war Liebe.

Hamelin stand ganz oben auf einem hohen Sandsteinfelsen und atmete die kalte, salzige Luft tief ein. Zu seiner Linken funkelte die Sonne auf der Mündung des Dee, und rechts schlug das Meer eine Reihe blauer und grauer Wellen, die zu einem Horizont voller Sturmwolken dahintrieben.

Sie waren weit davon entfernt, den Walisern eine Lektion zu erteilen, die sie nie vergessen würden, denn der Feldzug hatte sich als Katastrophe erwiesen. Hamelin hatte derartige Regengüsse noch nie erlebt, und er meinte, so müsste der Beginn der Sintflut ausgesehen haben. Ströme waren zu reißenden Wassermassen angeschwollen, Flüsse waren über die Ufer getreten und jagten schneller dahin als galoppierende Pferde; führten braunen Schaum mit sich und bildeten tückische Strömungen. Er hatte gesehen, wie Männer und Packtiere in den Tod gerissen wurden. Plötzliche Erdrutsche hatten Vorratskarren unter sich begraben und in Schluchten gezogen. Es gab kein Entkommen vor dem ständigen Regen. Es war nicht einmal möglich, ein Feuer zu entzünden, um zu kochen oder die durchweichten Kleider und Ausrüstungsgegenstände zu trocknen. Männer hungerten und wurden krank. Jeder hustete Schleim und litt unter Lungenstechen. Walisische Schützen hatten sie überall entlang des Weges aus dem Hinterhalt angegriffen, Pfeile auf sie abgeschossen, Fallen gelegt und waren dann umgehend verschwunden wie Waldgeister.

Die Armee hatte sich auf die Halbinsel Wirral zurückgezogen, um auf die Vorratsschiffe zu warten, die ihnen entlang der Küste zu Hilfe kommen sollten, aber es war noch nichts von ihnen zu sehen. Der einzige Lichtschimmer in dem ganzen schlammigen Morast dieses Feldzuges bestand darin, dass es endlich aufgehört hatte zu regnen und die Sonne auf seinen Körper schien. Hamelin hatte unter den Männern Geraune gehört, dass Gott sich von ihnen abgewendet hatte, da Henry seinen Erzbischof schlecht behandelt hatte und er ein sündiges, ausschweifendes Leben führte. Manchmal dachte Hamelin fast, dass dies zutraf.

Als er ein Geräusch hinter sich hörte und sich umdrehte, sah er zu seiner Überraschung das de Clifford-Mädchen zwischen den Bäumen auftauchen. Bei seinem Anblick zögerte sie, verschränkte dann aber die Arme unter ihrem Umhang und ging mit entschlossen vorgeschobenem Kinn weiter.

»Haltet Ihr nach den Schiffen Ausschau?«, fragte sie. »Henry sagt, sie sollten längst hier sein.«

Hamelin war verwirrt, ja, fast schockiert, dass sie seinen Bruder ganz selbstverständlich ›Henry‹ nannte. Dass er ihr von den Schiffen erzählt hatte, hielt er für unklug. Im Moment war ihre Macht noch naiv und nicht berechnend, aber das würde sich ändern. Henry verhielt sich ihr gegenüber viel zu nachsichtig.

»Das sollten sie«, bestätigte er, »aber wir sind vom Wind und den Gezeiten abhängig. Weiß mein Bruder, dass Ihr ohne Eskorte hier herumlauft?«

Rosamund beantwortete sein Stirnrunzeln mit einem Lächeln. »Nein, und er wird mich ausschelten, aber er ist nie lange böse.« Sie warf ihm einen spitzbübischen Blick zu. »Ich werde sagen, dass ich mit Euch zusammen war.«

Als Hamelin zusammenzuckte, lachte sie. »Keine Sorge, er wird nicht eifersüchtig sein.«

»Ich mache mir keine Sorgen«, fauchte er. »Aber ich frage mich, ob Ihr wisst, in welch tiefem Wasser Ihr schwimmt.«

Sie wurde ernst und blickte über das Wasser hinweg. »Welche Wahl habe ich denn, Mylord?« Plötzlich war sie kein Mädchen mehr, das kaum alt genug für seine erste Monatsblutung war, sondern eine erwachsene Frau. »Mein Aussehen hat meiner Familie die Gunst des Königs und mir ein Leben weit weg von ihnen und dem Nonnenkloster in Godstow eingebracht. Ich hänge an beidem, aber dies ist der Vorgeschmack eines anderen Festes, und ich will es genießen, solange es geht. Der König ist mein geliebter Herr. Ich gefalle ihm – und er ist gut zu mir.« Sie sah Hamelin unbeirrt an. »Mehr gibt es dazu nicht zu sagen.«

Hamelin war ratlos. Dieses junge Ding hatte gerade zu ihm gesprochen wie eine Königin. »Ihr irrt Euch«, widersprach er. »Es geht um weit mehr als darum, ob Ihr und der König Gefallen aneinander findet. Es gibt Regeln bezüglich dessen, was recht und schicklich ist. Ihr beschreitet beide einen gefährlichen Weg.«

Ihre Wangen färbten sich rosig. »Sire, das weiß ich. Aber der König hat mich erwählt, und ich werde diesen Weg ungeachtet der Konsequenzen für ihn und mich mit ihm gehen.«

Und wie eine Katze würde sie vermutlich nicht den Halt verlieren, dachte Hamelin.

Plötzlich kniff sie die Augen zusammen und deutete auf etwas. »Schaut!«

Hamelin folgte ihrem Finger und sah einige längliche Schatten, kaum größer als Fliegen, am Horizont auf der Dee-Seite. »Die Schiffe des Königs«, meinte er. »Wir sollten zum Lager zurückkehren.«

Rosamund ging mit niedergeschlagenen Augen sittsam neben ihm her. Er mutmaßte, dass sie sich dieses Benehmen von den Nonnen in Godstow abgeschaut hatte, und es ließ sich schwer mit der Art vereinbaren, wie sie mit Henry umging, sich über ihn beugte und sich von ihm mit Leckerbissen füttern ließ. Sie war schlank und zierlich, reichte ihm nur bis zur Schulter und glich Alienor äußerlich überhaupt nicht, aber sie verfügte über einen Ansatz desselben Kerns aus geschmeidigem Stahl.

Als die Schiffe anlegten, stellte sich heraus, dass es nur halb so viele waren, wie Henry erwartet hatte, und ein Großteil der Vorräte, die sie transportierten, vom Salz ruiniert und nicht zu verwenden waren. Die Schiffe waren vom Kurs abgetrieben worden, und als sie versucht hatten, bei Anglesey anzulegen, waren sie von den Einheimischen angegriffen und übel zugerichtet worden. »Ein ganzer Sommer vergeudet!«, tobte Henry. »Ein ganzer Feldzug zunichtegemacht. Warum bin ich von unfähigen Dummköpfen umgeben, die ihren Pflichten nicht nachkommen können?«

»Sire, das Wetter war gegen uns«, erwiderte einer der Männer tollkühn. »Uns blieb nichts anderes übrig, als vor dem Wind zu segeln.«

»Ich will eure lahmen Entschuldigungen nicht hören.« Henry stieß sich von dem Tisch ab, gegen den er sich gelehnt hatte, und warf die Hände hoch. »Ich bin so oft durch Stürme und Unwetter gesegelt und habe trotzdem das Land rechtzeitig und unversehrt erreicht!«

Hamelin stand neben der Eingangsklappe von Henrys großem Feldzugzelt und hörte zu, wie er die Kapitäne mit seinen Worten geißelte. In ihrer Kindheit hatte Henry oft heftige Wutanfälle bekommen, während derer er mit den Füßen auf den Boden getrommelt und mit höchster Lautstärke gebrüllt hatte. So ein Anfall schien jetzt auch unmittelbar bevorzustehen.

Ein junger Mann, der ein versiegeltes Pergament umklammerte, traf bei dem königlichen Zelt ein. Hamelin musterte John FitzJohn, der erst kürzlich nach dem Tod seines Vaters das Amt des königlichen Marschalls übernommen und noch Mühe hatte, sich in seiner neuen offiziellen Rolle zurechtzufinden. Er war groß und breitschultrig, aber ob diese Schultern die Last seines Amtes zu tragen vermochten, würde sich noch herausstellen.

»Neuigkeiten?«, fragte Hamelin.

John FitzJohn beäugte den rasenden König beklommen. »Ja, Sire. Die Königin von Frankreich hat einem gesunden Jungen das Leben geschenkt.«

»Verstehe.« Hamelin hatte Mitleid mit dem jungen Mann,

der sich sichtlich unbehaglich fühlte. FitzJohn versuchte, seine Position am Hof zu festigen. »Ich werde mich darum kümmern«, entschied Hamelin. »Geht und widmet Euch Euren anderen Pflichten.«

»Ich bin bereit, meine Aufgabe zu erfüllen, Sire«, protestierte der junge Marschall, was durchaus für ihn sprach.

»Nein, das seid Ihr nicht, obwohl ich weiß, dass Ihr Eure Pflicht tun werdet. Geht nur.« Hamelin schenkte ihm ein säuerliches Lächeln. »Ihr seid mir einen Gefallen schuldig.«

Er wartete, bis sich der junge FitzJohn erleichtert davongemacht hatte, dann trat er zu dem gereizt durch das Zelt stapfenden Henry. »Es ist eine Nacht für schlechte Nachrichten, Bruder«, sagte er und reichte ihm den Brief. »Vielleicht solltest du sie alle auf einmal verdauen.«

Henry entriss ihm das Schreiben, las es, knüllte das Pergament dann zusammen und warf es in das Kohlebecken, wo es Feuer fing und in einer Wolke beißenden blauen Rauches verbrannte. »Das interessiert mich überhaupt nicht«, knurrte er. »Soll Louis doch ein Dutzend Söhne zeugen – keiner von ihnen wird meinen je das Wasser reichen können! Hinaus mit euch – alle!«

»Henry …«, begann Hamelin.

»Du auch, du scheinheiliger Tugendbold!«

Hamelin wich zurück, als hätte Henry ihm ins Gesicht geschlagen. Jedem anderen Mann wäre er an die Gurgel gegangen, aber dies war der König, von dessen Gunst er abhängig war und dem er seine Privilegien verdankte. Ihm blieb nichts anderes übrig, als die Beleidigung zu schlucken. Er machte auf dem Absatz kehrt und rauschte aus dem Zelt.

Er konnte Henry drinnen herumpoltern hören wie ein wütender Stier. Rosamund kam, und Hamelin hielt sie zurück. »Ihr solltet dort nicht hineingehen.«

»Er hat mir nicht befohlen zu gehen, Sire«, erwiderte Rosamund. »Ich habe keine Angst vor ihm.« Sie machte sich von ihm los, betrat das Zelt und schloss die Klappe hinter sich. Hamelin wartete auf wutentbranntes Gebrüll, aber es folgte nur ein einziger, mitten im Wort abgeschnittener Kraftausdruck. In diesem Moment wurde ihm bewusst, welche Macht dieses kleine Mädchen wirklich über Henry hatte, und das war in der Tat beängstigend.

28

Angers, Dezember 1165

Alienor blieb auf dem Weg zu der Badewanne stehen, um einen Blick auf das in seiner Wiege glucksende Baby zu werfen. Das Kind erwiderte den Blick aus meerblauen Augen und lächelte. Alle waren der Ansicht, die kleine Joanna würde einmal eine Schönheit werden, und Alienor war ungemein stolz auf ihre jüngste Tochter. Die zwei Monate zurückliegende Geburt war kräftezehrend gewesen, aber Alienor hatte sie überstanden und fand endlich zu ihrer alten Vitalität zurück.

Das Weihnachtsfest wurde in diesem Jahr in Angers gefeiert, und Alienor wartete auf Henrys Ankunft. Er hatte auf die Nachricht von Joannas Geburt mit einem kurzen Brief geantwortet – in einem höflichen, politisch korrekten Ton – und einen Amethystring als Geschenk beigelegt. Alienor hatte sich Sorgen gemacht, seine Antwort aber auf sein Scheitern in Wales und den immer noch andauernden Streit mit seinem Erzbischof zurückgeführt. Er würde von Joanna entzückt sein, wenn er sie zu Weihnachten sah, da war sie sich ganz sicher.

Marchisa hatte ein Färbemittel aus Safran hergestellt, um Alienors Haar aufzuhellen und ihm den goldenen Glanz zurückzugeben. Verschiedene Tiegel mit Salben standen auf einer Truhe bereit, damit sie sich Gesicht, Füße und Hände einreiben konnte.

Alienor streifte ihr Hemd ab und stieg in die Wanne. Ihre

Brüste waren nicht mehr stolz und fest, sondern trugen in ihrer Weichheit die Last der Jahre. Ihr Bauch war nach Jahrzehnten des Kindergebärens schlaff geworden und mit silbrigen Streifen übersät, da die Haut den darin heranwachsenden Babys nachgegeben und sich gedehnt hatte. Ihr Handspiegel zeigte ihr Falten des Alters, wo einst klare, straffe Jugend gewesen war. Sie war zweiundvierzig Jahre alt, und Henry würde im Frühjahr dreiunddreißig werden. In manchen Zeiten ihres gemeinsamen Lebens hatten neun Jahre Altersunterschied nichts ausgemacht, aber jetzt spürte sie die Kluft, die sie trennte. Er war der König. Er konnte sich so viele blutjunge Frauen in sein Bett holen, wie er wollte. Das Einzige, was sie ihm geben konnte und die anderen nicht, waren Erben und Aquitanien. Legitime Erben, die in andere Familien einheirateten und Bündnisse festigten. Mädchen, die dasselbe Leben führen würden wie sie. Wenn sie daran dachte, hätte sie weinen mögen.

Als sie gebadet hatte, rieben ihre Zofen sie mit Lotionen sowie Parfüm ein und polierten ihr die Nägel. Ihr Haar wies einen warmen goldenen Schimmer auf, in dem keine grauen Strähnen mehr zu sehen waren. Marchisa half ihr, ein Gewand aus goldenem Damast mit Schnüren an den Seiten anzulegen, die ihre Taille zusammenhielten und ihre Brüste stützten. Alienor legte sich Gold und Juwelen an, bis sie glitzerte wie eine Schatztruhe; doch plötzlich hatte sie die Kaiserin vor Augen, die stets mit Schmuck behangen war, und sie nahm mit einer Grimasse alles wieder ab. Kein Übermaß an Schmuck konnte Jugend und Schönheit ersetzen. Sie würde vielmehr einer grell aufgeputzten Matrone gleichen. Ungeduldig entkleidete sie sich und schlüpfte in ein Gewand aus schlichtem dunkelrotem Samt mit Goldstickereien am oberen Teil der Ärmel und steckte sich einen Ring mit einem blutroten Rubin an den Mittelfinger. Nachdem sie einen Schleier aus weicher cremefarbener Seide mit Fransen am Rand so drapiert hatte, dass ihr ein Ende über die Schulter floss, fühlte sie sich besser.

Richard erschien mit seiner Laute, deren Hals mit scharlachroten Bändern verziert war. Er hatte im letzten Jahr mit dem Unterricht begonnen und bereits große Fortschritte gemacht. Er hatte eine klare, reine, klangvolle Singstimme, eine Leidenschaft für schöne Musik und ein Talent dafür, sie zu komponieren. Jetzt legte er den Kopf schief. »Mama, du bist sehr schön«, sagte er mit einem Lächeln und einer höfischen Verbeugung.

Alienor lachte. »Du wirst es weit bringen, junger Mann! So etwas möchte eine Frau immer hören.«

»Ich habe ein Lied für dich komponiert, willst du es hören?«

»Natürlich.« Alienor bedeutete ihren Frauen, zu ihr zu kommen und zuzuhören. Richard nahm vor ihr auf einem Stuhl Platz und überprüfte, ob die Laute richtig gestimmt war. Er handhabte das Instrument mit großem Geschick, und sein kupfergoldener Haarschopf schimmerte, als er sich über die Saiten beugte. Das Lied, eine Lobpreisung der Jungfrau Maria, war schlicht in Moll gehalten, aber in seiner Klarheit eine erstaunliche Leistung für ein gerade erst achtjähriges Kind. Alienors Augen schwammen vor Liebe und Stolz in Tränen. »Das hast du sehr gut gemacht, mein Herz«, lobte sie. »Du bist ein würdiger Erbe Aquitaniens.« Sie gab ihm einen Ring von ihrem kleinen Finger, so wie sie jeden Troubadour belohnt hätte, und Richard errötete vor Freude. »Du musst Weihnachten für deinen Vater spielen.«

Richards Lächeln verblasste. »Wann kommt er denn, Mama?«

»Es dauert nicht mehr lange. Ein paar Tage noch.«

Richard rannte davon; nach der Anstrengung, sich voll und ganz auf die Musik zu konzentrieren, brauchte er Bewegung und begann ein Kampfspiel.

Alienor richtete ihre Aufmerksamkeit auf die Vorbereitung der Winterbankette und ließ den Jägern ausrichten, dass sie nach gutem Wild Ausschau halten sollten, damit die Männer während der Festlichkeiten jagen konnten.

Joanna begann in ihrer Wiege zu weinen, woraufhin ihre Amme sie herausnahm und sie an ihre Brust legte. Richard kam zurück, um sein Übungsschwert aus Fischbein zu suchen, auf das er unheimlich stolz war. Ein Bote aus England mit einem Brief mit Henrys Siegel folgte ihm.

Die Nachricht war kurz und knapp. Henry hoffte, dass sie und das Kind bei guter Gesundheit waren. Er bat sie, in Angers zu bleiben, um dort Weihnachten zu feiern und seine Vasallen zu unterhalten. Er bedauerte, dass er nicht selbst kommen konnte, weil der schwierige walisische Feldzug zu viele Unruhen geschürt und er noch einiges zu regeln hatte. Er musste die Frage der Ritterdienste, die seine Untertanen der Krone schuldeten, klären und würde Weihnachten in Oxford verbringen. Zu Ostern würde er zu ihr kommen und Harry mitbringen, aber vorerst musste er sich von ihr verabschieden.

Alienor starrte die Worte voller Verachtung, Hohn und noch zwiespältigeren Gefühlen an. Es machte sie wütend und bereitete ihr Sorgen, dass er nicht kam, dass sie und ihre kleine Tochter ihm die Mühe nicht wert waren. Andererseits würde es ohne ihn friedlicher zugehen, und sie würde nicht in einer angespannten und fast feindlichen Atmosphäre leben müssen. »Dein Vater wird zum Weihnachtsfest nicht hier sein«, sagte sie zu Richard. »Er hat in England zu viel zu tun.«

Richard hatte sein Schwert unter einer Tunika auf der Truhe gefunden und ließ es jetzt durch die Luft sausen, als würde er auf einen Feind einhacken. »Er hat hier auch zu tun, Mama.«

»Schon, aber nicht so viel wie in England. Mach dir keine Gedanken. Wir werden auch ohne ihn ein schönes Fest feiern, und Ostern ist nicht so weit weg.«

Richards Blick war so spitz wie ein Messer. »Aber das entehrt dich, Mama.«

Er war ein scharfer Beobachter. »Staatsgeschäfte gehen vor – und er wird zu Ostern hier sein, das verspreche ich dir.«

»Was, wenn ihn etwas anderes aufhält?« Er hieb das Schwert wiederholt durch die Luft und verursachte dabei ein summendes Geräusch.

Ihr wurde klar, dass Richard trotz aller Loyalität, die er ihr entgegenbrachte, ein eifersüchtiges Auge auf seinen Vater hatte. Es war ihrem goldenen Sohn sicher nicht entgangen, dass Harry Weihnachten mit seinem Vater verbrachte, sich in seiner Aufmerksamkeit sonnte und in seiner Rolle als Prinz aufging.

»Das wird nicht passieren«, erwiderte sie fest. »Und Ostern ist eine weit bessere Reisezeit. Es dauert nicht mehr lange. Ich weiß, dass du enttäuscht bist, aber es lässt sich nicht ändern.«

»Ich bin nicht enttäuscht.« Richards Gesicht glich einer Maske, die Haut spannte sich über den Knochen, und auf seinen Wangen loderten rote Flecken. »Ich hasse ihn; ich hasse die Art, wie er uns behandelt. Es ist mir egal, ob er Ostern kommt oder nicht. Warum sollte ich ihn sehen wollen, wenn er mich nicht sehen will?«

»Hüte deine Zunge«, fuhr Alienor ihn an. »Wenn du einmal über Aquitanien herrschst, wirst du verstehen, dass manche Dinge Vorrang haben. Dein Vater würde kommen, wenn er könnte.«

»Würde er das?«

Alienor wich dem harten Blick aus seinen blauen Augen nicht aus. »Du hast meine Erlaubnis zu gehen.«

Er wirbelte herum und stürmte aus dem Raum. Sie biss sich auf die Lippe und wusste, dass er seine Wut in aggressiven Soldatenspielen abbauen würde. Er war groß und kräftig für sein Alter, und seine Spielkameraden würden es ausbaden müssen.

Sie ging zum Kamin und hielt die Hände an das Feuer. Der Rubinring blitzte an ihrer Hand wie eine Wunde. Henry hätte kommen können, wenn er wirklich gewollt hätte. Die Angelegenheiten in England mochten dringend sein, aber sie waren auch brauchbare Vorwände. Und wo Henry war, war auch der Hof, somit wurde sie an den Rand gedrängt. Wenn sie ihn wiedersah, würden sie ein Jahr getrennt gewesen sein, und er würde seine Kinder ebenso lange nicht gesehen haben, von Harry einmal abgesehen.

Alienor hob den Kopf und presste entschlossen die Lippen zusammen. Es machte nichts, dass Henry nicht mit ihr zusammen Weihnachten feierte. Sie würde ein eigenes großes Fest veranstalten, hier in seinem Herzland, und sie würde dafür sorgen, dass die Leute vielleicht Henrys Abwesenheit bemerken, ihn aber nicht vermissen würden.

»Ich hatte dich nicht so bald vom Hof zurückerwartet«, sagte Isabel zu Hamelin. Er hatte sie benachrichtigt, und sie hatte in der Stunde, seit sein Vorbote ihr Bescheid gegeben hatte, hastig alles für seine Ankunft vorbereitet.

Hamelin ging zu seiner kleinen Tochter, die rosig und zufrieden in ihrem Bettchen schlief. Der Anblick entlockte ihm ein Lächeln, und die Anspannung in seinen Schultern ließ nach. »Henry hat mir vierzehn Tage Urlaub gegeben«, sagte er, »obwohl ich wohl eher wieder fortmuss.«

Sie registrierte den Unterton in seiner Stimme und schwieg wohlweislich, bis er sich gewaschen und umgezogen hatte und sie bei einer Mahlzeit aus Brot, Käse und einer Karaffe guten Rotweins am Feuer saßen. »Was ist geschehen?«

Er nahm ihre Hand und drückte sie. »Ach, nichts. Henry macht sich zum Narren.«

»Warum?« Sie sah ihn ängstlich an. »Was hat er jetzt schon wieder getan? Hängt es mit dem Erzbischof zusammen?«

»Nein, nichts in der Art.« Hamelin verzog das Gesicht. »Als wir im Sommer nach Wales gegangen sind, hat er mit einer neuen Mätresse angebandelt – mit Walter de Cliffords Tochter Rosamund.«

»Schon als ich am Hof war, hatte er immer Frauen; er war nur dann treu, wenn er die Königin schwängern wollte.«

»Du verstehst nicht – das ist keine von seinen vorübergehenden Liebschaften«, erwiderte Hamelin angeekelt. »Er hat ihr einen kleinen Hund, Gewänder und Juwelen geschenkt – und sogar einen Ring, den sie am Ringfinger trägt. Er lässt sie bei Tisch neben sich sitzen und füttert sie von seiner eigenen Platte.« Sein Gesicht rötete sich, als er sich für das Thema erwärmte. »Er hört sogar eher auf ihren Rat als auf den seiner Höflinge und verbringt Stunden mit ihr in seiner Kammer. Selbst wenn die Kammer anderen offen steht, ist sie da, sitzt in einen seiner Umhänge gehüllt in seinem Bett. Er ist blind vernarrt in sie.«

Isabel starrte ihn schockiert an, dann wanderten ihre Gedanken zu Alienor. »Oh, das ist nicht richtig, es ist respektlos.«

»Das Mädchen selbst… ich weiß nicht, was ich von ihr halten soll.« Hamelin warf einem am Feuer dösenden Hund seine Brotkruste zu. »Sie ist in einem Kloster erzogen worden und sanft und lieblich – aber sie kennt ihren Wert. Sie war eine Jungfrau, als er sie zu sich genommen hat, keine unverschämte Hure, und das macht auch einen Unterschied.«

Isabel war entsetzt. »Wie alt ist sie?«

»Erwachsen, aber noch nicht ganz zur Frau herangereift. Höchstens fünfzehn. Er hatte schon immer eine Schwäche für Mädchen dieses Alters. Ich bin froher, als du ahnst, jetzt nicht am Hof zu sein.«

»Weiß Alienor Bescheid?«

Hamelin zuckte die Achseln. »Ich weiß es nicht, aber sie wird es herausfinden, denn solche Neuigkeiten verbreiten sich schnell. Henry sollte Weihnachten in Angers verbringen, aber er hat beschlossen, in Oxford zu bleiben, um sich um die Probleme in England zu kümmern, und Harry ist bei ihm.«

»Was muss er denken, wenn er seinen Vater mit dieser jungen Frau sieht? Er ist kein gutes Beispiel für seinen Sohn.«

Hamelins Mundwinkel zogen sich nach unten. »Mein Bruder ist, wie er ist, und nichts wird ihn ändern. Wenn man sich ihm in den Weg stellt, kommt man sich vor wie eine Ameise in einem Gewittersturm.«

Isabel schenkte ihm Wein nach. »Ich nehme an, diese Leidenschaft wird verglühen. Dem nach zu urteilen, was ich am Hof gesehen habe, war er immer mehr auf die Jagd, als auf das Erlegen der Beute erpicht.«

»Das mag sein, aber im Moment ist er von ihr hingerissen. Sie hat keine Angst vor ihm. Sie ist zart und sanft, aber sie hat einen stählernen Kern – und sie ist bildhübsch anzusehen.«

»Das klingt fast so, als wärst du selbst von ihr hingerissen«, stellte Isabel nur halb im Scherz fest.

Hamelin umfasste ihre Hand fester. »Für mich gibt es nur eine einzige Frau, und mit der bin ich verheiratet«, sagte er. »Und auch wenn diese Verbindung politischen Zwecken gedient hat und uns die Hochzeit befohlen wurde, danke ich Gott jeden Tag für diesen großen Segen.« Er hob ihre Hand und küsste ihre Knöchel. »Ich möchte den Hof vergessen. Heute Abend gibt es nur dich, mich, unsere Tochter und die Kinder, die uns noch geschenkt werden. Das ist alles, was zählt.«

29

Angers, Ostern 1166

Die Aprilsonne schien von einem von Regen gereinigten blauen Himmel und tauchte die Zinnen der Burg in ein warmes hellgoldenes Licht. In ihrem roten Kleid und einem Hermelinumhang stand Alienor mit den Kindern auf der Brustwehr und beobachtete, wie sich Henrys Gefolge den Toren näherte. Einst wäre ihr Herz vor Vorfreude angeschwollen und so leicht geworden, dass sie es an einem Seidenband von den Burgmauern hätte flattern lassen können, aber jetzt verharrte es in ihrer Brust und schlug gleichmäßig und kräftig, und sie empfand eine dumpfe Anspannung, weil sie wusste, wie ihr Wiedersehen verlaufen würde.

Inmitten der Banner und der glitzernden Rüstungen der Ritter und Unteroffiziere heftete sie den Blick auf ihren ältesten Sohn. Sogar aus der Entfernung konnte sie erkennen, wie kerzengerade er auf seinem Pferd saß. Er war während der Fastenzeit elf geworden. Sie konnte kaum fassen, dass er auf dem letzten Trittstein seiner Kindheit stand. Dieses Wissen löste einen zusätzlichen Schmerz und zeitgleich einen Anflug von Stolz in ihrem Herzen aus.

Henry hielt seine pummelige kleine Tochter in den Armen und kitzelte sie unter dem Kinn. »Ein hübsches kleines Mädchen«, lächelte er.

»Sie hat diese Welt mit einem Schrei betreten, bei dem die

Wände gewackelt haben«, erwiderte Alienor. »Es war keine leichte Geburt. Vielleicht haben wir beide unser Schicksal im Leben erkannt.«

»Es tut mir leid, dass ich nicht früher hier sein konnte.« Er gab das Baby seiner Kinderfrau zurück, um Alienor nicht in die Augen sehen zu müssen.

Sie verkniff sich die Bemerkung, dass er sehr wohl früher hätte kommen können, wenn er gewollt hätte. »Mir tut es auch leid. Deine Kinder haben dich vermisst, und es gibt Dinge, um die du dich kümmern musst. Deine Männer weigern sich, mir zu gehorchen, und es gibt Unruhen in der Bretagne und Nordpoitou. Wahrscheinlich dachten sie, sie könnten rebellieren, weil du in die andere Richtung geschaut hast.«

»Jetzt bin ich ja hier, und ich werde alles regeln.« Henrys Stimme klang ruhig, aber sein Ärger drückte sich in seinen verkrampften Schultern aus. Er rieb sich das Bein und verzog dabei das Gesicht.

»Nur noch ein paar Jahre, dann ist Richard alt genug, um in meinem Namen in Aquitanien das Schwert zu führen, und dann muss ich dich nicht mehr bitten.«

Henrys Züge verhärteten sich, aber er ließ die Bemerkung durchgehen. »Ich mag zwar in England zu tun haben, aber ich habe in politischer Hinsicht vorausgedacht«, sagte er kurz angebunden. »Das Problem der Bretagne kann gelöst werden, indem wir Conan gefügig machen und ein Ehebündnis schließen.«

»Ein Ehebündnis?« Sie musterte ihn argwöhnisch.

»Herzog Conan hat eine Tochter – Constance. Wenn wir sie mit Geoffrey verheiraten, kann er über die Bretagne herrschen, wenn er volljährig ist. Das wird ihm Landbesitz eintragen und uns die Bretagne verschaffen.«

Der Vorschlag klang vernünftig, und Alienor nickte vorsichtig. Sie würde zuvor noch mehr darüber in Erfahrung bringen müssen, aber erst einmal sah sie keinen Grund, Einwände zu erheben.

Henry grunzte mit düsterer Belustigung. »Wie es aussieht, sind wir tatsächlich einmal einer Meinung.«

Sie neigte den Kopf. »Vielleicht«, entgegnete sie, nicht gewillt, sich zu sehr beeindrucken zu lassen.

Henry begrüßte die anderen Kinder und überreichte ihnen die Geschenke, die er aus England mitgebracht hatte. Geoffrey sah ihn ernst an, als ihm mitgeteilt wurde, dass er der Graf der Bretagne werden würde. »Danke, Sire.« Er hielt die schöne Elfenbeintafel in den Händen, die Henry für ihn ausgesucht hatte; sie war mit eingeschnitzten Löwen mit Augen aus Rubinsplittern verziert.

»Kein Freund großer Worte«, meinte Henry. »Was geht nur in deinem Kopf vor? Ich erwarte Großes von deiner Herrschaft, Geoffrey der Denker.« Er zauste das Haar seines Sohnes und wurde mit einem nachdenklichen Lächeln belohnt.

Richard ließ sich durch das Jagdhorn und den Degengurt, den Henry ihm gab, nicht beschwichtigen, war mürrisch und trotzig und brachte kaum ein Wort des Dankes über die Lippen, so dass Henry schließlich die Geduld verlor und ihn fortschickte.

»Das Benehmen des Jungen gefällt mir nicht«, sagte Henry zu Alienor, als sie alleine waren. »Du hast ihn verwöhnt.«

»Er war verärgert, als du Weihnachten nicht nach Angers gekommen bist«, entgegnete sie. »Er hatte fest mit dir gerechnet.«

»Dann wird er erwachsen werden und seine Rolle in der Welt begreifen müssen«, gab Henry zurück. »Er ist der Sohn eines Königs, kein verzogenes Kind.«

»Das stimmt, aber besagter König war nicht da, um mit gutem Beispiel voranzugehen.« Und selbst in Zeiten, in denen er ein Teil von Richards Leben gewesen war, konnte man nicht immer von einem guten Beispiel sprechen. Ja, sie hatte Richard gegenüber Nachsicht walten lassen, ihn aber nicht verwöhnt. Henry erntete nur, was er gesät hatte.

»Ihr kennt meine Gründe dafür, Madam. Es ging nicht anders.« Er rieb sich erneut das Bein und zuckte zusammen.

»Was ist denn?«

»Nichts. Mein Pferd hat mich getreten, der widerspenstige Schinder.«

Henrys Pferde traten ihn ständig. Er ging zu grob mit ihnen um, und sie neigten dazu auszukeilen.

»Lass mich es sehen.« Sie rechnete damit, dass er sie wegschob und knurrte, sie solle nicht so viel Wirbel machen, aber er schnürte ein Hosenbein auf, rollte es herunter und gab den Blick auf einen bläulich verfärbten Hufeisenabdruck auf seinem Oberschenkel frei. Alienor rang nach Atem. Sie konnte sehen, wo sich die Nägel des Eisens in das Fleisch gedrückt hatten. »Das solltest du von einem Arzt behandeln lassen.«

Henry winkte ab. »Er kann es sich morgen früh ansehen. Ich habe schon schlimmere Tritte abbekommen. Reib die Stelle mit Salbe ein, und gib Ruhe!«

Alienor schüttelte den Kopf, fügte sich aber, denn es war sinnlos, ihm zu widersprechen. »Du bist ein Narr«, sagte sie, als sie einen Topf Ringelblumensalbe holte und sie behutsam in die betroffene Stelle einzumassieren begann. »Du solltest ein solches Pferd nicht länger behalten.«

»Vielleicht tue ich das auch nicht«, sagte er. »Aber das Tier ist recht nützlich.« Er griff nach ihrer Hand und zog sie höher an seinem Bein hoch. »Ich werde es lehren, wer der Reiter ist, bevor ich mit ihm fertig bin.«

Sie gingen zum ersten Mal seit der Zeugung Joannas zusammen ins Bett. Alienor blies die Kerzen aus, weil die Dunkelheit ein freundlicher Mantel war, der die Verwüstungen verdeckte, die die Zeit angerichtet hatte, und ohne Sicht wurden die anderen Sinne geschärft. Henrys eigener Körper war auch nicht mehr der eines geschmeidigen Jugendlichen, sondern der eines erwachsenen Mannes, breit, stämmig und kraftvoll. Wegen seines verletzten Beines mussten sie vorsichtig sein; Alienor musste den größeren Teil übernehmen, was ganz ihrem Geschmack entsprach. »Was hast du eben darüber gesagt, wer der Reiter ist?«, lachte sie atemlos, als sie endlich von ihm herunterkletterte und sich neben ihn legte.

»Ah, aber das war ebenso mein Wille wie deiner. Ich habe dir erlaubt, diese Rolle zu übernehmen, sonst hättest du es nicht getan.«

»Und ich habe gespielt, um zu gewinnen.«

Er schnaubte erheitert. »Diesmal gestehe ich dir den Sieg zu.«

Sie spürte, dass er Anstalten machte zu gehen, und legte ihm eine Hand auf den Arm. »Bleibst du? Bitte.«

Er zögerte, dann machte er eine zustimmende Geste und legte sich wieder auf das Bett. »Wie du willst.«

Sie argwöhnte, dass er zu große Schmerzen hatte, um mit ihr zu streiten. Sie wollte nicht, dass er blieb, weil sie ihn begehrte oder in seiner Gegenwart besser schlief, sondern weil die Kinder und die Höflinge sie am nächsten Morgen im selben Bett vorfinden würden, und das würde ihre Position und ihre Macht als Königin stärken. Doch als sie sich an ihn schmiegte, gewann sie den Eindruck, dass er zwar körperlich anwesend, aber in Gedanken weit fort von ihr und unerreichbar war.

Am nächsten Morgen gab es einen Tumult in der Schmiede. Richard hatte eine noch nicht fertiggestellte Schwertklinge aus dem Vorrat des Waffenschmieds an sich gebracht, sie im Feuer erhitzt, bis die Spitze rot glühte, und verkündet, er wäre der Ritter vom feurigen Schwert. Dann hatte er Harry ernsthaft angegriffen und den kostbaren neuen Umhang seines Bruders angesengt. Der Waffenschmied hatte einen Nachttopf über ihm ausgeleert, um seinem wilden Ausbruch ein Ende zu bereiten.

Henry schäumte vor Wut – das war nicht die Art, wie ein Prinz oder überhaupt irgendein Mensch sich benehmen sollte. Richard schwieg und ließ die Tracht Prügel, die Henry ihm verabreichte, stoisch über sich ergehen.

»Dieser Junge ist ein übermütiger Narr«, brüllte Henry Alienor an. »Wie soll er über Aquitanien herrschen, wenn er sich selbst nicht beherrschen kann?«

»Welcher Junge schlägt nicht einmal über die Stränge?« Alienor beeilte sich, ihren Sohn in Schutz zu nehmen. »Es ist nur eigenartig, dass er sich immer dann aggressiv und unberechenbar verhält, wenn du hier bist.«

»Was soll das heißen?«, blaffte Henry.

»Das soll heißen, dass ich ihn weniger verwöhne, als du ihn vernachlässigt hast. Er wird seine Sache in Aquitanien ausgezeichnet machen, wenn die Zeit gekommen ist.«

Henrys Augen wurden schmal. »Das wird sich zeigen, Madam.«

Doch an diesem Nachmittag nahm Henry es auf sich, seine Söhne im Umgang mit Waffen zu unterweisen, und zeigte Richard, Harry und Geoffrey verschiedene Kniffe und Bewegungen. Alienor beobachtete ihn und die Jungen. Bei Henry ging es nur um Kontrolle und Überlegenheit. Er korrigierte ständig ihre Haltung und ihre Griffe, als hätten sie nicht schon von klein auf Unterricht im Schwertkampf erhalten. Jeder Hieb, den Henry ihnen vorführte, war machtvoll und dominant. Er würde keinem von ihnen je etwas von seiner Macht abtreten. Er mochte ihnen Titel verleihen und ihre Zukunft auf der Karte seines Reiches planen, aber sie würden alle seine Untertanen bleiben – und da Henry seine Erben in so jungen Jahren gezeugt hatte, würde ihre Blütezeit mit seinem besten Mannesalter zusammenfallen.

30

Winchester, August 1166

Alienor hatte zu nähen versucht, musste aber innehalten und eine Hand auf ihren Leib legen, als das Kind in ihr heftig zu treten und zu boxen begann. Ihr Wiedersehen mit Henry zu Ostern hatte zu einer weiteren Schwangerschaft geführt. Da das Kind zu Weihnachten kommen sollte, musste sie bis nach der Geburt in England bleiben. Obwohl es die Pflicht einer Königin war, Erben zu gebären und sie Henry in Angers aus eigenem Antrieb in ihr Bett geholt hatte, fühlte sie sich wie ein Tier in der Falle. Es war ungerecht, dass ein Mann seine Saat säen und dann ungehindert seinen Geschäften nachgehen konnte.

Das neue Baby hatte vor ein paar Wochen begonnen, sich zu bewegen; es gab nicht einen Moment Ruhe, und Alienor war erschöpft. Auch seine Geschwister waren im Mutterleib lebhaft gewesen, aber dieses hier strampelte unaufhörlich. Ein paar Mal hatte sie eine Fehlgeburt befürchtet, denn ihr Unterleib hatte sich zusammengekrampft, und eine leichte Blutung hatte eingesetzt. Aber die Gefahr war vorübergegangen, und die Schwangerschaft hatte ihren Fortgang genommen.

Henry war immer noch in der Bretagne beschäftigt, und sie musste in der Nähe des Hafens von Southampton bleiben, um Geoffrey über das Meer zu seinem Vater schicken zu können, sobald dieser nach ihm verlangte. Er sollte mit Constance, der Tochter von Conan von der Bretagne, verlobt und zum Erben der Provinz gemacht werden. Sie alle waren Figuren auf Henrys Schachbrett, obwohl Geoffrey mit dem Arrangement sehr zufrieden war, denn es würde seinen Rang erhöhen und ihm eigenes Land eintragen, wenn er älter war.

Ein Diener erschien und murmelte, dass die Gräfin de Warenne eingetroffen sei.

Augenblicklich hob sich Alienors Stimmung. »Führ sie herein, und bring uns Waffeln und süßen Wein«, befahl sie.

Isabel wurde in die Kammer geleitet, wo sie vor Alienor niederkniete. Diese beeilte sich, sie zu küssen und wieder auf die Füße zu ziehen. »Es ist so schön, dich zu sehen!« Nachdem sie die Figur ihrer Freundin kurz gemustert hatte, stellte sie fest, dass Isabel ebenfalls ein Kind erwartete. Eine Kinderfrau war ihr in den Raum gefolgt, sie hielt ein pausbäckiges Baby in den Armen.

»Und das ist die kleine Isabel?«

»Ja, das ist Belle.« Isabel nahm der Frau die Kleine ab und küsste sie auf die Wange. »Hamelin betet sie an.«

»Sie sieht aus wie du. Und wie ich sehe, ist das nächste schon unterwegs. Wann soll es kommen?«

»Ende November. Und deines?«

»Zu Weihnachten«, erwiderte Alienor tonlos. »Ich werde in Oxford sein und Henry in Poitiers.«

Der Wein und die Waffeln wurden neben einer Platte Mandelpasteten mit Dattelfüllung gebracht. Alienor ließ die Erfrischungen zu einem geöffneten Fenster mit Blick auf den Garten tragen. Die Frauen nahmen Platz, um sich in der hineinwehenden Brise miteinander zu unterhalten.

»Oh, die habe ich vermisst!« Isabel schob sich ein Mandelbällchen in den Mund und schloss die Augen, um den Geschmack auszukosten. »Mein Koch hat das Rezept, doch seine sind trotzdem nicht so gut wie deine.«

»Aber sonst bist du in jeder Hinsicht glücklich und zufrieden, du strahlst es förmlich aus.«

Isabel lächelte. »Oh ja. Manchmal muss ich mich kneifen, um mich zu vergewissern, dass ich nicht träume.«

»Das freut mich für dich.« Alienor empfand Wehmut und sogar einen Anflug von Neid. »Ein solches Band ist selten und kostbar.«

Isabel senkte den Blick und nestelte an ihrem Ärmel herum. Alienor erkannte die Anzeichen sofort. »So – wenn in deiner Welt alles in Ordnung ist, was bedrückt dich dann?«

Isabel stülpte den Ärmelaufschlag um und wieder zurück. »Ich weiß nicht recht, ob ich es dir sagen soll – vielleicht weißt du es ja schon. Aber wenn nicht, solltest du es wissen.«

Alienors Magen zog sich zusammen. »Was sollte ich wissen?«

Isabel hob den Kopf. In ihren braunen Augen stand tiefer Kummer. »Hamelin … Hamelin sagt, der König hat eine neue Mätresse.«

Alienor zuckte mit den Schultern. Sie war erleichtert, solcher Sachen aber überdrüssig und ein wenig verdutzt darüber, dass Isabel eine derartige Neuigkeit für wichtig hielt. »Na und? Ich weiß, dass er untreu ist; er hat die Triebe eines Straßenkaters.«

»Diesmal steckt mehr dahinter«, gab Isabel zurück. »Ich hätte keinen Ton gesagt, wenn es sich um eine seiner üblichen Liebschaften handeln würde, aber sie ist jetzt seit über einem Jahr bei ihm, und er ist ganz vernarrt in sie. Hamelin sagt, er plant, ihr in Woodstock einen Landsitz zu bauen.« Sie nahm das Herumzupfen an ihrem Ärmel wieder auf. »Es tut mir leid, dass ich diejenige sein muss, die dir die Augen öffnet.«

Alienor erschauerte. Sie dachte an die andere Mätresse, die mehr als eine vorübergehende Schwärmerei gewesen war und die ihm einen Sohn geschenkt hatte. Aelburgh. Der Name hatte sich unauslöschlich in ihr Gedächtnis eingebrannt. »Wer ist sie?«

»Rosamund, die Tochter von Walter de Clifford. Es hat während des walisischen Feldzugs im letzten Jahr begonnen. Ihre Familie ist an der Grenze ansässig, und sie ist nicht älter als sechzehn.«

Alienor schlug eine Hand vor den Mund und schluchzte trocken auf.

Isabel legte einen Arm um sie. »Es tut mir so leid, es tut mir so leid! Ich wusste, dass dich das treffen würde, aber du musstest es erfahren, da es alle anderen bereits wissen und es nicht richtig ist.«

Alienor schluckte und umklammerte Isabels Arm, bis sie die Fassung zurückgewonnen hatte. »Es überrascht mich nicht«, versetzte sie bitter. »Ein Haus in Woodstock, sagst du?« Sie lachte zynisch. »Wie überaus passend. Dort hält er sich auch seine Menagerie, so wie es sein Großvater früher getan hat.«

»Hamelin sagt, es wäre außerhalb des Gebäudekomplexes – bei Everswell.« Isabel brachte ihr einen Becher gesüßten Wein.

Alienor nahm ihn zwischen beide Hände und trank langsam einen Schluck. »Er hat mir einmal erzählt, er wolle dort einen Lustgarten anlegen, aber ich habe mir nichts dabei gedacht. Danke, dass du den Mut aufgebracht hast, es mir zu sagen – ich betrachte es als Zeichen des Vertrauens zwischen uns und unserer Freundschaft.« Sie straffte sich. »Ich bin die Königin und die Mutter seiner Erben, und dafür verlange ich Respekt. Soll er sich doch zum Gespött machen.« Sie durchbohrte Isabel mit einem hitzigen Blick. »Ich will von niemandem Mitleid haben.«

»Nein«, wehrte Isabel hastig ab, »ich bin entrüstet, aber nicht von Mitleid erfüllt.«

Alienor glaubte ihr nicht. Isabel hatte ein zu weiches Herz. »Heutzutage geht Henry seiner Wege und ich meiner«, sagte sie müde. »Sobald dieses Kind auf der Welt ist und die Vorbereitungen für Matildas Hochzeit abgeschlossen sind, kehre ich nach Aquitanien zurück und erziehe Richard dazu, dort zu herrschen.« Sie bedachte Isabel mit einem schiefen Lächeln. »Ich habe gelernt, den richtigen Augenblick abzuwarten. Henry konnte das nie – er hat nicht die Geduld dazu. Allerdings«, fügte sie mit gekräuselter Lippe hinzu, »hat er das auch nie gemusst.«

Als Nächstes sprachen sie über die anhaltenden Schwierigkeiten mit Thomas Becket, der sich für die Verbannung seiner Angehörigen gerächt hatte. Er hatte die Männer, die Henry geschickt hatte, um sie zu vertreiben, exkommuniziert und weitere Leute unter ein Interdikt gestellt, darunter auch den Justiziar.

»Glaubst du, dass es je zu einer Versöhnung kommt?«, fragte Isabel.

Alienor schüttelte den Kopf. »Die Differenzen werden sich schwer beilegen lassen, so viel steht fest. Und mein erster Mann stiftet natürlich genüsslich weiteren Unfrieden. Es ist ein furchtbares Durcheinander, und ich habe es satt bis obenhin.« Sie seufzte und legte eine Hand auf ihren Bauch, als das Baby erneut zu treten und zu boxen begann.

Alienor saß mit Harry beim Abendessen. Er besuchte sie auf dem Weg zu seinem Vater, mit dem er Weihnachten in Poitiers verbringen sollte. Er war ganz von dem Abenteuer der Reise erfüllt. Mit fast zwölf Jahren betrachtete er sich schon als erwachsenen Mann und zukünftigen König. Während sie beobachtete, wie geschickt er Scheiben von dem Wildbretbraten abschnitt und sie auf ihre Platte legte, stieg glühender Stolz in Alienor auf. »Du wirst einmal größer als dein Vater.« Die Vorstellung von kräftigen, langgliedrigen Söhnen aus ihrem Schoß, die Henry überragten, war befriedigend und fütterte ihren Geist.

Harry brüstete sich: »Ich werde ein größerer König als er.«

»Du hast immer noch viel zu lernen«, wies Alienor ihn zurecht. »Gib Acht, wie du mit ihm redest. Halt die Augen offen, hör zu und lerne. Das heißt nicht, dass du dich genauso verhalten sollst, aber schau zu, wie er mit Leuten umgeht und wie sie darauf reagieren. Sieh zu, wie er in bestimmten Situationen handelt und überlege dir, was du unter diesen Umständen tun würdest. Alles, was du lernst, wird dir später zugutekommen.«

Sie spürte seine Abwehr und konnte förmlich sehen, wie er die Augen verdrehte, weil er dachte, er würde belehrt werden. »Natürlich werde ich das, Mama. Ich kenne seine Launen. Und er muss immer recht haben, selbst wenn er sich irrt.«

Ihre Lippen zuckten. »Ganz recht, mein Sohn. Du musst lernen, damit fertigzuwerden, und darüber nachdenken, wie du deine eigene Herrschaft gestalten willst. Dein Vater beabsichtigt, dich als seinen Erben salben zu lassen, und zur Königswürde gehört mehr als das Tragen einer Krone. Du wirst Verantwortung und Pflichten auf dich nehmen und ein Mann werden müssen.«

Harrys Augen leuchteten. »Papa hat das Gold für meine Krone schon. Er hat es mir vor zwei Jahren gezeigt.« Ein schmollender Ausdruck trat auf sein Gesicht. »Wenn Thomas Becket nicht gewesen wäre, wäre ich damals schon gekrönt worden.«

»Das stimmt, aber so wirst du älter und besser imstande

sein, deine Pflichten zu erfüllen, wenn du zum König gesalbt wirst.« Dies war ein weiterer Streitpunkt zwischen Henry und Becket. Traditionsgemäß krönte der Erzbischof von Canterbury den König von England, doch Becket weigerte sich, es zu tun. Henry verfügte über einen vor fünf Jahren erteilten Dispens vom Papst, der ihm erlaubte, seinen Sohn von jedem Bischof seiner Wahl krönen zu lassen. Doch Becket hatte den momentanen Papst überredet zu verkünden, dass sich kein Bischof diesem Diktat fügen dürfe. Alienor vermutete, dass Henry dennoch einen Weg finden würde. Außerdem hatte Becket genügend Rivalen und schwelenden Zorn gegen ihn, so dass sich einer der Bischöfe vielleicht dem Papst widersetzen und die Krönung trotzdem durchführen würde. Aber vorerst blieb das heilige Gold für die Krone in seiner Schatulle.

Am nächsten Tag setzte Harry seine Reise nach Southampton fort, um von dort auf einem Schiff den Kanal zu überqueren. Richard schäumte vor Wut.

»Warum geht er nach Poitiers und nicht wir?«, wollte er wissen. »Ich bin der Erbe von Poitou, nicht er. Papa hätte nach mir schicken sollen.«

»Ich kann mit deinem neuen Bruder oder deiner neuen Schwester im Bauch nicht so weit reisen«, erwiderte Alienor ungeduldig. »Dein Vater handelt als mein Stellvertreter, und Harry ist sein Erbe sowie das zukünftige Oberhaupt der Familie. Du bist noch keine neun Jahre alt.«

»Ich hoffe, er wird seekrank«, murrte Richard.

»Er ist dein Bruder, und du solltest ihm nichts Schlechtes wünschen. Du kommst noch früh genug nach Poitiers, dafür werde ich sorgen.« Sie berührte sein Haar, das wie feiner Kupfer- und Golddraht schimmerte. »Übe dich in Geduld, mein junger Löwe. Deine Zeit wird kommen.«

31

Palast Beaumont, Oxford, Dezember 1166

Alienor begutachtete die silbernen Becher, die ihr präsentiert wurden. Die meisten waren als Brautausstattung für ihre älteste Tochter gedacht, die sie mit nach Deutschland nehmen würde. Einen hatte sie jedoch eigens als Geschenk für Isabels neuen Sohn bestellt; er war vor einem Monat geboren und William getauft worden. Der Becher funkelte im schwachen Winterlicht, das durch die hohen Fenster fiel. Alienor schickte ihr außerdem eine geschnitzte Elfenbeinrassel und für Isabel ein Goldnetz sowie einen Seidenschleier für ihr Haar.

»Sie sind sehr kunstvoll gearbeitet«, lobte sie. »Ich bin überaus zufrieden. Sorg dafür, dass der Silberschmied für seine Mühe angemessen entlohnt wird.«

»Madam.«

Alienor verzog das Gesicht, als sie ein Stechen im Kreuz spürte. Ihre fortgeschrittene Schwangerschaft erschwerte ihr das Laufen; welche Haltung auch immer sie einnahm, sie war nie bequem. Während der Weihnachtsfeier hatte sie sich erschöpft gefühlt und war von Übelkeit geplagt worden. In ihr schien es für nichts anderes Raum zu geben als für diese Masse von Baby und seine unaufhörliche Aktivität, die ihr den Schlaf raubte.

Das Wetter war kalt und beißend und die Tage so kurz, dass ständig Kerzen brannten. Das wenige Licht, das durch die Fenster fiel, war fahl und trübe. Alienor konnte sich nicht erinnern, wann sie sich das letzte Mal wohlig warm gefühlt hatte; vielleicht lag es auch an ihrem Gemütszustand. Sie wollte in Poitiers sein; wünschte es sich so sehr, dass die Sehnsucht ihr Schmerzen bereitete. Es machte ihr zusätzlich zu schaffen, dass Henrys kindliche Mätresse Weihnachten als Gast im Nonnenkloster in Godstow verbrachte. Alienor hatte Spione ausgeschickt, um so viel wie möglich über das Mädchen herauszufinden – ihren Aufenthaltsort und mehr über ihre Lebensumstände. Den Berichten zufolge war sie hübsch, liebenswürdig, gut erzogen, intelligent – und sie und Henry waren voneinander besessen. Sie war seine große Liebe, was Alienors innere Kälte noch verstärkte. Es war lange her, dass sie für einen Menschen solche Gefühle gehegt hatte, und nie für Henry – auch nicht, als sie Leidenschaft und Ruhm geteilt hatten. Es hatte einem Feuer aus trockenem Zunder und Pergament geglichen, das rasch aufloderte, dessen Glut aber nicht anhielt.

Die Anwesenheit der jungen Frau in Godstow nagte an Alienor wie Zahnschmerzen. Sie wollte sie loswerden, aber sie würden nicht vergehen, solange der Zahn noch da war. Sie musste dieses trostlose Winterfest im Exil verbringen und darauf warten, das Kind zur Welt zu bringen, welches einen Tag vor Ostern gezeugt worden war. Henry hielt sich währenddessen in Poitiers auf, saß in ihrer Halle, trank den süffigen Wein ihrer Grafschaft und lauschte mit ihrem ältesten Sohn an seiner Seite der Musik des Südens.

Das Stechen setzte erneut ein, diesmal stärker. Sie blickte in die Richtung, aus der die Stimme ihrer Tochter kam. Matilda las Geoffrey und Alie laut auf Deutsch vor. Sie stolperte über viele Worte, aber sie hatte unermüdlich geübt und in nur einem Monat unglaubliche Fortschritte gemacht. Wenn sie fortging, um zu heiraten, würde sie schon einfache Gespräche führen können. Geoffrey mit seinem Talent für Worte würde das Deutsche dann wahrscheinlich auch schon recht gut beherrschen! Matildas zukünftiger Mann hatte ihr in einem Brief mitgeteilt, wie sehr er sich freuen würde, dass sie seine Braut war, und sie ermutigt, fleißig zu lernen, damit sie sich als Mann und Frau miteinander unterhalten können würden. Er hatte ihr als Weihnachtsgeschenk einen Seidenbeutel mit Spielfiguren aus Elfenbein in Form von allen möglichen Tieren sowie ein Damebrett mit Einlegearbeit geschickt, das Matilda besonders gut gefiel. Außerdem hatte sie einen Gürtel aus Perlen und Golddraht erhalten, den sie aber nicht tragen durfte, da er ihrer Brautausstattung hinzugefügt wurde. Dennoch öffnete sie das Emaillekästchen oft, um ihn zu bewundern.

Der Schmerz kam wieder, ein regelmäßiges krampfhaftes Ziehen, und ihr Bauch zog sich so heftig zusammen, dass er einer frisch bespannten Trommel glich. Sie rief Marchisa und bat sie, nach den Hebammen zu schicken.

Während sie auf dem Gebärstuhl saß, ihr Haar in losen goldenen und grauen Strähnen herabhing und ihr Hemd unter den Brüsten gerafft war, konnte Alienor nicht mehr sagen, wie viele Stunden die Wehen schon angedauert hatten. Die Schmerzen waren unerträglich, und sie kam sich vor, als würde das Kind sie auf seinem Weg in die Freiheit in Stücke reißen. Sie bangte um ihr Leben, während bereits die Schatten der Winterabenddämmerung hereinbrachen, und das Baby war immer noch nicht da. Sie war gereizt, stand am Rand der Erschöpfung, und ihr entging nicht, dass die Hebammen verstohlene Blicke wechselten. Ein Teil von ihr wollte aufgeben, die Augen schließen und alles hier und jetzt enden lassen. Der Ruf war eindringlich, aber ihr Pflichtgefühl gegenüber ihren anderen Kindern überwog. Sie bedurften weiterhin ihrer Anleitung und ihres Schutzes. Sie brauchten sie immer noch, damit sie für sie kämpfte. Wenn sie jetzt starb, dann hätte Henry triumphiert und wäre, da er seinen Samen in sie gepflanzt hatte, schuld an ihrem Tod. Vielleicht hoffte er genau darauf: dass sie bei der Geburt starb. Und dann konnte er eine gefügige, ihn anbetende Frau heiraten. Vielleicht die kleine Nonne in Godstow.

Ein weiterer Krampf schüttelte sie. »Presst, Madam, Ihr müsst pressen!« Die oberste Hebamme ergriff ihre Hände.

Alienor kniff die Augen zusammen und presste. »Ich... lasse nicht zu... dass er mich umbringt! Er darf... nicht gewinnen!« Unter Aufbietung ihrer letzten Kraft brachte sie den Kopf des Kindes zwischen ihren Schenkeln zum Vorschein und sackte dann keuchend in sich zusammen.

»Ein Mal noch«, ermutigte sie die Hebamme, »ein Mal, und vorsichtig, Madam, damit Ihr nicht reißt. Bittet die heilige Margaret um Hilfe, sie wird Euch sicher beistehen. Der Kopf des Kindes lag falsch, aber jetzt hat er sich bewegt. Kommt, strengt Euch noch ein klein wenig an.«

Alienor hatte die heilige Margaret den ganzen Tag lang ohne sichtlichen Erfolg angefleht. Mit den Heiligen hatte sie abgeschlossen. »Zur Hölle mit dir, Henry«, keuchte sie, als endlich der gesamte Körper des Babys zum Vorschein kam. »Fahr für immer zur Hölle.«

»Ein Junge«, sagte die Hebamme, als sie das Kind in einem warmen Tuch auffing und sein Greinen den Raum erfüllte. »Ein schöner Junge, Madam. Ihr habt einen weiteren Sohn.«

Alienor kümmerte nichts außer dem Umstand, dass sie das Kind aus ihrem Körper gepresst hatte. Sie schloss die Augen und umklammerte die Seiten des Stuhls. Die Nachgeburt folgte rasch, und dann, gerade als sie dachte, sie hätte es überstanden, begann sie zu bluten. Ein roter Strom ergoss sich in das Stroh unter dem Gebärstuhl.

»Heilige St. Margaret!« Die Hebamme drückte einer der anderen Frauen das Baby in die Arme und packte Alienor, dabei zischte sie ihrer Gehilfin drängende Befehle zu.

Alienor begab sich an einen anderen Ort, während die Frauen verzweifelt versuchten, die Blutung zu stillen. Vielleicht würde Henry doch noch gewinnen. Sie stellte ihn sich mit Harry in Poitiers vor, wenn er erfuhr, dass sie im Kindbett gestorben war. Würde er wenigstens ein bisschen um sie trauern? Und selbst wenn er es tat – wer würde es merken, da er seinen Kummer immer vor der Welt verbarg?

»Madam, trinkt das hier.« Die Hebamme hob Alienors Kopf an und drängte sie, ein bitter schmeckendes Gebräu zu schlucken. Sie trank und hustete und trank erneut. Die Welt um sie herum kehrte einen Moment lang zurück und überschwemmte sie mit heftigen Schmerzen.

Die Frau trat zurück. Die Hand, die sie in Alienor hineingeschoben hatte, um ihren Unterleib zu massieren, war bis zum Handgelenk mit Blut verschmiert. »Gott und der heiligen Margaret sei Dank, die Blutung hat aufgehört.« Ihre Stimme zitterte. »Aber wir müssen auf Euch aufpassen, falls sie erneut einsetzt. Diese Gefahr besteht immer, wenn eine Frau viele Kinder geboren hat.«

»Zu viele«, krächzte Alienor. Die Schatten waren dunkler geworden, und obwohl die Zofen die Lampen angezündet und ein Feuer geschürt hatten, war es dämmrig im Raum.

Die jüngste Hebamme brachte ihr das Baby, es war feucht von seinem ersten Bad und musste noch gewickelt werden. Der Junge war so klein, wie Alie es gewesen war, aber er war drahtig, und sein dunkles Haar wies keinen Anflug des kupfernen Glanzes auf, den sie sofort bei Richard gesehen hatte.

Sein Geschrei klang dafür kräftig und fordernd, und er griff entschlossener nach der Welt, als sie es im Moment tat. Am Tag der Auferstehung Christi gezeugt und zur Zeit seiner Geburt auf die Welt gekommen – er musste ein gesegnetes Kind sein. Aber sie vermochte weder Freude noch Enthusiasmus zu empfinden.

»Ich bin zufrieden mit ihm«, sagte sie der Form halber. Seine kleinen Fäuste und Beine zuckten mit denselben raschen Bewegungen, die sie schon in ihrem Leib gespürt hatte, nur dass er jetzt Platz hatte, seine Glieder zu strecken.

»Wie soll er denn heißen, Madam?«

Sie konnte nicht klar denken; ihr Kopf schien mit Schafwolle gefüllt zu sein. Sie brauchte einen Namen für die Taufe, aber die Anstrengung war fast zu groß für sie. Noch eine Pflicht, die es zu erfüllen galt. »John«, sagte sie. »Nennt ihn nach dem Heiligen, an dessen Festtag er getauft wird.« Es erschöpfte sie, die Worte laut auszusprechen. Auf ihren Lidern schienen Gewichte zu lasten.

Die Frauen ließen sie nicht länger als eine Stunde am Stück schlafen. Die Hebamme überprüfte und wechselte das Tuch zwischen ihren Schenkeln und flößte ihr mehr von dem bitteren Trank ein. Das Baby weinte und quengelte unablässig weiter. Die Amme kam, eine üppige junge Frau namens Agatha mit einer Stupsnase, dicken flachsfarbenen Zöpfen und vor Milch strotzenden Brüsten. Sie legte das Baby an, und es begann sofort heftig zu saugen.

»Er weiß, was er will«, hörte Alienor eine der jüngeren Hebammen kichern. »Er wird einmal hinter jedem Rock her sein.«

Die anderen Frauen brachten sie mit Blicken in Alienors Richtung zum Schweigen. Sie gab vor, nichts gehört zu haben, und starrte die geschlossenen Fensterläden an, die mit

Tänzern in einem Garten und einem Lautengitarrenspieler bemalt waren. Dann glitt sie in den Schlaf hinüber und träumte, sie wäre bei ihnen in diesem Garten. Sie konnte die Rosen und den süßen, harzigen Duft warmer Piniennadeln riechen. Da war ein Gebäude mit nach außen offenen Bögen, das einem Kloster glich. Sie hielt ein Paar reife Kirschen an schlanken grünen Stielen in der Hand und kostete die intensive Süße, als sie hineinbiss und die glänzende schwarze Haut durchbohrte. Eine warme Brise ließ die Ärmel ihres grünen Seidengewandes flattern.

Ihre Schwester Petronilla kam hinter einer Kreuzgangsäule hervorgelaufen und rannte mit einem Freudenschrei auf sie zu, um sie zu umarmen. Sie war jung und unbeschwert, ihre braunen Augen funkelten, und ihr Haar wehte offen hinter ihr her. Dann sah Alienor ihren Vater mit einem entspannten Lächeln auf den Lippen auf sich zukommen. Neben ihm ging ein dunkelhaariger kleiner Junge in einer roten Tunika. Ihr Bruder Aigret. Jetzt wurde ihr bewusst, dass sich noch weitere Menschen in dem Garten aufhielten, die sich alle umdrehten, um sie zu begrüßen. Ein Mann mit dunklem Haar und haselnussbraunen Augen, der ein Baby in den Armen hielt; ein Mann, den sie zuletzt auf seinem Sterbebett gesehen hatte, als sie noch mit Louis verheiratet gewesen war. Sie senkte den Blick, als jemand an ihrem Gewand zupfte, und sah in die blauen Augen eines weiteren kleinen Jungen mit einem rotgoldenen Lockenschopf und einem Spielzeugschwert in der Hand. »Mama«, sagte er. Ihre Knie wurden weich, und eine tiefe Freude durchzuckte sie wie ein intensiver Blitz, als alles ringsum strahlend weiß wurde.

Das Nächste, was sie bewusst wahrnahm, waren Stimmen, die rasch und drängend auf sie einsprachen. Man rief ihren Namen, schüttelte sie und beschwor sie aufzuwachen. Aber sie wollte nicht. Sie wollte in den Garten zurückkehren, doch er war nicht mehr da. Er war eine Vision, die sie in einem Aufflammen von Licht gesehen hatte, und jetzt gab es nur noch die körnige nächtliche Dunkelheit der Geburtskammer und die krampfartigen Schmerzen, die ihren misshandelten, erschöpften Körper peinigten.

»Lasst mich.« Ihre Stimme klang heiser. »Lasst mich in den Garten zurück.« Ihre Kehle war strohtrocken, und ihre Frauen richteten sie auf, um ihr mehr von dem Trank zu verabreichen.

»Es gibt keinen Garten, Madam«, sagte die Hebamme sanft, als sie die Decke hob, um sich zu vergewissern, dass Alienor nicht erneut zu bluten begonnen hatte. »Ihr seid hier in Eurer Kammer im Palast, warm und sicher. Der Garten schläft unter einer dicken Schneeschicht.«

»Da ist ein Garten«, beharrte Alienor. Unter dem bitteren Geschmack des Trankes konnte sie immer noch die Süße der Kirschen auf ihrer Zunge schmecken. »Ich habe ihn gesehen.«

»Ihr habt geträumt, Madam.«

Alienor drehte den Kopf zur Seite und schloss die Augen, aber die Vision wollte sich nicht wieder einstellen, und sie fühlte sich um etwas beraubt.

Sie hörte die Frauen miteinander tuscheln; leise, aber nicht leise genug. »Das muss ihr Letztes bleiben«, sagte die oberste Hebamme. »Sie kann kein weiteres Kind austragen, es würde sie umbringen, die arme Lady – wenn es dieses hier nicht schon tut.«

Alienors Lider spannten sich an. War es so weit gekommen – ›die arme Lady‹? Dann konnte sie genauso gut sterben. Sie fand die Kraft, ihre Stimme zu heben. »Bemitleidet mich nicht. Ich werde das nicht dulden.« Die Frauen verstummten augenblicklich, und die Atmosphäre knisterte vor Spannung.

»Es tut mir leid, Madam«, entschuldigte sich die Hebamme. »Ich hätte nicht in Eurer Hörweite sprechen sollen.«

»Und auch nicht außerhalb davon. Ich bin die Königin, vergiss das nicht, und ich bin die Herzogin von Aquitanien und der Normandie sowie die Gräfin von Anjou.«

»Ja, Madam.«

Was auch immer diese Titel wert waren. Alienor schloss die Augen, als ihr Sohn zu schreien begann.

Alienor wurde zu Lichtmess Anfang Februar ausgesegnet, ein paar Tage vor dem Ende der vierzigtägigen Genesungsphase. Der Tag, der die Aussegnung der Jungfrau Maria feierte, galt als glückbringend. Alienor hatte sich noch nicht von der Tortur der Geburt erholt, sie blutete immer noch, wenn auch nur spärlich, und sie ermüdete sehr schnell. Sie musste sich schonen, als wäre sie eine alte Frau, und die wenige Energie bewahren, über die sie verfügte.

Isabel war gekommen, um ihrer Aussegnung beizuwohnen; ihr Kind war Ende November geboren worden. Nachdem sie sich schnell und vollständig von der Geburt erholt hatte, hatte sie eine Reise von Lewes zur Burg Acre angetreten und einen langen Umweg in Kauf genommen, um Alienor zu besuchen.

»Ich mache mir Sorgen um dich und deine Gesundheit«, sagte Isabel, als sie nach dem obligatorischen Bankett zusammensaßen. Alienor lag auf ihrem Bett und hatte die Füße auf ein besticktes Kissen gelegt.

Isabels kleiner Sohn schlief in seinem Bettchen, und Alienor wiegte John sacht in den Armen. Er war ein unruhiges Baby, aber für Isabel war er so gut wie Gold.

»Es geht mir schon besser«, erwiderte Alienor, »aber ich bin furchtbar langsam wieder zu Kräften gekommen. Die Hebammen sagen, ich soll keine Kinder mehr bekommen – ich würde es nicht überleben.«

Isabel gab einen leisen, ängstlichen Laut von sich.

Alienor lächelte matt. »Oh, ich werde ihren Rat befolgen. Wir haben vier lebende Söhne und drei Töchter, das muss reichen. Während ich in den Wehen lag, habe ich geschworen, dass ich mich nicht von meinem Mann auf diese oder eine andere Weise umbringen lassen werde.« Sie hob zynisch die Brauen, als sie Isabels schockiertes Gesicht sah. »Ein Kind zu bekommen gleicht den Schlachtfeldern, die die Männer so schätzen – was auch für die Ehe gilt.«

Isabel strich John mit dem Zeigefinger über die Wange. »Aber sie ist auch etwas Herrliches«, meinte sie weich. »Und manchmal geschehen Wunder.«

Alienor widerstand dem Drang, sie eine Närrin zu nennen. Ob sie sich nun etwas vormachte oder nicht, Isabel war eindeutig mit ihrem Schicksal zufrieden und vernarrt in ihre Kinder und ihren Mann. Alienor hatte für sie alle nur das Beste gewollt, und sie hatten das Beste bekommen. Wenn ihre eigene Situation einem Gifttrank glich, dann sollte sie selbst daraus trinken und nicht verlangen, dass Isabel daran nippte. »Ja«, bestätigte sie Isabel zuliebe. »Manchmal schon.«

Eine Woche später wurde das Wetter milder, der Himmel leuchtete fahlblau, und die Sonne schien schwach – Vorboten des Frühlings. Da sie endlich wieder kräftig genug war, um auf einem Pferd zu sitzen, beschloss Alienor, mit Isabel und den drei älteren Kindern die vier Meilen nach Woodstock zu reiten und die anderen in der Obhut ihrer Kinderfrauen zurückzulassen. Richard brannte darauf, ins Freie zu kommen; er galoppierte auf seinem Pony, schwang sein Spielzeugschwert und ritt mit den Rittern von Alienors Eskorte, als wäre er einer von ihnen.

Alienor beobachtete ihn mit belustigtem Stolz. Sie konnte ganz deutlich den Kriegerritter und gebieterischen zukünftigen Grafen von Poitou und Herzog von Aquitanien in ihm sehen. Momentan überwog noch das lebhafte, impulsive Kind, aber das würde sich mit der Zeit ändern. Geoffrey ritt ihm nach und versuchte mit ihm mitzuhalten, doch jedes Mal, wenn er in Richards Nähe kam, stieß sein Bruder nach ihm und setzte sich von ihm ab.

»Wie gut, dass sie später alle einmal verschiedene Einflussbereiche haben werden«, sagte sie sarkastisch zu Isabel. »Sie sind wie junge Adler, jeder will das Nest beherrschen. Geoffrey bekommt die Bretagne, Richard Aquitanien und Harry England und die Normandie. Und ich weiß, dass sie alle auf das schielen werden, was der andere hat, und sie einander grollen werden.«

»Was ist mit John?«, fragte Isabel. »Was bleibt für ihn?«

Alienor winkte ab. »Die Kirche vielleicht, oder Irland, oder eine Erbin mit Land und Einfluss. Im Moment ist das nicht von Belang; es zählt nur, dass er ein weiterer Sohn ist, der die Erbfolge sichert. So wird Henry das sehen.« Ihr letztes Kind. Weder konnte sie eine weitere Schwangerschaft überstehen, wie alle sagten, noch hegte sie den Wunsch, diese Tortur je wieder zu erdulden. Ein Teil von ihr empfand leisen Schmerz, weil es bedeutete, sich von einem Teil ihrer Weiblichkeit und der Macht zu verabschieden. Sie würde nicht mehr die Frau sein, die die Erben gebar. Keine Mätresse war dazu imstande, egal wie sehr Henry sie anhimmelte. Alienor verlor Vorrechte und Ansehen. Ein Stück von dem, was sie auszeichnete, existierte nun nicht mehr.

»Was hat Hamelin denn gesagt, als du einen Sohn zur Welt gebracht hast?«, fragte sie Isabel.

Isabel lachte und lief rosig an. »Als er es gehört hat, stürzte er in meine Wochenbettkammer und wollte ihn halten! Die Hebammen waren entsetzt!«

Alienor staunte. »Der Art nach zu urteilen, wie er am Hof auftritt, hätte ich das nie von ihm gedacht.«

Isabels Röte vertiefte sich und ließ sie strahlen. »Es gibt Höflingsgewänder und solche für den Alltag«, erwiderte sie. »Und dann gibt es Momente ganz ohne Gewänder.« Sie hielt inne, um ihr Pferd um eine tiefe Furche in der Straße herumzulenken. »Er ist ein guter, aufrichtiger Mann, und ich liebe ihn sehr.«

»So wie er ganz eindeutig dich liebt.«

»Darauf vertraue ich.«

»Ich freue mich für dich«, erwiderte Alienor. »Wirklich.«

Als sie sich Woodstock näherten, kreuzten sie den Weg einer anderen Gruppe, die in der frischen Februarluft ausritt. Apportierhunde mit lockigem Fell und schlanke Jagdhunde liefen neben den Pferden her, und am Sattel eines Jägers hingen zwei Hasen. Eine junge Frau ritt in der Mitte der Gruppe. Ein Schleier bedeckte ihren Kopf, doch darunter lugten lange goldbraune Zöpfe hervor. Ihr Umhang bestand aus kostbarer blauer Wolle, und in die Mähne ihres Pferdes waren kleine silberne Glöckchen eingeflochten.

»Verneigt Euch vor Königin Alienor!«, donnerte Saldebreuil de Sanzay und schwenkte seinen Amtsstab.

Die Mitglieder des Jagdtrupps wichen von der Straße ab, stiegen von ihren Pferden und knieten nieder, obwohl es einen Moment dauerte, die umherlaufenden Hunde unter Kontrolle zu bringen. Statt weiterzureiten, zügelte Alienor ihr Pferd. Sie kannte die meisten Angehörigen des niederen

Adels in der Gegend. Sie waren Weihnachten an ihren Hof gekommen, um ihr ihre Aufwartung zu machen, und dann wieder anlässlich ihrer Aussegnung. Diese junge Frau, fast noch ein Mädchen, war nicht anwesend gewesen, und trotzdem musste sie hier irgendwo wohnen.

»Sag mir deinen Namen, Kind«, befahl sie.

»Rosamund de Clifford, Madam, Tochter von Sir Walter Clifford«, erwiderte das Mädchen. Rote Flecken brannten auf ihrer Stirn und ihren Wangen.

Alienor starrte sie an. Bitterkeit wallte in ihr auf. Das also war es, was Henry wollte? Sie machte ihm keinen Vorwurf daraus, aber diesen Wunsch in die Realität umzusetzen und so hoch zu schätzen wie ein kostbares Juwel war eine andere Sache. »Und wo willst du hin, Rosamund de Clifford, Tochter von Sir Walter?«, fragte sie. »Und wo bist du gewesen?«

Das Mädchen sah sie wachsam und leicht verärgert an. »Ich bin von der Abtei Godstow gekommen und kehre jetzt dorthin zurück«, sagte sie. »Ich … wir …« Sie nahm sich zusammen. »Ich bin ausgeritten, um den Sonnenschein zu genießen und den Hunden Bewegung zu verschaffen.«

Alienor hob die Brauen. »Godstow, ich verstehe. Aus deiner Kleidung und deiner momentanen Begleitung schließe ich, dass du weder eine Nonne noch eine Novizin bist.«

»Nein, Madam, ich habe dort Herbergs- und Verpflegungsrecht, ebenso wie meine Mutter.« Das Mädchen hatte den anfänglichen Schreck überwunden und sprach mit ruhiger, fester Stimme.

Zweifellos von Henry bezahlt. »Dann solltest du besser dorthin zurückkehren«, sagte Alienor eisig. »Und dort auf die Knie fallen und Gott um Vergebung anflehen, denn das hast du bitter nötig.« Sie schüttelte die Zügel und ritt kerzengerade im Sattel sitzend weiter, ohne sich noch einmal umzublicken.

Isabel gesellte sich zu ihr. »Großer Gott, Alienor …«

Alienors Herz brannte vor Schmerz. »Du hast mir gesagt, sie wäre jung, aber mir war nicht bewusst, wie jung. Kein Wunder, dass sie sich bei Hof die Mäuler zerreißen.« Sie wollte das Mädchen als Schlampe und Hure beschimpfen, aber Rosamund hatte mit den gewöhnlichen Hofdirnen nichts gemeinsam, und das machte sie gefährlich. Dies war keine erfahrene Konkubine, sondern ein gut erzogenes Mädchen, frisch und anziehend. Jemand, den Henry beherrschen konnte und der ihm nicht widersprechen würde. Ihr Mageninhalt stieg ihr in die Kehle, und sie hatte Mühe, nicht zu würgen.

»Es tut mir leid, ich weiß nicht, was ich sagen soll.« Isabels Miene drückte Mitgefühl und Abscheu aus.

»Was gibt es da zu sagen?« Alienor blickte weiterhin starr geradeaus. »Henry hatte schon immer eine Vorliebe für jüngere Frauen. Sie lassen sich leichter kontrollieren, und er kann die Bedingungen diktieren. Als er mich geheiratet hat, hasste er den Umstand, dass ich klüger war als er – dass ich mehr von der Welt wusste und über mehr Lebenserfahrung verfügte. Als wir beide jünger waren, konnte er es verdrängen, aber nun ist es anders. Ich sollte nicht überrascht sein.«

»Was wirst du tun?«

Alienor schob das Kinn vor. »Nichts. Als Königin ist es unter meiner Würde, ihr Beachtung zu schenken. Ich gedenke nicht, meine Autorität von diesem kleinen Mädchen untergraben zu lassen, nur weil sie meinen törichten Mann an seiner allzeit bereiten Männlichkeit herumführen kann.« Sie sah sich nach den Kindern um, aber sie ritten alle unbekümmert weiter. Der Skandal war also wenigstens noch nicht zu ihnen vorgedrungen, aber viele Mitglieder ihres Gefolges schienen sich nicht wohl in ihrer Haut zu fühlen. In der Welt der Erwachsenen wusste jeder bereits Bescheid. Sie würde sich hinter tadelloser Haltung und Selbstbeherrschung verschanzen. Je mehr Henry seine Würde verlor, desto mehr würde sie sich in die ihre hüllen, bis sie nichts mehr berühren konnte.

Alienor runzelte die Stirn, als sie über die Richtung nachdachte, aus der Rosamund gekommen war. Hier in der Nähe lag nur Woodstock. Sie erwog umzukehren, aber irgendetwas trieb sie weiter. Sie wollte die Wahrheit wissen.

An den Toren von Woodstock teilte der Torhüter ihr mit, dass der Jagdtrupp hier vorbeigekommen war, aber nicht Halt gemacht hatte oder hereingekommen war.

Alienor zog die Brauen zusammen. »Weißt du, wo sie hinwollten?«

Der kniende Torhüter starrte zu Boden, als würde ihn der Schlamm faszinieren. »Nein, Madam.«

Isabel warf ein: »Hamelin hat mir erzählt, dass Henry hinter dem Palast ein Haus baut und einen Garten anlegt – um die Wasserläufe zu nutzen.«

Alienor presste die Lippen aufeinander. Sie trieb ihr Pferd durch die Tore in den Geländekomplex von Woodstock, aber statt auf den zwischen den Bäumen schimmernden Palast zuzureiten, schlug sie den Pfad in den Park ein und wies alle außer Isabel an, zurückzubleiben und auf sie zu warten. Als Richard protestierte, befahl sie ihm kurz angebunden, bei seinen Dienern zu bleiben, und ignorierte seine finstere Miene. Sie hatte keine Zeit für männliche Gekränktheit.

Der Pfad wand sich durch den Wald, die Pferde stapften durch Schlammpfützen und verrottendes Laub. An den Büschen und Zweigen zeigten sich noch keine Knospen, und die Rinde der Bäume war immer noch winterlich schwarz. Der Untergrund war aufgewühlt; hier waren Pferde entlanggelaufen, aber die Spuren und Hinterlassenschaften waren mehrere

Tage alt. Alienor schlussfolgerte, dass die heutige Gruppe den langen Weg rund um den Gesamtkomplex genommen haben musste.

Sie kamen zu einem Weidenzaun und einem Tor, das mit einem dünnen Seil verschlossen war. Isabel beugte sich von ihrem Pferd herunter, löste den Strick und verschaffte ihnen Zugang zu einem gerodeten Waldstück. Es zeigte Anzeichen für Bauarbeiten, die im Winter geruht hatten, jetzt aber wieder aufgenommen wurden. Das Fundament für eine Halle war schon markiert, und das gerodete Land enthüllte, um was für ein ehrgeiziges Projekt es sich handelte. Hier gab es frische Spuren und frischen Pferdedung, was bewies, dass heute Pferde hier gewesen waren, wenn auch nicht in Woodstock.

Alienor blickte sich mit zusammengebissenen Zähnen um. Im Moment war das hier noch eine schlammige, trübselige Baustelle, aber in ein paar Jahren würde es ein bezauberndes Fleckchen Erde sein, eine kunstvoll gearbeitete Fassung für einen Lieblingsedelstein. »Bastard«, knirschte sie. Verachtung, Verletztheit und bittere Wut stiegen in ihr auf, als sie sich vorstellte, wie Henry von Woodstock durch den Wald hierherritt, um ein Stelldichein mit seiner Mätresse zu genießen.

Isabel griff nach ihrer Hand und drückte sie.

Alienor schüttelte sich. »So, nun weiß ich Bescheid«, sagte sie. »Ich habe alles gesehen, was ich sehen musste. Komm.« Sie wendete ihr Pferd und ritt davon, ohne sich noch einmal nach dem Ort umzusehen, aber das Bewusstsein seiner Existenz reiste als dunkle Last mit ihr zurück.

Als sie wieder im Beaumont-Palast war, ließ sie sämtliche Kerzen anzünden und verlangte nach fröhlicher Musik für ein unbeschwertes Tanzvergnügen. Sie legte ein Gewand aus goldbestickter grüner Seide an und fasste ihr Haar in einem juwelenbesetzten Netz zusammen. Strahlend lächelnd gab sie sich schlagfertig, lebhaft und vor Geist sprühend; sie tanzte, kokettierte und erhellte den Raum über das Licht der Kerzen hinaus; sie errichtete eine Fassade für andere und sich selbst, bis diese Realität wurde.

Isabel beobachtete voll mitleidiger Angst, die sie nicht zu zeigen wagte, wie Alienor sich verausgabte. Als sie schließlich mitten im Tanz stolperte, fing sie sie auf und rief ihre Zofen zu Hilfe. Gemeinsam führten die Frauen Alienor in ihre Kammer, entkleideten sie und brachten sie zu Bett. Marchisa braute ihr einen Trank, und Isabel saß bei Alienor, kämmte ihr Haar und flocht es locker, um es ihr für die Nacht bequem zu machen.

Alienor brachte die Kraft auf, das Getränk zu schlürfen, aber nachdem sie ihre Energie verbraucht hatte, blieb nur noch ein Hauch ihrer alten Vitalität. »Ich musste es tun.« Ihre Stimme klang so dünn wie Nebel. »Um mich daran zu erinnern, wer ich war und wer ich bin ... was auch immer geschieht.«

»Schon, aber du hast dir heute etwas zu viel zugemutet.« Isabel strich ihr über das Haar. »Du hast dich von der Geburt noch nicht vollständig erholt und musst dir deine Kräfte einteilen.«

Alienor bedachte sie mit einem düsteren Lächeln. »Ja, aber heute Abend musste ich spüren, dass ich noch am Leben bin.«

»Selbst wenn du dich dabei umbringst?«

»Es gibt schlimmere Arten zu sterben, aber mach dir keine Gedanken. Ich habe Johns Geburt überlebt, und ich werde jetzt nicht aufgeben. Meine Kinder brauchen mich, Aquitanien braucht mich, und vor allem gönne ich Henry den Triumph nicht.« Ihre Lider wurden schwer, und der Becher zitterte in ihrer Hand. Isabel nahm ihn ihr ab und stellte ihn auf die Truhe. Sie legte ihr eigenes Gewand und ihren Kopfputz ab, stieg mit ihrem Hemd bekleidet zu Alienor in das Bett und nahm sie in die Arme.

Alienor klammerte sich an sie. Krämpfe schüttelten ihren Körper, aber sie vergoss keine Träne. Isabel beruhigte und tröstete sie. Endlich schlief Alienor ein, und es war Isabel, die stumm anstelle ihrer Freundin weinte.

32

Dover, September 1167

An einem wunderschönen Septembermorgen spiegelte sich der tiefblaue Himmel in einem von sanften Wellen bewegten Meer wider. Gelegentlich trieben ein paar flaumige, an reinweiße Vliese erinnernde Wölkchen langsam wie friedlich grasende Schafe über das Blau hinweg.

Ein schöner Tag; ein Abschiedstag. Im Hafen hinter den Burgmauern dümpelte eine kleine Schiffsflotte auf dem Wasser, während die Besatzungsmitglieder und Arbeiter die Truhen, Fässer und Säcke verstauten, die die elfjährige Matilda mit nach Deutschland in ihr neues Leben als Verlobte und später als Ehefrau von Heinrich dem Löwen, Herzog von Sachsen, mitnahm.

Über zwei Jahre lang hatte Alienor gewusst, dass dieser Tag kommen würde, aber der Umstand, dass sie Zeit gehabt hatte, sich darauf vorzubereiten, machte keinen Unterschied, wenn es um Abschied ging. Sie hatte sich innerlich verkrampft, hielt alles in sich verschlossen. Sie wusste nicht, wie sie diesen Moment ertragen sollte; sie konnte sich ihr Leben ohne Matilda an ihrer Seite nicht vorstellen. Ihre Tochter war ihr eine Gefährtin und eine Stütze, jemand, mit dem sie sich unterhalten und mit dem sie ihre Tage teilen konnte. Jemand, der sie verstand. All das zu verlieren war so, als würde die Nabelschnur erneut durchtrennt.

Henry hatte keine Anstalten gemacht, seine Tochter vor

ihrer Abreise noch einmal zu sehen, aber er hatte ihr einen Brief geschrieben, in dem er ihr auftrug, eine gute, pflichtgetreue Gemahlin zu sein und ihren Lehrern zu gehorchen. Sie sollte nicht vergessen, dass sie die Tochter eines Königs war, und diese Tatsache sollte sich in allem ausdrücken, was sie sagte und tat. Er war stolz auf sie, und er würde jeden Tag für ihr Wohlergehen beten. Und er hatte ihr ein Kästchen mit Juwelen für ihren persönlichen Gebrauch geschickt. Alienor konnte ihm wegen des Geschenks keine Vorwürfe machen, aber sie bezweifelte, dass er es selbst ausgewählt hatte. Sie konnte ihre Verbitterung und Ernüchterung in Bezug auf seine Person nicht überwinden. Was auch immer Henry tat, würde nun Kratzer auf einst klarem Glas verursachen.

Matilda hatte ihren kleinen Bruder John, der in den Armen seiner Kinderfrau lag, unter dem Kinn gekitzelt und zum Abschied geküsst, doch auf Alienors Geheiß gesellte sie sich zu ihr, und sie gingen mit Geoffrey, Richard, Alie und der kleinen Joanna zu den Schiffen hinunter. Alle begaben sich an Bord der Galeere, mit der Matilda segeln würde. Richard machte sich augenblicklich daran, das Schiff zu erkunden, zog an den Fallleinen, strich mit den Fingern über die Reling und schlüpfte in den Unterstand aus Segeltuch an Deck, um ihn zu inspizieren. Die auffrischende Brise brachte einen fischigen Geruch nach Meer und Küste mit sich. Möwen zogen über ihren Köpfen kreischend ihre Kreise, und die Schiffe schaukelten auf der einsetzenden Flut.

Alienor zupfte liebevoll Matildas Umhang zurecht und bemühte sich, ihren Kummer zu unterdrücken. »Wenn du irgendetwas brauchst, schreib mir, und ich werde es dir schicken«, sagte sie. »Denk nicht, dass uns die räumliche Entfernung trennen könnte.«

»Ja, Mama.« Matildas graue Augen waren ruhig und klar.

»Schließ mich in deine Gebete ein, so wie ich dich in die meinen einschließen werde.« Zuvor hatte Alienor ihr ein kleines faltbares Triptychon für ihre persönliche Andacht gegeben, so dass Matilda jeden Tag, wenn sie es öffnete und schloss, an ihre Familie erinnert werden würde.

»Ja, Mama.«

Alienor rang um Beherrschung, während ihre Tochter heiter und vernünftig blieb. Sie hatte keine Angst, und Alienor war ungemein stolz auf sie.

Das Schiff schwankte unter ihren Füßen, und sie hörte die Rufe der Besatzung, als sie sich zum Ablegen fertigmachte. »Auf ein baldiges Wiedersehen.« Sie legte alle Wärme und Sicherheit, die sie aufbringen konnte, in ihre Stimme, als sie Matilda ein letztes Mal umarmte. Wahrscheinlich würde sie sie nie wiedersehen, und selbst wenn, würde sie nicht mehr das Kind sein, von dem sie Abschied nahm, sondern eine junge Frau, die gereift war und aus Erfahrungen gelernt hatte, an denen Alienor keinen Anteil hatte. Sie sandte ein stummes Gebet zu Gott. *Beschütze mein Kind auf dieser Reise, gib ihr deinen Segen, und lass es ihr gut gehen.*

Die Höflinge, die Matilda nach Deutschland begleiteten, kamen an Bord. Der hochgewachsene, rothaarige Richard de Clare, Lord von Striguil, war zu ihrem Anführer auserkoren worden. Er trug mit gelassener Anmut ein Schwert an der Hüfte, und er hatte die Ausstrahlung einer Katze – ruhig, elegant und gefährlich. »Gebt auf meine Tochter Acht.« Alienors Stimme klang scharf und gepresst. »Gebt auf sie Acht, und beschützt sie mit Eurem Leben.«

»Madam, mein Leben wäre wertlos, wenn ich zulassen würde, dass Prinzessin Matilda etwas zustößt«, erwiderte er mit einer Verneigung. »Sie ist mir als Schutzbefohlene heilig, Ihr könnt Euch auf mich verlassen.« Ein höfisches Lächeln spielte um seine Lippen, aber die Aufrichtigkeit in seinen Augen und die Art, wie er seine breiten Schultern straffte, verrieten, dass er seine Pflicht ernst nahm.

Alienor mochte Richard de Clare sehr. Sie genoss seinen Charme und sein Geplänkel, wenn er am Hof war, was in der letzten Zeit häufig der Fall gewesen war, als die Vorbereitungen für Matildas Abreise voranschritten. Henry fand, dass die de Clares über zu viel Macht verfügten und hatte ihnen die Verwaltung von Pembroke Castle entzogen, sowie die Familie vom Rang eines Earl zurückgestuft. Richard de Clare hatte der Krone stets seine Loyalität geschworen, aber Henry hielt es für ratsam, ihn auf eine diplomatische Mission zu schicken, um ihn für eine Weile aus dem Weg zu schaffen. Er war ein geschickter Schwertkämpfer, aber auch ein exzellenter Redner und eignete sich somit perfekt für diese Aufgabe. Auch der alternde William D'Albini, der Earl of Arundell, war mit von der Partie. Als Vater mehrerer Töchter und Witwer einer ehemaligen Königin von England stellte er die ideale Wahl für dieses Unternehmen dar. Da er starke junge Söhne hatte, die über seine Ländereien herrschten, konnte er es sich leisten, sie zu verlassen und sich auf diese Mission zu begeben. Er hatte Richard und Geoffrey gezeigt, wie man einen speziellen Knoten in ein Seil knüpfte, doch jetzt brachte er die Jungen zu Alienor hinüber.

»Wir werden in Kürze ablegen, Madam, die Flut ist gleich da.« In seinem Blick lag Mitgefühl, und er strahlte eine Aura solider Verlässlichkeit aus.

Alienor nickte. »Ich wünsche Euch eine gute Reise und werde Euch alle in meine Gebete einschließen.«

Sie ging von Bord und blieb am Kai stehen. Das Ablegen dauerte eine Weile, und sie ballte unter ihrem Umhang die Fäuste. Matilda stand an der Seite des Schiffs, eine tapfere kleine Gestalt in einem scharlachroten Umhang. William D'Albini hielt sich schützend in ihrer Nähe, während de Clare auf dem Schiff umherging und überprüfte, ob alles in Ordnung war.

Endlich löste sich die Galeere von ihrem Ankerplatz. Auch die anderen Schiffe begaben sich auf die Reise – mit dem Gepäck und der Brautausstattung einer Prinzessin, die sich auf dem Weg zu ihrer Verlobung und Hochzeit befand. Alienors Augen brannten vor verbissener Konzentration, als sie einen letzten Blick auf das blasse Gesicht ihrer Tochter warf. *Ich liebe dich, ich liebe dich, ich liebe dich.*

Als sie wieder in der Burg war, beschäftigte sich Alienor mit den Vorbereitungen für den Umzug nach Winchester, doch während sie die Zofen antrieb und mit ihren Beamten sprach, kreisten ihre Gedanken ständig um Matilda, und sie wartete auf den Gezeitenwechsel und die Nachricht, dass sie sicher in der Normandie angekommen war.

Sie betrachtete ein Gewand, das Emma auf dem Bett ausgebreitet hatte. Ein Weinfleck auf der apfelgrünen Seide war nicht bemerkt worden, er sah fast so aus wie das Mal einer tiefen Wunde.

»Es ist ruiniert, Madam«, stellte Emma fest. »Was soll ich damit tun?«

Das Gewand war eines ihrer Lieblingskleider gewesen, doch Alienor hatte es zuletzt getragen, als sie das Gebäude bei Everswell entdeckt hatte. Seitdem hatte es auf dem Boden der Truhe gelegen. Der Fleck ließ sich vielleicht entfernen, indem man ihn mit in Wasser aufgelöstem Weinstein betupfte; doch selbst wenn das Gewand gereinigt war, würde sie es nie wieder tragen, und sie würde auch keine Kleider für ihre Töchter daraus anfertigen lassen. Jedes Mal, wenn sie es sah, sah sie Rosamund de Clifford. »Gib es der Kirche«, sagte sie. »Sie werden schon Verwendung dafür haben.« Der Zisterziensermönch Bernard de Clairvaux hatte stets gesagt, niemand solle sich in das Werk der Würmer kleiden, aber zahlreiche Angehörige der Geistlichkeit schlossen sich dieser Ansicht nicht an, und sie zweifelte nicht daran, dass sie die Seide umarbeiten lassen würden.

Emma legte ein anderes Gewand auf das Bett, diesmal aus goldener Seide und so fein gewebt, dass man fast glauben konnte, es wäre von Engeln geschaffen worden. Es war ein Geschenk von Kaiserin Irene, Alienor hatte es aus Konstantinopel mitgebracht. Sie dachte an die Marmorsäulen und Fußbodenbeläge des Blachernenpalastes in der griechischen Hauptstadt, das Gold und den würzigen Weihrauchduft. Jedes Stück Tuch, jedes Kleid hatte seine Geschichte, und diese Seide war auf zahlreichen Wüstenstraßen vom Land des Zin-Volkes bis hierher gereist.

Als Nächstes betrachtete sie ihr Krönungsgewand, auf welches das Septemberlicht sanft durch die Fenster fiel. Ein Versprechen, das sich als Lüge erwiesen hatte. Die kleine Alie war vom Anblick der schimmernden Seidenrauten fasziniert und strich mit einer blassen Hand behutsam darüber. »Kann ich es tragen, wenn ich erwachsen bin?«, fragte sie.

Alienor lächelte schief. »Du wirst eines Tages selbst solche Kleider besitzen, wenn du eine rechtmäßige Königin bist.«

»Wenn ich fortgehe und heirate?«

Die Worte trafen Alienor bis ins Mark. Daran wollte sie jetzt nicht denken. Es war schon schlimm genug, Matilda zu verlieren. »Wenn du ein großes Mädchen bist«, sagte sie. »Jetzt noch nicht … wenigstens eine Weile bleibst du noch bei mir.«

Alienors Kaplan betrat den Raum, gefolgt von einem Boten, dessen Kleider Salz- und Schweißflecken aufwiesen und dessen Miene grimmig angespannt wirkte. Alienors erster entsetzter Gedanke war, dass Matildas Schiff gekentert und gesunken war.

Der Bote kniete nieder und reichte ihr ein versiegeltes Päckchen, an dem das Siegel des Erzbischofs von Rouen hing. »Madam, ich muss Euch leider mitteilen, dass die Kaiserin Matilda vor zwei Tagen in Rouen gestorben ist. Sie hat ihren Frieden mit Gott gemacht, und alles wurde so geregelt, wie sie es gewünscht hat.«

Alienors Knie gaben fast unter ihr nach, denn sie war auf das Schlimmste vorbereitet gewesen. Diese Nachricht war bedeutsam und traurig und machte ihr das Herz schwer, aber zugleich empfand sie einen Anflug von euphorischer Erleichterung.

Sie nahm den Brief entgegen und brach mit zitternden Fingern das Siegel. Der Erzbischof teilte ihr die traurige Neuigkeit mit und sprach ihr sein Beileid aus. Er hatte auch an Henry geschrieben, aber dieser war damit beschäftigt, den Aufstand in der Bretagne niederzuschlagen und würde wahrscheinlich nicht zu der Beerdigung erscheinen. Er würde es nicht gut aufnehmen. Tod bedeutete für ihn nur eine andere Form von Verrat, und deswegen zu trauern hielt er für eine Schwäche. Doch trotz allem fühlte sie mit ihm.

»Mit dem Schiff kam noch eine andere Botschaft.« Ihr Kaplan reichte ihr ein weiteres Päckchen. »Lady Matilda ist sicher in Barfleur angekommen und setzt ihre Reise fort.«

Bei diesen Worten durchfluteten sie Erleichterung und Dankbarkeit, und sie legte den Brief beiseite, um ihn später zu lesen, da sie sich nicht mit beidem zugleich befassen konnte. Der Tod der Kaiserin hatte im Moment Vorrang.

»Geh und mach dich frisch«, wies sie den Boten an. »Und

halte dich bereit, in einer Stunde einen Brief in die Normandie zu bringen.« Sie wandte sich an ihre Frauen und klatschte in die Hände. »Packt die kleine Gepäcktruhe. Ich reise nach Rouen.«

In der Abtei Bec brannten unzählige Kerzen und Kandelaber, schufen Kronen und Blumen aus Licht, um das Dahinscheiden einer Kaiserin zu erleuchten. Alienor atmete den Geruch von Weihrauch und Staub ein und spürte die Wärme der Kerzen auf ihrer Haut. Der versiegelte Bleisarg der Kaiserin stand vor dem Altar; die mit Fransen besetzte Seidendecke war von einer strahlenden Palisade aus dünnen Wachskerzen umgeben.

Die Inschrift auf ihrem Grab lautete: »Hier liegt die Tochter, Ehefrau und Mutter Henrys; groß durch Geburt, größer durch Heirat, doch am größten durch ihre Nachkommen.« Die Kaiserin hatte diese Grabschrift vor ihrem Tod formuliert, und tatsächlich hatte sie all ihre Hoffnungen und ihren Stolz in ihren goldenen Sohn gelegt, der zu sehr mit der Kriegsführung und Politik in der Bretagne beschäftigt war, um an ihrer Beerdigung teilzunehmen. Sein Vater, Geoffrey le Bel von Anjou, wurde nicht erwähnt, stattdessen hatte sie sich entschieden, an ihren ersten Mann Heinrich zu erinnern, den Kaiser von Deutschland, mit dem sie als Mädchen und junge Frau elf Jahre verheiratet gewesen war.

Alienor, die sich zu einem Gebet niedergekniet hatte, erhob sich wieder und verbeugte sich. Sie betrauerte die Kaiserin tief. Ein großer, edler Mensch hatte diese Welt verlassen. All diese hart erworbene Weisheit lag jetzt stumm im Grab. Die Kaiserin hatte Probleme auf eine völlig andere Art als sie selbst gelöst und Alienor dadurch neue Perspektiven eröffnet. Matilda hatte Henry immer hitzig verteidigt, aber sie hatte

Alienor Sympathie entgegengebracht, sich oft auf ihre Seite gestellt und ihr Unterstützung angeboten.

Die Kaiserin hatte auch einen mäßigenden Einfluss auf Henry ausgeübt. Er mochte ihren Rat nicht immer beherzigt haben, aber er hatte ihn bereitwillig angehört, und sie war eine von beiden Seiten respektierte Brücke zwischen Kirche und Staat gewesen. Jetzt hatte Henry die Quelle verloren, aus der er geschöpft hatte, und das würde ihn schwächen.

Die Kaiserin hatte der Kirche große Schätze vermacht: goldene Kelche, tragbare Altare, ein prächtiges juwelenbesetztes Kreuz und verschiedene Kronen, die sie im Laufe ihres Lebens getragen hatte. Sie hatte ihre Kronen geliebt und für unverzichtbare Zeichen ihres Standes gehalten. Alienors Lippen krümmten sich zu einem traurigen Lächeln. Henry dagegen hatte seine auf dem Altar von Worcester niedergelegt und sie dort gelassen!

Die Kammer, in der Alienor während ihres Aufenthaltes in Rouen wohnte, hatte der Kaiserin gehört: der Ort, von dem aus sie die Normandie regiert hatte und an dem sie gestorben war. Dies störte Alienor keineswegs, denn Matildas Seele war in Frieden gegangen, und dieser Raum war Zeuge von Mut und treuen Diensten gewesen. Sie zog Kraft daraus, statt Furcht zu empfinden.

Als sie die dämmrige Kammer betrat, bemerkte sie am Rand ihres Blickfeldes eine Bewegung, und einen Moment lang krampfte sich ihr Herz zusammen. Ein junger Bursche wandte sich hastig vom Tisch am Kamin ab, und sie sah sich Henry gegenüber, wie er in der Phase zwischen Junge und Mann ausgesehen haben musste. Er hatte Henrys breite Stirn und kräftigen Kiefer, und in seinem Haar schimmerten im Schein einer Kohlenpfanne kupferne Lichter. Er hielt ein Kästchen aus geschnitztem Elfenbein in der Hand, das die

Schachfiguren der Kaiserin enthielt, und schien unschlüssig, ob er es hinter seinem Rücken verstecken oder offen zeigen sollte.

»Jeoffrey«, sagte sie mit ruhiger Stimme. »Was tust du denn hier?« Sie nahm ihren Umhang ab und legte ihn über eine Truhe. Emma, die ihr aufwartete, entzündete weitere Kerzen.

»Nichts, Madam«, erwiderte er steif.

»Wirklich nicht?« Alienor hob die Brauen.

Er warf ihr einen wachsamen Blick zu, nicht unbedingt feindselig, aber das konnte sich leicht ändern, denn darin glich er ganz Henry. Es würde ein neuer Haushalt für ihn gefunden werden müssen, was bedeutete, dass sie ihn entweder in ihr Gefolge aufnehmen, ihn zu Henry in die kriegsgeschüttelte Bretagne schicken oder ihn in der Obhut seiner Lehrer in Bec lassen würde.

»Setz dich.« Sie deutete auf die Bank am Kamin.

Er schluckte. Der große Knoten an seinem Hals zeugte von seinem Heranwachsen zum Mann, und in dem jetzt helleren Licht konnte sie eine Linie goldenen Haares auf seiner Oberlippe erkennen.

»Setz dich«, wiederholte sie. »Ich beiße nicht.«

Er hielt das Kästchen noch immer umklammert, als er sich auf die Bank sinken ließ.

»Eigenartig, dass du es riskierst, dich hier hereinzuschleichen, um die Schachfiguren zu stehlen.« Alienor schenkte sich einen Becher Wein ein und einen halben für ihn.

Seine Wangen färbten sich rot. »Ich wollte es nicht stehlen.«

»Was hast du dann gemacht?« Sie deutete auf das Kästchen, und er reichte es ihr widerwillig. Es war überraschend schwer, einen Moment lang bog sich ihre Hand unter dem Gewicht.

»Meine Großmutter … ich … sie hat in dieser Kammer oft mit mir Schach gespielt.« Er sah sie trotzig an. »Sie sagte, eines Tages würden die Figuren mir gehören, zur Erinnerung an sie. Aber ich glaube nicht, dass sie es in ihren letzten Willen aufgenommen hat.«

»Also bist du gekommen, um sie dir zu nehmen, ohne zu fragen.«

»Ich … ich wollte noch einmal in ihrer Kammer stehen, bevor alles verändert wird, und mich daran erinnern, wie es war. Und dann sah ich das Schachspiel auf dem Tisch.«

»Und wenn ich nicht just in diesem Moment hereingekommen wäre, was hättest du dann gemacht?«

»Ich weiß es nicht, Madam. Vermutlich hätte ich es mitgenommen – niemand hätte es bemerkt.«

»Glaubst du das wirklich? Wo hättest du es denn versteckt? Du wärst sicherlich ertappt worden.«

Er erwiderte nichts darauf. Sie musterte ihn nachdenklich. Henrys unehelicher Sohn. Was für ein Mann würde aus ihm werden? Ihre Gefühle in Bezug auf ihn waren zwiespältig. Als ihre Kinder jünger waren, hatte sie ihn als Gefahr betrachtet, aber nachdem sie nun vier Söhne hatte, war die Gefahr geschwunden, und sie konnte ihm objektiv gegenüberstehen. Der Umstand, dass er bei der Kaiserin aufgewachsen war, hatte ihr diese Distanz verschafft. Sie hielt es immer noch für das Beste, dass er die Priesterlaufbahn einschlug – es war immer nützlich, einen oder zwei Bischöfe in der Familie zu haben –, aber zugleich empfahl es sich, ihn in ihren Einflussbereich zu bringen.

»Du hast deine Großmutter gemocht?«

»Ja, Madam.« Ein verlorener Ausdruck huschte über sein Gesicht. »Sie war gut zu mir, und sie hat mir viel beigebracht.«

Alienor wunderte sich über das Band zwischen der Kaiserin und ihrem Enkel. Sie war in Henrys Kindheit selten gegenwärtig gewesen und hatte sich darauf konzentriert, um ihre Krone zu kämpfen. Vielleicht hatte sie sich für die verlorene Zeit entschädigen wollen, indem sie diesen Jungen, der wie Henry aussah und ihr eigenes Fleisch und Blut war, mit Aufmerksamkeit überschüttete.

»So«, sagte sie. »Was machen wir denn jetzt mit dir? Hat deine Großmutter je über deine Zukunft gesprochen?«

Er senkte den Blick. Seine Wimpern glichen denen Henrys – kurz und stoppelig und mit Gold bestäubt. »Sie sagte, das müsste mein Vater entscheiden, aber bis dahin sollte ich eine Erziehung erhalten, die allen Ansprüchen genügt.«

»Nun, erst einmal kommst du mit mir nach England und lebst in meinem Haushalt.« Sie traf die Entscheidung, während sie sprach. »Und Weihnachten bringe ich dich zu deinem Vater nach Argentan – falls er seine anderen Angelegenheiten rechtzeitig erledigt hat, um dort sein zu können.« Sie konnte den zynischen Unterton in ihrer Stimme nicht unterdrücken.

»Ja, Madam.« Er holte tief Atem, um sich zu beruhigen.

Sie deutete auf das Schachfigurenkästchen. »Vielleicht spielst du eine Partie mit mir, um deine Großmutter zu ehren. Ich glaube, das würde ihr gefallen.«

Jeoffrey schluckte erneut, verbeugte sich vor ihr, holte das Brett und stellte es auf die Bank zwischen ihnen. Seine Bewegungen waren so selbstverständlich und ungezwungen, dass klar daraus hervorging, wie oft er dies schon zuvor getan hatte. Er nahm die Figuren aus dem Kasten und stellte sie mit ehrfürchtiger Sorgfalt auf. Er glich Henry und zeigte auch einige seiner Angewohnheiten, aber sein Verhalten war weniger ruhelos, und er strahlte eine Zurückhaltung aus, die er sicherlich nicht von seinem Vater hatte.

Sie gewann die Partie, musste sich jedoch konzentrieren, und ein paar Mal hätte er sie fast überlistet. Er hatte einen guten Lehrer gehabt und verfügte über einen wachen Verstand, aber er war unentschlossen, und wenn ihm unter Druck eine Entscheidung abverlangt wurde, zögerte er und traf die falsche. Dann war er verdrossen und frustriert, und das hatte er mit Sicherheit von Henry.

»Du musst mehr Vertrauen in dich haben«, sagte sie, als er die Figuren wieder in den Kasten legte. »Lass deinen Gegner nicht merken, wenn du durcheinander bist, und nimm dir Zeit. Es gab Momente, in denen du klar im Vorteil warst und dies nicht genutzt hast.«

»Ja, Madam.«

Sie sah ihm an, dass er verärgert war und es ihm nicht gefiel, kritisiert zu werden, aber offensichtlich prägte er sich die Lektion auch ein, um sie später zu verarbeiten. »Du kannst gehen«, sagte sie. »Die Schachfiguren und das Brett gehören dir. Morgen werde ich das schriftlich verfügen, und du kannst sie dir abholen und mit ihnen tun, was du willst.«

Er dankte ihr mit aufrichtiger Freude und zog sich in seine Schlafkammer zurück, wo auch immer diese sein mochte.

Alienor lehnte sich in ihrem Stuhl zurück, um ihren Wein auszutrinken. Es war eine interessante Begegnung gewesen. Der Junge hatte Charakterzüge, die ihr bisher noch verborgen blieben – darüber war sie sich sicher. Sie hegte den Wunsch, ihn zu verstehen, aber sie wollte keine emotionale Beziehung zu ihm aufbauen. Dennoch gedachte sie, ihn scharf im Auge zu behalten und seine Fortschritte zu überwachen, denn sie hatte den Ehrgeiz in ihm sofort erkannt.

33

Argentan, Weihnachten 1167

Henry stürmte in das Privatgemach im großen Wehrturm von Argentan und blieb dann wie angewurzelt stehen, um den kleinen Jungen anzustarren, der auf unsicheren Beinen auf ihn zuschwankte.

»John?« Er kauerte sich auf den Boden und breitete die Arme aus. Das Kind maß ihn mit einem belustigten, verwirrten Blick und krähte vor Entzücken, als es ihn erreichte. Henry stützte den Kleinen, bevor er ihn zu sich drehte und ihn von Kopf bis Fuß betrachtete. »Bist du nicht ein prächtiger kleiner Mann?« Er strich mit einem kurzen, dicken Zeigefinger über Johns rotblondes Haar.

Henrys Gesicht strahlte vor so aufrichtiger Freude, dass Alienor fast freundliche Gefühle für ihn zu hegen begann. Sie war voller Beklommenheit und einem vor Wut und Ernüchterung schweren Herzen in Argentan eingetroffen. Bei Henrys bloßem Anblick kam sie sich vor, als hätte man sie geschlagen. Sie hatte ihm nach der Beerdigung seiner Mutter geschrieben und eine kurze, formelle Antwort erhalten, die nichts über seine Stimmung ausgesagt hatte. Er hatte ihr lediglich erklärt, dass er zu beschäftigt gewesen war, um bei der Geburt seines Sohnes und der Totenfeier für seine Mutter zugegen zu sein.

»Zu schade, dass du nicht die Zeit gefunden hast, uns früher zu besuchen«, bemerkte sie spitz. »Du hast die Gelegenheit verpasst, dein letztes Kind – oder zumindest dein letztes legitimes – als Baby in der Wiege zu sehen.«

John tapste von seinem Vater weg und auf Alienor zu. Henrys Züge spannten sich an. »Was soll das denn heißen?«

»Dass ich bei seiner Geburt fast gestorben wäre und Monate gebraucht habe, um mich zu erholen. Die Ärzte und Hebammen haben mir gesagt, dass weder ich noch das Kind überleben werden, wenn ich noch einmal schwanger werde. Ich habe bereits genug Kummer. Auch wenn ich vieles für dich getan habe, Henry, ich werde nicht für dich sterben.« Sie fing John ein, hob ihn hoch und setzte ihn sich mütterlich auf die Hüfte.

Henry stand auf und stemmte die Hände in die Seiten. »Ich hatte nach so langer Trennung zu Beginn eines Familientreffens eine herzlichere Begrüßung erwartet, aber wie ich sehe, war ich zu optimistisch.«

»Es zeigt, wo wir stehen«, erwiderte sie. »Deine Mutter, Gott schenke ihrer Seele Frieden, hat drei Söhne geboren und keinen einzigen mehr. Ich habe dir sechs geschenkt, von denen vier leben, und drei Töchter. Mehr kannst du von mir nicht erwarten.«

Sie sah Zorn in seinen Augen aufblitzen, und es machte ihr nichts aus. Er wandte sich von ihr ab, trat zur Laibung und schaute aus dem schmalen Fenster, das auf das graue Wasser des Flusses Orne hinauszeigte. »So sei es«, sagte er. »Du weißt, warum ich nicht nach England kommen konnte. Du weißt, warum ich bei der Abreise unserer Tochter und der Beerdigung meiner Mutter nicht anwesend sein konnte.«

»Ja, ich weiß«, gab sie müde zurück. *Weil dir deine Frau gleichgültig ist und du seelisch zu verkrüppelt bist, um den Abschied von deiner Tochter und deiner Mutter zu ertragen. Und außerdem sind wir ja nur Frauen.*

»Pflichten und Staatsangelegenheiten haben immer Vorrang, wie meine Mutter, sie möge in Frieden ruhen, sehr wohl wusste.«

»Das ist mir klarer, als du je begreifen wirst«, entgegnete Alienor mit ruhigem Spott. »Ich habe die letzten vierzehn Jahre entweder damit verbracht, ein Kind auszutragen oder mich von seiner Geburt zu erholen. Du hast oft behauptet, dass Frauen sich in hirnlose Geschöpfe verwandeln, wenn sie schwanger sind, aber da das nicht mehr der Fall sein wird, ist es an der Zeit, dass ich an anderen Schauplätzen aktiv werde.«

»Als da wären?«

»Aquitanien«, erwiderte sie. »Bevor ich Königin von England wurde, war ich Herzogin von Aquitanien. Ich sollte dorthin zurückkehren, bevor die Leute vergessen, wer ich bin. Richard ist kein kleines Kind mehr, und er muss als mein Erbe vorgestellt werden. Ich war schon viel zu lange im Exil.«

Er drehte sich um und sah sie an. »Im Exil?«

»Manchmal kommt es mir so vor. Ich muss die Verbindung zu meinem Stammland wiederherstellen.«

Ein berechnender und zugleich erfreuter Ausdruck trat auf sein Gesicht. »Da sind wir einmal einer Meinung, meine Liebe. Ich wollte ohnehin vorschlagen, dass du im Frühjahr nach Poitiers reist und Richard und die anderen mitnimmst. Es ist wirklich an der Zeit, dass die Menschen dort ihre Herrin wiedersehen.« Er strich über seinen kurz geschorenen Bart. »Da deine Barone so unberechenbar sind, wirst du Schutz und einen erfahrenen Mann brauchen, der dir hilft, notfalls mit dem Schwert zu regieren. Mir schwebt Patrick, der Earl of Salisbury, für diese Aufgabe vor.«

Alienor musterte ihn mit scharfer Aufmerksamkeit. Patrick of Salisbury war ein erfahrener Soldat und Höfling. Sie hatte schon mit ihm zu tun gehabt, wenn sie Salisbury und Winchester besucht hatte. Er war ein angenehmer Gesellschafter, aber durch und durch Henrys Untertan; er würde stets dessen Befehlen gehorchen. Sie würde sich vorkommen, als hätte sie einen Wachhund bei sich, der dafür sorgen sollte, dass sie sich benahm. Sie zweifelte nicht daran, dass er Henry über jeden ihrer Schritte informieren würde. Zum Glück war seine Frau Ela Isabels Mutter, was ihr zum Vorteil gereichen konnte. »Ich werde mein Bestes tun, um mit ihm zusammenzuarbeiten.«

»Nun, dann ist ja alles gut.« Auf Henrys Gesicht spiegelten sich Erleichterung und Argwohn wider, als könne er nicht glauben, dass sie so leicht nachgab. Er durchquerte die Kammer und kitzelte die zweijährige Joanna unter dem Kinn. Sie betrachtete ihn ernst und klammerte sich an die Röcke ihrer Kinderfrau. Ganz offenbar war sie nicht sicher, wer der fremde Mann war, der in ihre Privatgemächer eingedrungen war. Henry ging zu Alie, die mit sechs aufgeweckter war und ihn ›Mylord Vater‹ nannte, was ihn ungemein erheiterte.

»Zu was für einer schönen, anmutigen Lady du heranwächst«, bemerkte er. »Genau wie deine Mutter.« Er warf Alienor einen bitteren Blick zu.

»Dann wollen wir hoffen, dass sie einen Mann heiratet, der ihre Liebe und ihren Respekt verdient.« Alienor wich seinem Blick nicht aus. »Richard und Geoffrey sind bei ihrem Reitlehrer. Dein anderer Sohn ist auch bei ihnen.«

»Ja, ich habe ihn gesehen, als ich gekommen bin.«

»Was hast du mit ihm vor?«

Henry legte die Hände um seinen Gürtel. »Er kann in meinem Gefolge als Knappe dienen, während ich mir ein Bild von ihm mache.«

Alienor nickte und vermied es, ihn weiter zu bedrängen.

Wenn sie die Kirche vorschlug, würde Henry den entgegengesetzten Weg einschlagen, und sie hatte seit dem Anfang ihrer Ehe dazugelernt. Jeoffreys Halbbrüder hatten ihn mit freundlicher Überlegenheit akzeptiert, und er hatte sich in die Rolle des Untergebenen gefügt – obwohl sie vermutete, dass sich mehr hinter dem Lächeln auf seinem Gesicht verbarg. Schließlich war er Henrys Sohn, und seine Mutter war eine Konkubine gewesen. Und das brachte sie zu einem anderen Punkt, den sie mit Henry besprechen musste.

»Kurz nach meiner Aussegnung sind Isabel und ich nach Woodstock hinübergeritten«, begann sie.

Henry hob milde und belustigt die Brauen. »Und?«

»Ich habe die Bauarbeiten gesehen, die in Everswell im Gange sind – nennt man das nicht einen ›italienischen Garten‹?« Sie kräuselte die Lippe. »Und ich habe deine Konkubine auf der Straße getroffen – die schöne Rosamund, so süß, dass sie Honig bluten würde, wenn man ihr einen Schnitt zufügt.«

Er sagte nichts, aber seine Miene versteinerte sich.

»Ich weiß, dass du bei anderen Frauen deine Lust stillst und in der Vergangenheit besondere Favoritinnen hattest. Ich habe es hingenommen, weil im Gegensatz zu allem, was die Kirche lehrt, Männer diejenigen sind, die den Schwächen des Fleisches eher erliegen. Frauen haben wesentlich mehr Grund zur Enthaltsamkeit. Aber wenn du sie am Hof vorführst, wenn du dich wie ein verliebter Narr benimmst und ihr ein schönes Haus und Gärten baust, wenn du sie aus einem Kloster holst … dann wird es ein Skandal. Es schwächt deine Position, und es zeugt von mangelndem Respekt mir und deinen Erben gegenüber. Wenn du schon auf deine Huren nicht verzichten kannst, dann mach dich wenigstens nicht zum Gespött der Leute. Hast du gedacht, ich würde es nicht erfahren, oder ist es dir egal, weil ich für dich nicht von Bedeutung bin?«

Sein Gesicht war immer dunkler angelaufen, aber sie hatte keine Angst. Die Zeit der Diplomatie war vorbei, und sie ließ ihrem Zorn und ihrer Verletztheit freien Lauf.

»Du trampelst rücksichtslos über andere hinweg, Henry, aber blickst du jemals über deine Schulter und wirfst einen Blick auf all deine blutenden Opfer, die sich mit Rachedurst im Herzen hinter dir erheben?«

Seine Stimme klang erstickt vor Wut. »Bei Christus, Madam, Ihr geht zu weit! Droht mir nicht.«

»Ich halte dir nur einen Spiegel vor und fordere dich auf hineinzublicken, um dich selbst zu sehen. Du bist derjenige, der zu weit gegangen ist, aber wer will einen König zur Verantwortung ziehen? Wer hat das Recht, ihn aufzuhalten? Ein Erzbischof?«

John quengelte, verlangte, wieder auf den Boden gestellt zu werden, und stolperte zu seinem Vater. »Papa.« Er zog sich an Henrys Beinen hoch. Henry achtete nicht auf ihn. Sein Blick bohrte sich in den von Alienor. »Mit Sicherheit nicht du.« Er verzog die Lippen.

»Das dachte ich mir schon.« Sie nickte bestätigend. »Dein Sohn ist ein heller Kopf, da er dieses Wort *in absentia* gelernt hat, obwohl ich nicht sicher bin, ob er weiß, was es bedeutet. Vielleicht weiß das keines deiner Kinder.«

Jetzt war Henrys Gesicht nicht mehr rot vor Zorn, sondern schneeweiß. »Ich warne Euch, Madam, fordert mich nicht heraus! Ich habe die Macht, Euch zu zerquetschen wie eine Wespe. Sie könnte mich stechen, wenn sie stirbt, aber sie ist trotzdem tot.« Er trat über John hinweg und stürmte aus dem Raum.

Alienor setzte sich auf die Bank und legte die Hände auf

ihren Magen. Der Gefühlsaufruhr in ihrem Inneren war so stark, dass es schmerzte. Sie hatte ihn verwundet, sich dabei aber selbst mehr geschadet. Sie hasste ihn, aber nur, weil ihr noch immer etwas an ihm lag. Sie musste zu einem Zustand seliger Gleichgültigkeit finden, und vielleicht würde ihr das gelingen, wenn sie zu Hause in Poitiers war.

34

Poitou, April 1168

Alienor schloss wonnevoll die Augen und kostete den warmen Sonnenschein aus, der beim Reiten auf ihr Gesicht fiel. In einem Monat würde die Sonne mittags heiß brennen, aber jetzt im Moment war das Wetter perfekt. Eine warme Brise wehte durch die Bäume, löste die letzten Kirschblütenblätter und zerrte sanft an den grünen Knospen an den Bäumen, die früher im Jahr schon Früchte getragen hatten. Der Himmel wies jenes wundervolle Blau auf, an das sie sich von ihrer Kindheit her erinnerte, und der Duft von frischem Grün und Frühling bewirkte, dass sie sich zum ersten Mal seit vielen Jahren jung und lebendig fühlte.

Alienor und Henry waren kurz nach Weihnachten nach Poitiers gereist. Henry hatte einige Zeit damit verbracht, rebellische Vasallen im Norden der Region zu unterwerfen und war dann in die Bretagne zurückgekehrt, um weitere Aufstände niederzuschlagen. Sie hatten mit förmlicher Höflichkeit voneinander Abschied genommen, und sie gingen unbeteiligt miteinander um, als sie den Friedenskuss tauschten. Vor sechzehn Jahren hatte er sie direkt nach der Heirat in Poitiers zurückgelassen und war davongeritten, um sich dringenderen Angelegenheiten an anderen Orten zu widmen. Damals hatte sie sich nach seiner Abreise hohl und leer gefühlt und war so von Lust und Liebe zu dem rothaarigen energiegeladenen jungen Mann erfüllt gewesen, dass sie nur noch den Wunsch verspürt hatte, das Gesicht in seinem Hemd zu vergraben, das er neben das Bett geworfen hatte, und von ihm zu träumen. Jetzt hatte sie ihre Erleichterung über seinen Aufbruch kaum verbergen können.

Sie schlug die Augen auf und blickte den kräftigen jungen Ritter an, der neben ihr auf dem sonnenüberfluteten Pfad ritt. Mit einer Hand hielt er die Zügel, die andere ruhte auf seinem Schenkel. Sie war Patrick of Salisburys Neffen William erstmals begegnet, als Thomas Becket seine für Frankreich bestimmte Menagerie zusammengestellt hatte. Damals war er ein lächelnder, verspielter Junge gewesen, der Harry vor sich auf einem der großen Zugpferde reiten ließ. Jetzt lernte sie William als Mann und Ritter im Gefolge des Grafen von Salisbury kennen und wusste seine Vorzüge zu schätzen. Er war höflich, ohne kriecherisch zu sein, intelligent, zuverlässig und scharfsinnig. Sie hatten denselben Humor. Sie mochte seine schöne Singstimme und den Umstand, dass er Musik und Liedgut genauso liebte wie sie. Seine Fähigkeiten gingen über das, was er bei Hof gelernt hatte, weit hinaus. Er hatte Kampferfahrung in Gefechten mit den Franzosen in der Normandie gesammelt und an zahlreichen Turnieren teilgenommen, in denen er sich einen gewissen Ruf erworben hatte.

Obwohl William entspannt im Sattel saß, war er zugleich auf der Hut und sah sich ständig nach allen Seiten um. Nach mehreren Aufständen von Alienors aufsässigen Vasallen mochte eine Waffenruhe herrschen, aber der Staub legte sich noch.

»Tragt Ihr auch auf ganz alltäglichen Reisen immer Euer Kettenhemd?«, fragte Alienor. »Ihr müsst doch in dieser Rüstung förmlich kochen.«

Er drehte sich um, um die Mitglieder ihres Gefolges auf dem Weg hinter ihnen zu mustern. Ein paar der Unteroffiziere trugen wattierte Tuniken, aber die Ausrüstung der Ritter war größtenteils auf Packpferde geladen worden, und die Schlachtrösser wurden an Leitzügeln geführt. »Ich habe gestern ein paar neue Glieder in mein Kettenhemd einsetzen lassen, Madam; dies schien mir eine gute Gelegenheit zu sein, um zu testen, ob sie sitzen oder ob noch mehr Reparaturen nötig sind.« Er krümmte den rechten Arm.

Sie musterte ihn genau und bemerkte ein Stück an seiner Schulter, an dem andersfarbige Glieder eingesetzt worden waren, die allerdings nicht neu wirkten. Als sie ihn danach fragte, verzog er das Gesicht. »Es passierte bei dem Kampf, in dem wir versuchten, Drincourt gegen die Franzosen zu verteidigen – kurz nachdem ich zum Ritter geschlagen worden war. Ein paar flämische Söldner trieben mich in die Enge und bohrten den Haken einer Dachstrohstange in mein Kettenhemd, um mich von meinem Pferd zu zerren. Es gelang mir, sie abzuwehren, aber sie rissen dreizehn Glieder aus dem Kettenhemd und schlitzten mir die Schulter auf.«

»Ihr hattet Glück, Euch befreien zu können.«

»Allerdings, Madam, obwohl ich mich damals gar nicht glücklich geschätzt habe«, gestand er mit einem reuevollen Schulterzucken. »Und ich habe immer noch eine Narbe.«

Alienor registrierte, dass seine Erfahrung aus dem Nahkampf von Mann zu Mann stammte; er hatte nicht nur als passiver Teil einer Truppe agiert. Vielleicht lohnte es sich, ihn Patrick abspenstig zu machen und ihn in ihr Gefolge aufzunehmen. »Ihr seid jetzt seit ein paar Monaten hier. Was haltet Ihr von Aquitanien?«, fragte sie. »Wie schneidet es im Vergleich zu England ab?«

»Man kann beide Länder nicht vergleichen, Madam, sie sind sehr verschieden.«

»Das ist eine höfliche Antwort«, lächelte sie.

»Aber eine zutreffende. Aquitanien ist ein Land des guten Weins und süßer roter Trauben. Zu England gehören Schafe und Ale und prasselnde Feuer…«

»…weil der Wind unter den Türen hindurchpfeift«, ergänzte Alienor.

Er grinste. »Zugegebenermaßen – aber das Weideland ist gut. Die Engländer stehen in dem Ruf, Tölpel und Trunkenbolde zu sein, die Streit anfangen – es sei denn, sie trinken so viel, dass sie nur noch in die Gosse fallen können. Aber sie sind zäh. Die Verwandten meiner Mutter waren hier schon Grundbesitzer, lange bevor William der Bastard an unsere Küsten kam. Es ist meine Heimat, aber im Moment genieße ich Aquitanien im April und reite lieber in meiner momentanen Gesellschaft.«

»Ihr werdet es noch weit bringen«, lachte Alienor. Sie neigte den Kopf zur Seite. »Jemand erzählte mir kürzlich, alle englischen Männer hätten Schwänze. Stimmt das?«

Er schielte mit einem übermütigen Funkeln in den Augen zu ihr hinüber. »Nicht mehr als all die anderen Männer, Madam, und keine, die Ihr je bemerken oder in guter Gesellschaft zu sehen bekommen würdet.«

»Das freut mich zu hören, Ihr habt mich außerordentlich beruhigt.«

Er verneigte sich im Sattel. »Wir sollten schneller reiten, wir fallen zurück.«

Alienor trieb ihre Stute mit einem Zungenschnalzen an. William entschuldigte sich und ritt zur Spitze, um sich zu seinem Onkel zu gesellen. Sie betrachtete wohlwollend seinen langen, geraden Rücken und die mühelose Art, mit der er sein Pferd lenkte. Es machte ihr Spaß, sich ungezwungen mit ihm zu unterhalten; sie hatten denselben Sinn für Humor, und er spielte das Spiel mit großem Geschick.

Sie machten Halt, um die Pferde an einem Strom etwas abseits des Weges zu tränken. Einige Mitglieder der Gruppe holten Proviant aus ihren Satteltaschen und begannen zu essen. Alienors Seneschall Geoffrey de Rancon war ihr beim Absteigen behilflich und reichte ihr einen Becher Wein, den sie dankbar leerte, denn ihre Kehle war von der staubigen Straße wie ausgedörrt.

Patrick of Salisbury trat zu ihnen. Der knochige Bogen seiner Nase war von der Sonne gerötet, und in den Falten an seinem Hals glitzerte Schweiß. »Wir sollten die Truppe enger zusammenhalten, Madam«, sagte er. »Wenn wir weit auf der Straße verteilt sind, kann man uns leichter angreifen.«

»Ich werde dafür sorgen, dass wir in geschlossener Formation reiten, wenn wir wieder aufbrechen«, versprach sie und fügte dann hinzu: »Euer Neffe hat mich auch schon darauf angesprochen, er ist ein prächtiger junger Mann.«

Patrick blickte zu William hinüber, der sein Pferd am Fluss tränkte und mit den jüngeren Rittern der Truppe über irgendetwas scherzte, das mit einer Maus im Bettzeug von einem von ihnen zu tun hatte. »Manchmal albert er herum, wie sie es in diesem Alter alle tun; und er isst genug, um eine ganze Truppe satt zu bekommen, geschweige denn einen einzigen Mann, aber ja, er zeigt Potenzial. Ich ...« Patrick drehte sich um, als ein Knappe, der sich in die Büsche geschlagen hatte, um seinen Darm zu entleeren, einen lauten Schrei ausstieß. »Hinterhalt!«, brüllte er, als er mit um die Schenkel flatternder Hose zu ihnen zurücklief. »Zu den Waffen!«

Alle stürzten Hals über Kopf zu den Pferden, schwangen sich in den Sattel und griffen nach ihren Waffen. Inmitten des Getümmels hob Patrick Alienor wieder auf ihre Stute. »Begleitet die Königin!«, donnerte er in Richtung von Geoffrey de Rancon. »Bringt sie in Sicherheit!« Er schlug der Stute mit der flachen Hand auf die Kruppe, fuhr dann herum und bellte seinen Männern Befehle zu, als bewaffnete Soldaten aus dem Wald geritten kamen. Alienor schlug das Herz bis zum Hals, als sie ihrer Stute die Sporen gab. Wenn sie gefangen genommen wurde, wusste nur Gott, was ihr bevorstand. Sie konnten Lösegeld für sie fordern, aber sie konnten sie auch genauso gut töten oder dafür sorgen, dass sie einen ›Unfall‹ erlitt. Hinter ihr zerrissen die Geräusche eines erbitterten Kampfes die Luft, und sie wusste, dass die Schreie der Sterbenden und Verwundeten größtenteils von ihren Begleitern stammten, die allesamt keine Rüstung trugen. Nur der junge William Marshal trug sein ausgebessertes Kettenhemd, aber was für eine Chance hatte er schon?

»Heilige Mutter Gottes!« Ihre Stute stolperte über eine Furche in der Straße, und sie wurde nach vorne und fast aus dem Sattel geschleudert. Sie liebte es zu galoppieren. Es war pure Wonne, ein schnelles, kräftiges Pferd unter sich zu spüren, aber sie hatte Angst, dass sie zu schnell dahinjagten und böse stürzen würden; doch wenn sie ihr Tempo verlangsamten, würden sie eingeholt und niedergemetzelt werden. Als sie versuchte, sich umzudrehen und zu sehen, ob sie verfolgt wurden, flatterte ihr der Schleier in die Augen und raubte ihr die Sicht. Henrys Schwester Emma galoppierte neben ihr, sie war zum Glück eine ausgezeichnete Reiterin.

De Rancon tauchte an ihrer Seite auf. »Langsamer«, brüllte er. »Madam, reitet langsamer, sonst fangen die Pferde an zu lahmen, und wir müssen noch viele Meilen zurücklegen, bevor wir in Sicherheit sind!«

Mit wild flackernden Augen zog Alienor die Zügel an und ließ die schnaufende Stute im Trab gehen. Das Pferd zitterte ebenso stark wie sie selbst. De Rancons Gesicht war vor Furcht und Sorge verzerrt. Die beiden anderen Ritter, die sich ihr angeschlossen hatten, atmeten schwer und wirkten sichtlich besorgt. Einer trug seine Rüstung, der andere seine übliche Tunika, aber er nutzte die Gelegenheit, um ein Lederwams aus seiner Satteltasche zu entnehmen, das er mit großer Mühe anlegte.

»Wir müssen nach Poitiers zurück, das ist am sichersten.« De Rancon fingerte am Griff seines Schwertes herum. »Aber wir nehmen eine andere Straße, nicht diese hier.«

Hinter sich hörten sie Hufgetrommel und sahen eine Staubwolke von der Straße aufsteigen. Alienor packte die Zügel fester und schluckte.

»Es sind unsere Männer«, stellte Geoffrey fest. »Dem Himmel sei Dank, sie gehören zu uns.«

Es waren vier, lädiert und verwundet. Ein Mann blutete stark; ihm fehlten an der rechten Hand die Enden der Finger bis zum ersten Knöchel, aber keiner war lebensgefährlich verletzt.

»Der Earl!«, keuchte einer, dabei spie er Blut und Teile von ausgeschlagenen Zähnen aus. »Sie haben unseren Herrn ermordet – ihn wie einen Fisch in einem Teich rücklings aufgespießt, bevor er an sein Pferd und seine Waffen gelangen konnte. Es ist ein Schlachtfeld.«

Alienor unterdrückte einen bestürzten Ausruf. Wenn Patrick, der Kommandant der angevinischen Militärtruppen in Aquitanien, niedergemetzelt worden war, was bedeutete dies dann für den Rest von ihnen? Es war kein Versuch gewesen, sie gefangen zu nehmen – die Feinde hatten sie töten wollen. Aber sie war am Leben und frei, auch wenn sie in großer Gefahr schwebte. Der Angriff war zum Teil fehlgeschlagen, und ihre Söhne befanden sich hinter verteidigten Mauern in Sicherheit.

»Wer?«, fragte sie. »Wisst Ihr, wer es war?« Sie würde

ihnen die Köpfe abschlagen lassen. Und die Arme und Beine. Sie würde ihre Knochen zu Staub zermahlen und sie im Meer verteilen.

»Guy und Geoffrey de Lusignan«, erwiderte der Ritter mit der verstümmelten Hand, während sein Gefährte sich aus dem Sattel beugte und die blutigen Stummel mit dem Tuch verband, in das er sein Brot und seinen Käse eingewickelt hatte.

Die de Lusignans waren Unruhestifter, die oft ihre Lehen im Norden von Poitou verließen, um Unheil anzurichten. Sechs Brüder, einer so schlimm wie der andere, mit einem ausgedehnten Netzwerk von Verbündeten; und sie zogen die unzufriedenen Bürger an wie Magnete. »Hierfür wird Vergeltung geübt werden.« Ihre Stimme klang rau von der Anstrengung, ihre Furcht und Wut im Zaum zu halten. »Die de Lusignans werden dafür zahlen, das schwöre ich.«

Die heiße Nachmittagssonne brannte auf ihre Rücken, als sie auf ihren vor Schweiß triefenden Pferden in Poitiers einritten. Alienor bewahrte eine stolze Haltung, aber sie war am Boden zerstört. Seit vielen Meilen hatte niemand mehr ein Wort gesprochen. Was gab es schon zu sagen, wenn man plötzlich damit konfrontiert wurde, wie plötzlich man aus dem Leben gerissen werden konnte, egal wer man war? Mit der feigen Heimtücke, einem Mann einen Speer in den Rücken zu rammen? Alienor dachte an den jungen Ritter William Marshal, an die Unterhaltung und die Scherze, mit denen sie sich beim Reiten die Zeit vertrieben hatten und daran, dass sie vorgehabt hatte, ihn dauerhaft in ihre Dienste zu nehmen. Ein Bild, wie er tot und blutig neben seinem Onkel im Staub lag, flammte vor ihrem geistigen Auge auf, und ihr wurde übel.

Die Nachricht von ihrer Rückkehr hatte sich schon im Palast verbreitet, und allen war klar, dass ein Unglück geschehen sein musste. Ela, die Gräfin von Salisbury, gehörte zu den Ersten, die herbeieilten, als Alienor und ihre Eskorte eintrafen. Ela war eine zu erfahrene Soldatenfrau, um in Gegenwart aller anderen zu fragen, was passiert war, aber ihr Rückgrat war starr vor Anspannung. Der Ritter mit den abgetrennten Fingern, der wegen des Blutverlustes schwankte und von Schwindel geplagt wurde, wurde zu einem Arzt gebracht. Alienor begab sich unverzüglich in ihre Kammer und gab Anweisung, dass der Hauptmann der Garnison und der Rest der älteren Ritter sie dort aufsuchen sollten. Dann wandte sie sich an Ela, um ihr zu berichten, was geschehen war.

»Tot?«, wiederholte Ela tonlos. »Patrick ist tot?« Sie starrte Alienor ungläubig an. »Das kann nicht sein.«

»Es tut mir leid«, erwiderte Alienor. »Wenn ich den heutigen Tag rückgängig machen und neu beginnen könnte, würde ich es tun.«

Ela holte tief Atem und presste eine Hand auf ihr Herz. »Und Patricks Neffe William? Ist er auch umgekommen?«

»Das weiß ich nicht, Mylady.« Alienor wappnete sich gegen aufsteigende Emotionen. Die Tränen konnten später kommen, jetzt musste sie sich um andere Dinge kümmern. Briefe mussten geschrieben, Hilfe gesucht und Männer zusammengerufen werden. »Ich hoffe nicht.«

Ela presste die Hände so fest zusammen, dass die Knöchel weiß hervortraten, und nickte. Die Neuigkeiten hatten sie offenbar schwer getroffen, aber sie hatte das Ausmaß des Schlages noch nicht realisiert. »Ich muss jetzt gehen und beten und anschließend meinem Sohn in England eine Botschaft schicken. Ihr werdet mich entschuldigen.«

Alienor nahm Elas Hand und drückte sie. »Ja, natürlich. Ich werde zu Euch kommen, sobald ich alles erledigt habe, was jetzt zu tun ist.«

Ela zog sich mit ihren Zofen zurück; sie ging, als stünde sie im Begriff, sich in Stein zu verwandeln. Alienor wusch sich das Gesicht und wechselte ihr von der Reise verschmutztes Gewand. Ihre Hände zitterten, als sie einen Becher Wein trank. Nirgendwo war es mehr sicher, und trotz all seiner Energie und seines Mutes konnte Henry sie nicht beschützen. Er würde kommen und lange genug bleiben, um die schlimmsten Probleme zu beheben. Nach einiger Zeit würde er jedoch abreisen, ohne eine dauerhafte Lösung gefunden zu haben, und alles würde von vorne beginnen.

Sie war geübt darin, diplomatische Schlachten auszufechten, aber um in Aquitanien Autorität auszuüben, waren auch das Schwert und das Streitross vonnöten – und keine Frau konnte einen solchen Weg einschlagen. Selbst die unnachahmliche Kaiserin Matilda hatte Autorität an ihren Halbbruder Robert of Gloucester abtreten müssen, weil die Männer ihm folgten und ihr den Gehorsam verweigerten. Wenn Richard alt genug war, konnte er die Rolle des Kriegsherrn übernehmen, aber noch war die Zeit nicht reif dafür. Sie musste durchhalten und mit diesen Dingen fertigwerden, so gut sie konnte.

»Geh und führe die Männer herein«, befahl sie ihrem Haushofmeister in einem bestimmten Tonfall, der nichts von ihren Zweifeln verriet. »Ich werde jetzt mit ihnen sprechen.« Und sie würden ihren Zorn und ihre Trauer sehen, aber niemals ihre Furcht.

Ein Soldatentrupp ritt zu der Stätte des Hinterhalts und kehrte mit den Leichen der Getöteten auf einem bedeckten Karren zurück, den sie zur Kirche Saint-Hilaire brachten.

Alienor wappnete sich für den Anblick der Toten, die nebeneinander auf großen grauen Tüchern in einem abgeschirmten Teil des Kirchenschiffs aufgereiht wurden. Da Patrick of Salisbury auf dem Rücken lag, war die grässliche Speerwunde, die sein Leben beendet hatte, nicht zu sehen. Sein Hemd war jedoch mit dem Blut getränkt, das aus seinem Mund geflossen war. Jemand hatte versucht, seine Augen zu schließen, und ihm das Gesicht abgewischt, aber seine Lider standen immer noch halb offen, und seine leicht geöffneten Lippen enthüllten rotfleckige Zähne.

Ela hatte darauf bestanden, den Leichnam ihres Mannes zu sehen; sie hatte gesagt, es wäre ihre Pflicht, und als seine Frau wäre sie ihm dies schuldig, aber der Anblick war schaurig. Sie betrachtete ihn, wobei jegliche Farbe aus ihrem Gesicht wich. »Als er heute Morgen fortritt, war ich böse auf ihn«, sagte sie leise. »Er hat seinen Jagdhundwelpen in die Kammer gelassen, und dieser hat meine bestickten Schuhe zernagt. Er sagte, ich solle mich nicht wie ein hohlköpfiges Frauenzimmer benehmen, das über Kleinigkeiten jammert, und ich nannte ihn einen rücksichtslosen groben Klotz …« Sie schluckte ein paar Mal.

Alienor berührte sie am Arm.

»Er hat immer sein Bestes gegeben«, fuhr Ela fort. »Er war ein Ehrenmann, auf den ich stolz sein konnte, und er starb in Ausübung seiner Pflicht. Über ein Paar zernagte Schuhe zu klagen ist wirklich nichts als die Torheit einer Frau.« Ein Schauer lief ihr über den Körper. »Er soll in Poitiers begraben werden.« Sie gewann ihre Fassung zurück. »Bei diesem schönen Wetter ist der Heimweg zu lang, und er liebt diese Kirche.«

»Es soll so geschehen, wie Ihr es wünscht«, versprach Alienor.

»Danke.« Ela wischte sich mit dem Zeigefinger über die Haut unter ihren Augen. »Wenigstens bekommt er ein christliches Begräbnis und eine Grabstätte, an der seine Verwandten trauern können. Meinem ersten Mann, Gott sei seiner Seele gnädig, war dies nicht vergönnt.«

Alienor bewunderte Elas nüchterne Denkweise. Der erste Mann der Gräfin, Isabels Vater, war ebenfalls bei einem Hinterhalt umgekommen; die Türken hatten ihn niedergemetzelt und seine Überreste auf den verlassenen Höhen des Berges Kadmos zurückgelassen. »Ja, ich werde dafür sorgen, dass er ein angemessenes Grabmal erhält.«

Dann ließ Alienor den Blick über die anderen Leichen schweifen, voller Trauer und Wut darüber, dass dies hatte geschehen können. Als sie das Ende der Reihe erreichte, keimte jedoch ein kleiner Funken Hoffnung in ihr auf. »Der Neffe des Grafen befindet sich nicht unter den Toten«, stellte sie fest. »Wo ist William Marshal?«

Ein Ritter aus der Gruppe, die die Leichen geborgen hatte, antwortete ihr. »Sein Pferd haben wir tot dort aufgefunden, aber von ihm fehlte jede Spur. Ich vermute, er wurde gefangen genommen, um Lösegeld zu erpressen.«

Aus dem Hoffnungsfunken wurde eine kleine Flamme. William war einer der wenigen gewesen, die ein Kettenhemd getragen hatten, was ihn sofort als Mann von Rang und Stand ausgewiesen hatte. Patrick in seiner alten Reittunika musste als unbedeutend betrachtet worden sein – nur ein weiterer Diener, den man abschlachten konnte.

»Wenn er wirklich festgehalten und Lösegeld gefordert wird, dann werde ich die Summe bezahlen. Schließlich ist er in Gefangenschaft geraten, während er mich zu schützen versucht hat«, sagte sie zu Ela.

»Das ist sehr gütig von Euch, Madam.« Elas Stimme klang dünn und gedankenverloren.

Zwei Frauen, die sich gegenseitig stützten, kamen näher.

Eine war alt und zahnlos, die andere in den mittleren Jahren. Während sie sich aneinanderklammerten, schritten sie die Reihen von Toten ab und betrachteten jeden eindringlich. Plötzlich stieß die Jüngere einen markerschütternden Schrei aus und fiel neben einem Leichnam auf die Knie. Sie versuchte ihn anzuheben und an sich zu drücken, doch die Totenstarre hatte bereits eingesetzt. Stattdessen warf sie sich über den blutbespritzten Körper und weinte laut. Ihre Begleiterin gab ein Stöhnen von sich, als habe man ihr ebenfalls eine tödliche Wunde zugefügt. »Mein Sohn.« Ihre Stimme brach. »Mein Junge, was haben sie dir angetan?« Sie kniete sich mühsam neben die jüngere Frau und stimmte eine Totenklage an.

Alienor zwang sich, in der Kirche zu bleiben und den herzergreifenden Schmerz der Ehefrau und der Mutter mitzuerleben. Dort, wo Frieden und ehrerbietige Gebete zu Gott hätten vorherrschen sollen, hallten Schreie des Entsetzens und der Verzweiflung über die Leichen der Getöteten hinweg. Sie hatte Kinder im Babyalter verloren, und sie dachte oft an das Leben, das ihnen verwehrt geblieben war; aber einen Sohn, Mann oder Vater in der Blüte seiner Jahre verlieren zu müssen war in der Tat ein bitterer Fluch.

Ela hatte sich nicht über Patrick geworfen wie die beiden Bauersfrauen über ihren geliebten Toten, aber sie verkündete ruhig, dass sie ihn selbst waschen und herrichten wollte, bevor er auf dem Altar aufgebahrt wurde. Sie hatte sich mit einem steinernen Mantel der Selbstbeherrschung umgeben. »Ich werde nie wieder heiraten«, sagte sie mit trockenen Augen. »Nie wieder.«

35

Poitiers, Sommer 1168

Nach dem Überfall hatten die de Lusignan-Brüder die Flucht ergriffen und führten ein Nomadenleben. Sie reisten von einer Burg zur nächsten und verbrachten nie mehr als eine Nacht an einem Ort, damit sie nicht gefasst und vor Gericht gestellt werden konnten. Henry ließ den Waffenstillstand, den er mit den Franzosen ausgehandelt hatte, und seine fortdauernden Probleme in der Bretagne zurück und ritt gen Süden, so schnell er konnte.

Als er von der Reise schlammbespritzt in Poitiers eintraf, begab er sich auf direktem Weg in die Kirche Saint-Hilaire und stand mit geballten Fäusten und zu einem schmalen Strich zusammengepressten Lippen am Grab von Patrick of Salisbury.

»Er war einer meiner fähigsten Kommandanten«, sagte er zu Alienor. »Sein Verlust ist ein schwerer Schlag. Gott schenke seiner Seele Frieden, und Gott lasse seine Mörder in der Hölle verrotten.«

»Amen«, murmelte Alienor. Sie registrierte die Erschöpfung in seinem Gesicht, die Furchen, die zuvor noch nicht dort gewesen waren, und empfand fast Mitleid mit ihm.

»Ich kann nicht selbst hierbleiben, um die Dinge zu regeln«, erwiderte er ungeduldig. »Dazu fehlt mir die Zeit. In der Bretagne herrschen Unruhen, und ich vertraue nicht darauf, dass Louis sich an den Waffenstillstand hält. Für dieses Problem hier kann ich nur ein paar Tage erübrigen.«

Alles drohte ihm zu entgleiten; aber sie sah ihm an, dass er eher allen Dämonen der Hölle entgegentreten würde, als seine Schwäche zuzugeben. Er war immer noch entschlossen, absolute Kontrolle auszuüben. »Dann werden ein paar Tage reichen müssen.«

Er blickte sie finster an und knabberte an einem abgekauten Daumennagel. »Ich dachte, ich könnte ihre rebellischen Neigungen ersticken, indem ich dich in das Herzogtum schicke. Ich habe nicht damit gerechnet, so rasch selbst herkommen und mich um alles kümmern zu müssen.«

Sie hob die Brauen. »Ich hoffe, du gibst nicht mir die Schuld.«

»Nein«, entgegnete er knapp. »Aber deine Untertanen sind streitlustig und nur schwer zu beherrschen.«

Sein Tonfall signalisierte, dass sie sich in seinen Augen nur wenig von ihren Untertanen unterschied. »Das hat dich nicht davon abgehalten, mich zu heiraten. Wenn ich mich recht erinnere, warst du sogar sehr erpicht darauf.«

»Vielleicht war ich zu jung, um zu wissen, worauf ich mich mit dieser Ehe einlassen würde.«

»Vielleicht hätte ich es mir auch anders überlegen sollen, bevor es zu spät war.«

Sie funkelten sich böse an, dann wandte sich Henry wortlos ab und verließ die Kirche. Alienor seufzte, entzündete eine Kerze und kniete nieder, um zu beten.

»Ich werde William de Tancarville an Patricks Stelle zum Statthalter ernennen«, verkündete Henry. »Er ist mit der Kriegsführung an der Grenze vertraut und wird die de Lusignans in Schach halten.« Er hob seinen Kelch und trank. Gewaschen und in frischen Kleidern, schritt er in seiner Kammer hoch oben im Maubergeonne-Turm auf und ab und schmiedete Pläne.

Alienor presste die Lippen aufeinander, neigte aber den Kopf. De Tancarville gehörte zu der Sorte Mann, die glaubte, die Welt würde sich allein um sie und ihre Wünsche drehen. Zumindest war er aber höflich und ritterlich, ein Patron galanter junger Ritter.

»Ich muss jemanden finden, der ihn in der Normandie ersetzt, aber das ist ein geringeres Problem als deine Barone.«

Alienor nahm die Spitze kommentarlos hin. Ihre Barone hatten sich stets eigenwillig und wenig geneigt gezeigt, einen starken Herrscher zu akzeptieren, ob es sich nun um einen Mann oder eine Frau handelte. Dies war Henry bewusst gewesen, als er sie geheiratet hatte. »Patricks Neffe William Marshal«, sagte sie. »Er hat den Hinterhalt überlebt, und die de Lusignans fordern ein Lösegeld in Höhe von dreißig Mark für ihn. Ich habe der Gräfin von Salisbury gesagt, ich würde die Summe bezahlen.«

Henrys Mundwinkel hoben sich zu einem leisen, spöttischen Lächeln. »Ein weiteres von deinen Projekten?«

Sie strich ihren Ärmel glatt. »Ich glaube, er ist es wert, dass man ihn fördert. Er hat sowohl seine Loyalität als auch sein Kampfgeschick unter Beweis gestellt.«

»Du könntest eine schlechtere Wahl treffen, obwohl es sich noch herausstellen muss, ob dreißig Mark für ihn ein gutes Geschäft sind«, meinte er. »Sein Vater war treu und zuverlässig, hatte aber seinen eigenen Kopf, und sein älterer Bruder dient mir gut.« Henry füllte seinen Becher erneut und wechselte nach einem Moment das Thema. »Dieser Waffenstillstand, den ich mit den Franzosen aushandele … eine der Bedingungen, auf die wir uns geeinigt haben, ist eine Verlobung von Richard mit Louis' Tochter Alais.«

Alienors Magen sackte nach unten. Sie starrte ihn voller Entsetzen an. »Ist ein Sohn nicht genug für dich?«, fragte sie.

»Wie konntest du? Diesem Plan werde ich nie zustimmen, niemals!«

Henry seufzte entnervt. »Wir haben über all das gesprochen, bevor Harry verlobt wurde. Die Verbindung wird unsere Grenzen sichern und Frieden schaffen. So können uns die Feindseligkeiten der Franzosen gleichgültig sein, und wir müssen uns auch keine Sorgen darüber machen, mit wem Louis das Mädchen sonst verheiraten könnte. Die Töchter, die du ihm geboren hast, haben in die Familie Blois eingeheiratet, und wir müssen Gegenmaßnahmen ergreifen. Es wird gut für die Jungen sein. Zwei Brüder, die mit zwei Schwestern verheiratet sind – das wird unsere eigenen Familienbande stark halten.«

Bei der Vorstellung, Louis' Tochter könnte die zukünftige Herzogin von Aquitanien werden, wurde ihr übel. Sogar in ihrem poitevanischen Stammland machte Henry ihr Vorschriften. Richard würde Alais niemals heiraten. Ihr Entschluss stand in diesem Moment so fest, dass sie sich augenblicklich beruhigte. »Wie du willst«, sagte sie und hatte die Befriedigung, Henry völlig verwirrt zu sehen. Er hatte sich ganz offensichtlich auf einen Kampf eingestellt. Seine Augen verengten sich misstrauisch, und als sie seinen Blick gleichmütig erwiderte, deutete er mit dem Finger auf sie. »Ich warne dich – versuch nicht, meine Pläne zu durchkreuzen«, sagte er. »Ich werde dich genau im Auge behalten.«

Richards blaue Augen weiteten sich vor Schock und füllten sich dann mit Zorn und Abscheu. »Ich soll mit Alais von Frankreich verlobt werden? Der jüngeren Schwester der Frau meines Bruders? Sie ist ein Nichts, und ich werde sie auf keinen Fall heiraten. Ich will mit überhaupt niemandem verlobt werden.«

Alienor hatte Richard in ihre Kammer befohlen, um ihm die Neuigkeiten mitzuteilen. Mit trotzig vorgeschobenem Kinn stand er vor ihr. Er war ein lebensfroher, schöner Junge, und ihr blutete das Herz. »Dein Vater hält es für notwendig, um den Frieden mit Frankreich zu besiegeln. Ich kann seine Entscheidung, dich zu verloben, nicht rückgängig machen, aber zum Heiraten bist du zu jung.«

»Das war mein Bruder auch, und trotzdem blieb es ihm nicht erspart«, zischte Richard.

»Dir wird es erspart bleiben«, erwiderte Alienor bestimmt. »Das schwöre ich dir bei den Gebeinen meiner Vorfahren. Vielleicht musst du eine Verlobung über dich ergehen lassen, aber sie wird nicht zu einer Hochzeit führen, das verspreche ich dir.«

Richard schwieg, während er ihre Worte verarbeitete. Dann sagte er: »Wenn ich Herzog von Aquitanien bin, dann tue ich, was ich will und heirate, wen ich mir aussuche.« Er warf ihr einen hitzigen Blick zu. »Und niemand wird mich daran hindern.«

Ob seiner wilden Entschlossenheit floss Alienors Herz vor Liebe, Stolz und Traurigkeit zugleich über. Heiraten war immer eine Frage der Wahl – aus politischen Gründen. Dieses Kind an der Schwelle zum Mann war einer der seltenen Segen, die ihr die Ehe mit Henry eingetragen hatte, und sie würde Richards Vater nicht gestatten, seinen strahlenden Glanz zu trüben. »Nein«, bestätigte sie. »Du wirst immer ein Spieler sein, nie eine der Schachfiguren.«

Die Augustsonne brannte auf Poitiers hinab und saugte das Blau des Himmels auf, bis nur noch gleißendes Weiß übrig war. Das Holz der Häuser war fast zu heiß, um es zu berühren, und das Glitzern der Zaumzeugbeschläge blendete jeden, den die Strahlen zufällig trafen. Eidechsen badeten in der Sonne, Hunde streckten sich in dem Schatten unter den Karren aus, und die Menschen zogen sich tief in ihre Häuser zurück, um dort auszuharren, bis die Hitze nachließ.

In dem durch dicke Steinmauern geschützten Herzogspalast hielt Alienor Hof. Richard, dessen rotgoldenes Haar von einem Goldreif gehalten wurde, befand sich an ihrer Seite.

Die Verhandlungen mit Frankreich nahmen ihren Fortgang, ebenso wie die sporadische Kriegsführung, und Henry war in der Normandie, um die Situation zu klären. William de Tancarville hatte alles darangesetzt, die poitevanischen Rebellen unter Kontrolle zu halten und die von der de Lusignan-Partei ausgehende Bedrohung abgewehrt – jedenfalls vorerst. Alienor glaubte nicht allzu optimistisch daran, dass sich ihre ehrgeizigen kriegerischen Neigungen lange unterdrücken ließen, aber im Moment war alles relativ ruhig.

Der nächste Bittsteller, der zu dem Podest gerufen wurde, war Patrick of Salisburys Neffe William Marshal, der kürzlich freigekauft worden war. Vor zwei Tagen war er nach Poitiers zurückgekehrt, nachdem seine Häscher eine Lösegeldsumme in Höhe von dreißig Mark erhalten hatten.

Alienor hatte dem jungen Mann neue Kleider aus ihrem Vorrat geschickt. Er trug ein frisches Hemd aus weichem Leinen, eine rostrote Tunika und eine eng anliegende blaue Hose. Als er durch die Halle ging, lag ein leichtes Zögern in seinen Schritten. Noch immer erholte er sich von der Beinwunde, die er in dem Gefecht, in dem sein Onkel gefallen war, davongetragen hatte. Er kniete jedoch ohne Schwierigkeiten nieder und senkte den Kopf. Sie registrierte wohlwollend, dass er sich mit seinem Äußeren auch sonst Mühe gegeben hatte; sein sauber gestutztes braunes Haar, sein glatt rasiertes Gesicht und ein Duft nach Kräutern deuteten darauf hin, dass er ein Badehaus sowie einen Barbier aufgesucht hatte. Aus der Nähe bemerkte sie aber die dunklen Schatten unter seinen Augen und dass er auch dünner war als vor seiner Gefangenschaft. Trotz allem besaß er immer noch seine alte Vitalität und Kraft.

»Kommt, setzt Euch zu mir.« Mit einem Schwenken ihres Ärmels deutete sie auf einen Stuhl zu ihrer Linken. Er stand etwas tiefer als ihr Sessel, galt aber dennoch als Ehrenplatz. »Jetzt, wo Ihr zu uns zurückgekehrt seid, müssen wir uns Gedanken um Eure Zukunft machen.«

»Madam.« Er tat, wie ihm geheißen. Es gelang ihm, sich trotz der Länge seiner Gliedmaßen anmutig auf dem Stuhl niederzulassen.

»Ich weiß, dass Ihr nichts besitzt«, sagte sie sanft.

Sie las aufflackernde Betroffenheit in seinen Augen, die rasch verdrängt wurde, und kannte den Grund dafür. Ein Ritter, der nichts hatte, konnte leicht bedeutungslos werden. Und über die Betroffenheit hinaus erkannte sie seinen Schmerz darüber, zugeben zu müssen, dass er ihr für seine Freiheit zu Dank verpflichtet war. »Madam, das ist richtig, mir bleibt nur noch meine Ehre.«

Alienor nahm seine Antwort mit einem Lächeln zur Kenntnis. »Nun, allein Eure Ehre ist die höchste Lösegeldsumme wert, und ich habe vor, Euch dabei zu helfen, Euren eigenen Weg in der Welt zu gehen. Ihr werdet eine Ausrüstung brauchen, wenn Ihr mich weiterhin so mutig beschützen und mir dienen wollt, wie Ihr Eurem heldenhaften Onkel gedient habt.«

William erwiderte nichts darauf, aber seine Kiefermuskeln hatten sich angespannt.

»Ich habe jetzt seinen Platz eingenommen, und es obliegt mir, für Euer Wohlergehen zu sorgen und Euch auszurüsten. Ihr seid in meine Verantwortung übergegangen.«

»Madam, es ist eine große Ehre und ein bedeutendes Privileg, das Ihr mir zukommen lasst – etwas, das ich Euch nie vergelten kann.«

»Ich stehe in Eurer Schuld«, erwiderte sie. »Und Ihr könnt es mir am besten vergelten, indem Ihr mir treu dient. Ich habe während Eurer Abwesenheit dafür gesorgt, dass Euer Zweitschlachtross versorgt wird, und ich werde Euch einen Hengst als Ersatz für den schenken, den Ihr verloren habt, ebenso wie ein Reittier und ein Packpferd. Sie warten in meinen Ställen auf Euch.«

Seine Augen schwammen plötzlich in Tränen, und er schluckte. »Verzeiht mir, Madam. Ich bin von Eurer Güte überwältigt. Ich hätte mir nie träumen lassen, derartige Dinge angeboten zu bekommen.«

»Es wäre töricht von mir, sie Euch nicht zu gewähren und Euch so als Ritter an mich zu binden«, gab sie kopfschüttelnd und mit einem Lächeln zurück. »Es geschieht nicht nur aus purer Freundlichkeit, William.« Seine aufrichtige Antwort rührte sie und bestärkte sie in ihrer Meinung von ihm. Am Hof wimmelte es von Zwietracht und Kriecherei sowie den Machtspielen junger Männer, die auf der Karriereleiter nach oben wollten und dabei rücksichtslos auf die Hände ihrer Gefährten traten. William hatte eine ungezwungene Art; er wusste instinktiv zur richtigen Zeit das Richtige zu sagen, aber seine Tränen und der raue Unterton seiner Stimme deuteten auch auf mehr Tiefgang hin.

»Ihr müsst Euch für Euer neues Kettenhemd Maß nehmen lassen und bestellen, was Ihr an Waffen und Ausrüstung von meinem Waffenschmied benötigt«, fuhr sie fort. »Wendet Euch an meinen Kanzler, er wird Euch die erforderlichen Bezugsscheine ausstellen.« Sie griff neben ihren Stuhl und förderte einen prall mit Münzen gefüllten Lederbeutel zutage.

»Das ist für Eure unmittelbaren Ausgaben. Von diesem Moment an seid Ihr ein in Lohn und Brot stehender Ritter meines Gefolges.« Nachdem sie ihm den Beutel überreicht hatte, wartete sie, bis er seine Fassung wiedergewonnen hatte, und dann nahm sie seine Hände zwischen die ihren und gab ihm den Friedenskuss auf seine glatt rasierte Wange. Rosmarin, dachte sie. Und Kiefernnadeln. »Wir sprechen später weiter.«

Er verneigte sich, und sie beobachtete mit Wärme im Herzen und einem Lächeln auf den Lippen, wie er sich entfernte. Für eine bescheidene Geldsumme und ein paar gute Ausrüstungsgegenstände hatte sie ihr Gefolge soeben um einen talentierten jungen Mann von Format verstärkt, und sie war mit dem Handel sehr zufrieden.

Sie wandte sich an Richard. »Merk dir die Männer, von denen du glaubst, dass sie dir nützlich sein werden. Behandele sie gut, und sie werden es dir hundertfach vergelten.«

Er sah sie unschuldig an. »So wie Papa Thomas Becket behandelt hat?«

»Du erntest, was du säst«, erwiderte sie. »Ich denke, du verstehst mich.«

»Ja, Mama. Verleih nur Männern Macht, denen du traust, und achte immer darauf, dass du über mehr Macht verfügst als sie.«

Alienor lächelte. »Ganz genau.«

36

Poitiers, Januar 1169

In einen zobelgefütterten Umhang gehüllt, blickte Alienor aus ihrem Fenster im Maubergeonne-Turm in einen bitterkalten Wintermorgen hinaus. Raureif versilberte die Dächer und bedeckte den Boden wie körniger Hutzucker. In der grauen Morgendämmerung blies William Marshal in seine Hände, während er einen aus Packpferden und Dienern bestehenden Gepäcktross überwachte. Er trug seinen eigenen schweren Winterumhang – ein Weihnachtsgeschenk von ihr – und eine pelzgesäumte Kappe, die er sich tief über die Ohren gezogen hatte.

Seit seiner Rückkehr aus der Gefangenschaft hatte Alienor eine Veränderung an ihm bemerkt. Die Arroganz junger Ritterwürde war in etwas Tieferes und Ernsteres übergegangen, obwohl er sich sein Herzen brechendes Lächeln und den Glanz in seinen Augen bewahrt hatte. Sie übertrug ihm eine große Verantwortung, indem sie ihm Richard anvertraute, den er zu seinem Vater nach Montmirail bringen sollte, wo eine Konferenz mit den Franzosen stattfand – dazu bestimmt, Frieden und Stabilität für die Zukunft aller zu sichern.

Sie beobachtete, wie er zu seinem neuen Schlachtross ging, ihm über die Nase strich und in seine Nüstern blies. Beausire war ein mächtiger dunkler Rotschimmel, bei Weitem das beste Tier in ihrem Stall. Selbst viele Ritter, die älter waren als William, besaßen kein Streitross von dieser Qualität. Das

Pferd hatte Alienor mehr gekostet als Williams Lösegeld, aber sie hatte gewollt, dass er das Beste bekam.

Der Hengst stupste William an, hoffte auf einen Leckerbissen, und William hielt ihm auf der flachen Hand ein Stück Brot hin. Alienor sah den Stolz auf dem Gesicht des jungen Ritters, während er den Moment mit seinem Pferd auskostete, und sie lächelte vor Freude darüber, dass beide ihr gehörten. Als würde er spüren, dass sie ihm zusah, hob William den Kopf und blickte zu ihrem Fenster auf. Er tätschelte den Hals des Hengstes, sprach kurz mit seinem Knappen und steuerte auf den Turm zu.

Alienor zog sich vom Fenster zurück und setzte sich an ihren Stickrahmen vor dem Feuer. Die beiden dösenden Jagdhunde hoben die Köpfe und klopften mit den Ruten auf den Boden. Da sie sie nicht ermutigen wollte, auf ihren Schoß zu springen, ignorierte sie die Tiere. Kurz darauf führte ihr Haushofmeister William in die Kammer.

»Madam.« William kniete vor ihr nieder und fiel augenblicklich den Hunden zum Opfer, die ihn mit begeistertem Abschlecken und Schwanzwedeln begrüßten. Alienor lachte über seine Zwangslage und bat ihn, sich zu erheben und sich zu ihr auf die Bank zu setzen. Er streichelte die Hunde, sprach sie mit ihren Namen an und rieb ihre Ohren, während sie ihn anstießen, mit der Zunge über seine Hände fuhren und Aufmerksamkeit verlangten.

»Ist alles bereit?«, fragte sie.

»Ja, Madam, es ist alles vorbereitet.« Er lächelte wehmütig. »Nachdem ich all das organisiert habe, weiß ich die Fähigkeiten meines Vaters noch mehr zu schätzen.«

»Ich kannte ihn nicht gut, aber gut genug, um in ihm einen findigen Mann zu erkennen.«

»Das war er allerdings, Madam – und das musste er auch.«

Alienor hatte die Geschichte, wie William als Kind beinahe gehängt worden wäre, schon gehört. Er war als Pfand für den Treueeid seines Vaters gegenüber König Stephen in Geiselhaft genommen worden. John FitzGilbert hatte diesen Eid aufgrund des verpflichtenden Bündnisversprechens an Henry und die angevinische Sache gebrochen, und nur König Stephens weiches Herz hatte William vor dem Galgen bewahrt. William musste einiges über den Preis der Loyalität wissen, und das hatte ihm Kraft verliehen, von der er zehren konnte. »Ich vertraue Euch meinen Sohn an«, sagte sie. »Beschützt ihn auf der Straße, und liefert ihn unversehrt bei seinem Vater ab.«

»Und wenn es mich das Leben kostet, das schwöre ich, Madam.«

»Ich weiß, dass Ihr das nicht nur im wörtlichen Sinne meint.« Sie zog einen Ring von ihrem Mittelfinger ab und legte ihn zusammen mit einem Beutel Silber für notwendige Ausgaben auf der Reise in seine Hand. »Ich möchte, dass Ihr mir alles berichtet, was Ihr in Montmirail seht und hört. Ich bitte Euch nicht, für mich zu spionieren, aber ich möchte, dass Ihr die Augen offen haltet und Eindrücke sammelt – und ich möchte wissen, wie meine Söhne sich benehmen.«

Ein verstehender Ausdruck huschte über sein Gesicht. »Es ist mir eine Freude, Euch zu dienen, Madam.«

»Dann handelt nach eigenem Gutdünken.«

William kniete erneut vor ihr nieder und verließ mit raschen, selbstbewussten Schritten den Raum.

Alienor nahm ihren Platz vor dem Feuer wieder ein und blickte in die rote Glut. Sie hatte Weihnachten in Poitiers verbracht, während Henry das Fest in Argentan gefeiert hatte. Ein weiteres Weihnachten, an dem sie voneinander getrennt waren und das die Kluft zwischen ihnen vergrößerte. Doch das war ihr nur recht. Als Herrin ihres eigenen Hofes hatte sie die Gesellschaft und die fröhliche Stimmung genossen – die Spiele, die Lieder, die Kameraderie einer Versammlung, bei der die Normannen, Angeviner und Engländer Außenseiter waren.

Sie hatte Henry nicht vermisst. Die einzige Wolke an ihrem Himmel hatte darin bestanden, dass sie zwar Königin von England, Herzogin der Normandie und Gräfin von Anjou war, all diese Titel jedoch hohl und leer klangen, weil Henry sie in Aquitanien an den Rand gedrängt hatte. Sie war zu dieser Besprechung in Montmirail nicht eingeladen worden, ihre Söhne dagegen schon. Harry sollte Louis im Namen der Normandie in Frankreich huldigen, und Geoffrey würde im Namen der Bretagne dasselbe für seinen Vater tun. Richard würde für Aquitanien vor Louis niederknien und mit seiner Tochter Alais verlobt werden. Wann immer sie an diese spezielle Klausel des Vertrags dachte, wurde Alienor übel; sie war noch immer fest entschlossen, es nicht zu einer Hochzeit kommen zu lassen.

Richard erschien, um sich von ihr zu verabschieden. Seine Augen leuchteten vor Vorfreude. Er war für die Reise in einen schweren, mit Eichhörnchenfell gefütterten Umhang gekleidet und trug einen blauen Wollhut, dessen Hutband mit goldenen Löwen und Adlern bestickt war. Ein geprägter Gürtel, an dem ein schöner neuer Dolch hing, schlang sich um seine Taille.

»Benimm dich wie ein Prinz von Aquitanien und der Sohn eines Königs«, mahnte sie. Ihr Herz quoll über. »Ich möchte nur Gutes von dir hören, wenn du nach Poitiers zurückkommst.«

»Ja, Mama«, erwiderte Richard ungeduldig. »Ich kenne meine Rolle.«

Als sie ihn umarmte, spürte sie, wie er zurückwich; er fand, dass sie zu viel Wirbel machte und er zu erwachsen dafür war.

In ihren Stolz mischte sich während des Abschieds ein Anflug von Kummer. Sie musste mit ansehen, wie ihr Küken sich anschickte, das Nest zu verlassen, als sie in den Hof hinunterging, um ihn in William Marshals Obhut zu übergeben. Letzterer hatte unter seinem Umhang Kettenhemd und Überwurf angelegt und sein Schwert umgeschnallt. In der Öffentlichkeit kniete Richard nun vor Alienor nieder, und sie nahm seine Hand zwischen die ihren und gab ihm wie ein Lord seinem Vasallen den Friedenskuss.

Sie sah ihm nach, als er mit seinem Gefolge davonritt. Die Ritter glitzerten in ihren Rüstungen wie von Frost umhüllt, die Banner flatterten rot und golden, und die Reihe von Dienern und Soldaten umgab ein Nebel von Atemwolken. Als sie schließlich nicht mehr zu sehen waren, kehrte Alienor zu ihrem Feuer und ihren jüngeren Kindern Alie, Joanna und John zurück. Aber sie hatte nicht vor, müßig herumzusitzen oder Trübsal zu blasen. Sogar mitten im Winter schmiedete sie Pläne für den Frühling.

Einen Monat später war es immer noch kalt, aber es lag ein Duft in der Luft, der das Ende des Winters verhieß und neues Leben in Samen und Wurzeln, in Tierhöhlen und Ställen ankündigte. Alienor hatte über Plänen für eine neue große Halle im Palastkomplex gesessen. Sie sollte prächtig genug werden, um die Macht und Würde der Herzogin von Aquitanien widerzuspiegeln, und so groß, dass man die Hofgeschäfte darin abwickeln sowie Bankette veranstalten und Versammlungen abhalten konnte. Vor allem wollte sie, dass sie die große Halle in Westminster übertraf. Die Steinmetze sollten nächste

Woche eintreffen, und sie konnte es kaum erwarten, dass mit den Arbeiten begonnen wurde.

Sie musterte ihren jüngsten Sohn, der ganz in ihrer Nähe auf einem Vliesläufer saß, mit einem Stück Kreide auf einer Schiefertafel herumkritzelte und dabei vor sich hinplapperte. Für einen Zweijährigen hatte er einen erstaunlich großen Wortschatz. Was für ein Erbteil Henry für diesen letzten Sohn vorgesehen hatte, nachdem das Land bereits unter den älteren Geschwistern verteilt worden war, wusste sie nicht – es sei denn, es handelte sich um eine Bischofsmitra oder einen so abgelegenen Flecken Erde wie Irland oder Jerusalem.

Er blickte auf und merkte, dass Alienor ihn beobachtete. Sofort verdeckte er sein Werk, damit sie es nicht sehen konnte. John war ein geheimniskrämerisches Kind, ganz anders als seine freimütigen älteren Brüder.

Ihr Haushofmeister trat ein, beugte sich zu ihr und murmelte, dass die Gruppe aus Argentan zurückgekehrt war und Harry mitgebracht hatte. Ihr Herz begann schneller zu schlagen, und Besorgnis vermischte sich mit Freude. Sie befahl, dass ihre Söhne in ihre Kammer geführt werden sollten.

Als sie eintraten, waren sie von dem langen Ritt sichtlich erschöpft, aber in Hochstimmung. Harrys Anblick versetzte Alienor einen Schock, denn er überragte sie inzwischen um eine Haupteslänge. Auf seiner Oberlippe schimmerte eine hell bronzefarbene Haarlinie. Seine Haut glänzte leicht ölig und wies ein paar Unreinheiten auf. Seine Augen aber leuchteten in allen Blauschattierungen, von der Farbe des Himmels bis hin zu der des Meeres. Er wies bereits die Attraktivität eines erwachsenen Mannes auf. Alienor konnte ganz klar Henry in ihm sehen, aber auch einen guten Teil von ihr selbst, und er hatte ein überaus anziehendes Lächeln.

»Mama.« Er kniete vor ihr nieder. Auch seine Stimme hatte sich verändert, sie war nicht länger die eines Jungen.

»Wer ist dieser Mann, der mich Mutter nennt?«, fragte sie mit einem atemlosen Lachen und den Tränen nah.

Harrys Wangen röteten sich. »Ein zukünftiger König«, erwiderte er voller Stolz. »Papa sagt, nach meinem nächsten Geburtstag will er mich salben und zum König an seiner Seite erklären lassen.«

Hinter ihm sackte Richard in sich zusammen, als langweile er sich, aber sein Gesicht war vor Verdruss angespannt. Richard war groß und kräftig für sein Alter, aber Harrys Wachstumsschub hatte diesem einen Vorteil verschafft – und seine zusätzliche Aussicht auf die Königswürde vertrug sich schlecht mit Richards Machtstreben. Geoffrey wirkte allenfalls nachdenklich.

»Dann wird mein Vater der ›alte König‹ und ich der ›junge‹ sein«, fügte Harry feixend hinzu.

»Lass ihn das ja nicht hören«, warnte Alienor, musste aber ein Lächeln unterdrücken.

»Oh, das hat er schon gehört, und er hat gelacht«, erwiderte Harry grinsend. »Und dann musste er mir beweisen, dass er immer noch der Stärkere ist, indem er mich beim Armdrücken besiegt hat. Natürlich habe ich ihn gewinnen lassen.«

Alienor schüttelte den Kopf. Das war typisch – Männer und ihre ständigen Versuche, sich gegenseitig und alle anderen zu beherrschen. Wenn Henry gelacht hatte, dürfte es eher wie ein Knurren geklungen haben.

Sie hätte Richard am liebsten über das finstere Gesicht gestrichen, aber sein Groll war so stark, dass eine solche Geste nichts genutzt hätte. Es war besser, sie wartete, bis die Brüder sich bei einer Mahlzeit und Wein entspannt hatten, bevor sie sich um ihr Selbstwertgefühl kümmerte.

Später an diesem Abend, als sich ihre jungen Männer zurückgezogen hatten, schickte Alienor nach William Marshal und bat ihn, ihr Bericht zu erstatten. Er hatte seine Rüstung durch eine warme Tunika aus rostroter Wolle ersetzt und sah mit seinem vergoldeten Gürtel und den Goldringen an seinen Fingern ganz wie ein Höfling aus.

Alienor bedeutete ihm, sich zu ihr ans Feuer zu setzen. »Ich habe von meinen Söhnen und meinen Beratern alles über Argentan gehört, aber jetzt interessiert mich Euer Eindruck.«

»Madam.« Williams dunkle Augen begegneten den ihren. »Eure Söhne haben sich wie wahre Prinzen verhalten und Euch Ehre gemacht. Ich habe viele Bemerkungen über ihr vornehmes Auftreten und ihr gutes Aussehen aufgefangen.«

»Damit habe ich gerechnet.« Ein Hauch von Ungeduld schwang in ihrer Stimme mit. »Selbst wenn es nicht zutreffen würde, würden die Leute immer noch mit solchen Komplimenten um sich werfen, wenn sie sicher sind, dass sie gehört werden.«

»Allerdings, Madam. Die Lords von Blois waren über die Verlobung von Lord Richard mit Prinzessin Alais nicht übermäßig erfreut, aber sie konnten nichts tun, um sie zu verhindern. Beide Könige waren mit der Situation sehr zufrieden.«

Das sollten sie wohl, dachte Alienor verächtlich. »Und Alais?«

»Sie ist ein hübsches Kind«, erwiderte William, »und so still, dass ihre Gegenwart kaum zur Kenntnis genommen wurde. Ihr Betragen war bescheiden und angemessen.«

Ein harmloses Mäuschen also, aber nicht das, was sie sich für Richard wünschte.

»Die Lehnseidzeremonie verlief gleichfalls ohne Zwischenfälle.«

»Was behaltet Ihr für Euch?« Sie forschte in seinem Gesicht. »Ich habe Euch um Aufrichtigkeit gebeten, und dennoch spüre ich, dass Ihr mir etwas verschweigt.«

William schüttelte den Kopf. »Ich habe nichts ausgelassen, Madam. Viel gibt es ohnehin nicht zu erzählen. Eure Söhne haben sich in der Öffentlichkeit vorbildlich verhalten, und Ihr wärt stolz auf sie gewesen.«

»Und außerhalb der Öffentlichkeit?«

Er zuckte wehmütig die Schultern. »Als wir Jungen waren, habe ich mich ständig mit meinen Brüdern gestritten, aber wir haben zum Wohl der Familie immer zusammengehalten und tun es auch heute noch. Man erwartet von lebhaften Pferden, dass sie an den Zügeln zerren. Die Auseinandersetzungen, zu denen es kam, waren normal und nicht der Rede wert.«

Sie schürzte die Lippen. »Meine Söhne sagten mir, dass die Versöhnung des Königs mit dem Erzbischof von Canterbury kein Erfolg war?«

»Nein, Madam.« Ein nachdenklicher Ausdruck trat auf Williams Gesicht. »Alle dachten, der Zwist würde endlich beigelegt werden. Der Erzbischof hatte geschworen, Frieden mit dem König zu schließen, aber als es darum ging, den Eid abzulegen, zeigte er sich störrisch und verkündete, er würde dem König in allem dienen, solange es sich mit der Ehre Gottes vereinbaren ließe.«

Alienor, die sich über die Torheit von Männern ärgerte, die keine Kompromisse eingehen wollten, schnalzte unwillig mit der Zunge.

»Der Erzbischof verließ Argentan zusammen mit König Louis, aber ohne seine Billigung oder Gunst. Alle sind mit ihrer Geduld am Ende.«

»Es hätte nie so weit kommen dürfen«, meinte sie. Becket war ein Mühlstein an ihrer aller Hals. Sie nahm an, dass er gedacht hatte, er würde für Harrys Krönung gebraucht werden und damit rechnete, am Ende zu gewinnen. Wie falsch er seinen Gegner einschätzte!

»War Rosamund de Clifford bei dem König?«

An Williams Hals stieg Röte hoch.

»Meine Söhne würde ich nicht danach fragen, aber ich will sowohl über die offiziellen Angelegenheiten als auch über den Hoftratsch Bescheid wissen.«

»Ja, Madam, die Lady war dort«, entgegnete William mit sichtlichem Unbehagen. »Gesehen habe ich sie nicht, sie wurde abgeschirmt, aber sie bewohnte ein Zelt in der Nähe von dem des Königs.«

Also ging die große Affäre weiter, und seine Mätresse war bei dieser prestigeträchtigen Versammlung zugegen gewesen, während sie, die Königin von England, Herzogin der Normandie und Gräfin von Anjou, die Mutter der Bündnistreue schwörenden Söhne, kaltgestellt worden war? Was für ein Beispiel gab das ab? Was sagte es über einen Mann aus, der seine Königin daheim ließ und stattdessen seine Hure mitbrachte?

Nachdem William gegangen war, saß Alienor am Feuer und dachte nach. Was bei alldem zählte, war, dass sie aus eigenem Recht Herzogin von Aquitanien war und nicht dank Henry. Was zählte, war, dass ihre Söhne über ein mächtiges Reich herrschen würden und sie ebenso sehr – wenn nicht sogar mehr – ihr Fleisch und Blut waren wie das von Henry. Und wenn sie so dachte, konnte er sie nicht verletzen, egal was er tat.

Henry kam nach Poitou und richtete seine Aufmerksamkeit erneut auf die Rebellen. Mit brutaler Entschlossenheit machte er die Grafen von Angoulême und La Marche gefügig und erstickte dann andere Quellen des Aufruhrs.

An einem warmen Frühlingsmorgen im April sah Alienor zu, wie William Marshal ihren Söhnen und ein paar anderen Jugendlichen beibrachte, wie man zu Pferd mit Schwertern und Keulen kämpfte. William hatte ein Händchen für den Umgang mit jungen Leuten, und alle hatten ihren Spaß und lernten dabei viel. Sie bewunderten ihn und sahen in ihm ein Vorbild; alle wollten seine Geschicklichkeit und seine Fähigkeit erreichen, etwas Schwieriges derart einfach und selbstverständlich aussehen zu lassen. Ein schlichtes Drehen des Handgelenks, ein bestimmter Zug an den Zügeln. Vor allem Richard zeigte sich sehr ehrgeizig, strengte sich aber zu sehr an und machte Fehler.

Henrys neuer Abgeordneter William de Tancarville gesellte sich zu Alienor, um ebenfalls zuzuschauen. Er war für ein paar Tage in Poitiers, um die Vorräte aufzustocken, während er darauf wartete, dass Henry von seiner letzten Expedition in das Hinterland zurückkehrte.

»Der Junge im Mann lässt sich nicht verleugnen«, stellte er leise kichernd fest, während sie verfolgten, wie William drei Gegner gleichzeitig abwehrte und dabei lachte.

»Ich glaube, das ist ein Teil seines Erfolgs«, meinte Alienor. »Aber in ihm steckt noch mehr als das.« Sie maß de Tancarville mit einem fragenden Blick. »Ihr habt ihn ausgebildet, nicht wahr?«

Er verschränkte die Arme. »Ja, und das war nicht immer leicht. Wie all die jungen Burschen musste er noch geformt werden. Er hat von seinem Vater eine ausgezeichnete Grundausbildung erhalten, brauchte aber Schliff und Reife.« De Tancarville grinste. »Meine Männer pflegten zu sagen, dass jeder Mann, der ihn als Ritter in sein Gefolge aufnehmen würde, ein Narr wäre, weil William ihm die Haare vom Kopf fressen würde. Ich kann gar nicht mehr zählen, wie oft wir ihn aus dem Bett werfen oder von der Küchentür wegzerren mussten.« Er beobachtete, wie William den Jugendlichen einen schwierigen Schwerthieb zeigte. »Es lag nicht daran, dass er faul war, vielmehr hat er alles so schnell begriffen, dass er sich leicht gelangweilt hat. Offen gestanden, hatte ich noch nie einen Knappen, der so rasch gelernt hat wie er und schon nach einer einzigen Demonstration wusste, wie man einen bestimmten Hieb abwehren muss. Aufgrund seiner Fähigkeiten wurde er oft für unangenehme Aufgaben ausgewählt, aber das tat seiner Gutmütigkeit keinen Abbruch. Allen, die behaupteten, er würde es zu nichts bringen, prophezeite ich, dass sie ihre Worte eines Tages zurücknehmen würden, und ich hatte recht damit.«

»Aber trotzdem habt Ihr ihn nach seiner Ausbildung nicht als Ritter behalten?«

De Tancarville schüttelte den Kopf. »Selbst ich kann nur eine begrenzte Anzahl von Rittern in meinem Gefolge halten, und er hatte in Patrick, Gott schenke ihm Frieden, einen guten Förderer. Ich wusste, dass William seinen Weg gehen würde.«

»Vielleicht ist er zu noch Größerem berufen«, sagte sie und drehte sich um, als sie einen Ruf beim Tor hörte. Henry war zurück. Ihr Magen brannte vor widersprüchlichen Empfindungen: Vorfreude, Beklommenheit, Trotz und Wut. Was sie verspüren wollte, war Gleichgültigkeit, doch je mehr sie sich bemühte, desto schwerer wurde es – wie die Versuche ihrer Söhne, Bewegungen auszuführen, die William Marshal so mühelos vorführte.

Erschöpft und staubverklebt, ließ sich Henry in das warme Bad sinken, das Alienor in seiner Kammer hatte bereiten lassen. Über der Wannenmitte lag ein schmales Brett, auf das die Diener Platten mit Brot und Huhn gestellt hatten. Er sah gut aus, denn nach den vielen im Sattel verbrachten Tagen war er schlank und sehnig, und seine sommersprossige Haut wies einen goldenen Schimmer auf. Früher einmal hätte sie die Wanne mit ihm geteilt. Dabei hätten sie eine intime Mahlzeit genossen, gelacht, sich unterhalten und sich danach geliebt. Diese Nähe gehörte nun der Vergangenheit an; glich einem Lied, an dessen Melodie sie sich erinnerte, das sie aber nicht zu singen vermochte, selbst wenn sie es versuchte. Dennoch brachte sie ihm weiße weiche, mit Rosenöl versetzte kastilische Seife und einen frischen Krug mit heißem Wasser.

»Jetzt, wo du die Rebellion größtenteils niedergeschlagen hast, denke ich, dass ich mich auf eine Rundreise begeben und mich den Leuten zeigen sollte, damit sie nicht nur deine eiserne Faust, sondern auch mich sehen«, sagte sie. »Ich werde Richard mitnehmen und ihm den Ehrenplatz an meiner Seite zubilligen, damit sie meinen Erben kennenlernen. Ich denke, er ist jetzt so weit.«

Henry machte eine zustimmende Geste. »Wie du willst, aber lass dich nicht wieder in einen Hinterhalt locken.«

Alienor ärgerte sich über seinen Ton, der andeutete, dass sie für den ersten Hinterhalt verantwortlich gewesen war. »Ganz sicher nicht, wenn du das Gebiet von den Rebellen gesäubert hast«, erwiderte sie süß. »Außerdem habe ich ja William Marshal als Beschützer dabei.«

»Ah, der strahlende junge Ritter.« Henry griff nach einem Hühnerbein und biss in die knusprige goldene Haut. »Er hat mich in Montmirail beeindruckt«, sagte er mit vollem Mund. »Als du das Lösegeld für ihn bezahlt hast, hast du ein gutes Geschäft gemacht.«

Sie hob eine Braue. »Hauptsächlich bin ich eine gute Menschenkennerin.« Zu schade, dass ihr Urteilsvermögen sie im Stich gelassen hatte, als sie Henry geheiratet hatte.

Er grunzte und überließ es ihr, den Laut nach Belieben zu deuten. Als er zu Ende gegessen hatte, stieg er aus der Wanne und stand ungeduldig da, während die Diener ihn in ein weiches Hemd und ein loses Gewand kleideten. Er nahm die Ausgabe des *Chanson de Roland* zur Hand, die auf der Truhe lag. »Eine kriegerische Lektüre«, bemerkte er.

»Richard liest es gerade. Er war begeistert, als er erfuhr, dass Rolands Schwert und das Horn Olifant Reliquien von Aquitanien sind.« Sie lächelte sarkastisch. »Er hegt auch den brennenden Wunsch, so wie seine beiden Urgroßväter gegen die Sarazenen zu kämpfen.«

Henry legte das Buch weg. »Nun, das ist ein nobles Unterfangen, aber eines, über das er vielleicht noch hinauswachsen wird.« Er schenkte sich einen Becher Wein ein. »Becket ist immer noch verstockt«, sagte er nach einem Moment. »Gestern erhielt ich weitere Briefe. Er hält mich hin, weil er glaubt, ich kann Harry nicht ohne ihn krönen. Jedoch besagt kein Gebot Gottes, dass die Krönungszeremonie vom Erzbischof von Canterbury durchgeführt werden muss.«

»Aber du brauchst trotzdem einen päpstlichen Dispens. Du willst doch nicht, dass jemand Harrys Krönung für ungültig erklärt.«

Henry zuckte ungeduldig mit den Schultern. »Ich habe ja noch den Erzbischof von York in der Hinterhand. Pont L'Èvêque wird einwilligen, selbst wenn Becket es nicht tut. Und meinen Dispens habe ich bereits – Papst Alexander hat ihn mir vor Jahren im Gegenzug für meine Gunst erteilt.«

Alienor bezweifelte, dass es in der Absicht des Papstes gelegen hatte, dass der Dispens unter diesen Umständen zum Einsatz kam; dennoch war er als Dokument, das vorgewiesen werden konnte, ein wertvolles Druckmittel. »Was ist mit Marguerite? Soll sie auch gekrönt werden?«

Henry strich sich über das Kinn. »Das wird sich finden. Louis ist sehr erpicht darauf, dass seine Tochter Königin wird, aber er wird darauf bestehen, dass der Erzbischof von Canterbury die Zeremonie vollzieht, damit sie bindend ist. Also wird er Thomas ebenfalls unter Druck setzen, sich mit mir zu versöhnen.«

»Glaubst du, Thomas wird klein beigeben?«

Henry stieß ärgerlich den Atem aus. »Das weiß nur Gott allein. Er exkommuniziert hinter meinem Rücken meine Bischöfe und droht mit einem Interdikt. Er sagt, er wird mir in allen Dingen gehorchen, die sich mit dem Eid vereinbaren lassen, den er der Kirche geleistet hat. Gut und schön. In diesem Fall nehme ich ihn zurück, aber ohne den Friedenskuss.«

Alienor wusste, dass das Verweigern des Friedenskusses bedeutete, dass Henry nicht für Beckets Sicherheit in England garantieren und er ihn weiterhin meiden würde. Es war, als würde man zwei Hirsche beobachten, die ihre Geweihe ineinander verkeilten. Beide wollten sich als der Stärkere erweisen, und keinem gelang es.

Er begann wie üblich durch den Raum zu stapfen. »Ich habe über die Kinder nachgedacht«, sagte er, als er sich umdrehte. »Über die jüngeren.«

Alienors Misstrauen war augenblicklich geweckt. Henrys Politik bezüglich ihrer Sprösslinge diente für gewöhnlich dazu, ihm Macht zu verschaffen und die ihre zu verringern. »So?«

»Da es so viele Unruhen gegeben hat und da sie beide eine Erziehung brauchen, schicke ich sie für eine Weile nach Fontevrault. Je nachdem, was geschieht, könnte John eine kirchliche Karriere anstreben, und die Zeit dort wird seinen Bedürfnissen entgegenkommen, egal ob es zu einer Kirchenlaufbahn kommt oder nicht.« Ein sehnsüchtiger Ausdruck schwächte die übliche Härte in seinen Augen ab. »Ich war als Kind oft dort, wenn meine Eltern anderweitig beschäftigt waren. Du bräuchtest dann auf der Rundreise keine Vorkehrungen für sie zu treffen und dir nicht ständig Sorgen um sie zu machen.«

Alienor musterte ihn. Das konnte auch bedeuten, dass er nicht wollte, dass sie sie zu stark beeinflusste. Trotzdem konnte sie die Vorteile sehen, und sie liebte Fontevrault ebenfalls. »Ich halte das für eine gute Idee«, stimmte sie nach einer Pause zu. »Ich werde der Äbtissin schreiben.«

»Gut.« Er schlenderte durch die Kammer und berührte dieses und jenes, während sich Schweigen zwischen ihnen breitmachte. Was gab es noch zu sagen? Sie hatten keinen Grund, miteinander zu schlafen, da es keine Kinder mehr zu zeugen galt. Alle Angelegenheiten, die besprochen werden mussten, waren erledigt.

Endlich verließ Henry den Raum und gesellte sich zu seinen Kumpanen. Alienor sah zu, wie die Waschfrau sein schmutziges Leinenzeug einsammelte und mitnahm. Der beißende Geruch männlichen Schweißes hing in der Luft; ein Geruch, bei dem ihr vor langer Zeit fast schwindelig vor Verlangen geworden war. Jetzt fühlte sie sich aus einem anderen Grund flau, und sie musste dringend den Raum verlassen. Nachdem sie ihren Frauen befohlen hatte, Weihrauch zu verbrennen, um die Luft zu reinigen, griff sie nach ihrem Umhang und brach in Begleitung von Marchisa zu einem Spaziergang auf.

Als sie durch die Halle ging, sah sie, dass sich ihre drei ältesten Söhne zu ihrem Vater und seinem Gefolge gesellt hatten und die Gesellschaft richtiger Männer genossen: Sie warfen sich in die Brust und gaben vor, selbst schon erwachsen zu sein. Henrys Arm lag um Harrys Schultern, doch er sprach mit ihnen allen. Einmal schaute er kurz in Alienors Richtung, aber seine Aufmerksamkeit galt allein seinen Söhnen, und sie hätte genauso gut nur eine Katze sein können, die seinen Weg kreuzte. Er würde sie ihr alle wegnehmen, dachte sie bitter. Sie tat so, als hätte sie nichts bemerkt, betrat den Turm auf der anderen Seite und stieg zur Brustwehr empor, von wo aus sie über das in der Frühlingssonne schimmernde Poitiers hinwegblicken konnte. Der Anblick verlieh ihr Kraft und ließ ihren Gefühlsaufruhr abebben. Morgen würde Henry fort sein.

Sie rang von dem Aufstieg noch immer nach Atem, als Hamelin zu ihr trat. Er hatte unten bei den Männern gestanden, sie aber offenbar gesehen und war ihr gefolgt.

»Eure neue Halle hat Fortschritte gemacht, seit ich zuletzt hier war.« Er nickte zu den Holzgerüsten der Bauarbeiter hinüber.

»Wir sind gut vorangekommen, besonders jetzt, wo das Wetter schön ist«, stimmte sie zu. »Ich kann es gar nicht erwarten, ein großes Sommerbankett zu veranstalten und die Troubadoure ihre *Lais* singen zu hören.«

»Das wäre tatsächlich ein lohnendes Erlebnis«, meinte er. »Ich habe vor, auf meinem Landsitz in Yorkshire einen neuen Bergfried bauen zu lassen, wenn ich nach England zurückkehre.«

»Um dann Bankette mit Troubadouren zu veranstalten?«, neckte sie ihn.

Er lehnte sich lächelnd gegen die Mauer. »Nicht solche wie in Poitiers, aber trotzdem angemessen, hoffe ich.«

Alienor verspürte eine milde Belustigung. Hamelin bevorzugte einfache Speisen, wenn auch von guter Qualität. Mit einem perfekt gebackenen Brot, einem Stück Käse aus der Milch der Kühe, die auf üppigen Weiden grasten, und einem guten Wein war er vollauf zufrieden. Gewürze oder aufwändige Gerichte entsprachen nicht seinem Geschmack. Bankette waren Statussymbole, die er eher ertrug, als dass er Freude daran fand. »Ich nehme an, Isabel geht es gut?«

Er rieb sich den Nacken. »Deswegen bin ich Euch gefolgt – um an ihrer Stelle mit Euch zu sprechen. Sie erwartet wieder ein Kind und war auf der Überfahrt von England sehr krank. Jetzt ruht sie sich in Colombiers aus, dort ist es friedlich. Sie würde sich sehr freuen, Euch zu sehen.«

»Natürlich werde ich sie besuchen, sobald ich kann. Sie steht mir sowohl als Schwester als auch als Freundin sehr nah.« Die Übelkeit in der frühen Phase der Schwangerschaft konnte überaus unangenehm sein. Hamelin verhielt sich oft überfürsorglich, wenn es um seine Frau ging, die zwar zerbrechlich wirkte, aber in Wahrheit stark wie ein Ochse war. Mit leisem Spott runzelte sie die Stirn. »Wir haben kaum ein Wort miteinander gewechselt, seit du sie geheiratet und mir weggenommen hast.«

Er grinste. »Dafür werde ich mich nicht entschuldigen.«

»Das würde ich auch nie erwarten.« Aus einem Impuls heraus küsste sie ihn auf die Wange. »Ich freue mich für euch beide. Eine solche Nähe in einer Ehe ist selten.«

»Ich weiß um mein Glück und danke Gott dafür.«

Unausgesprochene Worte hingen zwischen ihnen in der Luft und ließen sie vor Spannung knistern, aber keiner wollte sich die Blöße geben.

Alienor drehte sich wieder zu der Aussicht hinter den Mauern ihres Turms um. »Das solltest du auch. Du bist reich gesegnet worden.«

Am nächsten Tag brach Henry mit einem Gepäcktross aus beladenen Packponys auf. Die Ritter ritten in geraden Reihen Seite an Seite, ihre Rüstungen glitzerten in der Sonne.

Ihnen folgten Unteroffiziere in Lederwämsern und wattierten Tuniken. Richard, Harry und Geoffrey schlossen sich der Truppe an und ritten, eskortiert von William Marshal, einige Meilen mit der Armee mit. Als sich der Staub hinter dem letzten Pferd legte, stieß Alienor einen erleichterten Seufzer aus. Auf eine gewisse Art fühlte sie sich aber auch beraubt, da sie immer diejenige war, die in einer Staubwolke zurückgelassen wurde.

37

Colombiers, Anjou, Sommer 1169

Es war ein herrlicher, sonnendurchfluteter Sommertag. Pelzige Bienen summten zwischen den Rosen und dem Lavendel umher und sammelten goldene Pollen. Isabel saß mit Alienor im Garten der Burg, während die Kinder in ihrer Nähe spielten. Isabels älteste Tochter und Namensschwester Belle war gerade vier Jahre alt geworden – ein bildhübsches kleines Mädchen mit dunklem Haar wie Isabel, in dem aber bernsteinfarbene Lichter glänzten. Sie und Alie waren in ein Spiel mit ihren Puppen vertieft.

Belles jüngerer Bruder Will und sein Vetter John bauten unter der Aufsicht ihrer Kinderfrauen einen Turm aus Holzklötzen. Isabels jüngstes Kind, ein weiteres Mädchen, das nach seiner Großmutter Adela genannt worden war, schlief in der Obhut einer anderen Kinderfrau im Schatten eines Feigenbaumes in ihrer Wiege. Sie war zwei Wochen zu früh auf die Welt gekommen, und Alienor war bei der Geburt nicht anwesend gewesen. Stattdessen hatte sie, als sie in Colombiers eintraf, feststellen müssen, dass ihre neue Nichte bereits auf der Welt war und prächtig gedieh.

»Es ist schade, dass Hamelin sie noch eine ganze Weile nicht sehen wird«, meinte Isabel, »und ihm wird es auch leidtun, weil er seine Kinder vergöttert. Ich habe noch nie einen so liebevollen Vater gesehen.«

Alienor hob die Brauen. »Kleine Kinder zu vergöttern

ist nicht unbedingt eine typisch männliche Eigenschaft, vor allem dann nicht, wenn es sich bei diesen Kindern um Töchter handelt.«

»Sie sind für ihn ein Zufluchtsort von seinen Pflichten. Er kommt zu uns, um seine Seele zu reinigen und wieder zu sich zu finden.«

»So wie man sich die Hände wäscht, wenn man einen Tag im Morast gewühlt hat«, stellte Alienor sachlich fest.

Isabel biss sich auf die Lippe. »So habe ich es nicht gemeint. Hier lasten weniger Bürden auf ihm. Er kann sich die Kinder auf die Knie setzen und mir beim Nähen zusehen und eindösen, wenn er möchte. Am Hof muss er die ganze Zeit auf der Hut sein. Er ist der Bruder des Königs, und die Männer wollen immerzu etwas von ihm. Außerdem schützt er den König, und das fordert auch seinen Tribut von ihm.«

»Henry wird das nicht zur Kenntnis nehmen oder ihm dafür danken«, erwiderte Alienor. »Er nimmt das alles als etwas hin, das ihm zusteht.«

»Hamelin betrachtet es als seine Pflicht. Er nimmt es Henry nicht übel, aber jeder Mann braucht einen sicheren Hafen, einen Ort, an den er sich zurückziehen und an dem er Frieden finden kann.«

»Henry würde eher seine Pferde zuschande reiten und sich mit anderen Frauen vergnügen, als nach Hause zu seiner Familie zu kommen«, sagte Alienor und blickte dann zur Seite. »Er kann tun, was ihm beliebt, mich berührt das nicht mehr.«

Isabel musterte sie forschend. »Das glaube ich nicht, denn wenn dem so wäre, würdest du nicht so grimmig dreinschauen.«

»Sei nicht so dumm!«, brauste Alienor auf.

»Bin ich das? Mir scheint, es macht dir eine ganze Menge aus.«

Alienor spürte zu ihrem Entsetzen Tränen in ihren Augen brennen. »Es ist nur dann wichtig, wenn es um Angelegenheiten geht, die das Land und das Erbrecht betreffen«, erwiderte sie brüsk.

»Aber doch sicher auch, wenn es um dich selbst geht? Ich spreche als Freundin und Schwägerin zu dir.«

Alienor senkte den Blick. Isabel war in der Tat eine gute Freundin, die nichts von ihr verlangte und nicht versuchte, das Band zwischen ihnen auszunutzen, um sich Vorteile zu verschaffen, aber Alienor vertraute nicht darauf, dass sie Hamelin gegenüber Stillschweigen bewahren würde. Während sie und Henry zahlreiche Geheimnisse voreinander hatten und zorniger Groll zwischen ihnen schwelte, herrschte zwischen Isabel und Hamelin Offenheit. Isabel besprach alles mit ihm, und früher oder später würde Henry alles erfahren, was sie, Alienor, gesagt hatte, weil Hamelins oberste Loyalität seinem Bruder galt.

»Das weiß ich, und ich danke dir für deine Anteilnahme«, entgegnete sie. »Henry ist, wie er ist, und nichts und niemand wird ihn ändern. Als wir heirateten, dachte ich, er würde sich formen lassen. Er war damals sehr jung, und ich kannte ihn nicht, aber jetzt begreife ich, was für eine vergebliche Hoffnung es war. Und wenn du begreifst, dass du umsonst hoffst, macht es dir natürlich etwas aus – aber es heißt auch, dass das unerheblich ist, weil du nie bekommen wirst, was du willst.«

»Ach, Alienor.«

»Ich habe dich gewarnt, mich nicht zu bemitleiden.« Ihre Stimme nahm einen rauen Klang an. »Ich muss meinen eigenen Weg gehen, und ich habe meine Kinder.«

»Aber du schickst sie doch nach Fontevrault?«

»Nur John und Joanna, und nur für kurze Zeit. Sie sind

dort sicher, während ich mich mit Richard auf eine Rundreise begebe und dann in die Normandie weiterreise. Natürlich werde ich sie besuchen, aber ich finde diese Lösung recht praktisch. Und Alie bleibt auch bei mir.«

Isabel konnte sich nicht vorstellen, eines ihrer Kinder fortzuschicken, aber sie und Alienor trugen verschiedene Verantwortungen und hatten unterschiedliche Ansichten. Zumindest würden John und Joanna einander haben.

»Ich muss mich frei bewegen können, ohne mir ständig Sorgen zu machen und unter Kummer zu leiden«, fuhr Alienor fort. »Johns Zukunft könnte mit der Kirche verknüpft sein, und das ist eine gute Gelegenheit herauszufinden, ob dies seine Berufung ist. Und Joanna ... nun, eine Mutter sollte sich nicht zu eng an ihre Töchter binden. Mich von Matilda zu trennen war sehr schwer für mich, und es wird genauso schwer werden, wenn Alie fortgeht und heiratet.« Ihre Stimme zitterte. »Verhandlungen mit Kastilien sind bereits im Gang, lange wird es nicht mehr dauern.«

»Du stellst dich alldem sehr tapfer«, meinte Isabel. »Ich könnte das nicht.«

Alienor erwiderte nichts darauf. Auch Isabel würde nichts anderes übrig bleiben, wenn sich die Möglichkeit einer vorteilhaften dynastischen Heirat bot und Hamelin entschied, ihre Mädchen fortzuschicken. »Man sagt zu einer Frau: ›Eine Tochter ist ein Leben lang dein‹, und vielleicht trifft das für diejenigen zu, die in der Nähe ihrer Töchter leben und sie oft besuchen können, aber eine Königin muss die ihren in die Welt hinausschicken. Es sind die Söhne, die sie unterstützen und ihr Ehre machen.« Sie blickte zu Richard hinüber, der unter der Aufsicht von William Marshal mit ein paar anderen Jugendlichen herumtobte. Sie waren in ein Spiel vertieft, bei dem es darum ging, den Gegner zu berühren und gleichzeitig zu vermeiden, selbst berührt zu werden. Richard bewegte sich blitzschnell und intuitiv.

Diener erschienen mit einem Tablett mit Mürbegebäck und Wein, der im Burgbrunnen gekühlt worden war. Das Baby erwachte und begann zu schreien. Isabel hob es aus der Wiege und öffnete ihr Gewand, um es zu stillen.

»Hast du keine Amme?«, fragte Alienor verblüfft.

Isabel schüttelte den Kopf. »Ich nähre meine Kinder lieber selbst. So weiß ich, dass das, was sie zu sich nehmen, von mir kommt, und es tut ihnen gut. Wozu habe ich Milch in den Brüsten, wenn ich sie nicht dazu einsetze, wozu sie bestimmt ist?«

»Was sagt Hamelin dazu?«

»Er befürwortet es, dass ein Kind mit Muttermilch aufgezogen wird.«

»Aber das heißt doch, dass du einem Säugling ständig zur Verfügung stehen musst, und eine Frau, die stillt, darf sich nicht zu einem Mann legen.«

Isabel errötete, verteidigte aber ihren Standpunkt. »Das sagt man, aber du willst mir doch nicht weismachen, dass sich jeder daran hält? Außerdem gibt es andere Möglichkeiten, und Hamelin steht mit Henry im Feld. Wenn er zurückkommt, ist Adela mit Ziegenmilch entwöhnt worden.«

Alienor wunderte sich über ihre Schwägerin. Sie selbst hatte keines ihrer Kinder gestillt, noch nicht einmal Richard, stets hatte eine Amme bereitgestanden, so dass Alienor gleich nach ihrer Aussegnung wieder bereit gewesen war, ein weiteres Kind zu empfangen. Als sie beobachtete, wie das Baby an Isabels vor Milch strotzender Brust saugte und sie die Zärtlichkeit in Isabels Gesicht sah, empfand sie einen Stich des Bedauerns.

Isabel wechselte das Thema. »Du hast ganz offensichtlich

ein gutes Geschäft gemacht, als du die Lösegeldsumme bezahlt und diesen jungen Ritter in deine Dienste genommen hast.«

Alienor blickte sich um. Das Spiel war in einen Ringkampf übergegangen. William wich Richards Angriff geschickt aus und brachte ihm bei, wie man sich aus einem bestimmten Griff befreite. »Er ist ein wertvolles Mitglied meines Hofstaates«, bestätigte sie. »Manchmal habe ich den Eindruck, dass er unterfordert ist. Er erfüllt seine Pflichten ohne jegliche Mühe. Wenn ich ihm die Erlaubnis gebe, an einem Turnier teilzunehmen, kommt er nie mit leeren Händen zurück.« Sie lächelte Isabel an. »Eine eigenartige Vorstellung, dass deine Mutter seine angeheiratete Tante ist.«

»Er könnte jetzt in meinem und Hamelins Gefolge dienen«, erwiderte Isabel mit einem spitzbübischen Zwinkern.

Alienor drohte ihr scherzhaft mit dem Finger. »Er gehört mir«, warnte sie lachend. »Egal wie viel du bietest, du bekommst ihn nicht zurück.«

»Ist er so wertvoll?«

»Sagen wir, er stellt eine solide Investition dar, die im Laufe der Zeit an Wert gewinnt.«

Isabel legte das Baby an ihre andere Brust. »Hast du etwas Neues darüber gehört, dass Richard nach Frankreich gehen soll?«

Alienors Miene verfinsterte sich. »Henry mag ein derartiges Abkommen mit Louis getroffen haben, aber ich lasse nicht zu, dass der Erbe von Aquitanien am französischen Hof erzogen wird – ganz gleich, was Henry dazu meint.«

»Das habe ich auch nicht angenommen«, gab Isabel zurück. »Aber da ich Henry kenne, frage ich mich, was du für eine Wahl hast.«

Alienor presste die Lippen aufeinander und sah den Kindern beim Spielen zu. Isabels kleine Tochter versuchte John und ihren Bruder zu einem Ballspiel zu bewegen. John packte den Ball aus weichen Lederstreifen und schleuderte ihn mit einem Schrei in ein Blumenbeet. »Henry mag sich einbilden, ich müsste mich seinem Willen fügen, aber Richard bleibt hier«, sagte sie mit ruhiger Überzeugung. »Das weiß ich so sicher, wie ich weiß, dass mein Herz in meiner Brust schlägt. Man müsste es mir schon herausreißen, bevor ich etwas Derartiges zulasse.«

38

Caen, Februar 1170

Es war ein kalter Tag an der Schwelle zum Frühling – trüb, aber mit dem Glimmern eines helleren Lichts hinter den Wolken. Henry bereitete seine Rückkehr nach England vor. Er hatte seit vier Jahren keinen Fuß mehr auf englischen Boden gesetzt, aber die Vorbereitungen zu Harrys Krönung hatten begonnen, und es gab dringende Regierungsgeschäfte, um die er sich kümmern musste. Vierzig Schiffe sollten den Hof nach England bringen, obwohl Harry seinem Vater erst im Sommer folgen würde.

Alienor war auf Henrys Geheiß nach Caen geritten. Er hatte in seinem Brief an sie angedeutet, dass er ihre Hilfe brauchte, und ihre Neugier war geweckt, denn wenn er das zugab, musste er in der Klemme stecken.

Als Alienor mit ihrem Gefolge eintraf, wimmelte der große Wehrturm von Caen Castle von Gefolgsleuten, die für den Umzug packten. Wie üblich schien Chaos zu herrschen, obwohl man darunter eine gewisse Organisation erkennen konnte, wenn man genauer hinsah. Richard blickte sich um und schnupperte wie ein Hund an einem fremden, aber interessanten Ort.

Alienor machte Anstalten abzusteigen, und William Marshal stand augenblicklich neben ihrem Steigbügel. Sie schenkte ihm jedoch keine Beachtung, weil ihre ganze Aufmerksamkeit zwei jungen Männern galt, die über den Burghof auf sie zukamen. Harry war wieder gewachsen und setzte seine Schritte so selbstbewusst, dass sein Gang einem großspurigen Stolzieren glich. Er war fast fünfzehn Jahre alt, ungefähr in demselben Alter, in dem sein Vater im Rahmen seines ersten improvisierten Feldzuges nach England übergesetzt war.

Sein illegitimer Halbbruder Jeoffrey neben ihm trug eine wattierte Tunika, und an seiner linken Hüfte hing ein Dolch. Er ließ sich bereits einen Bart stehen, auch wenn er noch spärlich und flaumig war.

Die beiden jungen Männer knieten vor ihr nieder. Sie bedeutete ihnen, sich zu erheben, und umarmte Harry. Jeoffrey senkte den Blick und trat einen Schritt zurück.

»Nun«, sagte sie. »Mein junger zukünftiger König.«

Harry richtete sich auf. »Nicht mehr lange, Mama.«

»Nein, nicht mehr lange.«

Harry umarmte Richard, der sich mit dem Absteigen Zeit gelassen hatte. »Papa hat mir ein neues Pferd gekauft – einen Hengst.« Harry strahlte vor Freude und einem Hauch Selbstgefälligkeit. »Willst du ihn sehen?«

Richards Miene spiegelte Begeisterung und Neid wider. Da er weder beeindruckt noch übereifrig wirken wollte, zuckte er die Achseln. »Wenn du möchtest.«

Alienor sah zu, wie sich ihre Söhne und deren Halbbruder in Richtung der Ställe entfernten.

»Geht mit ihnen«, wies sie William Marshal an. »Behaltet sie im Auge.«

»Madam.« William verbeugte sich und ging davon.

Alienor folgte einem Diener zu der für sie vorbereiteten Kammer. Dort brannten Kohlebecken, hatten aber die Kühle des Tages noch nicht vertrieben, und aufgrund der Windrichtung zog ein kalter Luftzug über die Stufen des Turms hinweg. Ihr Bett und ein Teil ihres Gepäcks waren gestern eingetroffen, aber die Truhen mussten noch ausgepackt werden. Der Raum konnte zwar schon genutzt werden, wirkte aber nicht sonderlich wohnlich. Sie kuschelte sich in die Wärme ihres Umhangs und trat zum Fenster, um hinauszublicken. Kohlefarbene Wolken trieben über einen etwas heller grauen Himmel hinweg, der von ein paar windzerzausten Möwen bevölkert war. In der Ferne sah sie Henry auf sich zukommen – er war unschwer an seinem kurzen Umhang und seinem raschen Gang zu erkennen. Eine Frau kreuzte seinen Weg, und er blieb stehen, um mit ihr zu sprechen. Ihr Gewand wies die Farbe von Ehrenpreis auf, und ihr Haar wurde von einem weißen Leinenschleier bedeckt. Alienors Sehvermögen war nicht mehr so gut wie früher, und sie war nicht ganz sicher, aber sie meinte, er würde ihr Gesicht berühren. Die Frau setzte nach einem schnellen Blick über ihre Schulter zum Turm hin ihren Weg fort, stieg in eine wartende Sänfte und wurde zum Burgtor hinausgetragen. Alienor kniff die Augen zusammen, wandte sich vom Fenster ab und wies ihre Frauen an, die Läden zu schließen und mehr Kerzen anzuzünden.

Kurz darauf stürmte Henry in die Kammer und befahl allen Anwesenden knapp, sich aus ihrer Verbeugung zu erheben. »Ich bin froh, dass du hier bist«, sagte er ohne Einleitung zu Alienor. »Wir haben während der letzten zwei Tage nach dir Ausschau gehalten.« Er kam zu ihr, küsste sie flüchtig auf die Wange und ging weiter.

»Wir sind so schnell geritten, wie wir konnten.« Sie fragte sich, wieso er es nicht für nötig befunden hatte, seine Mätresse fortzuschaffen, wenn er sie schon seit zwei Tagen erwartete. Wenn er sich freute, sie zu sehen, dann aus politischen Gründen, nicht aus persönlichen. »Ich wollte die Pferde nicht bis zur völligen Erschöpfung strapazieren.«

Diener erschienen mit kleinen Pasteten und einer Karaffe mit gewürztem Wein. Alienor nahm ihren Becher entgegen und stellte sich vor ein Kohlebecken, um die Hitze aufzusaugen. Sie hatte sich an die Sonne und das wärmere Klima von Poitiers gewöhnt. Dieser Februarmorgen in der Normandie ließ ihre Knochen schmerzen. »Wann segelst du los?«

»Anfang nächster Woche, wenn der Wind sich hält. Ich lasse Harry in deiner Obhut zurück, und seine Frau ebenfalls.« Sein Blick blieb an einer Kiste mit Büchern hängen, und er bückte sich, um sich die Titel anzusehen.

»Ist sie hier?« Alienor versuchte, keine Abneigung in ihrer Stimme mitschwingen zu lassen.

»Noch nicht, aber sie wird bald eintreffen. Ich möchte, dass du sie in dein Gefolge von Frauen aufnimmst und dich um sie kümmerst, während sie und Harry einander besser kennenlernen.«

»Hast du schon entschieden, ob du sie zusammen mit Harry krönen lassen wirst?«

Henry griff nach einem Buch und blätterte ein paar Seiten um. »Ich gedenke, Harry ohne Marguerite krönen zu lassen. Sie ist erst zwölf Jahre alt; es ist passender, sie zur Königin zu machen, wenn sie älter und bereit ist, all die Pflichten auf sich zu nehmen, die auf sie zukommen.«

»Louis wird nicht erfreut sein.«

Er stieß ungeduldig den Atem aus. »Mit Louis werde ich fertig, aber er muss es ja jetzt noch nicht erfahren. Besser, man lässt sich eine Hintertür offen und bereitet alles für eine Doppelkrönung vor, auch wenn es nicht dazu kommt.« Er winkte ab. »Lass dem Mädchen ein paar neue Gewänder anfertigen. Es ist ja nicht so, als würde sie nie Königin werden.«

Alienor nickte zufrieden. Diese Lösung sagte ihr zu, weil es bedeutete, dass sie alleinige Königin von England bleiben würde und Einfluss auf ihre Schwiegertochter nehmen konnte. »Ich gehe davon aus, dass Thomas Becket die Zeremonie nicht durchführen wird?«

Henry sah sie an, als hätte sie ihm Essig zu trinken gegeben. »Ich brauche ihn nicht, ich habe einen Dispens, Harry von demjenigen krönen zu lassen, den ich auswähle.«

»Ich habe gehört, er hat die Bischöfe exkommuniziert, die dazu ausersehen waren, Harry zu krönen, und dass er England unter ein Interdikt stellen will.«

»Ha! Was er beabsichtigt und was passiert, sind zwei verschiedene Paar Schuhe.« Henry klappte das Buch zu, nahm seinen Wein und kam ebenfalls an das Kohlebecken. »Deshalb benötige ich deine diplomatischen Fähigkeiten.«

»Ach ja?« Alienor lächelte bitter. »Das ist etwas Neues. Deine übliche Ansicht lautet, dass ich ein lästiges Frauenzimmer bin, das sich auf seine Näharbeiten und harmlose vergnügliche Unterhaltungen mit Abgesandten und Bischöfen beschränken sollte.«

Zuerst zog Henry ein finsteres Gesicht, doch dann trat widerwilliger Humor in seine Augen. »Wenn ich ganz ehrlich sein soll, muss ich dir recht geben.«

»Tust du das?« Sie maß ihn mit einem harten Blick. Das raue Winterwetter hatte seine Wangen gegerbt, und seine Augen waren vom zu nahem Stehen an qualmenden Feuern und zu vielen Nächten des Arbeitens im schwachen Kerzenschein blutunterlaufen. Von dem schlanken jungen Mann mit der weichen Haut war kaum etwas geblieben. Aber andererseits war auch sie gealtert und hatte ihren Optimismus eingebüßt.

»Es ist deine Pflicht, mich und unsere Erben zu unterstützen.«

Sie nippte an ihrem Wein und sah zu, wie der Rauch von

den Kohlen aufstieg. Wäre seine Mutter noch am Leben, hätte er sie eingesetzt, um die Normandie zu regieren; er hatte sie nur von Poitiers hierherkommen lassen, weil er keine andere Wahl gehabt hatte. Bezüglich ihrer Pflicht ihm gegenüber hatte er recht, aber seine Entscheidungen betrafen nur seine eigenen Pläne und Projekte, nicht die Wege, die sie eingeschlagen hätte. »Was soll ich tun?«

»Becket wird versuchen, Harrys Krönung zu verhindern. Er will seinen Eid gegenüber Gott halten und ich soll mich damit einverstanden erklären – aber das wird nicht geschehen. Sobald ich englischen Boden betrete, wird er versuchen, ein Interdikt anzukündigen. Ich möchte, dass du jeden Geistlichen mit Befehlen von Becket daran hinderst, das Meer zu überqueren. Bis diese Ankündigung England erreicht, ist kein Geistlicher in England verpflichtet, sich daran zu halten. Wenn ich ihn und den Papst davon abhalten kann, sich einzumischen, wird unser Sohn ein gesalbter König sein, und in ihrem Köcher werden die Pfeile knapp werden.«

»Sie werden sich darauf berufen, dass es vor dem Angesicht Gottes illegal ist«, warnte Alienor.

»Das ist nur Gegacker alter Weiber«, versetzte Henry verächtlich.

Alienor neigte den Kopf. »Wie du willst. Ich werde die Häfen überwachen lassen und meine Ritter anweisen, jeden festzunehmen, der sich als Gefahr erweisen könnte.«

»Vor allem den Bischof von Worcester, den meine Informanten besonders erwähnten.« Er hob einen warnenden Zeigefinger. »Behandele jeden, den du festhältst, diplomatisch, und verrate ihnen nicht, dass ich ihre Festnahme angeordnet habe.«

Alienor schob die Unterlippe vor. Er drängte sie in die Rolle der Königin als Vermittlerin und Friedenshüterin, machte sie aber zugleich zu seinem Sündenbock. »Du hast mich also hergeholt, damit ich heimlich für dich zu Werke gehe und dann die Schuld auf mich nehme.«

»Du bist hier, um mit dafür zu sorgen, dass unser Sohn gekrönt wird«, fauchte er.

»Ich werde es tun«, erwiderte sie würdevoll. »Aber nicht für dich, sondern für Harry und seine Zukunft.«

»Gut, dann ist es abgemacht.«

»Und Richard wird zum Grafen von Poitou in meinem Namen ernannt, sobald er fünfzehn ist.«

Er winkte ab. »Natürlich.«

Alienor war noch nicht fertig. »Da wir gerade von der Zukunft unserer Söhne sprechen – ich möchte, dass Richard bei mir bleibt und seine Ausbildung in Poitou beendet. Ich will nicht, dass er jetzt schon an den Pariser Hof geschickt wird.«

»Von mir aus. Dafür bleibt noch reichlich Zeit; Louis kann noch eine Weile warten.«

Alienor ließ sich nicht täuschen. Er willigte nur ein, weil es ihm gerade so passte.

Nachdem er in einem kalten Luftwirbel die Kammer verlassen hatte, verzehrte Alienor ein kleines Törtchen von der Platte und grübelte über das nach, was gesagt worden war. Obwohl sie wütend auf ihn war, elektrisierte sie die Herausforderung der Aufgabe, die er ihr gestellt hatte – und ein Lächeln spielte um ihre Lippen.

Auf dem von den Rittern benutzten Übungsfeld erprobte Harry das Pferd, das sein Vater ihm anlässlich seines fünfzehnten Geburtstags geschenkt hatte. Der Hengst war ein Goldbrauner mit metallisch schimmerndem Fell und einer weißen Musterung in Form eines Blitzes auf dem Rumpf. Harry hatte ihn Flambeur genannt, was ›Glitzern‹ bedeutete.

Das Pferd machte diesem Namen alle Ehre; und auch das goldgeprägte Zaumzeug mit seinen Anhängern, die bei jeder Bewegung klirrten, passte dazu.

William Marshal unterwies Harry sowie eine kleine Gruppe anderer junger Männer in der Reitkunst. Harry, der sich seines Publikums bewusst war, schnitt auf. Grinsend trieb er Flambeur zu einem leichten Galopp an und versuchte einen engen Bogen zu reiten, aber er hatte sich nicht genug Platz für das Manöver gelassen. Der Hengst glitt aus und drehte sich. Harry verlor den Halt im Sattel und wurde unsanft in den Schmutz geschleudert. Abgesehen davon, dass er nach Atem rang, war nur sein Stolz verletzt worden. Er rappelte sich auf und klopfte Erde von seinen eleganten Kleidern, während sich Flambeur aufbäumte, um das Feld herumgaloppierte und mit flatternden Zügeln und Steigbügeln vor jedem zurückscheute, der ihn einzufangen versuchte.

William Marshal wendete sein Pferd und trabte zu Harry hinüber. »Rasch, Sire.« Er bückte sich und zog den Jungen mit dessen Hilfe hinter sich auf sein Pferd. Nachdem er fehlerlos denselben Bogen beschrieben hatte, der Harry soeben misslungen war, setzte er dem entflohenen Goldbraunen nach, lenkte sein Pferd neben ihn und packte die Zügel, während er Harry zurief, in den leeren Sattel zu springen.

Nicht mehr grinsend, sondern mit vor entschlossen angespanntem Gesicht wagte Harry den Sprung. Er landete ungelenk auf dem Rücken des Pferdes, während William Flambeurs Zügel hielt, bis der Junge sicher im Sattel saß und das Tier wieder unter Kontrolle hatte. Sie erreichten das Ende des Übungsfeldes, und Harry zog die Zügel an und ritt erhitzt und bester Laune zurück. William lobte ihn und klopfte ihm anerkennend auf den Rücken.

»Und das«, sagte Alienor zu Henry, »war ein gutes Beispiel

dafür, dass Hochmut vor dem Fall kommt.« Ihr Herz flog William zu, der Harry aus einer peinlichen Lage befreit und ihm zugleich beigebracht hatte, wie man sich in Gefahrensituationen im Kampf und beim Turnier zu verhalten hatte.

»Der junge Marshal kann gut mit den Knappen umgehen«, stellte Henry fest.

»Sie blicken zu ihm auf, und er ist ein guter Lehrer«, erwiderte sie. »Es fällt Harry schwer, still zu sitzen und einem Hauslehrer zuzuhören, aber bei William passt er auf, weil er die Lektionen lernt, ohne sie als lästige Pflicht zu empfinden.«

Henry rieb sich das Kinn. »Wenn Harry gekrönt ist, wird er einen größeren Haushalt brauchen. Ich denke, wir sollten erwägen, Marshal einen Posten in seinem Gefolge anzubieten.«

Alienor nickte, obwohl sie in diesem Punkt gemischte Gefühle hegte. Sie hatte daran gedacht, ihn zu Richards Waffenlehrer zu machen. Aber sie wusste, dass William ehrgeizig war, und da er ihr das Leben gerettet hatte, schuldete sie ihm die Chance, seine Situation zu verbessern. »Er ist es wert, in Betracht gezogen zu werden«, stimmte sie zu.

»Gut.« Henry nickte nachdrücklich und verdeutlichte so, dass sein Entschluss feststand.

Alienor blickte sich in der Kammer um, die nach Henrys Abreise nach England frei geworden war. Harry beanspruchte sie für sich, und seine Diener schafften bereits alle seine Habseligkeiten herbei. Der Raum war gerade ausgefegt worden, und es roch nach sich ablagerndem Staub sowie nach Rauch und Weihrauch von den Kohlebecken. Harrys Bett und seine mit Daunen und Stroh gefüllten Matratzen waren zusammen mit Laken und Decken, Truhen und einer Falkensitzstange herübergebracht worden.

Die Flotte war bei windigem, aber recht gutem Wetter und klarer Sicht losgesegelt, aber über Nacht war ein Sturm aufgekommen und hatte mit heulendem Wind und peitschendem Regen auf den Hafen eingehämmert. An diesem Morgen war das Meer leicht aufgewühlt und der Wind so mäßig wie meistens, aber jeder in Caen wartete ungeduldig darauf, die Nachricht von der sicheren Ankunft des Königs in England zu erhalten. Alienor hatte bei der Morgenmesse Gott dafür gedankt, dass Harry seinen Vater nicht begleitet hatte.

Die Sturmwolken zeigten noch immer einen silbernen Rand. Sie hatte erfahren, dass Becket auf dem Weg nach Caen, wo er mit Henry sprechen und den Krönungsbann über seine Bischöfe verhängen wollte, von Henrys Überfahrt gehört und wegen des schlechten Wetters kehrtgemacht hatte. Nicht dass ihn dies davon abhalten würde, einen neuerlichen Versuch zu unternehmen. Sie würde wachsam bleiben müssen.

Ein Gegenstand auf der Fensterbank fiel ihr ins Auge: ein kunstvoll aus Walrosselfenbein geschnitztes Nadelkästchen. Was es in Henrys Kammer verloren hatte, war ihr ein Rätsel. Er flickte Teile seiner Rüstung manchmal selbst, aber dies war das zierliche Nähutensil einer Frau. Alienor entfernte den kleinen Stopfen, der an einem Seidenstrang hing, und schüttete sich eine Anzahl silberner Nadeln in die Hand, alle mit verschieden großen Öhren und von unterschiedlicher Dicke, um mit verschiedenen Stoffen zu arbeiten. Ein Stück schmales rotes Band steckte an der Seite des Kästchens, und als sie es herauszog, stellte sie fest, dass es mit winzigen goldenen Löwen bestickt war. Es war eine schöne, kunstvolle Arbeit. In eine Nadel war Goldgarn eingefädelt, an dem feine honigbraune Haare hingen. Die Frage, wem dies gehörte oder wer hier gewesen war, erübrigte sich. Alienors Kehle zog sich zusammen. Einst hätte sie selbst etwas Derartiges für Henry angefertigt… jetzt nicht mehr. So vorsichtig, als handele es sich um eine tote Schlange, trug sie das Band zu dem Becken, warf es in die Kohlen und sah zu, wie es schrumpfte und verbrannte. Dann warf sie das Nadelkästchen hinterher.

Als die Seide zu Asche zerfiel, kam ihr Haushofmeister herein, um ihr mitzuteilen, dass Henry sicher in Southampton angekommen war.

Alienor erwiderte nichts darauf, weil sie ihn und seine Mätresse in diesem Moment auf den Grund des Meeres wünschte.

»Aber die Flotte wurde von dem Sturm auseinandergetrieben, und ein Schiff mit dem Leibarzt des Königs und Gilbert de Suleny an Bord war untergegangen.«

»Das sind traurige Neuigkeiten.« Sie nahm sich zusammen. Selbst wenn Henry auf dem gesunkenen Schiff gewesen wäre, wären andere mit ertrunken, die sie mochte oder die nichts mit ihrer Wut auf ihn zu tun hatten. »Ich werde Dankgebete sprechen und Almosen für die Seelen der Toten geben lassen.«

Harry erschien. Seine Wangen waren nach einem wilden Ritt auf seinem Pferd gerötet. Seine Energie und wie er in den Raum gerauscht war, erinnerte sie sehr an Henry.

»Dein Vater ist gut angekommen, hatte aber eine stürmische Überfahrt«, verkündete sie sachlich. »Ein Schiff ist gesunken. Ralph de Bellamont und Gilbert de Suleny waren an Bord.«

Harry setzte eine betrübte Miene auf. »Das tut mir leid, und ich bin froh, dass ich nicht bei ihnen war. Papa scheint ständig Stürme anzuziehen.«

»O ja«, stimmte sie zu, »und für gewöhnlich erzeugt er sie selbst, obwohl Becket es für einen Ausbruch von Gottes Zorn halten würde.«

»Becket betrachtet alles, was ihm missfällt, als Ausdruck von Gottes Zorn«, entgegnete Harry mit einer Grimasse. »Zum Glück musste ich nicht in seinem Haushalt bleiben.«

»Die Zeit, die du dort verbracht hast, war wertvoll für dich, und zwar nicht nur wegen des Erzbischofs, sondern auch aufgrund der gelehrten Männer, mit denen er sich umgeben hat.«

Harry murmelte etwas Unverständliches. Alienor betrachtete ihren so vielversprechenden Sohn – gut aussehend, intelligent und leicht gelangweilt. Unterricht zu folgen, bei dem er still sitzen musste, fiel ihm schwer – ganz im Gegensatz zu Geoffrey, der sich darin hervortat, oder zu Richard, der absolute Konzentration an den Tag legen konnte, wenn ihn etwas interessierte. Harry hatte Henrys Ruhelosigkeit geerbt, aber nicht seinen Tiefgang. Er glich einem dahinflatternden Schmetterling, und das machte Alienor Sorgen. Um herrschen zu können, musste er sich Wissen und Weisheit aneignen, aber mit einem Lehrer im Unterricht zu sitzen, war eindeutig nicht der beste Weg.

»Ich habe über deinen persönlichen Haushalt nachgedacht, den du brauchen wirst, wenn du gesalbt bist«, fuhr sie fort. »Dein Vater schlägt Richard Barre als deinen Kanzler vor.«

Harrys Miene verfinsterte sich. »Er steht ganz auf der Seite meines Vaters und ist ein furchtbarer Kleingeist.«

»Er verfügt aber über eine große Erfahrung«, hielt Alienor dagegen. »Die brauchst du als Stütze deiner Verwaltung. Außerdem hält er sich im Moment in Rouen auf, also stößt er nicht sofort zu dir. Walter kann dein Kaplan bleiben, und ich denke daran, den jungen Sekretär Wigan in das Kanzleigericht zu befördern. Und wie wäre es mit William Marshal als dein Marschall und Waffenlehrer?«

Harrys Gesicht hellte sich auf. Offenbar hatte er beschlossen, nicht zu schmollen. »Diese Männer hätte ich mir selbst auch ausgesucht.« Er ließ sich auf eine gepolsterte Bank vor dem Kohlebecken sinken, breitete die Arme aus und schlug die Beine übereinander. »Und ich will dazu noch Adam Yqueboeuf, Philippe de Colombiers und Baldwin de Béthune haben.«

»Wie du möchtest.« Die Genannten entsprachen nicht alle Alienors Geschmack, vor allem der Speichellecker Yqueboeuf nicht, aber ein junger Mann brauchte neben den Kontrolleuren und Beratern, die seine Eltern für ihn bestimmten, auch noch ein paar seiner Freunde.

Harrys Blick fiel auf das brennende Nadelkästchen, und er rümpfte angesichts des Gestanks nach verbrannten Knochen die Nase.

»Ich habe es auf der Fensterbank gefunden«, erklärte Alienor, »darin befand sich ein rotes, mit Löwen besticktes Band. Ich dulde nicht, dass sichtbare Beweise für die Existenz der Konkubine deines Vaters die Orte verpesten, an denen ich mich aufhalte.«

Harry wich ihrem Blick aus. »Daraus kann ich dir keinen Vorwurf machen, Mama.«

»Du warst mit ihr zusammen? Du kennst sie?« Die Vorstellung, dass Rosamund de Clifford mit ihren Söhnen bekannt war, stieß sie ab.

Er hob zustimmend die Schultern. »Sie streitet nicht mit ihm«, sagte er. »Sie interessiert sich nicht für politische Fragen, und er kann mit ihr über ganz alltägliche Dinge reden.«

Alienor kräuselte die Lippe. »Das kann er mit mir auch, wenn er will.«

»Aber du bist wild und unzähmbar wie ein Adler, Mama. Du könntest mit dem, was ihm gehört, in den Klauen fortfliegen oder ihm die Augen aushacken. Rosamund ist wie ein Kätzchen. Wenn sie ihn kratzt, dann unbeabsichtigt, und er kann ihr mit einer Hand den Hals zudrücken – aber das will er gar nicht. Er will mit ihr spielen und ihr ein Halsband mit Glöckchen umlegen.«

Alienor verspürte Übelkeit. »Ich verstehe.«

Harry scharrte mit dem Zeh in den Binsen auf dem Kammerboden. »Er braucht euch beide, Mama.«

Sie gab einen ärgerlichen Laut von sich. Immer drehte sich alles um die Wünsche und Bedürfnisse von Männern, sogar bei ihren Söhnen. »Ich bin nicht so sicher, dass ich ihn brauche. Und was er an mir fürchtet, weiß ich nur zu gut.«

Zwei Wochen später traf Harrys Braut Marguerite zusammen mit ihrer jüngeren Schwester Alais in Caen ein. Seit der Farce der Hochzeit mit Harry vor zehn Jahren hatte Alienor Marguerite nicht mehr zu Gesicht bekommen. Aus dem plumpen Kleinkind war ein robustes, schwer gebautes Mädchen geworden, das wenig Ähnlichkeit mit seinem schlanken silberhaarigen Vater aufwies. Sie reichte nicht an seine Körpergröße heran, und ihr Gesicht war teigig und mit den Pickeln der Jugend übersät. Aber ihr brünettes Haar war wellig und schimmernd, und sie hatte schöne braune Augen. Ihre Schwester Alais hatte die hellen Farben ihres Vaters geerbt; sie glich einer kleinen, grauäugigen Maus. Alienor war darauf vorbereitet gewesen, diesen Mädchen Abneigung entgegenzubringen, aber jetzt änderte sich etwas in ihr. Wie sie es auch drehte und wendete, Marguerite war ihre Schwiegertochter, und selbst wenn sie jetzt noch nicht gekrönt wurde, würde dies irgendwann einmal geschehen. Bald würde sie alt genug sein, um Kinder zu bekommen. Trotz ihres Widerwillens musste Alienor sie in ihren Einflusskreis ziehen.

Harry war von den französischen Prinzessinnen nicht beeindruckt. Obwohl er sie höflich behandelte, zeigte er wenig

Interesse. Er betrachtete seine Ehe mit Marguerite als notwendige Pflicht. Sie legte keinen Wert darauf, sich hübsch herzurichten, hielt schöne Kleider und Schmuck für überflüssigen Putz und hatte feste, unerschütterliche Ansichten. Auf Harry mit seinem lebhaften, wachen Naturell musste sie so anregend wirken wie eine Schale kalter Haferbrei.

Alienor übernahm es, Marguerite für ihr neues Leben vorzubereiten. Sie war mit Truhen voll schlichter Gewänder und ohne jeglichen Prunk und Pomp gekommen, der sonst Königshäusern zu eigen war. Alienor stellte eine Schneiderin ein, die ihr neue Roben anfertigte. Zu Marguerites warmen Farben passten Rot-, Gold- und Grüntöne, aber als sie in ihre prächtigen neuen Gewänder gekleidet war, glich sie einem Ackergaul im Geschirr eines edlen Reitpferdes.

Dennoch hatte Marguerite ihre Vorzüge. Sie war hartnäckig und standfest. Obwohl sie keine gute Reiterin war, wenn es um eine schnellere Gangart als Trab ging, konnte sie stundenlang im Sattel sitzen, ohne sich zu beklagen. Sie verfügte über Zähigkeit und Ausdauer sowie die Fähigkeit, Dinge bis zum Ende zu durchdenken. Derartige Eigenschaften würden für Harry, der diese Art von Bodenständigkeit brauchte, von großem Nutzen sein – obgleich er natürlich zuerst einmal Notiz von seiner Frau nehmen musste.

Alienor schickte sie beide mit den Falken auf die Jagd, was sich als erfolgreich erwies, weil Marguerite den Ausritt genoss und Harry mit seinem weißen Gerfalken und seinem beachtlichen Geschick im Umgang mit dem Vogel prahlen konnte. Marguerite bewunderte ihn dafür, und beide hatten Spaß an dem Jagdtag.

Später bei Tisch gab sich Marguerite lebhafter als sonst, wodurch Harry ihr mehr Aufmerksamkeit schenkte, als er beabsichtigt hatte.

Alienor beobachtete sie von einer sachlichen, politischen Warte aus. Sie hatte diese Ehe nie gewollt, aber da daran nichts mehr zu ändern war, wäre es das Beste, wenn das Paar in einer Art von formeller Partnerschaft Erfüllung finden könnte. Irgendwann würde sie Marguerite eröffnen müssen, dass sie nicht mit Harry das Meer überqueren würde, um an seiner Seite zur Königin gekrönt zu werden ... aber jetzt noch nicht.

Alienor war in ihrer Kammer und las Briefe aus Poitou, als William Marshal um eine Audienz bat und sie ihren Haushofmeister anwies, ihn hereinzuführen.

William betrat den Raum und kniete vor ihr nieder. Er kam direkt von einem Patrouillenritt und trug noch seine Rüstung und seinen Schwertgurt. Seine Waffen hatte er jedoch bei der Tür zurückgelassen. »Madam«, begann er ohne Einleitung, »wir haben die Straßen überwacht, wie Ihr befohlen habt, und den Bischof von Worcester und seine Diener abgefangen. Ihr sagtet, Ihr wolltet mit jedem Geistlichen sprechen, auf den wir treffen, also habe ich ihn höflich ersucht, uns zu begleiten.«

Alienor lächelte zufrieden. »Das habt Ihr gut gemacht, William. Bringt ihn zu mir, aber behandelt ihn als geschätzten Gast und lasst uns Erfrischungen bringen. Ich möchte, dass Ihr bleibt und die Ohren offen haltet – aber legt erst Eure Rüstung ab. Ich will den guten Bischof ja nicht einschüchtern.«

»Madam«, erwiderte William mit einem verständnisvollen Blick. Kurz darauf kehrte er in seine Hoftunika gekleidet zurück und geleitete ehrerbietig Roger, den Bischof von Worcester, zu ihr. Letzterer war Henrys Vetter und fünfzehn Jahre älter als er. Roger war ein gut aussehender, redegewandter

Mann mit dunklem, an der Schläfe ergrauendem Haar und einem kurzen, weiß durchsetzten Bart. Er war ein langjähriger Freund von Thomas Becket, der ihn vor sieben Jahren in sein Bistum eingegliedert hatte. Da Henry sein Verwandter war und er ihn gut kannte, stand er in gutem Kontakt mit beiden Lagern.

Alienor mochte Roger of Worcester, auch wenn er Exkommunikationsbriefe bei sich trug, die Harrys Krönung verhindern würden, sollten sie England erreichen. Er war fromm, aber anpassungsfähig. Einige Bischöfe, die sie kannte, vor allem Gilbert Foliot, hätten vor Wut geschnaubt, wenn sie auf diese Art aufgehalten worden wären. Doch Roger kannte die Spielregeln und kam auf sie zu, als wäre er tatsächlich ein Ehrengast.

Alienor begrüßte ihn, indem sie seinen Ring küsste, woraufhin er sich lächelnd vor ihr verbeugte.

»Ich freue mich, Euch wiederzusehen«, sagte sie. »Es ist lange her.«

»Mir hat Eure Gegenwart ebenfalls gefehlt, Madam, und die des Königs auch«, erwiderte er glatt.

Diener brachten eine Bergkristallkaraffe mit bestem Gascogne-Wein und in Öl gebackene Pasteten, kleine Käsetörtchen, geröstetes Huhn und frischen Lachs mit Ingwer und Korinthen. Sie arrangierten alles auf dem mit einem weißen Leinentuch bedeckten Tisch und platzierten kostbare Silberplatten und Glasbecher darauf. »Kommt«, forderte Alienor ihn auf, »nehmt etwas zu Euch. Ich benötige Euren Rat, und ich bin sicher, eine kleine Mahlzeit wird Euch guttun.«

Er betrachtete die angerichteten Speisen und die zarten Dampfwölkchen, die von der knusprigen Hühnerhaut aufstiegen. »Ihr seid sehr freundlich, Madam. Reisen macht immer hungrig, und es ist eine Weile her, seit meine Begleiter und ich zuletzt etwas gegessen haben.«

»Sie werden gleichfalls bewirtet werden, und wir werden Euch einen Schlafplatz zur Verfügung stellen.«

»Madam, es ist nicht notwendig, dass Ihr Euch unseretwegen solche Umstände macht.« Er saß sichtlich in der Klemme, aber das hielt ihn nicht davon ab, nach allen Regeln diplomatischer Kunst zu kämpfen.

»Oh, das bereitet gar keine Mühe, Mylord. Ich muss sogar darauf bestehen, dass Ihr eine Weile bleibt, weil wir viel zu besprechen haben.«

Sie beobachtete, wie er sich im Raum umblickte. Ihre Musiker hatten sich in der Fensterschräge aufgestellt und stimmten ihre Instrumente. Ihr Haushofmeister zündete mehr Kerzen an. William hielt sich im Hintergrund; seine Gegenwart stellte eine subtile Mahnung an den Bischof dar, dass er zwar ein Gast war, es ihm aber nicht freistand, aufzustehen und zu gehen.

»Ich stehe zu Eurer Verfügung, Madam«, erwiderte er höflich und nahm auf der gepolsterten Bank zwischen Wand und Tisch Platz.

Nachdem sie sich die Hände gewaschen und Roger die Speisen gesegnet hatte, begann Alienor: »Ihr reist nach England, wie ich annehme?«

Die Musiker begannen ein leises, harmonisches Duett auf Harfe und Lautengitarre zu spielen. Sie nahm die dicke Scheibe Hühnerbrust entgegen, die der Bischof geschickt abschnitt und auf ihre Platte legte.

»Madam, Ihr habt recht«, bestätigte er. »Ich war in einer dringenden Angelegenheit, die den König betrifft, auf dem Weg nach England.«

»Es tut mir leid, Euch mitteilen zu müssen, dass das Meer

für diese Jahreszeit sehr stürmisch und die Überfahrt schwierig war.« Sie griff nach ihrem Becher und nippte zierlich an ihrem Wein.

»Ich hörte in der Tat, dass die Flotte des Königs einen heftigen Sturm durchstehen musste, aber das Wetter hat sich jetzt gebessert.«

»Mag sein, aber es kann jederzeit wieder umschlagen.«

»Wenn Ihr mir gestattet aufzubrechen, mache ich mich gern wieder auf den Weg.«

Alienor lächelte. »Natürlich, Mylord Bischof, aber ich fürchte, das wird nicht möglich sein, bevor der Wind sich dreht – wann immer das auch sein mag. Ihr werdet bequem untergebracht werden und so bald wie möglich abreisen können.«

Er nahm seine Situation mit einem schiefen Grinsen zur Kenntnis.

»Solltet Ihr Briefe für den König dabeihaben, werde ich gerne dafür sorgen, dass sie ihm durch einen schnellen Boten zugestellt werden. Wenn Ihr sie mir gebt, könnt Ihr morgen früh weiterreisen.«

»Madam, ich weiß Euer Angebot zu schätzen, aber jegliche Korrespondenz, die ich bei mir habe, wurde mir eigens anvertraut, und es ist unerlässlich, dass ich sie persönlich übergebe.«

»Ich verstehe«, erwiderte Alienor. »Ich wollte Euch nur eine Reise ersparen.«

»Das ist sehr fürsorglich von Euch, Madam.« Der Bischof gab sich keine Mühe, die Ironie in seiner Stimme zu verbergen. »Keine Reise ist je verschwendete Zeit, aber ich bin mir bewusst, warum Ihr sie verzögert.« Er wischte sich mit seinem Mundtuch die Lippen ab. »Ihr wisst, dass die Rechtmäßigkeit der Krönung Eures Sohnes in Frage gestellt werden wird, wenn sie nicht vom Erzbischof von Canterbury vorgenommen wird?«

»Der König verfügt über einen Dispens vom Papst«, erwiderte sie ruhig. »Soweit ich weiß, ist die Rolle des Erzbischofs von Canterbury lediglich eine Tradition und kein unanfechtbares Recht. Aber ich werde Euren Hinweis beherzigen. Ich bin sicher, dass die Situation in Zukunft durch zusätzliche Zeremonien und, so Gott will, der Beteiligung von Canterbury geklärt wird, aber für den Moment bleibt alles, wie es ist.«

»Der König von Frankreich wird mit einem solchen Arrangement für seine Tochter nicht einverstanden sein.«

»Darum werden wir uns kümmern, wenn es so weit ist. Es sollte doch im Sinne des Königs von Frankreich sein, zur Klärung dieser Angelegenheit beizutragen, wenn er wünscht, dass seine Tochter vom Erzbischof von Canterbury gekrönt wird, nicht wahr?«

Roger of Worcester äußerte sich nicht weiter dazu, und für den Rest der Mahlzeit wurden leichtere Töne angeschlagen. Tatsächlich schien er sich nach ihrem anfänglichen Wortwechsel mit seiner Lage abgefunden zu haben und sich sogar zu entspannen und die Musik zu genießen. Alienor war verwundert, denn sie hatte angenommen, er würde sich wesentlich mehr Sorgen machen.

Als er sich für die Nacht in die für ihn vorbereitete Kammer zurückzog, wies sie William an, eine Wache vor seiner Tür zu postieren.

»Ihr glaubt, er wird einen Fluchtversuch unternehmen?«

»Ich weiß es nicht, aber er hat seinen Zwangsaufenthalt klagloser hingenommen, als ich erwartet habe.«

»Vielleicht ist er nicht mit dem Herzen bei der Sache?«

Sie schüttelte den Kopf. »Weit gefehlt – ich glaube, er ist

sehr umtriebig. Er ist ein enger Freund des Erzbischofs und sehr bedacht in seinen Handlungen. Ich muss sichergehen, dass es sich hierbei nicht um eine List von ihm handelt.«

»Vielleicht gibt es Duplikate der Briefe. Der Erzbischof muss sich doch denken können, dass die Straßen überwacht werden.«

»Zu diesem Schluss bin ich ebenfalls gekommen«, bestätigte Alienor, »daher müssen wir weiterhin auf der Hut sein. Aber selbst wenn solche Briefe eintreffen, vermute ich, dass sie nicht beachtet werden.«

William verneigte sich und wollte die Kammer verlassen, aber sie fasste ihn am Arm und bedeutete ihm, sich zu setzen. »Bevor Ihr geht, möchte ich mit Euch noch über eine andere Sache sprechen.«

»Madam.« Er wirkte aufmerksam und freundlich, aber Alienor merkte ihm an, dass er seine Zweifel und Unsicherheiten zu verbergen suchte.

»Ich habe über Eure Situation nachgedacht«, sagte sie, als er seine hochgewachsene Gestalt auf die Bank zwängte. »Mit Euch kommt es mir vor, als hielte ich ein schnelles Reitpferd in meinen Ställen und ließe es den Pflug ziehen und Waren zum Markt tragen. Ich weiß, dass Ihr unter den Einschränkungen leidet, denen Ihr unterworfen seid.«

»Madam, ich …«

»Nein.« Sie brachte ihn mit erhobener Hand zum Schweigen. »Ihr könnt Euer volles Talent nicht ausschöpfen, und das ist eine Verschwendung Eurer Fähigkeiten und meiner Großzügigkeit.«

Er sah sie mit einem Funkeln in den Augen an – Überraschung und freudige Erregung, dachte sie. »Madam, ich bin zufrieden, Euch zu dienen …«

»Nein, das seid Ihr nicht«, widersprach sie. »Ihr seid guten willens und loyal, aber das ist etwas ganz anderes. Ihr braucht mehr, als ich Euch geben kann. Bevor der König nach England gesegelt ist, haben wir über die Männer gesprochen, die den Kern von Harrys Haushalt bilden sollen. Harry mag Euch, und Ihr habt ein Talent dafür, die kriegerischen Fähigkeiten der Knappen und jungen Burschen zu schulen; Ihr habt Kampferfahrung, beweist diplomatisches Geschick und dient mir treu. Mit der Zustimmung des Königs ernenne ich Euch zu Harrys Marschall und seinem Lehrer in Rittertugenden, wenn er nach England reist, um dort gekrönt zu werden.«

Williams Wangen färbten sich rosig. Er erhob sich von der Bank und fiel vor ihr auf die Knie. »Madam, Ihr erweist mir eine große Ehre.«

»Das tue ich.« Sie streckte lächelnd die Hand aus, damit er ihren Ring küssen konnte. »Das ist eine einmalige Chance für Euch. Nutzt sie gut.«

»Weiß der junge Lord schon Bescheid?«

»Er hat um Euch gebeten, als wir über die Zusammenstellung seines Gefolges sprachen.« Sarkastische Belustigung schlich sich in ihre Stimme. »Er will unter allen Umständen verhindern, dass Ihr Richard ausbildet und ihm dadurch einen Vorsprung verschafft. Ich habe erwogen, Euch als Richards Lehrer einzusetzen, dann aber beschlossen, dass es für Euch besser ist, Harry zu dienen. Ihr seid gebürtiger Engländer, Ihr kennt die Sitten des Landes und werdet ihm deshalb sehr nützlich sein. Ferner erwarte ich von Euch, dass Ihr sein Ungestüm zügelt – und mir berichtet, wie er sich macht. Benutzt Wigan als Boten. Er wird als Harrys Sekretär fungieren, und ich weiß, dass er die Turnierlisten für Euch führt.«

»Madam.«

»Sowohl ich als auch der König vertrauen darauf, dass Ihr auf Harry Acht gebt. Bislang habt Ihr uns noch nicht enttäuscht. Durch Loyalität und treue Dienste werdet Ihr es weit bringen, William, doch Ihr könnt noch höher aufsteigen. Ihr habt die nötigen Fähigkeiten, mehr als ein Ritter in einem Gefolge zu werden, aber es ist an Euch, etwas daraus zu machen.«

Er holte tief Atem und nahm ihre Worte in sich auf. Alienor sah, dass er sie sehr wohl verstand. Sie schenkte ihm ein breites, warmes Lächeln. Obwohl sie es ihm freigestellt hatte, sie zu verlassen, konnte sie seiner lebenslangen Unterstützung sicher sein.

Der Bischof von Worcester verbrachte die Nacht ohne Zwischenfälle, besuchte am Morgen die Messe und traf sich dann zu Gesprächen mit seinen Mitgeistlichen. Er nahm seinen Hausarrest weiterhin gleichmütig hin. Als er Marguerite und Harry kennenlernte, gab er sich reserviert, aber höflich und scheinbar von seiner Situation unberührt. Obgleich er keine Fluchtabsichten zeigte, ließ Alienor ihn weiterhin streng bewachen und schrieb Henry, dass der Bischof von Worcester ihr Gast war.

Eine Woche später traf ein weiterer Gast in Caen ein. Es war Isabels Schwägerin Mary de Boulogne, die von Henry gezwungen worden war, ihr Kloster zu verlassen und Matthew of Alsace zu heiraten. Mary hatte ihrem unerwünschten Mann im Januar eine zweite Tochter geboren und hatte nach zehn Jahren Ehe endlich die Annullierung durchgesetzt, um ihr religiöses Leben wieder aufzunehmen.

Die Frau, die in Alienors Kammer geführt wurde, war so klein und dünn wie ein Winterspatz. Ihre Wangen waren eingefallen, ihre dunklen Augen umwölkt, aber dennoch hatte sie das Kinn entschlossen vorgeschoben und hielt sich sehr gerade. Ihre schmale Gestalt war in ein Gewand aus schlichter dunkler Wolle gehüllt und bauschte sich über einem Ledergürtel. Ein in strenge Falten gelegter weißer Schleier bedeckte ihr Haar und betonte ihre Gesichtskonturen.

»Ich möchte nach England übersetzen, um meine Angelegenheiten zu regeln und meinen Frieden zu finden«, sagte sie zu Alienor. »Von Frau zu Frau königlichen Blutes erbitte ich eine sichere Überfahrt. Ich habe zehn Jahre in der Welt erduldet.« Sie biss die Zähne zusammen. »Meine Ehe begann mit einer Entführung. Ich habe in die Heirat nie eingewilligt; sie verstieß von Anfang an gegen das Gesetz. Gott sei Dank hat die Kirche jetzt ihr Gewissen wiedergefunden und mir eine Annullierung zugestanden. Ich bin froh, mich von der Welt zurückziehen zu können.«

»Ich verstehe Eure Bedürfnisse, Mylady«, erwiderte Alienor. Sie empfand großes Mitgefühl für Mary und zugleich Schuldgefühle, weil sie damals mehr Einwände hätte erheben müssen – obwohl Henry entschlossen gewesen war, seinen politischen Kurs beizubehalten und sie wahrscheinlich nichts hätte ändern können. »Ihr seid herzlich eingeladen, so lange hier zu logieren, wie es Euch beliebt.«

»Ich danke Euch.« Mary faltete die Hände im Schoß und verkrallte sie ineinander, bis sie einen einzigen weißen Knoten bildeten.

Später speisten die Frauen mit dem Bischof von Worcester zu Abend. Mary verhielt sich ruhig und würdevoll, und Alienor konnte in ihr die mächtige Mutter Oberin erkennen, die sie gewesen war, bevor Henry sie aus diesem Leben herausgerissen hatte. Mary fragte nicht, warum der Bischof hier beherbergt wurde, obwohl sie den Grund kennen musste. Sie blieb still und in sich gekehrt, obwohl sie und der Bischof kurz theologische Fragen erörterten.

Am nächsten Tag brach Mary mit ihrem kleinen Gefolge

auf. Sie verabschiedete sich im Hof formell von Alienor, bevor sie ihr weißes Maultier bestieg. Das Bild, das sie mit ihren geschürzten Lippen und in ihrem dunklen Kleid unter dem schlichten Umhang abgab, vermittelte Alienor den Eindruck, dass Mary in einer Welt weilte, die sämtlicher Freude beraubt war. Alles, was blieb, war eine graue, stählerne Entschlossenheit, und in gewisser Hinsicht verstand Alienor, wie sie sich fühlte.

39

Caen, Juli 1170

Die endgültigen Vorbereitungen für Harrys Abreise nach England hatten begonnen. Das Wetter war mild und schön geworden; der Wind wehte aus der richtigen Richtung, und die Kanalüberquerung würde problemlos verlaufen.

Näherinnen und Schneider hatten Tag und Nacht gearbeitet, um die Krönungsgewänder fertigzustellen. Marguerite, die immer noch nicht wusste, dass sie ihren jungen Ehemann nicht begleiten würde, strahlte geradezu vor Vorfreude. Obwohl sie sich normalerweise nicht viel aus Kleidern machte, war sie von ihren Krönungsroben aus Goldstoff, ihrem Hermelinumhang und den mit Edelsteinen bestickten Schuhen begeistert und tanzte nach der letzten Anprobe in der Kammer umher. Ihre Augen leuchteten, während sie unaufhörlich über ihre bevorstehende Krönung in der Abtei von Westminster plapperte.

Alienor fand, dass Marguerite verloren in ihren Kleidern wirkte, und sicherlich war es schwierig, aus ihr eine elegante junge Frau zu machen, aber mit genügend Prunk und Pracht ließ sich dies geschickt verschleiern. Alienor empfand einen Anflug von Befriedigung darüber, dass Marguerite selbst in ihren besten Momenten nicht annähernd so prächtig aussehen würde wie sie selbst an ihrem Krönungstag, an dem sie Harry im Leib getragen hatte. Selbst jetzt würde Marguerite neben Harrys Glanz verblassen – falls und wenn sie gekrönt wurde.

Marguerite legte schließlich ihre Alltagskleider wieder an. Die Frauen falteten die Krönungsgewänder zusammen und legten sie in eine Zedernholztruhe, als William Marshal erschien, um mit Alienor zu sprechen. Seit er in Harrys Gefolge aufgenommen worden war, legte der junge Ritter eine neue Würde an den Tag. Er hatte sich um das Beladen der Schiffe und die mit der Reise verbundene Logistik gekümmert. Die Sommerhitze hatte sein Gesicht gerötet und helle Strähnen in sein dunkelbraunes Haar gebleicht. Einige von Alienors Kammerfrauen sandten schüchterne Blicke in seine Richtung, derer er sich offenbar bewusst war, auf die er aber nur mit einer leichten Verbeugung in ihre Richtung einging.

»Verläuft alles nach Plan?«, fragte Alienor.

»Ja, Madam.« Er verbeugte sich auch vor Marguerite, die ihn anlächelte. Wie alle anderen auch entspannte sie sich angesichts von Williams Charme sofort.

»Während ich auf den Docks war, traf ein englisches Schiff mit einem Boten an Bord ein.« Er drehte sich um, um auf den Mann zu deuten, der vor der Tür stand.

Alienor bedeutete ihm, zu ihr zu kommen. Er kniete vor ihr nieder und reichte ihr einen Brief. Während sie den Inhalt las, schob sie die Unterlippe vor. »Du kannst gehen, aber komm zur Komplet zurück, um die Antwort abzuholen.«

Nachdem er sich verneigt und den Raum verlassen hatte, wandte sie sich an William. »Ich weiß jetzt, warum Roger of Worcester seine Einquartierung hier so gleichmütig hingenommen hat. Die Exkommunikationsbriefe sind in England eingetroffen.«

Auf seinem Gesicht zeichnete sich Verdruss ab. »Es tut mir leid, Madam. Ich habe aufgepasst, aber offenbar nicht gut genug.«

»Es ist nicht Eure Schuld. Der Erzbischof hat die Briefe

durch Lady de Boulogne geschickt.« Sie lachte kurz auf. »Die ganze Zeit, in der sie hier war, mir einen Pflichtbesuch abgestattet und um die Erlaubnis gebeten hat, nach England reisen zu dürfen, saß sie auf diesen Exkommunikationsdokumenten!«

William zuckte zusammen, doch in seinen Augen blitzte Anerkennung auf. »Was wird jetzt geschehen?«

»Nichts. Der König wird die Krönung trotzdem stattfinden lassen, weil er sie sich in den Kopf gesetzt hat. Er wird die Briefe zweifellos verbrennen und behaupten, sie hätten ihn nie erreicht, aber es wird der Gräfin von Blois Genugtuung verschaffen, sie überbracht zu haben, und Becket hat durch das Durchbrechen der Blockade einen moralischen Sieg errungen. In dem Brief stehen noch andere Neuigkeiten.« Sie spähte über ihre Schulter, aber Marguerite spielte außer Hörweite mit ihrem kleinen Terrier. »Der König hält es für unklug, Marguerite zu krönen. Sie soll nicht mit Harry nach England segeln, sondern vorerst hier bei mir bleiben.«

William hob die Brauen. »Weiß mein junger Herr davon?«

»Nein«, erwiderte Alienor. »Er muss es auch vor morgen nicht erfahren. Ich vertraue auf Eure Diskretion.«

»Das könnt Ihr, Madam, aber für die Prinzessin tut es mir leid.«

»Es ist nur eine vorläufige Verzögerung. Sie wird auch noch gekrönt werden.«

»Ja, Madam.« William verbeugte sich mit unbeteiligter Miene und verabschiedete sich.

Am nächsten Morgen ging Harry bei Tagesanbruch an Bord des Schiffes nach England. Der Sonnenaufgang warf einen schimmernden Streifen über das Meer und tauchte den Horizont in einen goldenen Schein. Viele Mitglieder des Gefolges waren aufgrund des milden Sommerabends sehr spät zu Bett gegangen, und die Knappen und Ritter machten es sich mit verquollenen Augen an Deck bequem, um an Bord weiterzuschlafen.

Alienor umarmte Harry, der gerade ein Gähnen unterdrückt hatte. Sein Atem roch nach säuerlichem Wein und den Kardamomkörnern, die er gekaut hatte, um einen süßen Geschmack in den Mund zu bekommen. »Gute Reise«, sagte sie. »Wenn ich dich wiedersehe, wirst du ein gesalbter König sein.« Die letzten Worte erfüllten sie mit einem Anflug von Freude. »Behalte das im Gedächtnis, und werde deiner Rolle gerecht.«

»Natürlich, Mama.« Er klang abweisend. Sie konnte seine Ungeduld, endlich fortzukommen und sich mit Männerangelegenheiten zu befassen, deutlich spüren. Er war völlig gleichgültig geblieben, als er erfahren hatte, dass Marguerite ihn nicht begleiten würde; er schien sich sogar ein wenig darüber zu freuen, da dies bedeutete, dass er bei seiner Krönung allein in seinem vollen Glanz erstrahlen konnte, ohne die Ehrenbezeugungen teilen zu müssen. Alienor wünschte nur, sie könnte ihn begleiten und den Moment seines Triumphes miterleben, aber es würde andere Gelegenheiten geben.

»Geh mit meinem Segen.« Sie küsste ihn erneut und sah zu, wie er an Bord des Schiffes ging, das ihn seinem Schicksal entgegentragen würde.

Marguerite zerrte ihr Krönungsgewand aus seiner Truhe, schleuderte es auf den Boden und trampelte auf der goldenen Seide herum. »Ihr wusstet es!«, fuhr sie Alienor schluchzend an. »Ihr wusstet Bescheid! Ihr habt mich betrogen! Wozu ist dieses Gewand jetzt noch gut?« Sie versetzte dem Kleid einen Tritt. Ihr kleiner weißer Hund nutzte die Gelegenheit, um den

Stoff ebenfalls zu attackieren, mit seinen scharfen Zähnchen daran zu zerren und zu knurren.

Alienor musterte ihre Schwiegertochter überrascht und abwägend. Sie hätte der gleichmütigen Marguerite einen solchen Wutanfall gar nicht zugetraut. »Es ist die beste Lösung«, sagte sie. »Wegen des Streits mit dem Erzbischof. Der König ist im Besitz eines Dispenses, der es ihm gestattet, Harry von einem Bischof seiner Wahl krönen zu lassen, aber dieser Dispens erstreckt sich nicht auf dich. Die Zeremonie wäre nicht bindend, und dein Vater würde das niemals zulassen. Deine Krönung muss fehlerfrei verlaufen. Sie wird später vollzogen werden, wenn alles andere geregelt ist.«

»Aber sie war für jetzt geplant!«, stieß Marguerite unter Tränen hervor. »Ich traue Euch nicht! Ich werde Euch nie wieder trauen. Ich werde meinem Vater schreiben, und er wird mit einer Armee von Soldaten kommen und es euch allen heimzahlen. Ihr werdet alle dafür büßen!«

»Das reicht!« Alienor wurde allmählich wütend. »Hier geht es um Staatsangelegenheiten, von denen du keine Ahnung hast. Wenn es deine Schwiegereltern und dein Mann für richtig halten, die Krönung zu verschieben, dann wird sie verschoben. Deine Loyalität gilt zuallererst uns. Du benimmst dich wie ein verzogenes kleines Kind. Ich hätte dich für verständiger gehalten.«

Marguerites Schultern bebten. Sie schob das Kinn vor und starrte Alienor wie ein kampfeslustiger kleiner Hund an, ohne sich zu entschuldigen.

»Wir sprechen später weiter, wenn du dich beruhigt hast und man vernünftig mit dir über alles reden kann.« Mit diesen Worten verließ Alienor den Raum.

Als sie eine Stunde später zurückkam, fand sie Marguerite ruhiger, aber immer noch von schwelendem Groll erfüllt vor.

Das Kleid war aufgehoben und über eine Kleiderstange gehängt worden, aber Strohhalme und ein von Hundezähnen verursachter Riss zeugten noch immer von der Wut, die an ihm ausgelassen worden war. Marguerite hielt den Hund auf dem Schoß und streichelte ihn immer wieder.

Alienor setzte sich neben sie auf die Bank. »Wenn du Königin von England werden willst, musst du dich dieser Rolle gemäß verhalten«, mahnte sie.

»Ja, Madam«, erwiderte Marguerite, ohne mit dem Streicheln des Hundes innezuhalten. Ihre Stimme klang dumpf und tonlos. Alienor erinnerte sich daran, wie sie in demselben Alter gewesen war und Louis' Mutter, die Großmutter dieses Kindes, sie belehrt hatte, was sie zum Wohl des Landes zu tun hatte und dass sie sich nicht in politische Angelegenheiten einmischen sollte. Wie machtlos und von hilflosem Zorn erfüllt sie sich gefühlt hatte, obwohl sie um einiges erfahrener gewesen war als Marguerite. Sie verstand, was das Mädchen neben ihr empfand, aber sie konnte sich jetzt auch in ihre Schwiegermutter hineinversetzen.

»Ich will trotzdem an meinen Vater schreiben«, beharrte Marguerite trotzig.

Alienor beherrschte sich und ließ sich ihre Verärgerung nicht anmerken. »Mach, was du willst, aber es handelt sich nur um einen Aufschub. Du wirst noch zur Königin gekrönt werden, das verspreche ich dir.«

Marguerite drückte den Hund an sich, woraufhin dieser ihr über das Gesicht leckte.

»Selbst wenn ich gewollt hätte, hätte ich die Dinge nicht ändern können. Du musst noch viel über den Rang und die Macht einer Königin lernen – was möglich ist und was nicht. Loyalität gegenüber deinem Mann ist dein oberstes Gebot, daran musst du dich jetzt halten.«

Marguerites Miene blieb störrisch, doch sie nickte steif. »Ja, Madam.«

»Gut.« Alienor nahm die Hand des Mädchens in die ihre, auch wenn sie diese Geste etwas widerwillig einsetzte. Marguerites Haut fühlte sich weich und klamm an. »Ich weiß, dass es schwer für dich ist, aber du bist jung, deine Zeit wird kommen.«

Vierzehn Tage nach Harrys Krönung kehrte Henry in die Normandie zurück, ging in Barfleur an Land und reiste von dort nach Vendôme, um mit Louis zu sprechen. Dieser hatte bereits eine Armee zusammengerufen und traf Vorkehrungen, in Henrys Herrschaftsgebiet einzufallen, um die Schmach zu rächen, die seiner Tochter zugefügt worden war. Er verlangte zu wissen, weshalb sie nicht zusammen mit Harry gekrönt worden war, und bestand darauf, dass die Differenzen mit Becket ein für alle Mal beigelegt wurden. Isabel war mit dem königlichen Gefolge aus England gekommen, und sie besuchte Alienor, John und Joanna in Fontevrault, bevor sie nach Poitiers weiterreisen würde.

Alienor fragte Isabel in allen Einzelheiten über Harrys Krönung aus; sie brannte darauf, jedes Detail zu erfahren.

»Harry hat alle überstrahlt; du wärst so stolz auf ihn gewesen«, sagte Isabel, als sie und Alienor am Kamin saßen und Wein tranken. »Er wirkte ganz wie ein König, so hochgewachsen und gut aussehend. Er ist dazu geboren, eine Krone zu tragen. Er kannte seine Rolle nicht nur, er verschmolz mit ihr. Die Menge hat ihn vergöttert, ich habe noch nie zuvor ein so donnerndes Zujubeln gehört.«

Alienor lächelte stolz und wurde von einem Hauch selbstgefälligen Triumphes erfüllt. Dieser allgemeine Beifall musste Henry erfreut und gleichzeitig wie ein Splitter in sein Herz getroffen haben, weil er seinem Sohn und nicht ihm selbst galt.

Isabel bemerkte wehmütig: »Ich sehe ihn noch als winziges Baby in der Wiege vor mir. Es war eigenartig, ihn schon fast als Mann zu erleben.«

Alienor schluckte, als sie sich an den Griff seiner kleinen Hand um ihren kleinen Finger erinnerte. »Die Zeit vergeht zu schnell«, versetzte sie.

»Es tut mir wirklich leid, dass du bei der Zeremonie nicht dabei sein konntest, aber ich weiß, dass du andere Pflichten hattest.«

Alienor verzog das Gesicht. »Meine einzige Pflicht war es, als Henrys Sündenbock herzuhalten. Hast du Mary de Boulogne gesehen?«

»Ja, sie hat mich besucht, und wir haben gemeinsam gebetet. Sie hatte befürchtet, ich könnte auch zu meiner Ehe gezwungen worden sein. Ich habe ihr jedoch versichert, dass ich glücklich mit Hamelin bin. Dann habe ich ihr für ihr erneutes Klosterleben den Frieden gewünscht, den sie sich erhofft.« Isabel blickte nachdenklich in ihren Becher. »Mary ist aufgrund dessen, was ihr widerfahren ist, sehr verbittert; sie wird nicht vergeben und nicht vergessen.«

Alienor zuckte mit den Schultern. »Tätest du das an ihrer Stelle? Ich weiß, dass ich es nicht tun würde. Ich werde dafür beten, dass sie von nun an ein glückliches Leben führen kann.«

Isabel berührte das Kreuz an ihrem Hals. »Das tue ich jedes Mal, wenn ich in der Kirche niederknie. Ich wünsche mir so sehr, dass es zu einer Versöhnung zwischen dem König und dem Erzbischof von Canterbury kommt.«

Alienor hob skeptisch die Brauen. »Eher friert die Hölle zu, das sage ich dir.«

»Hamelin meint, Henry hätte einen Felsbrocken mitten auf der Straße erreicht, um den kein Weg herumführt. Er weiß nicht mehr, wie er zu dem Erzbischof durchdringen soll. Dabei waren sie so enge Verbündete, als Becket Kanzler war.«

»Nun, entweder trägt der Mensch die Schuld oder Gott«, erwiderte Alienor grimmig. »Ich pflichte Hamelin bei, ich weiß nicht, wie sie eine Lösung finden wollen, wenn keiner der beiden Männer gewillt ist einzulenken. Die Situation ist so verfahren, dass auch Friedensstifter nichts mehr ausrichten können. Es endet erst, wenn einer von ihnen stirbt, und das schließt den Papst mit ein.«

Isabel schnappte sichtlich geschockt nach Luft, doch Alienor blieb bei ihrer Meinung. »Es ist die Wahrheit. Ich kenne Thomas nicht gut, aber ich kenne meinen Mann. Wenigstens bin ich in Poitiers und nicht in der Schusslinie.«

Alienor kehrte in Begleitung von Isabel in mehreren Etappen nach Poitou zurück. Die Frauen verbrachten zwei Wochen in dem herzoglichen Jagdschloss in Talmont und ritten fast jeden Tag mit den Falken aus. Alienor wählte ein neues Gerfalkenweibchen aus der Falknerei aus und nannte es Blaunchet. Wenn sie zusah, wie der Vogel zum blauen Himmel aufstieg, die Luft mit seinen Schwingen durchschnitt und seine Beute mit erbarmungsloser Präzision schlug, schwoll Alienors Herz vor Freude an, und sie erinnerte sich daran, dass auch sie dazu geboren war, hoch über allem zu schweben.

Bald würde sie nach Poitiers reisen, aber jetzt war Zeit für eine Erholungspause mit einer Freundin. Noch konnte sie Richard ein wenig Zeit ohne Zwänge zubilligen, bevor er in Pflichten eingebunden wurde und lernen musste, wie man über ein Herzogtum herrschte.

Doch auch trotz der Muße trafen ständig Boten in Regierungsangelegenheiten ein und ritten wieder fort. An einem Morgen Anfang September saß Alienor im Garten von Talmont, genoss den Duft der Spätsommerrosen und hielt die zuletzt eingetroffenen Briefe in der Hand. Sie wandte sich an Marguerite, die neben ihr auf einer Grasnarbe saß, und rang sich ein Lächeln ab. »Der König hat eingewilligt, dass, wenn Becket nach England zurückkehrt, eine weitere Krönungszeremonie in Westminster abgehalten wird und du zur Königin gesalbt wirst.«

Marguerites Augen leuchteten auf. »Steht in dem Brief auch, wann es sein wird?«

»Noch vor Weihnachten«, erwiderte Alienor.

Marguerites ganze Haltung veränderte sich. Sie hob den Kopf und blickte sich so gebieterisch um, als würde sie bereits das Gewicht einer Krone spüren.

Isabel, die an Marguerites anderer Seite saß, berührte die Hand des Mädchens. »Das sind wundervolle Neuigkeiten. Endlich gibt es eine Übereinkunft.«

Alienor blickte auf den Brief hinab. »Henry hat dem Erzbischof auch erlaubt, die Bischöfe zu tadeln, die Harrys Krönung vollzogen haben.« Auch das war ein großes Zugeständnis von Henry, aber es diente auch dazu, die Last der Verantwortung von ihm zu nehmen. Nichts würde seine Schuld sein.

Isabels Lächeln verblasste, und ihr Gesichtsausdruck wurde ernst, aber nicht bestürzt. »Zumindest ist dann der Ehre Genüge getan.«

Alienor gab ein unverbindliches Geräusch von sich. Dennoch hatte Henry Becket keinen Friedenskuss gegeben, was bedeutete, dass er ihm nicht verziehen hatte und nicht bereit war, die Vergangenheit ruhen zu lassen. Henry verkündete damit, dass es Thomas freistand, nach England zu kommen, er ihm aber kein sicheres Geleit zusagen oder für seine

Sicherheit bürgen würde, wenn er dort war. Thomas würde auf eigene Verantwortung handeln müssen. Während sie noch überlegte, was sie sagen sollte, kam ihr Haushofmeister in Begleitung eines Boten zu ihr, und als sie ihre ernsten Gesichter sah, schlug ihr Herz vor Angst bis zum Hals.

»Was gibt es?« Ihre Gedanken flogen zu ihren Kindern. »Was ist geschehen?«

Der Diener kniete nieder und reichte ihr einen Brief mit Henrys Siegel. »Madam, der König ist in Domfront schwer an einem Fieber erkrankt und schwebt in Lebensgefahr.«

Sie brach rasch das Siegel und las, was Hamelin geschrieben hatte. Henry hatte sein Testament aufgesetzt und das Land unter seinen Söhnen aufgeteilt, und wenn sie ihn noch einmal lebend sehen wollte, sollte sie besser sogleich kommen.

»Großer Gott«, flüsterte Isabel und bekreuzigte sich.

»Ich muss zu ihm.« Alienor erhob sich, sie war mit den Gedanken bereits bei der Reise. »Lasst in jeder Kirche im Land Gebete sprechen und Opfer für seine Genesung darbringen.« Sie dachte oft, dass sie ohne Henry besser dran wäre, aber noch nicht jetzt. Ihre Söhne waren noch zu jung, um zu herrschen, und die Raubtiere würden den richtigen Moment abwarten: Hyänen, die einen sterbenden Löwen umkreisten. Sollte Gott die Jungen doch erst zu erwachsenen, reifen Männern heranwachsen lassen, die imstande waren, ihre Untertanen zu lenken, dann konnte Er mit Henry machen, was Er wollte.

Eine Woche nach Erhalt der Nachricht traf Alienor in Domfront ein und fand Henry schwach und fiebrig vor. Er schien jedoch auf dem Weg der Besserung zu sein und befand sich unter ständiger Beobachtung seiner Ärzte. Die vor einigen Jahren von dem Tritt eines Pferdes verursachte Wunde an seinem Oberschenkel hatte sich entzündet und ihm ein kräfteraubendes Fieber eingetragen, bevor sie schließlich aufgebrochen und zu einem Geschwür geworden war, das täglich mit Kräuterumschlägen und Salben behandelt wurde.

Alienor betrat seine Kammer, in der er abgemagert und mit tief in den Höhlen liegenden Augen aufrecht im Bett saß. Sie legte ihren Umhang ab und nahm auf einem Stuhl neben ihm Platz. »Ich bin sofort aufgebrochen, als ich die Botschaft erhalten habe«, sagte sie. »Ich bin froh, dich noch lebend anzutreffen.«

Er warf ihr einen Blick aus blutunterlaufenen Augen zu. Die Haut darunter war vor Erschöpfung bläulich verfärbt. »Du warst schon immer eine gute Lügnerin«, krächzte er heiser.

»Ich lüge nicht.« Sie nahm den Becher Wein entgegen, den ein Diener ihr reichte. »Es käme mir gar nicht gelegen, wenn du jetzt sterben würdest. Unsere Söhne sind noch nicht alt genug, um die Zügel in die Hand zu nehmen. Außerdem möchte ich nicht in dieselbe Position gedrängt werden wie deine Mutter und um alles und jedes kämpfen müssen. Ich habe unterwegs Tag und Nacht für dich gebetet.« Sie hielt ihm ihren Becher hin, und er ergriff ihn und trank. Es versetzte ihr einen Schock, mit anzusehen, wie sein Handgelenk vor Anstrengung zitterte, und ebenso erschrocken war sie über die Gefühle, die in ihr aufwallten. Es war, als ließe man einen kostbaren Kristallkelch fallen und schnitt sich dann beim Aufsammeln an den Scherben. Gerade wenn man meinte, es seien keine Scherben mehr da, an denen man sich verletzen konnte, entdeckte man einen weiteren nadeldünnen Splitter und begann zu bluten.

»Wenn du stirbst, warte wenigstens so lange, bis Harry volljährig ist«, schloss sie.

Er grunzte mit säuerlicher Belustigung. »Ich bin gerührt,

dass du unverzüglich an mein Krankenlager geeilt bist. Aus deiner Sorge um mein Wohlbefinden werde ich Trost ziehen und nicht zynisch genug sein zu glauben, dass du gekommen bist, um im Fall meines Ablebens die politische Kontrolle an dich zu reißen.«

»Glaub, was du willst, aber ich bin hier – so wie beim letzten Mal, als du todkrank warst. Damals hast du mir dafür gedankt, aber inzwischen hast du mir so viel angetan, dass ich keinen Dank mehr erwarte. Ich bin gekommen, weil ich Angst um dich habe.«

Seine Miene wurde mürrisch. »Ich brauche weder dein Mitleid noch deine Besorgnis.«

»Das magst du dir einbilden, Henry, aber du brauchst beides. Es ist ein Warnsignal …«

Hektische Flecken loderten auf seinen Wangen, und seine Augen flammten hitzig auf. »Kein an dich gerichtetes – wag es ja nicht! Ich bin es leid, dass die Kirchenmänner mir einreden, ich sollte mit meinem perfiden Erzbischof Frieden schließen. Ständig flüstern sie, es wäre alles meine Schuld, und ich sollte den verräterischen Hurensohn küssen. Eher friert die Hölle zu, das schwöre ich dir!« Er hielt inne, um Luft in seine Lungen zu pumpen und keuchte, als wäre er in seiner Rüstung einen Hügel hinaufgelaufen.

Alienor sprach weiter, als hätte er sie nicht unterbrochen. »… ein Warnsignal, dass du einen Teil deiner Lasten abwerfen musst. Finde dich damit ab, dass nicht nur du sie zu tragen vermagst, und überlass sie anderen Schultern. Wenn du das nicht tust, werden sie dich ins Grab bringen.« Sie nahm ihm den Becher aus den zitternden Fingern. »Du brauchst Ruhe und Frieden, und momentan hast du keines von beiden. Sieh dir an, wohin es dich gebracht hat. Wenn du nichts änderst, wirst du sterben.«

»Wann bist du denn so weise geworden?«

»Ich bin nicht weise, sondern nur traurig und erfahren.« Sie erhob sich von dem Stuhl. »Ich gehe jetzt, damit du schlafen und über das nachdenken kannst, was ich gesagt habe.«

Henry wandte den Kopf ab. »Geh nach Poitiers zurück. Ich brauche dich hier nicht.«

»Doch, das tust du, aber du weißt es nicht«, widersprach sie. »Das hast du noch nie gewusst.«

Sie verließ den Raum und musste draußen einen Moment innehalten und eine Hand vor den Mund schlagen. Es entsetzte sie, wie krank und gebrechlich Henry war. Als es ihm das letzte Mal so schlecht gegangen war, war er ein junger Mann gewesen, der gegen die Krankheit gut anzukämpfen vermochte, aber jetzt stand er in demselben Alter wie sein eigener Vater zum Zeitpunkt seines Todes, und die Furcht in seinen Augen war ihr nicht entgangen. Sie wussten beide, dass er noch immer kämpfte, vielleicht aber dennoch nicht am Leben bleiben würde.

Hamelin, der auf sie wartete, küsste sie auf die Wange. »Schwester.« Die tiefen Schatten unter seinen Augen zeugten von seiner Erschöpfung, und er ließ sein übliches gepflegtes Äußeres vermissen.

»Ich hatte nicht damit gerechnet, ihn in diesem Zustand vorzufinden«, gestand sie. »Wie ein verhungerndes Kind oder ein alter Mann.« Sie erschauerte.

»Wir dachten alle, er würde sterben«, erwiderte Hamelin düster. »Und der Umstand, dass er in seinen klaren Momenten ernsthaft sein Testament verfasste …« Er brach ab und rieb sich mit den Handflächen über das Gesicht. »Er braucht Zeit, um sich zu erholen«, sagte er. »Die brauchen wir alle.«

»Er wird einige seiner Pflichten anderen übertragen müssen«, gab Alienor mit fester Stimme zurück.

Hamelin massierte seine Schläfen. »Das wird schwierig werden.«

»Es muss sein. Im Moment ist er nicht in der Lage, Entscheidungen zu treffen.«

»Das leugne ich auch nicht«, sagte Hamelin. »Ich weiß nur nicht, wie das zu bewerkstelligen ist. Es waren sogar schon wilde Gerüchte im Umlauf, dass er gestorben wäre.« Seine Augen flackerten vor Schmerz. »Er ist mein Bruder, und ich möchte nicht, dass sich das Gerede der Leute doch noch bewahrheitet.«

Alienor wandte den Blick ab. Sie wusste nicht länger, was sie eigentlich wollte, aber Henry war so krank und verletzlich, dass sie fast gegen ihren Willen dazu gezwungen war, Mitgefühl für ihn aufzubringen. »Derartige Gerüchte sind gefährlich, sie werden zu Unruhen führen. Wir müssen überall verkünden, dass er lebt und auf dem Weg der Besserung ist. Daran dürfen keine Zweifel gelassen werden.«

Hamelin nickte. »Dem stimme ich zu. Ich habe bereits Boten mit dieser Nachricht ausgeschickt, und ich habe die Tür der Krankenkammer offen gelassen, damit die Leute sich selbst davon überzeugen können; aber er wird noch eine Zeitlang nicht imstande sein, seine Aufgaben selbst wahrzunehmen.«

»Dann bleibt ihm vorerst keine andere Wahl, als sie anderen zu übertragen.«

In den nächsten paar Wochen pflegte Alienor Henry, während dieser sich nur langsam erholte. Es gab Rückschläge, wenn sein Fieber wieder stieg oder seine Kraft nachließ und er den größten Teil des Tages verschlief, aber allmählich kämpfte er sich zu einem Abglanz seiner früheren Gesundheit zurück.

Alienor betrachtete diese Zeit der Genesung keineswegs

als Waffenstillstand zwischen ihnen, sondern als eine Zeitschleife, die mit ihrem vorherigen Leben nichts zu tun hatte und der Windung eines Flusses glich. Eine kurze Weile lang konnten sie Vergangenheit und Zukunft beiseiteschieben und nur in dem Moment existieren. Sie saß an seinem Bett, so wie sie es beim letzten Mal getan hatte, als er todkrank gewesen war; sie unterhielt ihn, sorgte für sein Wohlergehen und ging ihm beim Regeln der Hofangelegenheiten zur Hand. Zum Glück gab es momentan keine ernsten politischen Probleme. Henry hatte einen brüchigen Frieden mit Thomas Becket geschlossen, der Henry seine besten Wünsche übermittelt hatte und ausrichten ließ, er würde für dessen Genesung beten – woraufhin Henry nur zynisch die Brauen gehoben hatte.

Sie saß mit Henry in der Fensternische, in der sie zuvor ohne große Begeisterung Schach gespielt hatten. Obwohl er sich angekleidet hatte, war er in seinen Umhang gehüllt und nippte ab und an an einem Becher mit heißem, gezuckertem Wein.

»Becket sagt, er will im November in Rouen zu mir stoßen, um von dort nach England überzusetzen.« Henry warf einen Blick auf den Brief, den er gerade gelesen hatte. »Dann können wir eine gemeinsame Krönung von Harry und Marguerite in die Wege leiten.«

»Wirst du ihm den Friedenskuss geben?« Alienor spielte mit einer der Schachfiguren.

»Nur wenn es sich nicht vermeiden lässt.«

»Und wenn es doch dazu kommt?«

Er zuckte die Achseln. »Wir werden sehen.« Ein verstockter Ausdruck trat in seine Augen, und Alienor drang nicht weiter in ihn.

Sie wechselten das Thema und sprachen über die Heirat

ihrer zweiten Tochter. Vor Henrys Erkrankung war eine Verbindung von Alie mit dem fünfzehnjährigen Alfonso von Kastilien in Erwägung gezogen worden. »Er ist eine gute Partie«, meinte Henry. »So wird die Sicherheit an dieser Grenze gewährleistet, und Alie wird eine Königin.«

Alienor neigte den Kopf. Sie stand der Verbindung wohlwollend gegenüber, weil der Bräutigam fast in dem selben Alter stand wie Alie und nicht dreißig Jahre älter war wie Matildas Mann. Sie würden Zeit haben, gemeinsam aufzuwachsen, und noch dazu an einem südlichen Hof. Dennoch würden sich andere Schwierigkeiten ergeben, und sie würde den Schmerz ertragen müssen, eine weitere Tochter an ein fernes Land zu verlieren. Der Preis, der für ein weit ausgedehntes Reich zu bezahlen war.

»Die Verlobung soll noch vor dem Winter stattfinden«, sagte Henry. »Sie können nach Poitiers oder Bordeaux kommen.«

Eine kleine Weile herrschte Schweigen zwischen ihnen, was aber nicht auffiel, weil die Hofmusiker leise im Hintergrund spielten. Henry holte einige Male Atem, als wolle er das Gespräch fortsetzen, und änderte dann seine Meinung. Alienor wartete geduldig und dachte über die praktischen Fragen dieser Verlobung nach. Wann sollte sie stattfinden, wie viel Arbeit würden die erforderlichen Vorbereitungen mit sich bringen?

Endlich stellte Henry seinen Becher ab. »Mein Vater war so alt wie ich jetzt, als er starb. Ich weiß, dass ich jetzt auch in meinem Grab liegen könnte. Wer kann schon sagen, wann Gott uns zu sich nimmt?«

»Das stimmt.« Sie musterte ihn interessiert und fragte sich, worauf er hinauswollte.

Er nagte an seiner Lippe und sagte dann unvermittelt: »Ich

habe daran gedacht, mich um meines Seelenheils willen auf eine Pilgerfahrt zu begeben, bevor ich meine Pflichten wieder aufnehme.«

Alienor zwinkerte überrascht. Henry zeigte sich nur dann gottesfürchtig, wenn er musste, und auch nur auf eine nüchterne, praktische Art. »Ich schätze, das könnte zu deiner Genesung beitragen.«

»Es wird außerdem allen zeigen, wie fromm ich bin – dass ich Gott trotz des Streits mit meinem Erzbischof den ihm gebührenden Respekt entgegenbringe. Louis lässt sich für seine Frömmigkeit feiern, daher scheint mir, ich sollte dem etwas entgegenzusetzen haben.«

Sie hätte es wissen müssen. Da war sie, die Berechnung in seiner Religiosität. Er wollte zwei Fliegen mit einer Klappe schlagen. »Hast du einen bestimmten Wallfahrtsort im Sinn?«, fragte sie.

Henry verschränkte die Arme. »Mir schwebte Compostela vor.«

»Nein, nicht dorthin!« Alienor schüttelte den Kopf. »Mein Vater ist dorthin gereist und nicht zurückgekommen, und Louis war ohnehin schon dort.« Sie trank einen Schluck aus seinem Becher und spürte, wie die heiße Süße ihre Kehle wärmte.

»Was schlägst du dann vor?«

Alienor schob die Unterlippe vor und überlegte. »Vielleicht den Schrein der Heiligen Jungfrau in Rocamadour im Limousin? Er ist dem heiligen Martial geweiht, der über die Macht verfügt, Fisteln zu heilen – so sagt man jedenfalls.«

Henry schwieg eine Weile. Er trank seinen Wein und rieb sich geistesabwesend den Oberschenkel. Sie sah ihm an, dass er wieder erschöpft war und schlafen musste. »Deine Höflinge können dir Botschaften überbringen, und es liegt nicht weit von Poitiers oder Bordeaux entfernt«, sagte sie mit sanfter Überzeugungskraft. Sie vollführte eine anmutige Geste mit ihrem Handgelenk, so dass ihr seidener Ärmel raschelte und ein erdiger Moschusduft von ihrer Haut aufstieg. »Du könntest dich unterwegs ganz zwanglos mit Freunden und Vasallen treffen, wenn du möchtest.«

Henry kniff die Augen zusammen, was aber keinen Widerspruch bedeutete. »Ich werde darüber nachdenken.«

Alienor nickte und verfolgte das Thema nicht weiter. Er musste den Vorschlag für seine eigene Idee halten. Aber sie nahm sich vor, mit den Vorbereitungen zu beginnen.

Henry, Alienor und ihr Gefolge brachen zum Schrein der Madonna von Rocamadour auf. Sie reisten in Etappen, verbrachten die Zeit der Mittagshitze in schattigen Burgen oder Klöstern und ritten während der kühlen frühen Morgenstunden und in der Stunde vor Sonnenuntergang im weichen blauen Zwielicht. Keine überflüssigen Anstrengungen, sondern ein sorgsam berechnetes Vorwärtskommen.

Henry reiste in schlichter Kleidung. Jeden Tag ein frisches Leinenhemd, das locker an seinem Körper hing, eine schlichte Tunika und ein Pilgerstrohhut. Dass er einen edlen Schecken ritt und von einem großen Gefolge begleitet wurde, wies ihn als Mann von Rang und Stand aus, aber er verzichtete auf den Zierrat der Königswürde. »Harry hat sich für seine Rundreise ohnehin all mein Gold und meine Juwelen ausgeborgt«, erklärte er Alienor, als das Thema unterwegs zur Sprache kam. »Er will die Engländer in seinem vollen Glanz als König beeindrucken.«

Alienor lachte. Während der letzten paar Tage hatte sie sich wieder ein wenig für Henry erwärmt; für den Augenblick waren sie immer noch in der Flusswindung gefangen.

»Und du glaubst, er gibt sie dir zurück?« Nach seiner Krönung hatte sich ihr ältester Sohn auf eine Rundreise durch England begeben, eine Art eigener Pilgerfahrt, um sich mit seinen neuen Untertanen bekannt zu machen.

Henry kicherte, verzog dann aber das Gesicht. »Der Junge hat eine Schwäche für Prunk und Luxus, das gebe ich zu, und das Geld rennt ihm schneller durch die Finger als Frühjahrsschmelzwasser.«

»Ah, aber du bestärkst ihn noch in diesem Laster.«

»Er ist der Sohn des reichsten Königs in der christlichen Welt und selbst ein zukünftiger Monarch«, erwiderte Henry. »Aber er muss noch viel über Regierungsgeschäfte und die Königswürde lernen. Das Repräsentieren macht er schon sehr gut, auch wenn er ab und zu seine Zunge im Zaum halten sollte. Ich habe ihn mit Paraden und solchen Dingen beginnen lassen, weil das eine einfache Aufgabe und er daran gewöhnt ist, aber ich werde ihm den Rest nach und nach beibringen und ihm Verantwortung übertragen, wenn er dafür bereit ist.«

Alienor lächelte sarkastisch, wohl wissend, dass der ›Dafür bereit‹-Fall eher später als früher eintreten würde, weil Henry nicht von der Macht ablassen wollte. Er mochte behaupten, den festen Willen dazu zu haben, aber man würde seine Hände gewaltsam von den Zügeln lösen müssen. »Hast du in seinem Alter nicht eine Armee nach England geführt?«

»Ha, ich war jünger als er!«

»Natürlich warst du das«, flötete Alienor süß.

Henry warf ihr einen gereizten Blick zu. »Ich musste mir jeden Schritt auf dem Weg zu meinem Königreich erkämpfen. Meine Eltern kämpften für dieses Recht, und ich wusste von klein auf, dass es meine Pflicht war, dort weiterzumachen, wo sie aufgehört hatten. Ich habe mich mit jeder Faser meines Seins darauf konzentriert, mein Ziel zu erreichen.« Er starrte in die Ferne. »Ich war vierzehn, als ich den Kanal überquerte, um den Plan meiner Mutter vor dem Scheitern zu retten. Sie betrachtete mich als Hindernis, aber das stimmte nicht. Ich brachte die Barone dazu, mich zu unterstützen. Sie sahen neue Hoffnung in mir.« Er schlug sich auf die Brust. »Ohne mein damaliges Eingreifen wäre ich jetzt nicht König.«

»Deine Mutter hat mir die Geschichte erzählt«, warf Alienor ein. »Dass du kein Geld hattest, um deine zerlumpte Söldnerhorde zu bezahlen, und als sie sich weigerte, dir zu helfen, um dir eine Lektion zu erteilen, gingst du zu Stephen und verlangtest von ihm, dich zu bezahlen, damit du das Land verlässt.«

Henry grinste. »Ja, was Stephen dann auch tat. Diese Großzügigkeit war typisch für ihn, diesen Narren, auch wenn er mich selbst aus dem Weg schaffen wollte. Aber zu diesem Zeitpunkt hatte ich seine Barone schon auf meine Seite gezogen und ihnen gezeigt, was für eine gute Zukunft ich ihnen bieten konnte.« Sein Lächeln verblasste. »Das möchte ich meinen Söhnen ersparen. Ich möchte, dass sie das erben, was ihnen rechtmäßig zusteht, ohne so viel Zeit verschwenden zu müssen. In Harrys Alter befand ich mich ständig in Bedrängnis, manchmal wusste ich noch nicht einmal, wo die nächste Mahlzeit herkommen sollte oder ob ich mir die Nägel leisten konnte, um mein Pferd zu beschlagen – von der Bezahlung meiner Männer ganz zu schweigen. Ich lebte von der Hand in den Mund und war nur auf der Flucht. Das kommt für meine Söhne nicht in Frage. Ich will, dass sie in Glanz und Pracht herrschen, wenn die Zeit dafür reif ist.«

»Das werden sie sicher.«

Er maß Alienor mit einem finsteren Blick. »Du hast vermutlich gehört, dass ich es bei Harrys Krönung übernommen habe, ihn bei Tisch zu bedienen, weil es sein Krönungstag und ich stolz auf ihn war. Ich sagte, es käme nicht oft vor, dass ein König einen anderen König bedient, und er antwortete gegen jeden Anstand, dass es nicht ungewöhnlich wäre, dass der Sohn eines Grafen den eines Königs bedient.«

»Ja, ich weiß. Isabel hat es mir erzählt«, gab Alienor zurück. »Das war ein bisschen zu spitzfindig, dachte ich.«

»Allerdings, und ich war wütend«, bestätigte Henry, »aber weißt du was? Ein Teil von mir war zufrieden und sogar erfreut darüber, ein so privilegiertes Geschöpf gezeugt zu haben – mit Privilegien ausgestattet, die ich nie hatte, weil ich zu sehr damit beschäftigt war, mir mein Erbe mit blutigen Schlägen aus nacktem Fels herauszumeißeln. Er strahlt, Alienor, und jeder sieht es.«

Ihr Herz schwoll vor Stolz, in den sich ein scharfer Splitter von Zuneigung zu dem Mann an ihrer Seite mischte. Ein weiteres Stück des zerbrochenen Kristalls.

»Natürlich muss er gezügelt werden und den richtigen Weg aufgezeigt bekommen, aber gönnen wir ihm diesen Moment in der Sonne, der mir in seinem Alter verwehrt geblieben ist. Er hat die Zeit, die ich nicht hatte.«

»Das ja«, versetzte Alienor, »aber du musst auch zulassen, dass ein Mann aus ihm wird, was bedeutet, ihm Verantwortung zu übertragen und ihn seine eigenen Entscheidungen treffen – und Fehler machen zu lassen.«

»Das weiß ich«, erwiderte er giftig. »Ich bin kein Narr; ich plane sehr sorgfältig für die Zukunft meiner Söhne.«

Was hieß, sie so wenig wie möglich mit einzubeziehen, dachte sie. Ein Kind sollte seinem Vater keine Vorschriften machen, aber manchmal war Henrys Regime zu streng.

Die Straße beschrieb eine Biegung, und eine Schlucht in der Ferne kam in Sicht. Der Schrein der Madonna von Rocamadour klammerte sich an die zerklüfteten Klippen aus cremegrauem Fels.

Eine andere Art von Schweigen legte sich wie ein feines Gazetuch über den Hitzeschleier. Henry stieß den Atem leise durch die geöffneten Lippen aus und murmelte einen unfreiwilligen Ausruf des Erstaunens. Alienor bestaunte verblüfft und ehrfürchtig die Gebäude, die wie ein für Menschen bestimmter Adlerhorst zwischen Himmel und Erde zu schweben schienen.

Der Legende zufolge war der heilige Amadour der Lehrer des Christuskindes gewesen, bevor er nach Gallien gekommen war; sein mumifizierter Leichnam war vor acht Jahren hier entdeckt worden. Neben ihm hatte man eine aus Ebenholz geschnitzte Madonnenstatue gefunden, von der es hieß, dass sie Wunder wirken könne – besonders bei jenen, die unter Fisteln und alten Wunden litten, die nicht heilen wollten. Hier steckte auch das von einer eisernen Kettenschlinge gehaltene Schwert Durendal in einer Felsspalte. Es hatte einst dem großen und tragischen Helden Roland gehört, der den Pass von Roncesvalles gegen eine Sarazenenhorde verteidigt hatte.

»Meine Nackenhaare haben sich aufgestellt«, murmelte Henry. Wie unter Zwang stieg er ab und kniete im Straßenstaub nieder, um zu beten, woraufhin sich alle anderen beeilten, seinem Beispiel zu folgen. Die Steine fühlten sich unter Alienors Knien rau an, als sie die Hände faltete. Henry wirkte vom Anblick des Schreins aufrichtig bewegt, und sie musterte ihn einen Moment lang abwägend, bevor sie den Kopf senkte. Sie wagte nicht zu hoffen, dass eine Veränderung anstand, aber sie konnte darum beten.

Die Pilgergruppe setzte ihren Weg fort, während die Sonne im Westen unterging und das ersterbende Licht die Felsen in einen rubinroten feurigen Schein tauchte. Als sie im Pilgergasthaus am Fuß des Felsens ankamen, war die Dämmerung weit vorangeschritten, und die Steine schimmerten fast violett.

Der Besuch des Schreins beinhaltete die Bewältigung von über zweihundert Stufen – auf den Knien, mit einem Gebet auf jeder Stufe. Henry und Alienor nahmen die Tortur am nächsten Morgen nach Beichte und Messe auf sich und setzten sie bis zum Mittag, ohne zu essen und zu trinken, fort, bis ihre Körper schmerzten und sie erschöpft waren – vor allem Henry. Seine Lippen waren zu einem dünnen Strich zusammengepresst, und seine angespannten Kiefermuskeln verrieten Alienor, welchen Strapazen er ausgesetzt war. Doch dieser Gang war ein mächtiges Symbol der Demut, und sein eiserner Wille ließ ihn durchhalten. Hamelin hielt sich dicht hinter Henry – bereit, ihn aufzufangen, wenn er zu schwanken begann oder einer Ohnmacht nah war, aber er bekam keinen Anlass dazu. Alienor hörte Isabel bei jeder Stufe Gebete murmeln und um Vergebung für ihre Sünden flehen, obwohl sie sich nicht vorstellen konnte, dass Isabel Sünden auf sich geladen hatte.

Henry warf sich vor dem Schrein der Madonna zu Boden. Alienor argwöhnte, dass er sich so eine Verschnaufpause verschaffen wollte, aber auf die Priester wirkte es wie äußerste Frömmigkeit, und sie tat es ihm nach und küsste die kalten Steinfliesen unter sich. Weihrauchduft erfüllte den Ort und bewirkte, dass sie sich leicht schwindelig fühlte. Die Erleichterung, so hoch geklettert zu sein und ihr Ziel erreicht zu haben, wuchs zu dem Gefühl, etwas Wichtiges vollbracht zu haben. Als sie das weise, allwissende leichte Lächeln auf dem Ebenholzgesicht der Madonna von Rocamadour betrachtete, empfand sie eine tiefe geistige Ruhe und Vollkommenheit.

Später stand sie neben Henry, blickte über das wolkenverhangene Tal unter ihnen hinweg und kam sich tatsächlich so vor, als würde sie zwischen Himmel und Erde schweben. In dem Blau über ihnen glitt ein Adler dahin, und als Alienor seine ausgebreiteten Schwingen betrachtete, durchströmte sie ein innerer Jubel. Da ihr geistiges Auge weit geöffnet war, wusste sie, dass es sich um ein Vorzeichen handelte. Auch Henry betrachtete den Adler. Nach einem Moment wandte er sich ab, ging davon und zog Hamelin mit sich, um das Schwert zu inspizieren und sich somit wieder praktischen Dingen zu widmen.

Isabel gesellte sich zu Alienor, und während die Frauen nebeneinanderstanden, blickten sie über die weitläufige bewölkte Schlucht hinweg.

»Henry scheint bereit zu sein, in die Welt zurückzukehren«, stellte Isabel fest. Eine Haarsträhne war ihrem Schleier entschlüpft, und die Wolke hatte sie mit Raureif überzogen.

»Allerdings. Er wird nicht länger hier verweilen wollen. Bald wird sich alles wieder um Herrschaft und Kontrolle drehen.« Der Adler war verschwunden, und der Nebel schickte graue Schwaden über den Himmel. »Ich dachte, uns bliebe mehr Zeit.«

»Mehr Zeit wofür?«

Alienor seufzte betont. »Mein erster Mann konnte sich von Pilgerstätten gar nicht losreißen. Nachdem alle anderen nach Frankreich zurückgekehrt waren, verbrachten wir ein geschlagenes Jahr in Jerusalem, in dem er von Schrein zu Schrein eilte, während Abbé Sugers Bitten, er möge nach Hause zurückkommen, immer eindringlicher wurden. Aber Henry hat nie nach solchen Dingen gestrebt. Für ihn hat nur das Wert, was praktisch ist. Er würde eher ein Schwert eingehend studieren, als sich Gottes Größe öffnen. Eine Weile dachte ich, seine schwere Krankheit hätte ihm eine andere

Perspektive verschafft – und vielleicht war das auch vorübergehend der Fall, aber jetzt geht es ihm besser, und er betrachtet den Besuch hier als eine erledigte Angelegenheit und erfüllte Pflicht. Er wird jetzt in die Welt zurückkehren – und zu seinen alten Verhaltensweisen, daran hege ich keinen Zweifel.«

40

Bures-le-Roi, Normandie, Weihnachten 1170

Alienor schloss die Hände um einen Becher mit gewürztem Wein und erschauerte. Regen prasselte gegen die Fensterläden, und der Wind, der durch die Ritzen wehte, war eisig, aber nicht kalt genug, um den Regen in Schnee zu verwandeln. Das Dach des Unterstandes für den Holzvorrat hatte ein Leck, so dass das Holz durchnässt war. Das Feuer stieß beißenden Rauch aus und verbreitete nur eine schwache Wärme. Alle trugen ihre schwerste Winterkleidung, standen in zitternden Gruppen eng beisammen und murrten über das Wetter.

Harry und sein Gefolge hätten die düstere Stimmung aufgehellt, aber sie hielten in Westminster Hof. John und Joanna waren aus Fontevrault eingetroffen, um die Weihnachtszeit mit ihren Eltern zu verbringen, und wenigstens dies brachte ein wenig Freude in die Tage. Dennoch klaffte eine Lücke an Alienors Seite, denn normalerweise würde auch Alie ihr Gesellschaft leisten. Dieses Jahr würde ihre Tochter Weihnachten am kastilischen Hof in Burgos feiern, und die Bergpässe würden alle tief verschneit sein.

Henry, der sich jetzt vollständig erholt hatte, war ruhelos. Er hatte beabsichtigt, zur selben Zeit wie sein lästiger Erzbischof nach England zu reisen. Dies hatte sich aber als unmöglich erwiesen, da er sich nach seiner Rückkehr aus Rocamadour mit Problemen an der französischen Grenze, wo König Louis Unruhe gestiftet hatte, hatte befassen müssen. Der Disput schwelte immer noch, aber im Laufe des Winters war ein Waffenstillstand vereinbart worden. Henry hatte beschlossen, Weihnachten in Bures zu verbringen und im neuen Jahr nach England überzusetzen. Becket war bereits in Canterbury.

Alienor beobachtete den vierjährigen John, der mit ein paar Knochenscheiben spielte, die an einem Holzrahmen aufgehängt waren. Er schob sie klickend hin und her, zählte vor sich hin, addierte, subtrahierte und schuf Muster. Belustigt stellte Alienor ihn sich als winzigen Beamten in der Finanzverwaltung vor. In der für ihn typischen Art versuchte er, sein Spiel vor anderen geheim zu halten, um niemanden daran teilhaben lassen zu müssen. Er zog es vor, mit dem Rücken zur Wand in einer Ecke zu sitzen und die Leute zu beobachten, während er diese mit eindringlichen und abschätzenden Blicken maß, die nicht im Mindesten kindlich schienen.

Alienor rief ihn zu sich, damit er eine Scheibe gezuckerter Birne aus der Schale neben ihr aß und sich die Geschichte anhörte, die Master Matthew, der Geschichtenerzähler, vorzutragen gedachte. John presste die Lippen zusammen und wirkte einen Moment lang trotzig, aber dann versteckte er sein Spielzeug sorgsam unter einem Kissen und kam zu ihr. Alienor hob ihn neben sich auf die Bank und strich ihm zärtlich das Haar glatt. Joanna schmiegte sich an ihre andere Seite und drückte ihre weiche Stoffpuppe an sich. Vorfreude ließ ihr Gesicht strahlen, während sie darauf wartete, dass Master Matthew begann.

Master Matthew stammte von den walisischen Grenzen und erzählte seine Geschichten – von denen er zahlreiche im Repertoire hatte – zur Begleitung einer kleinen Buchsbaumholzharfe, der er klare, juwelengleichende Töne entlockte. Er hatte funkelnde braune Augen und ein schmales, ausdrucksvolles Gesicht, das sich blitzschnell seinen jeweiligen Erzählungen anpassen konnte. In einem Moment drückten seine Züge Heiterkeit aus, während er einen sprechenden Esel beschrieb; im nächsten Augenblick zeigte er eine bedrohlich finstere Miene und sprach von einem Furcht erregenden Monster, das aus den Mooren kam und die Menschen in Stücke riss und verschlang, bis sich schließlich ein Held fand, der die Bestie bezwang. Joanna kuschelte sich in wohligem Gruseln an Alienor, während sich John fasziniert und aufmerksam, aber nicht ängstlich zeigte. Er fand, es könnte interessant sein, ein solches Geschöpf zu fangen, es in Ketten zu legen und unter seinen Willen zu zwingen, um anderen Angst einzujagen.

Als Matthew seine Erzählung beendet hatte, trat Richard mit seiner Laute in der Hand vor und sang eine Hymne auf die Jungfrau Maria und das Christuskind. Seine Stimme befand sich in jener tiefen, glockentonähnlichen Phase, die ankündigte, dass sie bald brechen würde, und Alienors Augen füllten sich mit Tränen. In dem flüchtigen Moment, in dem Richard zwischen Junge und Mann gefangen war, lag eine besondere Schönheit und war herzergreifend.

Als der letzte Ton verklang, schlich ihr Haushofmeister auf Zehenspitzen zu ihr hinüber und murmelte ihr ins Ohr, dass die Bischöfe von York, London und Salisbury eingetroffen seien und eine Audienz erbäten.

Alienor lobte Richard und belohnte ihn für sein Lied mit einer Goldmünze, worüber er sich hocherfreut zeigte. »Führt sie sofort herein«, befahl sie. »Der Tag ist zu scheußlich, um sie ohne Feuer warten zu lassen. Ich nehme an, der König ist verständigt worden?«

»Ja, Madam.«

Alienor schickte John und Joanna zusammen mit ihren Kinderfrauen fort, erlaubte Richard aber zu bleiben. Sie witterte Unheil, denn wenn die drei Bischöfe bei diesem Wetter die Überfahrt wagten, musste sie ein dringendes Anliegen herführen. Es musste etwas mit Thomas Becket zu tun haben, und das verhieß nichts Gutes.

Die Bischöfe erschienen, von der rauen Überfahrt und dem darauf folgenden Ritt bei schlechtem Wetter bis auf die Haut durchnässt. In ihrem mitgenommenen Zustand erinnerten sie Alienor an eine zerzauste, aneinandergedrängte Geflügelschar. Sie erhob sich, um sie zu begrüßen, führte sie zum Kamin und wies Diener an, Handtücher und heißen Wein zu bringen.

Henry kam in den Raum gestapft, er brachte einen neuerlichen kalten Luftzug vom Treppenhaus mit und starrte die tropfnassen Männer verdutzt an. »Was hat das zu bedeuten?«, wollte er wissen.

Robert de Pont L'Èvêque, der Erzbischof von York, hielt mit dem Abtrocknen seines Gesichts inne und verbeugte sich. Sein Umhang hatte in der Hitze des Feuers zu dampfen begonnen. »Es gibt schlechte Neuigkeiten aus England, Sire, weswegen wir uns gezwungen sahen, Euch persönlich aufzusuchen.«

»Was für Neuigkeiten?«, fauchte Henry. »Redet nicht um den heißen Brei herum!«

Die Kinne des Erzbischofs zitterten vor Entrüstung. »Der Erzbischof von Canterbury hat uns für exkommuniziert erklärt. Er hat das Urteil während seiner Predigt in Canterbury vor der gesamten Gemeinde verkündet. Er hat auch verbreitet, dass Euer ältester Sohn zu Unrecht gekrönt worden ist und abgesetzt werden sollte. Er beruft sich darauf, vom Papst dazu ermächtigt worden zu sein, Personen nach eigenem Belieben zu exkommunizieren – Euch und die Königin ausgenommen.«

»Seine Ritter reisen im Land umher und wiegeln die Bevölkerung auf«, warf Gilbert Foliot ein. Seine Stimme klang aufgrund einer schweren Erkältung rau und heiser. »Sie rufen die Leute dazu auf, zu rebellieren und dafür zu sorgen, dass der Gerechtigkeit Genüge getan wird.«

Alienor unterdrückte einen erschrockenen Ausruf. Becket war starrsinnig und verbittert, aber des Verrats hätte sie ihn nicht für fähig gehalten.

Ein Muskel an Henrys Wange zuckte. »Bei den Augen Gottes, bin ich dann der Nächste?«, bellte er. »Wo macht dieser Mann Halt? Oder macht er vor niemandem Halt?«

Der Erzbischof von York reichte einem von Alienors Dienern sein nunmehr durchweichtes Handtuch. »Wir sind unverzüglich gekommen, um Euch die Nachricht zu überbringen, aber es ist nicht an uns, Euch anzuweisen, was Ihr zu tun habt. Ihr solltet Euch mit Euren Höflingen beraten und entscheiden, wie mit der Situation umzugehen ist. Wir müssen uns jetzt an den Papst wenden und ihn bitten, das Urteil aufzuheben. Im Augenblick sind wir exkommuniziert, und Christen müssen den Umgang mit uns meiden, wenn sie nicht selbst die Exkommunikation riskieren wollen.«

Gilbert Foliot warf mit Nachdruck ein: »Sire, solange Thomas lebt, werdet Ihr weder Frieden noch Ruhe noch gute Tage erleben. Er hat einen Weg des Disputs eingeschlagen, auf dem die einzige Herrschaft, die zählt, seine eigene ist.«

Robert de Beaumont, der neue junge Earl of Leicester, der Henry aufwartete, ergriff voller Überzeugung das Wort. »Der Erzbischof von Canterbury hat bewiesen, dass er ein gefährlicher Mann ist, Sire. Er sollte wegen seines Verhaltens zum Geächteten erklärt und verstoßen werden.«

»Wenn Ihr mich fragt, sollte er an einem Galgen baumeln«, ereiferte sich Ingelram de Bohun, der mit dem Bischof von Salisbury verwandt war und den der klägliche Zustand seines älteren Angehörigen sichtlich aus der Fassung brachte. Er blickte sich um und erntete heftiges zustimmendes Nicken. »Keinem Priester sollte es gestattet sein, auf diese Weise zum Aufstand aufzurufen. Das ist Verrat!«

Alienors Atem wurde schneller. Wenn Becket wirklich in England einen Aufruhr anzettelte und drohte, ihren Sohn abzusetzen, musste er aufgehalten werden.

Henrys Brust blähte sich, und heiße Wut loderte in seinen Augen. »Was für elende Drohnen und Verräter habe ich in meinem Haushalt durchgefüttert, die ihren Herrn von einem dahergelaufenen Priester mit solch beschämender Verachtung behandeln lassen? Einem Mann, den ich aus der Gosse geholt habe, der mein Brot gegessen hat und aufgrund meiner Großzügigkeit reich geworden ist. Jetzt sägt er an dem Ast, auf dem er sitzt!«

Die Stimmung drohte umzuschlagen. Alienor bemerkte, dass die Männer den drei von der Reise mitgenommenen Bischöfen finstere Blicke zuwarfen. Es bedurfte nur eines weiteren Schrittes, um sie zu Sündenböcken zu machen. Die Anspannung war so groß, dass jeder Geistliche ein willkommenes Opfer darstellte, und in seiner momentanen Laune würde Henry ihnen nicht zu Hilfe kommen.

»Folgt mir, Mylords.« Sie erhob die Stimme über das Geraune. »Ich werde Euch eine Kammer zuweisen, in der Ihr Euch von den Strapazen Eurer Reise erholen könnt. Ich werde eine Mahlzeit vor Eure Tür stellen lassen, und in der Zwischenzeit wird der König die Angelegenheit mit seinen Beratern besprechen, wie Ihr vorgeschlagen habt.«

Alienor steuerte auf Henrys private Kammer zu und ging ruhig an den davorstehenden, besorgt und verunsichert wirkenden Knappen und Dienern vorbei. Niemand verwehrte ihr den Zutritt, aber ihr entging nicht, dass sie Blicke wechselten.

Draußen prasselte der Regen noch immer gegen die Läden, und die Kerzen flackerten in einem eisigen Luftzug. Zwei waren erloschen, und der Geruch versengten Dochtes stieg ihr in die Nase. Henry rauschte wie ein Dämon im Raum umher; seine Brust hob und senkte sich heftig, seine Augen glitzerten. Ein roter Sternennebel aus Wein rann an einer Wand hinunter, darunter lag ein eingedellter silberner Becher auf dem Boden.

»In einem Wutanfall mit Sachen zu werfen, macht das Ganze auch nicht besser«, meinte sie.

»Wenn du gekommen bist, um mir Vorträge zu halten, verschwinde«, grollte Henry.

Alienor hob den Becher auf und füllte ihn mit Wein. Sie gab sich ganz gelassen, obwohl sie vor seinem gewalttätigen Ausbruch auf der Hut war. »Ich habe es schon lange aufgegeben, dir Vorhaltungen zu machen, genauso gut könnte ich gegen eine Wand anreden – und du würdest mit mir ebenso verfahren wie gerade eben mit diesem Becher. Diese Sache betrifft mich genauso sehr wie dich. Bislang habe ich dem Gelärme des Erzbischofs wenig Beachtung geschenkt, aber wenn er unserem Sohn droht, ihn abzusetzen und die Bischöfe exkommuniziert, die ihn gekrönt haben, dann geht er mit seinen Beleidigungen zu weit.« Sie reichte Henry den Becher und verbiss sich die Mahnung, ihn nicht wieder gegen die Wand zu schleudern.

»Er wird nicht mehr lange seine Phrasen dreschen«, knurrte Henry. »Ich schicke de Mandebille und de Humez mit ihren Rittern nach England, um ihn festzunehmen und unter Hausarrest zu stellen. Morgen beim ersten Tageslicht bringe ich den Stein ins Rollen, und Thomas Becket wird ernten, was er gesät hat.«

Alienor nickte mit vorsichtiger Zustimmung. Thomas Becket hatte seine Grenzen überschritten und musste zur Räson gebracht werden, aber darin lag ein Risiko, da auf diese Weise die Dinge zu eskalieren drohten. Außerdem war es eine Enttäuschung; sie hatte gedacht, Henry und Becket hätten sich einem Waffenstillstand angenähert.

»Ich habe ihm die ganze Welt erschlossen«, klagte Henry bitter. »Ich habe ihn aus seinem kleinbürgerlichen Kaufmannsumfeld befreit, und er spuckt mir ins Gesicht, und ich weiß nicht, warum.«

»Er will das, was du ihm nicht geben kannst, und du willst, was er dir nicht geben wird. Aber … wenn das, was wir soeben gehört haben, stimmt, glaube ich wirklich, dass er den Verstand verloren hat.«

»Oh, das stimmt schon«, schnaubte Henry. »Er würde alles tun, um an seinen Rechten als Erzbischof von Canterbury festzuhalten, und dabei so weit gehen, unseren Sohn abzusetzen – sogar so weit, mich abzusetzen!« Er trank den Wein und stellte den Becher diesmal hart auf den Tisch. »Ich kann den Mann nicht zur Vernunft bringen. Der Papst muss dieses Exkommunizierungsurteil aufheben und ihn dann ins Exil schicken. Wenn das nicht geschieht, werde ich ihn so gründlich wegsperren, dass er nie wieder das Tageslicht erblickt. Ich werde nicht dulden, dass er und seine Handlanger kreuz und quer durch das Land reiten und Zwietracht säen.« Er fuchtelte mit der geballten Faust herum. »Du siehst, was er meinen legitimen Bischöfen antut?«

»Das kümmert mich nicht, aber mir ist es nicht egal, was er Harry antun könnte.«

»Was er mir antut, kümmert dich auch nicht?«

»Nein. Die eigenen Fehler muss man selbst ausbaden, aber die der Königswürde und unserer Linie zugefügte Beleidigung ist mir alles andere als egal. Je eher diese Sache geregelt wird, desto besser.«

Sie blickten sich an, in dem Wissen, dass sie ein gemeinsames Ziel verfolgten, aber das Band zwischen ihnen war mit Feindseligkeit belastet. »Ich nehme mit der nächsten Flut das erste Schiff nach England«, sagte er.

Es gab für sie keinen Grund, noch länger zu bleiben, und er forderte sie nicht dazu auf. Sie überließ ihn seinen eigenen Angelegenheiten, ignorierte die Diener, die ehrerbietig niederknieten, rief ihre Zofen zu sich und rauschte an ihnen vorbei.

Auf dem halben Weg zu ihrer Kammer blieb sie stehen, da sie plötzlich einige mit Kapuzen maskierte Gestalten im Dunkel bemerkte und Waffengeklirr, Kleiderrascheln und leise Männerstimmen hörte. Im rauchigen Fackelschein erkannte sie Reginald FitzUrse und William de Tracy, die beide zu dessen Zeit als Kanzler in den Diensten Thomas Beckets gestanden hatten. Wandten sie sich von Henry ab? Planten sie Verrat? Sie hatten ihm erst kürzlich lautstark ihre Unterstützung zugesagt, aber das musste nichts heißen. Die Dinge waren oft nicht so, wie sie zu sein schienen.

Sie trat vor, um ihnen den Weg zu versperren, und einen Moment herrschte Panik, als sie nach ihren Schwertern griffen. Doch dann erkannten sie, wen sie vor sich hatten, und sanken auf die Knie. Die Furcht in ihren Gesichtern spiegelte ihre eigene wider.

»Was habt Ihr vor, Messires?«, fragte sie.

FitzUrse leckte sich über die Lippen. »Wir sind in einer Mission für den König unterwegs, Madam. Ich kann Euch nicht sagen, worum es geht.«

Ihr Herz hämmerte in ihrer Brust. Ein eisiger Luftzug wehte

über den Boden und ließ den Saum ihres Umhangs flattern. Ihr war bereits kalt, und seine Antwort ließ sie noch stärker frösteln. Sie erwog ihre Möglichkeiten. Entweder konnte sie das gesamte Haus wecken und einen öffentlichen Aufstand verursachen oder zu Henry zurückgehen und ihn fragen, was hier vor sich ging – oder sie konnte sich blind stellen.

»Geht«, befahl sie mit einer knappen Geste. »Wir haben Euch nicht gesehen.« Sie warf Marchisa einen warnenden Blick zu.

Die Ritter erhoben sich, verneigten sich und verschwanden verstohlen in der Nacht. Mit klappernden Zähnen rannte Alienor förmlich in ihre Kammer zurück, wo sie Marchisa anwies, die Tür zu verriegeln. In stillschweigender Übereinkunft sprach keine der beiden Frauen von dem, was sie gesehen hatten.

In dem trüben Januarwetter wurde der Hof nach Auvergne verlegt. Es war ständig feucht, nie kalt genug für Schnee, aber immer frostig genug für eisigen Regen. Die Tage blieben dämmrig, und das Licht schwand schon, bevor es richtig hell wurde. Die meisten Fensterläden blieben geschlossen, und der Kerzenverbrauch stieg ins Unermessliche.

Alienor hatte Henry nicht erzählt, dass sie auf dem Rückweg in ihre Kammer seinen Rittern begegnet war, sie hatte vielmehr versucht, den Zwischenfall aus ihren Gedanken zu verbannen. Geheime Aktivitäten häuften sich am Hof, und in diesem Fall war es das Sicherste, nichts davon zu wissen.

In den späten Morgenstunden stand das Licht am günstigsten, und sie saß bei einer Näharbeit mit Isabel in einer Nische, wo die Läden geöffnet worden waren, um einen schwachen fahlgrauen Schein einzulassen. Isabel war erneut schwanger und fühlte sich nicht wohl. Sie überlegte, ob sie nach England zurückkehren oder sich auf einen von Hamelins Landsitzen in der Touraine zurückziehen sollte.

»Ich fühle mich schon elend genug, auch ohne das Meer zu überqueren«, meinte sie und verzog dabei das Gesicht. »Ich denke, ich gehe bis zum späten Frühjahr nach Colombiers. Es kommt darauf an, wo Hamelin ist, ich bin gern in seiner Nähe.«

Alienor erwiderte nichts darauf. Sie hatte genug von Henry, und sie selbst beabsichtigte, sich nach Poitiers zu begeben und Richards Ausbildung in der Kunst der Staatsführung fortzusetzen.

»Er liebt es, mich und die Kinder oft zu sehen«, fuhr Isabel fort. »Manchmal wünschte ich, wir wären ein ganz normales Paar, nur ein Kaufmann und seine Frau, die von einem Tag zum anderen leben, ohne große Sorgen zu haben.«

»Selbst als Kaufmannsfrau hättest du Sorgen«, gab Alienor zurück. »Und sie würden dich nicht weniger belasten.«

»Das schon«, räumte Isabel ein. »Aber dann würde nicht das Schicksal ganzer Länder …« Sie brach ab. Die Frauen drehten sich zu den Geräuschen eines Tumults in dem Vorraum um. Alienor erhob sich, als ein Diener in den Raum stürmte und sich beeilte, vor ihr niederzuknien. »Furchtbare Neuigkeiten, Madam. Der Erzbischof ist in seiner eigenen Kathedrale auf den Altarstufen niedergemetzelt worden.«

Isabel rang nach Atem und schlug eine Hand vor den Mund. Alienor starrte den Boten schockiert an. »Niedergemetzelt? Von wem?«

»Von vier Rittern aus dem Gefolge des Königs, Madam.« Der junge Mann zählte die Namen der Männer auf, die Alienor durch die Dunkelheit hatte schleichen sehen. In jener Nacht in Bures-le-Roi war sie auf Attentäter gestoßen, die einen Mord im Schilde führten.

»Sie drangen in die Kathedrale ein, in der der Erzbischof die Messe hörte, und streckten ihn nieder.« Der Mann wischte sich mit dem Handrücken über Mund und Nase. »Dann schlugen sie ihm den Schädel ein, kratzten mit einer Schwertklinge sein Hirn heraus und verteilten es über die Altarstufen.«

Isabel schrie auf, als sie sich die Szene bildlich vorstellte, und krümmte sich würgend vorneüber.

Alienors Kiefer war vor Anspannung so verkrampft, dass er schmerzte. Lieber Gott, wie sollten sie mit dieser Katastrophe fertigwerden? Wo lag der Ausweg? »Kümmert euch um die Gräfin«, befahl sie ihren Frauen, entließ den Boten mit einer knappen Geste und machte sich auf die Suche nach Henry.

In der Halle standen Höflinge in großen Gruppen beieinander und diskutierten. Ihr Schock und ihre Aufregung waren nahezu greifbar zu spüren, aber von Henry fehlte jede Spur. Alienor ging mit schnellen Schritten zu seiner Kammer, wo sie die Tür verriegelt und von einem Wächter bewacht vorfand. »Ich will den König sehen.« Sie durchbohrte den Mann mit Blicken. »Sag mir nicht, er weigert sich, jemanden einzulassen. Ich bin die Königin, und es geht um eine Angelegenheit von äußerster Wichtigkeit.«

Der Wächter zögerte, dann räusperte er sich und öffnete ihr die Tür.

Henry stand fröstelnd am Kamin. Er umklammerte einen Brief, der offensichtlich die Nachricht von dem Mord an Becket enthielt.

Als Alienor eintrat und die Tür vernehmlich hinter sich schloss, fuhr er herum. »Du bist vermutlich gekommen, um dich aufzuspielen und mir zu sagen, dass es ja so kommen musste«, krächzte er barsch.

»Wozu sollte das gut sein?«, erwiderte sie. »Was geschehen ist, ist geschehen, und wir müssen uns jetzt den Konsequenzen stellen.« Sie dämpfte ihre Stimme. »Ich habe diese Männer in Bures gesehen, in der Nacht, als sie auszogen, um den Mord zu begehen. Sag mir eines: Hast du sie geschickt, Henry?«

Seine Augen glitzerten. »Würdest du mir glauben, wenn ich sage, dass ich nichts damit zu tun habe?«

»Hast du das nicht?« Sie verstärkte den Druck, aber nicht die Lautstärke ihrer Stimme. »Sag mir die Wahrheit, und ich glaube dir.«

»Nein, das habe ich nicht.« Er krallte die Finger in sein Haar. »Ja, ich habe Männer ausgeschickt, um Becket festzunehmen, aber nicht diese vier, und nicht mit dieser Absicht. Was sie getan haben, geschah aus eigenem Antrieb. Ich …« Sein Gesicht verzerrte sich. Sie packte ihn rasch am Arm und drückte ihn auf die Bank am Feuer nieder.

»Als ich es erfuhr, war mein erster Gedanke: Gut, er ist tot. Jetzt kann ich meinen Gedanken freien Lauf lassen, ohne dass er auf ihnen herumtrampelt; jetzt habe ich Frieden. Ich bin immer noch froh, dass das Geschöpf, zu dem er als Erzbischof geworden ist, nicht mehr existiert, auch wenn es mir um den Mann leidtut, der mein Kanzler war.« Ein Schauer schüttelte ihn.

Es würde ihm schwerfallen zu trauern. Sie hatte ihn nie tief um etwas trauern sehen. Es war, als würde er all diese Gefühle in einem tiefen inneren Brunnen begraben, und je mehr Emotionen hineinflossen, desto tiefer wurde der Brunnen, bis er eines Tages über ihm einstürzen und ihn allein im Dunkel ertrinken lassen würde. Er hatte gesagt, es würde ihm leidtun, aber das kam von der Oberfläche her; sie wusste, dass darunter all die Dinge schwelten, mit denen er nicht umgehen konnte. »Es wird Vergeltungsmaßnahmen geben«, sagte sie.

Henry schlang seinen Umhang enger um sich. »Die Tat ist vollbracht, ich kann ihn nicht von den Toten zurückholen. Der Papst soll tun, was ihm beliebt. Ohne sein Schwanken und seine Unentschlossenheit wäre nichts von alldem geschehen. Er hätte Thomas' Rücktrittsgesuch annehmen sollen, als er es ihm unterbreitet hat.«

»Das hat er aber nicht getan, und man wird dir die Verantwortung für diese Tat zuschieben. Die Leute werden sagen, deine Worte wären der Auslöser gewesen. Sie werden dich beschuldigen, diesen Rittern befohlen zu haben, den Erzbischof zu ermorden. Diejenigen, die auf eine Rebellion aus sind, haben jetzt einen Vorwand, um ihre Schwerter einsetzen zu können.«

Henry bleckte die Zähne. »Dann werden sie sehen, was sie davon haben. Ich weigere mich, die Verantwortung hierfür zu übernehmen.« Er sprang auf und schritt erregt durch den Raum.

»Egal was du tust, man wird dich in diesem Fall der Komplizenschaft bezichtigen. Die Mörder werden exkommuniziert werden, und dir droht dasselbe Schicksal.«

»Das würde der Papst nicht wagen.« Henry drehte sich um und warf ihr einen Blick zu, in dem Wut und unterschwellige Angst aufblitzten.

»Wer weiß schon, was der Papst tun wird. Ich rate dir, dich versöhnlich zu zeigen. Einen Erzbischof, und sei er auch noch so streitbar, auf den Stufen seiner eigenen Kathedrale zu ermorden, ist ein abscheuliches Verbrechen – eines, das du verdammen musst, wenn du überleben willst.«

»Ich habe bereits einen Brief an den Papst aufgesetzt.«

»Was hast du ihm geschrieben?«

»Dass Thomas die Tat selbst herausgefordert hat, indem er Aufruhr predigte, und dass er von Männern niedergestreckt wurde, die er sich zu Feinden gemacht hatte – und dass ich niemanden zu einem Mord angestiftet habe.« Er bedachte sie mit einem trüben, verbitterten Blick. »Er wird mich als Toter noch mehr peinigen als zu seinen Lebzeiten, nicht wahr?«

»Ja, das fürchte ich auch«, bestätigte Alienor, »weil er jetzt zu einem Märtyrer geworden ist.« Henry hätte davon absehen sollen, Becket überhaupt erst zum Erzbischof zu ernennen, aber es war sinnlos, sich im Nachhinein im Kreis zu drehen. Was geschehen war, konnte nicht rückgängig gemacht werden.

»Meine Boten werden mindestens sechs Wochen brauchen, um zum Papst zu gelangen, das lässt uns Zeit, um Vorkehrungen zu treffen.« Er kehrte zu der Bank zurück, barg den Kopf in den Händen und stöhnte.

Alienor legte ihm leicht die Hand auf die Schulter. »Er hat die Königswürde und unsere Familiendynastie beleidigt. So schockierend sein Tod auch sein mag, es ist eine Schande, wie er dich behandelt hat.«

Henry schwieg.

»Gibt es irgendetwas, das ich für dich tun kann?«

Er hob den Kopf. »Ja, lass mich alleine. Geh nach Poitiers zurück, es ist besser, wenn du nicht hier bist. Und schick alle anderen weg. Ich will mit niemandem sprechen.«

Auf dem Weg zur Tür dachte sie, dass sie froh sein würde, nach Aquitanien zurückzukehren und sich mit den dortigen Angelegenheiten befassen zu können. Sollte Henry doch tun, was er wollte, und fortfahren, seinen Brunnen auszuschachten.

Hamelin wartete vor der Tür und trat unruhig von einem Fuß auf den anderen. »Er will dich nicht sehen«, sagte sie, »zumindest im Moment nicht. Lass ihn einfach in Ruhe.«

Hamelin wirkte benommen. »Ich kann nicht glauben, dass diese furchtbare Tat wirklich begangen worden ist«, meinte er. »Ich war häufig anderer Meinung als Becket; ich habe ihn einmal einen Verräter genannt und würde es ihm erneut ins Gesicht sagen, aber einen geweihten Bischof im Haus Gottes zu ermorden und seinen Leichnam zu verstümmeln, ist eine Todsünde. Wenn ein hochrangiger Geistlicher umgebracht wird, wie lange dauert es dann, bis die Leute einen König ermorden?« Er schluckte hart. »Ich kann verstehen, dass jemand in der Hitze des Augenblicks dazu fähig ist, aber nicht, dass jemand eine solche Tat plant und kaltblütig ausführt.« Sein Gesicht verdüsterte sich. »Der Zorn Gottes trifft uns alle. Auch ohne Exkommunikation wird es zu fürchterlichen Vergeltungsmaßnahmen kommen. Was, wenn Henry exkommuniziert wird?«

»Das wird nicht passieren. Der Papst ist eigensinnig, aber kein Narr.« Zumindest hoffte sie das.

Hamelin nickte bedrückt. »Diese Sache wird Becket zu einem Märtyrer machen.«

»Und somit ist er tot gefährlicher, als er es lebendig je war. Henry wird nie frei von ihm sein. Ich kehre nach Poitiers zurück. Du solltest dich um Isabel kümmern, die Neuigkeiten haben ihr schwer zugesetzt.«

»Ich schicke sie in die Touraine, bis alles vorüber ist«, erwiderte er. »England ist nicht sicher.«

»Sie kann mit mir reisen, so weit sie muss.«

»Danke.« Hamelin strich sich über das Gesicht. »Ich muss bei Henry bleiben. Er ist immer noch mein Bruder, meine oberste Loyalität gilt ihm.«

»Dann wünsche ich dir Gottes Segen, denn du wirst ihn brauchen.« Sie stellte sich auf die Zehenspitzen, küsste Hamelin auf die Wange und dachte über die Ironie nach, die darin lag, dass sie zwar ihren Schwager voller Zuneigung küssen konnte, nicht aber ihren Mann.

41

Poitiers, Oktober 1171

Alienor blickte sich in ihrer neuen Halle um. Noch war sie zum Himmel offen, aber die Wände waren fast fertiggestellt – und das Bauwerk würde prachtvoll werden. Ein feiner Steinstaubschleier lag in der Luft, und das Klicken der Meißel der Steinmetze klang an diesem kühlen Morgen wie Musik in ihren Ohren.

Richard stand, noch erhitzt vom Training mit seinen Lehrern, neben ihr. Er hielt sein Übungsschwert in der Hand, und in seinen Augen glomm ein kampfeslustiger Funke. Seit dem letzten Weihnachtsfest war er schneller in die Höhe geschossen als Frühjahrsweizen und überragte sie um ein gutes Stück. Er erinnerte sie an ihren Onkel Raymond, den Prinzen von Antiochia, der in einer Schlacht im Heiligen Land getötet worden war; er verfügte über dieselbe löwenhafte Anmut und den wachsamen Blick, der alles in seiner Umgebung aufsaugte und abschätzte, und er hatte dasselbe scharfsinnige politische Urteilsvermögen. Manchmal ähnelte er auch Henrys Vater Geoffrey le Bel, von dem er sein feuriges Haar geerbt hatte. Er war attraktiv, der am besten geratene ihrer Söhne und derjenige, in den sie das meiste investiert hatte, da sie wusste, dass er alles erreichen konnte. Im nächsten Sommer würde er die Insignien der Grafen von Poitiers überreicht bekommen, ein weiterer Schritt auf seiner Straße zur Macht.

Richard wirbelte das Schwert herum, warf es dann hoch in

die Luft und fing es geschickt am Heft wieder auf, bevor er grinste, weil sie erstarrte.

»Während du auf dem Übungsfeld warst, ist ein Brief von deinem Vater gekommen.« Alienor verkniff sich jegliche Bemerkung bezüglich seines Tricks, weil sie ihn dadurch nur zu noch waghalsigeren Kunststücken ermutigen würde. Außerdem hatte sie Richard noch nie ermahnt, vorsichtig zu sein. Sie hatte ihn immer angespornt, Risiken einzugehen, weil er nur so Selbstvertrauen entwickeln konnte. Aber er musste auch noch die Kunst der Politik und Diplomatie erlernen. »Er ist sicher in Irland angekommen. Die Überfahrt war rau, aber nicht allzu stürmisch.«

»Ein langer Weg, um sich irgendwo zu verstecken.« Richard schleuderte das Schwert erneut in die Luft und fing es wieder auf.

»Dein Vater würde es nicht als ›sich verstecken‹ bezeichnen. Er würde sagen, dass er seinen Einflussbereich ausweitet und andere davon abhält, an seinen Grenzen Königreiche zu bilden. Es ist besser, Richard de Clare den Lehnseid schwören zu lassen und den Boden für deinen Bruder vorzubereiten, als Irland in die Anarchie stürzen zu sehen. Er kann es erobern, um seine Macht zu demonstrieren, und andere das Land verwalten lassen, bis John volljährig ist.« De Clare war auf Bitten des Hochkönigs von Leinster nach Irland gegangen, denn dieser hatte ihn in seine Dienste genommen und hatte ihm Land angeboten, wenn er seine Feinde vernichtete.

»Der kleine John Sans Terre?« Richard schlug einen gönnerhaft belustigten Ton an. »Warum lässt Papa ihn nicht die Priesterlaufbahn einschlagen? Es wäre nützlich, einen Bischof in der Familie zu haben.«

»Dieser Weg ist bereits für deinen Halbbruder vorgesehen.«

Richard schnaubte. »Weiß Jeoffrey das schon?« Er warf

seiner Mutter einen Seitenblick zu. »Ich denke, John ist das Reservekind. Sollte einer von uns anderen versagen, hat er immer noch einen Sohn, der kein Geistlicher ist und unseren Platz einnehmen kann, aber wenn es darum geht, John zu einer verlockenden Partie zu machen, wird es schwierig werden, die Väter von Erbinnen zu umwerben. Irland liegt irgendwo im Niemandsland, ist voll von im Moor hausenden Wilden und weder für Frankreich noch für Deutschland noch für Spanien von Bedeutung. Nicht gerade die erste Wahl unter den Orten, an denen ein Vater seine Tochter sehen möchte.«

»Mit der Zeit kann sich das ändern«, hielt Alienor dagegen. »John ist noch sehr jung.«

Richard untersuchte den Schwertgriff und polierte ihn mit seinem Ärmel. »Während Papa in Irland ist, kann er zugleich den durch Beckets Tod entstandenen Schwierigkeiten aus dem Weg gehen.«

»Dieser Umstand ist mir nicht entgangen.« Alienor kniff die Lippen zusammen. Zwischen England und dem Hof des Papstes hatte es viel Hin und Her gegeben. Henry hatte die besten Anwälte angeheuert, damit sie ihm halfen, sich aus der Situation herauszuwinden. Die Kathedrale von Canterbury hatte ihre Pforten wieder geöffnet, aber bislang waren dort keine Gottesdienste abgehalten worden. Der Grabbereich war versiegelt worden, sollte jedoch – rein zufällig – am Jahrestag von Beckets Tod wieder geöffnet werden. Alienor hatte Gerüchte bezüglich der wachsenden Popularität von ›Thomas dem Märtyrer‹ gehört und wusste, dass es Henry nicht gelingen würde, die Stimmen zum Schweigen zu bringen. Mit seinem Tod hatte der Erzbischof ein vielköpfiges Monster geschaffen, und Henry hatte sich keinen Gefallen damit getan, dass er sich weigerte, die an der Tat beteiligten Ritter zu bestrafen, und sich darauf berief, dass sie das mit Gott abmachen müssten.

»Thomas wird auf ihn warten, wenn er zurückkommt«, sagte sie grimmig, »und zwar so allgegenwärtig, wie er es im Leben nie war.«

Acht Monate später wurde Richard an einem heißen Junimorgen in der Abteikirche Saint-Hilaire zum Herzog von Aquitanien ernannt. Obwohl draußen die Sonne vom Himmel brannte, war es im Inneren der Kirche relativ kühl, und die Luft war von dem Duft des Weihrauchs erfüllt, der von den graugoldenen Klumpen in Becken und Fässchen aufstieg.

Richard würde Anfang September fünfzehn werden, wusste aber schon ganz genau, wie man Pracht und Autorität zur Schau stellte. Alienor platzte fast vor Stolz. Dieser Anlass entschädigte sie in jeder Hinsicht dafür, dass sie die Krönung ihres ältesten Sohnes und Geoffreys Amtseinsetzung als Herzog der Bretagne verpasst hatte. Richard würde der größte aller Herzöge von Aquitanien werden, das Ebenbild seines Vorfahren. Jetzt war es an ihm zu herrschen, Henry würde rasch überflüssig werden, und sie würde an der Seite ihres Sohnes regieren und ihn als Matriarchin der Dynastie beraten.

Dem auf einem Podest aufgestellten Bischofsthron sitzenden Richard wurde vom Erzbischof von Bordeaux, der dem Bischof von Poitiers zur Hand ging, sein Recht und sein Titel verliehen. Der mit Perlen und Saphiren besetzte Kronreif der Herzöge von Aquitanien schmückte seine Stirn, und er hielt die Lanze und das Banner seiner Vorfahrenlinie in seinem festen jungen Griff. Das Licht, das durch das Bogenfenster fiel, funkelte auf scharfem Stahl und sich kräuselnder Seide, als der Kirchenchor ›O princeps egregie‹ anstimmte.

Nach der Weihung schritten Richard und Alienor aus der

Kathedrale in das heiße Sommerlicht hinaus, um sich von der Menge feiern zu lassen. Ganz Poitiers hatte sich eingefunden, um den neuen jungen Herzog aus der Basilika kommen zu sehen. Sie wurden unter Jubelrufen mit einem Regen von Blumen und Blütenblättern überschüttet, was sie dadurch vergalten, dass sie Silbermünzen und kleine, mit dem Kreuzzeichen markierte Brotlaibe in die Menge warfen.

Alienor war in ihrem goldenen Gewand prächtig anzusehen und gab einem ihrer Ritter ein Handzeichen, woraufhin dieser ein wundervolles Reitpferd für Richard heranführte. Das Fell des Hengstes schimmerte in einem cremigen Goldton, Mähne und Schweif loderten kastanienbraun. Eine rote Satteldecke mit Quasten hing fast bis zum Boden, und das Brustband war mit einer Doppelreihe goldener Glöckchen besetzt. Richards Augen weiteten sich vor Stolz und Staunen und schimmerten feucht. Er nahm die Zügel des Hengstes, tätschelte den satinglatten Hals und fuhr mit den Händen über Schultern und Rumpf, um die zitternde Kraft zu spüren, dann schob er den Fuß in den gravierten Steigbügel und schwang sich in den verzierten Sattel.

Sein Anblick, diese schiere, gebieterische Freude und Pracht, verschlug Alienor den Atem. Richards Lächeln war so strahlend wie die Sonne, als er sein neues Pferd wendete und die rechte Hand hob, mit der er das Banner der Herzöge von Aquitanien umklammerte. Als die Seide um ihn herumwogte und der donnernde Jubel der Menge sowie die zugeworfenen Blumen das Pferd nervös tänzeln ließen, beruhigte Richard es geschickt. Alienor ließ ihren Tränen endlich freien Lauf, während sie zusah, wie ihr Sohn nach seinem Schicksal griff.

An einem bitterkalten Wintertag sechs Monate später, als Schneeflocken durch die Luft wirbelten und die Junihitze eine ferne Erinnerung war, trafen Alienor und Richard in Chinon ein. Richard, jetzt anerkannter Herzog, trug einen Umhang aus bläulichem und cremefarbenem Eichhörnchenpelz. Am Mittelfinger der rechten Hand glitzerte der Ring der heiligen Valerie. Er ritt sein neues Pferd Jalnice. Die goldenen Glocken an dem roten Lederbrustband klirrten bei jeder Bewegung der kräftigen Schultern des Hengstes.

Alienor erschauerte, als die hohen Festungsmauern von Chinon ihren Schatten über sie warfen. Sie hatte Weihnachten in Poitiers verbringen wollen, aber die politischen Umstände zwangen sie hierherzukommen. Es würde das erste Mal seit zwei Jahren sein, dass sie Henry sah, und sie freute sich nicht gerade auf die Begegnung.

Als sie sich der Burg näherten, bemerkte Alienor eine weitere Gruppe, die sich anschickte, ein Gästehaus zu betreten, und erkannte zu ihrem Missvergnügen Rosamund de Clifford. Ihr Umhang war ebenfalls mit Eichhörnchenfell gefüttert, und ihr Gewand leuchtete in einem kostbaren Madonnenblau. Ihr blasses, von einem weichen Schleier umrahmtes Gesicht war makellos und jungfräulich.

Bei ihrem Anblick stieß Richard einen angeekelten Laut aus. »Ich fasse es nicht, dass er sie mit nach Chinon gebracht hat.«

Alienor winkte gleichmütig ab, obwohl ihr beim Anblick dieser ganzen gespielten Unschuld übel wurde. »Warum sollte er nicht? Er nimmt sie auch sonst überall mit hin. Es interessiert mich nicht mehr, was er tut«, sagte sie. »Solange er uns nur ohne seine Einmischung in Aquitanien herrschen lässt.«

Richard hob eine Braue. »Das bezweifle ich, Mama. Er wird immer noch einen Weg finden, die Zügel in der Hand zu behalten.«

Alienor verzog das Gesicht. »Deine Großmutter, die Kaiserin, hat ihm geraten, seine Barone hungrig zu halten – sie wie Falken schmachten zu lassen, damit sie besser jagen.«

»Wahrscheinlicher ist, dass sie ihm die Augen aushacken«, schnaubte Richard.

Sie ritten an Rosamund vorbei, die einen tiefen Knicks vollführte und den Kopf senkte – jedoch nicht, bevor Alienor den Groll und die Herausforderung in ihren Augen gesehen hatte. Seit ihrer letzten Begegnung war sie kühner geworden, aber sie war auch kein Mädchen mehr, sondern eine zu voller Schönheit erblühte Frau – auch wenn das keine Garantie dafür war, sich Henrys Zuneigung erhalten zu können. Er mochte seine Frauen unschuldig und formbar.

Richard wandte den Kopf ab. »Die Hure meines Vaters«, sagte er laut genug, um gehört zu werden.

Alienor schwieg und starrte geradeaus, als würde Rosamund nicht existieren.

»Sie möchte Königin werden«, fuhr Richard fort. »Ich habe gehört, wie sie Vater damit in den Ohren gelegen hat.«

»Das wird nie der Fall sein«, erwiderte sie mit lebensüberdrüssiger Belustigung. »Für eine Konkubine, und sei sie auch noch so reizvoll, wird er seinen Zugriff auf Aquitanien nicht riskieren. Sie mag von edlem Blut sein, aber sie ist nicht reich genug, um seine legitime Gefährtin zu werden.« Sie sah Richard an und bemerkte, dass er rot angelaufen war. Wenn er schon Erfahrungen mit Frauen hatte, war er diskret und hielt es vor ihr verborgen. Aus der Art, wie er über Rosamund gesprochen hatte, schloss sie, dass etwaige Begegnungen mit Huren nicht erfreulich verlaufen waren.

Als sie in den Hof ritten, stießen sie auf Henry, der gerade von der Jagd zurückgekommen war und mit einem Stallburschen sprach, der im Begriff stand, sein schlammbespritztes, schwitzendes Pferd davonzuführen. Alienor blickte von ihrem goldenen Sohn auf seinem edlen Hengst zu dem Mann mit den grauen Strähnen in seinem roten Bart, der neben einem zu hart herangenommenen Pferd stand. Henry wandte sich von dem Tier ab, konzentrierte sich auf sie beide und schlang die Hände um seinen Gürtel.

Richard stieg mit einer fließenden Bewegung ab, schlug seinen Pelzumhang zurück und half Alienor von ihrer Stute. »Madam, meine Mutter.« Er verneigte sich, und erst danach drehte er sich um und sank vor seinem Vater auf ein Knie. »Sire.« Seine meerblauen Augen leuchteten stolz und herausfordernd.

Belustigt, aber zugleich auf der Hut trat Henry vor und beugte sich zu ihm, um ihn zu küssen. »Mein Sohn, der Graf von Poitou und Herzog von Aquitanien«, sagte er. »Und schon fast ein Mann.«

Richard presste die Lippen aufeinander. Alienor registrierte wohlwollend, dass er gelernt hatte, seine Zunge im Zaum zu halten. Sich diese spezielle Disziplin anzueignen war ihm schwergefallen.

»Er leistet schon die Arbeit eines Mannes«, sagte sie zu Henry, »und das macht ihn in meinen Augen erwachsen. Wäre er noch nicht so weit gewesen, hätte ich ihn nicht zu meinem Erben ernannt.«

Henry musterte sie aus schmalen Augen. »Madam, meine Gemahlin«, grüßte er förmlich. »Es ist schön, Euch zu sehen.«

Alienor glaubte ihm keine Sekunde lang. »Ich freue mich auch.« Ihr Kuss war eine trockene, kalte Berührung der Lippen. »Wie ich sehe, warst du auf der Jagd?«

»Ein Mann sollte sich immer Bewegung verschaffen. Das fördert die Verdauung und hilft ihm beim Denken.«

Alienor hob die Brauen. Nun, wo er sich den mittleren Jahren näherte, war er breiter und massiger geworden, obwohl er nach wie vor energiegeladen und tatkräftig wirkte. Er wies keine Anzeichen eines Schmerbauchs auf, und trotzdem nahmen ihn die Jahre so hart heran wie er seine Pferde.

»Ich hoffe, du hast mit keinem von beidem Probleme«, erwiderte sie. »Ich bin nur froh, dass ich kein Pferd strapazieren muss, bis es in Schweiß gebadet ist, um meinen eigenen Verstand einzusetzen.«

Henry kräuselte die Lippe. »Die lange Abwesenheit hat nicht dazu beigetragen, deiner Zunge die Schärfe zu nehmen.«

»Noch hat sie das Herz weicher gestimmt«, versetzte sie. »Ein bestimmtes Haus in der Stadt deutet darauf hin, dass du dich nicht gerade nach meiner Gesellschaft verzehrt hast. Hilft sie dir beim Nachdenken?«

»Rosamund hilft mir bei vielen Dingen«, erwiderte Henry eisig, »und ihre Zunge gleicht keiner messerscharfen Klinge.«

»Oh, ich bin sicher, dass ihr andere Waffen zur Verfügung stehen.«

Henry ging über die Bemerkung hinweg und wechselte das Thema, indem er Richards Pferd bewunderte. »Es war ein Geschenk von mir zum Anlass seiner Amtseinsetzung als Herzog von Aquitanien«, erklärte Alienor.

Henry begutachtete das Pferd und grunzte bewundernd, als er mit den Händen über den festen, muskulösen Körper strich. »Du hattest von klein auf eine Vorliebe für diese Tiere«, stellte er fest. »Für gelbbraune Pferde.«

»Sie sind golden.« Richard betonte das Wort. »Die Leute werden immer registrieren, wo ich bin, wenn sie mein goldenes Pferd sehen und sofort Bescheid wissen.«

Henry musterte Richard forschend. »Was werden sie wissen?«

Richard schob das Kinn vor. »Dass hier Führungspotenzial zu finden ist. Dass hier ein Mann ist, dem sie durch dick und dünn folgen können. Dass es einen Herrscher gibt, der die Zügel in die Hand nimmt und sie dazu benutzt, sein Schicksal zu gestalten.«

Alienor lächelte.

Henry hob die Brauen, so dass sich auf seiner Stirn drei horizontale Falten bildeten. »Du siehst ganz wie ein Prinz aus, das gebe ich zu«, entgegnete er. »Aber Macht kommt nicht von kostbaren Kleidern und Pferden oder höfischen Manieren. So wie ich hier stehe, mit Kletten an meiner Tunika und Schlamm auf meinen Stiefeln, habe ich mehr Macht in meinem kleinen Finger als du im ganzen Leib. Macht kommt aus dem Inneren, und du hast noch viel zu lernen, mein Junge, auch wenn du glaubst, alles zu wissen.«

»Du hättest nicht so schroff zu Richard sein müssen«, sagte Alienor später zu Henry, als sie in seiner Kammer vor dem Feuer saßen. Ihr fiel auf, dass er ständig sein Bein rieb, aber wenn er bemerkte, dass sie ihn beobachtete, tat er so, als sei alles in Ordnung.

Auf der anderen Seite des Raumes spielte eine Gruppe von Höflingen Schach und würfelte. Richard war unter ihnen, er hob sich aufgrund seiner Größe und seines schimmernden Haares von den anderen ab.

»Er ist entschieden zu sehr von sich eingenommen«, gab Henry zurück. »Er muss mir immer noch Rechenschaft ablegen.«

»Ja, das muss er, weil du sein Vater bist und er einer deiner Erben ist, aber er wird schnell erwachsen werden. Herzog und Graf ist er aus eigenem Recht, und wenn wir nach Poitiers zurückkehren, werde ich ihm mehr Pflichten übertragen.

Was Aquitanien betrifft, ist er dir keine Rechenschaft schuldig, weil Aquitanien nicht dein Vasall ist und es nie war.«

Henry rieb sich das Kinn. »Ich verstehe. Und deswegen tauche ich in deinen offiziellen Dokumenten nicht mehr auf? Glaubst du, ich hätte nicht gemerkt, dass du die Grußformeln geändert hast, um mich auszuschließen?«

»Warum sollte ich die Wortwahl nicht ändern? Das ist mein Vorrecht. Richard ist alt genug, um militärische Pflichten und einige Regierungsgeschäfte zu übernehmen, und das ermöglicht es dir, dich um andere Dinge zu kümmern.«

Henrys Züge verhärteten sich. »Unsere Länder müssen mit einer gemeinsamen politischen Strategie regiert werden, wenn wir Erfolg haben wollen – besonders dann, wenn Frankreich betroffen ist. Ich will nicht herausfinden müssen, dass ein Teil eigene Ziele verfolgt oder seine Macht stärkt und Bündnisse auf Kosten anderer schließt. Was, wenn Richard es sich in den Kopf setzt, Toulouse anzugreifen? Oder dort Raubzüge durchführt? Meine Söhne sind zu jung und unerfahren. Sie benötigen noch immer meine Hände an den Zügeln.«

Die Hände eines Mannes, der nicht den kleinsten Teil von seiner Macht abtreten wollte. »Sind die Ratschläge einer Frau nicht gut genug? Richard ist mein ganz persönliches Projekt, und er hat sich selbst übertroffen. Glaubst du, ich würde meinen eigenen Sohn in einen Krieg treiben? Ich werde ihn durch jede Phase führen, bis er so weit ist. Er hat noch viel zu lernen, aber du solltest ihm ein bisschen Spielraum geben. Denk an dich, als du fünfzehn warst, an deinen Stolz und daran, wie überzeugt du von dir warst.«

Henry warf ihr einen feindseligen Blick zu. »Ja, und gerade aus diesem Grund sage ich, dass er eine strenge Führung braucht. Außerdem trifft das, was ich mit fünfzehn war, nicht auf meine Söhne zu.«

Die Diskussion drehte sich im Kreis. Henry würde nichts tun, was seine Kontrolle über jedwede Situation schmälerte. Sie wechselte das Thema und fragte ihn nach Irland.

»Die Angelegenheit ist vorerst geklärt«, erwiderte er. »Ich bin als König anerkannt worden, und die Treueeide wurden geschworen. Wenn John erwachsen ist, kann er dort herrschen, falls er für die Kirche nicht taugt.«

Alienor neigte den Kopf. Sie hatte gegen diesen Vorschlag nichts einzuwenden. »Er sollte morgen mit Joanna und ihren Kinderfrauen hier eintreffen.« Sie blickte auf, als sich Hamelin zu ihnen gesellte. »Kommt Isabel über Weihnachten an den Hof?«

»Ja, ich rechne jeden Tag mit ihr.«

»Und die Kinder?«

»Sie bringt Belle und William mit. Adela und Mahelt bleiben in der Touraine – sie sind zu jung. Die Reise würde doppelt so lange dauern, wenn sie sie mitnehmen würde.« Er verzog das Gesicht. »Isabel wird sie nur ungern zurücklassen, aber es ist ja nicht für lange.« Er räusperte sich. »Ich nehme an, ihr habt die Neuigkeiten aus England gehört? Das Neueste aus Canterbury?«

»Was denn für Neuigkeiten?« Sie sah Henry an, der mit den Schultern zuckte und die Hände öffnete, aber dennoch argwöhnisch wirkte.

Hamelin griff in seinen Beutel und reichte Alienor eine kleine Bleiampulle, durch die eine Kordel gezogen war. »Einer meiner Männer hat vor Kurzem dies erhalten.«

Der Gegenstand war wie ein Hufeisen geformt, und die nach oben gerichtete Biegung enthielt ein kleines Gefäß mit einer eingravierten Gestalt auf einer Bahre, neben der zwei Priester standen. Die um die Außenseite verlaufende lateinische Inschrift lautete: »Thomas ist der beste Arzt für die achtbaren Kranken.« Mit einer angewiderten Grimasse reichte sie den Gegenstand an Henry weiter.

»Sie lösen sein Blut und Hirn in Wasser auf und verkaufen es als angebliches Heilmittel für Kranke an Pilger«, sagte Hamelin. »Es ist schon seit einer Weile von Wundern die Rede, aber der Kult gewinnt an Zulauf. Zuvor haben sie das Wasser in mit Wachs abgedichteten Kästchen verkauft, aber jetzt sind sie um der besseren Wirkung willen zu diesen Ampullen übergegangen.«

»Thomas ist immer zuverlässig etwas Neues eingefallen, um Geld zu machen«, schnaubte Henry. »Die Kirche wird bis zum Jüngsten Tag auf ihren überquellenden Schatztruhen sitzen und fromme Sprüche blöken.«

»Er ist aber auch in den Augen der Leute zum Märtyrer geworden, und der Kult wird noch zunehmen. Dein Sohn hat sich ihm bereits angeschlossen, indem er den Schrein besucht hat«, verkündete Hamelin.

»Was soll das heißen?«, fragte Alienor scharf.

»Harry hat dieses Jahr den Schrein besucht.« Hamelin sah Henry an. »Dadurch hat er sein Ansehen gesteigert und die Schuld zu dir zurückgeschoben.«

Alienor sah, wie Henry erstarrte. Hamelin runzelte die Stirn. Offensichtlich gab es Dinge, die nicht ausgesprochen wurden, die sie aber wissen musste.

»Du machst zu viel Wind um die Sache«, schnappte Henry. »Ich habe zugegeben, dass meine Worte diese Ritter vielleicht zu dem Mord an Becket verleitet haben, aber sie haben aus freien Stücken und ohne mein Wissen gehandelt. Ich habe Buße getan und die Absolution erhalten.«

»Dem Gesetz gemäß ja«, beharrte Hamelin störrisch. »Aber reicht das aus?«

»Natürlich reicht das!« Henrys Augen glitzerten vor Ärger.

»Aber sie sind mit diesen Ampullen und Wundern einen Schritt weiter gegangen. Wenn du Stabilität und Ehre und eine sichere Herrschaft willst, musst du sie übertrumpfen. Die Leute sehen, was du gesagt und getan hast, aber das kommt gegen Beckets Taten nicht an. Du hast in Avergne geschworen, dich auf einen Kreuzzug zu begeben und Jerusalem Geld zukommen zu lassen. Du hast geschworen, der Kirche ihren Besitz zurückzugeben und das Beckets Angehörigen zugefügte Unrecht wiedergutzumachen, aber hast du irgendeines dieser Versprechen erfüllt? Wenn du nicht öffentlich Reue oder Demut zeigst, werden sich deine Untertanen von dir abwenden und in die Richtung deiner Söhne blicken, damit diese alles wieder in Ordnung bringen.«

»Das habe ich natürlich vor!« Henrys Gesicht lief rot an, und seine Brust blähte sich vor Wut. Alienor hatte noch nie erlebt, dass Hamelin Henry dermaßen die Stirn bot. Ganz offensichtlich machte er sich große Sorgen; vielleicht hatte er sogar Angst.

»Du wirst nicht nach Jerusalem aufbrechen, obwohl du es gesagt hast, denn wenn du es ernsthaft vorhättest, wärst du jetzt schon mit den Vorbereitungen beschäftigt. Ich glaube auch nicht, dass irgendjemand das von dir erwartet, aber du musst dein Bedauern über den Tod des Erzbischofs demonstrieren. Wenn du keine Reue zeigst, werden dich diese kleinen Ampullen mit dem ›Wasser von Canterbury‹ zu Fall bringen, und den Rest von uns gleich mit.«

»Du redest wie ein Narr, Hamelin«, spottete Henry. »Du wirst langsam ein alter Mann.«

»Ha, ich will lange genug leben, um ein alter Mann zu werden«, gab Hamelin zurück und rauschte aus dem Raum.

Henry schüttelte den Kopf und funkelte Alienor finster an. »Sieh mich nicht so an.«

»Vielleicht hat Hamelin recht, wenn er sagt, du sollst Buße tun und öffentlich zeigen, dass deine Reue echt ist«, sagte sie. »Kannst du es dir leisten, seinen Rat zu ignorieren, obwohl er so loyal zu dir steht?«

Henry erwiderte nichts darauf, aber sein Kiefer war angespannt.

»Was hat er damit gemeint, dass die Leute in die Richtung deiner Erben blicken?«

»Nichts. Es ist nur so, dass Harry versucht, seine Flügel zu erproben, bevor er Federn zum Fliegen hat. Er will, dass ich ihm Land überlasse, über das er herrschen kann, und er akzeptiert es nicht, wenn ich sage, dass er noch nicht so weit ist. Mir ist sehr wohl bewusst, dass Louis eine schwärende Wunde in seinen Stolz gerieben hat und nun fleißig Salz hineinstreut, nur um Unfrieden zu stiften. Er redet Harry ständig ein, dass es unter der Würde eines Königs ist, über kein Land und keine Macht zu verfügen.«

»Aber warum sollte er seine Flügel denn nicht erproben wollen?«, fragte Alienor. »Er feiert bald seinen achtzehnten Geburtstag. Dein Vater war in deinem Alter, als er dir freiwillig die Normandie überließ, und du warst erst siebzehn.«

Er trommelte mit den Fingern auf dem Tisch herum. »Du brauchst mir nicht meine eigene Lebensgeschichte aufzutischen.«

»Wirklich nicht? Du kannst deinem Sohn nicht einfach nur Geld und Zerstreuungen bieten und erwarten, dass er sich damit zufriedengibt. Ihm Affen oder andere Haustiere zu schenken reicht nicht mehr aus, er muss unabhängig sein.«

»Harry hält mit Marguerite in Bonneville seinen eigenen Weihnachtshof, und sie ist vom Erzbischof von Rouen zur Königin gesalbt worden«, hielt Henry dagegen. »Ich war mehr als nachsichtig.«

»Ja, du gestattest ihm, König zu spielen und Feste zu feiern, und dann beklagst du dich darüber, wie viel dich das kostet. Du musst ihm angemessene Verantwortung übertragen. Wenn du deinen Griff nicht lockern kannst, wie viel Raum haben dann andere Menschen in deinem Leben?«

»Viel, wenn sie sich als vertrauenswürdig erweisen.«

»Ach ja, Vertrauen«, gab sie zurück. »Und wer kann einem König vertrauen, der sein Wort nicht hält?« Sie erhob sich, wohl wissend, dass sie genau wie Hamelin die Flucht ergreifen musste. »Du musst ihm etwas geben, das ihn beschäftigt und seiner Würde schmeichelt. Nicht als ein Beschwichtigungsmittel für einen Jungen, sondern als eine Chance, echte Macht auszuüben. Du hast ihn im Rang erhöht, jetzt solltest du seiner Krone Substanz verleihen, sonst wirst du ihn zum Gespött der Leute machen.«

»Ich werde tun, was ich für richtig halte.«

»Selbstverständlich wirst du das, und dann wirst du zusehen, wie alles zusammenbricht, weil kein Fundament mehr da ist.« Aufgebracht verließ sie den Raum und stieg auf die Brustwehr hoch, da sie ihren Ärger und Verdruss nicht in ihre eigene Kammer tragen wollte.

Die Wachposten auf den Mauern verbeugten sich vor ihr und gaben ihr den Weg frei. Als sie in die sternengesprenkelte Nacht blickte, in der der Mond als leuchtende weiße Scheibe am Himmel hing, sah sie eine weibliche Gestalt in Begleitung eines Soldaten mit einer Fackel über den Hof gehen. Rosamund, dachte sie voller Verachtung. Armes, irregeleitetes, dummes Mädchen. Warum sollte irgendjemand Henrys Königin sein wollen? Was für eine Macht war damit verbunden? Er würde sie benutzen, so wie er jeden benutzte, und sie fallen lassen, wenn er genug hatte.

Als sie weiter hinten auf der Brustwehr Stimmen hörte,

runzelte sie die Stirn; es war ein Wechselspiel von männlichen Schmeicheleien und leisem weiblichem Kichern. Die einzigen Leute, die hier oben sein sollten, waren die diensthabenden Soldaten und diejenigen, die dazu befugt waren. Dies war kein Ort für ein Stelldichein von liebestrunkenen Knappen und ihren Eroberungen. Die Stimmen kamen flüsternd und wispernd näher, und Alienor richtete sich hoch auf, um das Liebespaar zur Rede zu stellen. Im grauen Mondlicht boten die beiden einen seltsamen Anblick, denn sie waren in einen einzigen Umhang gehüllt. Sie lachten, als sie versuchten, einen Fuß vor den anderen zu setzen und dabei gegeneinanderstießen.

Als sie beinahe mit Alienor zusammengeprallt wären, blieben sie wie angewurzelt stehen. Das Mädchen schrie erschrocken auf, und der junge Mann unterdrückte einen Kraftausdruck.

»Wollt ihr nicht vor eurer Königin niederknien?«, erkundigte sich Alienor eisig. Ihr Ärger wurde durch das, was sie soeben am Hof erlebt hatte, noch verstärkt.

Das Paar sank ebenso hastig wie ungeschickt in die Knie, wobei das Mädchen vorneüberkippte und der junge Mann sie mit einem Ruck wieder hochzog.

»Madam, verzeiht mir, mir war nicht bewusst …«

Jetzt erkannte sie die Stimme, und im selben Moment auch die Gesichtszüge. Es handelte sich um Jeoffrey, Henrys illegitimen Sohn, der vielleicht gerade beabsichtigte, einen weiteren Bastard zu zeugen.

»Was tust du hier?«

Er vollführte eine beschwichtigende Geste. »Ich wollte Sara die Brustwehr im Mondlicht zeigen. Ich dachte nicht …«

»Nein, das hast du allerdings nicht«, sagte Alienor. »Dies ist kein Ort für ein Stelldichein. Denk gar nicht erst daran, die Wächter zu überreden, in die andere Richtung zu schauen, nur weil dein Vater der König ist und du glaubst, deswegen Sonderrechte zu haben. Das ist nicht der Fall. Steh auf.«

Er rappelte sich hoch und befreite seine Begleiterin aus seinem Umhang. Alienor erinnerte sich verschwommen daran, das zitternde Mädchen in der Meierei gesehen zu haben. »Geh«, befahl sie ihr. »Und danke Gott auf den Knien dafür, dass ich dich nicht auspeitschen lasse.«

Das Mädchen zog den Kopf ein, trat eilig den Rückzug an und verschwand im Dunkel eines Turmeingangs.

Alienor sah Jeoffrey an. Henry hatte ihn im September in der Absicht, ihm später die Diözese zu übertragen, zum Erzdiakon von Lincoln ernannt. Der junge Mann genoss zwar die finanziellen Vorteile des Postens, zeigte aber keine Neigung, die Gelübde abzulegen. Wenn überhaupt, hatte er seit seiner Ernennung den entgegengesetzten Weg eingeschlagen, übte sich ständig in Kampftechniken, stolzierte umher und traf sich mit törichten Mädchen, die es besser wissen sollten. »Ich frage mich, was deine Großmutter sagen würde, wenn sie dich jetzt sehen könnte.« Sie trat zur Mauer und blickte über die sternenerleuchtete Landschaft hinweg. »Was für eine Art Mann willst du werden, Jeoffrey?«

Er zupfte seinen Umhang zurecht und strich ihn glatt. »Ich will meinem Vater dienen«, erwiderte er nach einer kurzen, gereizten Pause. »Ich will mein Bestes für ihn tun, so wie er es für mich getan hat.«

»Und das hier ist dein Bestes?«

»Es war nichts weiter als Spaß«, erklärte er mürrisch.

»Schön und gut, aber du hast Verantwortungen und ein Amt, dessen du dich würdig erweisen musst. Und heimlich mit Milchmädchen anzubandeln ist kein Bestandteil dieses Amtes. Denk daran, wenn du willst, dass man dich ehrt.« So war er gezeugt worden – das Ergebnis der Liebschaft seines Vaters mit einer gewöhnlichen Bürgerin. Sie sagte es nicht laut, aber er war intelligent genug, um die Verbindung herzustellen. »Du führst ein Leben voller Privilegien, die nur sehr wenigen Menschen zugestanden werden. Willst du sie nutzen oder missbrauchen? Denk über meine Worte nach.«

Als er gegangen war, schloss sie die Augen und atmete die kalte Luft tief ein. Sie hatte ihn gefragt, was für eine Art von Mann er werden wollte, und sie fürchtete, dass die Antwort gelautet hätte, er wolle genauso werden wie sein Vater.

Trotz der vielen Reibereien bot der Weihnachtsaufenthalt in Chinon Vergnügungen und Unterhaltung. Alienor ging mit ihrem Gerfalken und den schlanken weißen Hunden auf die Jagd. Sie genoss die Erregung des Jagens in der hellen, frischen Kälte, und wie immer ließ das Gefühl eines schnellen Pferdes unter ihrem Sattel und der an ihrem Mantel zerrende Wind sie vor Freude laut auflachen. Jeden Tag, wenn sie in den roten Wintersonnenuntergängen, von denen sich die Bäume schwarz abhoben, wieder in die Burg zurückkehrte, gab es in der Halle ein Fest, und es wurden Geschichten erzählt. Sie spielte mit Jeoffrey Schach. Manchmal schlug er sie, aber meistens gewann sie noch.

John und Joanna trafen aus Fontevrault ein, und Henry war entzückt, seinen jetzt sechsjährigen Sohn zu sehen, der sich so geschickt, intelligent und bestrebt zeigte, ihm zu gefallen. Joanna war ein reizendes, hübsches kleines Mädchen, und Henry fand großes Vergnügen daran, sie auf seinem Schoß sitzen zu lassen, wo sie ihn mit eingelegten Früchten aus einer Schale fütterte, um zu sehen, wie rasch er sie verschlingen konnte. Wenn Alienor ihn im Umgang mit seinen jüngsten Sprösslingen beobachtete, erinnerte sie sich daran, wie er die anderen behandelt hatte – bis die Mädchen in das heiratsfähige Alter kamen und die Jungen alt genug wurden, um eine mögliche Bedrohung für ihn darzustellen.

Henry setzte den begeisterten John auf sein schnelles Reitpferd und trabte mit ihm rund um den Hof, bevor er sich auf die Jagd begab und der Junge wieder seiner Kinderfrau übergeben wurde. Alienor entging nicht, wie hungrig John seinen Vater beobachtete. Er ahmte dessen Gang nach und heftete sich an Henrys Fersen, wann immer er konnte. Richard behandelte seinen jüngsten Bruder – neun Jahre jünger als er – mit belustigter Gleichgültigkeit, die manchmal beinahe an Verachtung grenzte. Wie beim Spiel mit dem halb ausgewachsenen Lieblingsjagdhund seines Vaters pflegte er John zu knuffen und ihn umzustoßen. Da sein jüngerer Bruder kein Land besaß, nannte er ihn ›John Sans Terre‹ und lachte, wenn John wütend wurde – bis zu dem Tag, an dem John Richards Schwert stahl und es im Stallhof unter einem Misthaufen versteckte.

Der darauf folgende Tumult fiel heftig aus. John leugnete, irgendetwas von dem Vorfall zu wissen, obwohl er von einem Stallburschen in der Umgebung gesehen worden war. Doch das bewahrte ihn nicht davor, von Richard an den Füßen in die Höhe gehalten und durchgeschüttelt zu werden. Dieser hatte ihn dann in den Misthaufen geworfen und gedroht, ihm mit dem Schwert die Kehle aufzuschlitzen. Als ein vorüberkommender Ritter eingriff und John zu Hilfe kam, war er ein zitterndes Wrack. Tränen und Rotz strömten ihm über das Gesicht, und er hatte sich in die Hose gemacht, aber er zeigte keine Reue. Als er gezwungen wurde, seine Tat zu gestehen und sich zu entschuldigen, leierte er die Worte eintönig herunter, doch seine Augen loderten vor Rachedurst. Richard musste Henry Rede und Antwort stehen, da er sich gegenüber einem Kind und noch dazu seinem eigenen Bruder so gewalttätig gezeigt hatte – aber auch er bereute nichts. Er stürmte davon, um sein Schwert zu säubern und murmelte dabei, dass er John umbringen würde, wenn er sich noch einmal an seinen Waffen vergriff.

Es herrschte eine ständige Unruhe. Die knisternde Spannung glich dem Warten auf Schnee, wenn sich der Himmel verdunkelte. Das Schweigen aus Bonneville, wo Harry seinen eigenen Weihnachtshof abhielt. Die späten Abende, wenn Alienor wusste, dass Rosamund sich durch einen Seiteneingang in Henrys Kammer schlich. All das geschah unter ihrer aller Nase und wurde nicht kommentiert, während ihr irischer Harfner seinem Instrument süße Klänge entlockte und Lieder sang, die von Betrug und Täuschung handelten. Alienors weißes Gerfalkenweibchen spreizte auf ihrer Stange das Gefieder, und Männer stellten ihre Becher auf ihren Bäuchen ab, während sie dem Musiker lauschten und sich verstohlene Blicke zuwarfen.

Der Kanal bildete eine weite Fläche grauer Wellen, von deren Kämmen Wassernebel wehte, bevor sie sich donnernd und unter Explosionen aufstiebender silberner Gischt am Ufer brachen. In anderen Hallen in England unterhielten sich Männer an Feuern miteinander, wärmten ihre Hände und schärften für die Feldzüge im nächsten Jahr ihre Klingen. In Canterbury stand das gemeine Volk vor dem Grabmal von Thomas Becket Schlange, lauschte im scharlachroten Licht der Schreinlampen Geschichten von Wundern, brachte im Gegenzug für Phiolen mit dem ›Wasser von Canterbury‹ Opfergaben dar und verlangte, dass sein von einem König niedergemetzelter Märtyrer heiliggesprochen wurde.

»Ich wünschte, Henry würde Harry und Marguerite ihr eigenes Land zubilligen«, sagte Alienor zu Isabel, als sie in

Alienors Kammer zusammensaßen. Draußen war der Boden mit einer feinen Schneeschicht bedeckt, die aber nicht ausreichte, die Vorbereitungen des Hofes für den Umzug nach Fréteval zu behindern. Die Geräusche des geschäftigen Treibens wehten durch das schmale Bogenfenster herein. »Er wird nächsten Monat achtzehn und braucht etwas, worauf er sich konzentrieren kann.« Sie beobachtete, wie John und sein Vetter Will aus Holzklötzen eine Burg bauten. Trotz gelegentlicher kindlicher Streitereien hatte sich zwischen den beiden Jungen eine tiefe Freundschaft entwickelt, worüber sie sich freute, denn John war anderen Kindern gegenüber für gewöhnlich sehr zurückhaltend, und diese zogen es vor, ihm aus dem Weg zu gehen.

»Es scheint erst gestern gewesen zu sein, dass Harry ein kleiner Junge war, der mit seinen Spielzeugrittern und Burgen gespielt hat«, bemerkte Isabel mit einem liebevollen Blick zu ihren Söhnen.

»Genau das ist das Problem«, betonte Alienor. »So sieht Henry unseren Sohn selbst jetzt noch, wo er schon fast ein Mann ist. Er gibt ihm Spielzeug – Geld und Geschenke –, aber keine Verantwortung; und dann beklagt er sich, wenn Harry das Geld ausgeht und er um mehr gebeten wird. Was erwartet er denn? Wenn er ihm Aufgaben überträgt, dann nichts Wichtigeres als das Unterzeichnen von Dokumenten und das Besiegeln von Verträgen. Das reicht nicht aus. Um seinetwillen und zum Wohl des Landes braucht Harry mehr als das, aber Henry will es nicht einsehen. Mit Richard verhält es sich anders, weil ich ihm Spielraum lasse und er in meinem Herrschaftsgebiet die Pflichten eines Mannes erfüllen kann. Wenn Geoffrey volljährig wird, erhält er die Bretagne. Aber worüber soll Harry herrschen? Henry müsste ihm die Normandie, England oder Anjou überlassen, und das wird er nie tun.«

»Ich weiß nicht, was ich dazu sagen soll.«

»Weil es dazu nichts zu sagen gibt«, erwiderte Alienor. »Die Lösung besteht darin, dass Henry sich ändert, und das passiert erst, wenn das Meer austrocknet.« Sie blickte die Kinder an, die zu ihren Füßen spielten. »Du hast nur einen Sohn, das ist immer ein Risiko, aber wenigstens musst du dich nicht mit Streitereien über Erbteile herumschlagen.«

»Das stimmt.« Isabel legte eine Hand auf ihren Bauch. »Ich glaube auch, dass es bei diesen vier bleibt. Meine Monatsblutung fällt nur noch spärlich aus, und Hamelin ist oft fort, weil Henry ihn braucht.«

»Du vermisst ihn, nicht wahr?«

»Ja«, bestätigte Isabel weich. »Alles ist aufgrund der Ereignisse so schwierig geworden. Ich will nicht, dass sich einer von uns beiden so verändert, dass wir uns nicht mehr erkennen. Ich möchte immer noch seine Hand halten, und ich möchte, dass er meine nimmt.«

»Für Henry und mich ist es zu spät«, gab Alienor düster zurück. »Es wird eine Erleichterung sein, nach Poitiers zurückzukehren.«

»Das tut mir leid.«

»Ich habe einmal die Hand von jemandem genommen.« Alienor starrte in die Ferne. »Aber ich habe ihn vor langer Zeit verloren.« Isabel machte Anstalten, eine Frage zu stellen, besann sich dann aber, worüber Alienor froh war, denn sie hätte trotz der Freundschaft zwischen ihnen nicht geantwortet. Manche Dinge blieben am besten unausgesprochen.

Alienor sah gerade einen Kasten mit verheddertem Stickgarn durch, als Henry ihre Kammer betrat. Er war mit John ausgeritten, und dieser tanzte neben ihm her. Sein kleines Gesicht strahlte noch vor Freude über das Erlebnis. Der Anblick versetzte Alienor einen Stich. Henry konnte so gut mit kleinen Kindern umgehen, wenn er Lust hatte, sich mit ihnen abzugeben, und solange sie noch leicht zu kontrollieren waren.

»Welchem Umstand verdanke ich das Vergnügen deines Besuchs?«, fragte sie. Normalerweise hätte Henry John seiner Kinderfrau übergeben und wäre noch nicht einmal in die Nähe ihrer Kammer gekommen.

»Vergnügen?« Henry lächelte und zerzauste Johns Haar. »Ich glaube, über diese Phase sind wir hinaus – aber ich wollte dich auf dem Laufenden halten, da sich unsere Wege bald trennen.«

»Nun, das ist doch einmal eine Abwechslung. Für gewöhnlich werde ich in Unkenntnis gelassen.« Sie hob den Kopf von dem verhedderten Stickgarn. Henry hatte eines von Johns Spielzeugen aufgehoben – einen Trichter, an dem mit einer Schnur ein Ball befestigt war – und fing den Ball eifrig mit dem Trichter auf. »Doch das liegt ja offensichtlich heute nicht in deiner Absicht.«

Er zog es vor, nicht auf ihren Sarkasmus einzugehen. »Ich habe eben mit den Abgesandten des Grafen von Maurienne gesprochen. Du wirst sie beim Essen kennenlernen. Graf Humbert hat eine Tochter und ist daran interessiert, sie mit John zu verloben, wenn wir uns auf Bedingungen einigen können, die für beide Seiten zufriedenstellend sind.«

»Maurienne?« Alienor schürzte die Lippen. »Das würde Ländereien in Piemont und Savoyen bedeuten?«

»Ja, und die Möglichkeit, Graf von Savoyen zu werden.«

Alienor blickte zu John, der interessiert zuhörte. »Was ist mit Irland?«

»Diese Möglichkeit bleibt bestehen, aber die Maurienne-Ländereien sind für die Kontrolle der Bergrouten durch die Alpen von strategischer Bedeutung.«

Sie hörte den Eifer in seiner Stimme. Einmal mehr erschuf er Welten, weitete seine Herrschaftsgebiete aus, und gegen ihren Willen verspürte sie tief in sich einen leisen Widerwillen. »Und die Gegenleistung?«, fragte sie. »Was verlangt Humbert of Maurienne für einen solchen Schatz?«

Henrys Hand schloss sich um den Ball. »Das muss noch besprochen werden. Ich habe ihn in zwei Monaten nach Claremont eingeladen, um zu sehen, was sich arrangieren lässt. Ich möchte alle meine Erben dort haben, da wir dieses Jahr keine vollzählige Weihnachtsversammlung abhalten.«

»Werde ich dann immer noch König von Irland?«, wollte John wissen.

Henry kicherte. »Wir werden sehen, mein kleiner Falke. Wir werden sehen.«

Johns Augen begannen zu leuchten. »Dann kann mich Richard nicht mehr ›John Sans Terre‹ nennen.«

»Nein, das wird er nicht mehr tun.« Henry entließ ihn, indem er ihm das Spielzeug reichte und ihm durch das Haar fuhr. »Und ganz sicher nicht, wenn ich in der Nähe bin.«

»Ich bin gespannt, was du Humbert of Maurienne im Gegenzug für seine Tochter geben wirst«, sagte Alienor, nachdem John gegangen war.

Henry zupfte an seinem Ohrläppchen. »Ich denke darüber nach. Genug, damit er einwilligt, und nicht mehr, als ich unbedingt muss.«

Als Henry während der schweren Krankheit sein Testament gemacht hatte, war für John nichts vorgesehen gewesen. Sie hatte keine Ahnung, was es jetzt sein könnte, wenn Henry nicht seine Truhen plünderte und statt Land Münzen und Schätze anbot, und sie wusste, wie ungern er das tun würde.

42

Fréteval, Januar 1173

»Mama!« Harry beugte sich vor, damit Alienor ihn umarmen konnte. Sein Lächeln war warm, sein Haar schimmerte wie Gold, und seine Augen leuchteten so klar wie ein ruhiger See. Seit sie ihn zuletzt gesehen hatte, war er ein Mann geworden, noch ein kleines Stück gewachsen und breiter geworden.

»Ich freue mich so, dich zu sehen!« Alienor lachte und weinte gleichzeitig. »Es ist so lange her! Und du bist so gewachsen!« Sie drehte sich zu Marguerite und umarmte sie ebenfalls. »Und du siehst auch gut aus, Tochter.«

»Ja, Madam, es geht mir auch gut«, erwiderte Marguerite mit einem Knicks und einem pflichtgetreuen Kuss. Sie war so plump wie ein rosafarbenes Seidenkissen, und ihre Stirn und ihr Kinn wiesen Pickel auf. Aber ihre braunen Augen strahlten, und ihr Lächeln machte alle anderen Makel wett. Alienor entging weder der besitzergreifende Blick, den sie Harry zuwarf, noch der, den er zurückgab. Es lag keine Anbetung darin, aber zwischen beiden herrschte eine Komplizenschaft, die Alienor ausschloss und sie an ihre erste Ehe erinnerte, als sie und Louis sich vor Louis' Mutter – der Großmutter dieses Mädchens – genauso verhalten hatten. Marguerite war jetzt eine Königin aus eigenem Recht, auch wenn sie nicht in Westminster und nicht von Becket gesalbt worden war. Alienor stellte sich eine kleine, fast verborgene Krone auf ihrem Kopf vor, die neben dem großen Diadem auf Harrys Haupt verblasste.

Richard trat vor, und die Brüder umarmten sich. Obwohl Richard größer war als Harry, war er schlanker gebaut und immer noch erst fünfzehn. »Nun«, bemerkte er mit einem spöttischen Lächeln. »Da ist er ja, unser König auf der Wartebank.«

»Nicht mehr lange«, gab Harry zurück.

»Hat Papa dir wieder alles Mögliche versprochen?« Einer von Richards Mundwinkeln hob sich. »Glaub ihm kein Wort. Du solltest lieber auf Mama hören.«

Alienor verzweifelte an ihren Söhnen. Schon hatten die Sticheleien begonnen, und sie waren jetzt noch eine Spur schärfer geworden, da Richard Herzog von Aquitanien war und Harry immer noch nichts vorzuweisen hatte außer einem Einkommen, das ihm wie Wasser durch die Finger rann.

»Kommt«, sagte sie. »Es reicht. Ihr habt viel Zeit zum Reden, wenn wir in Montferrand sind.«

Harry begrüßte jetzt John, der aufgrund der Verlobungsverhandlungen nicht nach Fontevrault zurückgekehrt war. »Kleiner Bruder.« Er zerzauste Johns Haar. »Papa hat also ein Erbe und eine Braut für dich gefunden, hmm? Ich frage mich, wie lange du warten musst.« Er ging zu einer seiner Gepäcktruhen und entnahm ihr ein Pferdebrustband aus grünem Leder, an dem silberne Glöckchen klirrten. »Das habe ich für dein Pferd mitgebracht, damit jeder in Montferrand weiß, dass ein wahrer Prinz kommt.«

Ein seltenes Lächeln erhellte Johns Gesicht, als er das Brustband entgegennahm und mit einem Ausdruck zu Harry aufblickte, der an Heldenverehrung grenzte.

»Das war nett von dir«, lobte Alienor.

Harry zuckte die Achseln. »Papa hat mir in seinem Testament die Verantwortung für ihn übertragen. Eines Tages wird er ein Mann und vielleicht ein nützlicher Verbündeter sein.« Seine Miene besagte, dass er bereit war, sich John gegenüber großmütig zu verhalten, weil dieser ein Kind war und er ihn nicht als Rivalen betrachtete. Für Richard gab es kein Geschenk.

Henry erschien, begrüßte seinen Erben mit lauter, oberflächlicher Gutmütigkeit, drückte ihn an seine Brust und klopfte ihm auf den Rücken. Für Marguerite gab es einen schallenden Kuss und eine Bemerkung darüber, wie drall und gesund sie aussah – eine Andeutung, dass er hoffte, sie möge sich als fruchtbar erweisen.

Alienor verfolgte Henrys joviale Vorstellung, ohne sich täuschen zu lassen. Zwar trug er ein Lächeln auf den Lippen, aber seine Augen blickten stahlhart, und seine Bewegungen waren gebieterisch und kraftvoll. Sie wusste bereits, dass in Montferrand eine Familienversammlung stattfinden würde, bei der Henry allen vorschreiben würde, was sie zu tun hatten, und sie würden ihm gehorchen oder die Konsequenzen tragen.

Als sie später alle an einem Tisch saßen, erwähnte Henry Alienor gegenüber beiläufig, dass nach Montferrand ein Treffen in Limoges geplant war, an dem verschiedene Magnate und Angehörige von Königshäusern teilnehmen würden und die Gelegenheit für diplomatische Unterredungen bot. »Ich hoffe, einen dauerhaften Frieden aufbauen und starke Bündnisse an unseren südlichen Grenzen schließen zu können.«

»Sehr lobenswert«, erwiderte Alienor und fragte sich, ob Henry versuchte, sie einzukesseln, indem er Arrangements für die Gebiete rund um Aquitanien traf. »Wen dürfen wir denn außer Humbert of Maurienne dort erwarten?«

Henry spülte sich den Mund mit Wein aus und schluckte.

»Alfonso von Aragón und seine Berater.« Er maß sie mit einem berechnenden Blick. »Er möchte, dass ich in einem Streit mit Raymond of Toulouse vermittele.«

Alienor erstarrte. »Demnach wird Raymond of Toulouse anwesend sein?«

Henry hob die Schultern. »Du magst von ihm halten, was du willst, aber er ist ein Teil des Prozesses und muss dabei sein.« Er strich über die Edelsteine, mit denen der Fuß seines Kelches besetzt war. »Wir können es zu unserem Vorteil nutzen. Wenn es mir gelingt, eine Eheverbindung für John auszuhandeln, wird es Raymonds Position insofern schwächen, als er zu beiden Seiten potenziell gefährliche Nachbarn hat. Um seine Haut zu retten, muss er im Namen von Toulouse den Treueeid leisten.«

Alienor schluckte angewidert. »Dann bring ihn nicht in meine Nähe, es sei denn, er rutscht auf den Knien. Du kennst meine Gefühle bezüglich Toulouse.«

»Du hast sie mir sehr deutlich dargelegt«, erwiderte er steif. »Ich dachte, du würdest dich freuen, wenn Graf Raymond Aquitanien den Vasalleneid leisten muss.«

»Das tue ich auch«, gab sie zurück, »aber das heißt nicht, dass ich seine Gesellschaft genieße, und ich zweifle nicht daran, dass er sich aus der Sache herauswinden wird, wenn es irgendwie geht.«

Henry schob den Becher zur Seite. »Trotzdem wird er einwilligen. Und wir werden Frieden haben.« Er warf ihr einen warnenden Blick zu.

Statt von den Aussichten begeistert zu sein, war Alienor ernüchtert und auf der Hut. Von Henry ging irgendetwas aus – eine leise, angespannte Aura, die ihr Anlass für weit mehr als ihr übliches Misstrauen gab.

Alienor war hungrig und ungeduldig. Die Besprechung von Henry und Humbert of Maurienne bezüglich der geplanten Hochzeit seiner kleinen Tochter mit John hatte vor einigen Stunden nach der Morgenmesse begonnen. Ihre Söhne, der zukünftige mögliche Bräutigam mit eingeschlossen, nahmen mit ihrem Vater an den Verhandlungen teil, aber die Frauen waren zwecks Näharbeiten und belanglosem Geplauder in eine andere Kammer verbannt worden. Später würde ein formelles Fest veranstaltet werden, gefolgt von zwangloser Unterhaltung, während der Alienors Pflicht darin bestand zu lächeln, die liebenswürdige Gastgeberin zu spielen und etwaige verbleibende raue Kanten zu glätten.

Ihr erster Eindruck von Graf Humbert war der eines ruhigen, freundlichen Mannes gewesen, aber hinter seinen Augen mit den schweren Lidern verbarg sich keine Schläfrigkeit, sondern ein scharfer, berechnender Verstand, der dem von Henry in jeder Hinsicht ebenbürtig war. Er würde hart um die Ländereien feilschen, die seine Tochter mit in die Ehe bringen würde.

Vor der Tür erklangen laute Stimmen, dann stürmte Harry mit wutrotem Gesicht und geballten Fäusten in die Kammer. Hamelin folgte ihm auf dem Fuß, dabei machte er ihm heftige Vorhaltungen.

Alienor legte ihre Näharbeit erschrocken zur Seite und trat zu ihnen. »Was soll das? Was ist passiert?«

In Harrys Augen glitzerten Tränen des Zorns und der Demütigung. »Mein Vater«, stieß er hervor. »Er hat die zu meinem Erbe gehörenden Burgen in Chinon, Loudon und Mirebeau als Johns Beitrag zu dem Eheabkommen Humbert of Maurienne angeboten! Er weigert sich, mich auf irgendeinem Gebiet herrschen zu lassen, und jetzt nimmt er sich, was mir zusteht, und verschachert es, um meinen kleinen Bruder zu verheiraten!«

Marguerite erhob sich von ihrem Stuhl und eilte zu ihm.

»Wie viel will er mir denn noch entreißen?«, fragte Harry rau. »Ich bin kein Kind mehr, sondern ein gekrönter König ohne ein Stück eigenes Land. Genauso gut könnte ich Eselsohren auf dem Kopf tragen und eine Schindmähre reiten!«

»Es gibt eine richtige Zeit und einen richtigen Ort, um diese Angelegenheit in angemessener Weise zu besprechen.« Hamelins Gesicht hatte sich vor Ärger gerötet. »Du hättest die Ratsversammlung nicht so Hals über Kopf verlassen sollen. Damit hast du deine Stellung schon untergraben, du junger Narr!«

»Ha, ich konnte sie gar nicht weiter untergraben, als das ohnehin schon der Fall ist!«, spie Harry. »Sollte ich dasitzen und es stumm hinnehmen, dass mein Vater meinen Erbteil verschleudert?«

»Jüngere Söhne erhalten traditionsgemäß immer diese Burgen«, entgegnete Hamelin, »aber das ist nicht der entscheidende Punkt. Es geht darum, dass du dich dort aufgeführt hast wie ein Kind, das einen Wutanfall bekommt. Jetzt könnte Graf Humbert seinen Standpunkt noch einmal überdenken. Du hättest die Selbstbeherrschung aufbringen müssen, still sitzen zu bleiben und wie ein Mann über diese Angelegenheit zu diskutieren, nicht wie ein ungezogener Junge. Ist es ein Wunder, dass dein Vater Bedenken hat, dir Verantwortung zu übertragen? Du hast ihn gerade in seiner Meinung bestärkt, dass du zum Herrschen nicht geeignet bist.«

»Ich weiß genau, warum du für meinen Vater Partei ergreifst«, schnaubte Harry. »Du würdest diese Burgen verwalten, bis John volljährig wird. Du verfolgst ganz persönliche Interessen, Onkel, also tu nicht so, als wärst du neutral. Mein Vater schickt dich immer los wie seinen Hund, um die anzukläffen, die sein Missfallen erregt haben.«

Hamelins Brust hob und senkte sich rasch. »Wenn du mein Sohn wärst…«, sagte er mit gepresster Stimme.

»Bitte, Mylord, es reicht.« Alienor schob sich hastig zwischen sie. Auch Isabel war aufgesprungen. »Friede, Harry. Dein Onkel hat recht, du tust dir keinen Gefallen, wenn du so die Beherrschung verlierst.«

Harry funkelte sie finster an. »Wusstest du, was er vorhat, Mama? Wusstest du es?«

»Nein, und wenn ich es gewusst hätte, hätte ich ihm davon abgeraten, aber dein Vater hört auf niemanden, nur auf sich selbst. Er ist imstande, sich selbst dazu zu überreden, über einen Klippenrand zu reiten. Das heißt nicht, dass du es ihm gleichtun sollst.«

»Ich lasse nicht zu, dass er mir das antut«, versetzte Harry verbittert. »Er hat mir nichts gegeben, und jetzt nimmt er mir auch noch das weg, was er mir versprochen hat. Da liegt doch der Gedanke nah, dass er nichts von mir hält. Mein Schwiegervater liebt mich mehr als er.«

Alienor erschauerte. »Verwechsele Liebe nicht mit politischen Machenschaften. Es kommt Louis sehr gelegen, Unfrieden zwischen uns stiften zu können.«

»Aber er hat doch recht, nicht wahr? Und mein eigener Vater hat es soeben bewiesen.« Er nahm Marguerite bei der Hand und verließ den Raum mit so raschen Schritten, dass diese stolperte. Hamelin wollte ihm folgen, aber Alienor hielt ihn zurück.

»Lass ihn. Du machst alles nur noch schlimmer, wenn du ihm jetzt nachgehst.« Sie wandte sich an einen der diensthabenden Knappen. »Such William Marshal.«

Hamelin knirschte mit den Zähnen. »Er kann sich nicht ungestraft so vor unseren Verbündeten aufführen.«

»Warum denn nicht?«, gab sie geringschätzig zurück.

»Sein Vater tut das auch, und ich schätze, er hat aus diesem Beispiel gelernt. Wenn Henry getan hat, was Harry behauptet, dann hat er jeden Grund, sich aufzuregen.«

Hamelin gab nicht nach. »Schon, aber es war weder der richtige Zeitpunkt noch der richtige Ort … was, wenn er abreist? Was würde das für die Verhandlungen bedeuten?«

»Das wird er nicht tun. Wo sollte er denn hin?«

Der Knappe kam mit William Marshal im Schlepptau zurück. Der Ritter war in die wattierte Tunika gekleidet, die er unter seinem Kettenhemd trug. Das letztere Kleidungsstück hatte er auf Stellen untersucht, die ausgebessert werden mussten; seine Hände waren schwarz von Fett und Eisenrückständen. »Madam.« Er kniete vor ihr nieder.

»Euer Herr hat eine schlechte Nachricht erhalten«, sagte sie. »Sucht ihn und sorgt dafür, dass er nichts Übereiltes tut. Auf Euch wird er hören. Beruhigt ihn, und hindert ihn daran abzureisen, falls er sich das in den Kopf setzt. Und beeilt Euch.«

William warf ihr einen wachen Blick zu. »Wie Ihr wünscht, Madam.« Er erhob sich, verbeugte sich und hastete aus dem Raum.

Alienor wandte sich an Hamelin, der nicht mehr ganz so rot im Gesicht war. »Geh du bitte zum König zurück, und sieh zu, ob du den Schaden begrenzen kannst. Ich werde ebenfalls alles tun, was in meiner Macht steht.«

Hamelin nickte knapp. »Ich weiß zwar nicht, ob ich Erfolg haben werde, aber wenn noch etwas gerettet werden soll, muss irgendeine Art von Frieden geschlossen werden.«

»Allerdings.« Alienors Mundwinkel zuckten. »Heißt es nicht, die wichtigste Rolle einer Königin ist die der Friedensstifterin und dass die Sanftmütigen die Welt erben werden?«

Bezeichnenderweise wollte Henry über seine Entscheidung nicht sprechen. »Es ist beschlossen und endgültig«, sagte er zu Alienor, als sie ihn in seiner Kammer zur Rede stellte. »Und ich habe richtig entschieden. Solange meine Söhne nicht lernen, sich selbst zu beherrschen, lasse ich sie erst recht nicht über andere herrschen – und in diesem Punkt dulde ich keine Einmischung Eurerseits, Madam.«

»Aber du musst doch gewusst haben, dass Harry vor Wut schäumen würde, wenn du diese Burgen als Sicherheit für John stellst. Du hättest doch sicher etwas anderes anbieten können. So treibst du ihn geradewegs in die Arme der Franzosen.«

Henry schnaubte gereizt und warf die Hände hoch.

»Was hättest du denn getan, wenn du mit achtzehn in dieser Lage gewesen wärst? Ich habe gesehen, wie du deinem eigenen Bruder diese Burgen weggenommen hast. Henry, du musst nachgeben, oder der Baum wird brechen. Dein Leben ist doch ohnehin schon von genug Ärgernissen erfüllt, mit denen du fertigwerden musst.«

»Wie kann ich ihm Land übertragen, wenn er unfähig ist, darüber zu herrschen? Er sagt, er lernt nur aus eigenen Erfahrungen, aber ich kann ihm nicht trauen, und ich weiß, dass Louis seine Klauen in ihn geschlagen hat. Als ich ihn in der Wiege habe liegen sehen, hätte ich nie gedacht, einmal von meinem eigenen Sohn Betrug und Verrat fürchten zu müssen.«

»Du erntest nur, was du gesät hast«, erwiderte sie mit müder Verachtung.

»Und was du zum Wachsen ermutigt hast«, beschuldigte er sie.

»Wann habe ich ihn in der letzten Zeit denn schon zu Gesicht bekommen, um ihn beeinflussen zu können?«, fragte sie ungläubig. »Du hast ihn mir schon weggenommen, als er noch ein kleiner Junge war.«

»Ihr habt ihn geboren, Madam. Er mag ja mein leiblicher Sohn sein, aber Ihr habt ihn bis ins Mark verdorben.«

Alienor rang nach Atem. »So siehst du das? Du, der du mich immer wieder betrogen hast? Mit meinem Land, mit anderen Frauen, mit all den Versprechen, die du mir im Lauf der Jahre gegeben und ohne zu zögern wieder gebrochen hast? Schaut in Euren Spiegel, Sire, ehe Ihr mit Steinen nach mir werft, und gebt nicht mir die Schuld, wenn Euch nicht gefällt, was Ihr seht.«

»Ich werde das nicht dulden«, schnarrte Henry. »Ich werde diesen Jungen zügeln – mehr als ein bockiger Junge ist er nämlich nicht.«

»Und du willst nicht zulassen, dass ein Mann aus ihm wird, weil das deine eigene Männlichkeit bedroht!«

Die Auseinandersetzung war im Kreis verlaufen. Von Frieden stiften konnte keine Rede sein, aber sie war zu aufgebracht, um jetzt an Frieden interessiert zu sein. Sie betrachtete Henrys geballte Fäuste und fragte sich, ob er sie schlagen würde, aber er holte nur tief Atem und begann, wie ein gefangener Löwe durch den Raum zu laufen.

»Als ich in seinem Alter war, blieb mir nichts anderes übrig, als um mein Erbe zu kämpfen. Hätte ich das nicht getan, hätte es für mich kein Erbe gegeben. Er braucht das nicht. Er wird zu gegebener Zeit mein Königreich erben. Es besteht überhaupt kein Grund für all diese Kämpfe.« Er hielt inne und drohte ihr warnend mit dem Finger. »Du wirst dich nicht gegen mich stellen, sondern tun, was ich dir sage.«

»Wollt Ihr mir drohen, Mylord?«

»Was soll ich sonst tun? Mit dir vernünftig reden? Genauso gut könnte man gegen den Wind pissen. Ich erwarte

Gehorsam, von ihm und von dir. Ihr schuldet mir beide Loyalität.«

Alienor hob den Kopf. »Gibt es sonst noch etwas, Sire, oder darf ich mich zurückziehen?«

»Du kannst gehen«, sagte er. »Aber denk über das nach, was ich gesagt habe. Zeig dich kooperativ, oder trag die Konsequenzen.«

Als sie zurückkam, wartete Harry in ihrer Kammer auf sie und sprang förmlich auf sie los, als sie durch die Tür trat.

»Oh, schenk uns in Gottes Namen Wein ein, und setz dich«, fuhr sie ihn an, nahm vor dem Kamin Platz und rieb ihre schmerzenden Schläfen.

»Ich überlasse ihm diese Burgen nicht, Mama, auf keinen Fall.«

»Es steht alles noch nicht fest«, erwiderte sie. »Die Dinge ändern sich, und du musst auf lange Sicht vorausplanen, wenn du gewinnen willst.«

Er stieß frustriert den Atem aus und reichte ihr den Wein.

»Du hast deiner Sache nicht gedient, indem du einfach aus dem Ratssaal gestürmt bist.«

»Was hätte ich denn sonst tun sollen?« Seine Stimme wurde vor Entrüstung schriller. »Es tatenlos hinnehmen?«

»Du hättest in Gegenwart anderer Männer ein etwas erwachseneres Verhalten an den Tag legen können. Durch dein Benehmen hast du dich in ihren Augen herabgesetzt.«

»Also stehst du auf seiner Seite?«

Alienor widerstand dem Drang, ihm für seine Begriffsstutzigkeit eine Ohrfeige zu geben. »Nein, das tue ich nicht, aber du spielst ihm durch deine Handlungsweise direkt in die Hände. Gib nicht auf. Du wirst Land erhalten und große Achtung genießen.«

»Wann?«, gab Harry bitter zurück. »Wenn er tot ist? Wenn ich ihn hierfür vor mein Schwert fordere?«

»Das ist Verrat!« Sie legte ihm bestürzt eine Hand auf den Arm. »Solche Dinge darfst du nicht sagen! Das meinte ich damit, dass du Verantwortung übernehmen sollst.«

Er erstarrte unter ihrer Berührung, aber nicht vor Widerwillen, sondern als ob er die Dinge plötzlich in einem neuen Licht sehen würde. »Ja, Mama«, sagte er nach einem Moment. »Danke für deinen Rat.« Er beugte sich vor, um sie auf die Wange zu küssen. »Aber ich werde mich nicht bei ihm entschuldigen.«

»Das erwarte ich auch gar nicht von dir. Betrag dich nur bei der Eidzeremonie möglichst würdevoll, und achte darauf, was du sagst. Deine Zeit wird kommen.«

Er bedachte sie mit einem weiteren eigenartigen Blick. »Ja«, bestätigte er, und sein Ton war so ausdruckslos, dass eine Fülle von Bedeutung darin mitschwang. »Ja, das wird sie.«

Der Ritt nach Limoges zu der großen Ratsversammlung verlief ähnlich durchwachsen, wie sich das Wetter zeigte – rau und kalt, aber mit blauen Streifen, die zwischen den Wolken auftauchten, und Momenten schwachen Sonnenscheins, der ihre Haut mit einem leisen Anflug von Wärme überzog. Raymond of Toulouse hatte sich ihnen angeschlossen, hielt sich aber im hinteren Teil der Gruppe und zumeist für sich, worüber Alienor froh war. Dennoch bewirkte das bloße Bewusstsein seiner Gegenwart, dass sie sich wie eine Katze fühlte, der man das Fell gegen den Strich gebürstet hatte. Je eher er seinen Schwur leistete und abreiste, desto besser.

Harry wirkte still und bedrückt, doch Alienor ging zuversichtlich davon aus, dass er wenig geneigt war, seinem Vater zu gehorchen. Vor einiger Zeit hatte sie gesehen, wie er einen seiner Sekretäre geschlagen und einen Schreiber entlassen hatte. Beide Männer wurden von Henry bezahlt und spionierten für ihn. Sie wusste gleichfalls, dass Henry Harrys Ritter scharf überwachen ließ. Eine gefährliche Spannung lag in der Luft, und ihr Nacken prickelte so, wie er es immer vor einem Unwetter tat.

Sowie sie Limoges erreicht hatten, wurde das Gepäck ausgepackt, und die Teilnehmer der Versammlung legten für die Treueeidzeremonie formelle Gewänder an.

Alienor wählte ein Kleid aus Goldstoff, das mit Adlern mit ausgebreiteten Schwingen bestickt war. Am Mittelfinger ihrer linken Hand trug sie einen Ring mit einem großen Topas, den sie wegen seiner glühenden goldenen Farbe ihr Ei des Phönix nannte. Ihr Haar war in einem Goldnetz zusammengefasst, dazu trug sie einen Seidenschleier, der von einer juwelenbesetzten Krone gehalten wurde.

Richard kam, um sie in die große Halle zu geleiten. Er trug Karminrot und Gold sowie einen mit blauem Eichhörnchenfell gefütterten Mantel. Auch auf seinem Haar saß eine kleine Krone, und an seiner rechten Hand schimmerte der Herzogsring der heiligen Valerie.

»Nun«, sagte Alienor, »dies ist ein verheißungsvoller Tag, nicht wahr?« Voller Stolz zupfte sie seinen Umhang zurecht.

Richard lächelte und bemerkte genüsslich: »Es wird Raymond of Toulouse sauer aufstoßen, vor uns auf die Knie fallen zu müssen.«

Alienor verzog das Gesicht. »Allerdings, und das sollte eigentlich eine Genugtuung für uns sein, aber ich traue ihm nicht über den Weg. Mir scheint, er ist in die Enge getrieben worden; er hat keine andere Wahl mehr. Und wenn jemand keine andere Wahl hat, dann schwört er seinen Bündniseid mit heimlichem Groll und widerruft ihn bei der ersten Gelegenheit. Ja, ich möchte zu gerne sehen, wie schwer ihm dieser Eid im Magen liegt, aber was wird er danach tun? Ihn wieder auswürgen?«

Richard straffte sich. »Er wird gar nichts tun, Mama, weil ich das nicht zulassen werde.« Er klang stolz und leicht gekränkt. »Er wird auch mein Vasall sein, und ich werde dafür sorgen, dass er sein Wort hält.«

Sie nahm seinen Arm, drückte ihn und spürte die neue Kraft seiner Muskeln unter ihrer Hand. »Das weiß ich, aber ich traue ihm trotzdem nicht.«

»Harry sagt, wenn Papa ihm kein Land gibt, nimmt er es sich mit Gewalt, weil es ihm rechtmäßig zusteht.«

Alienor zuckte erschrocken zusammen, weil diese Worte eine Eskalation der Absichten darstellten. Harry warf sich oft in Positur und stieß Drohungen aus, ließ diesen aber selten Taten folgen, weil ihm das zu viel Mühe machte. Er mochte jedoch seine Ideen an Richard erproben und um Unterstützung werben. »Und wer, glaubt er, wird ihm helfen, wenn man von seiner mittellosen Ritterschar einmal absieht?«

Richard zuckte die Achseln. »Vermutlich sein Schwiegervater und all die anderen, über die Papa im Lauf der Jahre hinweggetrampelt ist.«

»Hat Harry sich an dich gewandt?«

Richard nestelte an dem juwelenbesetzten Griff seines Dolches herum. »Nicht explizit, aber er zieht es ernsthaft in Erwägung, Mama. Er ist nicht stark genug, um allein gegen Papa anzukommen.«

Die ganze Angelegenheit war weiter fortgeschritten, als sie angenommen hatte. Und es wäre keine gute Idee, Henry davon zu erzählen. Sie brauchte mehr Informationen, bevor sie entscheiden konnte, was am besten zu tun war. Louis würde zweifellos alles finanzieren, was dazu beitrug, Henrys Herrschaftsgebiete aufzuspalten und Vater und Sohn zu entzweien. Zugleich waren aber seine Töchter mit ihren Söhnen verheiratet und verlobt, was Harry in die unmittelbare Nähe der französischen Krone rückte.

»Das ist ein sehr gefährliches Spiel«, warnte sie. »Die Gerüchte werden eurem Vater zu Ohren kommen, und er wird rücksichtslos alles ahnden, was er als Verrat auslegt. Du solltest nicht so reden, wenn du belauscht werden könntest.«

Richard blickte sich zu Alienors Frauen um, aber keine von ihnen befand sich in Hörweite. »Das tue ich auch nicht, Mama, aber Harry ist weniger diskret – ihn interessiert es nicht, wer davon erfährt. Er hat mir gegenüber angedeutet, dass er insgeheim schon Unterstützung gesucht und gefunden hat. Er sagt, seit dem Tod des Erzbischofs herrscht in England große Unruhe.«

Alienors Besorgnis wuchs. »Wie schlimm ist es schon?«

»Ich weiß es nicht, Mama, du musst mit Harry sprechen.«

Hinter der Fassade männlichen Selbstvertrauens sah sie Bedenken in seinen Augen lauern. Dies war Neuland für ihn, und er brauchte noch Anleitung. »Ich bin froh, dass du mir davon erzählt hast. Du hast das Richtige getan. Nach der Zeremonie werde ich mit Harry reden. Überlass alles mir.«

Alienor und Richard gingen gemeinsam aus der Kammer in den öffentlichen Bereich der großen Halle hinunter, wo sich alle versammelten, um zu verfolgen, wie Raymond of Toulouse vor Richard und Alienor niederkniete und bekundete, dass er Aquitaniens Vasall war. Henry saß schon mit wachsamer Miene auf dem Podest. Sein Blick wanderte forschend und abschätzend von einem Anwesenden zum anderen. Zu diesem Anlass waren seine Finger einmal mit Ringen geschmückt, und er trug eine Dalmatik aus violetter Seide, von der sich das Hermelinfutter seines Umhangs abhob. Harry saß hoch aufgerichtet und ruhig neben ihm; er imitierte die Pose seines Vaters, doch sein übliches Lächeln war zusammengepressten Lippen und einem undurchdringlichen Gesichtsausdruck gewichen.

Als Richard das Podest bestieg und einen Kuss von Henry entgegennahm, trat Hamelin vor, versperrte Alienor den Weg zu den Stufen und zog sie zur Seite. Wenn Harrys Gesicht nicht verriet, was in ihm vorging, spiegelte das von Hamelin tiefes Unbehagen und Widerwillen, aber zugleich auch feste Entschlossenheit wider. Alienor starrte ihn überrascht und alarmiert an.

»Madam, der König wünscht, dass Ihr erst einmal hier wartet«, sagte Hamelin steif.

»Was hat das zu bedeuten?« Alienor versuchte ihn abzuschütteln, aber er verstärkte seinen Griff.

»Verzeiht mir, Madam. Der König wird Euch in Kürze alles erklären, aber vorerst verlangt er, dass Ihr hierbleibt.« Er schob sie zu Marguerite und ihrer Schwester Alais hinüber, zu den Zuschauern, nicht den Beteiligten. Der Weg zum Podest war von Henrys Rittern blockiert worden.

Raymond of Toulouse löste sich aus einer Gruppe von Menschen gegenüber der Seite des Raums, auf der Alienor stand. Obwohl er im Begriff stand, in die Knie zu gehen und seinen Feinden den Treueeid zu schwören, trat er trotzig und großspurig auf. Am Fuß des Podests blieb er stehen und holte so tief Atem, als müsse er in tiefes Wasser springen. Dann stieg er die Stufen hoch, kniete nieder, schob seine Hände zwischen Henrys, schwor ihm Bündnistreue und erkannte ihn als Herzog von Aquitanien und Obersouverän von Toulouse an. Vor Schock stockte Alienor der Atem. Henry hatte kein Recht, diesen Eid zu akzeptieren. Tatsächlich konnte man dies so auslegen, dass Aquitanien, da Raymond of Toulouse dem König von England den Treueeid schwor, nun Englands Satellitenstaat war. Eher würde sie sterben, als das zuzulassen.

Wie zu Stein erstarrt, sah sie zu, wie Henry Raymond den Friedenskuss gab. Dann wandte sich Letzterer an ihre Söhne und kniete zuerst vor Harry nieder, um ihm im Namen von Toulouse zu huldigen und ihn als Henrys Erben anzuerkennen. Harry blickte zu seinem Vater und dann rasch zu Richard hinüber, nahm die Huldigung aber entgegen, wobei sich Röte auf seinem Gesicht ausbreitete. Endlich drehte sich Raymond zu Richard, der einen langen Moment zögerte, bevor er mit vor Anspannung starrem Gesicht die Rolle spielte, die ihm für die Zeremonie zugedacht war.

In Alienor flammte eine so heiße Wut auf, dass sie einen Moment lang nichts mehr sehen konnte. Dies war der übelste Verrat überhaupt – dass Henry den Kern ihrer Autorität, den Kern dessen, was sie war, raubte und Raymond of Toulouse als Werkzeug benutzte.

»Du dienst dem Leibhaftigen persönlich«, zischte sie Hamelin zu. »Lass mich los, du Verräter. Von solchen wie dir lasse ich mir nichts vorschreiben!« Sie entwand sich seinem Griff, stürzte aus der Halle, weg von der Szene des Verrats, stürmte in ihre Kammer und befahl den verwirrten Dienern, sofort für die unverzügliche Rückkehr nach Poitiers zu packen. Sie fegte ein paar Gewänder von einer Kleiderstange und warf sie auf das Bett, damit ihre Frauen sie zusammenlegen konnten, dann grub sie die Nägel in ihre Handflächen und rang um Beherrschung.

Isabel kam erhitzt und in Tränen aufgelöst zu ihr. »Alienor, es tut mir leid. Ich schwöre, dass ich nichts davon wusste!«

»Und wenn du es gewusst hättest, hättest du es mir gesagt?« Alienor funkelte sie mit wütender Verachtung an. »Ich denke nicht, denn deine oberste Loyalität gilt nicht mir, sondern deinem treulosen Handlanger von Ehemann! Geh, bevor ich etwas sage, was alle noch bestehenden Brücken zwischen uns einreißt.«

Isabel biss sich auf die Lippe. »Es tut mir wirklich leid. Ich mache dir keinen Vorwurf daraus, dass du mich wegschickst.«

Alienor weigerte sich, sie anzusehen. Sie spürte einen starken Druck im Magen, und in ihrem Mund sammelte sich Speichel. »Geh einfach.«

Isabel zögerte und versank dann in einem tiefen Knicks. »Ich werde für euch alle beten und tun, was ich kann, so wenig das auch sein mag«, sagte sie und lief mit einem Schluchzen aus dem Raum.

Alienor rannte zu der in die dicke Mauer eingelassenen Latrine, krümmte sich darüber und erbrach Galle. Als die sich in ihrer Nähe haltende besorgte Marchisa fragte, ob ihr etwas fehlen würde, schickte sie sie mit einer schroffen Geste fort und krächzte, dass sie allein sein wollte.

Endlich ließen die Krämpfe nach, und sie sammelte die Scherben ihres Seins ein und versuchte, sie zusammenzusetzen. Sie wusste, dass Henry nicht zu ihr kommen und ihr alles erklären würde. Warum sollte er auch? Er hatte ihr ja schon gezeigt, welchen Wert er ihr beimaß. Sie ging in ihre Kammer zurück, spülte sich den Mund mit Wein aus und fuhr mit dem Packen fort. Sobald sie in Poitiers und von Henrys alles vergiftender Gegenwart befreit war, würde sie überlegen, wie sie jetzt am besten vorging.

Richard erschien, als sie gerade ihren Topasring in einer mit Wachstuch ausgeschlagenen Schmuckschatulle verstaute. Er keuchte, weil er die Treppe so schnell hinaufgelaufen war;

das Gold auf seiner Tunika blitzte bei jedem schweren Atemzug auf.

»Wie konnte er uns das antun?« Unter dem Druck seiner Wut klang seine Stimme fast wieder so hell wie die eines Knaben. »Er muss doch gewusst haben, was Raymond vorhatte!«

»Natürlich wusste er das«, giftete Alienor. »Es ist eine List deines Vaters, um Aquitanien zum Vasallen von England und der Normandie zu machen und gleichzeitig gegenüber Toulouse das Gesicht zu wahren. Zweifellos hält er sich für sehr gerissen, aber dieser Eid wird keinen Bestand haben. Du bist der Herzog von Aquitanien und nur mir verpflichtet, und da ich diesen Eid nicht akzeptiert habe, ist er ungültig.« Sie holte tief Atem. »Solltest du jetzt nicht bei dem Triumphfest deines Vaters sein?«

Richard schnitt eine Grimasse. »Ich sagte, ich müsste die Latrine aufsuchen. Harry kocht jedenfalls vor Wut. Er sagt, dieser Eid war ein Brocken, der ihm hingeworfen wurde, um ihn zu beschwichtigen. Aber es ist weder Balsam für seinen gekränkten Stolz noch entschädigt es ihn für den Verlust dieser Burgen, dass Raymond ihm mir gegenüber den Vorzug gegeben hat. Er meint, das ist wieder einer von Papas Tricks und dass er ihm Widerstand leisten wird, weil ihm nichts anderes übrig bleibt, wenn Papa ihm nicht zuhören will. Was gibt es denn noch zu verlieren?« Während er sprach, gewann Richard die Kontrolle über seine Stimme zurück, so dass sie wieder in eine tiefere Tonlage abfiel.

Angespanntes Schweigen trat ein, bis Alienor mit ruhiger Verbitterung sagte: »Dein Vater ist ein geübter Intrigant. Harry muss Ratschläge beherzigen und darf nicht halbherzig und oberflächlich zu irgendwelchen Taten schreiten. Es steht immer noch viel auf dem Spiel.«

»Und es gibt noch viel zu gewinnen«, gab Richard hitzig zurück.

»Rebellion geht über Klagen über zu wenig Land oder Verantwortung weit hinaus; Rebellion bedeutet, alles zu riskieren«, warnte sie. Ein Teil von ihr genoss das Gefühl, nach etwas zu greifen; die prickelnde Erregung, das Verlangen. Es war, als atme sie Freiheit, aber sie kannte die Gefahr und hatte Angst um ihre Söhne und sich selbst. Sie berührte seinen Arm. »Lass uns reden, wenn wir wieder in Poitiers sind. Im Moment können wir nichts tun.«

»Dein Bruder hat mir erzählt, dass du dich mit Gedanken an eine Dummheit trägst«, sagte Alienor zu Harry, als er in ihre Kammer kam, nachdem er sich von dem Fest davongestohlen hatte.

Harry warf Richard einen verärgerten Blick zu. »Ich weiß nicht, wovon du redest.«

»Du weißt ganz genau, wovon ich rede«, erwiderte Alienor kurz angebunden. »Ich bin deine Mutter, und ich weiß, was in der Luft liegt. Wenn du deine Pläne wirklich in die Tat umsetzen willst, dann musst du dir ganz sicher sein und sorgfältig planen. Du kannst nicht aus einer plötzlichen Laune oder dem Wutanfall eines Kindes heraus handeln, der am nächsten Tag vergessen sein wird. Entweder stehst du wie ein Mann mit ganzem Herzen hinter deinem Plan, oder du musst ihn aufgeben.«

Harry biss die Zähne zusammen. »Ich meine es ernst, Mama. Ich habe den ganzen Tag lang darüber nachgedacht. Ich werde an den französischen Hof zurückkehren. Sowohl unter dem gemeinen Volk als auch unter den Baronen gibt es in England viele, die sich von Papas Joch befreien wollen. Er hat sich überall Feinde gemacht. Wir alle sind für ihn nichts als Schachfiguren, von denen er glaubt, er könnte sie nach Belieben auf seinem Brett herumschieben.«

»Und was willst du tun?«, fragte sie. »Wie genau gedenkst du ein Spieler statt eine seiner Schachfiguren zu werden?«

»Ich bin ein König«, versetzte Harry stolz. »Ich werde dafür sorgen, dass er mich anerkennt. Es gibt viele, die sich unter meinem Banner versammeln werden, wenn ich sie dazu aufrufe.« Er sah sie gekränkt an. »Ich habe meine Zeit nicht nur damit verbracht, Feste zu feiern und Geld zu verprassen.«

»Aquitanien gehört mir«, warf Richard rasch ein. »Ich lasse es mir weder von Papa noch von dir wegnehmen.«

Harry drehte sich zu ihm um. »Es ist nicht meine Schuld, dass Raymond of Toulouse erst mir und dann dir die Treue geschworen hat. Ich habe das nicht verlangt, das weißt du.«

»Möglich, aber trotzdem werde ich nicht im Namen Aquitaniens vor dir niederknien.«

Harry wischte die Worte mit einer ungeduldigen Geste beiseite. Im Moment standen für ihn andere Dinge im Vordergrund. »Wie du meinst. Komm mit mir nach Frankreich, wenn du willst, und knie vor Louis als deinem Obersouverän nieder.«

Alienor gingen ihre Streitereien auf die Nerven, außerdem hatte sie Angst. »Nicht so voreilig.« Sie rieb sich die schmerzenden Schläfen. Alles geriet aus den Fugen, und sie wusste nicht, welchen Weg sie einschlagen sollte, da in jeder Richtung eine andere Art von Verrat lauerte und es nirgendwo einen Zufluchtsort gab.

»Ich sage dir, Mama, ich bleibe nicht hier. Ich gehe nach Paris, weil ich mich nirgendwo im Herrschaftsgebiet meines Vaters heimisch fühle. Er verletzt bei jeder Gelegenheit meine Ehre. Ständig predigt man mir, ich soll mich wie ein Mann benehmen. Genau das mache ich jetzt. Der Rest von euch kann tun und lassen, was er will, aber mein Entschluss steht fest.« Er stapfte wie ein angriffslustiger Bulle mit gesenktem Kopf aus dem Raum, wobei er seinem Vater mehr denn je ähnelte.

Alienors Kopfschmerzen waren so stechend geworden, dass sie nicht mehr klar denken konnte. »Wir sprechen morgen über alles«, sagte sie. »Heute Abend bin ich zu erschöpft und zu traurig – und zu wütend.«

Hamelin nippte an seinem Wein. Er schmeckte im Süden immer ausgezeichnet, und dieser hier war besonders erlesen. Trotzdem klebte das Getränk heute Abend an seinem Gaumen, und er wünschte sich aus diesem Raum weit fort. Das Fest zur Feier der Eidzeremonie war eine Farce gewesen. Humbert of Maurienne war üppig bewirtet worden, und nach außen hin schien alles in Ordnung zu sein, allerdings mussten Entschuldigungen für Alienors Abwesenheit gefunden werden. Harry und Richard waren zwangsweise zugegen gewesen, jedoch früh gegangen. Hamelin vermutete, dass sie ihrer Mutter Gesellschaft geleistet hatten. Geoffrey war auf dem Fest geblieben, aufmerksam wie immer, hatte seine Gedanken für sich behalten und die Vorgänge genau beobachtet. John, der auf einem bestickten Kissen an der hohen Tafel saß, hatte sich vorbildlich benommen. Jetzt lehnte er sich schläfrig gegen Henry und verhielt sich ganz ruhig. Offensichtlich genoss er es, zusammen mit den Männern aufbleiben zu dürfen.

»Ich sollte gehen«, sagte Hamelin zu Henry, von dem jeglicher negativer Beigeschmack der Zeremonie abzuprallen schien und der seine Fingernägel mit einem kleinen Messer aus Hirschhorn säuberte. »Wenn wir bei Tagesanbruch aufbrechen wollen, brauche ich etwas Schlaf – ich kann mit deinem Zeitplan nicht mithalten.«

Henry wirkte belustigt. Dass er still dasaß und John als Stützpfeiler diente, lag nur daran, dass sein verletztes Bein ihm Schmerzen bereitete. »Ich kann mit meinem Zeitplan selbst nicht immer mithalten«, erwiderte er sarkastisch, dann musterte er Hamelin forschend. »Du hast heute Abend nicht viel gesagt, Bruder.«

Zwei Furchen erschienen zwischen Hamelins Brauen. »Ich habe nachgedacht und bin zu dem Schluss gekommen, dass einige Stürme überstanden werden müssen.«

»Es gibt immer Stürme, die überstanden werden müssen«, gab Henry mit müdem Zynismus zurück und blickte auf, als sich ihm ein Diener näherte.

»Sire, der Graf von Toulouse wünscht Euch dringend zu sprechen.«

Henry hob die Brauen. »So dringend, dass es nicht bis morgen warten kann?«

»Dieser Meinung scheint er zu sein, Sire.«

Henry schnippte mit den Fingern. »Lass ihn eintreten.« Er fuhr John durch das Haar. »Zeit für dein Bett, mein kleiner Bräutigam. Für dich auch, Geoffrey. Geht jetzt.«

Geoffrey kniff die Augen zusammen, erhob sich aber.

»Ich will hier bei dir bleiben«, protestierte John und räkelte sich. »Das ist ungerecht.«

Henry lächelte säuerlich. »Im Leben geht es selten gerecht zu, das erfahren sogar die, die die Entscheidungen treffen. Wir reiten morgen früh los und werden lange unterwegs sein. Hier.« Er gab ihm das Messer, das er benutzt hatte und das jetzt in einer Lederscheide mit eingestanzten Löwen steckte. »Du kannst es haben, ich vertraue darauf, dass du alt genug bist, um gut darauf Acht zu geben.«

Johns Augen leuchteten auf, und er dankte seinem Vater. Seine Füße schleiften aber trotzdem über den Boden, als er in die Obhut seines älteren Bruders gegeben und aus dem Raum gebracht wurde.

»War es klug, ihm ein Messer zu geben?«, erkundigte sich Hamelin. »Gott weiß, in was – oder wen – er es hineinrammen wird.«

Henry kicherte. »Lass ihn. Er bereitet mir viel Freude – mehr als seine älteren Brüder.«

Raymond of Toulouse wurde in die Kammer geführt. Er kniete vor Henry nieder, aber wieder mit einem leisen Zögern, das seinen Widerwillen verriet. Sein Umhang war schief geschlossen und seine Kleider zerknittert, als hätte er sich in aller Eile angezogen. Auf seinem schmalen Gesicht spiegelten sich Wachsamkeit und Befriedigung zugleich wider.

»Ich dachte, Ihr hättet Euch schon zurückgezogen, Mylord«, sagte Henry mit neutraler Höflichkeit.

»Das hatte ich auch, Sire«, erwiderte Raymond, »aber ich habe Neuigkeiten, die Ihr erfahren müsst.«

Isabel lag im Bett und wartete auf Hamelin. Er schien schon seit einer halben Ewigkeit fort zu sein, und in den Lampen war fast kein Öl mehr. Sie hatte den Halsausschnitt eines Unterhemdes, das sie für ihn anfertigte, mit kleinen, dekorativen Stichen verziert, aber jetzt brannten ihre Augen vor Anstrengung. Sie wusste, dass sie nicht schlafen können würde, bevor er zurück war. Sie ließ sich eine Weile von ihrem Kaplan vorlesen, dann betete sie, da ihr schien, dass es diverse Anlässe zum Beten gab. Alles kam ihr dunkel und bedrohlich vor, obwohl die Welt sich dem Frühling zuneigte. Und obwohl die Jahreszeit neues Leben verhieß, kündigte sie auch die Feldzugsaison an und brachte Kummer und Sorgen mit sich. Sie hasste es, wenn Hamelin in den Krieg zog; sie fürchtete jedes Mal um ihn, wenn er sie zum Abschied küsste, aber sie war zu klug, um zu weinen und sich an ihn zu klammern. Sie hatte Angst um Hamelin, und sie hatte Angst um Alienor. Sie glich einem Getreidekorn zwischen zwei Mühlsteinen, denn sie liebte beide. Doch wenn sie sich auf die Seite einer Person stellte, bedeutete dies Treulosigkeit gegenüber der anderen.

Endlich kehrte Hamelin in den frühen Morgenstunden in ihre Kammer zurück und kam im Schein der Lampe auf das Bett zu. Er setzte sich auf die Kante und zog seine Schuhe aus, dann beugte er sich vor, barg das Gesicht in den Händen und stöhnte. Isabel setzte sich auf und kroch über die Bettdecke zu ihm. »Hamelin, was ist?« Sie legte die Arme um seine Schultern.

Er hob den Kopf. »Ich weiß nicht, ob ich es dir erzählen kann. Himmel, ich fühle mich so ausgelaugt und elend – und verzweifelt.«

Erschrocken, aber äußerlich ruhig stieg sie aus dem Bett und zündete zwei Lampen wieder an. Sie schürte das Feuer und brachte ihm einen Becher Wein. Hamelin trank, stellte den Becher ab, legte sich auf das Bett und lehnte sich gegen die Kissen. »Ich weiß nicht mehr, was ich sagen oder tun soll«, begann er tonlos. »Wir sind an einem Abgrund angelangt, und das Einzige, was wir jetzt tun können, ist springen.«

Isabel bemühte sich, mit fester Stimme zu sprechen. »Was ist passiert?«

Er verzog das Gesicht. »Raymond of Toulouse kam zu Henry und berichtete ihm, dass er mit angehört hätte, wie Alienor, Harry und Richard eine Verschwörung gegen ihn planten.«

Isabel starrte ihn bestürzt an. »Nein! Das glaube ich nicht!«

»Es stimmt aber«, erwiderte Hamelin grimmig. »Sie haben allen Grund dazu, und sie sind dazu fähig – vor allem nach dem, was heute geschehen ist.«

»Und was für ein glücklicher Zufall, dass Raymond es gehört und weitergegeben hat! Wie kannst du sicher sein, dass er nicht nur Unfrieden stiften will?«

»Weil er einen von Alienors Dienern bestochen hat, damit er ihm Bericht erstattet – ihren Wasserträger. Harry bereitet sich darauf vor, nach Paris zu reiten und von dort aus eine Rebellion anzuzetteln, wobei Alienor ihn unterstützt.«

»Großer Gott!« Sie schlug eine Hand vor den Mund. Was hatte Alienor getan? Jetzt gab es kein Zurück mehr. Sie hob den Kopf. »Er kann immer noch das Gesagte falsch ausgelegt haben. Vielleicht macht er aus Sandkörnern Berge. Nichts würde Raymond of Toulouse besser zupasskommen, als Vater und Sohn gegeneinander auszuspielen – und wenn er Alienor dabei schaden kann, umso besser.«

Hamelin zuckte die Achseln. »Es heißt doch, wo Rauch ist, ist auch Feuer. Henry muss diese Bedrohung ernst nehmen.«

Isabel schüttelte den Kopf. »Dazu wäre es nicht gekommen, wenn Henry nicht ihr Recht als Herzogin von Aquitanien missachtet und Raymonds Eid selbst entgegengenommen hätte. Dadurch hat er klargestellt, dass er Aquitanien an England gebunden hat. Es gibt vieles, das Alienor Henry nie verzeihen wird, aber dies wird noch auf ihrem Sterbebett in ihr Herz gebrannt sein.«

»Er musste so handeln«, nahm Hamelin seinen Bruder in Schutz. »Anders hätte sich Raymond of Toulouse nicht zu seinem Schwur bewegen lassen. Er würde nie vor einer Frau auf die Knie fallen – vor Alienor.«

»Aber er stand unter Druck, nicht Henry«, gab Isabel zu bedenken. »Raymond hätte letztendlich schwören müssen, ansonsten wäre er gestürzt worden. Henry war am Ausgang des heutigen Tages ebenso viel gelegen wie Raymond.«

Hamelin erwiderte nichts darauf. Seine zu einem erschöpften, störrischen Strich zusammengepressten Lippen verrieten, dass er sehr wohl wusste, was sie meinte, aber nicht weiter darüber mit ihr sprechen wollte.

»Was wird jetzt geschehen?«, fragte sie.

Er seufzte. »Henry wird Harry auf einen Jagdausflug mitnehmen und ihn eine Weile in seiner Nähe behalten.«

Ihn also unter Hausarrest stellen. »Und Alienor?«

»Er wird sie scharf überwachen lassen, aber aus eigener Kraft kann sie von Poitiers aus wenig ausrichten.« Er streifte sein Hemd ab und stieg aus dem Bett, um zur Wasserschüssel zu gehen und sich zu waschen. Isabel betrachtete ihn in dem körnigen Lampenlicht. In den Jahren seit ihrer Hochzeit war seine Gestalt breiter geworden, aber stark und muskulös geblieben. Sein Haar war mit Silber durchzogen, doch es lockte sich im Nacken immer noch auf eine Weise, die in ihr eine tiefe Zärtlichkeit auslöste. Sie liebte ihn innig, aber sie war nicht glücklich darüber, dass er seinem königlichen Bruder bis ans Ende der Welt folgen würde, ob er nun mit ihm einverstanden war oder nicht. Und er würde sich Henrys Wünschen beugen, so wie er es bei der Eidzeremonie getan hatte.

»Ich habe ebenfalls gewisse Gerüchte gehört«, sagte sie ruhig.

Er hielt mit dem Waschen inne und blinzelte, weil Wasser in seine Augen geraten war. »Welcher Art?«

»Henry erwägt, seine Ehe mit Alienor aufgrund zu enger Blutsverwandtschaft auflösen zu lassen.«

»Ein lächerlicher Gedanke.« Er vergrub das Gesicht in

einem Handtuch, ein Ablenkungsmanöver, bei dem Isabel Böses schwante.

»Nicht für eine Frau, die belogen und beiseitegeschoben wurde.«

»Und was sagen die Gerüchte noch?«

Isabel faltete die Hände. »Einige behaupten zu wissen, dass er plant, Alienor abzuschieben, um Rosamund de Clifford zu heiraten. Andere sprechen von der französischen Prinzessin Alais.«

»So ein Unsinn!« Hamelin ließ das Tuch sinken, und sie las echte Verblüffung in seinen Augen.

»Wirklich? Alais ist fast im heiratsfähigen Alter. Und er hat das de Clifford-Mädchen immer so nah bei sich wie sein Hemd und seine Hose. Manchmal denke ich, dein Bruder ist zu allem fähig.«

Hamelin schüttelte nachdrücklich den Kopf. »Das wird er nicht tun.«

»Aber was sagt es über ihn aus, dass die Leute ihm solche Dinge zutrauen?«

Er kam zum Bett zurück und zog die Decke hoch. Isabel schmiegte sich an ihn, suchte die warme Sicherheit seines Körpers. Sie wollte nicht länger mit ihm streiten, hatte aber immer noch ein schlechtes Gewissen. »Ich möchte Alienor nach Poitiers begleiten«, sagte sie.

»Warum solltest du das tun?« Wie sie es vorhergesehen hatte, verspannte er sich. »Nein, du gehst nach Colombiers und wartest auf mich, bis wir nach England zurückkehren können.«

Sie streichelte seine Wange. »Ich weiß, dass dein Plan es so vorsieht, aber wenn ich Alienor begleite, kann ich die Wogen vielleicht glätten. Königinnen sind nicht die Einzigen, die als Vermittlerinnen fungieren können.«

Er griff nach ihrer Hand. »Wenn Alienor in eine Rebellion verwickelt ist, kann ich es mir nicht leisten, durch dich damit in Verbindung gebracht zu werden. Du hast ein zu weiches Herz, und ich möchte nicht, dass du verletzt oder ausgenutzt wirst. Wir dürfen in dieser Angelegenheit nicht auf entgegengesetzten Seiten stehen.«

»Dazu wird es nicht kommen. Wenn die Lage zu schwierig wird, breche ich in die Touraine auf.« Sie strich mit der Hand über seine Brust und spürte das drahtige, lockige Haar. »Ich weiß, dass du dir Sorgen machst, aber Alienor ist immer noch meine Schwägerin – und deine. Ihre Söhne und Töchter sind unsere Neffen und Nichten – Vetter und Basen unserer eigenen Kinder. John ist eng mit unserem William befreundet. Ich will mich deinen Wünschen nicht widersetzen, aber ich bitte dich, mir ein paar Wochen mit Alienor zu gewähren, um zu sehen, was ich tun kann. Und dann kann ich mit den Kindern abreisen, wenn es notwendig sein sollte.«

Während der darauffolgenden langen Pause zwang sie sich, zu schweigen und sich nicht zu rühren. Endlich zog Hamelin sie in die Arme. »Na schön, dann geh, aber ich vertraue dir, und wenn du dieses Vertrauen enttäuschst, musst du wissen, dass der Schaden nie wieder behoben werden kann.«

»Ich werde dich nicht enttäuschen, das schwöre ich bei meiner Seele.« Sie küsste ihn auf den Mund, und er drückte sie enger an sich. Die Geste wirkte besitzergreifend, auch wenn er mit Worten eingewilligt hatte, sie gehen zu lassen.

Alienor erhob sich kurz nach dem Morgengrauen und wappnete sich dafür, den Tag durchzustehen. Sie hatte schlecht geschlafen, und ihre Träume waren lebhaft und beunruhigend, aber unmöglich zu erfassen gewesen. Sie konnte sich nicht an den Inhalt, sondern nur an die verstörende Wirkung erinnern.

Sie hatte das Gefühl gehabt, als würden die Wände von unsichtbaren Feinden geschoben und sich immer enger um sie schließen. Die Kopfschmerzen des vorherigen Tages pochten immer noch hinter ihren Augen, und sie trank ein bitteres Gebräu aus Weidenrinde, um den Schmerz zu bekämpfen. Marchisa kämmte ihr Haar, um es dann zu flechten. Es war immer noch dicht und kräftig, aber dieser Tage eher silbern als golden. Sie erwog, auf das Färben zu verzichten und es natürlich zu belassen.

Als Marchisa den letzten Kammstrichen eine mit Muskat parfümierte Lotion hinzufügte, kam Henry mit Dienern zu ihr, die Brot, Käse und Krüge mit Wein brachten.

Alienor musterte ihn überrascht, während die Diener einen kleinen Tisch aufstellten, ihn mit einem weißen Tuch bedeckten und die Speisen darauf absetzten. »Ich dachte, du wärst schon weg«, sagte sie. Ihre Wut war in der Nacht zu Eis erstarrt, und sie fühlte sich wie betäubt.

»Ich bedaure, Euch enttäuschen zu müssen, Madam, aber die Packpferde sind noch nicht beladen, und ich muss darauf warten, dass die Langschläfer endlich aufstehen. Ich dachte, wir könnten inzwischen gemeinsam unser Fasten brechen.«

Alienor schickte ihre Frauen weg und flocht ihr Haar rasch selbst zu einem Zopf. »Warum sollte ich nach der gestrigen Eidzeremonie je wieder mit dir das Brot brechen wollen?«

Henry winkte ab und nahm an dem Tisch Platz. »Du solltest dem nicht zu viel Gewicht beimessen. Es war der einfachste Weg, Raymond of Toulouse dazu zu bringen, mir als Herrscher zu huldigen. Vor dir wäre er niemals auf die Knie gefallen, also habe ich dich vertreten, um die Dinge zu erleichtern. Du bist immer noch die Herzogin von Aquitanien, und Richard ist immer noch der Herzog.« Er griff nach einem Stück Brot und sah sie auf diese Art an, die sie so hasste.

Während er sich augenscheinlich auf sie konzentrierte, war er in Wahrheit weit von ihr entfernt, und er hatte so gesprochen, als sei sie vollkommen bedeutungslos.

»Also war es dir wichtiger, Raymond of Toulouse zu beschwichtigen und versöhnlich zu stimmen, als zuzulassen, dass er mich und Richard in einer öffentlichen Zeremonie als Oberherrscher anerkennt.« Die Taubheit begann zu schwinden und einem prickelnden Schmerz zu weichen. »Du hattest kein Recht, so zu handeln, Henry. Aquitanien ist nicht dein Eigentum. Du hast nur durch unsere Ehe einen Anspruch darauf. Es gehört aufgrund des Geburts- und Blutsrechts mir und Richard.«

Henry kaute und schluckte. »Raymond of Toulouse war zu einem Friedensschluss bereit, und ich musste die Gelegenheit beim Schopf packen. All das muss geregelt sein, bevor ich nach Outremer in den Kampf ziehe.«

»Ach ja, Outremer.« Alienor griff nach ihrem eigenen Weinkelch. Ihr Ärmel schimmerte in dem Licht, das durch das hohe Fenster fiel. »Ich habe mich schon gefragt, wie lange es dauern würde, bis dieses Thema zur Sprache kommt. Solltest du jemals einen Fuß in dieses Land setzen, wird das ein größeres Wunder sein als die, die angeblich am Grab von St. Thomas stattfinden. Selbst das Geld, das du für die heilige Sache in Jerusalem bestimmst, verbleibt in deinem Besitz. Du hortest es nur für Notfälle an einem anderen Ort.«

Heiße Röte kroch an seinem Hals hoch und loderte fleckig auf seinem Gesicht. »Du hast eine spitze Zunge.«

»Jede Zunge, die nicht in deinem Sinne betätigt wird, ist deiner Ansicht nach spitz«, erwiderte Alienor müde. »Egal welche Listen du anwendest, du wirst Aquitanien nicht England zuschlagen. Abgesehen davon, dass du deine Lage so noch schwieriger gestaltest – glaubst du wirklich, dass meine

Vasallen tatenlos zusehen, wie ihre Erbherrscher zur Seite gedrängt werden, als wären sie nicht von Belang, während Toulouse vor dem König von England kniet?«

»Ich habe so gehandelt, wie ich es für richtig hielt«, fauchte er. »Nichts wird sich ändern.« Er erhob sich und ging mit dem Becher in der Hand zum Fenster.

Die Tür wurde geöffnet, und Harry trat ein. »Mama, ich…« Er blieb stehen und blickte argwöhnisch von einem Elternteil zum anderen.

»Ah«, sagte Henry mit aufgesetzter Gutmütigkeit. »Der verlorene Sohn. Komm und brich dein Fasten mit uns.« Er deutete auf den Tisch.

Harry beäugte ihn misstrauisch. »Ich habe keinen Hunger«, wehrte er ab, kam aber näher, um sich Wein einzuschenken. Seine Augen waren von den Exzessen des vorherigen Abends verquollen und trübe.

»Trotzdem solltest du etwas essen, bevor wir aufbrechen.«

Harry blinzelte ihn an. »Bevor wir aufbrechen? Ich bleibe hier in Aquitanien. Weder Marguerite noch ich haben unsere Sachen gepackt.«

Henry lächelte schmallippig. »Das macht nichts. Ich dachte nicht an dein gesamtes Gefolge, sondern nur an dich und ein paar Gefolgsleute. In der letzten Zeit ist es zwischen uns zu Missverständnissen gekommen, daher dachte ich, es täte uns gut, zusammen auf die Jagd zu gehen. Marguerite kann hier bei deiner Mutter bleiben.«

Harry errötete und warf Alienor einen Blick zu, den diese mit einem kaum merklichen Kopfschütteln quittierte, bevor sie den Kopf senkte. »Ich bin auf eine sofortige Abreise nicht vorbereitet.«

»Dann warte ich auf dich.« Henry trank seinen Wein aus und klopfte sich Krümel von seiner Tunika, verließ aber nicht den Raum, um keinen Zweifel daran zu lassen, dass er beabsichtigte, Harry auf der Stelle mitzunehmen. »Ich habe befohlen, dass dein Pferd gesattelt und deine Sachen gepackt werden.« Er hatte einen jovialen Ton angeschlagen und legte jetzt einen Arm um Harrys Schultern. »Wir können uns mit Vorräten eindecken, wenn wir in Anjou eintreffen. Komm, wenn du nichts essen willst, lassen wir deine Mutter allein, damit sie sich für den öffentlichen Abschied herrichten kann.«

Er schob Harry zur Tür, und als er sie öffnete, drehte er sich um und bedachte Alienor mit einem glitzernden Blick, der besagte: ›Schachmatt‹.

Alienor schob ihre Platte beiseite, obwohl sie ihr Brot kaum angerührt hatte. Henry wusste offenbar, dass etwas in der Luft lag; er hatte überall seine Spione, die ihm alles zutrugen. Sie dachte über das nach, was am Abend zuvor gesagt worden war, und nagte an ihrer Lippe. Genug, um Verdacht zu schöpfen, so viel stand fest; genug, um Henry zu veranlassen, seinen ältesten Sohn in unmittelbarer Nähe zu behalten. Vielleicht würde es ihm gelingen, Harry auf seine Seite zu ziehen. Vielleicht würde er ihm mehr Gold und Geldmittel zur Verfügung stellen, um seinen aufwändigen Lebensstil zu finanzieren, ohne auf den eigentlichen Grund für Harrys Unzufriedenheit einzugehen. Es wäre nicht das erste Mal.

Sie rief ihre Frauen, damit sie sie ankleideten, und sie wählte dasselbe kostbare Gewand wie am Tag zuvor, samt dem juwelenbesetzten Haarnetz und der kleinen Krone, um allen zu zeigen, dass sie noch immer die stolze Herzogin von Aquitanien war.

Im Hof wimmelte es von Menschen, die auf ihre Pferde stiegen, sich verabschiedeten und ihr Reisegepäck festschnallten. Sie beobachtete, wie sich Harry mit angespannten Kiefermuskeln und einem harten Ausdruck in den Augen in den

Sattel schwang. Um der Menge willen setzte er ein Lächeln auf, das kühne Lächeln eines Troubadours. Dann warf er einen üppigen Münzenregen in eine Gruppe schaulustiger Kinder, als wolle er ausdrücken, dass diese Geste eine Kleinigkeit war und es dort, wo dieses Geld herkam, noch viel mehr gab: in den Schatztruhen seines Vaters.

Richard verfolgte das Schauspiel mit verschränkten Armen und einem zynischen Lächeln auf den Lippen. Auch Neid glitzerte in seinen Augen. Alienor wusste nur zu gut, wie gern er ebenfalls auf einem Pferd sitzen und mit den Männern mitreiten würde, selbst wenn er einen derartigen Wunsch hitzig abstreiten würde. Die Macht seines Vaters übte eine starke Anziehungskraft auf ihn aus und nötigte ihm zur gleichen Zeit Verachtung ab; er wusste, dass er diese Macht um vieles ehrenhafter und wirksamer ausüben konnte.

Aus dem Augenwinkel heraus bemerkte Alienor, dass William Marshal sich anschickte, sein Pferd zu besteigen, und sie ging zu ihm. William zog augenblicklich den Fuß aus dem Steigbügel und verbeugte sich. »Madam.«

»Ich weiß nicht, was die Zukunft bringen wird, aber wenn Ihr zu Eurem Eid steht, sorgt für die Sicherheit meines Sohnes.« Sie berührte seinen in Kettengeflecht gehüllten Arm. »Ich übertrage Euch die Aufgabe, auf ihn Acht zu geben.«

»Madam, ich habe geschworen, Euch bis zum Ende meiner Tage zu dienen, und ich habe geschworen, meinem jungen Herrn zu dienen, als er König wurde. Ich werde mein Wort nicht brechen, sondern alles tun, was in meiner Macht steht, um ihn zu beschützen.«

»Dann möge Gott Euch schützen und Euch Kraft geben, denn Harry wird Euch brauchen.«

»Ich werde Euch nicht enttäuschen, Madam.« William küsste ihren Saphirring. Sie zog ihn vom Finger und reichte ihn ihm. »Sein Wert reicht aus, um ein Ersatzpferd oder andere notwendige Dinge zu kaufen. Er ist für unvorhergesehene Ereignisse. Tragt ihn immer bei Euch, und sagt niemandem, dass Ihr ihn habt.«

»Madam.« William befestigte den Ring an derselben Lederschnur, an der auch sein Kreuz hing, und schob ihn in sein Hemd.

Alienor wandte sich ab und ging zu Harry, um ihn zu umarmen. »Sei vorsichtig.« In ihrer Stimme klang eine unüberhörbare Warnung mit. »Tu nichts Übereiltes. Ich werde an dich denken und dich in meine Gebete einschließen.«

Harry schenkte ihr ein breites Lächeln. »Mach dir keine Sorgen um mich, Mama«, erwiderte er munter. »Vielleicht erweist sich Papas Jagdausflug ja tatsächlich als gute Idee.«

Alienor hob die Brauen und fragte sich, was er wohl hinter diesem Lächeln verbarg. Alles oder nichts? Allmählich wurde er ebenso schwer durchschaubar wie sein Vater.

Henry ritt auf seinem weißen Pferd heran und zügelte es hart. Die Nüstern des Tieres bebten, so dass das rote Innere zu sehen war, und blutiger Schaum tropfte von seinem Gebiss. Sie hatte ihn noch nie ein Tier reiten sehen, das sich mit ihm vertrug. »Bist du mit dem liebevollen Abschiednehmen fertig?«, erkundigte er sich.

Sie knickste ironisch, denn von ihm wollte sie sich bestimmt nicht liebevoll verabschieden. »Allerdings, Sire, das bin ich.«

»Gut. Ich werde aus Chinon eine Nachricht schicken.«

Sie beobachtete, wie die Gruppe davonritt, und biss dabei die Zähne zusammen. Der neben ihr stehende Richard fragte ruhig: »Was jetzt, Mama?«

»Jetzt spielen wir ein Wartespiel.«

Als sie in ihre Kammer zurückkehrte, fühlte sie sich elend,

aber zugleich beschwingt. Zumindest konnte sie jetzt, wo Henry fort war, wieder frei atmen, und sie hatte viel zu tun. Sie ließ ihren Schreiber kommen und diktierte ihm Briefe an ihre Vasallen, um zu versuchen, den Schaden, der durch Raymonds Eid angerichtet worden war, wiedergutzumachen. Richard baute seine überschüssige Energie ab, indem er mit seinen Rittern einen Patrouilleritt unternahm, um seine Fähigkeiten als Kommandant unter Beweis zu stellen und zu zeigen, dass Aquitanien, was Verwaltung und militärischen Schutz betraf, in starken Händen war.

Isabel blieb bei Alienor, leistete ihr Gesellschaft, hielt sich jedoch im Hintergrund. Sie zeigte Joanna und Belle, wie man ein bestimmtes Blumenmuster stickte, und dann stellte sie ihren Webstuhl auf, damit Joanna ein Halsband für ihr zahmes Eichhörnchen anfertigen konnte. Alienor beobachtete sie stirnrunzelnd.

»Du hättest nicht bleiben müssen.« Sie hielt einen Moment mit dem Diktieren inne. »Ich denke sogar, es wäre besser gewesen, wenn du gegangen wärst.«

Isabel musterte sie gelassen. »Ich habe es letzte Nacht mit Hamelin besprochen. Ich sagte, du hättest vielleicht gern Gesellschaft und jemand anderen als die Kinderfrauen, der auf John und Joanna aufpasst. Wenn du willst, kann ich sie nach Fontevrault zurückbringen, wenn ich abreise, aber unsere Söhne sind gute Freunde, und ich dachte, sie wären vielleicht gern noch ein bisschen länger zusammen.«

»Worüber hast du denn mit Hamelin noch gesprochen?«, fragte Alienor. »Hat er dich hiergelassen, damit du mich ausspionierst?« Sie hörte die Bitterkeit in ihrer Stimme, unternahm aber nichts dagegen; es war, als lindere man den Druck auf eine eiternde Wunde.

»Natürlich nicht!« Isabels haselnussbraune Augen weiteten sich vor Entsetzen. »Henry hat sicher bessere Spione als mich zur Verfügung, wenn er herausfinden will, was du tust.«

»Was soll ich denn nach dem gestrigen Tag anderes denken? Wenn du vernünftig wärst, wärst du mit Hamelin gegangen.«

»Mir liegt etwas an dir«, erwiderte Isabel. »Und ich dachte, ich könnte dir vielleicht helfen. Wenn ich Hamelin begleitet hätte, dann nur bis in die Touraine, und dann wäre ich mir selbst überlassen geblieben. Hamelin wollte mich mitnehmen, aber er hat schließlich meinem Wunsch zugestimmt.«

»Du hättest auf ihn hören sollen«, sagte Alienor. »Ich weiß, dass Henry mich überwachen lässt – und du wirst unter Verdacht geraten und gleichfalls bespitzelt werden.«

Isabel legte die Hände auf die Knie. »Er glaubt, du planst, ihn zu stürzen und deine Söhne an seiner Stelle herrschen zu lassen. Raymond of Toulouse kam gestern spät am Abend zu ihm und sagte ihm, dass du das vorhast. Hamelin war dabei und hat alles gehört.«

Alienor war nicht überrascht, aber die Worte machten sie dennoch betroffen. Mit einem Schlag zu rechnen war nicht dasselbe, wie von ihm getroffen zu werden. »Genau das hätte ich von einer Schlange – nein, einem Wurm – wie Raymond of Toulouse erwartet.« Sie kräuselte die Lippe. »Er würde alles tun, um seine Haut zu retten und einen Keil in unsere Familie zu treiben, obwohl er sich die Mühe sparen könnte, da Henry nun einmal ist, wie er ist. Das erklärt auch, warum Henry Harry mitnehmen wollte. Sie mögen ja zusammen auf die Jagd gehen, aber Henry wird jeden seiner Schritte überwachen.« Sie sah Isabel an und schüttelte den Kopf. »Ich weiß, du willst, dass alles wieder gut wird, aber dafür kann ich nicht sorgen. Wenn Henry mit hinterhältigen Methoden versucht, mir Aquitanien wegzunehmen, werde ich bis zu meinem letzten Atemzug gegen ihn kämpfen, und zwar mit allen Mitteln, die mir zur Verfügung stehen. Um mich aufzuhalten, wird er mich umbringen müssen.«

»Oh, Alienor!« Isabel streckte mit tränenfeuchten Augen und gequältem Gesichtsausdruck eine Hand nach ihr aus.

»Spar dir dein Mitgefühl«, zischte Alienor in einer Aufwallung von Wut. »Mit Henrys Hinterlist kann ich umgehen, aber mit deinen rehäugigen Mitleidsblicken nicht.« Ihre Augen verengten sich. »Es geht um mehr als das, nicht wahr? Du willst mir von den Gerüchten bezüglich einer Annullierung erzählen.« Sie lächelte bitter. »Du bist nicht die Einzige, die solche Dinge weiß. Über dieses Thema wurde so viel geklatscht, dass ich taub sein müsste, um nichts mitzubekommen.« Sie erhob sich und trat zur Fensterlaibung. »Ich wollte nach Aquitanien kommen, aber das passte Henry auch sehr gut – er dachte, dann wäre ich aus dem Weg. Wenn er meine Ländereien durch Bündnisse und Vasallenschwüre England einverleiben kann, verschafft ihm das mehr Macht und schmälert meine. Er kann Richard als Grafenmarionette benutzen und mich in ein Nonnenkloster abschieben – so denkt er sich das zumindest.«

»Dann sind dir sicher auch die Gerüchte über eine neue Ehe zu Ohren gekommen«, sagte Isabel ruhig.

Alienor verzog das Gesicht. »Ja, ich weiß darüber Bescheid, aber Rosamund de Clifford ist von zu niedriger Abstammung, um Königin zu werden, sosehr sie auch danach trachtet.«

»Und Alais?«

»Oh, das hast du also auch schon gehört? Ha, was das für eine Verbindung wäre! Er würde der Schwager seines eigenen Sohnes und würde seinen zweiten zum betrogenen Ehemann machen.« Sie blickte über ihre Schulter hinweg zu Isabel. »Da ich seine Schwäche für junge Frauen kenne, würde ich es ihm durchaus zutrauen, aber im Moment ist das eine Erfindung der Unruhestifter – und davon gibt es viele. Er hat genug damit zu tun, mit den Folgen von Beckets Ermordung fertigzuwerden, da muss er die Kirche nicht noch zusätzlich provozieren.« Sie lächelte Isabel so tapfer zu wie ein verwundeter Soldat, der nicht auf das Blut achtet. »Gewiss werde ich mich in ein Kloster zurückziehen – wenn meine Knochen so gebrechlich sind, dass sie mein Gewicht nicht länger tragen, und wenn ich keinen Zahn mehr im Mund habe. Aber dann wird mir das entweder dank der Gnade Gottes oder dank der geübten Vergeltung nichts mehr ausmachen.«

Drei Wochen später machte sich Alienor daheim in Poitiers fertig, um zu Bett zu gehen, als William Marshal in ihre Kammer geführt wurde. Es regnete in Strömen, und er war bis auf die Haut durchnässt. »Es tut mir leid, Euren Boden vollzutropfen, Madam, aber das Wetter ist miserabel, und ich bin schnell geritten«, sagte er verdrossen und mit klappernden Zähnen.

Eine ihrer Frauen brachte ein Handtuch, während eine andere ihm seinen nassen Umhang abnahm. Alienor schickte einen Knappen nach Brot und Wein und bedeutete William, vor dem Kamin Platz zu nehmen, wo eine Dienerin gerade das Feuer noch einmal schürte. Sie bemerkte, dass er verstohlen ihr Haar betrachtete, das ihr für die Nacht lose über die Schultern fiel, und ihre Lippen zuckten leise. »Schaut nur hin«, sagte sie. »Es ist nur wenigen Männern vergönnt, eine Königin mit offenem Haar zu sehen.«

»Madam, dies ist eine Erinnerung, die ich für den Rest meines Lebens wie einen Schatz hüten werde«, erwiderte er galant.

Sie vollführte eine Geste, die die Schmeichelei sowohl akzeptierte als auch verwarf. »Was gibt es Neues von meinem Sohn?«

William rieb sich mit dem Tuch das Gesicht ab. »Er befindet sich sicher in Paris, Madam.«

Alienor hob die Brauen. Sie wusste nicht, ob sie Paris unbedingt als ›sicher‹ bezeichnen würde. Es bedeutete zweifellos, dass die ganze Sache eskaliert war. »Und wie kommt das?«

»Der König und mein junger Herr gingen auf die Jagd und diskutierten über ihre Differenzen, ohne jedoch zu einem Ergebnis zu gelangen. Mein Herr erkannte, dass es keinen Sinn mehr hatte, mit dem König zu reden, also haben wir Chinon nachts heimlich verlassen und sind zur französischen Grenze geritten. Als der König das herausfand, nahm er die Verfolgung auf, aber er kam zu spät.« Williams Brauen zogen sich zusammen. »Unterwegs bat mich mein Herr, ihn zum Ritter zu schlagen. Ich sagte, dies sollte besser ein Mann von einem höheren Rang tun, der König von Frankreich vielleicht, aber das wollte mein Herr nicht. Er wünschte, zum Ritter geschlagen zu werden, damit er würdig wäre, Männer anzuführen … und da sein Vater es in Limoges nicht getan hatte, meinte er, ihm würde etwas fehlen …« Er warf ihr einen entschuldigenden Blick zu. »Madam, ich habe getan, worum er mich gebeten hat, und ihn auf der Straße zum Ritter geschlagen, da er es um jeden Preis wollte.«

Verglichen mit dem Rest hielt Alienor diesen Punkt für relativ belanglos. »Das gereicht weder ihm noch Euch zum Nachteil«, sagte sie. »Fahrt fort.«

»Wir erreichten Paris, und König Louis hieß uns willkommen. Er war sehr beunruhigt, als er erfuhr, dass der Graf von Toulouse König Henry den Lehnseid geleistet hat.«

Alienor nickte zynisch. Dieser spezielle Schachzug dürfte

Louis genauso schwer im Magen liegen wie ihr, wenn auch aus anderen Gründen. Er hatte alles getan, was in seiner Macht stand, um Toulouse in sein eigenes Herrschaftsgebiet einzugliedern. Mit ansehen zu müssen, wie es Richtung England abschwenkte, würde ihn vor Wut rasen lassen.

»Er versprach meinem Herrn seine Unterstützung, und sie haben begonnen, Verbündete zu umwerben, von denen es viele gibt.« William sah sie voller Unbehagen an. »König Henry hat den Erzbischof von Rouen nach Paris geschickt, um zu verlangen, dass Louis meinen Herrn zu ihm zurückschickt.« William hielt inne, als Brot und Wein gebracht wurden. Alienor wartete, bis der Diener alles abgestellt und sich zurückgezogen hatte.

»Sprecht weiter«, bat sie.

»Der Erzbischof kam vor dem versammelten Hof zu Louis und sagte: ›Der König von England verlangt, dass Ihr seinen Sohn zurückschickt.‹ Und Louis antwortete, er wüsste nicht, wovon der Erzbischof reden würde, denn der König von England würde direkt neben ihm sitzen.«

Die Bemerkung war ebenso treffend wie schneidend; es verschaffte Alienor Genugtuung, davon zu hören, aber kein Vergnügen. »Es liegt in Louis' Interesse, Zwietracht zwischen Vater und Sohn zu säen«, sagte sie. »Im Moment mag er Harry unterstützen, aber als Fels in der Brandung kann man auf ihn nicht bauen, wie ich aus eigener Erfahrung weiß. Was noch?« Sie schenkte William einen Becher Wein ein und wartete, bis er ein paar Schlucke getrunken hatte. Der Feuerschein schimmerte auf seinem kräftigen Hals und den noch immer in seinem Haar zitternden Regentropfen.

»Matthew und Philip von Flandern haben sich auf die Seite meines Herrn geschlagen, genau wie der König von Schottland und die Earls von Leicester und Norfolk. England steht am Rand einer Rebellion und die Normandie ebenfalls. Mein Herr zeigt sich unversöhnlich.«

»Es tut mir leid, dass es so weit gekommen ist.« Alienor rieb sich die Arme. Obwohl sie nah am Feuer stand, spürte sie, wie die Kälte von ihrem Körper Besitz ergriff. »Jetzt muss ich mich zwischen meiner Pflicht als Königin meinem Mann gegenüber und meiner Liebe und Treue zu unseren Erben entscheiden.« Da ihre Söhne ihre Zukunft darstellten und Henry sie zutiefst gekränkt hatte, lag ihre Entscheidung auf der Hand. »Ich vertraue Euch«, sagte sie zu William. »Ich vertraue auf Eure absolute Loyalität mir und meinen Söhnen gegenüber.«

»Madam, ich habe Euch und meinem jungen Herrn die Treue geschworen«, erwiderte William unbeirrt. »Mir machen diese Spaltungen innerhalb des Reiches Sorgen, aber ich stehe zu meinem Wort.« Er stand von der Bank auf und sank auf die Knie. »Ich leiste Euch diesen Eid erneut. Ich werde meinen Herrn mit meinem Leben beschützen und ihm bis zum Tod dienen.«

Alienor nahm seine noch regenkalte Hand zwischen die ihren und gab ihm den Friedenskuss. »Wir wollen hoffen, dass es nicht zum Schlimmsten kommt, aber ich nehme Eure Dienste an, und Ihr werdet dafür belohnt werden, das verspreche ich Euch.«

William nahm wieder Platz. »Mein Herr wünscht, dass die Lords Richard und Geoffrey zu ihm nach Frankreich kommen. Aus diesem Grund hat er mich nach Poitiers geschickt – um sie in Sicherheit zu bringen, und Euch auch, wenn das Euer Wunsch ist.«

Alienor grub die Nägel in ihre Handfläche. Harry wollte also das Familienoberhaupt werden, und Louis wollte all die jungen Grünschnäbel um sich scharen – auf ihre Person legte er allerdings keinen Wert, wie sie vermutete. Es würde eine unangenehme Überraschung für ihn werden, wenn sie zusammen mit ihren Söhnen bei ihm auftauchte. Mit der Vorstellung, Richard und Geoffrey nach Frankreich gehen zu lassen, hatte sie bereits gerungen und sich gefühlt, als wäre sie in einer Kiste gefangen, deren Deckel gerade geschlossen wurde.

»Sie sind noch keine Männer, auch wenn sie sich dafür halten«, gab sie zu bedenken. »Sie sind anfällig für die Manipulationsversuche anderer. Harry mag sich einbilden, die Kontrolle übernehmen zu können, indem er sich gegen seinen Vater auflehnt, aber Henry hat das Glück des Teufels, und ich weiß, was für ein hervorragender Kämpfer und Ränkeschmied er ist. Harry und Louis gehen diese Fähigkeiten ab. Richard wird sie sich im Lauf der Zeit aneignen, aber er zählt erst fünfzehn Jahre, und Geoffrey ist noch jünger.«

William räusperte sich. »Wenn sie hierbleiben, wird der König kommen, um sie in seine Gewalt zu bringen«, meinte er düster.

Und niemand konnte vorhersehen, was Henry dann tun würde. Er hatte bereits seine Absicht enthüllt, sie auszuschließen und Aquitanien an sich zu reißen. Warum sollte sie sich unter diesen Umständen auf seine Seite stellen? Dann war es doch besser, wenn Aquitanien an Frankreich fiel. »Sucht Euch einen Schlafplatz für die Nacht«, sagte sie. »Und haltet Euch bereit, bei Tagesanbruch mit meinen Söhnen aufzubrechen.«

Er erhob sich und verbeugte sich. »Und Ihr, Madam?« Besorgnis zeichnete sich in seinen Augen ab. »Was werdet Ihr tun?«

Sie schüttelte den Kopf. »Ich werde nicht abreisen, wenn es nicht zwingend notwendig ist, aber ich will meine Jungen in Sicherheit wissen.« Sie biss sich auf die Lippe. »Das geht alles zu weit und zu schnell, William. Möge Gott uns alle vor dem Sturm beschützen.«

Bei Tagesanbruch regnete es immer noch, aber nur leise nieselnd, und die Luft war mild. Alienor, die zusah, wie die Stallburschen die Packpferde beluden, fühlte sich, als würde ihr etwas Wichtiges entrissen. Zugleich war sie jedoch erleichtert, dass ihre Söhne bald Henrys Zugriff entzogen sein würden.

Richard kam zu ihr. Über seinem Umhang trug er ein Cape aus gewachstem Leinen, das ihn trocken halten sollte. »Pass auf dich auf.« Sie umarmte ihn fest. »Und denk daran, dass ich dich jeden Tag in meine Gebete einschließe.«

»Wie ich dich in meine, Mama.«

»Pass auch auf Geoffrey auf.« Sie waren noch so jung. Vierzehn und fünfzehn. Das war kein Alter, um in solche Zwistigkeiten verstrickt zu werden; sie lernten schwierige und bittere Lektionen, die ihnen nicht von Nutzen waren, auch wenn sie dabei Lebenserfahrungen sammelten. Richard hielt alles für ein großes Abenteuer, sein Gesicht glühte, und seine Augen funkelten.

Seinem Naturell gemäß blieb Geoffrey zurückhaltend und beherrscht. Es war oft schwer zu ergründen, was er dachte, wohingegen sie Richards Gedanken und Handlungsweisen fast greifbar spüren konnte. Wenn Eva aus Adams Rippe geschaffen worden war, dann fühlte sie sich, als wäre Richard aus der ihren geformt. Sie drückte Geoffrey an sich, und er erwiderte die Umarmung flüchtig, ging kaum über Konvention und Höflichkeit hinaus, und seine dunkelgrauen Augen waren unergründlich.

Als sie die beiden unter der wachsamen Aufsicht von William Marshal in die Regenschwaden hinausreiten sah, barst ihr Herz beinahe vor Schmerz. Hatte sie das Richtige getan? Sie wusste es nicht mehr. Geoffrey blickte sich nicht noch einmal um, aber Richard drehte sich anmutig im Sattel, um sie zu grüßen, und dann waren sie fort, von ihrem Reiseweg verschluckt, und sie blieb allein zurück.

43

Poitiers, Januar 1173

Alienor saß im Garten auf ihrer Lieblingsbank und war umgeben von einer Pergola, die mit roten Rosen aus Palermo bewachsen war. Der König von Sizilien hatte ihr die Bank vor vielen Jahren zum Geschenk gemacht. Dieses Fleckchen Erde war ein friedlicher Zufluchtsort vor den Rebellionen, Unstimmigkeiten und Streitereien außerhalb der sonnenüberfluteten Mauern. Ein Brief lag in ihrem Schoß, und sie wusste, dass diese Tumulte in ihr Refugium schwemmen würden, sobald sie den Brief öffnete.

Dieser Sommer war von sporadischen Kämpfen und Aufständen gegen Henry bestimmt gewesen. In England hatten sich die Earls von Norfolk, Leicester, Derby und Chester gegen ihn aufgelehnt. König William von Schottland war Richtung Süden marschiert, und die Grafen von Boulogne und Flandern waren in das Land eingefallen.

In Poitiers hielt Alienor in ihrer prächtigen neuen Halle Hof und sortierte die Nachrichten von den Auseinandersetzungen und kriegerischen Handlungen, dem Klatsch und den Gerüchten. Sie wurde beschuldigt, die Revolution entfacht zu haben: Ihre Söhne waren noch nicht alt genug, um aus eigenem Antrieb eine Rebellion anzuzetteln, also stand fest, dass sie sie manipulieren musste und der Verrat von ihr ausging. Solche voreingenommenen Ansichten von Henrys Anhängern hatten ihr viel Anlass zu boshafter Heiterkeit gegeben.

Der Brief trug das Siegel von Rotrou, dem Erzbischof von Rouen, einem von Henrys besonderen Freunden. Er war jedoch ein Mann, dem sie stets tiefen Respekt entgegengebracht hatte.

»Willst du ihn nicht öffnen?« Isabel schnitt einen Faden von der Stickerei ab, an der sie arbeitete.

Alienor verzog das Gesicht. »Wenn ich ehrlich sein soll, bin ich versucht, ihn einfach zu verbrennen«, sagte sie, nahm sich jedoch zusammen und brach das Siegel. Nachdem sie das Pergament auseinandergefaltet hatte, las sie laut vor, was der Erzbischof geschrieben hatte.

An Alienor, Königin von England, von Rotrou, Erzbischof von Rouen und seinen Suffragettenbischöfen. Auf der Suche nach Frieden entbiete ich Euch meine Grüße.

Sie quittierte die Worte mit einer Grimasse.

Die Ehe ist eine festgefügte und unauflösbare Verbindung. Dies ist allgemein bekannt, und kein Christ darf sich die Freiheit herausnehmen, sich darüber hinwegzusetzen. Was Gott zusammengefügt hat, soll der Mensch nicht trennen. Die Frau, die ihren Mann verlässt und dieses heilige Band nicht in Ehren hält, lädt Schuld auf sich. Eine Frau, die sich ihrem Mann nicht unterwirft, verstößt gegen das Gesetz der Heiligen Schrift: ›Der Mann aber ist das Haupt der Frau.‹ Sie ist aus ihm erschaffen, sie ist mit ihm verbunden, und sie ist ihm untertan. Wir bedauern öffentlich und voller Wehmut, dass Ihr Euren Mann verlassen habt und, was noch schwerer wiegt, den Kindern Seiner Majestät des Königs und Eurer Majestät den Weg geebnet habt, sich gegen den Vater aufzulehnen.

Wir wissen, dass Ihr, wenn Ihr nicht zu Eurem Mann zurückkehrt, zur Ursache weit verbreiteten Unheils werden könnt. Euer Handeln wird zum Ruin aller Menschen in diesem Königreich führen. Deshalb, erlauchte Königin, kehrt zu Eurem Mann und unserem König zurück. Mit Eurer Versöhnung wird der Friede wiederhergestellt werden, und mit Eurer Rückkehr wird auch die Freude für uns alle zurückkehren. Wider aller Pflichten und aus kindischen Plänen heraus beschwört Ihr Unheil und Verderben auf das Haupt Seiner Majestät des Königs herauf. Kommt zurück, bevor diese Sache ein böses Ende nimmt. Wir sind sicher, dass er sich Euch gegenüber gütig zeigen und Euch absolute Sicherheit garantieren wird. Ich bitte Euch, Euren Söhnen zu raten, sich ihrem Vater gegenüber gehorsam und respektvoll zu verhalten. Er war vielen Sorgen, Kränkungen und Klagen ausgesetzt. Entweder kehrt Ihr zu Eurem Mann zurück, oder wir müssen uns auf das Kirchenrecht berufen und kirchliche Strafmaßnahmen gegen Euch einleiten. Wir kündigen dies nur ungern an, aber wenn Ihr nicht zur Vernunft kommt, bekümmert es uns sehr, zu diesen Mitteln greifen zu müssen.

Als sie zu Ende gelesen hatte, zitterte Alienor vor Wut, Furcht und Abscheu.

Isabel war totenblass, ihre Augen hatten sich geweitet. »Heilige Mutter Maria!« Sie berührte Alienors Hand. »Das ist ja furchbar. Gibt es denn keinen Ausweg?«

»Oh doch«, gab Alienor grimmig zurück. »Henrys Ausweg. Ich werde zum Sündenbock gemacht; ich höre die Ketten schon klirren.«

Mit dem ersten Brief war ein zweiter gekommen, der Henrys Siegel trug und ein Geschenk in Form eines Rosenkranzes mit Perlen aus Bernstein und Bergkristall enthielt. Alienor war versucht, die Edelsteine in den nächstbesten Misthaufen zu schleudern, aber sie bezwang sich; sie waren wertvoll, und sie konnte sie verkaufen oder jemanden damit bestechen. Henry begrüßte sie als ›seine liebe Frau‹, woraufhin sie bittere Galle hinunterschlucken musste.

Ich vertraue darauf, dass du deine Pflicht mir gegenüber kennst und alles in deiner Macht Stehende tust, um unsere Söhne zur Vernunft zu bringen, damit sie einsehen, dass sie einen falschen Weg eingeschlagen haben. Ich zweifle in dieser Angelegenheit nicht an deiner Aufrichtigkeit, aber solltest du dich doch als unaufrichtig erweisen, werde ich dich dementsprechend behandeln.

Und dann eine Abschiedsfloskel. Wie war es so weit gekommen? Wie hatte sie sich in eine solche Lage bringen lassen können?

»Harry wird genauso sehr auf mich hören wie sein Vater, nämlich überhaupt nicht«, sagte sie. »Ich bin diejenige, die zwischen den beiden zu Sand zerrieben wird, obwohl alles ihre Schuld ist, nicht meine. Sie machen mich für ihre Fehler verantwortlich.«

»Aber wenn du zu Henry gehen und dich ihm zu Füßen werfen würdest, würdest du dich retten«, meinte Isabel. »Dann bliebe Harry, Richard und Geoffrey nichts anderes übrig, als in den Schoß der Familie zurückzukehren. Wenn du dich Henry weiterhin widersetzt, kommt das einem Sprung von einer Klippe gleich.«

Alienor biss die Zähne zusammen. »Du rätst mir also, zu ihm zurückzugehen?«

»Was wäre die Alternative?«

Alienor blickte zu einer Stelle hinüber, an der das Sonnenlicht zwischen den Blättern eines Kirschbaums hindurchschimmerte, desselben Baums, bei dem sie als kleines Mädchen gespielt hatte. Auch hatte der Erzbischof von Bordeaux ihr dort mitgeteilt, dass ihr Vater tot und sie im Alter von dreizehn Jahren Herzogin von Aquitanien geworden war.

»Die Alternative besteht darin, ihm die Stirn zu bieten«, entgegnete sie. »Wenn ich zu ihm zurückkehre, macht das keinen Unterschied. Er wird mich so behandeln, wie er es schon immer getan hat, und mir wird immer noch die Schuld zugeschoben.« Sie berührte Isabels Arm. »Für dich wäre es besser, wenn du abreist. Geh in die Touraine, hier ist es für dich nicht sicher. Bring John und Joanna für mich nach Fontevrault – und Marguerite auch, sie kann hier nicht bleiben. Alle müssen fortgehen.«

»Alienor, tu das nicht«, flehte Isabel. »Henry ist ein gesalbter König und dein Mann.«

»Harry ist gleichfalls ein gesalbter König und mein Sohn«, versetzte Alienor. »Henry hat das Anrecht auf meine Loyalität verwirkt, als er meine Vormachtsstellung in Aquitanien ignoriert hat. Er hat mich an meine Grenzen getrieben, weshalb es mir jetzt so leichtfällt, sie zu überschreiten. Es ist ja gut und schön für dich, von dem Gehorsam zu sprechen, den eine Frau ihrem Mann schuldet, aber du betrachtest alles vor dem Hintergrund deiner Ehe mit Hamelin, der in deinen Augen nichts falsch machen kann. Sag jetzt nicht, er ist dein Mann, und es ist deine Pflicht, ihm zu gehorchen, das sieht nämlich ein Blinder.« Bei den letzten Worten kräuselte sich ihre Lippe, und Bitterkeit wallte in ihr auf, gefolgt von Reue, als sie den Schmerz in Isabels Augen sah. »Um deinet- und meinetwillen musst du gehen.«

Isabel legte ihre Näharbeit zur Seite und umarmte Alienor

liebevoll, wodurch deren Schuldgefühle noch größer wurden.

»Gut, morgen«, sagte sie. »Ich werde mich nicht in Unfrieden und Zorn von dir verabschieden. Du bist meine Schwägerin, und du bist meine Freundin – egal was kommt.«

Alienors Kehle schnürte sich zu. »Sprich nicht weiter, du dummes Ding.« Sie drückte Isabel ihrerseits an sich. »Du bringst mich sonst zum Weinen, und das kann ich mir nicht leisten. Ich brauche all meine Kraft, und ich weigere mich, in Tränen zu zerfließen. Meine Entscheidung steht fest, und nichts, was du sagst oder tust, wird etwas daran ändern…« Sie schluckte und schob Isabel behutsam weg. »Wir wollen nicht darüber sprechen. Stattdessen werden wir feiern.«

In aller Eile wurde ein Abschiedsfest organisiert, das später als zur üblichen Abendmahlszeit stattfand. So hatten die Köche Zeit, Zuckergebäck, Eintöpfe, geröstetes Fleisch und in Honig eingelegte Früchte zuzubereiten. Alienor hatte die Tische im Garten aufstellen und Laternen in die Bäume hängen lassen. Lampen warfen ein goldenes Licht über die Tische, und auf jedem steinernen Sockel und jeder Oberfläche flackerten Kerzen, bis der Garten in der einsetzenden Dämmerung einem glitzernden Meer aus Sternen glich, die vom Himmel herabgefallen waren.

Die Lieder und die Musik Aquitaniens flossen aus Lauten und Flöten und wurden von den reinen, gefühlvollen Stimmen von Hofspielmännern und Troubadouren vorgetragen. Lieder von Sehnsucht und Verlangen, von Frühling und erblühenden Weißdornknospen, von erwiderter und verschmähter Liebe. Skurrile Geschichten wurden erzählt, bis lautes Gelächter durch den Garten schallte. Die Gäste verzehrten die Speisen und tranken aus Bechern aus tyrischem Glas süffige Weine aus Bordeaux. Es wurde getanzt, und die Kinder, die vor Aufregung außer Rand und Band waren, rannten kreischend umher und spielten Fangen oder Verstecken. In Alienor stiegen bittersüße Erinnerungen an ihre Kindheit mit ihrer Schwester Petronilla und ihrem kleinen Bruder Aigret auf. Einst waren sie die Kleinen gewesen, die um die Säulen herumgetobt waren, während die Erwachsenen tafelten, unter den Sternen Musik hörten und über Geschäftliches und Belangloses sprachen. Diese Erinnerungen vermittelten ihr das Gefühl, richtig gehandelt zu haben, und sie verspürte eine schmerzliche Trauer, da sie wusste, dass am nächsten Morgen alles vorbei sein und vielleicht nur in ihrer Erinnerung wiederkehren würde.

»Seid brav und hört auf Eure Tante Isabel«, ermahnte Alienor John und Joanna, als sie ihre Reiseumhänge zurechtzupfte und beide küsste. »Ich weiß, dass ihr diese Reise schon einmal mit euren Vettern unternommen habt, aber trotzdem ist es ein langer Weg.«

Beide Kinder nickten, obwohl John ungeduldig schnaufte, da er sich als großen Jungen betrachtete, der nicht mehr gehätschelt werden musste. Joanna schielte bereits über ihre Schulter hinweg zu ihren wartenden Basen hinüber. Es versetzte Alienor einen Stich, dass ihre Kinder es so eilig hatten fortzukommen. Aber sie mochten ihre Vettern und Basen und ihre Tante Isabel, und das war gut für sie. Ihr eigener Kummer war im Moment nicht wichtig. Ihre Söhne befanden sich am Hof ihres früheren Mannes, ihre Ehefrauen und zukünftigen Ehefrauen waren in der Sicherheit von Fontevrault am besten untergebracht. Sie umarmte die jungen Frauen und schärfte ihnen ein, aufeinander aufzupassen. Dabei registrierte sie gerührt, dass Marguerites Augen in Tränen schwammen.

»Komm schon«, sagte sie brüsk, »du bist eine Königin,

du musst anderen mit gutem Beispiel vorangehen und ihnen Kraft geben. Sie werden dich als Vorbild betrachten und sich von dir den Weg weisen lassen wollen.«

Marguerite schniefte und wischte sich mit dem Ärmel mehrmals über die Augen. »Ja, Madam«, erwiderte sie mit gepresster Stimme, hob den Kopf und straffte die Schultern, und in diesem Moment begann sich Alienor für ihre Schwiegertochter zu erwärmen.

Isabel nahm John und Joanna in ihre Obhut und scheuchte sie mit ausgebreiteten Armen vor sich her, so dass ihr Umhang den Flügeln einer Mutterglucke glich. Ihre im Hof wartende Reisekutsche war mit dem blaugoldenen Würfelmuster des de Warenne-Wappens bemalt. Die Abdeckung ließ sich teilweise aufrollen, um den Insassen einerseits Licht und Luft, andererseits aber auch ein gewisses Maß an Privatsphäre zu verschaffen. Die Kinder und die junge Königin stiegen ein und nahmen die kleinen Schoßhunde mit in den Wagen, während die Jagdhunde nebenherliefen.

Eine größere Abordnung der de Warenne-Ritter stand bereit, um ihre Gräfin Richtung Norden nach Anjou zu eskortieren. Auch sie trugen das Blau und Gold des Familienwappens.

Alienor schenkte Isabel einen Smaragdring, den diese schon lange bewunderte. Isabel revanchierte sich mit einer weichen Wolldecke in Lavendel- und Grünschattierungen, deren Wolle in ihren eigenen Ländereien in Yorkshire gesponnen und gewebt worden war.

»Ich wickele mich darin ein, wenn ich friere und nicht schlafen kann, und das ist mir immer ein Trost«, sagte sie. »Ich möchte, dass du dasselbe empfindest und an mich denkst, wenn du sie dir umlegst.«

Alienor schluckte. Es war nur ein einfaches Stück Tuch,

doch das, wofür es stand, war unbezahlbar. »Das werde ich, ich verspreche es dir«, erwiderte sie mit Tränen in den Augen.

»Gott schütze dich«, murmelte Isabel, »und hoffentlich sehe ich dich bald unter glücklicheren Umständen wieder.«

»Das hoffe ich auch, meine Schwester.«

Alienor blieb im Hof stehen, bis die Reisekutsche und ihre Eskorte außer Sicht waren. Dann schlang sie sich die Decke um die Schultern, verschränkte die Arme über ihrem Herzen und kehrte in ihre Halle zurück. Nun, wo alle fort waren, war der weitläufige Raum ein Ort der Stille, an dem nur noch ihre eigenen Schritte von den Fliesen widerhallten, ohne dass es jemand hörte.

In Poitou drehte sich das Rad der Jahreszeiten vom Sommer hin zum Herbst, aber die kalten Tage ließen auf sich warten, und das Laub der Bäume blieb bis lange in den September hinein grün, bevor es langsam zu einem spröden, trockenen Gold welkte.

Boten trafen mit Nachrichten ein und ritten mit prall gefüllten Ranzen wieder fort. Verneuil war niedergebrannt worden. Alienor erfuhr, dass Henry eine seiner goldenen Kronen verkauft hatte und eine große Anzahl brabanzonischer Söldner anheuerte, um seinen Willen durchzusetzen und jegliche Anzeichen von Rebellion im Keim zu ersticken. Durch seine Schnelligkeit und den finanziellen Aufwand gelang es ihm, seine Herrschaft in Maine und Anjou bis hin zur poitevanischen Grenze zu sichern. England befand sich in einem Zustand ständiger Bewegung, aber die Rebellen hatten nicht die Oberhand gewinnen können. Tatsächlich erwies sich Henrys unehelicher Sohn Jeoffrey als fähiger General, der Siege über die englischen Aufständischen zu verzeichnen hatte. Er war weit davon entfernt, seiner Rolle als Erzdiakon gerecht zu werden und sich der Geistlichkeit zuzuwenden. In Gisors waren Verhandlungen über eine friedliche Lösung gescheitert, weil sich Harry, Richard und Geoffrey weigerten, die Forderungen ihres Vaters zu erfüllen. Der junge Earl of Leicester war sogar so weit gegangen, Henry Gewalt anzudrohen, so sehr hatten die Fronten sich verhärtet.

Alienor las den letzten Brief in ihrer Kammer am offenen Fenster. Die milde Oktoberluft schien nicht zu den verhängnisvollen Neuigkeiten zu passen, auf die sie hinabstarrte. Die rebellischen Earls von Leicester und Norfolk hatten eine Schlacht geschlagen und bei Fornham Saint Genevieve in der Nähe des Schreins des heiligen Edmunds eine schwere Niederlage erlitten. Der Earl of Leicester war zusammen mit seiner Frau in Gefangenschaft geraten. Seine Frau war in ein Kettenhemd gekleidet mit ihm in den Kampf gezogen, überwältigt worden und hatte ihre goldenen Ringe in den Hochwasser führenden Fluss Witham geworfen, damit ihre Häscher sie ihr nicht von den Fingern reißen konnten.

Alienors Herz wurde schwer. Seit die Verhandlungen von Gisors gescheitert waren, erwog sie unablässig, Poitiers zu verlassen und sich zu ihren Söhnen nach Frankreich zu begeben. Sie hatten sie dazu gedrängt, weil sich Henry in Chinon aufhielt und möglicherweise mit seinen Söldnern Aquitanien angreifen würde. Auf die Loyalität ihrer eigenen Barone konnte sie nicht bauen. Einige würden standfest bleiben, andere die Gelegenheit nutzen, sich von den Fesseln ihres Lehnseides zu befreien und auf ihre Kosten ihre eigenen Ländereien auszudehnen.

Alienor biss sich auf die Lippe. Sie konnte zu Henry gehen und versuchen, das Feuer der brennenden Brücken zwischen ihnen zu löschen, aber die Vorstellung, ihm als Bittstellerin gegenüberzutreten, erfüllte sie mit tiefem Widerwillen.

Sie konnte nach Paris reiten und versuchen, ihre Söhne zu überreden, Frieden mit ihrem Vater zu schließen; doch da sich diese schon in Gisors unversöhnlich gezeigt hatten, bezweifelte sie, dass sie etwas erreichen würde. Oder sie konnte nach Paris gehen, um sich mit Louis zu verbünden und Henry bis zum bitteren Ende zu bekämpfen. Alle drei Möglichkeiten schienen mit vergifteten Widerhaken versehen zu sein. Wo konnte sie Frieden finden – wo Ruhe und Beständigkeit? Was auch immer sie tat, sie war verdammt.

Auch wenn sie unschlüssig war, wusste sie sehr wohl, dass sie nicht in Poitiers bleiben konnte. Sie rief die Mitglieder ihres Haushalts zusammen und gab Anweisung, für eine Reise Richtung Norden zu packen.

»Wie lautet unser Ziel, Madam?«, fragte Saldebreuil de Sanzay. Sein einst pechschwarzes Haar war jetzt weiß gesträhnt wie das Fell eines Dachses, und um seine lebhaften dunklen Augen zogen sich die Fältchen einschneidender Erfahrungen.

Alienor runzelte die Stirn. »Ich habe mich noch nicht entschieden; wenn wir an die Straßenkreuzung kommen, werde ich es wissen.« Aber sie fragte sich, ob das wirklich der Fall sein würde. Da keine ihrer Möglichkeiten sonderlich verlockend war, konnte sie ebenso gut am Scheideweg verharren, ohne eine Wahl zu treffen.

Saldebreuil hob die Brauen. »Reist Ihr mit einem vollständigen Gepäcktross?«

»Ich reise so, wie es mir beliebt, also sicher nicht als Bettlerin«, erwiderte sie hoheitsvoll.

»Natürlich nicht, Madam. Selbst in den Kleidern, die Ihr jetzt tragt, würde man Euch nie für eine solche halten«, entgegnete er mit einer galanten Verbeugung. »Aber ich sollte wissen, was ich vorbereiten muss.«

Sie tippte sich mit dem Zeigefinger gegen die Lippen, während sie überlegte. Es war unpraktisch, alles mitzunehmen. Sie würde die leichteren Besitztümer einpacken, die sie auf keinen Fall Henrys Söldnern überlassen wollte, falls er Poitiers einnahm. Den Stuhl ihres Vaters, einen von ihrer Mutter angefertigten Wandbehang, den Inhalt der Schatzkammer, das Buntglas im Frauengemach oben im Maubergeonne-Turm. Sie würde die Sachen nach Fontevrault bringen lassen, damit sie dort verwahrt wurden, denn Henry würde sich dort nicht an ihnen vergreifen.

Er hatte ihr schon so viele kostbare Dinge genommen und sie unter seinen Füßen zertrampelt. Ihr Ansehen als Herzogin von Aquitanien, ihren Platz als seine rechtmäßige Gefährtin und mächtige Königin. Alles war an Männer übergeben worden, die aus dem Staub und manchmal gar aus der Gosse emporgekommen waren. Sie wusste, dass er imstande war, sich ihrer zu entledigen, und während sie über Saldebreuils Frage nachdachte, begriff sie, dass ihr eigentlich keine andere Wahl blieb, als sich auf die Seite ihrer Söhne zu stellen.

»Das ganze Gepäck nach Fontevrault«, sagte sie. »Dafür werdet Ihr Karren brauchen. Ich reite nur mit Packpferden.«

Alienor wanderte auf dem Palastgelände umher und nahm Abschied von dem Leben, das sie bisher kannte. Als dreizehnjähriges Mädchen war sie von Poitiers nach Paris aufgebrochen, aber an diesem Tag war sie die zukünftige Königin von Frankreich und Königsgemahlin gewesen, kein Flüchtling auf der Suche nach Zuflucht und Beistand. Ihr Herz war stumpf vor Schmerz. Sie war so weit gereist und hatte so wenig erreicht.

Hier war der Maubergeonne-Turm, wo ihre Großmutter als Mätresse ihres Großvaters gelebt hatte. Der Raum war kahl und leer, das Fensterglas sorgfältig entfernt und die Bleifassung in Tücher gewickelt und in einem der Tragekörbe verstaut worden. Der Wind pfiff durch die Lücken der Öffnungen, die jetzt mit gewachstem Leinen verhangen waren. Wenn sie angestrengt genug lauschte, konnte sie das Echo von Stimmen und Gelächter hören. Am Rand ihres Blickfeldes konnte sie ihre Großmutter sehen, die in einem losen scharlachroten Gewand auf dem Bett ruhte. Ihre Lippen wiesen Flecken von dem Saft der süßen dunklen Kirschen auf, die sie aß, während sie den betörenden Liedern der Troubadoure lauschte. Alienor erinnerte sich an ihre Kindheit, das Versteckspiel mit Petronilla, bei dem sie Nischen, Winkel und die besonderen geheimen Ecken des Turms erkundet hatten. Es war diese Kammer gewesen, in die sich Petronilla Jahre später geschlichen hatte, um sich mit ihrem französischen Liebhaber zu treffen. Der Widerhall von Wut und Betrug, Lust und vergossenem Blut war hier stark; dies war mehr ein Ort der Schatten als des Lichts. Alienor erschauerte auf der Schwelle, als sie sich ein letztes Mal umdrehte, und fragte sich, ob sie wohl je zurückkehren würde.

Ihre Eskorte wartete im Hof. Die Pferde und Packtiere waren aufgezäumt und bereit, die Tragekörbe waren gepackt und die Sättel abgedeckt. Alienor streichelte die Nase ihrer gescheckten Stute und zog Trost aus dem nach Heu duftenden Atem und dem weichen Maul des Tieres. Sie ließ sich mit einem knappen Nicken von Saldebreuil in den Sattel helfen. Als sie auf dem Pferd saß und ihr karminrotes Gewand um sich drapiert hatte, streifte sie einen Lederhandschuh über und ließ sich von ihrem Falkner Blaunchet reichen. Der Gerfalke schlug zweimal mit den Flügeln, krallte sich dann in dem Handschuh fest und saß still. Von dem wilden Blick und dem Gewicht des Vogels beflügelt, hob Alienor den Kopf und blickte stolz und würdevoll zum Tor. Sie nickte gebieterisch, woraufhin Saldebreuil salutierte, sich in den Sattel schwang und die Truppe vom Palast wegführte. Die flatternden Banner hoben sich von einem tiefblauen, mit umherfliegenden goldenen Herbstblättern übersäten Himmel ab. Alienor verließ Poitiers in voller Pracht; es war eine Triumphparade, kein Rückzug.

Am ersten Tag legten sie zwanzig Meilen bis Châtellerault zurück, wo sie die Nacht verbrachten. Bei Tagesanbruch erwachte Alienor vom Geräusch des Windes, der Regen gegen die Fensterläden prasseln ließ. Sie fühlte sich an Regentage in England erinnert, als sie aufstand und sich für die nächste Reiseetappe ankleidete. Das Wetter passte zu dem Moment. Gestern war sie von Trotz erfüllt gewesen, als sie als stolze Herzogin von Aquitanien Poitiers mit wehenden Bannern und ihrem weißen Gerfalken auf dem Handgelenk verlassen hatte. An diesem Morgen war das Feuer erloschen, und sie wurde mit der abkühlenden Glut und der Asche der Realität konfrontiert.

Sie ging zu der Sitzstange neben dem Fenster, setzte Blaunchet auf ihr Handgelenk und fütterte sie mit kleinen Stückchen Kaninchenfleisch. Während sie das schimmernde Brustgefieder des Falken streichelte und durch das verzerrte Fensterglas in den strömenden Regen hinausblickte, wünschte sie, sie könnte sich hoch in die Lüfte schwingen.

»Madam, wenn der Regen nicht nachlässt, bezweifle ich, dass wir heute dreißig Meilen schaffen«, orakelte Saldebreuil düster, als sie zum Frühstück heißen Weizenbrei mit getrockneten Früchten und Gewürzen verzehrten.

»Wir müssen einfach unser Bestes tun und uns beeilen, so gut es geht«, erwiderte Alienor. »Auf der Reise nach Jerusalem haben wir Schlimmeres durchgemacht, Ihr und ich.«

Saldebreuil warf ihr einen sarkastischen Blick zu. »Damals waren wir fünfundzwanzig Jahre jünger.«

»Aber jetzt verfügen wir über mehr Erfahrung, und die Bedingungen sind besser, weil wir die Gegend kennen. Wir stehen schließlich noch nicht im Greisenalter.« Sie musterte ihn mit belustigtem Ärger. Ihr Burgvogt hasste den Regen genauso sehr wie eine Katze, und schlechtes Wetter verdarb ihm regelmäßig die Laune.

»Madam, Ihr werdet nie im Greisenalter stehen, doch bei mir bin ich mir nicht so sicher«, entgegnete Saldebreuil. »Aber ich werde mir alle Mühe geben, mit Euch mitzuhalten.«

Ein durchnässter Bote traf mit der Nachricht ein, dass Kundschafter aus Henrys Armee im Norden gesichtet worden waren und dass brabanzonische Überfalltrupps aus Chinon wenigstens zwei Dörfer niedergebrannt hatten.

»Dann müssen wir schnellstmöglich weiterreiten und auf der Hut sein«, meinte Alienor. Nach einem weiteren Blick hinaus in das schlechte Wetter ersetzte sie ihr Reitgewand vom Vortag durch Männerkleidung – eine warme Hose und feste Stiefel unter einem Umhang mit Kapuze aus gewachstem Leder. Es war nicht gerade die Robe einer Königin, aber sie mussten rasch vorwärtskommen, ganz gleich, ob es regnete oder nicht.

Im Hof stieg Alienor auf ihre Stute und bereitete sich auf den Aufbruch vor. Blaunchet war in einem zugedeckten Käfig auf eines der Packpferde verbannt worden. Heute herrschte eine Atmosphäre brüsker Geschäftigkeit, der kein Hauch von Festtagsstimmung mehr anhaftete.

Die Gruppe reiste so rasch, wie es die schlammigen Straßen erlaubten. Kundschafter ritten voran, um die Route zu überprüfen. Der Wind ließ nach, und der Regen ebbte zu einem stetigen Nieseln ab. Saldebreuil beugte sich tief über seinen Sattel und senkte den Kopf wie eine Eule in der Mauser. Alienor zog sich in sich selbst zurück und grübelte darüber nach, was sie tun sollte. Wenn ihre Söhne ihren Vater besiegten, was würde dann mit ihm geschehen? Sie konnten Henry schwerlich einkerkern; dies einem gesalbten König, ihrem eigenen Vater, anzutun, war undenkbar. Ihn nach Outremer schicken? Henrys eigener Großvater war im gleichen Alter gewesen, als er ein neues Leben als König von Jerusalem begonnen hatte. Aber sie konnte sich nicht vorstellen, dass Henry diese Alternative akzeptieren würde, auch wenn er geschworen hatte, sich dorthin zu begeben. Das war eine Schau für die Öffentlichkeit gewesen, nicht etwa eine ernsthafte Absicht. Wenn sie einen Friedensvertrag besiegelten, würden die darin enthaltenen Zugeständnisse nicht lange von Bestand sein, weil Henry nie sein Wort hielt – oder nur so lange, wie er musste. Er würde unverzüglich versuchen, wieder die Oberhand zu gewinnen. Solange noch ein Funken Leben in ihm war, würde er nicht aufgeben, und bei dem Gedanken daran fühlte sie sich leblos.

Der Herbsthimmel verdunkelte sich, und der Regen nahm kein Ende. Er durchdrang schließlich die Umhänge, durchweichte Tuniken sowie Leinenzeug und ließ die Haut feucht und klamm werden, bis Alienor am ganzen Körper zitterte.

In der verregneten Dämmerung bemerkte sie eine plötzliche Bewegung vor ihnen auf der Straße: das Glitzern von Kettengeflecht und die aufflammende Bemalung eines Schildes. Saldebreuil brüllte eine Warnung, und ihre Männer griffen nach ihren Waffen. Sie wendete ihre Stute, um den Weg zurückzugaloppieren, den sie gekommen waren, doch ihr Ritter Guillaume Maingot packte ihre Zügel.

»Ich halte es für das Beste, wenn Ihr hierbleibt, Madam.«

Regen rann von der Nasenschiene seines Helms. »Ihr könntet Euch im Wald verirren, oder Euer Pferd könnte Euch abwerfen.«

Seine Augen blickten ausdruckslos und stählern, und sie spürte einen eisigen Schauer des Schocks an ihrem Rückgrat hinunterlaufen. »Ihr Verräter!«, zischte sie. Sie versuchte ihr Pferd wegzureißen, woraufhin sich die Stute mit wild auskeilenden Vorderbeinen aufbäumte. Maingot hielt sie mit aller Kraft fest, während die Ritter, die die Straße blockiert hatten, näher kamen und sie umzingelten. Ein weiterer Mann aus ihrem Gefolge, Porteclie de Mauzé, drängte sich an ihre andere Seite und sorgte dafür, dass sie in der Falle saß.

Alienor war in einen Hinterhalt gelockt worden, ihre Truppe befand sich in der Unterzahl, und sie waren nicht in der Lage zu fliehen. Ihnen blieb nichts anderes übrig, als sich zu ergeben. Maingot führte Alienors Stute zu dem Anführer der Ritter hinüber, die den Hinterhalt gelegt hatten. Trübes graues Licht fiel auf Helme und Rüstungen. Alienor schluckte bittere Galle hinunter. Eine weitere Handvoll ihrer Leibwächter, denen sie vertraut hatte, waren zum Gegner übergelaufen, und sie begriff jetzt, wie sehr sie getäuscht und verraten worden war. Sie hatten einfach den richtigen Zeitpunkt abgewartet.

»Madam, ich bin Thierry de Loudon«, verkündete der Mann, der ihr gegenüberstand, mit einer höflichen, aber mechanischen Verbeugung. »Ich bin gekommen, um Euch auf Geheiß des Königs unverzüglich zu einem sicheren Ort zu begleiten.«

Alienor wurde klar, dass sie, wie auch immer sie reagierte, wie eine Katze wirken würde, die eine Hundemeute anfaucht. Sie konnten sie in Stücke reißen, wenn ihnen der Sinn danach stand. »Und welcher Ort sollte das sein?«, wollte sie wissen und bemühte sich um majestätischen Hochmut in ihrer Stimme.

»Wir bringen Euch nach Chinon, Madam. Der König erwartet Euch dort.«

Sie kam sich vor, als sei sie von einem eisigen Kristallsplitter durchbohrt worden. »Womit werdet Ihr belohnt?«, fragte sie Guillaume Maingot schneidend. »Was hat er Euch versprochen, damit Ihr mich verratet? Land? Macht? Zu welchem Preis habt Ihr Eure Ehre verkauft, Mylord? Für dreißig Silberlinge?«

Er maß sie mit einem harten Blick, in dem weder Schuldbewusstsein noch Scham, sondern eher ein Hauch von Trotz lag. »Es geht nicht um Ehre, Madam, sondern um Überleben. Welchen Nutzen habe ich für künftige Generationen, wenn ich mich opfere wie die Männer in Eurem Gefolge, die man festnehmen und foltern oder ihrer Erbteile berauben wird? Da ist es besser, belohnt zu werden und eine Machtposition übertragen zu bekommen. Wenn andere lieber sterben, ist das ihre Sache.«

»Ich hoffe, Ihr schmort dafür in der Hölle«, zischte sie.

»Mit dieser Möglichkeit muss ich leben, aber es kann auch sein, dass Gott mich dazu ausersehen hat, Euch hierherzubringen, und ich nur Seinen Willen ausführe.«

Alienor presste die Lippen zusammen und blickte starr geradeaus, ohne etwas zu erwidern, weil er möglicherweise recht hatte und sie diesen Gedanken nicht weiterverfolgen wollte.

Als sie in Chinon ankamen, war es dunkel, und es regnete immer noch. Alienor wurde von ihrem Pferd gezogen und in die Burg gebracht. Tropfnass und vor Kälte und unterdrückten Emotionen zitternd, stand sie in der Halle, in der sie für gewöhnlich von dem hohen Podest aus gebieterische Befehle erteilt hatte. Ihre Häscher umringten sie, woraufhin sie sie nur verächtlich anfunkelte. Was dachten sie denn, wohin sie fliehen würde? Sie wusste, dass sie sie einkerkern würden – ob in ein Verlies oder in den Turm, blieb abzuwarten.

Sie war schon einmal in einer solchen Situation gewesen, als Gefangene ihres früheren Mannes, als sie in Antiochia bei ihrem Onkel hatte bleiben und die Ehe beenden wollen. Louis' Handlanger hatten sie gewaltsam entführt. Die Behandlung, die sie damals erfahren hatte, ließ sie jetzt innerlich vor Angst zittern, doch sie hielt sich kerzengerade und den Kopf hoch erhoben, um ihren Bewachern gegenüber keinerlei Furcht zu zeigen. Dennoch wurde ihr schwindelig vor Erleichterung, als sie sie in eine hoch oben in der Nähe der Brustwehr gelegene Kammer brachten.

Der Raum war eiskalt und nicht möbliert, aber als sie ihn betrat, kamen Diener mit einer mit Stroh gefüllten Matratze, einer Decke, einem Eimer für ihre Notdurft, einem Krug Wein und einem kleinen Laib Brot. Der schwache Schein einer Stocklaterne, von deren zwölf Einheiten nur drei mit Öl gefüllt waren, erhellte die Dunkelheit. Es gab weder einen Kamin noch ein Kohlebecken, um Wärme zu erzeugen, und der Geruch nach Feuchtigkeit und Moder war erstickend.

»Madam, Ihr werdet hierbleiben, bis der König bereit ist, Euch zu sehen.«

Es war zwecklos, darauf zu pochen, dass sie kein Recht hatten, sie einzusperren, niemand würde ihr zuhören. »Dann bringt mir wenigstens Wasser zum Waschen und trockene Kleider aus meinem Gepäck«, sagte sie. »Oder wünscht der König, dass ich von Fieber geschüttelt vor sein Angesicht trete, das mich sicherlich befallen wird, wenn Ihr mich hier so zurücklasst?«

»Ich werde sehen, was ich tun kann, Madam«, erwiderte

de Loudon mit reservierter Höflichkeit, verließ zusammen mit seinen Gefährten den Raum und ließ den Schlüssel beim Verschließen der Tür demonstrativ klirren. Alienor rieb sich fröstelnd die Arme, aber das presste nur ihr feuchtes Gewand auf ihre Haut. Zwar hatte niemand sie misshandelt oder beleidigt, aber sie hatte keinen Blick ihrer Bewacher aufgefangen, in dem Mitleid oder die Bereitschaft, ihr zu helfen, gelegen hätte. Wenn ihre Mienen nicht unbeteiligt gewesen waren, hatte sich Feindseligkeit darin widergespiegelt. Sie war wahrhaftig von ihren Gegnern umzingelt.

Hier hatte sie so viel Zeit mit ihren Kindern verbracht. Diese Festung war ihr ein Heim und ein Zufluchtsort gewesen, doch jetzt stellten die Mauern ihr Grab dar und waren vielleicht das Letzte, was sie im Leben sehen würde. Ein grausamer Streich hatte sie aus der Heimat in eine Gefängniszelle und vielleicht in ihre Todeskammer befördert.

Sie drehte sich zu dem Fenster mit den geschlossenen Läden, fiel auf die Knie, faltete die Hände und betete in dem schwachen Lichtstrahl, der durch einen Ritz dort fiel, wo sich die Lamellen verzogen hatten. Sie betete zur Muttergottes und zum heiligen Martial – für sich, ihre Söhne und deren Befreiung. Und sie bat um die Kraft und den Mut, das zu ertragen, was auf sie zukam.

Viele Stunden später lag sie noch immer vor Kälte und Schock zitternd in dem Halbdunkel auf den Knien, als ihr ein Diener in Begleitung zweier stämmiger Wächter eine Schale Brühe brachte, das Öl in der Lampe nachfüllte und den Docht erneuerte. Sie erhielt ein paar Dinge aus ihrem Gepäck – ein sauberes Hemd, ein Gewand, einen Kamm und einen Schleier. Es gab keine Juwelen, keine duftenden Salben und Parfüms, nichts von alldem, was Alienor immer für selbstverständlich gehalten hatte.

»Wird mir keine Zofe zur Verfügung gestellt?«, erkundigte sie sich gebieterisch.

Keiner der Männer erwiderte etwas. Ihr Verhalten beantwortete Alienors Frage, bevor sie hinausgingen und sie einmal mehr in der Einsamkeit zurückließen.

Alienor hatte ihr Leben oft als Gefängnis empfunden, aber nun, da sie die Freiheit verloren hatte und niemand mehr ihre geringfügigsten Anweisungen befolgte, begriff sie, um wie viel schlimmer es noch kommen konnte. Sie sagte sich, dass sie immer noch eine Herzogin und Königin war. Egal was Henry ihr antat, das konnte er ihr nicht nehmen.

Sie erhob sich von ihren steifen, schmerzenden Knien und trank die Brühe, dabei suchte sie Wärme und Trost, indem sie die Hände um die Schale legte. Dann zog sie die trockenen Kleider an, schlang die Decke von dem Bett um sich, nahm ihre Gebete wieder auf und flehte Gott um Erbarmen an, da sie wusste, dass von Henry keines zu erwarten war.

Am nächsten Morgen brachte ihr ein anderer Diener mehr Brot und Wein sowie kaltes Wasser, damit sie sich Hände und Gesicht waschen konnte. Sie hatte keinen Hunger, aber sie würgte das Essen hinunter und wusch sich. Da niemand da war, um ihr Haar glatt und weich zu kämmen, musste sie sich behelfen, so gut sie konnte, sich einen Zopf flechten und ihn unter ihrem Schleier verstecken.

Sie hörte schwere Schritte auf der Treppe, das Scharren von Schuhen vor ihrer Tür und den sich im Schloss drehenden Schlüssel. Dann wurde die Tür geöffnet, und Thierry de Loudon sowie zwei Wächter traten ein. Sie trugen zwar keine Kettenhemden mehr, aber Schwerter an den Hüften, und ihre Gesichter waren grimmig. »Madam, Ihr müsst mit uns kommen«, sagte Thierry. »Der König erwartet Euch.«

Sie trat ihnen hoch erhobenen Hauptes entgegen, obwohl ihr Herz hämmerte. Wortlos verließ sie den Raum. Ein Soldat ging vor ihr her und die dunkle, nur von einem schrägen Lichtstrahl erleuchtete Wendeltreppe hinunter. Alienor spürte die Männer, die ihr folgten, so bewusst hinter sich, dass ihre Schulterblätter prickelten.

Sie überquerten den Hof, wo ein langer Galgen errichtet worden war. Daran baumelten vier Leichen mit auf den Rücken gefesselten Händen und obszön zu den Schultern hin geknickten Hälsen. Es waren Männer aus ihrer Eskorte, darunter auch der junge Bursche, der ihre Stute versorgt hatte und dessen einziges Vergehen darin bestanden hatte, ihr die Treue gehalten und kein stattliches Lösegeld eingebracht zu haben. Alienors Magen hob sich, so übel wurde ihr. Jetzt wusste sie genau, wo sie stand.

Als sie die große Halle betrat, wurde ihr schwarz vor Augen, und sie stolperte. Die Soldaten packten sie, um sie aufzurichten, und obwohl sie sie abzuschütteln versuchte, hielten sie sie fest und führten sie zu dem Podest am anderen Ende des Raumes, wo Henry wartete. Er saß auf etwas, das wohl einen Richterthron darstellen sollte. Zu seinen beiden Seiten standen vergoldete Leopardenstatuen. Er trug sein Krönungsgewand aus bestickter karminroter Wolle und hielt einen vergoldeten Amtsstab in der rechten Hand. Sein Haar, einst so rot wie ein Eichhörnchenpelz, wies jetzt die Farbe staubigen Spinngarns auf und war schütter geworden. Sie sah die Müdigkeit, die ihn erfüllte, die bittere, verstockte Wut – und die Macht. Zwar hatte sie sich dafür gewappnet, keine Furcht zu zeigen, aber als sie ihn jetzt ansah, keimte dennoch Angst in ihr auf. Sie empfand das dringende Verlangen, so viel Abstand zwischen sich und ihn zu legen wie nur möglich.

Henry bedeutete den Wächtern, sie zum Fuß des Podestes zu bringen und sie vor ihm auf die Knie zu zwingen.

Während des darauf folgenden langen Schweigens starrte Alienor körperlich und geistig wie gelähmt die Stufen an. *Wenn dieser Moment nur endlich vorüber wäre!*

Als er das Wort ergriff, klang seine Stimme so rau, als wäre seine Kehle mit Schotter gefüllt. »Kniet Ihr jetzt doch vor mir, Madam? Ihr seid hierhergebracht worden, um Euch für Euren Betrug und Verrat zu verantworten. Für die Heimtücke, meine Söhne gegen mich aufgestachelt zu haben.« Er holte Atem, aber so schnell, dass Alienor keine Zeit blieb, etwas einzuwerfen. »Ihr habt mir bei jeder Gelegenheit Steine in den Weg gelegt und die Gesetze missachtet.« Er ballte auf der Stuhllehne die Faust. »Ihr habt Euren rechtmäßigen Ehemann verlassen, und jetzt verlasst Ihr Euer Herzogtum, um Euch mit meinen Feinden zu verbünden und meine Söhne tiefer in die Rebellion zu treiben. Ihr hättet zu mir stehen und unser Land gegen alle Feinde verteidigen sollen. Dadurch, dass Ihr Euch mir widersetzt habt, habt Ihr das Recht verwirkt, je wieder über diese Ländereien zu herrschen. Ihr habt die Ehre Eurer eigenen Söhne beschmutzt.« Seine Faust sauste auf die Lehne, und seine Stimme wurde heiser und brüchig. »Ihr seid zänkisch und verlogen. Ihr habt Dinge vor mir geheim gehalten und hinter meinem Rücken gehandelt. Ihr habt Informationen wie ein Messer benutzt, um mich aufzuschlitzen, und dann die Klinge in der Wunde gedreht – obwohl Ihr mir eine willige Hilfe hättet sein sollen. Ihr hättet mir Ehre machen sollen, stattdessen habt Ihr Schande über mich gebracht.«

Wieder hielt er inne, um seine Lungen mit Luft zu füllen. Alienors eigene Brust fühlte sich hohl an; sie vermochte nicht zu atmen, da er mit jedem Satz das Leben aus ihr heraussaugte, und der Stille ringsum entnahm sie, dass alle ihm mit einer Mischung aus Genugtuung und Schock lauschten. Sie zog sich in sich selbst zurück, schlang sich um ihre Seele, um ihre Flamme zu schützen. *Nicht Aquitanien, Gott erbarme dich, nicht Aquitanien.*

»Alles, was mir jetzt bleibt, ist, Gott dafür zu danken, dass Er mir die Chance gegeben hat, Euch wie eine gewöhnliche Verbrecherin abzuurteilen und Euch die Gerechtigkeit widerfahren zu lassen, nach der Ihr immer so gestrebt habt.« Abscheu schwang in seiner Stimme mit, und er gab den Wächtern ein Zeichen. »Bringt sie fort. Ich will sie und das, was aus ihr geworden ist, nicht länger sehen.«

Wieder spürte Alienor den harten Griff der Hände der Soldaten auf ihren Armen, als sie sie auf die Füße zerrten. Sie blickte Henry ins Gesicht und sah die unversöhnlichen Augen eines Feindes. Die Augen des Mannes, der Thomas Becket in den Tod geschickt hatte. Die Augen des Mannes, der alles, was er an sich gerissen hatte, in seinen knorrigen Fäusten halten würde, bis der Tod ihn seiner Stärke beraubte.

Henry presste die Lippen aufeinander, hob, ohne den Blick von ihr zu wenden, eine Hand und befahl seinen Musikern zu spielen.

Alienor wurde unter den Klängen von Harfen, Trommeln und Lauten aus der Halle geführt. Letzteres Instrument wurde in ihren südlichen Ländern besonders geliebt. Er hatte dies absichtlich getan, um sie einzuschüchtern, ihr zu zeigen, dass sie nicht zählte und das Hofleben auch ohne sie unverändert weitergehen würde.

In ihrem Gefängnis wurde sie erneut mit ihrem Unrateimer und einer einzigen Kerze zurückgelassen. Sie hatte keine Diener; nichts, womit sie sich die Zeit vertreiben konnte, außer ihren Gedanken, und diese waren unerträglich. Sie legte sich auf den dünnen Strohsack und starrte die Kammerdecke an.

Ihre Augen waren trocken; die Wunden, die Henry ihr zugefügt hatte, waren zu tief, um Tränen darüber zu vergießen. Sie presste eine Hand auf ihren Magen, in dem ein heftiger Schmerz tobte – so, als wäre ihr Innerstes herausgerissen worden und nur ein von einer brüchigen Hülse umschlossener Hohlraum zurückgeblieben.

Später am Tag brachte ihr ein mürrischer Diener eine Schale mit dünner Zwiebelschleimsuppe, einen halben Laib altbackenes Brot und einen Krug sauren Wein, der schon fast zu Essig geworden war. Als sie protestierte, dass er ungenießbar war, sah er sie nur ausdruckslos an und verließ den Raum.

Sie überlegte, ob sie den Wein trinken oder in den Unrateimer kippen sollte, als die Tür erneut geöffnet wurde und Henry erschien. Er blickte sich in der Kammer um und sog geringschätzig die den Steinen entströmende feuchte Luft ein. Ein Schreiber, der ein Pult und seine Schreibgeräte trug, war ihm gefolgt.

»Du wirst unseren Söhnen schreiben«, sagte Henry ohne Einleitung. »Du wirst ihnen mitteilen, wie sehr mir ihr fortdauernder Widerstand missfällt, und du wirst ihnen befehlen, sich meinem Willen zu beugen.«

Alienors Hände zitterten. Sie faltete sie über der Taille, damit er nicht sah, wie durchgefroren sie war, wie verängstigt und von Sorgen gequält. »Glaubst du wirklich, sie werden auf mich hören?« Vor unterdrückter Hysterie hätte sie beinahe laut gelacht. »Sie werden Männer. Wenn du nicht auf mich hörst, Henry, warum sollten sie es tun? Du denkst, ich hätte das alles geplant? Ich hätte dich hintergangen?« Das Lachen entfuhr ihrer Kehle und mit ihm all die Worte, die seit Tagen, Monaten und Jahren in ihr gebrannt hatten. »Du verblendeter Narr. Du hast Verrat an dir selbst begangen, als du mich nach Poitiers geschickt und dann versucht hast, mich und Richard zu Vasallen der englischen Krone zu machen. Als du mich und deine Söhne wie Figuren auf einem Schachbrett behandelt hast – so wie du jeden behandelst. Eines steht fest, das sage ich dir – du wirst einsam sterben, unbetrauert und ohne Trost. Deinen Erzbischof wird man preisen und dich schmähen!«

Henry ballte die Fäuste. »Diktier die Briefe, und belass es dabei, du Hexe!«

Alienor warf ihm einen Blick zu, in dem abgrundtiefe Abscheu lag. Ihr war vor Anspannung und Furcht übel, aber es verschaffte ihr einen dunklen, jämmerlichen Triumph, ihm die Stirn zu bieten. »Du brauchst Licht und Wärme für den Schreiber, damit er sehen kann, was er tut, und die Feder zu halten vermag«, gab sie zurück. »Obwohl Briefe wie diese vielleicht besser in Kälte und Dunkelheit verfasst werden sollten.«

Henry schickte nach Kerzen und einem Kohlebecken, da sie eindeutig recht hatte, aber er stieß die Befehle mit zusammengebissenen Zähnen hervor. Als der Schreiber bereit war, drehte sich Henry zu ihr. »Du hast unsere Söhne zu dieser Rebellion angestachelt, jetzt wirst du ihnen Einhalt gebieten.«

»Ich habe sie nicht angestachelt«, widersprach sie müde. »Du hast sie durch deine eigene Handlungsweise so weit gebracht, und jetzt kommen die Vögel heim, um sich auf ihren Stangen niederzulassen. Du hältst sie für zu jung? Wie alt warst du, als du den Kampf um dein Erbe aufgenommen hast? Du warst jünger als Richard und viel jünger als dein ältester Sohn. Ich habe Harry nicht gegen dich aufgewiegelt, und es ist nicht mein Einfluss, der sie alle in Paris hält. Glaubst du ernsthaft, ich würde mit Louis gemeinsame Sache machen?«

»Ich weiß nicht mehr, was du tun würdest«, fauchte er.

»Aber du wirst diese Briefe diktieren und dein Siegel daruntersetzen – und du solltest besser beten, dass sie deine Anweisungen befolgen, denn du befindest dich in meiner Gewalt und bist mir auf Gedeih und Verderb ausgeliefert.«

Sie kräuselte die Lippe. »Glaubst du, diese Drohung macht mir Angst?«

»Sie sollte zumindest unseren Söhnen Angst machen.«

»Wenn Ihr denkt, das wird sie gefügig machen, hofft Ihr vergebens, Sire, aber da Ihr diese Briefe so dringend haben wollt, sollt Ihr sie bekommen. Mir ist es egal.«

Sie diktierte dem Schreiber, warnte Richard, Harry und Geoffrey vor dem Zorn ihres Vaters und teilte ihnen mit, dass es ihr oblag, von ihnen zu verlangen, dass sie zurückkehrten und sich mit ihm auseinandersetzten. Es war ihre Pflicht als Mutter und Königin, als Friedensstifterin zu fungieren. Sie hoffte, dass ihre Söhne scharfsinnig genug waren, um zu verstehen, was sie wirklich meinte.

Die Tinte trocknete, der Brief wurde zusammengefaltet, und Henry förderte das Siegel zutage, das er ihrer von ihm beschlagnahmten Kassette entnommen hatte, und drückte es in das geschmolzene Wachs.

Dann schickte er den Schreiber fort, um von dem Rohentwurf auf seiner Wachstafel eine weitere Kopie des Briefes anzufertigen. Als sich die Tür hinter ihm schloss, schnürte sich Alienors Kehle vor Angst zu. Henry näherte sich ihr mit der langsamen Zielstrebigkeit, mit denen er andere einzuschüchtern pflegte, bis er so dicht vor ihr stand, dass sie keine Luft mehr bekam. Er streckte eine Hand aus und strich über ihren Arm.

»Es gab einmal eine Zeit, da fand ich Euch äußerst begehrenswert, Mylady«, sagte er heiser. »Damals brauchte ich dich nur anzusehen, um dich unverzüglich in mein Bett nehmen zu wollen, weil mein Blut bei deinem Anblick zu flüssigem Feuer wurde. Ich malte mir aus, wie die Ärmel deines Gewandes über meinen Körper streichen, und mich erregte schon allein die Vorstellung über alle Maßen. Es ist eine Schande, dass diese Tage vorüber sind.«

Alienor schluckte. Sie stand mit dem Rücken zur Wand, und es gab keine Fluchtmöglichkeit.

»Aber versteh mich nicht falsch, ich werde meinen Willen bekommen, wenn mir der Sinn danach steht, und du wirst deine ehelichen Pflichten erfüllen, weil es dir das Gesetz vorschreibt.« Er rieb mit der Hand über ihre Taille und ließ sie dann an ihrem Bein herunter und zwischen ihre Schenkel gleiten, drückte so hart zu, dass es schmerzte, und dann zerrte er sie zum Bett, wo er ihre Röcke hochschlug.

Alienor beschloss, sich nicht gegen ihn zur Wehr zu setzen. Sie hätte ihm mit den Nägeln das Gesicht zerkratzen, hätte versuchen können, ihn zu beißen, aber dann würde es ihm nur noch größeres Vergnügen verschaffen, ihr seinen Willen aufzuzwingen. Stattdessen verhielt sie sich unbeteiligt, lag passiv da und starrte die Deckenbalken an, als er sie in die Matratze presste. Der Akt war schmerzhaft, denn sie war trocken, weil weder Liebe noch Lust sie feucht werden ließ. Er ging grob und gewalttätig mit ihr um. Alles lief in grimmiger Stille ab, die nur von seinem angestrengten Grunzen und den erstickten Lauten zerrissen wurde, die sich ihrer Kehle entrangen. Und dann spürte sie, wie er zuckte, als er den Höhepunkt erreichte.

»So«, keuchte er, während seine Hüften noch immer pumpten. »Für das Eine bist du noch immer gut, auch wenn du keine Kinder mehr empfangen kannst. Aber wenn ich mir die Söhne ansehe, die du mir geschenkt und gegen mich aufgehetzt hast, ist das vielleicht ohnehin ein Segen.« Er zog sich mit einem solchen Ruck aus ihr zurück, dass sie meinte, ihr Inneres würde nach außen gestülpt. »Wir sprechen später weiter«, sagte er, als er vom Bett stieg und seine Kleider in Ordnung brachte. »Jetzt lasse ich dich allein, damit du über die falschen Wege nachgrübeln kannst, die du eingeschlagen hast.« Er brachte sein Gesicht ganz nah an das ihre heran und umschloss ihren Kiefer. »Sei froh, dass ich dich nicht grün und blau geprügelt oder dich in ein Verlies geworfen habe, aber das Eine sage ich dir: Du wirst Aquitanien nicht wiedersehen, solange ich lebe. Du hast mich verraten, und das werde ich dir nie verzeihen.«

Nachdem er gegangen war, lag Alienor lange auf dem Bett und atmete flach, weil sie wusste, dass sich tiefere Atemzüge in Schluchzer verwandeln würden. Die Stelle zwischen ihren Beinen stand in Flammen, und sie fühlte sich von seinem Samen beschmutzt, wo sie früher ein Hochgefühl empfunden hatte. Er hatte diesen Akt, diese Schändung vollzogen, um ihr zu beweisen, dass er der Eroberer war – der allmächtige, vor Manneskraft strotzende König, und sie sich seinem Willen zu beugen hatte.

Sie schwor sich, dass sie, wenn er noch einmal versuchte, sie mit Gewalt zu nehmen, eine Waffe bereithalten würde, und wenn es nur eine Haarnadel war, die sie ihm in den Hals bohren konnte. Einer von ihnen beiden würde in diesem Fall nicht überleben. Sie hoffte, ihre Söhne würden die eigentliche Botschaft in den Briefen verstehen und sich ihrem Vater nicht ergeben, aber was sagte es über den Wert aus, den sie ihrer Person beimaßen, wenn sie das nicht taten? Sie blendete jeden weiteren Gedanken aus. Wenn sie zu eingehend über die Situation nachdachte, würde sie vielleicht wie Petronilla enden: von den Lügen und der Niedertracht der Männer in den Wahnsinn getrieben.

44

Falaise, Juli 1174

Für Alienor verschmolz ein Tag mit dem nächsten. Henry brachte sie von Chinon nach Falaise und kerkerte sie erneut in der Nähe der Spitze des Bergfrieds ein. Kontakt mit der Außenwelt hatte sie nur durch die Geistlichen, die kamen, um mit ihr zu beten, und die Kaplane wurden stets von Henry ausgewählt. Sie durfte mit niemandem sprechen, der ihr vielleicht berichtet hätte, was hinter diesen Mauern vorging. Stellte sie Fragen, so erhielt sie entweder nichtssagende Antworten oder gar keine. Die Wächter wurden alle paar Tage ausgetauscht, was es ihr unmöglich machte, eine engere Beziehung zu einem von ihnen aufzubauen. Allmählich fürchtete sie, wirklich den Verstand zu verlieren. Sie war für ein Einsiedlerdasein nicht geschaffen.

Handarbeiten waren ihr zum Zeitvertreib gestattet, aber es war eine Strafe, Hemden für leprakranke Arme zu nähen, statt zu sticken, und sie konnte nur mit schlichtem grauem Leinen und passendem Garn arbeiten. Es war schlimmer, als in einem Kloster leben zu müssen, denn selbst die Nonnen hatten Zugang zu einem Garten, während alles, was ihr zugestanden wurde, vier kahle Wände und ein schmales Fenster waren, das ihr nur ein winziges Stück Himmel zeigte.

Henry hatte sie nicht wieder besucht, wofür sie Gott dankte, aber sie lebte in der ständigen Angst, dass er es tun würde. Sie wurde von Albträumen gepeinigt, in denen die Tür aufflog und er auf der Schwelle stand, bereit, sie windelweich zu prügeln. In anderen Träumen besiegten ihre Söhne ihren Vater und kamen, um sie zu befreien, aber als die Tage vergingen und die Jahreszeiten wechselten, verblassten sie und wurden so stumpfgrau wie das Leinen, mit dem sie sich im fahlen Licht, das durch das Fenster fiel, abplagte. Tag für Tag stichelte sie daran herum, fertigte Kleidungsstücke für Menschen an, über deren Leben sie nie etwas erfahren würde. Ihre Hände wurden rau, weil sie keine Salben zur Verfügung hatte, und die Kleider, die sie trug, glichen denen, die sie nähte. Ihre Welt bestand aus einer grauen Kammer, grauem Leinen und der Aussicht auf eine Zukunft, in der sie mit den Mauern verschmolz und zu einem Nichts wurde.

Mangels eines Schreibers und den nötigen Mitteln, um Botschaften zu verschicken, schrieb sie im Geist Briefe an ihre Kinder, während sie arbeitete. Einige waren von Kummer und Liebesbeteuerungen erfüllt, andere glichen dunklen Teichen, gefüllt mit der Wut über die Ereignisse, die sie in diese Lage gebracht hatten. Und dann verabscheute sie sich für derartige Gedanken.

Schwerer als all die Kämpfe und Argumente wog, dass ihr Gesellschaft und Gespräche verwehrt blieben, dass sie vergessen und zu dieser Existenz in Sack und Asche verdammt war. Ihre Kammer hätte genauso gut ein Verlies sein können.

Sie hatte sich angewöhnt, zwischen ihren Näharbeiten im Raum auf und ab zu gehen, um bei Kräften zu bleiben, aber diese Betätigung erinnerte sie an Henry und erfüllte sie mit Hass, während sie von Wand zu Wand schritt und dabei vor sich hinmurmelte.

Als sie eines Morgens draußen Schritte und leise Stimmen hörte, erhob Alienor sich und drehte sich mit gezückter Nadel zur Tür. Als diese geöffnet wurde, konnte sie Isabel, die einen Arm um Joanna und den anderen um John gelegt hatte, nur sprachlos anstarren. Tränen brannten in ihren Augen und rannen ihr über die Wangen. Joanna rannte auf sie zu, während sie laut »Mama!« rief, schlang die Arme um Alienors Taille und presste das Gesicht in die Höhlung unter ihrem Herzen. John verhielt sich zurückhaltender. Er gesellte sich zwar zu seiner Schwester, wartete aber, bis Alienor einen Arm ausstreckte und ihn an sich zog. Sie spürte das Haar der Kinder unter ihren Händen, ihre weiche Haut, ihre geschmeidigen Körper. *Großer Gott, großer Gott.* »Oh, ich habe euch vermisst.« Ihre Stimme brach. »So sehr vermisst!«

»Papa hat gesagt, er hätte dir eine Lektion erteilen müssen.« John musterte sie mit schmalen Augen. »Er hat gesagt, er würde dich für das, was du getan hast, so hoch oben in einen Turm sperren, dass du nie wieder herunterkommen kannst, und das wäre das Schicksal von Verrätern.«

Isabel gab einen kehligen Laut von sich und trat mit ausgestreckter Hand einen Schritt vor.

Seine Worte trafen Alienor wie ein Schlag. Henry hetzte also auch ihre beiden jüngsten Kinder gegen sie auf und benutzte sie, um die Keule zu schwingen. »Du musst nicht alles glauben, was dein Vater dir erzählt«, sagte sie. Es gelang ihr, die Wut in ihrer Stimme zu unterdrücken. »Es ist nicht immer die Wahrheit. Ich liebe euch, was auch immer geschieht, und diese Liebe kennt keine Grenzen.« Sie rang sich trotz ihrer Tränen ein Lächeln ab und berührte mit dem Zeigefinger leicht die Nasen beider Kinder, um ihren Worten Nachdruck zu verleihen.

»Aber es stimmt doch, du bist in einem Turm.« John blickte sich um, nahm seine Umgebung in sich auf.

»Aber nicht für immer«, erwiderte sie. »Und ich bin auch

keine Verräterin ... geht und setzt euch an den Kamin, während ich eure Tante begrüße.«

Die Kinder gehorchten und gingen Hand in Hand, so ernst wie kleine Erwachsene. Alienor drehte sich zu Isabel um und umarmte sie, obwohl sie eher einer Ertrinkenden glich, die sich inmitten der Wellen an der Seite eines kleinen Bootes festklammerte. »Er hat mich wie eine lebende Tote begraben«, schluchzte sie verzweifelt an Isabels Hals. »Er hätte mir genauso gut die Augen ausstechen können, weil er mich zur Blindheit verurteilt hat. Du bist außer einem Priester mein erster Besucher.«

Isabel erwiderte die Umarmung. »Ich wäre schon viel früher gekommen, aber Henry hat es nicht erlaubt. Nichts, was irgendjemand tun oder sagen könnte, würde seine Verbitterung mindern. Er ist ein ganz anderer Mensch geworden.«

»Henry hat sich nicht verändert.« Alienor wischte sich mit dem Ärmelaufschlag über die Augen und straffte sich. »Wenn er dir verändert vorkommt, dann nur, weil der tarnende Umhang weggerissen worden ist und du ihn so siehst, wie er wirklich ist.« Sie ging zu den Kindern, um sie erneut zu umarmen und konnte kaum glauben, dass sie sich hier bei ihr im Raum befanden. Sie war überglücklich und zugleich von tiefem Gram erfüllt. Sie wollte bei ihnen sein und miterleben, wie sie in die Welt hinausgingen, aber wegen Henry und des Streites blieb es ihnen allen verwehrt. Da sie alles ihren älteren Söhnen gegeben hatte, blieb für diese jüngeren Kinder nichts übrig, ihr Vorratslager war leer. Das Wissen darum, was das für sie und für sich selbst bedeutete, war ein bitterer Trank, den es zu schlucken galt.

John taute ein wenig auf. Er öffnete den Mund, um ihr zu zeigen, wo er vor Kurzem seine Milchschneidezähne verloren hatte.

Alienor lachte tränenerstickt auf. »Ah, du bist schon fast ein Mann«, sagte sie und verspürte den Drang, wirklich bitterlich zu weinen, als er stolz die kleine Brust blähte. Ein Mann mit allem, was mit seinem Vater als Vorbild damit verbunden war, vor allem, was Respekt im Umgang mit Frauen betraf.

Sie hatte nichts für sie, weil sie nur das Allernotwendigste besaß, aber Isabel hatte ein Mühlebrett und Spielsteine mitgebracht, so dass die Kinder sich beschäftigen konnten, während sie und Alienor sich unterhielten.

Alienor betrachtete das Brett und lachte schroff. »Ich habe mir in Chinon so eines gemacht. Nachdem man mir ein Feuer zugestanden hat, habe ich eines Tages eines in die Asche des Kamins gezeichnet, und dann habe ich gegen mich selbst gespielt, die rechte Hand gegen die linke. Ich habe so getan, als wäre Henry mein Gegner, und ich habe immer gewonnen. In meinen eigenen Räumen habe ich immer gewonnen, wenn auch sonst nirgendwo. Lässt du es mir hier, wenn du gehst? Es liegt eine gewisse Ironie darin, Strategien in kalter Asche zu planen, aber diese Variante wäre um so vieles eleganter.« Als sie hörte, wie spröde ihre Stimme klang, presste sie die Lippen zusammen.

»Alienor, nicht«, bat Isabel.

Sie holte tief Atem und fasste sich wieder. »So«, sagte sie. »Wie hast du es geschafft, all die Hürden zu überwinden, um mich zu besuchen? Welche Bestechungsmittel hast du eingesetzt?«

»Gar keine.« Isabel zuckte mit den Schultern. »Ich habe nicht aufgehört, Hamelin zu bitten, mit Henry zu sprechen, und endlich hat er mir zuliebe eingewilligt, obwohl der König sich gesträubt hat. Hamelin hat ihm gesagt, er solle das Ausmaß der Auswirkungen bedenken und sich überlegen, ob ihm ein solches Zugeständnis nicht zum Vorteil gereichen würde. Henry hat mir schließlich gestattet, herzukommen und John und Joanna mitzubringen.« Sie lief rot an. »Er sagte Hamelin auch, keine Frau wäre vertrauenswürdig, und er solle immer ein Auge auf mich haben, weil alle Frauen ränkeschmiedende Huren seien.«

»Das klingt ganz nach Henry. Was hat Hamelin geantwortet?«

Isabel wandte den Blick ab. »Dass nicht *alle* Frauen so wären.«

Ein Diener trat mit einer Weinkaraffe, zwei Bechern, Buttermilch für die Kinder und kleinem, mit Honig und Nüssen überzogenem Gebäck ein. Alienor lief das Wasser im Mund zusammen. Ihre Gefängniskost hatte aus Brot, Eintopf, saurem Wein und gelegentlich einem zähen Stück Salzfleisch oder Stockfisch bestanden. Diese süßen Leckereien, die sie früher als selbstverständlich hingenommen hatte, kamen ihr jetzt wie Kostbarkeiten vor.

»Henry würde nichts einfach erlauben, nur um Hamelin einen Gefallen zu tun«, meinte sie, nachdem sie eines der klebrigen Gebäckstücke verschlungen hatte, was bewirkte, dass ihr jetzt leicht übel war. »Es muss einen anderen Grund geben.« Sie sah Isabel scharf an. »Bekommt er von meinen Söhnen Prügel und braucht mich, damit ich vermittele? Ist es das?«

Isabel wirkte nervös. »Ich durfte dich nur unter der Bedingung sehen, dass ich nicht über die Welt außerhalb dieser Mauern spreche.«

»Oh, in Gottes Namen, ich bin eine Gefangene!«, schnaubte Alienor. »Seit Wochen und Monaten weggesperrt, nur mit mir selbst als Gesellschaft. Meine Kleider werden nach geheimen Botschaften durchsucht, und außer den Wächtern bekomme ich niemanden zu Gesicht. Ich weiß noch nicht einmal, welchen Monat im Jahr wir haben! Der Himmel hinter diesem Fenster verrät es mir nicht, und der Priester auch nicht. Warum bist du hier, wenn du nicht mit mir reden kannst? Sollen wir über Nähen und Haarefärben und die beste Art sprechen, Flecken aus Kleidungsstücken zu entfernen?«

Isabel wurde rot. John blickte angesichts der erhobenen Stimme seiner Mutter von dem Spielbrett auf, und Joanna biss sich auf die Unterlippe.

»Ich habe es versprochen, und zwar Hamelin«, erwiderte Isabel. »Er vertraut mir, und ich werde dieses Vertrauen nicht enttäuschen.« Mit feuchten Augen legte sie ihren Umhang ab und schenkte ihnen beiden Wein ein. »Aber ich schätze, ich begehe keinen Vertrauensbruch, wenn ich dir erzähle, dass es Gefechte und Waffenruhen gegeben hat und dass die Situation so ähnlich wie zu dem Zeitpunkt ist, zu dem du festgenommen wurdest. Deine Söhne kämpfen immer noch, genau wie der König.« Sie reichte Alienor einen Becher. »Und wir haben Juli.«

Alienor nahm einen Schluck von dem Wein. Er war stark und süffig, so wie der, den sie stets getrunken hatte, bevor sie in Gefangenschaft geraten war. Der Wein der Macht und des Herrschens, den sie jetzt nur aus der Laune eines Mannes heraus, den sie verabscheute, und der Gutherzigkeit ihrer Schwägerin erhielt. »Sag mir einfach, dass es meinen Söhnen gut geht.«

Isabel nickte vorsichtig. »Ja, das tut es, trotz allem … und du hast recht, ich bin noch aus einem anderen Grund hier als dem Wunsch, dich zu besuchen.«

Alienor stellte ihren Becher ab. »Ich wusste es. Henry würde sich nie überreden lassen, etwas zu tun, das nicht seinen Zwecken diente. Erzähl es mir, und lass es uns hinter uns bringen.«

Isabel faltete die Hände. »Henry reist nach England und nimmt dich mit. Er hat mich gebeten, dafür zu sorgen, dass deine Habseligkeiten zum Schiff gebracht werden und dass ich dich und die Kinder begleite.«

»England?« Alienor hob die Brauen.

»Der gesamte Hof geht dorthin, auch Marguerite, Alais und Constance von der Bretagne – und der Earl und die Gräfin von Leicester.«

Alienor lachte kurz auf. »Ein hübsches Gefängnisschiff voller Geiseln. Was geschieht mit uns, wenn wir dort ankommen?«

»Das hat man mir nicht gesagt. Du wirst sowieso neue Bedienstete bekommen. Emma soll auf Geheiß des Königs Dafydd ap Owain heiraten, den Prinzen von Nordwales.«

Alienor starrte Isabel entsetzt an. Henry konnte alles tun, was er wollte, und niemand würde ihn aufhalten. Ihr Herz blutete für Emma, die von Nonnen erzogen worden war und dann als sanfte, treue Gefährtin in ihrem Haushalt gelebt hatte. Sie war noch im gebärfähigen Alter, aber nur gerade eben noch. »Das ist so grausam und überflüssig!«

»Der König hat deinen Haushalt aufgelöst«, fuhr Isabel mit schwankender Stimme fort. »Marchisa soll Emma als Zofe begleiten, und du wirst in Gewahrsam von Robert Maudit gegeben, der für alle deine Ausgaben verantwortlich sein wird.«

Alienors Herz wurde so schwer wie ein Stein. England lag noch weiter von Poitiers entfernt, und sie würde weiter denn je von ihren Söhnen getrennt sein. Für Henry würde diese Regelung alles leichter machen. Er konnte den Prozess beenden, den er eingeleitet hatte, und sie aus seinem Blickfeld und seinen Gedanken verbannen, bis sie nicht mehr zu sehen oder zu denken vermochte. Aber sobald sie dort war, würde sie sicherlich Diener um sich haben – selbst wenn es Henrys Geschöpfe waren –, und diese waren ein Projekt, das sie in Angriff nehmen konnte.

»Ich habe darum gebeten, dir die Nachricht überbringen zu dürfen«, sagte Isabel. »Es sind genügend Grausamkeiten verübt worden. Ich würde verstehen, wenn du mich deswegen hasst, aber ich musste irgendetwas tun, um ein bisschen Anstand und Mitgefühl in diese verfahrene Angelegenheit zu bringen.« Ihr Kinn zitterte.

»Natürlich hasse ich dich nicht, du Närrin«, versetzte Alienor aufgebracht. »Du bist mir so lieb und teuer wie eine leibliche Schwester. Für Anstand und Mitgefühl mag es zu spät sein, aber ich liebe dich dafür, dass du es versuchst… und wag es nicht zu weinen!«

»Das tue ich doch gar nicht.« Isabel schniefte und betupfte sich die Augen.

Alienor schob das Kinn vor. »Ich werde ihn nicht gewinnen lassen. Er kann mich in das finsterste Verlies sperren, aber er wird meinen Willen nicht brechen.«

In dem gemächlichen Tempo der Reisekutsche mit Verdeck, in die Alienor verbannt worden war, dauerte die Fahrt von Falaise nach Barfleur vier Tage. Vom hinteren Teil des Wagens aus konnte sie die in sommerliches Grün getauchte normannische Landschaft sehen und die warme Brise auf dem Gesicht spüren. Felder und Bäume in voller Blüte zu betrachten war nach so vielen dunklen Monaten mit kahlen Steinwänden als Gesellschaft ein bittersüßer Schock. Sie hatte sich so daran gewöhnt, mit sich selbst zu leben, dass die Helligkeit der Welt auf ihre abgestumpften Sinne fast schmerzhaft wirkte. Gespräche erwiesen sich als schwierig, denn was gab es schon zu sagen? Diskussionen über die politische Situation waren unter Androhung neuerlicher Isolation tabu. Alles, was sie wusste, war, dass ihre Söhne noch immer gegen ihren Vater kämpften, aber aus den Vorräten in ihrem Gepäcktross und der großen Anzahl gut ausgerüsteter Soldaten schloss sie, dass Henry unter keinem allzu großen Druck zu stehen schien, und die Unterhaltungen ihrer Begleiter, die sie manchmal mit anhörte, klangen unbesorgt und fröhlich.

Die Ankunft in Barfleur am vierten Tag war ein neuerlicher Schock für Alienors überstrapazierte Sinne, denn der Hafen wimmelte von Menschen wie ein prall gefülltes Netz von Fischen. Das Rumpeln von Karrenrädern, die harten Hufschläge, die rauen Stimmen der brabanzonischen und flämischen Söldner und der beißende Fischgeruch einer Hafenstadt bei heißem Wetter schlugen wie eine Welle aus Gestank und Lärm über ihr zusammen. Henry verschiffte scheinbar eine ganze Armee nach England, und Männer, die für Sold kämpften, waren vertrauenswürdiger als die Vasallen, denen er nicht den Rücken zuzukehren wagte, weil er fürchtete, sie könnten ihm ein Schwert hineinrammen.

»Aus dem Weg, aus dem Weg!«, donnerte Robert Maudits Herold, dessen Gesicht dieselbe Farbe aufwies wie die gekochten Hummer, die in den Wirtshäusern serviert wurden. »Im Namen von König Henry, gebt den Weg frei!«

Nicht etwa ›Gebt den Weg frei für die Königin‹, registrierte Alienor. Einst wäre dieser Ruf durch die Luft gehallt, hätte ihre Autorität bestätigt, doch dies war nicht länger der Fall. Diese Unterlassung brachte ihr deutlicher als ihre Gefängnismauern und das Ertragen ihrer Einsamkeit zu Bewusstsein, wie machtlos sie war und in welche Tiefen Henry sie gestürzt hatte.

Die Kutsche machte im Burghof Halt, und als Alienor ausstieg, ritt Henry auf einem schwitzenden Hengst, von dessen

Gebiss blutiger Schaum spritzte, in den Hof. Dabei brüllte er seinen Adjutanten über die Schulter hinweg Befehle bezüglich der Einschiffung zu. Neue Falten hatten sich in seine Stirn eingegraben, und tiefe Furchen verliefen zwischen Nase und Mundwinkeln. Er sah sie, als er abstieg, und warf ihr einen giftigen Blick zu. Sie starrte durch ihn hindurch, als würde er nicht existieren, hob das Kinn und weigerte sich, ihm Ehrerbietung zu bekunden, obwohl Isabel neben ihr knickste und den Kopf senkte.

Henry machte abrupt auf dem Absatz kehrt und stapfte davon, wobei er lauthals weitere Befehle erteilte.

»Es wäre einfacher, wenn du ihn nicht gegen dich aufbringen würdest«, sagte Isabel leise.

»Ich werde mich ihm in diesem Leben nie wieder unterwerfen, koste es, was es wolle«, erwiderte Alienor grimmig. »Außerdem würde es an der Art, wie er mich behandelt, nichts ändern, ob ich nun knickse oder nicht.«

»Madam, lasst mich Euch zu Eurer Kammer geleiten«, sagte Robert Maudit.

Alienor maß ihn mit einem verächtlichen Blick. »Bleibt mir eine andere Wahl?«

»Madam, alle Ladys des Haushalts warten dort bis zur Einschiffung«, gab er ruhig zurück. Er hatte der Kaiserin als Haushofmeister gedient, daher mochte es für Außenstehende so aussehen, als ob er dieses Amt auch jetzt ausübte, aber jetzt fungierte er ganz offensichtlich als ihr Gefängniswärter.

»Alle Ladys?« Das war interessant. »Und können wir kommen und gehen, wie es uns beliebt?«

»Das wäre unklug, weil so viele Soldaten in der Stadt sind. Es ist zu Eurer eigenen Sicherheit, Madam.«

»Und die Gräfin de Warenne?«, fragte Alienor.

»Das ist Sache ihres Mannes«, versetzte Maudit.

»Ich komme mit dir«, warf Isabel rasch ein. »Der Earl hat woanders zu tun, und es wird einfacher und sicherer sein, wenn ich bei dir bleibe, als dass ich mir eine eigene Unterkunft suche.«

»Wie Ihr wünscht, Madam.« Maudit befahl bewaffneten Dienern, die Frauen zu einer Kammer im oberen Teil des Bergfrieds zu eskortieren. Als Alienor den Raum betrat, fand sie dort bereits Marguerite, ihre Schwester Alais, Humbert of Mauriennes kleine Tochter Adeliza, Constance, die Erbin der Bretagne, und Henrys Schwester Emma vor. Eine hübsche Anzahl königlicher Geiseln.

»Heilige Mutter Maria!« Alienor dachte bei sich, dass sie einer zusammengepferchten Hühnerschar glichen, die darauf wartete, geschlachtet zu werden.

Emma eilte zu ihr und umarmte sie fest. »Gott sei Dank. Wir wussten nicht, was mit Euch geschehen ist! Ich dachte, ich würde Euch nie wiedersehen!«

Alienor erwiderte Emmas Umarmung und lachte trotz aufsteigender Tränen. Sie würde nicht weinen, denn wenn sie es tat, würde sie nie wieder aufhören. »Ich lebe noch, mehr kann man im Moment nicht sagen.«

»Ich soll verheiratet werden…«

»Ja, ich weiß, Liebes, ich weiß.«

Emma straffte sich und setzte ein tapferes Lächeln auf. »Nie hätte ich damit gerechnet, und schon gar nicht damit, einen Waliser zum Mann zu bekommen. Ich habe jedoch keine andere Wahl, und es gibt schlimmere Schicksale.«

»Ja«, bestätigte Alienor tonlos, »die gibt es.«

»Harry und Richard werden uns helfen«, sagte Marguerite voller Überzeugung, als sie erst vor Alienor niederkniete und sie dann küsste. »Mein Vater wird dieser Sache ein Ende bereiten.«

»Das hat er bis jetzt nicht getan«, hielt Alienor dagegen. »England ist eine von Wasser umgebene Insel. Wer wird sich für Frauen aus Frankreich, der Bretagne oder Aquitanien interessieren?« Ihr politischer Verstand regte sich und streckte die Fühler aus. »Ich möchte nur wissen, warum all diese Söldner zusammengezogen werden, um uns zu begleiten.«

»Die Schotten bedrohen Carlisle und Alnwick«, erwiderte Emma. »Und Nottingham befindet sich in den Händen der Rebellen. Philip von Flandern hat versprochen, Hilfe zu schicken, und schon eigene Söldner verschifft.«

»Warum müssen wir überhaupt fortgehen?«, fragte Marguerite. »Er hat uns ja fast mit Gewalt aus Fontevrault weggeholt.«

»Weil er es nicht wagt, eine von uns in der Normandie zurückzulassen, falls während seiner Abwesenheit ein Versuch unternommen wird, uns zu befreien«, erklärte Alienor. »Wir sind Geiseln, und er hält uns in der Abgeschiedenheit sowie in seiner Nähe. Er wird uns nicht auf der einen Seite des Kanals lassen, während er sich auf der anderen befindet – schon gar nicht, wenn er bedroht wird.«

Über Nacht schlug das Wetter um. Wolken zogen auf, erst weiß, dann schmutzig grau; und als die Geiseltruppe ihre Unterkunft verließ, sah sie sich einem Meer gegenüber, das aus sich auftürmenden grünen Wellen mit weißen Kämmen bestand. Die Überfahrt würde rau und wahrscheinlich stürmisch werden. Sowohl John als auch Joanna hatten große Augen bekommen und wirkten angespannt – als sie diese Reise das letzte Mal unternommen hatten, waren sie Kleinkinder gewesen, zu jung, um Angst zu verspüren. Alienor betrachtete das Meer voll böser Vorahnungen. Sie wollte keinen

Fuß auf das Schiff setzen, weil dies einen weiteren Schritt fort von allem darstellte, was sie ausmachte.

Sie sah Isabel an, die sich zu ihr gesellt hatte, während die Besatzung das Fallreep befestigte. »Vor zwanzig Jahren bin ich mit Henry von hier losgesegelt, um zur Königin von England gekrönt zu werden«, sagte sie, dabei starrte sie auf das Meer hinaus und verspürte ein leises Ziehen im Herzen. »Ich trug Harry im Leib, und Wills Hand lag in der meinen. Jetzt ist mein Schoß unfruchtbar, meine besten Jahre liegen hinter mir, und ich kehre als Gefangene und Geisel zurück. Harry verausgabt sich in einer Rebellion gegen einen Vater, der sich weigert, ihm jegliche Macht zu übertragen, und von meinem erstgeborenen Sohn ist nichts geblieben als Knochen und Staub in einem Grab.« Sie drehte sich zu Isabel um. »Darauf läuft es letztendlich hinaus – auf Knochen und Staub. Ist das, was dazwischen liegt, seinen Preis wert?«

»Es kommt darauf an, was du daraus machst«, erwiderte Isabel bestimmt und berührte ihren Arm. »Es ist an Gott, ein Urteil zu fällen, nicht an uns. Wir können nur unser Bestes tun. Sollen andere die Wahlen treffen, die sie wollen.«

»Ich bin nicht sicher, dass dies mein Bestes ist.« Alienor schluckte. »Oder wenn dem so ist, ist es ein klägliches Ergebnis, nicht wahr?«

»Du erweist dir einen schlechten Dienst.«

Alienor verzog das Gesicht. »Diesen schlechten Dienst habe ich mir vor langer Zeit erwiesen, als ich einen Brief an Henry FitzEmpress geschrieben und eingewilligt habe, ihn zum Mann zu nehmen.«

Der Wind frischte auf, als sie an Bord gingen, und als das Fallreep eingeholt wurde, bäumten sich die Wellenkämme auf wie wilde Pferde. Da die Kinder sowie Hamelin und Isabel mit ihr auf dem Schiff waren, musste sie nicht befürchten, dass Henry versuchen würde, während der Überfahrt einen tödlichen Unfall zu inszenieren. Dennoch war es möglich, dass das schlechte Wetter ihm die Arbeit abnahm. Alienor betrachtete die goldenen Löwen, die sich auf dem roten Seidenbanner am Bug seiner Galeere kräuselten, die ein Stück weiter entfernt lag. Henrys Umhang bauschte sich, als er über das Deck stapfte. Er hatte sie nach dem Treffen auf dem Hof weder noch einmal aufgesucht noch sie überhaupt eines Blickes gewürdigt, und sie war sowohl erleichtert als auch auf der Hut. Sie bemerkte eine Frauengestalt bei ihm an Bord – blauer Umhang, weißer Schleier – und empfand nur müde Gleichgültigkeit.

Als die Gezeiten wechselten, lichtete die englische Flotte die Anker und legte ab. Die Schiffe verließen den Hafen und gelangten auf das offene Meer hinaus, wo die Dünung stärker wurde und die Wellen gegen den Schiffsrumpf schlugen, während Gischt über den Plankengang geschleudert wurde. Die Besatzung kämpfte mit den Fallleinen, während der Steuermann Mühe hatte, das Schiff auf Kurs zu halten. Windböen peitschten über das Wasser, attackierten die Flotte und zogen weiter. Über den kohlschwarzen Himmel zuckten so grelle Blitze, dass sie sich hinter den Augenlidern einbrannten. Das Meer schwoll unter den Schiffen an und trieb sie vorwärts, die Segel blähten sich, und die Passagiere drängten sich wie ein Häufchen Elend in dem Verschlag an Deck zusammen. Die kleine Adeliza of Maurienne war noch nie auf einem Schiff gewesen, sie wimmerte und zitterte zwischen Brechreizanfällen erbärmlich. Isabel legte ihr eine Decke um die Schultern, hielt sie fest und wiegte und beruhigte sie. John, der das Drama genoss, warf seiner zukünftigen Braut einen angewiderten Blick zu.

Da sie meinte, gleich zu ersticken, verließ Alienor den

Unterstand, stellte sich auf das Deck, sog die salzige Luft in tiefen Zügen ein und ließ den Wind auf sich einhämmern.

Robert Maudit, der sich ebenfalls an Deck aufhielt und dem Steuermann etwas zubrüllte, sah sie und kam auf sie zu. Er musste sich dabei an den Fallleinen festhalten, sein Gesicht war vor Sorge und Zorn angespannt. Bevor er sie erreichte, trat jedoch Hamelin gleichfalls aus dem Unterstand und scheuchte ihn weg.

»Madam, draußen an Deck ist es nicht sicher«, rief er. »Ihr könntet über Bord gespült werden. Ihr müsst wieder hineingehen.«

»Könnte das denn schlimmer sein als das Schicksal, das mich in England erwartet?« Sie sah Hamelin an. »Lass mir diesen Moment. Ich habe dich immer für weniger grausam gehalten als deinen Bruder.«

Eine mächtige Welle krachte gegen das Schiff. Alienor wurde gegen Hamelin geschleudert und von eisiger Gischt durchnässt. Er packte sie mit einem festen Griff, und sie spürte seinen harten, muskulösen Körper und seine kräftigen Arme. Eigenartigerweise fühlte es sich an, als würde Henry sie halten, und doch so ganz anders.

»Geht Ihr jetzt wieder hinein?«, fragte er.

»Einen Moment noch.« Sie ergriff seine Hand. »Versprich mir, gut zu Isabel zu sein und dein Bestes für John und Joanna zu tun.«

Er hob die Brauen. »Das versteht sich von selbst. Ihr braucht mir kein Versprechen abzunehmen.«

»Doch, das muss ich.« Sie musterte ihn lange abschätzend. »Mehr steht nicht in meiner Macht. Und ich werde dir noch etwas sagen. Bei all deiner Treue zu Henry, Hamelin – sei auf der Hut. Lass nicht zu, dass er dich zerstört. Henry ist ein Sturm, den nur wenige überleben.«

»Ich bin inzwischen gut darin, Stürme zu überstehen«, erwiderte Hamelin gleichmütig. »Die Hauptschwierigkeit besteht darin, die tückischen Felsen vor der Küste zu umschiffen.«

»Versprich es mir.«

»Ich schwöre es.« Er löste seine Hand aus der ihren. »Aber nicht Euch zuliebe.«

»Darum würde ich auch nie bitten, ich weiß, wo Eure Loyalität liegt, Mylord.«

Alienor ging in den Deckverschlag zurück. Hamelin war konservativ, aber seiner Meinung nach immer absolut gerecht. Was vermutlich eine Gnade war.

Isabels Kaplan hatte Gebete angestimmt, und die Atmosphäre war nicht mehr so gedrückt. Die Passagiere würgten immer noch, doch ihre Mägen waren leer. Alienor kniete nieder, schloss die Augen und senkte den Kopf, um über den Rosenkranz in ihrer Hand Gebete zu murmeln.

Kurz nach Mittag drehte der Wind und ließ etwas nach, und die Flotte konnte wie an einem festen Zügel gehaltene Pferde auf die englische Küste zugaloppieren. Die Segel waren nur noch zerfetzte Lumpen, die Seemänner erschöpft und die Passagiere durchgerüttelt. Sie waren nass und schmutzig, aber am Leben. Eine Stunde vor Sonnenuntergang rissen die Wolken auf; Abendlicht ließ das Meer glänzen und tauchte den Hafen von Southampton in Gold- und Bronzeschattierungen, als die lädierte Flotte einlief. Während ihre Mitpassagiere jubelten und sich umarmten, empfand Alienor nur Resignation. Sie hatte Henrys Flaggschiff vor ihnen auf ihrer Steuerbordseite gesehen. Es war zu viel verlangt gewesen zu hoffen, dass ihre Gebete erhört worden waren und es im Sturm gekentert war.

45

Southampton, Juli 1174

Nach dem wilden Vortag hatte sich das Meer beruhigt und plätscherte unter einem Himmel mit aufgerissener Wolkendecke fast liebevoll an die ramponierte, mit Tang übersäte Küste.

Dem vom Sturm geplagten englischen Hof war zur Erholung nur eine Nacht der Ruhe in dem hölzernen Bergfried von Southampton vergönnt, da Henry mit seiner üblichen dämonischen Energie die Weiterreise in das Binnenland vorbereitete. Noch vor der Morgendämmerung wurde die Fracht von den Schiffen in Karren und auf Packpferde verladen, die in der Stadt beschafft worden waren.

Alienor wurde noch von der Überfahrt schmutzverschmiert und in denselben salzfleckigen Kleidern unter Bewachung zu Henrys Kammer geführt. Der Raum war bis auf eine Bank vor dem Kamin leer, alles andere war schon in die Karren verladen worden. Er stand vor der kalten Feuerstelle und trommelte mit den Fingern auf seinem Gürtel herum. Sein Gesicht spiegelte Ungeduld wider, sein Mund glich einem harten, dünnen Strich. Wie hatte sein Kuss ihr je Vergnügen verschaffen können?

»So.« Trotz des Zustands ihrer Kleider hielt sie sich sehr gerade. »Hast du mich hierherbringen lassen, um erneut deine ehelichen Rechte einzufordern?«

Er warf ihr einen gereizten Blick zu. »Eigentlich will ich

dich überhaupt nicht sehen, aber ich bin mir meiner Pflicht bewusst, auch wenn du nicht an die deine denkst.«

Alienor hob die Brauen und schwieg.

»Ich schicke dich nach Sarum, und dort wirst du in Robert Maudits Obhut so lange bleiben, wie ich es für notwendig erachte. Jeglicher Kontakt mit unseren Söhnen und Töchtern ist dir untersagt, es sei denn, ich gestatte ihn dir ausdrücklich.«

»Wie sehr musst du mich fürchten«, sagte sie mit einem spöttischen Lächeln, obwohl sie sich innerlich vernichtet fühlte. »Du hast alles getan, um mir meine Macht zu nehmen, weil du mit ihr nicht leben kannst, nicht wahr? Außerdem fürchtest du deine Söhne, und das mit Recht.«

In seinen Augen flackerte Hass. »Du hast sie mit deinen Intrigen gegen mich aufgehetzt, aber am Ende werden sie in den alten Stall zurückkehren. Gegen mich kommen sie nicht an.«

Dieselben alten Argumente, dieselben alten Schuldzuweisungen und Irrtümer. »In ihren alten Stall? Sie sind keine Schafe. Sie sind Löwen, und sie sind jünger als du. Sperr sie ein, so viel du willst, ihre Zeit wird kommen.«

»Die Eure ist vorüber, Madam, da bin ich mir sicher.«

»Du bist dir immer sicher, Henry. Du bist dir so sicher, dass jeder dich verraten wird, dass du eine sich selbst erfüllende Prophezeiung daraus gemacht hast. Schick mich fort, und lass mich verrotten, aber ich verspreche dir, dass ich dich für den Rest meines Lebens verfolgen werde. Verbann mich aus deiner Nähe, aber ich werde immer ein Stachel in deinem Fleisch bleiben.«

»Deine Drohungen sind so hohl und kraftlos wie du selbst«, gab er zurück. »Was immer jetzt geschieht, wird nicht von dir bestimmt, sondern von mir. Ja, du wirst mir Unannehmlichkeiten bereiten, aber nicht mehr, als das ein Läusebiss tut, und ich halte dich zwischen meinen Fingernägeln. Denk darüber nach. Ich kann dich jederzeit zerquetschen. Und glaub nicht, dass sich unsere Söhne auf deine Seite schlagen werden. Sie werden Männer, wie du mir ja immer klarmachst, und sobald ich unsere Differenzen beigelegt habe, werden sie sich an mich halten, weil ich über die Macht verfüge, nicht du.« Er zeigte ihr seine geballte Faust, um seine Worte zu unterstreichen. »Ja, sogar dein geliebter Richard. Ich werde ihn nach Poitiers schicken, ihn dort herrschen lassen und ihn dabei aus der Ferne beaufsichtigen, statt so an ihm zu kleben wie du. Deine Zeit ist vorbei. Deine Drohungen gleichen nur noch dem hilflosen Fauchen einer Katze.«

Er rückte seinen Umhang zurecht. »Du wirst dich nach Sarum zurückziehen, um auszuruhen und Zwiesprache mit Gott zu halten. Denjenigen, die nach dir fragen, wird mitgeteilt, dass du dich nicht wohlfühlst und Ruhe und Einsamkeit brauchst. Alle, die sich noch an deine Schwester erinnern, werden wissen, was ich meine.« Sein Blick blieb an dem Perlenring hängen, den ihr die Kaiserin kurz nach Harrys Geburt geschenkt hatte. »Den werde ich in Verwahrung nehmen«, sagte er. »Ich bezweifle, dass meine Mutter jetzt noch wollen würde, dass du ihn trägst – und was mich betrifft, so hast du das Recht auf ihn verwirkt.« Er packte ihre Hand und zerrte den Ring von ihrem Finger, und als Alienor sich zur Wehr setzte und sich loszumachen versuchte, verstärkte er seinen Griff, bis ihr ein Schluchzen entfuhr. Keuchend und mit triumphierend leuchtenden Augen, schloss er die Hand um das Schmuckstück und verließ die Kammer. Alienor kniff die Augen fest zusammen. Tiefe Trostlosigkeit und Verzweiflung stiegen in ihr auf. Aber sie weinte noch immer nicht.

Zwei von Henrys Rittern betraten den Raum, um sie in den Hof hinunterzugeleiten, und sie ging wie betäubt mit ihnen. Drei Gepäcktrosse warteten dort, einer von Henry, und die beiden anderen waren für die Frauen zusammengestellt worden. Henry selbst beabsichtigte, an der Spitze des Trupps zu reiten, denn sein weißes Pferd stand gesattelt bereit. Ohne sie eines Blickes zu würdigen, schob er einen Fuß in den Steigbügel, schwang sich in den Sattel und trieb das Pferd zu einem Kanter an. Eine Schar von Rittern und Unteroffizieren folgte ihm, darunter auch Hamelin, obwohl Isabel mit den anderen Frauen und den Kindern zurückblieb.

Alienor wurde von den anderen getrennt in einer Reisekutsche untergebracht, woraufhin sich Isabel mit schmalen Augen an Robert Maudit wandte. »Ich werde mit der Königin reisen«, sagte sie kurz. »Und Lady Joanna und Lord John ebenfalls.«

»Der König …«

»… ist mein Schwager und hat momentan anderes im Kopf. Ich werde mit ihm sprechen, sobald es mir möglich ist. Doch in der Zwischenzeit appelliere ich an Euer Mitgefühl und Euer gutes Urteilsvermögen, Mylord.«

Maudit runzelte die Stirn, fügte sich aber nach einem Moment Isabels Wünschen. Sie schob die Kinder in das Gefährt, stieg dann selbst ein und nahm neben Alienor zwischen den Kissen Platz. »Das ist unschicklich.« Sie strich ihr Gewand glatt. »Wie können sie es wagen, dich so zu behandeln?«

Alienor schüttelte den Kopf. »Henry kann alles tun, was ihm beliebt, und es dient immer seinen eigenen Zwecken.« Sie betrachtete die hellere Stelle an ihrem Finger, wo der Ring der Kaiserin einen Abdruck und eine Erinnerung hinterlassen hatte.

Die Kutsche rumpelte aus Southampton hinaus, ließ das Meer hinter sich, und sie erreichten das offene Land mit all seinen vom Regen freigesetzten Düften des Sommers. Sonnenlicht funkelte in den Pfützen. Ein herrlicher Tag, um mit den Falken auszureiten – keiner, um unter schwerer Bewachung in die Gefangenschaft verbannt zu werden.

»Wo will Henry hin?«

»Hamelin sagt, nach Canterbury«, erwiderte Isabel. »Um an Erzbischof Thomas' Grab zu beten und dafür Buße zu tun, dass seine Worte vielleicht der Auslöser des Mordes waren.«

»Um Buße zu tun?« Alienor lachte spöttisch auf. »Behauptet er das?«

Isabel wirkte sorgenvoll. »Vielleicht empfindet er wirklich Reue.«

»Darüber, dass er sich bußfertig zeigen muss, bestimmt.« Alienor verzog die Lippen. »Aber wenn er wirklich vor Beckets Grab niederkniet, dann nicht aus Reue – eher aus Furcht vor den Konsequenzen, die sich ergeben würden, wenn er es nicht täte. Zu seinen Lebzeiten wäre er nie vor ihm auf die Knie gefallen und hätte um Vergebung gebeten … er betrachtet ihn jetzt, wo er tot ist, als eine noch größere Plage als zuvor. Nein«, fuhr sie zynisch fort. »Henry wird an Beckets Grab beten und die größte Zurschaustellung von Reue und Frömmigkeit inszenieren, die die Welt je gesehen hat, aber nur deshalb, weil er weiß, dass der einzige Weg, die Kontrolle zu behalten, darin besteht, ein Schauspiel aufzuführen, das Becket aufwertet und im ganzen Christentum in aller Munde ist. Es wird Ruhe im Land einkehren lassen, und dort, wo das nicht der Fall ist, werden seine Brabanzonen Verwüstungen anrichten.«

Isabel starrte sie entsetzt an.

»Sieh mich nicht so an«, versetzte Alienor matt. »Ich habe allen Grund, so etwas zu sagen. Du denkst von allen Menschen immer nur das Beste, und das hilft dir, dein Leben zu bewältigen, aber ich kann nicht die Augen vor dem verschließen, was sich vor meiner Nase abspielt. Ich vertraue dir ebenso sehr, wie ich jedermann vertraue, aber egal was du tust und egal wie gern du mir helfen willst, Hamelin und deine Kinder sind dir wichtiger, und Hamelin ist Henrys Bruder. Du wirst mich bis zum Abgrund begleiten, aber du wirst nicht springen – und ich mache dir keinen Vorwurf daraus.«

Isabel biss sich auf die Lippe. »Es stimmt, ich bin immer bereit, von allen Menschen das Beste zu denken«, gab sie nach einem Moment zu. »Ich kann nicht anders.« Ihre Augen füllten sich mit Tränen. »Ich werde dir helfen, so gut ich kann. Vielleicht springe ich nicht, aber ich werde dir ein Seil herunterlassen, das verspreche ich dir, und ich werde es niemals loslassen.«

Sie erreichten Sarum gegen Ende des Tages, ihre Kutsche knarrte den Hügel zu der darauf erbauten weiß getünchten Burg hoch. Im Winter, wenn eisige Winde über die Downs fegten und Graupel gegen alle Fensterläden prasselte, war Sarum ein wilder, trostloser Ort – grau, kalt und dunkel wie Verzweiflung. Selbst heute, bei gutem Wetter, wehte eine kräftige Brise über den alten Hügel und zerrte an den Bannern auf den Turmmauern. Alienor fragte sich, wie lange Henry sie hier einkerkern würde. Bis sie an Kälte und Vernachlässigung starb? Bis sie zu einer ersterbenden Stimme im Wind wurde?

Alienor stieg aus der Kutsche und blickte zum Himmel empor. Erneut ballten sich Sturmwolken zusammen, und dennoch leuchtete hinter ihnen eine silberne Helligkeit, und zwischen ihnen drängten sich schimmernde Strahlenschwerter hervor und tauchten das Palastgebäude und den dahinterliegenden Kathedralenbereich in ihren Glanz.

Die finstersten Verliese waren die des Geistes. Sie konnte entweder in einen Brunnen schwarzer Verzweiflung fallen oder sich an das Licht klammern und die Hoffnung am Leben erhalten. Wenn sie Freiheit in sich selbst fand, dann würde Henry sie nicht verletzen können, und sie hätte immer noch gewonnen, obwohl sie alles verloren hatte.

Die größte Herausforderung lag noch vor ihr.

Anmerkung der Autorin

Das Herz der Königin ist der zweite Roman meiner Trilogie über Alienor von Aquitanien, eine der berühmtesten und faszinierendsten Königinnen des Mittelalters. Wie ich im Nachwort des ersten Romans der Reihe *Das Lied der Königin* schon angemerkt habe, ist das, was wir zu wissen glauben, nicht immer die ganze Geschichte und von den Filtern abhängig, die zur Anwendung kommen.

Zwei Bemerkungen, auf die ich in Bezug auf Alienor oft stoße, lauten, dass sie eine der mächtigsten Frauen des Mittelalters und dass sie ihrer Zeit voraus war. Diese Behauptungen sagen einiges darüber aus, wie wir sie im Zusammenhang mit unserer eigenen Kultur darzustellen beschlossen haben, und ich stimme ihnen nicht ganz zu. Dennoch würde ich sagen, dass Alienor eine unverwüstliche Natur und einen unbeugsamen Willen hatte. Meiner Ansicht nach war sie eine Frau ihrer Zeit, die gegen herrschsüchtige Ehemänner anzukommen versuchte, die ihren Platz in der Gesellschaft kannten und wussten, dass der Platz der Frau naturgemäß dem ihren untergeordnet war, was in besonderem Maß auf Henry II zutraf, der es vorzog, seine Macht mit niemandem zu teilen.

In den frühen Jahren ihrer Ehe vertraute Henry Alienor die Regentschaft über England an, während er auf dem Kontinent zu tun hatte, durchsetzte ihren Haushalt aber zugleich mit Männern seiner Wahl, was auch für ihren Haushofmeister und ihren Kanzler galt. Anstatt ihr freie Hand zu lassen, wurde von Alienor erwartet, eng mit königlichen Bevollmächtigten zusammenzuarbeiten, zum Beispiel mit Henrys einflussreichem Justiziar Richard de Lucy. Als Henrys Herrschaft voranschritt, übernahmen Männer wie de Lucy die maßgeblichen Rollen, und Macht und Einfluss der Königin wurden weiter eingeschränkt. Alienor hatte weniger zu sagen als ihre Vorgängerinnen und ihre Schwiegermutter, deren Handschrift bei der Regierung der Normandie in den 1150ern und frühen 1160ern deutlich zu erkennen ist und deren Rat Henry oft einholte.

Ich nehme stark an, dass Henry gemischte Gefühle bezüglich des Umstands hegte, eine wohlhabende, kultivierte Frau zu haben, die ihm geistig ebenbürtig war und über neun Jahre mehr Lebenserfahrung verfügte als er. Das Verhältnis zu seiner Mutter war anders, er konnte ihr blind vertrauen und wusste, dass sie immer auf seiner Seite stand. Ich glaube, dass er sich bei Alienor in diesen Punkten nicht so sicher war.

Während der ersten vierzehn Jahre ihrer Ehe mit Henry scheint Alienor entweder schwanger gewesen zu sein oder sich von Schwangerschaft und Geburt erholt zu haben. Zwischen 1155 und 1158 bekam sie kurz nacheinander vier Kinder. Henry junior (Harry) wurde im Februar 1155 geboren, Matilda im Sommer 1156, Richard im September 1157 und Geoffrey im September 1158. Einige Historiker gehen davon aus, dass sie entweder zwischen Geoffrey und der Geburt der kleinen Alienor 1161 oder zwischen 1162 und Joannas Geburt 1165 eine Fehlgeburt erlitten hat. Ob dies nun zutrifft oder nicht, die ständigen Schwangerschaften mussten eine schwere körperliche Belastung dargestellt haben. Eine der vornehmlichen Aufgaben einer Königin bestand darin, Erben – vorzugsweise männliche – zur Welt zu bringen, und

Alienor dürfte dies als wichtigen Teil ihrer Pflichten betrachtet haben, als etwas, wozu nur sie imstande war. Sich als mittelalterliche Königin als fruchtbar zu erweisen war der Weg zum Erfolg.

Im Mittelalter glaubte man, dass eine Frau während der Schwangerschaft die Fähigkeit verlor, rational zu denken. Es herrschte auch die Furcht, dass die Gebärmutter in ihrem Körper umherwandern könnte (der Ursprung des Wortes Hysterie). Dies galt als ernstes medizinisches Problem, das man unter anderem dadurch behandelte, unter der Nase der Betroffenen eine Adlerfeder zu verbrennen – der Gestank sollte dann die Gebärmutter veranlassen, hastig an ihren richtigen Platz zurückzurutschen.

Henry hat sich nicht darauf beschränkt, nur mit Alienor das Bett zu teilen. Vor seiner Hochzeit mit ihr hatte er mit Jeoffrey FitzRoy bereits einen illegitimen Sohn. Der Junge sollte angeblich der Sohn einer gewöhnlichen Hure namens Hikenai sein, aber meiner Meinung nach ist dieser Name das Produkt der Gerüchteküche und voreingenommener Geistlicher. Hikenai kann ein Wortspiel mit der Bezeichnung für ein minderwertiges Reitpferd sein. Sowohl in *Das Lied der Königin* als auch in *Das Herz der Königin* habe ich die Figur Hikenai in Aelburgh umbenannt.

Wir kennen die Einzelheiten von Jeoffreys frühen Lebensjahren nicht, also hielt ich es für durchaus im Bereich des Möglichen, dass er einen Teil dieser Zeit bei seiner Großmutter in der Normandie verbracht hat, aber ich gebe zu, dass dies eine Vermutung ist, die gut in die Handlung passt. Er kann auch einen Teil seiner Kindheit lang in Wiltshire gelebt haben, denn er wurde später im Leben damit aufgezogen, dass er Französisch mit dem Akzent von Marlborough sprach.

Henry hatte wenigstens vier (wahrscheinlicher sechs) uneheliche Kinder von verschiedenen Müttern, aber abgesehen von Jeoffrey kommen sie in *Das Herz der Königin* nicht vor. Es ist nicht bekannt, dass Henry mit seiner langjährigen Geliebten Rosamund de Clifford Kinder gehabt hat. Dem nach zu urteilen, was man über seine zahlreichen Mätressen weiß, scheint Henry sehr junge Frauen – fast noch im Teenageralter – bevorzugt zu haben. Ich nehme an, dies lag daran, dass sie unbeschriebene Blätter und leicht manipulierbar waren – ganz im Gegensatz zu seiner Frau.

Über die Charaktere Isabel de Warenne und ihre Ehemänner Nachforschungen anzustellen war sehr interessant. Isabels erster Mann William war eine eher tragische Figur: der jüngste Sohn von König Stephen und somit ein potenzieller Thronerbe. William und Isabel wurden verheiratet, als sie beide sehr jung waren; er war noch ein Kind. Während der Friedensübereinkunft von 1153 verzichtete er auf sein Anrecht auf den Thron, dennoch musste die Beziehung zwischen ihm und Henry II, seinem Cousin zweiten Grades, etwas angespannt gewesen sein. William starb während des Rückzugs aus Toulouse. Isabel, jetzt eine junge, begehrenswerte Witwe, wurde dann als mögliche Ehefrau für Henrys jüngsten Bruder vorgesehen, der ebenfalls William hieß (manchmal habe ich mich geradezu verzweifelt gefragt, wer im 12. Jahrhundert nicht William hieß!).

William FitzEmpress wurde es zum Verhängnis, dass Thomas Becket entschlossen war, Henry II eine Lektion zu erteilen, nachdem dieser den Frevel begangen hatte, Mary de Boulogne mit Gewalt aus einem Kloster zu holen und zur Ehe mit Matthew of Alsace zu zwingen. Der Legende zufolge war der junge Mann so verzweifelt, dass er zu seiner Mutter in die Normandie zurückkehrte und sich dort vor Gram verzehrte, bis er starb. Hier vermute ich eine gehörige Dosis politischer und künstlerischer Freiheit. Kein Angeviner hat sich je vor Gram verzehrt! Wahrscheinlich starb William an einer auszehrenden Krankheit oder eines anderen natürlichen Todes, aber die Anti-Becket-Partei fand es zweckdienlich, dem aufmüpfigen Erzbischof die Schuld in die Schuhe zu schieben. Tatsächlich wird von Richard Brito, einem seiner Mörder, behauptet, er habe gesagt, er hätte den tödlichen Hieb gegen Beckets Körper wegen seines früheren Herrn geführt, dessen Gefolgsritter Brito gewesen war. Ich schätze, Brito war Land von den de Warenne-Gebieten versprochen worden, und er war wenig erfreut darüber, am Ende mit leeren Händen dazustehen.

Henry setzte seinen Willen trotzdem durch, indem er seinen illegitimen Halbbruder Hamelin, den Vicomte de Touraine, mit Isabel verheiratete und der angevinischen Linie so ihre ausgedehnten Ländereien sicherte. Ich habe mir ausgemalt, dass Hamelin und Isabel eine harmonische Beziehung führten, teils, um das Gift in Henrys und Alienors sich ständig verschlechternder Ehe abzumildern, und teils, weil sie während ihrer vierzigjährigen Ehe scheinbar ein ausgezeichnetes Gespann abgaben. Isabel gebar Hamelin drei Töchter und einen Sohn, und dazwischen widmete sich das Paar dem Bau des großen Bergfrieds von Conisborough, der sowohl jeden erdenklichen Komfort bot, den ein Earl und seine Frau sich wünschen konnten, als auch als stattliche Festung ein Machtsymbol darstellte.

Durch ihre Heirat mit Hamelin wurde Isabel de Warenne Alienors Schwägerin. Ich vermute stark, dass sich im Lauf der Jahre eine tiefe Freundschaft zwischen ihnen entwickelte und dass sich ihre Kinder und Familien nahestanden. Einige der Gründe für diese Vermutung hebe ich mir für den dritten Teil der Trilogie, *The Autumn Throne*, auf, aber es reicht, wenn ich sage, dass meiner Meinung nach viel für eine enge Freundschaft zwischen den beiden Frauen spricht. Nebenbei bemerkt, musste ich lächeln, als ich feststellte, dass Isabel de Warenne William Marshals Stiefcousine war, da ihre Mutter Williams Onkel Patrick geheiratet hatte. Ich muss sicher nicht extra erwähnen, dass ich entzückt bin, William Marshal selbst in die Geschichte zurückbringen zu können. Es war wundervoll, ihm wiederzubegegnen und zu wissen, dass es noch mehr über ihn zu erzählen gibt.

In *Das Herz der Königin* habe ich mich auf Alienor und ihr Leben sowie ihre Zeit aus ihrer Sicht und mit ihren Problemen konzentriert. Mir war klar, dass ich keinen Roman über die Herrschaftszeit von Henry II schreiben konnte, ohne auf seine problematische Beziehung zu Thomas Becket einzugehen. Obwohl sie ein wichtiges Element in der Geschichte darstellt, habe ich mich bewusst dafür entschieden, sie nur dann in den Mittelpunkt zu rücken, wenn Beckets Interaktionen in direktem Zusammenhang mit Alienor standen. Schließlich ist es ihre Geschichte.

Es hieß oft, dass Alienor ihre Söhne gegen ihren Vater aufgewiegelt hat. Diese Behauptung wurde damit begründet, dass die Söhne zu jung und zu unreif waren, um auf diese Weise rebelliert zu haben. Es wurde ihr auch unterstellt, dass sie sich gegen Henry gestellt hat, weil sie von seiner Liebschaft mit Rosamund de Clifford erfuhr. Meiner Meinung nach sind beide Argumente nicht stichhaltig. Ich glaube, dass die Art, wie Henry sie in vieler Hinsicht behandelt hat – dass er die Herrschaft über ihr Herzogtum übernahm und immer mehr Macht an sich riss –, Alienor alle Illusionen geraubt und sie verärgert und verbittert hat. Mit Rosamund wiederholte sich, denke ich, einmal mehr das alte Spiel, nur dass die Affäre Alienor vielleicht etwas mehr Kopfzerbrechen bereitete, weil Rosamund für Henry mehr war als nur eine kurze Liebschaft; aber eine so pragmatische Frau wie Alienor würde deswegen schwerlich eine ausgewachsene Rebellion anzetteln.

Henry II war schlicht und ergreifend ein dominantes, kontrollsüchtiges Alphamännchen – was für einen mittelalterlichen König sowohl vorteilhaft als auch nachteilig war. Er wollte alles selbst in die Hand nehmen und weigerte sich, Macht abzugeben, sobald er sie an sich gebracht hatte. Es gab weder Vollmachten für seine Söhne noch für seine Frau. Nachdem es ihm nicht gelungen war, Toulouse einzunehmen, ein Projekt, das Alienor seit ihrer Zeit als Königin von Frankreich sehr am Herzen lag, brachte Henry das Land schließlich durch politisches Taktieren unter seine Oberherrschaft. Er schloss ein Ehebündnis für seinen jüngsten Sohn John, wodurch Toulouse von pro-angevinischen Interessen umgeben war. Um zu überleben, hielt Raymond of Toulouse es für ratsam, Henry den Treueeid zu leisten. Entscheidend war, dass er den Eid nicht Alienor schwor, die ihn als Herzogin von Aquitanien eigentlich hätte entgegennehmen sollen. Indem er Henry huldigte, gab er ihm den Vorrang, und vielleicht war das der Tropfen, der das Fass zum Überlaufen brachte.

Als sich Alienors Söhne gegen ihren Vater auflehnten, musste sie sich zwischen ihrem Mann, der sie immer wieder, Jahr für Jahr, herabgesetzt und enttäuscht hatte, und ihren Söhnen entscheiden, die ihre Zukunft darstellten und die vielleicht ihren mütterlichen Rat suchen würden, vor allem ihr geliebter Richard. (Zufällig ist der Brief von Rotrou, dem Erzbischof von Rouen, wortwörtlich wiedergegeben.) Ich persönlich glaube, dass der junge König auch ohne Anleitung seiner Mutter für eine Rebellion reif war. Henry II war sehr wohl imstande, sich aus eigener Kraft seinen Söhnen zu entfremden. In der Tat hat Harry in den Jahren, die zu der Rebellion führten, mehr Zeit mit seinem Vater als mit Alienor verbracht. Während ich *Das Herz der Königin* schrieb, kam ich zu dem Schluss, dass Henry II zwar in vielerlei Hinsicht ein großer König war, man ihm aber viel zu lange viel zu viel hat durchgehen lassen.

Um die weniger schwungvollen Pinselstriche in dem Roman abzudecken, dachte ich, die Leser würden auch die folgenden Kleinigkeiten interessant finden.

Ich habe Henrys Erben Harry genannt, um ihn von seinem Vater zu unterscheiden. Harry ist eine frühe anglisierte Version von Henry. Ich habe auch den legitimen und den illegitimen Sohn von Henry II voneinander abgegrenzt, indem ich sie Geoffrey und Jeoffrey genannt habe. Zu den Albträumen eines Verfassers historischer Fiktion gehört die mittelalterliche Vorliebe dafür, allen dieselben Namen zu geben.

Lesern von *Der Ritter der Königin*, meinem Roman über William Marshals Leben, könnte auffallen, dass Marguerites Position in der Geschichte leicht verändert wurde, was daran liegt, dass die Recherchen nie enden. König Louis hat es zur Bedingung gemacht, dass Alienor keinesfalls die Erziehung seiner Tochter übernehmen durfte, daher erscheint es wahrscheinlich, dass sie bis zu ihrem zwölften oder dreizehnten Lebensjahr fern des angevinischen Hofes und nicht in Alienors Haushalt aufgewachsen ist.

Ich muss erklären, warum ich im zwölften Kapitel den Affen Robert genannt habe. Im Mittelalter war es üblich, dass alle Tiere und Vögel Namen hatten, die sich auf ihre Art bezogen. So hießen zum Beispiel alle Katzen Gylbert oder Tybald (daher Tibbles), alle Spatzen Philip, alle Rotkehlchen Robin und alle Zaunkönige Jenny. Und alle Affen hießen Robert.

Um beim Thema Tiere zu bleiben – ich habe Henry eine Menagerie in Woodstock zugeschrieben. Sein Großvater Henry I unterhielt dort erwiesenermaßen eine solche mit Kamelen und einem Stachelschwein, wie ich im Roman erwähne. König John besaß mindestens einen Löwen. Also hielt ich es für wahrscheinlich, dass während der Herrschaft von Henry II dort auch exotische Tiere lebten, wenn sie auch in geschichtlichen Dokumenten nicht erwähnt werden.

Touristen, die das Vereinte Königreich besuchen, können die Ruine von Old Sarum in Wiltshire besichtigen, wo Henry II Alienor nach der Rebellion von 1173 gefangen hielt. Viel gibt es heute dort nicht zu sehen, aber die Informationstafeln des English Heritage vermitteln dem Besucher einen gewissen Eindruck. Was man dort noch findet, ist reichlich Atmosphäre. Ein päpstliches Dokument von 1217 besagt über die an den Palast angrenzende Kathedrale: ›Die fortgesetzten Windböen verursachen einen solchen Lärm, dass diejenigen, die dort das Brevier beten, sich gegenseitig nicht verstehen können.‹

An einem warmen Sommertag ist Old Sarum herrlich, wenn der frische grüne Duft der Downs über den alten Hang weht. Für Reisende des 12. Jahrhunderts lag es weniger als einen Tagesritt von der großen mittelalterlichen Stadt Winchester und dem Hafen von Southampton entfernt, aber an trüben, trostlosen Wintertagen muss es einem dort eingekerkerten Gefangenen wie das Ende der Welt vorgekommen sein – eine aus der abgelegenen Landschaft herausragende Winterkrone.

Alienors Geschichte wird in *The Autumn Throne* fortgesetzt.

Anmerkung für die Leser

Statt ›Eleanor‹ habe ich in diesem Roman ›Alienor‹ verwendet, da sie sich selbst so genannt hätte und Alienor als Name in Dokumenten und in den anglonormannischen Texten erwähnt wird. Ich fand es angemessen, ihr diese Anerkennung zuteilwerden zu lassen.

Danksagung

Wie immer möchte ich mich herzlich bei dem Team von Little, Brown und bei meinen wundervollen Redakteurinnen Rebecca Saunders und Hannah Green bedanken, ferner bei Richenda Todd, mit der ich in der Redaktionsphase nun schon einige Jahre zusammengearbeitet habe. Wenn die Daten in dem Roman größtenteils stimmen, verdanke ich das ihren Adleraugen, denen sofort auffällt, wenn sich in den verschiedenen Manuskripten Abweichungen finden! Außerdem möchte ich Stephanie Melrose für ihre Hilfe und Begeisterung auf der PR-Seite der Teamarbeit danken.

Mit meiner Agentin Carol Blake arbeite ich seit dem Beginn meiner Karriere zusammen, und ich möchte ihr und allen bei Blake Friedman dafür danken, dass sie mir eine stabile Basis bieten, sich für mich einsetzen, durch Verträge dafür sorgen, dass ich finanziell flüssig bleibe – und für all den Spaß und die Freundschaft.

Meinen Lesern danke ich gleichfalls für all den Spaß und die Freundschaft. Ich unterhalte mich so gerne bei Facebook mit euch. Ihr seid fantastisch, und ihr bereichert mein Schriftstellerdasein sehr.

An der häuslichen Front muss ich meinem Mann, der immer noch mein treuer Fan ist und abgesehen davon, dass er nie still sitzt, Henry II nicht im Geringsten gleicht, den Ritterschlag verleihen. Dasselbe gilt für meine Freundin Alison

King, deren außergewöhnliche Gabe mir auf zahllose Arten geholfen hat, diesen Roman zu schreiben.

Euch allen ein herzliches Dankeschön!

Die normannischen und angevinischen Könige von England

William der Eroberer =
Herzog der Normandie 1037–87
König von England 1066–87

Robert Curthose,
Herzog der Normandie
1087–1108

William II,
König von England
1087–1100

König von Engla[nd]
Herzog der Norman[die]

Alienor von
Aquitanien
* 1124 † 1204

William
* 1153
† 1156

Henry
* 1155 † 1183
⚭ Margaret
von Frankreich

Matilda
* 1156 † 1189
⚭ Henry,
Herzog von Sachsen

RICHARD I
* 1157 † 1199
König 1189

William
starb bei der Geburt

Henry,
Pfalzgraf
des Rheins

Otto von Brunswick
König von
Deutschland

Berenger

Matilda von Flandern

enry I = Matilda
00–35
06–35

Fulk V
Graf von Anjou 1109–29
König von Jerusalem 1131–43

Adela = Stephen,
Graf von Blois

enry = Matilda = (2) Geoffrey,
(1) Graf von Anjou 1131–51
aiser Herzog der Normandie 1144–50

Stephen, König von England 1135–54 = Matilda von Boulogne

= (2) HENRY II
* 1133 † 1189
König von England 1154–89

Eustace
† 1153

William
† 1159

Geoffrey
* 1158 † 1186
⚭ Constance
von Britannien

Eleanor
* 1162 † 1215
⚭ König Alphonse
VIII von Kastilien

Joan
* 1165 † 1199
⚭ (1) König William
von Sizilien
(2) Raymond VI,
Graf von Toulouse

JOHN
* 1166 † 1216
König 1199
⚭ (1) Isabel von
Gloucester
(2) Isabel von
Angoulême

Eleanor

Arthur von Britannien

Raymond VII,
Graf von Toulouse

Blanche
⚭ König Louis VIII
von Frankreich

Urraque

Eleanor

Henry

HENRY III
König 1216–1272

Richard

Joan

Isabel

Eleanor

Die Familie Louis' VII von Frankreich

LOUIS VI
(*1081 †1137)
⚭ Adelaide von Maurienne
(†1154)

Philip
(†1131)

LOUIS VII
(*1120 †1180)

Henry
Bischof von Beauvois
Erzbischof von Reims
(†1175)

dreimal verheiratet

(1) Alienor von Aquitanien
(* 1124)
⚭ 1137, geschieden 1152

Marie
(†1198)
⚭ Henri, Graf der
Champagne

Alix
(†ca. 1198)
⚭ Theobald V,
Graf von Blois

(2) Constance von Kastilien
⚭ 1154 (†1160)

Henry II der
Champagne
⚭ Isabella von
Jerusalem

Margaret
⚭ (1) 1160 Henry, Sohn
von Henry II
(2) 1186 Bela III,
König von Ungarn

Alais
verlobt mit Richard,
Sohn von Henry II
⚭ 1195 William III,
Graf von Ponthieu

Robert
Graf von Dreux
(† 1188)

Philip
Abt von
Compiègne
(† 1161)

Peter,
Lord von
Courtenay
(durch Heirat)
(† ca. 1183)

Constance
⚭ (1) Eustace, Sohn
von König Stephen
(2) Raymond V,
Graf von Toulouse

Raymond VI,
Graf von Toulouse

ein weiterer
Sohn

(3) Adela, Tochter von Theobald IV
der Champagne
⚭ 1160

Isabella (1) = PHILIP II = (2) Ingeborg von Dänemark
von Hainsault
»Augustus«
(*1165 † 1223)
dreimal
verheiratet
(3) Agnes von Méran

Agnes

LOUIS VIII
(*1187 † 1226)
⚭ Blanche von Kastilien
(† 1252)

Die Grafen von Poitou, Herzöge von Aquitanien

Herzog William IV
(reg. 963–995)
⚭ Emma, Tochter von Theobald,
dem Betrüger, Graf von Blois

William V, der Große
(reg. 995–1030)

dreimal verheiratet

(1) Adalmode
von Périgueux

(2) Prisca (Brisque),
Tochter des Herzogs
der Gascogne

Odo (Eudes),
Herzog der Gascogne

(3) Agnes, Tochter des Grafen
von Burgund
Agnes ⚭ (2) Geoffrey Martel,
Graf von Anjou

William VI, der Dicke
(reg. 1030–1038)

William VII, oder Pierre
(reg. 1038–1058)

William VIII, oder Gui-Geoffroi
(reg. 1058–1086; Herzog der
Gascogne 1063–1086)
⚭ (1) Garsende von Périgord
(2) Mathéode
(3) Audéart, Tochter des Herzogs
von Burgund

William IX, oder Guilhem IX, der Troubadour
(reg. 1086–1126)
⚭ (1) Ermengard, Tochter von Falk IV von Anjou
(2) Philippa, Tochter von William IV von Toulouse

William X (reg. 1126–1137)
⚭ Aenor von Châtellerault

Raymond von Poiters
⚭ Constance, Tochter von
Bohemond, Prinz von Antiochien

Alienor von Aquitanien

Aigret

Aélith (Petronella)
⚭ Raoul, Graf von Vermandois

Richard, Graf von Poitou
(reg. 1172–1199)

Gloria Trutnau

Viele Träume führen ans Ziel

Gloria Trutnau

Viele Träume führen ans Ziel

one

Dieser Titel ist auch als Hörbuch und E-Book erschienen

Originalausgabe

Die Bastei Lübbe AG verfolgt eine nachhaltige Buchproduktion. Wir verwenden Papiere aus nachhaltiger Forstwirtschaft und verzichten darauf, Bücher einzeln in Folie zu verpacken. Wir stellen unsere Bücher in Deutschland und Europa (EU) her und arbeiten mit den Druckereien kontinuierlich an einer positiven Ökobilanz.

MIX
Papier aus verantwortungsvollen Quellen
FSC® C014496

Dieses Buch wurde vermittelt von der Literaturagentur erzähl:perspektive, München (www.erzaehlperspektive.de).

Lektorat: Katharina Runden
Umschlaggestaltung: Kristin Pang unter Verwendung von Motiven von © J614 / DigitalVision Vectors / gettyimages
Satz: 3w+p GmbH, Rimpar (www.3wplusp.de)
Gesetzt aus der Adobe Caslon Pro
Druck und Einband: GGP Media GmbH, Pößneck

Printed in Germany
ISBN 978-3-8466-0144-0

5 4 3 2 1

Sie finden uns im Internet unter: one-verlag.de
Bitte beachten Sie auch luebbe.de

Für René.
Weil es viele richtige Wege und viele richtige Zeitpunkte gibt.

Playlist

Hey – Pixies
Bleeding Love – Ni/Co
Sprung ins Blau – Exclusive
Beginners – Slow Club
Here comes your Man – Pixies
City Lights – The Sweet Serenades
Sommer in der Stadt – Spider Murphy Gang
Katchi – Ofenbach, Nick Waterhouse
La La Love You – Pixies
Neue Farbe – Exclusive
Zuhause – Fynn Kliemann

1
Leni

Wenn möglich, bitte wenden

Es gibt diese bestimmten Momente im Leben. Die, die sich gut anfühlen und uns zeigen, dass wir auf dem richtigen Weg sind. Doch davon bin ich gerade leider Tausende Kilometer entfernt, und anstatt dem Glück entgegenzurennen, laufe ich in die entgegengesetzte Richtung. Meine ganz persönliche Folter.

Heute, genau jetzt, werde ich von all diesen negativen Gefühlen eingeholt. Eigentlich sollte dieser Tag für das Ende meiner Schulzeit stehen und all die schönen Erinnerungen, die ich damit verbinde. Doch wie soll ich mich bloß von etwas verabschieden, wenn ich nicht weiß, was danach folgt?

Die Abifeier ist in vollem Gange, der offizielle Teil der Zeugnisvergabe schon seit Stunden vorbei. Bunte Scheinwerferlichter tanzen durch den Saal und bringen die überall hängenden goldenen Girlanden zum Glitzern. Der dumpfe Bass eines Chart-Hits pulsiert durch meinen Körper. Ich lasse meinen Blick abwesend durch den Raum schweifen und nestele an einem kleinen Gesteck aus blauen Hortensien herum, das vor mir auf dem runden Tisch steht.

»Wie cool ist das denn bitte?«

Ich zucke leicht zusammen, als mich meine Freundin Clara aus meinen Gedanken reißt.

»Endlich ist die Schulzeit vorbei, und das Studienleben wartet auf uns!« Sie prostet mir mit einem strahlenden Lächeln und ihrem Sektglas zu. Claras Augen wirken glasig, und ihre Wangen sind gerötet. »In ein paar Jahren sind wir wie Rachel aus *Suits*, nur dass wir keine Anwaltsgehilfinnen sind, sondern heiße Anwältinnen. Frauenpoweeer!«

Meine Mundwinkel zucken angestrengt, als ich versuche, einen fröhlichen Gesichtsausdruck aufzusetzen und mein eigenes Glas hebe. Der Sekt schmeckt abgestanden und prickelt nicht länger auf der Zunge.

Da schallt ein mir nur zu gut bekanntes Lachen herüber, und mein Blick heftet sich auf meinen besten Freund Daniel, der ein paar Meter entfernt bei ein paar Klassenkameraden steht und breit grinst. Sofort spüre ich ein unangenehmes Ziehen in meiner Magengegend.

»Huhu, Erde an Leni! Was is'n los mit dir?«, fragt Clara. »Du bist heute schon den ganzen Tag so komisch.«

Ich seufze, reiße mich von Daniel los und sehe wieder zu ihr.

Seit unsere Mütter uns vor siebzehn Jahren gemeinsam in den Sandkasten gesetzt haben, sind wir beste Freundinnen. Wir waren immer zusammen, haben jede Lebenslage miteinander durchgestanden, und doch hat sich in unserem letzten Schuljahr etwas verändert. Während Clara schon so lange weiß, welchen Weg sie einschlagen will, und voller Freude darauf hinarbeitet, fühle ich mich, als würde ich ziellos im Weltraum herumschweben und immer mehr die Orientierung verlieren.

»Alles gut«, sage ich schnell. »Es ist nur so unglaublich, die Schule hinter sich zu lassen.« Eine Standardantwort, die ich diese Woche bestimmt schon mindestens fünfmal gegeben habe. Ich wollte mich zusammenreißen, wollte heute Abend – wie man so schön sagt – die Sau rauslassen und wenigstens diese eine Nacht meine Gedanken abschalten und vergessen, dass ich nichts zu feiern habe.

»Ja, oder?«, juchzt Clara. »Aber jetzt fängt das Leben erst richtig an! Wir beide, unsere WG, Partys und gemeinsame Vorlesungen. Das wird so toll!«

Ich beiße mir auf die Unterlippe. Plötzlich werde ich mir der stickigen warmen Luft hier im Saal deutlich bewusst, und Schweiß sammelt sich in meinem Nacken. Jetzt ist der falsche Zeitpunkt, ihr zu sagen, dass es niemals dazu kommen wird. Denn auch wenn ich noch vor ein paar Tagen gehofft habe, ihr Weg würde auch der meine sein, ist mir heute endgültig bewusst geworden, dass ich niemals Jura studieren werde.

Meine Eltern meinen, sie hätten mir das Jura-Gen vererbt, das natürliche Interesse für Recht und Gesetz. Doch dem ist nicht so. Es gibt nichts, was mich weniger interessiert, obwohl ich mir das lange Zeit nicht eingestehen wollte. Und nun sitze ich da, mit meinem Abiturzeugnis in der Hand, ohne die geringste Ahnung, was ich damit anfangen soll.

Als das Lied *I will survive* aus den Lautsprecherboxen ertönt, stellt Clara ihr Glas unsanft auf dem Tisch ab, sodass der Inhalt gefährlich schwappt. Sie jubelt und springt auf. »Los, lass uns tanzen!«

Aber ich winke ab. »Ich muss erst noch aufs Klo, ich komm dann nach«, verspreche ich ihr, als sie das Gesicht verzieht und ihre Mundwinkel traurig nach unten hängen.

Mit Zeige- und Mittelfinger deutet sie erst auf ihre Augen, dann auf meine. »Ich zähl auf dich!«

»Logisch«, sage ich lachend und ignoriere das schlechte Gewissen, das sich wie auf Kommando meldet. Heute nicht, ich werde später mit ihr sprechen. Nur weil mein Tag scheiße läuft, möchte ich ihren nicht gleich auch noch versauen.

Clara verschwindet in der tanzenden Menge, und ich bleibe allein zurück. Warum kann ich nicht einfach glücklich sein und mich genauso freuen wie der Rest meines Abi-Jahrgangs, wie jeder dieser ausgelassenen Feierwütigen auf der Tanzfläche?

»Hey!«

Ich zucke zusammen, als sich Daniel auf den gerade frei gewordenen Stuhl neben mir fallen lässt.

»Schon genug von der Feier?«, fragt er und nickt in die Richtung, in die Clara gerade verschwunden ist.

»Aber hallo«, murmle ich so leise, dass er es nicht hören kann.

»Was?« Er beugt sich näher zu mir, und der frische Duft einer sanften Meeresbrise steigt mir in die Nase. Er trägt das Parfüm, das ich ihm zu seinem letzten Geburtstag geschenkt habe.

»Bin nur müde«, antworte ich etwas lauter.

»Soll ich dich heimbringen?«

Ich schüttle den Kopf. »Passt schon, danke.«

Daniel ist nicht der klassische Schönling, er hat nichts mit den Typen gemein, die muskelbepackt und selbstbewusst ein Mädchen nach dem anderen abschleppen. Daniel ist so groß – oder mit 1,65 Metern besser gesagt so klein – wie ich, er hat schokobraune Haare und eine schlanke drahtige Figur. Er schreibt Gedichte und kleinere Geschichten, hört dieselbe Musik wie ich und hegt eine Leidenschaft für Cricket und die Fantasy-Football-League. Ach ja, und vielleicht sollte ich noch erwähnen, dass ich ihn liebe. Seit zwei verdammten Jahren und ohne dass er davon die geringste Ahnung hat.

Daniel sieht auf die Uhr. »Bist du dir sicher? Ich lasse dich ungern allein nach Hause fahren, es ist echt schon spät.«

Habe ich schon gesagt, dass er unglaublich nett und verantwortungsvoll ist? Dass er den gleichen Humor wie ich besitzt und wir so viel miteinander lachen können? Ich schlucke schwer, denn der Kloß in meinem Hals wird immer größer. Tief in meinem Inneren weiß ich, dass es nicht nur darum geht, dass ich nicht Jura studieren möchte. Der zweite Grund für meine kleine Lebenskrise sitzt vor mir und sieht mich erwartungsvoll an.

»Nein, schon gut«, antworte ich widerstrebend. »Bleib du ruhig hier.«

Daniel und ich sind seit der fünften Klasse beste Freunde. In den ersten Monaten auf dem Gymnasium waren Clara und ich – wie immer – ein eingeschworenes Zweiergespann gewesen. Doch als sie von ihrem Pferd gefallen war und mit einem komplizierten Armbruch im Krankenhaus und danach wochenlang zu Hause lag, musste ich mich bei Gruppenarbeiten zwangsläufig auf andere Mitschüler einlassen. Und da war er gewesen. *Daniel.* Wir hatten vom ersten Moment an eine Verbindung zueinander, oder wie auch immer man das damals nennen konnte. Es war nicht so, dass ich mich sofort in ihn verknallt hätte, nein, ganz sicher nicht. Zu diesem Zeitpunkt habe ich an Jungs noch nicht *so* gedacht. Aber je älter wir wurden, desto mehr nistete sich ein bestimmtes warmes Gefühl in mir ein, das sich immer genau dann bemerkbar machte, wenn ich Daniel ansah und er mich ansah, wenn ich ihn berührte und er mich berührte. Ich konnte dieses Gefühl zuerst nicht einordnen und dachte, es wäre mit Geschwisterliebe zu vergleichen. Warum sollte ich mich nach so langer Zeit in ihn verlieben? Aber scheiße, ich hatte es getan, und das Schlamassel nahm seinen Lauf.

»Soll ich dir noch was zu trinken holen?«, fragt Daniel mit Blick auf mein Glas. »Was Gescheites und nicht so ein Blubbergesöff?« Er verzieht gespielt angeekelt das Gesicht.

Ich lache. »Versuchst du mich gerade zu überreden, doch noch etwas hierzubleiben?«

»Was hat mich nur verraten?«, fragt er und grinst mich spitzbübisch an.

»Vielleicht die Tatsache, dass du nicht allein hier rumsitzen willst, während alle tanzen?«

»Mich will sicher niemand tanzen sehen.«

Ich funkle ihn an. »Oh doch, ich.«

Daniel zieht die Augenbrauen hoch. »Du tanzt doch selbst nicht.«

»Und wie ich tanze!«, verteidige ich mich empört.

Er rollt mit den Augen. »Sorry, ich wollte sagen: Du tanzt doch selbst nicht, solange du nicht betrunken bist.« Er beäugt mein Sektglas. »Und das ist nach deinem halben Schluck von dem Zeug da ganz sicher nicht der Fall.«

Ja, so gut, wie ich ihn kenne, kennt er mich leider auch.

»Okay«, gebe ich zu. »Erwischt.«

Daniel grinst zufrieden und lehnt sich auf seinem Stuhl zurück. »Leiste mir wenigstens noch eine Stunde Gesellschaft. Dann lass ich dich gehen.«

»Wow, sehr großzügig von dir«, entgegne ich belustigt. Dennoch sinke ich in die Stuhllehne zurück, genieße den Moment mit ihm, obwohl mein Herz gleichzeitig so schmerzt, als hätte er mir gerade an den Kopf geworfen, wie unerträglich er mich findet.

»Der Michi hat einen ziemlich gewagten Tanzstil«, bemerkt Daniel nach ein paar Minuten belustigt.

Ich folge seinem Blick und beobachte, wie unser Klassenkamerad die halbe Tanzfläche mit wellenartigen Armbewegungen und einem schlecht ausgeführten Moonwalk einnimmt. Ich verkneife mir ein Grinsen. »Stell dir mal vor, du siehst deinen Arzt so auf einer Party tanzen.«

»Wieso Arzt?«

»Na, Michi will doch Medizin studieren.«

Daniels Augen werden groß. »Nicht dein Ernst?!«

»Doch, hat er mir heute erst erzählt«, bestätige ich.

»Alter, das hätte ich ja nie erwartet! Ich kann mir echt nicht vorstellen, dass er das schafft. Das wäre ja so, als würdest du Mathe studieren.« Da hat er recht. Ich hasse Mathe.

»Der da drüben«, ich nicke zu einem langhaarigen Typen aus der Nebenklasse, »der wird bestimmt irgendwas Naturwissenschaftliches studieren. Ich hab gehört, dass er den besten Schnitt in Mathe hat.«

Die nächste halbe Stunde machen wir uns einen Spaß daraus, unseren – *ehemaligen* – Mitschülerinnen und Mitschülern jeden erdenklichen Studiengang anzudichten. Die

Anspannung in meinen Schultern lässt etwas nach, weil ich mir ausnahmsweise keine Gedanken über meine eigene Zukunft mache, sondern diesen gruseligen Teil des Lebens einfach ausblende.

»Mensch, hier seid ihr.«

Ein schwarzhaariges Mädchen mit glühenden Wangen hüpft auf uns zu. Akira hat die Mittlere Reife bereits vor drei Jahren abgeschlossen, wollte sich unseren Abiball nach eigener Aussage aber ›nicht nehmen lassen‹. Sie beendet diesen Sommer ihre Ausbildung zur Buchhändlerin und wird im Herbst dann so richtig ins Berufsleben starten. Wenn ich einen Rat brauche, dann gehe ich zu ihr, denn sie ist über die Jahre hinweg eine sehr enge Freundin geworden und der neutrale Gegenpol zu Clara und Daniel. Sie ist nicht nur sehr klug und einfühlsam, sondern noch dazu eine furchtbar liebe Person. Nur wie es das fiese Schicksal so will, ist Akira leider auch der Grund dafür, warum aus Daniel und mir niemals ein Paar werden wird.

»Du hast mir einen Tanz versprochen, Schatz«, erinnert sie Daniel und grinst ihn frech an. Ich habe Akira vor etwas über zwei Jahren kennengelernt, damals, als Daniel mir stolz seine neue Freundin vorgestellt hat.

Er wendet sich an mich. »Zu diesem Versprechen wurde ich gezwungen!«

»Das würde ich jetzt auch behaupten«, schnaubt Akira, packt ihn an beiden Armen und zieht ihn zu sich hoch. »Du hast keine Chance, wir gehen hier nicht raus, bevor du nicht mit mir getanzt hast.«

Daniel sieht mit zusammengekniffenen Augen zu mir zurück. »Wehe, du erzählt irgendwem davon.«

»Keine Angst«, beteuere ich, doch dann zücke ich mein Handy. »Ich filme es, sonst glaubt mir das keiner.«

Entsetzt verzieht Daniel das Gesicht und will sich mit einem Hechtsprung mein Telefon schnappen, doch Akira zerrt ihn mit aller Kraft in Richtung Tanzfläche davon.

Ich sehe ihnen lächelnd hinterher, so beseelt von der Gewissheit, dass sie zu den Pärchen gehören, die sich gesucht und gefunden haben und bei denen niemand besser zum jeweils anderen passen könnte. Gleichzeitig wird mein Herz bei dieser Vorstellung schwer, immer schwerer, weil ich mein Gefühlschaos nicht mehr ertragen kann.

Ich weiß nicht, was ich meinem Leben angetan habe, aber heute zeigt es mir mal wieder deutlich, dass es nichts, rein gar nichts von mir hält. Niente. Nada. Nothing. Und so weiter.

Seufzend stecke ich mein Handy zurück in die Tasche. Daniel ist mein bester Freund, und ich würde ihn nie beim Tanzen filmen, wenn er das nicht möchte … auch wenn es sich definitiv lohnen würde.

Doch für mich ist der Abend jetzt endgültig gelaufen, und ich stehle mich unbemerkt aus dem Saal. Ich kann einfach nicht mehr dabei zusehen, dass so ziemlich jeder mehr mit seinem Leben anzufangen weiß als ich.

2

Jonas

Ein Hamsterrad, nur ohne Hamster

»Alles auf Anfang!«, ruft der Regieassistent durch den Raum.

Innerlich verdrehe ich die Augen. Noch ein Take? Ich setze eine neutrale Miene auf, als die Regisseurin auf mich zukommt.

»Ich brauche mehr Gefühl, Jonas«, weist sie mich ohne Umschweife an. »Du hast gerade erfahren, dass Saliah für dich alles stehen und liegen gelassen hat. Zeig das auch!«

Ich nicke und versuche mir ihre Kritik zu Herzen zu nehmen, doch je angestrengter ich mich in die Leiden und Freuden meiner Figur hineinzuversetzen versuche, desto mehr stelle ich die gesamte Szene in Frage.

»Na komm, einer geht noch.« Saliah grinst kokett. Sie wiederum scheint sich über die Ansage der Regisseurin zu freuen.

Ich seufze und bringe mich wieder in Position. Saliahs warmer Atem streicht über meinen Hals.

»Ruhe, bitte!«, ruft der Aufnahmeleiter, und am Set ersterben die letzten Gespräche.

»Ton ab!«, höre ich die Stimme des Regieassistenten.

»Läuft!«, bestätigt der Tonmann.

»Kamera ab!«

»Läuft!«, bestätigt wiederum der Kameramann.

Ich räuspere mich ein letztes Mal und sehe zu Saliah hinunter, versuche so viel Liebe und Verständnis über meinen Gesichtsausdruck zu transportieren wie nur irgend möglich. Mehr ist jetzt aber wirklich nicht drin.

»Drei-Sieben, die Vierte!« Der Kameraassistent schlägt die Klappe.

Die Regisseurin gibt uns das Zeichen. »Und bitte!«

Saliah spricht ihre Zeilen. »Richard und ich … wir sind nicht mehr zusammen«, stammelt sie. »Ich habe mit ihm Schluss gemacht.«

»Aber letzte Woche meintest du noch …«, fange ich an, doch sie unterbricht mich.

»Letzte Woche! Da wusste ich ja auch noch nicht, dass du mich liebst!« Saliah sieht mich mit großen verzweifelten Augen an. Wenn die Kamera und der Scheinwerfer nicht auf uns gerichtet und ungefähr ein Dutzend Crew-Mitglieder um uns versammelt wären, würde ich ihr die Gefühle glatt abnehmen. Schauspielern kann sie wirklich.

Ich nehme ihren Kopf in meine Hände, sehe ihr noch einmal tief in die Augen, und dann küsse ich sie. Schon das vierte Mal an diesem Tag, und egal wie oft ich die Szene noch spiele, ich kann mich einfach nicht für diese Entwicklung zwischen ihrer und meiner Rolle erwärmen.

Ich habe mit den Drehbuchautoren gesprochen, wollte sie davon überzeugen, mehr Ernsthaftigkeit und Authentizität in die Serie miteinfließen zu lassen, echte Probleme zu behandeln, mit denen sich die Zuschauenden identifizieren können – aber sie haben abgelehnt. So etwas wolle doch niemand sehen, meinten sie. Warum etwas verändern, das erfolgreich ist?

»Danke, aus!«

Saliah und ich lösen uns voneinander, und ich sehe zur Regisseurin hinüber. Sie nickt zufrieden. Erleichtert atme ich auf, denn damit war das die letzte Aufnahme für heute.

»Und, was hast du noch so vor?«, will Saliah wissen, als um uns herum die Crew-Mitglieder den Weichstrahler abbauen und die Kamera vorsichtig in einer gepolsterten Kiste verstauen.

»Nichts«, entgegne ich. Wir verlassen das Set und machen uns zusammen auf den Weg in die Maske, um uns umzuziehen.

»Das kann ich mir kaum vorstellen.« Sie zwinkert mir zu. »Ein paar von uns gehen noch was trinken, kommst du mit?«

Normalerweise bin ich gern dabei, wenn sich das Team nach einem langen Drehtag verabredet, doch zum einen bin ich heute nicht in Stimmung, und zum anderen habe ich so das leise Gefühl, ich könnte Saliah falsche Signale senden, wenn ich ihr jetzt zusage.

Schon bevor sich unsere Rollen dank der engagierten Drehbuchautoren angenähert haben, hat sie nicht lockergelassen und wollte mich ständig überreden, mit ihr auszugehen. Zugegeben, ich bin nicht ganz unschuldig an dieser Situation, denn nach einer durchzechten Nacht sind wir vor zwei Monaten zusammen im Bett gelandet. Das sieht mir eigentlich nicht ähnlich, und umso weniger möchte ich weiter dazu beitragen, dass sie sich Hoffnungen macht.

»Nein, ich hau mich gleich aufs Ohr«, lehne ich entschieden ab.

»Ach, komm schon«, versucht sie mich zu überreden. »Wir gehen alle.« Doch ihr Blick sagt mir, dass sie mit *alle* nur sich selbst meint.

Eigentlich müsste ich mit ihr reden, ihr erklären, dass sich unsere Nacht nicht wiederholen, sondern für immer ein One-Night-Stand bleiben wird. Das wäre fair – aber damit würde ich für eine Konfrontation sorgen, die sich durch die nächsten Wochen ziehen und das Arbeiten vor der Kamera umso schwerer machen würde. Also lasse ich es bleiben, auch wenn mein Gefühl etwas anderes sagt.

Ich schüttle den Kopf. »Heute nicht, beim nächsten Mal dann wieder.«

»Ich nehm dich beim Wort«, sagt sie leicht schmollend, als wir vor dem Wohnwagen ankommen, in dem sich die Maske befindet.

»Jonas?«, höre ich da eine Stimme hinter mir.

Erleichtert, dem Gespräch zu entkommen, drehe ich mich um. Ich verabschiede mich mit einem halbherzigen Winken von Saliah, während mir die Aufnahmeleiterin Jillian mit schnellen Schritten entgegenkommt.

»Du hast dein Handy vergessen.« Jill reicht mir mein Mobiltelefon, das ich ihr während des Drehs anvertraut hatte.

Ich runzle die Stirn. »Wolltest du es mir nicht vorhin einfach in meinen Wohnwagen legen?«

Sie lächelt ertappt und streicht sich ihre weinrot gefärbten Haarsträhnen aus dem Gesicht, die sich aus ihrem Pferdeschwanz gelöst haben. »Ich möchte noch kurz mit dir reden.«

Jetzt bin ich neugierig. »Klar, schieß los.«

»Irgendwie hab ich das Gefühl, dass du zurzeit nicht so

ganz bei der Sache bist«, fängt sie an. »Gibt's irgendwas, über das du reden möchtest?«

Ich zögere kurz. »Nein, passt alles«, sage ich dann.

»Wirklich?« Jill zieht ihre rechte Augenbraue hoch.

»Ja. Das heißt … nein.« Ich winke ab, denn es hat ohnehin keinen Zweck, ihr etwas vorzumachen. Dazu kennt sie mich inzwischen zu gut. »Aber es ist immer das gleiche verdammte Thema. Ich will dich nicht langweilen, also …« Ich lasse den Satz in der Luft hängen.

»Wir können uns gern noch mal zusammensetzen.« Im Gegensatz zu Saliah geht es Jill nicht um ein romantisches Date, sondern um unsere Freundschaft.

Ich lächle. »Ein andermal, okay?«

»Bist du sicher?«, fragt sie, und ihre grünen Augen beobachten mich skeptisch.

»Jap, bin ich«, versichere ich ihr. »Aber danke trotzdem.«

Ihre Hand fährt plötzlich hoch zum Headset, über das das Team während des Drehs in Kontakt bleibt. »Okay, mach ich«, sagt sie zu niemand Bestimmten und sieht dann wieder zu mir. »Ich muss los. Wir sehen uns morgen.«

Ich schaue Jill nach, wie sie eilig in die Richtung verschwindet, aus der sie gekommen ist.

Dann folge ich Saliah und springe die wenigen Stufen zur Maske empor, um die Tonnen an Puder, die mir während des Drehs verpasst wurden, wieder loszuwerden.

Als ich zwanzig Minuten später die Garderobe betrete und mich an einem Schauspielkollegen und dem Kostümbildner vorbeiquetsche, um zu meiner Kleiderstange zu gelangen, werfe ich zum ersten Mal einen Blick auf mein

Handy. Drei Anrufe in Abwesenheit. Alle von meinem Vater. Ich weiß genau, weshalb er mit mir reden will, und stöhne genervt, während ich das Telefon auf einen Hocker lege und mir das feine Leinenhemd aufknöpfe. Keine Frage, wer heute Abend vor meiner Wohnungstür stehen wird, um mir den Feierabend zu versauen. Das werde ich mit einem Rückruf nicht ändern können.

Beim Umziehen überlege ich, wie ich bei meinem Vater das leidige Thema ansprechen soll, das jedes Mal in einem Streit endet. Ich habe es schon zigmal versucht, aber er ist ein alter Sturschädel, der ganz plötzlich taub wird, wenn ihm etwas nicht passt. Ich hasse es, wenn er mir nicht zuhört, und genauso hasse ich es, dass er damit ganz bewusst verhindert, dass ich endlich das mache, was ich wirklich will: mich weiterentwickeln und endlich wieder Spaß am Schauspielern haben.

Wie lange soll ich denn noch Teil dieser endlosen Streaming-Serie *Reset* sein, die Staffel für Staffel unglaubwürdiger wird? Nach drei Jahren war mein Charakter mittlerweile mit fast jeder weiblichen Rolle mindestens einmal zusammen, es gab Intrigen, Mordverwickelungen und in jeder Folge mindestens eine Superreichen-Party mit überteuerten schicken Kostümen und Skandalen. Die Geschichte ist schon längst auserzählt, jedenfalls meiner Meinung nach. Aber die will leider niemand hören. Vor allem nicht mein Vater.

Es ist nicht so, dass ich nicht dankbar bin. Als ich mit sechzehn die Hauptrolle ergattert habe, hatte ich nicht die geringste Ahnung, wie groß die Sache werden würde. *Reset* ist nicht nur in Deutschland bekannt, sondern feiert inzwischen auch international große Erfolge. Über Nacht bin ich durch diese Serie ein gefragter Schauspieler geworden, dem die Angebote fast nachgeschmissen werden. Wer kann das schon von sich behaupten?

Aber die Anfragen kommen und gehen, ohne dass ich davon auch nur eine annehmen darf. Dafür sorgen mein Vater, der gleichzeitig mein Manager ist, und der Knebelvertrag der Produktionsfirma mehr als zuverlässig. Wenn das so bleibt, werde ich ganz sicher sehr bald für andere Projekte uninteressant, weil mein Gesicht zu stark mit meiner *Reset*-Rolle des schnöseligen Finlay Scott verknüpft sein wird. Klassisches Macaulay-Culkin-Phänomen …

Ich habe wirklich Angst davor, dass ich mich dann von meinen Träumen verabschieden kann – und dass meine Karriere so schnell endet, wie sie begonnen hat.

Doch das Schlimmste ist, dass ich nicht den Mumm habe, daran etwas zu ändern.

3

Leni

Was du heute kannst besorgen,
das verschiebe stets auf morgen!
(Ich bin mir ganz sicher,
dass es dieses Sprichwort gibt.)

Es ist unglaublich heiß, und die Sonne brennt mir auf die Schultern, als ich am späten Montagnachmittag, zwei Tage nach der Abifeier, an die Wohnungstür meines großen Bruders klopfe.

Justus wohnt ganz in der Nähe in einer gepflegten, ruhigen Wohngegend, in der sich ein Einfamilienhaus an das nächste reiht und die Rasen der Gärten stets akkurat gestutzt sind. Es gibt hier nur wenige Mehrparteienwohngebäude. Ich habe den kurzen Weg zu ihm in wenigen Minuten mit dem Fahrrad zurückgelegt. Trotzdem bin ich bei meiner Ankunft völlig durchgeschwitzt.

»Leni! Dich habe ich gar nicht erwartet«, werde ich von meinem Bruder begrüßt.

Im Gegensatz zu mir schrecken Justus die Interpretation von Gesetzestexten und das Auslegen von Richtlinien nicht ab, sondern begeistern ihn zur Freude unserer Eltern schon seit seiner Kindheit. Er befindet sich in den Endzügen seines Jurastudiums, und schon jetzt könnte ich ihn als das Klischee eines Juristen beschreiben: immer ordentlich und geradlinig gekleidet, humorbefreit, wenn es um die Einhaltung von Recht und Gesetz geht, und vom Wesen her irgendwie … verstaubt. Selbst zu Hause trägt er nie eine Jogginghose, sondern Polohemd und Stoffhose.

Das komplette Gegenteil hingegen ist seine langjährige Freundin Jill. Ihre Haarfarben ändern sich schneller als das Wetter im April, und ihre farbenfrohen Tattoos an beiden Armen erzählen so viele Geschichten, dass ich bei jedem Besuch etwas mehr über sie erfahre. Die beiden sind wie Feuer und Luft. Völlig verschieden, und doch brauchen sie einander, um zu leuchten.

»Hallo, Bruderherz.« Ich umarme ihn zur Begrüßung. »Hast du was Kaltes zu trinken für mich? Ich glaub, ich sterbe sonst.«

»Klar, komm rein.« Er winkt mich durch die Tür, und ich folge ihm in die Küche.

Die Wohnung ist nicht groß, sie hat nur zwei Zimmer. Dafür wurde das Gebäude erst vor zwei Jahren erbaut, und durch die bodentiefen Fenster ist die Wohnung zu jeder Tageszeit sehr hell und bietet einen idyllischen Blick ins Grüne. Jill hat einen festen Job, und Justus arbeitet neben dem Studium in einer Anwaltskanzlei. Trotzdem reicht das Gehalt der beiden für so eine Wohnung im Osten Münchens nicht ganz, aber Mama und Papa überweisen Justus monatlich einen Teil der Miete … weil er sie so stolz macht, wie sie immer zu sagen pflegen.

Justus holt eine Flasche Sprudelwasser aus dem Kühlschrank und schenkt mir ein großes Glas ein, während ich den Blick durch die Küche schweifen lasse. Die Küchenzeile ist aus hellem Holz gefertigt, die Fliesen sind von cremigem Weiß, und auf dem Fensterbrett wachsen die verschiedensten Kräuterarten in kleinen bunten Töpfen.

»Hab ich dich beim Lernen gestört?«, frage ich ihn, als er mir das Glas Wasser reicht. Eine rein rhetorische Frage, denn der runde Küchentisch ist über und über mit Gesetzesbüchern und Kommentaren beladen. Außerdem ist es schwierig, Justus nicht beim Lernen zu stören, weil er gefühlt jeden Tag stundenlang in seinen Büchern versinkt.

Er winkt ab. »Ach was.«

»Kommst du gut voran?«

Er zieht eine Augenbraue hoch. »Du schaust doch sicher nicht bei mir vorbei, um dich nach meinem Lernfortschritt zu erkundigen, oder?«

»Wahrscheinlich nicht ...« Ich grinse ertappt und lasse mich auf einen der vier Küchenstühle fallen. Wie sehr würde ich mir wünschen, mit klugen und sinnvollen Bemerkungen das folgende Gespräch aufzuschieben. Doch Small Talk war noch nie meine Stärke. Mein Herz flattert unangenehm, als ich überlege, wie ich am besten anfange, und mein Mund ist ganz trocken vor Aufregung. Schnell nehme ich einen kühlenden Schluck von meinem bisher unberührten Wasser. Und jetzt – Augen zu und durch. »Ich muss mit dir über meine Zukunft reden«, falle ich mit der Tür ins Haus.

Justus nimmt mir gegenüber Platz und sieht mich aufmerksam an. »Dann raus damit.«

Auch wenn ich mir mit meiner Entscheidung sicher bin, ist es noch einmal etwas anderes, sie laut auszusprechen. Ich habe die ganze Nacht wach gelegen und überlegt, wie ich meinen Eltern schonend beibringen kann, dass ihre Tochter nicht in ihre Fußstapfen treten möchte. Letztendlich bin ich zu dem Entschluss gekommen, dass es am klügsten ist, erst einmal Justus mit ins Boot zu holen.

Ich atme tief durch. »Ich möchte kein Jura studieren.« *Puh. Jetzt ist es raus.*

Mein Bruder schnaubt. »Und das ist was Neues?«

»Wie meinst du …?« Ich starre ihn perplex an und klammere mich mit beiden Händen an das kalte Wasserglas.

Er schüttelt den Kopf. »Es ist ja ziemlich offensichtlich, dass du daran kein Interesse hast.«

»So offensichtlich, dass es Mama und Papa auch schon wissen?«, frage ich hoffnungsvoll.

»Eher nicht«, überlegt er. »Selbst wenn du es ihnen erzählst, werden sie es wohl erst glauben, wenn du dich für einen anderen Studiengang eingeschrieben hast.«

Ich beiße mir auf die Lippe. »Aber das ist es ja gerade«, fange ich vorsichtig an. »Ich weiß gar nicht, ob ich überhaupt studieren möchte.«

Bei meinen Worten werden seine Augen groß. »Findest du nicht, dass diese Überlegung etwas spät kommt?«

»Ja, verdammt, das weiß ich doch selbst«, seufze ich mutlos und stelle mein Glas auf den Tisch. »Aber für Mama und Papa stand einfach immer fest, was aus uns werden soll. Und so blöd es sich auch anhört: Ich habe nie groß darüber nachgedacht, dass es auch andere Wege gibt außer diesen.«

»Und was willst du dann machen?« Mein Bruder klingt auf einmal fast geschäftsmäßig. »Für eine Ausbildung bist du zu spät dran, da kannst du dich höchstens für nächstes Jahr bewerben.«

Unbeholfen zucke ich mit den Schultern. »Erst mal mit Mama und Papa reden. Und mit Clara. Ich glaub kaum, dass das mit unserer WG noch was wird.«

»Na ja, du könntest dir fürs Erste einen Job suchen, neben dem Studium hättest du ja auch gearbeitet.«

Ich raufe mir die Haare. Niemand in meiner Klasse ist unentschlossen, alle wissen, was sie nach dem Sommer machen werden, egal ob eine Ausbildung oder ein Studium.

Alle. Wissen. Was. Sie. Wollen.

Nur ich nicht.

»Wusstest du schon immer, dass Jura das Richtige für dich ist?«, frage ich Justus und werfe ihm einen verzweifelten Blick zu.

Er überlegt kurz, und seine Augen schweifen über seine Lernsachen. »Es ist das Eine, sich für etwas zu interessieren, aber das Andere, es in dieser Tiefe zu erfahren. Weißt du, was ich meine? Das Thema verliert dadurch seinen Zauber.«

Ich kann mir beim besten Willen nicht vorstellen, wie Jura auch nur ansatzweise zauberhaft sein kann, aber das sage ich ihm lieber nicht. »Du meinst, im Studium wird man auf den Boden der Tatsachen zurückgeholt«, fasse ich zusammen.

»Ja, aber das ist nicht zwangsläufig etwas Schlechtes. Um auf deine Frage zurückzukommen: Ich habe meine Entscheidung nie bereut.«

»Siehst du?«, seufze ich sehnsüchtig. »Genau dieses Gefühl möchte ich auch mal haben.«

»Ach, mach dir da mal keine Gedanken. Ein paar meiner Kommilitonen wissen bis heute nicht, ob sie sich für das richtige Studium entschieden haben, und überlegen, ob sie danach etwas anderes machen. Das ist ganz normal.«

Ich spüre ein klein wenig Hoffnung in mir erwachen. Zu erkennen, dass nicht jeder mit achtzehn weiß, welchem Bereich er sich für den Rest seines Lebens widmen möchte, beruhigt mich ein bisschen, auch wenn es meinen eigenen Zweifeln nicht weiterhilft. Vielleicht suche ich mir tatsächlich erst mal einen Job, so würde ich etwas Zeit gewinnen.

»Kann ich dir denn irgendwie helfen?«

»Ja.« Ich schlucke. »Könntest du mit dabei sein, wenn ich mit Mama und Papa rede?«

Er lächelt. »Klar, kein Problem.«

»Danke, Justi!« Ich springe auf und umarme ihn so stürmisch, dass ich ihn fast vom Stuhl befördere.

»Kein Problem«, wiederholt er röchelnd.

»Wo ist eigentlich Jill?«, frage ich, nachdem ich ihn losgelassen habe, und sehe mich unnötigerweise um.

»Sie ist noch bei der Arbeit, aber sie meinte, der Dreh geht heute nicht so lange. Willst du mit uns essen?«

Ich nicke. »Voll gern.« Damit habe ich die perfekte Ausrede, warum ich heute noch nicht mit Clara sprechen kann. Immer schön alles auf morgen verschieben. Darin bin ich richtig gut.

Um kurz nach sieben kommt Jill nach Hause, und auf ihrem Gesicht breitet sich ein überraschtes Lächeln aus, als sie mich auf der Couch liegen sieht.

»Leni! Schön, dich zu sehen!« Sie ist mit blauen Jeans, schwarzem T-Shirt und Turnschuhen zweckmäßig gekleidet, und ihre weinroten Haare sind zu einem Pferdeschwanz gebunden, aus dem sich einzelne Strähnen gelöst haben und ihr locker ins Gesicht fallen.

Ich springe auf. »Ich freu mich auch! Justi meinte, ich könnte mit euch essen.«

Jill schnuppert Richtung Küche. »Es riecht jedenfalls schon phänomenal. Ich sag ihm schnell Hallo.«

Mein Bruder ist ein leidenschaftlicher Koch, und außer ein paar Schnippelarbeiten für den Couscoussalat durfte ich nichts zum Abendessen beitragen. Ich folge Jill in die Küche, wo Justus gerade bedächtig den Lachs in der Pfanne wendet. Während Jill ihn von hinten umarmt und ihm einen Kuss auf den Hals drückt, öffne ich den Küchenschrank, um den Tisch zu decken.

Eine Viertelstunde später sitzen wir zusammen am Küchentisch, der mittlerweile von der schweren Last des Gesetzes befreit wurde.

»Und, wie war deine Abifeier?«, fragt Jill interessiert und schiebt sich eine große Gabel Couscous in den Mund. »Tut mir übrigens leid, dass ich bei der Zeugnisverleihung nicht dabei sein konnte, aber wenn wir drehen, hab ich keinen Spielraum«, fügt sie schmatzend hinzu. Jill arbeitet beim Film, oder besser gesagt ist sie Teil einer Serienproduktion, und deshalb unterscheiden sich ihre Arbeitszeiten enorm von denen einer normalen Bürotätigkeit.

»Das weiß ich doch«, beruhige ich sie lächelnd. »Außerdem hast du nicht viel verpasst.«

»Natürlich hab ich das! Mit deinem Abschluss hast du ja einen neuen Lebensabschnitt begonnen.«

»Nur dass Leni noch nicht weiß, wie dieser neue Abschnitt aussehen soll«, gibt Justus zu bedenken.

Jill sieht erst meinen Bruder und dann mich an. »Du meinst, wegen deines Jurastudiums?«

»Das mit Jura ist nicht mehr aktuell«, kommentiert mein Bruder weiter.

Ich verdrehe die Augen. »Wie wär's, wenn du mich das selbst erzählen lässt?«

Jill mustert mich abwartend.

»Ich weiß noch nicht so ganz, wo ich hinwill«, versuche ich ihr mein Dilemma zu erklären. »Aber Jura ist es ganz sicher nicht. Keine Ahnung, ob ich überhaupt studieren soll.«

Auf Jills Gesicht erscheint ein breites Grinsen. »Herzlichen Glückwunsch zu dieser Erkenntnis!«, sagt sie zu meiner Überraschung. »Gesetze sind nichts für dich, das habe ich mir von Anfang an gedacht. Der Stoff ist viel zu trocken, aber du bist so lebendig.« Sie wirft einen schnellen Blick zu Justus. »Sorry, Baby.«

Er winkt ab. »Schon gut. Ich bin's ja gewohnt.«

»Und was willst du dann machen? Arbeiten? Pause? Reisen?«

Von ihrer plötzlichen Euphorie verunsichert, schüttle ich den Kopf. »Ehrlich gesagt ... keine Ahnung. Ich werde erst mal mit unseren Eltern sprechen.«

»Aber wie werden sie reagieren, wenn du gar nichts in der Hand hast?«, überlegt Jill laut.

»Was meinst du?«

»Na ja, stell dir mal vor, du erzählst ihnen, dass du im Herbst nicht zu studieren beginnst.«

Ich nicke. »Sie werden schwer enttäuscht sein.«

»Ganz genau. Aber was, wenn du ihnen gleichzeitig sagst, dass du ein Praktikum in der Tasche hast und nicht einfach auf der faulen Haut liegst?«

»Ja, kann schon sein, dass sie es dann besser ertragen«, sage ich mit gerunzelter Stirn. »Aber dafür bräuchte ich erst mal ein Praktikum. Ich meine, klar, ich könnte mir eins suchen, bevor ich mit ihnen spreche, aber so lange wollte ich eigentlich nicht warten.«

Jills Grinsen wird noch breiter. »Du hast doch einen Führerschein?«

»Äh, ja«, antworte ich skeptisch. »Warum?«

Sie legt ihr Besteck auf den leeren Teller. »Weil das Schicksal es gut mit dir meint! Einer unserer Setrunner hat sich heute den Knöchel gebrochen. Üble Sache, das sah echt schlimm aus. Jedenfalls ...«, sie zwinkert mir zu, »... ich hätte da ein Praktikum zu vergeben.«

Schwer von Begriff starre ich Jill an. So schnell bin ich da jetzt nicht mitgekommen. »Ein Praktikum? Wo? Und als was?«

»Na, bei unseren Dreharbeiten«, hilft sie mir auf die Sprünge. »Als Setrunnerin.«

Meine Augen werden groß, und das Stück Lachs, das ich mir gerade in den Mund schieben wollte, fällt von meiner Gabel zurück auf den Teller. »Aber ich kenn mich doch damit gar nicht aus.«

»Das lernst du alles in ein paar Tagen. Als Setrunner bewerben sich viele Quereinsteigerinnen und -einsteiger, die gerne mal Filmluft schnuppern möchten und noch keine Erfahrung haben.«

»Und was macht man als Setrunnerin?«, frage ich ein wenig überfordert.

»Im Grunde bist du das Mädchen für alles. Du bist eine Organisationshilfe, stehst dem Drehteam für kleine und große Aufgaben zur Verfügung und bleibst während der Aufnahmen in Bereitschaft, falls Mitarbeitende ausfallen. Das ist ein harter Job, so ist es nicht, aber auch sehr interessant. Man lernt viel, knüpft Kontakte, und du würdest mal was völlig anderes sehen.«

»Warum eigentlich nicht?«, sagt Justus in die Stille hinein.

Das klingt fast zu schön, um wahr zu sein, und ich spüre ein leichtes Kribbeln in meiner Magengegend. Jill hat gerade die perfekte Stellenbeschreibung skizziert. Vielleicht komme ich mit diesem Praktikum auf neue Ideen, die ich an die Fragezeichen in meinem Kopf verfüttern kann, und vielleicht geben sie sich damit zufrieden – oder drängen sich wenigstens nicht mehr so vehement in den Vordergrund.

Außerdem hat Jill recht. Auch wenn sich meine Eltern mit der Kreativität der Filmwelt vermutlich nicht wirklich identifizieren können, werden sie aber erkennen, dass ich nicht tatenlos rumsitze. Das Praktikum könnte die Lösung meines Problems sein – oder zumindest eine Zwischenlösung.

Und da ist noch etwas … ein leiser Gedanke nähert sich zaghaft.

Möglicherweise schaffe ich es dabei sogar, mir Daniel endlich aus dem Kopf zu schlagen. Unvermittelt zieht sich alles in mir zusammen. Ich kann mir nicht vorstellen, wie ich ihn nicht lieben könnte, wie ich nicht jeden Tag an ihn denken sollte. Trotzdem muss ich es wenigstens versuchen, denn eines weiß ich ganz gewiss: Es zehrt an meinen

Nerven, mich jeden Tag in eine Parallelwelt zu träumen, weil ich nur in meiner Vorstellung mit Daniel zusammensein kann. Ich will endlich ausbrechen und in der realen Welt glücklich sein. Das will ich aber nicht schaffen, indem ich mir einen anderen Jungen zur Ablenkung suche, nein, das muss ich ganz alleine hinkriegen. Und ich werde nicht warten, bis das Glück mich findet, sondern ich werde es suchen. Am besten, ich schicke einen ganzen Suchtrupp raus.

4
Jonas

Es gibt für alles eine Lösung:
ja, nein, vielleicht?

»Was zum Teufel ist bloß in dich gefahren?« Mein Vater quetscht sich durch die Tür in meine Wohnung, noch ehe ich ihm ganz geöffnet habe.

»Hallo, Vater. Es ist auch schön, dich zu sehen«, sage ich und verdrehe die Augen.

Er schnaubt und stürmt an mir vorbei durch den kurzen dunklen Flur. »Lass den Schmarrn und sag mir lieber, warum du schon wieder zu den Drehbuchautoren gelaufen bist, um über ihre Arbeit zu meckern!«

Ich schüttle den Kopf, während ich ihm in mein spärlich eingerichtetes Wohnzimmer folge. »Das bin ich gar nicht, okay? Ich habe ihnen nur Vorschläge gemacht.«

»Warum? Ein Schauspieler beschwert sich nicht über das Drehbuch, sondern spielt einfach seine verdammte Rolle!« Er stemmt seine Hände in die Seiten und funkelt mich wütend an.

»Ein guter Schauspieler darf sich einbringen und eigene Vorschläge machen«, berichtige ich ihn ruhig. »Das nennt man Eigeninitiative.« Auch wenn ich seinen Ärger vorhergesehen habe und vorbereitet bin, kostet mich dieser Streit viel Kraft. Immer dasselbe Thema, immer dieselben Argumente und jedes Mal der gleiche Ausgang: keine Lösung.

»So eine unüberlegte Aktion kann dich den Job kosten, das ist dir doch wohl klar, oder? Ich hab bei deiner Schauspielerei schon genug Zugeständnisse gemacht. Versau es dir jetzt nicht«, sagt er mit bedeutungsschwerer Stimme und lockert seine grau glänzende Krawatte.

»Du reagierst total über«, antworte ich müde und gehe zur Eckcouch.

»Ach ja? Und was war mit Kai Zimmermann? Wie du weißt, ist er den Serientod gestorben, weil er sich immer wieder beschwert hat.«

Ich lasse mich aufs Sofa fallen. »Na, dann sollen sie mich halt auch sterben lassen«, seufze ich genervt. »Ich bitte darum.«

»Hörst du dir eigentlich selbst zu?« Mein Vater baut sich vor mir auf und gestikuliert aufgebracht mit seinen Händen. Nur wenn ich sitze, ist er größer als ich, ansonsten reicht er mir gerade mal so bis zum Kinn. »Du bist so undankbar!« Er läuft bis zu seinen nicht mehr vorhandenen Haarspitzen dunkelrot an.

Ich könnte ihm mindestens genauso viel an den Kopf werfen wie er mir, könnte ihm vorwerfen, dass er sich zu stark in mein Leben einmischt und ich ihn deshalb als meinen Manager am liebsten feuern würde. Aber ich mache es nicht. Stattdessen lehne ich mich erschöpft in die weichen Sofakissen zurück.

»Lass uns nicht streiten, ja?« Ich reibe mir die Schläfen. »Ich werde den Drehbuchautoren keine Vorschläge mehr machen, es hat sowieso keinen Sinn.«

Mein Vater nickt kurz, bevor er seine Anzugjacke auszieht, sie über die Sofalehne legt und sich dann, zufrieden über seinen Sieg, neben mich setzt. »Sieh mal, ich bin ja nur so streng, weil ich dein Bestes will. Und da bringt es nichts, wenn du die Serie aufgibst und so Kleinkram-Angebote von Steven Port annimmst.«

»Ja, ich weiß, das hast du mir schon oft ge…«, fange ich an, doch dann stoppe ich. »Warte mal. Hast du gerade Steven Port gesagt? Der Regisseur aus London?«

Mein Vater zuckt mit den Schultern. »Ja.«

»Steven Port hat mich für eines seiner Projekte angefragt?« Ich versuche ruhig zu bleiben, aber meine Stimme zittert.

»Ja«, bestätigt er wieder. »Aber das wäre nur ein kleiner Film gewesen, und außerdem fangen da parallel die Dreharbeiten zur fünften Staffel an, also hätten wir das Projekt gar nicht in deinem Terminkalender unterbringen können.« Selbstgefällig lehnt er sich nach hinten und legt einen Arm auf die Sofalehne.

»Ist dir klar, was du da sagst?« Mein Vorsatz, nicht auf Konfrontationskurs zu gehen, ist dahin. Ich balle meine Hände zu Fäusten, sodass sich meine Fingerknöchel weiß färben. Das Blut rauscht in meinen Ohren. »Ich liebe Steven Ports Arbeit! Hast du mir gerade wirklich in einem Nebensatz mitgeteilt, dass du ein Angebot von ihm ausgeschlagen hast, ohne mir Bescheid zu geben?«

»Das war keine große Sache«, sagt mein Vater ungerührt. »Und wie gesagt: Es hätte ohnehin nicht in deinen Terminplan gepasst.«

»Ich hab dir doch schon so oft gesagt, dass ich da aussteigen will!«, schleudere ich ihm entgegen, während ich ihn wütend anstarre.

»Und was ist mit deiner Karriere? Wenn du die Rolle hinschmeißt, ist dein Ruhm bald Geschichte. Was machst du dann?« Mein Vater verschränkt die Arme. Jegliche Argumente prallen an seiner Überzeugung ab.

»Die Frage ist wohl eher, was *du* dann machst.« Die Worte verlassen meinen Mund, bevor ich sie zurückhalten kann. Mit dieser Bemerkung habe ich eine neue Ebene betreten, und ich sehe förmlich, wie mein Vater vor mir anschwillt.

»Was hast du gesagt?«, fragt er mich bedrohlich leise, und seine Augen verengen sich zu Schlitzen.

Ich könnte das Gesagte zurücknehmen, mich entschuldigen. Aber warum? Es ist die Wahrheit, auch wenn er sie nicht hören will.

Ich stehe auf und überrage ihn damit wieder. »Du hast mich schon richtig verstanden. Ein erfolgloser Schauspieler braucht keinen Manager.«

»Deine Mutter würde sich im Grabe umdrehen, wenn sie hören könnte, wie du mit mir sprichst!« Seine Worte fühlen sich an wie eine Ohrfeige.

»Es ist besser, wenn du jetzt verschwindest«, knurre ich, gehe an ihm vorbei durch den Flur zur Tür und öffne sie. »Wir haben uns nichts mehr zu sagen.«

Mein Vater packt sein Sakko und schnaubt. »Das Thema ist ganz sicher noch nicht beendet, klar?« Er wirft mir einen letzten wütenden Blick zu, als er an mir vorbei aus der Wohnung rauscht.

Ich schlage die Tür fester hinter ihm zu als nötig. Mein Puls rast, und ich atme schwer. Ziellos renne ich im

Wohnzimmer umher, packe das Handtuch, das ich vorhin nach dem Duschen achtlos auf meine Couch geworfen habe, und schmeiße es mit aller Kraft durchs Zimmer. Aber es hilft nicht. Noch immer könnte ich brüllen vor Wut, also trete ich gegen den nächstbesten Stuhl, der krachend umkippt. Das Holz ächzt, als ein Bein abbricht.

Keuchend stehe ich da und starre den kaputten Stuhl an. Warum muss mein Vater immer diese Karte ziehen, warum erwähnt er in jeder Auseinandersetzung meine tote Mutter? Er weiß ganz genau, dass er mich damit trifft, weil ich nie wissen werde, ob er recht hat. Ich werde nie wissen, ob sie stolz auf mich wäre oder nur den Kopf schütteln würde, wenn sie mich heute sehen könnte.

Schwer atmend lasse ich mich auf das Sofa fallen, liege auf dem Rücken und drücke mir die Handballen auf die Augen. Warum kann ich nicht ich selbst sein? Warum akzeptiert er mich nicht so, wie ich bin?

»Habt ihr Biologie zurückbekommen?«, fragt mich mein Vater über den Küchentisch hinweg.

Ich nicke langsam und ziehe mit zittrigen Fingern die Extemporale aus meinem Schulranzen, die wir vorige Woche unerwartet geschrieben haben. Den ganzen Schulweg über hat es mir davor gegraut, nach Hause zu kommen, und ich habe ernsthaft überlegt, den Test in die Isar zu werfen.

Wortlos überreiche ich ihm das Stück Papier.

Mein Vater überfliegt kurz die vielen roten Verbesserungen meiner Lehrerin, dann bleibt sein Blick an der mangelhaften Note hängen, und seine Augen weiten sich ungläubig. »Eine Fünf?«, donnert er, klatscht die Ex auf den Küchentisch und verfehlt damit nur knapp unser Mittagessen.

Ich zucke zusammen. »Ich habe wirklich gelernt, aber ich verstehe Bio einfach ni…«

Doch mein Vater unterbricht mich. »Du hast gelernt? Offensichtlich nicht genug!« Er schnaubt frustriert. »Weißt du, ich reiß mir für uns wirklich den Arsch auf! Ich arbeite und arbeite, nur um dir ein besseres Leben zu ermöglichen. Und was trägst du dazu bei, hm?« Er weist mit einer abfälligen Handbewegung auf meinen Test. »Rein gar nichts!«

»Es tut mir leid«, murmle ich.

»Von deiner Entschuldigung können wir uns nichts kaufen!« Er reibt Zeigefinger, Mittelfinger und Daumen aneinander. »Geld. Darum geht es! Und das bekommst du nur mit guter Bildung! Ich rufe gleich morgen bei deiner Schule an und nehme dich aus der Theater AG. Es ist Zeit, dass du dich mit deinen zwölf Jahren endlich auf das Wesentliche konzentrierst.«

»A-Aber Herr Schmidt hat gestern gesagt, dass ich die Hauptrolle spielen darf«, stottere ich, und Tränen sammeln sich in meinen Augen. Schule war schon immer blöd, doch auf die Nachmittagsstunden meines Wahlfachs freue ich mich jede Woche.

»Schauspielerei ist brotlose Kunst«, stellt mein Vater entschieden klar. »Wenn du deine Nudeln aufgegessen hast, gehst du in dein Zimmer und arbeitest den Test durch. Ende der Diskussion.«

Ich schiebe die Erinnerung beiseite und setze mich wieder auf, denn gerade ist mir ein Gedanke gekommen: Die Beziehung zu meinem Vater ist einseitig. Egal, was ich mache, er hört mir nicht zu. Auch wenn ich mich an seine Anweisungen halte und alles dafür gebe, meine – oder besser gesagt *seine* – Ziele zu erreichen, rede ich gegen eine undurchdringbare Wand. Er glaubt zu wissen, was gut für mich ist. Er ist überzeugt, den richtigen Weg zu kennen.

Aber mein Weg ist nicht seiner, und meine Wünsche stehen seinen Vorstellungen entgegen. Warum höre ich dann nicht damit auf, seinem Weg zu folgen? Warum finde ich nicht meinen eigenen?

Dann könnte ich vielleicht endlich glücklich werden … den Grund wiederfinden, warum ich mit dem Schauspielern begonnen und so viel Herzblut in meine Arbeit gesteckt habe.

Nur: Wie soll ich meine Vorstellungen in die Tat umsetzen? Vor einem Monat habe ich für die fünfte Staffel von *Reset* unterschrieben, und so ohne Weiteres komme ich da nicht wieder raus. Wenn ich den Vertrag kündige, werde ich eine hohe Strafe zahlen müssen, und obwohl ich derzeit finanziell nicht klagen kann, werde ich jeden Cent benötigen, um meiner Karriere eine neue Richtung zu geben.

Es sei denn …

Ich zucke zusammen, als mein Handy klingelt, aber der Blick auf das Display lässt mich lächeln.

»Alter, du kommst wie gerufen«, begrüße ich meinen besten Freund Tobias. »Wir müssen einen Schlachtplan erstellen, wie ich so schnell wie möglich gefeuert werde.«

5
Leni

Wir haben doch für alles eine App –
warum gibt es kein Warnsystem für besch****** Tage?

Als ich am nächsten Tag aufwache und mit verstrubbeltem Haar in die Küche schlurfe, ist Mama, die im Gegensatz zu mir bereits ein elegantes beiges Kostüm trägt und ihre dunkelbraunen Haare zu einem Dutt gebunden hat, gerade dabei, einen Smoothie zu mixen. Der dunkelgrünen Farbe nach zu urteilen, ist eine der Zutaten Spinat.

»Gibst du mir einen Apfel, Liebes?«, bittet sie mich und wirft mir einen kurzen Blick zu.

Ich nehme einen Apfel aus der Obstschale und reiche ihn ihr.

»Nicht den grünen, den roten«, sagt sie in einem Tonfall, als müsste mir klar sein, welches Obst sie für ihren Smoothie bevorzugt.

Ich gebe ihr den nächsten Apfel. »Wo ist Papa?«, frage ich. Normalerweise trinkt er um diese Uhrzeit seinen ersten Kaffee.

Meine Eltern haben eine gemeinsame Anwaltskanzlei für Familienrecht, fangen meist erst gegen zehn Uhr an zu arbeiten und bleiben dafür bis spät abends im Büro.

»Er hat heute einen Gerichtstermin«, klärt Mama mich auf, nimmt zwei Gläser aus dem Küchenschrank und füllt sie gleichmäßig mit ihrem dickflüssigen Smoothie. »Wo warst du denn gestern Abend?«

Ich nehme mein Glas voll grüner Gesundheit entgegen und hoffe, dass sie mit dem Spinat nicht übertrieben hat. »Bei Justi.«

Mamas Blick hellt sich auf. »Hast du dir seine Aufzeichnungen aus dem ersten Semester geliehen? Das wird dir in den Vorlesungen sehr weiterhelfen.«

Ich verschlucke mich heftig und brauche eine ganze Weile, bis meine Luftröhre wieder frei wird. »Mh«, sage ich mit tränenden Augen. Natürlich könnte ich ihr jetzt und sofort alles erzählen, aber meine Feigheit hält mich zurück und flüstert mir ins Ohr, dass ich lieber warten sollte. Nicht zwischen Tür und Angel. Nicht ohne Papa. Und vor allem: nicht ohne Justus an meiner Seite.

»Wollen wir nicht mal wieder zusammen essen gehen? Justus, Papa, du und ich?«, frage ich, um das Thema zu wechseln. »Habt ihr dieses Wochenende Zeit?«

»Das ist eine schöne Idee, Liebes. Ich werde deinen Vater heute Abend fragen.«

Ich könnte mir für diesen genialen Einfall selbst auf die Schulter klopfen, denn an einem öffentlichen Ort können meine Eltern mich nicht umbringen.

Als Mama das Haus verlassen hat, dusche ich in Windeseile und wühle in meinem Schrank nach passenden Klamotten für meinen ersten Tag am Set. Ich habe keine Ahnung, was Leute beim Film tragen, und orientiere mich daher an Jills Outfit von gestern. Bequeme Kleidung und

Sportschuhe ergeben Sinn, wenn man bedenkt, dass ich den ganzen Tag auf den Beinen sein werde.

Auch wenn es für Jill nicht schwer war, mich zu diesem Praktikum zu überreden, bin ich nun total hibbelig. Ich weiß nicht, was mich erwartet, und die Tatsache, dass ich mich nicht vorbereiten konnte, macht mich noch nervöser. Außerdem fühle ich mich schlecht, meinen Eltern nun bereits zwei Dinge zu verschweigen. Aber diese Gedanken schiebe ich ganz weit nach hinten, weil ich mich heute voll und ganz auf meine neue Herausforderung konzentrieren möchte.

Ich binde mir meine Haare zu einem Dutt und schminke mich natürlich, ohne viel Make-up, nur mit etwas Concealer und Wimperntusche. Dann schlüpfe ich in meine blaue High Waist Jeans und in ein einfaches weißes T-Shirt, dazu ebenfalls weiße Turnschuhe. Eine Jacke werde ich sicher nicht brauchen, denn schon seit Tagen kratzt das Thermometer an der Dreißig-Grad-Marke.

Als ich abfahrbereit bin, aber noch etwas Zeit habe, bevor Jill mich einsammelt, google ich die Serie *Reset*, für die ich ab heute arbeiten werde. Zwar schaue ich gern Serien, finde aber meist kaum Zeit dafür, daher bin ich nie auf dem neuesten Stand. Von *Reset* habe ich schon einiges gehört, aber eine Folge davon gesehen habe ich bisher noch nicht.

Nachdem ich bei Wikipedia die Zusammenfassung der letzten drei Staffeln gefunden habe, festigt sich mein Eindruck, dass sich die Serie am ehesten mit *Gossip Girl* vergleichen lässt. Ich scrolle durch die Besetzung. Die meisten Schauspielerinnen und Schauspieler sind kaum älter als ich, was nicht verwunderlich ist, denn ich schätze die Zielgruppe auf ungefähr fünfzehn bis fünfundzwanzig ein.

Ich spüre ein nervöses Kribbeln in meiner Magengegend, als ich mir die Fotos der Schauspielenden genauer ansehe. Es ist nicht so, dass ich Angst davor habe, ihnen gegenüberzutreten und für sie und mit ihnen zu arbeiten, aber ich habe schon viele Geschichten von hochnäsigen Berühmtheiten gehört, denen nichts gut genug scheint. Ich hoffe, dass ich von dieser Sorte Mensch verschont bleiben werde.

Pünktlich um zehn Uhr werde ich von Jill in einem weißen Sprinter abgeholt. Ich hüpfe auf den Beifahrersitz und schlage schwungvoll die Tür hinter mir zu.

»Auf geht's«, begrüßt Jill mich gut gelaunt und legt den ersten Gang ein. »Danke noch mal für deine Spontanität.«

»Gerne«, antworte ich lächelnd und verschweige die Tatsache, dass sie mir mit diesem Praktikum wahrscheinlich mehr hilft als ich ihr. Ich werfe einen Blick hinter mich. »Was ist das für Zeugs?«, frage ich und lasse meinen Blick über Kartons wandern, in denen der unterschiedlichste Kleinkram verpackt zu sein scheint. Ich erkenne schwarzes Klebeband, Kabelbinder, Maßband und Werkzeug.

»Dieses *Zeugs* benötigen wir für den Dreh. Ich rate dir, dich möglichst schnell mit den Materialien vertraut zu machen, damit du genau weißt, wo du suchen musst, wenn etwas gebraucht wird«, erklärt sie mir, ohne die Augen von der Straße zu nehmen.

Ich nicke. »Hast du sonst noch irgendwelche Tipps? Irgendwas, das ich wissen müsste?«

»Ja. Es hört sich zwar blöd an, aber als Setrunnerin solltest du nie widersprechen. Mach einfach, was man dir sagt, dann sind alle zufrieden.«

Ich kann gerade noch nicht einschätzen, ob mir diese Regel meinen Job erleichtert oder erschwert, aber mir bleibt wohl nichts anderes übrig, als es auf mich zukommen zu lassen.

»Wie lange arbeiten wir heute?«, frage ich, als wir die Stadt verlassen und eine von hohen Eichen gesäumte Landstraße entlangfahren. Felder und Wiesen ziehen an uns vorbei. Leuchtend gelbe Sonnenblumen und der bereits verblühende Mohn ergeben ein wunderschönes Farbenspiel.

»Auf jeden Fall bis spät in die Nacht – wir fangen heute ja erst mittags an. Hast du schon mit deinen Eltern gesprochen?«, fragt Jill, als sie einen Traktor überholt.

»Ich habe ihnen gesagt, dass sie mit dem Essen nicht warten müssen«, weiche ich aus, weil ich weiß, dass Jill meine Entscheidung gegen das Jurastudium meint und nicht die Sorge meiner Eltern, dass ich später nach Hause kommen könnte, als sie erwarten.

»Na dann«, sagt Jill nur.

Nach weiteren zwanzig Minuten Fahrtzeit lenkt sie den Sprinter auf einen großen Parkplatz und stoppt den Motor. »Hör zu, ich erzähl dir jetzt schnell noch ein paar grundsätzliche Dinge, bevor wir aussteigen.« Sie schnallt sich ab und dreht sich zu mir. »Ich bin eine von zwei Aufnahmeleitungen. Mein Job ist es, den Ablauf zu organisieren und dafür zu sorgen, dass der Dreh reibungslos verläuft. Einfach erklärt, auch wenn es manchmal eine ganz schöne Herausforderung sein kann, den Zeitplan einzuhalten. Neben dir gibt es noch einen weiteren Setrunner. Er ist seit Anfang der letzten Staffel dabei. Ihr seid den Aufnahmeleitungen unterstellt, also unter anderem mir. Wenn es ein Problem gibt, egal welcher Art, dann komm am besten erst mal zu mir, und wir versuchen die Sache zu klären. Dann noch zwei Begrifflichkeiten: Das *Set* ist der eigentliche Drehort, also dort, wo tatsächlich die Szenen abgefilmt werden. Wenn wir von der *Basis* sprechen, meinen wir hingegen den Bereich, in dem sich die Ausstattung, Maske, Kostüm, Catering und so weiter befinden. Okay?«

»Alles klar«, sage ich etwas nervös.

»Ach, und eines noch«, fügt sie hinzu. »Bei *Reset* spielen ein paar bekannte Schauspielerinnen und Schauspieler mit. Bitte frag sie nicht nach einem Autogramm und mach keine Fotos von ihnen. Das kommt gar nicht gut an.«

»Nichts leichter als das.« Die Stars der Serie zu stalken ist wirklich das Letzte, woran ich gedacht habe. Und mein Gefühl sagt mir, dass ich dafür ohnehin keine Zeit haben werde, selbst wenn ich wollte.

»Dann nichts wie raus hier.« Jill springt aus dem Sprinter, und ich folge ihr.

Der große Parkplatz grenzt an einen kleinen Laubwald. Es stehen bereits etliche Fahrzeuge bereit, die sich anhand des aufgedruckten Schriftzugs einer Produktionsfirma zuordnen lassen. Gerade als Jill die Hecktüren des Sprinters öffnet, rollen bestimmt zehn Wohnwägen auf den Parkplatz.

»Werden die für den Dreh benötigt?«, frage ich und nicke zu der Kolonne hinüber.

»Ja, dort drinnen befindet sich die Maske und das Kostüm, außerdem haben auch alle Leute aus dem Cast einen eigenen, um sich zurückziehen zu können«, erklärt sie und schnallt sich eine schwarze Bauchtasche um.

»Jeder von denen bekommt einen eigenen Wohnwagen?«, frage ich erstaunt.

»Na ja.« Jill grinst. »Nicht jeder, aber die *Wichtigen* schon.«

Sie verkabelt sich mit einem Headset, und auch ich erhalte eins, um mit dem Team in Kontakt zu bleiben und deren Anweisungen zu erhalten. Danach stellt Jill mich ihrem Kollegen Patrick von der Aufnahmeleitung und dem zweiten Setrunner namens Florian vor.

»Hi Leni! Ich bin Flo«, begrüßt mich mein neuer Kollege grinsend. Er ist etwas älter als ich, hochgewachsen und hat seine langen kastanienbraunen Haare zu einem Pferdeschwanz zusammengebunden. »Wenn du Fragen hast oder mal nicht weiterweißt, sag einfach Bescheid!«, bietet er mir seine Hilfe an.

Dankbar lächle ich ihm zu. Alle scheinen auf den ersten Blick nett zu sein. Langsam, aber sicher beruhige ich mich etwas, da die erste Hürde überstanden ist.

Die folgenden zwei Stunden ist der größte Teil der Crew damit beschäftigt, das Set im Wald aufzubauen und die Technik zu installieren. Über das Headset erhalten Flo und ich hin und wieder Anweisungen, wobei wir oft Kleinkram holen müssen, der dem Team beim Aufbau fehlt. Jills Tipp, sich die gelagerten Utensilien in ihrem Sprinter einzuprägen, ist Gold wert, denn in den allermeisten Fällen werde ich dort fündig.

Kurz bevor die ersten Szenen aufgenommen werden, höre ich Jills Stimme, die aus dem Headset an mein Ohr dringt: »Leni, bitte sperr jetzt die Anfahrt zum Parkplatz, damit keine ungebetenen Gäste die Dreharbeiten stören!«

»Wird gemacht!«, gebe ich sofort zurück und werfe mir eine Warnweste über. Mit großen Schritten überquere ich den Parkplatz, vorbei an den Wohnwägen, zur Ausfahrt. Es ist ein bisschen schade, genau dann weggeschickt zu werden, wenn die eigentliche Action am Set beginnt, aber auch den Hinweis, sich als Setrunnerin gegen keine Anweisung zu stellen, habe ich nicht vergessen.

Als ich den letzten Wohnwagen passiere, bemerke ich eine Bewegung im Augenwinkel und werfe einen flüchtigen Blick in diese Richtung. Dort, in einer schwer einsehbaren Nische zwischen Fahrzeug und Wald, stehen zwei Personen, ineinander verschlungen und knutschend. Ich will schon weitergehen, weil mich heimliche Liebschaften ganz sicher nichts angehen, aber ein klammes Gefühl hält mich zurück, und ich mustere die beiden genauer.

Ein Mann und eine Frau, wobei mir Letztere den Rücken zugekehrt hat und ich nur ihre lockigen schwarzen Haare erkennen kann. Der Typ hingegen kommt mir mit seinen breiten Schultern, den goldbraunen Locken und den buschigen Augenbrauen irgendwie bekannt vor.

Und dann wird mir plötzlich klar, wieso. Mir klappt der Mund auf, und eine eiskalte Welle der Wut durchflutet meinen Körper. Warum auch immer dieser Blödmann hier ist, wer auch immer die Schwarzhaarige in seinen Armen ist – es ändert nichts an der Tatsache, dass ich gerade den Freund meiner besten Freundin beim Betrügen erwische.

Einige Sekunden starre ich die beiden schockiert an, darauf hoffend, dass sich meine Augen einen dämlichen Streich erlaubt haben. Aber je länger ich sie beobachte, desto sicherer bin ich, dass es sich wirklich um Tom handelt. Noch hat er mich nicht entdeckt, also husche ich schnell hinter den nächstgelegenen Wohnwagen, um meine Gedanken zu sortieren und nicht Gefahr zu laufen, unüberlegt zu handeln.

Ich lehne mich mit dem Rücken an das Wohnmobil und versuche, mich mit einigen tiefen Atemzügen zu beruhigen. Meine Gedanken überschlagen sich. Ich mochte Tom noch nie besonders. Als Clara ihn mir vor einem Jahr als ihren offiziellen Freund vorgestellt hat, habe ich ihr verschwiegen, wie arrogant und selbstgefällig er mir vorkam. Er hat nämlich gar nicht erst versucht, meine Sympathie zu gewinnen, sondern gleich gezeigt, wie wenig er von mir hielt. Allerdings nur, wenn Clara außer Hörweite war. Dann behauptet er nämlich immer noch gerne, dass ich vorlaut sei, nur, weil ich bei vielen gesellschaftlichen Themen anderer Meinung bin als er.

So hat meine beste Freundin bis heute keine Ahnung, dass Tom und ich uns absolut nicht ausstehen können. Bis jetzt hielt ich es für am besten, ihr nichts davon zu erzählen, damit sie sich nicht gezwungen fühlt, sich auf eine Seite zu schlagen. Aber jetzt wünsche ich mir, ich hätte ihr meine Bedenken viel früher offenbart. Wobei … dass er Clara betrügt, hätte ich niemals erwartet.

Entschlossen fische ich mein Handy aus der Hosentasche und spähe um die Ecke. Tom und die Unbekannte sind noch voll dabei. Ich wische mit meinem Zeigefinger über das Display, öffne die Kamerafunktion und zoome etwas näher heran. Aber gerade, als ich den Auslöser betätigen will, höre ich knirschenden Kies hinter mir.

»Hey!«, sagt eine verärgerte Stimme laut und deutlich.

6
Jonas

Brainstorming mal anders

Wenn Tobi mit zwei Pizzen vor meiner Tür steht, ist der Abend gerettet. Und nach der Szene mit meinem Vater kann ich das heute wirklich mehr als gut gebrauchen.

Als er die Pappkartons auf dem Esstisch in meinem Wohnzimmer abstellt, ziehe ich einen Zwanzigeuroschein aus meinem Portemonnaie und lege ihn daneben.

»Die übernehme ich.«

»Es reicht, wenn du deine eigene zahlst. Wie du es halt immer schaffst, dir die teuerste Pizza auf der Karte rauszusuchen.«

Ich stimme in sein Lachen ein, tue ebenfalls so, als würde ich seine Bemerkung als Witz verstehen, obwohl ich weiß, dass sie viel mehr ist als das. Für Tobi ist meine Zwölf-Euro-Meeresfrüchte-Pizza Luxus. Und obwohl er mein bester Freund ist, weiß ich bis heute nicht, ob er sich jedes Mal eine Pizza Margherita bestellt, weil er sie am liebsten isst, oder weil er sich nicht mehr leisten kann.

»Behalte den Rest, ich kann gerade nicht wechseln«, sage ich beiläufig und lasse das Geld liegen. Das ist zwar gelogen, aber anders würde er es nicht annehmen.

»Mh.« Tobi gibt sich geschlagen und stopft den Schein widerwillig in seine Hosentasche.

Zufrieden lasse ich mich auf einen Stuhl fallen.

»Hattest du nicht mal vier Stühle?« Tobi lässt den Blick durch mein Wohnzimmer wandern.

Mit meiner Einrichtung habe ich mir nicht viel Mühe gegeben. Meine zerschlissene dunkelgrüne Eckcouch, das schwarze Sideboard und der runde braune Holztisch mit seinen vielen Kerben sind secondhand von meinem Vormieter und machen nicht viel her. Sporadisch, aber funktionell.

»Ach, der Stuhl ist kaputtgegangen«, nuschle ich und widme mich überaus interessiert meinem Pizzakarton. Als ich ihn aufklappe, weht mir der köstliche Geruch von Knoblauch und Garnelen entgegen.

»Also«, fängt Tobi geschäftsmäßig an und macht sich ebenfalls über seine Pizza her. »Wie lösen wir dein Problem?«

»Wenn ich meinen Vertrag kündige, muss ich ein Vermögen an die Produktion blechen. Aber, wenn *die* mich kündigen, sieht das anders aus«, bringe ich ihn auf meinen Wissensstand. »Das ist mein Ziel.«

»Du hättest den Vertrag gar nicht erst unterschreiben sollen, oder?« Natürlich legt Tobi den Finger direkt in die Wunde.

Bedächtig kaue ich auf meiner Pizza und schlucke den Bissen hinunter. Er fühlt sich plötzlich viel zu groß an. »Hätte, hätte, Fahradkette«, murre ich. »Es ist, wie es ist. Den Fehler hab ich schon begangen, und es ist Zeitverschwendung, über das *Was wäre, wenn* nachzudenken.«

»Auch wieder wahr.« Tobi schiebt sich das nächste

Stück Pizza in den Mund, und als er abbeißt, ziehen sich lange Mozzarellafäden. »Dann sind wir eben kreativ.« Er hält sich die Hand vor den Mund, um mir tiefere Einblicke zu ersparen.

»Und genau deshalb habe ich dich angerufen.« Ich grinse ihn an.

»Weil ich besser weiß, wie man sich rausschmeißen lässt?«, scherzt Tobi.

»Weil deine Ideen unbezahlbar sind«, verbessere ich ihn.

Er nickt anerkennend. »Gut gerettet, mein Lieber.« Er lehnt sich zurück. »Okay. Brainstorming. Wenn wir eine Firma hätten: Warum würden wir Angestellte kündigen?«

»Was für eine Firma?«

»Ganz egal.«

»Aber es macht schon einen Unterschied, wie groß die Firma ist und in welcher Branche wir arbeiten«, gebe ich zu bedenken.

Tobi sieht mich einen Moment unverwandt an, so als würde er auf die Pointe warten.

»Ich muss doch die Fakten kennen, bevor ich meine armen hart arbeitenden Mitarbeiterinnen und Mitarbeiter feuere!«

»Alter, es ist scheißegal, was für 'ne Firma das ist«, sagt er belustigt. »Und im Grunde hast du gerade die Lösung deines Problems gefunden.«

Ich stutze. »Wie meinst du das?«

»Du hast gerade von deinen hart arbeitenden Angestellten gesprochen. Heißt doch im Umkehrschluss, dass du den faulen kündigen könntest, oder?«

»Unzuverlässigkeit«, murmle ich. Der Gedanke gefällt

mir ganz und gar nicht. »Haben wir noch was anderes im Angebot?«

»Logisch! Pinkel einfach gegen die nächstbeste Kamera, und du bist raus«, schlägt er grinsend vor.

Ich pruste los, dann knülle ich meine Serviette zusammen und werfe sie ihm gegen die Schulter. »Du bist ein Depp, weißt du das?«

Er nimmt die Denkerpose ein, zwei Finger am Kinn und den erhabenen Blick in die Ferne gerichtet. »Ein Depp mit philosophischen Ansätzen.«

Ich verdrehe die Augen. »Wildpinkeln ist wirklich sehr philosophisch.«

»Ich versteh schon, das ist dir noch zu wenig.« Tobi lehnt sich wieder zurück in seinen Stuhl und tippt sich mit dem Zeigefinger gegen die Nase. »Lass mich kurz nachdenken.«

Ich habe die gewisse Vorahnung, dass sein nächster Vorschlag noch abwegiger sein wird, und meine Mundwinkel zucken bereits. Ich nehme noch einen Schluck Cola, der Knoblauch macht Durst.

»Striptease. Morgen. Vor der Kamera.« Mit einem verwegenen Lächeln zwinkert er mir zu und schiebt demonstrativ mit einer lasziven Bewegung seiner linken Hand den rechten T-Shirtärmel über die Schulter nach oben. »Ungefähr so.«

Zu trinken war ein Fehler. Die Cola schießt mir durch die Nase, als ich nicht mehr an mich halten kann. Während ich mir die eine Hand vor das Gesicht halte, taste ich mit der anderen auf dem Tisch nach einer zweiten Serviette. Mein Bauch tut vor lauter Lachen weh. Die Vorstellung, ich würde während eines Drehs Tobis eben präsentierten Schlafzimmerblick aufsetzen und die Hüllen fallen lassen, ist absurd und komisch zugleich.

»Nicht?«, fragt er mit großen Augen und gespielter Irritation, so als verstünde er die Welt nicht mehr. »Dann weiß ich auch nicht weiter.«

Mit der Serviette schnäuze ich mir die Cola aus der Nase. »Schau mich nie wieder so an, während ich trinke.«

Tobi hebt die Hände. »Das kann ich nicht versprechen.«

Er beugt sich vor und greift sich das vorletzte Stück seiner Pizza. »Sag mal, was mir gerade noch einfällt: Du hast doch diese Keine-Freundin-Klausel in deinem Vertrag?«

»Ja, schon«, entgegne ich. »Für den Zeitraum der Serienproduktion soll ich keine Beziehung anfangen.«

»Wäre das nicht eine Möglichkeit?«, fragt Tobi mich unvermittelt, so als wäre sein Vorschlag offensichtlich.

Ich ziehe eine Augenbraue nach oben. »Ich soll mir 'ne Freundin suchen, um gefeuert zu werden?«

Er zuckt mit den Schultern. »Wäre für dich doch sicher machbar, oder?«

»Und wann genau, meinst du, soll ich dem auserwählten Mädchen den Grund für mein Interesse an ihr erklären?«

Er schüttelt den Kopf. »Du sollst ihr doch nichts vorspielen! Ich hatte irgendwie gedacht, du könntest dich vielleicht einfach *verlieben.*«

Ich verschränke die Arme. »So einfach ist das auch wieder nicht. Und zurzeit gibt's da auch keine, mit der ich mir ansatzweise eine Beziehung vorstellen könnte.«

Tobi nickt verständnisvoll. »Wir überlegen weiter. Irgendwas fällt uns schon ein.«

Den restlichen Abend bringen wir die Playstation zum Glühen, doch eine zündende Idee ergibt sich nicht mehr.

Als ich am nächsten Tag, nach höchstens drei Stunden Schlaf, in den Spiegel schaue und mich dunkle Schatten unter meinen rot geränderten Augen begrüßen, muss ich mir eingestehen, dass es nur eine Möglichkeit gibt, aus dem Vertrag herauszukommen: Unzuverlässigkeit ist der einzige Weg zum Ziel. Mein Vater weiß eine Vertragskündigung sicher zu verhindern, solange sie von mir angestoßen wird. Wenn aber die Produktionsfirma die treibende Kraft ist, wird auch er nichts dagegen ausrichten können.

Ich seufze, trete in die Dusche und drehe den Hahn auf. Ganz kurz will ich mein Gesicht in den kühlen Wasserstrahl halten und an gar nichts denken – was natürlich nicht funktioniert. Das Gedankenkarussel dreht sich weiter.

Ich weiß, dass mein Plan leider auch sehr riskant ist. Selbst wenn ich aus der Serie geschmissen werde, heißt das nicht, dass damit eintritt, was ich mir sehnlich wünsche, und ich endlich bei Indie-Produktionen mitmachen darf. Sogenannte Independent-Filme, die zwar oft nur mit kleinen Budgets realisiert werden können, aber dafür nicht an die strikten Regeln der großen Filmstudios gebunden sind.

Meine vermeintliche Unzuverlässigkeit könnte im Filmgeschäft die Runde machen, und wer würde mich dann noch buchen wollen? Dennoch ist mein Leben schon seit Jahren ein Hamsterrad, und wie ich es auch drehe und wende, einen anderen Einfall habe ich nicht.

Erneut seufzend steige ich aus der Dusche und ziehe

das Handtuch von der Heizung. Nachdem ich mich abgetrocknet habe und in Jeans und T-Shirt geschlüpft bin, werde ich auch schon von meinem Fahrer, Philipp, abgeholt, der mich wie jeden Tag ans Set kutschiert.

Als ich mich auf den Rücksitz fallen lasse, werfe ich einen Blick auf meine Armbanduhr. Dass die Zeiger bereits auf elf Uhr zeigen, ist mir unbegreiflich, denn für mich und meine müden Augenlider fühlt es sich an, als wäre es mitten in der Nacht … nur eben mit Sonne. Die abgedunkelten Autoscheiben kommen mir da gerade recht.

»Du siehst heute aus wie das blühende Leben«, kommentiert Philipp meine Augenringe.

»Wieso nur glaube ich dir das nicht?«, frage ich ihn mit gespielter Skepsis und lasse mich gegen die Lehne sinken. Ein kurzer Powernap wird mich hoffentlich in der Spur halten.

Als wir an der Basis ankommen, bedanke ich mich bei Philipp und steige gähnend aus dem Auto. Wie ich heute bis Mitternacht durchhalten soll, ist mir ein Rätsel, aber irgendwie werde ich das schon hinkriegen.

Jill fängt mich an der Einfahrt zum Parkplatz ab und findet wie immer sehr direkte Worte. »Himmel, was hast du denn heute Nacht getrieben?«, murmelt sie und schleppt mich zum Catering, wo sie mir einen starken Kaffee und ein Croissant in die Hand drückt. »Du siehst aus, als hätte dich ein Vampir gebissen.«

»Tobi und ich haben die Nacht durchgezockt. Nichts, was Kaffee und die Maske nicht verschwinden lassen könnten«, sage ich grinsend und nehme demonstrativ einen großen Schluck aus meinem Becher.

Und ich behalte Recht. Während ich eine Viertelstunde

später meinen heutigen Text und den Drehplan durchgehe, verwandelt mich unsere Maskenbildnerin Inga wieder in einen vorzeigbaren Schnösel.

Danach habe ich tatsächlich noch etwas Zeit bis zum Drehbeginn. Also setze ich mich an die Biertischgarnitur vor dem Catering-Transporter in die Sonne und gönne mir einen zweiten Kaffee. Ein Eiskaffee wäre bei den heißen Temperaturen zwar erfrischender, aber der steht leider nicht zur Auswahl.

Das Team ist mit dem Aufbau beschäftigt, und ich sehe ihnen zu, wie sie Kamera und Zubehör in den Wald schleppen. Heute werden einige Szenen bei Tageslicht und bei Nacht gedreht, in denen es darum geht, Beweise für eine weitere Intrige der Schönen und Reichen verschwinden zu lassen.

Mitten in dem Gewusel fällt mir ein Mädchen auf. Die dunkelbraunen Haare zu einem unordentlichen Dutt gebunden und das weiße T-Shirt in ihre Jeans gesteckt, läuft sie mit einem aufgewickelten Kabel in Richtung Set davon. Sie trägt ein Headset, was sie offensichtlich als Teil der Crew identifiziert – aber ich habe sie noch nie zuvor gesehen. Ich ziehe die Augenbrauen zusammen, denn verdammt, ich bin mir sicher, sie *wäre* mir aufgefallen.

»Na, *Finlay Scott*«, begrüßt mich mein Mitschauspieler Niam bei meinem Rollennamen und schwingt seine Beine über die Bierbank mir gegenüber. »Hast du die gefährlichen Beweise bereits vernichtet, damit wir nicht von der Privatschule geschmissen werden?«

Ohne in seine Spielchen einzusteigen, bleibt mein Blick auf den Rücken des Mädchens geheftet, das gerade den Waldweg betritt.

»Sag mal, Niam, kennst du die da?« Ich nicke in ihre Richtung.

Niam dreht sich um. »Ist bestimmt eine von der Crew.«

»Ja, aber wir kennen das Team doch«, werfe ich ein.

»Schon, aber vielleicht ist sie für jemanden eingesprungen.« Er sieht wieder zu mir, und plötzlich breitet sich ein Grinsen auf seinem Gesicht aus. Seine strahlend weißen Zähne bilden einen starken Kontrast zu seiner dunkelbraunen Hautfarbe. »Warum interessieren wir uns denn so für das Mädchen?«

Mir ist klar, worauf er hinauswill, also verdrehe ich die Augen. »Ach, halt die Klappe.«

Sein Grinsen wird noch breiter. »Meine Lippen sind versiegelt«, verspricht er.

Ich schüttle den Kopf. »Du redest nur Scheiß!«

»Nein, jetzt mal im Ernst.« Seine Gesichtszüge entspannen sich wieder. »Ich könnte mir vorstellen, dass sie für den Setrunner einspringt, der sich den Knöchel gebrochen hat. Wenn du das gesehen hättest … das sah richtig übel aus. Der Fuß ist mindestens auf das Doppelte angeschwollen.«

Ich höre kaum zu, als Niam die grausamen Einzelheiten der Verletzung beschreibt, sondern schweife stattdessen in Gedanken ab, die sich hartnäckig vor das unbekannte Mädchen schieben. Es fällt mir nicht leicht, dieses Unzuverlässigkeitsding durchzuziehen, denn wie und wann soll ich damit anfangen? Jetzt gleich, beim Dreh? Soll ich meinen Text vergessen? Oder über das heiße Wetter meckern? Innerlich sträubt sich alles in mir, wenn ich daran denke, nicht mein Bestes zu geben, selbst wenn mir diese Serie zum Hals raushängt. Aber wenn ich nichts unternehme, werde ich auch noch in fünf Jahren hier sitzen, bis die Produktion von *Reset* irgendwann eingestellt wird und ich für andere Projekte uninteressant geworden bin.

»Übrigens muss ich dir noch was sagen.« Niam holt mich wieder zurück in die Gegenwart. »Ich werde nach der fünften Staffel aussteigen.«

Ich starre ihn an und frage mich für eine Sekunde, ob er Gedanken lesen kann. »Waaas?«

»Ich hab da echt ein mega Angebot erhalten. Aus Hollywood.« Er sieht mich verträumt an. »Ich mein, *Hollywood*, Alter!«

Mein Körper fühlt sich an, als hätte er gerade ein Eisbad genommen. Kalt und taub. »Wow, Glückwunsch«, bringe ich über die Lippen, klinge dabei allerdings alles andere als überzeugend. *Reiß dich zusammen!*

Niam bemerkt es sofort. »Bist du mir böse?«

Ich blinzle überrascht. »Böse?«, wiederhole ich. »Warum sollte ich?«

»Weil ich abhaue.«

Jetzt erst verstehe ich, dass er meine Reaktion auf sich bezieht, doch es geht nicht darum, dass ich ihm den Ausstieg aus der Serie nicht gönne. Es geht darum, dass er mir vor Augen führt, was ich nie haben werde, wenn ich meinen Arsch nicht bewege.

»Nein, wirklich, ich freu mich für dich! Hört sich nach einem echten Jackpot an.« Ich kratze all meine Schauspielkunst zusammen, um Niam zu überzeugen.

Glücklicherweise scheint er mir meine Begeisterung abzukaufen, denn in den folgenden Minuten beschreibt er mir mit größter Leidenschaft, für welches Projekt er *Reset* den Rücken kehrt.

Ich weiß nicht, was ich fühle, als er mir mit strahlenden Augen von seinen Hoffnungen erzählt. Ist es Sehnsucht? Ist es Trauer? Oder ist es Neid, dass Niam seine Chance ergreift? *Dass er das Leben lebt, das ich gern hätte.*

Nach kurzer Zeit beginnt meine Fassade zu bröckeln, und mit der Ausrede, meinen Text wiederholen zu müssen, ziehe ich mich zurück. Ich will ihm seine Freude nicht nehmen, will nicht zeigen, was seine Erzählungen mit mir machen. Was ich jetzt brauche, ist einen Moment Ruhe und einen Ort, der frei ist von wachsamen Augen und Kameras.

Mit großen Schritten haste ich über den Parkplatz zu meinem Wohnwagen. Doch als ich näher komme, verlangsamen sich meine Schritte automatisch. Ich erkenne das Mädchen sofort, nicht zuletzt, weil ich sie noch vor ein paar Minuten angestarrt und mich gefragt habe, wer sie ist. Sie drückt sich mit dem Rücken zu mir an die Rückseite meines Wohnwagens. Sucht sie etwas?

Ich laufe weiter auf sie zu. Doch als ich nur noch etwa zehn Meter entfernt bin, entdecke ich Saliah, die am Waldrand mit einem Typen aus der Crew knutscht. Mein Blick wandert wieder zu dem Mädchen, und jegliche Sympathie verpufft schlagartig. Sie versteckt sich ganz offensichtlich und hält dabei ihr Handy mit aktivierter Kamera bereit, kurz davor, ein Bild von Saliah und dem Typen zu machen.

»Hey!«, rufe ich verärgert.

7
Leni

Zufall – oder wie heißt der Depp noch gleich?

Erschrocken fahre ich zusammen und wirbele herum, wobei ich mein Handy fallen lasse.

Hinter mir steht ein Junge. Er ist einen guten Kopf größer als ich, und seine halblangen dunkelblonden Haare sind zu einem Seitenscheitel gekämmt. Er kommt mir vage bekannt vor. Seinem Outfit nach zu urteilen – beige Stoffhose, Ledergürtel und schwarzes Hemd – muss er einer der Schauspieler sein, und vermutlich kenne ich ihn von den Bildern im Internet, die ich mir heute Morgen in Vorbereitung auf meinen ersten Arbeitstag noch angesehen habe. Johannes Thalbach oder so ähnlich.

»Wirst du so schlecht bezahlt?«, schnauzt er mich an, und sein Blick bohrt sich in meinen.

»Äh?«, mache ich, irritiert von seiner Frage und der offensichtlichen Abneigung gegen mich. »Was meinst du?«

»Wenn ich eins nicht leiden kann, dann sensationsgeile Menschen«, fährt er mich weiter an, ohne auf mich einzugehen.

Ich glaube, ich höre nicht richtig! Was bildet sich der Typ eigentlich ein?

»Wie bitte?!« Ich mache einen Schritt auf ihn zu und stemme die Hände in die Seiten.

»Na so was. Wen haben wir denn da?«, höre ich plötzlich eine Stimme hinter mir.

Scheiße.

Langsam drehe ich mich um und sehe mich Tom gegenüber, der mich mit kalten Augen mustert. Das schwarzhaarige Mädchen klammert sich an seinen Arm.

»Was machst du denn hier?«, sage ich wenig überzeugend und fühle mich dank des Schauspielers in meinem Rücken eingekesselt.

»Die wollte ein Foto von euch machen und vermutlich an die Klatschpresse verkaufen«, murrt er hinter mir, und die Schwarzhaarige macht ein empörtes Gesicht.

»Was fällt dir ein?«, faucht sie.

»Das ist gar nicht wahr!«, verteidige ich mich.

»Dann ist das da nicht dein Handy?«, will der Schauspieler wissen und stupst mein Mobiltelefon mit dem Schuh an.

Ich fahre herum. »Wie wär's, wenn du dich um deinen eigenen Scheiß kümmerst?« Wütend funkele ich ihn an.

Er schüttelt den Kopf. »Keine Sorge, auf so einen Kinderkram habe ich keinen Bock.« Mit diesen Worten dreht er sich um, öffnet die Tür des Wohnwagens und verschwindet im Inneren.

Als ich mich bücke, um mein Handy aufzuheben, kommt mir eine Hand mit langen Fingern zuvor. »Gib her!«, knurre ich Tom an und halte ihm meine flache Hand entgegen, während ich mich wieder aufrichte.

»Nope. Ich lass doch nicht zu, dass du irgendwelche

Bilder von Saliah veröffentlichst, denen sie nicht zugestimmt hat.«

Fast muss ich lachen, als mir klar wird, was er bezwecken will. Indem er so tut, als würde er das Mädchen beschützen, weicht er dem eigentlichen Grund aus, warum er keine Fotos möchte, auf denen er sie küsst.

»Wie edel«, sage ich gedehnt, dann wende ich mich an das Mädchen namens Saliah. »An deiner Stelle wäre ich vorsichtig. Vermutlich hat er dir nichts …«

Doch Tom unterbricht mich mit schneidender Stimme. »Hör nicht auf sie, Saliah. Leni mischt sich gern in Dinge ein, die sie nichts angehen.«

Wir liefern uns ein Blickduell.

»Du kennst sie?«, fragt Saliah überrascht.

Tom bricht seinen Augenkontakt zu mir ab, um sie mit sanfter Miene zu beruhigen. »Flüchtig. Lass dir von ihr nichts einreden, ja?«

Patrick, der zweite Aufnahmeleiter, taucht neben mir auf. »Ach hier steckst du, Saliah. Der Dreh beginnt gleich, und du bist noch nicht verkabelt.«

»Okay«, sagt Saliah und wirft Tom und mir einen unsicheren Blick zu, bevor sie Patrick in Richtung Set folgt.

»Was soll der Mist?« Ich schnappe mir mein Handy, bevor Tom einen Schritt zurückgehen kann. »Wieso knutscht du hier einfach mit einer anderen rum? Und was ist mit Clara?«

»Halt dich aus meinen Angelegenheiten raus!«, zischt er. »Du löscht jetzt dieses Foto von Saliah und mir!«

»Deine Angelegenheiten?«, wiederhole ich ungläubig. »Clara ist meine beste Freundin und nicht *deine Angelegenheit!*«

»Lösch jetzt dieses verdammte Foto, anstatt blöde Reden zu schwingen.«

Ich verdrehe entnervt die Augen und versuche ihn auszubremsen, ehe er sich noch auf mein Handy stürzt. »Mann, jetzt beruhig dich mal, ich hab überhaupt kein Foto geschossen.«

Tom sieht mich skeptisch an, offensichtlich nicht sicher, ob er mir glauben soll. »Dann zeig mir das letzte Bild, das du gemacht hast«, fordert er.

Ich schnaube. »Das werde ich ganz sicher nicht.«

»Also lügst du.«

»Nein, aber das spielt sowieso keine Rolle. Mit oder ohne Bild, ich werde Clara von deiner Scheißaktion erzählen.«

Toms Blick verfinstert sich. »Das wirst du nicht.«

Ich zucke mit den Schultern. »Und wie ich das werde. Wer soll mich davon abhalten? Du vielleicht?«

»Glaub mir, das werde ich«, knurrt er. »Was machst du überhaupt hier?«

Ich schürze die Lippen. »Das Gleiche könnte ich dich fragen.«

»Ich mache für mein Studium ein Praktikum als Kameramann, und das wüsstest du, wenn du mir mal zugehört hättest. Ich hab es erst am Samstag bei eurer Abifeier wieder erwähnt.«

»Sorry, mein Fehler«, sage ich betont gelangweilt. Aber recht hat er, denn meistens stelle ich auf Durchzug, wenn er anfängt zu sprechen. »Und ich mache ebenfalls ein Praktikum.«

Tom verzieht das Gesicht. »Du arbeitest hier?«

»Ja, sag ich doch.«

Er stöhnt. »Na toll. Womit hab ich das nur verdient?«

Verächtlich ziehe ich die Augenbrauen nach oben. »Die Frage darfst du dir selbst beantworten.« Ich schiebe mich an ihm vorbei. »Du hast sicher nichts dagegen, wenn ich mich jetzt wieder meinem Job widme.«

Doch er hält mich am Arm zurück. »Wehe, du sagst Clara irgendwas.«

Aber ich schüttle nur den Kopf. »Träum weiter.« Und hoch erhobenen Hauptes marschiere ich an ihm vorbei.

Schlimmer könnte der erste Tag meines Praktikums gar nicht laufen. Zwar wird München gern als Millionendorf bezeichnet, aber bei eineinhalb Millionen Einwohnenden darf ich doch bitte schön erwarten, dass ich auf einem abgelegenen Parkplatz nicht ausgerechnet den Freund meiner besten Freundin mit einer anderen erwische.

Während ich an der Zufahrt zum Parkplatz im Schatten der hohen Kastanien und Eichen allein Wache halte, habe ich genügend Zeit, um die Geschehnisse zu verdauen. Ich verachte Tom nicht nur, weil er Clara hintergeht, sondern auch, weil er mir damit die unangenehme Aufgabe überlässt, ihr davon zu berichten. Wie kann er ihr so was antun? Ich mochte ihn noch nie, aber trotzdem hätte ich nicht gedacht, dass er *so* ein Arschloch ist.

Seufzend ziehe ich mein Handy aus der Hosentasche. Dank diesem blöden Thalbach ziehen sich spinnwebenförmige Risse über das Display. Warum musste sich der Kerl einmischen und mich dann auch noch als *sensationsgeil* bezeichnen? Wir haben noch kein einziges Wort miteinander gewechselt, und trotzdem meint er zu wissen, wer ich bin?

Und dann kommt mir plötzlich ein noch schlimmerer

Gedanke: Wenn seine Version der Geschichte die Runde macht, werde ich mein Praktikum ganz sicher schneller verlieren, als mir lieb ist. Wer will schon eine skrupellose Promijägerin am Set? Und was mache ich dann? Ohne dieses Praktikum stehe ich wieder am Anfang, ohne Plan B. Die Hoffnung, die ich seit gestern tief in meinem Inneren spüre, würde im Keim erstickt werden.

In meiner Magengegend macht sich ein ungutes Gefühl breit. Ich muss das schnellstmöglich klären. Zögernd tippe ich Claras Telefonnummer ein. So gern ich auch Dinge aufschiebe, in diesem Fall darf ich nicht warten.

»Hey, Süße, kann ich dich nachher zurückrufen? Bin gerade beim Kaffeetrinken«, begrüßt sie mich gut gelaunt.

»Ja, klar, ich wollte nur fragen, ob du morgen Abend Zeit hast«, sage ich tapfer.

»So ein Zufall, dass du fagst! Deshalb wollte ich dich sowieso noch anrufen. Wir treffen uns morgen alle spontan zum Essen, ich hab schon reserviert.«

»Alle?«

»Na, Daniel, Akira, Tom, du und ich. Ich dachte, es wäre schön, wenn wir uns einmal im Monat verabreden, jetzt, da wir nicht mehr in der Schule sind und uns durchs Studium vielleicht nicht mehr regelmäßig sehen.«

»Nette Idee«, entgegne ich lahm.

»Dann sehen wir uns morgen! Ich freu mich!« Clara legt auf.

Ich stoße einen Fluch aus und würde mein Handy am liebsten gegen den nächsten Baum schmettern. Am Telefon konnte ich Clara nichts von meiner Beobachtung sagen, so etwas muss ich persönlich machen. Aber wie soll ich ihr morgen von Tom erzählen, wenn die anderen – und vor allem auch Tom selbst – dabei sind?

Oh, das Essen schmeckt vorzüglich. Ach, und übrigens, dein Freund betrügt dich, Clara. Die Rechnung, bitte!

Aaargh! Kann nicht mal irgendwas einfach sein und so klappen, wie ich es mir vorstelle?

Ich atme tief durch. Okay, vielleicht komme ich hier morgen früher weg und schaffe es vor dem Essen zu Clara, dann kann ich unter vier Augen mit ihr sprechen. Und heute in der Pause werde ich Jill den Vorfall erklären, nur für den Fall, dass einer der Beteiligten meint, mich verpetzen zu müssen. Mit etwas Glück biege ich das wieder gerade.

Doch meine innere Stimme lacht mich spöttisch aus. *Du und Glück?*

8
Jonas

Peinlich, peinlicher, Missverständnis

Zwar finde ich in meinem Wohnwagen die erhoffte Ruhe, um nachzudenken, aber als ich für meine erste Szene abgeholt werde, fühle ich mich weder bereit noch sonderlich motiviert, vor der Kamera den selbstbewussten Finlay zu geben, dessen einziges Problem darin besteht, irgendwelche belanglosen Intrigen gegen seine Freundin aufzudecken.

Auf dem Weg zum Set hadere ich mit mir, den Text für meine Aufnahmen absichtlich zu vergessen, obwohl ich jedes einzelne Wort sicher auswendig kann. Vor allem ist es leider nicht damit getan, dass ich nur heute vor der Kamera patze. Auch die besten Schauspielenden haben das ein oder andere Mal ihre Zeilen nicht parat, weshalb ich nicht nur heute, sondern auch morgen und übermorgen meine Unzuverlässigkeit beweisen werde müssen. Eben so lange, bis mein Verhalten Konsequenzen nach sich zieht.

»Jonas!« Saliah ist schon drehbereit, und als sie mich sieht, hüpft sie über ein paar Baumwurzeln zu mir herüber.

»Hi«, begrüße ich sie.

»Danke«, sagt sie in gedämpftem Ton, so als würde sie

Zuhörer vermeiden wollen. »Wegen vorhin. Ich wollte eigentlich nicht, dass du es so erfährst, und ich hoffe, du bist mir nicht böse.«

»Böse?«, wiederhole ich irritiert.

»Na ja, weil ich mit Tom … du weißt schon.« Ihre Wangen färben sich rosa. »Eine Zeit lang dachte ich, du und ich, daraus hätte was werden können. Aber ich hatte nicht das Gefühl, dass du mehr willst. Falls ich das falsch gedeutet habe … ich will dich nicht verletzen.«

Als ich verstehe, worauf sie hinausmöchte, fange ich beinahe an zu lachen: Saliah hat Sorge, ich könnte eifersüchtig sein. Dabei bin ich einfach nur froh, dass sie – entgegen meiner Vermutung – weitergezogen ist.

»Nein«, sage ich schnell und erleichtert. Vielleicht ein bisschen zu schnell und zu erleichtert, denn Saliahs Augen blitzen verletzt. »Ich freue mich für euch«, versuche ich die Situation zu retten. »Auch wenn ich natürlich …«

Okay, stopp. Ich rede mich um Kopf und Kragen. Was möchte ich ihr überhaupt sagen? Dass ich verletzt bin? Das wäre gelogen. Im Gegenteil, damit habe ich ein Problem weniger, über das ich mir den Kopf zerbrechen muss.

Saliah mustert mich fragend, weil ich mich mitten im Satz unterbrochen habe.

»Auch wenn ich natürlich …«, wiederhole ich langsam, weil ich verzweifelt nach dem Ende meines Satzes suche, »… sicher sein will, dass er … dir guttut«, schließe ich lahm. Saliah und ich sind bei Weitem nicht so eng befreundet, als dass mich ihre Liebschaft etwas angeht.

Aber offensichtlich ist sie anderer Meinung, denn erst strahlt sie mich an, und eine Sekunde später fällt sie mir um den Hals. »Awww!«, quiekt sie. »Du bist ja so süß!«

»Mhm«, mache ich überfordert.

Sie löst sich von mir und streicht sich eine Haarsträhne hinters Ohr. »Aber zwischen Tom und mir, das ist noch ganz frisch. Als wir vor ein paar Wochen mit dem Team etwas trinken waren, sind wir uns nähergekommen. Mal schauen, was daraus wird.«

»Saliah, Niam und Jonas, bitte auf Position!«, ruft uns der Regieassistent zu sich.

Saliah lächelt selig, als wir über die Baumwurzeln zu Niam stapfen.

Während die Regisseurin letzte Anweisungen an den Kameramann gibt, pudert mich die Maskenbildnerin nochmals ab und fährt mir kurz durchs Haar, um meine Frisur lockerer aussehen zu lassen. Ich werde nervös, da ich gleich nicht nur die Rolle des Finlay spielen werde, sondern auch die des unvorbereiteten Schauspielers.

»Du endest mit dem Satz ›Sie werden gleich da sein‹, und dann komm ich, oder?«, vergewissert sich Niam bei mir, und ich nicke nur.

Wir benötigen sieben Anläufe, bevor die Szene im Kasten ist. Einmal verhaspelt sich Niam, das zweite Mal ändern sich die Lichtverhältnisse während der Aufnahme, und die restlichen vier Fehlversuche gehen auf meine Kappe.

Textpatzer.

»Passiert jedem mal«, versucht mich Saliah aufzumuntern, ohne zu wissen, weshalb ich mich wirklich schäme.

Ich schäme mich dafür, absichtlich schlecht gewesen zu sein und nicht mein Bestes gegeben zu haben. Aber dieses Gefühl wird vorübergehen, rede ich mir ein. Mit jedem weiteren Mal wird es schrumpfen, bis es mir egal ist. Ich muss es tun – für meine Träume.

Da wir heute versetzt drehen, also erst mittags begonnen haben, ist die erste Pause demensprechend erst um achtzehn Uhr. Die Sonne versinkt bereits hinter den ersten Baumwipfeln. Am Himmel ist ein Farbenspiel aus Rot-, Orange- und Lilatönen zu sehen, während die Basis in tiefe Schatten getaucht ist. Die drückende Schwüle weicht langsam einer angenehmen Wärme.

Auch wenn ich kaum Hunger habe, bin ich mit meinem Curry viel schneller fertig als die anderen an meinem Tisch. Vielleicht nur deshalb, weil ich keine große Lust habe, mich zu unterhalten.

Mein Blick wandert über die Filmcrew hinweg und bleibt an dem Mädchen von heute Mittag hängen. Sie sitzt an einem der anderen Biertische und stochert in ihrem Essen herum. In ein Gespräch mit Jill vertieft, sieht sie nicht nach links oder rechts.

Ich ärgere mich über mich selbst, weil sich mein Unterbewusstsein und mein Instinkt offenbar von ihrem Aussehen haben blenden lassen und beide nicht sehen wollten, was das Mädchen mir heute bewiesen hat: Promibilder an die Klatschpresse zu verkaufen kann lukrativ sein, wenn man zur richtigen Zeit am richtigen Ort ist.

Auch ich wurde bereits Opfer sensationsheischender Schlagzeilen. Weil mich Paprazzi vor einem Restaurant abgelichtet hatten, als ich mir gerade erschöpft mit der Hand über meine halbgeschlossenen Augen fuhr, hielt sich tagelang das Gerücht, ich wäre mit meinem Ruhm überfordert. Dabei war ich einfach nur müde.

Beim besten Willen kann ich nicht nachvollziehen, wie man so schamlos sein kann und mit dem Privatleben anderer Geld verdienen möchte. Ich schüttle verärgert den Kopf, stehe auf und bringe meinen Teller zur Geschirrabgabe.

Nach der Pause warte ich, bis das Mädchen mit Flo, dem zweiten Setrunner, verschwindet, dann nehme ich Jill zur Seite.

»An deinem Tisch saß doch ein Mädchen, mit dem du dich unterhalten hast. Wie heißt sie, und was macht sie hier?«

Jill sieht mich überrascht an. »Du meinst Leni? Sie hilft als Setrunnerin aus, weil sich der andere den Knöchel gebrochen hat.«

Dann hatte Niam mit seiner Vermutung recht. »Und wo hast du sie aufgetrieben?«

»*Aufgetrieben?* Sie ist die kleine Schwester von meinem Freund, und sie hat mir einen *Gefallen* getan«, erklärt Jill stirnrunzelnd.

»So leid es mir tut, aber ich glaube, sie ist nicht die Richtige für den Job«, sage ich bestimmt.

»Hä? Warum das denn?«

Ich sehe nach links und rechts, weil ich sichergehen will, dass uns niemand zuhört. »Sie wollte vorhin heimlich Fotos von Saliah machen und sie dann vermutlich an die Klatschpresse verscherbeln«, erkläre ich mit gesenkter Stimme. »Also die Fotos, nicht Saliah«, füge ich unnötigerweise hinzu.

»Jetzt hätte ich doch glatt die Polizei wegen Verdachts auf Menschenhandel eingeschaltet«, kommentiert Jill trocken.

Ich verdrehe die Augen. »Du weißt, was ich meine!«

Sie nickt. »Ich bin ja nicht blöd. Aber mach dir keine Sorgen, sie hatte andere Beweggründe, die Bilder zu machen.«

Ich stutze. »Du weißt davon?«, frage ich nach.

»Ja, Leni hat es mir vorhin erzählt. Wahrscheinlich war es nicht richtig von ihr, aber ich hätte an ihrer Stelle nicht anders reagiert.«

»Das musst du mir wohl erklären.«

»Vielleicht geht es dich aber auch nichts an«, kontert Jill.

Ich verenge die Augen. »Vielleicht willst du deinen guten Freund aber auch beruhigen, dass hier nicht eine verrückte Stalkerin herumläuft und Kolleginnen belästigt.«

»Na gut, du besorgte Seele. Es ging nicht um Saliah, sondern um Tom. Er ist mit Lenis bester Freundin zusammen.«

»Aber er hat doch mit Saliah … Oh«, entfährt es mir, als ich den Zusammenhang verstehe.

»Ja, ganz genau: *oh*. Leni hat ihn beim Betrügen erwischt.«

»Und du bist dir sicher?«

Jill verdreht die Augen. »Ja, ich bin mir sicher.«

Wut brodelt in mir hoch. Das hat Saliah nicht verdient! »Dann müssen wir ihr sofort Bescheid geben!« Mit den Augen suche ich den Parkplatz nach meiner Schauspielkollegin ab. »Vermutlich ist sie in ihrem Wohnwagen.«

Jill ergreift mein Handgelenk. »Nein, Jonas. Behalte das bitte für dich.«

»Am Ende will der Typ sie nur ausnutzen! Wir können Saliah doch nicht ins offene Messer rennen lassen!«

»Nein, das will ich auch nicht. Aber bitte versprich mir, dass du es vorerst geheim hältst. Leni will zuerst mit Tom und seiner Freundin sprechen.«

»Also gut, verstehe«, murre ich. »Ich warte.«

»Vielen Dank«, sagt Jill und lässt mein Handgelenk los. »Und jetzt geh bitte in die Maske und lass deine Frisur wieder richten«, fügt sie grinsend hinzu.

Demonstrativ gleite ich mit meinen Fingern durch die Haare und verstrubbele sie noch ein bisschen mehr.

»Du bist wie ein kleines Kind!«, ruft Jill mir mit gespielter Ernsthaftigkeit hinterher, als ich mich auf den Weg zur Maske mache.

Es gibt nicht viele Menschen, die mich noch überraschen. Mein erster Eindruck erweist sich in den meisten Fällen als zutreffend. Aber Leni hat es hingekriegt, von *Interessante Frau* zu *Sensationsgeile Promistalkerin* zu springen, um dann den Schlenker zu *Besorgte Freundin* zu schaffen. Das kommt eher selten vor.

Vielleicht sollte ich mich bei ihr für meine weniger gelungene Anschuldigung ›sensationsgeil‹ entschuldigen. Im Nachhinein wäre es vielleicht klüger gewesen, Leni erst zu fragen, was sie mit dem Foto vorhat, als ihr sofort etwas zu unterstellen und sie dementsprechend blöd anzureden. Ich schiebe meine übertriebene Reaktion mal auf meine generell angespannte Stimmungslage …

Auf dem Weg zur Maske lasse ich den Blick über den Parkplatz schweifen und versuche Leni zwischen den herumwuselnden Crew-Mitgliedern zu entdecken, die gerade alles für den Nachtdreh vorbereiten und Scheinwerfer zum Motiv schleppen. Ich bin schon fast am Wohnwagen angekommen, da läuft sie mir keuchend und mit einem Paket Wasserflaschen unter dem Arm über den Weg.

»Kann ich dir helfen?«, frage ich geistesgegenwärtig und strecke meine Arme aus.

Aber sie wirft mir nur einen schnellen Blick zu, schnaubt verächtlich und verschwindet in die andere Richtung. Ich schaue ihr verdutzt nach. Okay, ich habe es verdient. Das vorhin war echt daneben von mir. Dennoch muss sie doch eingestehen, dass es nicht schwierig war, die Situation von heute Mittag fehlzuinterpretieren!

Ich schüttle entschieden den Kopf und springe die zwei Stufen zum Wohnwagen nach oben. Auch wenn ich mich bei ihr entschuldigen werde, Freunde werden wir wohl keine mehr. Ihr kurzer Blick war unmissverständlich.

9
Leni

Die Wände haben Ohren.
Bäume auch?

Das Zwölferpack Wasserflaschen ist verdammt schwer. Aber es wird niemals so schwer sein, als dass ich die Hilfe von diesem Thalbach annehmen würde. Seine Bemerkung hat mich nicht nur gekränkt, sondern sie war auch extrem anmaßend.

»Soll ich das Pack nehmen?« Flo taucht plötzlich auf und reißt mich aus meinen Gedanken.

»Gerne«, keuche ich und drücke ihm die Flaschen dankbar in die Hand.

»Einen Tag am Set und schon einen Verehrer«, bemerkt er grinsend, während wir unseren Weg zum Drehort fortsetzen.

»Ähm?« Unsicher sehe ich ihn an und frage mich, ob er mir gerade einen offensichtlichen Hinweis geben möchte, dass er mich mag.

Flo bemerkt meinen Blick und lacht. »Nicht ich, ich habe schon einen Freund! Ich meine den Thalbach!«

»Was?« Ist er jetzt verrückt geworden?

»Er beobachtet dich schon den halben Tag, ist dir das

noch nicht aufgefallen? Und er wollte dir *tragen* helfen.« Flo dehnt das Wort, als hätte es eine tiefere Bedeutung.

Mittlerweile ist es dunkel geworden, und Scheinwerfer tauchen den Waldweg in ein warmes Licht.

»Deine Beobachtungsgabe in allen Ehren«, sage ich diplomatisch. »Aber der Typ hat mich erst heute Mittag als sensationsgeil bezeichnet. Ich halte es also für sehr unwahrscheinlich, dass er auf mich steht.«

»Was? Das hat er? Normalerweise ist er voll nett.«

»Tja, zu mir ist er jedenfalls voll scheiße«, entgegne ich.

»Wer weiß. Manchmal sind die *Stars* hier etwas empfindlich. Und nur damit du es weißt: Ich glaube immer noch, dass er scharf auf dich ist.«

Wir sind am Set angekommen, und Flo stellt die Wasserflaschen auf dem Waldboden ab, damit wir sie aus der Verpackung befreien können.

»Kein Bedarf«, brumme ich, während ich mich hinhocke und die Folie aufreiße.

»Hast du denn einen Freund?«, fragt Flo und zwinkert mir zu.

Ich kenne ihn erst einen Tag – besser gesagt einen dreiviertel Tag –, und wir sind wirklich schnell zu privaten Themen übergegangen. Vielleicht liegt es an seiner warmen unaufdringlichen Art, von der ich mich zu Gesprächen verleiten lasse, die mir normalerweise zu intim wären.

Ich zögere kurz. »Nein, hab ich nicht.«

»Das klingt nicht sonderlich überzeugt«, kommentiert er.

»Doch«, schnaube ich. »Leider.«

»Oh, ich verstehe! Dein heimlicher Freund ist Romeo, aber ihr dürft einander nicht lieben?«, vermutet Flo.

Ich lache über die Absurdität seiner Worte, aber auch über seine unverhohlene Neugier. »Nein, es ist eher ... eine unerwiderte Liebe«, gestehe ich. »Er wird immer mein bester Freund sein. Nicht mehr und nicht weniger.«

Ich bin geschockt über mein Geständnis, weil ich meine Gefühle noch nie einer Menschenseele anvertraut habe und dann gleich jemandem, den ich kaum kenne und nicht einschätzen kann, wie verschwiegen er ist. Ein mulmiges Gefühl breitet sich in meiner Magengegend aus. Nie und niemals dürfen Daniel, Akira oder sonst wer von meiner Liebe erfahren!

»Genug geredet«, sage ich schnell und drücke Flo vier Flaschen in die Hände. »Jetzt wird wieder gearbeitet.«

Ich versorge die Regisseurin und ihren Assistenten mit Wasser und reiche auch den Tonleuten ein paar Flaschen, bevor meine Vorräte zur Neige gehen und ich in der Basis Nachschub holen muss.

Allmählich spüre ich Erschöpfung meine Glieder hinaufwandern. Meine Beine sind schwer, weil sie seit Monaten nicht mehr so viele Kilometer am Stück gelaufen sind.

Auf dem Weg zum Parkplatz hole ich mein Handy heraus. Die Risse auf dem Bildschirm erschweren mir die Sicht und bestärken mich in der Vermutung, dass es besser gewesen wäre, Geld in die Panzerverglasung zu investieren, die mir der nette Verkäufer damals andrehen wollte. Mein Zähler zeigt stolze fünfzehntausend Schritte an, und der Feierabend ist noch nicht in Sicht. Als ich mein Handy gerade wieder in die Hosentasche stopfen will, leuchtet eine neue Nachricht von Clara auf.

Clara: Morgen um 20 Uhr im Heinrich Matters. Freu mich auf euch!

Ich stöhne bei dem Gedanken, was für ein Abend mir morgen bevorsteht. Sofern ich überhaupt dabei sein kann, denn ich habe Jill noch gar nicht gefragt, wie lange wir morgen drehen werden.

»Leni, warte!«

Genervt drehe ich mich um. Tom … »Was willst du?«

Er bleibt ein paar Meter von mir entfernt stehen und knetet nervös die Hände. »Hast du schon mit Clara gesprochen?«

»Nein, natürlich nicht.« Ich verdrehe die Augen. »Meinst du, so was mache ich über WhatsApp?«

Er atmet erleichtert auf. »Das ist gut«, sagt er, »weil ich es ihr selbst beichten will.«

Ich ziehe eine Augenbraue nach oben. »Jetzt auf einmal?«

»Ich habe nachgedacht«, fängt er an. »Keine Ahnung, was mich da geritten hat, aber ich habe einen Riesenfehler gemacht.«

»Okay.« Ich mustere ihn skeptisch, da ich ihm seinen plötzlichen Sinneswandel noch immer nicht abkaufe.

»Ich rede gleich morgen früh mit ihr, versprochen!« Er wirft mir einen reumütigen Blick zu.

»Okay. Aber wenn du es nicht tust, werde ich es ihr sagen«, drohe ich ihm, damit er versteht, dass für mich die Sache damit keineswegs vergessen ist.

»Versprochen«, wiederholt er. »Es tut mir leid, dass ich dich in diese Lage gebracht habe, glaub mir.«

Ich kann nicht anders, auch meine zweite Augenbraue wandert in die Höhe. Das ist nicht Tom. Nicht der Tom, der mir hinter Claras Rücken gehässige Sprüche zuflüstert und durch die Gegend läuft, als wäre er der neue *Sexiest Man Alive.*

»Schau mich nicht so an«, wirft er mir vor, als könne er meine Gedanken lesen. »Es ist mir ernst! Ich will Clara nicht verlieren!«

Einerseits läuten bei mir alle Alarmglocken, wenn Tom etwas *verspricht*, andererseits möchte ich ihm glauben, weil ich damit um die furchtbare Aufgabe herumkomme, meiner besten Freundin zu erzählen, dass ihr Freund sie betrogen hat … oder immer noch betrügt.

»Und was ist mit Saliah? Hast du schon mit ihr gesprochen?«

»Warum sollte ich?«, fragt er verwundert.

Mir klappt die Kinnlade runter. »Na, weil sie wissen muss, dass du bereits vergeben bist!«, rufe ich verärgert.

Er sieht sich hektisch um, aber auf dem Parkplatz sind nur wenige Leute, alle außer Hörweite. »Psst! Sei mal ein bisschen leiser, du Verrückte!«

»Du bist echt … mir fehlen die Worte«, schnaube ich.

»Das war doch nur ein One-Night-Stand! Ich habe nicht vor, mich weiter mit ihr zu treffen.«

»Deshalb dann auch das Geknutsche heute Mittag«, kommentiere ich seine Ausrede. »Klar, sehr glaubwürdig, wirklich.«

»Was kann ich denn dafür, wenn sie mich einfach so anspringt?«

Ich kann nicht anders und fange an zu lachen. Wie er

versucht, die Verantwortung von sich zu schieben, ist lächerlich, einfach nur lächerlich!

»Das ist nicht dein Ernst, oder?«, pruste ich. »Du bist alt genug, ich muss dir doch nichts von Ehrlichkeit erzählen. Oder hat dir deine Mami das nicht beigebracht? Wenn dich das nächste Mal ein Mädchen – wie hast du es genannt – *anspringt*, dann weise sie höflich zurück und erkläre ihr, dass du eine Freundin hast! So schwer ist das nun wirklich nicht!«

»Du hast leicht reden«, grummelt er. »Wenn dich mal ein Kerl anspringen würde, würdest du wahrscheinlich nicht mehr so klugscheißen. Aber was rede ich, der Letzte ist ja schon etwas länger her, nicht wahr?« Er grinst spöttisch.

Genau genommen hatte ich meinen ersten und einzigen Freund vor eineinhalb Jahren. Doch irgendwann habe ich gemerkt, dass ich mir etwas vormache. Auch durch eine eigentlich glückliche Beziehung konnte ich meine Gefühle zu Daniel nicht überwinden. So etwas kann auch einfach nur nach hinten losgehen … Ich habe viele Nächte durchgeheult und hatte so ein schlechtes Gewissen, weil ich einen Freund hatte, aber jemanden anderen liebte.

Tom trifft mich mit seiner Bemerkung spitz und kalt mitten ins Herz, aber aus einem anderen Grund, als er beabsichtigt. Er wollte mich triezen, indem er mich daran erinnert, wie lange ich schon Single bin. Aber solche Kommentare prallen schon länger an mir ab. Nein, seine Bemerkung hat mich getroffen, weil er mir vor Augen führt, wie sehr ich auf der Stelle trete und dass ich mich nie wieder einem Jungen öffnen kann, wenn meine Gefühle für Daniel weiterhin wie eine dunkle Wolke über mir schweben. Jeder sagt, Liebe sei etwas Schönes, doch mich quält sie einfach nur.

Ich lächle Tom an, weil er das am wenigsten erwartet. »Jetzt pass mal auf«, sage ich mit freundlicher Bestimmtheit. »Du sagst nicht nur Clara morgen die Wahrheit, sondern schenkst auch Saliah reinen Wein ein. Wenn nicht, dann übernehme ich das für dich. Verstanden?«

»Lehn dich nicht vom Balkon, wenn die Brüstung instabil ist«, sagt er bedrohlich leise, macht kehrt und verschwindet mit harten Schritten Richtung Set.

Sein letzter Satz lässt meinen Puls unangenehm in die Höhe schnellen, obwohl ich nicht weiß, was er damit meint.

Während ich die nächsten Wasserflaschen hole, geistern mir seine Worte im Kopf herum. Trotzdem versuche ich, ihnen nicht zu viel Gewicht zu geben. Mir ist durchaus bewusst, dass Tom den großen Auftritt und bedeutungsschwere Sätze liebt. Davon darf ich mich nicht beeindrucken lassen.

Bis halb elf gehen die letzten Aufnahmen, und ich gebe mir Mühe, mir nicht anmerken zu lassen, wie müde ich mittlerweile bin. Dabei sind wir sogar früher fertig als geplant. Jill meinte, dass wir bis Mitternacht gedreht hätten, wenn die Aufnahmen nicht so schnell im Kasten gewesen wären. Es ist definitiv etwas anderes, den ganzen Tag in der Schule zu sitzen und zu lernen, als hier stundenlang auf den Beinen zu stehen und irgendwelche Sachen hin- und herzutragen. Und dann die Stimmen aus dem Headset. Als ich es entferne, fühlt sich mein rechtes Ohr taub an, weil ich damit nicht nur Anweisungen an mich erhalten habe, sondern sämtliche Besprechungen der Crew-Mitglieder zwangsweise ebenfalls mithören musste.

Trotzdem will ich mich nicht beschweren, denn dieser erste Tag war wahnsinnig interessant, und ich würde mich auf alle noch folgenden Tage uneingeschränkt freuen, wenn Tom und dieser Thalbach nicht hier wären.

Es kommt mir vor, als wolle mir mein Leben ein Bein stellen, weil es merkt, dass mir das Praktikum Spaß macht. Wenn es doch wenigstens Clara aus dem Spiel lassen würde. Die kann ja nun wirklich nichts dafür. Zumindest konnte ich bei Jill den Konflikt mit Tom erklären, sodass ich keine Kündigung erwarten muss. Dieser Punkt geht an mich, liebes Leben!

Eines ist jedoch sicher: Langweilig wird mir in den nächsten Wochen bestimmt nicht.

10
Jonas

Alkohol ist WIRKLICH keine Lösung!

Nach den Dreharbeiten lasse ich mich nicht von meinem Fahrer Philipp zurück in meine Wohnung bringen, sondern warte auf dem Parkplatz, bis Tobi mich mit dem Auto abholt. Normalerweise würde ich nach einem langen Arbeitstag sofort ins Bett fallen, aber meine Unzuverlässigkeits-Entscheidung erlaubt es mir, morgen verschlafen und verkatert in der Maske zu erscheinen.

Als Tobis schwarzer Ford Fiesta neben mir mit laufendem Motor stehen bleibt, springe ich mit einem Grinsen hinein. »Danke fürs Mitnehmen!«, begrüße ich ihn.

»Immer zu Ihren Diensten, Sir«, witzelt mein bester Freund.

»Und wir können heute wirklich einen draufmachen?«, frage ich. »Was ist mit der Uni?«

Tobi lenkt das Auto Richtung Ausfahrt. »Ach, die Uni! Weißt du, da bin ich recht flexibel. Ich kann mir die Kurse legen, wie ich will.«

»Heißt, du lässt sie einfach ausfallen?«, mutmaße ich.

»Nicht übel, Dr. Watson. Sie sollten mit Detektivarbeit Ihr Geld verdienen.«

Die Landstraße liegt verlassen vor uns, und in der Ferne sind die ersten Lichter Münchens erkennbar. Die Umrisse des Fernsehturms zeichnen sich vor der Dunkelheit ab, und ich erinnere mich an die fantastische Aussicht, die sich von dort oben bietet. Bei Föhn scheinen die Alpen so nah, als würden sie direkt an die Stadt grenzen. Auch wenn ich mich mit dem Wort »Daheim« schwertue, wird mir bei diesem Blick immer wieder klar, wie wohl ich mich in München fühle.

»Warum brichst du dein Studium eigentlich nicht ab?«, frage ich und sehe nun Tobi von der Seite an. »Du bist doch erst im zweiten Semester, da geht nicht viel Zeit verloren.«

Tobi beschleunigt, und seine Fingerknöchel werden weiß, als sich sein Griff um das Lenkrad verstärkt. »Das ist nicht so einfach«, sagt er nur.

»Aber dieser IT-Schmarrn macht dir doch schon lange keinen Spaß mehr.«

»Er hat mir noch nie Spaß gemacht, okay? Aber mit dem Abschluss kann man viel Kohle verdienen.«

»Aber wenn es dir keinen Spaß macht …«, fange ich an, doch er unterbricht mich.

»Gegenfrage. Warum kündigst *du* nicht einfach deinen Vertrag bei *Reset* und machst dein eigenes Ding?« Von jetzt auf gleich ist Tobis gute Laune dahin. Genervt wirft er mir einen kurzen Blick zu, dann sieht er wieder starr auf die Straße.

»Eins zu null für dich«, gebe ich mich geschlagen. »Tut mir leid, ich wollte dir den Abend nicht versauen.«

»Schon okay, wir haben jedenfalls beide einen Grund, heute Nacht einen draufzumachen.«

»Allerdings. Der Tag war grausam.«

»Textpatzer?«, fragt er mit einem wissenden Grinsen.

»Oh, Mann, erinnere mich bitte nicht daran. Das war so peinlich.« Ich fahre mir durch die Haare und schließe kurz die Augen.

»Aber es gehört zu deinem Plan.«

»Leider …«, seufze ich.

»Hey, wenn du auf mich gehört hättest, dann hätten sie dich schon gefeuert. Gegen Kameras pinkeln ist 'ne todsichere Methode, um abgesägt zu werden.«

»Vermutlich. Aber ein Fünkchen Anstand will ich mir dann doch noch bewahren.«

Tobi zuckt mit den Achseln. »Wenn du meinst.«

»Ich hab mir heute einen noch größeren Fehltritt geleistet, als ein paar Zeilen zu vergessen«, gestehe ich.

Seine Miene hellt sich auf. »Lass hören!«, fordert er.

»Es könnte theoretisch sein, dass ich ein Crew-Mitglied als sensationsgeile Stalkerin beleidigt habe.«

»Theoretisch?«

»Mehr als theoretisch.«

Ich erzähle Tobi von meiner Beobachtung, meiner nicht überdachten Vermutung und davon, welcher Grund sich wirklich hinter Lenis Aktion verbarg. Nach meiner Schilderung ist er vor lauter Lachen etwa fünf Minuten nicht ansprechbar und wir schon längst in der Stadt.

»Okay, sooo lustig ist es jetzt auch wieder nicht«, murre ich, als Tobi immer wieder zu prusten beginnt. Wir können froh sein, dass die Straßen fast leer sind, denn mehr als einmal gelingt es ihm nicht, den Fokus auf das Verkehrsgeschehen zu richten.

»Doch, Alter, das ist es!«, widerspricht er mir, als er

sich endlich wieder gefangen hat. »In so ein Fettnäpfchen kannst auch nur du treten.«

»Ach, komm schon, was hättest denn du an meiner Stelle gedacht?«

»Jedenfalls hätte ich sie erst mal gefragt, was sie da macht, bevor ich ihr solche Sachen an den Kopf werfe. Aber als Promi hat man wohl einen kleinen Verfolgungswahn.«

»Aus gutem Grund«, bestätige ich und gähne ausgiebig. Das monotone Motorengeräusch und das leichte Vibrieren des Sitzes lassen meine Augenlider schwer werden. »Was meinst du, was Fotos von Saliah wert sind, auf denen sie einen fremden Mann küsst? Und wenn sich dann noch herausstellt, dass der Typ vergeben ist … Ein wunderbarer Skandal. Und sie steht im schlimmsten Fall als gefühlslose Egoistin im Mittelpunkt, weil sie das glückliche Paar auseinanderbringt.«

»Schon gut, du hast mich überzeugt«, winkt Tobi ab. »Ich bin jedenfalls froh, dass man mit einem Foto von mir keinen Blumentopf gewinnen kann.«

Tobi und ich kennen uns seit der Schulzeit. Während ich nach meiner Mittleren Reife die Zusage für *Reset* erhalten habe, entschied er sich dafür, das Abitur anzuhängen, um zu studieren. Zwei grundverschiedene Wege, und trotzdem ist keiner von uns wirklich zufrieden oder glücklich mit der jetzigen Situation.

Schon mehr als einmal war ich dankbar, Tobi als besten Freund zu haben. Wir sind immer füreinander da, und bei ihm kann ich sicher sein, dass es ihm nicht um meinen Ruhm und um mein Geld geht. Wir kommen beide aus finanzschwachen Familien. Ich verstehe ihn und seine Sorgen besser als jeder andere. Er dagegen freut sich für mich und meinen Erfolg, weil er hautnah mitgekriegt hat, wie hart ich dafür gearbeitet habe. Als ich durch meine Rolle ins Licht der Öffentlichkeit gerückt bin, habe ich die ersten Monate immer wieder Nachrichten von alten Klassenkameraden bekommen, mit denen ich während der Schulzeit kaum ein Wort gewechselt habe, die dann aber so taten, als wären wir die besten Freunde gewesen. Daraufhin wurde ich sehr vorsichtig und zurückhaltend, wenn es um neue Freundschaften ging.

Tobi parkt den Wagen in einer Seitenstraße, nicht weit entfernt von unserer Stammbar, einem Irish Pub mitten in München, gegenüber der Frauenkirche. Die Straßen sind trotz der späten Stunde mit Feiernden und Nachtspaziergängern gefüllt, die die warmen Temperaturen ausnutzen.

Im *Kilian's* angekommen schieben wir uns durch die Menschenmenge zu unserem Stammplatz direkt an der Bar und bestellen zwei Guinness. Der Pub befindet sich im Keller, doch trotz des Steingewölbes hallt der Raum nicht. Er ist gemütlich eingerichtet, mit dunklen Holzmöbeln und Vertäfelungen. Die Hochstühle sind mit rotem und grünem Tweed überzogen.

Die Müdigkeit, die mich im Auto überkommen hat, ist nun wie weggeblasen, und die Musik und das laute Stimmengewirr lassen mich aufleben. Hier werde ich nur selten erkannt, viel zu schummrig ist das Licht. Außerdem treffen sich hier zahlreiche Nationalitäten, egal ob aus Brasilien oder Australien, wir lernen immer wieder neue Leute kennen.

Tobi und ich nehmen unser Bier entgegen und prosten uns zu.

»Auf den Abend«, sage ich. »Möge uns dieses Gebräu helfen, unseren Luxusproblemen aus dem Weg zu gehen!«

Ein, zwei, drei weitere Biere folgen. Wir lachen mit Fremden, trinken mit ihnen, sprechen über Belanglosigkeiten und Geheimnisse. Der Abend verschwimmt in einem Meer aus sorgenfreier Leichtigkeit, die uns vergessen lässt, dass morgen die Welt genauso aussieht wie heute. Nichts wird sich ändern, doch in diesem Moment ist es mir egal. Ein kurzer Urlaub vom Leben, eine kurze denkfreie Pause, die mir hilft, nicht verrückt zu werden.

Eine Stimme in meinem Inneren flüstert mir die Wahrheit zu, doch sie ist viel zu leise, als dass sie die Lautstärke in der Bar übertönen könnte. Sie hat keine Chance, mich zur Vernunft zu rufen, mich daran zu hindern, Dummes zu tun.

Stunden vergehen, Menschen kommen, Menschen verschwinden, sie lachen, sie weinen, sie singen, sie schreien. Die Welt verschwimmt.

Dann flutet plötzlich Wut meine Adern, als ich Ungerechtigkeit sehe. Schmerzen an den Knöcheln, am Auge. Besinnungslosigkeit.

11

Leni

Warum immer ich?

In dieser Nacht schlafe ich wie ein Stein, so erschöpft bin ich von meinem ersten Arbeitstag.

Als ich am nächsten Morgen aufwache, bin ich immer noch todmüde und erlaube mir, einmal auf den Snooze-Button zu drücken. Dann schlurfe ich ins Bad, und der Spiegel zeigt mir, dass ich genauso aussehe, wie ich mich fühle. Aber ich ziehe das jetzt durch! Ich will den Leuten am Set zeigen, was ich draufhabe und nicht nur nach Blasenpflastern fragen. Mir ist es wichtig, einen guten und fleißigen Eindruck zu hinterlassen und die Chancen zu nutzen, die sich durch das Praktikum vielleicht ergeben könnten.

Also gehe ich duschen, brause meine müden Beine ab und wasche meine Haare mit kaltem Wasser, weil das Thermometer bereits fünfundzwanzig Grad anzeigt. Dann binde ich mir abermals einen Dutt und schlüpfe in die gleichen Jeans wie gestern sowie ein graues Tanktop. Es widerstrebt mir, den festen Jeansstoff überzuziehen, weil ich darin so geschwitzt habe. Aber ein Kleid oder Shorts wären nicht nur unpraktisch, sondern die Verletzungsgefahr wäre bei der ganzen Technik und den schweren Geräten auch höher. Dafür stecke ich mir heute eine kleine Tube Sonnencreme in die schwarze Bauchtasche, die ich gestern von Jill geschenkt bekommen habe. Meine geröteten Wangen und meine Nasenspitze werden sich freuen.

Mit frischem Elan laufe ich runter in die Küche, und mache mir noch schnell ein Brot mit Käse und ein paar Gurkenscheiben, bevor Jill mich um neun Uhr wieder mit ihrem Sprinter abholt.

Der heutige Drehtag wird abermals im Wald stattfinden, da die nötigen Szenen noch nicht abgedreht wurden. Flo hat mir erklärt, dass an einem Tag ungefähr drei Minuten der Serie gefilmt werden. Nur drei Minuten! So viel Arbeit, so viel Zeit, so viel Schweiß, und am Ende des Tages sind nur diese drei Minuten im Kasten.

Jill wirkt gestresst, als ich auf den Beifahrerplatz rutsche und die Tür hinter mir zuschlage. Das Handy zwischen Schulter und Ohr geklemmt, liest sie murmelnd die Disposition durch, den schriftlichen Ablaufplan des heutigen Drehtages. Ich werfe einen Blick auf den Zettel, der in ihrem Schoß liegt. Darauf sind neben den Aufnahmen und Pausen auch der Wetterbericht und die Zeiten des Sonnenauf- und Untergangs vermerkt, um die Lichtverhältnisse während des Drehs einschätzen zu können.

»Verdammt«, murmelt Jill und beendet den Anruf. »Jonas geht nicht ans Telefon.«

»Wer?«, frage ich nach und rechne mit jemandem aus der Filmcrew.

»Jonas Thalbach, der Schauspieler«, klärt sie mich auf. »Sein Fahrer ist heute krank, und ich finde keinen Ersatz.«

Jonas Thalbach – dessen Vornamen ich als Johannes in Erinnerung hatte.

»Kann der nicht alleine zum Set fahren?«, frage ich naserümpfend.

Jill fasst sich an die Stirn. »Deshalb versuche ich ja ihn zu erreichen«, seufzt sie.

»Vielleicht schläft er noch«, überlege ich.

»Ja, vielleicht.« Sie beißt sich auf die Unterlippe. »Aber eigentlich erreiche ich ihn immer. Und wenn er nicht ans Telefon geht, liest er zumindest seine Nachrichten.«

»Wann muss er denn am Set sein?«

»In zwei Stunden. Wenn er sich in einer Stunde nicht gemeldet hat, haben wir ein Problem.«

»Das wird schon«, muntere ich sie auf. »Wahrscheinlich steht er gerade unter der Dusche und hört sein Telefon nicht.«

»Ich kann es nur hoffen.«

Jill startet den Motor und lenkt den Sprinter auf die Straße. Während der Fahrt sprechen wir kaum, und ich beobachte die vorbeiziehenden Häuser, die ausgedörrten Wiesen und die Bäume, deren Blätter nicht mehr saftig grün gefärbt sind, sondern dunkelgrün und teilweise gelb. Die Hitze hat ganz Deutschland im Griff, und der letzte Regen ist schon über zwei Wochen her. Auch wenn sich viele über das heiße Wetter freuen, weil sie die Zeit nutzen und an der Isar liegen oder in den Eisbach springen, sind die anhaltend warmen Temperaturen nur die schädlichen Auswirkungen des Klimawandels.

Ich lasse meine Gedanken treiben und frage mich, was dieser zweite Praktikumstag wohl bringen wird. Hoffentlich wird er ohne große Zwischenfälle verlaufen, sodass ich mich ganz und gar auf die Arbeit konzentrieren kann.

Eine halbe Stunde später kommen wir abermals auf dem großen Parkplatz außerhalb der Stadt an, der an den kleinen Wald grenzt. Doch auch bis jetzt hat sich Jonas Thalbach nicht gemeldet.

»Kannst du mir einen riesigen Gefallen tun?«, bittet mich Jill, während sie den Inhalt ihrer Bauchtasche überprüft.

»Klar«, sage ich ohne zu überlegen.

Ein großer Fehler.

»Nimm dir meinen Wagen, fahr zu Jonas und hol ihn ab.«

»Ich soll *was?*«, frage ich entgeistert.

»Jonas Thalbach abholen«, wiederholt Jill langsam. »Er war gestern schon so übermüdet. Ich habe das blöde Gefühl, dass er heute verschläft.«

»Aber wäre es nicht besser, wenn du zu ihm fährst?«, schlage ich hoffnungsvoll vor.

»Leni, bitte hilf mir. Ich kann hier nicht weg. Normalerweise würde ich einer Setrunnerin nie auftragen, einen Schauspieler von zu Hause abzuholen, aber ich weiß, ich kann dir vertrauen. Und wenn Jonas nicht bald auftaucht, haben wir ein großes Problem.«

»Na gut«, seufze ich und nehme ihren Autoschlüssel entgegen.

»Danke, du bist ein Schatz! Er wohnt in Schwabing, ich schick dir die Adresse aufs Handy. Ruf mich an, wenn irgendwas ist. Und denk dran, ich brauche ihn lebend!«

»Okay!« Ich lache nervös. »Ich versuch's!«

Mit klopfendem Herzen setze ich mich wieder in den Sprinter, diesmal auf die Fahrerseite. Mein Auftrag widerstrebt mir nicht nur, weil ich ausgerechnet diesen Thalbach abholen muss, denjenigen, den ich neben Tom am wenigsten sehen möchte, sondern auch, weil ich dorthin fahren muss. *Fahren.* Mit dem *Auto.* Nein, schlimmer noch: mit diesem riesigen Sprinter!

Ich habe einen Führerschein, aber das letzte Mal, dass ich ein Lenkrad bewegt habe, ist Monate her. Genauer gesagt, zu meiner Führerscheinprüfung. Was daran liegt, dass ich Autofahren gruselig und nervenaufreibend finde, denn egal wie gut *ich* fahre, wenn andere schlecht fahren, kann es trotzdem zu einem Unfall kommen. Knallharte Logik.

Doch jetzt bin ich allein, ohne meinen Fahrlehrer, der im schlimmsten Fall eingreifen könnte. Mit zittrigen Fingern tippe ich Jonas' Adresse ins Navi ein und lasse den Motor an. Ich atme noch einmal tief durch, um mich zu beruhigen. Und los geht's!

Anfahren, okay, Gaspedal mit Bremse verwechselt. Nach ein paar Augenblicken finde ich mich wieder ein und schaffe es, unauffällig den Parkplatz zu verlassen. Dafür ist die folgende Landstraße der Horror. Viel zu schnell brettern die Autos mit verbotener Geschwindigkeit an mir vorbei, während mir jedes Holzkreuz am Straßenrand auffällt, das für einen Unfalltod steht. Einmal werde ich sogar angehupt. Bloß nicht die Nerven verlieren!

Schwabing ist ein lebhaftes Innenstadtviertel, und als ich an der Münchner Freiheit nach rechts in die Feilitzschstraße abbiege, fange ich an zu schwitzen, und meine Finger verkrampfen sich um das Lenkrad. Die Straße ist schmal, links und rechts reihen sich die parkenden Autos, sodass ich mit meinem sperrigen Sprinter Mühe habe, keine Seitenspiegel abzubrechen. Ich fahre im Schritttempo, weil Radfahrer und Fußgänger vor mir die Straße überqueren, ohne auf den Verkehr zu achten.

Ein Blick auf die Uhr am Armaturenbrett verrät mir, dass ich viel Zeit verloren habe. Und als ich endlich parke und aus dem Wagen steige, erreicht mich eine Nachricht von Jill.

Jill: Alles klar bei dir? Bist du schon bei Jonas?

Schnell tippe ich eine kurze Antwort und stecke das Handy zurück in die Hosentasche.

Ich wische mir meine feuchten Hände an meiner Jeans ab und lege den Kopf in den Nacken, um die Größe der dreistöckigen Häuserzeile auszumachen. Die Fassade des Altbaus ist ockergelb gestrichen, und die weißen hohen Holzfenster sind von elganten Bögen umrahmt und teilweise von wildem Wein bewachsen. Im Erdgeschoss befindet sich eine Cocktailbar, die um diese Zeit noch geschlossen hat. Die Tür des Wohnhauses wird mithilfe eines Holzklotzes offengehalten, während zwei Männer gerade keuchend eine Couch aus dem Gebäude tragen.

Ich warte, bis die bei diesem heißen Wetter besonders bemitleidenswerten Träger das Haus verlassen haben und atme noch mal tief durch. »Dann mal los«, murmle ich und gehe rein.

Es gibt keinen Fahrstuhl. Ein Fakt, der mich stöhnen lässt, denn natürlich wohnt Jonas im obersten Stockwerk, wie mir ein Blick aufs Klingelschild verraten hat. Mit einer

Hand am Geländer stapfe ich die Stufen schwitzend und keuchend nach oben in die dritte Etage.

Der Name Thalbach steht auf der rechten der drei weißen Wohnungstüren. Ich zögere einen Moment und drücke schließlich auf die Klingel. Komischerweise höre ich nichts. Funktioniert das Ding überhaupt? Also klopfe ich. Mein Herz fängt wild an zu pochen, weil ich gar nicht wissen will, was er denkt, wenn ich plötzlich vor seiner Tür stehe, ohne dass er vorgewarnt wurde.

Nichts passiert. Ob er immer noch schläft? Dabei ist es mittlerweile schon Viertel nach zehn.

Ich klopfe lauter und länger. Wieder nichts. Meine Güte, wie tief kann man denn bitte schlafen?

Ich klopfe noch lauter, noch länger. Besser gesagt hämmere ich ohne Unterbrechung mit der Faust gegen die Tür. Und dann, endlich, öffnet sie sich, und Jonas steht vor mir.

Doch ich zucke zurück, denn er sieht schrecklich aus. Offensichtlich habe ich ihn gerade geweckt, sein dunkelblondes Haar ist auf der rechten Seite plattgedrückt, tiefe Augenringe zeugen von wenig Schlaf, doch am schlimmsten ist der lila gefärbte Bluterguss an seinem rechten Auge sowie die aufgeplatzte Lippe. Das Blut ist getrocknet und klebt in seinem Mundwinkel.

»Was machs'n du hier?«, nuschelt er, und eine Alkoholfahne weht mir entgegen.

»Wie schaust du denn aus?«, frage ich entsetzt.

Jonas verzieht das Gesicht. »Schrei halt nich' so. Was machs'n du hier?«

»Du musst in einer Dreiviertelstunde am Set sein, das

schaffen wir vermutlich nicht mehr. Jill konnte dich nicht erreichen. Ich soll dich abholen.«

»Ich bin krank.« Er will mir die Tür vor der Nase zuschlagen, aber ich schaffe es gerade noch so, meinen Fuß zwischen Tür und Rahmen zu quetschen.

»Oh, nein«, sage ich bestimmt. »Ich fahre nicht ohne dich zurück.«

Jonas macht sich keine Mühe, mir weiterhin zuzuhören oder mir den Weg zu seiner Wohnung zu versperren, sondern wankt zurück und verschwindet durch den leeren kleinen Flur in einen Nebenraum.

»Was ist passiert?«, rufe ich ihm nach, schließe die Tür von innen und stapfe Jonas hinterher.

Die Wohnung ist viel kleiner, als ich gedacht hätte. Nicht, dass ich mich von dem Vorurteil leiten lasse, erfolgreiche Schauspielerinnen und Schauspieler würden im Luxus schwelgen, allerdings bin ich sicher, dass sich Jonas mit seiner Gage ein weit größeres Zuhause leisten könnte.

Ich folge ihm in sein Schlafzimmer, das lediglich ein schwarzes Doppelbett und einen passenden zweitürigen Kleiderschrank beinhaltet. Beides sieht ganz nach schwedischem Möbelhaus aus. Die bodenlangen waldgrünen Leinenvorhänge sind zugezogen und lassen kaum Licht herein. Nicht nur im Flur hängen keine privaten Fotos oder Poster, sondern auch nicht hier im Schlafzimmer, dem intimsten Raum einer jeden Wohnung. Die Wände sind einfach nur weiß und nichtssagend. Die Wohnung wirkt unpersönlich, ohne Pflanzen und ohne individuelle Deko, so wie eine Ferienwohnung.

»Wie ist das passiert?«, wiederhole ich meine Frage mit Nachdruck, als Jonas bei seinem Bett ankommt.

»Was'n?«

»Deine Verletzungen!«, helfe ich ihm fassungslos auf die Sprünge.

»Was redest du'n da?« Als er sich auf die Bettkante setzt und zur Seite kippt, ziehe ich ihm gerade noch rechtzeitig das Kissen unter dem Kopf weg. Er gibt einen wütenden Laut von sich und hievt sich, wie von mir erhofft, wieder in die Senkrechte.

»Davon rede ich.« Ich halte ihm das Kissen unter die Nase, an dessen lindgrünem Leinenstoff getrocknetes Blut klebt. »Das ist *dein* verdammtes Blut!«, erkläre ich ihm, weil er nur mit glasigen Augen daraufstarrt, anstatt mir zu antworten.

»Kann nich' sein.«

»Du kannst dich also nicht daran erinnern? Wie viel hast du bitte getrunken?«

Ich werfe das Kissen zurück auf das Bett, vergrabe den Kopf in meinen Händen und gebe einen frustrierten Laut von mir. Jonas wird nie und nimmer in einer Dreiviertelstunde – inzwischen sind es sogar nur noch vierzig Minuten – am Set erscheinen, und ich habe dafür die Verantwortung zu tragen. Am liebsten würde ich alles hinschmeißen und verschwinden, aber ich kann Jill nicht im Stich lassen und sie enttäuschen, also gebe ich mein Bestes.

»Okay.« Ich atme tief durch und nehme die Hände vom Gesicht. »Geht es dir gut, hast du Schmerzen?«

»Natürlich nich'«, murmelt er, als wäre ich verrückt.

»Dann steh auf und geh duschen!«, befehle ich ihm.

»Verdammt, das machs' du extra.« Stöhnend lässt er

sich aufs Bett fallen und zieht sich das Kissen über den Kopf. »Ich bin krank.«

»Du hast einen Job, schon vergessen? Und ich ebenfalls. Mein Job ist es, dich zum Set zu bringen. Lebendig.«

»Die werden schon ohne mich auskommen.«

Ich knie mich neben das Bett und ziehe am Kissen, um ihm in die Augen sehen zu können. »Nein, werden sie nicht und das weißt du. Bitte, Jonas. Wenn ich dich nicht zur Arbeit bringe, verliere ich mein Praktikum.«

Jill würde mir nie kündigen, wenn ich dabei versage, einen angetrunkenen verletzten Schauspieler aus dem Bett zu jagen, aber ich versuche alles, um ihn zu bewegen. Und tatsächlich scheint er mir zum ersten Mal wirklich zuzuhören.

»Echt? Damit hab'n sie dir gedroht?«

Ohne zu antworten, gehe ich zum Fenster und reiße die Vorhänge auf. Licht durchflutet das Zimmer, und durch das hohe Fenster bietet sich mir der Blick auf die roten und anthrazitfarbenen Häuserdächer sowie die vielen dichten Baumkronen, die den Anfang des Englischen Gartens markieren. Ich drehe mich um.

»Ja, ich werde gefeuert, wenn ich nicht mit dir am Set erscheine, also bitte geh duschen. Ich besorg dir währenddessen was zu essen. Wir kriegen das schon hin.«

Jonas starrt mich einen Moment lang an. »Okay«, sagt er schließlich und hievt sich aus dem Bett.

12
Jonas

Im Spiegelbild begegnet man Fremden

Ich schließe die Badezimmertür hinter mir und schlurfe zum Waschbecken. Noch immer habe ich nicht ganz verstanden, warum ausgerechnet Leni plötzlich hier aufgekreuzt ist. Angeblich, weil ich spät dran bin. Wie spät es wirklich ist, werde ich erst herausfinden, wenn ich mein Handy in die Finger bekomme. Aber selbst wenn es stimmt, was sie sagt, erklärt das noch lange nicht, warum *sie* und nicht Philipp an die Tür gehämmert hat. Ich dachte, das Gebäude stürzt ein, bevor ich feststellen musste, dass sie das Erdbeben verursacht hat.

Als ich am Waschbecken vorbei zur Dusche gehe, werfe ich einen kurzen Blick in den Spiegel.

Heilige Scheiße.

Was ist mit mir passiert? Ich trete näher heran. Meine weiße, leicht sonnengebräunte Haut wirkt im elektrischen Licht bleich und ungesund. Gehört mir das blaue Auge? Außerdem zeugt etwas getrocknetes Blut von meinem rissigen Mundwinkel.

Was zur Hölle war gestern Nacht los?

Ungläubig starre ich mein Spielbild noch einen weiteren Moment an.

Ich entledige mich meiner Jogginghose und meines T-Shirts. Zuallererst benötige ich eine Dusche. Eine eiskalte Dusche und klare Gedanken.

Das Wasser prasselt auf meinen Kopf und rinnt meinen Rücken hinunter, doch es ist nicht so wohltuend, wie ich es mir erhofft habe. Mein Gesicht brennt und spannt unangenehm, während ich mir die Haare wasche.

Von klaren Gedanken kann auch nicht die Rede sein, denn meine Erinnerungen kommen nicht wieder, egal wie sehr ich mich konzentriere. Tobi und ich waren im *Kilian's* und haben vermutlich nicht erkannt, wann es für uns besser gewesen wäre, das Taxi nach Hause zu nehmen.

Als ich wieder aus der Dusche trete und meine Haare mit dem Handtuch trocken rubble, blicke ich abermals in den Spiegel. Ein flaues Gefühl macht sich in meinem Magen breit. War das eine von meinen dämlichen Ideen, die mir dabei helfen sollen, gekündigt zu werden? Habe ich vielleicht sogar Tobi dazu gebracht, mich zu vermöbeln, um heute das Gesprächsthema Nummer eins am Set zu werden? So blöd kann ich doch nicht gewesen sein! Mir ist doch klar, dass Alkohol nie die Lösung ist, sondern viel eher noch zu mehr Problemen führt! Ich schüttle langsam den Kopf. Was habe ich mir dabei nur gedacht?

Vorsichtig wasche ich mir mit einem Waschlappen und lauwarmen Wasser das Gesicht, dann putze ich mir die Zähne und versuche dabei meinen Mund so wenig wie möglich zu öffnen, damit der Riss nicht abermals zu bluten beginnt. Danach werfe ich mir ein Handtuch um die Hüften und verlasse das Badezimmer.

»Na endlich, wir müssen …« Leni springt vom Bett auf, doch als sie mich sieht, *mehr* sieht als offenbar erwartet, läuft sie tomatenrot an und dreht sich zum Fenster.

»Was müssen wir?«, frage ich belustigt.

»Wir müssen los«, sagt sie, ohne sich wieder zu mir zu wenden. »Warum bist du noch nicht fertig? Findest du deine Klamotten nicht?«

»Mein Kleiderschrank ist leider nicht in der Dusche«, erwidere ich trocken.

»Offensichtlich.« Den Blick stur an die Wand geheftet, drückt sie sich an mir vorbei aus dem Schlafzimmer.

Als sie verschwunden ist, schnappe ich mir schnell mein Handy vom Bett und checke meine Nachrichten. Tatsächlich hat Tobi mir bereits vor zwei Stunden geschrieben.

Tobi: Geht's dir gut? Danke noch mal, dass du dazwischengegangen bist.

Ich runzle die Stirn und tippe eine Nachricht:

Ich: Fühle mich ziemlich zermatscht. Wo bin ich dazwischengegangen?

Während ich auf Tobis Antwort warte, schlüpfe ich in Jeans und T-Shirt. Eigentlich will ich warten, bis mein Kumpel mir zurückschreibt, aber das kann dauern, falls er gerade in einer Vorlesung steckt. Ich stopfe mein Handy in meine Hosentasche und verlasse widerwillig das Zimmer.

Leni wartet bereits im Flur und hält eine Papiertüte und eine Cola-Flasche in die Höhe.

»Ich hab dir beim Metzger um die Ecke was zu essen geholt, als du unter der Dusche warst.«

»Und wie bist du zurück in die Wohnung gekommen?«, frage ich perplex.

»Na, mit dem Schlüssel. Der steckt doch von innen im Türschloss, ich hab ihn mir ausgeliehen.« Sie wirft mir die Papiertüte entgegen, und ich fange sie verdutzt auf.

»Was ist da drin?«

»Eine Leberkässemmel«, antwortet Leni.

»Zum Frühstück?« Ich ziehe die Stirn kraus.

»Es ist kurz vor elf. Die Leberkässemmel ist also dein Mittagessen.«

»Und dir hast du nichts gekauft?«

Meine Frage scheint sie zu überraschen. »Im Gegensatz zu dir habe ich gefrühstückt«, sagt sie dann.

»Das ist nicht unbedingt eine Antwort auf meine Frage«, entgegne ich.

»Nein, ist es nicht«, gibt sie zu. »Aber du hast es ja auch nicht so mit Antworten.«

»Wieso?«

»Na, weil du mir immer noch nicht erklärt hast, wie du zu diesen Verletzungen gekommen bist. Hast du dich geprügelt? Oder hast du ein Kind vor einem Bus gerettet?« Der letzte Satz trieft vor Ironie.

»Ähm«, fange ich an. Mein Handy hat noch immer nicht vibriert, ich habe also keine Nachricht von Tobi, sodass ich auch keine Antwort weiß.

»Schon gut«, seufzt sie. »Jill wollte, dass ich dich lebend ans Set bringe. Von Verletzungen hat sie glücklicherweise nichts gesagt. Also los jetzt, wir sind spät dran.« Sie drückt mir die Cola in die Hand, und ich folge ihr anstandslos aus der Wohnung. Auch wenn sich heute die beste Gelegenheit ergeben hätte, blau zu machen, lasse ich die Möglichkeit verstreichen. Nur, weil ich mir in den Kopf gesetzt habe, gefeuert zu werden, will ich nicht, dass Leni ebenfalls ihren Job verliert. Obwohl, wenn ich es mir genauer überlege … Jill würde die kleine Schwester ihres Freundes sowieso niemals kündigen. Jedenfalls nicht wegen mir.

»Du wärst gar nicht gefeuert worden, oder?«, frage ich, als wir die Treppe hinunter ins Erdgeschoss gehen.

»Nope. Sorry für die kleine Notlüge, aber du hast so schön angebissen.«

Ich schnaube und stapfe die letzten Stufen runter in den Eingangsbereich.

Vor dem Haus erkenne ich Jills Sprinter. »Warum hat mich eigentlich mein Fahrer heute nicht abgeholt?«, frage ich Leni, während ich mich mit Semmel und Cola auf den Beifahrersitz quetsche und umständlich die Tür zuschlage. Die stickige Luft und die sengende Hitze im Inneren erschlagen mich, und ich lasse sofort das Fenster herunterfahren.

»Er ist krank«, erklärt sie kurz. »Jill hat dir wahrscheinlich um die tausend Nachrichten geschrieben.«

Das ist nicht mal übertrieben. Als ich Tobi getextet habe, sind mir Jills SMS und Anrufe nur so entgegengeploppt. Sie muss heute Morgen verzweifelt gewesen sein, was mein schlechtes Gewissen noch etwas steigert.

Als Leni anfährt, stirbt der Wagen ab. »Fuck«, murmelt sie und tritt hektisch auf den Pedalen herum.

»Das ist die Bremse«, kommentiere ich, als sie sich offensichtlich wundert, warum das Auto nicht fährt.

»Klar«, sagt sie mit leicht geröteten Wangen und tritt dann auf die Kupplung. »Das weiß ich doch.«

»Du hast einen Führerschein, oder?«, frage ich nach und mustere sie argwöhnisch von der Seite.

Sie verdreht die Augen. »Als würde ich ohne Führerschein in einen Wagen steigen.«

»Wieder keine Antwort auf meine Frage.«

»Ja, natürlich hab ich einen!« Sie parkt das Auto umständlich aus und fädelt sich langsam in den Verkehr ein.

Die Straße ist von Cafés und Restaurants gesäumt, und an einem sonnigen Tag wie diesem sind viele Tische belegt. Wir rollen langsam an bunten Markisen und Sonnenschirmen vorbei. Ein dunkelhaariger Kellner serviert gerade einem jungen Pärchen zwei Tassen Kaffee. Menschen laufen achtlos über die Straße, und Leni muss nicht nur einmal abrupt bremsen. Ich gebe zu, dass es nicht ganz leicht ist, sich hier durch den Verkehr zu schlängeln. »Eventuell habe ich nur etwas wenig Fahrpraxis«, sagt sie jetzt, die Augen starr auf die Straße gerichtet.

»Eventuell?«

Sie grinst. »Ja, eventuell.«

»Und wann bist du das letzte Mal Auto gefahren?«

»Könnte sein, dass das einen Monat her ist.« Sie hüstelt. »Oder acht.«

Ich muss lachen. »Dein Ernst? Und dann bist du Setrunnerin? Da muss man auch Wohnwägen fahren, ich hoffe, das weißt du.«

Leni wirft mir einen kurzen entgeisterten Blick zu. »Das sagst du jetzt nur, um mich zu ärgern, oder?«

Ich schüttle den Kopf. »Leider nein.«

»Okay, wenn ich das je machen muss, dann kündige

ich«, sagt sie entschieden, und der Wagen ruckelt leicht, als sie nach links über eine große Kreuzung auf die Leopoldstraße abbiegt.

»Ich seh schon, du hast dich ja sehr umfassend mit deinem Praktikum auseinandergesetzt.«

»Warum sollte ich mich groß darüber informieren? Den Job habe ich doch nur angenommen, weil ich Promis stalken will«, antwortet sie verächtlich.

Ihren Seitenhieb fasse ich als Gelegenheit auf, die Sache klarzustellen. »Ich weiß, dass ich einen Fehler gemacht habe«, gebe ich zu. »Es war falsch, dich zu verurteilen. Es tut mir leid.«

Sie runzelt die Stirn. »Jill hat dir also erzählt, dass ich kein Interesse daran habe, Bilder von Schauspielerinnen an die Presse zu verkaufen?«

»Ja, hat sie«, bestätige ich. »Du musst aber auch zugeben, dass es für mich – als Außenstehenden – ziemlich schwer war, zu erkennen, dass du Tom beim Betrügen erwischt hast.«

»Total.« Sie nickt. »Aber das nächste Mal könntest du mich natürlich auch einfach *fragen*, was ich da mache.«

»Hey, komm schon. Ich hab mich entschuldigt.«

»Und ich nehme die Entschuldigung an. Ich wollte es nur noch mal erwähnen.«

Erleichtert atme ich auf, weil sich gerade die Wahrscheinlichkeit verringert hat, dass sie mich nicht ausstehen kann. Ich packe die warme Leberkässemmel aus der Papiertüte und beiße genüsslich hinein. Erst jetzt bemerke ich, wie hungrig ich bin. Das brennende Ziepen an meinem Mundwinkel ignoriere ich.

»Kann ich Saliah heute erzählen, dass Tom ein Blödmann ist? Jill meinte, ich solle noch warten«, hake ich nach, als ich den Bissen heruntergeschluckt habe.

»Musst du nicht mehr. Tom wird es ihr heute selbst erzählen.«

»Wow, wie hast du denn das geschafft?«

Leni wendet kurz den Blick von der Straße und zwinkert mir zu. »Oh, ich kann extrem überzeugend sein.«

Flirtet sie etwa mit mir?

»Na, das kann ich mir vorstellen«, steige ich mit ein. Ich muss grinsen, als ich sehe, wie sich ein Lächeln auf Lenis Lippen schleicht.

In dem Moment vibriert mein Handy. Ich ziehe es aus der Hosentasche und öffne die Nachricht von Tobi.

Tobi: Du kannst dich nicht erinnern? Wir haben gestern wirklich etwas übertrieben ... Da war doch so ein Typ, den ich aus Versehen angerempelt habe und der dann auf mich losgegangen ist. Der war riesig.

Welcher Typ? Meine Erinnerung ist weg. Zumindest bin ich erleichtert, nicht ohne Grund randaliert zu haben, aber das hätte mich auch sehr gewundert. In eine Prügelei war ich noch nie zuvor verwickelt, egal, wie viel ich getrunken habe. Das bin nicht ich! In Zukunft passe ich besser auf und überlege dreimal, ob ein weiteres Guinness wirklich sein muss.

»Ist es wieder Jill?«, fragt Leni nach.

»Nein«, sage ich und verstaue das Handy wieder in meiner Hosentasche. »Nur ein Kumpel.«

»Der Kumpel, mit dem du gestern was trinken warst?«

»Ähm, ja. Bist du Hellseherin?«

Sie zuckt mit den Schultern. »Eher eine schlechte Mathematikerin. Aber eins und eins zusammenzählen, das krieg ich noch hin. Du wurdest in eine Kneipenschlägerei verwickelt, ist doch klar.«

»Kannst du mein blaues Auge nicht einfach vergessen?«, frage ich seufzend, obwohl ich ihr zu gerne auf die Nase binden würde, dass ich meine Verletzungen durch selbstloses und heldenhaftes Verteidigen erhalten habe. Okay, vielleicht übertreibe ich gerade etwas, und glauben würde sie es mir sowieso nicht.

Leni wirft mir einen kurzen prüfenden Blick zu. »Nope, sorry. Dafür ist dein Veilchen einfach zu groß.«

Gegen meinen Willen muss ich lachen. Während viele Mädchen sehr schüchtern sind und in meiner Gegenwart kaum den Mund aufkriegen, ist es Leni offensichtlich egal, wer neben ihr im Auto sitzt. Das ist zur Abwechslung sehr erfrischend. »Okay, ich gebe es zu! Es war so was wie eine Kneipenschlägerei. Nur kann ich mich leider nicht mehr daran erinnern.« Ich nehme einen weiteren großen Bissen.

»Oje«, murmelt Leni. »Machst du so was öfter?«

»Was? Mich in Kneipen mit anderen prügeln, oder so viel trinken, dass ich mich danach nicht erinnern kann?«

»Beides?«

»Eigentlich nicht. Vor allem die Schlägerei ist neu für mich. Trinken tu ich ab und zu schon was, aber das von gestern war ein ganz anders Level.«

»Auch wenn du am nächsten Tag arbeiten musst? Ich will mich ja nicht einmischen, aber kommt das bei deinen Vorgesetzten gut an, wenn du am Morgen verkatert am Set auftauchst?«, fragt sie unverblümt.

»Solange ich einsatzbereit bin und meine Leistung

bringe, gehen sie davon aus, dass es mir gut geht«, sage ich, obwohl ich mir da nicht so sicher bin.

Den Produzenten ist mein Image mindestens genauso wichtig wie meine schauspielerischen Fähigkeiten. Dafür haben sie sogar im Vertrag eine Klausel eingebaut, die ich bis heute als rechtswidrig ansehe und doch unterschrieben habe. Keine Freundin haben zu dürfen, stört mich zwar momentan wenig, aber es ist ein klarer Eingriff in mein Privatleben. Für den Erfolg in einem Karrierezweig, in dem die meisten meiner Mitstreitenden untergehen, nimmt man einiges in Kauf.

»Das ist ein hartes Business«, stellt Leni fest.

»Ist es«, bestätige ich.

»Aber ist es das wert?«, fragt sie unvermittelt und legt damit den Finger direkt in die Wunde.

Glücklicherweise parkt sie in diesem Moment das Auto neben meinem Wohnwagen. Wir sind bei einem Thema angelangt, über das ich weder mit ihr noch mit Jill oder sonst jemanden aus der Filmwelt reden werde. Dafür habe ich Tobi und seinen neutralen Blickwinkel.

»Ich würde ja liebend gerne mit dir über mein Gefühlsleben philosophieren, aber leider wartet die Maske auf mich. Und die hat heute, wie du mir ja schon mehrfach zu verstehen gegeben hast, ziemlich viel mit meinem Gesicht zu tun«, sage ich freundlich, aber bestimmt. »Danke, fürs Herbringen – und für die Verpflegung.« Ohne auf Lenis Antwort zu warten, steige ich aus dem Auto und schlage die Tür hinter mir zu.

13

Leni

Wenn du denkst, es geht nicht schlimmer,
kommt von irgendwoher ein *Immer.*

Zugegeben, meine Frage war sehr persönlich. Auch wenn ich es mir nur ungern eingestehe, die Autofahrt hat dazu beigetragen, dass sich mein schlechter Eindruck von Jonas verändert hat. Ich finde ihn eigentlich sogar ganz symphatisch, und außerdem hat er sich bei mir entschuldigt. Manche Leute würden lieber gar nichts sagen, als anzuerkennen, dass sie einen Fehler gemacht haben.

Jonas ist so *normal,* ohne Starallüren. Ich habe noch nie geglaubt, dass Berühmtsein erstrebenswert ist. Prominente haben kein sorgenfreies Leben, und nur weil die Welt sie kennt, heißt das noch lange nicht, dass ihnen alles zugeflogen kommt, ohne dass sie dafür einen Finger krümmen müssen. Gestern noch wollte ich Jonas unbedingt aus dem Weg gehen, doch heute interessiert es mich, was er zu erzählen hat. In welcher Welt lebt Jonas, und mit welchen Problemen hat er darin zu kämpfen? Aber er hat mir einen deutlichen Korb gegeben. Verständlicherweise. Wir kennen uns kaum.

Ich seufze und schnalle mich ab. Die erste Hürde des

Tages habe ich gemeistert. Ich überrede mich selbst zu positivem Denken. Das Glas ist halb voll. Der restliche Tag wird ein Kinderspiel … so in etwa.

Mir fällt ein, dass Clara mittlerweile über den Seitensprung ihres Freundes Bescheid wissen müsste, und ich tippte schnell eine Nachricht an sie.

> **Ich:** Hey, meine Liebe. Wenn du irgendwas brauchst, lass es mich wissen. Ich bin für dich da.

Dann stopfte ich das Handy in meine Bauchtasche, steige aus dem Sprinter und stecke mir das Headset ins Ohr.

»Danke, danke, danke!« Jill kommt auf mich zu. »Ich bin dir was schuldig!«

Ich winke ab. »Ach, quatsch. Ich mache hier – dank dir – ein Praktikum, das ist doch mein Job.«

»Trotzdem danke! Aber sag mal, was ist denn mit Jonas passiert? Hattet ihr auf dem Weg einen Autounfall?«

Ich lache. »Er sah schon so aus, als ich zu ihm gekommen bin. Ich schwöre!«

»Hat er dir was erzählt?«

Ich zucke mit den Schultern. »Er meint, es wäre eine Kneipenschlägerei gewesen. Aber vielleicht solltest du ihn besser selbst darauf ansprechen, wir haben ja jetzt nicht das innigste Verhältnis.«

»Ja, ja, mach ich«, erwidert Jill zerstreut, während sie eine Hand ans Headset legt. »Ja, in Ordnung«, sagt sie ins Mikro und fährt dann an mich gerichtet fort: »Ich soll dir von Tom ausrichten, dass er dich sprechen will, wenn du hier bist. Aber bitte nicht zu lange! Wir sind schon im

Zeitplan hinterher.« Dann läuft Jill mit schnellen Schritten davon.

Ich runzle die Stirn und sehe mich um. Ich wüsste nicht, was es mit Tom noch groß zu klären gibt. Wenn Clara nach seinem Geständnis mit ihm Schluss gemacht hat, dann werde ich sicher einen Teufel tun und für ihn ein gutes Wort einlegen. Das kann er vergessen.

»Da bist du ja endlich«, höre ich da plötzlich Toms Stimme hinter mir. »Gelten für dich andere Zeiten, weil du Jill kennst?«

Ich verdrehe die Augen und wende mich zu ihm. »Gott sei Dank kann ich dich ebenso wenig ausstehen, wie du mich.«

Sein selbstgefälliges Grinsen irritiert mich. Sieht so jemand aus, der seiner Freundin gerade gestanden hat, dass er fremdgegangen ist?

Mein Handy vibriert in der Bauchtasche, und als ich die Nachricht lese, werfe ich Tom einen wütenden Blick zu.

Clara: Hey, was ist los? Hab ich was verpasst?

Clara ist ganz eindeutig nicht das heulende Elend, das emotionalen Support von mir braucht.

Ich ziehe die Augenbrauen verärgert zusammen. »Du hast nicht mit Clara gesprochen«, stelle ich trocken fest.

»Nein«, sagt Tom, und sein Grinsen wird breiter. »Das werde ich auch nicht.«

Mir klappt der Mund auf. Was ist in ihn gefahren? »Dann werde ich es eben tun«, erinnere ich ihn, denn ganz offensichtlich habe ich mich gestern nicht so klar ausgedrückt, wie ich dachte. »Ist dir das etwa lieber?«

»Bevor du Clara etwas erzählst, würde ich dir gerne die Fakten nennen. Dann kannst du selbst entscheiden, ob es dir so wichtig ist, dich in das Leben anderer einzumischen«, sagt er mit schneidendem Unterton.

Ich schüttle den Kopf. »Das ist lächerlich.«

»Ach ja?« Tom zieht die Augenbrauen in die Höhe. »Möchtest du wirklich, dass Akira erfährt, dass du ihren Freund liebst?«

Ich werde starr, mein Blut rast durch meine Adern, und das Rauschen übertönt Toms Stimme, als mir klar wird, dass er mein größtes Geheimnis kennt. Das Geheimnis, dass mich schon so lange quält und über das ich mit niemandem sprechen konnte, weil mir die Freundschaften zu Daniel und Akira zu wichtig sind. Meine größte Angst ist, sie zu verlieren, sollten sie je erfahren, was ich empfinde.

»Was?«, würge ich hervor.

»Du hast schon richtig gehört«, sagt er gehässig. »Ich weiß es.«

»Das ist … du kannst nicht … du lügst«, stottere ich.

Seine Augen blitzen. »Tatsächlich? Als du gestern mit Flo über deine traurige unerwiderte Liebe gesprochen hast, klang mir das ziemlich ernst. Im ersten Moment war ich mir nicht sicher, wen du meinst. Aber dann hab ich festgestellt, dass es nur um Daniel gehen kann.«

Daher weiß er es also. Zum ersten Mal habe ich mich jemandem anvertraut, und sofort wird es mir zum Verhängnis. Hätte ich doch nur meine Klappe gehalten! Wut überkommt mich, und ich ärgere mich über Toms selbstgefälligen Gesichtsausdruck, wissend um seinen Sieg.

Aber noch mehr ärgere ich mich über mich selbst. Wie konnte ich nur so dumm sein und am Set so offen über meine Gefühle sprechen, obwohl ich genau weiß, dass Tom herumläuft und überall seine Nase hineinstecken muss?

Fieberhaft überlege ich, wie ich aus der Sache wieder herauskomme. »Das hast du völlig missverstanden. Daniel und ich sind befreundet, mehr nicht«, versuche ich mich unbeholfen rauszureden.

»Natürlich seid ihr nur befreundet«, sagt Tom. »Er ist ja schon mit Akira zusammen. Blöd gelaufen für dich.«

Wie ich diesen Typen verabscheue! Am liebsten würde ich ihm meine Wut entgegenschleudern, aber die Gefahr, mich dabei zu verraten, ist zu groß. Darauf zielt er ab, und ich werde sicher nicht in seine Falle tappen.

Da kommt mir plötzlich eine sehr gewagte Idee. Aber egal, wie an den Haaren herbeigezogen sie auch klingen mag, sie ist meine einzige Chance.

»Wie auch immer«, versuche ich mich in Coolness. »Ich bin jedenfalls nicht in Daniel verliebt, sondern in meinen Freund.« Meine Wangen brennen, als ich meine spontane verzweifelte Lüge tatsächlich ausspreche.

Zum ersten Mal bringe ich Tom aus dem Konzept. »Du hast einen Freund?«, fragt er irritiert. »Seit wann das?«

»Seit ein paar Monaten«, sage ich, als wäre es nichts Besonderes.

»Und warum hat mir Clara nicht davon erzählt?«, will er misstrauisch wissen.

»Sie weiß es nicht«, antworte ich knapp. »Mein Freund und ich – wir halten unsere Beziehung geheim.«

Tom scheint mir das nicht abzukaufen, und sein verächtliches Grinsen breitet sich wieder auf seinem Gesicht aus. »Sicher doch.«

»Glaub mir oder glaub mir nicht. Das ist mir völlig egal«, entgegne ich und hoffe, dass ich Tom mit meiner gespielten Lässigkeit überzeuge.

Er beißt an. »Warum solltest du deine Beziehung geheim halten?«

»Es ist jemand vom Set, und wir wollen nicht, dass es öffentlich wird. Jedenfalls noch nicht.« Ich lehne mich weit aus dem Fenster, so weit, dass ich genau sehen kann, wie tief ich fallen könnte, wenn etwas schiefläuft.

»Jemand vom Set?«, wiederholt er ungläubig. »Einer der Schauspieler?«

Ich zucke mit den Schultern. »Das werde ich dir ganz sicher nicht auf die Nase binden.«

Tom überlegt einen Moment, und ich sehe ihm förmlich an, wie er meine Ausrede analysiert.

»Weißt du was?«, sagt er dann, und seine Lippen kräuseln sich zu einem süffisanten Lächeln. »Nette Geschichte, aber ich glaube dir nicht. Solltest du also ein einziges Wort zu Clara sagen, werde ich Akira erzählen, dass du ihr den Freund ausspannen willst.«

Ich reiße entsetzt die Augen auf. »Das würde sie dir niemals glauben!«

»Wollen wir es darauf ankommen lassen?«, schlägt Tom feixend vor.

»Du drohst mir?«

»Ich zähle nur die Fakten auf, habe ich doch bereits gesagt«, meint er gelangweilt. »Es ist deine Entscheidung.«

Mit diesem Worten lässt er mich stehen, voller Wut und … Verzweiflung.

Tom lässt mich wählen: Entweder ich sage Clara nichts, aber riskiere damit, dass irgendwann alles herauskommt und sie sich von mir hintergangen fühlt. Oder ich spreche mit Clara, verliere dann aber höchstwahrscheinlich Akira und Daniel als meine Freunde. Ich könnte heulen. Was soll ich nur machen?

Hoffentlich wird niemand Tom glauben, wenn sein Wort gegen meines steht. Aber Akira und Daniel sind mit mir befreundet und können Tom ebenfalls nicht leiden. Sie kennen mich gut und würden mir immer vertrauen. Oder?

Aber was, wenn nicht? Was, wenn ich im schlimmsten Fall alle drei verliere? Ein Leben ohne Clara, Akira und ohne Daniel … Daran will ich gar nicht denken!

Da drängt sich eine schreckliche Erkenntnis vehement in den Vordergrund: Mit seiner Drohung hat Tom geschafft, was ich gestern noch für unmöglich gehalten habe. Ich werde Clara nichts von seiner Affäre erzählen. Ich hasse mich dafür, dass ich meine Probleme über die meiner Freundin stelle. Aber was soll ich sonst machen? Wenn ich rede, stellt mich Tom an den Pranger. Ich habe so furchtbare Angst – vor der Wahrheit und davor, dass meine Freunde sie erfahren.

Panik steigt in mir auf wie heiße Galle. *Ich stecke in der Klemme.*

14
Jonas

Die Gerüchteküche brodelt

Inga ist über mein Aussehen wenig erfreut, und nachdem ich eine unverständliche Entschuldigung murmle, rümpft sie nur missbilligend die Nase. Dafür hält sich Jill mit ihrem Ärger umso weniger zurück. Mit verschränkten Armen steht sie hinter mir und sieht mir durch den Spiegel hinweg in die Augen.

»Eine Kneipenschlägerei, ja? Bist du ein pubertierender Teenager?«, fragt sie mich, während Inga das Veilchen gekonnt mit stark deckendem Make-up verschwinden lässt.

Ich seufze, nicht weil mich Jill nervt, sondern weil ich weiß, dass sie recht hat. »Wird nicht wieder vorkommen.«

»Wie wäre es, wenn du endlich mit mir redest?«, sagt sie plötzlich drängend. »Die letzten Tage …« Sie betrachtet mich prüfend. »Ich merke doch, dass irgendwas ist!«

»Ich hab's dir schon mal erklärt. Ich bin mit der Gesamtsituation unzufrieden«, antworte ich vage.

»Falsch«, sagt sie wie aus der Pistole geschossen. »Du hast nur etwas angedeutet. Mehr nicht.«

»Weil es nicht wichtig ist«, lüge ich. Jill und ich mögen befreundet sein, doch wir sind auch Arbeitskollegen.

Wenn ich sie in meinen Plan einweihe und ihr erzähle, auf was meine Aktionen hinauslaufen sollen, bringe ich sie in eine blöde Situation. Ich würde sie ungewollt dazu zwingen, sich für eine Seite zu entscheiden. Die Produktion oder ich.

»Mein Angebot steht«, erinnert sie mit Nachdruck. »Wenn du reden willst, gib mir Bescheid.«

Als Inga mit einem kleinen Schwamm unsanft über meinen Bluterguss streicht, verziehe ich das Gesicht. Wenn das mal nicht absichtlich war. »Mach ich«, stöhne ich.

Die Stirn in Falten gelegt und offensichtlich nicht überzeugt, verlässt Jill den Wohnwagen, um sich wieder dem Drehplan zu widmen, während ich mit einem Kloß im Hals zurückbleibe.

Ich hatte mir das mit der Unzuverlässigkeit anders vorgestellt. Nicht unbedingt einfacher, eher hatte ich nicht auf dem Schirm, wie viele Menschen von meinem Plan betroffen sein werden. Wenn ich mich querstelle, leiden auch meine Kolleginnen und Kollegen darunter. Vielleicht sollte ich heute Nacht einfach mal schlafen, anstatt den Rebellen zu spielen. Eine Rolle. Denn mehr ist es nicht.

Der frühe Nachmittag vergeht ohne weitere Zwischenfälle. Da ich zu platt und zu müde bin, als dass ich es riskieren würde, eine Szene öfter als nötig zu spielen, versuche ich mich bestmöglich zu konzentrieren. Dass ich damit meinen Plan vernachlässige und nicht mit Textpatzern auf mich aufmerksam mache, ist mir deutlich bewusst. Auf der einen Seite ärgere ich mich über meine Inkonsequenz, auf der anderen Seite bin ich froh, nicht unangenehm aufzufallen und niemanden zu enttäuschen. Ich werde meinen Plan besser ausfeilen und überdenken müssen, damit ich ans Ziel komme. So wird das jedenfalls nichts.

Während einer kleinen Drehpause gesellt sich Niam zu mir ans Catering. Als ich einen Schluck aus einer eisgekühlten Cola-Flasche nehme, krempelt er sich die weißen Hemdsärmel nach oben.

»Mann, ist das warm«, stöhnt er und sieht sich ebenfalls nach etwas Kaltem zu trinken um. »Bin ich froh, wenn wir wieder drinnen drehen.«

Ich nicke zustimmend. Schon morgen werden wir in die Bavaria Filmstudios zurückkehren, und dort wird die Hitze in den klimatisierten Hallen um einiges erträglicher werden.

»Wurdest du eigentlich auch schon gefragt, ob du mit der neuen Setrunnerin zusammen bist?«, fragt Niam beiläufig.

»Was?«, entgegne ich irritiert.

Er macht eine wegwerfende Handbewegung. »Ach, Saliah hat da so ein Gerücht gehört. Und jetzt will sie unbedingt herausfinden, wer es ist. Du kennst sie doch.«

»Leni ist mit jemandem vom Set zusammen?«, hake ich nach.

Einen Moment zu spät bemerke ich, dass mein Interesse ein Fehler war, denn ein leichtes Grinsen stiehlt sich auf Niams Gesicht.

»Soll sie dich über ihre Erkenntnisse auf dem Laufenden halten?«, neckt er mich.

»Quatsch«, rudere ich zurück.

»Wieso? Bist *du* es etwa?«

Ich schnaube. »Ich kenne Leni kaum, wie soll ich da ihr Freund sein?«

»Komisch, ich dachte, ich hätte euch heute Vormittag gemeinsam ankommen sehen«, stichelt Niam augenzwinkernd weiter.

»Mein Fahrer war krank«, kommentiere ich seine Deutung trocken.

»Klar«, meint er gedehnt. »Die Fahrer sind aber auch unzuverlässig, nicht wahr?«

Ich verdrehe die Augen, weil er mich nicht ernst nimmt. »Frag Jill, die kann es dir bestätigen.«

Aber Niam lacht und winkt ab. »Passt schon, ich nehm dich nur ein bisschen auf den Arm.« Er greift nach einer Wasserflasche und schraubt sie auf. »Aber mich würde echt interessieren, ob an dem Gerücht was dran ist.«

Ich schüttle amüsiert den Kopf. »Du hattest schon immer eine Vorliebe für den ganzen Klatsch. Am besten, du hilfst Saliah bei ihren Recherchen.«

»Weißt du was? Das ist gar keine schlechte Idee! Dann kann ich ihr gleich berichten, dass du den Test bestanden hast.« Niam zwinkert mir abermals zu und macht sich auf die Suche nach unserer Kollegin.

Ich sehe ihm hinterher und ertappe mich dabei, dass ich genauso neugierig bin wie er und Saliah. Leni ist erst den zweiten Tag am Set, und schon soll sie mit jemandem zusammen sein? Wer kommt denn auf die Idee? Oder aber, sie kennt diesen Jemand schon länger, vielleicht durch Jill. Das wäre eine logische Erklärung, auch wenn es mich dennoch wundern würde. Ich habe sie bis jetzt jedenfalls mit niemandem gesehen, mit dem sie offensichtlich ein innigeres Verhältnis pflegt. Sie redet zwar öfters mit Flo, aber sie arbeiten zusammen, ihr Kontakt heißt also nicht zwangsläufig, dass sie sich daten. Und wenn ich mich recht erinnere, hat er einen Freund.

Peinlich berührt schüttle ich den Kopf. *Wie sich das anhört!* Als würde ich sie stundenlang beobachten. Vielmehr finden meine Augen sie zufällig, wenn ich meinen Blick schweifen lasse, oder ich ihre Stimme höre.

Als mein Handy vibrierend einen Anruf ankündigt, verkrampft sich beim Blick aufs Display meine Hand um die Cola-Flasche. Mein Vater. Einen Augenblick lang überlege ich, ob ich abnehmen soll, aber ich bin immer noch sauer auf ihn. Dass er ein Angebot von meinem Lieblingsregisseur ausgeschlagen hat, werde ich ihm vermutlich nie verzeihen können, vor allem wegen der Gründe, die er dafür angebracht hat. *Geld.* Ihm geht es immer nur um das verdammte Geld. Und dann wieder die Sache mit meiner Mutter … Sie ist bei meiner Geburt gestorben, ich habe sie nie kennengelernt. Warum muss er immer wieder auf dieser Tatsache rumhacken?

Gedankenverloren starre ich auf das Display, auf dem immer noch der eingehende Anruf angezeigt wird. Ob er etwas von gestern Nacht erfahren hat? Ich warte, bis mein Vater aufgibt, aber ich weiß auch, dass ich ihn früher oder später nicht weiter ignorieren kann, weil wir zusammenarbeiten – jedenfalls nennt er es so.

Keine zehn Sekunden nach Ende des Anrufs landet eine Nachricht auf meiner Mailbox. Genervt seufze ich.

»Hast du Niam gesehen?« Ich schrecke auf und reiße meinen Blick vom Handy los, als Saliah vor mir auftaucht.

»Er war gerade noch hier.« Ich schaue zurück in die Richtung, in die er verschwunden ist. »Wo du gerade hier bist«, fange ich an. »Deine Sache mit Tom, ist das was Ernstes?«

Verblüfft streicht sie sich eine Locke aus dem Gesicht. »Wieso fragst du?«

Nervös drehe ich das Handy in meiner Hand hin und her. Ich bin ungern Überbringer schlechter Nachrichten. »Lass lieber die Finger von ihm, er hat dich nicht verdient.«

Sie stutzt. »Ähm, okay, habe ich was verpasst?«

»Ist eine komplizierte Geschichte«, rede ich mich raus. »Aber ich habe gehört, dass er bereits vergeben ist.«

Saliah scheint anzuschwillen, entrüstet verschränkt sie die Arme vor der Brust. »Echt jetzt?«

»Tut mir leid«, sage ich nur, weil ich meine Quelle nicht verraten will, um Leni aus der Sache rauszuhalten.

»Jonas, kommst du?« Jill steht ein paar Schritte entfernt und winkt mich zu sich. »Wir sind bereit für die Probe.«

»Klar.« Ich verabschiede mich von Saliah, die zu meiner Erleichterung sehr gefasst wirkt.

»Soll ich dir das abnehmen?«, fragt Jill, als ich näher komme und deutet auf das Handy, das ich gerade in meine Hosentasche gleiten lassen will. »Es beult aus, wenn du dein Telefon da reintust.«

Ich drücke es ihr in die Hand. Natürlich hat sie recht, die Regisseurin würde es sofort kommentieren, und außerdem komme ich so nicht in Versuchung, meine Mailbox abzuhören.

»Hast du die Fotos schon gesehen?«, fragt Jill plötzlich, als wir auf dem Waldweg zum Set unterwegs sind.

Ihr vorsichtiger Unterton lässt mich aufhorchen. »Welche Fotos?«

Jill wirft mir einen schnellen Seitenblick zu. »Also nicht?«

»Welche Fotos?«, wiederhole ich meine Frage, und ein unangenehmes Kribbeln breitet sich in meiner Magengegend aus, weil ich dieses Rumdrucksen von ihr nicht gewohnt bin.

»Die Produzenten haben mich angerufen, von dir kursieren Fotos in der Presse.«

Ich ziehe die Augenbrauen zusammen. »Das ist nichts Neues.«

»Neu ist aber, wie du auf den Bildern aussiehst.« Sie bleibt stehen und mustert mich besorgt. Ihre Augen bleiben an der Stelle hängen, an der sich mein überschminktes Veilchen befindet. »Es gibt verschwommene Fotos von dir, wie du mit einem Typen streitest.«

Auch ich bleibe nun stehen. »Diese verfluchten Smartphones«, stöhne ich frustriert. »Kann ich denn nichts mehr machen, ohne dass jemand sein Handy zückt?«

Jetzt muss ich die Nachricht meines Vaters nicht mehr abhören, um zu wissen, wie sie lautet. Er wird mir den Kopf abreißen oder es zumindest versuchen.

»Zurzeit läuft's einfach nicht, oder?«, fragt Jill mitfühlend.

»Gar nicht«, bestätige ich ihr seufzend. »Und schau mich nicht so an«, füge ich hinzu. »Ich habe das Prügeln wirklich nicht als Hobby für mich entdeckt.«

Sie schüttelt den Kopf. »Das habe ich auch nicht erwartet. Trotzdem geht es dir nicht gut, das brauchst du gar nicht erst abzustreiten!«, sagt sie schnell, als ich den Mund aufmache. »Wenn du mit mir nicht sprechen willst, dann rede mit irgendjemand anderem darüber. Aber *rede*, okay?«

Ich nicke ergeben, denn tief in meinem Inneren spüre ich, dass sie recht hat. Ich brauche immer etwas Zeit, bevor ich mit jemandem über meine Probleme spreche, denn anfangs versuche ich oftmals, es nur mit mir selbst auszumachen. Doch mit dieser Taktik komme ich nicht voran. Ich darf nicht alles in mich hineinfressen, davon ausgehen, dass diese negativen Gefühle verschwinden, wenn ich sie nur lange genug und mit all meiner Kraft nach unten drücke. Denn dann fehlt mir diese Kraft, um weiterzumachen. Und die brauche ich, damit ich endlich glücklich werde.

15

Leni

Alle Karten auf den Tisch.
Moment. Alle?

Mir graut vor dem Abend. Dem Essen mit meinen Freunden. Nach dem Vorfall mit Tom heute Mittag hatte ich gehofft, die Dreharbeiten würden länger dauern, sodass ich das Treffen ohne schlechtes Gewissen absagen kann – aber natürlich läuft doch noch alles nach Plan, und der Drehtag endet pünktlich.

Obwohl es nicht auf ihrem Weg liegt, bietet mir Jill netterweise an, mich in ihrem Sprinter mitzunehmen und vor dem Restaurant abzuladen. Während der Fahrt versucht sie immer wieder ein Gespräch aufzubauen, aber meine Anspannung ist so groß, dass ich mich nicht auf sie konzentrieren kann. Gedankenverloren zupfe ich an meiner Nagelhaut, ohne Jill wirklich zuzuhören.

Wird Tom mein Geheimnis heute ausplaudern, oder wird er wirklich seinen Mund halten, wenn ich Clara nichts erzähle? Mittlerweile traue ich ihm alles zu. Mein Verstand rät mir, mich auf das Schlimmste gefasst zu machen, doch mein Herz sträubt sich gegen die Bilder, die mir bei dieser Vorstellung durch den Kopf jagen.

Das *Heinrich Matters* befindet sich in der Maxvorstadt, ganz in der Nähe der Technischen Uni. Einige rauchende Menschen drängen sich auf dem schmalen Gehweg davor, und ich schiebe mich ungeduldig durch die kleinen Grüppchen zur Eingangstür. Ich bin schon zwanzig Minuten zu spät.

Mit zittrigen Händen drücke ich die Tür auf und trete ein. Stimmengewirr und das Klappern von Geschirr empfangen mich. Ein Kellner läuft mit schnellen Schritten und beladen mit drei Gläsern hausgemachter Limonade und einem Stück American Cheesecake an mir vorbei.

Die Einrichtung des Restaurants ist vom Industrial Design geprägt. Viel dunkles Holz, viel Metall und trotzdem gemütlich. Die wechselnde Speisekarte bietet Gerichte aus aller Welt an. Clara, Akira und ich waren hier bereits öfter essen, und an jeden der langen Abende erinnere ich mich gerne zurück. Doch als ich mich jetzt suchend nach meinen Freunden umsehe, empfinde ich statt wärmender Vorfreude nur grenzenlose Nervosität. Dieser Abend wird eine Tortur, der ich mich machtlos und voller Panik stellen muss, ohne dabei die Miene zu verziehen.

»Da bist du ja!«, ruft Clara fröhlich und winkt mich mit ausgestrecktem Arm zu sich, während sie von ihrem Stuhl aufspringt.

Sie und die anderen sitzen an einem Tisch gleich gegenüber der Bar, und sofort fällt mein Blick auf Tom, der sich mit verschränkten Armen und zurückgelehnt neben Clara platziert hat. Vermutlich hat er seinen BMW zu Höchstleistungen angetrieben, damit er vor mir im Restaurant ankommt. Während ich mit klopfendem Herzen auf Clara zugehe, lässt er mich nicht aus den Augen. Als sie mich überschwänglich umarmt, spüre ich einen Kloß in meinem Hals. Schnell wende ich mich an Akira und Daniel.

»Konbanwa, meine Süße«, begrüßt mich Akira auf Japanisch.

»Na, wie geht's euch?«, frage ich die beiden und umarme sie nacheinander, bevor ich mich ans Kopfende zwischen Claras Platz und Daniel setze.

Daniel grinst breit. »Könnte schlechter sein. Akira und ich waren heute am Ammersee, das Wasser war echt erfrischend.«

Daniels heller Hauttyp ist nicht fürs Sonnenbaden gemacht, statt braun wird er rot. Auch jetzt sehe ich wieder einen leichten Sonnenbrand auf seiner Nasenspitze.

Obwohl die beiden einen Badetag hinter sich haben, sehen sie frisch geduscht und ausgeruht aus, während alles an mir pappt und meine Arme vom Muskelkater schmerzen. Ich wünschte, ich hätte zwischen Arbeit und Essen Zeit für eine kurze Dusche gefunden.

»Wir haben mit der Bestellung auf dich gewartet«, informiert mich Akira und reicht mir die Speisekarte.

»Warum bist du denn zu spät? Warst du noch unterwegs?«, fragt Daniel mich interessiert.

»Ähm, ja. Das wollte ich euch sowieso noch erzählen«, fange ich an, aber Clara unterbricht mich.

»Jetzt wollen wir erst mal bestellen, Leute! Ich hab Hunger!«

»So wie immer«, neckt Tom sie, beugt sich zu ihr und küsst ihr kurz die Schläfe.

Ich starre ihn an, fassungslos über seine Dreistigkeit, den liebenden Freund zu spielen, als er meinen Blick bemerkt. Er zieht eine Augenbraue hoch, so als wolle er mich herausfordern. *Los, mach doch. Erzähl es ihr. Du wirst schon sehen, was du davon hast.*

Ich schnaube und wende mich wieder meiner Speisekarte zu. Zu spät bemerke ich, dass ich damit die Aufmerksamkeit auf mich ziehe.

»Was ist los?«, fragt Clara. »Ist für dich nichts dabei?«

»Was?« Ich schaue irritiert auf. »Ach so, das Essen. Doch, doch, hört sich alles toll an!«

»Ich kann dir die Japanese Bowl empfehlen.« Daniel deutet auf das Gericht. »Die gab es letzte Woche schon. Der Lachs war unglaublich.«

Ich nicke, obwohl ich Montag bereits Lachs gegessen habe. »Gekauft.« In mir brodelt es, und ich schaffe es nicht, mich auf die Gerichte zu konzentrieren.

Nachdem der Kellner die Bestellung aufgenommen hat, beugt sich Clara vor und sieht mich neugierig an. »Na, dann lass mal hören. Was hast du heute Spannendes getrieben?«

»Ach, hat Leni euch nichts erzählt?« Tom sieht mit gespielter Ahnungslosigkeit in unsere kleine Runde.

Daniel runzelt die Stirn. »Was erzählt?«

Alle blicken zu mir. »Keine große Sache«, wehre ich ab. »Ich mache ein Praktikum bei der Serie *Reset*.«

Claras Augen werden groß. »Wow, Leni! Das ist ja cool! Ich finde die Serie ja echt super.« Dann zieht sie die Stirn kraus. »Aber warum weiß ich nichts davon, dass du jetzt mit Tom arbeitest?«

»Ich arbeite nicht wirklich mit ihm zusammen«, stelle ich klar. »Wir sind zwar eine Crew, aber er ist bei den Kameraleuten, und ich bin Setrunnerin. Wir haben nichts miteinander zu tun.«

»Ich wusste gar nicht, dass du dich für den Bereich hinter der Kamera interessierst. Hört sich toll an.« Daniel lächelt mir zu, und ich erwidere es dankbar. Er spürt offensichtlich, dass ich sehr nervös bin. Oder sieht er, wie meine Mundwinkel angespannt zucken?

»Aber warum hast du denn nichts erzählt?«, wiederholt Clara ihre Frage mit leicht zusammengezogenen Augenbrauen.

»Das war eine spontane Geschichte. Die Freundin meines Bruders hat mich am Montag gefragt, weil jemand ausgefallen ist. Heute war erst mein zweiter Tag«, versuche ich sie zu beruhigen, weil sich ihr Unterkiefer leicht nach vorne schiebt. Normalerweise erzählen wir uns alles. Na ja, fast alles.

»Wie geht es Jill denn? Ich habe sie ewig nicht mehr gesehen«, hilft mir Akira, das Thema zu entschärfen.

»Ganz gut«, antworte ich. »Ich glaube, Justi ist gerade sehr froh, dass sie den ganzen Tag unterwegs ist. Er muss echt viel lernen.«

»Ach, stimmt ja«, wirft Tom ein. »Dein Bruder studiert Jura. Dafür willst du dich doch auch einschreiben, oder?« Er beobachtet mich genau, so als würde er nach einem weiteren wunden Punkt suchen. »Film und Fernsehen haben aber so gar nichts Rechtliches an sich.« Und schon ist er fündig geworden. Der heutige Abend ist dank Tom das reinste Minenfeld.

»Ich bin eben vielseitig interessiert«, sage ich mit zusammengebissenen Zähnen und versuche dabei zu lächeln. Mein ganzes Gesicht fühlt sich verkrampft an. Kann der

Kerl Gedanken lesen? Auch wenn er von meinen Zukunftsängsten nichts wissen kann, ist er ein sehr talentierter Minensucher. Ich hätte nie gedacht, dass meine Abneigung gegen ihn noch wachsen könnte.

»Man sollte eben auch mal etwas Neues ausprobieren«, pflichtet mir Daniel bei, und am liebsten würde ich ihn für seine Hilfe abknutschen.

»Ja, Leni hat wirklich spezielle *Interessen*«, bemerkt Tom grinsend.

Mir rutscht bei dieser Anspielung das Herz in die Hose, und schnell wende ich mich an Akira. »War heute am See viel los?« Höchst eleganter Themenwechsel.

»Aber hallo, vor allem weil wir mit der S-Bahn gefahren sind«, antwortet sie mir, auch wenn ihr fragender Blick nochmals kurz zu Tom huscht.

»Ja, das Wetter ist einfach perfekt zum Baden«, versuche ich das Thema im Plauderton aufrechtzuerhalten, aber glücklicherweise kommt genau in diesem Moment der Kellner mit unseren Getränken und serviert mir mit einem netten Lächeln eine eisgekühlte Ingwer-Zitronen-Limonade.

Das Essen folgt nur wenige Minuten später, und die Japanese Bowl zu wählen war an diesem Tag auf jeden Fall eine meiner klügeren Entscheidungen. Der Lachs mit Reis, Blumenkohl und Pak Choi ist auf den Punkt gebraten, und die Hokkaidocreme ist eine echte Geschmacksexplosion auf meiner Zunge.

Als sich mein Magen füllt und ich nicht mehr im Zentrum der Aufmerksamkeit stehe, breitet sich ein angenehmes träges Gefühl bis in meine Fingerspitzen aus. Die Anspannung weicht einer vorsichtigen Zuversicht.

Während wir essen, erzählt Clara vom gestrigen Abend, den sie mit ihren Eltern bei einer Veranstaltung verbracht hat, aber ich versinke in meinen eigenen Gedanken. Ich versuche mir einzureden, dass ich Clara nicht anlüge, sondern ihr nur gewisse Tatsachen verschweige. Trotzdem fühle ich mich wie die schlechteste Freundin aller Zeiten. Doch sosehr ich ihr die Wahrheit sagen und sosehr ich sie vor Tom beschützen möchte, so übermächtig ist meine Panik vor den Konsequenzen.

»Das habe ich ja ganz vergessen!« Ich schrecke auf, als Clara mich quiekend am Arm packt. »Meine Eltern haben Bekannte, und die kennen ein Ehepaar, deren Tochter ist mit einem zusammen, dessen Vater mit einem Vermieter befreundet ist, bei dem gerade eine Wohnung frei geworden ist!«

Ich blinzle. »Wer ist Vermieter?«

»Na, der Freund des Vaters von dem Freund der Tochter … von, äh …« Sie fängt an zu lachen. »Okay, ich gebs auf! Jedenfalls können wir uns die Wohnung nächste Woche anschauen, und laut Vermieter ist sie vom Grundriss her perfekt für eine WG!«

»Toll«, sage ich alles andere als euphorisch. »Aber nächste Woche schon? Ich muss schauen, ob ich da Zeit hab, wegen des Praktikums und so.« Zwar bin ich tatsächlich nicht sicher, ob ich einen Besichtungstermin zeitlich in meinem Terminkalender unterkriege, aber vor allem weiß ich nicht, ob ich überhaupt noch ausziehen kann, wenn ich nicht anfange zu studieren. Würde ich mich für Jura einschreiben, wäre mir eine kleine finanzielle Unterstützung meiner Eltern sicher, aber ohne das Studium bezweifle ich das stark.

Plötzlich ergreift Tom das Wort. »Du willst immer noch mit Clara eine WG starten?«, fragt er. »Ich hätte gedacht, dass du eher mit deinem Freund zusammenziehen willst. Ihr seid doch schon *monatelang* zusammen.«

Mein Ellbogen, den ich gerade ablegen wollte, verfehlt die Tischplatte.

Clara sieht Tom mit hochgezogenen Augenbrauen an, als hätte er gerade behauptet, es würde schneien. »Wovon redest du? Leni hat keinen Freund.«

»Ach, stimmt«, sagt er an mich gewandt. »Die Beziehung ist ja *geheim.*« Das letzte Wort dehnt er extra lange.

Während Akira und Daniel schweigen und das Schauspiel beobachten wie ein Tennismatch, blickt Clara irritiert wieder zu mir.

»Ist das irgendein Insiderwitz, den wir nicht verstehen?«

Meine Gedanken überschlagen sich. Genau das könnte ich behaupten – Tom und ich arbeiten zusammen und ziehen uns gegenseitig auf. Ich weiß nicht, was ich sagen soll, und mein Herz schlägt mir plötzlich wieder bis zum Hals. Ich stecke in der Zwickmühle. Noch eine Lüge, ein weiterer Baustein meines wackligen Kartenhauses. Doch ich muss meine Geschichte aufrechterhalten, sonst weiß Tom sofort, dass er mit seiner Vermutung recht hat. Ich würde ihm die Wahrheit auf dem Silbertablett servieren, und er könnte damit anstellen, was er will.

Ich räuspere mich. »Nein, Tom hat recht. Ich wollte es euch schon länger sagen, aber …« Claras Augen werden erneut groß, und ich schlucke mein schlechtes Gewissen herunter. »Ich habe einen Freund.«

»Was?« Diesmal ist es Daniel. Ich kann ihm nicht verübeln, dass er mich mit gerunzelter Stirn ansieht und nun nicht mehr daran denkt, mir aus der Patsche zu helfen. Wie würde ich reagieren, wenn meine beste Freundin mich nicht an ihrem Leben teilhaben ließe?

»Ich hätte schon viel früher was sagen sollen«, versuche ich meine Freunde zu besänftigen. »Aber, na ja, wir … halten unsere Beziehung geheim.«

»Wieso das denn?« Daniel klingt beunruhigt, so als hätte ich verkündet, einen Mafiaboss zu daten.

»Weil nicht rauskommen darf, dass sie einen Promi vögelt?« Tom grinst mich überheblich an, er genießt meine missliche Lage, freut sich, dass er mich in die Pfanne hauen kann.

»Einen Promi?«, quiekt Clara. »Wen?«

»Ich habe nie gesagt, dass er ein Promi ist«, stelle ich genervt klar. »Es ist jemand vom Set.«

»Warum müsst ihr es geheim halten?«, fragt Daniel erneut nach.

Weil wir keine Beziehung führen, ganz einfach.

Nein, natürlich sage ich das nicht. »Es wird nicht so gerne gesehen«, rede ich mich raus. »Aber irgendwann werde ich ihn euch natürlich noch vorstellen.«

Ähm, warum genau habe ich das eben gesagt?!

»Hm«, macht Clara enttäuscht. »Trotzdem wäre es schön gewesen, wenn du uns etwas erzählt hättest. Du musst ja nicht seinen Namen nennen, aber …« Sie lässt den Satz in der Luft hängen, dennoch weiß ich, was sie sagen will. *Aber wir sind doch deine Freunde.*

»Ich weiß«, gebe ich niedergeschlagen zu. »Tut mir leid.«

Als Tom eine halbe Stunde später die Toilette aufsuchen will, gebe ich ebenfalls vor, aufs Klo zu müssen.

»Was ist los?«, fragt er gelangweilt, als ich ihm in den hinteren Bereich des Restaurants folge.

»Was soll das Ganze?«, fauche ich und weise mit der Hand in Richtung unseres Tisches.

»Kann ich was dafür, dass du deinen Freunden nichts erzählst?«

Ich verdrehe die Augen. »Ach, red keinen Schmarrn, du machst das doch absichtlich.«

»Ganz genau, Schätzchen, du hast es erfasst. Woher weiß Saliah denn plötzlich, dass ich eine Freundin habe? Das hast du ihr doch gesteckt! Ich höre nicht eher auf, bis du deine Klappe hältst!«

»Ich habe ihr gar nichts gesagt!«, presse ich hervor. Jonas muss die Katze also aus dem Sack gelassen haben. Er konnte ja nicht wissen, dass mein optimistischer Glaube, Tom würde Saliah reinen Wein einschenken, eine Fehleinschätzung war.

»Und das soll ich dir glauben?«, zischt Tom, denn auch seine Geduld scheint am Ende. »Misch dich nicht in mein Leben ein, dann lasse ich auch deines in Ruhe!«

»Wenn es nur um dein Leben ginge, würde ich nichts lieber tun, als dich zu ignorieren, glaub mir«, stelle ich klar. »Aber Clara ist meine beste Freundin, und wenn du so weitermachst, werde ich ihr die Wahrheit sagen!«

Er zieht verächtlich eine Augenbraue hoch. »Tatsächlich? Wie kommt's, dass du das nicht schon längst getan hast? Meintest du nicht, du wärst nicht in Daniel verliebt, sondern hättest einen Freund? Dann kann dir doch eigentlich egal sein, was ich erzähle.«

Es wäre mir egal, wenn ich nicht in Daniel verliebt wäre. Natürlich kann ich alles abstreiten, doch würden mir meine Freunde wirklich glauben, wenn ich ihnen keinen Freund präsentieren kann? Ich habe ja nicht mal ein Foto mit irgendeinem Unbekannten, das ich ihnen zeigen könnte! Und selbst wenn sie es täten, bliebe immer dieser Rest Skepsis, ob an dem Gerücht doch etwas dran ist.

»Ich will halt nicht, dass du Lügen über mich verbreitest«, rede ich mich heraus.

»Was auch immer.« Tom rollt mit den Augen. »Lass mich in Ruhe, dann tue ich es auch. Kann ich jetzt aufs Männerklo, ohne befürchten zu müssen, dass du mir folgst und versuchst ein Foto zu schießen?«

Ich schnaube und wende mich ab.

16

Jonas

Die Leiche im Keller

Mittlerweile habe ich die Paparazzibilder von mir gesehen. Eines der Fotos zeigt sehr eindeutig, wie ich einen mir unbekannten Typen am Hemd packe. Dass der Kerl zuvor Tobi bedroht hat, wird natürlich nirgendwo erwähnt. Auf dem anderen Foto wische ich mir gerade mit dem Handrücken das Blut von meiner aufgeplatzten Lippe.

Es ist merkwürdig, Bilder von etwas zu sehen, woran ich mich nicht erinnern kann. So als hätte ich in diesem Moment nicht gelebt oder als wäre das auf den Fotos ein Fremder, der lediglich eine verblüffende Ähnlichkeit mit mir aufweist.

»Aber warum willst du dich denn überhaupt entschuldigen?«, überlegt Tobi laut, als ich mit dem Taxi nach den Dreharbeiten zu meinem Vater fahre und ein Krisentelefonat mit meinem besten Freund führe. Es bringt nichts, dem Streitgespräch mit meinem Vater aus dem Weg zu gehen, denn früher oder später wird er sowieso bei mir auftauchen und wie ein Heuler aus *Harry Potter* explodieren.

»Vielleicht, um ihn zu besänftigen?«, helfe ich ihm auf die Sprünge.

»Aber meintest du nicht, dass die Produktion von dir ein lupenreines Image verlangt?«, fragt Tobi. »Dann könnte dir die Schlägerei helfen, um da schneller rauszukommen!«

Ich lasse mir Tobis Denkansatz durch den Kopf gehen. Wenn ich mich für mein Handeln nicht offiziell entschuldige, wirft das ein schlechtes Licht auf mich, und eine Kündigung ist eventuell nicht mehr fern. Aber welche Wirkung hat diese Geschichte auf die Schlagzeilen? Werde ich als Bad Boy mit schwerem Aggressionsproblem dargestellt? Wer würde mich so noch buchen wollen?

»Tobi, ich sag's nicht gerne«, fange ich an. »Aber ich glaub, unser Plan hat große Lücken. Ich kann mein Image nicht zerstören und dann erwarten, dass mir die Schauspielwelt weiterhin offensteht.«

»Ich weiß, Mann«, pflichtet er mir bei. »Aber wenn du das nicht durchziehst, bleibt dir ja nur noch die Möglichkeit, selbst zu kündigen. Und das wird nicht billig.«

Kündigen. Ich stöhne und lasse mich in den Sitz sinken. Dieses Wort erinnert mich an einen hartnäckigen Gedanken, der mir schon seit einiger Zeit im Kopf herumspukt und den ich am liebsten ignorieren würde. Wenn meine Frustration am höchsten ist, wird mein Gefühl immer stärker, dass es vielleicht nicht reichen wird, der Serie den Rücken zu kehren, damit meiner Wunschkarriere nichts mehr im Weg steht. Doch mein Vater ist meine einzige Familie. Ich kann ihm nicht kündigen, denn das käme einem Familienbruch gleich. Wenn wir uns entzweien, wer bleibt mir dann noch? Und außerdem … Familie ist wie ein zähes Band, das uns ein Leben lang miteinander verbindet. Lässt sich das überhaupt zertrennen?

»Tobi, ich muss Schluss machen«, sage ich, als das Auto in die Straße einbiegt, in der sich mein Vater vor einem halben Jahr eine repräsentative Fünf-Zimmer-Wohnung geleistet hat. Ich verstehe bis heute nicht, warum er alleine so viel Platz benötigt, denn seit dem Tod meiner Mutter hatte er keine Freundin mehr, mit der er ernstere Absichten verfolgt hat.

»Viel Glück, Alter«, verabschiedet sich Tobi. »Schreib mir, wenn du raus bist.«

Ich bedanke mich bei dem Taxifahrer und gebe ihm ein gutes Trinkgeld. Dann steige ich aus, schlage die Wagentür hinter mir zu und überquere den Gehweg.

Die mit Kopfstein gepflasterte Straße ist gesäumt von dicht bewachsenen Kastanienbäumen und gibt durchaus ein idyllisches Bild ab, dennoch wird auch mit einem Blick klar, dass sich diese Idylle nicht viele leisten können.

Mit einem Magengrummeln öffne ich das schmiedeeiserne Tor, hinter dem sich eine für Nymphenburg typische Jugendstilvilla mit vier Parteien verbirgt.

Zwar besitze ich einen Schlüssel, dennoch läute ich an der Eingangstür. Kurz nachdem ich geklingelt habe, summt schon der Öffner. Den Aufzug lasse ich links liegen und nehme stattdessen die ausladende Wendeltreppe mit verschnörkeltem weißem Geländer in den dritten Stock.

An der Wohnungstür empfängt mich mein Vater, seine Lippen sind zu einem schmalen Strich zusammengepresst, und sein Blick heftet sich auf mich, als ich an ihm vorbei in die Wohnung trete.

»Hey«, sage ich zur Begrüßung, während er nichts erwidert und durch den großzügigen Flur marschiert. Ich folge ihm in die offene Küche. Sie ist modern und geradlinig. Die Küchenfronten sind in Weiß gehalten, und die Arbeitsflächen bestehen aus ebenmäßigem Beton. Ich lasse mich auf einem der Hochstühle an der Kochinsel nieder und warte auf den großen Knall.

Mein Vater setzt sich nicht zu mir, sondern bleibt, mir den Rücken kehrend, einige Meter entfernt stehen, seinen Blick dem angrenzenden offenen Wohnzimmer zugewendet.

»Was hast du dir dabei gedacht?«, fragt er, und seine Stimme zittert leicht.

Einen Moment überlege ich, mich dumm zu stellen, aber das würde das Unvermeidliche nur herauszögern. »Tobi hatte mit einem Kerl Streit. Ich habe ihm nur geholfen.«

Er dreht sich um, und sein Blick trifft mich hart. »Du solltest lange genug dabei sein, um zu wissen, dass die Presse sich nicht dafür interessiert, ob du irgendwen verteidigt hast. Ihnen geht es nur um Skandale und Schlagzeilen. Und die Fotos von dir sind ein Traum für alle Klatschreporter.«

»Ich weiß«, stimme ich ihm zu. »Aber was hätte ich tun sollen? Tobi im Stich lassen, damit ich eine weiße Weste behalte?«

»Ich verstehe, dass du in diesem Moment dachtest, das Richtige zu tun.« Er schüttelt den Kopft. »Aber manchmal ist das Naheliegendste nicht die beste Entscheidung.«

Ich runzle die Stirn. »Du meinst, ich sollte meine Karriere über meine Freundschaft zu Tobi stellen?«

Er macht ein paar Schritte auf mich zu und setzt sich nun doch auf den Hochstuhl neben mich. »Noch bevor ich die Bilder selbst gesehen habe, hatte ich schon einen Anruf von der Produktion auf meiner Mailbox. Sie sind nicht begeistert.«

Ich verdrehe die Augen. »Sollen sie doch.«

Mein Vater beugt sich vor. »Die Sache ist ernst, Jonas. Wenn die Presse den Jungen ausfindig macht, den du vermöbelt hast, dann haben wir ein großes Problem. Du magst es als Lappalie abtun, aber es geht um deine Karriere. Um deine Zukunft!«

»Ich weiß. Aber ich habe dir schon oft gesagt, dass es mir egal ist, wenn die mir kündigen. Im Gegenteil!«

»Verstehst du nicht?«, fragt er mich eindringlich. »Wenn dein Image zerstört ist, dann bucht dich niemand mehr. Was willst du dann machen? Du hast keine Ausbildung!«

Ich bekomme einen Kloß im Hals, als er meine Sorge so direkt anspricht und zum tieferliegenden Kern des Problems kommt. Sollte ich keine Aufträge mehr erhalten, stehe ich planlos und verloren auf der Straße. Was soll ich ohne die Schauspielerei mit meinem Leben anfangen? Es gab nie einen Plan B, nie etwas anderes, weil ich wusste, dass ich meinen Traumberuf gefunden hatte. Dennoch versuche ich trotzig, mich zu verteidigen: »Eine Ausbildung kann ich immer noch nachholen.«

»Kannst oder willst du es nicht verstehen?«, presst er durch zusammengebissene Zähne hervor. »Du bist erwachsen! Das Leben ist nun mal kein Spiel! Du kannst dich nicht wie ein bockiges Kleinkind deiner Verantwortung entziehen!«

»Tobi ist wie ein Bruder für mich. Wenn ich meinen Job verliere, weil ich ihn verteidigt habe, dann ist das eben so«, sage ich entschieden und wahrheitsgemäß. Tobi würde das Gleiche für mich machen. Ihn als Freund zu haben ist mir wichtiger als Geld, Ruhm und Erfolg.

Mein Vater schnaubt, offensichtlich davon überzeugt, dass meine Antwort beweist, wie kindisch ich mich verhalte.

»Wir müssen uns auf jeden Fall überlegen, wie wir die Sache wieder glattbügeln«, meint er, ohne darauf einzugehen, was ich gesagt habe. »Ich habe der Produktion schon ausgerichtet, dass dir dein Fehler bewusst ist und es dir leidtut. Aber es wäre besser, wenn du noch mal selbst mit ihnen sprichst.«

»Aber ich habe dir doch gerade gesagt, dass es kein Fehler war«, erinnere ich ihn fassungslos, weil er meine Meinung vehement ignoriert.

»Und ich habe dir gesagt, dass das keine Rolle spielt. Wichtig ist, dass wir sie besänftigen.«

»Damit ich nicht gekündigt werde, ja? Soll das immer so laufen?«, frage ich müde. »Eine Staffel nach der anderen drehen, bis *Reset* abgesetzt wird?«

»Fang nicht wieder so an«, sagt er mit schneidender Stimme. »Diese Serie ist die beste Chance, die du hast.«

Ich hebe die Hände und lasse sie kraftlos wieder fallen. »Eine Chance auf *was?* Wenn ich kein anderes Engagement annehme, werde ich für immer und ewig *Finlay Scott* bleiben. Niemand wird mich dann noch in einer anderen Rolle akzeptieren!«

»Du bist erst seit vier Staffeln dabei. Nach zwei weiteren Staffeln können wir uns noch mal unterhalten.«

»Zwei weitere Staffeln?«, wiederhole ich ungläubig. »Du hast mich überredet, für die fünfte Staffel zu unterschreiben, aber du kannst dich darauf verlassen, dass ich danach aussteige!«

Mein Vater schüttelt den Kopf. »Darüber reden wir, wenn es so weit ist.«

»Darüber gibt's nichts zu reden. Meine Entscheidung steht fest.«

Er öffnet den Mund, um etwas zu entgegnen, aber da klingelt sein Handy. Mein Vater wirft einen kurzen Blick auf das Display. »Das ist wichtig«, informiert er mich kurz und nimmt den Anruf entgegen.

Ich gebe ihm ein Zeichen, dass ich ins Bad gehe, stehe auf und durchquere die Küche. Als ich in den angrenzenden Flur trete, stocke ich jedoch. Die weiße Holztür zum Arbeitszimmer steht einen Spalt offen. Einladend und verlockend. Ich sehe zurück zur Küche, aber mein Vater ist nicht zu sehen, lediglich seine Stimme hallt an den hohen Wänden wider, und es hört sich nicht danach an, als würde er den Anruf in den nächsten Minuten beenden.

Schnell schlüpfe ich durch die Tür. Der moderne Einrichtungsstil meines Vaters spiegelt sich auch in seinem Arbeitszimmer wider. Der Schreibtisch mit seiner gläsernen Tischplatte ist frei von allen Papierunterlagen, nur ein flacher Computerbildschirm und eine Tastatur haben darauf ihren Platz gefunden. Die akkurat beschrifteten Ordner befinden sich in einem offenen Schrank dahinter.

Mein Puls beschleunigt sich, als ich den ersten Ordner mit der Aufschrift »Castinganfragen« herausnehme. Ich blättere schnell durch die Seiten und spüre einen Stich, als ich die Unterlagen zu Steven Ports' Projekt entdecke. Während ich die Inhaltsangabe des geplanten Films überfliege, werde ich noch wehmütiger. Schon allein diese knappe Zusammenfassung ist mitreißend, tiefgehend und vermittelt eine starke Botschaft.

Aber ich finde nicht nur eine Absage an meinen Lieblingsregisseur, sondern noch weitere an ebenfalls sehr inspirierende Persönlichkeiten der Filmbranche. Ein Ordner voll verlorener Chancen.

Meine Finger zittern, als ich ihn wieder zurückstelle und nach dem nächsten greife. Ich horche kurz, aber aus der Ferne kann ich meinen Vater immer noch mit lauter Stimme diskutieren hören.

Unruhe breitet sich in mir aus, als ich versuche, die nächsten Unterlagen zu interpretieren, fahrig blättere ich auch die restlichen Dokumente durch. Meine Gagenzahlung läuft über meinen Vater, deshalb sehe ich die Abrechnungen in der Regel nicht. Trotzdem habe ich einen guten Überblick über meine Finanzen und kenne die Beträge, die ich überwiesen bekomme. Aber die Zahlen auf diesen Papieren haben nichts mit dem zu tun, was sich auf meinem Konto abspielt. Demnach müsste ich für die letzte Staffel zehntausend Euro mehr erhalten haben, als mir bekannt ist. Wo ist das Geld hin? So einen drastischen Fehler hätte mein Vater bemerken müssen!

Mir wird kalt, als mir ein anderer Gedanke in den Sinn kommt. Vielleicht hat mein Vater nichts übersehen. Vielleicht hat ihm die Produktion den richtigen Betrag überwiesen. Ich starre auf die Rechnungen, bis sie vor meinen Augen verschwimmen.

Meinem Vater war Geld schon immer wichtig. Erst, als wir keines hatten – und später, als wir zu viel davon hatten. Würde er so weit gehen und mein Geld hinter meinem Rücken beiseiteschaffen, damit er selbst mehr davon hat?

Ich will es nicht glauben, auch wenn eine innere Stimme mir zur Vernunft rät. *Alle Indizien sprechen dafür. Nur weil er dein Vater ist, ist das kein Garant dafür, dass er dich nicht hintergehen kann.*

Mit klopfendem Herzen schiebe ich den Ordner zurück an seinen Platz. Wie ferngesteuert verlasse ich das Arbeitszimmer und kehre in die Küche zurück. Dort läuft mein Vater hin und her, das Telefon immer noch am Ohr. *Mein Vater.* Wut überrollt mich, seine Stimme dringt nur noch als Rauschen zu mir durch. Ich muss hier raus. Als ich zur Wohnungstür eile, gibt mir mein Vater ein Zeichen, ich solle warten. Aber ich ignoriere ihn und stürme nach draußen.

17

Leni

Die halbe Wahrheit ist auch eine Wahrheit

Ich trete von einem Bein aufs andere, unsicher, ob ich es tatsächlich wagen soll, so früh am Morgen an die Schlafzimmertür meiner Eltern zu klopfen und ihnen von meinem Praktikum zu erzählen. Nach dem gestrigen Abend habe ich das Bedürfnis, zumindest mit meinen Eltern ehrlich zu sein, wenn ich es mit meinen Freunden schon nicht sein kann. Falls sich der richtige Moment ergibt, könnte ich mir sogar vorstellen, ihnen endlich reinen Wein einzuschenken und auch das Jura-Thema anzusprechen, aber lieber würde ich auf Justus und seine Unterstützung warten, die mir zu meinem einberufenen Familienessen am Sonntag sicher ist.

Zögernd trete ich einen Schritt vor und klopfe vorsichtig an die Tür. Als ich nichts höre, klopfe ich erneut, dieses Mal etwas lauter. Dann öffne ich die Tür einen Spaltbreit.

»Kann ich kurz mit euch sprechen?«

Mama setzt sich schlaftrunken auf und blinzelt gegen das Flurlicht an. Papa hingegen rührt sich nicht. »Gütiger

Himmel«, murmelt sie und reibt sich die Augen. »Leni, ist was passiert? Geht es dir gut?«

Ich lächle schuldbewusst. »Alles in Ordnung, keine Sorge! Ich wollte euch nur schnell was erzählen.«

»Wie viel Uhr ist es denn?« Ihre Frage vermischt sich mit einem lauten Schnarcher von Papa.

»Erst sechs Uhr«, antworte ich. »Aber ich muss gleich los, deshalb …« Ich lasse den Satz in der Luft hängen.

»Herbert«, flüstert Mama und streichelt ihrem Mann über den Arm. »Wach auf, Leni ist da.«

»Wie?«, fragt er nach einigen Sekunden verwirrt. »Leni?«

Papa dreht sich zu mir und stemmt sich in die Senkrechte.

»Guten Morgen!« Ich schlüpfe durch die Tür und lasse mich am Fußende ihres Bettes nieder.

Er schaut zu dem durch Jalousien abgedunkelten Fenster, so als könne er nach draußen sehen. »Haben wir verschlafen?«

»Nein, nein!«, beruhige ich ihn und frage mich gleichzeitig, wie man verschlafen kann, wenn man erst um neun Uhr aufstehen muss. Noch dazu gehen meine Eltern zeitig ins Bett. »Ich möchte euch nur was Tolles erzählen!« Ich atme tief durch. »Ich habe vor Kurzem ein Praktikum begonnen. Als Setrunnerin!«

Papa runzelt die Stirn. »Als was?«, fragt er ratlos.

»Als Setrunnerin«, wiederhole ich langsam. »Das ist so was wie eine Assistentin beim Film und Fernsehen. Jill hat mich gefragt, ob ich einspringen will, weil jemand krank geworden ist.«

»Du machst ein Praktikum, Liebes?«, fragt Mama nach. »Beim Film?«

»Na ja, nicht direkt beim Film. Es ist eine sehr erfolgreiche Streaming-Serie.«

»Bist du deshalb Tag und Nacht unterwegs?« Papa scheint ein Licht aufzugehen. »Weil du dort arbeitest?«

Das ist ein weiterer Grund, warum ich meinen Eltern nicht erst bei unserem Familienessen am Wochenende von meinem Praktikum erzählen wollte. Mir war klar, dass es auffallen würde, wenn sie mich weder morgens noch abends zu Gesicht bekommen, obwohl ich nicht mehr zur Schule muss.

»Ja, genau«, bestätige ich

»Und, macht es dir Spaß?«, will Mama wissen.

Ich rutsche weiter aufs Bett und ziehe meine Beine an, um sie mit meinen Armen zu umschlingen. »Es ist super interessant und eine ganz andere Welt«, erzähle ich. »Und jeder kennt jeden! Ich hätte nie gedacht, dass man da auch mit den Schauspielerinnen und Schauspielern in Kontakt kommt!« Ich denke an Jonas, und unweigerlich schleicht sich ein kleines Lächeln auf mein Gesicht. *Wo kommt das denn jetzt her?*

»Das freut mich!« Mama strahlt, und für einen Moment überlege ich, ob ich meinen Eltern doch jetzt schon die Wahrheit sagen soll, aber dann … »Ich finde es sehr löblich von dir, zwischen Schule und Studium etwas Geld dazuzuverdienen. Du weißt, wir werden dich natürlich unterstützen, aber es ist schön zu sehen, dass du anfängst auf eigenen Beinen zu stehen.«

Papa nickt zustimmend, während ich die Worte hinunterschlucke, die beinahe meinen Mund verlassen hätten.

Ich will gar nicht ans Wochenende denken und mir ihre Gesichter vorstellen, wenn sie erfahren, dass im Herbst kein Studium folgen wird.

Ab heute drehen wir in den Bavaria Filmstudios. Jill hat mir erklärt, dass oft auch auf private Wohnungen ausgewichen wird, weil es günstiger ist, die Inhabenden zu bezahlen, als die Miete für die Studios. Dennoch bieten diese auch gewisse Vorteile – zum Beispiel Filmkulissen mit ganzen Straßenabschnitten, die Stadtteile von München darstellen und individuell, je nach Produktion, verändert werden können.

Es ist ein bisschen gespenstisch, in den frühen Morgenstunden in einer verlassenen Straße zu stehen, in der doch um diese Zeit normalerweise das Leben erwacht und sich die arbeitende Bevölkerung auf den Weg in die Büros begibt. Erst auf den zweiten Blick lässt sich erkennen, dass die Häuser zwar nicht umkippen, wenn man an ihre Mauern klopft, aber ansonsten nicht viel dahintersteckt – im wahrsten Sinne des Wortes. Denn als ich neugierig eine der Haustüren öffne, stelle ich verdutzt fest, dass das Gebäude leer steht und ich nur drei Schritte bräuchte, um auf der anderen Seite wieder herauszutreten. Film ist mehr Schein als Sein.

Als ich mit Flo die Tische für das Catering aufbaue, erzählt er mir, dass der Straßenabschnitt, in dem wir heute drehen werden, eigentlich mit Kopfstein gepflastert ist, für unsere folgenden Drehtage jedoch geteert wurde. Außerdem wurden die Altbaukulissen neu gestrichen und die Fenster und Türen ausgetauscht, um dem Viertel einen noblerern Charakter zu verleihen, ganz im Sinne der Serienoptik von *Reset.*

»Was hast du eigentlich nach diesem Praktikum vor?«, frage ich Flo, weil mir das Gespräch mit meinen Eltern immer noch im Kopf herumgeistert. »Willst du weiterhin beim Film arbeiten?«

Flo lässt die Verankerung des Biertisches einrasten. Wir bauen das Catering direkt vor einem großen beigen Eckgebäude auf, das zwar ebenfalls einen Teil der Straßenkulisse darstellt, jedoch eines der wenigen Häuser ist, das ausgebaut wurde, sodass es Platz für Maske und Kostüm bietet. »Auf jeden Fall«, sagt er. »Ich werde eine weitere Staffel als Setrunner bei *Reset* dabei sein, und dann … mal schauen, vielleicht ist noch mehr drin. Dann habe ich genügend Erfahrungen gesammelt, um mich mal als Aufnahmeleiter zu versuchen.«

»Hast du denn studiert?«, frage ich, weil er recht jung wirkt. Maximal zweiundzwanzig.

Er schmunzelt. »Beim Film zählt berufliche Erfahrung mehr als ein theoretisches Studium.«

»Also nein«, stelle ich fest. »Aber wenn man ein Studium für die Arbeit hier bräuchte, würdest du es tun.«

»Natürlich«, bestätigt er. »Aber ein Studium ist in meinen Augen Zeitverschwendung, wenn du damit nichts anfangen kannst. Weiterbilden kannst du dich auch auf andere Weise.« Er stellt den letzten Tisch auf und sieht mich dann an. »Wieso die Fragen? Willst du hier weitermachen?«

Ich ziehe die Schultern nach oben. »Keine Ahnung, ich bin ja erst den dritten Tag hier. Aber klar, ich überlege.«

»Sicher könnte dich Jill wieder bei uns unterbringen«,

sagt er sofort und zwinkert mir zu. »Ich würde mich freuen, dich weiterhin zum Quatschen zu haben.«

»Das ist lieb«, erwidere ich geschmeichelt. »Vielleicht frage ich sie mal.«

Flo hat recht. Wieder frage ich mich, warum ich studieren sollte, wenn ich nicht weiß, was ich damit anfangen möchte. Was bringt mir ein Bachelor oder sogar ein Master, wenn mir die erlernten Themen keinen Spaß machen oder mich eigentlich nicht interessieren? Nur um möglicherweise mehr Geld zu verdienen?

Ich sehe mich um, beobachte die Filmcrew, wie sie mit dem Aufbau des Sets beschäftigt ist, zusammen lacht und eine eingespielte Einheit bildet. Vielleicht ist es genau das hier, was ich für meine Zukunft will. Und wahrscheinlich sollte ich mir einfach mal die Zeit nehmen, es herauszufinden. Ohne Druck und ohne die Angst, ich wäre nicht so schnell, wie die anderen.

Während Flo eine halbe Stunde später hilft, irgendwelche schwere Kisten zu schleppen, warte ich auf einen neuen Auftrag. Dadurch bietet sich mir endlich die Gelegenheit, Mäuschen zu spielen, und mir die Proben zu den Dreharbeiten anzusehen. Jonas ist gerade dabei, mit einem Schauspielkollegen, Niam Abara, eine emotionale Szene einzustudieren. Die Aufnahme sieht vor, dass sie sich wegen eines Gerüchts streiten.

»Kannst du mir eine Marke geben, wo ich stehen bleiben soll? Danke dir!«, fragt Jonas an den Kameramann gewandt. »Dann muss ich mich darauf nicht konzentrieren.«

Er markiert mit einem weißen Klebestreifen den Punkt auf dem Boden, wo die Kamera Jonas perfekt einfängt.

Ob ich mir einbilde, dass Jonas heute angespannt wirkt?

Während noch die Lichtverhältnisse geprüft werden, redet Niam mit ihm, und obwohl Jonas scheinbar in das Gespräch vertieft ist, mahlt sein Kiefer. Die Hände, die er in den Hosentaschen vergräbt, sind – den Beulen nach zu urteilen – zu Fäusten geballt.

Vielleicht hat es damit zu tun, dass Fotos von seiner Prügelei in der Presse aufgetaucht sind. Ich habe sie heute Morgen gesehen, als ich mich beim Kaffetrinken durch die Online-Zeitungen gewischt habe. Als Schläger abgestempelt zu werden ist sicher nicht gut fürs Image, wenn man in einer Teenie-Serie mitspielt. Wobei … Manchen Berühmtheiten haben Skandale ja auch einen Karriere-Push gegeben.

»Gut, dann proben wir kurz. Alles auf Anfang!«, ruft der Regieassistent, und Jonas und Niam beenden ihr privates Gespräch sofort.

Die Regisseurin setzt sich hinter ihren Bildschirm. »Niam, bitte steig noch mal im zweiten Satz ein.«

Niam nickt, und er und Jonas gehen ein paar Schritte zurück, um ihre Startposition einzunehmen.

Auf das Zeichen der Regisseurin beginnen die beiden mit ihrer Szene.

»Ich habe dir doch gesagt, dass nichts an der Sache dran ist!«, sagt Niam eindringlich.

»Und das soll ich dir glauben?«, ruft Jonas verärgert und bleibt auf seiner Markierung stehen.

»Wir sind wie Brüder! Wem glaubst du, wenn nicht mir?« Niam sieht verletzt aus, als er Jonas diese Worte entgegenschleudert.

Gebannt beobachte ich den Rest der Szene und bin beeindruckt, wie glaubwürdig Jonas und Niam ihre Rollen verkörpern. Wie authentisch sie ihre Mimik und Gestik einsetzen, so als wäre der Streit zwischen ihnen real. Natürlich werden Schauspielende nicht grundlos für eine Produktion gecastet, aber ich dachte, das richtige Licht und eine gut gewählte Hintergrundmusik seien die halbe Miete.

»Leni, Flo, könnt ihr Wasser besorgen, bitte?« Jills Stimme in meinem Headset lässt mich zusammenzucken. Ich sehe mich um, entdecke Flo neben dem Catering, und zusammen erledigen wir unseren nächsten Auftrag.

Nach dem Mittagessen nutze ich meine restliche Pause und verziehe mich für ein bisschen Ruhe in eines der anliegenden Eckgebäude, in denen Kostüm und Maske untergebracht sind und das glücklicherweise mit einer Klimaanlage ausgestattet ist. Ich seufze erleichtert auf, als ich den kühlen Flur betrete, einen langen Gang, von dem links und rechts etliche Räume abgehen.

»Hast du nichts zu tun?« Tom folgt mir ins Gebäude.

Ich verkrampfe mich augenblicklich. Die gestrige Konfrontation mit ihm und auch der Abend im Restaurant stecken mir noch in den Knochen. Ich hatte gehofft, Tom heute aus dem Weg gehen zu können.

»Wir hatten doch eine Abmachung«, kommentiere ich seine Worte betont genervt, in der Hoffnung, ihn schnell abwimmeln zu können. »Wollten wir uns nicht gegenseitig in Ruhe lassen?«

»Als ob du das durchziehen würdest. Ich kenne dich doch, du kannst einfach nicht deine Klappe halten.«

»Du meinst, du würdest mich kennen?«, schnaube ich.

»Nur weil du Claras Freund bist, sind *wir* noch lange keine Freunde.«

»Das habe ich auch nicht behauptet. Jede Person mit halbswegs normaler Menschenkenntnis liest dich wie ein offenes Buch. Deshalb weiß ich auch, dass die ganze Geschichte mit deinem heimlichen Freund nur eine erbärmliche Ausrede ist, um von Daniel abzulenken.«

»Vielen Dank für diese professionelle Einschätzung, Tom. Sie zeigt mir, dass du dich nicht zu der Personengruppe zählst, die du eben beschrieben hast«, sage ich trocken. »Und jetzt *bitte*, lass mich in Ruhe.«

Er zuckt mit den Schultern, dreht sich dann endlich wieder um und verschwindet nach draußen.

Ich flüchte mich in einen leerstehenden Raum, lehne mich an die weiße Wand und rutsche erschöpft an ihr herunter. Der Schlagabtausch mit Tom hat mich wieder viel Kraft gekostet. Wenn er mich nun jeden Tag daran erinnert, dass er von meinen Gefühlen zu Daniel weiß, drehe ich irgendwann noch durch. Ich versuche die Gleichgültige zu geben, aber wie lange schaffe ich es noch, die Fassade aufrechtzuerhalten? Jedes Mal, wenn ich vor ihm stehe, fühle ich mich vollkommen nackt und verletzlich. Eine Träne bahnt sich den Weg über meine Wange, und der graue Linoleumboden verschwimmt vor meinen Augen. Ich vergrabe mein Gesicht in den Händen.

»Geht's dir gut?« Als ich Jonas' Stimme höre, schrecke ich auf und wische mir hektisch mit dem Handrücken übers Gesicht.

»Klar«, bestätige ich mit belegter Stimme und stemme mich vom Boden. Meine Beine fühlen sich an wie Gummi. »Ich hab nur eine kurze Pause gemacht.« Ich gehe an ihm vorbei zur Tür.

»Wer ist Daniel?«, fragt Jonas.

18

Jonas

Kluge Entscheidungen gegen kreative Lösungen

Ich lobe mich ungern selbst, aber heute kann ich mich guten Gewissens als äußerst professionell bezeichnen, denn meinen Plan, durch Unzuverlässigkeit meinen Job zu verlieren, habe ich auf Eis gelegt. Und auftauen werde ich ihn vermutlich nicht mehr. Auch wenn mich meine Verzweiflung vorantreibt, komme ich mir etwas unreif vor. Warum habe ich nicht bedacht, dass meine Kolleginnen und Kollegen unter meinem Fehlverhalten zu leiden haben? Wenn wir wegen mir in Zeitverzug kommen, leiden vor allem sie darunter, nicht ich. Es wird Zeit, sich etwas Neues auszudenken.

Während sich meine Gedanken ausschließlich um den gestrigen Abend und meinen Vater drehen, bringe ich es trotzdem fertig, eine sehr passable Szenenprobe zu vollführen.

Nach dem Mittagessen vibriert mein Handy, und schnell entferne ich mich einige Schritte von Niam und den anderen.

»Frau Frei, vielen Dank für Ihren Rückruf«, begrüße

ich meine Anwältin. »Haben Sie meine E-Mail bekommen?«

»Hallo, Herr Thalbach. Ja, ich habe mir alles durchgelesen. Wenn Sie den Vertrag mit Ihrem Vater wirklich kündigen möchten, sollten wir uns vorher noch mal zusammensetzen. Ihr Vater hat vorgesorgt. Im Normalfall müssten Sie eine hohe Abfindung an ihn zahlen«, informiert sie mich. »Wenn die von Ihnen geschilderte Vermutung allerdings zutrifft und Ihr Vater tatsächlich Geld unterschlagen hat, sieht die Sache ganz anders aus.«

Ich schließe die Augen und massiere mir mit Zeigefinger und Daumen die Nasenwurzel. »Meinen Sie, wir könnten das irgendwie so machen, dass die Presse nichts davon mitkriegt?«

»Meine Angestellten und ich werde selbstverständlich keine Informationen nach außen tragen«, antwortet sie sofort. »Dennoch kann ich nicht versprechen, dass das Verfahren geheim bleibt. Die Presse hat ihre Augen und Ohren überall.«

»Mein Vater soll nicht als Betrüger dargestellt werden.«

»Herr Thalbach, wenn ich mir die Bemerkung erlauben darf: Falls sich Ihre Vermutungen bewahrheiten, ist Ihr Vater genau das. Ein Betrüger.«

»Aber er ist immer noch mein Vater«, murmle ich zwiegespalten.

»Natürlich, das ist er und wird er immer bleiben«, sagt Frau Frei taktvoll, nur um dann fünf Sekunden später zum Geschäft zurückzukehren. »Wann haben Sie Zeit in meiner Kanzlei vorbeizuschauen?«

Tausend Gedanken schießen mir durch den Kopf. Soll ich diesen Schritt gehen? Ich würde mich von meinem Vater lösen, endlich das Leben leben, von dem ich träume, und niemand würde mir mehr reinreden. Das wäre meine erste eigene Entscheidung ... Doch wenn ich diesen Weg gehe, verliere ich meinen Vater, die einzige Familie, die ich habe. Meine Vernunft rät mir zur Kündigung. Selbstverständlich, denn er hat mich betrogen. Aber mein Herz hat Angst.

Angst vor dem Alleinsein.

»Ich stecke gerade mitten in den Dreharbeiten«, erkläre ich meiner Anwältin. »Geben Sie mir kurz Zeit. Ich kläre meine freien Tage ab und melde mich dann wieder bei Ihnen. Danke!«

Ich lege auf und bleibe noch ein paar Sekunden wie angewurzelt stehen. Die Zeit wird nichts an meiner Situation ändern, und dennoch benötige ich sie, um mich zu entscheiden und mir sicher zu sein, dass mein Weg der richtige ist. Egal, wo ich hingehen werde.

Jetzt brauche ich auf jeden Fall erst mal einen kurzen Augenblick zum Durchatmen. Deshalb mache ich mich auf den Weg zur Maske, um mein Make-up erneuern zu lassen. Inga ist diskret, und wenn sie merkt, dass mir nicht nach Reden ist, versucht sie mir kein Gespräch aufzuzwingen.

Als ich vor dem Gebäude ankomme, in dem sich die Räumlichkeiten der Maske befinden, höre ich verärgerte Stimmen. Ich bleibe stehen, weil ich keine große Lust habe, mich einzumischen. Als ich jedoch Lenis Stimme erkenne, spitze ich meine Ohren. Sie streitet sich mit Tom, der ihr eine Lüge vorwirft. Irgendetwas mit einem Daniel.

Noch ehe ich mich's versehe, taucht Tom in der Tür

auf. Als er mich bemerkt, nickt er mir kurz zu und verschwindet Richtung Set. Leni folgt ihm nicht.

Ich betrete den langen Flur, aber von ihr ist nichts zu sehen. Doch dann höre ich ein dumpfes Geräusch aus dem nächstgelegenen Zimmer. Die Tür steht offen, und als ich näher komme, sehe ich Leni zusammengesunken auf dem Boden sitzen, den Kopf in ihren Händen vergraben.

Es trifft mich unerwartet, sie so verloren zu sehen, da ich sie doch bis jetzt nur tough erlebt habe. Ein Kloß bildet sich in meinem Hals.

»Geht's dir gut?«, frage ich vorsichtig und trete langsam in den Raum hinein, um sie nicht zu erschrecken. Ohne Erfolg. Sie zuckt zusammen und wischt sich über ihr Gesicht. Offenbar hat sie geweint.

»Klar«, sagt sie tonlos.

Weint sie wegen Tom? Warum lässt sie sich von ihm fertigmachen? Als sie aufsteht und hastig das Zimmer verlassen will, ruft mich eine innere Stimme dazu auf, sie zurückzuhalten. »Wer ist Daniel?«

Die Frage verfehlt ihre Wirkung nicht. Leni dreht sich mit großen Augen zu mir um. »Was?«

»Ich habe den Streit zwischen dir und Tom mitbekommen«, gestehe ich, weil es keinen Sinn ergibt, diese Tatsache zu verschweigen. »Ihr wart leider nicht zu überhören.«

Panisch sieht sie zur Tür. »Hat noch jemand …?«

»Nein, niemand«, beruhige ich sie sofort, und Leni atmet hörbar aus. »Magst du mir erzählen, was los ist?«

Unsicher sieht sie mich an. »Ich will ehrlich sein«, fängt sie an. »Das letzte Mal, als ich mich jemandem anvertraut habe, wurde mir das zum Verhängnis.«

»Ich würde nie etwas weitererzählen, was du nicht möchtest«, stelle ich klar.

»Das ist lieb«, sagt sie traurig. »Aber Tom hat das auch so geschafft. Er hat ein Gespräch mitgehört, und seitdem erpresst er mich damit.«

Entsetzt starre ich sie an. »Tom erpresst dich?«

Sie schließt die Augen und hält sich die flache Hand an die Stirn, so als würde sie ihre Temperatur erfühlen. »Vergiss, was ich gesagt habe. Es ist alles gut.«

»Danach hört es sich aber nicht an«, beharre ich. »Ich weiß, wir kennen uns nicht besonders gut, aber wenn du eine neutrale Person zum Reden brauchst, ich hab gerade Zeit.«

Ihre vollen Lippen verziehen sich zu einem schwachen Lächeln. »Überredet.« Sie zögert einen Moment und schließt dann die Tür hinter uns. »Aber mir ist das alles ziemlich peinlich.«

»Vermutlich unbegründet«, kommentiere ich.

Sie schnaubt. »Warte ab. Wie du weißt, ist Tom der Freund meiner besten Freundin Clara, also kennt er auch meinen Freundeskreis. Und jetzt hat er mitbekommen, dass ich in meinen besten Freund verliebt bin.«

»Daniel«, vermute ich.

»Genau«, bestätigt sie.

Dass Leni für jemanden Gefühle hat, sollte mich nicht stören, dennoch drückt ihr Geständnis auf meine Stimmung. »Aber was ist daran schlimm? Vielleicht wird ja was aus dir und diesem Daniel.«

Sie seufzt. »Das ist ja das Problem. Daniel ist in einer Beziehung. Wenn er oder seine Freundin davon erfahren, dann werden sie sich bestimmt zurückziehen. Dabei will ich die beiden als Freunde doch nicht verlieren!«

»Oh«, sage ich, weil mir langsam ein Licht aufgeht. »Und Tom droht damit, es ihnen zu erzählen?«

Sie nickt. »Damit will er verhindern, dass ich Clara von der Affäre mit Saliah erzähle.«

Mir klappt der Mund auf. »Das ist nicht dein Ernst?!«

»Doch, leider«, murmelt sie und reibt sich über ihr Gesicht. »Und weißt du was?«, sagt Leni und lässt ihre Hände wieder sinken. Ihre Augen schimmern feucht vor Tränen. »Ich schäme mich so, weil ich mich erpressen lasse. Was bin ich nur für eine Freundin?«

Überfordert vom unerwarteten Tiefgang unseres Gesprächs, stehe ich da, nicht fähig die richtigen Worte zu finden. Worte, die Leni in ihrer Situation helfen, mit denen ich ihr ein gutes Gefühl gebe. Doch mir fällt nichts ein.

Mit hängenden Schultern steht Leni vor mir, den Blick nach unten gerichtet, um ihre Tränen vor mir zu verbergen.

Aus einem Impuls heraus trete ich einen Schritt vor. Darauf hoffend, dass sie meine Nähe nicht als aufdringlich empfindet, nehme ich sie in meine Arme. Einen Moment lang ist sie wie erstarrt, doch dann entspannt sie sich und lässt meine hilflose Geste zu.

»Ich vermute, du bist dann in Wirklichkeit auch gar nicht mit jemandem vom Set zusammen? Hast du Tom das deshalb erzählt?«, frage ich sie schließlich, als wir uns voneinander lösen. »Weil du wolltest, dass er denkt, du seist nicht mehr in Daniel verliebt?«

»Ja«, schnieft sie. »Und er hat mich durchschaut. Das war so erbärmlich.«

»Finde ich nicht«, sage ich wahrheitsgemäß. »Mit dieser Lüge hast du ja niemanden verletzt, du willst dich einfach verteidigen. Ich wünschte nur, ich könnte dir helfen. Das ist so eine miese Aktion von Tom.«

Sie winkt ab. »Danke, das ist nett, aber dein Zuhören hat mir schon geholfen. Es tut gut, nicht alles in sich hineinzufressen.«

Ich verstehe sie sehr gut, denn wenn ich Tobi nicht hätte, würde ich vermutlich verrückt werden. Meine Probleme, seien es meine Zukunftsängste oder die Streitgespräche mit meinem Vater, werden nicht kleiner und unbedeutender, wenn ich sie ihm erzähle, aber ich habe das Gefühl, ihre Last verteilt sich dadurch gleichmäßiger. Ohne Tobi wüsste ich nicht, wie …

In dem Moment kommt mir eine Idee. Erst ist sie nur ein vager Gedanke, aber dann formt sie sich immer weiter und nimmt Gestalt an. »Vielleicht doch«, murmle ich und spreche dabei eher mit mir selbst als mit Leni. »Vielleicht könnten wir …« Meine Augen heften sich auf sie. Meine Idee ist genial. Sie könnte funktionieren.

»Was?«, fragt sie irritiert. »Was könnten wir?«

»Du brauchst einen Freund?«, frage ich schlicht und tippe mit dem Zeigefinger auf meine Brust. »Hier bin ich.«

Ihre Augen werden groß. »Ähm, wie bitte?«

Meine Wangen werden heiß, weil mir bewusst ist, wie blöd ich mich anhöre, aber ich versuche ihr meinen Gedankengang zu erklären. »Hör zu, wir können uns gegenseitig helfen. Du brauchst einen Freund, damit Tom nichts mehr gegen dich in der Hand hat. Und ich könnte ebenfalls eine Freundin gebrauchen.« Sie zieht eine Augenbraue nach oben. »Das ist kompliziert«, umgehe ich ihre unausgesprochene Frage.

Tobi hat erst letztens von der Klausel in meinem Vertrag gesprochen, wonach ich keine Beziehung führen darf. Über seine Idee, so aus der Produktion geworfen zu werden, habe ich nicht weiter nachgedacht, weil es momentan kein Mädchen gibt, für das ich mehr empfinde. Aber die Möglichkeit einer Fake-Beziehung hatte ich überhaupt nicht auf dem Schirm! Das ist genial!

»Wir sollen eine Scheinbeziehung führen?«, vergewissert sich Leni skeptisch, und ihre Augen bohren sich in meine, so als würde sie darin etwas suchen.

Ich zucke mit den Schultern und grinse sie an. »Es ist nur eine Idee. Aber du musst zugeben, dass sie sich extrem überzeugend anhört, oder?«

19
Leni

Die spektakuläre Aussicht auf das Nichts

Ist sein Vorschlag ein Scherz? Erkenne ich die Ironie in seinen Worten nicht? Oder meint Jonas die Scheinbeziehung wirklich ernst? Mir ist sein Zögern nicht entgangen, als es um seinen Vorteil bei der ganzen Sache ging und er ausgewichen ist. Was steckt dahinter?

Ich nicke langsam, warte aber trotzdem immer noch darauf, dass er anfängt zu lachen. »Es wäre … eine Überlegung wert«, gebe ich zu.

Wenn mich Tom outet, könnte ich seine Behauptung entkräften, indem ich Jonas als meinen festen Freund vorstelle. Der Plan könnte also tatsächlich funktionieren.

»Was gibt's da noch zu überlegen?«, fragt Jonas und zwinkert mir dann grinsend zu. »Oder haben sich etwa noch andere auf den Posten beworben?«

Ich muss lachen. »Also, du meinst das echt ernst?«

Sein breites Grinsen verschwindet. »Sehe ich aus, als würde ich Witze machen?«

Ich runzle die Stirn. »Keine Ahnung. Ich weiß nicht, wie du aussiehst, wenn du Witze machst.«

Empört starrt er mich an. »Ich habe in deiner Anwesenheit noch nie irgendwas Lustiges gesagt?«

»Nicht, dass ich wüsste«, sage ich mit schlecht gespieltem Bedauern.

»Aber was wirst du den Leuten erzählen, wenn sie dich fragen, was du besonders an mir magst?«

Ich tue so, als müsste ich überlegen. »Deine, äh, Augen?«

Keine Frage, Jonas sieht gut aus. Sehr gut sogar. Dennoch möchte ich ihm das nicht unter die Nase reiben, sonst denkt er vielleicht noch, ich würde ihn anhimmeln.

Bei meiner Antwort greift er sich ans Herz, so als würde es schmerzen. »Nur meine Augen?«

Ich zucke mit den Schultern. »Deine inneren Werte durfte ich ja leider noch nicht kennenlernen.«

»Auch wieder wahr«, stimmt Jonas mir zu. »Also haben wir einen Deal?«

»Einen Deal? So wie einen Geschäftsabschluss?«

»Ist es das nicht irgendwie?«, fragt er.

»In diesem Fall würde ich vor einer Unterschrift gerne die Vertragsbestandteile klären«, sage ich förmlich, muss jedoch grinsen. »Meine Eltern sind Anwälte, und ich weiß, wie leicht man über den Tisch gezogen werden kann.«

»Jetzt weiß ich immerhin schon mal, dass meine Freundin aus einer Anwaltsfamilie stammt.«

Als er mich ›Freundin‹ nennt, fühlt es sich komisch an. Gut und schlecht zugleich. Gut, weil er mir einen Ausweg bietet – und schlecht, weil die Scheinbeziehung die Lüge, die ich meinen Freunden aufgetischt habe, noch verstärkt.

»Wir können uns ja gegenseitig Steckbriefe schreiben,

damit wir die Eckpunkte voneinander kennen«, überlege ich.

»Oder«, sagt Jonas und grinst mich wieder breit an, »wir machen was ganz Verrücktes und erzählen es uns einfach!«

Ich werde rot. »Das geht natürlich auch.«

»Was hast du Tom über unsere Beziehung erzählt? Damit ich auf dem gleichen Stand bin.«

Ich denke nach. »Nicht wirklich viel. Ich meinte, ich könnte ihm nicht erzählen, wer mein Freund ist, weil wir es geheim halten wollen. Ach, und dass wir schon seit ein paar Monaten zusammen sind.«

»Ein paar Monate? Dann muss ich aber schon ein bisschen mehr wissen als deine Eckpunkte.«

»Ja, ich hab nicht nachgedacht, als ich mir die Geschichte aus den Fingern gesogen hab«, gebe ich zu. »Außerdem bin ich nicht so sicher, ob die ganze Sache funktioniert. Erst will ich es geheim halten, und einen Tag später schiebe ich dich zu Tom und sage: Schau, da ist mein Freund?«

Jonas schüttelt den Kopf. »So dürfen wir es natürlich nicht anstellen, sonst weiß er sofort, dass was faul ist. Wir machen unsere Beziehung nicht offiziell, sondern verhalten uns so offensichtlich, dass keine Worte mehr nötig sind. Das sollte reichen. Und wenn unsere Beziehung öffentlich geworden ist und sich unsere Probleme gelöst haben, dann lassen wir sie einfach nach ein paar Monaten langsam auslaufen.«

Ich nicke nachdenklich. »Klingt nach einem Plan.«

»Na, dann«, sagt er gut gelaunt. »Hau raus: Wie haben wir uns kennengelernt?«

»Über Jill«, sage ich wie aus der Pistole geschossen, weil das die einzige Version ist, die halbwegs glaubhaft erscheint.

»Gute Idee«, stimmt er mir zu. »Wohnst du noch bei deinen Eltern?«

Ich nicke. »Das Haus meiner Eltern ist ganz in der Nähe der Wohnung von Jill und meinem Bruder.«

Er sieht auf die Uhr. »Okay, unsere Lieblingsfarben müssen wir uns für später aufheben. Tauschen wir noch schnell Nummern aus, bevor ich in die Maske muss?«

»Nummern?«, frage ich verdutzt. Will er Chatverläufe faken und veröffentlichen?

Jonas legt den Kopf schief und lächelt. »Also, in meinen vergangenen Beziehungen haben meine Freundin und ich Handynummern ausgetauscht, um in Kontakt zu bleiben. Ich bin tatsächlich nicht so der Liebesbrief-Typ. Ich hoffe, das ist kein Problem für dich.«

Ich verdrehe die Augen, grinse aber und fische mein Handy aus der Bauchtasche. »Hätte ich das geahnt …«

Und dann tauschen Jonas Thalbach und ich Nummern aus. Hinter seinem Namen füge ich widerwillig ein rotes Herz ein – falls mir zufällig jemand über die Schulter sieht, wenn er mich anruft. *Falls* er mich anruft.

Dabei spüre ich einen kurzen Stich in meiner Brust, denn eigentlich möchte ich nicht, dass sich hinter Jonas' Namen ein Herz befindet, sondern hinter Daniels. Aber wer weiß … Vielleicht lenkt mich der Trubel um die Scheinbeziehung auch endlich von Daniel ab.

Als die Aufnahmen auf der Straße beginnen, ziehe ich mich mit Flo zurück, weil wir sonst keinen Laut von uns geben dürften, um die Dreharbeiten nicht zu gefährden. Vor meinem Praktikum hätte ich gedacht, dass Setarbeit immer Action bedeutet. Jetzt weiß ich es besser. Die meiste Zeit warten wir und flüstern dabei.

Als mein Handy vibriert, gebe ich Flo ein Zeichen, bevor ich hastig ins Gebäude gehe, um normal sprechen zu können. Und wie immer hüpft mein Herz, als ich Daniels Stimme höre.

»Hi Leni, störe ich gerade?«

»Dann wäre ich nicht rangegangen«, antworte ich mit einem Lächeln.

»Dein Glück«, sagt er, und in seiner Stimme erkenne ich Vorfreude. »Halt dich fest, ich hab Karten für den Auftritt der *Pixies!*«

»Was?«, quieke ich begeistert. »Wann? Wo?«

»Nächste Woche Mittwoch in der *TonHalle!*«

»Aber das Konzert war doch schon ausverkauft?« Vor drei Monaten habe ich nach Karten gesucht, leider ohne Erfolg. Daniel und ich waren schwer enttäuscht, weil die *Pixies* unsere Lieblingsband sind und sie nur selten nach München kommen. Akira und Clara würden mich nur irritiert ansehen, wenn ich sie frage, ob sie mich auf das Konzert begleiten würden. Aber Daniel teilt meine Leidenschaft.

»Ein Kollege von meiner Mama hat sie mir verkauft, weil er doch keine Zeit hat. Merkwürdiger Typ.«

»Selbst schuld«, stimme ich zu. »Aber umso besser für uns!«

»Hast du denn überhaupt Zeit? Der Auftritt fängt um einundzwanzig Uhr an, die Vorband startet um zwanzig Uhr.«

»Keine Ahnung, aber dafür nehme ich mir die Zeit. Komme was wolle!«

Nach dem Telefonat wird mir klar, dass dieses Treffen nicht wirklich förderlich ist, um mir Daniel aus dem Kopf zu schlagen. Aber es sind die *Pixies!* Und es ist *Daniel.* Mein Daniel.

Sosehr ich weiß, dass es falsch ist – trotzdem freue ich mich auf das Konzert. Und zwar nicht nur, weil ich meine Lieblingsband live sehe, sondern vor allem, weil ich Daniel einen Abend für mich haben werde. Weil ich mit ihm lachen und feiern werde, bevor ich am nächsten Tag wieder in die Wirklichkeit zurückkehre und mich frage, warum ich mich verdammt noch mal selbst geißele.

Ich schüttle den Kopf. Und schon wieder fängt es an: das Schwärmen und Träumen ohne Zukunft. Die Aussicht auf nichts. Mein Liebesleben ähnelt meiner beruflichen Perspektive leider sehr, und ich erkenne gruselige Gemeinsamkeiten. Anscheinend hat das Leben in meinem Gefühlschaos noch Kapazitäten erkannt.

20
Jonas

Das Krisen-Zocken

Den Tag überstehe ich nur, weil ich den Abend im Blick behalte. Tobi und ich sind bei mir zum Zocken verabredet, sodass mir Ablenkung und ein offenes Ohr garantiert sind. Nichts anderes brauche ich heute …

Mein Gedankenkarussell spielt verrückt, weil ich immer wieder das Für und Wider abwäge, ob ich meinen Vater auf das Geld ansprechen soll. Vielleicht ist es ein totales Missverständnis, und er kann alles erklären. Mir würde ein Stein vom Herzen fallen – was rede ich! Ein ganzer Felsen! Aber etwas tief in meinem Inneren mahnt mich zur Vorsicht. *Mach dir lieber keine falschen Hoffnungen und rechne lieber mit dem Allerschlimmsten.*

Denn was wäre, wenn er tatsächlich mein Geld in die eigenen Taschen wandern lässt? Was mache ich dann? Wenn er fähig ist, mich derart zu hintergehen, ist ihm dann auch zuzutrauen, dass er die Beweise verschwinden lässt, bevor ich damit zu meiner Anwältin marschieren kann? Würde ich ihn also nur vorwarnen, wenn ich versuche, mit ihm zu sprechen? Am liebsten würde ich vor dieser Entscheidung davonrennen, so lange bis sie nicht mehr relevant ist. Doch das wird nie passieren.

Aber noch eine ganz andere Frage ist: Könnte ich meinem Vater verzeihen? *Muss* ich ihm das verzeihen, weil er mein Vater ist? Es heißt immer, die Familie halte zusammen. Aber wann und wo ist die Grenze? Ab wann ist es egal, ob er meine Familie ist?

»Alter, wie oft lässt du dich eigentlich noch umbringen? Du bist schon wieder im Gulag gelandet!«

Tobis Stimme reißt mich aus meinen Gedanken, und ich blinzle kurz, spüre das glatte Plastik des Controllers in meinen Händen. Er hat recht. Meine Unachtsamkeit hat meinen Soldaten das Leben gekostet, schon das dritte Mal innerhalb weniger Minuten. »Verdammt«, murmle ich und versuche mich zu konzentrieren, als ich mich in einem Zweierduell beweisen muss.

»Besser, du gewinnst das Ding. Ich hab keine Kohle, um dich von den Toten zu erwecken.«

»Keine Angst«, entgegne ich grinsend, als ich meinen Gegner anvisiere. »Das schaffe ich mit links.« Treffer. Einen Moment später landet meine Figur wieder mitten im Spielgeschehen und gibt Tobis Soldaten Deckung.

»Tut eigentlich dein blaues Auge noch weh? Das sieht echt schlimm aus.« Tobi plagen offenbar Gewissensbisse, weil er sich heute bereits zweimal bedankt und gleichzeitig entschuldigt hat.

»Genauso wenig wie vor zwei Stunden«, beruhige ich ihn, obwohl ich nicht ganz die Wahrheit sage. Mein Auge ist ziemlich empfindlich, und jedes Mal, wenn ich mir unüberlegt die Augen reiben will, verfluche ich mich hinterher. Als Tobi den Mund öffnet, schüttle ich schnell den

Kopf. »Bitte nicht schon wieder entschuldigen. Alles gut. Ich hab's gerne gemacht.«

»Mh«, macht er wenig überzeugt, sagt aber nichts mehr.

Wir zocken weiter, doch ich kann mich anstrengen, wie ich will, ich finde nicht ins Spiel.

»Wann willst du es mir eigentlich erzählen?«, fragt Tobi plötzlich.

Ich werfe ihm einen schnellen Seitenblick zu. »Was erzählen?«

»Du bist nicht bei der Sache, irgendwas ist los«, vermutet er und trifft damit natürlich ins Schwarze.

Ich seufze. »Gestern habe ich die Unterlagen von meinem Vater durchgesehen«, sage ich, ohne den Blick vom Fernseher zu wenden. »Ich glaube, er unterschlägt mir einen Teil meiner Gage.«

Tobi pausiert das Spiel, und mein Soldat friert mitten im Sprung auf dem Bildschirm ein. »Moment. *Was?*« Er sieht mich geschockt an.

Ich lege meinen Controller auf den Couchtisch und lasse mich auf dem Sofa zurückfallen. »Na ja, es ist nur eine Vermutung, aber eine andere Begründung fällt mir nicht ein.«

»Du hast noch nicht mit ihm gesprochen?«

»Nein«, gebe ich zu. »Irgendwas hält mich davon ab. Vielleicht lässt er die Unterlagen verschwinden, dann habe ich nichts gegen ihn in der Hand. Vielleicht ist aber alles auch ganz anders. Ich weiß es einfach nicht!«

»Das ist ja scheiße«, stöhnt er »Ich verstehe dich. Mir würde es nicht anders gehen. Wenn meine Mama mich so hintergehen würde, dann ...«

»Was würdest du dann machen?«, frage ich, in der verzweifelten Hoffnung, Tobi wüsste die perfekte Antwort.

»Keine Ahnung, Mann«, sagt er ernst und legt seinen Controller nun ebenfalls zur Seite. »Das Schlimmste wäre aber, wenn du es totschweigst, und er immer weiter macht.«

»Es ist ja nicht so, dass ich geldgeil bin«, versuche ich mich zu erklären. »Mir reicht die Kohle, die ich bekomme. Wenn man es genau nimmt, ist es sogar zu viel. Aber hier geht es ums Prinzip – und um Vertrauen. Ich zahle meinem Vater sowieso schon mehr, als ich jedem anderen Management zahlen müsste. Und jetzt bringt er es offenbar fertig, mich zu hintergehen und sich noch zusätzlich Geld von meiner Gage abzuzweigen …«

»Das geht nicht«, stimmt Tobi mir zu.

»Aber was ist, wenn er das tatsächlich macht?«, frage ich verzweifelt und schaue meinem Freund in die Augen. »Soll ich ihn feuern? Anzeigen? Oder darauf hoffen, dass er mich nicht mehr betrügt, weil ich ihn darum bitte?«

»Rede erst mal mit ihm. Vielleicht hat er ja eine Begründung, oder es ist anders, als es auf den ersten Blick aussieht«, schlägt Tobi vor.

Ich verschweige ihm, dass ich heute bereits mit meiner Anwältin gesprochen habe, weil ich selbst noch nicht genau weiß, ob ich wirklich einen Termin mit ihr vereinbaren will, um rechtliche Schritte einzuleiten. Es geht hier immer noch um meinen Vater. Den Menschen, der mich großgezogen hat. Wir waren immer zu zweit, und auch wenn wir grundverschiedene Personen sind und unsere Differenzen haben, sträubt sich alles in mir, dass es so zu Ende gehen könnte.

Da bemerke ich Tobis abwesenden Blick. »Tut mir leid«, sage ich schnell. »Es ist ziemlich daneben von mir, mit dir über das ganze Geld-Thema zu sprechen.«

Er hebt den Blick und grinst mich an. »Du meinst, weil ich keins hab?«

Ich nicke widerstrebend. »Irgendwie schon.«

»Du weißt, dass mich das nicht stört. Du wärst keine gute Gesellschaft für mich, wenn dem so wäre.«

»Trotzdem«, beharre ich auf meiner Entschuldigung. »Zahlt dein Vater mittlerweile wieder Unterhalt?«

Er schnaubt. »Der? Der hat sich vor Gericht arm gerechnet, damit er nicht einen Cent hergeben muss!«

»Ist er arbeitslos?«, frage ich verwundert.

»Nein, aber er arbeitet schwarz. Das hat er den Behörden natürlich verschwiegen.«

»Das ist unfair«, sage ich entrüstet und merke gleichzeitig, wie kindisch ich mich anhöre. Als würden Menschen nicht handeln, wie sie handeln, nur weil etwas unfair ist.

Wir verfallen in Schweigen und starren vor uns hin, jeder in seinen eigenen Gedanken gefangen.

»Weißt du, was mir klar geworden ist?«, fragt mich Tobi plötzlich, und ich hebe fragend die Augenbrauen. »Geld macht nicht glücklich. Ja, die Floskel ist nicht neu, aber mal ehrlich, sieh uns an. Weder arm noch reich zu sein trägt dazu bei, dass wir uns gut fühlen. Die Probleme sind da, sie sind halt anders. Wäre ich eine neutrale Person, wüsste ich nicht, welches Leben ich wählen würde. Deins oder meins. Beide hätten Vor- und Nachteile.«

Ich seufze. »Ich weiß, was du meinst …« Wieder schweigen wir, bis ich mich überwinde, meinem Freund die anderen großen Neuigkeiten des Tages zu beichten.

»Ich muss dir übrigens noch was erzählen«, setze ich an. »Heute bin ich noch einen Schritt weiter gegangen, um einem Rausschmiss aus der Serie näher zu kommen.«

Tobis Augen werden groß. »Hau raus!«

»Ich bin seit heute in einer Beziehung, einer *Schein*beziehung«, füge ich schnell hinzu, als er den Mund öffnet.

Er lacht. »Hä? Ich steig nicht durch!«

»Schon vergessen? Ich habe einen Vertrag unterschrieben, der mir eine Beziehung verbietet.«

Tobis fragender Blick verändert sich, und seine Augen blitzen wissend. »Genialer Schachzug.«

»Danke. Das ist die eleganteste Lösung aus dem Vertrag rauszukommen, ohne meinen Ruf und meine Karriere zu ruinieren.«

»Aber wie hast du das angestellt? Du meintest doch, da gäbe es gerade niemanden! Hast du das nächstbeste Mädchen angesprochen und gefragt: Hey, ich brauche jemanden für eine Fake-Beziehung. Biste dabei?«

»Genau so.« Ich verdrehe grinsend die Augen. »Nein, natürlich nicht. Genau genommen tue ich ihr sogar einen Gefallen. Leni hat selbst ein Problem, und ein Fake-Freund könnte die Lösung sein.«

»Leni?« Tobi zieht die Augenbrauen hoch. »Moment. *Die* Leni? Das Mädchen vom Set, das du sensationsgeil genannt hast?«

Ich nicke.

»Mann, muss die verzweifelt sein.«

»Hey!« Ich boxe ihm gegen die Schulter. »Ich kann ein toller Freund sein!«

»Sicher kannst du das«, prustet er. »Aber wenn ihr seit

heute zusammen seid, warum habe ich dann im Internet nichts drüber gelesen?«

»Es muss so aussehen, als würden wir die Beziehung geheim halten wollen«, kläre ich ihn auf.

»Okay«, sagt er langsam, als würde er darauf warten, dass seine Gehirnzellen die Logik hinter unserer Vorgehensweise durchschauen. Doch ich verrate ihm nichts über Lenis Problem, da sie es mir im Vertrauen erzählt hat und ich dieses Vertrauen nicht verlieren möchte. »Und wann lerne ich sie kennen? Hast du ein Foto von ihr?«

»Tobi, sie ist nicht meine richtige Freundin«, erinnere ich ihn. »Warum sollte ich Bilder von ihr haben?«

»Ist sie nicht auf Instagram?« Er greift nach meinem Handy, das zwischen uns auf dem Boden liegt und sieht mich erwartungsvoll an. Einer der größten Fehler meines Lebens war, Tobi meine PIN zu verraten.

»Weiß ich nicht«, sage ich wahrheitswidrig und nehme meinen Controller wieder in die Hand. »Komm lass uns weiterzocken.«

Seine Lippen verziehen sich zu einem spöttischen Grinsen. »Und wie du das weißt. Los, sag mir den Namen.«

Nachdem ich sie zum ersten Mal gesehen habe, hatte ich nichts Besseres zu tun, als auf Instagram nach Leni zu suchen, um schließlich in Jills Freundesliste fündig zu werden. Da Lenis Profil jedoch privat ist, konnte ich nicht mehr entdecken als ein Foto in Miniformat. Weil ich mich danach wie ein Stalker gefühlt habe, war das meine erste und letzte Suche nach Leni im Internet. »Keine Ahnung.«

»Komm schon, Jonas. Das kauf ich dir nicht ab. Was ist

das bitte für eine Beziehung, wenn ihr euch nicht gegenseitig folgt? Der Presse wird das auffallen.«

»Na gut«, stöhne ich, weil das Argument nicht weit hergeholt ist. »*LenisTheme.*«

Tobis Finger fliegen über die Tastatur, und einen Moment später stößt er einen Pfiff aus. »Nicht schlecht, mein Lieber!«

Ich schnappe mir das Handy und werfe selbst einen Blick auf ihr Profilbild. Im Schneidersitz, mit bauchfreiem Shirt und Highwaist-Jeans lächelt sie in die Kamera. Ihre dunkelbraunen Haare umrahmen ihr Gesicht und lassen ihre Augen strahlen. »So viel sieht man da jetzt auch nicht«, erwidere ich, obwohl es nicht stimmt. Sie ist wunderschön, und dieses kleine Foto ist Beweis genug.

Tobi schnappt mir mein Telefon wieder aus der Hand und tippt auf das Display. »Und Follow-Anfrage gesendet.«

»Vielen Dank, lieber Herr Privatsekretär. Dürfte ich jetzt bitte mein Handy wiederhaben?« Ich halte ihm meine flache Hand entgegen.

Er gibt mir das Telefon zurück. »Was ist los? Wenn ich es nicht getan hätte, hättest du ihr vermutlich nie eine geschickt. Dabei führt ihr jetzt eine Beziehung.«

»Eine *Schein*beziehung«, korrigiere ich ihn. »Ich will nicht, dass sie denkt, ich würde mehr von ihr wollen.«

»Willst du denn?«, fragt er sofort.

»Nein, Mann!«, sage ich nachdrücklich, obwohl ich mir da gar nicht so sicher bin, wie mir das flatternde Gefühl in meiner Brust unmissverständlich zu verstehen gibt. »Außerdem ist sie schon vergeben, irgendwie.«

»Wie kann man denn *irgendwie* vergeben sein?«

Ich zucke bedauernd mit den Achseln. »Lange und komplizierte Geschichte, die der Geheimhaltung unterliegt.«

»Klingt spannend«, sagt Tobi, ohne weiter zu bohren. »Aber bitte pass auf, okay?«

»Leni ist nicht sensationsgeil, so wie ich anfangs dachte«, erkläre ich ihm. »Sie wird der Presse nichts verraten, wir helfen uns gegenseitig.«

Er schüttelt den Kopf. »Das meine ich nicht. Du magst sie. Bitte mach dir keine Hoffnungen, wenn es hoffnungslos ist.«

21

Leni

Familie ist kein Synonym für bedingungslosen Rückhalt

Heute ist Sonntag. Der erste Tag, an dem ich frei habe, und der erste Tag seit Langem, an dem dichte graue Wolken tief am Himmel hängen und Regen ankündigen. Aber heute ist vor allem der Tag, an dem ich meinen Eltern reinen Wein einschenken werde.

Seit ich um zehn Uhr aufgewacht bin, schlägt mein Herz schneller als sonst. Unangenehm und einnehmend, sodass ich mich kaum auf etwas anderes konzentrieren kann als auf meine Gesprächstaktik für heute Abend. Wichtig ist, dass meine Eltern erkennen, dass mich das Jurastudium nicht glücklich machen würde und sie verstehen, warum ich einen anderen Weg wähle, als sie sich vorstellen. Akzeptanz. Mehr verlange ich nicht.

Ich dusche ausgiebig, wasche mir die Haare und föhne sie mit Rundbürste, damit meine Frisur etwas Volumen erhält. Viel bringt es nicht. Aber mit offenen Haaren fühle ich mich irgendwie wohler und sicherer. Und genau das brauche ich heute unbedingt! Danach wühle ich mich durch meinen Kleiderschrank, doch nichts will mir so richtig gefallen.

Während ich meine T-Shirts und Hemden durchsuche, schweifen meine Gedanken ab. Am Donnerstagabend habe ich bei Instagram eine Follow-Anfrage von Jonas' offiziellem Account erhalten. Für einen Moment habe ich gestutzt, und mein Herz schlug zwei Takte schneller, aber dann rief ich mir in Erinnerung, dass dies nur die logische Folge unserer Vereinbarung ist. Ich habe seine Anfrage dann allerdings erst Freitag bestätigt, weil ich der zweifelhaften Meinung war, ich würde damit lässiger wirken und nicht so, als hätte mich seine Anfrage völlig aus dem Konzept gebracht. Ungefähr eine halbe Stunde habe ich sein Profil durchforstet. Mir wurde beim Durchscrollen seiner Fotos schnell klar, dass er niemand ist, der sein Privatleben mit der Öffentlichkeit teilen möchte. Keines der Bilder ist von ihm selbst geschossen worden, die Fotos zeigen Jonas während Dreharbeiten, bei Veranstaltungen oder bei einem Fotoshooting für eine Zeitschrift. Als ich die sechsstellige Followerzahl entdeckte, wurde mir leicht schwindelig. Wenn ich mich mit Jonas unterhalte, vergesse ich manchmal, wie bekannt er ist. Das spricht für ihn und zeigt noch mal deutlich, wie bodenständig er geblieben ist.

Meine Wahl fällt schließlich auf ein langärmliges Hemd mit grünem Karomuster, und ich ziehe es aus dem Schrank. Schon komisch, wie das Leben spielt. Noch vor Kurzem wollte ich nichts mit Jonas zu tun haben, und nun freue ich mich, wenn wir uns morgen bei der Arbeit wiedersehen. Dass ich mich ihm am Donnerstag anvertraut habe, hat sich richtig angefühlt. Nicht, weil er mir mit der Scheinbeziehung seine Hilfe angeboten hat, sondern weil er mich nicht verurteilt hat. Leider waren die letzten zwei Drehtage sehr hektisch, und wir hatten kaum Zeit, uns zu unterhalten.

Als ich mir gerade das Hemd über den Kopf ziehe, vibriert mein Handy. Claras Name wird auf dem Display angezeigt, und ich zögere kurz, unschlüssig, ob ich ihren Anruf ignorieren soll. Doch mir ist klar, dass mein schlechtes Gewissen nicht verpufft, wenn ich ihr aus dem Weg gehe. Ganz im Gegenteil.

»Hi, Clara, wie geht's?«, melde ich mich so locker wie möglich, während ich vor dem Spiegel stehend an meinem Hemd zupfe.

»Hey, Süße, hast du frei?«

»Ja, aber nur heute.«

»Wollen wir uns dann später auf einen Cocktail im *Café Zeitgeist* treffen? Da waren wir schon ewig nicht mehr, und du musst unbedingt diesen *Bramble Deluxe* probieren!«

»Sorry, geht nicht«, sage ich entschuldigend, obwohl ich nichts lieber täte, als meinen Plan zu ignorieren. »Ich gehe mit meinem Bruder und meinen Eltern essen.«

»Ach so.« Clara klingt enttäuscht.

»Aber wir können uns gleich morgen Abend treffen!«, versuche ich sie aufzumuntern. »Mit Akira, nur wir drei.«

»Mädelsabend? An dem du uns dann die spannenden News zu deinem Freund erzählen wirst?«, fragt sie, und Begeisterung kehrt in ihre Stimme zurück. »Das hört sich super an!«

»Dann schreib ich nacher noch Akira und frag sie mal, ob sie Zeit hat«, übergehe ich ihre Bemerkung schnell.

»Mach das. Sollen wir uns davor noch die Wohnung

anschauen? Ich könnte den Vermieter schnell anrufen und einen Termin vereinbaren. Ich hab Angst, dass sie uns jemand vor der Nase wegschnappt.«

»Die Wohnung«, sage ich lahm. »Ich muss erst mit Jill sprechen, weil ich noch nicht weiß, wie lang ich morgen arbeiten muss, wird vermutlich 19 Uhr.«

Natürlich ist mir klar, dass ich Clara die Wahrheit sagen muss, dass es unfair ist, sie so lange hinzuhalten – aber jetzt ist der falsche Zeitpunkt dafür. Nicht heute, nicht am Telefon. Auch wenn mich mein schlechtes Gewissen fast umbringt … Noch eine Lüge …

»Hm. Okay.« Clara klingt irritiert. »Aber du willst schon noch mit mir zusammenziehen, oder?«

»Glaub mir, ich würde mich sehr freuen«, antworte ich wahrheitsgemäß. »Aber ehrlich gesagt weiß ich nicht, ob meine Eltern mir was dazugeben werden.«

»Warum? Habt ihr euch gezofft?«

»Das stellt sich noch raus«, entgegne ich vage.

»Wenn wir uns sehen, erzählst du mir das Ganze genauer«, fordert sie. »Okay? Ich hab so das Gefühl, dass wir einiges aufholen müssen.«

»Mach ich. Bis bald, ich freue mich schon!« Bevor Clara mich noch mit mehr unangenehmen Fragen löchern kann, beende ich das Gespräch. Wenn wir uns treffen, werde ich ihr sagen, dass ich mich gegen Jura entschieden habe.

Aber wann werde ich ihr sagen, dass ihr Freund sie betrügt? Mit jedem Tag und jeder Stunde verlängert sich der Zeitraum meines Wissens – und damit vergrößert sich zugleich die Wahrscheinlichkeit, dass sie mir nicht verzeihen wird.

»Wie schön, dass wir mal wieder etwas als Familie unternehmen.« Mama lächelt Justus und mich über ihre aufgeschlagene Speisekarte hinweg an. »Neben der Arbeit in der Kanzlei bleibt die Familie viel zu oft auf der Strecke.«

Wir sitzen bei unserem Lieblingsitaliener um die Ecke. Das Restaurant ist klein und familiär, in Terracotta gefliest und mit dunklen Holzmöbeln ausgestattet.

Während Mama und ich minutenlang überlegen und uns nicht entscheiden können, was wir essen wollen, schauen Papa und Justus noch nicht einmal in die Karte. »Wie immer«, bestätigt Papa, als ich ihn fragend ansehe. »Pizza Funghi und ein Helles.«

Ich lasse den Blick wieder auf meine Speisekarte sinken, die ich vor mir auf den Tisch gelegt habe, weil meine Hände so zittern. Pasta, Pizza, Fisch, Fleisch? Normalerweise fällt mir die Entscheidung nicht so schwer. Aber der heutige Abend ist ja auch alles andere als normal.

Nervös wische ich mir die schweißnassen Handinnenflächen an meiner Jeans ab, mein Bruder sitzt entspannt und zurückgelehnt neben mir. Er wirft mir einen aufmunternden Blick zu, der mir einen unerwarteten Selbstbewusstseinsschub verpasst.

Ein tiefer Atemzug, dann sehe ich meine Eltern an. »Es gibt da etwas, über das ich mit euch reden möchte.« Es muss raus.

Und zwar jetzt.

Während Papa ahnungslos aussieht, zieht Mama kaum merklich die Augenbrauen zusammen. Sicher hat sie geahnt, dass ich meine Familie nicht ohne Grund zusammentrommle.

»Nachdem ich jetzt mein Abi in der Tasche habe, muss

ich mir über meine Zukunft Gedanken machen«, fange ich vage an.

Nun runzelt mein Vater die Stirn, aber seine Mimik überrascht mich nicht. Meine Eltern gingen schließlich jahrelang davon aus, dass ich meinen Weg bereits gewählt habe.

»Ich habe mich … gegen Jura entschieden.«

Papas Haltung wird starr, während sich Mamas Augen weiten. Aus den Augenwinkeln bemerke ich Justus' Blick, er beobachtet mich, nicht die Reaktion unserer Eltern.

»Gegen Jura?«, wiederholt Papa. »Aber … das verstehe ich nicht.«

Ich lächle schwach. »Jura ist nicht das, was ich mir für mein Leben vorstelle. Tut mir leid, Papa.« Natürlich weiß ich, dass ich mich nicht für meine Entscheidung entschuldigen muss. Dennoch sind meine Worte aufrichtig.

»Aber … aber … du hast doch nie …«, stottert Mama verunsichert.

»Ich habe nie etwas gesagt, weil ich mir nicht sicher war. Jetzt schon.«

»Hat das mit diesem Praktikum zu tun? Dieses Filmzeug?«, fragt mein Vater naserümpfend nach.

Ich schüttle den Kopf. »Darum geht es nicht. Ich finde Jura nur nicht so spannend wie ihr und Justus.«

»Aber du wollest doch mit deinem Bruder die Kanzlei übernehmen!« Mama schlägt eine Hand vor ihren Mund.

Abermals schüttle ich den Kopf. »Das habe ich nie gesagt. Ihr seid automatisch davon ausgegangen.«

Wie vom Donner gerührt sitzen meine Eltern vor mir und hoffen vermutlich, dass ich gleich ›Reingelegt!‹ rufe. Aber das werde ich nicht. Wie sehr ich mir wünschen würde, dass sie nicken, lächeln und meine Entscheidung akzeptieren …

»Haben Sie sich schon entschieden?« Ein lächelnder Kellner in schwarzem Hemd tritt an unseren Tisch.

»Nein«, antwortet Papa barsch. »Unsere Tochter ist sich *noch nicht sicher.*«

Das Lächeln des Kellners verrutscht, und er entfernt sich rasch wieder.

»Papa«, fange ich an, doch er unterbricht mich.

»Jahrelang arbeitest du nun schon darauf hin, Jura zu studieren, und jetzt ist es dir wegen irgendeines Praktikums egal?« Das Wort ›Praktikum‹ spricht er wie ein Schimpfwort aus.

»Jill hat es ihr erst angeboten, als Leni sich bereits gegen Jura entschieden hatte«, schaltet sich nun mein Bruder ein. »Ich werde eure Kanzlei gerne übernehmen, es wird sich nichts ändern. Nur Leni wird sich eben umorientieren.«

»Und was willst du stattdessen studieren?«, fragt Mama vorsichtig, so als würde sie sich vor der Antwort fürchten.

»Ich weiß es noch nicht. Vielleicht studiere ich gar nicht, sondern mache eine Ausbildung.«

»Eine *Ausbildung?*« Sie blickt mich entsetzt an. »Aber, *warum?*«

Irritiert sehe ich sie an, weil ich nicht weiß, was ich auf ihre Frage antworten soll. »Was wäre denn so schlimm daran, wenn ich eine Ausbildung mache?«

»Du bist zu intelligent für eine Ausbildung«, argumentiert mein Vater.

Ich verstehe seine Denkweise nicht. »A-Aber ein Studium hat doch nichts mit Intelligenz zu tun«, stammle ich.

Davon bin ich fest überzeugt. Eine Ausbildung ist nicht das Synonym für Intelligenz zweiter Klasse. Egal, ob Ausbildung oder Studium, beides ist mit großem Fleiß zu schaffen, egal mit welchem IQ.

»Seit wann weißt du es?«, fragt Mama jetzt an Justus gewandt, ohne auf mich einzugehen.

»Leni hat sich lange nicht getraut, etwas zu sagen. Offensichtlich zu Recht«, entgegnet Justus scharf. »Was ist denn so schlimm daran? Jura ist nicht der Nabel der Welt!« Und das aus dem Mund meines Bruders. Stolz und dankbar drücke ich unter dem Tisch kurz seine Hand.

»Wie redest du mit uns?«, fragt Mama ihn entgeistert. »Liegt dir das Wohl deiner Schwester nicht am Herzen?«

»Das ist es ja gerade«, seufzt er. »Meint ihr, ich finde es nicht schade, die Kanzlei eines Tages nicht mit Leni zu übernehmen? Wir wären ein super Team gewesen.« Er sieht mich an. »Aber Jura macht sie nicht glücklich. Nicht so wie mich und nicht so wie euch. Also sollten wir überhaupt nicht diskutieren, sondern ihr zuhören.«

Mein Papa schüttelt kaum merklich den Kopf und wendet sich wieder zu mir. »Kind, ich verstehe, dass man nach dem Schulabschluss ins Grübeln kommt, aber man sollte seine jahrelang überdachten Pläne nicht aus einer reinen Laune heraus über Bord werfen!«

Aus einer reinen Laune heraus. Meine Eltern können oder wollen mich nicht verstehen. Ich weiß nicht, was ich noch sagen, was ich ihnen noch erklären soll, damit sie erkennen, dass ich ihnen mit meiner Entscheidung nicht in den Rücken fallen will.

»Ja, überleg es dir noch mal«, stimmt Mama ihm zu, und in ihr vorsichtiges Lächeln stehlen sich Hoffnung und

Zuversicht. »Nimm dir ein paar Tage Zeit, es ist noch nicht zu spät.«

Ich spüre, dass das Thema für meine Eltern nun abgehakt ist, und seufze enttäuscht. Dann sehe ich mich nach dem Kellner um, denn ich ertrage diese Stille, die nun bleischwer zwischen uns hängt, nicht. »Wollen wir nicht endlich bestellen?«

Der restliche Abend ist kurz und schweigsam. Justus versucht ein paarmal mit unverfänglichen Themen ein Gespräch aufzubauen, aber weder Mama noch Papa scheinen große Lust zu haben, sich daran zu beteiligen.

Mir wird schwer ums Herz, weil genau das eingetreten ist, wovor ich Angst hatte. Natürlich ist es nicht lebensnotwendig, dass meine Eltern hinter mir stehen, wenn ich Entscheidungen treffe. Aber es wäre so viel schöner, so viel leichter, wenn sie es täten.

22
Jonas

Kaffee trinken kann ja so romantisch sein.

Meinen freien Sonntag verbringe ich zu Hause, versuche mich mithilfe meines Fernsehers abzulenken, zappe aber doch nur mit glasigem Blick wahllos durch die Sender. Mein altes durchgesessenes Sofa ist auf Dauer ziemlich unbequem, dennoch kann ich mich nicht aufraffen, ins Fitnessstudio oder joggen zu gehen.

Mehrmals nehme ich mein Handy in die Hand, den Finger schwebend über Lenis Telefonnummer, kurz davor sie unter irgendeinem Vorwand anzurufen. Warum genau, weiß ich selbst nicht. Ich weiß nur, dass ich gerne ihre Stimme hören würde. Vielleicht könnte ich sie bitten, etwas über sich zu erzählen, damit ich meine Gedanken nur auf sie konzentriere. Wir haben eine Scheinbeziehung begonnen, obwohl ich nichts von ihr weiß. Und ich bin mir sicher, es gäbe so viel über sie zu wissen.

Kopfschüttelnd schmeiße ich mein Handy an das kurze Ende meiner Couch. Da schleichen sich plötzlich wieder Tobis Worte in meinen Kopf: *Nicht hoffen, wenn es hoffnungslos ist.*

Das sagt sich so einfach. Denn jetzt, in der Stille meiner Gedanken, muss ich mir unvermittelt eingestehen: Die Hoffnung hat sich bereits schleichend in mir eingenistet, ohne dass ich es bemerkt habe. Vor meinem Kumpel habe ich meine Gefühle noch verneint, aber mich selbst kann ich nicht belügen. In meinem Bauch breitet sich bei diesen Gedanken ein Kribbeln aus.

Aber nein … Wieder schüttle ich mit dem Kopf. Das Eingeständnis, dass ich für Leni vielleicht mehr empfinde, als ich dachte, bringt mir leider gar nichts. Ich mag Leni, ja, doch es ändert nichts daran, dass sie einen anderen liebt.

Ich schalte den Fernseher aus und starre noch einige Augenblicke auf den erloschenen Bildschirm. Wenn die Gedanken an Leni die einzigen wären, die mich umtreiben … doch da ist auch immer wieder mein Vater, der sich in den Fokus schiebt, der mich nicht versteht und vielleicht sogar hintergeht.

Ich beuge mich widerstrebend über das Sofa und greife nach meinem Handy. Doch anstatt Leni anzurufen, öffne ich mein E-Mail-Programm und tippe eine Nachricht an meine Anwältin, dass wir fürs Erste nichts unternehmen.

Auch wenn es mir gutgetan hat, mit Tobi über meine Probleme zu sprechen – letztendlich muss ich die Entscheidung alleine treffen. Diese Last kann mir niemand abnehmen. Aber ich bin noch nicht so weit. Ich brauche Zeit.

Zumindest sehe ich nun einiges klarer. Bevor ich in die eine oder in die andere Richtung gehe, muss ich mit meinem Vater sprechen. Ich muss ihm die Chance geben, sich zu erklären. Auch wenn dieser Weg Risiken birgt. So einfach wird es natürlich nicht. Wie ein in die Ecke gedrängter Löwe wird er sicher versuchen sich gegen meine Anschuldigung zu verteidigen und sich zu befreien.

Auch wenn ich weiß, dass ich dieses unangenehme Gespräch so schnell wie möglich führen sollte, sträubt sich alles in mir dagegen. Ich habe Angst vor dem Ausgang, Angst davor, dass mein Herz erkennt, was mein Verstand sich schon längst eingestanden hat. *Familie ist kein Grund.*

»Magst du auch einen Kaffee?«, frage ich Leni Montag in der Früh am Cateringstand.

»Klar.« Sie nimmt mir meinen Becher ab und gönnt sich einen großen Schluck.

Perplex starre ich sie an, bis sie anfängt zu lachen und mir die Tasse wieder in die Hand drückt. »Was ist? Hast du dir mit deiner Freundin noch nie einen Kaffee geteilt?«

»Ehrlich gesagt, nicht. Nein«, gebe ich zu.

»Dann wurde es höchste Zeit! Wir haben praktischerweise den gleichen Geschmack. Milch und Zucker.«

Ich halte ihr die Tasse unter die Nase. »Na, dann. Nur zu«, fordere ich sie auf.

Sie nimmt noch einen Schluck. »Also, Schnubbibär, erzähle mir von deinem freien Tag.« Ich ziehe die Augenbrauen nach oben, und sie grinst spitzbübisch. »Nicht? Dann vielleicht Bärli? Hase? Oder Schnuppel?«

»Wie wäre es, wenn wir einfach bei unseren Vornamen bleiben?«, schlage ich vor, kann mir ein Lächeln jedoch nicht verkneifen.

»Ob unsere Beziehung dann noch authentisch wirkt …«, sagt sie mit gespielter Skepsis.

»Wir werden es riskieren müssen.«

»Na gut. Also, *Jonas*, wie war dein freier Tag?«

»Und deiner?«, stelle ich die Gegenfrage.

»Autsch. Das war eine deutliche Abfuhr.«

»Ach, Schmarrn.« Ich nehme den Kaffeebecher wieder entgegen. »Ich habe mich den ganzen Tag nicht aus meiner Wohnung bewegt, es gibt halt nichts zu erzählen.« Das ist nur die halbe Wahrheit, aber ich werde jetzt ganz sicher nicht anfangen, ihr mein Herz auszuschütten. Auch wenn ich es gerne würde. Auch wenn ich das Gefühl habe, sie würde zuhören und mich verstehen.

»Das Wetter war jetzt aber auch nicht so toll«, stimmt sie mir zu und legt den Kopf in den Nacken, um den wolkenverhangenen Himmel zu inspizieren.

Anstatt ihrem Blick zu folgen, mustere ich sie. Die schwachen Sonnstrahlen betonen die feinen Linien ihres Kinns, und ihr dunkles Haar glänzt wunderschön.

»Aber schon morgen soll es wieder richtig heiß werden. Eigentlich schade. Die Natur hätte noch mehr Regen gebrauchen können«, fährt Leni im Plauderton fort.

Ich runzle die Stirn. »Kann es sein, dass du dich vor einer Antwort ebenso drückst, wie ich?«

Ertappt schnellen ihre Augen in meine Richtung. »Könnte doch sein, dass es bei mir auch nicht mehr zu erzählen gibt als bei dir. Vielleicht habe ich gestern auch den ganzen Tag zu Hause gesessen?« Ein betrübter Ausdruck huscht über ihr Gesicht, ist aber eine Sekunde später bereits wieder verschwunden.

»Wir haben ja so viel gemeinsam«, entgegne ich trocken.

Sie prustet, und ich bin froh, dass sie den Kaffee bereits runtergeschluckt hat. »Mensch, du kannst ja wirklich lustig sein.«

»Deinen überraschten Unterton ignoriere ich mal«, murre ich.

»Ach, dann einigen wir uns einfach darauf, dass wir gestern beide einen langweiligen Tag hatten, über den es sich nicht lohnt, zu berichten.«

»Passt«, stimme ich ihr knapp zu, auch wenn ich gerne erfahren hätte, was sie an freien Tagen unternimmt. Was macht eine Leni, wenn sie Zeit hat? Und was hatte der kurz aufblitzende Ausdruck in ihrem Gesicht zu bedeuten? »Du bist heute mit den Gedanken ganz woanders, oder?«, frage ich, als sie nun mit glasigem Blick in die Ferne sieht.

»Was?«, fragt sie verwirrt und blinzelt. »Ach so, nein, ich …« Doch sie spricht nicht weiter, sondern räuspert sich nur und streicht sich eine lose Haarsträhne hinters Ohr. »Meinst du, wir sind schon aufgefallen?«, wechselt sie nicht gerade unauffällig das Thema.

»Das will ich doch hoffen. Ich lasse dich nicht ohne Grund an meinem Kaffee nippen.«

»Na, dann kann ich ja jetzt wieder an die Arbeit«, sagt sie mit Blick auf ihre Armbanduhr. »Sonst muss Flo alles alleine machen. Bis später!«

Sie winkt mir kurz und verschwindet dann in Richtung Basis. Ich schaue ihr nach, bis sie nicht mehr zu sehen ist. Dann stelle ich den benutzten Becher auf die Geschirrablage und mache mich auf den Weg in die Maske.

Während ich geschminkt werde, gehe ich meinen heutigen Text durch. Natürlich lerne ich meine Zeilen im Vorfeld auswendig, aber er liegt trotzdem jeden Tag für mich bereit, damit ich mich vor dem Dreh noch mal überprüfen kann.

Heute erwarten mich allerdings nur Szenen mit wenig

Text, in den meisten Fällen wird nur meine Mimik relevant sein, wenn ich auf Gesagtes reagiere. Solche Aufnahmen sind anstrengend und fallen mir am schwersten, weil ich ohne Worte Gefühle transportieren muss.

Ich lege meinen Text zur Seite und betrachte mich im Spiegel. Inga ist gerade dabei, abermals Make-up auf meinem Bluterguss aufzutragen, weil eine Schicht nicht reicht, um ihn zu überdecken. Es wird noch einige Tage dauern, bis er gänzlich verschwunden ist.

»Sorry für das Veilchen«, sage ich zerknirscht, als sie die cremige Flüssigkeit mit einem Schwämmchen unter meinem Auge verteilt. »Macht doppelt so viel Arbeit, ich weiß ...«

Sie hält inne und sieht mich durch den Spiegel hinweg an. »Schon in Ordnung. Was wäre meine Arbeit ohne Herausforderungen?« Bis sie fertig ist, tauschen wir ein paar Worte aus, und ihre Blicke wirken nicht mehr ganz so distanziert.

Das Set wird heute fast wortwörtlich unter Wasser gesetzt. Es macht sich besser, wenn Grausamkeiten während eines Platzregens enthüllt werden, statt bei dreiundzwanzig Grad und nur leichter Bewölkung. Logisch. Gleichzeitig heißt das aber auch, dass ich viel Zeit in der Maske verbringen werde, weil meine Haare nach jedem Dreh geföhnt werden müssen. Umso besser, dass Inga mir nun wieder wohlgesonnen zu sein scheint.

Nachdem sie mit mir fertig ist, ziehe ich mich um. Zu meinem heutigen Outfit gehören nicht nur eine graue Stoffhose und ein schwarzes Hemd, sondern auch ein beiger Trenchcoat gegen den künstlichen Regen.

Auf dem Weg zum Set kann ich das große Gerüst bereits erkennen, das auf der Straßenkulisse aufgebaut wurde. An der obersten waagerechten Halterung sind Düsen montiert, die später einen gleichmäßigen Regenschauer inszenieren werden. Die Aufnahmen finden vor der geschlossenen Häuserreihe statt, in der sich die Wohnung von Niams Seriencharakter befindet. Die weiße Fassade des noblen Altbaugebäudes wird mit Wasser bespritzt, damit es in der Serie so aussieht, als hätte es bereits stundenlang geregnet.

Das Wasser ist eiskalt, als es später auch auf Niam und mich herunterprasselt. Anfangs muss ich die Aufnahme abbrechen, weil es so stark regnet, dass ich kaum die Augen öffnen kann. Nach der Korrektur läuft es besser, und die Szenen können abgedreht werden.

Während Niam entsetzt von dem Verschwinden meiner Freundin berichtet, ist es mein Job, die Augen zu weiten, verzweifelt zu stottern und den ersten Verdächtigen zu enthüllen. Danach folgt noch eine Aufnahme, in der ich alleine und fassungslos im Regen stehe, die Augen auf einen Punkt gleich neben der Kamera gerichtet.

Die Szene ist schneller im Kasten, als ich erwartet hätte. Der Regisseurin gefällt meine Authentizität auf Anhieb. Vielleicht, weil ich während des Drehs an meinen Vater denke, wegen dem ich mich genauso fühle, wie Finlay Scott in der Serie. Alleine im Regen stehend, den Kopf voller Fragen, aber nicht wissend, ob er die Antworten überhaupt hören möchte.

Beim Essen sitze ich mit Leni und Jill zusammen. Während die beiden sich unterhalten, fühlt sich mein Schweigen angenehm und natürlich an, so als wäre ich trotzdem an ihrem Gespräch beteiligt. Sonst habe ich immer das Bedürfnis, mich den Diskussionen der anderen anzuschließen, um nicht distanziert und unhöflich zu wirken.

»Du hast dir ein neues Tattoo stechen lassen?«, fragt Leni begeistert, als sie Jills Arm mustert. »Gestern?«

Sie grinst. »Ja, eine Freundin hat ein Tattoostudio eröffnet, und wir sind spontan auf die Idee gekommen. Ich hatte ja Zeit, als Justus dich bei euren Eltern verteidigen musste.«

Während ich eine Gurke mit meiner Gabel aufspieße, halte ich kurz inne und horche auf. Offenbar war Lenis freier Tag doch nicht so langweilig, wie sie behauptet hat. Keine große Überraschung.

»Ach, das.« Sie winkt ab. »Meine Eltern werden schon drüber hinwegkommen.« Während sie sich betont gleichgültig gibt, sind die Linien um ihre Lippen angespannt, und eine kleine Falte gräbt sich zwischen ihre Augenbrauen. Auch wenn sie es nicht zugibt, das Thema scheint sie sehr zu beschäftigen.

Sie nickt zu Jills Tattoo, das noch von Frischhaltefolie geschützt wird. »Es ist so schön. Wie lange hat es gedauert?«

Leni hat recht. Jills Unterarm ziert eine cirka fünfzehn Zentimeter große Sonnenblume, die schwarzen Linien sind filigran gearbeitet und detailreich. Wäre die Blume farbig, wäre sie kaum von einer echten zu unterscheiden.

»Es ist noch nicht fertig«, sagt Jill und mustert nun selbst ihren Arm. »Die Tattoo-Session hat drei Stunden gedauert. Wir treffen uns bald aber noch mal, dann bekommt meine Sonnenblume Farbe.«

»Hat es eine Bedeutung?«, fragt Leni neugierig.

»Meine Oma war wie eine Sonnenblume.« Jill lächelt selig, den Blick weiterhin auf das Tattoo gerichtet. »Strahlend schön und immer dem Licht zugewandt. Schatten hatte in ihrem Leben keinen Platz. Diese Lebenseinstellung hat sie an mich weitergeben. Auch wenn sie nicht mehr da ist, habe ich irgendwie das Gefühl, mich mit dem Tattoo bei ihr zu bedanken. Klingt schräg, oder?«

»Nein«, haucht Leni, in ihren Augen glitzern Tränen. »Es klingt wunderschön.«

Ich selbst spüre plötzlich einen Kloß im Hals. Meine Oma und meine Mama habe ich nie kennengelernt. Mein Opa starb, als ich vier Jahre alt war. Mit der Familie meines Vaters bestand noch nie Kontakt, so sehr hatte er sich noch vor meiner Geburt mit ihnen zerstritten. Ich vermisse meine Familie so, wie man fremde Menschen vermissen kann. Es geht mir nicht um ihre Stimmen oder die Erinnerungen, die ich nicht an sie habe. Ich vermisse das Gefühl, dass eine große Familie auf mich wartet, wenn an den Feiertagen alle zusammenkommen. Dass es Menschen gibt, die mir wichtig sind und um die ich mir Sorgen mache.

»Hast du eigentlich ein Tattoo?«, fragt Jill an mich gewandt. Ich blinzle, sehe auf, weil ich mich gerade noch ganz weit weg befunden habe.

»Nein.« Ich schüttle den Kopf.

»Hättest du gerne eins?«, stellt Leni neugierig die nächste Frage.

»Vielleicht«, sage ich gedankenverloren. »Aber ich mag nur Tattoos, die für etwas stehen, eine Bedeutung haben oder Erinnerungen bewahren. Momentan gibt es nichts, was ich mir …« Doch ich stoppe plötzlich, als mir klar wird, welchen Gedanken ich gerade ausspreche.

Lenis und meine Blicke treffen sich, ihre Augen schimmern mitfühlend. Mir wird heiß, und der Kloß in meinem Hals wird noch größer, vielleicht auch etwas spitzer, kantiger.

Ich räuspere mich. »Ich muss dann … los«, murmle ich, lasse meinen halb gegessenen gemischten Salat stehen, nehme meine Cola-Flasche und mein Handy und flüchte vor mir selbst.

23
Leni

Die Sache mit dem Spinat

Das dumpfe *Plong* hallt in meinen Ohren, als ich meine Kaffeetasse auf dem Küchentisch abstelle. Eigentlich könnte ich mir den gemeinsamen Montagmorgen mit meinen Eltern sparen. Wir schweigen uns an, wie schon am Tag zuvor, und meine Eltern würdigen mich keines Blickes. Während Papa hinter der Zeitung verschwindet, sucht sich Mama Obst und Gemüse für ihren Smoothie zusammen. Trotzdem bleibe ich sitzen, stelle mich der angespannten Stille, weil ich doch hoffe, dass wir miteinander sprechen werden.

Als Mama mir, wie so oft, ebenfalls ein Glas grüne Gesundheit reicht, schlucke ich. »Danke.«

Sie nickt, setzt sich mir gegenüber und beginnt, ihren Terminplaner durchzublättern. Meine Mutter ist einer der wenigen Menschen, die ich kenne, die immer noch einen dicken Terminkalender mit sich herumschleppen, anstatt das Handy für ihre Planungen zu verwenden.

Ich räuspere mich. »W-Wollen wir nicht darüber sprechen?«

Mama sieht auf. »Worüber, Liebes?«

Die Frage ist überflüssig und verärgert mich. Als wüsste sie nicht, was mich beschäftigt …

Ich sehe erst zu ihr, dann zu Papa, dessen graue Augen hinter seiner Zeitung hervorlugen.

»Über unser Familienessen. Ich habe das Gefühl, ihr könnt meinen Entschluss nicht nachvollziehen.«

»Entschluss?«, wiederholt Mama meine Wortwahl. »Du wolltest es dir doch noch mal überlegen.«

Ich schüttle vehement den Kopf. »Nein. Das war euer Wunsch, aber ich bin mir sicher. Ich brauche keine Bedenkzeit mehr.«

Meine Eltern werfen sich einen kurzen Blick zu, und als Mama mich wieder ansieht, zeichnen sich Kummer und Sorge auf ihrem Gesicht ab. »Liebes, wir wollen nur dein Bestes. Jura hat Perspektive, und du lernst fürs Leben, nicht nur für den Beruf!«

»Du hast recht«, gestehe ich. Mein Ärger verpufft, als ich ihre gerunzelte Stirn und die glitzernden Augen mustere. Meine Eltern wollen das Beste für mich. Das ist keine Floskel, kein Spruch, den sie als Ausrede verwenden, um mir ihren Willen aufzuzwingen. »Aber Jura macht mich nicht glücklich.«

Einen unendlich langen Augenblick ist es still. Dann trinkt Mama ihren Smoothie in drei Zügen aus, stellt das Glas auf die Spüle und verschwindet ohne ein weiteres Wort aus der Küche. Papa wiederum räuspert sich und senkt seinen Blick auf die Zeitung.

Traurig lasse ich die Schultern hängen und starre auf meinen Smoothie, der höchstwahrscheinlich wieder eine sehr dominante Spinatnote in sich trägt. Dabei mag ich keinen Spinat, und das weiß Mama, denn ich habe es ihr schon tausendmal gesagt. Aber Spinat ist gesund. *Spinat ist gut für dich.* Genauso gut wie Jura. Und trotzdem schmeckt Spinat bitter. Und trotzdem macht mich Jura nicht glücklich.

Heute fällt es mir schwer, mich auf meine Arbeit am Set zu konzentrieren – oder auf Jonas mit seinem Kaffee. Während ich nach außen hin versuche meine trübe Laune zu überspielen und mit ihm zu scherzen, spüre ich innerlich eine drückende Anspannung. Wie sehr würde ich mir die Sorglosigkeit wünschen, die ich allen vorspiele. Die ganze Zeit über spukt mir das Gespräch mit meinen Eltern von heute Morgen im Kopf herum, und je länger ich darüber nachdenke, desto unglücklicher macht mich nicht die Erkenntnis, dass sie mich nicht verstehen können, sondern, dass sie mich nicht verstehen *wollen.*

»Du bist heute nicht besonders gesprächig«, stellt Flo am Nachmittag fest, als wir uns beide durch den Inhalt einer Abstellkammer gleich neben der Maske wühlen, weil am Set Klebeband benötigt wird. »Denkst du an deinen besten Freund?«

Ich halte kurz inne und werfe einen schnellen Blick zur weit geöffneten Tür. Auch wenn sich fast die gesamte Crew am Set befindet – und Tom vermutlich auch – tue ich so, als würde ich in dem Regal neben der Tür weitersuchen. Im Vorbeigehen gebe ich ihr einen kleinen Schubs, sodass sie zufällt. »Das war eigentlich nur so eine Schwärmerei. Das habe ich letztens wahrscheinlich ein bisschen übertrieben beschrieben.«

»Ach so.« Flo schiebt eine schwere Kiste mit Werkzeug

zur Seite, um an einen Umzugskarton gleich dahinter zu kommen. »Und warum bist du dann so traurig?«

»Ich bin nicht traurig«, sage ich wenig überzeugend. »Hab nur ein bisschen Stress mit meinen Eltern.«

»Willst du darüber reden?«

»Ehrlich gesagt nicht«, gebe ich zu.

»Kein Problem«, sagt er und lächelt mich mitfühlend an. Aus dem Umzugskarton angelt er eine noch verschlossene Packung mit Klebeband. »Gefunden! Ich liefere sie schnell ab. Wenn du willst, kannst du dich ein bisschen ausruhen.«

»Das ist lieb«, bedanke ich mich und sehe ihm nach, als er durch die Tür in den Flur verschwindet. Dann schlurfe ich zum Catering nach draußen, um mir dort ein gekühltes Wasser zu besorgen, und setze mich an einen der Tische. Wohlig seufzend drücke ich mir die eiskalte Flasche an die Wangen und in den Nacken, bevor ich sie aufschraube und mir drei große Schlucke genehmige. Seit dem bewölkten Wochenende gehen die Temperaturen wieder stetig nach oben.

Ich lasse den Blick schweifen und beobachte, wie zwei Jungs eine schwere Kabeltrommel an mir vorbeitragen. Etwas entfernt hasten Saliah und Jill über die Straße des Bavaria-Sets. Offenbar sind sie spät dran für ihren Dreh.

Dann ziehe ich mein Handy hervor und prüfe kurz meine Mails, bevor ich auf die Instagram-App tippe. Ich habe lediglich einen sporadischen Account und lade pro Monat maximal ein Foto hoch. Vielmehr nutze ich die Plattform, um meinen Freunden sowie unterschiedlichen Buch-, Reise- und Foodbloggern zu folgen. Ich bin nicht die größte Köchin und freue mich immer, wenn ich Rezepte finde, die nicht nur unter dem Deckmantel ›einfach‹ beschrieben werden, sondern es in der Praxis auch wirklich sind.

In der Timeline ploppt mir ein neues Bild von Jonas entgegen. Es ist ein Ganzkörperfoto und zeigt ihn in seiner Rolle bei *Reset*. Darunter befindet sich ein Hinweis auf die gerade stattfindenen Dreharbeiten und dass die neue Staffel im nächsten Frühjahr erscheinen wird. Ich mustere das Bild, und so schräg es sich anhören mag, mich fasziniert alles daran. Sein intensiver Blick, der mich zu durchbohren scheint, die leicht golden schimmernden Haare und das perfekt sitzende Baumwollhemd, das seine breiten Schultern nachzeichnet.

»Hey, stalkst du mich etwa?«

Erschrocken lasse ich mein Handy fallen, sodass es mit einem dumpfen *Plong* auf dem Tisch landet. Ertappt drehe ich mich um und erblicke Jonas, dessen Lippen sich zu einem verschmitzten Grinsen verzogen haben.

24
Jonas

Lieblingsfarben und andere Geheimnisse

»Wenn du das noch öfter machst, kannst du mir bald ein neues Handy bezahlen«, murrt Leni.

»Wenn ich was öfter mache?«

»Hinter mir auftauchen und ›Hey!‹ rufen. Mein Display ist vom letzten Mal schon im Eimer.«

»Zeig mal her.« Ich will nach ihrem Handy greifen, doch Leni ist schneller und lässt es hastig in ihrer Bauchtasche verschwinden.

»Ohne Schadensbestandsaufnahme gibt es auch kein neues Handy«, informiere ich sie.

»Das war doch nur ein Scherz«, lässt sie mich wissen.

»Vielleicht willst du mir dein Handy aber auch nur deshalb nicht zeigen, weil du gerade meine Instagramseite offen hast.«

Ihre Wangen werden schlagartig tomatenrot. »Seitdem ich dir folge, bekomme ich dauernd deine Bilder angezeigt. Aber wenn man es genau nimmt, bist du derjenige, der hier zuerst gestalkt hat. Schließlich hast du mir schon vor ein paar Tagen eine Anfrage geschickt«, verteidigt sie sich.

»Ich will eben, dass unsere Tarnung perfekt ist. Wenn wir uns in den sozialen Medien ignorieren, fällt das auf.« Dabei verschweige ich lieber, dass ich mir jedes Detail ihrer Bilder mindestens dreimal angesehen habe, seit sie am Freitag meine Anfrage bestätigt hat. Auf den meisten Fotos ist Leni nicht alleine zu sehen, sondern von ihren Freundinnen und Freunden umringt. Dabei lacht sie ausgelassen oder verzieht ihr Gesicht zu einer lustigen Grimasse. In jedem Schnappschuss steckt so viel Lebensfreude.

»An was man alles denken muss, wenn man mit dir zusammen ist«, seufzt sie theatralisch.

Ich kommentiere Lenis Bemerkung mit einem Schnauben und schwinge ein Bein über die Bank, um mich neben sie zu setzen.

»Musst du nicht arbeiten?« Ihre rechte Augenbraue wandert in die Höhe.

»Und du?«, stelle ich die Gegenfrage.

»Würde ich sonst hier sitzen?«

Ich grinse. »Und damit ist deine Frage wohl beantwortet. Ich dachte, wir könnten die Zeit nutzen und uns ein bisschen näher kennenlernen.«

»Näher kennenlernen?«, wiederholt Leni meine Worte, und so, wie sie sie betont, klingen sie zweideutig.

Ich lege den Kopf schief und verenge die Augen zu Schlitzen. »Ich weiß jetzt nicht, was du meinst, aber ich dachte eher an Lieblingsfarben und so einen Kram.«

»Die Lieblingsfarbe scheint dir ja ziemlich wichtig zu sein«, umgeht sie meinen Kommentar.

»Willst du daraus wirklich ein Geheimnis machen?«

Sie lächelt. »Blau. Meine Lieblingsfarbe ist Blau. Oder,

wenn du es genau wissen willst, eher Türkis-Blau, wie das Meerwasser des Indischen Ozeans. Und deine?«

»Grün«, antworte ich. »Aber frag mich jetzt bitte nicht, in welcher Schattierung«, füge ich glucksend hinzu.

Leni verdreht die Augen. »Haha. Du bist doch derjenige, dem die Lieblingsfarbe soooo wichtig ist.«

»Schon gut, schon gut! Nächste Frage: Wo bist du zur Schule gegangen?«

»Willi-Graf-Gymnasium.«

»Dein Lieblingsessen?«, frage ich weiter.

»Pizza.«

»Lieblingsshampoo?«

»Du fragst mich echt nach meinem Lieblingsshampoo?«

Ich zucke mit den Achseln. »Ich hab mal gehört, dass die Behörden so was wissen wollen, wenn der Verdacht auf Scheinehe besteht.«

Leni schnaubt. »Gut, dass wir nur meine Freunde überzeugen müssen und nicht die Polizei.«

Ich grinse schief. »Ich merk schon, beim Lieblingsshampoo wird's dir zu privat.«

Sie sieht mich von der Seite an, ihre Finger zupfen an dem Etikett ihrer Wasserflasche. »Jetzt bin ich aber auch mal an der Reihe! Ich habe auch ein paar *richtige* Fragen.«

Ich richte mich auf, gespannt, was als Nächstes kommt. »Dann raus damit.«

»Wie kommt es, dass du nicht in einem Penthouse wohnst? Oder in so einer protzigen Villa mit goldenen Türklinken?«

Leni mustert mich offen und ohne Scheu. Die Frage ist

privater, als ich gedacht habe. Vermutlich auch privater, als sie sich vorstellen kann.

Meine Wohnung ist klein und nur sporadisch eingerichtet. Monatelang habe ich mir eingeredet, ich würde mich ausstatten, wenn ich die Zeit dazu finde, aber dann, als es so weit war, fehlte mir der Antrieb. Vielleicht, weil ich schon so lange davon träume, bei *Reset* auszusteigen, um bei internationalen Indie-Produktionen mitzuwirken. England, Spanien, Schweden. Warum soll ich einen festen Wohnsitz haben, wenn ich nie zu Hause bin?

Das ist eine Erklärung, die ich Leni nicht geben kann, weil ich sie sonst viel zu tief in mein Seelenleben hineinlassen würde. Dennoch würde es sich falsch anfühlen, irgendeine an den Haaren herbeigezogene Geschichte zu erzählen, nur um ihr eine Antwort zu geben. Ich mag Leni und will ehrlich zu ihr sein, aber nicht sofort über sämtliche Lebenskrisen sprechen müssen. Also entscheide ich mich für den allgemeinen Mittelweg.

»Der Grund, warum ich keinen Wert auf ein gemütliches und repräsentatives Zuhause lege ist, dass ich mich nirgendwo zu Hause fühle.« Der Satz ist raus, und ich warte darauf, dass ich es bereue, so ehrlich zu sein, aber … nichts passiert.

Ihre Finger, die gerade das Etikett zerrupfen, halten inne, und ihr Blick aus geweiteten Augen findet meinen. Meine Offenheit hat sie nicht erwartet, und der mitfühlende Ausdruck, der sich auf ihr Gesicht schleicht, ist genau die Reaktion, die ich erwartet habe. »Bitte, schau mich nicht so an. Es hört sich schlimmer an, als es ist.«

Sie blinzelt und räuspert sich verlegen. »Tut mir leid, ich wollte nicht …«

»Alles gut«, beruhige ich sie.

»Ich bin mir sicher, du findest es irgendwann«, sagt sie leise.

»Was?«

Leni lächelt vorsichtig. »Dein Zuhause.«

Ich sollte mir nichts auf den warmen Ausdruck in ihren Augen einbilden, sollte mich nicht fragen, ob sie das gleiche Kribbeln in ihrem Bauch spürt, wie ich in meinem. Aber ich schaffe es nicht, meine Gefühle zu ignorieren.

»Wollen wir heute Abend ins Kino gehen?«, frage ich unvermittelt, weil das Verlangen, Leni um mich zu haben und mehr von ihr zu erfahren, mit jeder Sekunde stärker wird.

Sie richtet sich auf. »Du fragst mich nach einem Date?«

»Nach einem Fake-Date«, mildere ich meine Absichten schnell ab. »Wir müssen unseren Plan doch in die Tat umsetzen. Wenn wir uns in der Öffentlichkeit zusammen sehen lassen, heizen wir die Gerüchteküche an.«

»Hört sich gut an, aber heute habe ich keine Zeit, ich treffe mich mit meinen Freundinnen.«

Enttäuschung flutet meine Adern, und ich versuche an ihrer Mimik zu erkennen, ob sie mir gerade einen Korb gegeben hat oder nicht.

»Ich erzähle ihnen heute, dass ich nicht studieren werde«, fährt Leni fort und beißt sich auf die Unterlippe.

Meine Stirn legt sich in Falten. »Ist das für deine Freundinnen so schlimm?«

Sie lacht nervös. »Ich hoffe nicht. Aber Clara wird bestimmt enttäuscht sein. Wir hatten die wildesten Vorstellungen von unserem Leben als Studentinnen.«

»Das Leben findet auch außerhalb der Uni statt, ihr

werdet sicher trotzdem euren Spaß haben«, versichere ich ihr.

Leni nickt. »Genau davon werde ich sie überzeugen.«

Ich gebe nicht auf. »Was ist mit morgen? Kino?«

»Ja, warum nicht. Wann wollen wir uns treffen?« Ihr Blick wandert von meinen Augen zu meinen Lippen und wieder zurück.

Oder bilde ich mir das gerade ein?

Ich schlucke. »Ähm … Ich schau mal ins Kinoprogramm und geb dir Bescheid.«

»Willst du mich nicht fragen, auf welchen Film ich Lust hätte?« Sie grinst mich spitzbübisch an.

»Eigentlich habe ich da schon einen Bestimmten im Sinn. Lass dich einfach überraschen.«

Leni kneift die Augen zusammen. »Na gut. Ich vertraue dir.«

»Das kannst du immer.« Und genau so meine ich es auch.

25

Leni

Perfekt unperfekt

Akira, Clara und ich sitzen auf den Stufen des Monopterus im Englischen Garten, welcher auf einem stark abfallenden Hügel gelegen ist und deshalb einen wunderschönen Blick über München bietet. Die Skyline der Stadt ist in den Abendstunden in tiefes Orange getaucht, und auf den umliegenden Parkflächen unter uns genießen viele Menschen mit Decken und Picknickkörben den Sommerabend. Aus der Ferne sind Trommelnde zu hören, die sich um diese Zeit öfter im Park verabreden und zusammen ihre rhythmische Musik zum Besten geben.

Akira und Clara haben für unsere Verpflegung gesorgt, da ich direkt vom Set hergefahren bin und keine Möglichkeit hatte, noch etwas vorzubereiten. Sie haben sich große Mühe gegeben, denn neben einem gemischten Salat mit Wassermelone und Feta-Käse gibt es noch Bruscetta und eingelegte Oliven.

»Es schmeckt fantastisch.« Ich beiße genießerisch in das krosse Ciabattabrot. Die fruchtigen Tomaten und die Frische der Frühlingszwiebeln lassen mich aufseufzen.

»Noch einen Schluck Sekt?«, fragt Clara in die Runde

und hält die Sektflasche hoch. Weil Akira keinen Alkohol mag, wählen wir immer die alkoholfreie Variante, wenn sie mit von der Partie ist. Akira und ich halten ihr unsere Kunststoffbecher entgegen.

Nachdem Clara uns nachgeschenkt hat, stellt sie die Flasche mit einem Klirren auf dem steinernen Boden ab. »So, Leni«, sagt sie. »Raus mit der Sprache. Was ist los?« Clara war schon immer ehrlich und direkt – ein Grund, warum ich sie so gerne mag.

Ich räuspere mich. »Zuerst einmal muss ich mich bei euch entschuldigen. Ich habe mich in den letzten Tagen sehr …« Ich suche nach dem richtigen Wort.

»Zurückgezogen?«, hilft mir Clara auf die Sprünge.

Ich nicke. »Das trifft es wohl am besten. Ich war, oder vielmehr gesagt, ich bin immer noch mit mir selbst beschäftigt. Irgendwie habe ich Scheuklappen auf.«

»Willst du uns erzählen, um was es geht?«, fragt Akira vorsichtig. Die Strahlen der untergehenden Sonne blenden sie, sodass sie sich die Hand schützend vor die Augen hält und ihr schwarzes glattes Haar leicht bläulich schimmert.

Ich sehe erst Akira an, und dann blicke ich Clara in die Augen, erwidere ihren neuierigen Blick – einerseits froh, endlich darüber zu sprechen, anderseits ängstlich, wie sie es aufnehmen wird.

»Ich werde mich nicht an der Uni einschreiben.«

Meine Freundinnen starren mich einige Sekunden lang an. Eins, zwei, drei … zähle ich in Gedanken. Dann stellt Clara ihren Becher auf den Boden und wendet den Blick ab. Mit Entsetzen merke ich, wie sich ihre Lippen zu einem schmalen Strich zusammenpressen und sich ihre Körperhaltung verändert.

Akira hingegen seufzt und sagt etwas auf Japanisch, das ich nicht verstehe. Als ich die Augenbrauen fragend hochziehe, lächelt sie. »Du wirst nicht studieren? Das ist alles? Aber das ist doch nicht schlimm! Ich bin so froh, du hast mir einen ziemlichen Schrecken eingejagt!«

»Tut mir leid«, entschuldige ich mich, schaffe es aber nicht, ihre Erleichterung zu teilen. Clara regt sich noch immer nicht, stattdessen ist ihr Blick starr auf die Skyline gerichtet. »Ich wollte es euch schon früher erzählen«, murmle ich, ohne sie aus den Augen zu lassen.

»Was hat dich abgehalten?« Clara wendet sich zu mir. Ihrem Gesicht ist die Enttäuschung deutlich anzusehen.

»Ich wollte erst ganz sicher sein.« Meine Erklärung hört sich ziemlich lahm an.

»Dann hättest du mit uns darüber sprechen können«, sagt Clara eindringlich und beugt sich leicht in meine Richtung vor. »Wir sind deine Freundinnen, wir haben doch bis jetzt immer über alles geredet! Du weißt alles von mir, ich weiß alles von dir!«

»Ich hatte Angst, dass du sauer bist. Meine Eltern halten nichts von meinen Plänen, sie werden mir also ziemlich sicher kein Geld für die Miete dazugeben. Eine WG mit dir kann ich mir also abschminken.« Ich werfe Clara einen verzweifelten Blick zu.

Sie schnaubt. »Ich verstehe dich ja, aber Schweigen ändert nichts an der Situation. Außerdem: Du hast doch nicht wirklich geglaubt, dass ich sauer auf dich bin, nur weil wir nicht zusammen studieren werden!«

Akira streicht mir sanft über den Rücken. »Wenn dich schon deine Eltern nicht unterstützen, wir tun es auf jeden Fall. Und Daniel auch.«

Ich schlucke. »Danke«, sage ich mit belegter Stimme, ihr Rückhalt bedeutet mir so viel.

»Damit wir uns richtig verstehen,« ergänzt Clara, und Tränen glitzern in ihren Augen. »Ich bin nicht wütend, aber ich bin verdammt traurig.« Sie beugt sich zu mir und drückt mich fest an sich. »Ohne dich in den Vorlesungen? Keine Mädels-WG? Das ist so trostlos!«

»Ach, Quatsch!« Ich lache erleichtert, so unendlich froh, dass meine Freundinnen mir gerade wieder beweisen, warum ich sie nie verlieren möchte, warum sie ein Teil meiner Familie sind. »An der Uni sind tausende Studierende. Mit irgendwem wirst du dich schon verstehen!«

Clara lässt mich wieder los. »Niemand wird je an dich heranreichen«, erwidert sie schmollend.

»Das will ich doch hoffen.« Ich schmunzle und nehme endlich einen Schluck Sekt. Der Sonnenuntergang, die Stadt, alles ist in diesem Moment noch viel leuchtender und intensiver geworden. Ich fühle mich zum ersten Mal seit Tagen wieder etwas leichter und befreiter.

»Was wirst du stattdessen machen?«, fragt Akira interessiert. »Work and Travel?«

Ich schüttle langsam den Kopf. »Ehrlich gesagt, habe ich keine Ahnung. Ich weiß nur, was ich nicht will. Alles andere muss ich noch herausfinden.«

»Hat deine Entscheidung eigentlich was mit diesem Typen zu tun? Du weißt schon … deinem Freund, von dem du uns noch nichts erzählt hast«, fragt mich Clara argwöhnisch und zieht eine Augenbraue nach oben.

Ich verschlucke mich an meinem Sekt und pruste. »Was? Nein, was denkst denn du?«

»Gut«, sagt sie zufrieden. »Sonst wäre ich doch noch sauer geworden und hätte dir eine verpasst.«

»Da hast du nichts zu befürchten«, entgegne ich. »Das ist ganz alleine auf meinem Mist gewachsen.«

»Wie läuft es eigentlich mit deinem Freund?«, fragt mich Akira so beiläufig wie möglich, dabei bin ich mir sicher, dass sie und Clara sich im Vorfeld beratschlagt haben, wie sie es schaffen, so viele Infos wie möglich aus mir herauszuquetschen.

»Gut«, sage ich einsilbig. »Wir gehen morgen ins Kino.«

»Ins Kino?« Clara grinst. »Bitte nichts überstürzen.«

»Haha.« Ich verdrehe die Augen. »Wir waren natürlich schon öfter … unterwegs. Aber weil wir es nicht an die große Glocke hängen wollen, können wir uns eben nicht einfach so in der Öffentlichkeit zeigen. Und bei der Arbeit schon gar nicht.«

»Das klingt geheimnisvoll und irgendwie romantisch«, schwärmt Akira.

»Glaubt mir,« erkläre ich trocken und wahrheitsgemäß, »es ist geheimnisvoll, aber es ist sicher nicht romantisch.«

»Ach, komm schon. Sich unauffällig Blicke zuwerfen, sich heimlich in einer Drehpause treffen … Das ist verdammt romantisch«, bestätigt nun auch Clara.

»Okay«, gebe ich mich grinsend geschlagen. »Dann ist es eben romantisch.«

In meinem Inneren sieht es anders aus. Ich erwähne nicht, dass Jonas und ich es darauf anlegen, gesehen zu werden, dass wir darauf hoffen, die Leute zu täuschen. Nur deshalb hat er mich nach einem Kino-Date gefragt, nicht etwa, weil er einen romantischen Abend mit mir verbringen will. Darüber bin ich keineswegs beleidigt, vielleicht nur ein bisschen enttäuscht. Denn es wäre auch schön gewesen, einfach so Zeit mit ihm zu verbringen, weil er mich kennenlernen will, nicht damit die Öffentlichkeit dadurch auf uns aufmerksam wird.

Folgerichtig erwähne ich also auch nicht, dass wir uns nicht lieben, sondern dass wir eine reine Zweckgemeinschaft sind. Denn unsere Beziehung ist alles andere als romantisch. Sie ist eine Lüge.

Bei diesem Gedanken bildet sich ein dicker Kloß in meinem Hals. Doch ich schlucke schnell dagegen an, versuche zu verdrängen, wie ich mich jeden Tag mehr in diese Lüge verstricke, ohne zu wissen, ob meine Taktik aufgehen wird. Aber dieser Abend mit meinen Freundinnen ist zu schön, zu entspannt, als dass ich daran denken will.

»Welche Haarfarbe hat er denn?«, fragt Clara jetzt.

»Ähm, dunkelblond. Wieso?«

Sofort zieht sie ihr Handy aus der Handtasche. »Weil ich jetzt den Cast von *Reset* googeln werde. Ich kenn die Serie, und so viele dunkelblonde Kerle gibt's da nicht.«

»Ach, nein, komm schon, Clara, lass es bleiben!«, werfe ich ein.

Sie lässt das Handy wieder sinken. »Also ist es wirklich jemand von den Schauspielern?«, quiekt sie aufgeregt.

Hitze schießt mir ins Gesicht, und ich wäre überrascht, wenn meine Wangen in diesem Augenblick nicht knallrot leuchten. »Eventuell«, gebe ich zu. Wenn ich ihnen bereitwillig alles erzählen würde, würde die Fassade bröckeln, die ich gerade erst mühsam errichte. Es ist besser, wenn sie selbst herausfinden, wer mein sogenannter Freund ist. Und das werden sie – früher oder später.

»Wie habt ihr euch eigentlich kennengelernt?«, fragt Clara atemlos.

»Über Jill«, antworte ich vage. »Sie sind schon länger befreundet.«

»Ist es euch ernst?«, will Akira wissen. »Oder eher eine verlängerte Sommerromanze?«

Ich schüttle langsam den Kopf. »Das weiß ich nicht. Ich meine, ich mag ihn natürlich, aber wann weiß man schon, ob es halten wird? An das Liebe-auf-den-ersten-Blick-Ding glaube ich echt nicht.«

»Vielleicht hört es sich kitschig an«, fängt Akira an, und jetzt sind es ihre Wangen, die sich rötlich färben. »Ich wusste bei Daniel sofort, dass er derjenige sein wird, mit dem ich mein Leben teilen werde. Ich würde es wahrscheinlich nicht als Liebe auf den ersten Blick betiteln, aber da war dieses Gefühl. Eine Gewissheit.«

Ihre Worte verletzen mich, aber das weiß Akira nicht. Wie soll sie auch? Doch ich bin dankbar, dass sich der Schmerz heute ausnahmsweise etwas dumpfer anfühlt, als er es in der Vergangenheit getan hat. Dennoch reicht er, um das warme Licht des Sonnenuntergangs für mich wieder etwas zu dimmen.

Clara nickt aufgeregt. »So geht es mir auch. Tom ist toll, und ich liebe ihn. Vielleicht ist er echt der Richtige.«

Die Bemerkung über Tom trifft mich wie ein Faustschlag in die Magengrube. Aber auch hier hilft gerade nur eins: Verdrängung – bis Jonas' und mein Plan Früchte trägt und ich mit Clara reden kann.

»Bei mir ist es anders«, erkläre ich vage, als ich mich wieder gefangen habe. »Die Beziehung ist noch so frisch.«

»Das muss nichts heißen«, gibt Akira zu bedenken.

»Meine Mama erzählt mir immer, wie sicher sie war, dass sie mit Papa ein Leben lang zusammenbleiben würde, und letztendlich sind es elf Ehejahre und zwei Kinder geworden. Und dann hat es irgendwie irgendwann nicht mehr gepasst. Das war's. Man kann sich so sicher sein, wie man will, aber letztendlich wird es nur die Zeit zeigen.«

»Das hört sich so erwachsen an.« Clara fährt sich mit den Fingern durch ihre offenen blonden Haare. »Kennt ihr das Gefühl? Ich will erwachsen werden, aber gleichzeitig auch nicht.«

Clara spricht mir aus der Seele. Ein Teil von mir möchte selbstständig sein, alle Freiheiten genießen. Aber der andere Teil von mir möchte Kind bleiben. Nicht verantwortlich sein, sich nicht sorgen müssen. Doch je mehr ich mich an diesem Wunsch festhalte, desto schneller schreitet die Zeit voran.

»Ich weiß, was du meinst«, sagt Akira nun nachdenklich. »Es hat beides Vor- und Nachteile.«

»Leute«, unterbreche ich die beiden. »Lasst uns von was anderem reden. Genießen wir lieber, dass wir hier sind, dass wir zusammen sind. Und dass ihr die besten Freundinnen seid, die man sich wünschen kann!«

»Du hast recht!«, stimmt mir Clara zu und greift wieder nach der Sektflasche. »Wir sind hier. Das ist heute alles, was zählt!«

Wir prosten uns zu, und eine Welle von Glückseligkeit durchflutet mich, während die Sonne langsam hinter dem Horizont verschwindet. Zusammen sitzen wir noch dort, bis die Straßenlaternen angehen und den Park in ein warmes schummriges Licht tauchen.

Ich erzähle ein bisschen von meinen Aufgaben am Set,

weil Clara und Akira natürlich nicht lockergelassen haben. Wir erinnern uns an lustige Geschichten aus der Schulzeit, und irgendwann tun uns die Bäuche vom vielen Lachen weh.

An diesem Abend schaffe ich es tatsächlich, meine Probleme zu verdrängen und den Moment zu genießen. Vielleicht werde ich meine Gefühle zu Daniel verlieren, vielleicht finde ich den Job, der mich glücklich macht. Heute Nacht scheint alles möglich.

26
Jonas

Erkenne ich da eine erste Gemeinsamkeit?

Den ganzen Tag über zieht sich Nervosität durch meinen Körper. Das Kribbeln in meinem Bauch, meine Unkonzentriertheit und mein Zwang, ständig auf die Uhr blicken zu müssen, zeigen mir deutlich, dass ich heute Abend nicht nur mit Leni ins Kino gehe, sondern dass ich mir etwas zwischen uns erhoffe. Ein ziemlich gefährliches Gefühl, und dennoch kann ich es nicht kontrollieren.

Trotzdem versuche ich mir immer wieder vor Augen zu halten, worum es hier wirklich gehen sollte: Ich werde mich mit ihr in der Öffentlichkeit zeigen, und die Spekulationen werden beginnen. Das wird hoffentlich der erste Schritt in meine eigene Zukunft. Eine *Reset*-freie Zukunft.

Doch meine Bemühungen, mich nicht Hals über Kopf in Leni zu verlieben, werden durch die gemeinsame Arbeit mehr als erschwert. Sie ist heute am Set so eingespannt, dass wir kaum zum Reden kommen. Die meiste Zeit beobachte ich sie aus der Ferne, und mir fällt immer mehr auf, was mir bis jetzt an ihr entgangen ist. Sie zupft an ihrer Unterlippe, wenn sie nachdenkt und bekommt rote Flecken auf dem Hals und am Dekolteé, wenn sie gestresst ist. Im Laufe des Tages wandert ihr hoher Dutt immer weiter nach unten, weil sie ihn offensichtlich nur locker bindet. Ich hoffe, dass wir uns heute Abend näher kennenlernen und diese vorsichtige Distanz zwischen uns verlieren.

Als endlich Feierabend ist, lasse ich mich ohne Umwege nach Hause fahren, springe schnell unter die Dusche und schlüpfe in anthrazitfarbene Jeans und ein weißes T-Shirt. Dann mache ich mich direkt wieder auf den Weg in die Innenstadt.

Ich bin zehn Minuten zu früh, denn Leni und ich haben uns erst für zwanzig Uhr am Stachus verabredet. Obwohl oder gerade weil die Geschäfte gleich schließen, schieben sich Menschenmassen über den Platz, und die Sitzsteine um den Stachusbrunnen sind bis auf den letzten Platz belegt. Kinder rennen kreischend und lachend durch das Wasser, bis sie tropfnass sind.

Ich stehe etwas abseits, in einer schmalen und menschenleeren Passage, und beobachte mit in den Hosentaschen vergrabenen Händen den nächstgelegenen U-Bahn-Aufgang, in der Hoffnung, Leni frühzeitig zu entdecken. Selten halte ich mich zu dieser Uhrzeit an großen öffentlichen Plätzen auf, weil die Wahrscheinlichkeit, erkannt zu werden, viel zu groß ist. Ich mag meine Fans, keine Frage, sie sind der Grund, warum ich mit dem, was ich liebe, Geld verdienen kann. Doch schreiende Mädchen, Dutzende neugierige Blicke und zu viel Getuschel können sehr beängstigend sein. Ich glaube kaum, dass ich mich jemals daran gewöhnen werde. Also meide ich die Innenstadt weitestgehend, obwohl ich zu gerne einfach mal unbefangen die Kaufingerstraße mit ihren vielen Läden und Restaurants entlangspazieren würde.

Pünktlich auf die Minute erscheint Leni am U-Bahn-Aufgang. Weil sie mich nicht sofort entdeckt, sondern sich suchend in alle Richtungen dreht, habe ich noch Zeit, ihren Anblick auf mich wirken zu lassen. Sie trägt ein türkisfarbenes luftiges Kleid, welches oberhalb ihrer Knie endet. Die Umhängetasche aus geflochtenem Bast und ihre weißen Schnürschnuhe passen perfekt in die Sommerzeit. Eine Sonnenbrille mit runden dunklen Gläsern sitzt hochgeschoben auf ihrem offenen, leicht welligem Haar. Leni sieht wunderschön aus.

Als sie mich entdeckt, hebe ich kurz die Hand, und sie kommt zu mir herüber.

»Hey!«, begrüßt sie mich mit einem Lächeln. »Ich hätte dich fast nicht erkannt.« Ihre Augen wandern über meine schwarze Kappe und die große Sonnenbrille, die für meine Promitarnung unerlässlich sind.

»So soll es sein«, entgegne ich grinsend.

»Aber im Kino nimmst du die Sachen ab, oder?«, fragt sie belustigt.

»Keine Sorge«, sage ich schmunzelnd. Ich hätte sie gerne zur Begrüßung umarmt, aber sie macht keine Anstalten, mir näher zu kommen, also wage ich es auch nicht.

»Für einen Moment dachte ich, du seist unter die Privatdetektive gegangen, so wie du dich in der Passage versteckst. Fehlt nur noch der Fotoapparat.«

»Ich bin mir sicher, ich wäre ein super Detektiv! Erst letztens habe ich eine verrückte Promijägerin am Set gestellt.«

Leni lacht laut, und ihr Lachen ist so sympathisch, dass sich erneut ein Kribbeln in meiner Magengegend meldet.

»Na gut, du Superheld! In welches Kino gehen wir? Hier in den *Gloria Palast*? Oder ins *Mathäser*?«

Ich schüttle den Kopf. »Weder noch«, antworte ich. »Ins *City Kino*. Das ist etwas kleiner.«

»Das in der Sonnenstraße?«

»Genau«, bestätige ich. »Da laufen zwar keine Blockbuster, aber genau das mag ich daran.«

Leni lächelt und nickt. »Ich gebe zu, dass ich dort noch nie war, aber dafür bin ich umso gespannter!«

Wir machen uns auf den Weg in das etwa sieben Gehminuten entfernte Kino, und spazieren die Sonnenstraße entlang, die mit mehreren Fahrspuren und der viergleisigen Trasse der Tram sehr stark befahren ist. Hin und wieder schallt das Hupen von ungeduldigen Autofahrenden zu uns herüber. Doch die Hektik der Stadt prallt an mir ab, denn die warmen Strahlen der Abendsonne und Lenis entspanntes Lächeln beruhigen mich. Ich lasse den Blick schweifen. Entlang der Straße befinden sich viele Bars und Clubs, die an den Wochenenden mit feierwütigen Partygängern vollgestopft sind. Doch heute, an einem Dienstagabend, würde man fast überall noch ein Plätzchen finden.

Das *City Kino* ist in einem Hinterhof gelegen, die Fassaden der angrenzenden Gebäude sind begrünt, und wilder Wein rankt sich zwischen den Fenstern hinauf. Einladende Tische, die zu der direkt neben dem Kino gelegenen *Filmwirtschaft* gehören, säumen unseren Weg, und der Duft von Kaffee liegt in der Luft. Über dem Eingang befindet sich ein altes Kinoschild, welches mit großen roten

Lettern die heute laufenden Filme ankündigt. Die drei kleinen Kinosäle sind getrennt von dem Gebäude, in dem sich Kasse und Popcornverkauf befinden.

Als wir eintreten, nehme ich meine Kappe und die Sonnenbrille ab. Ich bin es so gewohnt, zu versuchen unerkannt zu bleiben, dass ich mich heute immer wieder daran erinnern muss, dass wir genau das Gegenteil erreichen wollen.

Wir stellen uns an der Ticketschlange an. Ein Pärchen und drei Frauen sind vor uns an der Reihe.

»Sagst du mir jetzt, welchen Film wir uns heute anschauen?« Leni lässt den Blick über das heutige Programm schweifen, das an der Wand neben der Kasse auf einer Stecktafel mit weißen Buchstaben ausgzeichnet ist.

»Er heißt *Entscheidungen, die uns zeichnen.* Der Film wurde auf der Berlinale ausgezeichnet«, erkläre ich, als ich ihren fragenden Blick bemerke. »Er hat ziemlich gute Kritiken bekommen. Es geht um vier ganz unterschiedliche Menschen, deren Leben vor existenziellen Herausforderungen stehen. Schon der Trailer war der Wahnsinn.«

Als ich die Karten kaufe, mustert mich die Kassiererin länger als nötig, und ihr ungläubiger Blick lässt mich vermuten, dass sie mich erkannt hat. Dennoch sagt sie nichts.

Ich reiche Leni eine Karte und stecke meine eigene in die Hosentasche.

»Magst du Popcorn und Cola?«, frage ich. »Wir haben noch eine Viertelstunde, bis der Film anfängt.«

»Gerne beides. Das Popcorn süß, bitte.«

Mit Popcorn und zwei Bechern Cola bewaffnet suchen wir uns die besten Sitze im Kinosaal. Die weichen roten Stoffsessel sind ebenerdig und nicht aufsteigend, sodass man nicht von überall so gut sieht. Noch wird die Leinwand von einem goldenen Samtvorhang verdeckt, und ich freue mich schon jetzt auf den Moment, wenn der schwere Stoff langsam zur Seite gleitet und das warme Licht der Wandleuchten gedimmt wird. Der Duft von Popcorn hängt in der Luft und in den Fasern der weinroten Wandtapete.

»Tagsüber sehe ich dich eigentlich immer nur mit Cola«, bemerkt Leni, als wir bereits sitzen und ich mir einen großen Zug durch den Strohhalm genehmige.

»Gut beobachtet. Ich liebe Cola.« Ich weise um mich. »Es erinnert mich an das hier.«

»Ans Kino?«, fragt sie nach.

Ich nicke. »Ich liebe Kinos, ich liebe Filme. Dass die ganzen Streamingdienste aus dem Boden geschossen sind und nun langsam, aber sicher den klassischen Kinofilm verdrängen, lässt mein Herz bluten.«

»Aber Serien sind doch auch toll, oder? Man kann sie sich zu Hause ansehen und muss nicht ewig auf die Fortsetzung warten.«

»Zu Hause gibt es aber nicht diese Atmosphäre, diese Würdigung des Films auf einer großen Kinoleinwand. Außerdem macht es mich traurig, dass die Menschen nicht mehr warten wollen. Sie sind so ungeduldig geworden. Aber Kunst braucht Zeit. Sie ist es wert, darauf zu warten! Und ist es nicht am schönsten, Vorfreude zu entwickeln und monatelang auf etwas hinzufiebern? Eine gute Serie hast du in wenigen Tagen durch. Und dann? Dann willst du sofort was Neues. Niemand gibt sich noch die Zeit, darüber nachzudenken.«

Ich rede mich in Rage, weil mich dieses Thema schon

seit einiger Zeit nicht mehr loslässt. Aber ich teile meine Gedanken kaum mit jemandem, weil ich selbst Mitglied einer Serienproduktion bin. Wie würde ich dastehen, wenn ich öffentlich meine Meinung vertrete? Als undankbarer Schnösel natürlich.

Da merke ich, dass Leni mich beobachtet. Und wieder stelle ich fest, dass sie etwas an sich hat, was dazu führt, dass ich mich ihr ohne Weiteres öffne … Ihr Blick bohrt sich in meinen, so als würden ihre Augen nach etwas suchen. Doch als sie den Mund aufmacht, wird der Saal dunkel, und der Film fängt an.

Zwei Stunden später ist der Film vorbei, und wir spazieren die Sonnenstraße entlang zurück zum Stachus.

»Möchtest du noch etwas essen? Oder war das Popcorn schon genug?«, frage ich Leni.

»Könnte man meinen, oder? Vor allem, weil ich die XL-Tüte hatte. Aber ich hätte tatsächlich noch Lust auf was Gescheites. Du musst wissen, ich habe zwei Mägen. Einen für Süßes und einen für Salziges.«

»Klingt plausibel«, gluckse ich. »In diesem Fall können wir ja noch ins *35 mm*, das Restaurant neben dem *Mathäser*. Da sind die Gerichte nach Filmen benannt.«

»Wie passend zum heutigen Tag. Sehr gerne«, erwidert Leni und hakt sich bei mir ein.

Mein Herz macht einen Hüpfer. Ich bin wirklich heillos verloren …

Da es ein schöner lauer Sommerabend ist, suchen wir uns einen Zweiertisch in einem Eck des grün bepflanzten Innenhofs. Neben einer Gartenbar gibt es auch eine Großleinwand für Sportübertragungen, doch heute findet offensichtlich kein Spiel statt. Unser Glück, denn das Restaurant ist auch so schon gut besucht und ziemlich laut. Es wäre nicht meine erste Wahl gewesen, wenn ich Leni zu einem richtigten Date ausgeführt hätte und wenn es nur um uns beide gehen würde. Denn hier ist es nur eine Frage der Zeit, bis ich erkannt werde.

Die meisten Gäste trinken um diese späte Uhrzeit nur noch Cocktails, aber Leni bestellt sich ›Die letzten Jedi‹, wohinter sich Linsennudeln mit gebratetem Gemüse verstecken, während ich mich für ›Titanic‹ entscheide, den gegrillten Lachs.

»Wie hat dir der Film gefallen?«, frage ich sie interessiert, während wir auf unser Essen warten.

»Wirklich gut. Die Geschichte war ruhig, hatte aber so eine Anspannung an sich. Und die Probleme waren echt authentisch, vor allem der Typ und sein Hund haben mir wahnsinnig leidgetan. Wie fandest du ihn denn?«

»Ich bin begeistert«, gebe ich zu. »Aber das ist nicht überraschend. Steven Port hat Regie geführt, und ich liebe seine Arbeit.«

»Was ich dich vorhin schon fragen wollte«, fängt Leni nachdenklich an und nestelt mit den Fingern an ihrer Serviette. »Wenn du die Filmwelt so viel lieber magst, warum drehst du dann eine Staffel nach der anderen für *Reset?*« Sie klingt nicht anklangend oder misstrauisch, so als hätte sie bereits ihr Urteil gefällt. Leni klingt einfach nur neugierig und interessiert an mir und meinem Leben.

»Ähm …« Ich zögere, weil sie treffsicher genau das Thema anspricht, was mich zurzeit am meisten beschäftigt. Lenis Art weckt in mir wieder diese Wärme und Vertrautheit. Ich atme kurz durch. »Ehrlich gesagt möchte ich schon länger aus der Serie aussteigen. Die Arbeit wird eintönig, mir fehlt der Antrieb. Ich will mich herausfordern!« Jetzt ist es raus … Auch wenn es nicht die ganze Wahrheit ist.

Sie nickt verständnisvoll. »Aber warum tust du es dann nicht einfach? Was hält dich noch?«

Ich seufze schwer. »Mein Vater. Er ist mein Manager. Ihm liegt viel daran, dass ich meine Rolle nicht aufgebe.« Ich muss auf Leni wirken wie ein kleiner Junge, ohne eigenen Willen, ohne den Mut, den nächsten Schritt zu wagen.

»Hast du schon mal mit ihm über deinen Wunsch gesprochen?«

Ich lächle traurig. »Ja, aber er sieht es nicht ein. Er glaubt, meine Karriere wäre zu Ende, wenn ich andere Projekte annehme. Den Film, den wir uns heute angeschaut haben … Das sind die Projekte, bei denen ich mitwirken möchte. Aber die Gage ist natürlich um einiges geringer als bei *Reset.* Ein Grund mehr für meinen Vater, alles abzulehnen.«

Leni schüttelt langsam den Kopf. »Ich fasse es nicht, wir leben in verschiedenen Welten und haben doch die gleichen Probleme.«

»Wieso?«, frage ich verdutzt.

»Ich hatte dir doch erzählt, dass ich meinen Freundinnen sagen wollte, dass ich nicht studieren möchte. Tja, die beiden haben meine Entscheidung gut aufgenommen. Meine Eltern dafür überhaupt nicht. Zwischen uns herrscht seitdem Eiszeit.« Ihre Augen blitzen verletzt auf.

»Scheiße.« Ich bin echt nicht gut darin, helfende Worte zu finden …

»Kurz habe ich sogar überlegt, ob ich es doch machen soll. Studieren, meine ich. Nur damit meine Eltern glücklich sind.« Leni schüttelt langsam den Kopf. »Aber ich würde es bereuen. Ich bin so sicher, dass ich es bereuen würde.«

Der Kellner bringt unser Essen an den Tisch, und ich bemerke nur aus den Augenwinkeln, dass er mich neugierig anstarrt, bevor er am Nebentisch eine Bestellung aufnimmt.

»Ich wäre gerne so stark wie du. Den eigenen Weg zu gehen, das ist schwerer als man denkt«, entgegne ich auf ihr offenes Geständnis.

Leni nickt zustimmend. »Du tust es nicht, weil du deinen Vater nicht enttäuschen möchtest, oder?«

Wir sehen uns an, viel länger als sonst, so als wären Worte nicht notwendig. Allein ihr ernster und mitfühlender Blick reicht aus, um mir sicher zu sein, dass es okay ist, ihr mein Herz auszuschütten.

»Ja. Und ich habe Angst, ihn zu verlieren«, antworte ich mit trockenem Mund und greife sofort nach meiner Cola.

Leni nimmt das Besteck zur Hand. »Das verstehe ich nur zu gut, glaub mir. Aber weißt du, was mir in den letzten Tagen sehr deutlich geworden ist?« Mit der Gabel spießt sie eine gebratene Zucchini auf. »Familie ist wichtig! Aber dein Vater hört dir ganz offensichtlich nicht zu, genau wie meine Eltern mir nicht zuhören. Sie glauben, sie würden uns helfen, den richtigen Weg zu gehen, dabei ist es nur ihr eigener.«

Der Lachs fühlt sich in meinem Hals an, als hätte er tausende Gräten, die meine Speiseröhre zerkratzen. Ich habe alles getan, was mein Vater wollte, in dem Irrglauben, dass sich dadurch eines Tages unsere Beziehung bessern könnte und wir zu einer Einheit werden. Aber dazu ist es nie gekommen.

»Lass uns von was anderem reden«, bitte ich Leni. »Unser Date sollte nicht so ernst sein.«

»Unser Date«, wiederholt sie, so als würde sie ausprobieren, wie das Wort in Zusammenhang mit mir klingt. »Ich habe meinen Freundinnen gestern ein bisschen von dir erzählt. Natürlich ohne Namen, trotzdem glaube ich, dass sie es bald herausfinden werden. Clara ist richtig gut, wenn es um so was geht.«

»Was hast du ihnen denn gesagt?« Ich spüre, wie sich in meinem Bauch ein warmes Gefühl ausbreitet. Für eine Scheinbeziehung bin ich viel zu neugierig darauf, was Leni ihren Freundinnen über mich erzählt hat.

»Dass wir heute ins Kino gehen, zum Beispiel. Und dass ich dich mag. Ich wollte sie nicht anlügen, also habe ich einfach von Dingen erzählt, die der Wahrheit entsprechen.«

Dass ich dich mag. Ich höre nur diese vier Worte.

Zu lang hänge ich an ihren Lippen, denn plötzlich zieht Leni irritiert die Augenbrauen nach oben. Ich räuspere mich. »Hast du ihnen gar nicht erzählt, wie gut ich aussehe?« Ein kläglicher Ablenkungsversuch.

Sie verdreht die Augen, grinst aber dann mit einem Zwinkern. »Natürlich habe ich erzählt, wie gut du aussiehst! Und dass du ein verdammt genialer Küsser bist. So was eben.«

Ich erwidere ihr Grinsen. »*So was eben?* Meintest du nicht, du hättest nur von Sachen gesprochen, die stimmen?

Ich kann mich nicht erinnern, dir meine Kuss-Qualitäten bereits unter Beweis gestellt zu haben.«

Wir flirten. Die Frage ist, ob Leni sich dessen bewusst ist oder unser Gespräch lediglich als Teil unserer Abmachung verbucht. Wenn dieser Daniel nicht wäre, wäre ich davon überzeugt, dass sie Interesse an mir hat. Aber so stehe ich immer in seinem Schatten, ohne ihn zu kennen, ohne zu wissen, ob ich jemals eine Chance bei Leni haben werde.

Und dann holt sie mich mit einem Satz wieder auf den Boden der Tatsachen zurück.

»Mit einem Kuss sollten wir warten, bis irgendwer die Kamera auf uns richtet, meinst du nicht? Sonst machen wir es ja völlig umsonst.«

Schnell fange ich mich wieder, schlucke die Enttäuschung runter und schaffe es, meinen flirtenden Unterton beizubehalten. »Ja, was für eine Zeitverschwendung das doch wäre.«

Sie lacht und hält sich die Hände an ihre Wangen. »Ach, komm schon! Du schaffst es, dass ich noch rot werde!«

Mein Grinsen wird breiter. »Sorry.«

»Jedenfalls …« Ihre Augen funkeln, als Leni ihre Hände wieder sinken lässt und ihre hauchrosa Wangen zum Vorschein kommen. »Es scheint zu klappen. Meine Freundinnen sind trotz der Heimlichtuerei nicht misstrauisch, und wenn ich das Gleiche bei Daniel schaffe, dann bin ich vielleicht aus dem Schneider.«

»Freut mich, dass ich helfen kann. Wie gesagt, das ist für uns beide eine Win-win-Situation«, antworte ich.

»Was hattest du noch mal gesagt, weshalb dir unsere Scheinbeziehung hilft?«, fragt Leni betont beiläufig.

Netter Versuch. »Ich hatte gar nichts gesagt.«

»Und du wirst es auch nicht?«

Zwei junge Mädchen treten plötzlich an unseren Tisch. Ich bin so in das Gespräch mit Leni vertieft, dass ich die beiden gar nicht bemerkt habe. Normalweise ist mein Radar unfehlbar, wenn es um Fans geht.

»Entschuldigung, können wir ein Foto mit dir machen?«, fragt die Dunkelhaarige atemlos. »Wir lieben *Reset!*«

Ich lächle und stehe auf. »Klar, kein Problem.«

Meine Arme lässig um die beiden gelegt, grinse ich in die Handykamera. Die Mädchen quieken aufgeregt, bedanken sich mehrmals für das Selfie und verziehen sich schließlich wieder an die Bar, allerdings nicht ohne Leni einen verstohlenen Blick zuzuwerfen.

Als hätten die beiden den Startschuss gegeben und die Hemmungen der anderen Gäste schwinden lassen, trauen sich nun noch drei Mädchen, mich um ein Foto zu bitten. Neugierige Blicke verfolgen die Szene. Jetzt ist es nur noch eine Frage der Zeit, bis Fotos von uns in den sozialen Medien auftauchen. Aber so richtig freuen kann ich mich darüber nicht, dass unser Plan langsam Fahrt aufnimmt. Viel zu sehr genieße ich es, Leni näher kennenzulernen.

Als die Mädchen sich überschwänglich bedankt haben, setze ich mich wieder zu ihr. »Wo waren wir stehen geblieben?«

Sie klimpert scheinheilig mit den Wimpern. »Du wolltest mir gerade erzählen, warum unsere sogenannte Beziehung auch für dich Vorteile hat.«

Ich ziehe eine Augenbraue nach oben. »Tatsächlich? Wollte ich das?«

»Jetzt mal im Ernst«, sagt sie und stochert mit ihrem Glasstrohhalm in der Mangoschorle. »Mich würde es echt interessieren, aber ich bin auch nicht beleidigt, wenn du nicht drüber sprechen willst. Scheint sehr privat zu sein.«

»Ist es auch«, bestätige ich. »Aber ich möchte es dir trotzdem erzählen, vorausgesetzt es bleibt unter uns.«

»Natürlich«, sagt Leni sofort und richtet sich auf.

Ich bin gespannt, wie sie reagieren und ob sie mich und meine notdürftigen Pläne für armselig oder verrückt halten wird. »Ich darf keine feste Freundin haben.«

Sie runzelt die Stirn. »Sagt wer?«

»Mein Vertrag bei *Reset*.«

Ihre Augen weiten sich schockiert. »Machst du Witze?«

Ich zucke mit den Schultern. »Die wollten einfach, dass sich die Fans Hoffnungen machen können. Ich habe unterschrieben. Ich hätte damals fast alles unterschrieben, um bei der Serie dabei sein zu dürfen.«

Sie rümpft die Nase. »Mal ehrlich, ich kann mir nicht vorstellen, dass das legal ist. Dein Privatleben geht die nichts an!«

»Danke, das sehe ich genauso«, stimme ich ihr zu. »Aber jetzt könnte es mir zugutekommen. Ich habe leider schon für die nächste Staffel unterschrieben, am liebsten würde ich natürlich schon nach dieser hier gehen. Ich hoffe, du bist mein Ticket in die Freiheit.«

Leni schnalzt mit der Zunge. »Du brichst mit mir den Vertrag und hoffst gekündigt zu werden.« Das ist keine Frage, sondern eine Feststellung.

Ich nicke. »Ich klinge ganz schön verzweifelt, oder?«

Sie mustert mich mitfühlend. »Ein bisschen. Aber ich verstehe dich. Und wenn du für dich entschieden hast, diesen Weg zu gehen, dann tu es. Es ist dein Leben, nicht das deines Vaters.«

In diesem Augenblick weiß ich endgültig, dass ich Leni in meinem Leben haben möchte, besser gesagt, dass ich sie in meinem Leben *brauche*.

27
Leni

Mal was Neues

Als ich am Mittwoch in der Früh aufwache, denke ich sofort an Jonas. Ich bin mit einer ganz anderen Erwartung in dieses Fake-Date gegangen. Ich habe damit gerechnet, dass er lustige Sprüche reißen wird, wir uns gegenseitig aufziehen und Spaß haben werden. Doch ich hätte nie gedacht, dass unsere Gespräche so tiefgründig werden würden und ich plötzlich nicht mehr vor Jonas, dem Schauspieler, sitze, sondern vor *Jonas.*

Dieser Abend hat uns und unsere Beziehung verändert. Wir sind nicht mehr Bekannte mit einer Abmachung. Ich glaube, wir sind Freunde.

Nachdem ich mich geduscht und angezogen habe, schleiche ich mich am Schlafzimmer meiner Eltern vorbei zur Haustür, um sie nicht aufzuwecken. Ich schnappe mir nur schnell einen Apfel und mache ich mich auf den Weg zur Wohnung meines Bruders, um Jill abzuholen. Ich laufe das kurze Stück zu Fuß und genieße die Ruhe, die in den frühen Morgenstunden auf den Straßen herrscht und mir hilft, den Kopf frei zu bekommen. Nur das fröhliche Vogelgezwitscher ist klar und deutlich zu vernehmen.

»Was machst denn du hier?«, fragt Jill überrascht, als sie mir im Schlafanzug die Tür öffnet. »Ich hätte dich doch wie jeden Morgen mit dem Sprinter abgeholt!«

»Ich weiß«, sage ich niedergeschlagen. »Aber ich wollte Mama und Papa nicht begegnen.«

Ein wissender Ausdruck schleicht sich in ihr Gesicht. »Oje, komm erst mal rein.« Ich folge ihr ins Wohnzimmer.

»Mach es dir bequem, in zwanzig Minuten bin ich fertig«, vespricht sie mir und huscht aus dem Zimmer in Richtung Bad. Ich lasse mich auf die Couch fallen und in die Sofakissen sinken.

»Wusst ichs doch, dass ich deine Stimme gehört hab.« Da, wo eben noch Jill stand, taucht nun mein Bruder auf. Auch wenn er vermutlich gerade aus dem Bett kommt, sind seine Haare kaum durcheinander, und sein ordentlicher dunkelblauer Schlafanzug nicht faltig. Wie macht er das bloß?

»Guten Morgen, Bruderherz«, begrüße ich ihn. »Stehst du immer so früh auf?«

Er wirft einen kurzen Blick zurück auf die schlichte Uhr, die über dem Eingang im Flur hängt. »Es ist sieben Uhr. Natürlich bin ich schon wach. Ich muss doch lernen, bevor die Vorlesungen anfangen«, erklärt er mir, als sei das offensichtlich. »Anscheinend hast du ein falsches Bild vom Studium.«

»Vielleicht hast ja *du* ein falsches Bild vom Studium«, necke ich ihn.

»Ich würde jetzt gerne sagen ›Das wirst du schon noch sehen‹, aber aus aktuellem Anlass behalte ich diese Anmerkung für mich«, schlägt er zurück.

Ich seufze. »Glaubst du, Mama und Papa halten dieses verdammte enttäuschte Schweigen noch lange durch?«

Justus setzt sich neben mich auf die Couch und sieht mich von der Seite an. »Gib ihnen Zeit. Du hast doch auch etwas gebraucht, um zu erkennen, dass Jura nichts für dich ist, bevor du es uns erzählt hast. Genau diese Zeit brauchen unsere Eltern jetzt auch.«

Ich schüttle lächelnd den Kopf. »Warum bist du so vernünftig, Justi?«

Wieso habe ich nicht daran gedacht, dass ich Zeit hatte, mich mit meinen Gedanken auseinanderzusetzen, aber Mama und Papa nicht. Ich habe sie vor vollendete Tatsachen gestellt und erwartet, nein, sogar gefordert, dass sie sofort Feuer und Flamme sind. Und ich war enttäuscht, als sie es nicht waren. Doch vielleicht brauchen sie einfach nur Zeit, um zu der gleichen Erkenntnis zu gelangen, wie ich.

»Wie geht es dir mit dem Studium? Und ja, ich will es wirklich wissen«, füge ich schnell hinzu und grinse ihn an.

»Obwohl du der Gerechtigkeit den Rücken gekehrt hast?«, entgegnet er und greift sich theatralisch ans Herz.

Ich schnaube. »Du bist ein Blödi!«

»Schon gut. Ich höre auf«, verspricht er mir. »Also mir geht's gut. Das Studium … es ist anstrengend. Wenn du Jura studierst, ist es nicht nur wichtig, dass du die Prüfungen bestehst, sondern *wie* du die Prüfungen bestehst. Mit einer durchschnittlichen Punktzahl hast du später kaum Aussicht auf eine Anstellung. Das ist dann so, als hättest du nicht studiert.« Er seufzt. »Der Druck ist sehr groß.«

Ich nehme seine Hand in meine und drücke sie. »Ich weiß, dass du es schaffst. Wenn nicht du, wer dann?«

»Lieb, dass du das sagst«, bedankt sich Justus. »Ich tue auf jeden Fall alles dafür.«

Mein Bruder kämpft für sein Ziel, und genau das tue ich auch.

Am Set angekommen, führt mich mein erster Weg zum Catering. Mittlerweile knurrt mein Magen, der Apfel hat ihm offensichtich nicht gereicht. Ein Becher Kaffee und eine Breze leisten Abhilfe.

»Guten Morgen.« Jonas schlendert auf mich zu und schenkt sich ebenfalls einen Becher Kaffee ein. »So wie du dich heute an dein Koffein klammerst, gehe ich davon aus, dass du nicht teilen möchtest.«

»Richtig erkannt«, bestätige ich. »Das nächste Mal dann wieder.«

»Ich fand unser Date gestern sehr schön … übrigens«, sagt er plötzlich, und als ich seinen Blick erwidere, schießt mir aus irgendeinem Grund die Hitze in meine Wangen. Mein Herz klopft, und ich verstehe die Welt nicht mehr. Vor mir steht Jonas. Nicht Daniel!

»Ich würde mich freuen, wenn wir es irgendwann wiederholen«, gestehe ich.

»So ihr beiden, ich hoffe, ich störe nicht.« Jill schiebt sich geschäftsmäßig zwischen uns. »Jonas, es ist Zeit für die Maske. Und Leni, ich brauche dich.«

»Natürlich!« Ich nehme noch einen letzten großen Schluck Kaffee und stelle den Becher zum benutzten Geschirr. »Wo brennt's?«

Jonas wirft mir einen bedauernden Blick zu, bevor er Richtung Maske trottet.

»Heute wird es etwas anstrengend, weil wir mit Komparsinnen und Komparsen arbeiten. Und da du dich in den letzten Tagen so gut angestellt hast, befördere ich dich zur, tadaaa, Komparsenbetreuung.«

Ich blinzle. »Komparsenbetreuung?«

»Keine Angst, das ist kein Hexenwerk. Du bist deren Ansprechpartnerin, sorgst dafür, dass sie rechtzeitig für den Dreh fertig sind, koordinierst sie während des Drehs und sorgst für Essen und Getränke. Am Abend helfe ich dir dann mit den Abrechnungsbögen.«

»Abrechnungsbögen?«, wiederhole ich verunsichert, weil ich nur Bahnhof verstehe.

Jill klopft mir auf die Schulter. »Wie gesagt, ich helfe dir. Wenn du zwischendurch Fragen hast, dann kannst du jederzeit zu mir kommen.«

Nachdem ich den ersten Schock verdaut habe, nimmt mich Jill mit in das Gebäude, das nur fünfzig Meter vom Set entfernt liegt und in dem sich auch Maske und Kostüm befinden. Einer der Räume, welcher gestern noch leer stand, wurde nun zum Aufenthaltsraum von fünfzehn Komparsinnen und Komparsen umfunktioniert.

Wie Jill mir auf dem Weg dorthin erklärt, hat die Produktion sie über eine Agentur gebucht, und es ist eine große Altersspanne vertreten, von zwanzig bis fünfzig Jahren ist alles dabei. Sie werden heute als Paparazzi für ordentlich Wind am Set sorgen.

»Okay, Leute, hört bitte kurz zu!«, verschafft sich Jill bei den Komparsen Gehör, die größenteils an zwei langen Tischen zusammensitzen. »Das ist Leni, sie ist für heute eure Ansprechpartnerin!«

Ich lächle wissend in die Runde, obwohl ich gleichzeitig denke: ›Fragt mich nicht, ich hab doch auch keine Ahnung!‹

»Wer jetzt noch nicht in der Requisite war, macht sich bitte gleich auf den Weg!« Während sich vier Personen erheben und an uns vorbei zur Tür huschen, dreht sich Jill zu mir. »Sorg bitte dafür, dass alle zügig fertig werden.« Sie reicht mir die Disposition, kurz Dispo. »In die Maske müssen die Komparsen heute nicht, nur ins Kostüm. In einer Stunde fangen wir mit dem Dreh an, ich geb dir übers Headset Bescheid.«

»Alles klar«, sage ich, obwohl nichts klar ist. Aber ich wurde in meinem Leben schon öfter ins kalte Wasser geworfen, und so werde ich auch diese Aufgabe meistern.

Während wir auf unseren Einsatz warten, komme ich mit einigen Komparsen ins Gespräch. Zwei Frauen haben sich heute extra Urlaub genommen, um beim Dreh dabei sein zu können. Dann gibt es noch drei Studierende, die sich etwas Geld dazuverdienen wollen, und zwei, die Schauspielluft schnuppern möchten. Sie sind alle nett und gemeinsam ein lustiges Völkchen. Gerade, als die letzten zwei aus der Kostümabteilung zurückkommen, ertönt Jills Stimme in meinem Ohr.

»Auf geht's!«, rufe ich durch den Raum. »Eure privaten Sachen müsst ihr nicht mitnehmen«, füge ich hinzu, als die ersten nach ihren Handtaschen und Rucksäcken greifen. »Ich sperre den Raum ab. Ach, und bitte keine Fotos während der Dreharbeiten!«

Am Set erwartet uns Jill bereits und erklärt mir kurz wie die Szene aussehen wird. »Also, Jonas und Niam werden aus dem hinteren Hauseingang kommen und sofort von der Presse belagert. Die Komparsen sollen ruhig ein bisschen aufdringlich sein und Fragen rufen. Jonas und Niam werden sie ignorieren und weitergehen.«

Plötzlich so nah am Geschehen und Teil des Drehs zu sein, lässt meinen Puls nach oben schießen. Jonas steht bereits auf Position, während Niam noch abgepudert wird. Als ich mit den Komparsen an ihm vorbeigehe, zwinkert Jonas mir zu. Von hinten höre ich Getuschel.

Einen Augenblick später sind meine Leute auf Position, und ich erkläre ihnen nun wiederum, welche Aufgabe sie haben. Außerdem zeige ich ihnen, aus welcher Richtung sie wann laufen müssen und spreche kurz mit ihnen ab, welche Fragen sie rufen könnten. Jill lässt mir freie Hand, und es fängt an, mir richtig Spaß zu machen, mich so aktiv am Set einzubringen.

»Drehfertig machen!« Die Anweisung des Regieassistenten hallt durch die Straßenkulisse. Ich ziehe mich zurück und platziere mich wenige Meter neben dem Kameramann. Auch die Maskenbildnerin, die Jonas und Niam mit letztem Blick überprüft, entfernt sich schließlich aus dem Bild.

»Ruhe bitte!«

Ich werfe einen Blick auf die Regisseurin, die ihrem Assistenten signalisiert, dass sie bereit ist.

»Ton ab!«

»Läuft!«

»Kamera ab!«

»Läuft!«

Der Kameraassistent wartet bereits mit der Filmklappe vor der Kamera. »Drei-Sieben, die Fünfte«, sagt er, schlägt die Klappe und zieht sich sofort zurück.

»Und bitte!«, ruft die Regisseurin.

Jonas und Niam verlassen mit schnellen Schritten und sichtlich gestresst den Hauseingang des noblen Altbaugebäudes, als die Komparsen ihnen, als Paparazzi mit großen Fotoapparaten bewaffnet, den Weg versperren.

»Was sagen Sie zu den Anschuldigungen, Mister Scott?«, ruft die Erste.

»Haben Sie etwas mit der Entführung Ihrer Freundin zu tun?«, schreit der Nächste.

Jonas' Blick ist verschlossen, als er sich mit Niam durch die Menge drängt.

»Aus!« Die Regisseurin beugt sich zu dem Bildschirm vor, der ihr die gerade gespielte Szene wiederholt. Ein Sonnenschirm sorgt dafür, dass ihr Blick durch das Licht nicht getrübt ist. Auch der Regieassistent, der direkt neben ihr sitzt, prüft das Gedrehte genau. Sie sprechen leise miteinander, bis der Assistent nickt, sich erhebt und zu mir kommt.

»Die beiden mit den schwarzen Hosen haben Niam zu sehr verdeckt. Könntest du ihnen sagen, dass sie sich mehr links halten sollen? Danke!«

Ich gebe das Feedback an die Betroffenen weiter und zeige ihnen die richtige Position. Danach geht das ganze Spiel von vorne los. Der Dreh beginnt, die Schauspieler und die Komparsen setzen sich in Gang, und die Szene wird abgedreht.

»Danke! Aus!« Diesmal folgen keine neuen Anweisungen, die Regisseurin nickt zufrieden.

In der Drehpause, während die Kamera für eine neue Perspektive umgebaut wird, bekommen alle meine Schützlinge jeweils eine Flasche Wasser. Das Rumstehen und das lange Warten können dazu führen, dass der ein oder andere Kreislauf schlapp macht.

»Hey.« Jonas taucht neben mir auf.

»Hey«, erwidere ich leise. »Du hast toll gespielt«, sage ich wahrheitsgemäß und nicke zum Set. »Ehrlich, ich hab's dir voll abgekauft.«

Er grinst. »Danke. Eigentlich hatte ich vor, schlecht zu spielen, damit sie mich rauswerfen«, erklärt er, aber als ich ihn entsetzt anstarre, fügt er schnell hinzu: »Hab ich letztens einmal gemacht und dann selbst gemerkt, wie dämlich das ist.«

Skeptisch ziehe ich die Augenbrauen nach oben. »Allerdings.«

»Du bist da doch die angenehmere Lösung.«

Ich grinse. »Gleichfalls, mein Liebster.« Wie schon gestern bei unserem Date habe ich auch jetzt das Gefühl, dass wir miteinander flirten. Aber das stört mich nicht. Ganz im Gegenteil. Unsere Gespräche sind locker, leicht und ganz ohne Anstrengung.

»Bei den Komparsen haben wir schon Eindruck gemacht«, bemerkt Jonas mit einem Seitenblick auf meine Leute.

Ich folge seinem Blick unauffällig. Ein junger Mann und eine junge Frau starren ziemlich offensichtlich zu uns herüber. Dann suche ich mit den Augen das Set ab. In beruhigend weiter Entfernung hilft Tom gerade, die Kamera einzustellen.

»Wenn das so gut weiterläuft, kann ich bald mit Clara reden«, murmle ich leise, weil ich dennoch Angst habe, irgendjemand könnte uns belauschen. »Das ist so komisch … Auf der einen Seite würde ich das Gespräch mit ihr am liebsten nie führen. Aber auf der anderen Seite will ich es endlich hinter mich bringen und freue mich schon fast auf die Erleichterung.«

»Das ist nicht komisch«, beruhigt Jonas mich, und seine Miene wird ganz ernst. Gedankenverloren zieht er die Augenbrauen zusammen. »Ich verstehe das nur zu gut, glaub mir.«

Ich mustere ihn neugierig, weil ich gerade den gleichen Gesichtsausdruck bemerke, den ich bereits gestern an ihm kennengelernt habe. Da sind Fragen und Schmerz und Sehnsucht und Hoffnung.

»Wir müssen es einfach hinter uns bringen.« Ich spreche in Wir-Form, weil mir mein Gefühl sagt, dass auch Jonas sich vor einem wichtigen Gespräch drückt, das er längst hätte führen sollen. Wahrscheinlich geht es um seinen Vater. Und tatsächlich widerspricht er nicht, sondern nickt nur.

Fünf Minuten später ist die Pause vorbei, und der Dreh beginnt erneut. Es wird abermals dieselbe Szene gedreht, allerdings werden diesmal die Paparazzi von hinten gefilmt, sodass der Andrang noch größer scheint. Die Maskenbildnerin prüft die Komparsen und wuschelt den Langhaarigen kurz durch die offenen Haare, um sie locker und windzerzaust wirken zu lassen.

Ich weise meine Schützlinge wieder ein und verziehe mich dann schnell hinter die Kamera.

»Hab ich doch von Anfang an gesagt, dass ihr zusammenpasst«, raunt mir plötzlich jemand ins Ohr.

Ich zucke erschrocken zusammen. »Mensch, Flo, du

darfst dich doch nicht so heimlich an mich heranschleichen! Ich krieg noch einen Herzinfakt!«

Flo lacht. »Sorry, aber die Gelegenheit war einfach zu verlockend!«

»Drehfertig machen!«, ruft hinter uns der Regieassistent.

»Und?« Er stupst mich mit der Hüfte an. »Bist du mit Jonas zusammen?«

Überrascht öffne ich den Mund, nur um ihn dann nach ein paar Sekunden zu schließen und wieder zu öffnen. »W-Wie kommst du darauf?« Verlegen streiche ich mir eine Haarsträhne hinters Ohr.

»Das fragst du noch?«, entgegnet Flo spöttisch. »Ihr hängt dauernd aneinander, und du bist konstant rot im Gesicht, wenn er in der Nähe ist.«

Ich schnaube. »Als ob!«

»Wenn du nicht darüber reden willst, kein Stress. Aber eines *muss* ich wissen.« Er atmet tief durch. »Ist Jonas ein guter Küsser?«

Ich pruste los. »Warum willst du das wissen? Ich dachte, du hast einen Freund!«

Er zuckt mit den Schultern. »Na, und? Das hat nichts mit Lukas zu tun. Ich will einfach nur wissen, ob ein Kerl, der so verdammt heiß aussieht, gut küssen kann.«

»Leider kann ich deine Frage nicht beantworten«, sage ich und hebe bedauernd die Schultern.

»Aber …«

Doch er wird von Jill unterbrochen.

»Ruhe bitte!«

28
Jonas

Ja, wen haben wir denn da?

»Ich hau mich aufs Sofa, bis du fertig bist. Hast du irgendwas Kaltes im Kühlschrank?« Tobi lässt sich auf meine Couch fallen.

»Cola. Bedien dich.«

Aber er schüttelt nur den Kopf. »Du und deine Cola. Eigentlich müsstest du schon längst einen Zuckerschock erlitten haben.«

Ich ziehe eine Augenbraue nach oben. »Für dich also lauwarmes Leitungswasser?«

Tobi rümpft die Nase. »Schon gut. Ich nehm die Cola.«

»Na, also!« Ich hole ihm eine Flasche, entferne den Kronkorken und drücke ihm das Getränk in die Hand. Dann schiebe ich Tobis ausgestreckten Beine etwas zur Seite und lasse mich neben ihm auf die Couch fallen.

»Leo fragt übrigens, ob er tausend Autogrammkarten haben kann, um sie im Kindergarten zu verkaufen.«

Leo ist vier Jahre alt und Tobis kleiner Bruder.

Ich gluckse belustigt. »Tausend Stück?«

Er zuckt mit den Achseln und nimmt einen großen Schluck Cola. »Du, ich geb die Bestellung nur weiter.

Nach seinen Angaben sind sie in der Pinguingruppe tausend Kinder, nachdem die Igelgruppe mit seiner zusammengelegt wurde.«

»Ich kann dir ja erst mal zehn Karten mitgeben, und dann schauen wir mal, wie viele übrig bleiben«, schlage ich vor.

»Das ist doch ein Deal. Ich sag Leo einfach, das wären tausend. Er kann noch nicht zählen.«

»Fragt er immer noch nach seinem Papa?«

Tobi seufzt. »Ja, leider. Wir wissen nicht, was wir ihm sagen sollen. ›Leo, dein Vater hat kein Interesse an dir?‹ Ich glaub, das kommt nicht so gut.«

»Verstehe«, brumme ich. Wie gerne würde ich meinem Kumpel helfen und kluge Tipps geben, wie sich seine Familiensituation entspannen könnte, oder wie man einem kleinen Jungen kindgerecht beibringt, dass der eigene Vater ein Leben ohne ihn bevorzugt. Aber alles, was ich kann, ist zuhören.

»Wie läuft's mit Leni?« Ein abrupter Themenwechsel, mit dem Tobi wenig subtil darauf hinweist, dass er seine Probleme heute lieber zu Hause lässt.

»Ganz gut«, sage ich vage. »Sie war heute für die Komparsen zuständig, dadurch hatten wir nicht so viel Zeit, uns zu unterhalten.«

»Und euer Date gestern?« Er wackelt mit den Augenbrauen.

»Du meinst, unser *Fake*-Date?«

»Wie auch immer du es nennen willst.«

»Ich nenne es *Fake*-Date«, stelle ich noch mal klar. »Und ja, es war schön. Und jetzt hör auf mit diesem Augenbrauengezucke. Da bekommt man ja Angst.«

»Schon gut, schon gut! Wann habt ihr denn euer nächstes Date?«

»Wir haben noch nichts ausgemacht«, antworte ich betont locker, obwohl ich Lenis Worte von heute Morgen noch im Kopf habe. Sie würde sich freuen, wenn wir das Date wiederholen … Dann kann ich mich nicht ganz blöd angestellt haben! Wenn Jill uns nicht unterbrochen hätte, hätte ich Leni bereits eingeladen. Vielleicht klappt es ja morgen. Oder sollte ich ihr einfach schreiben? Das habe ich mich bisher noch nicht getraut.

»Was ist eigentlich, wenn sie ihrer Freundin die Wahrheit über diesen Tom gesagt hat?«, überlegt Tobi laut.

»Was soll dann sein?«, frage ich nach. »Ich schätze, Tom ist dann seine Freundin los.«

»Nein, ich meine mit euch. Ist eure Abmachung dann vorbei, geht ihr wieder getrennte Wege?«

Als Leni heute erleichtert davon gesprochen hat, endlich Toms Affäre aufzudecken, spürte ich einen kleinen Stich. Nicht, weil ich auf Toms Seite bin, sondern vielmehr, weil mir damit so richtig klar geworden ist, dass sich mit der Lösung unserer Probleme auch irgendwann unsere Scheinbeziehung auflösen wird. Seitdem hat sich eine kleine Angst eingeschlichen, dass der Kontakt dann wie zuvor eher sporadisch ausfallen wird und unsere Beziehung, Freundschaft oder was auch immer das zwischen uns ist, im Sand verlaufen wird.

»Erst muss die Produktion noch meine Beziehung bemerken, aber am Set sind schon ein paar Leute hellhörig geworden, und gestern wurden wir im Restaurant gesehen. Ich wurde auf ein paar Selfies auf Instagram verlinkt. Es wird also nicht mehr lange dauern.« Ich halte kurz inne.

»Wir dürfen dann natürlich nicht sofort mit der Beziehung aufhören, das wäre ja doch verdächtig. Aber, ja, wenn dann etwas Zeit ins Land gegangen ist, ist die ganze Aktion wieder vorbei.« Diese Wahrheit meinem besten Freund gegenüber auszusprechen, macht sie nur noch schmerzhafter, und ich spüre, wie sich ein Kloß in meinem Hals bildet.

Tobi runzelt besorgt die Stirn, so als wüsste er ganz genau, was gerade in mir vorgeht.

Um seinem Röntgenblick zu entgehen, erhebe ich mich schnell von der Couch. »Ich geh jetzt duschen. Sonst kommen wir noch zu spät, und die Band fängt ohne uns an.«

Eine halbe Stunde später machen wir uns mit dem Auto in Richtung *TonHalle* auf, einer Konzerthalle im Münchner Werksviertel. Ich habe die Karten für die *Pixies* schon Monate im Voraus besorgt, glücklicherweise, denn kurz darauf war das Konzert bereits ausverkauft.

»Du weißt aber, dass du auf der Rücktour Fahrer spielst?«, erinnert mich Tobi, als wir aussteigen und die Autotüren hinter uns zuschlagen.

»Keine Angst, ich bleib bei Cola.«

Am Einlass werden wir abgetastet und unsere Taschen kontrolliert. Der Sicherheitsmann beäugt misstrauisch meine Kappe, die ich mir wie immer ins Gesicht ziehe, wenn ich von vielen fremden Menschen umgeben bin. Sobald das Konzert beginnt und die Lichter gedimmt werden, nehme ich sie ab.

Die *TonHalle* ist schlauchartig geschnitten und erinnert an eine Lagerhalle, die Bühne befindet sich im hinteren

Teil des Gebäudes. Tobi und ich holen uns an einem der Verkaufsstände etwas zu Trinken. Er Bier, ich Cola.

»Ich freu mich schon seit Wochen auf das Konzert«, sage ich und lasse den Blick durch die Halle schweifen. Sie ist schon zur Hälfte gefüllt. Die meisten Menschen sind lässig gekleidet, Jeans und T-Shirt, manche mit dem Aufdruck des *Pixies*-Logos.

»Ich auch, Alter, schön, dass es geklappt hat.« Mein Kumpel klopft mir auf die Schulter und nimmt einen Schluck Bier. »Das letzte Mal, dass ich auf einem Konzert war, ist schon wieder ewig her.«

»Das Studium frisst viel Zeit«, vermute ich.

»Studium, Familie«, stimmt er zu. »Ich weiß gar nicht, wie Leute immer so viel unter einen Hut bringen! Wenn ich jetzt noch eine Freundin hätte, würde ich vermutlich die weiße Fahne schwenken!«

Ich lache. »Diese Freundinnen, wenn sie sich dann noch gemeinsame Zeit wünschen …« Ich schüttle mit gepielter Entrüstung den Kopf.

Tobi grinst. »Ja, du lachst. Meine letzte Freundin, Paula, war immer genervt, wenn ich auf Leo aufpassen musste. Nur, weil sie Einzelkind ist.«

»Vielleicht liegt es auch daran, dass dein kleiner Bruder Paula nicht mochte. Ich kann mich da an einen Vorfall mit seinen Wassermalfarben erinnern. Ihr Kleid konnte sie danach wegschmeißen.«

»Aber das war doch ein Versehen!«, verteidigt Tobi ihn sofort, so wie er sich immer vor seine Familie stellt.

»Dann war das mit der Knete vermutlich auch nur ein Versehen«, erinnere ich ihn lachend.

Er will mir antworten, doch in diesem Moment geht

ein Raunen durch die Menge, und die ersten Leute fangen an zu klatschen und zu jubeln. Die Vorband betritt die Bühne. Die aufstrebende Münchner Indie-Rock-Gruppe *Geistreich* spielt einige Lieder, und ist ziemlich gut. Ich nehme mir vor, mir zu Hause ihr Album durchzuhören.

Als der Gig nach einer halben Stunde endet, ist das Publikum aufgeheizt und bereit für die Hauptband. Pfiffe und *Pixies*-Rufe gellen durch die Halle, während die Crew mit schnellen routinierten Handgriffen das Bühnenbild umbaut: ein schwerer schwarzer Vorhang, durchsetzt mit silbernen Fäden, auf dem in ebenso silberglänzenden Lettern der Bandname prangt. Die Scheinwerfer tauchen die Halle in ein dunkelblaues Licht, und die Strahlen brechen sich am Silber des sich sanft bewegenden Vorhangs. Es sieht aus wie tausend glitzernde Sterne. Die Stimmung ist mystisch und atemberaubend, und in mir beginnt es vor Aufregung zu kribbeln.

Und dann ist es so weit: Endlich sehe ich die *Pixies* live! Sie betreten unter ohrenbetäubendem Jubel die Bühe und beginnen die Show mit *Where is my Mind.* Sofort bin ich mittendrin, singe mit, verschütte vor lauter Begeisterung die Hälfte meiner Cola, weil ich meinen Kunstoffbecher weit über meinen Kopf halte. Ein Song nach dem nächsten folgt, ich kenne sie alle und tauche immer mehr in die Musik ab.

Plötzlich sehe ich zwischen den Leuten, ein paar Meter vor mir, einen Hinterkopf, der mir sehr bekannt vorkommt. Ich blinzle und fokussiere meinen Blick. Will mir mein Unterbewusstsein einen Streich spielen, weil ich ständig an sie denke? Sie hat nicht erzählt, dass sie heute auf ein Konzert gehen wird, daran könnte ich mich erinnern. Sie verschwindet für kurze Zeit aus meinem Sichtfeld, dafür erkenne ich jetzt, dass ein Junge seinen Arm um ihre Schultern gelegt hat.

Gerade als die Band ihren Song *Hey* anklingen lässt, wendet Leni ihren Blick, und ihre Augen weiten sich, als sie mich sieht.

29
Leni

La La Love you

Ich sehe meine Lieblingsband zum ersten Mal live und könnte vor Freude heulen. So lange habe ich auf diesen Tag hingefiebert, schon seit Jahren warte ich auf diese Gelegenheit. Arm in Arm mit Daniel singen wir die Texte mit, es gibt nicht einen Song, den ich nicht auswendig kann. Die *Pixies* hatten ihre Blütezeit in den späten Achtzigerjahren, aber ihre Musik ist zeitlos.

Doch nicht nur die Band versetzt mich in Hochstimmung, sondern auch die Nähe zu Daniel. Der heutige Abend zeigt mir aufs Neue, wie gut wir harmonieren. Wir leben unsere gemeinsame Leidenschaft, feiern zusammen, lachen. Der Abend ist perfekt.

Dicht gedrängt an andere Konzertbesuchende tanzen wir – für uns beide eine phänomenale Ausnahme. Doch heute bin ich nicht gehemmt und habe auch keine Angst, dass ich in meinen Bewegungen lächerlich aussehe, denn die Musik berauscht mich. Der Bass vibriert durch meinen Körper und lässt mich die Lieder spüren. Ich schließe für einen Moment die Augen und lasse mich vollkommen von den Klängen meiner Lieblingsband tragen. Der Geruch von Schweiß und purer Lebensfreude staut sich in der großen Halle und erfüllt mich mit Glückseligkeit.

Ich weiß nicht, warum ich meinen Kopf wende, obwohl doch mit *Hey* gerade eines meiner absoluten Lieblingslieder startet. Ich öffne die Augen, und auf einmal steht da Jonas, ein paar Meter hinter mir, und starrt mich ungläubig an. Ich erwidere seinen Blick, nicht minder überrascht, und die Gesichter um ihn herum verschwimmen mit dem bunten Scheinwerferlicht. Was macht er hier? Warum hat er nichts erzählt? Schnell wende ich mich wieder ab und spüre, dass ich ganz schwitzige Hände bekomme.

»Ich seh da hinten einen Freund von mir!«, rufe ich Daniel ins Ohr, als das Konzert wenig später in die Pause geht.

Er dreht sich kurz um, erblickt Jonas und schaut mich erstaunt an. »Ist das nicht dieser Schauspieler?«

Ich nicke, dränge mich durch die Menge nach hinten und ziehe Daniel an der Hand mit mir.

»Hey«, begrüße ich Jonas, ganz im Sinne des gerade gelaufenen Liedes.

»Hey!«, gibt er zurück. »Du bist *Pixies*-Fan?«

»Schon ewig!« Ich schaue zwischen ihm und Daniel hin und her. »Jonas, das ist Daniel, mein bester Freund. Daniel, das ist Jonas. Wir arbeiten zusammen.«

»Daniel«, wiederholt Jonas und mustert ihn auffallend lange.

»Anscheinend muss ich mich selbst vorstellen«, sagt der dunkelhaarige Junge neben Jonas und hebt zum Gruß die Hand. »Ich bin Tobi, ein Freund von dem da.« Er nickt zu Jonas hinüber. »Du musst Leni sein.«

Ich grinse. »Genau, die bin ich.« Ob Tobi von der

Scheinbeziehung weiß? Jedenfalls blitzen seine Augen freudig und irgendwie auch wissend. Beunruhigt werfe ich einen Seitenblick auf Daniel. Hoffentlich ist Tobi so schlau, nichts von der Abmachung zu erwähnen und mich so nicht auffliegen zu lassen.

»Seid ihr nur zu zweit hier?«, fragt Jonas und lässt den Blick durch die Halle schweifen, so als würde er erwarten, dass wir in einer Gruppe gekommen sind.

»Nur wir zwei.« Ich zucke mit den Schultern. »Der Rest kann mit den *Pixies* nichts anfangen.«

»Aber wie ist das möglich?«, sagt er mit gespielter Ernsthaftigkeit. »Das ist doch *die* Band überhaupt!«

»Du gefällst mir.« Daniel nickt anerkennend. »Wer möchte noch was trinken?«, fragt er in die Runde. »Ich würde mich anstellen.«

Ich nicke. »Für mich eine Apfelschorle.«

»Eine Cola wäre nett«, meint Jonas, während Tobi dankend den Kopf schüttelt.

Nachdem Daniel sich Richtung Getränkestand verabschiedet hat, ergreife ich meine Chance und wende mich an Tobi.

»Ich nehme an, Jonas hat dir von unserer Abmachung erzählt?«

Sein Grinsen geht über beide Ohren und ist Antwort genug. »Es könnte sein, dass er das ein oder andere Detail erwähnt hat.«

»Ja, habe ich«, schaltet sich Jonas ein. »Keine Sorge, wir sagen nichts.«

Mein Puls beruhigt sich langsam. »Danke. Ich hätte nie gedacht, dass ich euch hier treffe.«

Ich tue mich schwer, die Situation einzuordnen. Ich bin

pauschal davon ausgegangen, dass Jonas und ich, bis auf unsere Probleme, keine Gemeinsamkeiten hätten. Allerdings habe ich ihn auch nicht gefragt, was er in seiner Freizeit macht, welchen Musikgeschmack er hat oder ob er gerne reist und Sport macht, zeichnet oder singt. Mir wird klar, dass ich eigentlich kaum etwas über ihn weiß, obwohl ich doch noch gestern dachte, ich hätte ihn kennengelernt.

»Alles gut?«, fragt Jonas besorgt und holt mich damit aus meinen Gedanken zurück. Peinlich berührt sehe ich zur Seite, weil ich ihn während meiner Überlegungen mehrere Sekunden lang angestarrt haben muss.

»Äh, ja«, sage ich hastig. »Ich geh mal schnell Daniel beim Tragen helfen.«

Ich zwänge mich durch die Menschenmenge, immer darauf bedacht, von niemandem das Getränk auf mein T-Shirt geschüttet zu bekommen. Es ist einfarbig grau und oversize, sodass ich es an der Seite auf Taillenhöhe geknotet habe.

»Ich helfe dir beim Tragen«, informiere ich Daniel, als ich es endlich zu ihm geschafft habe.

»Danke! Ist Jonas eigentlich *derjenige*, von dem du uns erzählt hast?«

Für einen kurzen Moment überlege ich, es abzustreiten oder geheimnisvoll zu bleiben, aber dann entscheide ich mich dagegen. Warum sollte ich es verschweigen, wenn doch Daniel der Grund ist, warum ich damit überhaupt angefangen habe?

Ich nicke. »Bitte häng es nicht an die große Glocke. Jonas und ich sind zusammen.«

Daniel pfeift überrascht. »Akira hat zwar so was in der Art schon vermutet, aber irgendwie hätte ich es trotzdem nicht gedacht. Du hast die Beziehung so gut verheimlicht, ich hab wirklich gar nichts geahnt!«

Weil da auch nichts war. »War gar nicht so einfach.« Diese Lüge geht mir viel zu leicht über die Lippen.

»Kann ich mir vorstellen. Aber mal ehrlich …« Er runzelt die Stirn. »War das gerade eine inszinierte Show für mich? Du kannst mir nicht erzählen, dass ihr nicht wusstet, dass ihr auf demselben Konzert seid.«

Guter Punkt. »Ähm.« Ich zupfe an meinem T-Shirt, um Zeit zu gewinnen, obwohl ich keine andere Wahl habe, als ihm zuzustimmen. Alles andere würde keinen Sinn ergeben. »Bist du mir böse?«

Daniel lächelt leicht. »Ich bin dir nie böse, das weißt du doch. Aber gleichzeitig solltest du auch wissen, dass es nicht nötig ist, mir irgendwas zu verheimlichen. Und ich würde auch nie etwas weitererzählen, wenn du es nicht möchtest. Wir sind beste Freunde und immer füreinander da.«

Das furchtbare Gefühl, Daniel zu hintergehen, wird von Sekunde zu Sekunde stärker. Nicht nur, weil ich ihm die Lüge um meinen Beziehungsstatus auftische. Sondern auch, weil er außerdem davon überzeugt ist, dass wir der lebende Beweis dafür sind, dass es die besten Freundschaften zwischen Mann und Frau geben kann. Und dass wir keine Geheimnisse voreinander haben …

Ich fühle mich schrecklich, weil es für ihn Freundschaft ist – und für mich Liebe. Weil ich davon weiß – und er nicht das Geringste ahnt.

»Du bist der beste Freund, den man sich nur wünschen kann«, sage ich dennoch, um ihn nicht ins Zweifeln kommen zu lassen.

»Jonas scheint nett zu sein, zumindest hat er schon mal den richtigen Musikgeschmack.« Daniel grinst mich breit an.

»Ja, meinst du, ich such mir ’nen Depp aus?«, tue ich irritiert.

»Vielleicht magst du ihn ja mal mitnehmen, wenn wir uns wieder alle zusammen treffen? Es ist merkwüdig, ihn nicht zu kennen, obwohl er Teil deines Lebens ist. Außerdem bin ich mir sicher, Akira und Clara verkaufen ihr Wissen nicht gleich an die Presse, wenn du es ihnen erzählst.«

»Kann ich machen«, antworte ich zögerlich. Jonas ist Schauspieler und wird seine Rolle perfekt spielen. Aber was ist mit mir? Schaffe ich es, meinem Freundeskreis mehrere Stunden am Stück die glückliche Beziehung vorzugaukeln?

Endlich sind wir an der Kasse gelandet und bestellen unsere Getränke. Der Rückweg dauert länger, weil es schwierig ist, die Balance zu halten und nichts zu verschütten. Irgendwann schaffen wir es zu Jonas und Tobi, und ich überreiche meinem vermeintlichen Freund den Kunststoffbecher mit seinem Lieblingsgetränk.

»Ich würde euch gerne einladen«, lässt Jonas verlauten und hebt seine Cola. »Auf den schönen Zufall, euch hier getroffen zu haben!«

Tobi schnaubt. »Alter, wenn ich gewusst hätte, dass du die nächste Runde schmeißt, hätte ich mir doch was bestellt!«

Ich lache und hebe zusammen mit Daniel unsere Becher.

»Danke, Jonas«, sagt mein bester Freund. »Aber du

musst nicht mehr so tun, als wäre das zwischen dir und Leni nicht abgesprochen gewesen. Sie hat es mir gerade gebeichtet.«

Jonas' Augen weiten sich überrascht. »Abgesprochen?«

»Der heutige Abend«, erkläre ich hastig. »Weil wir doch wussten, dass wir beide auf dem Konzert sein werden.«

»Ach so, das.« Jonas nickt wissend, und sein Lächeln stiehlt sich zurück. »Okay, ich bekenne mich schuldig.« Wie um seine Aussage zu unterstreichen, greift er ganz selbstverständlich nach meiner Hand.

Für einen kurzen Moment bleibt mir die Luft weg. Doch dann entspanne ich mich merklich und wundere mich gleichzeitig, wie einfach und natürlich sich das alles gerade anfühlt. Irgendwie ist es schön, den Abend nun zu viert zu verbringen. Tobi ist ein netter Kerl, den ich sofort in mein Herz schließe, und Daniel und Jonas scheinen sich ebenfalls gut zu verstehen.

Als die Band wieder zurückkehrt, die Musik beginnt und *La La Love you* ertönt, legt Jonas den Arm um mich und zieht mich an sich. Obwohl er die Rolle meines Freundes nur spielt und nichts davon echt ist, fühlt sich auch unsere Umarmung warm und echt an. Irgendwie fast zu echt …

Als wäre die Luft zwischen uns elektrisch aufgeladen, spüre ich dort, wo sich seine Haut und meine Haut berühren ein starkes Kribbeln. Jonas' Hand liegt warm und weich auf meinem Oberarm. Mir fällt es zunehmend schwerer, nicht daran zu denken, dass mein Körper sich seitlich an seinen presst. Stattdessen versuche ich mich wieder auf die Musik zu konzentrieren. Aber als wir uns zufällig genau im gleichen Moment ansehen, ist da plötzlich nur noch Jonas … und sein Lächeln. Und alles um uns herum versinkt in einer bunten Wolke aus Sorglosigkeit.

30
Jonas

Er ist ein netter Kerl, aber …

Eifersucht.

Ist es Eifersucht? Ein Stich in der Magengegend, ein Kloß im Hals, und es taucht immer auf, wenn ich an Leni und Daniel denke. Ich kann das Gefühl nicht richtig einordnen. Warum mache ich mir solche Gedanken? Von Anfang an war mir natürlich klar, worauf ich mich einlasse. Mir war klar, dass es nicht nur Leni gibt, sondern auch einen Daniel.

Als ich ihn gestern kennengelernt habe, war ich anfangs überrascht, sehr sogar. Ich habe ihn mir anders vorgestellt, größer und breiter. Ein oberflächlicher Gedanke, weil ich davon ausging, Lenis Angebeteter müsste einem Model gleichen. Dass er das nicht ist, beunruhigt mich irgendwie noch viel mehr. Außerdem bin ich automatisch davon ausgegangen, dass Leni Daniel meiden und nicht seine Nähe suchen würde. Aber ihr gemeinsamer Besuch auf dem Konzert beweist das Gegenteil. Möchte Leni ihre Gefühle zu Daniel doch nicht aufgeben? Sie hat nur davon gesprochen, dass niemand davon erfahren darf, aber sonst? Vielleicht fällt es ihr schwer, loszulassen?

Ich kaue abwesend auf meiner Unterlippe, während ich mich im Spiegel anstarre.

Mit Fingerspitzengefühl überschminkt Inga gerade meine Schatten unter den Augen. »Ist spät geworden gestern, hm?«, fragt sie und reißt mich damit aus meinen Gedanken.

Ich nicke. Es ist tatsächlich ziemlich spät geworden, aber ich habe jede Sekunde des Abends genossen, weil ich ihn mit Leni verbringen konnte.

»Immerhin ist das Veilchen fast verschwunden. Eine Sorge weniger für dich«, entgegne ich und ernte ein Lächeln von meiner Kollegin.

Mein Blick fällt auf die Fotos, die am Spiegel kleben. Sie zeigen einige Schauspielerinnen und Schauspieler aus der Besetzung, denen jeden Tag besondere Merkmale ins Gesicht gezeichnet werden müssen. Muttermale, Narben oder kleinere Verletzungen. Gerade diese kleinen Details sind für die Glaubhaftigkeit und Unverwechselbarkeit der Charaktere wichtig.

Die Nahaufnahme von Saliahs Gesicht mit der etwa drei Zentimeter großen aufgeschminkten Narbe auf ihrer rechten Wange springt mir ins Auge. Während ich das Bild betrachte, kommt mir ein unvermittelter Gedanke. Ohne Saliah und ihre Liebelei mit Tom wäre der gestrige Abend so vermutlich nie passiert. Leni und ich würden uns vom Sehen kennen und uns hin und wieder freundlich zunicken. Unsere Wege hätten sich nie auf diese Weise gekreuzt.

Gedankenverloren lasse ich meinen Blick weiter zu den deckenhohen Metallregalen wandern. Sie sind vollgestopft mit kleinen Kisten, in denen sich Dutzende verschiedene

Schminkpaletten, Pinsel und Puder finden, und schon seit Jahren frage ich mich, wie hier jemand den Überblick behalten soll.

»Guten Morgen, Jonas.« Ich blicke auf. Lenis Stimme klingt fröhlich, und ich mag, wie sie meinen Namen betont.

»Guten Morgen, Leni.« Ich grinse sie durch den Spiegel breit an.

»Ich darf dich heute zum Dreh abholen«, erklärt sie und fragt an Inga gewandt: »Wie lange braucht er denn noch?«

»In fünf Minuten bin ich fertig«, entgegnet diese und zieht aus ihrer Make-up-Tasche einen Pinsel hervor, um meine Augenbrauen zu verdichten.

Leni gibt die Info über ihr Headset weiter.

»Seid ihr noch gut heimgekommen?«, frage ich und mustere Leni durch den Spiegel. Ich hätte ihr gerne angeboten, sie nach Hause zu begleiten, so wie ein guter Freund das nun mal macht. Aber Daniel ist mir zuvorgekommen. Ich hätte mich wie das fünfte Rad am Wagen gefühlt, wenn ich mich an die beiden drangehängt hätte. Obwohl Leni und ich das vermeintliche Paar sind.

»Ja, sind wir. Es sind zwar zwei Busse ausgefallen, aber wir mussten ja nicht in Eiseskälte warten. Also halb so wild.«

»Voilà!« Inga klopft mir auf die Schulter. »Du bist fertig!«

»Das waren aber schnelle fünf Minuten«, bemerkt Leni verblüfft.

Wir verlassen das Gebäude und gehen die sonnendurchflutete Straßenkulisse entlang, vorbei an den falschen Hausfassaden Münchens. Die Szenen in diesem Teil des

Bavaria-Sets sind seit gestern abgedreht, heute nutzen wir ein auf dem Bavaria-Gelände stehendes möbliertes Stadthaus, welches in der Serie als mein Zuhause dient. Es ist modern eingerichtet, mit Glastischen, Regalen aus Stahl und abstrakten Schwarz-Weiß-Gemälden, die vom Fußboden bis zur Decke reichen. Nicht mein Stil. Mir ist die Einrichtung zu kalt, zu protzig, zu unpersönlich und zu perfekt.

»Ich hätte nie gedacht, dass wir uns auf dem Konzert treffen«, gibt Leni zu. »*Du* magst die *Pixies.*« Sie betont es so, als könne sie diese Tatsache immer noch nicht glauben.

»Warum bist du so überrascht?«

Sie wirft mir einen Seitenblick zu. »Na ja, ehrlich gesagt dachte ich, wir hätten nicht so viel gemeinsam. Nicht böse gemeint!«

»Außer unseren Wunsch nach Selbstverwirklichung?«, helfe ich ihr auf die Sprünge.

»Ja.« Sie lächelt. »Das ist schon irgendwie ein komischer Zufall.«

»Daniel ist übrigens sehr nett.« Ich wollte diesen Satz schon die ganze Zeit loswerden, doch ich spüre wieder einen Stich, als ich Lenis verträumten Blick bemerke. Aber es ist die Wahrheit. Daniel ist der Typ Junge, mit dem ich befreundet sein könnte. Trotzdem wallt die Eifersucht erneut in mir auf.

Leni schmunzelt. »Das Gleiche hat er über dich gesagt. In einer Parallelwelt würde ich euch freundschaftlich verkuppeln.« Dann streicht sie sich verlegen eine Strähne aus dem Gesicht. »Er meinte, ich solle dich mal mitnehmen und dich unseren Freunden vorstellen.«

»Möchtest du das denn?«, frage ich, weil ich ihre Zurückhaltung bemerke.

Sie bleibt vor der modernen Villa stehen, die extra für *Reset* erbaut wurde und mit Sicherheit erst abgerissen wird, wenn eines Tages die letzte Klappe fällt. Die Fassade ist ebenmäßig weiß und die Glasfronten bodentief, sodass wir von außen beobachten können, wie die Filmcrew im Inneren letzte Änderungen am Motiv vornimmt und die Beleuchtung anpasst. Die Holz-Alu-Haustür steht offen und der Eingangsbereich ist mit Teppich ausgelegt, damit der Holzboden von der Technik nicht zerkratzt wird.

Leni fährt sich durch die Haare. »Keine Ahnung, ehrlich. Ich belüge sie jetzt schon, aber wenn ich dich auch noch vor ihre Nasen zerre … das ist weder dir noch ihnen gegenüber fair.«

Ich schüttle schnell den Kopf. »Unser Deal war meine Idee. Das mit deinen Freunden verstehe ich, aber mir gegenüber musst du kein schlechtes Gewissen haben.«

Sie seufzt, sieht mir in die Augen, und ein oder zwei Sekunden verstreichen. »Du bist so lieb«, sagt Leni. Sie berührt mich kurz am Arm, dann setzt sie ihren Weg fort.

Ich folge ihr mit Worten auf meiner Zunge, die ich nicht laut ausspreche, weil Leni sie nicht hören möchte. Zumindest nicht von mir.

Die Scheinwerfer, die das Wohnzimmer in ein gleichmäßiges Licht tauchen, sind warm und bringen mich bei dem heißen Wetter zum Schwitzen. Ich liebe den Sommer, aber nur, wenn ich nicht arbeiten muss.

»Wenn das so weitergeht, habe ich meine Pudervorräte bald aufgebraucht«, bemerkt Inga, als sie Niam und mich zwischen zwei Szenen so aussehen lassen muss, als würde uns der Schweiß nicht in Bächen von den Gesichtern fließen.

»Sag das mal den Produzenten. Wenn die verdammte Klimaanlage gehen würde, hättest du jetzt frei«, bemerkt Niam und fächelt sich mit der Hand Luft zu. »Sehr glamourös, dieser Schauspielerjob.«

»In Hollywood wird er das ganz bestimmt.« Mittlerweile fällt es mir leichter, mich für Niam zu freuen.

»Solange ich keinen Fehler mache«, kommentiert er meine Bemerkung.

»Ach was, du wirst das Ding rocken«, bestärke ich ihn. »Sie wissen, dass du es kannst, sonst hätten sie sich nicht für dich entschieden!«

»Danke, Alter.« Er klopft mir auf die Schulter. »Wie schaut's eigentlich bei dir aus? Hast du Ambitionen, mir zu folgen?«

Eine unangenehme Schwere legt sich auf meine Brust. »Hollywood?«, überlege ich. »Nein, eher nicht. Das ist nicht so mein Ding.«

»Was ist denn dein Ding?«

»Kennst du die Filme von Steven Port? So was in der Art, das wär's …«

»Ja, die sind ziemlich gut! Was hält dich davon ab? Etwa Leni?«

»Ich …« Überrumpelt stoppe ich. »Leni?«

»Glaub ja nicht, dass mir eure Rumturtelei nicht auffällt!« Niam grinst mich bedeutungsvoll an. »Und vor ein paar Tagen noch behaupten, zwischen euch läuft nichts … das hab ich gern!«

Unser Plan geht auf, die Gerüchteküche am Set ist offenbar in vollem Gange. Das heißt, dass wir bald am Ziel sind. Wenn Niam bereits etwas ahnt, dann sicherlich auch Tom. Ich sehe mich um und entdecke ihn an der Seite des Kameramanns. Unsere Blicke begegnen sich. Es ist kein zufälliger Blick, eher durchbohrend, misstrauisch und fragend.

»Also …« Ich senke die Stimme und mache eine geheimnisvolle Pause. »Es stimmt, Leni und ich sind ein Paar. Aber hey,«, füge ich hinzu, als sich Niams Augen sensationsgierig weiten, »behalte das für dich, ja?« Ich kann ihm natürlich nicht sagen, dass ich hoffe, dass er sofort zu Saliah rennt, um ihr die Neuigkeiten brühwarm zu erzählen.

»Meine Lippen sind versiegelt«, verspricht er. Das Funkeln in seinen Augen lässt aber darauf schließen, dass ihm dieses Versprechen schwerfällt.

»Alles auf Anfang!«, ruft der Regieassistent.

Ich setze mich auf die graue Ledercouch und lehne mich zurück. Meine Ausgangsposition.

»Sind Saliah und Tom eigentlich noch zusammen?«, frage ich flüsternd, als sich Niam vor mir in Position bringt und die Arme verschränkt. Nur weil ich Saliah vor Tom gewarnt habe, heißt das noch lange nicht, dass sie meinen Rat befolgt.

»Die Frage ist eher, ob sie überhaupt je ein Paar waren«, entgegnet Niam stirnrunzelnd. »Saliah schwärmt nicht mehr so von ihm, und ich seh die beiden fast nie miteinander reden.«

»Vielleicht schaffen sie es einfach besser als wir, ihre Mitmenschen zu täuschen«, überlege ich.

»Das könnte natürlich sein«, raunt Niam mir grinsend

zu. »Eure Versuche waren wirklich lausig. Fast schon so, als würdet ihr es darauf anlegen.«

Ich lache nervös und bin froh, dass uns Jill im selben Moment um Ruhe bittet, da die Crew drehbereit ist.

Niam ist der Wahrheit verdächtig nahe. Wie schon so oft frage ich mich, ob auch er in seinem Vertrag eine Klausel zu seinem Beziehungsstand unterzeichnet hat. Hätte mein Vater in härteren Verhandlungen nicht nur mehr Geld, sondern auch mehr Freiheit für mich rausholen können? Ich habe ihm bisher freie Hand gelassen und ihm vertraut. Die erhöhten Gagen der letzten zwei Staffeln haben mich dabei vermeintlich bestätigt. Aber viel zu spät habe ich gemerkt, dass es in der Schauspielbranche nicht darum geht, mit seinem Job möglichst schnell an viel Geld zu gelangen. Für mich jedenfalls nicht …

Geld. Früher, als ich noch ein Kind war und mein Vater gegen die Armut kämpfen musste, habe ich mir immer vorgestellt, wie sorglos das Leben der Reichen doch sein muss. Wie glücklich Kinder sind, deren Eltern Zeit für sie haben und Ausflüge machen, und die nicht rund um die Uhr arbeiten müssen, um das Existenzminimum zu sichern.

Heute habe ich Geld. Doch bin ich nun glücklich? Ich bin finanziell abgesichert. Das beruhigt, keine Frage. Aber hat Geld meine Familie gerettet? Nein … wohl eher zerstört, wenn ich mit meiner Vermutung richtigliege und mein Vater mich wirklich hintergeht. Wie lange soll ich mich noch vor der Konfrontation drücken? Die Ungewissheit schwebt wie ein dunkler Schatten über mir.

»Jonas?« Jill sieht mich besorgt an.

»Was?«, frage ich verwirrt, so sehr bin ich in meinen Gedanken verloren.

»Brauchst du noch mal eine Pause? Wir sind bereit für den Dreh.«

Ich fahre mir mit beiden Händen übers Gesicht, versuche mich selbst zu wecken. »Nein, nein«, antworte ich schnell. »Ich bin bereit!«

31
Leni

Die Zeit heilt jeden Ärger

»Hast du noch fünf Minuten, Liebes?«

Ich erstarre, als ich am Donnerstag früh morgens an der Küche vorbeigehe und mich unerwartet Mamas Stimme aufhält. Ich hätte gedacht, dass sie zu dieser Zeit noch schläft.

Als ich die Küche betrete, stelle ich erstaunt fest, dass auch Papa schon wach ist. Meine Eltern sitzen beide am Tisch, Papa mit einem Becher Kaffee vor sich, während Mamas Hände ein Smoothie-Glas umfassen. Ihre Fingerknöchel treten weiß hervor.

Ich schlucke. »Ja, schon.«

Mein Magen grummelt, als ich mich zu ihnen an den Tisch setze, auf dem auch auf mich ein Smoothie wartet. Papas Stirn ist gerunzelt, Mamas Augenbrauen zusammengezogen. Das hier wird ganz sicher kein Gespräch über das Wetter. Ich fühle mich in die Ecke gedrängt, weil ich überrascht wurde und keine Zeit hatte, mich vorzubereiten.

»Wir haben das Gefühl, dass du uns die letzten Tage aus dem Weg gegangen bist«, fängt Mama vorsichtig an.

Weil ich ziemlich konfliktscheu bin, bin ich tatsächlich jeden Morgen an ihrem Schlafzimmer vorbeigeschlichen, und die letzten Abende war ich immer unterwegs. Allerdings würde ich meinen Eltern gerne sagen, dass die Tür in beide Richtungen schwingt. Denn sie haben sich bisher ebenfalls keine Mühe gemacht, ein Gespräch mit mir zu suchen. Vielmehr hatte ich das Gefühl, dass sie das Thema lieber totschweigen, bis es kein Thema mehr ist.

Ich räuspere mich. »Wir haben wohl alle Zeit gebraucht«, sage ich wahrheitsgemäß, ohne ihre Frage direkt zu bejahen.

Mama nickt leicht. »Du hast uns sehr überrascht mit deinen neuen Plänen. Wir haben einfach Angst, dass du eine überstürzte Entscheidung triffst und später unglücklich bist.«

Ich atme tief durch. »Und das verstehe ich. Aber ich habe wirklich gut darüber nachgedacht, und so oder so könnte ich später unglücklich werden. Das kann mir mit Jura, aber auch mit jedem anderen Weg passieren.« Ich zucke mit den Achseln. »Wer weiß das schon?«

»Mir ist es wichtig, dass du finanziell unabhängig bist«, meldet sich nun Papa zu Wort. »Viele Frauen sind auch heute noch von Altersarmut bedroht, trotz der Feminismusbewegung. Ich habe Klientinnen, die sich kaum trauen, die Scheidung einzureichen, weil sie sonst völlig ohne Sicherheiten dastehen.«

Ich lächle, und mir wird leichter ums Herz, weil mir langsam klar wird, worum es den beiden geht. »Aber Papa, ich bin doch noch jung! An meine Rente denke ich doch jetzt noch nicht!«

»Das ist ganz normal«, stimmt mir Mama zu. »Aber,

und das wirst du nicht gerne hören, es ist nie zu früh, sich damit auseinanderzusetzen. Ihr Jugendlichen wollt erwachsen und eigenständig sein, aber diese Sachen gehören nun mal dazu. Finanzielle Unabhängigkeit und Absicherung sind keine Themen, vor denen man die Augen verschließen darf.«

»Ich werde niemals von einem Mann finanziell abhängig sein«, verspreche ich. »Das wäre ja noch schöner.«

Papa schüttelt den Kopf. »Glaub mir, keine meine Klientinnen wollte sich abhängig machen.«

»Jedenfalls«, übernimmt Mama, »dachten wir, du wärst als Anwältin abgesichert. Du hättest erst in unsere Kanzlei einsteigen können und sie später gemeinsam mit Justus übernommen. Du wärst selbständig und unabhängig, so, wie wir es uns immer für dich gewünscht haben.«

Ich überlege, welche Worte sie nicht verletzen werden. »Auch wenn ich keine Anwältin werde, werde ich irgendetwas anderes finden, das mich glücklich macht und mich gleichzeitig absichert. Ich werde trotzdem selbstständig sein und unabhängig, versprochen!« Ich sehe erst Papa, dann Mama fest in die Augen. »Und … ich würde mich freuen, wenn ihr mich dabei unterstützt. Ich merke gerade selbst, dass das Leben sehr fordernd sein kann.«

Mamas Hand wandert über den Tisch zu meiner und umschließt sie fest. In ihren Augen glitzern jetzt Tränen. »Natürlich werden wir dir helfen! Ich bin mir sicher, dass du den für dich richtigen Weg findest. Wenn es Jura nicht ist, dann ist es etwas anderes.«

Papa räuspert sich. »Ja, wir sind für dich da.« Auch wenn sich in seinem Gesicht noch immer etwas Wehmut abzeichnet, steht er hinter mir, und das bedeutet mir alles.

Denn meine Eltern haben verstanden, dass ich eigene Wünsche und Vorstellungen habe.

Eine riesige Last fällt mir in diesem Augenblick ganz unverhofft von den Schultern und lässt mich aufatmen. Ich fühle mich freier, als ich je gedacht hätte, und als ich meinen Smoothie probiere, schmeckt der Spinat zum ersten Mal weniger bitter, sondern fast fruchtig.

Meine Probleme mit Tom und Daniel, meine Zukunftsängste … alles scheint für diesen Moment weniger beunruhigend und vielleicht sogar lösbar.

Heute gehen mir meine Aufgaben leichter von der Hand. Beschwingt laufe ich von der Basis zum Set, helfe mit Klebeband und Kabelbinder aus und baue das Catering mit auf. Ich fühle mich so selbstbewusst, dass ich mich nicht mal von Tom verunsichern lasse, der mich die ganze Zeit zu verfolgen scheint. Die Erleichterung, mit meinen Eltern wieder im Reinen zu sein, ist riesengroß.

In einer ruhigen Minute stelle ich mich etwas abseits vom Geschehen in den Schatten – außerhalb der Basis und in der Nähe der Stadtvilla, in der heute wieder gedreht wird. Ich lehne mich mit dem Rücken an die Häuserfassade und atme kurz durch. Die Arbeit macht zwar Spaß, ist aber jeden Tag aufs Neue anstrengend. Crew-Mitglieder laufen geschäftig an mir vorbei. In etwas Entfernung sehe ich Flo, der zwei Sechserpacks Wasser schleppt. Und dann taucht plötzlich Jonas zwischen den anderen auf und schlendert zu mir. Mein Herz macht einen Hüpfer, genau wie heute Morgen, als ich ihn zum Dreh abgeholt habe.

»Ich möchte genau das essen, was du heute Morgen gegessen hast.« Seine Haare sind bereits gekämmt und das schwarze faltenfreie Hemd ordentlich zugeknöpft.

»Eine Breze?«, frage ich verwundert.

»Wenn sie mich genauso strahlen lässt wie dich, dann ja.«

Lächelnd winke ich ab. »Ehrlich gesagt war sie ein bisschen trocken.«

»Dann war es dein Kaffee?« Jonas zögert kurz, während seine Augen mich prüfend mustern. »Oder Daniel?«

»Was?« Ich schnaube. »Nein! Ich habe heute Morgen mit meinen Eltern über meine Zukunft gesprochen, und zum ersten Mal haben sie Verständnis gezeigt.«

»Also finden sie es total okay, dass du doch kein Jura studieren wirst?«, hakt er nach und lehnt sich nun ebenfalls mit dem Rücken an die Wand.

»So weit würde ich jetzt nicht gehen«, antworte ich und lache nervös. »Sie werden einige Zeit brauchen, um sich von ihren Vorstellungen gänzlich zu verabschieden. Bestimmt hoffen sie immer noch, dass ich mich eines Tages doch für Jura entscheiden werde. Aber zumindest haben sie mir versprochen, mich zu unterstützen.«

»Hört sich wirklich gut an«, kommentiert Jonas. Für einen kurzen Moment blitzen seine Augen, doch als er blinzelt, verschwindet der Ausdruck wieder. War es Sehnsucht? Das stimmt mich nachdenklich.

»Ich bin ziemlich egoistisch«, gestehe ich. »Ich denke immer nur an meine eigenen Probleme, dabei sind deine mindestens genauso groß. Unser Deal soll schließlich uns beiden helfen. Ist die Produktion schon auf uns aufmerksam geworden?«

Jonas schüttelt den Kopf. »Jedenfalls haben sie es mich

noch nicht wissen lassen. Oder meinen Vater. Aber Niam weiß es zumindest schon mal.«

»Echt? Dann kann es ja gar nicht mehr lange dauern!«, juble ich.

»Die Vorstellung, mich verlassen zu können, erfreut dich ja sehr«, bemerkt Jonas in gespielt beleidigtem Tonfall.

»Aber …«, fange ich an, doch dann stocke ich, weil ich meine, hinter seiner Fassade etwas anderes entdeckt zu haben. Er will Gelassenheit ausstrahlen, doch plötzlich kaufe ich ihm das nicht mehr ab. Ist er verletzt? Was fühlt Jonas? Ist unsere Abmachung für ihn mehr als nur ein Mittel zum Zweck? Bin ich blind, für das, was zwischen uns ist?

Seit unserem Fake-Date hat sich etwas zwischen uns verändert. Aber was ist dieses *Etwas?* Ist es Freundschaft? Verbundenheit? Seine Anwesenheit lässt mich aufleben, ich freue mich jedes Mal, wenn ich ihn sehe. Aber das heißt doch nicht, dass ich in ihn verknallt bin! Ich liebe Daniel! Zwei Jahre tiefgehende Liebe lösen sich nicht in nichts auf, nur weil ich einen anderen Jungen vielleicht ein bisschen mag.

Unsicher streiche ich mir die Strähnen aus meinem Gesicht, die sich bereits von meinem Dutt verabschiedet haben. »Jonas, ich …« Weiter komme ich nicht. Plötzlich nimmt er meine fahrigen Hände in seine, tritt einen Schritt vor und küsst mich.

Ich bin verblüfft, erstaunt, erschrocken und noch so viel mehr, doch nichts davon lässt sich in Worte fassen. Wärme durchflutet meinen Körper, erst füllt sie meinen Bauch, dann arbeitet sie sich zu meinem Herzen hinauf und umschließt es wie eine angenehme Hülle. Der Kuss ist vorsichtig, so als würde Jonas befürchten, dass ich mich in der nächsten Sekunde herauswinde. Doch nichts will ich in diesem Moment mehr, als seine weichen Lippen weiterhin auf meinen zu spüren.

»Ernsthaft?« Eine Stimme lässt Jonas und mich zusammenschrecken. Abrupt endet unser Kuss, unsere Hände verlieren sich. »Er ist echt dein Freund?«

Ich wirble taumelnd herum. Tom steht vor uns, fassungslos und entgeistert sieht er mich an. Er hat mich als Lügnerin abgestempelt, dachte, ich hätte meinen Freund erfunden, um über meine Gefühle zu Daniel hinwegzutäuschen. Obwohl er damit verdammt richtig lag, verlässt er jetzt als Verlierer das Feld.

»Tom.« Ich sage seinen Namen, als wäre ich wenig erfreut über seine Anwesenheit, dabei hätte sein Timing nicht besser sein können.

Obwohl … plötzlich wird mir klar, was hier gerade wirklich passiert. Jonas muss ihn bemerkt und unsere Chance geistesgegenwärtig genutzt haben. Ich werfe ihm einen kurzen Seitenblick zu – und schiebe gleichzeitig die Gedanken, die ich während unseres Kusses hatte, ganz weit weg. Jonas sieht ehrlich verwirrt und ertappt aus und reibt sich verlegen den Nacken. Wieder einmal beweist er mir damit sein unfassbares Schauspieltalent.

»Könntest du das bitte für dich behalten?«, bitte ich Tom scheinheilig. »Wir möchten unsere Beziehung – wie gesagt – nicht an die große Glocke hängen.«

Tom zieht eine Augenbraue hoch. »Ich denk gar nicht daran.«

»Sei kein Spielverderber«, schaltet sich Jonas nun ein und spielt den Ahnungslosen. »Was haben wir dir getan?«

Aber Tom ignoriert ihn. »Ich erzähl nichts, du erzählst nichts«, schlägt er mir vor. Tom versucht weiterhin, seine Haut zu retten, auch wenn er schon längst verloren hat. Auf jeden Fall ist er eine Kämpfernatur – und ein ausgesprochener Egoist.

»Fang nicht wieder damit an«, antworte ich. »Wir hatten eine Abmachung.«

Er nickt zu Jonas. »Komm Leni, nur weil du dir den geangelt hast, heißt das noch lange nicht, dass mir Akira und Daniel nicht glauben werden.«

»Sie sind *meine* Freunde, und natürlich werden sie *mir* glauben«, entgegne ich trotzig und verschränke die Arme. »Wieso sollten sie auch nicht? Was bildest du dir eigentlich ein?«

Tom schnaubt und winkt ab. »Wir werden sehen.« Er stapft in Richtung Basis davon.

Erst als er im Gebäude verschwunden ist, juchze ich begeistert. »Jonas, du Held!« Ich werfe mich in seine Arme. »Danke, danke, danke! Der Kuss war perfektes Timinig, wir sind so glaubwürdig rübergekommen!«

Jonas versteift sich in meiner Umarmung und schiebt mich ein kleines Stückchen von sich. »Meine, ähm, Kleidung darf nicht knittern«, erinnert er mich zögernd. »Wir drehen gleich.«

»Ach so, ja.« Ich räuspere mich und streiche eine Falte auf seiner rechten Schulter glatt. »Entschuldige.«

»Alles gut«, sagt Jonas und lächelt leicht, doch das Lächeln erreicht seine Augen nicht.

»D-Der Kuss«, stottere ich verlegen. »Der war wegen Tom, oder?«

Bevor Tom aufgetaucht ist, dachte ich für einen kurzen

Moment, Jonas würde mich küssen, weil er mich küssen *wollte.* Und es fühlte sich unglaublich gut an. In diesem Moment habe ich mich nicht wiedererkannt, diese Gefühle waren so neu für mich. Aber das, was mich am meisten verwirrt, ist die Tatsache, dass ich während des Kusses nicht an Daniel gedacht habe. Ich habe mir nicht gewünscht, dass er an Jonas' Stelle wäre …

Doch auch wenn es sich echt angefühlt hat, bin ich jetzt überzeugt, dass Jonas den Kuss gespielt hat. So muss es gewesen sein.

»Was? Ach so, ja, natürlich. Alles nur Show«, antwortet Jonas wie aus der Pistole geschossen. Doch sein abwesender Blick und seine leicht geröteten Wangen lassen mich sofort wieder zweifeln.

»Okay«, sage ich, nicht wirklich überzeugt. »Dann ist alles gut zwischen uns?«

Mein Kopf schwirrt. Was passiert hier gerade?

Jonas steckt die Hände in die Taschen seiner Stoffhose. »Logisch.«

Plötzlich meldet sich Jill in meinem Ohr, sie brauchen ein Teppichmesser am Set. Mit bedauerndem Blick auf Jonas bestätige ich. »Ich muss gehen …«

»Klar, kein Problem.« Er versucht zu grinsen. »Du arbeitest schließlich hier.«

»Genau«, sage ich überflüssigerweise. »Bis später?«

»Ja, bis dann.«

Ich wende mich ab und laufe zur Basis, dort in der Abstellkammer sollte ich fündig werden.

Mich begleitet ein unangenehm drückendes Gefühl in meiner Magengegend, und noch immer bin ich nicht sicher, ob Jonas mich gerade angelogen hat.

Mein erster Impuls ist, mit Clara und Akira zu telefonieren, ihnen die Situation zu schildern und um ihren Rat zu bitten. Doch dann holen mich meine Gedanken auf den Boden der Tatsachen zurück. Ich kann über das, was soeben passiert ist, nicht mit meinen Freundinnen sprechen, weil ich mich damit selbst verraten würde. Also stehe ich alleine da. Niemand außer mir und Jonas weiß von der Scheinbeziehung. Niemand, außer …

Nachdem ich das Teppichmesser gefunden und bei Jill abgeliefert habe, stelle ich mich wieder etwas abseits ans Set in das sehr geräumige Wohnzimmer der Stadtvilla. Auch heute wird wieder hier gedreht, und die Kamera- und Lichttechnik nimmt einen Großteil des Raumes ein. Der Boden ist übersät mit Kabelsträngen, sodass ich einmal fast stolpere. Aus dem Augenwinkel heraus beobachte ich Jonas, der gerade mit Saliah deren Text durchgeht.

Meine Finger zittern leicht, als ich auf die Instagram-App tippe und Jonas' Profil anklicke. Ich durchsuche die Liste der wenigen Personen, denen er folgt, und nach nur einer Minute habe ich ihn gefunden. Tobi. Jonas' besten Freund. Ich schlucke mein schlechtes Gewissen hinunter und schreibe ihm.

Es geht mir nicht darum, Jonas zu hintergehen, ihn bloßzustellen, oder etwas über ihn zu erfahren, auf das ich kein Anrecht habe. Aber ich muss wissen, ob Jonas etwas für mich empfindet. Denn wenn meine Vermutung stimmt, dann kann und will ich an unserem Deal nicht länger festhalten. Ich möchte nicht, dass Jonas in die gleiche Friendzone wie ich tappt und sich meinetwegen jeden Tag aufs Neue verletzt. Viel zu sehr kann ich den

Schmerz, die Sehnsucht und die hoffnungslose Hoffnung nachvollziehen.

Ein anderer Gedanke schießt mir plötzlich durch den Kopf. Wie hoffnungslos ist es denn wirklich, wenn Jonas mehr für mich empfindet? Unser Date, das Konzert, der Kuss. Mein Herz spielt in letzter Zeit verrückt – und wenn ich ehrlich zu mir selbst bin, muss ich mir doch eingestehen, dass ich mir nicht nur einmal vorgestellt habe, wie es wäre, wirklich mit Jonas zusammen zu sein …

»Alles auf Anfang!«, ruft der Regieassistent plötzlich nicht weit von mir entfernt, und ich zucke zusammen.

Weil mir keine weitere Aufgabe zugeteilt wird, bleibe ich im Hintergrund stehen und beobachte das Geschehen. Durch den Bildschirm der Regisseurin bekomme ich einen ungefähren Eindruck, wie die Szene in einigen Monaten auf den heimischen Fernsehern der Zuschauenden aussehen wird. Der Farbfilter ist leicht bläulich und verleiht der Atmosphäre mehr Kühle.

»Die Entführer wollten von mir den Code für deinen Safe. Unter allen Umständen«, erklärt Saliah aufgelöst und unter Tränen. »Fin, was ist in diesem Safe?«

»Nichts von Bedeutung!« Jonas rauft sich die Haare. »Ein paar Uhren, ein paar Dokumente, mehr nicht!«

»Mehr nicht?«, schluchzt Saliah. »Die wollten mich deswegen umbringen, Fin! Bitte, lüg mich nicht an!«

Jonas tritt einen Schritt vor, verringert seinen Abstand zu Saliah, so, wie er es bei mir vorhin auch getan hat, und ich ahne, was als Nächstes kommt.

»Glaub mir, ich habe keine Geheimnisse vor dir. Ich liebe dich, und ich bin froh, dass es dir gut geht.« Wie erwartet küsst er sie.

Und unerwartet spüre ich einen kleinen, aber feinen Stich, irgendwo da, wo mein Herz pocht. Noch vor wenigen Minuten stand ich an Saliahs Stelle, weiß deshalb wie leicht sie sich gerade fühlt, besser gesagt, fühlen *muss*, wenn Jonas sie küsst. Der Kuss zwischen den beiden ist leidenschaftlich, Saliah krallt sich in Jonas' Hemd, zerknittert es, und er lässt es zu. Anders als bei mir. Am liebsten würde ich der Regisseurin ihre Worte klauen und ›Danke! Aus!‹ rufen. Jetzt. Sofort.

Als mein Handy vibiriert, erwache ich aus meiner seltsamen Trance und blicke mich erschrocken um. Doch keiner scheint das Vibrieren zu hören, ein Glück, denn ich will nicht in hohem Bogen vom Set fliegen. Auf Zehenspitzen verlasse ich die Villa, trete durch die Haustür ins Freie und atme einmal tief durch. Ich schaue kurz nach links und rechts, vergewissere mich, dass ich alleine bin. In der Ferne, etwa hundert Meter entfernt, erkenne ich Flo, der sich am Cateringstand gerade einen Kaffee einschenkt. Ich räuspere mich nervös und rufe die mir unbekannte Nummer zurück, von der ich allerdings eine ungefähre Ahnung habe, zu wem sie gehört.

»Hi Leni, schön dich zu hören!«, begrüßt mich Tobi gut gelaunt.

»Danke, dass du dich so schnell gemeldet hast«, sage ich mit klopfendem Herzen.

»Klar, was gibt's denn?« In seiner Stimme schwingt Neugier mit. Kein Wunder, denn in meiner Nachricht habe ich ihn gebeten, Jonas nichts zu erzählen.

»Ich würde dir gerne eine Situation schildern, die sich vor ungefähr einer halben Stunde so zugetragen hat«, antworte ich ziemlich förmlich, weil ich das Telefonat bereits mehrmals gedanklich geprobt habe. »Du sollst sie dann neutral und mit deinem aktuellen Kenntnisstand bewerten.«

»Ähm, okay.« Tobi klingt belustigt, und ich kann es ihm nicht verübeln. Ich mache bestimmt einen wirren Eindruck.

»Jonas hat mich geküsst, und dann ist Tom aufgetaucht, derjenige, wegen dem ich die Scheinbeziehung überhaupt begonnen habe. In seinen Augen habe ich also wirklich einen Freund, und ich kann meiner besten Freundin nun sagen, dass er ein hinterhältiges Arschloch ist.« Als mir Tobi nicht antwortet, frage ich unsicher: »Bist du noch dran?«

»Ja, klar! Ach so, das war's also schon? Und was soll ich jetzt genau bewerten?«

Ich atme tief durch. »Glaubst du, Jonas hat mich geküsst, weil er wollte, dass wir gesehen werden, oder …«, ich zögere, »… oder weil er mich … mag?«

Einen Augenblick herrscht am anderen Ende der Leitung erneut Stille. »Oh«, macht Tobi dann.

»Oh, *ja*, oder oh, *nein?*«, hake ich nach, und mein Herz pocht noch schneller.

»Leni … ich find dich echt nett, aber ich bin Jonas' bester Freund, und es wäre unfair, wenn ich … du weißt schon«, erklärt er schließlich, ohne auf den Punkt zu kommen.

»Also mag er mich?«, schlussfolgere ich, aber hoffe gleichzeitig, dass Tobi es sofort verneint.

Tut er jedoch nicht.

»Das habe ich nicht gesagt«, verteidigt er sich mit einem Anflug von Verzweiflung in der Stimme, und es ist offensichtlich, dass er gerade überlegt, wie er aus der Nummer wieder rauskommt. »Bitte, quetsch mich nicht aus!«

Ich seufze enttäuscht und fasse mir mit der linken Hand an die Stirn. So sehr hatte ich mir von ihm Antworten erhofft. »Nein, schon gut. Tut mir leid, ich wollte dich nicht in Bedrängnis bringen.«

»Danke«, sagt er erleichtert und atmet hörbar aus. »Aber, Leni, ich würde mich freuen, wenn wir uns wiedersehen. Du bist echt nett. Du und Jonas ... ihr würdet ein tolles Paar abgeben.«

Mit Fragen habe ich das Gespräch angefangen – mit noch mehr Fragen beende ich es.

32
Jonas

The Show must go on

Saliah zu küssen, fühlt sich rau und unterkühlt an. Vor allem, weil ich immer noch Lenis weiche Lippen auf meinen spüre.

Ich hätte ihr sagen können, dass ich sie mag. Ich hätte ihr sagen können, dass der Kuss nicht geplant war und dass ich von Toms plötzlichem Auftauchen genauso überrascht war wie sie. Nichts davon habe ich gesagt.

Eine böse Stimme in meinem Hinterkopf nennt mich einen Feigling. Bin ich ein Feigling, weil ich die Unbeschwertheit zwischen uns nicht verlieren will? Bin ich ein Feigling, weil ich mich selbst schützen möchte?

»Danke, aus!«, ruft die Regisseurin, und Saliah und ich lösen uns viel schneller als nötig voneinander. Ich trete einen Schritt zurück, lehne mich gegen die Armstütze der schwarzen Ledercouch und schiebe die Hände in die Hosentaschen. Bis die Regisseurin die Szene abgesegnet hat, bleiben wir in Position. Als Saliah unsicher zu Tom sieht, fällt mir mein Gespräch mit Niam wieder ein.

»Bist du eigentlich noch mit Tom zusammen?« Die Frage klingt komisch, vor allem nach unserem Kuss.

Saliahs Augen werden groß, sie wirft kurz einen weiteren Blick zu Tom, der sich offenbar gerade von dem Kameramann eine Funktion erklären lässt. »So richtig waren wir ja nie zusammen … und nach dem, was du gesagt hast, werden wir das auch nicht. Obwohl er behauptet, zwischen seiner Freundin und ihm würde schon lange nichts mehr laufen.« Sie wird rot.

Zu viel Information. »Ach so, ja, nein«, winke ich ab, ohne wirklich zu wissen, was ich sagen will.

»Wieso fragst du?« Saliah betrachtet mich aufmerksam, so, als könnte sie zumindest ein paar Fetzen meiner Gedanken lesen und so, als würde sie mir meine Beiläufigkeit nicht abkaufen.

»Ach, du weißt schon … Beziehungen am Set sind ja so eine Sache.«

»Du sprichtst ja aus Erfahrung.«

Ich sehe sie überrascht an. Hat Niam sein Versprechen innerhalb so kurzer Zeit gebrochen? »Woher …?«

Saliah lacht hell, als sie meinen Gesichtsausdruck sieht und zwinkert mir zu. »Das war nur eine Vermutung, aber danke für die Bestätigung!«

Ich muss grinsen. »Ziemlich clever.«

»Ich weiß«, entgegnet sie zufrieden. »Aber ich freue mich für euch, und du brauchst dir keine Gedanken zu machen. Viele Menschen arbeiten mit ihren Lieben zusammen und trennen sich nicht.«

»Vermutlich hast du recht.«

Der Regieassistent kommt zu uns hinüber. »Die Aufnahme war super, wir haben alles im Kasten. Ihr könnt in die Pause!«

Erleichtert atme ich auf. Kussszenen waren noch nie

meine Stärke. Obwohl sie nur für die Kamera und damit Teil des Jobs sind, kann ich meine Gefühle dabei nicht vollkommen ausschalten, egal, ob sie voller Sehnsucht oder Abneigung sind.

Was Leni während unseres Kusses wohl gedacht hat? Habe ich sie überrumpelt? War es für sie überhaupt okay, dass ich sie einfach so geküsst habe? Oder … fand sie es vielleicht genauso schön, wie ich? Manchmal wünschte ich, ich könnte ihre Gedanken lesen, und dann bin ich wieder heilfroh, dass ich es nicht kann.

Als ich in der Pause auf mein Handy schaue, wird mir ein Anruf in Abwesenheit von Tobi angezeigt. Ich ziehe mich in meine Garderobe zurück und rufe ihn sofort an. »Hey, Alter, was gibt's?«

»Hey«, sagt er zögernd. »Und … wie geht's?«

»Gut?«, antworte ich mit einem Fragezeichen. Das kann nicht der einzige Grund sein, warum er mich tagsüber anruft, obwohl er weiß, dass ich drehe. »Wieso?«

»Ach«, murmelt er. »Nur so.«

Vielleicht klingt es anmaßend, aber ich halte mich für einen guten Schauspieler. Tobi dagegen ist keiner.

»Was ist los?«

»Nichts!«, beteuert er vehement. »Ich wollte nur wissen, wie es dir geht, ob du jemanden brauchst, bei dem du dich auskotzen kannst. So was halt.«

Ich runzle die Stirn. »Sitzt du gerade in einer Vorlesung? Ist dir langweilig?«

»Ha, ha«, sagt er trocken. »Nein, bin schon zu Hause und am lernen.«

»Wir können ja heut Abend telefonieren. Ich geh jetzt

noch was essen, sonst muss ich mit leerem Magen weiterdrehen.«

»Ja, klar, kein Problem! Bis dann!«, verabschiedet sich Tobi und legt auf.

Einen Moment schaue ich verdutzt auf mein Handy. Das war ein merkwürdiger Anruf. Keine Ahnung, was Tobi *wirklich* wollte.

Ich verlasse meine Garderobe und reihe mich in die Essensschlange beim Catering ein. Zum Glück quatscht mich niemand an, denn gerade bin ich absolut nicht in der Stimmung für Small Talk. Ich halte meinen Blick gesenkt, und als ich dran bin, häufe ich mir Unmengen an Kartoffeln, Salat und Kräuterquark auf meinen Teller.

Auf der Suche nach einem Sitzplatz entdecke ich Leni, die mich zu der Bierbank winkt, auf der sie, Jill und der andere Setrunner Flo sitzen. Am liebsten würde ich sie ignorieren … aber das kann ich nicht. Es wird von Minute zu Minute anstrengender, ihr in die Augen zu sehen, ohne ihr zu gestehen, was sie in mir auslöst. Ich hatte mich unter Kontrolle, doch dann war da dieser unüberlegte Moment, ein Kuss – und plötzlich ist alles anders.

»Du hast ja offensichtlich einen Bärenhunger«, bemerkt Jill anerkennend, als sie auf meinen Berg Essen blickt.

»Allerdings«, bestätige ich, schwinge ein Bein über die Bank und lasse mich Leni gegenüber nieder.

»Und, musstet ihr die Szene von gerade eben öfter drehen?«, fragt Leni beiläufig, während sie eine Cherrytomate mit der Gabel aufspießt.

»Die Kuss-Szene? Nein, wir haben nur einen Take gebraucht.«

»Weil sie so authentisch gewirkt hat?« Ihre Stimme klingt eine Oktave höher.

Ich ziehe eine Augenbraue hoch. »Ich gehe schwer davon aus.« Worauf will sie hinaus? Erst verhält Tobi sich so merkwürdig, jetzt sie … Was ist hier los?

»Und *wie* authentisch die ausgesehen hat! Kompliment, Jonas!«, wirft Jill ein. »Du hättest bis zum Schluss bleiben müssen«, sagt sie an Leni gewandt.

»Ich musste noch was erledigen«, murmelt Leni und stopft sich ein viel zu großes Stück Kartoffel in den Mund. Mit Hamsterbacken sieht sie ziemlich niedlich aus. Schnell wende ich mich ab und fange an, meinen Teller zu leeren.

»Morgen könntest du gerne wieder die Komparsenbetreuung übernehmen, aber diesmal sind es nur drei«, meint Jill zu Leni.

»Heißt das, ich habe meinen Job gut gemacht?« Leni grinst stolz.

»Das heißt, dass beim letzten Mal alle Komparsen noch am Leben waren, als du sie am Abend wieder abgegeben hast«, witzelt Jill. »Nein, natürlich hast du es super gemacht!

»Du warst echt sehr professionell«, stimmt ihr Flo kopfnickend zu. »Wie lange, meinst du, werden wir morgen beschäftigt sein, Jill? Mein Freund hat Geburtstag, und ich hab ihm versprochen, dass wir essen gehen. Letztes Jahr hab ich es leider nicht geschafft.«

»Geh einfach, wann du gehen musst, ich übernehme dann den Abbau«, sagt Leni sofort.

Flo lächelt erleichtert. »Danke dir, ich schulde dir was!«

Als Jill und Flo sich verabschieden, ist mein Teller noch immer nicht leer.

»Ich warte noch auf dich«, verspricht mir Leni und winkt den beiden nach.

Mir wäre es viel lieber, wenn sie ihnen folgen würde, damit ich meinen Gesichtsausdruck nicht mehr unter Kontrolle halten muss. Trotzdem nicke ich nur und sage nichts.

»Meine Freundin Akira hat mich vorhin angerufen«, fängt Leni langsam an. »Sie hat überübermorgen Geburtstag.«

»Überübermorgen?«, wiederhole ich belustigt.

»Wie sagst du denn zu dem Tag nach übermorgen?«

»Sonntag«, antworte ich trocken.

Sie verdreht die Augen. »Jedenfalls wollte ich fragen, ob du mich begleiten willst.« Sie schiebt die Essensreste auf ihrem Teller mit der Gabel hin und her.

Ich verschlucke mich an dem Stück Kartoffel, das ich gerade in meinen Mund befördert hatte, und muss husten. »Ich soll auf die Geburtstagsfeier deiner Freundin mitkommen?«, schaffe ich, zwischen zwei Hustenanfällen herauszubringen.

»Ja, aber natürlich nur, wenn du möchtest. Daniel hat es vorgeschlagen, und ich würde mich freuen.«

»Aber jetzt kannst du doch mit Clara sprechen. Du brauchst keinen Fake-Freund mehr.« Ich räuspere mich. »Besser du stellst mich nicht vor, am Ende verplappern wir uns noch, und dann war alles umsonst.«

Leni mustert mich. Ihr Blick wandert über mein Gesicht, als würde sie etwas suchen. Wie gerne würde ich jetzt in ihren haselnussbraunen Augen versinken … Ich halte es nicht mehr aus und senke schnell den Blick auf meinen Teller.

»Jonas«, fängt sie da vorsichtig an. »Sollen wir doch noch mal über das sprechen, was vorhin zwischen uns gewesen ist?«

Mein Herz beginnt merklich schneller zu pochen. *Mach deinen Mund auf, sag es ihr!* Es würde alles einfacher machen! Oder schwerer.

»Zwischen uns?«, frage ich mit gespielter Verwunderung und sehe sie an. »Ach, du meinst den Kuss!« Okay, als hätte ich den schon wieder vergessen, sie glaubt mir sicher kein Wort. »Das war doch nur Show! Und wenn du willst, komm ich natürlich zu der Feier mit, kein Ding.« Eigentlich wollte ich absagen, aber so lässt sie das Thema hoffentlich fallen.

»Okay«, meint Leni und sieht mich besorgt an. »Dann sage ich Akira, dass du kommst?«

»Jup.«

»Und es macht dir wirklich nichts aus?«

»Nope.«

»Okay«, sagt sie langsam, wohl noch immer nicht überzeugt. Anscheinend muss ich noch eine Schippe drauflegen.

»Jetzt mach dir mal keine Gedanken. Der Kuss war inszeniert, ich habe Tom kommen sehen. Und so müssen wir das Spiel nicht mehr ewig fortführen, es fehlt nur noch die Produktion. Ich hoffe, du dachtest nicht, dass ich dich …« Es ist gemein, wie ich den Satz in der Luft hängen lasse, so als fände ich es absurd, mir eine echte Beziehung mit Leni vorzustellen. Aber nur so schaffe ich es, sie von ihren Gedanken abzubringen, und zu verhindern, dass sie mir einen Korb gibt. Denn so würde es enden, wenn ich die Situation nicht abbremse. Sie würde mir erklären, dass sie mich mag und *nett* findet, aber dass nie mehr aus uns werden wird, weil ihr Herz Daniel gehört.

Leni errötet, und ihre Augen blitzen verletzt. »Was? Nein, ich dachte nicht, dass … Das war mir natürlich klar! Ich wollte nur …« Ihre Stimme erstirbt, und sie sieht nach links und rechts, nur nicht zu mir.

Am liebsten würde ich meine Worte zurücknehmen und ihr zustimmen, nur, um sie nicht so unsicher sehen zu müssen, wie jetzt. Aber was dann …

»Ich muss in die Maske«, sage ich völlig aus dem Zusammenhang, nehme meinen Teller und stehe auf.

Ich lasse Leni sitzen, ohne sie noch mal anzusehen, um nicht doch noch schwach zu werden und ihr meine Gefühle zu gestehen. So wie ich Leni kenne, würde sie dabei nicht von Schwäche, sondern von Mut und Stärke sprechen. Doch das kann ich nicht.

33
Leni

Die Fake-Katze ist aus dem Sack

In der Früh werde ich nicht von meinem Wecker aus dem Schlaf geklingelt, sondern von einer sich ständig wiederholenden Vibration, die jedes Mal aufs Neue eine eingehende Nachricht ankündigt. Verwirrt taste ich in der Dunkelheit nach meinem Handy auf dem Nachtisch. Sieben Uhr morgens. Ich blinzle verschlafen, als ich Akiras Namen auf dem Display erkenne. »Was …?«, murmle ich schlaftrunken.

Akira: Leni!!!

Akira: Warum erfahre ich aus dem Internet, dass du mit Jonas Thalbach zusammen bist??

Akira: ????!!!!

Ich lese ihre Nachrichten dreimal und grinse dämlich – Jonas und ich … -, bis mir mit einem Schlag klar wird, dass es nicht der Wahrheit entspricht. Dieser Moment fühlt sich an, als würde ich aus einem Traum erwachen. Ein bisschen Erleichterung, viel Enttäuschung. Wie schön könnte das alles sein?

Nach fünf weiteren Sekunden wird mir klar, welche Kernaussage sich hinter Akiras Nachrichten verbirgt. *Internet.*

Sofort sitze ich kerzengerade in meinem Bett. Ich wähle hastig ihre Nummer.

»Ohayou, Leni!«, singt sie ins Telefon. Akiras wache fröhliche Stimme entlarvt sie als Morgenmensch. Vermutlich eine antrainierte Überzeugung, weil sie den Frühsport für sich entdeckt hat und vor der Arbeit gerne joggen geht.

»Hi, guten Morgen«, begrüße ich sie hastig. »Was meinst du mit *Internet?*«, komme ich sofort auf den Punkt.

»Na, die Fotos von euch! Sie sind auf jeder Promi-Newsletter-Seite! Googelst du nicht?«

Ich lehne mich mit dem Rücken an die Wand, ziehe die Beine an und stelle Akira auf Lautsprecher. Das Handy umklammere ich mit beiden Händen, während ich Jonas' vollen Namen bei Google eingebe. Sofort wird mir zusätzlich das Wort *Freundin* vorgeschlagen. Als ich mit zitternden Fingern bestätige, ploppen mir Fotos entgegen. Fotos und Schlagzeilen.

Ist das seine Neue?
Begehrter Single Jonas Thalbach ist vom Markt!
Serien-Star mit Unbekannter gesichtet!

Das war unser Ziel, und trotzdem schlägt mein Herz unangenehm schnell.

»Bist du noch dran?«, fragt Akira.

»Ja …« Ich wische mich durch die einzelnen Fotos, fast alle stammen von unserem Fake-Date im Restaurant und vom Konzertbesuch, als wir uns in den Armen lagen. Wir müssen wohl mehr Aufmerksamkeit auf uns gezogen haben, als mir bewusst war. Doch es gibt sogar verwackelte unscharfe Bilder vom Set. Wie wir nebeneinander hergehen, wie wir zusammen lachen … und wie wir uns küssen. Wer hat diese Fotos gemacht?

»Hoffentlich sehen das meine Eltern nicht«, stöhne ich. So wie ich sie kenne, würden sie sich doch noch bestätigt sehen und meinen Sinneswandel mit Jonas in Verbindung bringen.

»Warum erfahre ich so was aus der Presse?«, herrscht mich Akira an, als ich nichts mehr sage.

»Hat es dir Daniel nicht erzählt?«, frage ich verwirrt. Zwar habe ich meinen besten Freund gebeten, meine Beziehung nicht an die große Glocke zu hängen, aber ich bin davon ausgegangen, dass er zumindest Akira einweiht. Jetzt meldet sich mein schlechtes Gewissen, weil ich es ihr natürlich selbst hätte sagen müssen.

Was Akira mir im nächsten Moment auch bestätigt: »Ja, doch«, gibt sie zu. Ihr Tonfall ist wieder etwas sanfter. »Aber ich wollte, dass *du* mir davon erzählst, nicht Daniel. Deshalb habe ich dich nicht darauf angesprochen. Ich dachte, du wärst noch nicht bereit.«

Ich räuspere mich. »Er kommt am Sonntag mit auf deine Geburtstagsfeier.«

Akira hält hörbar den Atem an. »Du machst Witze!«, stößt sie aus. »Du wärst am Sonntag mit dem Schauspieler aufgetaucht, ohne mich vorzuwarnen?!«

Ich nehme das Handy zurück in die Hand, stelle den Lautsprecher wieder aus und drücke es mir ans Ohr. Dann schwinge ich meine Beine vom Bett und bleibe auf der Kante der Matratze sitzen. Auch wenn ich erst in einer halben Stunde aufstehen müsste, bin ich nun hellwach. »Das war Daniels Idee, und Jonas hat zugestimmt. Ich hätte dich vorher natürlich noch gefragt.«

»Klar kann er mitkommen!«, antwortet sie sofort. »Aber trotzdem! Seit wann bist du so eine Geheimniskrämerin? Du weißt doch, wie verschwiegen ich bin. Mir kannst du alles erzählen, ich würde nie etwas weitersagen!«

»Ich weiß, ich weiß«, beruhige ich sie. »Aber diese Art von Beziehung ist neu für mich.« *Wie wahr.* »Wir wollten verhindern, dass es zu diesen Schlagzeilen kommt und haben vereinbart, niemandem etwas zu verraten. Zumindest vorerst, solange es noch so frisch ist.« Ich würde mir glauben, wenn ich Akria wäre. Es klingt plausibel und verständlich, sodass ich mir gedanklich selbst auf die Schultern klopfe.

»Oh Mann, das verstehe ich gut«, seufzt sie. »Weiß Jonas schon davon?«

»Zumindest hat er mir noch nicht geschrieben.«

»Schreib du ihm am besten gleich, dann ist er vorbereitet, wenn er heute ans Set kommt«, schlägt sie vor. »Wir sehen uns also dann Sonntag?«

»Ähm, hast du Lust, dich morgen Abend mit mir und Clara zu treffen?«

»Klar, was habt ihr vor?«

»Wir treffen uns bei ihr. Ehrlich gesagt wollte ich mit ihr über etwas reden – aber jetzt, wo ich so darüber nachdenke, glaube ich, sie wird uns beide brauchen«, erkläre ich vage.

Clara wollte wieder in den Englischen Garten oder Essen gehen, aber ich habe sie gestern Abend dazu überredet, sich bei ihr zu treffen. Wenn sie von der Affäre ihres Freundes erfährt, ist sie sicher froh, zu Hause zu sein. Hätte sie gestern und heute Abend nicht schon etwas vorgehabt, hätte ich früher mit ihr gesprochen.

»Oh, mach mir keine Angst. Ist es sehr schlimm?«

»Irgendwie schon«, druckse ich herum. »Aber das erzähl ich euch, wenn wir uns sehen.« Ich möchte nicht, dass Akira vor Clara Bescheid weiß und sich Clara anschließend fühlt, als wäre sie die Letzte gewesen, die von der ganzen Sache erfährt.

»Alles klar, dann schreib mir einfach die Uhrzeit, und ich bin da«, sagt sie ernst.

»Danke.« Ich lege auf und schlucke den dicken Kloß hinunter, der sich jedes Mal bildet, wenn ich an das morgige Gespräch denke.

Ich brauche ein paar Minuten, um das bedrückende Gefühl abzuschütteln und verfasse schließlich eine Nachricht an Jonas.

> **Ich:** Es ist raus. Die Presse weiß, dass wir zusammen sind.

Die Konsequenzen sind klar. Unsere Scheinbeziehung wird damit zum Auslaufmodell. Wie lange wir das Spiel noch aufrechterhalten, hängt davon ab, wie schnell die Produzenten einen Schlussstrich ziehen. Danach noch ungefähr zwei oder drei Monate, dann ist es vorbei. Ich hoffe, unser Plan führt auch für Jonas zu seinem gewünschten Ziel, und er kann endlich die Rollen annehmen, von denen er schon immer geträumt hat.

Und ich … Ich werde meinen Freunden sagen, dass der öffentliche Druck für uns zu viel war. Jonas wird ihnen allen als mein kurzer aufregender Sommerflirt in Erinnerung bleiben. Mehr nicht. Sobald das Praktikum endet, Jonas seine letzten Drehtage für *Reset* hinter sich gebracht hat und neue Jobs in anderen Städten und Ländern annimmt, werden wir uns aus den Augen verlieren, vielleicht ab und zu schreiben, zum Geburtstag gratulieren. Mehr nicht.

Mehr nicht.

Ich schlucke, als sich erst ein Gefühl in mir und dann ein immer klarer werdender Gedanke mit unglaublicher Vehemenz in meinem Kopf ausbreitet: Egal, was ich mir selbst versuche, einzureden … Ich will Jonas nicht verlieren … die Wärme, die ich jedes Mal verspüre, wenn er lächelt. Denn wenn er lächelt, ist er am schönsten. Aufrichtig und einfühlsam.

Ich zucke zusammen, als das Handy in meiner Hand vibriert. Hastig öffne ich Jonas' Antwort.

Jonas ♥: Danke für die Vorwarnung.

Etwas enttäuscht bin ich schon. Ich hätte gedacht, dass er mehr schreiben würde. Aber wieso sollte er? Unser Plan hat funktioniert, und unsere Geschäftsbeziehung findet bald ein Ende. Auch wenn ich mir noch sosehr wünsche, dass es nicht so wäre …

Ich schüttle den Kopf, um den Gedanken loszuwerden.

Jonas denkt nicht *so* über mich. Das beweist auch seine kurze nüchterne Nachricht ganz deutlich.

Aber dennoch hätte ich erwartet, dass wir uns vielleicht noch mal besprechen. Ich war noch nie in der Zeitung. Wie verhält man sich, wenn man als Freundin eines Schauspielers in der Klatschpresse auftaucht? Soll ich es leugnen oder zu ihm stehen? Oder besser gar nichts sagen? Ich bin überfordert.

Wieder wandern meine Gedanken zu Jonas' Nachricht. Hängt seine Knappheit mit gestern zusammen? Der Kuss und mein darauffolgender Versuch, die Situation zu klären. Ich war mir so sicher, ich hätte in seinen Augen mehr gesehen als nur Show. Auch das Telefonat mit Tobi hat mich darin bestärkt. Warum sollte sein bester Freund nicht darüber sprechen dürfen, wenn es nichts zu besprechen gibt?

Ich werfe das Handy aufs Bett und schlurfe ins Badezimmer. Der große Spiegel über dem Waschbecken offenbart mir eine vestrubbelte, verwirrt dreinblickende Leni. Ich binde meine Haare zusammen, wasche mir das Gesicht – und wieder schleicht sich dieser verdammte Kuss in meine Gedanken.

Als ich Jonas darauf angesprochen habe, ist er ausgewichen. Ich war ein bisschen verletzt, dass er sich angehört hat, als fände er die Vorstellung, mich tatsächlich als feste Freundin an seiner Seite zu haben, absurd. Und wieder frage ich mich: Aber warum eigentlich? Wir verstehen uns super und lachen über die gleichen Dinge. Das, was zwischen uns ist, ist doch nicht nur Freundschaft? Oder doch? Wären wir als Paar denn wirklich so abwegig? Der berühmte Schauspieler und die Praktikantin. Ja, vielleicht.

Doch mir wird immer klarer, dass langsam, aber sicher Daniel nicht mehr den gesamten Platz in meinem Herzen einnimmt. Er ist da und plötzlich auch Jonas. Doch nun endet unsere Abmachung bald, und die Frage bleibt unbeantwortet. Akiras Geburtstag wird vermutlich unser letzter Auftritt sein.

Ich putze mir die Zähne und springe unter die Dusche. Während das warme Wasser auf mich herunterprasselt, verlieren sich meine Gedanken und finden letztendlich doch immer wieder zu Jonas zurück.

Pünktlich um sieben Uhr erscheinen die drei angekündigten Komparsen. Sie sind etwa in meinem Alter und sollen heute in der Stadtvilla zum reichen Klientel einer privaten Party gehören. Obwohl ausdrücklich elegante Kleidung gefordert war, taucht einer der zwei Jungen in zerissenen Jeans und T-Shirt auf.

»Von wem wurdest du denn gebrieft?«, frage ich, als ich ihn auf meiner Liste abhake. »Hast du die Mail nicht gelesen? Anzüge sind heute Pflicht.«

Er macht große Augen und stottert, er habe keine Mail erhalten. Ich verkneife mir einen blöden Spruch und setze mich stattdessen über mein Headset mit der Kostümabteilung in Verbindung. Zum Glück haben sie einen Anzug in der richtigen Größe übrig.

Nachdem ich den Jungen zum Kostüm geschickt habe, wende ich mich an die anderen beiden. Sie sind passend gekleidet – der zweite Junge trägt einen schwarzen Anzug mit dunkelroter schmaler Krawatte, und das dunkelblaue Kleid des Mädchens ist ebenfalls perfekt für den Anlass. Die beiden mustern mich interessiert, als ich ihnen den

Ablauf erkläre und sie fürs Erste zum Catering verfrachte. Ein kleines Frühstück steht ihnen genauso zu wie allen anderen Crew-Mitgliedern und Schauspielenden.

»Was machst denn du hier?«, frage ich verdutzt, als ich am Kaffeeautomaten auf Jonas treffe. Es ist zu früh, die Schauspielenden müssen heute erst gegen zehn Uhr am Set auftauchen.

»Guten Morgen«, brummt er. »Ich habe gleich einen Termin bei den Produzenten.«

Ich sehe ihn mit großen Augen an. »Wegen uns? Meine Güte, die sind aber schnell.«

»Eine Stunde nach deiner Vorwarnung haben sie mich angerufen und den Termin für gleich vereinbart. Von meinem Vater habe ich sogar eine zehnminütige Predigt auf meine Mailbox bekommen.«

»Oje«, seufze ich mitfühlend. »Was wirst du ihm sagen?«

»Die Wahrheit«, sagt Jonas prompt. »Also, die offizielle Wahrheit aus den Medien, dass wir zusammen sind und uns lieben. Wenn ich ihm wichtig bin, wird er mich verstehen und es akzeptieren.« Er seufzt.

Ich lächle zuversichtlich. »Natürlich wird er hinter dir stehen. Er ist dein Vater.«

Jonas' Gesicht verfinstert sich. »Wenn es doch nur so einfach wäre.«

Seine Schultern hängen, und die kleine Falte zwischen den Augen scheint sich tief in sein Gesicht gegraben zu haben. Es tut mir leid, Jonas so hoffnungslos zu sehen. »Kann ich dir irgendwie helfen?«

Er mustert mich einen Augenblick mit zusammengekniffenen Lippen, so als würde er mit sich ringen. »Ehrlich gesagt, ja«, meint er leise. »Begleite mich heute Abend zu meinem Vater.«

Mir klappt der Mund auf. »Du willst mich deinem Vater vorstellen?«, frage ich sicherheitshalber nach. »Als deine Freundin?«

Er nickt. »Für ihn bist du ein namenloses unbekanntes Mädchen, das mir den Kopf verdreht hat. Wenn er aber sieht, dass wir glücklich miteinander sind … vielleicht bewegt ihn das endlich zum Umdenken. Ganz ehrlich, ich habe wenig Hoffnung, dass es funktioniert, aber einmal will ich es noch versuchen.«

»Bist du dir wirklich sicher?«, vergewissere ich mich zaghaft. Die Vorstellung, seinem Vater eine Beziehung vorzuspielen, die er nicht billigt, bereitet mir ein mulmiges Gefühl. In den Augen seines Vaters bin ich der Grund für den Vertragsbruch seines Sohnes – und vermutlich auch für die Vertragsauflösung, die Jonas ihm ebenfalls beichten muss.

»Hundertprozentig«, bestätigt Jonas. »Hilfst du mir?«

»Okay«, antworte ich, obwohl ich mir nicht sicher bin, ob ich damit einen Fehler mache. Was, wenn die beiden wegen mir streiten, obwohl ich doch nur eine Fake-Freundin bin?

»Dann fahren wir gleich nach Drehschluss zu ihm.«

»Was?«, frage ich entgeistert. »Du willst, dass ich dort *so* auftauche?« Ich deute auf mich selbst. Ein unordentlicher Dutt, eine weite Jeans und ein enges leicht bauchfreies Oberteil sind nun wirklich nicht die Aufmachung, die ich mir für ein Kennenlerntreffen mit Jonas' Vater vorstelle.

Er runzelt die Stirn. »Wieso? Du siehst doch gut aus.«

»Na, wenn du das sagst«, entgegne ich wenig überzeugt.

Plötzlich hebt er die Hand und streicht mir eine Strähne aus dem Gesicht. Seine Finger berühren dabei leicht meine Wange, und mein Herz macht einen Salto. »Mach dir keine Gedanken.«

Mir stockt der Atem, und eine Sekunde sehen wir uns einfach nur an, bis Jonas unsere Nähe offenbar bewusst wird. Er blinzelt und tritt einen Schritt zurück. Schließlich räuspert er sich, öffnet den Mund, doch im selben Moment klingelt mein Handy.

»Hi, Daniel!«, begrüße ich ihn überrascht, mein Blick fliegt zurück zu Jonas, der die Augen schließt und frustriert schnaubt.

»Guten Morgen, Leni. Hast du kurz Zeit?«, fragt mich Daniel.

»Klar, schieß los.«

»Du hast doch immer so gute Ideen, was ich Akira schenken kann.« Daniel ist lieb, hilfsbereit und verantwortungsbewusst. Doch in einer Sache ist er eine absolute Niete: Schenken.

Ich gluckse belustigt, während mich Jonas mit hochgezogenen Augenbrauen beobachtet und an seinem Kaffee nippt. »Jedes Jahr das Gleiche!«

»Sag mir bitte nicht, dass du keine Idee hast! Was soll ich denn jetzt machen?«, fragt Daniel entsetzt.

»Also gut«, sage ich langsam, und die letzten Treffen und Gespräche mit Akira fliegen gedanklich an mir vorbei. Was hat sie erzählt, was hat sie erwähnt? »Oh, ich weiß! Sie hat letztens davon gesprochen, dass ihr spazieren gegangen seid und da ein Schmuckladen auf dem Weg war.

Sie muss dir eine Kette gezeigt haben, die sie wunderschön fand. So eine silberne mit einem roten Stein. Sie meinte, du hättest gar nicht reagiert, obwohl sie ziemlich deutlich gewesen ist.«

»Ich kann mich erinnern«, sagt Daniel langsam. »Das soll ein Hinweis gewesen sein?«

Ich verdrehe die Augen. »So wie ich Akira kenne, war das ein super Hinweis mit blinkender Leuchtreklame, den du nur wieder nicht gecheckt hast.«

»Was soll das heißen?«, fragt Daniel entrüstet. »Dass ich nicht aufmerksam bin?«

»Jap, ganz genau, das heißt es. Und jetzt marschier los, und kauf ihr das Ding!«

»Okay, danke dir!« Er legt auf.

»Hab ich das jetzt richtig verstanden?«, hakt Jonas nach. »Er hat noch kein Geschenk für seine Freundin?«

Ich winke ab. »So ist Daniel halt. Jeder Mensch hat seine Macken.«

»Und ich dachte schon, er wäre perfekt. Da bin ich echt erleichtert.« Jonas sieht auf die Uhr und atmet tief durch. »Ich muss jetzt los und mir meine Kündigung abholen. Verrückt. Ich träume monatelang von genau diesem Tag, aber jetzt bin ich irgendwie trotzdem nervös. Ist 'ne riesen Ära, die zu Ende geht.«

»Total verständlich, ehrlich. Aber dein Neustart wird toll, da bin ich sicher!«

Aus einem Reflex heraus umarme ich Jonas. Er versteift sich, doch dann spüre ich, wie er meine Berührung erwidert. Für einen kurzen Moment schließe ich die Augen und atme seinen mir inzwischen nur zu gut bekannten Geruch ein. Eine Mischung aus frischer Minze und dem Hauch eines aufgebrühten Morgenkaffees.

»Danke«, flüstert Jonas, sein Mund ist unglaublich nah an meinem Ohr. Dann löst er sich behutsam von mir, stellt seinen leeren Becher neben die Kaffeemaschine und macht sich auf den Weg.

Ich drehe mich um und merke, dass mich die Komparsen mit großen Augen beobachten.

34

Jonas

Die etwas andere Art der Familieneinführung

»Wir schätzen dich und deine Arbeit, Jonas.« Kent spricht mit amerikanischem Akzent. »Aber du hast einen Vertrag unterschrieben.« Wir befinden uns in seinem Büro auf dem Bavaria-Gelände, und Kent sitzt nach vorne gebeugt hinter seinem Schreibtisch aus dunklem Holz, die Hände ineinander gefaltet, und durchbohrt mich mit seinen Blicken. Seine buschigen grauen Augenbrauen ziehen sich zusammen. Eigentlich mag ich ihn, aber gerade ist von seiner freundlichen Art nichts zu spüren. Es ist ernst.

Ich verschränke die Arme. »Ihr könnt mir mein Privatleben nicht verbieten. Und wenn mich nicht alles täuscht, ist der Paragraph rechtswidrig.«

»Das verstehst du falsch«, wendet er ein. »Wir verbieten dir dein Privatleben nicht. Du kannst machen, was du willst und mit so vielen Mädels schlafen, wie du möchtest. Uns geht es darum, dass die Öffentlichkeit nichts davon erfährt.« Ich öffne den Mund, aber er hebt die Hand, um mir zu zeigen, dass er noch nicht fertig ist. »Die ganzen verliebten Teenager brauchen die Vorstellung, du könntest ihr zukünftiger Freund sein!«

»Ich richte mein Leben nicht nach irgendwelchen Fremden aus, nur damit sie sich besser fühlen!« Meine Stimme ist lauter als beabsichtigt.

»Ich verstehe dich.« Kent spricht jetzt besänftigend. »Aber du bist doch erst neunzehn, das ist doch viel zu früh für eine feste Partnerschaft. Genieß diese Zeit, leb dich aus.«

Ich seufze und reibe mir die Schläfen. »Was willst du von mir?«

»Wir brauchen von dir eine Stellungnahme zu den veröffentlichten Fotos. Sag der Presse, dass das Mädchen nur eine Bekannte ist und dass du immer noch Single bist und auf die Richtige wartest.«

Ich schnaube. »Ernsthaft? Hast du die Bilder gesehen? Das wird mir niemand abkaufen.«

»Wenn danach keine Fotos mehr auftauchen, wird das Interesse an dem Mädchen bald wieder verschwinden.«

»Du willst mir durch die Blume sagen, dass ich mit meiner Freundin Schluss machen soll?«, frage ich nach.

Kent zögert und lehnt sich zurück. »Wir wollen dich als Teil des Casts nicht verlieren.«

»Du meinst, ihr kündigt mir, wenn ich keine Stellungnahme abgebe?« Ich versuche, nicht zu hoffnungsvoll zu klingen.

»Jonas …« Er seufzt. »Ich mag dich wirklich. Aber wir müssen für *Reset* eine gewisse Marketingstrategie wahren, und als attrakiver Mädchenschwarm bist du nun mal Teil davon. Wir müssen uns auf dich verlassen können, und leider war das in letzter Zeit nicht der Fall.«

Ich presse die Lippen aufeinander und unterdrücke das Grinsen, das sich in mein Gesicht stehlen will, weil alles so klappt, wie ich es mir erhofft habe. Es ist fast zu einfach. »Sorry, aber ohne mich. Ich stelle meinen Job nicht über das Mädchen, das ich liebe.« Es hört sich genauso dramatisch an wie geplant. Ich stehe auf, die Diskussion ist beendet. »Schick den Auflösungsvertrag an meine Anwältin.«

»Dir ist es wirklich ernst? Die Kündigung gilt dann bereits nach dieser Staffel. Die Drehbuchautoren werden *Reset* so anpassen, dass du in der nächsten Staffel nicht mehr auftauchen wirst. Jonas …« Kent schüttelt fassungslos den Kopf. »Überleg es dir noch mal. Weißt du, was das für dich bedeutet?«

»Allerdings«, sage ich ernst und wende mich zur Tür.

Meine Freiheit.

Nachdem mein Vater mir drei weitere Male auf die Mailbox gesprochen und mich mit lauter, fassungsloser Stimme für verantwortungslos erklärt hat, habe ich ihm geschrieben, dass ich heute Abend bei ihm vorbeischauen werde. Mit Begleitung.

Auch wenn es eine spontane Entscheidung war, bereue ich es nicht, Leni gebeten zu haben, mit zu meinem Vater zu kommen. Sie hat mir erzählt, dass ihre Eltern von ihren Zukunftsplänen zwar nicht begeistert sind, aber letztendlich hinter ihrer Entscheidung stehen. Obwohl sie damit ihre eigenen Vorstellungen zurückstellen müssen. Vielleicht schafft das mein Vater auch.

Während Leni und ich im Taxi sitzen, beobachte ich aus den Augenwinkeln, wie sie sich mehrmals ihre Handinnenflächen an der Jeans trocken wischt und ihre Haarsträhnen nervös hinter die Ohren streicht.

»Ich wäre wirklich gerne vorher duschen gegangen«,

betont sie zum vierten Mal und sieht an sich herunter. »Und ich hätte mir was anderes angezogen.«

»Du siehst gut aus«, beruhige ich sie, und als sie an ihrem T-Shirt zu zupfen beginnt, nehme ich ihre Hand in meine. Leni zuckt leicht zusammen, aber anstatt ihre Hand aus meiner zu befreien, drückt sie sie. »Dein Gezappel macht mich ganz nervös.«

»Sorry«, stöhnt Leni. »Ich weiß ja auch nicht, warum ich mir so einen Kopf mache. Ich will halt nichts falsch machen.«

Ich schüttle den Kopf und lächle sie an. »Du kannst gar nichts falsch machen.«

»Und wenn er mich nicht mag?«

»Die Wahrscheinlichkeit, dass er dich nicht leiden kann, ist leider sehr groß. Aber das kann uns egal sein, du siehst ihn vermutlich eh nie wieder.«

»J-Ja«, stottert sie, und ihre Wangen werden rosa. »Manchmal vergesse ich, dass wir gar nicht zusammen sind.«

»Ich auch«, gestehe ich. »Vor allem, weil …« Doch ich werde vom Taxifahrer unterbrochen, der verkündet, dass wir unser Ziel erreicht haben. Ich bezahle, und Leni und ich steigen aus dem Auto. Nachdem wir die Türen hinter uns zugeschlagen haben, macht sich der Wagen aus dem Staub. Ein Teil von mir wäre gerne sitzen geblieben.

»Bist du dir sicher?«, wiederholt Leni ihre Frage atemlos.

»Ich begleite dich am Sonntag zu deinen Freunden. Glaub mir, das ist genauso angsteinflößend.«

»Aber meine Freunde lieben dich jetzt schon. Das ist ein gewaltiger Unterschied!«, widerspricht sie mir.

»Ich werde dich nicht zwingen, mit mir da hoch zu gehen.« Ich deute auf die Wohnung meines Vaters. »Aber ich bin ehrlich: Ich brauche dich.«

Leni schluckt, und ein zuversichtliches Lächeln spielt um ihre Lippen. »Okay, ich bin dabei. Vielleicht wird es gar nicht so schlimm.«

Wir fahren mit dem Aufzug in das dritte Stockwerk, und als ich Leni ansehe, habe ich für einen Augenblick die Hoffnung, dass alles gut werden wird. Mein Vater wird sie mögen, er wird mich verstehen und sich für seinen Fehltritt entschuldigen. Wir können eine Familie bleiben.

Als könnte Leni meine Gedanken lesen, reibt sie mir mit beiden Händen über die Schultern. »Das wird schon«, murmelt sie.

Der Aufzug ist keine vier Quadratmeter groß, und unsere Nähe wird mir plötzlich mehr als bewusst. Doch nicht nur das spüre ich mit jeder Faser meines Körpers, sondern auch die Verbundenheit, die uns mittlerweile enger zusammenschweißt, als es jeder noch so kleine Raum schaffen könnte.

Die Aufzugtüren schieben sich auf, und wir treten in den Flur. Genau in diesem Moment öffnet sich die Wohnungstür meines Vaters.

»Ich habe euch schon vom Fenster aus gesehen«, brummt er zur Begrüßung. Die Ader an seiner Schläfe pulsiert.

»Grüß Gott, Herr Thalbach«, bringt Leni tapfer hervor, während ich mir nicht die Mühe mache, Höflichkeiten auszutauschen. Mein Vater würde sie so oder so ignorieren. Wir treten in den geräumigen Eingangsbereich, und er stapft voraus in die offene Küche.

»Setz dich doch«, biete ich Leni einen Hochstuhl am Tresen an, weil mein Vater gar nicht daran denkt, sie als Gast zu behandeln. Stattdessen hält er mir ein beschriebenes Blatt Papier unter die Nase, und weil er keine Anstalten macht sich zu setzen, bleibe ich ebenfalls mit gestrafften Schultern stehen.

»Was ist das?«, frage ich und nehme es ihm aus der Hand.

»Dein Statement. Wir veröffentlichen es morgen.«

Ich runzle die Stirn und überfliege kurz den Inhalt. Es handelt sich um eine Erklärung, ganz im Sinne der Produktion.

»Ich werde das nicht sagen«, stelle ich klar und lege das Papier auf den Tresen. »Leni ist meine Freundin, und ich liebe sie.«

Mein Vater sieht Leni nicht an, würdigt sie keines Blickes, ehe er antwortet. »Die werden dir kündigen, wenn du dich weigerst, ist dir das klar?«

»Das weiß ich, ich habe ihnen schon gesagt, sie sollen den Auflösungsvertrag an meine Anwältin schicken«, entgegne ich ungerührt.

»Du hast was?!«, ruft mein Vater entrüstet. »Ich bin dein verdammter Manager! Willst du jetzt alles im Alleingang entscheiden? Warum sprichst du so was nicht mit mir ab?«

Einen Augenblick herrscht absolute Stille, Leni sieht unsicher zwischen uns hin und her.

Weil ich dir nicht mehr vertraue.

Eine Antwort, die meine Lippen nicht verlässt. Es ist der falsche Zeitpunkt, ihn auf meine Gage anzusprechen und auf das Geld, dass er sich offenbar bei jeder Zahlung abzweigt. Er ist bereits gereizt und kann nicht klar denken. Würde er es in diesem Zustand schaffen, Einsicht zu zeigen?

Andererseits … gibt es dafür überhaupt einen richtigen Zeitpunkt? Vielleicht ist es besser, jetzt alles auf den Tisch zu legen. Vielleicht sollte ich das Unvermeidbare nicht weiter hinauszögern.

Ich atme einmal tief ein, dann wieder aus und wappne mich. »Es gibt etwas, über das ich mit dir reden muss«, gestehe ich und versuche so ruhig und neutral wie möglich zu klingen. Noch ist meine Theorie nicht bewiesen, mein Vater könnte unschuldig sein und für alles eine plausible Begründung haben. Ich will ihn nicht mit Vorwürfen bombardieren. »Letztens habe ich zufällig ein paar von meinen Abrechnungen gefunden, und da sind mir einige Ungereihmtheiten aufgefallen.«

Mein Vater scheint anzuschwillen, und obwohl er kleiner ist als ich, wirkt er auf einmal viel bedrohlicher. »Du hast in meinen Unterlagen geschnüffelt?«

Ich sehe ihn perplex an. »Das sind nicht *deine* Unterlagen, sondern *meine.* Du verwaltest sie nur.«

»Kann sein«, antwortet er knapp, so wie er es immer macht, wenn er nicht zugeben will, dass ich recht habe.

»Jedenfalls stimmen die Zahlen nicht mit meinen Kontoüberweisungen überein«, fahre ich fort. »Kann es sein, dass du dir mehr Gehalt überwiesen hast, als wir vereinbart hatten?« Mein Herz hämmert unangenehm gegen meinen Brustkorb, doch ich schaffe es, meine Stimme zu kontrollieren.

Das Gesicht meines Vaters wird bleich, er weicht einen

Schritt zurück und stößt dabei gegen einen Hochstuhl. Sein Blick zuckt zu Leni, dann wieder zu mir.

Mein Herz rutscht mir in die Hose, denn seine Reaktion verrät ihn. Mein Vater hat mich hintergangen.

»Vielleicht habe ich einen Fehler gemacht …«, fängt er langsam an und fasst sich mit der rechten Hand an die Stirn.

Ich stutze. Mit so einem Eingeständnis hätte ich nicht gerechnet. »Wenn dem so ist, hast du diesen Fehler mehrfach gemacht«, bemerke ich und verschränke die Arme. Vielleicht um mich selbst zu schützen, vielleicht um eine Barriere zwischen uns aufzubauen.

»Ich habe … einen Teil des Geldes angelegt«, versucht er sich zu erklären und wischt mit den Fingern über seine feuchte Oberlippe. »Bei der Bank, um das Geld zu vermeh… um es zu sichern.«

»Warum erzählst du mir dann nichts davon?«

Er reibt sich überfordert den Nacken. Ich habe ihn kalt erwischt.

»Soll ich für dich antworten?«, helfe ich ihm, weil ich keine Lust mehr auf seine Ausreden habe. »Weil du es mir nie erzählt hättest. Du hast das Geld nicht für mich angelegt, sondern für dich. Hab ich recht?«

Er sackt auf dem Hochstuhl zusammen. »Sollten wir das Thema nicht unter vier Augen besprechen?«

Leni springt sofort auf, doch ich halte sie zurück. »Ich will, dass sie bleibt«, sage ich und sehe sie bittend an. An ihrer Seite fühle ich mich stärker, bereit, den heutigen Abend durchzustehen. Leni gibt mir das Gefühl, nicht alleine zu sein.

Sie nickt kaum merklich und rutscht zurück auf ihren Stuhl.

»Na gut.« Mein Vater strafft die Schultern. »Weißt du, wie es ist, als alleinerziehender Vater ums Überleben zu kämpfen? Jeden Monat die Angst zu haben, dass wir im nächsten Monat keinen Cent haben? Und plötzlich bringt dein Schauspieljob mehr, als ich jemals verdienen könnte.«

Ich schüttle müde den Kopf. »Du musst mich nicht daran erinnern, wie scheiße es uns früher gegangen ist. Ich habe alles miterlebt.«

»Nein, hast du nicht«, widerspricht mir mein Vater. »Das war nur ein Bruchteil von dem, was ich durchmachen musste. Erst stirbt meine Frau, dann verliere ich meinen Job und muss gleichzeitig einen Säugling durchbringen. Du weißt nicht, wie das ist!« Seine Stimme wird allmählich lauter, ungehaltener. Seine zitternden Hände sind zu Fäusten geballt.

Ich löse meine Arme aus der Verschränkung. »Sie war nicht nur deine Frau, sondern auch meine Mutter«, erinnere ich ihn fassungslos.

»Du hast sie nie kennengerlernt. Für dich ist sie eine fremde Frau, aber *ich* habe sie geliebt!«

»Aber, Herr Thalbach …«, meldet sich Leni erstmals zu Wort, doch er hebt die Hand, um sie zum Schweigen zu bringen.

»Halt du dich da raus. Das ist eine Familienangelegenheit, okay?«

»Leni darf sagen, was und wann sie will«, fahre ich ihn an. »Aber wenn ich dich richtig verstehe, fühlst du dich im Recht? Unsere beschissene Lebenssituation von früher ist deine Berechtigung, deinen Sohn zu hintergehen?«

»Ich glaube, ich höre nicht richtig«, zischt er. »Wo wärst du denn ohne mich? Glaubst du wirklich, du wärst so erfolgreich, wenn ich mir für dich nicht den Arsch aufgerissen hätte? Denkst du, so erfolgreich wird man nur, weil man ein brauchbares Schauspieltalent hat?«

Die Wucht seiner Worte trifft mich so hart wie ein Faustschlag in den Magen. Ich stolpere zwei Schritte zurück. »Du meinst es ernst«, stelle ich mit zitternder Stimme fest. Auch wenn ich immer gedacht habe, ich würde mit dem Schlimmsten rechnen, merke ich erst jetzt deutlich, wie groß meine Hoffnung dennoch war. Sie verpufft und hinterlässt nichts, außer einer verständnislosen und traurigen Leere.

Leni springt von ihrem Stuhl. »Moment mal«, sagt sie mit bebender Stimme. »Ist Ihnen eigentlich bewusst, was für einen verdammten Mist Sie gerade behaupten?«

»Hast du was auf den Ohren? Das ist eine Familienangelegenheit!«, bellt er sie an.

»Was für eine Familie?«, schnaubt Leni. »Glauben Sie etwa, Familie ist selbstverständlich? Glauben Sie wirklich, Sie können Jonas einfach so hintergehen, Ihren Frust auf ihm abladen, und haben dann noch das Recht, ihn weiterhin als *Familie* zu bezeichnen?«

Jedes ihrer Worte ist wahr, jedes Wort, das sie sagt, möchte ich sagen. Doch ich schaffe es nicht. Normalerweise bin ich schlagfertig und um keine Antwort verlegen, aber das hier ist anders. Ich habe in Gedanken viele verschiedene Versionen dieses Gesprächs durchgespielt. Immer und immer wieder. Doch jede Version führte zum gleichen Ende – zu einer Entschuldigung und einer Versöhnung.

»Anstatt hier große Reden zu schwingen und den Moralapostel zu spielen«, knurrt er Leni an, »solltest du dich besser von meinem Sohn fernhalten und ihm nicht die Zukunft verbauen.«

»Das schaffen Sie schon ganz alleine«, kontert sie.

Endlich erwacht mein Körper wieder aus seiner Starre. Vor ein paar Tagen dachte ich noch, ich hätte die Wahl und ich könnte einen Weg finden, meine kleine Familie zu retten. Doch, naiv wie ich war, habe ich mir etwas vorgemacht.

»Ich werde dich nicht anzeigen«, sage ich mit ruhiger, kontrollierter Stimme an meinen Vater gewandt. »Aber ich will dich nicht mehr als meinen Manager. Ich gebe meiner Anwältin Bescheid, sie wird die Formalien klären.«

Ich nehme Lenis Hand in meine. Sie ist weich und warm.

Sein Mund klappt auf. »Du feuerst mich? Deinen eigenen Vater?«

Ich lache bitter. »Bist du wirklich überrascht?«

»Wenn deine Mutter dich so hören könnte …«, zischt er.

»Dann was?«, frage ich angriffslustig. »Denkst du, sie wäre auf deiner Seite?«

Er starrt mich an, aber ich warte nicht darauf, dass er eine Antwort findet.

»Komm«, sage ich leise an Leni gewandt. Ich ziehe sie sanft hinter mir her zur Wohnungstür.

»Hey!«, ruft mir mein Vater hinterher. »Wir sind noch nicht fertig!«

»Doch!«, brülle ich zurück. »Das sind wir!«

Die Tür fällt hinter uns mit einem lauten Schlag zu,

und anstatt auf den Aufzug zu warten, steuere ich schwer atmend die Treppe an.

Leni sagt kein Wort, folgt mir mit schnellen Schritten nach unten.

Die Wut in mir pulsiert, verhindert klare Gedanken. Ich will wieder hochrennen und meinem Vater den ganzen Frust an den Kopf werfen, den er all die Jahre ignoriert hat. Doch ich laufe Stufe für Stufe weiter nach unten.

Als wir unten ankommen und das Haus hinter uns lassen, biege ich nach rechts ab, renne weiter. Nach wenigen Minuten erstreckt sich vor uns der Nymphenburger Schlosskanal. Nur wenige Menschen sind hier unterwegs.

Leni zieht an meinem Arm und zwingt mich zum Stehenbleiben. »Stopp«, keucht sie.

Die Sonne ist bereits hinter den Dächern der alten Stadtvillen verschwunden. Keine Ahnung, wie spät es ist.

Widerwillig bleibe ich stehen. Meine Augen brennen, und ich spüre das Kitzeln der ersten Träne, die sich meine Wange hinabstiehlt. Unwirsch fahre ich mir mit dem Handrücken über das Gesicht.

»Jonas«, sagt Leni. »Ich weiß gar nicht, was ich sagen soll. Es tut mir so unglaublich leid.« Sie schlingt ihre Arme um mich, drückt mich an sich und schmiegt ihren Kopf in meine Halsbeuge. Ihre Nähe ist tröstend und schmerzlich zugleich, weil mir dadurch umso mehr bewusst wird, dass es ab jetzt nur noch mich gibt. Ich schaffe es nicht, die Tränen zurückzuhalten, und so sickert eine nach der anderen in Lenis nach Pfirsich duftendes Haar. Unbeholfen erwidere ich ihre Umarmung.

»Du hast die richtige Entscheidung getroffen«, murmelt sie.

Ich will ihr zustimmen, weiß, dass sie recht hat, aber eine trostlose Leere breitet sich in mir aus und entzieht mir sämtliche Energie. So fühlt man sich also, wenn man seine Familie aufgibt.

»Ich bin für dich da, Jonas. Hörst du? Du bist nicht alleine«, flüstert sie, hebt den Kopf, sodass nur wenige Zentimeter zwischen uns liegen. Der Abstand verringert sich, als sie sich auf Zehenspitzen stellt und ihre weichen Lippen auf meine treffen.

Ich nehme ihre Nähe an und ziehe sie fester an mich. Der Kuss ist sanft und verletzlich, so wie unsere Beziehung. Wir sind nicht zusammen, und doch sind wir in diesem Moment eins.

Plötzlich befreit sie sich aus meinen Armen, mit großen entsetzten Augen sieht sie mich an.

»Entschuldigung, ich …«

Verwirrt erwidere ich ihren Blick.

»Ja, ich glaube …«, stottert sie. »Ich denke, ich muss … gehen«, murmelt sie, dreht sich um, und mit schnellen Schritten entfernt sie sich von mir in Richtung Tram.

Perplex stehe ich da und habe keine Ahnung, was da eben passiert ist. Leni hat mich geküsst! Nicht umgekehrt! Trotzdem werde ich das Gefühl nicht los, als würde sie nun regelrecht vor mir fliehen.

Leni verschwindet aus meinem Blickfeld, und ich bleibe alleine zurück. Ich seufze schwer und sehe mich um. Der lange Fußweg am Kanal entlang ist so gut wie ausgestorben. In etwa dreißig Metern Entfernung geht eine ältere Frau mit ihrem kleinen Yorkshireterrier spazieren.

Kurz überlege ich, ob ich Tobi anrufen soll, doch ich lasse es bleiben. Ich brauche diesen Abend für mich, um mich meiner Leere auszuliefern, bevor ich morgen wieder aufstehen und weitermachen werde. Die Frage ist nur, womit? Schließlich habe ich alles verloren …

Ich schiebe diesen bedrohlichen Gedanken beiseite und bestelle mir ein Taxi. Während ich warte, setze ich mich auf eine Parkbank. Vor ein paar Wochen hätte ich niemals erwartet, dass ich an diesem Punkt stehen werde. Manche würden es als Stärke bezeichnen, für sich selbst einzustehen, doch ich fühle mich unglaublich schwach.

Mein Handy vibriert, und der Name meines Vaters erscheint. Ich drücke ihn weg. Ich werde so lange durchhalten, bis ich meine Stärke endlich anerkennen kann.

Doch auch Lenis plötzliche Abweisung nagt an meinem Verstand. Dabei hat sie doch gesagt, dass sie mich nicht alleinlässt. Habe ich etwas falsch gemacht? Sie hat mich angesehen, als wäre sie aus einer Art Trance erwacht und hätte erst in diesem Augenblick erkannt, wer vor ihr steht. Obwohl wir uns kaum kennen, habe ich sie in kürzester Zeit so nahe an mich herangelassen, wie kaum eine andere Person. Vielleicht war es zu nahe.

Am Sonntag werde ich mit ihr auf die Geburtstagsfeier gehen, weil ich es ihr versprochen habe. Doch dann werde ich mich etwas zurückziehen. In der Zeit, in der unsere Abmachung noch gilt, werden wir uns nur noch selten zusammen blicken lassen müssen, nun weiß ja jeder Bescheid. Ich werde meinem Herzen einen Gefallen tun.

Tobi hat recht. Ich darf mir keine Hoffnungen machen, wenn es hoffnungslos ist. Ich ziehe die Reißleine. Wir haben von unserer Abmachung profitiert, wir haben beide bekommen was wir wollten. Nun ist es an der Zeit, meinen Weg zu gehen.

35

Leni

Die unangenehmen Dinge hebe ich mir für den Schluss auf

Der gestrige Abend war eine Katastophe, nein, er ist *immer noch* eine Katastrophe. Mir dreht sich jedes Mal der Magen um, wenn ich daran denke. Das Gespräch mit Jonas und seinem Vater ist so schnell aus dem Ruder gelaufen, dass ich viel zu spät begriffen habe, wie ernst die Sache werden würde. Ich habe mich darauf eingestellt, dass sein Vater gegen mich wettern würde, weil ich die fremde Zerstörerin der Karriere seines Sohnes bin. Aber nein, was er getan hat, war viel schlimmer. Seine verletzenden Worte gegen Jonas haben auch mich wie eine Ohrfeige nach der anderen getroffen. Wie kann ein Vater nur so egoistische Dinge sagen? Als Jonas schließlich geweint hat, ist mir fast das Herz gebrochen.

Und dann? Was habe ich dann getan? Ich habe versprochen, für ihn da zu sein und ihn geküsst – nur um dann vor ihm wegzulaufen und ihn doch alleinezulassen. Was ist nur los mit mir?

Ja, ich war überfordert, und ich bin es immer noch. Die letzten Tage haben in meinem Inneren ein wahres Gefühlschaos ausbrechen lassen. Plötzlich ist da so viel mehr, mit dem ich mich auseinandersetzen muss. Jonas? Daniel? Kann man mehr als eine Person lieben?

Doch egal, welche Ausrede ich mir parat lege, es entschuldigt nicht die Tatsache, dass ich Jonas stehen gelassen habe.

Der Drehtag zieht sich wie Kaugummi. Es ist viel zu tun, und weil zeitweise der Strom ausfällt, muss schnell umdisponiert werden. Erst am Nachmittag, als ein Kabelbrand als Ursache entdeckt wird, kann das Problem behoben werden.

Ich schrecke zusammen, als ich plötzlich meinen Namen höre.

»Erde an Leni! Was ist denn heute los mit dir?«

Ich blinzle, als sich Jill in mein Blickfeld schiebt.

»Entschuldige, was hast du gesagt?«, frage ich peinlich berührt.

»Ich wollte wissen, was mit dir los ist. Du klammerst dich schon seit zehn Minuten an deine Wasserflasche und starrst ins Leere.« Sie mustert mich besorgt.

»Ähm.« Ertappt sehe ich mich um. Eigentlich dachte ich, zwischen dem Cateringwagen und dem beigen Gebäude, in dem sich Maske und Kostüm befinden, würde ich nicht auffallen. »Du meintest doch, ich dürfte eine kleine Pause machen.«

»Mir geht es nicht um deine Pause, sondern darum, dass du heute kaum ein Wort sprichst, und ich spüre, dass etwas nicht stimmt.«

»Ich … Es ist alles gut.«

Jill zieht die Augenbrauen zusammen. »Wirklich, ja? Es

gibt *niemanden*, über den du dir gerade den Kopf zerbrichst?« Sie spricht Jonas' Namen nicht aus, und dennoch höre ich ihn ganz deutlich. Natürlich sind die Presseberichte nicht an Jill vorbeigegangen, natürlich weiß sie Bescheid. Aber ich bringe es nicht über mich, jetzt mit ihr über Jonas zu sprechen. Nicht, wenn jeder Stich ins Herz mich an mein schlechtes Gewissen erinnert. Und auch wenn ich gehofft habe, der Stress bei der Arbeit würde mich ablenken, vergeht kein Moment, in dem ich nicht die bleierne Schwere auf meiner Brust spüre.

Jonas bekomme ich den ganzen Tag kaum zu Gesicht. In jeder noch so kleinen Pause zieht er sich in seine Garderobe zurück, und ich bin zu feige, um an seine Tür zu klopfen und mich zu entschuldigen. Wenn ich ehrlich bin, wüsste ich auch gar nicht, was ich ihm sagen sollte. Dass ich nicht weiß, warum ich ihn geküsst habe? Dass ich nicht weiß, warum ich abgehauen bin? Er hat momentan ganz andere Probleme, da brauche ich ihn nicht auch noch mit meinen vollzuheulen.

Je näher der Samstagabend rückt, desto angespannter und nervöser werde ich. Mein Treffen mit Clara und Akira steht an. Clara hat die Wahrheit verdient, sie muss wissen, wie unfair Tom mit ihr umgeht. Ich habe viel zu lange gewartet.

Doch auch wenn mittlerweile jeder weiß, dass ich in einer festen Beziehung mit Jonas bin, habe ich trotzdem Angst. Es ist naiv zu glauben, dass Tom sich nicht wehren wird. Sicher wird er alles abstreiten, mich als Lügnerin bezeichnen, die ihn und Clara auseinanderbringen will. Und ganz sicher wird er mein Geheimnis verraten. Aber werden meine Freunde Tom Glauben schenken?

Die Angst, dass meine unerwiderte Liebe zu Daniel ans Licht kommt und er und Akira davon erfahren, begleitet mich seit zwei Jahren wie eine dunkle Wolke. Ich habe jeden Tag Angst, deswegen meine Freunde zu verlieren. Und selbst wenn sie Tom nicht glauben, die Unbeschwertheit und Vertrautheit zwischen uns wäre nie wieder die gleiche.

Als ich an Claras Haustür klingele, hofft ein Teil in mir, sie würde nicht öffnen und mir schreiben, dass ihr etwas dazwischengekommen ist. Aber nach wenigen Sekunden reißt sie die Tür auf.

»Leni, Süße!« Wir umarmen uns, und sie tritt zur Seite, um mich hereinzulassen. »Ich hoffe, du hast Hunger mitgebracht!«

»Wieso?« Ich schnuppere argwöhnisch in den Flur. Clara ist jedenfalls nicht für ihre Kochkünste bekannt. »Hast du gekocht?«

Sie lacht glockenhell. »Guter Witz! Nein, wir bestellen natürlich! Aber ich habe einen Bärenhunger und will, dass der Lieferant unter unserer riesigen Bestellung zusammenbricht!«

Ich schmunzle. »Verstehe. Ist Akira schon da?«

»Sie ist im Wohnzimmer. Meine Eltern sind heute ausgegangen, wir haben sturmfrei.«

»Toll.« Ich versuche mir Begeisterung abzuringen, während ich Clara durch den gefliesten Flur ins Wohnzimmer folge, aber angesichts des heutigen Anlasses suche ich vergeblich nach meiner guten Laune.

Clara bemerkt es sofort. »Oje, hattest du einen anstrengenden Tag?«

»Hm«, mache ich vage.

»Hey, Leni!« Akira springt von der grauen modernen Ledercouch und schließt mich in die Arme. Als wir uns voneinander lösen, wirft sie mir einen kurzen fragenden Blick zu. Kein Wunder, ich habe ihr den Showdown für heute bereits angekündigt. Ich schüttle kaum merklich den Kopf und forme meine Lippen zu einem *später*.

Die nächste halbe Stunde durchforsten wir sämtliche Speisekarten der nähergelegenen Restaurants und entschließen uns letztendlich für einen Italiener und jede Menge Pizza, Pasta und Tiramisu.

Zum Glück müssen wir nicht lange warten. Keine vierzig Minuten später breiten wir das köstlich riechende Essen auf dem gläsernen Couchtisch aus und setzen uns zusammen auf den Fußboden.

»Ich liebe italienisches Essen«, stöhnt Clara und greift nach einem großen Stück Pizza mit Meeresfrüchten. »Tom kann ganz toll Spaghetti Carbonara. Wusstet ihr, dass in die originale Carbonara keine Sahne kommt? Nur Eigelb und Schinkenwürfel!« Sie beißt genießerisch in die Pizza.

»Ich wusste gar nicht, dass Tom kocht«, bemerkt Akira interessiert und spießt sich etwas von der Penne Arrabbiata auf die Gabel.

»Er kocht fantastisch! Leute, ich sags euch, wenn Tom und ich zusammenziehen, dann passe ich irgendwann nicht mehr durch die Tür!«

Ich werde hellhörig. »Zusammenziehen? Habt ihr, ich meine, überlegt ihr … *zusammenzuziehen?*«

Claras Grinsen wird breiter, offenbar überhört sie mein Entsetzen. Sie legt das angebissene Pizzastück zurück auf den Karton und wischt sich ihre Finger an einer Serviette sauber. »Dann lasse ich die Katze halt gleich aus dem Sack. Tom und ich werden zusammenziehen!« Sie quietscht freudig, während mir das Herz in die Hose rutscht.

»Wow!« Akira wirft mir einen schnellen Blick zu. »Damit hätte ich wirklich nicht gerechnet!«

»Ist das nicht toll!«, juchzt Clara.

Mein Mund ist staubtrocken, und meine Pizza schmeckt plötzlich wie raues Schleifpapier. »Wie seid ihr auf die Idee gekommen?«, krächze ich.

»Tom hat mich gestern gefragt! Er war so süß, hat mir gesagt, wie sehr er mich liebt und dass er keinen Grund sieht, warum wir noch warten sollten.«

Gestern. Offensichtlich versucht er mit allen Mitteln, Clara einzulullen.

»Was ist los?«, fragt Clara plötzlich erschrocken und mustert mich.

»Was?« Ich sehe sie verwirrt an. »Wieso, was …?«

»Du hast mit den Augen gerollt«, sagt sie unsicher.

Oh, verdammt, das habe ich nicht gemerkt. »Ähm …«, stottere ich und lege nun ebenfalls die Pizza zur Seite. »Bist du dir wirklich sicher, dass du mit Tom zusammenziehen willst?«, frage ich geradeheraus.

Akira lässt die Gabel sinken.

Claras Gesichtsausdruck wird misstrauisch, sie zieht eine Augenbraue nach oben, und ihre Schultern straffen sich. »Ja, wieso?«

Nun ist es also so weit. Ich atme tief durch. »Ich muss dir was erzählen.«

»Okay«, sagt Clara ernst. »Spuck's aus.«

»Am ersten Tag meines Praktikums wusste ich noch nicht, dass Tom ebenfalls dort arbeitet. Auch wenn er es vielleicht mal erwähnt hat, hatte ich es nicht auf dem Schirm«, füge ich schnell hinzu, als Clara den Mund öffnet. »Jedenfalls … hat er auch nicht damit gerechnet, dass ich am Set sein werde.« Ich seufze, und mein Herz schlägt mir bis zum Hals. »Ich … ich habe gesehen, wie Tom eine andere geküsst hat. Es tut mir so, so, so unendlich leid, Clara.« Ich rutsche zu ihr hinüber, um sie in den Arm zu nehmen, um sie zu trösten, einfach für sie da zu sein, aber anstatt die letzten Zentimeter zu überwinden, rückt sie ein Stück von mir ab.

»Tom hat eine andere geküsst?«, wiederholt sie leicht gedehnt. »Am ersten Tag deines Praktikums? Also vor wie vielen Tagen? Elf?«

Ich nicke traurig.

»Und warum erzählst du mir erst jetzt davon?« Sie funkelt mich an. In ihren Augen liegt ein verletzter Ausdruck.

Eine berechtigte Frage. »Ich …« Stotternd suche ich nach den richtigen Worten. »Ich habe Tom gebeten, es dir selbst zu sagen.«

Claras Lippen kräuseln sich. »Und als mir Tom nichts erzählt hat, dachtest du, es wäre besser, mir vorsichtshalber auch nichts zu sagen?«

»Clara …« Akira rutscht ebenfalls zu uns. Ihre Augen sind geweitet.

»Nein!« Clara hebt abwehrend die Hände. »Leni, ich find das so gemein, was du hier gerade abziehst!«

Mir klappt entsetzt der Mund auf. »Was ich hier …? Glaubst du, ich habe Toms Affäre erfunden?«

»Ganz ehrlich, Leni? Keine Ahnung! Ich hab das Gefühl, dich nicht mehr zu kennen!«, wirft sie mir vor. »Du und ich, wir wollten unsere WG, aber dann warst du plötzlich auf diesem bescheuerten Selbstfindungstrip! Du hast selbst gesagt, dass du nicht mit mir zusammenziehen kannst, also sei bitte so fair und akzeptiere, dass ich mir stattdessen mit Tom eine Wohnung suche!«

»Aber darum geht's doch gar nicht!«, rufe ich entgeistert. »Du kannst zusammenziehen, mit wem du willst, Clara! Ich versuche dir gerade zu erklären, dass dich dein Freund betrügt!«

»Bitte«, sagt Akira laut. »Bitte, streitet euch nicht!«

Clara schließt genervt die Augen. »Tom liebt mich, er würde mich nie betrügen.«

»Ihr Name ist Saliah, sie ist Schauspielerin bei *Reset*«, erkläre ich verzweifelt. »Sie hatte keine Ahnung, dass Tom eine Freundin hat. Bitte, du musst mir vertrauen.«

»Warum sagst du so was?« Claras Augen glitzern voller Schmerz. »Ich dachte, wir wären beste Freundinnen.«

Auch meine Augen brennen. »Wir *sind* beste Freundinnen«, flehe ich. »Ich lüge dich nicht an, wirklich!«

»Clara …«, sagt Akira abermals vorsichtig. »Leni hat dich noch nie angelogen. Warum sollte sie es heute tun?«

»Ja, was weiß denn ich? Aber die Leni, die ich kenne, hätte keine Sekunde gezögert und sofort zum Handy gegriffen. Stattdessen kommt sie damit so viele Tage später?« Clara schnaubt entrüstet. »Mir ist das grade alles zu viel. Erst die Sache mit dem Jurastudium, dann das Praktikum – und dann auch noch der Freund, von dem sie uns nichts gesagt hat. Stattdessen erfahren wir aus den Medien, wen sie gerade datet! Das muss man sich mal vorstellen! Aus den Medien!« Sie schüttelt fassungslos den Kopf und wendet sich schließlich an mich. »Du willst, dass ich dir vertraue, Leni? Warum? Du vertraust mir doch auch nicht mehr!«

Ihre Worte treffen mich wie eine klatschende Ohrfeige, und ich sacke kraftlos mit dem Rücken gegen das Sofa.

Ich wollte es dir sofort erzählen, aber Tom hat mich erpresst!

Am liebsten würde ich Clara das alles ins Gesicht schreien, tue es aber nicht. Ich kann es nicht. Zu groß ist die Angst, damit alles nur noch schlimmer zu machen.

Ich wische mir mit dem Handrücken übers Gesicht, spüre zwei oder drei Tränen auf meiner Wange, dann stemme ich mich vom Boden. »Ich sollte gehen«, sage ich tonlos in die Stille hinein.

»Nein«, stöhnt Akira. »Leni bitte bleib, wir müssen darüber reden.«

Aber Clara schüttelt den Kopf. »Es ist das Beste, wenn du gehst.« Sie schreit mich nicht an, und doch klingt es, als würde sie mir in diesem Moment die Freundschaft kündigen.

Akira seufzt. »Leute, das ist doch nicht euer Ernst. Ihr seid beste Freundinnen, euch bringt doch so eine Sache nicht auseinander.«

»Eine beste Freundin schüttelt sich keine wirre Geschichte aus dem Ärmel, nur weil sie eifersüchtig ist«, presst Clara zwischen zusammengebissenen Zähnen hervor.

Es fühlt sich an, als würde mir der Boden unter den Füßen weggerissen, und ich taumle ein Stück nach hinten. So viele Reaktionen habe ich mir im Vorfeld ausgemalt.

Ich habe damit gerechnet, dass Clara weint oder dass ich sie davon abhalten muss, Toms Auto zu demolieren. Doch dass sie mir nicht glaubt, mich als Lügnerin bezeichnet und mir niedere Beweggründe vorwirft, das habe ich nicht erwartet. Basiert unsere Freundschaft auf so dünnen Säulen, dass ein einziges Beben sie zusammenbrechen lässt? Das kann und will ich nicht glauben.

Aber ich spüre, dass jetzt der falsche Moment ist, um weiter auf Clara einzureden. Ich muss ihr Zeit und Raum geben. Vielleicht hat unsere Freundschaft dann noch eine Chance.

»Betrogen werden ist scheiße. Aber ich bin die falsche Person, an der du deinen Ärger auslassen solltest. Tom verarscht dich nach Strich und Faden, und tief in deinem Inneren weißt du das auch, Clara«, versuche ich mit erstickter Stimme einen allerletzten Anlauf.

Sie schnaubt und sieht demonstrativ in die andere Richtung.

Es hat keinen Sinn. »Bis dann«, murmle ich Akira zu, deren Blick entsetzt von mir zu Clara springt. Als sie zum Sprechen ansetzt, schüttle ich nur den Kopf und wende mich zum Gehen.

Während ich die Haustür hinter mit ins Schloss ziehe, verschleiert sich mein Blick, weil Tränen in meine Augen schießen. Wie lange wird Clara an ihrer zweifelhaften Logik festhalten? Einen Tag, eine Woche, ein Jahr? Oder war es das jetzt?

Mir entfährt ein Schluchzen, und ich vergewissere mich hastig, dass ich alleine bin. Die Nacht ist bereits angebrochen, und das Wohnviertel liegt in seiner ruhigen Abgeschiedenheit vor mir. Verloren bleibe ich auf dem vom orangen Schein der Straßenlaternen erhellten Gehweg stehen. Ein kühler Wind fährt unter meine Strickjacke, und ich ziehe sie fröstelnd etwas enger um mich.

Ich fühle mich missverstanden und einsam, und es gibt niemandem, dem ich mich anvertrauen könnte. Ich kann mich weder bei Akira, noch bei Daniel ausheulen, weil ich ihnen nicht die Wahrheit sagen kann. Justus und Jill würden mir zuhören, keine Frage. Aber mit meinem Bruder habe ich noch nie über Beziehungen und Liebesdinge gesprochen, das Gleiche gilt für meine Eltern. Jill hätte Verständnis für mich, aber sie wäre bestimmt nicht begeistert, dass ich mit Jonas eine Scheinbeziehung angefangen habe, die auch zum Ziel hatte, ihm den Serienausstieg zu ermöglichen. Davon abgesehen, ist mir meine unerwiderte Liebe zu Daniel und mein verzweifelter Versuch, meine Gefühle geheim zu halten, vor Jill ohnehin unangenehm.

Schniefend stehe ich noch immer auf dem Gehweg, ich schlinge meine Arme noch fester um mich, und eine überwältigende Mutlosigkeit überfällt mich, als ich an die letzte Person denke, der ich mich anvertrauen könnte.

Jonas.

Er kennt meinen Kummer, doch wer bin ich, dass ich mich ihm aufdränge, obwohl ich ihn doch erst gestern stehen gelassen habe?

36
Jonas

Manchmal kommt alles anders, als man denkt.

»Hat dein Vater noch mal angerufen?«, erkundigt sich Tobi, während wir unsere Controller zum Glühen bringen.

»Einmal?«, wiederhole ich schnaubend. »Tausendmal!«

»Und?«

»Nichts *und*«, entgegne ich, presse den Daumen unverwandt auf die X-Taste, ohne den Blick vom Bildschirm zu nehmen. Wir sind gerade mitten in einem nervenaufreibenden Autorennen. »Du hättest ihn gestern hören sollen. Ich habe ja dafür Verständnis, dass sein Verhältnis zu Geld durch unsere Vergangenheit etwas angeknackst ist, aber das gibt ihm noch lange nicht das Recht, mich zu hintergehen! Er hat es noch nicht einmal für nötig empfunden, sich bei mir zu entschuldigen! Das geht einfach zu weit!«

»Das ist echt hart«, bemerkt Tobi, und für einen Moment wird sein Auto langsamer, weil er den Daumen von der Gas-Taste nimmt.

»Pass auf!«, rufe ich.

»Ja, ja!« Hastig drückt er wieder aufs X. »Sorry, dass mich deine Familienprobleme berühren.«

Ich schlucke. »Danke, Mann.«

»Wofür?«

»Na, dass du dir meinen Scheiß anhörst.«

Tobi grinst. »Nur, weil du dir auch meinen Scheiß anhörst.«

Als es plötzlich an der Tür klingelt, reiße ich erschrocken den Controller herum, und mein Auto kommt von der Fahrbahn ab. Totalschaden.

»Alter, dein Ernst?«, stöhnt Tobi. »Wir waren so gut, und du fährst die Karre an die Wand?«

Ich ignoriere seinen Kommentar. »Hast du dir noch was zu essen bestellt?« Es ist elf Uhr abends, ich erwarte niemanden, und meine Nachbarschaft ist so anonym, dass wohl kaum jemand vor meiner Tür steht und nach einer Tasse Zucker fragen würde.

»Nein, hab ich nicht. Obwohl ich mich schon gefragt habe, wann du mir endlich ein paar Knabbereien anbietest.«

Ich verdrehe grinsend die Augen und stemme mich vom Boden hoch. »Ich bin ein schlechter Gastgeber.«

Mit großen Schritten durchquere ich den Flur, öffne die Tür – und stehe plötzlich Leni gegenüber, die mich aus verquollenen Augen anschaut.

»H-Hi«, stottert sie. »Darf ich reinkommen?«

»Ja, klar«, sage ich perplex und trete zur Seite. »Geht's dir gut?« Die Frage ist überflüssig, ihre Wangen sind gerötet, ihre Augen glasig, und die Wimperntusche verwischt. Es geht ihr nicht gut – es geht ihr vermutlich sogar furchtbar, und sie ist verzweifelt.

»Ich …« Doch sie wird von Tobi unterbrochen.

»Bitte sag mir, dass uns jemand Pizza bestellt hat!«, ruft er aus dem Wohnzimmer.

Lenis Augen weiten sich, als sie merkt, dass ich nicht alleine bin. »Ich will nicht stören.«

Ich winke ab. »Ach, was. Tobi gehört um diese Uhrzeit sowieso ins Bett.« Dann hebe ich meine Stimme. »Zeit, nach Hause zu gehen, Kumpel!«

»Nein, schick ihn nicht wegen mir nach Hause«, widerspricht Leni. »Macht, was immer ihr gemacht habt, bevor ich gekommen bin. I-Ich will nur nicht a-alleine sein.«

Tobi tritt in den Flur. »Was hast du gesagt?« Als er Leni erblickt, breitet sich auf seinem Gesicht ein ehrliches Lächeln aus. »Leni, welch eine Ehre zu später Stunde!«

»Hi, Tobi«, begrüßt sie ihn und versucht ihre Mundwinkel zu heben.

Er lässt sich nicht täuschen. »Was ist denn passiert?«

»Ich h-hab meiner Freundin erzählt, dass ihr Freund sie b-betrügt.«

»Was hat Tom gemacht?«, frage ich mit scharfer Stimme.

»G-Gar nichts«, schluchzt sie. »Clara hat mir nicht g-geglaubt!« Sie vergräbt das Gesicht in den Händen.

»Echt jetzt?«, frage ich schockiert. »Warum solltest du sie anlügen?«

Sie schüttelt den Kopf. »Wir haben noch nie gestritten.«

Ich ziehe das Handy aus der Tasche meiner Jogginghose. »Es ist Zeit für Kummer-Pizza, Leute.«

Unsere Kummer-Pizza wird unter dem Deckmantel einer Partypizza mit satten zweiundfünfzig Zentimetern Durchmesser geliefert. Wir essen und zocken Playstation. Tobi und ich hätten uns im Vorfeld nicht *die Zockermaschinen* nennen sollen, denn wie sich herausstellt, spielt uns Leni an die Wand.

»Daniel und ich spielen manchmal«, murmelt sie konzentriert, während sie bei einem Autorennen alle hinter sich lässt.

Weit nach Mitternacht verabschiedet sich Tobi von uns, und ich biete Leni mein Bett an.

»Aber wo schläfst dann du?« Ihre Augen heften sich auf meine durchgesessene Couch.

Ich bestätige ihre Vermutung mit einem Nicken.

»Magst du …« Sie stockt. »Magst du vielleicht bei mir im Bett schlafen?«

Ich sehe sie fragend an. Erst gestern ist sie regelrecht vor mir geflohen, doch heute sucht sie meine Nähe. Ich habe mich den ganzen Tag von ihr ferngehalten, weil ich Angst hatte, sie zu sehr bedrängt und ihr mit dem gestrigen Abend zu viel aufgebürdet zu haben. »Wieso bist du nach dem Treffen mit meinem Vater weggelaufen?«

Ihre Augen füllen sich mit Tränen. »Es tut mir so leid, Jonas. Ich weiß nicht, was da in mich gefahren ist. Ich wollte dich nicht im Stich lassen, aber dann haben wir uns geküsst, und das hat mich total aus dem Konzept gebracht.«

»*Du* hast mich geküsst«, verbessere ich sie.

Leni lächelt schwach. »Jetzt sind wir quitt, oder?«

»Scheint so, ja.« Sosehr ich mir wünschen würde, von ihr zu hören, dass sie ebenfalls etwas für mich empfindet und mich nicht nur aus Reflex geküsst hat, sosehr muss ich diese Hoffnung wohl begraben. »Lass uns schlafen, wir müssen morgen früh raus.«

Ich überlasse ihr eine ungebrauchte Zahnbürste, und

wir putzen uns die Zähne, bevor ich voran ins Schlafzimmer gehe. Leni folgt mir.

Unschlüssig bleiben wir vor meinem Bett stehen.

»Ich, ähm, würde meine Jeans … Hast du vielleicht eine Jogginghose für mich?«, murmelt sie und wird ein bisschen rot dabei.

»Ja, natürlich, klar.« Ich wende mich ab und renne fast die wenigen Schritte zum Kleiderschrank. Ich nehme meine schwarze Lieblingsjogginghose heraus, und lege sie aufs Bett. Dann ziehe ich mein Handy aus meiner Hosentasche und tue so, als würde ich ganz konzentriert ein paar Benachrichtungen lesen, sodass Leni sich in Ruhe umziehen kann.

Als sie sich räuspert, sehe ich auf. Meine ihr viel zu große Sporthose sitzt tief auf ihren Hüften, und der Stoff schiebt sich an ihren Knöcheln zusammen. Ihr weißes geknotetes T-Shirt hat sie angelassen. Ich schlucke trocken. Vermutlich ist es der falsche Zeitpunkt, ihr zu sagen, wie verdammt gut sie selbst in einer schlabbrigen Jogginghose aussieht.

Mit fahrigen Bewegungen schalte ich das Licht aus, und wir legen uns ins Bett – ich auf der linken, sie auf der rechten Seite. Ich bin heilfroh, die Bettwäsche erst gestern gewaschen zu haben, weil ich nach dem Streit mit meinem Vater nicht wusste, was ich mit mir anfangen sollte. So duftet sie immer noch leicht nach Waschmittel.

Ich breite die Bettdecke über uns aus, und weil ich so viel Abstand zu Leni halte und ihr den Großteil der Decke überwerfe, bleibt ein Drittel meines Körpers im Freien. Meine Arme verschränke ich über dem Kopf, da ich ihr auch mein Kissen überlassen habe, und starre an die Decke. Jede Faser in mir spürt Lenis Anwesenheit. Aus dem Augenwinkel nehme ich wahr, wie sie auf der Seite liegt, den Kopf in meine Richtung gedreht.

Plötzlich tastet sich unter der Decke eine warme Hand zu mir und berührt sanft meine Taille. Ich halte den Atem an, doch Lenis Finger bleiben dort liegen, so als wolle sie einfach sicher sein, dass ich hier bin. Ich lächle in die Dunkelheit hinein und entspanne mich langsam wieder.

Der Abend hat sich vollkommen anders entwickelt, als ich gedacht hätte. Statt alleine vor mich hinzugrübeln und keinen Schlaf zu finden – so wie es in letzter Zeit öfter der Fall gewesen ist –, liege ich nun neben Leni. Zu gerne würde ich die Distanz zwischen uns überwinden und ihr nahe sein …

Als hätte sie meine Gedanken gelesen, robbt sie nun auf meine Seite und schmiegt ihren Kopf an meine Brust. Mein Herz hämmert gegen meinen Brustkorb. Ich zögere kurz, dann lege ich meinen Arm um sie, ziehe sie fester an mich. Es fühlt sich gut an, richtig. So als hätte ich gerade das letzte Puzzlestück gefunden.

Mein Körper reagiert auf ihre Nähe, kribbelt an den Stellen, an denen wir uns berühren. Das Verlangen, sie zu küssen und jeden Zentimeter ihrer warmen weichen Haut zu erforschen ist übermächtig.

Doch ich schlucke die Gefühle hinunter, so, wie ich es immer mache. Ich schließe meine Augenlider, und konzentriere mich nur noch auf ihre Wärme und auf ihr nach Pfirsich duftendes Haar.

Lenis Atem geht gleichmäßig, und nach kurzer Zeit schlafe auch ich tief und fest.

Der Wecker reißt uns am nächsten Morgen erbarmungslos aus dem Schlaf. Leni stöhnt, richtet sich langsam auf, aber am liebsten würde ich sie wieder an mich ziehen.

»Guten Morgen.« Ich reibe mir gähnend die Augen. »Müssen wir wirklich schon aufstehen?«

»Sollen wir blau machen?«, schlage ich spontan vor. »Wir könnten beide einen freien Tag gebrauchen.«

Sie lacht. »Jill würde durchdrehen! Das können wir ihr nicht antun.«

»Ein Totschlagargument«, seufze ich. »Das ist eine der Schattenseiten an der Schauspielerei. Egal, wie es in dir aussieht, du stehst vor der Kamera.« Wie schön wäre es, heute frei zu haben und den ganzen Tag mit Leni zu verbringen … Doch weil die Straßenkulissen ab morgen für eine andere Produktion umgebaut werden, muss der heutige Tag noch für die letzten dort spielenden Szenen genutzt werden.

Leni setzt sich im Schneidersitz neben mich und nimmt meine Hand in ihre. Ihre Haare sind verstrubbelt, und Reste der Mascara hängen in ihren Wimpern. »Wie geht es dir denn eigentlich? Hast du noch mal mit deinem Vater gesprochen?«

Ich schüttle langsam den Kopf. »Nein. Und das werde ich auch nicht. Er hat sich in einer Mailboxnachricht für seine Wortwahl entschuldigt.« Ich schnaube. »Für seine *Wortwahl!*«, wiederhole ich fassungslos. »Das heißt, alles was er mir an den Kopf geworfen hat, meint er genau so. Nur hätte er es gerne *netter* formuliert.«

»Das ist richtig mies.« Leni verdreht die Augen. »Er hat dich nicht verdient, ohne ihn bist du viel besser dran.«

Ich starre an die Decke. »Ich habe gestern Vormittag

schon meine Anwältin angerufen. Sobald er nicht mehr mein Manager ist, gehen wir getrennte Wege.«

»Wenn es dir damit besser geht, dann ist es der richtige Weg«, sagt Leni nachdenklich. »Weißt du, dieses ganze naive Gerede von wegen ›Blut ist dicker als Wasser‹ geht mir ziemlich auf die Nerven. Blut ist niemals dicker als Wasser. Familie ist nicht der Begriff für Verwandte, sondern für Menschen, die dir guttun.«

Mein Blick wandert zu ihr, und sie erwidert ihn, Überzeugung und Zuversicht stehen ihr ins Gesicht geschrieben. »Danke«, sage ich ehrlich berührt, weil ihre Worte so viel Sinn ergeben und mir die riesige Last von den Schultern nehmen, mit meiner Entscheidung meine Familie zu zerstören. »Danke, dass du da bist.« Ich drücke ihre Hand, die immer noch in meiner liegt.

»Du brauchst dich nicht zu bedanken. Freunde sind füreinander da, das ist doch klar.«

Ich runzle die Stirn. »Selbst, wenn es in einer Freundschaft normal ist, sich zuzuhören, ist es dennoch nicht selbstverständlich.«

Sie lächelt warm. »Für mich ist es selbstverständlich.«

Dieser Moment ist perfekt, und alles in mir spürt das Verlangen, Leni zu küssen, mit allen Sinnen ihre Nähe zu spüren, doch ich richte mich nicht auf, um die Distanz zu ihr zu überbrücken, sondern bleibe liegen.

Leni spricht von Freundschaft, ich denke an Liebe.

Plötzlich wird mir bewusst, dass Leni und ich neben der Musik noch eine weitere Gemeinsamkeit teilen. Wir sind beide in der Friendzone gefangen, und sie erträgt diesen Zustand schon seit zwei Jahren. Wie schafft sie das? Jedes Mal, wenn ich Leni sehe, wird die Sonne heller und der Wind weicher. Bis die nüchterne Gewissheit folgt. Der Fall auf den Boden der Realität ist kurz, aber schmerzhaft. Empfindet sie ähnlich, jedes Mal, wenn sie Daniel trifft?

Ich mustere Leni, die mich noch immer anlächelt. »Gehen wir heute Abend trotzdem zusammen auf den Geburtstag von deiner Freundin? Clara wird auch da sein, oder?«

Lenis Lächeln verblasst, und unsere Hände verlieren sich. Stattdessen massiert sie mit Zeigefinger und Daumen ihre Nasenwurzel. »Am liebsten würde ich mich in meinem Zimmer verkriechen. Ich habe echt keine Lust, Tom zu sehen. Der reibt sich bestimmt die Hände und freut sich schon, die Bombe endlich platzen zu lassen. Clara wird ihm vermutlich sogar glauben.«

»Davon müssen wir leider ausgehen«, brumme ich. »Aber du könntest auch ein Zeichen setzen und Tom beweisen, dass du dich von ihm nicht einschüchtern lässt.«

»Ich wünschte, das würde stimmen. Aber ich hab solche Angst.« Ihre Stimme ist nur ein Flüstern. »Ich dachte, ich tue das Richtige, als ich Clara die Wahrheit gesagt habe. Aber es war völlig umsonst.«

»Nein, war es nicht«, beschwichtige ich sie. »Es war wichtig, dass du es ihr erzählt hast. Wenn Clara dir nicht glaubt, dann ist es ihr Problem.«

Leni seufzt schwer. »Ich denke, wir sollten hingehen. Ich möchte Akira nicht versetzen.«

Ich stemme mich in die Senkrechte und schlinge die Arme um meine Knie. »Wir können jederzeit gehen«, erinnere ich sie. »Wenn du dich unwohl fühlst, hauen wir einfach ab, zocken und bestellen uns noch eine Kummer-Pizza.«

Leni ringt sich ein leichtes Schmunzeln ab. »Gibt es auch Kummer-Pasta?«

Ich nicke ernst. »Unbedingt.«

»Dann klingt dein Plan B wundervoll. Ich werde ihn im Hinterkopf behalten.« Sie wirft einen Blick auf ihr Handy und stöhnt. »Sieben Uhr. Ich bin spät dran.«

Leni springt vom Bett, und mein Blick folgt ihr ins Bad.

Schließlich hieve ich mich ebenfalls aus den weichen Kissen, welche sich wie ein starker Magnet anfühlen, der mich daran hindern möchte, aufzustehen. »Hier sind Handtücher, falls du duschen möchtest!«, rufe ich, öffne den Kleiderschrank und ziehe zwei Handtücher aus dem obersten Regal.

Mit der Zahnbürste im Mund taucht sie in der Tür auf und nimmt mir mit einem unverständlichen Grunzen die Handtücher ab.

Nachdem sie wieder im Bad verschwunden ist, sinke ich zurück aufs Bett. Auch wenn ich heute Abend nur Nebendarsteller sein werde, spüre ich ein nervöses Kribbeln. Es gibt kein Skript, mit dem ich mich vorbereiten kann, jeder Fehler würde Leni schaden. Aber ich kann und werde keinen Rückzieher machen. Leni ist für mich da, ich bin für sie da.

37

Leni

3, 2, 1 – Zündung

Jills Augenbrauen verschwinden unter ihrem Haaransatz, als sie mich mit einem frischen, aber zu großen T-Shirt von Jonas am Set entdeckt.

»Ich kenne dieses Oberteil«, lässt sie mich wissen, ihr Blick ist auf mich geheftet.

Ich gebe mich ahnungslos. »Woher?«

»Ich kenne die Bilder, ich weiß, dass Jonas bei *Reset* aufhört, und ich bin mir sehr sicher, dass er dich dafür als Vorwand benutzt hat«, fährt sie fort. »Die Frage ist nur, ob ihr euch im Klaren darüber seid, worauf ihr euch eingelassen habt.«

»Er hat mich nicht *benutzt*«, antworte ich schnell, weil sich ihre Wortwahl falsch anhört. »Wenn, dann war es genau umgekehrt.«

»Aber diese spannende Geschichte wirst du mir natürlich nicht erzählen«, mutmaßt Jill.

»Eher nicht. Es ist aber auch … keine große Sache.« Eine glatte Lüge, wenn man bedenkt, was Jonas und ich mit unserer Scheinbeziehung ausgelöst haben.

»Ich bin ganz ehrlich zu dir.« Jill zieht mich zur Seite,

außer Hörweite der anderen Crew-Mitglieder. »Die Produktion ist nicht begeistert, dass eine Setrunnerin dafür gesorgt hat, dass ihr Star das Schiff verlässt.«

»Ich hab nicht dafür gesorgt, das war ganz alleine Jonas' Ent…«, empöre ich mich.

»Ich glaube dir, Leni, weil ich dich kenne. Aber für die sieht es danach aus«, unterbricht Jill mich. »Deshalb weiß ich nicht, ob ich dir hier ein Anschlusspraktikum besorgen kann.«

Das sitzt.

»Verstehe«, murmle ich, und kurz dreht sich mir der Magen um. Im nächsten Augenblick frage ich mich aber schon, warum ich überhaupt überrascht bin. Dass unsere Aktion auch für mich hier am Set Konsequenzen haben würde, hätte mir klar sein müssen. Doch zu meinem Erstaunen bleibt das Gefühl eines bodenlosen Falls aus, und der Gedanke daran, in ein paar Wochen vielleicht wieder nichts in der Hand zu haben, ist weniger beängstigend, als ich befürchtet habe.

Das Praktikum ist spannend und lehrreich, und ich hätte mir durchaus vorstellen können, auch bei der nächsten Staffel mitzuarbeiten. Anfangs habe ich mich an diese Chance geklammert, weil ich dachte, ich hätte nichts anderes. Doch heute weiß ich es besser, denn meine Eltern stehen hinter mir und unterstützen mich. Aber noch wichtiger ist mein neu gewonnenes Selbstbewusstsein. Auch wenn ich in der Filmbranche keinen Fuß fassen werde, werde ich etwas finden, das mir Spaß macht. Vielleicht wird es einen Monat dauern, vielleicht ein Jahr – aber ich werde etwas finden!

»Danke, Jill, ehrlich«, sage ich zuversichtlich. »Ich weiß,

ich hab's mir selber verbaut. Da gibt es nichts schönzureden. Aber es war trotzdem eine tolle Erfahrung, und ich nehme echt viel mit.«

»Oder«, wirft Jill ein, »ich empfehle dich bei einer anderen Produktion.«

Mir klappt der Mund auf. »Das würdest du tun?«

Sie nickt ernst. »Ich hab dich beobachtet. Man sieht, dass dir die Arbeit Spaß macht – und du bist echt gut! Also, warum nicht?«

»Das wäre der Hammer!«, gebe ich zu. »Danke, Jill, du weißt gar nicht, wie sehr du mir damit hilfst.«

Sie lächelt. »Kein Problem. Aber Leni, noch mal wegen Jonas.« Ihre Lippen werden schmal, und ihre Augenbrauen ziehen sich besorgt zusammen. »Das, was ich vorhin gesagt habe, meine ich ernst. Kann sein, dass ihr davon überzeugt seid, dass das zwischen euch nur ein Spiel ist, aber ich habe Augen im Kopf.«

»Äh«, mache ich verdutzt und sehe verlegen zur Seite. Dabei fällt mir auf, dass ich von Tom beobachtet werde. Er steht neben dem Kameramann, der, den Gestiken nach zu urteilen, gerade mit der Regisseurin verschiedene Einstellungen bespricht. »Ich geh dann mal wieder an die Arbeit«, sage ich zu Jill.

»Klar«, kommentiert sie meinen Abgang skeptisch.

Anstatt Flo zu suchen, um ihm zu helfen, steuere ich direkt auf Tom zu. Jonas hat recht. Ich möchte nicht, dass Tom denkt, er könne mich einschüchtern.

»Okay«, sage ich mutig, als ich bei ihm ankomme. »Reden wir Klartext.« Wir entfernen uns ein paar Schritte. »Ich habe Clara von deiner Affäre erzählt, aber sie glaubt mir nicht. Das war's, ich bin raus.«

Er schnaubt. »Du machst es dir einfach. Das Gespräch, das du mit ihr geführt hast, ist wie ein Virus, den du ihr eingesetzt hast. Sie wird sich immer fragen, ob nicht doch etwas Wahres daran ist.«

Ich verdrehe die Augen. »Glaub mir, sie war gestern mehr als deutlich. Sie ist auf deiner Seite.«

»Pfff«, macht er genervt. »Das sagst du jetzt. Trotzdem kannst du mir nicht garantieren, dass ich Clara nicht verlieren werde.«

Ich zucke mit den Schultern. »Das ist auch nicht meine Aufgabe.«

Seine Lippen kräuseln sich, eine Ader an seiner Schläfe pulsiert. »Kommst du heute zu Akiras Geburtstag?«

»Natürlich«, antworte ich. »Du hoffentlich nicht.«

»Doch. Den Spaß lasse ich mir nicht nehmen.« Mit diesen Worten kehrt Tom mir den Rücken zu und stellt sich wieder neben den Kameramann, um das Gespräch mit der Regisseurin mitzuhören.

Akira veranstaltet zu ihrem Geburtstag eine Hausparty. Sie wohnt bei ihrer Mutter in einer einfachen Dreizimmerwohnung im Stadtteil Neuhausen.

»Tanjobi – äh – omedeto!« Wie ich Geburtstagsglückwünsche auf Japanisch ausspreche, habe ich auf der Fahrt hierher mit Google-Übersetzer herausgefunden. Dementsprechend höre ich mich recht kläglich an, während ich Akira umarme. Doch sie quietscht vor Freunde.

»Danke, danke, danke! Du bist so süß!« Als ich ihr mein kleines Buchgeschenk überreiche, weiten sich ihre Augen. »Das steht schon ewig auf meiner Wunschliste! Woher weißt du das?«

»Du sprichst doch dauernd davon!« Ich grinse sie breit an.

»Na ja, das will nichts heißen! Obwohl … Du wirst es nicht fassen, aber Daniel hat mir wirklich die Kette geschenkt, von der ich dir letztens erzählt habe! Das ist das erste Mal, dass er meinen Hinweis verstanden hat!«

Ich schmunzle in mich hinein. »Der Junge scheint zu lernen. Das ist übrigens Jonas.« Ich lege meine Hand auf seinen Oberarm.

Erst jetzt scheint Akira meinen Begleiter zu bemerken.

Jonas' leicht gebräunte Haut wird durch sein weißes T-Shirt betont, seine dunkelblonden Haare sind verwuschelt, aber nicht unordentlich. Er sieht viel besser aus als sein versnobbter Seriencharakter.

»Du bist also Lenis Freund«, begrüßt sie ihn überraschend schüchtern. »Freut mich, dich kennenzulernen.«

Sie schütteln sich die Hände.

»Mich auch. Alles Gute zum Geburtstag, Akira!« Dann überrreicht Jonas ihr einen kleinen Blumenstrauß, der aussieht, als hätte er ihn persönlich auf einer Sommerwiese gepflückt.

»Danke, danke, danke! Der ist wunderschön!«, jauchzt Akira begeistert. »Holt euch doch erst mal was zu trinken!«, schlägt sie uns vor. »Das Buffet ist in der Küche!«

»Ist Clara schon da?«

Akiras Freude weicht etwas, und sie nickt betrübt. »Ich hoffe so, dass ihr euch wieder vertragt.«

Jonas und ich schlängeln uns an Akiras Freunden vorbei, manche davon kenne ich gut und grüße sie mit einem Lächeln, andere davon habe ich noch nie gesehen. Die Musik hat eine angenehme Lautstärke, sodass sich die

Leute unterhalten können, ohne sich anzuschreien. Gerade ertönt *Viva la Vida* von *Coldplay* aus den Boxen. Tom entdecke ich auf dem kurzen Weg in die große Wohnküche nicht, meine Anspannung bleibt.

»Mach dir keine Gedanken«, versucht Jonas mich aufzumuntern, während er mir eine Spezi reicht und sich selbst eine Cola aufmacht.

Ich setze die Flasche an die Lippen und trinke einen Schluck, gleichzeitig versuche ich mit den Schultern zu zucken. Das Experiment geht schief, und ein paar Tropfen Spezi landen auf meinem T-Shirt. Obwohl der Abend gerade erst begonnen hat, bin ich jetzt schon froh, wenn er vorbei ist.

»Mensch, hat dir das schon mal jemand gesagt? Du siehst aus wie Jonas Thalbach!« Ein schwarzhaariger Junge tritt neben uns und mustert Jonas fasziniert. »Ich bin übrigens Adal, ein Arbeitskollege von Akira«, stellt er sich uns vor.

»Leni, eine Freundin von Akira«, sage ich.

»Jonas.« Mein Begleiter grinst, als seinem Gegenüber beinahe die Augen aus dem Kopf fallen. »Und ja, man hat mir schon öfter gesagt, dass ich aussehe wie ich selbst.«

Adal beteuert ein riesiger Fan von *Reset* zu sein, und ich schieße ein Bild von den beiden.

»Komm, lass uns die anderen suchen.« Wie selbstverständlich nehme ich Jonas' Hand und ziehe ihn in Richtung Wohnzimmer. Auch wenn mir das Herz bis zum Hals schlägt, gibt mir seine Nähe Sicherheit. Egal, wie furchtbar dieser Abend werden wird, ich muss ihn nicht alleine durchstehen.

Auf der Couch finden wir Daniel, Clara und Tom.

Während Daniel freudig aufspringt, mich umarmt und Jonas mit einem Handschlag begrüßt, verstummt Clara und wendet sich demonstrativ ab. Ihre Hand liegt auf Toms Knie, so als wolle sie mir zeigen, dass ich ihre Beziehung nicht zerstören konnte.

Daniel zwinkert uns zu. »Jetzt müsst ihr beide euch nicht mehr verstecken. Akira hat mir die ganzen Fotos im Internet gezeigt! Hat anscheinend einen ziemlichen Wirbel ausgelöst.«

Jonas zuckt mit den Schultern. »Mir war klar, dass die Presse irgendwann dahinterkommen würde, das lässt sich leider nur schwer vermeiden. Aber, wie du schon meintest, der Vorteil ist, dass wir uns nicht mehr verstecken müssen.« Er lächelt mich an und drückt meine Hand. Eine kleine Geste, die nur für mich bestimmt ist, nicht für unser Publikum.

»Ihr passt toll zusammen«, bestätigt Daniel und wirft einen Blick zurück zu Clara, so als erwarte er, dass sie ihm zustimmen würde. Aber sie ignoriert mich weiterhin.

Daniel verdreht die Augen, sodass nur ich es sehen kann. »Kommst du mit mir zum Buffet?«, fragt er mich. »Ich kann mich nicht entscheiden, was ich nehmen soll!«

Ich werfe Jonas einen kurzen fragenden Blick zu, und er nickt. Widerwillig lasse ich seine Hand los, der einzige Halt, der mir heute sicher ist.

Daniel hakt sich bei mir unter und zieht mich wieder in Richtung Küche davon. »Sag mal, was ist denn los bei euch?«, fragt er mit gedämpfter Stimme, als wir außer Hörweite sind. »Akira meinte, du hättest behauptet, Tom würde Clara betrügen?«

Seine Wortwahl lässt mich aufhorchen. »Glaubst du mir etwa auch nicht?«

»Doch, natürlich! Ich trau ihm das echt zu.«

Ich atme erleichtert auf. Einen kurzen Augenblick hatte ich Angst, dass sich auch Daniel gegen mich stellt.

»Clara denkt, ich sei eifersüchtig auf sie, weil sie nicht mit mir, sondern mit Tom zusammenzieht.«

Wir schlängeln uns durch den Flur, vorbei an lachenden Partygästen.

Daniel runzelt die Stirn. »Aber das macht keinen Sinn, du hattest ihr doch davor schon erklärt, dass das mit der WG nichts wird.«

Wir bleiben vor dem Buffet stehen. Neben Sushi, das so professionell aussieht, als hätte es Akiras Mutter höchstpersönlich gerollt, gibt es auch verschiedenes Obst, Salate und Ciabattabrot mit Aufstrichen.

»Ich habe Tom an meinem ersten Praktikumstag erwischt«, gestehe ich.

»Ach, echt?« Daniel nimmt sich einen Teller und belädt ihn mit Pak Choi Salat. »Warum hast du ihr dann erst jetzt davon erzählt?«

Ich nehme einen Schluck von meiner Spezi. »Weil ich Tom die Möglichkeit geben wollte, es seiner Freundin selbst zu sagen«, rattere ich meine Lüge herunter.

»So lange?«

Ich seufze. »Ja, war nicht meine beste Idee. Jedenfalls glaubt mir Clara deshalb nicht.«

»Mh«, macht Daniel nachdenklich. »Ich denke, sie braucht ein bisschen Zeit. Ich weiß nicht, was mit mir los wäre, wenn du mir erzählen würdest, Akira hätte einen anderen. So was muss echt hart sein.« Er wirft einen Blick auf mein Getränk. »Magst du nichts essen?«

Ich schüttle den Kopf. »Keinen Hunger«, murmle ich, obwohl ich heute kaum etwas gegessen habe. Aber meine Nervosität lässt mich selbst das Getränk in meiner Hand nur schwer schlucken.

»Da werde ich dich nachher noch umstimmen. Akiras Mama hat sogar Garnelen im Tempuramantel gemacht. Ich sag's dir, ein Traum!« Er küsst Daumen und Zeigefinger, und zusammen machen wir uns wieder auf ins Wohnzimmer.

Dort stehen Jonas und Tom zusammen und sind in ein Gespräch vertieft. Argwöhnisch verziehe ich das Gesicht. Als ich näher komme, höre ich allerdings heraus, dass sie sich nur über die Dreharbeiten unterhalten, und ich entspanne mich etwas.

Clara wirft Jonas immer wieder verstohlene Blicke zu, aber ihr Stolz ist offensichtlich zu groß, um ihn anzusprechen.

Plötzlich taucht Akira neben mir auf und stupst mich mit ihrer Hüfte an. »Also ich muss schon sagen, ihr beide gebt ein tolles Paar ab. Behalte ihn!«

Ich grinse verlegen. »Ich überleg's mir.«

»Ja, Leni, schön, dass du glücklich bist.« Zum ersten Mal an diesem Abend sieht Clara zu mir auf und fixiert mich mit ihren Augen. Aber ihr sonst so warmer Blick ist eiskalt. »Wie wär's, wenn du dich auf deine eigene Beziehung konzentrierst, anstatt die der anderen zu zerstören.«

Jonas und Tom halten inne. Akira stöhnt leise.

»Wenn du wirklich das Bedürfnis hast, dich zu streiten, dann such dir dafür bitte einen anderen Ort als die Geburtstagsfeier meiner Freundin«, sagt Daniel ernst und legt einen Arm um Akira.

Clara schnalzt mit der Zunge. »Verstehe, die Lager haben sich bereits gebildet.«

»Hör auf damit«, seufzt Akira.

Überrascht zuckt mein Blick zu Jonas, als dieser seine Stimme erhebt. »Ganz ehrlich, Clara. Ich kenne dich nicht, deshalb wollte ich mich raushalten, und wenn du deiner besten Freundin nicht glaubst, wirst du mir erst recht nicht glauben. Ich habe Tom am Set schon oft mit Saliah gesehen, ich wusste nur nicht, dass er eine Freundin hat, bis Leni mir von dir erzählt hat.«

»Hey, was soll der Scheiß?« Tom macht einen Schritt rückwärts. »Wird das hier eine Verschwörung gegen mich?«

Clara starrt Jonas an, ihre Augen sind aufgerissen, und ihre Fassungslosigkeit rührt entweder daher, dass sie Jonas glaubt, oder aber, dass er die Frechheit besitzt, sich in ihre Angelegenheiten einzumischen.

»Warum bin ich der Sündenbock, obwohl Leni viel mehr zu verbergen hat als ich?«

Mein Herzschlag setzt für einen Moment aus.

Es ist so weit.

»Lenk nicht ab.« Ich höre die Dringlichkeit in Jonas' Stimme, weil auch ihm klar ist, was jetzt kommt.

»Pfff«, macht Tom genervt. »Ich soll hier ablenken?! Leni behauptet den ganzen Mist über mich doch nur, um davon *abzulenken*, dass sie sich nur einen Typen geholt hat und die glückliche Beziehung spielt, damit niemand merkt, dass sie in Daniel verschossen ist.«

Für zwei Sekunden ist es still, keiner meiner Freunde

sagt ein Wort, bis sich ihre Blicke mir zuwenden, darauf wartend, dass ich Stellung beziehe und Toms Vorwürfe verneine.

Hitze steigt in mir auf, ich höre mein Blut durch die Adern rauschen und schaffe es nicht, einen klaren Gedanken zu fassen. Mein größtes Geheimnis ist kein Geheimnis mehr. Ich habe mich nie auf diese Situation vorbereitet, weil ich immer wusste, dass das nicht passieren darf. Zwei Jahre habe ich mich gequält, habe meine Freunde und mich belogen, nur damit jetzt meine sorgfältig errichtete Mauer mit nur einem Satz zusammenfällt wie ein Kartenhaus.

Ich könnte die Situation entschärften, indem ich lache und schnaube, abstreite, was mir Tom an den Kopf wirft. Doch ich bin wie gelähmt und spüre weder meine Zunge noch meine Lippen. Alles ist taub und zu weit weg. Selbst Jonas, der sich neben mich stellt und meine Hand in seine nimmt. Doch ich spüre seine Berührung nicht.

»Ich liebe Leni«, sagt er ernst an die anderen gewandt. »Für mich ist diese Beziehung kein Spiel.« Seine Wortwahl ist bedacht.

»Leni, i-ist das wahr, was Tom sagt?« Akira sieht mich fragend an. Ihre Augen glitzern, so als hätte sie Angst vor meiner Antwort.

Überfordert sehe ich erst zu Jonas, dann zu Akira. Mein Atem geht flach. Daniel, Clara, Tom. Alle erwarten, dass ich etwas sage. Ich spüre, wie mir Tränen in die Augen steigen.

Nein, bitte nicht weinen!

Als ich endlich ein Kribbeln in meine Zehenspitzen spüre, habe ich nur eines im Sinn. *Ich muss hier weg!* Ganz gleich, was meine Flucht bedeutet, ob die anderen sie als Geständnis interpretieren oder nicht, ich schaffe es nicht, länger zu bleiben.

Ich reiße mich von Jonas los, Tränen brennen in meinen Augen und laufen heiß über meine Wangen. Mir schnürt sich der Hals zu, als ich überstürzt aus der Wohnung fliehe und mich frage, wen von meinen Freunden ich heute zum letzten Mal so nennen durfte.

38
Jonas

»Wo die Liebe hinfällt« ist noch lange kein Freibrief

Ich versuche nicht, Leni aufzuhalten. Ich will sie nicht zwingen, hier zu bleiben, auch wenn ich mir sicher bin, dass wir das zusammen hinbekommen hätten. So, wie ich davon überzeugt bin, dass wir alles zusammen hinbekommen würden. Als ich ihr folgen will, um für sie da zu sein, hält Daniel mich zurück.

»Bitte«, sagt er ernst. »Kann ich zuerst mit ihr reden?«

Ich nicke, ohne zu wissen, ob Leni für ein klärendes Gespräch bereit ist.

Er streicht Akira kurz über den Arm und murmelt: »Ich bin gleich wieder da.«

Sie sieht ihm nach, die Augen aufgerissen, der Mund noch immer fassungslos aufgeklappt.

Clara hingegen kaut nachdenklich auf ihrer Unterlippe und starrt den Boden an. Tom setzt sich neben sie. »Wollen wir gehen?«

Ich bekomme ihre Antwort nicht mehr mit, weil mich meine Füße automatisch nach draußen tragen und Leni und Daniel folgen. Ich weiß nicht, warum ich ihnen nachlaufe, vielleicht, um einzuschreiten, falls ihr Gespräch eskaliert – oder um sicherzugehen, dass Daniel sie nicht küsst. Auch wenn der Gedanke irgendwie absurd ist – die Angst ist erdrückend, jetzt, da er Bescheid weiß. Ich kenne Daniel kaum, und auch wenn ich mir gar nicht vorstellen kann, dass er Akira sitzen lässt, werde ich die Sorge nicht los. Würde das heißen, dass ich Leni verliere? Sie verliere, obwohl wir nie zusammen waren?

Als ich aus dem Mehrfamilienhaus trete, höre ich Stimmen auf der Straße. Ich zögere kurz, nicht sicher, ob ich wirklich lauschen soll, denn eigentlich ist es eine Angelegenheit zwischen Leni und Daniel. Doch ich kann jetzt nicht einfach wieder hochlaufen, und so tun, als sei nichts gewesen. Dafür sorge ich mich zu sehr um Leni.

Also schleiche ich mich in den Vorgarten, der offenbar von allen Parteien genutzt werden darf, da er über ein kleines Metalltor frei zugänglich ist. Ich verstecke mich zwischen zwei Hochbeeten aus Holz, sodass ich weder vom Hauseingang noch von der Straße aus zu sehen bin. Als ich mich hinknie, verbergen die großen Salatköpfe meinen Haarschopf. Ich komme mir schäbig vor, schlucke mein schlechtes Gewissen aber herunter.

»Verdammt Leni, jetzt lauf doch nicht vor mir davon!«, höre ich Daniels drängende Stimme, als er Leni auf die Straße folgt.

Ich rücke etwas dichter an den Magnolienbusch heran, der den kleinen Garten einzäunt, sodass ich zumindest einen Teil von Daniels Gesicht und Lenis Beinen sehen kann.

Er hat sie an der Schulter gepackt. »Sagt Tom die

Wahrheit? Hast du wirklich … Gefühle für mich?«, fragt Daniel gedämpft.

Leni schluchzt verzweifelt, und sie macht einen Schritt zurück, weg von ihm. Seine Hand rutscht von ihrer Schulter und fällt schlaff herab. Dafür sehe ich jetzt, dass Leni ihr Gesicht in den Händen verbirgt. Sie sieht so verloren aus, dass ich einen überwältigenden Drang verspüre, zu ihr zu rennen und sie in den Arm zu nehmen. Aber ich halte mich zurück, weil ich spüre, dass die beiden diesen Moment für sich brauchen.

»I-Ich w-wollte d-das n-nicht!« Leni wird von ihren Schluchzern geschüttelt.

»Was wolltest du nicht?«

»M-Mich in d-dich verlieben.«

Wie schwer muss dieses Geständnis für Leni sein? So sehr war ihr daran gelegen, es geheim zu halten … Ich versuche gegen die Übelkeit, die in mir aufsteigt, anzuschlucken. Hier geht es um Lenis Gefühle, nicht um meine.

»Wie lange bist du schon …« Daniel spricht nicht weiter, auch er scheint mit der Situation völlig überfordert zu sein. Offensichtlich hat er in all der Zeit nichts davon geahnt.

Sie nimmt die Hände vom Gesicht und wischt sich die Tränen von der Wange. »Zwei Jahre.«

»Zwei Jahre.« Daniel stößt die Worte in einem Atemzug aus, geschockt verschränkt er seine Hände über dem Kopf und starrt sie an. »Zwei Jahre? Warum hast du nichts gesagt?«

Leni schnieft, beruhigt sich allmählich. »Die Frage ist nicht ernst gemeint, oder? Warum hätte ich dir jemals davon erzählen sollen? Du hast Akira, du bist glücklich, und du bist mein bester Freund!«

»Keine Ahnung«, stottert Daniel. »Ich kann nur nicht glauben … ich kenn dich doch in- und auswendig! Ich hab's einfach nicht gemerkt!«

»Ich hab mir ja auch Mühe gegeben«, erwidert sie leicht pikiert.

»Scheiße, Leni. Was machen wir jetzt? Und warum weiß eigentlich Tom davon?«, fragt Daniel verwirrt, so als könne er die beiden Sachen nicht zusammenbringen. »Hast du mit *ihm* darüber geredet?«

Leni schüttelt heftig den Kopf. »Niemals! Er hat mich belauscht, wie ich es jemand anderem anvertraut habe, und hat mich daraufhin erpresst. Nur deshalb habe ich Clara so lange nichts von seiner Affäre erzählt.«

Daniel stößt einen leisen Pfiff aus. »So ein Mistkerl.«

Leni seufzt traurig. »Ich hätte mich nicht von ihm beeinflussen lassen dürfen. Wie viel Schmarrn habe ich angestellt, damit du nichts davon erfährst!«

»Wieso? Was hast du getan?«

Leni sieht verlegen zur Seite. »Das ist mir so unangenehm. Ich dachte, wenn ich mit Jonas …«

»Sag jetzt nicht, dass du deshalb mit ihm zusammen bist.«

Ich halte den Atem an und rücke noch ein Stückchen näher heran.

»Doch«, erwidert sie leise, so als könne sie es selbst kaum glauben. »Das Ganze war gefakt. Jonas wollte mir nur helfen.«

»Leni!«, stöhnt Daniel entrüstet. »Das kann doch nicht dein Ernst sein!«

»Was sollte ich denn machen?!«, ruft sie verzweifelt und wirft ihre Arme hoch. »Ich musste doch Tom irgendwie davon überzeugen, dass das nicht stimmt, was er gehört hat.«

»Du hättest mit mir reden sollen!«

»Aber ich wollte dich nicht verlieren!«

Daniel rauft sich die Haare. »Glaubst du, ich hätte dir die Freundschaft gekündigt? Glaubst du, ich kündige sie dir jetzt?«

»Ich weiß es nicht, okay! Sag du es mir!«, ruft Leni verzweifelt, und ihre Stimme bricht.

Langsam wird die Sache zu privat, und mein Nacken kribbelt unangenehm. Aber wenn ich jetzt verschwinde, würden sie mich bemerken.

»Die Frage ist wohl eher, ob du noch mit mir befreundet sein willst oder ob du Abstand brauchst«, sagt Daniel so leise, dass ich Mühe habe, seine Worte zu verstehen. Er mustert sie unsicher, so als hätte er Angst vor ihrer Antwort. »Du bist meine beste Freundin, und ich will dich nicht verlieren, aber diese Entscheidung triffst du.«

Einen Moment ist es still, keiner sagt etwas, sie starren sich an.

»Von mir aus kann alles so bleiben wie immer. Aber Akira möchte bestimmt nicht mehr mit mir befreundet sein«, antwortet Leni betrübt.

»Doch, natürlich möchte ich das!« Leni und ich zucken gleichzeitig zusammen, als Akiras Stimme vom Hauseingang ertönt. Ich habe das Gespräch so gebannt verfolgt, dass ich sie nicht gehört habe. »Daniel ist nicht umsonst mein Traummann«, fährt sie fort und grinst. »Mich würde es nicht wundern, wenn es noch ein Dutzend weitere Verehrerinnen gibt, von denen wir nicht wissen.«

»Ach, Schatz«, murmelt Daniel verlegen.

Akira ist nun bei Leni angekommen. »Gefühle sind Gefühle, für die kannst du doch nichts! Es tut mir leid, dass du dich schon so lange damit quälst, aber ich wäre dir doch deshalb nie böse gewesen. Du wolltest ihn mir ja nie ausspannen!«

Leni schluchzt erleichtert und fällt Akira um den Hals. »E-Es tut mir so leid, ich wollte euch nie belügen!«

Daniel steht hilflos da, während seine Freundin ihr den Rücken streichelt. »Ist doch halb so wild«, sagt Akira beschwichtigend. »Auch wenn du *wirklich* kreativ warst.«

Leni entfährt ein Glucksen. »Jetzt muss Jonas nicht mehr meinen Freund spielen. Mann, wird er erleichtert sein.«

»Mh …«, macht Daniel. »Bist du dir eigentlich sicher, dass die Beziehung für euch beide nur Schein war?«

Leni dreht sich zu ihm um, sodass ich wieder ihr Gesicht sehen kann. Verwirrt zieht sie die Augenbrauen zusammen. »Äh, ja, klar. Was sonst?«

»Er hat dir da oben gerade seine Liebe gestanden, schon vergessen?« Akira lacht.

Ertappt reibe ich mir den Nacken. Ich wollte Leni nur verteidigen, doch mittlerweile weiß ich nicht, wo meine Rolle aufhört und wo meine realen Gefühle anfangen. Dass ich etwas für sie empfinde, ist mir ja schon seit ein paar Tagen klar, aber die Erkenntnis, wie stark meine Gefühle wirklich sind, hat mich heute selbst mit voller Wucht getroffen. Jedes Wort, das ich in Akiras Wohnung gesagt habe, ist wahr.

»Weil er euch davon überzeugen wollte, dass Tom Schmarrn erzählt«, hilft sie ihnen auf die Sprünge.

Akira seufzt. »Du denkst, du bist in Daniel verliebt, dabei hast du die ganze Zeit nur Augen für Jonas.«

Mein Herz macht einen gewaltigen Hüpfer. Hat Akira recht, oder ist das nur ihre Wunschvorstellung, um Leni von ihren Gefühlen zu Daniel abzubringen?

»Ich starre ihn doch gar nicht an.« Doch die Sicherheit in Lenis Stimme schwindet. »Na gut, vielleicht ab und zu. Und ja, ich finde ihn echt nett und dachte zeitweise, er würde Andeutungen machen. Aber ich habe ihn sogar selbst gefragt, und er hat mir klar gesagt, dass er nichts für mich empfindet!«

Ich verdrehe die Augen, weil ich mich so sehr über mich selbst ärgere. Wenn ich nur etwas mutiger gewesen wäre … offenbar habe ich nicht alle Zeichen falsch gedeutet, und Leni mag mich wirklich.

»Jonas ist Schauspieler, ganz klar. Aber ob er wirklich *so* gut ist?«, gibt Daniel zu bedenken. »Ich habe jedenfalls keinen Moment an seinen Worten gezweifelt. Vielleicht ist es an der Zeit, herauszufinden, was das wirklich zwischen euch ist?«

»Ähm«, macht Leni sichtlich verwirrt und fährt sich durch die Haare.

»Möchtest du wieder mit nach oben kommen? Es ist noch so viel Essen da«, fragt Akira sanft.

»I-Ich glaube, ich brauch noch fünf Minuten«, stottert Leni.

»Okay, nimm dir die Zeit, die du brauchst.« Akira drückt Lenis Hand, bevor sie sich mit Daniel in Richtung Haus wendet.

Als die beiden schon fast am Hauseingang angekommen sind, ruft Leni plötzlich: »Und es ist alles okay zwischen uns? Wir sind immer noch Freunde?«

Daniel lächelt. »Klar!«, ruft er zurück. »Mach dir keine Gedanken.«

»Natürlich!«, stimmt Akira ihm zu. Sie strahlt und wirft Leni eine Kusshand zu.

Ich beobachte, wie Leni einen tiefen Seufzer ausstößt und sich auf der Bordsteinkante niederlässt, die Arme um die Beine geschlungen und den Kopf auf die Knie gelegt. Jetzt sind wir beide alleine.

Unsicher, ob ich in meinem Versteck verweilen, mich zurück ins Haus schleichen oder zu ihr gehen soll, kaue ich auf meiner Unterlippe herum. Will sie mich jetzt sehen? Aber vermutlich ist es der falsche Zeitpunkt, mich ihr aufzudrängen.

Leise richte ich mich wieder auf und schleiche in Richtung Haustür davon. Sie wird zu mir kommen, wenn sie bereit dafür ist.

Und in einer ruhigen Minute werde ich ihr außerdem gestehen, dass ich sie und Daniel belauscht habe. Das war ganz sicher nicht meine klügste Entscheidung.

Als ich die Treppe hinaufsteige, verlassen Clara und Tom gerade die Party. Keiner der beiden sieht glücklich aus, Claras Wimperntusche ist verschmiert, und Tom presst seinen Kiefer aufeinander. Beide scheinen in sich gekehrt, sodass sie sich nicht von mir verabschieden, mich gar nicht beachten, als sie an mir vorbeistürmen.

Zurück in der Wohnung, werde ich sofort von einem Mädchen angesprochen, das sich ein Foto mit mir wünscht. Ich lege einen Arm um ihre Schulter, lächle und

Klick. Sie will sich noch unterhalten, spielt mit ihrer Haarsträhne und klimpert mit ihren Wimpern. Sie ist hübsch, aber sie ist nicht Leni. Ich lehne an einer Wand im Flur, und die ganze Zeit über behalte ich die Wohnungstür im Blick. Fünf Minuten sind schon längst vorbei.

»Da bist du ja!« Akira taucht hinter dem Mädchen auf. »Sorry, Susanne, er hat eine Freundin«, fügt sie an ihre Freundin gewandt hinzu, packt mich am Arm und zieht mich mit sich.

In einer ruhigen Ecke zwischen Bad und Schlafzimmer baut sie sich vor mir auf. »Die hast du doch, oder?« Als ich sie verständnislos ansehe, rollt Akira mit den Augen. »Ja, ja, ich weiß Bescheid. Ihr habt euch für eine Scheinbeziehung zusammengetan. Aber mal ehrlich, du liebst sie, oder?«

Ihre Direktheit lässt mich überrascht blinzeln. Als Leni und ich heute angekommen sind, war sie noch so schüchtern.

»Das tut nichts zur Sache, wenn sie mich nicht will«, weiche ich achselzuckend aus.

»Und ob sie dich will oder nicht, hast du wie genau herausgefunden?«, hakt Akira nach. »Habt ihr zum Beispiel mal so was Verrücktes ausprobiert wie *reden?*«

»Ha, ha«, sage ich trocken. »Ich erkenne auch so, ob ein Mädchen auf mich steht oder nicht.«

»Na, das merkt man«, schnaubt Akira belustigt. »Leni und du, ihr seid euch echt ähnlich. Keiner von euch checkt, dass ihr was füreinander übrighabt.«

Ich gebe klein bei. »Was schlägst du vor?«

Sie macht eine ausladende Geste in Richtung Wohnungstür. »Wie gesagt: Reden!«

»Vielen Dank für diesen Rat, liebe Paartherapeutin-die-ich-nie-wollte.« Grinsend salutiere ich vor ihr und mache mich dann auf zum Buffet.

Mit zwei randvollen Tellern und einem Radler balanciere ich vors Haus. Zu meiner Erleichterung sitzt Leni noch immer auf dem Bordstein, sonst wäre ich mir mit dem ganzen Essen alleine auf der Straße wie ein Trottel vorgekommen.

Leni sitzt im Schneidersitz. Auf ihre Hände gestützt lehnt sie sich nach hinten und blickt in den Himmel. Schwache pinke Schlieren schimmern als letztes Zeichen der Abenddämmerung am Horizont.

Kurz bleibe ich stehen und betrachte Leni. *Meine Leni.* Wenn sie das möchte …

Dann räuspere ich mich. Mein Mund ist ungewöhnlich trocken. »Hey«, sage ich.

39
Leni

Viele Träume führen ans Ziel

Das Gefühl der Überforderung, Verwirrung und der Wunsch, mich auszuheulen, überwältigen mich. Alles in mir sträubt sich dagegen, wieder in die Wohnung zurückzukehren und mich dem Chaos zu stellen, das Tom mir hinterlassen hat.

Ich werde Daniel und Akira nicht verlieren, die Erleichterung ist unbeschreiblich. Doch wird unser Verhältnis je wieder so sein wie zuvor? Werden wir unbeschwerte Witze reißen und uns ohne Hemmungen umarmen können, oder wird von nun an die Vorsicht allgegenwärtig sein?

Ich seufze schwer und massiere mir die Schläfen. Mein Körper lässt mich mit pochenden Kopfschmerzen wissen, dass er sich verdammt unwohl fühlt. Als wüsste ich das nicht auch so!

»Hör einfach auf damit, okay!«

»Warum sollte ich etwas zugeben, was nicht stimmt?«

Zornige Stimmen erklingen, und schnell erkenne ich Clara und Tom, die offenbar streitend das Mehrfamilienhaus verlassen. Einen Moment später treten sie vor die Tür.

»Das behauptest du!«, faucht Clara und bleibt stehen. Die beiden scheinen mich noch nicht bemerkt zu haben.

»Lass dich doch nicht von denen da einwickeln!« Tom deutet auf den Hauseingang. »Die wollen dich doch nur gegen mich aufbringen!«

»Es geht nicht um die anderen!«, schluchzt Clara plötzlich, und am liebsten würde ich mit dem Magnolienbusch verschmelzen, damit die beiden nicht merken, dass ich lausche. »Es geht um uns. Ich dachte, du liebst mich! Ich dachte *wirklich*, wir würden für immer zusammenbleiben.«

Es versetzt mir einen Stich, meine Freundin so zu sehen.

»Gib uns noch eine Chance«, bittet Tom sie drängend. »Ich habe einen Fehler gemacht, das wird nie wieder vorkommen.« Zum ersten Mal weiß Tom sich nicht zu helfen. Keine Ausrede, keine Rechtfertigung – jeglicher Widerstand verpufft.

»Wenn es doch nur so wäre«, erwidert sie traurig. »Es ist aus. Ich will dich nicht mehr sehen.«

»Clara!«, stöhnt er und greift nach ihren Händen.

Doch sie schüttelt ihn ab. »Bitte! Lass mich einfach in Ruhe.«

»Du kannst nicht einfach Schluss machen!« Seine Stimmlage verändert sich. Der weinerliche Unterton verschwindet, wird bestimmt, verärgert.

»Natürlich kann sie das«, sage ich laut. Ich will mich nicht einmischen, aber meine Füße tragen mich vorwärts, und die Worte verlassen meinen Mund, ehe ich sie zurückhalten kann.

»Was willst du denn hier?«, knurrt Tom.

»Hast du Clara nicht gehört?«, rede ich weiter. »Sie will dich nicht mehr sehen.« Ich erreiche die beiden und baue mich vor Tom auf.

Sein Lachen ist kalt. »Na, Leni, wie fühlt es sich an, eine Beziehung zu zerstören?«

»Sag du es mir«, erwidere ich und verschränke die Arme vor der Brust, während ich neben meine Freundin trete.

»Tom, bitte geh«, sagt Clara gefasst, auch wenn ich in ihren glänzenden Augen erkenne, wie schwer ihr dieser Moment fällt.

Endlich akzeptiert Tom ihren Willen, stopft seine geballten Fäuste in die Hosentaschen und schlurft die Straße entlang davon.

»Es tut mir so leid, Clara«, stoße ich aus. »Ich kann Tom zwar nicht ausstehen, aber ich habe immer gedacht, dass er sicher ein gutes Herz hat, wenn du ihn so magst. Und dann das … Ich wollte nie, dass dir so etwas Schreckliches passiert! Du musst mir glauben!«

»Mir tut es leid!«, schnieft sie und wischt sich über die tränenüberströmten Wangen. »Ich hätte dir von Anfang an glauben sollen! Du bist meine beste Freundin, und ich habe mich so bescheuert verhalten!«

Wir fallen uns in die Arme, weinen miteinander, teilen unseren Schmerz, weil er so schon immer erträglicher war.

»Woher wusstest du, dass ich die Wahrheit gesagt habe?«

»Gar nicht. Aber als Tom vor allen rausposaunt hat, dass du Daniel liebst, da habe ich ihn nicht wiedererkannt«, erklärt sie fassungslos, als wir uns schließlich voneinander lösen. »Außerdem …«, Clara sieht betreten zu Boden. »Irgendwie habe ich geahnt, dass er eine Affäre hat. Aber ich wollte es nicht wahrhaben, weißt du? Ich wollte an der Beziehung festhalten. Tom war das einzig Beständige in meinem Leben, jetzt, da sich alles ändert. Nicht mal du wirst noch da sein!«

Meine Augen werden groß, und ich nehme ihre Hand. »Natürlich werde ich da sein, Clara! Wir werden nur nicht zusammen studieren, aber wir werden immer beste Freundinnen bleiben!«

Sie lächelt vorsichtig. »Versprichst du mir das?«

Ich hebe meine freie Hand. »Großes Sandkasten-Ehrenwort.«

»Warum hast du mir von Daniel nichts erzählt?«, fragt sie nachdenklich und betrachtet mein Schwurzeichen. »Du kannst mir doch alles sagen.«

Ich schüttle den Kopf und lasse die Hand langsam wieder sinken. »Ich habe mich so geschämt«, gebe ich zu.

»Erzähl mir alles von Anfang an. Wir haben viel aufzuholen«, fordert sie mich sanft auf. »Und es wird bestimmt nichts dabei sein, für das du dich je schämen müsstest!«

Zusammen setzen wir uns auf den Bordstein, wir halten uns noch immer an den Händen, und ich beginne zu erzählen. Keine Lügen mehr, keine Geheimnisse.

Ich sitze alleine auf dem Bordstein und schaue in den Abendhimmel. Clara ist bereits nach Hause gegangen. Auch wenn Tom ihre Beziehung mit Füßen getreten hat und die Trennung überfällig war, gab es schließlich einen Grund, warum sie mit ihm zusammengekommen ist. Eine Trennung bleibt eine Trennung, sie ist nie einfach und immer schmerzhaft. Clara hat versprochen, mich anzurufen, wenn sie mich braucht, mir aber gleichzeitig versichert, dass sie heute Abend alleine sein möchte.

Die Wärme des aufgeheizten Asphalts unter mir überträgt sich auf mich und breitet sich bis in meine Zehen und Fingerspitzen aus. Das Abendrot zieht sich in pinken und orangen Schlieren über den Horizont, und der Anblick lässt mich ganz ruhig werden. Befreit atme ich ein und aus.

»Hey«, höre ich plötzlich eine mir nur zu bekannte Stimme.

Ich muss lächeln, weil mich seine Begrüßung an unser erstes Aufeinandertreffen erinnert. Auch wenn es dieses Mal weder forsch noch verärgert klingt. Wie arrogant und unverschämt ich Jonas damals fand, ohne ihn zu kennen. Und wie viel sich in so kurzer Zeit verändert hat.

»Hey«, antworte ich und reiße mich vom wunderschönen Farbenspiel der Abenddämmerung los. Jonas steht hinter mir, voll beladen mit Essen und einer Flasche Radler.

»Kummer-Essen?«, fragt er mich und hebt seine Mitbringsel ein Stück höher.

Ich schüttle entschieden den Kopf. »Eher nicht.«

Enttäuscht lässt er Teller und Flasche wieder sinken. »Pasta und Pizza gab es leider nicht.«

Mein Lächeln wird breiter. »Zum Essen sag ich nicht nein, zum Kummer-Essen schon.«

»Da bin ich aber erleichtert.« Grinsend setzt er sich neben mich. Das Essen und die Flasche stellt er zwischen uns. »Die da oben haben mich schon komisch angeschaut, weil sie dachten, ich würde das alles alleine essen.«

»Ach so, du willst mitessen?«, frage ich mit gespielter Entrüstung.

Jonas lacht auf. »Das war der Plan.«

»Okay, meinetwegen.« Ich schiebe ihm einen Teller zu und ziehe den zweiten zu mir.

»Wie fühlst du dich?« Er mustert mich besorgt, ohne das Essen anzurühren.

Ich picke nach einer Erdbeere und seufze. »Sagen wir mal so, der Abend wird nicht in meine Top 10 eingehen, das ist mal klar.« Ein sanftes Lächeln huscht über mein Gesicht. »Aber eigentlich geht es mir wirklich … gut.«

»Den Umständen entsprechend?« Jonas mustert mich, und die kleine Falte zwischen seinen Augenbrauen zeigt mir, wie besorgt er ist.

»Nein, auch so«, antworte ich nachdenklich. »Bestimmt hältst du mich für verrückt, aber ich war so damit beschäftigt, in Daniel verliebt zu sein, dass ich gar nicht gemerkt habe, dass ich es … nicht mehr bin.«

Unsere Blicke treffen sich. Jetzt stiehlt sich ein Ausdruck auf sein Gesicht, den ich nicht deuten kann. Verwirrung, Erleichterung, Freude? Vielleicht auch alles zusammen?

»Du liebst ihn nicht mehr?«

Die nächste Erdbeere findet ihren Weg zwischen meine Lippen. »Doch, schon, aber eben mehr als besten Freund. So wie du Tobi liebst, ohne romantische Gefühle für ihn zu haben«, erkläre ich kauend.

Jonas nickt. »Klingt einleuchtend.«

Ich schaue wieder in den Himmel. »Es gibt da so ein Lied, es heißt *Neue Farbe.*«

»Von *Exclusive?*«

Überrascht sehe ich ihn an. »Du kennst es?«

Er lächelt warm. »Natürlich kenne ich es. Mein herausragend unvergleichlicher Musikgeschmack ist unbestritten.«

»Klar«, sage ich belustigt. »Wie konnte ich das vergessen?«

»Ja!« Misstrauisch zieht Jonas eine Augenbraue in die Höhe. »Wie konntest du?«

Ich schüttle grinsend den Kopf. »Jedenfalls beschreibt die erste Strophe gerade genau, wie ich mich fühle. *Alles war anders, alles war fremd. Die vertraute Umgebung von Lichtern erhellt*«, zitiere ich. »Als Daniel eben vor mir stand, habe ich plötzlich alles in einem anderen Licht gesehen.«

»Geh mit mir aus«, sagt Jonas unvermittelt und völlig aus dem Zusammenhang gerissen, sein Blick ist fest auf mich geheftet.

Ich stutze. »Wie bitte?«

»Geh mit mir aus«, wiederholt er drängend. »Akira hat recht, ich lie… mag dich sehr gerne. Ich habe dir nie was davon gesagt, weil Daniel *immer* präsent war, aber jetzt …«

»Du meinst, kein Fake-Date?«, frage ich unsicher nach. Meine Freunde sind davon überzeugt, dass Jonas mehr für mich empfindet, aber er hat mir doch selbst gesagt, dass da nichts ist!

»Kein Fake-Date«, bestätigt er. »Du bist mir in den letzten zwei Wochen so wichtig geworden, Leni. Ich brauche dein Lachen, deine klugen Sprüche, deine Nähe. Du überrascht mich immer wieder aufs Neue und zitierst sogar meine Lieblingslieder. Ich brauche dich.«

Verlegen sehe ich zur Seite, auf den Boden, nur nicht

zu ihm. Wenn mir heute Morgen jemand gesagt hätte, wie dieser Tag endet, hätte ich ihn ausgelacht. Aber nun sitzen wir beide hier, auf der Straße, zwischen uns das Kein-Kummer-Essen. Und das Wichtigste: Jonas mag mich, und ich mag ihn. Unsere Beziehung ist nicht länger eine Abmachung, sondern etwas, das wachsen und aufblühen kann.

»Ich mag dich auch«, gestehe ich und höre mich bei Weitem nicht so selbstsicher an wie Jonas.

Während er sich zu mir neigt, gleitet sein Blick über meine Lippen, und sein Mund öffnet sich leicht. Das Licht der Straßenlaterne lässt seine dunkelblonden Haare fast golden schimmern und sein Gesicht strahlen.

Die letzten Zentimeter komme ich ihm entgegen, und als unsere Lippen aufeinandertreffen, durchfährt mich ein wohliger Schauer. Dieses Mal gibt es keinen Zweifel. Der Kuss ist echt. *Wir* sind echt.

Jonas rutscht näher an mich heran, schlingt seine Arme um meine Taille und … stößt die Radlerflasche um.

Ich quieke, als sich die pappige Flüssigkeit in rasanter Geschwindigkeit zwischen uns ausbreitet und meine Hose durchnässt.

Wir springen auf. »Fuck!«, ruft Jonas erschrocken. »Ich bin so ein Depp!«

Ein überschwängliches Lachen entfährt meiner Kehle. »Halb so wild!«, beruhige ich ihn, obwohl der Jeansstoff an meinem Hintern klebt und ich jetzt vermutlich rieche wie ein Bierfass. Jonas war schnell genug, er hat nicht einen Tropfen abbekommen.

»Sorry«, stößt er zähneknirschend aus. »Das wollte ich nicht!«

»Alles gut! Ich werde mal schnell hochlaufen und mir von Akira eine Hose borgen.«

Als ich an ihm vorbeigehen will, hält er mich zurück. »Ich weigere mich zu akzeptieren, dass das unser erster Kuss gewesen sein soll.«

»Aber das war nicht unser erster Kuss«, erinnere ich ihn.

»Dann drücke ich mich etwas genauer aus: Ich möchte nicht, dass das unser erster Kuss gewesen ist, den wir nicht verleugnen«, erklärt er mit rauer Stimme und tritt einen Schritt vor, so nahe, dass sein warmer Atem meine Haut kitzelt. »Ich will schließlich, dass du deinen Exfreund so schnell wie möglich vergisst und *mich* kennenlernst.«

»Meinen Exfreund?« Jonas' Nähe macht mich verrückt, und obwohl er mich nicht berührt, prickelt mein ganzer Körper.

»So ein Schauspieler, der in seinem eigenen Leben immer nur die Statistenrolle übernommen hat«, hilft er mir auf die Sprünge.

Endlich steige ich durch. »Ach, der. Und du meinst, du bist ganz anders als er?«

Jonas nickt und mustert mich liebevoll. »Ja, so ist es. Denn endlich bin ich derjenige, der ich sein will. Weil ich für meine Träume kämpfe – und du hast mir dabei geholfen. Du hast mir klargemacht, dass ich mich nicht zwischen Familie und Karriere entscheiden muss. Wir haben uns beide verändert. Also wird es jetzt Zeit, dass wir uns *wirklich* kennenlernen, findest du nicht?«

Ich schlucke, und sein intensiver Blick macht mich verlegen.

»Haben wir denn noch Zeit uns kennenzulernen, bevor du in den Weiten der Filmwelt verschwindest?«

Jonas will Neues kennenlernen, er will Herausforderungen. Genau deshalb hat er *Reset* den Rücken gekehrt. Passe ich in dieses Lebenskonzept?

Er lässt den Blick gedankenverloren über mein Gesicht wandern. »Ich werde viel reisen und viel arbeiten. Genauso wie du. Aber ich werde immer wieder nach Hause kommen.«

»Nach Hause? Ich dachte, du fühlst dich in deiner Wohnung nicht zu Hause.«

»Ich habe doch nicht von meiner Wohnung gesprochen.« Er lacht leise. »Sondern von dir.«

Und dann nimmt Jonas meinen Kopf in seine Hände und küsst mich leidenschaftlich.

Wo auch immer uns unser Weg hinführt, wir sind bereit dafür. Für das Leben und unsere Träume.

Danksagung

Nun ist sie vorbei, die Geschichte von Leni und Jonas. Ein merkwürdiges Gefühl, denn die beiden verfolgen mich schon fast ein Jahrzehnt! So schön, dass ich ihnen nun ein ganzes Buch widmen konnte.

Von der ersten Idee bis zur Veröffentlichung. Ein Buch ist kein Ein-Personen-Job! Es gibt ein paar Menschen, die mich auf diesem Weg begleitet haben, und ihnen sind diese letzten Seiten gewidmet.

Zuallererst danke ich der Literaturagentur Erzähl:perspektive und hierbei vor allem meinem Agenten Klaus Gröner. Ich schätze deine Begeisterung, deine transparente und zielorientierte Arbeit wirklich sehr!

Ich danke dem lieben Team des ONE-Verlags, für das große Vertrauen, das mir entgegengebracht wurde und für das Engagement rund um »Viele Träume führen ans Ziel«.

Besonders hervorheben möchte ich die tolle Arbeit meiner Lektorin Katharina Runden. Du hast mir geholfen, das Champagner-Gefühl aufleben zu lassen und der Geschichte den Feinschliff zu geben.

Und ja, ich danke auch dir, liebe Annika Grave. Ich weiß, ich habe mich bereits für deine Unterstützung bedankt. Aber doppelt hält bekanntlich besser!

Liebe Mama, lieber Kevin. Ich danke euch für eure Unterstützung und für jedes offene Ohr, welches ich euch das ein oder andere Mal abgekaut habe. Ich weiß, dass es viele stressige Tage gab und daher meine Launen manchmal nur etwas für Fortgeschrittene waren. Aber ihr seid immer da, und dafür könnte ich nicht dankbarer sein. <3

Natürlich auch wieder einen lieben Dank an dich, Michaela. Du warst seit der ersten Geschichte dabei, und egal, was ich schreibe, du liest alles.

Der Schreibprozess ist langwierig und beansprucht viel Zeit. Ein soziales Leben ist mir daher nicht in jeder Phase möglich. Ich danke meinen Freundinnen für viel Geduld und noch mehr Verständnis!

Großen Dank auch an Kira Borchers. Weißt du noch, unsere Café-Dates? Wir haben zwar so viel geredet, dass wir kaum geschrieben haben, aber unsere Gespräche haben mich motiviert und aus einem großen Schreibloch geholt!

Und nun danke ich allen Leser:innen, die in die Geschichte von Leni und Jonas eingetaucht sind. Ich hoffe sehr, ihr hattet viele schöne Lesestunden!

Ich danke auch allen Buchblogger:innen, die sich so viel Zeit nehmen, das Buch zu lesen, zu rezensieren und die schönsten Fotos zu schießen, um dem Buch Reichweite zu schenken. Ich schätze eure Arbeit sehr!

Eure Gloria

Leseprobe

»Bei dem Gedanken, dass er nach mir gesucht hat, werde ich nervös. Ich versuche, nicht zu sehr zu grinsen …«

Olivia ist glücklich: Alle Prüfungen sind geschafft, die Abschlusspartys stehen an, und sie weiß genau, was die Zukunft für sie bereithält – bis sie erfährt, dass ihr noch Punkte aus dem Sportkurs fehlen. Das dürfen Olivias Eltern niemals erfahren! Doch der Coach bietet ihr einen Ausweg: Sie soll beim großen Golfturnier aushelfen, damit sie die für den Abschluss benötigte Note bekommen kann. Zuerst scheint Olivias Plan aufzugehen, wäre da nicht dieser süße Typ Leo, der ihr ganz schön den Kopf verdreht. Aber für die Liebe hat sie jetzt nun wirklich keine Zeit – oder etwa doch?

Wahrheit #1: Wenn etwas passiert, deine Nonna es aber nicht herausfindet und der ganzen Familie erzählt, dann ist es nicht wirklich passiert.

Sonntag, 8. Mai, Nachmittag

OLIVIA

Beinahe jeder Meilenstein, den ich bisher erreicht habe, ist auf irgendeine Weise mit dem Haus meiner Großeltern verbunden. Meine ersten Schritte? Vier Stück, den Flur hinab. Erster verlorener Zahn? Steckte in einem der Karamelläpfel, die Nonna für uns zubereitet hatte und die in der Küche auf uns warteten, als wir an Halloween nach dem Einsammeln der Süßigkeiten nach Hause kamen. Erster Kuss? Jason McAfee, der Kumpel meines Cousins

Charlie und unseres Nachbarn Wes. Es geschah in der achten Klasse, als wir auf dem Dachboden Flaschendrehen spielten.

Als es also an der Zeit war, den Schulabgänger-Fragebogen auszufüllen, bestand keinerlei Zweifel daran, wo wir uns treffen würden.

»Okay, hat jeder einen Stift?«, fragt Nonna, die am Kopf des Tisches sitzt.

Charlie neben mir tastet seinen Oberkörper ab und sucht den Boden ab. »Ich habe meinen verloren.«

Nonna schiebt mir ein paar Stifte zu. »Olivia, würdest du die bitte verteilen?«

Charlie probiert zuerst ein paar aus, bevor er sich für einen Kuli entscheidet. Die restlichen legt er zurück.

»Ist es nicht seltsam, wenn ich die Umfrage ausfülle?«, fragt unsere Cousine Sophie. »Ich meine, ich freue mich zwar, hier zu sein, aber es ist ja nicht so, als hätte ich jemanden, dem ich den Fragebogen geben könnte.«

»Du gibst ihn mir, und ich bewahre ihn zusammen mit den anderen auf«, erwidert Nonna und deutet auf die mit Stoff bezogene Kiste auf der Küchentheke. Dann zwinkert sie Wes zu, der mir gegenüber und neben Sophie sitzt. »Und deinen will ich auch.«

Strahlend schreibt Wes seinen Namen auf das Blatt und wartet gespannt darauf, dass Nonna loslegt.

Onkel Sal steht auf der anderen Seite des Raums gegen die Küchentheke gelehnt da und hält ein zerknittertes, fleckiges Blatt Papier in Händen. »Wenn die Zwillinge nicht innerhalb der nächsten fünf Minuten auftauchen, fangen wir ohne sie an.«

Nonna wirft einen Blick auf die Uhr, beäugt die Hintertür und sieht dann Sal an. »Maggie Mae meinte, sie würden kommen.«

Onkel Sal verdreht die Augen und widmet sich wieder seinem Handy.

In unserer Familie hat Nonna immer das letzte Wort – auch, was diesen Fragebogen angeht.

Für unsere Highschool haben Traditionen einen ebenso hohen Stellenwert wie für Nonna. Als das Ganze vor achtundfünfzig Jahren anfing, bestand die Umfrage nur aus ein paar Standardfragen. *Wirst du aufs College gehen? Falls ja, wo? Was ist dein Traumberuf?* Aber inzwischen hat das Ganze ein Eigenleben entwickelt. Jetzt will die Schule wissen, was deine schönste Erinnerung ist. Dein peinlichstes Erlebnis. Deine liebste Wohltätigkeitsorganisation. Was du tun würdest, wenn du die Welt verändern könntest. Und so weiter und so fort. Die Antworten werden dann auf der großen Leinwand gezeigt, die von der Decke hängt, während wir in unseren Roben und mit unseren Hüten einer nach dem anderen die Bühne betreten. Nonna hat eine Kopie von jeder Umfrage, die je in dieser Familie ausgefüllt worden ist. Alle haben ihren Abschluss an derselben Highschool gemacht, von Sophie und ihrer älteren Schwester Margot mal abgesehen.

Und inzwischen ist es eben Tradition geworden. Eine Tradition, die einmal jährlich beim Familiendinner ausgeführt wird. Die aktuellen Schulabgänger füllen den Fragebogen im Beisein aller aus, und dann vergleichen wir die Antworten mit denen unserer Eltern. Und denen unserer Tanten und Onkel. Und denen unserer Cousins und Cousinen.

Ihr versteht, was ich meine.

Sophie muss die Fragen vielleicht nicht für ihre Schule beantworten, aber für Nonna. Genau wie Margot damals. Und da Wes quasi zur Familie gehört, gibt es auch für ihn kein Entrinnen.

Nicht, dass es den beiden etwas ausmachen würde. Im Gegenteil. Sie scheinen ganz aus dem Häuschen zu sein, Teil der Tradition sein zu dürfen. Vielleicht liegt es aber auch daran, dass sie immer aus dem Häuschen sind, wenn sie zusammen sind, ganz egal, was gerade ansteht.

Während Nonna Sophie und Wes stolz ansieht, weil sie bei den beiden ihre Finger im Spiel hatte, fürchtet sich der Rest von uns davor, sie könnte sich auch in unsere Liebesleben einmischen, sollten wir auch nur das kleinste Anzeichen von Schwäche zeigen. Ich habe Himmel und Hölle in Bewegung gesetzt, um meine Trennung von Drew vor ihr zu verheimlichen, damit sie nicht noch mal das gleiche Dating-Spiel wie letztes Jahr an Weihnachten durchzieht. Seitdem ist auch Onkel Michael nicht mehr zu Besuch gewesen. Er ist das letzte unverheiratete Kind von Nonna und Nonno und kriegt beim Gedanken, Nonna könnte versuchen, den perfekten Ehemann für ihn zu finden, Angstzustände.

Die Hintertür fliegt plötzlich auf, und herein kommt Tante Maggie Mae, dicht gefolgt von den Bösen Joes, Onkel Marcus und den jüngeren Zwillingen Frankie und Freddie. Mary Jo und Jo Lynn tragen das gleiche Leinenkleid, eins in Blassrosa, das andere in Blasslila, die Haare so glatt, als könnte ihnen die Luftfeuchtigkeit nichts anhaben.

Charlie lässt den Blick über den Tisch schweifen. Ich sehe genau, wann ihm bewusst wird, wo sich die einzigen noch freien Stühle befinden.

Er lehnt sich zu mir herab. »Tausch mit mir.« Charlie hat mit zwölf angefangen, Mary Jo und Jo Lynn die »Bösen Joes« zu nennen, nachdem sie ihm in Florida im Beisein von ein paar hübschen Mädchen einen Streich gespielt hatten. Um ehrlich zu sein war er tatsächlich schon ein wenig zu alt, um noch *Star Wars*-Unterhosen zu tragen. Aber da er Teil der Fantastischen Vier war, mussten Sophie, Wes und ich zu ihm halten.

Und Charlie hat recht – die Bösen Joes *sind* böse.

Ich schüttle den Kopf und klammere mich an die Tischkante, falls er auf die Idee kommen sollte, mich vom Stuhl zu schubsen. »Auf keinen Fall.«

»Sie haben einen Typen dabei«, flüstert Wes über den Tisch hinweg.

Wir drehen die Köpfe, sehen aber nichts, weil Onkel Ronnie im Weg steht.

»Ist es einer ihrer Freunde?«, frage ich, obwohl ich weiß, dass es nicht sein kann, sonst hätte Wes ihn erkannt. Aiden und Brent, die Freunde der Joes, waren auch eingeladen, haben aber abgesagt, was im Familienchat ziemlichen Stress erzeugt hat, denn zu Nonna sagt keiner Nein.

Als Onkel Ronnie zu Tante Patrice geht, gibt er endlich den Blick auf den Fremden frei.

Der Kerl neben Tante Maggie Mae ist groß, mit dunklen wilden Locken. Er trägt ein verwaschenes T-Shirt und noch viel verwaschenere Jeans, die ein wenig zu locker auf seinen Hüften sitzen. Er sieht aus wie ein Outdoor-Typ. Als würde er wandern oder surfen oder so was. Er scheint sich in der überfüllten Küche nicht wohlzufühlen, eingeengt zwischen meiner Tante und meinem Onkel.

Er lässt den Blick durch den Raum schweifen, und ich spüre förmlich, wie er an mir hängen bleibt. Er lächelt leicht. Ich könnte schwören, dass ich ihn kenne. Im Kopf gehe ich das Alphabet durch und hoffe, dass mir sein Name einfällt.

Aber nichts.

Mary Jo lässt sich neben Charlie auf den Stuhl plumpsen. Ihr Fragebogen segelt auf den Tisch, und sie schnappt sich seinen Stift.

Charlie atmet laut aus und greift nach einem der Stifte in der Tischmitte, die er vorhin noch als mangelhaft abgestempelt hat.

»Alles klar, wir sind komplett!«, ruft Nonna. »Ich glaube, so viele Schulabgänger hatten wir noch nie auf einmal!«

Meine Familie ist riesig. Und laut. Mein Großvater wurde auf Sizilien geboren, lernte aber meine Großmutter kennen, als er hier studierte. Eigentlich hätte er nur ein Jahr lang in den USA bleiben sollen, doch sie verliebten sich, heirateten und bekamen acht Kinder. Er ist nie nach Sizilien zurückgekehrt. Nun ja, außer, um dort Urlaub zu machen. Vor ein paar Monaten haben sie ihren fünfzigsten Hochzeitstag gefeiert. Tante Patrice und Onkel Ronnie haben getanzt, als würde keiner zusehen, obwohl *alle* zugesehen haben. Sie sind ein wenig seltsam. Nonna und Nonno sind das absolute Traumpaar. Aber Tante Patrice und Onkel Ronnie? Eher nicht.

Sechs von uns machen dieses Jahr ihren Abschluss: Charlie, Sophie, Wes, die Bösen Joes und ich. Ich lasse den Blick über den Tisch schweifen. Mit seinen blonden Haaren sticht Wes als Einziger aus der Masse heraus. Er wohnt schon sein ganzes Leben lang neben Nonna und Nonno und ist mit uns aufgewachsen. Die Küche ist vollgestopft mit über zwanzig Mitgliedern der Messina-Familie. Tanten, Onkel, Cousins und Cousinen. Manche von ihnen haben das, was wir hier tun, schon längst hinter sich, während andere noch folgen werden. Ach ja, und dann ist da noch dieser Fremde.

Wieder spähe ich zu dem Kerl hinüber, der neben Tante Maggie Mae steht. Er lehnt auf der anderen Seite der Küche gegen die Wand, die Arme vor der Brust verschränkt. Als er mich beim Starren erwischt, drehe ich schnell den Kopf weg. Wie peinlich.

Nonna zieht die Aufmerksamkeit aller auf sich. »Okay, dann lasst uns anfangen.«

Jo Lynn richtet sich auf ihrem Stuhl ein wenig gerader auf und blickt zu ihren Eltern. »Willst du mitmachen?«, fragt sie den Kerl, bei dem ich mir die größte Mühe gebe, ihn nicht ständig anzusehen. Vielleicht will sie wiedergutmachen, dass uns ihre Freunde so haben abblitzen lassen.

Nonna dreht sich auf ihrem Stuhl um. »Oh! Wer ist das denn?«, fragt sie freudig. »Ja, natürlich macht er mit!«, fügt sie hinzu, ohne auf eine Antwort zu warten.

Tante Maggie Mae schlingt die Arme um den Fremden. »Könnt ihr euch noch an Leo erinnern? Den ältesten Sohn von Caroline und Alonso Perez?« Sie schiebt ihn ein Stück nach vorn, um ihn allen zu präsentieren.

Leo Perez.

»Oh«, sagt Sophie.

Charlie raunt etwas, wofür Nonna ihm bestimmt am liebsten sofort den Mund mit Seife auswaschen würde.

Jetzt hat ihn auch der Letzte im Raum bemerkt. Einige Familienmitglieder heißen ihn im Chaos willkommen. Die Laustärke nimmt immer weiter zu – wie immer, wenn wir alle zusammengepfercht sind. Leo schüttelt Hände, beantwortet Fragen zu seinen Eltern und was er so macht. Doch leider bin ich zu weit weg, um etwas mitzubekommen.

Natürlich ist es Leo. Aber mit dem langen lockigen Haar habe ich ihn nicht erkannt. Als wir noch klein waren, hat er es immer raspelkurz getragen. Sein Gesicht ist schmaler geworden, und er ist mindestens dreißig Zentimeter gewachsen.

Die Perez-Familie hat direkt neben den Bösen Joes gelebt, bis Leos Vater, kurz bevor wir in die achte Klasse kamen, versetzt wurde. Leos Eltern standen Tante Maggie Mae und Onkel Marcus sehr nahe. Ihre Kinder waren unzertrennlich, und im Sommer machten sie immer gemeinsam Urlaub. Wir wussten, dass die Bösen Joes lieber mit ihnen Zeit verbrachten als mit uns.

»Leo«, sagt Nonna nun erneut. »Jo Lynn hat recht. Willst du mitmachen? Du machst doch auch dieses Jahr deinen Abschluss. Erzähl uns von deinen Plänen.«

Mary Jo rückt mit ihrem Stuhl ein Stück beiseite. »Du kannst dich hier dazwischenquetschen.« Mit dem Kopf deutet sie auf den freien Platz zwischen sich und Jo Lynn.

Für jeden Zentimeter, den Mary Jo an Charlie herangerückt ist, ist er ebenso an mich herangerückt.

Obwohl wir Leo von früher kennen, ist es schon lange her, und unsere Familie kann einem schnell zu viel werden. So, wie er guckt, scheint er sich nicht mehr an all unsere Namen erinnern zu können oder daran, wer zu wem gehört. Bestimmt geht gleich die Raterei los.

»Ich, ähm, nein, danke«, erwidert Leo schließlich.

Charlie schnaubt.

»Es ist Jahre her. Lass es gut sein«, flüstere ich Charlie zu.

Er sieht mich komisch an. »Alles okay.«

Charlie und Leo sind nicht im Guten auseinandergegangen. Ich glaube, das letzte Mal haben sie sich im Park gesehen, als wir nach der siebten Klasse das Schuljahresende feierten. Charlie war unausstehlich – wie jeder andere Siebtklässler auch. Er und sein Kumpel Judd warfen sich einen Football zu, und Charlie lief viel zu schnell rückwärts und rannte Jo Lynn über den Haufen. Ihre weißen Jeans bekam einen Grasfleck, und sie fing an zu heulen. Und da Leo wie ein Bruder für sie war, schubste er Charlie, bevor er sich entschuldigen oder Jo Lynn aufhelfen konnte. Und natürlich schubste Charlie zurück. Wahrscheinlich bilden sich beide ein, es wäre ein richtiger Kampf gewesen, dabei waren es nur schlackernde Arme und Beine.

Beide wurden nach Hause geschickt, ehe die Party vorbei war.

Und anscheinend ist Charlie noch nicht darüber hinweg.

»Falls du dich doch umentscheiden solltest, dann steig einfach noch mit ein«, ermutigt ihn Nonna und dreht sich wieder um. »Wo waren wir?« Ohne nach hinten zu blicken fügt sie hinzu: »Dallas, wenn du noch ein Stück Hühnchen klaust, gibt's was auf die Finger.«

Als ihm sein Bruder Denver den Ellbogen in den Bauch rammt, winselt er. Alles nur, weil er ihm die Chance genommen hat, auch ein Stück Hühnchen zu stibitzen. Ich fühle mit ihnen. Die Düfte, die Nonnas Küche erfüllen, machen selbst den Unschuldigsten zum Dieb. Dallas und Denver gehören zu Tante Patrice und Onkel Ronnie. Obwohl ihre Eltern merkwürdig sind, sind die Jungs ziemlich cool – trotz der Tatsache, dass sie nach den Städten benannt wurden, in denen sie gezeugt wurden.

Wir wissen alle, dass Nonna nur blufft, aber Denver lässt trotzdem von dem Hühnchen ab. Sie schafft es nur, uns hier als Geiseln zu halten, weil das Essen erst nach der Umfrage serviert wird.

Nonna setzt ihre Lesebrille auf und betrachtet den leeren Fragebogen, den sie Anfang der Woche für sich selbst ausgedruckt hat. »Okay, erste Frage. Wer geht aufs College?« Ihr Blick wandert von einem zum anderen. »Ich glaube, dieses Jahr sind es alle!« Ihr Enthusiasmus ist das Einzige, was diese Tradition am Leben hält.

[...]